掌故

（一）

復刻本說明

* 本書依《掌故》第一期到第七十期全套復刻，為使閱讀方便，復刻本的尺寸由原書的18×25.5公分，增至19×26公分。

* 本期刊因尺寸略微放大，但每期封面無法符合放大尺寸，故每期封面皆對齊開口，使裝訂邊的留白較多。

* 本期刊為復刻本，內文頁面或有少數污損、模糊、畫線，為原書原始狀況，不另註；唯範圍較大者，則另加「原書原樣」圖示 **原書原樣**，以作說明。

* 本期刊為復刻本，目錄與內文若有部份不符或目錄未依內文順序排列，為原書原始狀況。

導讀：岳騫和他的《掌故》月刊

蔡登山

在香港七〇年代前後，有關文史掌故的雜誌相繼出現，其中影響較大也較著名的，分別是高伯雨創辦的《大華》雜誌、沈葦窗創辦的《大人》和《大成》雜誌及岳騫創辦的《掌故》月刊。當然在這之前早在一九五七年七月姚立夫就創辦了《春秋》雜誌（一直到今天還存在，已歷經六十三寒暑了。）

《大華》在一九六六年三月十五日創刊，原為半月刊，出到第四十期起改為月刊，再到第四十二期（一九六八年二月十日）停刊；兩年後，於一九七〇年七月一日又復刊（月刊），稱復刊號一卷一期（但又寫總四十三期，表示延續前四十二期），又出到一九七一年七月的第二卷一期停刊，前後共五十五期。《大人》雜誌，創刊於一九七〇年五月十五日，至一九七三年十月十五日停刊（因沈葦窗與出資老闆楊撫生在編務及廣告業務上出現分歧），前後出了四十二期。一個半月後（一九七三年十二月一日）沈葦窗繼續創刊《大成》雜誌（自資籌集資金），至一九九五年九月沈葦窗病逝而終刊，出了二百六十二期。

而岳騫創辦的《掌故》月刊於一九七一年九月十日創刊，至一九七七年六月十日終刊，出了七十期。岳騫本名何家驊，筆名有：越千、方劍雲、鐵嶺遺民等等。他是安徽渦陽人，一九四九年前後赴臺，在五〇年代回香港。曾任香港中國筆會會長、祕書長。岳騫創作文類以小說為主，兼及論述、報導文學及傳記。有《中蘇關係史話》、《水滸傳人物散論》、《八年抗戰是誰打的》、《瘟君夢》、《偽滿州國興亡祕史》、《紅潮外史》、《毛澤東出世》、《瘟君前夢》、《瘟君殘夢》、《妖姬恨》、《滿宮春夢》等等。

岳騫在發刊詞中說道為何要在香港創辦《掌故》月刊：「以今日環境而論，研究中國現代史最理想地區應是香港，寫作有絕對的自由，不受任何方面干預，而材料也可以到四面八方去搜集，不受時空的限制，如果不能在香港保留一些正確的現代中國史料，後來者要研究民國史就更難了。」他還提到重要的關鍵在於「違難香港人士中，不乏昔日在軍政界居重要地位的人士，許多真正的史實就是他們的親身經歷，而不曾為任何報章雜誌所刊載，若能將耆老們的口述或寫作的資料加以整理發表，他日可供修史者採擇，目前則可作為研究現代史的第一手資料。」

就七十期《掌故》月刊的內容來看，大概可分為以下十類，分別是：A現代史料、B人物春秋、C祖國神遊、D各地風俗、E奇才異能、F戲劇小品、G文藝史話、H文物書畫、I長篇連載、J其他。其中以「現代史料」、「人物春秋」、「長篇連載」為主，其中「長篇連載」也是以前兩項為寫作對象，但篇幅較長的。由此觀之，確實是集中在民國史料的蒐集上，從「人」和「事」兩方面下手，時空則從民國肇興以迄大陸「文革」初期，六十年間的史事。這其中有許多文章是一手見證的，十分珍貴，如陶希聖的〈九龍歷險記〉（第四期）、翁照垣的〈「一二八」淞滬血戰史〉（第五期）、鄭修元的〈軍統局內幕〉（第六——八期）、萬耀煌的〈西安事變親歷記〉（第十六期）、周開慶的〈重慶行營史話〉（第二十三期）、楊惠敏的〈向四行倉庫守軍獻旗經過〉（第二十七期）、王鐵漢的〈東北軍事史略〉（第三十五期），而尤其是王覺源的〈留學孫逸仙大學往事〉（第十九、二十期、二十二）和關素質的〈莫斯科孫大東大見聞〉（第四十三至四十八期）是可以對著看的。

王覺源字一士，別署園，湖南長沙人，一九〇二年生。曾就讀於湖南長沙大學，並參與五四運動。一九二五年獲國民政府選派，赴蘇聯莫斯科孫逸仙大學留學。他用既寫實又風趣的筆調，生動記錄他的第一手觀察，這不僅是個人回憶錄，更是一個時代最珍貴的見證！而後來寫有《國際共黨研究》的關素質也是留俄的，在一九五五年四月，就針對中共爆發高饒反黨集團事件，做過完整情報分析和政策建議，當時認為這群東北的中共分子，不少都和「托派」有關，可以大加運用，策動為反攻大陸之內應。他甚至親自舉報自己兒子左傾，大義滅親得到蔣經國的嘉獎，才能一路得到蔣經國信任，在國際關係研究所（國研所）做到退休。

而有關寫人物的佔了相當大的篇幅，其中較為珍貴而屬於名家所寫的文章不少，諸如：徐復觀的〈陳儀與湯恩伯〉（第二期）、丘國珍的〈抗日英雄翁照垣將軍傳〉（第五期）、鄭學稼的〈陳獨秀先生的晚年〉（第八期）、簡又文的〈革命元勳馮自由〉（第九期）、蔡孝乾的〈我所認識的瞿秋白〉（第十期）、龔德柏的〈憶許世英〉（第十三期）、劉毅夫的〈馮庸與馮庸大學〉（第二十三期）、用五（陳克文）的〈憶陳春圃〉（第二十六期）、吳相湘的〈民國以來第一清官——石瑛〉（第三十一期）、張丕介遺著〈粉筆生涯二十年〉（第四十五至四十九期）、王世昭的〈馬君武夏威與我〉（第四十五期）、沈雲龍的〈黃膺白先生之生平與識見〉（第五十一、五十二期）、阮毅成的〈記褚輔成先生〉（第五十九期）。

這其中嵇康裔的〈隣笛山陽〉（第十四期）是篇很重要的文章，他寫出作家穆時英的「附逆」或是間諜之謎。名報人卜少夫認為，穆時英的「附逆」，和胡蘭成的關係最大。不管穆時英是真漢奸還是做抗日工作的國民黨中統特工，他正是在香港與汪偽組織接上了線。穆時英只活了短短的二十八歲，在他被暗殺後的相當長一個歷史時期內，人們都認為他是一個「漢奸」而罪有應得。因為在一九四〇年，日偽政府下的上海風雨飄搖，正是國民黨政府的特工人員與汪偽特務機關之間的「特工戰」愈演愈烈之時，設在租界裏的日偽系統報社也成了國民黨特工人員襲擊的主要目標之一。但是到了二十世紀七〇年代初，嵇康裔卻在香港撰文為穆時英辯誣，在〈隣笛山陽〉文章說，穆時英真正的身份其實「是國民黨中央黨方的工作同志」，他是被軍統誤殺的。嵇康裔自稱是穆時英在中統的上司，穆時英返滬任職於汪偽報界是他親手安排的。如果嵇康裔的回憶屬實的話，那麼，穆時英真正的身份應該是重慶方面臥底的中統特工。他是被軍統所誤殺的特工。從漢奸到間諜，穆時英的身份讓人們議論紛紛卻又各執一詞，成為一宗謎案。

而《掌故》的長篇連載是從第一期就開始，分別刊載簡又文的〈馮玉祥將軍傳〉和嚴靜文（司馬長風）的〈周恩來評傳〉。岳騫在第一期的〈編餘漫筆〉中說：「簡先生是自有太平天國以來研究太平天國史的權威，已是盡人皆知的事，但是，很少人知道簡先生曾經做過馮玉祥的幕僚，兩人相處了一段不算太短的時間，對於馮玉祥的個性、功業，都有相當了解，由他寫馮玉祥傳，可說是當代最合適的人。」岳騫又說：「其次要介紹嚴靜文先生的周恩來評傳，自從中共乒乓外交推行以來，周恩來已成為世界上鋒頭最健的人物，究竟他是一個什麼樣的人，家庭背景如何，過去作了一些什麼重要的事，嚴先生源源本本寫出來，讀過之後，對周恩來為人也有一個相當了解。」

而在《掌故》第二期起至第四十七期止，共連載矢原謙吉遺著〈謙廬隨筆〉三十六篇。矢原謙吉（Yahara Kenkichi），一八九二年出生於日本，其家世代為武士，但他則留德習醫。一九二六年學成之後，應山本醫生之聘，到中國北京懸壺濟世。由於他醫術湛深，又宅心仁厚，因此生意門庭若市，聞名遐邇。當時留居北京的達官貴人及其眷屬有病皆求診於他，因此他遍識西北軍、東北軍、晉軍的大員，甚至前清遺老，以至當時冀察政務委員時代的朝野名流。諸如：馮玉祥、張學良、宋哲元、秦德純、曹汝霖、蕭振瀛、韓復榘、潘復、溥心畬、陳寶琛、梅蘭芳、余叔岩、胡適、周作人、傅斯年、何應欽、孔祥熙、王芸生、王正廷、王克敏、王揖唐等人，或為診病，或頗熟稔，或成良友。矢原醫生又精通漢文，喜結交文士，當時著名的報人如張季鸞、張恨水、管翼賢（北京《實報》創辦人，抗戰期間成為「漢奸」）皆成為其好友，平日文酒宴會，彼此上下古今無所不談，尤其這些資深報人口中都有獨家內幕，因此所述政海祕辛、個人往事，都有足堪記載者，矢原醫生就一一將這些所見所聞之故事，筆之於書，藏之於篋中，但並未將之示人。抗戰戰爆發後，日軍佔領北京即逼矢原離開，並不准在中國行醫。但他個性剛強，不為勢屈，於是移居德國，以示和窮兵黷武之日本絕決。到希特勒上臺後他再遷居美國，一九五二年病逝於美國。矢原謙吉的這些札記，初無名稱，刊登時由岳騫取名為《謙廬隨筆》（按：此是經過岳騫摘錄的節鈔本，原書名《敵乎？友乎？廿載燕雲關山月》），一九七七年日本久名堂出版線裝中文版），後結集成書。《謙廬隨筆》所敘全憑所見所聞，又其為日人所寫，與書中人物既無恩無怨，自是較為客觀。而其文字簡潔，無散漫脫節之病；而涉筆成趣，皆能出以自然。犖犖諸端，略如上述。可為治近代史者，多一種珍貴的材料，雖是如掌故筆記，但描繪的栩栩如生，或許更接近歷史的本原吧。

除此而外，長篇連載的還有名報人陳紀瀅的〈胡政之與大公報〉、岳騫的〈折戟沉沙記林彪〉、龍吟的〈細說「長征」〉、適然的〈北望樓雜記〉、張仲仁的〈臨風追憶話萍鄉〉以及岳騫以另外筆名鐵嶺遺民寫的〈洪憲本末〉等，都提供不少的史料，如陳紀瀅的〈胡政之與大公報〉，後來都集結成專書出版了。

總之《掌故》月刊在香港七〇年代前後的文史雜誌，也扮演著一定的角色，六年的時間也不算太短，前後出版七十期（有說是七十二期的，是錯誤的說法。）如今要蒐集齊全也非易事，尤其在臺灣，因當年香港雜誌禁止進口，許多圖書館都沒有收藏，即令中研院圖書館也只有零星數十本，而沒有完整成套的。此次筆者除借用私人收藏外，還託香港友人協助補齊全套的完整復刻。並編成七十期的總目錄，總目錄有文章名、作者名、刊登的期數、頁碼等，檢索極為省時便利。

《掌故》全套七十期總目錄

第一期　「九一八」專號

第二期　辛亥革命六十周年專號

第三期

第四期　香港淪陷三十周年專號

第五期　「一二八」淞滬抗戰四十周年專號

第十一期

第九期

第十期

第八期

第六期

第七期　「滿洲國」成立四十週年專號

第十二期

第十三期

第十四期

第十五期

第十六期

第十七期

第十八期

第十九期

第二十期

第二十一期

第二十二期

第二十三期

第二十四期

第二十五期

第二十六期

第二十七期

第二十八期

第二十九期

第三十期

第三十一期

第三十二期

第三十三期

第三十四期

第三十五期

第三十六期

第三十七期

第三十八期

第三十九期

第四十期

第四十一期

第四十二期

第四十三期

第四十四期

第四十五期

第四十六期

第四十七期

第四十八期

第四十九期

第五十期

第五十一期

第五十二期

第五十三期

第五十四期

第五十五期

第五十六期

第五十七期

第五十八期

第五十九期

第六十期

第六十一期

第六十二期

第六十三期

第六十四期

第六十五期

第六十六期

第六十七期

第六十八期

第六十九期

第七十期

掌故

月刊

1

野史・佚聞・人物・風土・

一九七一年九月十日出版

掌故月刊 第一期 目錄

每月逢十日出版

九一八專號

掌故

第一期

一九七一年九月十日出版

每冊定價港幣二元正

（外埠郵費另計）

出版兼發行者：**掌故月刊社**

地址：九龍亞皆老街六號B

電話：K八四四六七三

督印人：**鄧少卿**

總編輯：**岳騫**

印刷者：**開發印刷所**

吳松街六十號

總代理：**吳興記書報社**

香港租庇利街十一號二樓

電話：H四五〇五六一　H四五〇七六六

星馬代理：**遠東文化事業有限公司**

新加坡廈門街十九號

檳城沓田仔街一七一號

泰國代理：**集成圖書公司**

曼谷耀華力路二三三號

越南代理：**聯興書報社**

越南堤岸新行街二十二號

其他地區代理：

澳門：可大文具店　漢城：汎亞書籍公社

亞庇：利民公司　寮國：永珍圖書公司

千里達：中華公司　斗湖：光明書店

菲律賓：華安書局　菲律賓：玲瓏書局

倫敦：東寶公司　紐約：友聯圖書公司

芝加哥：杏林春　紐約：友方圖書公司

波士頓：中西公司　洛杉磯：永安堂

三藩市：新生圖書公司　檀香山：大元公司

三藩市：益智圖書公司　三藩市：文化商店

加拿大：香港商店　加拿大：新國華公司

發刊詞

多年以來，同人們一直有個願望，希望在香港辦一種刊載中國現代史料的刊物。中華民國已成立了六十年，到今天連一部官方的正式史書都沒有，學校課程從無現代史一門。隨便找一個中學生，同他談談秦始皇、漢武帝，都能說的頭頭是道。可是，要問他徐世昌是個甚麼樣的人，馮國璋曾經作過甚麼事，相信連一位大學生也會茫然。

這種現象實在太不正常，研究歷史的目的是鑑古以知今，但秦漢去現在太遠，典章、制度、風俗、習慣皆與目前不同，我們對秦、漢、唐、宋歷史研究得再精湛，也與現代情況連不上。這不是說古史不必研究，只是說史學家應該注意現代史研究，以免脫節。

現代史研究自有其難處，容易引起意外麻煩，一也；史料難於搜集，二也。因此，大家也就捨難就易，將精力用之於古代史。實則以今日環境而論，研究中國現代史最理想地區應是香港，寫作有絕對的自由，不受任何方面干預，而材料也可以到四面八方去搜集，不受時空的限制，如果不能在香港保留一些正確的現代中國史料，後來者要研究民國史就更難了。

在香港研究現代史，還有一個優越的條件。那就是自大陸變色後，違難香港人士中，不乏昔日在軍政界居重要地位的人士，許多眞正的史實就是他們的親身經歷，而不曾為任何報章雜誌所刊載，若能將耆老們的口述或寫作的資料加以整理發表，他日可供修史者採擇，目前則可作為研究現代史的第一手資料。

但歲月無情，經過漫長的二十多年時間，違難海外的耆老，漸多逝去，許多珍貴的史料，隨之長眠地下。若不早籌補救之策，更歷若干年時間，就想搜集也作不到了，因此，同人等既匆忙亦鄭重的創辦本刊，用意即在為國家民族保存一些史料。

本刊並非專門的學術性刊物，仍以趣味為主，但所搜集的史料則力求翔實，宋史之修成，大半得力於當時的個人筆記，三國志裴松之注，也多根據私人著述，本刊所希望的是能藉此稍盡棉力，以期有助於他年的修史者。

這當然是一件扛鼎的工作，其困難任何人都可以想到的，在香港辦刊物，主要問題在經費、印刷、發行。

而本刊還多了一個約稿的困難，因為本刊發表的稿件，多是作者目睹耳聞的，範圍自然狹小，如何擴大稿源，是編者的一大難題，深望愛護本刊的人士盡量予以協助。

由於本刊主旨在於保存現代史料，因此決不欲牽涉個人恩怨，是者是之，非者非之，不捧不罵，極力求眞，當然不免會因此開罪一些人，但希望讀者能諒解我們並無惡意，只是說實話而已。

本刊是由少數志趣相同的朋友湊了一小筆錢來辦的一份不算太小的刊物，知道內情的朋友皆替我們擔心，認為本刊無論在人力、財力，各方面條件都不夠堅强，但我們卻有決心辦下去，因為我們堅決相信，一份確有內容的刊物，一定會有讀者，必然可以發揮其本身的使命。

當茲創刊之始，謹略述本刊旨趣，今後工作之推動，當隨時改進，希望各方面人士多賜教益，同人等以至誠接受。但願大家共同努力，使本刊能日漸壯大，則得益者就不限於本刊同人了。

九一八四十年

編者

九一八事件不但在中國是一件劃時代的大事，就在世界也影響深遠，非任何紀念日可比，如果沒有九一八事變，當不會發生意大利併吞阿比西尼亞事件，也許不致鼓勵希特勒侵略奧捷，則歐戰可能不會發生。至於中國更是創鉅痛深，假使不發生九一八事變，東北四省不失，自不會有淞滬抗戰，長城戰役及盧溝橋事變。四十年來，中國人死於砲火及暴政下的人數，最少也有一千萬人，追源禍始，實在是九一八為厲之階。所以生為這一代的中國人，萬不可不知道九一八的經過，本刊所以選定九一八四十周年創刊，而且特出專號，也在喚醒國人，尤其年輕的一代，明瞭災禍之所自來。

不過，九一八事變的眞相，四十年來始終未有正確的報導，因為中國人受到侵略，恨日本人刺骨，自然把責任全部推給日本。當然，日本人侵略中國，固屬罪無可逭，但是，由於所有史料均已陸續發表，我們痛定思痛，也覺得自身確要負很大的責任；當時不論南京中央政府與東北地方政府對九一八事變應付，皆走上了錯路，應當予以指出，還有一些積了幾十年的傳說，到今天證明恰恰相反。本文不敢說對九一八事變作一論定，但自信確是比較接近事實，茲分別敍述：

一、張作霖之死

張作霖於民國十七年六月四日，為日本軍人河本大作炸死於皇姑屯，到現在已經四十三年，歷來不論報紙雜誌談論此事，皆認定張作霖因不肯接受日本條件，故被日本人設計炸死，所謂日本條件，又指為阻止張作霖出關，要張作霖在北京繼續抵抗革命軍，日本當出兵協助。為張作霖所拒，致被炸死。

就以後十年史實而論，日本人專在中國領土上製造分裂，滿洲國之後有蒙疆自治政府，有冀東防共政府，有胎死腹中的華北政府，則日本要張作霖在北京與南方國民政府對抗，繼續製造分裂，原非不可能之事。但事實上卻恰與傳說相反，日本人所提的條件，張作霖大部接受，張作霖被炸，也非日本政府之意。

民國十七年五月三日，日本在濟南製造慘案，阻止革命軍北伐，由於革命軍忍讓未起衝突，繞過濟南繼續北上，此時日本政府已知道北京張作霖政府難以存在，乃於五月十二日派滿洲鐵道株式會社（簡稱滿鐵）代表江藤丰三等向張作霖政府逼簽五路協定。所謂「五路協定」，是日本擬在東北修築的五條鐵路，即一、敦圖路（敦化至圖門江），二、長大路（長春至大賚），三、吉五路（吉林至五常），四、延海路（延吉至五林），五、洮索路（洮南至索倫）。

五條鐵路均富有軍事經濟價值，其中最重要的是敦圖路，原爲吉會路（吉林至會寧）最後一段，如果此路完成，原來由長春經大連航至大阪一線，將改由吉林（即永吉）至會寧，經朝鮮清津港至大阪，全程要節省三十五小時路程，而且全程運輸，皆走內線，遇到戰事發生，可以免除敵人海上艦隊威脅。

日本對這條鐵路，多年來即鍥而不舍，向張作霖進行交涉，一九二七年十月八日日本首相田中義一密派滿鐵總裁山本條太郎及張作霖日籍顧問町野武馬到北京與張作霖洽商，當時日本提出條件：一、奉日訂結政治經濟同盟；二、地價一千萬日金先付五百萬。（註一）當時張作霖已有允意，不過採取何種方式進行，以正式外交換文，還是作爲張作霖與田中的私人協定，正在討論時，日本本身發生爭執，因而停頓。

到了此時，日本舊事重提，派出江藤丰三等來北京坐逼，非要張作霖主持的政府簽署不可，有關人員都看出這一次無法拒絕，又都不願負此重責，交通總長常蔭槐首先避往天津，路政司長劉景山臨時辭職，日本代表逕向張作霖用壓力（註二），張作霖無奈何只得派航政司長趙鎮兼任次長，代理部務於五月十三日深夜同日方代表就敦圖、長大兩鐵路合同在交通部蓋印（註三）。第二天，日方代表發現趙鎮代理部務命令五月十五日始生效，而合同蓋印則在十三，又是星期日，有一天中國政府可以否認，又要求將合同上五月十三日改爲十五日，張作霖也同意了。當時所簽合同究竟是幾路，奉方聲稱所有文件均在皇姑屯炸毀，日方則稱已簽敦圖、長大、延海、洮索四路，僅餘吉五一路，等張作霖回奉後再議（註四）。

由這一點看，可知一般傳說日本人因在張作霖手中得不到權利，故將其害死，並非事實。

張學良

另一項傳說指日本阻止張作霖出關，在北京繼續抵抗國民革命軍，亦與事實相反，日本當時希望張作霖早日率軍回到奉天，即使不能以東北四省自成一國，起碼也如第一次直奉戰後所採立場，與北京中央政府斷絕關係，保持半獨立狀態，張作霖也接受了日方意見，全師出關，所以就當時情形來說，張作霖與日本政府並無衝突，日本政府要利用張作霖之處正多，決無謀害張作霖之理。但是，皇姑屯炸彈又確實出於日本人之手，此事又怎樣解釋。

原來在五月十八日日本政府向中國南北兩政府及英美各國發出覺書一件，說明如果中國內戰波及滿蒙，日本即在該地採取維持治安秩序之有效措施。覺書發表後，田中於二十日秘密下令，準備出兵佔領奉天（瀋陽），並派兵在錦州、義州、山海關、朝陽一帶擔任警戒，事實上也就等於佔領東三省，參謀本部也以此項命令下達關東軍司令部，司令官村岡及重要負責人齋藤，河本都作了出兵的準備。但日本國內情況卻起了變化。

當「覺書」送達華盛頓時，美國首先表示反對，國務院告知日本大使松本恒雄，說明東三省行政主權係屬中國，任何國家不得干預。次日，美國更以正式通牒致日本大使，要求日本在實際行動之前須告知美國。日本外務省接到美國通牒，邀請陸海軍有關部門會商，爭吵半日沒有結果，參謀本部作戰課長荒木貞夫，外務省次官（是時外相由首相田中自兼）森恪均主張照原計劃進行，但海軍則堅持反對，海軍將領左近司，米內光政（抗戰期間曾任首相）均在會議上發言。海相岡田啓介（後亦任首相）也在閣議上勸阻（註五），田中意思活動，當即下令暫停行動，並派田代皖一郎（此人盧溝橋事變前任華北駐屯軍司令官，不知何故自殺）前往傳達，關東軍將領自感失望，即致電首相要求維持原議，森恪也勸田中向東北用兵。但田中經過數日思考，又經過外務省官員有田八郎（抗戰前曾任駐華大使，外相），陸軍將領阿部信行（抗戰期間曾任首相，並曾任駐汪政權大使）勸阻，乃決定變更計劃，維持張作霖地位，命令關東軍不得妄動（註六），引起關東軍將校不滿，河本大作始決計炸死張作霖，企圖因張之死，引起東三省混亂，可作爲出兵藉口。田中禁止關東軍出兵東三省計劃，於五月三十一日決定，六月一日送達奉天，河本於六月二日開始佈置，六月四日張作霖遇難，此事詳細經過，容另文敍述。

發動九一八事變之一魁首日陸相南次郎

二、張學良何以拒與日人談判

九一八事變之發生，照一般的說法有遠因有近因，近因是中村震太郎之被殺，遠因則是張學良拒絕回奉天與日本談判解決懸案，事變後日方聲稱雙方懸案達五十三項之多（註七）。

中村被殺一案，中國確有部份責任，殺害中村之團長關玉衡（瑞璣）當事發後即被東北邊防長官司令部下令扣押在瀋陽監獄，九一八事變後，關玉衡落入日軍手中，未聞日軍對關採取任何行動，可知中村震太郎被殺一案，決非引致九一八事變主因，基本原因還在張學良與日本方面之懸案，未能早日解決，導致事變發生。本期刊出文章，對張學良在北京不肯回瀋陽，雖經臧式毅電請，張景惠面催，一直不肯成行，終導致事變發生，各方對此均無恕詞，馬君武博士哀瀋陽詩（見本刊封底）更極盡挖苦之能事。

但實際情況，並非如一般傳說之簡單，張作霖、學良父子對國家來說是一大負數，功不抵過，但若就失東北專責張學良，則似有未妥。

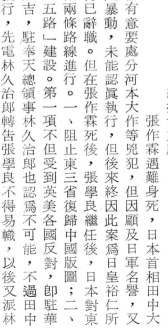

張作霖皇姑屯遇炸時，張學良正在保定督師，聞變星夜趕回奉天，兩星期之後，受奉天省議會推舉，初爲奉天軍務督辦，旋任東三省保安總司令，和平維持會主席。

張作霖遇難身死，日本首相田中大爲失望，曾有意要處分河本大作等兇犯，但因顧及日軍名譽，又怕引起軍人暴動，未能認眞執行，但後來終因此案爲日皇裕仁所杯葛，不得已辭職。但在張作霖死後，張學良繼任後，日本對東三省政策循兩條路線進行。一、阻止東三省復歸中國版圖；二、繼續完成「五路」建設。第一項不但受到英美各國反對，即駐華公使芳澤謙吉，駐奉天總領事林久治郎也認爲不可能，不過田中似乎一意孤行，先電林久治郎轉告張學良不得易幟，以後又派林權助以吊喪爲名，到奉天與張學良密談四次（自八月四日至十二日），林權助曾任駐華公使，與張作霖也算老朋友，此時剛拜任駐法大使尚未到任。林權助以世伯身份對張學良極盡威脅之能事，但張學良反唇相稽，不爲所動，雙方談判極不愉快，不過由於林權助之嚇阻，（註八）卻使東北易幟晚了數月，七月二十五日東三省保安司令部開會，已對易幟案一致通過，但因林權助之嚇阻，一直延到十二月二十九日始易幟。

東北易幟所以成功，由於張學良之決心及中國國際地位之提高，但日本外務省官員之緩衝，亦有重大關係，當時日本外相幣原喜重郎，爲一和平外交家，一向主張對華親善，九一八事變後被軍人脅迫去職，直到日本投降，十四年中軍人口中之幣原外交，卽爲屈辱之代名詞，日本投降後，曾應麥克元帥之邀，於一九四五年十月至一九四六年五月出任首相。

駐瀋陽總領事林久治郎也主張與其干涉易幟，不如伸張鐵路權益，轉見實惠。田中首相自干涉易幟失敗後，也全力注重鐵路建設之交涉。所以就當時情形而論，日本對於東北五路修築權已勢在必得。

七月十九日林久治郎道賀張學良就任東三省保安總司令時，曾提及敦圖、長大、延海、洮索四線，張學良當時答覆有困難，到了九月林久治郎又偕同滿鐵理事齋藤良衛一齊去見張學良，繼續討論鐵道建築事，張學良推辭須由中央政府作主，實際上此時東北尚未易幟，張學良的話自是推卸責任，及到東北正式易幟後兩日，已是一九二八年最後一日，林久治郎又來作第三次要求，雙方辯論兩小時，張學良的回答是沒法子（註九）。

關東軍司令本莊繁

此時東北已經成爲中國一部份，外交當然要由中央主持，國民政府且曾在一九二七年十一月間通告列强，任何協定非經中央政府參與，均不得生效。張學良此時是眞「沒法子」了。但日本方面因過去談判對象是張作霖，又未訂立正式協定，自不能據以向南京國民政府交涉，於是日本營謀多年的「五路合同」，至此完全落空。

日本人當然不甘心，一九二九年元月田中命令張作霖生前顧問好友町野武馬（此人戰後始故，平生對張作霖感恩知己，家中懸有張作霖遺照，終年祭祀）去瀋陽交涉，町野當時參與在北京交通部蓋印之事，眼見張學良堅不承認，就走訪楊宇霆及換印時任交通總長的常蔭槐，打算將當日在北京商談經過公佈，然後據此與南京中央政府交涉，誰知當天晚上楊宇霆、常蔭槐卽被張學良槍殺。楊常之死，自不會與此有關，但日本人憤慨卻久久不能平息。

町野交涉失敗後，田中又命令林久治郎專就敦圖、長大兩線進行交涉，三月二十九（一九二九）林久治郎又訪張學良，說明日方意旨，敦圖、長大兩線根據協定，一年後興工，日方已準備就緒，如果張學良不答應，日本卽自行修築，並預定四月四日開工。

張學良則告以此事應由中央作主，如果日本强以武力測量，則一切後果概由日方負責。此時中日關係正趨向和解，原有之濟案、漢案、寧案、及通商條約案，均由日本駐華公使芳澤與外長王正廷談判解決，在華日本外交官致電田中，希望不要因東北一兩條鐵路，妨礙正在改善之邦交，（註十）於是，此案又無形擱置下來。

一九二九年以後，幣原主理日本外交，力圖與中國修好，欲以日本技術，援助中國，開發經濟，並代中國訓練技術員，此時幣原所要求於東北者，只有敦圖一線，其餘四線均可廢棄（註十）。惜乎張學良未能認清局勢，把握時機，作出適應行動，終使幣原温和外交破產，引致軍國主義極端分子抬頭。

明白此項經過，可以了解張學良爲甚麽在北平不肯囘去，自一九三〇年十一月入京，即托病就醫，留駐北平。以張景惠地位之尊（學良呼之爲四大爺，即四伯父之意），親至北平不能將張學良請囘去，說他迷戀故都的繁華是寃枉，他眞正的動機是逃避現實，不願與日本人談判，但此事豈是逃避可了，此等處足見張學良決非大才，國家大任付與此等人之手，安得不出問題。

三、不抵抗真象

九一八事變東北軍不抵抗而失瀋陽，舉國譁然，張學良從此蒙上不抵抗將軍的惡名，終於激成以後的西安事變。所謂不抵抗究竟是怎麽囘事呢？一九三一年七月六日張學良曾電告東北政務委員會稱：「此時如與日方開戰我方必敗，敗則日方將對我要求割地償款，東北將萬刼不復，亟宜力避衝突，以公理爲周旋。」（註十一）

七月十二日國民政府主席蔣中正亦有電致張學良，囑在東北勿生事端，電文中有「此非對日作戰之時」，七月十三日于右任又電張學良，亦稱「中央現在以平定內亂爲第一，東北同志宜加體會。」（註十二）由此可知不抵抗是中央整個國策，並非張學良個人意見，不能責成張學良一人負責。

邊防軍第七旅旅長王以哲

國民政府當局何以確定不抵抗方針，恐怕是從濟南事變得到的經驗。一九二八年五月發生的濟南事變，日軍在濟南司令福田有意尋釁，企圖與革命軍引起戰爭，可以挽救北洋政府崩潰，但蔣總司令不爲所動，下令繞道北伐，終於完成使命，最後日軍亦不得不退出濟南，此爲不抵抗政策成功的典型。此時中央當局，仍認爲日本即使挑釁，無非如濟南事件，限於一城一地，事後進行交涉，日軍仍要退出。不知東北地形與朝鮮毗連，非山東隔着大海可比，山東與日本沒有轇轕，東北自張作霖以來就有數不清的舊賬，兩地所處情況不同，結果自然各異。

如果當時抵抗又當如何？先說雙方面總兵力，日軍約二萬二千七百人，連同在鄉軍人約達四萬人（註十三）。中國方面兵力十八萬人，馬三萬匹（註十四）。再就當時作戰雙方來說，日本進攻瀋陽兵力分爲兩部份，一爲獨立守備隊第三大隊，由島本正率領，向北大營進攻，兵力約五百人，一爲第二師團二十九聯隊由平田幸弘率領，向瀋陽城進攻，是時北大營駐防兵力就在一萬人以上，如果抵抗，日本當然不能得逞，但在九月六日張學良又由北平發出一電致東三省政務委員會及邊防軍參謀長榮臻，電稱：「現在日方外交漸趨吃緊，應付一切亟宜力求穩健，對於日人無論其若何尋釁，我方務當萬分容忍，不可與之反抗，致釀事端，即希迅速密令各屬切實遵照注意爲要」（註十五）。這封電報是「不抵抗」的最重要文獻，東北政務委員會及邊防司令部自然轉知所屬。雖然如此，當日軍進攻北大營時，守軍第七旅旅長王以哲又在電話請示後，始下令退出。

假使東北軍奮起抵抗，會不會眞如張學良所說必敗，敗則割地賠款呢？鑒於以後的淞滬抗戰，長城抗戰，若抵抗未必敗，即敗也未必割地賠款，即使壞到如張學良預料，也決不會失去四省，所以無論如何說，當初的不抵抗確是一大失策，只有奮起抵抗，始能引起國際同情與注意而插手調解，如淞滬戰爭。或使日本看到無一戰而勝把握，知難而退，則雙方可以自行了結，如塘沽協定。由於不抵抗，始引起日人併吞的野心，此爲第一大錯。

四、不直接交涉

九一八事變時，日本內閣首相若槻禮次郎，外相幣原喜重郎，均爲文治派人物，皆不主張以武力進攻東北，九月九日參謀總長閑院宮親王就有整肅軍紀之表示，九月十一日日皇裕仁在熊本大演習時，召見陸相南次郎，囑整頓關東軍軍紀（註十六）。南次郎當時頗爲惶然，檢閱後去見日本政壇唯一元老西園寺公望，請示機宜，西園寺當時說明兩點：第一、滿洲是中國的領土，第二、外交非軍人所可干預。身居陸相高位，對此尤應注意，南次郎當時悚然受教，所以在九一八事變前後，日本政府不論文武均不願擴大事件。在九月十四日東京參謀本部得到關東軍參謀長三宅光治密電，報告關東軍少壯軍人有發動軍事異動的消息，請派小磯國昭或建川美次前往瀋陽宣撫，當時建川任參謀本部作戰部部長，小磯任陸軍省軍務局長，兩人均是少將。

同時日本駐瀋陽總領事林久治郎亦報告外務省，謂獲得密報，軍人將於九月十八日突襲瀋陽。幣原外相得到報告，即向陸相南次郎提出詰責，南次郎曾受裕仁的面諭，現在又逢到同僚壓力，乃商定參謀總長金谷範三派遣建川前往鎮壓，不幸建川溺職，未能及時趕到，此事經過太長，容另文敍述。

中村震太郎

筆者所以縷述此點，旨在說明當時日本內閣決無吞併東三省野心，我方若能把握時機，立時進行交涉，則滿洲國決不可能出現，日本非將東三省交還中國不可，充其量無非是五條鐵路權益的損失，也許還不致損失五條。

不幸的是從南京到北平，自中央政府到地方政府皆不願與日本直接交涉，一意要訴之國聯。中國政府何以訂下一個這樣外交政策，說來還是爲過去歷史所誤。不抵抗政策根源於濟南事變，前面已說過，不直接交涉則種根於巴黎和會到華盛頓會議。

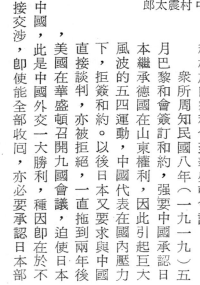

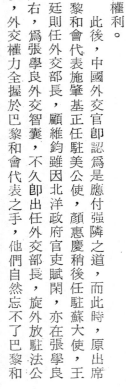

衆所周知民國八年（一九一九）五月巴黎和會簽訂和約，强要中國承認日本繼承德國在山東權利，因此引起巨大風波的五四運動，中國代表在國內壓力下，拒簽和約。以後日本又要求與中國直接談判，亦被拒絕，一直拖到兩年後，美國在華盛頓召開九國會議，迫使日本將山東無條件交還中國，此是中國外交一大勝利，種因即在於不直接交涉，如果直接交涉，即使能全部收回，亦必要承認日本部份權利。

此後，中國外交官即認爲是應付强隣之道，而此時，原出席巴黎和會代表施肇基正任駐美公使，顏惠慶稍後任駐蘇大使，王正廷則任外交部長，顧維鈞雖因北洋政府官吏賦閑，亦在張學良左右，爲張學良外交智囊，不久即出任外交部長，旋外放駐法公使，外交權力全握於巴黎和會代表之手，他們自然忘不了巴黎和會的成功歷史，所以主張訴之國聯，不與日本直接交涉。在當時，財政部長宋子文與日使重光葵會談，九月十九日在上海密談，商定中日各派高級委員三人組成共同委員會赴瀋陽阻止事變擴大，並就地解決重要問題。

重光葵卽電外相幣原請示，幣原九月二十日回電同意，但因爲各地民意激昂，無人敢出頭交涉，此一計劃乃胎死腹中。（註十七）當時若能成行，相信也許可以挽救危機，　阻止滿洲國出現。

到十二月間，外交部長顧維鈞提出錦州中立辦法，也感到有直接交涉的必要，但因受不了民意的壓力而放棄。

若槻內閣倒台後，中國之友犬養毅起而組閣，卽派萱野長知來華直接交涉，不幸爲森恪所破壞，森恪此人是一個野心政客，具有非常之手段，他任田中內閣外務次官時，竟然能左右田中之外交政策，此次居然出任犬養內閣書記官長（秘書長），犬養首相明知此人與己政見不同，而偏把他安置在一個機要位置上，眞是不可解之事。不過，可以估計，卽使沒有森恪破壞，萱野之外交也未必能成功，說來說去還是一個原因，無人敢背這個重任，因爲一旦與日本直接談判，無論成敗，先要背上賣國惡名。

此日論這一段公案，覺得當局不抵抗尚可原諒，而不能把握時機，直接交涉，坐視滿洲國之出現，實在是又一大錯，以九州之鐵鑄不成的大錯。民國二十二年爲了塘沽協定事，蔣委員長與行政院駐平政務整理委員會委員長黃郛交換意見，黃郛曾沉痛指出：「……蓋國際援助一層，以兄(黃郛自稱)平素所具之國際常識判斷，敢斷其不過一片空言，讓百步言之，其實際援助，爲時必甚迂緩，遠水不救近火，爲量必甚微薄，杯水無補車薪者也。……至尊電所謂『應下最高無上之決心，以求得國人之諒解』一語，則兄尤不能不辯。兩年以來，國事敗壞至此，其原因全在對內專欲求得國人之諒解，對外誤信能得國際之援助，如斯而已矣」（註十八）。此眞是大政治家的智慧之言，假使九一八事變時行政院長或外交部長爲黃郛，局勢決不致敗壞至此，莫謂秦無人，惜乎用之太遲，但兩年後若非黃郛出山，恐平津也將爲東北之續，此事不關本文，不贅。

總之，九一八事變關乎到整個人類的命運，尚不止中國而已，當時本有許多可以挽回的機會不幸失去，今日痛定思痛，覺得我國外交仍然停留在四十年階段，對外仍望得國際之援助，是眞可哀矣。

附註

【註一】：太平洋戰爭之路，一卷二九四——二九六頁。
【註二】：外交部白皮書二十六號。
【註三】：國聞周報五卷二十期。
【註四】：山本條太郎傳記，六〇四——六一二頁。
【註五】：「田中外交與張作霖爆殺」，馬場明。
【註六】：昭和政治秘史六一——六三頁。
【註七】：中國出席國聯代表團說帖。
【註八】：國聞周報四十二卷五號。
【註九】：太平洋戰爭之路，一卷三十七頁。
【註一〇】：臼井勝美「田中外交之覺書，日本外交史研究」。
【註一一】：日本外務省記錄，關東軍警務廳七月十五日致外務省次官電。
【註一二】：太平洋戰爭之路，二卷二六八頁。
【註一三】：外交月報一卷四期。
【註一四】：中國聯合國說帖十三號附卷乙。
【註一五】：白皮書二十六號五〇——五一頁。
【註一六】：原田文書西園寺公與政局第二卷。
【註一七】：東京裁判證件二四六號。
【註一八】：革命文獻三十八輯二一三九頁。

抗日民族英雄馬占山

楊潔如

民國十四年十一月，郭松齡將軍回奉之役，張老將在日本關東軍採取「支持東北舊政權，一動不如一靜」的方針下，做了拔刀相助的義士：先是對郭軍作外交上的阻撓，繼而是對張老將作實力的支持。就在這段期間以內，黑龍江吳俊陞的騎兵開到了。首先到達的是馬占山的騎兵團，由於夜襲白旗堡的成功，使馬一舉成名。由團長升爲騎兵旅長，後來更兼任黑龍江省區的警備司令，因而才造成他九一八後代理黑龍江省主席，和江橋抗日之一役。

有人說，東北的九一八事變，日本固然是害了中國，但亦害了自己，假設沒有九一八事變，就不會使中國以後發生那麼多的不幸事件，以致使中共在抗戰中日益壯大，而卒至奄有了中國大陸！也不會使日本軍閥瘋狂的發動珍珠港事件？以致捲入了第二次世界大戰的旋渦，而卒至招了戰敗投降之悲劇！

顧維鈞獻計少帥

九一八事變之後，張學良將軍，也曾帶病在北平順承王府召集過他認爲可與談大事的一些親信人員，和當時依附他的所謂「名流」，研究過這一件空前的外交事件，和檢討過和戰大計。但那些事務官，幕僚，淸客們，是拿不出甚麼好對策來的。

當時依附張的外交家顧維鈞博士，人到了中年，心情已有所改變，早就沒有了當年出席凡爾賽和會，華盛頓會議時那股勇氣。他向張提出的建議是：

「以外交折衝，對付武力侵略；經國際聯盟，避免直接交涉。」

在自顧實力不如人的情況之下，顧提出的辦法，未嘗不是一項「言之成理，」說來「冠冕堂皇」的政策，但不料因此卻造成了張學良一生洗刷不掉的「不抵抗將軍」惡名。

九一八事變後東北的情況，是除了地方部隊和留守的少數部隊外，（如王以哲旅的單守北大營）其餘的所有東北精銳部隊，均於民國十九年，由張學良自行率領入關。

彼時留在東北的地方性部隊，在黑龍江省的，有馬占山的騎兵旅，程志遠的省防軍。在吉林省的，有張作相散佈在中東路沿線的護路部隊，哈爾濱鎮守使丁超的步兵旅，駐防三江李杜的步兵旅，和駐防省城的馮占海衛隊團；在遼寧省的，有洮南鎮守使張海鵬的騎兵旅，及王以哲的步兵旅；在興安區的，有鄒作華將軍的屯墾軍，兵力三個步兵團，一個騎兵團，一個砲兵團。大砲是日本三八式野砲二營，一○五米糎重砲一營。

在以上這些省防部隊當中，日本之對於遼寧省已親自動手；對於吉林方面，他們對於吉林省參謀長熙洽早已有連絡；對於洮南張海鵬部，也取得了默契。

他們最感頭痛的，是興安區的屯墾軍，那不但是一支實力較强的部隊，而且鄒的部下都是一班青年軍官，（中村大尉被殺事件，就是發生在興安區王衞廟第二團防區內，團長是關瑞璣號玉衡，此時已因中村被殺事件被囚瀋陽監獄）抗日情緒非常濃厚，也無法予以說服。他們只好把那個地區，留待以後再說。

林義秀訪馬占山

接着，關東軍的擴大方針之後，他們便積極圖謀經營江省。日本軍部對於情報工作，向來是極端重視。吸收情報的方法更是五花八門，無孔不入。

在九一八事變以前，關東軍少佐林義秀，早以西藥房作爲掩護，住在齊齊哈爾（江省省城），做刺探江省軍政消息工作，並設法和黑省軍政有關人士「折節論交。」

事態明朗化以後，林義秀即出面訪問馬占山將軍，聽取他的意見。馬占山是「紅鬍子」出身，對於政治外交的識見，當然說不上「水準。」但他對日本軍的力量，也估計的非常清楚，最初也並無自不量力，以卵擊石的意思。林義秀一次兩次的接談之後，便對馬提出來所謂「皇軍」的希望。

他告訴馬占山說：「關東軍希望馬占山探取吉林熙洽，洮南張海鵬一致的辦法，與日軍合作。並改組黑龍江省軍政機構，且同意多門師團，進駐黑龍江省。」

老實講，熙洽和張海鵬的那套作風，未待日軍進攻，即向日本賣身投靠的辦法，馬占山站在民族大義立場，並不同意。如果也叫他追隨他們的路線，他是寧死不從。但他權衡了一下自己的實力，實在不夠與日本對抗的資格，於是他便想到了屯墾軍方面。

抗日民族英雄，孤軍守土之黑省主席馬占山

那時，屯墾督辦鄒作華，奉命出國考察，在歐洲尚未回國。留守的人只有會辦高仁紱，統帶苑榮轂，和參謀長金典戎等人。馬要想抗日，必須首先取得屯墾軍的支持，否則，專靠他所統率的一旅騎兵，（一旅兩團，每團四個騎兵連，一共不過一千多人）是沒有辦法和日本軍隊展開正面作戰的。

原來，在九月初旬，南滿附屬地一帶，空氣已異常緊張，參謀長榮臻曾打電報向張學良將軍請示，張的回電原文是：

「沉着應付，毋使擴大，敵果挑釁，退避爲上。」

此項電令早由東北邊防公署，電令屯墾軍遵照。

此後發生了九一八事變，王以哲旅果然遵照命令，全師而退。屯墾軍因爲地處邊遠地區，敵人既未來犯，該軍亦未奉到命令遠征，後來，他們得到的情況，知道了和他們鄰防的張海鵬，已與日本實行合作，空氣突告緊張起來。此時恰好接到馬占山電商共同抗日的電報，同時，也接到了張學良將軍由北平拍來的電報，要他們全師撤往關內。

屯墾軍開到江省

經過該軍的一度會商，遂決定開赴江省，參加馬占山的抗日陣營，而置張的命令於不顧。該軍開赴富拉爾基以後，即奉命開赴江橋，對日軍部署防禦陣地。

馬占山將軍得到屯墾軍的支持，遂馬上在黑龍江省城舉起抗日大旗。同時，並發表了以下命令：

一、爲實行守土有責，及抗拒外患起見，黑龍江全體軍民，決本保境安民的天職，聯合屯墾軍全體袍澤，對來犯之日軍，實行抵抗。

二、爲統一指揮，及克盡作戰職責，特區劃戰鬬序列如下：（一）黑龍江抗日總司令，由本主席自兼，參謀長爲謝珂將軍，參謀處長爲金奎璧將軍。（謝爲陸大六期，金爲陸大八期畢業）（二）特派程志遠爲騎兵總指揮，指揮江省所有騎兵部隊；（三）特派范崇轂爲步兵總指揮，指揮江省所有步、騎、砲兵部隊；（四）特派金典戎爲前敵總指揮，指揮江橋前線戰事。

馬占山既決心舉起抗日大旗，除了軍事上的部署以外，最主要的就是經濟問題。那時，黑龍江的財政，仍由萬系人員掌握，（主席萬福麟）東北局勢緊張以後，黑龍江的省庫存款，均由主管者掃數調往哈爾濱，以備萬一。馬雖負代理省政責任，但關於軍政經費，仍須仰給於人。

馬決心抗日之後，便首先與萬系駐哈爾濱首腦人萬國賓協商，（萬福麟之子，時任洮昂鐵路局局長）及至萬子保證供應馬用兵作戰各項費用後，馬始決定樹起抗日大旗，不計後果，與來犯日軍一拚，因而有嫩江江橋之一戰。

在兵力部署方面，是把屯墾軍的步、砲兵部隊，及江省的衞團隊，分佈在江橋正面，以扼止來犯的日僞軍（張海鵬）部隊。把程志遠統率的騎兵分佈在我軍的左側方，以便對渡江之敵，隨時予以側擊。屯墾軍騎兵團控制在後方。

那次來犯的敵軍是關東軍的多門師團，及張海鵬部的騎兵，在兵力部署方面，是由多門師團擔任對江橋方面的攻擊；張海鵬部騎兵，擔任對富拉爾基的進攻，以襲江省的後背。

但不料行抵塔子城附近，即遭屯墾軍的騎兵團殲滅，張海鵬的騎兵司令鵬飛陣亡後，張部已潰不成軍。張乃撤回洮南。

馬占山這一場對日苦戰，可以說完全出自他的純潔「愛國心」，和直覺的「正義感」。至於屯墾軍對他的「拔刀相助」，也大半是基於同樣心理，絲毫沒含有半點「出風頭」想法。

他們唯一不合乎手續的地方，是並沒有在事前取得他們主帥——張學良的任何指示，而且屯墾軍的開赴江省，顯然的是違背了統帥的命令。

此外，他們並沒有直接或間接的得到中央政府的應變方略，和應戰的鼓勵。僅憑他們個人對國家，對民族的意識和熱情。以有限的兵力，有限的彈藥，有限的供應，對已佔有遼寧、吉林兩省，所向披靡與日本關東軍多門中將所指揮的龐大兵團，（包括空軍及裝甲部隊等）以正氣對抗飛機大砲，以精神週旋於槍林彈雨之中。以劣勢兵力對抗優勢敵人，於是，馬便於部署好軍事之後，便在三間房「前敵總指揮部」，召開了一次研討抗敵戰略的會議。參加的人，有馬占山、謝珂、程志遠、苑崇轂、金典戎、金奎璧、李允聲等。

敢死隊黑夜渡江

在會議席中，有人提議，爲打擊敵人的士氣，派遣一部份敢死部隊，偷渡嫩江，襲擊敵軍後方司令部。馬聽畢之後，立即表示贊同，會商結果，是在屯墾軍的第二團，挑選了兩連敢死隊，乘黑夜渡江，襲取敵軍司令部。

這一突如其來的行動，大大的出乎了敵人意料之外，除了多門師團長，和重要指揮人員，均在嫩江「前進指揮所」，逃過此難外，其餘所有後方留守人員，全部被我偷襲人員所殲滅，而造成了輝煌的戰果。

這件事由於馬不懂得宣傳，並未對外發佈較詳的報導。國內的報紙，雖有一爪一麟的透露，亦均語焉不詳。事後事過境遷，人亦淡然忘之，豈非一大憾事！

又在江橋正面決戰之中，屯墾軍的砲兵曾大發神威，殲敵無數。其中一砲，曾射中敵軍的旅團司令部，多門旅團長當時中彈身亡（多門師團長之弟，日本陸大畢業）在內地報紙上，亦無詳細報導。

但日本關東軍參謀臼田寬三少佐，爲了追悼這兩件事，卻寫有長曲「嫩江吟」，譜之於管絃，稱爲一時絕唱。在臼田的意思，固然是爲了表揚日軍遇難的壯烈，但馬部此兩戰的神威獨運，轉而因臼田的「傳奇」，在日本已成了家曉戶喻的事。

在中國的整個抗日聖戰中，江橋之一戰，不但可媲美三次長沙會戰，即淞滬之戰，亦無以逾此。

然而，馬軍以孤軍獨當大敵，正面的兵力，不過是屯墾軍的步兵三個團，江省的衛隊一個團，和屯墾軍的砲兵一個團，再加上程志遠所統率的騎兵部隊，人數不過是一萬左右，獨擋多門師團三萬之衆，其勢自不能持久。所以，在多門師團增援以後，以五萬以上的生力軍，配備十二架飛機，及三十餘輛坦克，強行渡江向馬部實行總攻。多門師團將領等都赴前線，而以獅子搏兔的全力，向屯墾軍正面作泰山壓頂的進攻。激戰三晝夜之久，馬曾至三間房「前敵總指揮部」，親自擔任指揮戰事。後來終因寡不敵衆，在人數傷亡過半之後，馬下令全軍後退。屯墾軍奉命撤至拜泉，馬本人則撤往海倫，以徐圖後舉。

在馬占山江橋抗戰中，全國民衆，尤其是海外僑胞，激於義憤，均踴躍輸將，以實行勞軍。哈爾濱市的工、商、學各界人士，並紛紛派出代表，向三間房前敵指揮作戰的將士，表示慰問，和致送慰勞品。

國人捐輸的款項，均由哈爾濱江省萬系人員領收，在江橋戰事進入緊急狀態前，便携款他去。因之，海內外的捐款，用於江橋抗戰者，爲數極微。

馬氏入關後，回憶舊事，曾經對外發表談話說：

「中央直接長官顧不了黑省，事屬實情。但使江省人員一心一德，各盡其責，江橋之戰，能支持一兩個月，尚非一無把握。誰想此輩只知飽個人私囊，不知急公好義。到了最後，與我患難相守的，只有自己的好友，像屯墾軍的袍澤。江省舊人，都相率遠颺，另覓安全地帶。對日抗戰，好似我馬某私事，眞令人言之痛心！」

馬的這番話，是老實人說老實話，一切均有所指，事過境遷，我們也不必去翻舊賬。

江橋之戰，在中國抗戰歷史上，固然是有聲有色，無愧天人。但馬當時的處境，確像一個無助的孤兒，和失羣的孤雁，處境十分可憐！當時的中央政府，及他的直屬將官，對他的執戈衛國，既沒有盡到應該盡到的一切責任，指導，支援，補給，和維護。而且對於精神的鼓舞，亦缺乏人間應有的溫暖。馬的部下將領謝、范、金、金等人，回到關內的時候，亦未得到政府應有的照顧。

退守海倫以後

馬退守海倫以後，因爲戰時的傷亡，固然不輕，（主要的是屯墾軍和江省的衛隊團）但新收編的部隊，爲數也不在少數。如蘇炳文部，和新加入的游擊軍總指揮張大同部。程志遠部雖稍有傷亡，但損失輕微，不傷元氣。這些部隊和在一起，聲勢依然甚爲浩大。

至於中東路一帶的護路軍丁超部，及三江鎭守使李杜部，和吉林游擊軍馮占海部，爲勢所迫，亦與馬部發生了緊密的聯繫，而且還有了進一部的對內對外行動一致的盟約。

東省特別區的行政長官張景惠，在東

北老一輩的英雄中，他是僅次於張老將的人物，九一八事件後的第二日，由錦州弔完張作相父喪後北返，日軍司令官本莊繁，知道了這個消息，在瀋陽歡迎他，留作竟日之談。

本莊繁見張時，對九一八事變，向張表示歉意，他希望事變能早日解決，渴望張予以協助。張當時在東北的地位，不但事實上是北滿的盟主，而且也可以進一步形成他在東北的領導地位。

本莊繁對張的使用「懷柔政策」，足見彼時的關東軍，雖冒險發動了九一八事件，但尚無將之擴大的決心，一切問題均作保留餘地的準備，不欲過爲已甚。

然而，在中國政府方面，對於「東北問題」，固然喊的震天價般响亮，但在處理方針方面，依然脫離不了如左的範疇：

第一、張學良接受了好友顧維鈞的建議，已決定避免與日本的直接交涉，把問題推給中央政府去處理。

第二、中央政府則把這個問題，送到國際聯盟去處理。並不作直接交涉的打算。

第三、國聯的「洋大人」，多少有一些「抑强扶弱」的心理，也製訂了一些無補實際的步驟。

我國政府那時處理這件事，最大的毛病就是「躲」，「推」，「拖」三個字的錯誤。譬如日內瓦會議的第一個回合，已經議決在錦州會談劃分「緩衝區案」，以避免事態的繼續擴大。

這項決議，是不是正確？對於中國現局有利無利？姑不具論。但中國已接受這一建議，而且還曾派顧維鈞代表出席。爲甚麼這件事後來又石沉大海，一無音信。甚至顧維鈞博士，事後連一紙的聲明都沒有。

這一決議決定的時間，是在日本犬養內閣成立的前後，芳澤謙吉（犬養的女婿）跟着由法國回國，出任外相。他道經瀋陽，曾與本莊繁作過一度商談。本莊繁事後向人表示：「我自始卽與張漢卿商量善後問題，對於錦州會談，我也不反對。但不明白，張漢卿爲甚麼將此事一直置諸不理。」

張景惠的特別區，由於國際上的關係，（蘇聯和日本的利益衝突）在夾縫中比較有迴旋的餘地。但在江橋戰後，形勢也一天天發生變化，但張仍以義和團事變後之張之洞自居，在與本莊繁會談後，提出來「安定北滿」，與「維持東北舊政權體系」的原則，憑他個人的聲望，及本莊繁的同意，和駐哈二十一國領事的道義支持。更以他的私人關係，對遼寧的臧式毅，海倫的馬占山，承德的湯玉麟，洮南的張海鵬等，發出互助合作的要求。

張海鵬、湯玉麟是張景惠的把兄弟，當然沒有問題，就是吉林的熙洽，也未作任何異議。至於臧、馬二人，在勢單力孤的情勢之下，除了跟着他走以外，並無其他途徑可循。

馬占山退出齊齊哈爾（黑龍江省城）之後，張曾應齊齊哈爾各社團的請願，暫代黑省主席，並設法與馬取得了連絡。他彼時去過了一次黑龍江省城，以撫慰人民。他回到哈市，卽在哈爾濱成立「黑龍江辦事處」，以維繫舊政權的體系，不使日軍和一班投機政客有「鑽空子」的機會。

被張景惠說服了

二十年的除夕，馬到了哈爾濱，張便將黑龍江的印信，送還給馬主席。至於馬的重返黑省，固然另有一番經過，例如經過若干投機政客的穿針引線等，但最主要的因素，還是由於張（景惠）對馬的勸告所致。如果沒有張的「帶頭作用」，馬是不會重作馮婦的。

記得，當筆者知道這一消息的時候，曾深夜見馬，談到此事時，馬曾非常懇切的對筆者表示：

「我是堅決主張抗日的，怎肯和日本人合作呢？」馬一開口就同筆者作了如上一個說明。他接下去又說：

「既然本莊繁表示希望事變就地解決

，由張敘帥（張景惠）出面，維持東北舊政權，以徐觀後變。我們何不利用這個機會，暫作緩兵之計：一者可以安定地方；二者可以騙取日本人一些槍砲。」

馬對筆者一面作如上的表示，一面露出來得意的微笑。筆者和他有多年的友誼，自不便說言不由衷的話，於是也坦率的對他相問：

「你同日本合作，雖然是假戲眞做，但在表面上，必須裝着十分誠意了？」

馬答：「那當然啦！」

筆者說：「好了，問題來了：你一同日本合作，他們首先就要派一批顧問人員，來加入我們的機關和部隊裏面。我請問你接受不接受？」

馬說：「當然接受了。」

筆者說：「只要你接受了日本人派來的顧問人員，我們的行動自由，就受了限制。到了必要時期，你再想抗日，也做不到了。」

馬：「哦！哦！哦！」

筆者看有機可乘，又接下去說：「我們現在的士兵，待遇很薄，每個月每人只發三塊五角錢的伙食費，一旦投靠了日本，每個人每個月立刻可以增加到十五元的數字（以哈大洋計）。你雖然想把他們帶出來打日本，但他們肯跟着我們再來過艱苦的日子嗎？」

馬想了一想，雖覺得筆者說的甚爲合理，但他認爲這些事都是可以設法防止的，筆者看出來馬相信張敘帥很深，並非筆者可加以阻止，遂提前回了關內，不再過問東北抗日的事。

張、馬這一重大決定，筆者知道他們確以「維護東北大局」，及「保障東北三千萬人的安居樂業」，做爲出發點，絲毫未替個人打算。

至於事變的外交問題，他們認爲是中央的事，他們不但認爲無權過問，而且也不願觸及這件事。對於東北的舊政權，張、馬二人願集合四省（遼、吉、黑、熱）一特別區（哈爾濱）的力量，予以支持。在外交未解決以前，務求舊有政權，不致喪失，宵小不致生心。在日本關東軍未作擴大打算以前，維持一天算一天。既沒有個人的野心，也不暇計及一己的利益。張、馬兩個人雖是大老粗，但對這些道理，卻看的非常清楚。

老段的一篇談話

張（景惠）的崛起，毅然決然的挑起來這一副擔子，據馬談起，是受了段（祺瑞）芝老一篇談話的影響。段於九一八事變後，對往訪的記者們發表談話稱：

「在國聯未對東北問題得到結論以前，總得維持現狀，而不使之打破，將來東北問題才能有一個相當有利的解決。如果在政權上有了變化，一旦既成事實，外交上便無從下手。縱有回天之術，亦無法恢復現狀，那就非訴諸武力不可，但又未得國家現時武力所許。」

張維持東北舊政權的方案，是恢復昔日的「東北行政委員會」。在南，支持臧式毅。在北，支持馬占山。他不料臧恢復了自由，剛剛的接收了政權，馬卽在江橋方面敗退下來。張遂親往黑龍江代馬維持省政，他當時的地位，甚爲微妙，他雖代馬接長黑龍江省政，固由於本莊繁的請求，亦卽是馬授意地方法團，向張提出呼籲。

板垣會見馬占山

這時，駐哈爾濱的關東軍武官百武晴吉中佐，也奉命謁張，請求他設法與海倫連絡；隨後，板垣征四郎亦偕同關東軍的政治顧問駒井德三到哈，（駒井德三於滿洲國成立時，曾出任國務院總務廳長職，是一位極具權威的人物）代表本莊繁與張進行和談，並請張介紹與馬會晤。經過張與馬的數度電談，板垣和駒井等，遂得親往海倫見馬。

張、馬二人都主張恢復「東北行政委員會」，是因該會係東北舊有的組織，因九一八事變而停止行使職權。張、馬認爲，該會應即日恢復辦公，亦將會址移至哈爾濱，以免和關東軍同居一地，而免其干預。至北滿局面，應一律維持現狀，進駐黑省的日軍，亦應及早撤退，以示誠意。黑省主席則亦由張長官兼攝，俟馬主席回黑省後，再行移交。

板垣等對二人提出的意見，表示無條件接受，並使原在黑省擔任聯絡的林義秀少佐，親赴海倫向馬致意及謝罪。北滿的特務機關長，則調土肥原大佐充任，負東省特區及黑龍江的折衝全責，仍由林義秀少佐駐黑，擔任中間的聯絡任務。

馬對日本的承諾，表示滿意，遂於民國二十年農曆年前，由海倫到哈爾濱參加會議，會議完畢後，即遄返黑省。以上所述的經過，就是馬由抗日立場，轉變為與張景惠合作，出面維持東北現狀的簡單經過。

張那次在哈爾濱的召集會議，係根據各方面的意見，及關東軍的諒解，而開始舉行的。會議召開之目的，是為恢復「東北行政委員會」的舊日政權。參加會議的人，張、馬以外，臧式毅派秘書趙鵬飛參加。此外，如吉林熙洽，熱河湯玉麟，洮南張海鵬，亦均派有代表人員出席。會議中決定的事項，計有左列各端：

第一、決定於農曆元宵前，（民國二十一年）在瀋陽召開東北行政委員會第一次會議。

第二、政務委員的成員，由遼寧（臧式毅）吉林（熙洽）黑龍江（馬占山）東省特區（張景惠）熱河（湯玉麟），各行政首長出任。

第三、行政委員會主席，公推特區長官張叙帥擔任。

第四、以後會議地點，移至哈爾濱。

張、馬的「維持現狀」計劃，就當時情況來說，固然符合了日本一班比較持重軍人的理想。（如本莊繁，多門二郎）但在另外方面，卻遭受日本少壯派軍人的反對。

關東軍作戰課課長石原莞爾，即堅決主張「打破現狀」，重新建立東北新政權。此外，再加上缺乏民族思想我方人士，如熙洽（原吉林軍參謀長）于冲漢（日人卵翼的滿洲自治指導部負責人）等人的推波助瀾，遂使張、馬恢復東北舊政權的計劃，經過瀋陽一度會議後，即胎死腹中。

英雄所見略同

馬雖是一個頭腦簡單的人，但他深明國家大義，他一看情勢不對，再戀棧下去，即有變成實際漢奸的危險，他便找了一個機會，以視察防務為名，脫離了黑省，在黑河防地，又舉起了抗日的大旗。

多門二郎師團長，雖在江橋之戰中，是馬的正面敵人，但他對馬卻非常敬重，他曾出任過日本陸大校長，在日本軍人中，負有相當聲望，一時有儒將之稱。他在特區有一次與馬晤了面，當酒酣耳熱的時候，放言無忌的談到事變，他曾對馬表示：

「我若是關東軍司令官，我不會這樣的做法。中日兩國根本沒有敵對的理由，反之，日本的大患，是在彼而非在此。日本應當愛惜國力，和中國聯合起來，來對付共同的敵人（這句話值得大圈大點）。可惜我是一個師團長，我只能服從命令，指揮作戰。」

多門和本莊支持張、馬的東北舊政權，就是為的不使事態繼續擴大，以等待合理的解決（即解決東北懸案）。但日本少壯派軍人，與他們的看法，卻不盡相同。而且那時日本軍部的實際權力，大都握在少壯軍人之手，所以當時有「佐官政策」之稱。如同前面所說的石原莞爾中佐，就以對俄作戰做為出發點，他認為日軍將來對俄作戰，必須絕對控制東北（多門是從政略上着眼，即聯中以制俄，石原是從戰略上着眼，即控制東北資源以對俄）。他覺得現在既然有了機會（即我方不抵抗），決不容採取半步政策，使東北舊政權復活。假如使國聯藉口調停，橫加干涉，不但使關東軍數月來的成果，毀於一旦，而且亦可能召來舊日「三國干涉」的往事重演，殊非關東軍所能容忍。

東北的大局，由於日本少壯軍人的作梗，和中國漢奸的內應，由關東軍司令部直轄的「滿洲自治指導部」所擬定的出賣國家民族利益的「滿洲建國方案」便適時出了籠。

這個方案，不用說是和石原莞爾所擬定的指導方針，完全是一致的，不過是用于冲漢的名義，提了出來罷了。它的內容，是建立一個「日主滿從」，「滿洲人的滿洲國」。軍事、政治、經濟，戰略等，一切都與日本結成一體。

這一計劃的出現，使馬、張等人，都感到震驚，依照張的意思，還打算委曲求全，徐圖挽救（這是張後來下水的主要原因）。但在馬這一方面，則早已確定下出走的腹案。

據曾經參加這一事件的某君表示，石原莞爾計劃確定後，曾將情況報告板垣，請他向本莊繁司令官提出要求。本莊因已向東省省區當局表示贊同「維持現狀」，勢難反顏否認。當囑板垣轉告司令部少壯幹部：

「不得輕率從事，除非中國方面，有人作此要求，日本方面可因利乘便，轉移方向。否則，信義所在，斷不能悍然不顧。」

從此可見，日本當時高級軍官的顢頇無能，居然可以允許自己的幹部，策定出來一種與自己意見相反的計劃，而不加以制止。不但有治下不嚴之過，而且有任意放縱之嫌。

在這種情勢之下，「滿洲國」便告正式粉墨登場，第一道命令，即任命鄭孝胥爲國務總理，臧式毅爲民政部總長，熙洽爲財政部總長，馬占山爲陸軍部總長。馬這時眞是有苦說不出，張敘帥也和他一樣，悶居新京，一籌莫展。馬當時曾以省政待理爲由，請准返黑，張則直至五月，國聯調查團到了東北，預定到哈爾濱訪晤，始得返哈。

和朋友表明心跡

馬返黑時經過哈爾濱，曾坦率的向接待他的朋友們表明心跡，說日本人的作風，難以長久相處。他說：

「如果日本的方針，是內外一貫，無所改變時，他只有相機自處，免得公私交困，身敗名裂。」

馬在談話中，已透露出來他重舉抗日義旗的動念，與他以往的委曲求全作風，恰好成了一個强烈的對照。

馬在留哈三日中，也曾和北滿特務機關長土肥原大佐會過面，在談話中馬也很誠懇的說明這件事的經過，及表明他本人最近的心情（當然他不會露出出走的動念）。

土對馬除慰藉以外，也表示了他本人的意見。他認爲新京的做法，並不是軍方的眞意，並希望將來能有所修正。同時，他也允許馬返省之後，他將親自赴黑，協助馬安排黑省軍政事宜。最少限度，必使黑省達到與特區相髣髴的地位，不受新京改制的牽制。

馬回省以後，第二個星期，土肥原果然是尾隨而至，當時的黑省特務機關長，仍爲林義秀少佐，在名義上是受北滿特務機關長的節制和指揮。

馬見到土肥原後，遇事即可直接和他商辦，不必再透過林義秀的電報轉達。那次土到黑之後，關於軍署的編制，軍區的劃分，人事的安排，土都儘量採納馬的意見。其中最感困難的，是黑省經費的困窘情事，土也面允予以支持，表示回哈之後，先墊借日金五十萬元（合哈大洋約一百萬元），以維持現狀。

林義秀等一班少壯軍人，對土肥原所推行的「懷柔政策」，並不十分了解，不時的露出來反對的意向，土臨行之時，曾召集軍方人員。有所指示，他說：「日軍在滿空前的勝利，並不是日本軍力的表現，北滿環境特殊，民心向背，所關至鉅。馬占山將軍此次來歸，軍方曾盡最大的努力，馬固然沒有多大力量，但軍部並不是就他力量評定他的價值。倘馬一旦脫幅，喊出抗日口號，對於滿洲的大局，和日軍的聲威，必有重大影響。卽使出以軍事行動，消滅或亦不難，但軍方所受的打擊，其損失必十倍百倍於此。本人這次對黑省所採取的寬大政策，確係計出萬全，具有大乘的見地。請君在此服務，應爲此神聖的使命，盡其努力，萬勿逞一時的意氣，動私人的感情。須知對中國人，凡事可以動以人情，不能施以壓力。」

土肥原是侵略中國的先鋒，東北事變的罪魁禍首。但他對林義秀所講的這番話，尚不失爲了解中國人心理的人。馬於民國三十八九年在北平閒住時，與筆者談起這段往事，他還稱道土肥原在黑省的表現，確實不錯。土肥原也的確言而有信，返哈之後，立刻給馬滙來日金五十萬元，使黑省的經費，得以維持。

決心脫出滿洲國

馬占山是一位帶兵出身的人，自然脫離不了軍人的窠臼，但最難得的地方，是他深明民族大義。從民國二十一年秋季，日軍擴大組織，由武藤信義大將出任關東軍司令官，小磯國昭中將由陸軍次官調任關東軍參謀長，駐滬武官岡村寧次少將爲副參謀長後，本莊繁對他所承諾的「維持現狀，以待事變逐漸結束」的諾言，在日本人在政舉，人亡政息的現狀之下，已成過去，他遂決心退出「滿洲國」，重新走上抗日之路。

筆者爲馬多年老友，後來在閒談中，馬曾向筆者說明他當年出走的理由，計有左列各端：

第一、他同日本軍人接近的結果，已看出日人銳意經營東北的決心，決不允許「滿洲獨立自主」。張叙帥的「維持現狀，徐圖解決」的做法，只是一種不切合實際，空洞的幻想。

第二、關東軍對恢復「東北行政委員會」的諾言，受少壯派軍人的影響，未能保持信用，貫澈始終。

第三、在新京方面，任用日系官吏一事，已「既成事實」，取得了合法地位。

第四、渠本人所兼任的軍政部，顧問部業已成立，大批的日軍將校，均調充顧問人員。軍政部各司人員，勢同虛設，大部份的權力，均集中於顧問人員之手。筆者以前對彼的預測，已不幸而言中。

第五、各省決定設置四個軍管區，內定軍管區的司令，遼寧爲于芷山，吉林爲吉興，濱江爲于琛澂（外號于大頭），黑龍江爲馬的參謀長張文鑄（原任參謀長謝珂，已間道入關）。馬感到日方這一措施，有對他釋去兵權的威脅，此時如不趁兵權在手的時候，採取行動，如兵權一旦被釋，則有力不從心之感！

第六、馬鑒於陸軍部的往例，軍區一旦宣告成立，日籍顧問也必跟踵而至。大權一落顧問之手，彼卽不能再過問軍旅之事。

第七、土肥原已升任旅團長，調任他去。土以往與馬所做的協議，自然不能作數。

第八、國聯調查團，行將來到東北，預定日程，馬爲必須訪問之人。馬覺得自己的抗戰得名，已有國際地位，殊不願以尷尬立場，犧牲以往的光榮歷史。

第九、林義秀交付馬五十萬日金補助費時，曾提出若干交換條件，與土肥原所談，大相逕庭。土離職以後，林更變本加厲的，與馬處處爲難。

馬因爲有了以上種種因素，他於接到日本補助的款項，對黑省事務作了一個安排後，便以視察部隊爲由，去了海倫。他在海倫住了半個多月，彼時國聯已在東北調查竣事，返回了北平，馬遂到了黑河防地，正式對外發表通電，繼續抗日。

調查團在哈爾濱勾留最久，彼時的哈爾濱，根據協定，一切維持現狀，並未因新京的成立，而有所改變。這些不用說，日方是有意給國聯看的。

馬占山在海倫曾派有三次代表，與李頓會晤，並呈送報告書。及不少有關東北事變的資料，而受到調查團的重視。李頓在哈爾濱停留甚久，相信與此事有關。

馬每次派人去哈，均先電特區關照，特區在可能範圍內，也竭盡維護之力，而予馬以較大便利。

馬占山因九一八事變，固然成了中外皆知的抗日「民族英雄」，然而，馬也因為擁有了「民族英雄」的大名，而潦倒半生。最後終於由於對中共認識不清，於北平淪共前，未能及時逃亡在外，而在私寓飲恨以終。

馬那次在黑河重舉抗日義旗，既未與中央取得連繫，在地方上亦無充份準備，其無法在東北立腳之處，固已早在世人預料之中。果然為時無久，馬即在日軍掃蕩之下，率領抗日殘餘部隊，及家人男女老幼等共三萬五千餘人，由中俄邊境的滿洲里，進入了俄國國境，由西伯利亞逃亡到了新疆。

馬部到了新疆，受到新疆督辦盛世才的盛大歡迎，經過一番商討，該部便被盛收編為疆省防軍，在新疆留居下來。

馬個人來到內地，於晉謁當局後，中央即發表了一個「軍事委員會」委員的名義，閒住在天津，北平一段時間。

七七抗戰之時，他以「東北抗日挺進軍」的名義，被派在陝北榆林駐防。也就因為這種原因，使他與中共有了接近的機會。抗戰勝利之後，他滿以為白山黑水之間，必有他個人一席之地，使和他十四年相依為命的健兒，必有重返東北故土的機會。馬為此不辭跋踄之苦，跑了幾次南京、北平、瀋陽，向有關方面折衝，均未能得到應有的重視。整編後重返東北既不可能，結果，連原有的番號，都不能予以保存。以後他個人固然得到了「東北保安司令長官部」一個副長官的名義，（長官為杜聿明）但卻毫無用武之餘地。

等到後來大陸變色，中共進駐北平，馬因過去在榆林與中共有一段比鄰駐防的關係，自以為可以平安無事，遂在北平留住下來，未作南下的打算。但後來事實的表現，一切不如他的理想。這位早年抗日名將，在不堪中共折磨——清算，鬬爭，坦白，交心——之下，不久便在北平私寓，與世長辭。

九一八事變時關東軍將領名單

司令官　本庄繁　明治四十年陸大，大正十一年少將，昭和二年中將，曾充張作霖顧問，昭六，今職。

高級參謀　坂垣征四郎　大正四年陸大，十二年中佐，駐華日使館副武官，昭三，大佐，昭四，今職。

參謀　石原莞爾　大正七年陸大，昭三今職，中佐。

特務機關長　土肥原賢二　明治四十五陸大，昭二大佐，昭三，奉天督軍顧問，昭六，今職。

警備隊隊長　三谷清　中佐。

特務機關部職員　花谷正　少佐，張學良顧問，土肥原助手。

同右　今田新太郎　大正十四陸大，昭二大尉，昭六今職。

鐵路守備隊大隊長　島本正一　中佐。

鐵路守備隊中隊長　川島正　大尉，（駐虎石台。）

鐵路守備隊中隊長　小野正雄　大尉。

撫順守備隊中隊長　川上精一　大尉。

步兵大隊附　兒島正範　大尉。

第二十九聯隊長　平田幸弘　大佐。

柳條溝分遣隊隊長　河本末守　中尉。

另松岡軍曹等七人，（屬於河本分遣隊者。）

馬占山部隊遭遇記

高山安吉作
陳嘉驥提供

民國二十年九月十八日，日軍施其一貫先發制人的手段，包圍奇襲瀋陽北大營，我東北國軍起而抵抗，然在包圍中無法施展，幾乎全部被其消滅，所謂「不抵抗」並非事實。當時駐防北大營突圍團長王鐵漢將軍可作證明，王將軍於勝利後曾任遼寧省政府主席，現居台北。東北國軍之有組織抵抗，首提馬占山將軍，嫩江橋一役聞名全國。筆者勝利後至東北，在日文「滿洲建設秘話」一書中，發現日人高山安吉所寫「馬占山部隊遭遇記」一文，筆者爲瞭解日人對馬占山保衛國家觀點與看法，曾請人譯成中文。馬占山抗日之戰距今已四十年，而筆者保存此文亦已二十餘年，頗感世事滄桑與光陰之迅速。任人皆知，捍衛國家不能倚賴友邦，更不能幻想侵略者因失敗而會改變其侵略態度。筆者茲特將「馬占山部隊遭遇記」錄出，使我國軍民瞭解當年一段史實而生警惕之心

幾萬人的馬占山部隊，在海克線附近，極盡其騷擾之能事。

當齊齊哈爾克山間，頻遭襲擊，鐵路被破壞成幾十段，電線被切斷，站房被燒毀，克山遂陷入孤立狀態，而北安縣屢遭敵襲，我的同僚中山、星原、利光三君均已殉職。這時候，也正是我們從事建設人員，由克山站台內隨同宿營車，從事建設北安至海倫間的工作之中。

克山城內雖然比較繁華，城外仍是一片荒涼，酷寒的北滿氣候，每天常在零下三十度以下，我們的作業，因遭受馬占山部隊的一再襲擊，無時無地不在危險之中。建設北安至海倫間的鐵路，是「滿洲鐵路株式會社」與「關東軍鐵路護路隊」兩方面共同作業，因此齊齊哈爾與克山間被破壞的鐵路，也是由兩方面共同負責。

馬占山部隊在克山附近有一個根據地，所以一到夜間，雙方面的威嚇射擊，和照明用的烽火，其淒慘情景，使人感覺無限的戰慄。

平松部隊長以下官兵開來此地，從事此一地區馬占山部隊肅清工作，白天出去掃蕩，晚上返回克山，幾乎夜夜頒佈夜襲警戒，從業員不但時時在戰慄中，且無絲毫熟睡機會，身心的疲倦，眞是一言難盡。

我（高山安吉）一度離開多事的克山，嗣又奉命與負責搬運殉職社員遺骨至南滿的庄司君交換職務，作克山地區的總指揮，在酷寒的十月二十八日乘機飛赴克山。在途中，由飛機向下俯望，北安縣站台已爲灰燼，附近部落亦在熾烈的

燃燒中，火光冲天，濃煙濛濛，淒慘至極。

到克山後，當晚在昏沉沉的燈光射影下，召開了第一次的班長會議，討論今後的工作方針，並聽取他們的意見。他們一致認爲，在如此危險的環境之下，對全體從業員的士氣，實有很大的影響，長此下去實際不可能。各班長認爲，爲了安定全體從業員的心理狀態，每人身邊必需携帶武器，以資自衛，這也是從事工作的先決條件。

翌日（十月二十九日），據說駐屯北安的建設掩護部隊準備撤防，因無軍隊掩護鐵路建設工作，因此在北安附近實施工事中的工事班長佐藤君帶領全班人員撤回克山。

同時恰巧在佐藤君的測量鐵路線時代，從事掩護工作的宇田川隊長戰死，定於今天舉行慰靈祭，所以我就同鈴木中佐和佐藤君，午後從克山站出發，到離克山四公里的慰靈祭場。

回來時，爲了沿途訪問軍部和關係處所，時間不覺已到黃昏，每晚黃昏時刻，正是馬占山部隊活躍時刻，於是我接受平松部隊官兵忠告，我與鈴木中佐和佐藤君三人就暫且投宿在叫作富士屋的旅館裏，未再回工作場所。

這時各家大門都是緊緊的關閉着，平松部隊官兵也把縱橫的鐵絲網拉到街道的當中，充份顯現出夜間不能通行而且十分危險的景況。

當夜十二時三十分，忽然槍聲四起，我們三人緊張了起來，旅館主人說，有七、八百馬占山部騎兵來襲擊克山及克山附近部落。槍聲愈來愈緊，不多時又聽到轟然的砲聲，震動得屋子也動搖起來，我們緊縮着身體，屏息靜聽，砲聲與槍聲夾雜在一起，流彈把房頂打得轟轟作響，我心裏想——這可完了——閉上眼睛待死吧！繼想這樣死去，名古屋家中父母作何感想，妻及子如何活下去。

想來想去，還是趕緊逃向離旅館十三米的皇軍部隊本部去避難，及從門縫一看外面，紅光閃閃，流彈縱橫，榴彈砲亂轟亂炸，看來軍本部也十分危險，又慌張的逃了回來。

馬占山將軍

繼又想，離此地不太遠的平松部隊內的城崎測量隊一定會救我們出去，這一線希望，又使我們忍耐下去，但卻總沒有人來；事後才知道，那時候城崎隊長也很擔心我們，因爲暗夜的巷戰，不便來救。

最使我們膽寒的那一個時候，他們還以爲我們已經被榴彈炸死了呢！

黎明前四時左右，敵人就開始襲擊離開旅館百餘步的日人民戶和商舖，殺死了十幾名日人後，天已大亮，槍聲漸稀，才知敵人已行撤退；假如天再晚亮一會，那末我們也脫不過同樣的命運，眞是死裏逃生。城崎隊長又告訴我們，東亞土木事務所，也不幸犧牲了三名日人。在同仁醫院住院就診的一名日人，他的隔壁房間被馬占山部隊炸毀，他由其夫人的決死營救，才抬到部隊裏去，我們男子漢反不如一個女輩勇敢。

馬占山部隊完全退出這裏，已是早晨九點半鐘，看到其他各地來的營救部隊，才放下了心，我們打算暫且留宿在平松隊本部裏，等平定後再回到工作場所。（筆者按，北安爲勝利後黑龍江省會所在地，克山在北安西約百里，爲一新興城市，介於齊齊哈爾與北安之間。）

抗日時活動平津一帶的東北學生軍

苗可秀生平事畧

孫偉健

當年活動於平津一帶的東北學生軍，是由民國廿年「九一八」事變後逃入關內的東北各大學中學的一部份學生組織的。

通常所說的東北學生軍，差不多把大部份的東北學生都包括在內，爲數相當龐大。它的構成份子，都是中等學校以上的學生，有的是自願；有的是由校方規定。每日於一般課程之外，接受軍訓。當時平津地區的民心士氣頗爲激昂，尤其是從關外逃來的東北人，特別是東北學生。東北民衆抗日救國會以及東北學生軍，就是在這樣的情勢下組織起來的。

堪稱抗日英雄

東北民性，向以强悍著稱。日俄戰爭自一九〇四年至一九〇五年以後，日人對東北的侵略行徑，步步逼緊，加以自民國初年（一九一二年）以來愛國教育的不斷灌輸，在東北人的心目中，特別是東北青年的心目中，早已滋長着反日，仇日的根苗。一九三一年「九一八」瀋陽事變激起了東北人的抗日武裝組織，加强了東北人自衞，自救的決心，於是乎滋生已久的抗日根苗，便日益發榮茁壯，榮茂枝繁。苗可秀就是那些叢林密樹中的一顆巨幹。

苗可秀，他有着高高的個子，瘦瘦的身材；他有着沉默，寡言笑的性格；他有着一副表情嚴肅的面孔，有時嚴肅得令人可怕。他和初識的人接觸時，很少說話，只愛深深的鞠躬；那一派「禮貌週到」的樣兒，有點像日本人。他是吉林省人，開始抗日活動時，正就讀於遷校在北平的東北大學，大概還沒有卒業，就秘密往東北去了。

原是青年黨員

苗可秀是青年黨員。「九一八」前，中國青年黨的黨務，在東北發展得很快，幾年功夫就吸收了成千累萬的黨團份子，當年東北的軍政文教中心是瀋陽，所以青年黨在東北的黨務活動，也以瀋陽那一區域爲主要基地。文校方面的馮庸大學，東北大學；武校方面的東北陸軍講武堂，東北陸軍軍士教導隊，就是青年黨秘密活動的四大堡壘。此所以東北軍的中下幹部，東北各大學，中學的學生，當「九一八」前後那個時期，在青年黨黨員數額中，竟佔有絕大多數的比例。可惜後來發生了所謂王（捷俠）霍（維周）事件（一九三三），因而佔比例數字很衆的東北籍黨員，逐漸與組織失卻聯絡，甚至脫離關係，這對於青年黨的損失可眞不少。

青年黨信仰國家主義，其宗旨是「內除國賊，外抗强權」。對中國來說，當年的日本，可謂是强權中的强權了。以一個生長在東北的青年，從小就耳聞目睹一些日本人欺壓中國政府和人民的事端與意圖，接受了許多國恥教育之餘，又加上了青年黨的訓練；忽而霹靂一聲，竟遭受了國破家亡之痛，其毅然決然的奮不顧身，走上抗日救國之路，幾乎是勢有必至的命定歸趨。苗可秀是在「如此這般」的環境中孕育出來的。

青年黨黨史上說：「苗可秀於民國廿一年七月，奉黨部命令出關殺敵。」由此可見，苗可秀既遭遇到了一般東北青年所共有的感受，又接受了青年黨所賦予的使命，這就無怪乎他有「慷慨就死，從容赴義」的卓越表現了。

但求無愧於心

苗可秀於出關前，曾在北平從事東北學生軍的組訓工作。

當年活動於平津一帶的東北學生軍，是由「九一八」事變後逃入關內的東北各大學中學的一部份學生組織的。

通常所說的東北學生軍，差不多把大部分的東北學生都包括在內，爲數相當龐大。它的構成分子，都是中等學校以上的學生，有的是自願；有的係出自校方規定，每日於一般課程之外，接受軍訓。當時平津地區的民心士氣，頗爲激昂，尤甚是從關外逃來的東北人，特別是東北學生，更有「滅倭奴而朝食」的蓬勃氣概。東北民衆抗日救國會以及東北學生軍，就是在這樣的情勢之下組織起來的。青年血氣方剛，好逞一時之勇，過分壓抑，既爲事實所不許；疏解無方，又每易滋生難以想像的流弊。讓學生們穿一穿軍服，拿一拿槍桿，一早一晚，跑跑步，操練操練，唱唱軍歌，喊喊口號，多少學習一點簡單的基本軍事常識，正所謂寓疏導作用於訓練之用，也不失爲斟酌情況，因勢利導的權宜辦法。

可是眞正的東北學生軍是要簽署志願書，通過宣誓手續而加入的，其數不逾百人。這個秘密的組織，預備以六個月的時間，予受訓者以作戰知識和技能的訓練，然後分別參加到東北各部義勇軍裏去，以謀各部的聯絡。他們的訓練比較嚴格，主要科目是關於敵後工作的軍事政治技術。他們的使命是整齊抗日步調，加强抗日力量，以求東北義勇軍各部的統一指揮，收敵後游擊的充分效果。當年孕育在這個組織的苗可秀，就是一個頗爲活躍的引人注意的人物。

苗可秀於民國廿一年（一九三二）七月，自北平出關；於民國廿四年（一九三五）七月，在鳳凰城殉國，整整經過三年，其活動地區，大抵未出「三角地帶」範圍。所謂三角地帶，即指安瀋鐵路以南，南滿鐵路以東那一塊略似三角形的地區而言。

當苗可秀已立定決心，潛往東北之前，他們曾經研究過有關敵後工作的種種問題。最後分手時，他們一問一答的對話：

「東北義勇軍派別分歧，複雜萬端，以我們少數的人，便能夠支配他們嗎？」

「儘我們所能支配的程度去支配。」

「就拿義勇軍的力量，便可以戰勝日本鬼子嗎？」

「我們不求成功，但求失敗。」

「自尋失敗，於國何補？」

「我們不求有益於國，但求無愧於心。」

「怎麼不留有用之身，作更有效的報國於將來呢？」

「這是懦夫自解的遁詞。我們不願意說；怕旁人這樣說，所以我們不敢這樣作。」

「不求有益於國，但求無愧於心！」這句斬釘截鐵的話，簡直就等於是苗可秀的誓詞。

從此人事茫茫，歲月漫漫，竟得不到苗可秀的一點消息。

兩年後從報紙上所載的：「鄧鐵梅之壯烈供詞。」中，竟看到了苗可秀殺死日軍大尉的消息，於是確信苗可秀置身敵後的義勇軍中，而且已得到工作上的成果了。

可是，又幾曾想到，再過了一年，苗可秀竟已爲國犧牲了呢？

讀者如追溯上述苗氏「不求有益於國，但求無愧於心」那一席話；他所說的壯烈誓言，對這位以「收復東北失地」爲職志，而眞正「打回老家去」的國家英雄，不禁悲感痛悼者久之。

慷慨犧牲壯烈成仁

關於苗可秀的家世，抗日殺敵情形，死難經過等，世人知者不多。其原因不外：

（一）東北義勇軍的活動地區，遠隔內地，聯絡困難。

（二）敵後工作，必須絕對保密，不輕易佈露消息。

（三）當年義勇軍在名義上，雖歸「東北民衆抗日救國會」統一指揮，但實際上國民黨，共產黨，青年黨等，都各派敵後工作人員，各立指揮系統，所以有時難免「各自爲政」。

（四）苗可秀是青年黨人。當年的青年黨，是一個從事地下活動的革命團體。掌握在政府手中的宣傳機構，自來就缺少「揚人之善」的雅懷。所以，一直到苗可秀殉難以後，也沒有比較完整具體的消息流佈世間。

一九三五年到三六年那個時期，上海曾經出版一部「國難文選」，一開始就收集一些有關苗可秀的種種資料。可是當時編選工作並不容易，關於資料蒐集，題材選擇，以及編輯，註釋等等，眞是千頭萬結，不勝其繁。結果，關於苗可秀的資料，能搜求到的卻極有限。

如果我們再看當年報紙上，關於苗可秀殉國的消息，記載頗爲簡略，大意是說：「……自鄧鐵梅被捕後，其所部義勇軍卽歸參謀長苗可秀統率，仍轉戰於岫巖，鳳城，蓋平，本溪一帶，圖謀截斷日本侵略我國東北的重要工具——南滿鐵路和安奉鐵路。最近在摩天嶺附近，被日本鬼子包圍，全部覆沒，苗本人亦被擊斃。」

比較詳盡一點的，還是青年黨黨史（一九四一年版）上的那一段記載；作者閱及此項記述，已是抗戰勝利後六年。

黨史所記苗可秀參加義勇軍經過及其奮鬪情形，與當年報端所載者互有出入，尤以死難情節，差異更多。作者不知黨史所記，源出何處，但就苗可秀對青年黨的關係論之其所記應該是可資信任的。

現依青年黨黨史的記載，將苗可秀的奮鬪經過，簡述如次：

（一）民國廿一年七月，奉青年黨黨部命令出關殺敵，活動於「三角地帶」各隊義勇軍中，旋加入鄧鐵梅部工作。

（二）十月，以詐降誘殺日本鬼子軍官六人。

（三）冬，陷鳳城，攻莊河，使敵僞軍疲於奔命。

（四）歲末，團結各部義勇軍，粉碎敵自稱之「第一次討伐」。

（五）民國廿二年春初，攻莊河。

（六）三月，克蓋平。

（七）四月，組義勇軍別動隊。

（八）民國廿三年一月，改組別動隊爲中國少年鐵血軍。又組織「中國少年團」及「綠林大同盟」，以是「三角地帶」之抗日勢力日强。日軍駐連山部隊中有：「三角地帶五千義勇軍不足慮，苗部三百別動隊實可怕」之說，敵寇之喪膽者若是。

（九）民國廿四年六月十三日，與敵苦戰於岫巖，傷臀部；廿一日被日本鬼子拘捕。

（十）七月廿五日，就義於鳳凰城，被寸磔。

苗可秀的生年月日，無從稽考。有謂其「卒時約二十四五歲」。據作者估斷，其卒年當在二十七八歲。

遺書字字是血

苗可秀的遺書有三封：一封是給「卓

然」的；一封是給「雅軒」和「忱」的。這兩封信都寫得很長，成於被執後三數日間，意在託付後事。最後一封未寫明給誰，成於就義之日是寥寥數語的絕筆。

苗可秀的身世及其爲人如何？我們可以從遺書中窺知一二。其間流露着念弟，念妻，念子的眞情，確乎是斑斑血淚，令人不忍卒讀。

（一）遺書一——與卓然

卓然師：

生於六月十三日在岫巖與日軍作戰，當被砲彈中傷臀部，在養傷中，於二十一日又被日軍偵騎所得，此書係臥床伏枕，力疾爲之者，一燭熒然，窗外蟲聲唧唧，似悲余之有志不遂者。而生則以爲余之事業，於此已告大成矣。日軍守護士兵，求余數字以爲紀念；余書「誓掃匈奴不顧身」詩一首贈之。日軍翻譯員前山，人甚和善，亦求余書；余書「正氣千秋」四字贈之。彼又頻頻囑余遺書友人，今夜其爲余死期耶？余死固無所慮。所慮者二事：

一、父所遺之產業無多，爲余讀書之故，耗費罄盡，致令余弟於今竟作流門戶，且負債五百餘元之多，日積月累，將來更不知何如，此皆生不事家事之故也。吾師能爲生解決此一問題，生可以少慰吾弟；即生之私心，亦可以少慰於地下矣。

二、余妻至愚魯，生一子，今年約六歲，斯子幼失其父，長誰教之？其將與鹿豕同矣！此生之所最痛心者。生擬名此子爲「苗抗生」，勉其繼余之志耳；但誰爲教之者？生籌思至再，願以此事勞吾師，不識吾師以爲何如耳。生意吾師可以義孫視抗生，即令抗生以祖父禮事吾師；余妻即令爲吾師作僕婦，人雖愚魯，吾師而善用之，伊尚能任勞苦也。如此，則吾子可以不失教，吾妻可以不失吃飯之所，生自爲謀者，至矣盡矣，不識吾師究以爲何如耳。吾弟吾妻，現流落何處？生亦不詳，但令趙氏叔姪設法，總可以得其梗概也。自生入獄以來，心地坦然之至，此境殊不易做到，生不知由何修養得來也。古語謂「慷慨就死易，從容赴義難」，自生觀之，兩皆易耳，第視其眞知義與否。吾師負整頓中華之責任，至爲重大，望努力而珍重之！不多談。一，賁，衡，辰，醒，光諸公，同此不另，祝爲國珍重！爲國努力！

二十四年六月二十三日夜十一時，晚生苗可秀鞠躬

（二）遺書二——與雅軒及忱

雅軒，忱二位老弟：

不見面者二年矣，念念！兄今爲日軍階下囚，伏床自思，尚堪自慰，可慰者死得其所耳。昨夜秉燭作書，寄與卓然師，其主要用意在於託孤，但能否到達卓然師左右，則未可知，今再與弟等詳陳一切。

一、被難經過：六月十三日在岫巖與日軍作戰，兄爲砲彈中臀部，創甚劇潛伏後方養傷，廿一日爲日本軍所搜獲，遂罹於難。

二、泣託弟等者：

①家屬：

甲、吾家至貧，弟之所知也，舍弟被吾所累，吾心實覺不安。吾弟當向卓師及與吾有關係諸公處，懇祈設法少爲賑濟。

乙、吾妻至愚，吾子尚弱，教育撫養，無人負責，此兄最爲關心之一事也。昨與卓然師書大意如下：「吾子擬名爲「苗抗生」，令吾妻即在吾師家作僕婦，令抗生即以義祖父禮事吾師，吾師即以義孫視抗生，而善教之。」吾弟以爲如何？我身後事，大家要看在我的身上，時時關照可也。

丙、我家屬事，找余七弟沛料理，亦係線索。

②其他之一：

弟等可在西山購一臥牛之地，爲余營一衣冠塚，豎一短碣，正面刻苗可秀之墓，背面略述余之行事，墓旁植梨樹四五株

，建小亭一間。每有休假日，弟等千萬要到此一遊。每到此處，要三呼老苗；我之孤魂，庶可以不寂寞矣。山吟水嘯，鳥語蟲聲，皆視爲余歌，余語，余泣，余訴，可也。（作者按：泣係爲事而非爲私人泣也，要注意此點。）

③其他之二：

凡國有可慶之事，弟當爲文告我；國有極可痛可恥之事，弟亦當爲文告我。

④其他之三：

少年團所印諸書，皆係余一手作成，在余被難前，亦曾刪定幾冊，弟等可與趙氏叔姪謀之，付之石印局，少印幾本，分贈我之友好，以作紀念。此外尙有幾篇信稿，亦可付印，文章大致可觀也。

⑤其他之四：

弟等思想要正確，精神要偉大，不要忘了我們要作新中國的主人，要作重整山河的聖手。作事不可因爲一次的失敗，便灰心；不可因爲一次的危險，便退縮，須知犧牲是兌換希望的一種東西，我們既然有希望，便不能不有犧牲，不過我們的希望務須正大而已。

一手執筆，一手執紙，仰面而書。故筆跡至拙也。不多談了，再會吧。祝你們健康！快樂！希堯，風生……諸兄，同此不另。

兄苗可秀書，六月二十四日。

（三）遺書三——最後一封信

余妻等不知流落何處？請諸公分神照顧！以妻子累人，此大丈夫之恥也，然而奈何！奈何！肅此，敬祝釋，衡一，雅軒，忱，同偉……諸兄弟努力！卓然師不另。苗可秀拜書，七月二十五日。

「張良椎蘇武節」

苗可秀的事跡，在東北抗日義勇軍史冊上，應該佔重要的一頁；苗可秀其人，說得上是一個轟轟烈烈的人，因而苗可秀之死難，不僅值得悲悼，而且也值得大書特書。可惜蔽於宣傳，苗可秀生前死後那些可歌可泣的事跡，在報章雜誌上並不多見，所以世人也很少知其本來。這無論就那一方面說，都是不應該有的錯誤與疏忽。

於今，苗可秀烈士已逝世三十六年，讓我們借用當年朱仲琴先生的悼詞，聊示追薦吧：

嗚呼志士！何可多得？
張良椎，蘇武節，縱屬異類亦心折。
睢陽齒，常山舌，能教鬼神泣壯烈。
遺囑諄諄不及私，手書字字都是血。
從容就義，浩氣四塞；
黑水爲君而含悲，白山爲君而無色。
臨風灑淚兮當酒漿，
異地招魂兮情惻惻。
嗚呼志士！何可多得？

九一八事變時日本內閣閣員名單（1931.4.14—12.12）

總理	若槻礼次郎
外務	幣原喜重郎
內務	安達謙藏
大藏	井上準之助
陸軍	南　次郎
海軍	安保清種
司法	渡邊千冬
文部	田中隆三
農林	町田忠治
商工	桜內幸雄
通信	小泉又次郎
鐵道	江木　翼 （三一·九·十）原　脩次郎
拓務	原　脩次郎 （三一·九·十兼）若槻礼次郎
書記長官	川崎　卓吉

我所知道的東北義勇軍

黃恆浩

九一八事變後，由二十年冬起至二十一年冬這一年中，義勇軍在東北發展的甚爲快速。就我所知，救國會委有七十八路司令，後援會所援的，多爲救國會所領導者，及救國會和後援會結束後，又由東北協會繼續改組。東北協會採正規軍軍、師、旅制，計委軍長九人，師長十一人，旅長二十人；還有未經委任而接受支援合作的，有苗可秀、趙侗、于曉天、劉崇樸、齊占久、魯鳳來、盛梅五等十餘人，他們雖未經委任，但都加入光復東北同志會爲會員。前後共計有一百餘單位，人數約在二十萬以上，義勇軍有這些力量，但爲什麼甚少表現就烟消雲散了？這失敗的原因都是自己造成的。最初救國會號召義勇軍能率隊至長城附近的，都予補給，以爲有十萬軍隊，而不須支餉，可以壯大聲勢，這一辦法實行後，義勇軍多到熱河來，乃爲敵人安定了後方。自長城戰後，至民國二十四年尙有存在者，如果善爲利用，仍可有爲；乃由於不甚瞭解政治鬭爭的道理，對於義勇軍，不予支援而坐視其自生自滅。茲就當時我所知道的幾位義勇軍首領，他們在敵後游擊，給予敵人很大威脅，但亦都有重大的犧牲，我把他們的事蹟寫出來，可知這種犧牲，仍是中華民族的精神。必須具有此種精神，歷史才能延續，民族才能存在。因此對於義勇軍抗戰英勇事蹟，寫出來告訴下一代，乃是我們這一代的人應負的責任，乃是責無旁貸的。我附帶說明一點，凡是我所知道的事情，都是由當時日記抄下來的，並不是記憶不眞的回憶。所以不僅事實是眞的，即所書年月日亦是當時記載的，不過當年日記簡畧，對於一件事的記載，惜未能詳盡耳。

李春潤

李春潤字濱浦，安東鳳城人。性沉默寡言，少有大志，畢業於鳳城師範學校後，懍於國難日亟，乃棄文就武，考入東三省講武堂。畢業後更求軍事學的深造，又考入陸軍大學，畢業後隸屬於東邊鎭守使于芷山部下。至九一八事變，任營長，駐紮新賓，深憤日軍閥侵略，與團長唐聚五舉義旗抗日。至二十一年遼寧省政府由錦州撤退關內，張副司令學良應救國會之請，派唐爲代理遼寧省政府主席，組織省政府。爲應付軍需，乃發行不兌現的紙幣，收購大豆，運銷安東，得款滙上海、天津。乃令李春潤率軍規復瀋陽，李以母老子幼，隨軍不便，乃派人送眷至平，以便游擊。以所屬之一營爲基礎，更收編義民，擴充至三千餘人，時以國家民族勗勉部屬，每戰鬭則身先士卒，人樂爲用。軍行至撫順境營盤一帶，去瀋陽僅有百里，不意唐聚五在後方棄軍逃走，部衆潰散。因後方突遭巨變，乃影響了李軍的人心士氣，不能再向前進，於是決定囘兵鳳城，因鳳城縣境爲長白山脈丘陵地帶，又爲李之家鄉，地形熟悉，利於游擊。於一夜之間橫越安奉鐵路線，囘到故里，乃將軍隊交其弟李春光率領，單身囘北平，以求明瞭當局決策。時以準備不够充足，尙不能即起抗日，於是乃決定再出關殺敵。當九一八事變後，東北國民黨同志，組一光復東北同志會，以報國抗日爲宗旨，會員不限於有國民黨黨籍者，乃走向大團結的方向，因壯李之志，邀其參加。這時齊世英、臧啓芳等在中央協助之下，在上海組織東北協會，宗旨爲抗日，專在支援義勇軍。乃在北平設立分會，由筆者負責，與關外義軍聯繫。在會內另組設國民義勇軍軍委會，亦邀李參加任委員，並委李爲東北國民義勇軍第一軍軍長，更向北平軍委分會請領械彈。於二十二年二月二十四日，先令其部屬劉崇樸率數十人乘火車出關，劉爲本溪縣教育局長，不期因送行人在北平東站說話不愼，被日諜偵知，乃跟踪至山海關日軍勢力範圍，捕去十餘人。李本人至二十二年六月十七日携軍需械彈同部屬去山東，由華北黨務辦事處函介威海市黨部代爲洽僱民船，運軍火渡海至鳳城南境濱海黃土坎處登陸。該處爲日俄戰爭日第四軍登陸大孤山的東方，由於以前劉崇樸出關因送行人多之失，所以春潤出關，則友好相約不去送行，以免敵人間諜注意。我爲賦「憶江南」云：

教强敵　認識漢家雄　誓雪中華民族恥　相約痛飲在黃龍破浪乘長風。

李與其弟事先派人聯繫，至黃土坎下船，由其弟李春光徵用民間大車七十輛，並帶隊往接。事爲日方聞知，乃派隊至中途截擊，李乃向山區且戰且走，日軍則步步追擊，李家距黃土坎甚近，因地形熟悉，初戰甚爲有利，斃敵百餘名，內有少將級軍官一名，葬於鳳城。李以殺敵心切，乃未急於脫離戰場，走向山區去。至八月二十日傳來捷報，並擄獲日軍士寫寄家信數件，其大意略云：「今遇强敵，恐不能生還。」又有云：「此戰不比往常，結果如何尚不可知。」我乃喜而作賦，調寄破陣子云：

遺誤千秋決策　從教强敵興戎　無肯抵抗圖避戰　那有如君意氣雄　而今誰可同　萬里乘風波浪　誓將直搗黃龍　振起人心復漢業　擒得倭奴試劍鋒　揚威遼水東

這時敵方又續增援兵，李乃親自爲機槍射手，連戰十有餘日，以致身受重傷，始退入山區。在戰場上有遺棄的金陵兵工廠子彈箱，被日軍所得，時在塘沽協定之後，日人乃向北平軍分會提出交涉，何部長應欽，曾告徐箴說：今後東北協會再向關外運子彈時，要把金陵兵工廠的子彈箱掉換一下，以免發生問題。春潤於九月三日有信說：受傷後因在軍中醫藥缺乏，擬囘山東醫療。時因日久，傷口已發炎。至九月十三日接其由山東煙台來電，云因傷重在僞滿醫療不便，乃由其弟送來煙台，並請接濟。當遣羅明遠送款五百元，並告不足再續寄。至九月十八日羅明遠由山東囘北平云：春潤在股部受炮彈炸傷，至醫院施行手術，割開外皮，其腿骨已脫落，而腸卽流出，於羅至前一日逝世，時二十二年

近逼僞都長春之救國義勇軍

九月十四日十一時三十分，卽葬於山東。詩以哀之云：

滿腔熱血竟空流　遺恨未能報國仇
是乃中華民族恥　誓翻江海浣奇羞

李春潤是爲國而犧牲者，中央依軍人殉國例，乃以少將撫恤之。

我和徐箴、卞宗孟，商定光復東北同志會，於二十二年十月八日在北平彰儀門裏法源寺開追悼會，公祭李春潤。時春潤胞弟李春光亦由山東來北平參加。我輓春潤云：

誓滅狂虜祇君稱義勇
共揮痛淚爲國哭英雄

李春潤之子名樹人，初入國立東北中山中學校就讀；至二十四年夏乃被學校開除。我於二十四年七月十六日函該校李校長錫恩爲其說項云：

義軍領袖之一朱霽青將軍

茲悉李春潤之子李樹人被學校開除，此子誠然不知用功，但念其父親爲國犧牲，我們對其下一代，應該多負責任。兄對亡友負責尤重，敢請特開一例，准予留校至盼。如果恐有人出面援例，那就請他們出關去殺敵，爲國犧牲，當前我們正希望能有人來援例呢。

李校長接到我的信，卽收回成命，准予留校。其後乃考入空軍學校學轟炸，誓復不共戴天之仇。大陸淪陷，樹人乃奉其母來臺灣，仍繼續在空軍服務。

李春光於二十二年十二月決定再出關，繼續作抗日工作，經向北平軍分會請領械彈，運赴煙台，僱民船轉運鳳城，乃接其由煙台來電云，所運彈藥，被煙台公安局扣留，卽同徐箴到東北黨務辦事處，請電煙台公安局證明李春光所運彈藥等係屬正用。該公安局得電，卽予放行。春光回鳳城，率春潤之衆，繼續游擊，至抗戰軍興始回後方，在教育部任職。至三十年十二月二十七日又決定回華北作秘密工作，詩以送之云：

烽火遍中原　更將賦北征　留君盡此夜　把酒話殘更　巴蜀一爲別　關山萬里行　未能淸禹甸　先自趨歸程

鄧鐵梅

鄧鐵梅遼寧本溪人，出身行伍，惟對於剿匪，頗有辦法。他能在山深林密之處，進剿或堵擊，乃算無遺策。匪如被他發現，則跟踪躡跡，難於脫逃。因此匪則聞名遠避，高紀毅任遼寧省政府警務處長時，我介紹他任鳳城縣公安局長。因其善於剿匪，曾任鳳、岫、寬、安、莊，以及通化、桓仁七縣剿匪聯防總指揮。九一八事變後離開鳳城，於二十年十月二日來錦州，他希望在遼西各縣任公安局長。我對他說，你看現在局勢，公安局長還能作嗎？國家遭此大變，正是英雄建功立業之時，如能組織義勇軍，將來成功就是曾國藩，失敗了亦是民族英雄。他聽我的話，甚爲感動。他說好，我就回鳳城去組織義勇軍。他雖是本溪人，但從來都是在鳳城警界服務，對於鳳城地方有深厚的關係，於翌日他卽回鳳城去。乃集合愛國之士，開始組織義勇軍，其初僅有九人，只八支槍，以打游擊爲號召，很快的就擴充到四、五千人。縱橫於鳳城、岫岩、海城三縣交界處的山區，以爲根據地，卽當時所謂三角地帶也。鄧把義勇軍建立起來後，一般愛國熱血青年多往投之。最著者如東北大學學生苗可秀、趙侗、趙偉以及鳳城教育會長王兆麟、教員吳月泉等人。苗爲本溪縣人，與鄧同縣，在鄧部初任教育長，負責訓練組織。趙侗、趙偉爲叔侄，岫岩人，勇於攻擊戰鬪。王兆麟、吳月泉，鳳城人，代表向各方聯絡。因此愛國精神，充滿軍中，乃造成一支抗日的勁旅。初次在鳳城二道洋河與日軍作戰，因槍枝缺乏，乃利用土槍、土砲，誘敵深入，而爲伏擊，頗有斬獲，人心大振。其前後攻佔鳳城二次，攻佔岫岩一次。其第一次攻佔鳳城是在民國二十年冬，因日人佔據鳳城後，乃大捕教、農、商各界人士，如教育會長王兆麟、商務會長白寶山、商人震豐源執事人赫顯臣，晉昌源執事人趙城宣等二十餘人，以爲是抗日份子，都拘於監獄，原因是他們曾替錦州遼寧省政府轉遞公文。鄧與這些人是朋友，乃乘夜攻擊，由城東頭攻入街市，高喊鄧鐵梅攻城。人們都在睡眠中，聞槍聲驚起，因鄧在鳳城任公安局長，一般人多識之，皆閉戶不出。卽警察和公安隊，以爲是舊長官，亦不起抵抗。鄧乃攻殺日本駐鳳城的憲兵隊，同時把監獄打開，凡所拘囚皆縱之，其願作義勇軍者，皆編入隊伍，並用馬車載所謂反日份子退去。在此一勝利之後，又攻佔岫岩縣城，更與岫岩縣公安大隊長劉景文聯合，共同打游擊。從此勢力擴張，聲威大震。當國聯調查團到東北時，正是鄧攻城之後，所以該團乃有遼東義勇軍鄧鐵梅時出襲擊日軍之報導，載入國聯調查團報告書中。

這時鄧之行動，頗足以振奮人心，日人乃派僞軍剿除之，可是僞軍多與義軍有諒解，互不相犯。每次被派下鄉，卽將子彈賣與義軍，乃名下鄉剿撫義軍爲交易，回城卽報說子彈打光了，如果有日軍跟隨監視，則預先探知經行路線，在要路設伏讓過僞軍，專打日軍。因屢次攻剿之後，日軍知道一時難於消滅，卽不再攻剿，乃改變策略爲招降。

有一次苗可秀的衛士，被駐屯鄉間僞軍捕去，經向僞軍交涉，要其放還，僞軍因已報告城中，未能照辦，但恐義軍刼奪，乃請由城派軍隊來接。鄧乃在距城四十里的卡巴嶺險要處設伏，準備襲擊而刼取之。見由城中派來三卡車，共載日僞軍百餘人，卽放其過去，及回程，乃在路上設障碍物，並先擊破卡車輪胎，使不能行，而後大肆攻擊。這時被捕之衛士，乃從所乘之車上站起來，大喊我在這個車上，以免誤擊該車也。時日僞軍都下車伏地防禦，但義軍居高臨下，槍法又甚準確，頗爲得勢，結果將日僞軍全體殲滅，僅一連長負傷逃回。從此之後，僞軍與義軍的聯絡及友誼，乃受到傷害，漸有敵意。

當李春潤逝世後，鄧鐵梅曾給我來信，要來關內一行。我於二十三年春遣吳月泉送覆信去云：

日前得手書，獲悉我弟擬來平一行，當現時情形，爲義勇軍前途計，還望能暫留遼東，以振奮人心，鼓勵士氣，爲國家保存此民族精神。深知此時甚爲艱難，但是如能支持下去，還望繼續支持，卽能支持一月，則支持一月，能支持一天，便支持一天。當前遼西義軍已經消散而無遺，全仗我弟能喚回國魂，以發揚國光了。

二十三年春，苗可秀乃利用日人招降義勇軍的策略，去瀋陽日特務機關接洽，說鄧鐵梅可以投降，希望能派人到現地商量條件。日方以爲鄧鐵梅可以投降，則遼東卽無問題，可以太平矣。當卽由瀋陽派人協同駐鳳城日方人員到現地去商洽，鄧乃盡數捕殺之。自是之後，日人知鄧之不可降，亦就沒有人敢再冒險，向鄧輕於嘗試了。

當民國十八、九年，鄧任七縣聯防剿匪總指揮時，岫岩哨子河張舉人有二子，乃爲紈袴子弟，蕩盡家產，流而爲匪。一報號「通財」；一報號「合字」。「通財」爲鄧所捕殺，「合字」乃携眷逃安東日租界七道溝居住。「合字」有三女，皆由女師畢業，在鄧回鳳城組織義勇軍時，「合字」適染重病，全身潰爛以死。於臨終時，語其妻蕭氏云：鄧鐵梅之仇，不能報矣，惟有一法可行。其妻詢之，則云我有三女，皆由師範畢業，能任鄧選其一爲妾，則此仇可報矣。張死後，蕭氏携其女還至鳳城距城二十里許張家堡子，令女去鄧部投軍，並向鄧表敬佩之意，謂愛鄧爲忠義英雄，願充下陳。鄧聞頗自喜，時苗可秀爲其參謀長，與趙侗勸止之。鄧不聽，竟納焉。

二十三年春，鄧乃再度攻佔鳳城，仍是乘夜由東方攻入，其大刀隊由城西羊圈子攻入，至日憲兵隊部，先將其門衞殺死，而攻入隊部。日憲兵四十餘人，乃無孑遺，鳳城日指導官藏身厠中得免，城內所有日商店皆毀之。當其攻城之時，深慮駐安東的日軍來援，乃預計在去鳳城二十里許張家堡子處，先破壞鐵路，使火車不能通行。依此計劃，本可使來援火車出軌，把援兵殺個乾淨，只因他們把鐵路破壞之後，乃集合枕木，以火焚之，因而火焰高燒，使來援日軍，遠遠的即望見鐵路被破壞了。乃先行下車徒步向鳳城前進，得保安全。由於計劃疏忽，乃使日人佔了上風。因此鄧更恐西路駐遼山關日軍來援而被包圍，即行快速撤退。由於在夜間行動，日軍深恐義軍設伏，亦不敢追擊，得以安全撤退。自是之後，日人對於佔據山區的義軍，只防其攻城，而不能遠攻，甚至不敢出城。這樣義軍在鄉村往來甚爲自由，日人知一時無法消滅義勇軍，乃改變政策，及改招降爲懸賞，宣佈以五萬元賞金購鄧鐵梅。錢可通神，遂使僞軍爲之效命。

這時鄧妾母蕭氏，經漢奸運籌，與日方合作，要女歸寧，而僞爲被僞軍捕去者，以內線自任，以出賣鄧。初鄧患病至其妾母家休養，日人聞知，乃指派僞軍往捕之。僞軍一士兵先入，鄧以不能逃，乃云我是鄧鐵梅，汝可以立功矣。該僞士兵云：「說甚麼話，何其糊塗，還不快走。」鄧赤足越後窗逃去，該僞士兵見鄧鞋尚在室內，乃投之灶中。及日人入，則云無有。自此之後，其妾與母蕭氏，乃甚忠實的爲日人作眼線，以尋鄧，而鄧終不悟，仍時至妾母家，以探消息，尚冀珠還也。日人恐其妾虛僞，乃以之另配僞軍鄭營長部翻譯王某。時值其妾弟結婚，鄭暗通消息與鄧云：此時令其妾及王某回張家，可使其珠還。鄧信爲眞實，其部屬主張調兵設伏，繳鄭部械，殺王某，則妾自然可以歸還矣。鄧不以爲然，乃深信僞軍，以爲彼此曾有聯絡，不會害他。更過信鄭之不相欺，及時王某同其妾來，但未留下，乃以爲餌也。

二十三年夏，鄧以爲鳳城是自己天下，可以自由往來通行無阻，膽漸大，每不帶隊伍，僅同二、三隨從，向各處行走。並時常留住張家，以候妾之消息。令部下住左近村中，以防不虞，自信甚爲安全。這時蕭氏乃買通其部屬沈廷輔，與鄭營長聯合，共同捕之，鄧亦過信沈而不疑。鄧被俘後，日人深恐義軍刧奪，乃急送鳳城，同時更調駐遼山關和安東日守備隊至鳳城防禦，即轉送瀋陽。日方想盡方法勸鄧降，鄧終不屈。當鄧被俘後，義軍乃調動隊伍，擬攻鳳城以刧之，行至距城二十里處，聞說鄧已被送瀋陽，乃停止進攻。

當日方送鄧去瀋陽，經過遼山關，該處日鐵道守備隊長因聞鄧名，要其下車到隊部一見。鄧云，他要見，

馮占海之部屬近逼長春

即上車來見我，我不能下車去見他。該守備隊長知不可强，乃上車見鄧，行禮甚恭。

至瀋陽，因鄧不屈，最後送于芷山司令部，令于勸之，仍不屈。聞這時頗受優待，日人以爲如鄧能降，則遼東義勇軍即可以解決而無問題矣。

二十三年六月十四日李春光由鳳城來信，謂鄧鐵梅被僞軍何劍鋭俘送瀋陽。同日楊孝同之弟由鳳城來云：商民聞鄧被俘，多爲淚下。當時日報曾發號外，並於報的正面印紅字，報告鄧被俘消息。二十三年十月三十日張德厚來說，鄧因不降，被日人毒死，詩以哀之云：

亂世天難問　英雄可奈何
鴨江嗚咽水　不及淚痕多

鄧鐵梅死後，中央依軍官殉國例，以中將撫恤之。其部隊由苗可秀和鄧鐵梅之弟鄧鐵珊分別統率，但其勢已不可復振矣。其子由光復東北同志會送入國立東北中山中學讀書。該校遷南京後，即不知所之矣。勝利後接收東北時，鄧鐵珊來見我，求爲介紹職業，當薦之於遼寧省政府徐主席箴，派爲西安縣警察分局長。東北淪陷，即無消息矣。東北義勇軍與日軍戰，能攻佔城池，除鄧外，還未聞有他人。至被俘不屈，亦足堪敬佩矣。其能與日軍打硬仗，而有所斬獲者，可與李春潤並論，其死事之烈，大義懍然，可以永垂不朽，乃爲中華民族增光。稱之爲民族英雄而無愧，以馬占山、蘇炳文等人，浪得民族英雄之名，立於其前，應有愧怍。

苗可秀

苗可秀字而能，父名長青。以農爲業，熱心公益，原籍遼寧本溪，和鄧鐵梅同縣，後遷居黑龍江省富錦縣。肄業於東北大學文科文學系，面白皙，恂恂然如好女子。乃渾身是膽，威懾强寇，誠大丈夫也。九一八事變之後，即棄學投鄧鐵梅部，任教育長，把烏合之衆訓練組織成爲一支精鋭的義勇軍，可稱奇才。二十二年鄧鐵梅派其入關，向後方聯絡，始得結識。決定再出關殺敵，乃爲健者。於二十二年九月十二日特邀其加入光復東北同志會，他要求東北協會如果再運械彈出關，希望分給他一部，允之。至二十二年冬出關，調寄踏歌行以送之云：

不屈不撓　中華民族　男兒夜起聞鷄舞　三邊草木盡知名
一身堪作中流柱　保衛河山　氣吞驕虜　壯懷誓志復疆土
相期共飲在黃龍　此心自可垂千古

時日人急欲招降義勇軍，於二十三年春，乃冒險至瀋陽，向日特務機關詐稱鄧鐵梅可以投降，請派人同往鄧部商洽條件。日人信之，即派人隨往，至鄧軍中皆捕殺之。從此日人絕招降之望，乃改爲懸賞購求政策。鄧被俘後，苗乃領其衆，繼續游擊，時鄧妾張氏，又偕陳參事官至苗部誘降。苗拒之，但任其去，蓋欲使其往還通消息，能捕得日人而交換鄧鐵梅也。聞說張氏後被日人所殺，是無心肝者，死固不足惜也。

於二十四年六月三日得信，苗可秀在岫岩縣境與日軍戰，臀部受傷，即乘肩輿以行，一夜冒雨至距鳳城約六十里小莊子地方，詢謂該處無日軍，意爲可以安全休息矣，不意入室未久，敵大隊騎兵向莊上來，苗以逃已不及，乃令隊員隱避。自己覆被臥炕上，僞裝爲農家病人，以爲可以騙過敵人矣。不幸乃爲漢奸所識，苗知不免，即自言爲苗可秀。時二十四年七月二十一日，將苗送至鳳城，日軍井上少將用種種方法勸苗降，苗拒之。祈云：「正氣千秋」。苗在獄中寄其弟書略云：

「……思想要正確，精神要偉大。不要忘了我們作新中國主人，作事不可因爲一次失敗便灰心；亦不可因爲一次失敗便退縮，須知犧牲是兑換希望的一種東西。我們既有希望，便不能不有犧牲。不過我們希望須正大而已。」又云：「國有可慶之事，弟當爲文告我；國有極可痛可恥之事，弟亦當爲文告我。」

七月二十五日午後二時半，送苗至鳳城南公園，地在鳳城與鳳凰山之間，日人已預為佈置，在其面前置木柴一堆，先焚其使用之物，乃又向其勸說，謂不降即被焚，降則即任司令。苗答云：「但願一死。」並云：「中華民族千秋正氣」。隨將預備之中華民國之旗，披在身上，大呼：「中華民國萬歲」，即被亂槍擊死，其殉國時，年僅三十歲。據說日人把他的心肝剜出，以祭陣亡將士，可見日人恨苗之深也。義勇軍殉國犧牲最為壯烈的，苗乃第一人，實可哀也。像這樣人，才可以代表中華民族。

苗可秀死後，遺孤隨其妻在黑龍江富錦縣苦度生活，情況甚為艱難，後即無消息矣。苗以一書生，能從容就義，為國犧牲，乃前無古人，可謂捨生取義之烈丈夫也。哀之以詩云：

誓志復韓業　未能報國仇
長留遺恨在　正氣自千秋

吳月泉

吳月泉鳳城縣人，師範學校畢業，任高等小學教員，熱心教學，為一鄉所尊敬。九一八事變，慨於國家存亡之危，乃投向鄧鐵梅義勇軍，上山去打游擊。時往來於關內外，為鄧鐵梅代表向各方作聯絡工作。其出入關經過日本軍警卡哨，檢查與嚴格的盤詢，面對虎狼爪牙，甚為鎮定，乃視強寇如無物。於二十三年一月十七日回到北平，報告義勇軍在鳳城山區游擊情形，據稱甚為順利，子彈缺乏，偽軍可為補給，即偽軍每奉命下鄉掃蕩義軍，即把子彈轉給義軍，名為交易。與偽軍間，彼此都有諒解，惟鄧鐵梅每遇日軍則不肯放過，而要打硬仗，消耗較多。乃令其與鄧去信，要他打游擊，不可打硬仗，以避免損失；抗日是長期戰，應用時間換取勝利，打硬仗多受損失，無法補償。這時鄧鐵梅有意回關內一行，乃令吳月泉送信止之，於二十三年四月十三日再出關，乃為永別，即留在鄧鐵梅軍中，戰死於疆場。吳為書生，雖弱不禁風，乃心雄萬丈，如果不是死在戰場，應無人能相信其能有作義勇軍的膽量。而為民族之雄，乃調寄「柳梢青」以哀之云：

敬謹持躬　恂恂溫靜　弱不禁風　敵愾同仇　誓圖報國
投筆從戎　但期保衛遼東　艱難會殺賊衝鋒　戰死疆場
贏人崇拜　民族之雄

張濯域

張濯域一名作儒，字白山，遼北省人。當九一八事變後，即組織義勇軍，在遼北省境內游擊。二十二年一月二十七日，其代表王幹一開始與東北協會北平分會聯絡。至二十三年六月十九日王幹一由關外來，據說張濯域在梨樹一帶游擊，尚稱得手，惟需款孔亟，希望能有支援。這時正是本會有一部份人主張派人到關外作文化政治工作，如辦學校、演劇等，不肯支援義勇軍。

至二十四年六月二十七日，我與齊世英去見陳立夫，專為研究這一問題。我以為如果能投資本，支持義勇軍，善於利用義勇軍，把時間拖長，必然可以拖垮日本，而得到勝利。蘇俄在西伯利亞對付各國出兵，那就是先例。但終未能說服陳立夫，會內經費支絀，就是由於這一暗流，這是不能向王說明的。我乃允許盡力籌款接濟。

至二十三年十月十一日接總會齊世英函說英國經濟考查團到偽滿考查，是由日方拉攏，以壯聲勢，亦為英國承認偽滿之先聲，應令義軍加強活動，予英人以不安定的印象，即於十月十二日通知各義軍首領極力活動，時在鄧鐵梅被俘之後，義軍活動正在低潮，勢難為有力的行動，乃令王麟祥送炸藥和信管給張濯域，並教他定時爆炸的方法，以便破壞南滿路炸英調查團所乘列車，曾賦詩記其事。

強鄰侵略自興戎　不信國聯能至公
殺盡賊奴除後患　莫教遺害到遼東

王麟祥為東北大學學生，與張濯域有戚誼關係，自九一八事變後，即參加張濯域的義軍工作，乃一面讀書、一面抗日也，至抗戰軍興，他未到後方，勝利後曾介遼寧省政府徐主席，任爲遼寧省銀行錦州分行經理，大陸淪陷，不知去向。不意王麟祥把炸藥運送到現地，則英國考查團已經過去，到日本了，張卽將炸藥另存他處，把信管收藏家中，以備後用，這時日警對於張的行動有些懷疑，乃至其家檢查，張把信管裝入餅乾筒中，未被檢出，日警去後，張令其太太把餅乾筒埋在後院中，由於天寒地凍，掘之不深，張太太以爲用石搾扁了，卽可以埋之，乃石下卽行爆炸，日警聞之又來，張由窗逃走，日警捕張太太去，受苦酷刑，不肯吐露張之一切關係，乃死於毒刑之下，當時如能說出一切關係，亦許可以得活，乃寧死不屈，語云：千古艱難惟一死，這種以身殉國的堅强精神，求之於讀書明理的君子，亦甚難能，而不多見，乃一個村婦，竟然能之，實堪敬佩，眞值得在歷史上寫下一頁，可惜我對於張太太的姓名，乃不知道，聽說張白山在台灣做黨的工作，但沒有聯繫，無法探知。

在東北女子作義勇軍，我所知道的，還有趙老太太和韓清綸太太張達平，張達平現任國大代表，住台中。至張濯域太太是爲義勇軍保密而犧牲的，像張太太這樣犧牲，我只好說她是無名英雄，張白山逃至北平到我家，乃一身之外無長物，爲我述其經過，則賦詩記其事云：

啓人趨向義　自足振頹風
有此女豪傑　應知民族雄

趙景龍

趙景龍字在田，黑龍江省巴彥縣人，日本大阪高等工業學校肄業。囘國後創設工廠，決心以工業救國。九一八事變後，當日本關東軍擬侵入黑龍江時，江省軍政當局，對於戰守之策，難於決定。經會議討論，主戰、主和爭論不休，當時軍人主戰最力者有軍署參謀長謝珂、衛隊團長徐某；文人之主戰者有吳煥章、趙景龍等人。趙將工廠警衛組織爲義勇隊，以準備作爲打游擊的基礎，並與韓春暄等結合，共同行動，最後與東北協會聯合，共同奮鬪。我知趙景龍其人，直至二十二年十月二十二日，趙由黑龍江囘後方至北平到我家中，才結識的。那時他已成爲黑龍江抗日的領袖人物，趙意志堅强，乃爲吾黨之健者。

據說義勇軍在江省尙可活動，至塘沽協定之後，乃改爲秘密工作，愈加奮厲。至二十六年抗戰軍興，首都西遷，則仍留華北、東北作敵後工作，指揮義軍實行種種破壞。趙本人住天津英租界，時遷地址，這亦許是惹人注意之處，乃被敵人偵知，於二十八年十二月十九日。日人偕英巡捕至其寓逮捕之，乃備受毒刑，未肯說出秘密工作與各方關係，後解赴東北，乃不知死所矣。

其犧牲壯烈，可與日月爭光。玆將陳立夫先生爲其請卹呈中央撫卹委員會文所述其指揮義勇軍以及敵後工作的經歷，寫在後面，以代傳記。

爲趙景龍同志壯烈殉難，謹陳事略，懇予優卹，以彰亮節而安遺族由；查東北黨務辦事處執行委員，兼東北協會天津辦事處主任趙景龍同志，前以被敵逮捕，壯烈殉軀，當經各黨部團體，分別呈報　總裁暨中央組織部轉呈　鈞會議卹各在案。竊趙同志籍隸黑龍江省巴彥縣，係日本大阪高等工業學校畢業。曩於東北以六百萬元創設造紙廠，抵抗仇貨，早爲倭方滿鐵株式會社所嫉恨。九一八事變後，慨於駐軍未嘗抵抗，而遼東淪陷，首將紙廠防匪之槍械，悉授招訓之員工，聯合各地武裝農民，屢挫敵鋒。旋又赴黑龍江，力排奸懦，促成江橋抗戰，不獨爲我國抗日義勇軍之先導，抑且爲實行長期游擊之前驅。當國聯調查團抵哈爾濱之際，敵軍廣佈，邏探四伏，而趙同志奮不顧身，立率吉、黑古析年、張鳴岐、武勳閣等部七千餘人，更聯合其他各部義軍，向哈進攻，彰我民氣，南逼哈埠近郊之香坊車站，北迫一水相望之松浦市區，猶復潛入濱江，經捷克領館館員之先容，得見李頓，面陳敵人侵略東北之野心，組織傀儡之用意，與我民衆誓死抵抗之堅强意志，並遞所收之各地民衆意見書多份。使該團深明敵僞眞相，得知民氣激昂者，實以趙同志之力爲多。長城戰後，敵繳東北民槍，義軍械彈漸感缺乏。適東北協會秉承中央意旨，策動關外抗敵工作，以趙同志忠勇堅貞，洞悉敵情，時界以調度黑省工作之全責。及至抗戰軍興，復派其經常駐津辦事處，指揮東北秘密工作。嗣奉中央明令，任爲黨務辦事處執行委員，工作尤力。敵以屢遭打擊，因而偵緝兼施，遂於二十八年十二月十九日拂曉，會同天津英工部局將其逮捕。當由該局轉解敵方之前，趙同志暗擬電稿，密遞關係方面分電　總裁暨立夫等，深以未竟全功，即陷敵手爲憾，表示此去決心成仁，當蒙　總裁電示，東北黨務辦事處暨東北協會，以趙同志忠堅可嘉，飭與組織部接洽，繼續營救在案。後悉以堅不吐露工作線索及平津方面中央所派之各工作同志姓名住址，備受酷刑，暈厥多次，終以不受誘降，而以身殉。查趙同志器識恢宏，不競利祿，自九一八事變時起，至被捕時止，組織義勇軍及領導秘密工作，十年如一日，不因環境惡劣而稍懈。在東北從事秘密工作同志中，尤屬難能可貴。雖以遭際迍邅，無赫赫之譽，然對黨國確有非常之貢獻。本黨對於勳烈，原有殊遇，允宜特予優卹，以慰忠魂。現趙同志遺族困居天津，生活異常艱苦，而近來物價高漲，其子女竟不得不因而輟學，爲狀之慘，殊屬可嘆。若按一般議卹，實非所堪。立夫等既痛心於趙同志賫志殉黨，復憫孤寡無以爲生。除俟抗戰勝利，再請明令褒揚，以免影響東北秘密工作外。　謹先縷陳事略，仰懇

鑒核俯賜從優議卹，實爲德便。

中央撫卹委員會

在抗戰時期，作敵後工作。因而毀家殉國者大有人在，獨惜自趙景龍死後；義勇軍即從而絕跡，可知其足以代表中華民族精神。乃調寄「浪淘沙」以哀之云：

願爲國分憂　不覓封侯　山河已失未能收　生日誓將奇雪恥
至死方休　虜馬遍神州　無地埋愁　雄心圖報國家仇　飲恨長
江流不盡　民族增羞。

後記

我所寫東北義勇軍人物，如李春潤、鄧鐵梅、苗可秀、趙景龍等，曾載入中國文化學院東北研究所東北論文集第二輯。經閱稿先生對於文字有所剪裁，在此致謝。可是對於事實亦有所改造，乃爲我所不同意的。我意爲歷史是應依據事實寫出，不是杜撰的，對於事實必然不能有所變更，他們因爲甚麽要改變事實？目的何在，我不知道。因爲這是我所寫義勇軍四年的一部，乃不得不有所說明。其改造重要之處，如原文爲「不意唐聚五，在後方棄軍遁去，其部衆潰散，因受影響，不能前進」這是事實。亦是千眞萬確的事實，乃被改爲「不意唐聚五在後方作軍略上退卻，失去聯絡，不能前進。」實在說唐聚五不僅是棄軍逃走，而且是携款逃走。他這一軍略上退卻，乃由安東省通化縣一帶一下就退卻到河北省涿縣城裏去作富家翁。在中國歷史上，還找不到像這樣離開軍隊一退就是幾千里戰略退卻的先例呢。不意閱稿人能把這樣一件不合理的事情，寫在我的名下，亦許知道那是謊言，所以自己不能出名寫一篇文章而要由我擔負這歷史責任。我們知道在前中日甲午事件（在那時軍隊一槍不放望不見敵人的影子就逃，所以我說是甲午事件，不說是甲午戰爭，因爲陸軍並未戰），宋慶帶着軍隊由朝鮮馬不停蹄。一直逃到田莊台，當時地方有一個民謠說：「依瞎打，常坐坡，宋帥一敗八百多。」這是說依、常兩將軍，依打是瞎打，坐坡是向後方使勁，宋慶一逃就是八百里，這並不是歌頌他們，似此爲甚麽不能殺頭就全仗說謊吧？唐一逃就是幾千里，而且宋是帶隊逃，唐是隻身逃，這應該是後

來居上了。事實上在當時，日本關東軍並沒有向東邊進攻的企圖，唐在代理遼寧省主席之後，即發行不兌現紙幣，說是爲支付軍政費，可是他乃盡量的收買大豆運安東售款滙上海、天津乃乘李春潤攻略瀋陽的機會，棄軍逃走。乃是有計劃而且安全的逃走，因爲多數義勇軍司令，都住在北平，他是抬不起頭來，乃住到涿州城裏。至二十一年冬救國會曾計劃組織部隊出關，共分爲六個軍團，任唐聚五爲第三軍團總指揮。當時東邊地區的義勇軍司令多數表示反對。由劉純甫、張諾夫、張雅東、齊占久、姜中天、關向陽等人，據實向救國會指控，唐連聲辯都沒有。在這時唐由張學良副司令處，領得步槍五百支，放在家中。只是孤家寡人，沒有人替他抗起來，他也許看見馮占海和鄭桂林有人有槍有馬（後經中央收編）甚爲眼熱，又因李春潤計劃出關，亦有槍有人，乃打起歪主意，設計私擅逮捕監禁李春潤，迫其合作，以壯門面。李春潤不允，他就不放。李春潤太太來找我，乃求軍分會參謀長鮑文樾向唐說項才放回來的。後來救國會取消出關計劃，唐一直是住在涿州。

二十二年二月十九日東邊地區義勇軍大聯合，召集開會，出席者有趙侗、程萬里、李春潤、車向忱、王文育（是唐聚五組遼寧省政府的民政廳長）孫岫岩、夏福星、李大庸、夏雲五、孫樹森、陳壽山、陳咸一、孫同九、蔣月如、吳多如、梁司令、姜司令（此二人是東邊大刀隊司令），首先討論的問題，就是東邊義勇軍大聯合，不與唐聚五合作。這時我向救國會說，東邊地區義軍司令，既然大家都反對唐聚五，我們應該檢討一下，找出一個可以統一指揮而爲大家所心服的人出來作總指揮，這對於義勇軍的前途，才能有發展。王化一和高崇民說，這是使日本方面知道，唐聚五尚存在，乃沒有其他理由。實在說，唐之棄軍逃走，日方特務機關早就知道，像這樣一個人，即使生存，能嚇倒日本軍閥嗎？我不知道因爲甚麼原因，而能這樣固執。實在說，我們就是因爲有這樣的將軍，才使日本軍閥大膽的敢於動手。對於這樣的人還能爲之諱而得到寬宥，我們中華民族的精神，實在太寬大了。

東邊地區義軍司令在二十二年二月二十及二十一日連開會兩天，又有參加的，爲姜中天、關向陽、王選齋、張雅東、齊占久、張宗周、劉純甫、盛御風共計二十個人，他們的大聯合有誓言、有公約，乃把唐聚五踢出去關在門外，長城戰敵人的炮聲都未能把他震醒過來。

直至民國二十四年宋哲元接受日人一切要求，日本特務機關在北平可以自由捕人，我離開華北，唐仍隱居在涿州。事後亦未聽說有甚麼行動，我不相信他在冀東僞組織出現以後，能站起來抗日。說者亦許以爲有抗日英雄，乃是光榮，甚至是東北的光榮，誰相信謊言也是光榮呢？況且對於義勇軍的情形，當時知道的人正多，人都還存在，絕不會但憑我們說誰是民族英雄，就相信而不疑，成爲歷史。我在爲東北論文集寫東北義勇軍時雖曾聲明，希望有人就所知，加以補苴，那是希望提出事實，今則乃把謊言寫在我的名下，眞使人驚異。我實在不敢負這歷史責任，乃不得不提出異議。

我把當時的事實經過都寫出來，請看唐聚五到底是棄軍逃走，還是戰略退卻，我無史才，不能寫史。我願就所知保存些史實，以待歷史專家自由判斷。保存這一代史實，我們這一代人是有責任的。

四十年來的事情，爲時不遠，當時之人還都存在，這幾人之外，亦許還有人知道壯烈殉國的人物，甚望能有所補苴，不要使爲國家民族犧牲的英雄，一死了事，煙消雲散，而至於默默無聞。在這大時代中，多少要爲他們留下些痕跡，流傳千古而不墜。

「九一八」時張學良在做什麼？

東北舊侶

老牌影后胡蝶於數年前由香港返抵台北定居時，鄭重對外闢謠說：她和四十年前在北方叱咤風雲的張「少帥」絕對沒有絲毫的關係；她和張學良將軍從來沒有見過面，現在大家都老了，她倒想見見這位風雲人物。胡蝶女士否定當年馬君武那首流傳海內外詠時詩的正確性，因為那首有名的詩，曾寫着「趙四風流朱五狂，翩翩蝴蝶最當行。」又寫着「瀋陽已陷休回顧，猶抱阿嬌舞幾回。」把她和張「少帥」扯在一起，使她含冤莫白四十年，使人誤解東三省的淪陷日人之手，她也要分擔一部份間接的責任。

胡蝶女士說：當民國二十年她從上海出發，打算到北平去拍「啼笑姻緣」的外景，在她剛到天津時，因從瀋陽撤退來平津的軍事繁忙，從天津到北平的火車已不通行，她沒有到北平就回了上海，自然不能和張「少帥」在北平見面。她本人根本未去北平，又怎會發生和張「少帥」共舞的事呢！

張少帥不理內田康哉

談到九一八事變，以及以後所引起的種種不幸事件，不但胡蝶女士含冤莫白四十年，就是張學良將軍，又何嘗不是含冤莫白四十年呢？胡蝶女士說她生平從未見過張「少帥」，不啻對張的含冤，作了一個直接性的湔雪。

以當時的情形來說，日本的擴張主義，遲早總有發動的一天。但九一八事變，則並非不可加以預先防止的。然而這並不是張個人的責任。

當時的日本政府，自從民政黨的濱口組閣以後，幣原外相對於中國——特別是東北問題——主張經由外交途徑，作合理的交涉。

日本的政黨政治，向以抑制軍部為原則，濱口的前任田中義一雖號稱「政友會內閣」，但田中本人既係軍人出身，又向以積極政策作為標榜，自不免與軍部發生合流現象。濱口上台以後，鑒於田中失敗的覆轍，自不願再橫生枝節。

濱口的對「滿」政策，所標榜的是循外交途徑以解決懸案，與軍部的製造對外事件，以提高軍人聲譽的政策，正係背道而馳。所以，濱口上台不久，即不幸被刺殞命。

濱口既死，若槻禮次郎繼起組閣，一切因襲濱口的政策，首先更動在東北的重要人事，由老外交家內田康哉（日俄戰時任駐華公使）出任滿鐵總裁，由久任張作霖顧問的本莊繁中將（時任駐北京武官）任關東軍司令官。若槻內閣的用意，是打算藉人事關係，以溝通與張學良的意見。

內田和本莊於民國二十年七、八月間

先後抵任，當然和東北當局有照例的公文往還。內田康哉特電滿鐵駐北平的石本理事，請他面謁張學良將軍（張時駐節北平），邀請張早日與他會面，如張一時不能回奉，他本人當赴平與張面商一切。

不料石本接二連三的到北平順承王府去謁張，都沒有獲得晤面的機會，最後輾轉得到答覆是：「預定雙十節國慶前後出關，屆時當再奉約。」內田接到這個回答，非常失望，但因事機緊迫，乃又以到任訪問的名義，歷訪奉天（遼寧）、吉林、哈爾濱，分別與張景惠、臧式毅等作重要的意見交換。

臧式毅感到事態嚴重

內田康哉首先會到的是遼寧省主席臧式毅，臧是日本士官學校出身，雖屬軍人，但人甚老練。他與楊宇霆同學，而且關係很深。

張老將虎踞北平的時候，臧在遼寧留守，皇姑屯事變發生，臧因應付得宜，未使事態擴大，遂為各方所稱譽。

九一八事變發生以前，臧正任遼寧省代理主席職，省主席則由張學良以東北邊防長官名義兼任。內田會見臧氏後，因臧精通日語，二人乃得促膝密談，不需要藉重繙譯。內田當時曾就解決東北懸案問題，及日本國內的空氣，軍人躍躍欲試，和若槻內閣極力壓抑的種種實況，對臧作了一次詳盡的說明。進而表示他和本莊繁來東北任職，是為了積極打開和平交涉的途徑，希望臧氏將此中危急情況，和他本人的誠意，轉達張學良將軍，務期得到張的確實答覆，在平在奉會面均可，即或張因事忙不克見面，請其指定負責大員，代為折衝，亦無不可。

臧感到事態的嚴重，曾與內田會談後，寫了一封非常詳細的親筆信，詳陳他和內田談話的經過，請張指示確實辦法，並派張氏親信（時任警務處處長）黃顯聲，親身赴平面呈此信，守候回話。

黃到北平見了張氏後，不料張把這件事看得非常輕鬆，口頭指示黃說：

「日本鬼計多端，不可輕信，奉九（臧式毅別號）一切應處以鎮靜，候本人回奉再作商量。」

張景惠親往北平一行

內田康哉見過臧式毅後，由於吉林主席張作相因父親病重回了錦州原籍，黑龍江主席萬福麟在北平陪伴張少帥未返，遂逕往哈爾濱訪問東北元老「東省特區行政長官」張景惠。

景惠與張老將是微時的弟兄，張作霖早年打爛仗時，他在那時開一間豆腐店，環境比較好一些，這一班草莽小英雄，便常在他家中聚會。

張景惠為人固然算不得了不起的人物，但他老於世故，人情非常通達，由第一次直奉大戰後，他即擺脫軍旅生活，改任行政首長。

他歷任北京政府的陸軍總長、實業總長，皇姑屯事變發生後，他才改任為東省特區行政長官。在東北老輩中，他與張學良的關係，相當不錯，張亦待以長輩之禮。

內田見到他，又詳詳細細的和他談了幾個鐘頭，他們兩人不但年紀相當，資望相等，而且又有過數面之雅，所以彼此更覺得意氣相投，距離較近。

張曾經滄海，閱歷較深，他知道國家沒有準備，不宜對外作戰。他毅然決定的對內田表示，他要親往北平，面見張學良說明一切，要求內田一切等他的回答，再作處置。

張景惠入關之前，路過瀋陽見到了臧式毅，此時黃顯聲在北平尚未返瀋覆命。張和臧把東北情況作了一番檢討，彼此都感到當時的東北，有風雨欲來之勢，把一切希望都寄托在張景惠故都之行上面。

張學良臥病協和醫院

當時張學良，因患病住入北平協和醫院，已有兩三個月之久。張景惠到北平之後，在協和醫院三樓的一角，見到了張學良。爺兒倆敍敍家常，談得很高興。

張景惠因爲少帥在養病期中，不好意思和他多說他不愛聽的麻煩事。這樣消耗了大半天，才把內田到哈爾濱訪問他，和他談的一切話，對張學良作了一個報告，最後還把臧式毅託他轉達的話，也對張學良作了一個敍述。最後才表示他個人的意見說：「大元帥新喪三年，尚未卜葬，前年又經過中俄事變，大傷元氣。在此種情況下，惟有好好的敷衍强鄰，不使再生枝節，埋頭苦幹個相當時日，再徐圖恢復。內田所提之話，似乎不算太苛，我們應該抓住機會，設法轉圜，只要和平交涉，儘有充裕時間，從長計議，希望副司令不要拒人太甚。」

張景惠雖不善詞令，但這篇話，則說得有條有理，不失爲金玉良言。張學良答覆他說：「四大爺（學良對張景惠的稱呼）說的很對，請你讓我仔細的考慮一下，請四大爺在北平小住幾天，再作決定。」

張敍五（張景惠別號）認爲，這麼大的事，決非三言兩語所可解決，對於張學良所說考慮一下子的話，倒也認爲非常的滿意。

張景惠在北平一連住了半個月多，他每次到協和醫院裏去看張學良，侍衛人員不是說：「副司令不自在。」就是說：「副司令剛吃藥。」再不然就說：「副司令睡着了。」一類的話，使他不得要領。侍衛人員領着張景惠經過張學良臥室的露台，他也的確看到張學良躺在床上熟睡的樣子，使他覺得咫尺天涯，叩閽無路。

恰巧這個時候，張輔忱（張作相別號）的父親在錦州病故，張景惠與張作相爲少年貧賤之交，老來情誼彌篤，他聽到了這個消息，不能不親往弔唁。遂急急的到了醫院，向張學良請謁辭行。

他見到張學良時，張擁衾養病，精神至感不濟，無精打彩的告訴張景惠說：

「四大爺，眞對不住，你老到輔帥那裏弔喪，請代我致意。關於東北的事，等我病好了馬上便回來，和四大爺、輔帥以及奉九等好好的商量。四大爺，請你多多保重。」

十六個字的油印電令

張景惠辭別張學良出了關，他到錦州之日，是晚就發生了九一八事變。當時張學良正在戲園陪香港何東爵士看程硯秋唱戲，因爲張學良原邀何東爵士投資東北邊業銀行，請其北上商談，何爵士公子何世禮將軍時任少校參謀，隨侍在側，目睹有人來報告，張學良起身向何東爵士致歉，匆匆離去，當時尚不知何事，散場後始知瀋陽發生事件。可見馬君武詩中所說張學良正在北平與胡蝶女士通宵跳舞之說，完全是莫須有之事。胡蝶在台的闢謠，完全根據的是事實。

原來，在九月初旬，南滿附屬地一帶空氣特別緊張，東北邊防長官公署參謀長榮臻，曾打電報向張學良請示辦法，張的回電是極其簡單的十六個字：

「沉着應付，毋使擴大，敵果挑釁，退避爲上。」

這位代拆代行的參謀長，接到電報後，也非常輕鬆的油印發送給各有關部隊，一體遵照。

筆者那時是任興安地區屯墾軍參謀長，駐防在葛根廟，就曾接奉到這件油印的命令。

當時日本的特務機關，向來對各官署的字紙簍，不惜出高價收買，這張油印的電令，遂很輕易到了日本特務人員手裏。

張副司令的消極應變方式，到了日本人手裏，自然增長了他們變亂的勇氣。有人說日本軍人敢於毫無忌憚動手，對於這一紙電令的外洩，關係至鉅，看來並非無的放矢。

「九一八」事變時，日本軍人唯一的藉口，只是說南滿鐵路的柳條溝附近被我軍炸毁，日本鐵道警備部隊，不得不出於自衛，他們並未拿其他的外交問題，作爲口實。至於柳條溝附近的鐵道，是怎樣炸

馬君武與

四十年前馬君武博士所寫的「哀瀋陽」七絕兩首，其一：「趙四風流朱五狂，翩翩胡蝶最當行。温柔鄉是英雄塚，那管東師入瀋陽。」其二：「告急軍書夜半來，開場絃管又相催。瀋陽已陷休迴顧，更抱阿嬌舞幾囘。」（原文見本刊封底）就詩論詩，自然是做得極好，描寫也很深刻足以動人心絃，但明瞭當年九一八日寇侵佔瀋陽之內外情勢和事實的，對這兩首詩只能視作洩憤之語而已。而在那時民族情緒高張之際，馬氏充滿强烈的愛國心的作品，無怪它能膾炙人口了。

君武先生原名馬和，字君武，筆名貴公，後來專用君武二字。廣西桂林人，先世籍湖北蒲圻，清末光緒七年辛己，出生於家道中落的書香世家，幼年隨着父母播遷，搭了幾次館，都沒有安定讀書。以後他父親定居臨桂，自己出外游幕，便由他母親教讀。老太太教子相當嚴厲，愛之深望之更切，教書時置有一根厚厚的毛竹板，常對人說：「鐵不打不成好鋼，孩子不打不成好人。」九歲喪父後，大家庭分崩離析，家境益發困難，他母親仍是督着他讀歷朝鑑略和龍文鞭影一類書。十二歲隨他母舅到陽朔；童年好奇，往往跟着頑皮的孩子，到別人果園裏摘李子，啃酸柚，捉蟋蟀，甚且以鬭勝負作賭博性的贏輸，於是被母舅送囘桂林。母親氣得哭了，給他一頓重重的責打，他也哭悔跪着受罰，從此下了決心，用功向學。

他的外祖父陳允菴家中藏書極多，君武隨母歸寧，常就插架縹緗中，瀏覽不倦，因此他母親便把他安頓在陳家，他日夜不停地將各類詩文集和廿四史都讀個遍，足足花了三年時間，打下了文史的基礎，學業大進。到十七歲這年，他考入體用學堂，開始與新教育接觸。文史之外，勤習英文數學。這學堂是曾任台灣巡撫後被擁立爲民主國大統領的唐景崧所辦，唐於乙未離台後，悒憤返桂，以辦學樹人明恥圖强爲主旨。篤誨諸生，暢論陸王理學，嘗以「讀書志在聖賢」及「天下興亡匹夫有責」等語相砥礪。對君武的學績，尤極賞識，勗勉最多。那時候，北京正鬧着戊戌年「變政」「政變」種種花樣。

馬君武於庚子辛丑間，離開家鄉，到廣州去習法文。不到一年時間，居然讀得很好，能譯能寫。以後又轉赴上海，眼界又開拓了許多。

毁的？以及由何人炸毁的？始終是一個未曾得到解答的謎。

但駐瀋陽附近的日軍，由於事前得到了我方退讓的秘密文件，於是便利用這個小題目，而大做起文章來。就在九一八這一天晚間十點鐘，開始向北大營駐軍王以哲部進襲。

王部因恪守主帥的退讓命令，始而堅壁自守，連槍都沒放，繼而日軍愈迫愈近，這才突圍而出，向東山嘴子一帶退卻。九月十九日午刻，日軍卽正式宣佈，完全佔領了北大營。

張副司令不能聽電話

在日軍進攻北大營的同時，另外的日軍一部，也同時對瀋陽城廂進攻。中國方面得悉，馬上關閉城門，和用電話向日本總領事館加以質問，但林久治郎本人也不得要領，自然是得不到滿意的答覆。

日軍攻城開始，守軍以事前得到命令，除嚴加守備外，自不敢頑强抵抗。十九日清晨，日軍遂進入城內，瀋陽名城從此便輕易的宣告陷落敵手，王以哲部也輾轉開入了關內。

參謀長榮臻，十八日便在省署商討對策，同時並用加急電報向北平請示，一直的候至深夜十二時，尚未接到北平囘話。臧式毅乃親叫北平電話，等了很久，才轉

哀瀋陽「畏之

在滬期間，他譯了「法蘭西革命史」，「斯密氏代數學」，「達爾文物種原始」等文字，以介紹西洋新思想自命。

他在廣州時期，有一些趣事，亦可一述。那時，廣州有個富家閨秀，叫做張竹君，從小就在教會所辦女校讀書，後來在博愛醫院習醫七年，畢業後就在廣州河南開設南福醫院行醫濟世。她是個基督教徒，又是愛國主義者，常在福音堂講道，有時也開演說會倡革新政治。馬君武偶到福音堂聽道，對竹君發表之偉論，甚為佩服，因此每逢竹君主講，君武必去做聽衆。日子久了，彼此成了相識，君武也常到竹君診所裏訪談，對竹君學識人品極表愛戀。竹君小姑居處，傾倒她的才色的，不知凡幾。香港富商盧賓岐之子少岐，和她過從已久，雖未論及婚嫁，而少岐早以戀人視竹君，見君武往來頻繁，似有問鼎之意，一山豈能容兩虎，少岐吃醋了；有一天，二人在竹君診所裏碰見，話不投機，由冷嘲熱諷，至於揎袖掄拳。幸好竹君出來，二人均不欲在這小姐面前，出窮兇極惡的相，未至動武。君武是眞性情的人，自然對戀愛也很認眞，回去後寫了長達二三千言的信，向竹君道出愛慕並露求婚之意。

竹君看了也很感動，便復函表示，她希望能多為國家社會服務，一旦結了婚，不為家務所累，也將為兒女牽纏，不能像現在自由了，因此她暫時不考慮到婚嫁。同時並勉勵君武奮力國事。君武大為感動，不久便去上海，旅費有了着落，便赴日本求學了。他在日本是窮學生，靠賣文補助生活，因此也常替新民叢報寫些文字。

在壬寅年的新民叢報中，曾以馬貴公筆名，寫了一篇「女士張竹君傳」，稱她為「中國之女豪傑」，文末附有贈竹君詩二首：「論胥種國悲貞德，破碎山河識令南，莫怪初逢便傾倒，英雄巾幗古來難！」「推闡耶仁療孔疾，娉婷亞魄寄歐魂，女權波浪兼天湧，獨立神州樹一軍」。仍然情深一往。這是六十年前中國文壇一件趣事，胡漢民曾謔為「驢馬爭獐」。其後，竹君與盧少岐雖仍常往來，也沒有議及婚嫁，中間更牽涉不少誤會。辛亥武昌起義黃興徐宗漢要想赴漢主持軍事，而沿途檢查甚嚴，竹君組紅十字軍救護隊，掩護黃徐入鄂。民國成立後竹君移居上海，致力宗教教育。

君武在日本入西京帝國大學，習應用力學，在新民叢報論述康德、黑格爾學說。這

來張副司令的回答：

「請榮參謀長和臧主席商量應付。」

臧要求與張直接講話，對方回答是：

「副司令連夜開會，開會後病又發了，一切請主席和榮參謀長斟酌辦理。」

臧聽到這個回話，直氣得悲憤塡膺，馬上簡單的回答對方說：

「日軍馬上就要進城了，瀋陽完了，請副司令珍重罷！」

由於張學良一味規避，東北舊人對張心存怨恨！也因此而以訛傳訛，道聽塗說，羣指張學良生病是假，在北平沉迷酒色，不理東北危局是眞，引出了馬君武的詠時詩。

在瀋陽被佔的同時，駐長春多門師團的長谷旅團，也開始採取行動，只在南嶺附近遇到輕微的抵抗，便順利的佔領了長春全市。

公認為是九一八事變的主角土肥原，此時亦由東京返回任所，並受軍部命令，以特務機關長名義出面主持瀋陽市政。

刋物是保皇黨所辦，那時一般留學生對「康梁之徒」也很寄於殷望的，君武則爲了稿費而寫作，有錢便寫，而這刋物卻常欠稿費，所以常鬧稿荒；一遇到這個問題，常使梁任公感到頭痛，他自己一管筆固會寫，但不能從頭到尾整本刋物裏儘寫「聖帝」「牝后」之類文字，自然更希望君武等一般留學生來稿。任公有個同學羅孝高（名普，順德人，也是萬木草堂學生），很早就在早稻田專門學校留學（早大改名後他是中國第一個學生，後來曾在廣東任財政廳長）這時也在新民叢報裏，便向任公獻計，他說：「馬君武近來不常來稿，不問可知他必是見我們發不出稿費了，待我耍他一下，不怕他不源源投稿了。」任公問他計將焉出？他便附在任公耳邊，如此這般地說了一遍，任公拍手稱妙，叫他立卽照做。

君武正是廿一二歲的青年，像他那樣感情豐富的人，那有不想談戀愛的？羅孝高便利用青年的心理，便化名爲「羽衣女士」，大寫艷體詩，及俠艷小說，在新民叢報裏刋出，梁任公又用編者名義，在羽衣的作品之後，加上按語，略謂：「羽衣女士，爲廣東順德人，才貌雙絕，中英文皆有極深造詣，現在香港某女校執敎，本報承其惠稿，至爲榮幸，經承其垂允爲本報特約撰述，今後女士大作，將源源在本報發表」云云。馬君武讀這羽衣女士的詩，覺得很好，小說也寫得細膩異常，忖量是個才女，起了傾慕之意。一天，見着羅孝高，便問：「那個羽衣女士的作品寫得很好，不曉得模樣怎樣」。孝高道「靚得很！難得的既有婕妤般才，又兼了王嬙般貌。」君武道：「胡說！你怎麼知道？難道你還見過她不成？」孝高哈哈大笑說：「怎麼不知？她是我嫡親表妹呀！我不知誰知來！」邊說邊拿出準備了的羽衣女士來函，說：「她呀！不久就要來日本留學了。不信你看！」君武看了信，看得渾陶陶地便說：「難得！難得！她到了後，請你給我介紹，如何？」孝高心裏暗笑！這回你可上鈎了！便說：「她暑假後才能來，算算還有三四個月呢。她讀過你的文章，歎爲天才，曾問起你的身世，如果你願意，我可先介紹你們通信，你可以像對張竹君那樣，先贈她幾首大作，登在報上，她一定很高興，從此魚雁常通，先建立了友誼關係，然後我這紅娘才做得容易了呢。」君武大喜，立卽做詩，加以通信，羽衣女士也在給孝高信中，附箋把君武大灌迷湯，還再三叮嚀要在新民叢報裏常常讀到貴公的作品。君武如何不歡喜，日夜拼命作詩文，源源送往發表，而羅孝高之計得售，梁任公也感到稿源充裕了。

過了幾個月，新民叢報稿不荒，馬君武的腦汁快給絞乾了，因向羅孝高追問：「你那位令表妹，何姍姍其來遲呀！」孝高沒法，只好說：「快了，下月初她就要搭東京丸到橫濱了，到時候我們一起去接船，怎麼樣？」君武信以爲眞，屆期一打聽，東京丸已定期開抵橫濱，便逼着孝高同往；孝高不得不硬着頭皮同赴橫濱，覷個便卽偸趁下一班車溜囘東京。君武在碼頭上望穿秋水，不見有甚麼羽衣女士，找孝高不到，以爲他接了；卽囘東京，深夜敲孝高之門，說他把羽衣女士藏起來，不讓相見。孝高也再揑不出話來，只好不做聲，一任他發脾氣。君武賴着不走，孝高弄得沒有法子，只得把實情說出，連連作揖道：「請你原諒！羽衣女士非他，不佞是也！」君武無端給他哄了幾個月，當時急得口不擇言地，大罵他們無賴，氣極了拿出口袋裏寫好了的歡迎羽衣女士蒞日的詩箋，撕個粉碎，當面甩了過去，還啐了幾聲，憤憤而去。不幾天，這一段妙聞，傳遍了東京，不肖生向愷然把它摭入所著「留東外史」裏，雖不無加油加醋地渲染之處，但尚不是向壁虛構，以此可見君武性情之眞。

自然，以後新民叢報裏是看不到君武的大作了，固也爲了討厭他們誆計騙稿的惡作劇，更討厭的是新民叢報裏對光緒帝老是「我皇上」「我聖主」的叫得肉麻，「於道徒見其一偏，而出言甚易」，以君武性情之豪放，厭聞改良，而只願革命。而這時　國父孫中山先生正作環球之遊，取道日本，過日時陳少白介紹君武及廖仲愷胡毅生黎仲實諸人往見，談到革命，中山先生便託各人在東京物色有志學生，結為團體，以任國事。君武見了 國父之後，對人說：「孫先生是將來建設中國的人物，康梁一般人是過去了。」兩年後，同盟會成立於東京，同盟會會章卽由君武起草的，旋衆推中山先生為總理，馬君武亦被選為書記，（同盟會書記部乃獨立之部，為保持秘密之特殊制度也）但他那時適因轉入京都大學，故未能就職。

關於君武致力革命之勇，在劉成禺著「先總理舊德錄」裏曾載：「壬寅癸卯間，東京學生雜誌風起，高談民族主義，倡言革命，而諱言排滿。先生憂之，曰：名不正則言不順，匣劍帷燈之宣傳無益也。召成禺及馬君武赴橫濱，曰：吾朋儕中有勇氣毅力，莫如二子，餘非依違兩可，卽臨陣脫逃者，民族革命，要在排滿，舍排滿而言民族，其能喚起國人之清醒乎？今有一機會，元旦留學生團拜，歡迎振貝子，開演說會，禺生與君武能提出排滿之字以救中國，自能震動清廷，風靡全國。……身家性命功名富貴之徒，不足與言亡率之事矣。元旦日，莅留學生會館，首由君武登台，演說排滿，聲淚俱下，予繼之，當日全國通電，皆言成禺而不言君武，故予一人獲罪，……逐出東京。故先生自傳及孫文學說，亦標成禺而佚君武，特表闕文，用存信史。」

馬君武在大學得化學學士學位，夏令期間，又增修爆炸術，遂以轉授同志，為黨人敢死隊製造炸彈，光緒卅二年丙午歸國，在上海中國公學，任理化教授，胡適、任鴻儁、朱芾煌、熊克武諸人，都曾經做過他的學生。他在教書時，一面並宣傳革命，上海道蔡乃煌，本為清廷鷹犬，查得君武是同盟會分子，多方偵伺，報告給兩江總督端方，端方便密令拿辦。那時岑春煊和袁世凱是站在反對地位，端是袁的親家，因此岑便囑廣西巡撫張鳴岐，貲助君武赴德深造，到柏林大學習冶金學，己酉同盟會的民報，在法國巴黎濮侶街四號繼續出版時，君武為撰稿人之一。同時撰稿的有胡漢民陳天華朱執信宋教仁章太炎田桐蘇曼殊黃侃汪東陳去病湯增璧等，鼓吹三民主義，介紹外國革命事實與學說， 國父認為「自有雜誌以來，可謂成功最著者。」

辛亥革命軍興，君武立卽返國，從事政治工作。關於他的民初從政經過，日人園田一龜所著新中國分省人物誌，紀載很詳，略云：「辛亥革命時，馬君武為廣西代表（廣西代表二人，另一人為章勤士）。赴南京，致力於臨時政府的組織，旋任臨時政府實業部次長。（總長為張謇）。南北統一後，被舉為第一屆參議員，為國民黨重鎮。民國二年，隨孫文訪問日本，二次革命，回廣西謀發動反袁，失敗後，亡命日本，再度赴德國。一九一六年渡美，經日本回國。……」所述還算不差。

君武在民元，是全力擁護中山先生者，在國會亦為不折不扣的忠實黨員，二次革命失敗，他又走往德國繼續求學。民國四年卽一九一五年，得柏林工科大學博士學位。中國人得此學位的，君武實為第一人。

民國五年，馬君武經日本返國。汪榮寶（袞父）有詩送別云：「昔別是何日，重逢及此辰，如情談虎客，來作飯牛人，風雨鶱騰意，乾坤戰伐塵。傷離素無淚，為汝一沾巾。」「語默平時異，安危此日同，十年不羈馬，萬里欲御鴻，捨魯眞安適，謀秦必近攻，吾儕幸不死，且莫泣為戎」。六月袁世凱暴死，黎元洪以副總統繼任，恢復約法，號稱「共和復活」，國會得以重開，民二給袁世凱下令取銷議員資格的，一律恢復職權，國會定八月一日繼續開會。當此之時，梁啓超湯化龍因和段祺瑞亟謀妥協，大唱不黨主義，實際則組憲法討論會和憲法研究會，為段內閣之御用黨，以抵制國民黨系。君武與林森居正田桐張繼等均在京，屬丙辰俱樂部。君武為忠實黨員，但他和梁啓超原有私交。以前曾以進步黨人與國民黨故應立異，以致啓軍閥專政之漸，認為莫大憾事；玆以國會復開，很想彼此間能够不再水火，共赴國事。可是梁湯始終想和北洋軍人再結合，忮忌國民黨系諸人彌甚，不恤再行反目。他是惟一能和梁任公接近的人，但到對德參戰問題發生時，君武也不得不和梁啓超鬧翻了。

民國六年二月，德國宣布以潛艇封鎖海上。美德絕交，北京政府接到美國通牒，亦於二月九日提出對德宣戰，繼以宣告絕交，到五月七日對德宣戰案，向國會提出。從二月到五月這數十天的時間裏，對德外交問題，成爲政治上最重要問題。那時，黎元洪馮國璋及大部份武人，皆反對加入協約國，唐紹儀及各省商民團體，也都反對加入， 國父亦電北方持反對態度。梁啓超原於歐洲戰役史論，曾舉出百餘個理由，論德國的必勝。後來張君勱回國，把目覩歐洲情況及德之必敗，告了梁。梁有憾於憲法二讀會中，研究系在國會的主張，大部份皆失敗，恚恨之極；一聞張君勱之言，便偕同周旋於馮國璋段祺瑞之間，力主對德宣戰。

君武並不是因爲本身爲留德學生而反對宣戰，他憤梁啓超不惜以縱橫之策，甘作軍閥羽翼，爲取外援以打擊西南。三月八日，君武在國會裏提出嚴厲質問，直指「梁啓超干涉外交，不恤以國家爲孤注」。梁啓超也反脣相譏，斥爲僅知道追隨黨魁，而不知有國。所爭者蓋已在本題以外了，而其早年調和兩黨的主張，至此已完全失望。然當時誤認國際形勢的原因尚輕，而憤於梁和段與日本軍閥秘密商洽（由章宗祥陸宗輿做引線），妄想倚賴日本贊助，改善國際地位；骨子裏想取得日方經濟與軍火，以鞏固北洋實力，以制服國內的反對者是眞。所以國會雖以多數票通過對德宣戰案，各方不贊同的聲音，還是不絕。

段祺瑞爲威脅國會，召集督軍團，並有所謂五花八門的請願團，發生包圍衆議院醜劇。繼而北京英文日報把北洋政府與日本議借日款一萬萬元，由日人代行整理三兵工廠，並請日本練兵等消息，刊布出來，朝野大譁。研究系一不做二不休，煽動督軍團出面拆國會之台，黎元洪召張勳入京調停，張借機陰謀復辟，請以解散國會爲條件，黎便下令解散。君武偕林森等便相率南下。

梁啓超在馬廠勸段誓師討伐復辟，再取政權，但第一件便是主張「改造國會」，召集所謂新國會。 國父率海軍南下，在粵組織軍政府作護法的倡導，國會議員亦在粵集會。以後國會遷滇，君武便在廣東兵工廠任總工程師。他事母至孝，便接了老太太來廣州居住，好朝夕定省。有一年，恰值母親生日，他想辦幾件菜，替母親慶祝，使她老人家高興一下，但又阮囊羞澀，不得已託人拿一部「明儒學案」去抵押幾塊錢。葉遐菴時在大本營，聽到此事，便奉餽了十元，並將書送還，完成了他的孝思。

民國九年九月，粵軍誓師漳州，旋克復廣州，國父由滬返粵恢復軍政府，十年正式組中華民國政府，國父被選爲大總統，以君武任秘書長，邵翼如（元冲）陳人鶴（羣）均在幕中。君武遇事很認眞，人鶴則好事而近於暴躁，常與吳山等吵架，諸人多忍讓之。有一天，爲了某項公事，陳自命通人，挑剔稿件中的字句，君武比他更通，一言不合，人鶴竟動起野蠻來，君武不肯示弱，掄拳毆打，人鶴不敵，被揍了幾記，還嘟噥着說：「廣西佬惹不得？」事後， 國父溫諭而解之，而對君武之耿直處公，更深有認識。桂系軍閥犯粵時， 國父爲弭平反動，派李烈鈞許崇智陳炯明等率部攻取廣西，桂將領劉震寰反正攻陸（榮廷），粵軍長驅直入，全桂底定，陳炯明被命爲善後督辦，以君武爲廣西省長。當遴選時， 國父對桂籍的代表說：「我挑了一個不貪財也不惜死，既能文又能建設的人，做你們廣西的長官。」的確，他自追隨 國父以後，景從擘劃，歷經險阻艱難，毫不困餒， 國父和他在長期相與中，因此下了這樣確切的評語。當時桂省正是兵事之餘，粵滇黔客軍未退，劉震寰等擁兵自豪，割地收稅，時生騷亂；桂省內部又是派別複雜，君武並不自餒，仍秉承着 國父的詔示，貫澈救民初衷，盡力去做。在南寧設軍政處，撫卹傷患，振救衰敝；他更認定實業和教育的改進，是民生的基礎，更是安定與繁榮的主力，他倡導人民開鑛、造林、墾荒、造路，務實用，不誇張，更以省款興辦學校，各縣設督學局，以教、養、保、衛為刷新桂政的目標，也開了後來寖成西南模範省的先河。

君武之主省政，是桂省文治派抬頭時期，總司令廢了，舊桂軍存着僅有沈鴻英陳天太劉震寰三部，林虎早降了陳炯明，林俊廷成了流寇，省府設在南寧，很可以從容施政，奈因陳炯明背叛國父之變，陸榮廷潛存勢力紛紛乘機而起，廣西又瀕臨混亂的態勢，省政府政令不能出南寧一步，一到晚便戒嚴了。局面一天天的緊張，君武住在省府樓上，日間辦公，晚上埋頭譯書，外面時有槍聲，他也不管，身邊僅有如夫人彭文蟾陪着。終於桂變隨粵變而發生了，君武倉皇中携了文蟾出走，乘扁舟出灕江東下，擬開廣州，駛到中途，忽遇亂兵在兩岸開槍射擊，窗篷中彈纍纍，文蟾夫人伏在君武身上以護，終給槍彈打中，舟雖得脫，文蟾則不及施治而香銷玉殞了，君武僥倖沒有受傷，抱着愛姬屍骸就在貴縣草草營葬，奉其靈主，祀以香火，從不間斷，這一不幸的遭遇，足够他悲傷感慨的。這一年君武正四十歲，其後十年，他才有到貴縣的機會，酹酒奠墓，寫下一首極沉痛的詩：「四面槍聲驀地來，一朝白骨委塵埃。十年始灑墳前淚，萬事無如死別哀。海不能填惟有恨，人難再得始為佳。雄心漸與年俱老，買得青山伴汝埋。」十年之間，他在政治上不得意，雄心也隨年俱老了。

君武退出廣西後，在廣州閒居了一些時，奉母之餘，譯著更勤，以有關文學、理化、動植、政治、經濟的為多，每日必譯三千字左右。他的文學天才，以表現於詩中為最顯著，過去和葉楚傖、陳去病、胡樸安諸氏，同隸於南社。這班革命詩人，有一種「慷慨以使氣，磊落以使才」的新標格，絕不落光宣間詩人的窠臼。在南社刊行的詩集中，他和楚傖的詩，登出的不少，而一般稱他胎息於晚唐，可見其對舊文學的修養和工力。所譯拜倫哀希臘的詩，比蘇曼殊的五言更成熟，與胡適之騷體的嘗試不同，蓋已到了爐火純青的功候，喜歡以舊體詩的格調來譯詩，舉其譯法國詩人兼小說家囂俄的「重展舊時戀書」一首云：「此是青年有德書，而今重展淚盈裾。斜風細雨人增老，黃卷青山事總虛。百字題碑記恩愛，十年去國共艱虞，茫茫天國知何處，人世倉皇一夢如。」這樣的譯法，自然是意譯，有時對原作詞意容有所取捨，新文學家是不同意的，但卻為一般文人所喜，因讀來很順口，不感到佶屈聱牙的。在新文學裏，他有哀希臘歌之譯作，委婉盡情，曲折達意，更結下中西文學的因緣。

所譯世界文學名著有兩種，一為俄文豪托爾斯泰的心獄，另一個是德文豪席勒的威廉脫爾，後一種更是繙譯界最成功的譯述。劇本中的對話和歌唱，純用文言，對話則明晰有力，歌唱則沉鬱頓挫，讀到的人，很受到感動，他在小序裏說：當繙譯這部書的時候，先後曾流過不少的眼淚。更可以說明着他的深情至性。

他的譯作優點是能够把原作者的情緒，表達出來，這是能詳讀精讀然後幾經消化之後才落筆的，自然較之直譯者異趣。他嘗謂：「嚴幾道以信達雅為繙譯的信條。然為了曲意求雅，强以中國成語求合於西洋所獨有而中國所無的思想，不免給章太炎譏為矯揉造作。伍光建之譯書，只俠隱記為最好，後來續出的如倫理學等，幾乎錯誤到不能讀，與胡仁源所譯理性批評，同為沒有能力譯而强譯的書。介紹西洋思想，必須自己創造或襲用日本人所製造的若干名詞，梁任公雖優為之，卻尚嫌不够，必須將中國句法，化簡為繁，始能稍達其意」。可惜君武不以文學著稱，而世人亦多對他忽略，如拿他的譯本和原文對照一下，即可瞭解他用心之專的。他所寫的隨筆，和在新民叢報發表的文字，都是膾炙人口之作，一是歐學片影，一是茶餘隨筆，可惜都沒有刊印專冊，假如有的話，當不讓洪邁的容齋隨筆專美於前了。

民國十三年，中國國民黨改組成立後，這位革命的老鬬士，似乎和現實政治脫了節。那時一部份舊同盟會員，以共產黨陳獨秀李大釗，譚平山等，立心不軌，於本黨的根基及國家前途，將有不利，列舉共產黨包藏禍心企圖篡竊的種種陰謀，請求總理設法取締。十一月總理北上時，劉成禺們對革命策源地的廣東，更惄焉以憂，田桐、居正、周震麟、馬君武、管鵬、但燾、焦子靜、謝良牧、茅祖權、劉成禺、馮自由諸人，在上海南陽橋裕福里二號章太炎寓所，開會討論，推太炎領銜撰稿通函，以護黨救國，號召同盟舊人，匡濟危局。函中有「曩無尺寸之藉，而能取中夏於滿洲之手，今有數省之力，而倒授軍閥以主器之權，則知誠信日衰，轉相携貳爲之也。某等以國是不定，由民黨渙散之故，所以猶有餘燼者，則同盟會精神未盡湮滅，陰與維持，而受者身不自覺，向使同盟尚在，凡民黨在朝在野者，必不爲爾寂寂，雖有桀黠徒，亦不得遞司神器矣。爲是感念舊交，力適來軫，冀以同盟舊人，重行集合團體，稍就次，乃旁求時彥鎔於一冶，以竟往日未伸之志，而爲將來匡濟之謀，將伯頻呼，反思不遠……惟望贊成此志，加以匡扶，則死友得酬，存者知感，膏沐天下，爲澤無窮矣。」這純是太炎的「武關何故入盟秦」的聲口，他們對容共策略北上目的，都十分置疑，所以竟想「重行集合團體」起來，自爲當前政治局勢所不容許，而應者又復寥寥，當然不會起甚麼作用。下一年三月十二日，　國父逝於北京，局勢又更不同了。但據所聞，君武對這回事，只是因革命淵源而附署而已，沒有參加甚麼意見，也沒有甚麼積極表現。但十四年多，許世英組閣時，君武尚代表國民黨而任司法總長。十五年三月，賈德耀內閣，轉任教育總長，四月賈閣解體，君武也同時下野，曾一任國立北京工業大學校長，不久便南下到了上海。十五年以後，他離開了政治，本着平日主張搬立學校，著書教書，實踐學術救國教育救國，出任吳淞中國公學校長。在中國公學時間很短，談不到甚麼成就，這塊教育園地派系複雜，卽令善調和者處之，也未必辦得好，君武是讀科學書的人，而且生性純眞，不免帶些激越偏執，卽欲調和亦調和不好，故終不能久於其事。那時卜居吳淞，在學校附近買了五十畝田，眞正躬耕起來，在下雨天，着簑戴笠泥足犁田。有人去找他，見田間有農夫打着招呼正要問，一看，卻就是君武本人。來客希望他談點耕田以外的事，他對來客只談種田，並介紹了許多農業上知識，他研究生物學有素，所以談起來頭頭是道，能使聽者無倦容。

君武又做過大夏大學校長。大夏大學，是厦門大學教授們，不滿意其校長林文慶而鬧出來，打算在上海辦一所較理想的大學。最初眞是空中樓閣，當他們正在上海勞勃森路致和里以弄堂房子爲校址，以亭子間作辦事處時期，誰都瞧不起這所大學。君武挺身而出，擔任這大學的校長，以每小時二元之代價，延聘了若干第一流的教授，如數學系之何魯等，當然都是幫忙性質，有時還不免欠薪，可是大家都相處得極好。君武對學問可稱得上一個「博」字，而於自然科學尤有專精，幾於沒有一門功課不懂，有的且出於擔任這門功課的教授之上。教授們知道他是內行，也不敢隨隨便便地教，全體這樣賣力，校譽駸駸日上，學生也與日俱增，第二年就可以把學生所繳學費的全部，在膠州路租地造屋，奠下了大夏大學的基礎。

在歐西，大學校長一職，是任何資格最好最老的教授都會輪得到的，只是一個榮譽職和對外代表而已。中國校長就不同了，要應付教育主管機關以及外界，又要應付教職員及學生，所以有人說：做中國大學的校長，須有像前清書院山長爲學術上祭酒的能力，自己學問必須拿得出，行政才能必須過得去，而對人必須合得來，三者備，便是最理想的校長。君武於學術是沒得說的了，而於其餘二事則稍差，其喫虧處，則是易發脾氣，與人落落寡合，其孤芳自賞的態度，也叫人難與接近，但其性情純眞，故對人十分誠懇，於學術則極內行，所以公認他是個好校長。

大夏大學在衆擎之下，眞辦得有聲有色，無如單憑精神的支撐，而無物質的援應，一個分科學府是無法能支持下去的。中國有錢的人多得很，有錢而肯出錢給人辦文化教育的人，卻少得可憐；卽是同情心的支持，也是絕無僅有，但會發生多少作用？故無價値可言。除因已有了錢也需要有個淸高的帽子，想對文化教育機構利用利用一下，才肯破他的慳囊，但錢出了，僅任董事或董事長是不够過癮的，而必須自己來任校長或社長才够味，其例不勝枚舉。大夏大學正感到支持喫力而發展更費勁之時，適有王伯羣願出錢辦學，於是大夏的歐元懷王毓祥傅式說三人出面和他接洽，接洽條件成熟之後，不能不請馬君武讓位了。君武走了之後，大夏終於在南站造起大厦，成爲學生最多校舍最漂亮的學校，歐王傅也各月支三百元薪水外，並各兼交通機關的乾薪三百元。歐先任敎務長後任副校長，而校長，表面上是較君武時代爲發達了，而終無法成爲有數的學府者，因爲歐元懷只是懂得開店而不足儀型多士的也。

民國十七年，廣西省政府議設廣西大學，推選馬君武、黃紹竑、盤珠祁、雷沛鴻、黃華表、陳柱、岑德彰、蘇民、劉寶琛、鄧植儀、凌鴻勛等十一人，爲籌設委員，擇定梧州蝶山爲校址，鳩工庀材，從事營建，經營一年之久，才正式成立，君武被推爲首任校長，盤珠祁爲副校長。蝶山地勢，氣象萬千，閎深幽秀，是個很理想的地址，開辦之初，頭緒萬端，那時盤珠祁遊歐尚未歸來，校務由君武力負全責，凡規劃課室校舍，購置儀器圖籍，延攬名流學者，無不竭殫心力。先辦理化工農三個學院，似以醫學院之規模爲最大，大概那時桂省當局注重於培養實用技術人材，而對於發揚文化鼓鑄學術的文學院，獨付闕如，然經費亦不甚裕，開辦後一年，因粵桂軍興，校務停頓了一些時期，直到二十年之夏，政局稍定，才能够從安定中求進步。

卽因爲他是具有眞性情的，對於外來的一切感應，極敏極强，對於當時廣西當局辦學的認識終嫌不够，而又以國內連年爭戰，日寇伺我已久，遂乘虛而入，更引起他無限的感憤，「哀瀋陽」兩首，憤於不抵抗者喪失國土，把胡蝶名字牽了進去，叫這位影后負屈了卅餘年。此外，還有一首詠岳武穆墓的詩，也是具有深刻政治內容之作，內云：「西湖衰柳映朝霞，欲結花圈謁岳爺。國會寃刑蘇拉地，敵軍威脅漢尼巴。君臣昏瞶河山恥，父老遮留將士譁。正氣銷沉君莫問，黃龍今日屬誰家。」詩中兩聯用了西洋古典，蘇拉地卽希臘哲人蘇格拉底，漢尼巴卽迦太基名將漢尼拔。此時作於日寇入瀋陽之後，末後數語，可知他對當時中樞決策亦有不盡同意之處，眞情至性的人，有時對小我的利害還不及大我看得重，乃至到了忘我的境界，遇事都要認眞，有時不必太認眞而卻一定去認眞，自己卻難免自陷於極苦惱之境，而憤激只能算作發洩性情唯一出路。因此，君武卽在學術上，也常有憤激逾分之詞，說到透澈而沉痛之處，因爲他的純眞與循實，使聽的人也不免爲之擊節稱賞。譬如談到法律政治吧，他不滿意於那班沒有研究而好爲人師的，因而有「這一類東西，是我上茅厠時隨便看看的」之快語。談到教育呢，更使他記憶到歐元懷那班人的自大自矜的嘴臉，他說：「不懂讀書的人，如果甚麼都學不會，莫如勸他學教育，這是不學而能的呀！」他對學術分科，也看不起，以其爲亞歷山大城的風，衍到今日，不過圖書館的索引與檔案處的歸檔而已。各科原是互有牽連，分得太淸，包管你學不好。學問之道，應求其會通與深入，會通爲哲學，深入求精爲科學，欲使思想走在哲學科學之前一步，去瞭解未成形的哲學，則爲文學。君武看不起社會科學而以自然科學爲基礎，又拋棄哲學而以文學爲會通之具，其讀書方法，是足够佩服的。

君武在廣西大學，雖沒能够大展抱負，但他的貢獻卻不可沒，他在校將近八年，事必躬親，用人行政，力採公開，對公帑尤不浪費，對訓育方法，注重於薰陶感化，不採干涉手段，八年之間，畢業人數達五百十八人，成爲桂省抗建時期的中級幹部。

蔡元培長北大，積極提倡自立獨立的風氣，使教員學生之個性，能儘量發揮，頗爲時人所稱道欣賞；君武辦西大，大約也採取蔡氏的作風。然十九世紀的科學，講必然，重物質；二十世紀的科學，講或然，不認物而認事。所以二十世紀的科學精神，是反共的，而懂得十九世紀科學的，會不知不覺地相信了唯物論因而陷於馬克思的理論圈套中，而那些左道分子正尋縫蹈隙於教育界，作爲孵化毒卵的溫床。那時被指稱爲左翼的學人，如陳豹隱、陳望道、施復亮諸人，都在西大任教職，這些分子，不論其爲托派或幹部派，所散播的種子還不是馬克思牛克思那一套？因此，在那個時期裏，君武也非常被困擾，向人訴苦，說教授之難請，而那班人更背後造謠罵他爲皮蛋博士。

他在民初到德國去，立志是學工程，但期於急就，提出蠶絲七種原素之分析，竟得工程博士學位。德國普通博士的學位較爲易得，但工程博士是難得的，大概德國工程界學者，以他爲外國人不惜從寬而予以如此榮譽的。罵他爲皮蛋博士是無中生有的，因爲他的論文爲蠶絲而非皮蛋。然而他絕不鍍了金而空手歸來，他譯述了若干科學名著，如阮蓀氏學原理及有機化學、何塞克礦物學、朗約斯丁機械學、杜本爾平面幾何、基爾伯物微分方程式之類。還有密爾的自由論，斯賓塞爾社會學原始，赫克爾一元哲學，盧騷民約論，費里包維農業政策，交通政策，商業政策，工業政策，收入及郵貧政策等，在赴德以前，人皆知其譯達爾文的物種由來，但其譯筆無疑是受到嚴幾道影響的。

他是想把西大極力辦好的，對學生厲行人格教育，尤重本身教之義，認眞甄別，嚴覈學務，嘗設工讀及獎學金，自己捐俸佽助窮學生的膏火，孜孜於培才致用，但缺憾的是已束書不觀。本來學問是生命的歷程，在生命未結束前是不能結束的，尤不應自爲結束，以自阻所學的繼續發展，使本身的生命成爲空虛，於是魔道乘之而入，見怪而不知其爲怪了。西大左傾教授牽引日多，王公度槍斃之後，民國廿三年廣西專家會議後，爲解聘左傾教授，不得不諷示他辭職，任爲省府顧問，校長則由主席黃旭初兼任。

君武畢竟是愛國的，他在西大時，對於戲劇的興革，認爲有關宣傳文化，曾致力桂劇之改造，歐陽予倩那時曾到桂林，一談之下，更引起他的興趣，常爲編導新劇。自離開西大崗位後，中間曾赴南京接洽搬辦湘桂鐵路的事，似沒有甚麼結果，而桂省當局雖予以元老之待遇，對之始終是尊而不親，他以事無可爲，所以另走一條生活之道，——寄餘情於聲色。那時桂省伶界有女藝人名小金鳳與小飛燕的，君武對小金鳳最爲賞識，捧之不遺餘力。認爲義女，每日形影不離，甚至坐車出遊，也是「有女同車」，並爲她恢復本姓，而改名爲尹羲及方昭媛。小金鳳經馬博士大力品題之後，聲名大振，但論藝她不及如意珠，而小飛燕的姿色也比小金鳳爲姣好，然博士是名人，經名人一捧，小金鳳成了「桂劇梅蘭芳」了。他赴南京，捨不得義女，作「小別」一首：

「百看不厭舊時妝，剛健婀娜兩擅場。爲使夢魂常見汝，倚車酣睡過衡陽。」徐悲鴻有詩嘲之云：「詞賦功名恨影過，英雄垂暮意如何。風流契女多情甚，頻向廂樓送眼波。」

君武具有天才，邃於文學，而又具有眞性情的，一個文學天才尚未發展到極限的人，往往會從潛意識裏不期然而然地浮泛上來，亦爲其衝動之生命力所無可遏止者。他於政治之途走不通，教育之門又碰了壁，「料想英雄垂暮日，溫柔不住住何鄉」，早是有人說過了。更有人說：他少年時代，致力於學問，自奮於政治，太規矩太認眞了，潛在的性的欲望未有適當的發洩，而到了老年，非有以盡其情不可，所謂少不風流老不板也。歷史上不少前半生所謂篤學力行之士，而到了晚年，告老還鄉，反徵逐於聲色者，皆慊然不自足者之所爲。徐悲鴻所恨卽或此意。

然無寧說君武是生來多情至情爲正確。他在留學日本前後，爲了張竹君，爲了羅孝高筆下的羽衣女士，都是傾倒備至，已如前述，另有一個叫做汪家玖的女學生，見君武丰度翩翩，最爲傾倒，欲奉巾櫛，則使君已有婦，甘爲妾媵，又苦於環境、身份、家庭、社會各方面所不能允許。這位女士癡情之極，說了非君不嫁，便眞以丫角終身，而在桂林女中任敎職數十年。君武在桂林時，汪亦正在桂林，卻始終避不見面，一若故留一缺憾，以點綴山水甲天下的桂林似的，此一事也。馬夷俶在所著石屋餘瀋中記君武事說：「君武長余四歲。……辛亥年之冬，與君武晤於民立報館，時偕訪于右任也。十五年前復相見於北京。君武少年。風姿佚麗，至此憔悴非復當年之俊矣。君武少孤，事母孝，然好色，唐圭良語余：君武之董君，君武市婦人服，使夕而衣之，儼然處子也。」夷俶和馬浮並君武，在四十年前有「中國學術界三馬」之稱，頗有交情，唐圭良爲唐才常之子，和君武同時在日本，所言當不盡捏造，但如好色，本屬性情之一，只須眼皮供養，固不必一定要銷魂眞個也。

君武之好色，純任性情之眞，而不屑作扭扭揑揑，因之他對小金鳳之欣賞，也是十分純眞，一時當作老博士風流韻事而傳遍遐邇。在他榕湖之畔的環湖路廣廬大門之上，掛着省政府送的四字「以彰有德」匾額，推崇之至也，君武自撰門聯：「種樹如培佳子弟；卜居恰對好湖山」。也不外用以自熹之語，不曉得那個無賴的刻薄鬼，將有字中間兩畫塗去，變做「冇」字，兩聯則添上八字，上聯加「春滿梨園」，下聯加「雲生巫峽」，梨園卽指小金鳳的事，雲生巫峽，則以這座大厦正對對着城外的「風化區」（桂省稱爲特別區）。他看見之後，爲之呵呵大笑，叫人塗去了事。此等處，正是「索解人不可得」，如以凡俗視之，便淺之乎視了此老了。

抗戰軍興，他有「抗日記事詩」之作，錄其一首，如「如斯諸葛方爲亮；（借左宗棠語）十萬雄兵受指揮。力戰屢窮羅店敵；會攻又解寶山圍。遂令學就萬人敵；徒使綰成千女黴。松井石根眞豎子；難民車上逞『皇威』。（上海南站松江站難民車，爲倭寇飛機炸死難民千餘）。」他所爲詩，筆端常帶有情感，此詩具有强烈的愛國主義民族主義的情緒。一如光緒三十五年他在日本所作的「華族祖國歌」一樣，錄其一云：「爾祖黃帝不可忘，揮斥八極拓土疆；爾祖夏后不可忘，平治水土流澤長，熱血償張氣飛揚，以銃以劍誓死爲之防！華族華族，祖國淪亡爾罪不能償！」都是有血有淚之作，末尾一句，至今讀之，尤彌覺愧汗也。

那年他被任最高國防會議參議，廿七年任國民參政會參政員，廿八年夏，又再度出任廣西大學校長，不過那時已改爲國立了，校址也遷到桂林的雁山。在最後主持西大的兩年，或許是爲了年齡與體力的關係，不似當年的積極，其嘯傲湖山與寄情絲竹，只可說是老年人一種精神的慰藉而已。在貴縣創有糖廠，梧州創有硫酸廠外，他在這一年，還和李四光等創設科學實驗館於良豐，設計精密，規模閎遠，惜因經費無着而停頓。汪精衛脫離抗戰陣營在南京搞僞組織時，君武也做詩嘲之云：「潛身辭漢闕，矢志嫁東胡。脈脈爭新寵，申申詈故夫。賞錢妃子笑，賜浴侍兒扶。齊楚承恩澤，今人總不如。」

民國廿九年的七月廿六日，爲君武六十生日，西大員生爲他舉行慶生餐會，他卽席講話，對諸生備致勗勉，敍述自己幼年孤露，家境淸寒，以及求學時所經艱辛甚至食常不繼，或每日僅以香蕉二枚果腹時，不禁悲從中來，以巾拭淚，又歷舉生平所受親友之助，以不論鉅細，均一一舉其姓名，表示謝意，一種肫摯的態度，在座的人無不深爲感動。第一天家宴設筵五席，黨政軍要人們居第一席，其餘親友依遠德及行萃就座，末席則梨園子弟與小金鳳等，安席時壽翁本爲第一席，他極不以爲然，自己搬了杌子，改坐末席，其子勸之至再，不聽，席終，他還訓罵了一場，自是每日飲酒，以至病，日以沉重，於八月一日遂下世了。

混世魔王郭堅

石公

于右任先生撰「胡笠僧墓誌」，說胡「生而魁梧奇偉，初入學，聞鴉片中東諸役，每畫鷹與日形以射之，民前一年入同盟會，倡議結新軍中會黨，與渭北刀客，且約同志井勿幕錢定三李仲三鄒子良等，一再盟於雁塔寺，宣傳革命眞義，秦中革命軍之起，有大刀焉。……」章太炎大師所作「胡景翼傳」，亦言「清宣統二年，因井勿幕于右任宋元愷入中國同盟會，陝西民黨多文士，而景翼獨發議與耆帥刀客交。」……關於胡景翼事，容另記，這裏只就于章二氏文中所指的「刀客」談談。

刀客，在陝西山西一帶的人嘴裏說來，外省人初聽了恐難懂得，其實說穿了便是打家劫舍的綠林客。原來關中之有刀客，可說是由來久矣，明末的流寇之禍，其構成份子裏，就不少是刀客出身的，西北地方窮，一遇到水旱災荒，所謂歲歉民流，强悍的便操持刀挺做起沒本錢的生意了。不過這其中也有好壞之分，其能力爭上游的，一經受撫就編，轉成正果的也不少，其頑梗性成，劣質不改，便爲禍地方，給人咒罵，終久也是被消滅的。從清末到民國初年，陝西的混世魔王以郭堅楊猷鬧得最凶，而且兩人還拜過把子。

郭楊同是陝西省蒲城縣人。楊字虎臣，小名九娃子，後改名爲楊虎城，由刀客變爲民軍，混到正牌軍了；民廿五在西安闖了窮禍，最終是栽了，這且不提。單說這郭堅，字方剛，出身在破落戶的家庭裏，自幼心粗膽壯，敢作敢爲，稍長又游手好閒，不事生產，二十來歲時，地方遭到荒災，乾脆就當起刀客，一羣不逞少年，奉他爲魁。這時他羽翼未豐，打家刦舍沒有這份力量，攔路翦徑的勾當，似又不屑爲，卻是亮出「萬兒」，替人包討濫賬，不管是陳了幾十年，或是拖了幾輩子的，只要你能說出借戶的姓名和居住地址，他便有本事替你去要了回來。條件是三七分賬，或四六對拆，毫不讓情，更不許講價，硬得很。他到底用甚麼方法去討呢？說來也很簡單，無非是挨打賣命，裝死訛詐，持刀弄棒，恐嚇唬人而已。這樣，居然慢慢地給他吃開了，居然成了氣候。一般良善的老百姓，對他這種橫行霸道，眞是沒法，背後誰不罵聲無賴，談起來都指是混世魔王。楊九娃子這時，也正是幹着同樣的勾當，不過這兩個人走的道兒有些不同。楊九娃子愛讀水滸傳，講究刦富濟貧；欠債的人，十個就有九個窮，楊就站在窮人這一邊。郭堅是替人包討債的，專門和窮人過不去，楊便幫窮人和他幹上，所以雙方時常不斷地發生衝突。

辛亥革命，陝西響應，民軍紛起，張鳳翽稱「興漢軍大都督」，更吸收那些刀客，改編了若干團。民元以後，逐次裁併。到了民國三年，袁世凱命陸建章帶了北洋第七師入陝，取代張鳳翽爲都督；陝西給北洋派據有了，那陸建章更承袁意旨，一味剷除革命黨勢力，以及刀客蛻變的地方團隊，促成兩派的聯結，所以談陝省軍史者，也分別不出了。洪憲稱帝之初，陸建章之內侄婿馮玉祥率所部十六混成旅隨陳宧入川，在陝南的陝西第二混成旅旅長陳樹藩（柏生）響應護國軍唐蔡之師，取陸而代。胡景翼以活捉陸承武，嚇走陸建章之功，僅編爲第二團團長，開至商縣訓練，楊九娃也只當個支隊司令，而郭堅居然編成旅長，一躍而爲西安警備司令，招兵買馬，手下集聚了五六千人，儼然一個小軍閥。

郭楊早先本是對頭，做到帶兵官時也還是兇來狠去。恰巧有一次，楊虎城的支隊，跟別的股匪火拼，受了重傷，在外縣找不到好醫生，只得大着膽子，由部下把他抬到西安，進入廣仁醫院治療。他知道這西安的地頭神是郭堅，不啻置身虎口，稍一不愼，說不定這小子撒出毒手，那就完了。因此心情不免緊張起來，可惡的這傷口又不能一下就除膿結疤，急得在病牀上，不敢闔眼熟睡。

某日午後，他正躺着寧神，門鎖一響，白衣的護士探身進來，手裏拿着一張紙片，隨卽交給他，嘴說：「有人找你」便走了。他接着一瞧，可不是？說曹操，曹操便到，正是郭堅來了，一顆心不知不覺地怦怦跳動，急忙在枕頭底猛抓，抓出一支「七星子」的手槍來，上好了子彈，緊緊的握着，槍口正對着房門，準備來個先下手爲强。

這郭堅恰走到病房門口，聽見房裏面扳槍上子彈的聲音，便停了腳步，在房外高聲向裏面喊：「九娃子，你在幹啥？俺是特地來探望你來的呀！」楊在房裏聽了，還是不放心，槍口仍直指着門口，嘴裏也大聲朝外說：「這西安是你的勢力範圍，俺那能不謹愼一點？你說是來探望我，不敢當，你還是不要進來的好。」郭堅在口袋裏掏出二百元鈔票，放在門口，呵呵大笑說：「那也好，不叫俺進來，俺就不進來。九娃子，你在這裏養病，不能沒有錢，俺怕你手頭不方便，這裏先送你兩百元，你先留着使吧！過幾天俺再來看你。」說着，果然掉頭就走。過了四五天，郭堅果然又單獨跑來廣仁醫院，一到病房，嘴裏說：「九娃子，俺看你來了。」拍着雙手踱了進來。楊虎城見其果然無他，也就放心託膽地接待着。這一下子，他兩人便化敵爲友。爲了祛除彼此疑忌，還向天齊磕了頭，拜了把子，從此便稱兄道弟起來。

陳樹藩這人鬼得很，他利用郭堅，原非得已。郭堅之桀傲不馴，他不是不曉得，對這樣人物的部下，他能不提心吊膽？西安是陝西省會所在地，臥榻之旁，豈容這種人鼾睡？日夜苦思個驅鬼送煞之計，終於想出一條借刀妙策。於是向郭溫語拊循，慫恿他帶兵去襲取山西，再三說明，只要他能攻下太原城，便有辦法讓北京方面段老總(祺瑞)正式委他當山西省督軍。

郭堅原是個好大喜功的野心家，這樣迫人而來的富貴，焉有不心動之理？聽了陳督軍這番話，不覺躍躍欲試，但也很機警地，向陳提出幾個要求：第一、他率部出發後，所遺西安警備司令一職，要由他的部下的旅長耿直擔任；這是預留退步的意思。第二、要借餉若干萬元，還要源源接濟。……這陳樹藩胸有成竹，便毫不考慮，連聲答應了。

在郭堅的如意算盤裏，山西軍的作戰力，向來很差，再則是攻其不備，更是勢如破竹，一定馬到成功。所以喜孜孜地積極準備，於民國六年春初，親率了一批人馬，以出發剿匪爲名，襲取山西。陳樹藩也虛情假意的餞送一番。

這邊兵馬才動，陳樹藩囘到督軍署，親自擬了一通密電，拍給太原城裏閻督軍，說據密報有大股土匪，卽將渡過黃河，向北竄擾，請卽急派大軍堵擊。閻錫山得電，那敢大意，連忙抽調了一二萬精銳隊伍，分佈在入晉邊境，張網以待，準備殺個片甲不留。

被矇在鼓裏的郭堅，揚鞭躍馬，好不意氣揚揚。哪知道才渡過黃河，三面埋伏的山西軍，一聲砲響，喊殺連天，如水般湧了上來，把初渡河的郭堅所部，迎頭痛擊。他猝不及防，給打了個落花流水，三停去了兩停，剩下的也不戰自潰了。幸而他是山貓子出身，那一套化整爲零、到處流竄的戰術，向所擅長，才沒有弄到全軍覆沒。他在後方，聚集散兵，重行整編，橫着心，不打陣地戰，以到處飄忽襲擊村落來出氣。本來他的部隊，就無所謂紀律，敗了下來，更不顧一切，以奸淫搶掠作報復。這一下，附近的老百姓，便吃了大虧。那地方本是守舊的地區，婦女最重貞節，怎能忍得了給他們蹂躪？據說：有些被凌辱的婦女，事後羞憤不堪，不是跳井，便是上吊，或是拿着剪子往脖子猛戳，哭叫着不要活了。急得村長拿着小鑼，一面敲着一面喊：「過去的事，吃了虧的甭再想啦！這是飛禍，誰吃虧誰也不能笑誰，大家安心過日子吧！」這才把娘們尋死的心穩住。但隔了多少年，人們提到郭堅下河東的事，還給人恨得直咬牙。

郭堅偷鷄不着，好不懊喪，收拾了殘兵敗卒，逃過黃河，暫在陝北停下休整。他這個人也很奇特，細高身材，白淨臉皮，外表還算俊俏，而且氣度從容，完全不像是個刀客出身的小軍閥。他的性格，更是粗中有細，變化多端，有時暴躁如虎，有時機謀百出，總而言之，是個很不簡單的人物。經過這一場敗仗，他痛定思痛，極力推敲着：這老西的大兵來得這樣快，豈不是有鬼？雖不能肯定這是陳樹藩陰謀，特地做這圈套，但不管怎樣，出兵是陳再三慫恿而來，心底下對陳已很不痛快。

陳樹藩呢，他原意是想借山西軍的力量，把這魔王消滅了，想不到一敗塗地，魔王還給活着，回頭的老鼠咬殺人，這又糟了。只好陪着笑臉，竭力對他安慰，釋其疑惑，一面細心提防。原來，郭之驍勇多謀，陳樹藩自然知之有素。他的軍中那時確有許多黨人，如耿直樊靈山宋相臣（元愷）左善楚王幹臣高峻（幹丞）等人。宋樊二人都是耀縣人，開國前在日本入過同盟會，奉命歸國經營西北革命，辛亥陝省獨立，宋曾做過外交司長，二次革命，又參加中華革命黨。樊與左王高等，也是奔走革命出過很多力的。不幸河東之役，宋被晉軍擊斃，樊給閻督擒斬，陳既懼郭，更怕黨人復仇。

關於河東一役，于右任先生有「夾馬口吊樊靈山宋相臣」一詩，句云：「樊宋英魂渺何處？馬前風雨恨難銷。阿東一戰如何記，釃酒黃流唱大招。」王陸一箋注略云：「……復辟之變，晉督閻錫山知逆勢已蹙，復約陝督陳樹藩出兵討伐張勳。樹藩使郭堅率所部出河東，郭於宋爲舊屬，因請行，主持軍事，樊亦同往。忽閻錫山遣兵邀擊，陳樹藩又斷郭部接應，郭遂大喪師。宋先生死於萬泉縣之高碑廟，樊被捕於聞喜縣北，死於太原。郭僅與近衞逃歸陝。夾馬口爲當時東征湔師處也。」讀此可詳知郭在河東之敗的來龍去脈，確爲閻陳陰謀，也難怪他在敗後的撒野了。

丁巳（民國六年）南北分裂，黨人在陝大形活動，十二月，在西安代理警備司令的耿直，擬舉義驅陳，派人送密信到陝北通知郭堅，說有機會推倒陳樹藩，要郭堅見信後趕快帶着隊伍前來夾擊，以收裏應外合之效。這消息當然使郭堅十分興奮，立即點齊人馬，下令開拔。

這耿直，字端人，澄城人，辛亥革命時，才十八歲，在同州聚集成軍，後入軍官教導營，民四以後，隨着郭堅逐陸有功，郭率部下河東，便由耿來代理警備司令。督軍團亂國，他秘密遣人到廣東謁 國父請示陝省動作，這時耿才二十三歲，皈投革命的大纛下後，極想舉義驅陳自效。

耿直在六年十二月初，即積極布置，除向郭堅通知外，並約岐山鳳翔等處隊伍，分道趨長安，尅期齊舉，一戰成功。不料尚未及期，他的部下劉錫麟，在臨潼刦奪一批省方運往新疆的軍械，事既洩露，機不及待，只好提前起事。當陳樹藩從電話裏向他咆哮時，他也很機警地回稱：即將鬧事官長縛送督署懲辦，電話放下後，耿即挑選部下精壯者三十人，荷槍實彈，假做押解模樣，帶到督署請見，準備於樹藩出來時，將其刺殺。恰巧關中道道尹陳友璋在督署談話未完，樹藩聞報耿司令押犯來了，遂同陳道尹一同出見。耿掏出手槍時，樹藩見勢不妙，喝問：「做甚麼？」隨即急躲從陳友璋身後走了，陳道尹便做了替死鬼。

陳樹藩到了裏面，自有衛兵保着，因電召衛隊營來署。耿直見計不售，也急返回司令部，集合在城所部，據守西安城的鐘樓，四面指揮，和陳樹藩的衛隊營巷戰了兩晝夜，盼望援兵不到。最盼望的郭堅隊伍，也遲遲不來，只得率帶餘部退往西路，與樹藩的隊伍，在岐山激戰了八晝夜，不分勝負。看看軍火不繼，郭堅方面又無消息，乃變計改趨省東，圖攻取大荔蒲城，以爲根據。他本來驍勇異常，又急於取城，自己帶了十餘人偸襲，守蒲城軍隊，起而迎擊，槍戰遂起，一顆流彈飛來，剛剛中了耿直的頭部，遂直挺挺在城下陣亡了。于右老詩集中，有「題耿端人小照」一首云：「覆局何常今異古，義旗雖倒果成因。英雄關內知多少，血戰長安有幾人。」王陸一箋注中，除略述經過外，謂：「耿失援敗走蒲城，中彈殞於陣，年二十三。時爲六年十二月，適爲張義安起義三原之日，而君不及知矣。君沉毅有大將風，禮貌循循如書生，長安之戰，規畫綦嚴，而卒於人事，抑知革命事業，不專期於顛覆個人，苟制度之不更，將循環而未已，耿君當有遺痛也。」

耿直之敗，敗於「失援」，尤其是素稱和他最親密的郭堅沒有趕到。這混世魔王混到哪裏去了呢？說來好笑得很，原來這郭堅得到耿直的密報，興奮至極，他想陳樹藩嫡系隊伍，有限得很，加以城裏有內應，兩下一合，這陳樹藩簡直是釜底游魂，想來這取長安一幕的戲，是準唱上了！難免有些驕氣。當兵馬發動之後，第二天中午，經過黃河南岸的一個叫做盩厔的地方，這個縣位在留業河入渭水處，元和志：「山曲曰盩，水曲曰厔」，其地山環水覆，所以叫這兩個字，算是一個貧苦的小縣。當年羣雄爭長的時期，一般地方官和紳商們眞是畏兵如虎，何況更是碰上有混世魔王之稱的郭堅隊伍？當郭部過境的消息傳到盩厔時，官紳商連忙集議，爲求免於騷擾起見，商量個應付魔王的方法。除了準備一些犒勞酒肉之外，深知郭堅這人脾氣，吃軟不吃硬，更喜歡人家奉承，奉承得恰到好處，借餉借糧的事，卽不豁免，至少負擔也輕得許多。這一天，郭堅帶了兵到了盩厔，官紳們已在城門外恭迎了，把他捧鳳凰似的擁到一所準備好的大宅院歇下，大開筵席款待，弟兄們也大罎酒大塊肉足吃足喝。

在歡讌席上，大家把這白面魔王，大大恭維一番，哄得他高興異常。酒醉飯飽之餘，延到花廳待茶，一張大長桌，鋪着毡條，紙筆墨硯四寶俱全，便有一二個善於湊趣的紳士，趨前恭請他留賜墨寶，以爲紀念。這郭堅讀書雖是不多，幼年卻練過字，自己也喜歡弄墨，並且自以爲寫得高明。平日只要有人向他求字，無不欣然應命，覺得是一種光彩；這下子，那些官紳投其所好，攤紙的攤紙，和墨的和墨，把郭堅伺候得渾淘淘地，郭堅一高興，提筆便卽席揮毫起來。他最愛寫對子，但苦於肚子裏墨水不够，寫來寫去，只記得常寫的幾句舊聯，不過是「謙卦六爻皆吉，恕字終身可行」；「看來世事金能語，說到人情劍欲鳴」；「鐵肩擔道義，辣手著文章」等等。而這班求字的人，意別有在，明知他肚子裏貨色有限，他寫完一對，便又有另一個人再三懇求照樣來一對，源源不絕。從下午二時左右開始寫，一直寫到日落西山，前廳筵讌又開了出來，招待上席，又是敬酒上菜一番。郭堅是有鴉片煙癮的，行了半天軍，寫了半天字，又喝了兩餐酒，哪能不想舒舒服服地抽幾口？這天晚上也懶得走了，率性歇了一夜，第二天一清早，再傳令拔隊啓行。沿途類如這樣地躭誤了不少路程和時日。

西安城內的耿直，既因劉錫麟之鹵莽而不得不提早發動，打了兩天兩夜，盼兵不到，只得棄城出走；及郭堅開到，已是形勢全非。陳樹藩又乘他遠來疲勞之際，出其不意，狠命地加以迎擊。這一仗的結果，不僅沒有達到驅逐陳樹藩的目的，反而把才整補的一部份實力折了下來。他便帶了隊伍，湧到鳳翔，勉圖自保，並稱起陝西護法軍西南路司令，一面向民黨各部聯絡驅陳。史稱郭堅佔領長安以西起義，即是這囘事。那陳樹藩怎肯放過他，派了部下悍將王飛虎拚命追擊。有一次把郭部圍困在一個叫做羌白的小鎮上，郭堅一面應戰，一面暗令部下偷掘隧道逃脫，幸免於被消滅的危險。

民國七年春，胡景翼獨立於三原，曹士英獨立於渭南，陳樹藩所部各支隊伍奔命長安潼關間，才緩和了對郭堅的圍擊。是年夏天，盧占魁樊鍾秀高峻也紛紛起事，張義安且迫至西安城，陳樹藩急向河南山西求援，劉鎮華遂帶了柴雲陞張治公憨玉琨等部鎮嵩軍分三路入陝，閻錫山也派了一枝隊伍來幫陳，渭河南北，戰塵瀰漫，相持不下。

胡景翼在渭北集議，派王玉堂張慶等爲代表赴滬，把于右任先生迎囘陝西，推爲靖國軍總司令，于先生五月底到三原就職誓師，滇川黔鄂靖國聯軍，也分十路來援，葉荃顏德基袁祖銘石星川但懋辛呂超石青陽王安瀾黎天才王天縱各領一軍，約共出關中。于先生派參謀龐清英秘書王年政與諸軍聯繫，一時興安漢陰各地，皆入靖國軍手下，聲勢大振。靖國軍爲統一陝省軍事，把郭堅樊鍾秀曹士英胡景翼高峻盧占魁各部，分爲六路，又惠文光軍約一旅，屯紮渭北省西，以張鈁爲副司令，井勿幕爲總指揮。

井勿幕是同盟會員，曾參加過廣州三二九之役，辛亥時任陝北招討使，民二間解職遠遊，民五，他到雲南策劃出川，並參加納溪戰役，後居北京，李根源做陝西省長時，邀井爲關中道尹。于右任主持靖國軍，陳樹藩見民黨勢盛，浼井及彭世安到三原，請劃界分守，藉爲緩兵之計。井見了右老，便都留在三原，任全軍總指揮。陳樹藩見這二人一去不囘，因遣部下李東材詐降，井親往東材營視察，七年十一月二十一日，果中東材詭計，在興平縣西南仁村被殺，東材割下勿幕頭顱向樹藩請功。樹藩又慌了，急把勿幕的頭用黃緞包袱包好，送囘渭北，並逐李東材。（後東材以失意去武漢，爲井勿幕兄榆林鎮守使井岳秀查得，計擒返陝，殺頭以祭。此是後話。）

六路司令中，以胡景翼軍紀算最好。井勿幕死後，于總司令令胡兼指揮。楊虎城王祥生石象儀李鳴鳳（岐山）各帶一支隊而已，這種兵出身刀客，軍紀都不十分好，而以郭堅爲最甚。兼以値歲旱年荒，糧草俱缺，飢兵啖糲作戰之際，也無法苛責了。于右老當時亦每以「兵每失律，尤爲民碞」爲苦，南方軍政府鞭長莫及，接濟爲難， 國父致右任先生書中，諄以「維持固有實力，保存現有地盤，以待發展之機」爲言，並說「文苟有可爲，亦必竭力相照，決不使兄獨任其難，並望念國事之艱難，暨西陲之重要，萬勿遽懷灰心而有引退之念」的話，所以只在所辦「戰事月刊」中，對各將領所率的隊伍軍風紀，據實批評，以志節相砥礪，可是爲效甚微，自然也是無可如何的事。

靖國軍各路隊伍，主要的正面敵人，自然就是陳樹藩了，而陳最忌郭堅也最怕郭堅，所以一意要消滅他。有一次，郭堅在西路方面，受到敵方軍隊的層層包圍，情勢十分險惡，他算算和這裏最靠近的友軍，就是胡景翼的隊伍，因向胡呼援。胡正忙着攻略栒邑麟游，再則也對郭有些不滿，沒有即時應援。郭堅見援兵遲遲不來，又慌又急，親筆寫了一封信，派人火速送到胡的防地，這封信裏，只有十六個大字：「陳賊打我，你賊不管；我賊若完，你賊不遠！」胡看了也不禁捧着如匏的大腹狂笑，到底都是在靖國軍的大纛下的友軍，遂派了一枝隊伍替他解圍。

九年五月間，郭堅奉命攻打鳳翔，這地方位岐山之西，東瀕漳水，控扼隴蜀，爲陝省西部重鎮，陳樹藩劉鎮華方覺渭南，正恃爲屏障，更是歷來兵家必爭之地，所以這縣城的城牆又厚又高。郭堅本人慓悍異常，他帶的隊伍，配備中缺乏重武器，是利於急攻的；但因沒有大砲，對這關得緊緊的城垣，攻了幾天沒有攻下來，官兵們急得束手無策。郭本人更暴躁異常，躞蹀不寧。

一天，大路上一羣農村老百姓，擁着二三十輛大車，車上滿載着新收的棉花，要運往東路去發賣。郭堅一見，頓時靈機一動，心生一計，吩咐弟兄們把車輛悉數截了下來；農民以為被刦，紛紛跪地求饒，郭堅出來向他們安慰：「啊！呵！不要緊，借你們的車子用用，準保明兒一早就還給你們，不差分毫。……」就在這天晚上，他叫把這些堆得高高的棉花車，悄悄地推到城壕邊去，一面挑選一批身手矯捷的弟兄們，飽餐戰飯之後，由他親自帶了，奮勇當先，一聲呼噪，從棉花車上紛紛躍上城頭。守軍猝不及防，只幾十分鐘工夫，便把鳳翔城奪下了。

可是過不到十天八日，陳樹藩的援兵又開到了，反而把鳳翔城圍得水泄不通。這一仗打得相當久，也相當兇，他機智地運用民壯，配合所部將士，嚴密防禦，陳樹藩儘管不斷的增兵添將，一直攻打了五個多月，也沒法攻破。郭堅在城裏，照樣大吃大喝，興致不減，還教兩家唱秦腔的戲館，照常開鑼。有人覺得奇怪，向他問：「兵臨城下，怎地還許他們笙歌達旦？」他笑笑着說：「兵戈征戰，氣象蕭森，何必叫父老們感到愁慘？同時也必須這樣軍民同樂，才能保持着旺盛的民心和士氣。」儘管他在自己打氣，但城中所存的糧食，到底有限，看看情勢逐漸嚴重，加以當時電訊的設備很差，內外消息隔絕，而陳樹藩的兵久圍不退，反而攻打更烈，直使這混世魔王傷透了腦筋。

郭堅的老脾氣，一遇到疑難的事，便一個人躲在房子裏冥搜靜想；好容易給他思索了幾天，想出了一個主意。當時不論北洋政府和地方軍閥，遇到洋人是沒有不害怕的，尤其是傳教士，政治色彩較淡，說起話來，更有其一番道理。郭堅想到利用這一點巧椿兒。鳳翔城內，本有一座小小的天主教堂，由一個比利時國籍的老神父主持；這神父中國話說得很好，在圍城中，神父也時常出現在街頭，為婦孺及傷兵們服務，老百姓們對他也還好。郭堅想定主意之後，便帶了幾名全副武裝的衞隊，到教堂找到神父，不待寒暄，便開門見山地說：「現在陳伯生（樹藩字）的軍隊，攻打得一天比一天急，城裏的糧食也一天比一天少，如果城破了，我們也不會束手就擒，我第一個就是把你先砍掉！」這神父看他來勢洶洶，惡狠狠地不由不害怕，再聽到存心要先把自己砍掉，嚇得頭肉頸皮微微起了痙攣，不斷的用手在胸口上下左右比劃，並說：「那麼讓我冒險出城去，替你們兩軍講和吧！」

這正是郭堅的妙計，要他自動地迸出的一句話，因說：「好！這一城的禍福，就瞧你的了。我派一名便衣隨護着你，可不許偏着敵人，……明天一早就行事。」第二天，郭堅派了一名機靈的青年排長，扮成神父的隨從，跟着一起出城。這小軍官，實際的任務，是向外面探聽消息，取得聯絡，隨護云云，不過一句話而已。那神父還當着是監視着他呢。攻城的隊伍，看過城門開處，一個碧眼虬髯，身穿黑袍的洋人來，槍彈自不敢出膛。神父近前說明要到西安找陳督軍，更是不敢不放行。那個跟在後面的隨從，便也隨着黑袍晃盪，混入了西安城。

原來在直皖戰後，北洋政局已有了變動，陳樹藩原屬皖系，已因受皖系敗退的影響，頗不自安。直系要求陝省地盤，吳佩孚從洛陽電向北洋政府，保第二十師師長閻相文督陝，令率本部及第十一師師長馮玉祥，第七師師長吳新田入陝，陳樹藩大勢已去，他之所以對鳳翔鍥而不舍的接連攻擊，目的只想保留一塊小小地盤而已。六月間，閻令馮吳兩師為先頭隊，陳樹藩正計畫着抵抗，西安城裏傳說紛紛。那個機靈的青年排長探悉到這些情報，便溜回鳳翔向郭報告，郭堅心裏立刻鬆了，部下自然也受到鼓勵，防守益刀。幾天之後，陳樹藩格於形勢，退往陝南，鳳翔之兵也撤圍退走。七月七日，閻相文入省接任，這時陝西已成爲直系軍閥的天下，也是靖國軍存亡危急之秋。閻聽馮玉祥之策，收拾民軍，百計餂誘各部受編。靖國軍中持志不堅者，亦多爲所動，郭堅也上了鈎；馮玉祥說他有牽掣陳樹藩之功，被委爲暫編陝西第二十七師師長。

民十之秋，于右任先生有「風雨」一詩，極其悱惻蒼涼，句如：「風雨連宵又起雲，高樓西北望逾棼。秦人迷惘當中歲，鄭鹿爭來已二分。烈士暮年誰譽我，美人天末苦思君。新秋一夢眞無似，蟬曳殘聲不忍聞。」又有「民治學校園紀事詩」前後共廿首（句長從略），繁音變徵，韻味奇哀，都是紀當時陝省靖國軍史實的。據聞各路將領能始終持主義爲革命奮鬭的，殊無多人；其皇皇然深怕不得改編的，滔滔皆是。于先生在三原總部中，如陷重圍；而孫大元帥的印狀，適於此時頒到，命右老爲陝西總司令。可是諸將所急的別有在，互構日烈，此外更有反嫌于先生不肯遷就的，危疑震撼，時虞不測。閻相文馮玉祥更奇想到以林墾督辦虛銜，向于先生煽說，遭于先生的峻斥，馮竟揚言要派兵脅迫解散。于先生在事後曾述及當時「有關軍事諸人，議論行動分野甚劇，浸有朋友成讎仇，飛謗恣讒，陰相毒賊。」于先生旣處於極艱危之境地，又痛無以副總理付託之重，長嘆義師，坐生芒刺，城樓兀坐，每至深夜，故詩中哀音咽結，至不可堪。賢如胡景翼，也因靖國軍苦戰關中數年，以一隅之地，當六省之兵，荒災頻年，軍民並困，主受編寄養直系，另謀再起。故一路之郭堅受編後，四路之胡，與三路之曹士英亦相附和，二路樊鍾秀早出了關，五路高峻尚在觀望，六路盧占魁則隨滇軍赴川，剩下只石象儀楊虎城兩個支隊而已。說到這裏，郭堅之投直系，也無足深責了，更可悲的便是他終於墜入馮玉祥窩弓捕虎之計。

且說這郭堅做了二十七師師長之後，征戰旣停，坐領餉項，他由刀客而變成小軍閥，由護國軍而皈編靖國軍，現在又在直系旗幟下亮相了，這班人通有一個毛病——好色，他先後討了二十幾個姨太太，走的走，棄的棄了；行軍所至，也像對他的部隊一般，隨時挑選補充。安閒飽暖之餘，逞慾更甚，又增編了幾個，精力顯見得不繼；又不知聽了甚麼妖道野僧的邪言，說玩弄黃花閨女，對身體有意想不到的補益，他便派人到處强買十四五歲小姑娘，供他作强身的補品。這樣，自然引起他防區各縣的老百姓的憤恨。在他許多姨太太當中，有個被稱爲三姨太的，芳名紅珠，長得最漂亮，出身是個江湖走繩索的賣解女郎，腳下一雙俏腳，僅僅只有三寸，卻奔走如飛，武藝也還不錯，能扳在馬鞍上飛馳，滾身上鞍，雙槍齊發，郭堅又愛她又怕她。郭堅愛童女，她也愛童男，鄉下淸秀少年失蹤的不少，弄得混世魔王也拿這女魔王沒有辦法。這一些事情，實在也是太說不過去，激動了當地紳商，聯名紛向省城去告狀，要求把他撤辦。

閻相文這人，是個極顢頇無用的傢伙。坐上陝西督軍的虎皮椅，帳下第一員大將，又是不用抹油采的二花臉馮大個子，外貌恭順之極，內心卻跋扈異常，時時想取閻而代。告發郭堅的狀子，告到督軍衙門時，閻督軍覺得郭堅荒淫無道，胡爲亂搞，斷不可容，但心裏又很怕這出名了的混世魔王，處置不善，陝北好幾縣又得動起刀槍，猶豫不決，不知道應該怎樣才好。有一天，馮玉祥來見，他便和馮商量：「煥章，郭堅給人告了。爲了保全我們的聲名，怎能讓這樣人爲禍地方？這些人是你主張收撫的，就由你瞧着辦吧！」馮玉祥是講私人派系的，他之主張收編，是準備一個一個把刀開的，聞言之下，唱個大喏，拍着胸脯說：「您不用愁，只要你下手令，包在我身上去執行。」

隔不多久，郭堅忽奉到西安督署的命令，說是召集全省高級將領會議，詳商防地和餉械分配問題，各師長均須親自出席。郭堅不疑有他，屆期前往。他到了西安的那天當午，馮玉祥早派了副官招待，並備柬約他當晚在西關陸軍測量局設宴洗塵。那天晚上，所約的陪客，有吳新田劉鎮華諸人。郭看了通知單，便簽了「敬陪」二字；爲防萬一，決定帶了廿名衞兵隨往。

馮玉祥這邊，早已作了佈置，從他第十一師裏挑出一百多名精壯，派兩員營長分別在屋內外埋伏，其中一員便是韓復榘。他暗地並通知劉鎮華吳新田也都密帶着槍，好作準備。

天才黑，郭堅便帶了衞兵來了，馮大個子笑呵呵迎了出來，嘴裏嚷着：「老哥們，辛苦您啦！這回高級將領會議完了，咱們大家便得分區練兵了，有點事咱們得先細細地商量着，來來來，到屋裏去，先歇着一下子再開席。……」說着，便拉着郭的手，引進裏面一間小屋裏去。兩個人坐下，喝着茶，才說不到幾句話，不想外面已砰砰硼硼地幹起來了。原來，郭堅所帶的衞隊中，有個心靈眼快的，看到甬道裏藏着不少人，一個個都是揹着子彈帶，手拿着上刺刀的槍，形色緊張，這人叫聲糟，知道這宴無好宴，便想衝進去通知郭堅快走。馮的衞兵當然趕上攔阻，雙方便立即拔槍相向，幹個你死我活。

郭堅聽到槍聲，情知不妙，嘴裏說：「這是幹啥？」轉身便慌得想走。馮玉祥哪裏肯放他逃，喝聲「那裏走！」一箭步追上前去，揪住了他兩條胳臂，把他擒住。郭堅身手本來矯捷，此時身入樊籠卻慌了，但還拚命掙扎，老馮率性把他連身抱住。大個子身高力大，又用個狠勁，郭哪裏掙得脫？不些時，馮的衞隊一擁而上，把郭四馬攢蹄綑個結實。馮來個乾脆，響着大喉嚨喝道：「郭堅殃民負國，奉令執行死刑。」話聲未完，槍聲隨發，當場便把郭槍斃了。（完）

九一八事變關東軍司令官布告

爲布告事，照得昭和六年九月十八日，午後十點三十分時，中華民國東北邊防軍之一隊，在瀋陽西北側，北大營附近，爆破我南滿鐵路，驅其餘威，敢然襲擊日本軍守備隊。是彼開始對敵行動，自甘爲禍首。抑我南滿鐵道者，往年日本帝國依據條約，正當獲得，歸屬我所有。卽帝國對此，使他國一指尙不敢然。今遇民國東北軍，不但敢犯之。更竿頭進一步，至於對帝國軍隊發槍開砲。是彼東北軍自對我軍來求挑戰也明矣。輓近考察東北方面情勢，對我權益，頻繁迭起侵害行爲，境內到處發生侮日行動，是決非一時的感情之誘因，常以情用手段，藐視國際道義，狎習侮日行爲者，只觀東北軍權之計劃的行爲外，明知何物不存在，任其驕勢所趨，於今非膺懲之，或恐有其結果不可測知者。熟思敢行動暴舉者，非華國民衆，彼懷抱野心一部軍權之行爲也。

本職夙負保護鐵路之重責者，因爲擁護其既得之利權，確保帝國軍之威信。茲方執斷然處置，無敢所躊躇。

夫我軍欲膺懲者，彼東北軍權而已。關於所有民生休戚，本職最所注意苦慮。特對部下已經切實諭示，擁護其福利，愛撫其身命。仰爾東北民衆，各自重，無所憂。安業樂居，萬勿滋疑懼逃避之舉。然倘有對我軍行動，欲加妨害者，本軍毫無所看過，必出斷然處置，特鄭重聲明此布。

昭和六年九月十九日　　大日本關東軍司令官　本庄繁

原文見一九三一年九月二十日大公報影印。

韓復榘的一生

·正平·

在華北一帶省區，韓復榘是一個傳說中的有趣人物，民間所以關於他的傳說特別多，是由於他的不學無術。韓復榘因爲平生學問就是彭公案、施公案，一旦當了省主席照樣拿來施行，經常自己坐堂問案，又微服出去私訪。傳說最盛的是有一次審土匪把中央某要人派來一名送信的人也當作土匪槍斃了。因爲他有這麼多的怪事，所以有人就揑造了許多不屬於他的笑話硬安在他的身上。

筆者就聽到一位朋友仿韓復榘的演講，如：「今天天氣很寒暖的，各位來的非常茂盛，兄弟心裏很繁華。人數已到了十分之一二十了，未到的請舉手。各位都是文人，是從筆桿擠出來的，兄弟是個粗人，是從槍口爬出來的。要我來講話，實在狗嘴吐不出象牙。同你們各位說，也是對牛彈琴，……」關於這種韓復榘式的演講，一位善說笑話的朋友可以一口氣說三十分鐘，其實這是百分之百的笑話，韓復榘並非粗人，初入伍也不是當兵而是在連部當師爺（文書），筆者一位親戚是韓復榘部下，據說韓還是個秀才，確否待考。

韓復榘字向方河北省霸縣人，光緒十六年（一八九〇）出世，二十歲左右去灤州投軍，投入張紹曾的第二十鎭（相當於後來的師），這一營的管帶（營長）就是馮玉祥。不久，武昌起義，馮玉祥與另兩位管帶王金銘，施雲從策動統制（師長）張紹曾起事，响應武昌。是爲有名之灤州起義。但不旋踵而敗。馮玉祥逃走，施、王被殺，舊部星散。馮玉祥逃到北京投奔陸建章，可能因同鄉關係（陸籍安徽蒙城、馮安徽巢縣），有人以爲馮所以投奔陸建章，因爲兩人是親戚，實在大錯，陸馮成爲親戚是以後的事，馮在陸部下任職之後，由陸夫人劉氏作媒將娘家姪女（河北省鹽城縣尙家宅人）嫁給馮玉祥，始成爲親戚。陸建章當時任軍政執法處長，深得袁世凱信任，不久成立右路備補軍，由陸統率，馮玉祥又當了管帶，韓復榘得到消息前往投奔，這次不當「師爺」，正式當列兵，不久就升了官。

在馮玉祥部下高級軍官中，一般分成「三代」，第一代是在灤州就追隨馮的，第二代是右路備補軍時代招來的人，第三代是馮當了十六混成旅之後，在南洋練兵時招來的人，這三代在馮玉祥腦中大有軒輊，灤州系的人升得最快，韓復榘是灤州系統中的「知識分子」，一貫得到馮玉祥的鍾愛，可是韓復榘卻首先舉起叛旗。

民國十五年馮玉祥因受不了張作霖、吳佩孚聯合壓力，將國民軍總司令交由張之江代理，自己去蘇聯遊歷，韓復榘當時任國民一軍第二十師師長，與張之江不和，商同石友三、程希賢一齊留在包頭降了閻錫山，張之江率殘部狼狽退向五原。這次馮部留在綏遠的番號五個師，加上零星小部算上，足足有五六萬人，眞把張之江害苦了。張之江事後向人嘆息說，總司令走了把這支部隊交給我，有人說我是晚娘，眞是晚娘還容易辦，我實在只是一個當家的大嫂子，這麼多的小叔都不服，我有甚麼辦法。

中間隔了半年，馮玉祥從蘇聯回來，親自到包頭把韓復榘、石友三、程希賢三部又帶回來。雖然馮玉祥聲明既往不咎，也明白三人只是反張之江，不是背叛自己。但韓石心中終不能自安。

民國十八年韓復榘當河南省主席，馮玉祥住在河南輝縣境內的百泉村，韓復榘夫人姓高，是霸縣小同鄉名學者高步瀛的女兒，大家閨秀，御夫過嚴，韓復榘不肯安份，私自討了豫劇女伶紀甘青爲妾，被馮玉祥知道，就趕去開封，在一次紀念周上，大罵有人腐化，雖然未指名道姓，但是大家都知道是罵的誰，韓復榘大爲難堪，就起了叛馮之意。

民國十九年中原大戰爆發，馮閻聯合反對中央，大戰將要爆發，韓復榘突然通電擁護中央與石友三、馬鴻逵一道叛馮。

馮因爲自己的學問有限，選擇部下喜歡用頭腦簡單的鄉愚，以爲這種人好駕馭聽使喚，他眼睛裏的韓復榘石友三便認爲具備這種性質，殊不知頭腦簡單的人，有時也有他倔强的個性。

何況馮對待部下刻薄寡恩，喜歡玩弄小權術，因此到了後來，這般部下個個都倒他的戈，弄成了「衆叛親離」狀態。但韓復榘叛馮最早，是在十九年中原大戰之際，便脫離馮而歸順中央，當時並且把他部隊裏面所有親馮份子如張允榮之流，全部撤換。所以有人說，馮在事業上整個失敗，受韓倒戈的影響爲最大。

韓自十九年投順中央起，便充任山東省政府主席以迄犯罪伏誅。馮在背叛中央失敗後無可投奔，便躲到泰山去住着。泰山屬山東泰安縣境，老長官今天淒涼沒落了，托庇在老部下的轄區內，在馮想着，應該到得韓的一點照顧才是，殊不知韓對之落落漠漠，形同陌路，只是不好意思下逐客令就是了。尤其廿三年秋馮忽然自泰安跑到張家口去玩了一齣「抗日同盟軍」的把戲，不到三個月便呈不支，瓦解冰消之後，又成了「張儉望門」的狀態。除非韓發出邀請，否則他自己也不好意思再回泰山去，但韓偏偏故作癡聾，置之不理，弄得馮進退失據，尷尬萬分。這時倒虧得上海方面有位「九幾老人」馬相伯看不過意，打個電報給韓，責他待馮不應如此。韓在此等情形下才勉强發出電報，把馮又請回泰山去住着。

韓復榘

卽以上述兩事而論，也就够馮對韓啣恨終身的了，但這還不算，最使馮痛心的，是抗戰初期馮出任第一戰區司令長官的時候，而韓卻完全表示不支持，以致使馮功敗垂成。這是馮後來一再要求政府置韓於軍法重典的主要原因。

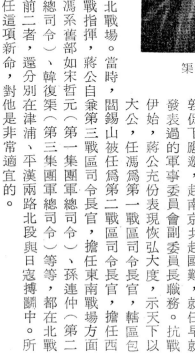

廿四年冬，馮在政府精誠感召及一再敦促下應邀，赴南京共赴國難，就任早就發表過的軍事委員會副委員長職務。抗戰伊始，蔣公充份表現恢弘大度，示天下以大公，任馮爲第一戰區司令長官，轄區包括整個北戰場。當時，閻錫山被任爲第二戰區司令長官，擔任西戰場作戰指揮，蔣公自兼第三戰區司令長官，擔任東南戰場方面。那時馮系舊部如宋哲元（第一集團軍總司令）、孫連仲（第二集團軍總司令）、韓復榘（第三集團軍總司令）等等，都在北戰場，而前二者，還分別在津浦、平漢兩路北段與日寇搏鬭中。所以馮膺任這項新命，對他是非常適宜的。

自「九一八」事變發生，馮就藉着「抗日」兩個字大做文章，這句話成了他的口頭禪。如今抗日果然見諸行動了，而且他自己還膺任北戰場方面的軍事最高指揮官，這够多麼的高興？此外還有一層深的意思存乎其間，那就是馮平生領袖慾極强，一向不甘寂寞。但幾次興兵作亂都全軍盡墨，以致一蹶不振，如今靠着抗日的招牌他又可以東山再起了，這豈不是千載一時的好機會！所以馮在南京接到新的任命之後，馬上便把班底組織完成，興冲冲的走馬上任，大有「班生此去，何異登仙」之勢！而在他想着，只要是在抗日的大纛下，他那些原來的舊部，都會照舊擁護他的。

據邱斌說，他那時任第一戰區司令長官部參謀長，與馮一同走馬上任。但筆者深知這位老先生平素有點「誇大狂」，參謀長之說大概不盡可靠，但中將總參議這類職務是免不掉的。馮那時爲了表示雖然身爲戰區最高指揮官，但絕對深入前線，不裝孬種，所以把戰區長官部設在最接近前線的山東德州。德州位於魯北冀南邊境，當德石鐵路津浦鐵路之衝，居黃河北岸，形勢非常重要，自此以北，便進入河北省中部平原地帶。那時戰事正在平漢津浦兩線北段分別進行，不過由於敵人狼奔豕突，戰事情況變化很大，馮肯把戰區長官部設在這裏，在指揮位置上確是非常適當。

馮那時計劃，把他指揮下的宋哲元，孫連仲兩部隊，全部由平漢線轉移到津浦線上來，把平漢路的戰鬪任務另外交給其他部隊去擔任，如果再把山東方面韓復榘的部隊向前推進一下，那麼，他手下至少有十萬以上的基本大軍可供指揮，再加以其他方面的部隊，這個局面雖不大也不算小，憑了西北軍過去那股儍幹的勁兒，是還可以同敵人週旋一下的；如果能打上兩場硬仗，他的名字立刻就會喧騰中外，對他以後事業都有很大幫助。他的如意算盤，打得是非常不錯。

可惜那時宋、孫兩個部隊都在平漢路北段與敵人分別作戰，想擺脫了敵人一下子就轉到津浦線上來，事實上並不那麼簡單容易，說老實話，這些部隊指揮官也大都不願意聽老馮指揮，所以雖然長官部把調動軍隊的命令下達下去，然而部隊卻是遲遲不能轉到這方面來，使戰區長官部變成一個空殼子，沒有可以指揮運用的部隊。

這還不講，當時戰區長官部由於匆匆成立，連個擔任警衛的特務營都沒有，臨時聊供使用的，乃是地方上的保安團隊，這在指揮運用上當然有着老大不便。假使敵人一旦衝到德州來，掩護長官部撤退都不可能，遑論和敵人作殊死戰？甚至馮本人也非得作俘虜不可。想到這些地方，馮是非常的焦灼。

那時，山東省政府有個手槍旅，很馳名，每個士兵都有「三大件」，卽有一支七六三自來德手槍，一支捷克式步槍，一把大刀，其他輕重武器配備既非常齊全，官兵素質也相當好，因此不論遠戰、近戰、白刃戰，都說勝任愉快。勝利後戡亂期間，山東方面有個吳化文軍，作起戰來很馳名，後來變節投共，使濟南會戰受他的影響不小，這個軍的前身就是韓復榘主魯時代的手槍旅。不過當時旅長是雷太平，吳化文只是該旅第二團團長而已。廿七年韓伏法後，這個旅留在山東改編爲新四師，不久投敵，做了漢字號的角色，直到勝利後才經政府收編，但以後又投共，一變而再變，倒也是一個飽經滄桑的部隊。

馮既知道這個旅作戰力不錯，便準備調到自己身邊來以供使用，在他想着，憑了他今天所處的司令長官地位以及當年和韓那種深厚的關係，這項調動一定可以順利達成。同時他又嫌韓的部隊沒有積極動員，不像國家民族面臨嚴重關頭的樣子。

因此叫韓把部隊在黃河南岸切實佈防，準備予來犯敵人以重創。這兩項意見同時用命令下達，但他也擔心自己的威信不够，怕韓把他的命令置之不理，使他掃盡面子，因此除下達命令之外，又派邱斌回到濟南去向韓當面疏通，叫邱用大義開導，千萬不要再存私人意見。

德州與濟南相距匪遙，邱去後不久就欣然歸來，向馮報告此行成績非常圓滿，韓對前兩項意見完全接納，大概不久就可以把手槍旅調來德州，聽長官部調遣；至於在黃河南岸佈防軍隊，韓也正在調動中，而且佈防情形隨即可以報告到長官部來。馮聽罷私人爲之竊慰不已，以爲老部下倒底是老部下，這回眞正給面子不小，所以儘管當時前方作戰情形十分混亂，馮倒也沒有甚麼不安之處，他還是抽出時間來視察城防工事，向民衆團體演說，表現的情緒十分熱烈。

事隔未久，山東省政府的手槍旅果然開抵德州，那個旅長不是雷太平，也不是吳化文，乃是另外一個人，及馮檢閱一下這個部隊，給官兵們講講話，才發覺形迹有點不對。這個旅的裝備既十分窳劣，士兵素質也很差，和他想像中的情形大相逕庭。馮是從當兵出身的老營混子，觀察部隊的目光何等銳利？一看就知道韓在玩弄他。追究之下，才知道這個旅乃是臨時由山東保安團隊拼湊而成，屬於大雜拌性質，有些士兵還是剛剛入伍呢！

韓佈防黃河南岸的情形也非常可笑，據說，他是命令師派出一個旅，旅派出一個團，團派出一個營，營派出一個連，一層層縮小下來，眞正佈置到黃河南岸的部隊，是少到微渺不足道，而且一個連佈置到黃河南岸了，可是師司令部距離它還有百十里路呢？這當然是敷衍老馮的性質，倒是他報到長官部來的公事以及圖表，卻是繪聲繪影十分熱鬧。一言以蔽之，韓不但對馮沒有尊崇的意思，不願意接受他的命令，就是對於民族抗戰大業，他也沒有信心。他那葫蘆裏究竟賣的甚麼藥？局外人眞正是沒法揣測。

從韓的這兩項措施上，才使馮原來的一場美夢澈底幻滅。他不單覺得自己「東山再起」的希望歸於泡影，就是這個現任的戰區司令長官職務也無法再幹下去，和自己關係最深切的部隊都指揮不動，還想叫別的部隊俯首聽命嗎？他現在的位置還在山東邊緣的德州，沒有進入山東境內，按當時軍事情況演變說，他非把司令長官部撤回到濟南附近去不可，但是一個東道主的韓復榘對他的態度都復如是，如果退到濟南附近，豈不更要受韓的奚落？而在兩項小小問題上韓都不肯合作，還想要希望指揮調動他的軍隊嗎？

馮在經過一度考慮之後，覺得再幹下去也等於是自取其辱，如果繼續戀棧，可能還會要碰到比這種情形更爲尷尬的局面；同時又與幾位高級幕友作一商量，大家也認爲不如辭掉現職爲妙。於是就此決定，馮此時一面致電向中樞請辭，一面令長官部官兵摒擋行李，折回南京。乘興而來，敗興而返，可謂馮的寫照了。

當時馮本人，則和二三高級幕僚如邱斌等人，先行回到濟南，就有人主張，韓的態度既是如此，還和他見面做甚麼？不如逕回南京就是了，但馮認爲當面和他談談也好。

於是一行逕到山東省政府拜會韓，出面和馮週旋的，乃是省政府秘書長張少棠以及第三集團軍總部參謀長宋若愚，總參議程希賢這般人，問起韓，說是到外縣巡視去了，而這些人和他應對之間，也是心焉不屬，跡近敷衍。到了這個時候，馮已經熱淚盈眶，幾乎要哭出來。雖然這些人還是殷勤招待他，但他無心逗留，於是匆匆告辭。在旅邸中住了一天，滿以爲韓聽到他來，一定很快折返濟南和他見面，而馮也準備當面辱罵他一場，以排洩自己幾天來的胸中鬱悶。但等了一天，音訊杳然，馮這才醒悟韓是故意和他避不見面，所謂到外縣巡視云者，恐怕還是托詞，因此也不和別人商量，自己跑到山東省政府大門，跪在地下朝着裏面磕了一個頭，叫着韓向方的名字，大說你好你好，眼淚汪汪的大哭一場，然後扭轉身走了。當時弄得省府門前的守衛者爲之愕然，等到張少棠這般人聞聲趕出來，馮已經離去多時。

當日馮卽乘車南下折返首都，以他此行所受的洋罪，他回到中樞如何向當局陳述，那是不問可知的。綜結馮此行經過，由他膺受新命走馬上任到鎩羽歸來交還帥印，前前後後也不過是一個月功夫。所以後來一般人在淞滬戰場還看到老馮，都訝然他奉令到北戰場指揮去了，怎麼忽然又跑到這邊來？其實就是因爲這個原故。

這是韓受馮啣恨終身的經過。但韓又怎麼會招致以「作戰不力」罪名而身受國法呢？據說，韓對於抗戰前途確是缺乏信心，在七七事變以前，他就和日本軍人暗中往來，日本軍閥倡議華北五省自治，而以他和宋哲元爲中心，他確是有躍躍欲試的意思，不過他一方面畏懼國人的責罵，再方面也是他部下的軍事將領如孫桐萱這般人堅決反對，才使韓在行動上有所顧忌。但他那時所擁有的兵力，正式番號有四個師和一個獨立旅，人數約在十萬之譜，他知道這點武力是他政治上的本錢，憑了這點本錢，他才能當得上省主席以及甚麼總司令之類，所以要想命令他的部隊去抵抗敵人，使他的部隊受到損失，不啻與虎謀皮，他是絕對的不幹。所以黃河天險他不守，濟南要鎮他不守，而把所有部隊集中在魯南一帶，說是叛國又不是，說是投敵也不是，他好像站在徬徨歧路的邊緣，處於「莫所適從」的狀態中。而當時抗戰情形，不論西戰場北戰場東南戰場，我軍都作了戰略轉進，以致更使韓覺得抗戰前途沒有希望。

就在他自己猶豫觀望的當兒，據說中樞方面曾有責難他的電報，問他爲甚麼隨便就把山東北部全部放棄了，他究竟抱的是甚麼打算？如果韓幕府中有眞正人才，儘管他的行動如何乖謬，然而對中樞在表面上一定還要表現一種恭謹服從的樣子，因爲無論如何，韓還沒有公然背叛國家，和政府處於對立狀態。無奈像韓這種人，正所謂「愚而好自用，賤而好自專」之流，他那裏會有眞正的諍友或是可以左右他意見的高級策士，可以和他講這些道理呢？他所用的一般人，頭腦見解都和他差不多，或者比他還糊塗些。所以在電覆中樞責問他的措詞上，竟是非常的荒謬，表示全國各個戰場放棄的城市並不算少，爲甚麼單單責備我放棄黃河放棄濟南？當時，上海南京都已經作了戰略轉進，於是韓就更振振有詞的向中樞提出這樣反的質問。至於這封電報稿是否經過韓寓目或是他本人的意思是否如此，局外人就不得而知了。

山東省政府總參議程希賢，他過去曾任過韓的參謀長，這人的思想見解，和韓幾乎完全一致，是屬於利慾薰心，目光如豆，一腦門子升官發財思想之流，甚麼國家民族，氣節道義，在他是統統不知道。據說，韓那次覆電中樞的措詞，就出自他的手筆。儘管當時他自己是快意了，沒有想到這已經把自己長官陷於大不義以及身陷國家法網的境地。所以在韓伏法後，程只好參加僞組織做漢奸，說他是負氣，不如說只有投敵才是他唯一的出路吧！

在那個時候，爲了抗敵禦侮，全國各省的地方性軍隊都紛紛踴入戰場，單單在東南戰場方面，我們已經可以看到那些服色不大相同而說起話來又帶着濃厚方言的各省部隊，在前方與敵人作殊死戰，企圖保存私人武力而不聽中央調動者，大概是沒有。所以像韓復榘這種思想行動，實爲國法所不容，假使政府再曲予原諒，那就會影響到其他各省地方性部隊的作戰心理，損傷政府的威信。而還有一件最現實不過的，就是由於韓的抗不聽命，對北戰場的戰事影響也太大了。

於是中樞就決定予韓以國法制裁，但他是一個擁有重兵的現任省主席，在處理上稍一不愼，就可能使他走到更偏激的路子上去，所以卽使要把他逮捕繩之以法，技術上也要運用點腦筋，在這項措施上，確是使人煞費苦心的。

誠如事後外間所傳說的那樣，當時大本營方面訂期在河南開封召開了一次重要軍事會議，事先電邀北戰場各軍事將領出席參加，主要的目的是逮捕韓，因此韓是當然應邀參加者之一。

但韓一者是隨便放棄了許多重要國土，抗不聽命的事實昭昭具在；再者上次在答覆中樞的責問上，又有着文字不遜的語氣，因此他在心理上也是存着鬼胎。未出席會議之前，在行動方面也是諸多防範，所以當他由防地前來開封出席會議時，警衞部隊就帶了整整一個團，浩浩蕩蕩的掛了一列專車直抵開封車站。或是他覺得，有這一團衛隊在，別人想要對他有甚麼行動，總不能不有所顧忌了。

韓雖然是隨帶一團衛隊前往開封出席軍事會議，但這只能說是稍壯聲勢而已，至於自己行動坐臥，總不能使一團衛隊都扈從着。不過他事先倒也想得週到，把這團衛隊就留駐在專車上，而把專車停在開封車站，以防不虞。然而當時主持此項軍事會議的人也採取「因時制宜、因地制宜」的辦法，在會議召開當中，忽然發了一個假的空襲警報，表示敵機有襲擊開封的可能，大家必須臨時到附近地區去躲避一下。於是與會諸公紛紛出門，韓也被人拉着出門登上汽車，當然，拉着他同走的人，身份地位也夠得上那個份量。上車之後司機馬上開動馬達向西直駛，一直離開開封市區，不但沒有尋找甚麼防空洞，就是到某一地點停留一下也沒有，汽車經過中牟、陳留直駛鄭州，這時與韓同車者拿出逮捕他的手令給他看，韓這才知道已經陷於無可抵抗之境，於是只好俯首就擒，但他總還想不到此去會有生命危險。至於他隨帶的那團衛隊，也同時在假的空襲警報當中，被兩輛機車同時牽引，一列專車分成兩截，一半截東去了商邱，一半截西去了中牟縣。區區一個團的武力在當時情況下當然也發生不了甚麼作用，何況既被分成為兩截，同時又失去發號施令的主宰，所以這一團官兵當時陷於六神無主的狀態，叫他們聽候改編，他們也就接受命令了。

把韓解到鄭州後不作耽擱，隨即乘火車直送漢口。那時抗戰首都雖說已遷重慶，實際政治中心仍在武漢，韓到達武漢即由軍委會軍法執行總監部予以寄押，並組織軍事法庭定期審訊。按照一般軍事條例，軍人犯了國法，應由軍事法庭審判，普通法庭是無權過問的，而且軍事法庭的審判官，大都臨時選派，其主審官的階級地位，照例以高出被告人為原則。

那次審訊韓案的軍事法庭主審官乃是鹿鍾麟，鹿字瑞伯，河北人，是馮玉祥那個「西北軍」系統裏著名的大將之一，其地位僅次於李鳴鐘、張之江，比起韓來，地位高出多多，當時他的職務可能是軍委會委員之類。鹿為人極端冷酷理智，遠不像李鳴鐘、張之江那樣憨厚，所以過去每逢馮玉祥要做甚麼比較毒辣的事，大都委鹿出面，而不假手他人。如十三年因繫北洋政府總統曹錕脅迫滿清遜帝溥儀遷出故宮，殺死曹錕的嬖倖李彥青等等都是。

鹿氏煙癖極深，每日一支在手，一支緊啣一支，從不間斷，如果遇到甚麼重要事故，他更要藉着紙煙來助長他的思考，由於性情冷酷，所以臉上很少有笑容，大有一笑黃河清之勢。他的見解行動每每與馮表裏一致，所以馮倚之為左右手，不過西北軍的一般朋友，聽到鹿的名字都有點頭痛。

那時軍法執行總監乃是何成濬，無論如何，好像這個主審官的職務都輪不到鹿來擔任，現在既由他出面主審，韓就知道事情有點不妙，他知道鹿和馮那種深厚的關係，又知道鹿平素的性情，馮對他啣恨之深以及馮在中樞方面如何替他加油加醋，他心裏也是條條有數的。他知道蔣公平素待部下寬厚，凡事還可以寬恕他，但馮如果力主嚴辦，他的問題就不簡單了。所以到了這個時候，他只有深自懺悔，俯首認罪，沒有替自己行為作甚麼狡辯。

讓一般人想來，中樞派鹿主持審韓事宜，也另有一番意思存乎其間。如果換別一個人，在對韓判罪或輕或重上，勢必諸多避嫌，可能就會感覺到這個題目不大好做。而且，當時西北軍將領遍天下，有的翊贊中樞，有的統領師干，處理韓的事稍一失當，就會引起這般人心存芥蒂，其後果是廣大深遠的。就是對於韓屬下的第三集團軍官兵來說，也要讓他們看着國家對韓的處理，只是一秉大公，決沒有私人恩怨參雜其間，然後才使他們心口悅服，不但要他們以後不發生甚麼意外之變，而且還要叫他們繼續為民族抗戰而效力。

政府所加予韓的罪狀，般般都是事實，眞也沒有容他置辯的餘地，所以經過很簡單的幾度提訊，即行定讞，判處死刑。但是做爲一個封疆大吏，又是一個率領若千萬軍隊的大軍統帥，國家即使要置之於法，在事前也不便公開宣佈，而是採取秘密執行方式，不過事後公佈罪狀以資勸懲就是了。所以當時不但韓不知道自己已經末日臨頭，就是一般人士，也完全想不到這方面去。

但韓卻知道自己罪情嚴重：政府既是雷厲風行的把他逮捕，又交付軍事法庭正式審訊，就決不是「輕描淡寫」可以了結的。那麼，他怎樣能替自己找一個下台的最好機會呢？省主席是當不成了，想當總司令也沒有希望了，就是想「帶罪圖功，以贖前愆」，恐怕爲時已遲。這時他當然要有日暮途窮的悲哀，當年的豪氣、囂張、驕傲，一古腦兒去得乾乾淨淨！

「身後有餘忘縮手，眼前無路想回頭」，可爲這時的韓來咏了。因此他想了一條無可奈何的出路——出家當和尚，據說曾把這個意思向當時軍政部長何應欽提出，請予幫忙。何應欽一向與韓私交不錯，抗戰前幾年韓由山東到南京述職，何應欽曾渡江迎到浦口，而且此公也一向以忠厚長者著稱。韓認爲向他提出這樣的請求，或者可以保留自己這條生命。

當然，韓回想起他當年由濟南到南京述職，以及廿四年由山東到江西南昌晉謁蔣公的時候，那局面何等堂皇？只有用「賓客盈門，應酬頻繁」八個字可以包括一切；撫今追昔，他無疑是感觸萬端，他今天已成爲待罪死囚，和當年情形比較起來判若霄壤。由於他的事件發生得太突兀太迅速太嚴重，他的部下來不及來看他，他的家屬也還沒有趕得及來看他，朋友們也要稍爲避嫌不敢來看他，這時，只有何應欽還表現一點私人交情味道，不時的帶給他精神上物質上的安慰，因此他把一腔希望寄托在何應欽身上。不過到了這時候，何應欽也處於「愛莫能助」之境，只能盡到朋友一點情意就是了，因此當韓提出這樣的要求——要出家做和尚時，他也表示已經把這意思向當局請示過，當局已予接納，韓又要求製僧衣僧帽僧鞋，何應欽也代爲比量身裁一一訂製。這些東西都做好之後，就送到韓寄押的所在，請他穿戴起來，並且說要把他送到某地某寺剃度爲僧，滿足他的要求。

據目擊者說，韓是寄押在武昌某軍事機關裏，那裏是一座兩層高的樓房，韓就住在這樓房的樓上，他穿好僧衣僧帽準備出家去當和尚的那天，執刑的命令已經下達，所以當他走出囚室，扶着樓梯緩步而下的時候，那站在囚室門口擔任守衛的憲兵，照例還向他行立正舉手注目禮，可是當他走到樓梯半部，那憲兵就用盒子手槍向韓射擊，第一槍可能沒有命中要害，所以韓還能扭轉身來向那憲兵指責，好像是問他「你爲甚麼開槍打我？」但這時手槍子彈連續射來，韓就由樓梯中間一交直跌到地下，和幾年以前他刺殺張宗昌時的情形一樣，倒臥在血泊中死了。

韓死後由政府備棺予以裝殮，並暫厝武昌郊區某寺，俾其家屬前來領屍另外覓地安葬，同時報紙上也大字登載韓犯罪伏法的新聞，至此全案已經公開。幾天後，韓原來駐南京的辦事處處長劉熙衆陪着韓的如夫人紀甘青由山東趕到，重新棺殮韓的屍體，並把靈柩移往河南信陽雞公山安葬，這位曾經叱咤一世的人物，也就此長眠地下。至於韓的這位如夫人紀甘青倒也值得特別一提，她原來是在河南唱墜子書的，當年被韓看中了，納爲小星，但能在這個時候出面料理韓的後事，也算韓風塵中唯一知己了。韓雖死在九泉，想來也該瞑目的。

對於韓這件事，當時外間傳說紛紜，有人說，他曾經和四川某軍閥以及西北方面的一位邊疆省主席勾結，企圖造成三角聯盟，把兵力集中在陝西漢中一帶，成爲一種獨立勢力，與中樞分庭抗禮。證以後來四川某軍閥忽然病逝漢皋，於是這謠言更繪聲繪影，不脛而走。但據西北軍一般朋友說，這消息的可靠性殊成疑問。不要說韓和上述這兩人夙無淵源，有的且從未謀面，他們根本也沒有合作的可能；退一步說，即使他們有此企圖，但在抗日的大前提下，又能够有甚麼作用？這不過是一般人隨便臆測罷了。讓我們用常理去推想，這種論斷是非常正確的。

又有人說，中樞決定予韓以懲處以及設計逮捕韓，乃出自小諸葛白崇禧的意思，並且還是由他出面把韓誘捕的。後來筆者也曾經向廣西方面朋友問到這件事，據他們說，倒也曾經聽到有過這樣的說法，但他們向白崇禧詢問時，白崇禧也是矢口否認。其實，亂臣賊子，人人得而誅之，韓既被政府繩之以法，而朝野人士都認爲政府處理得非常適當，雖然韓最親近的部下也都翕然悅服，那麼，就足證絕對沒有冤枉韓之處，既不冤枉他，不論是由誰決策以及由誰來執行，都沒有多大關係。承認與否認，其實都是多餘的。

以華北方面來說，山東是個比較富庶的省份，其地位與河北省在伯仲間，韓主山東省政凡八九載，他宦囊所積究竟有多少？這是一個很有趣味的問題。據說，他搜刮所得，徒然盈千累萬，但一不懂得存入外國銀行，二不懂得購買外滙，更不懂得轉移到海外來投資買地皮做生意，像鄉下的土財主一樣，他大部份財產都是黃金。當抗戰軍興他放棄濟南撤退的時候，專車裏面就載運了這種笨重的東西，數量則不詳，但都是以「噸」來作單位數字計算的。昔人有言：「黃金不用以救人，是世間不祥之物。」這句話在韓的身上眞算是應驗了。他擁有這麼多的黃金，當時眞不知放到甚麼地方去存着才感覺合適，南京、上海、北平，都已經失陷了；漢口、西安又都不是他自己統治下的地方，如果放到自己身邊當然最妥當，但一來軍事行動瞬息萬變，二來火車也還不能四通八達，這列載有若干噸黃金的專車，總不能隨他走到那裏跟到那裏，因此黃金反而成了他的累贅。他所以對抗戰缺乏信心，一心一意只想向後方逃跑，多少也是受黃金太多的影響。因黃金而累身，這實在是太不值得了。

韓不學無術，又喜歡掉文，所以有關他的笑話很多，如廿三年蔣公提倡新生活運動，韓也有解頤之語，據謂：「委員長提倡新生活運動，我樣樣都贊成，唯獨行人靠左邊走我不同意，你想，人人都左邊走，那右邊可給誰走？」聞之令人忍俊不禁。他肚子裏的學問，乃是演義小說包公案施公案之類，所以在山東省主席任內常常做些微服私訪，親自斷獄的事，因此也是笑話連篇。又喜人家稱他爲「青天大老爺」，因而有「韓青天」之稱，看了他那黃金聚斂之富，這「青天」兩個字也頗值得斟酌。他身邊常有二三知友以清客身份在他那裏住着，陪他吃吃喝喝玩玩樂樂，如果韓到那裏去，這些人也成爲扈從者的一部份，以壯聲勢。淸客中除石友三外，還有北洋政府時代的「襄樊鎭守使」張聯陞，但這些人頭腦冬烘，老於世故，只能做些「逢君之惡，長君之惡」的事，對韓決沒有甚麼匡扶之處，而且韓自信心極强，別人向他進言他也不會接受，結果是倒行逆施，終於落得身敗名裂。細想起來這等人是可笑亦復可憐，只是他自己還處於懵然不知的狀態而已！

韓伏法後，他的部下孫桐萱繼任第三集團軍總司令，所轄部隊有孫自兼的第十二軍，曹福林的第五十五軍，抗戰期間，前者在第一戰區擔任鄭州河防，後者在第五戰區轉戰鄂西，都爲國家出了很大的力。大陸陷共，孫桐萱客死北平，而曹福林帶着他那一支勁旅，一直與共軍搏鬬，後來且退到台灣。這都是題目以外的話，恕不詳細述它了。在韓伏法後不久，第二戰區槍斃了一位廿六軍軍長李服膺，記得罪名好像是擅自放棄大同；在隴海鐵路方面又槍決了第八十八師師長龍慕韓，罪名是從蘭封擅自撤退。至此國家法紀申張，軍威大振，全國軍人都深知警惕，不敢再有輕棄國土的事了。

李大釗魂斷燕京

古厂

中共早期創始人有南陳北李之稱，南陳是陳獨秀（安徽懷寧），北李卽李大釗（河北樂亭）。李大釗生於光緒十一年（一八八九），一九〇七入北洋法政專門學校就讀，一九一三年東渡日本入早稻田大學政治本科，一九一六年囘國擔任北京晨鐘報編輯，爲新青年發起人。民國七年受聘爲北京大學經濟學教授兼圖書館主任，毛澤東就在此時進入北大圖書館工作，認識了李大釗。一九二一年中共召開第一次大會，陳獨秀與李大釗均未參加。一九二四年國民黨實行聯俄容共政策，共產黨員第一個加入國民黨的就是李大釗，並當選國民黨第一屆中央委員。

不久國民黨在北京翠花胡同八號成立秘密黨部，負責人丁維汾（鼎丞），地方僅東廂房三間，辦事人員連丁先生在內，僅有三人，一爲路友于，一爲于振瀛，每月各支月薪三五十元而已。翠花胡同鄰近北大，故學生加入甚多，許孝炎、李壽雍、蕭忠貞諸人，便是最初加入的，漸而輾轉介紹，參加的漸多，入黨的只要兩張相片，塡了一張表，三天後便可隨往取黨證——像一張名片大小的臨時黨證，路友于對對相片，于振瀛便將塡了號碼的黨證交給入黨人，也沒有多說話，蕭忠貞是北大學生，經過介紹才知道于振瀛是醫專學生，以後在齊化門大街一座小房子裏見過丁先生，這時入黨的大多數是純國民黨立場的。

李大釗呢，我們也見過的，雖不像丁先生誠摯樸訥，但也恂然儒者，也沒有政客氣味。拉攏青年入黨，更是冠冕堂皇，一套三民主義理論，說得頭頭是道，他說「蘇聯認爲國民黨是人民所擁護的，所以種種援助，亦只給國民黨，故只有國民黨有國民革命領導權的」。有人對李所說的認爲是門面話，問起共產黨來，他不是笑而不答，便是說「孫總理不是說過俄國的革命是爲全球打不平的，也是中國革命的新希望嗎？俄國實行共產主義，目的在救全世界，中國實行三民主義，目的在救全中國。中國國民黨是一國的黨，所以共產黨是『進步』的。」……自然他只好說到這裏爲止。但在當時根行淺薄的我們，也原諒他是共產黨的底子，革北洋軍閥的命，革帝國主義者的命，我們是贊成的，而這是國民黨的基本政策，所以最初對他還沒有甚麼懷疑，那時顧孟餘，陳啓修等在北大法大講演，不也是這一套？

民國十四年初，總理抱病入北京，爲適應革命的需要，曾手諭成立政治委員會北京分會，指定于右任、吳敬恒、汪兆銘、陳友仁等爲委員，李大釗也被派爲委員之一。迨總理逝世，各委員多南下，李活動漸頻繁，差不多的時間都在蘇聯大使館，除「七老漢子」（一般人背後對丁維汾先生之稱）外，非西山會議派的許多要人，也每到蘇聯大使館去找他，儼然成一領導人物。

這時李在翠花胡同，已有喧賓奪主之勢，實權在共產黨手裏，國民黨僅被利用。漸漸地閒言也就多了，我們的十三區分部幾個同志，張胖子張三爺到南邊去了，是受了在馮玉祥部隊裏當副官的張四爺引誘，加入CP了；左嘯虹告訴我：寫苦酒集的彭六也加入CP。小組開會時除國民黨幾種書刊，以及油印或手寫的廣東革命消息之外，有時增多甚麼「嚮導週報」「政治通訊」「社會學十二講」之類；講演討論，也偏左了。十五年七月，國民革命軍誓師北伐，我們幾個搖筆桿的同志，被指定爲「特別宣傳委員會」委員，以曲線報導北伐軍的節節勝利，軍閥必敗必亡的消息，給北方民衆。到了革命軍進了長江流域，上級的指導，突然變更了方向，揚「漢」抑「寧」了。自然有人反詰：黨內意見不一致，何必在軍閥勢力範圍內，自己搗翻起來，有幾個被疑爲跨黨份子的，還說：這是上級的指示，可以掩護黨人的身份的。石信嘉和我偏不信邪。十五年十二月三十日，我們幾個人被當時的京師警察廳拘捕了，幸而只是有驚無險。事後，司法科科長蒲子雅私下告訴我：你們「鹽罐裏自生蟲」呀！於是才恍然大悟，原來那班跨黨的共產黨，對國民黨員之不肯附和的，故意把這人的身份暴露，移轉軍閥政權注意目標，並遂其借刀殺人之計，手段至爲狠毒，至於指說「某人是孫文學會份子」，「某人到朝大開會去」，還只算是口頭輕薄作藐視的嘲笑而已。

十六年一月，張作霖既就安國軍總司令職，通電「滅絕赤化」，翠花胡同已鳳去樓空，李大釗便匿居東交民巷俄國兵營內，以爲計出萬全，將莫予毒了。東交民巷爲使館界，在辛丑條約後，中國武裝不許進入，所以李等覺得有恃無恐，在俄國兵營裏遙作指揮。

張作霖本爲三角聯盟之一，這人從他出身起便嫉俄恨俄，而且輕俄，對中山先生容共政策，他是不贊同的。民國十四年奉軍與國民軍衝突，又策動郭松林反奉，他明白這裏面都是俄國在牽線，更恨得牙癢癢地。當郭倒戈出關，瀋陽風聲鶴唳之際，俄方拒絕奉軍由中東路南運，張大怒，一氣將中東路局長拘捕了，並搜查哈爾濱的蘇俄領事館。蘇俄準備進兵哈埠，曾照會日本，日方答以：如俄佔哈爾濱，日軍決佔領長春，蘇俄因有關顧乃終止進兵。張無形佔了上風，至於外交團體系，他認爲可以交涉，至於蘇俄的「外交權」以及「治外法權」，在張小個子（張綽號）眼中，更微不足道了。

十六年二三月間，南方國共分裂，涇渭已漸分明。張作霖是標榜「討赤」的，決求其所謂「赤」者，殺以立威，更憾於蘇俄包庇這中國共黨渠魁及一批男女黨徒，於是決心下手。始而大捕各校可疑的「赤化分子」學生，偵實李大釗藏匿地點，乃約請參加辛丑條約國各使會議，表示要斷然廢置這陰謀發源地的俄使館，會議結果，由安國軍總部與荷使交涉，要求默許其派軍警進入界內搜捕，一面秘密在京師警察廳內訓練一批執行任務的幹員，務求一網打盡。

李大釗這邊，不是全無風聲的，在李鬍子想：張鬍子沒有這般斗膽，敢於在支離破碎的北方局勢中，擅入公使館地區來惹俄國交涉的。所以當楊哲子（度）通消息給他時，他頗不相信這消息的來源，故不十分爲意。

四月五日深夜，安國軍總部電召京師警察總監陳興亞到部，面授機宜，決定六日清晨，卽派軍警進東交民巷，三百餘人一律便衣，每人襟上纏一紅線爲記。同時備一公文聲述使館界內遠東銀行、中東鐵路辦事處、及庚款委員會等處，有亂黨秘密暴動，事機迫切，立須搜查，請予許可等語。安國軍總部外交處長吳晉，六日晨指揮了軍警陸陸續續開入。十時人已齊集，十時二十分在荷使館內，晤請荷使就警察廳公文上簽字，隨照預定計劃把界內俄使館、兵營、銀行、中東鐵路辦事處等，一一圍守，隨卽進入大舉搜索，當場拘獲李大釗及其妻趙氏，並男女黨徒等六十餘人，並檢出蘇俄企圖赤化中國之證據文件甚多。俄使館撤無賴，放火自焚，圖滅證據，軍警早防他有這一手，在人衆手多之下，也無所施其伎倆。

這些陰謀文件，裝了十餘箱，經取囘清理後，彙訂三巨册，名爲「蘇俄大使館陰謀文件」。自圖表照片至第三國際擾亂中國，格別烏羅致訓練華籍間諜，與篡奪國民黨政權計劃等等，一一拍照保存。其中列有蘇俄駐瀋陽副領事蘇克羅克夫之報告，臚陳「東三省革命情勢及建議」，其中要點爲「如何培養東省共黨勢力，打倒奉系軍閥，而使國民革命軍縱獲得勝利亦不能在東三省立足，由蘇俄督促中共來統治，另外一件，叫做「國外間諜機關雇用華人充當職員或僕役兼作間諜之標準」，全部共六條，其第三條爲：「三，絕對不要使他覺得他是爲着蘇俄使館作間諜。……應該使他深信着：我是爲着本國——中國之共產黨共產主義而在効勞。」……。

這件案子，自然轟動一時，國際上也震驚於蘇俄之險毒。

北京政府以蘇俄違反十三年五月中俄協定，利用使館宣傳赤化，由外交部向俄代使赤爾尼提出抗議，根據所獲各種證件，責其容留共黨違背國際法及中俄協定，危害中國。次晨赤爾尼也以中國軍警曾搜查俄使館，向外交當局提出抗議。九日，蘇俄代理外交人民委員長又向中國駐莫斯科代辦鄭延禧致嚴重之抗議，並提四項要求：一、中國軍警應卽撤退；二、被捕之俄使館員及蘇聯經濟調查處職員應立卽釋放；三、提取各文件應予交還；四、軍警擄去之物應卽交還原主。且說在未得滿意答覆以前，擬撤駐華使館，同時赤爾尼也眞在作着歸國的打算。十一日以後，三次開列名單請發給護照，外交部也一一給與。十九日赤爾尼及館員二十餘人出京返俄。外交部對蘇俄代使及蘇政府之抗議，予以嚴正駁覆，電鄭延禧轉致蘇政府。原電爲：「……查外交官之享有治外法權，並非絕對無限，苟駐使有不法行爲時，卽不能對國際法保障。其附屬機關，自更不待言。且搜查使館，各國不乏先例，蘇俄政府亦曾有同樣之事。此次中國軍警搜查舊俄兵營，係因亂黨在內，組織機關，圖謀推翻政府，擾亂治安，此實明顯違反國際公法及中俄協定，不得已根據國家自衞之動機而實行搜查。結果獲得重要亂黨及黨員起事時所用旗幟、印鈐、名單及各種證據文件，其他多數軍械與亂黨通謀之證據文件等，此皆在蘇俄大使館轄下或有密切關係各機關內所得。蘇俄大使館殊不能推辭庇護亂黨圖謀擾亂治安及推翻現政府之責任，此次中國軍警對蘇俄大使館本身未加搜查，實屬特別優容，而蘇俄政府反指爲出於違法暴動，殊屬驚詫。現在中國政府正審問檢查人犯及物件，俟審查手續終結，自有相當處置。目前中國政府應保留將來一切處理之權利，蘇俄政府要求四項，殊難允諾。」老張對蘇俄一連串抗議和恫嚇，完全拒絕，硬得可以！

對李大釗等，組有「特別法庭」審理，委何豐林爲審判長，除舒啓昌等四人，認爲情節較輕各處徒刑十二年；李雲貴等六人僅屬附和各處徒刑二年，俄人奧鈕夫等另行審判外，判處李大釗、張伯華、鄧文輝、張挹蘭、路友于、譚祖堯、謝伯俞、鄭培明、莫同榮、李崑、姚彥、閻振三、楊景山、范鴻劼、謝承常、吳平地、陶永立、方伯務、李銀蓮等二十人死刑，執行絞刑。四月二十八日在司令部後面的地院看守所東院執行，從午後二時至五時，歷三小時才告畢事。李雙臂背翦，足鐐瑯璫，黑西服，襯衫已無領帶，面色慘白，鬚髮蓬亂，四肢顫動，由兩警挾持，唇翕舌結，怖畏之極。套入絞機後，以頸粗不得死，口溢血沫，凡三絞始畢命。其餘以次就刑。路友于、張挹蘭，姚彥本爲國民黨同志，以因同避俄使館內被捕，竟不幸偕亡。路本沉默，臨死亦無言，張爲女高師學生，頗瘦弱，連呼「啊唷」不止，以頸細，氣亦不卽絕，痛楚中將高跟鞋踢出絞刑機外，慘矣！

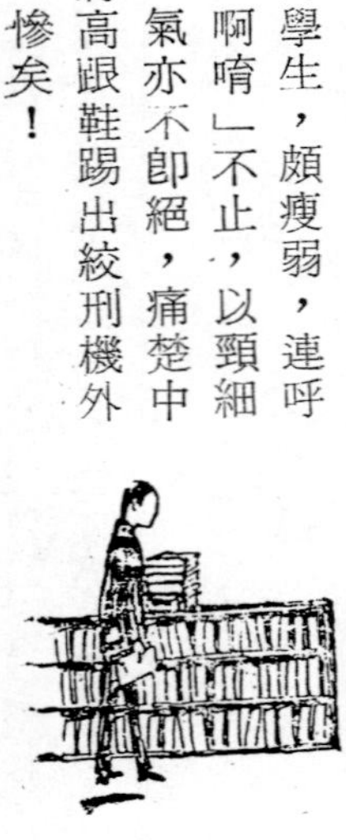

延安點驗共軍記

楊蔚

民國廿六年春，國民政府軍事委員會決定收編陝北共軍。先於一月間發表派顧墨三（祝同）先生爲西北行營主任，坐鎮西安。稍後卽決定由中央黨政軍各部門遴派必要人員，會同陝西省地方黨政人員組成一視察團，赴陝北作一次實地考察，以爲爾後處理該區軍政問題的參考。大約是二月末，軍事委員會指派涂思宗中將爲視察團團長，令他率領中央遴派的視察人員先赴西安；到達西安後，則請示行營主任顧墨三先生決定行止。筆者是時服務於軍事委員會調統局，大約是三月初的某一天，忽接到局本部書記長梁幹喬先生的通知，約我於當晚到他公館吃晚餐。我全不知道有何用意，只得準時前往！進入他的客廳後，發現除我之外只有一位客人。梁先生當爲介紹：「這位是我的廣東同鄉涂思宗先生，他是北伐時的名將，現在他奉派爲陝北視察團團長，率領由黨政軍各部門遴派的視察人員，卽赴西安，再赴陝北；此行要到共黨盤踞區域作深入的考察，以期對共黨黨政軍各部門的狀況獲得眞實的了解」一介紹後又對我說：「戴先生（笠（軍統局長）已指派你爲中央視察人員之一，用涂團長隨從參謀名義，隨涂先生一行赴陝北考察，不可暴露與本局的關係。所獲資料，則交本局西安站送局；電報則由本局西安臺拍發。」我聽了梁先生一席話之後，內心至爲興奮。因爲共黨這個怪物，到底是怎樣一種東西？言人人殊，實在不够明瞭。這次戴先生派我到陝北，純作公開實地的考察，一睹共黨廬山眞面目，眞是難得的機會。晚餐吃罷，我卽請示涂團長，何時起程，乘何種交通工具？涂先生說：「已決定乘飛機，起程日期還未定，但必在三兩日之內，請等候通知。」我次日卽到局本部，依例辦理出差手續，辦完後，果然接到涂先生的通知「囑於明晨到飛機場集合，一同乘專機，直飛西安。」

周恩來葉劍英來迎

次日晨我隨涂先生先到飛機場，與其他人員會合後，上機直飛西安。到達後下榻西京飯店。涂先生當晚卽晉謁西北行營主任顧墨三先生，我因是顧先生的舊部，（顧任江蘇主席時我任保安團長）也一同晉謁。顧先生指示：「陝北視察團以涂先生爲長，由十五至十七人組成，其中黨政軍各種人才都有幾位，對邊區黨政軍各種機構，應作全面的視察。陝北當局，已派周恩來、葉劍英二位，代表朱毛前來迎接；待定期約周葉二位與視察團見面，商定前往路線及視察方式後，再定啓程日期。」我們在西安停了一星期，在停留期間，涂先生負責與行營連絡，由南京來的團員們，則分別訪問自己的朋友，以瞭解西安事變後的情況。我有一位好友王根僧先生，時在西安綏署任參謀處長。他是楊虎臣很器重的人（但並不十分信任）。我同他過去交情深厚，可以無話不談，他是西安事變過程中楊部參謀業務的主持人，除特別高度機密外，一切瞭如指掌。他對楊虎臣的粗暴，張學良的幼稚，和共產黨製造矛盾利用矛盾的經過，談起來如數家珍。中有許多秘密，尤其楊虎臣部孫蔚如、趙壽山等重要將領及其部隊的內情，過去情報人員沒有查明的，這一次王先生對我是和盤托出了。如是我透過西安軍統電臺，搶先報告了軍統局。軍統局戴先生回電，倍致嘉勉！一星期屆滿，涂先生通知全體團員到行營開會，團員名單，有邵華、張廷鏞，（以上兩位現在臺任立委）蕭樹金、王友直等，其餘已記不淸了。會談開始：先由行營顧主任致開會詞。詞畢，介紹周恩來、葉劍英給我們認識，並請他們倆人說話。周恩來很謙虛的對我們說：「毛澤東和朱德同志，因要準備接待諸公視察事宜，不能遠離防地，特派本人前來代表歡迎云云」。葉劍英也很客氣的說：「我是專程前來做招待員的，將陪同諸公一路至延安，我們將有時間作長談，但招待如有不週之處，請多原諒云云。」講完話後，涂先生提出出發時間，經過路線等問題，葉劍英一一提出答案。初步視察計劃，很順利的決定了。次日卽分乘四輛大汽車出發，沿三原、銅川、宜君、中部、洛川、鄜縣、甘泉之線，向延安進發。

神槍射鹿祭黃帝陵

第一天到三原，第二天到宜君，第三天預定經中部到鄜縣。中部是軒轅黃帝陵的所在地，我們一致決議於經過時致祭，黃陵離汽車路有幾百公尺的步行小徑，我們到此都下車步行，當我們步上小徑，忽發現離我們百餘公尺的山坡上有一隻野鹿。我馬上提議：射倒這隻鹿來做祭品，並隨手用駁売槍打了一槍，不料沒有打中。涂團長是一個特等射手，眼明手快，接着又打一槍，正中該鹿的胸部，看牠蹦了幾下，倒地不動了。我們的獵物既獲，不約而同的歡呼，這是黃帝在天之靈啊……大家七手八腳把牠扛到黃帝陵前，連同所携祭品，一併擺在陵前石案上，由涂團長主祭向陵寢行最敬禮。黃陵的形勢，坐北向南，背後有高山如椅，前面有河川如帶，再向前方則是千百個丘陵成行成列，宛似向黃陵俯伏。地方人說：這個「風水」就叫做萬國衣冠拜冕旒，其氣魄之雄偉，任何人都嘆爲觀止。我一路很注意陝北的地形，目的是想找出共匪何以選擇此處作根據地的答案。原來自銅川以北，都是海拔一千公尺以上的黃土高山，山與山之間都有陰森的幽谷，從這個山頭望那個山頭，好像近在咫尺，甚至說話可以聽見，可是汽車走起來，可能要走半天至一天！由西安到延安的圖上距離，不過三百公里，而實際距離，則加一倍還要多。中共之所以盤踞這一區域，確有易守難攻之利。但這些山區，極少耕地，間有一點耕地，也只能生產些雜糧。那麼共軍的財糧問題，又怎能解決呢？原來這個地區的氣候和土壤，種糧食不行，而種鴉片則很好！於是中共大量的種起鴉片來；用鴉片走私的辦法，來換取糧食和日用必需品。我們在經過的路旁，發現大塊耕地都是大煙苗。因問葉劍英是誰種的？葉支吾的說：都是老百姓種的，不過邊區政府（卽僞陝北邊區政府）按畝徵稅而已。第四天的目的地就是延安，汽車經過的村鎭，都貼滿了「歡迎中央視察團」、「擁護蔣委員長領導抗日。」「國共兩黨團結起來，打倒日本帝國主義」……等標語。過甘泉時，僞分區政府，派了一羣僞地方官，代表僞主席林伯渠列隊相迎。汽車離延安不遠時，我們下車休息了一下，爲的是抖抖灰塵。在這個時候有一位小腳而曲線玲瓏的小姐，從我們車旁走過去，也對着延安方向。我們團員中的邵華先生是一位風流才子，對女人特別敏感而且作風大膽！他高聲的問：小姐到那裏去？那位小姐的大膽作風，也出於邵兄意外，她大大方方的說：我到延安去呀。口音不是陝西人，而是道地的江西老表。這一聲的答話，引起了全體團員的注意！你言我語的說：這樣的三寸金蓮，如何能走二萬五千里路呢？我們請她來談談吧！此時邵兄勇敢的開口了：小姐，不要走了，搭我們的車子去吧！那位小姐笑容可掬的來了。我們略談了幾句「尊姓大名貴處」之後，知道她是一位紅軍的政工同志，的確是從江西隨軍走來的，她滿口「革命」、「抗日」、「男女平等」、「民族利益」、「統一戰線」……等等術語，說得我們忍不住的笑，一直談到延安大橋，因爲共黨要人就在橋那邊列隊歡迎我們，她不好意思夾在我們的行列裏，如是下車單獨走了。

林彪的土包子笑話

我們車子走過延安橋，涂團長領導我們下車步行，走向歡迎行列。林伯渠、賀龍、林彪、陳賡、周士第……等共黨高級人員，都站在儀隊排頭向我們脫帽或舉手致敬。號兵隊吹奏三番軍號，武裝儀隊約一營，行軍禮後，高呼「歡迎中央視察團」、「擁護蔣委員長領導抗日」的口號。最後高唱新編的「國共合作打日本」的軍歌。這個場面相當熱烈而隆重，據葉劍英說：這是自有共產黨以來，第一次偉大的歡迎場面，延安的街道很小，通過歡迎行列後，葉劍英領着我們步行到爲我們而設的招待所。林伯渠等也參雜在我們的行列，頻道辛苦，當晚在招待所設宴爲我們洗塵，毛澤東以下共黨要人都作陪。林彪作我那一桌的主人，顯然是奉派以黃埔同學身份招待黃埔同學的；因爲他與我同期（四期），所以和我坐一桌。開動後，首先由毛澤東致詞，隨卽爲祝林（森）主席，蔣委員長的健康而乾杯。全體乾杯後，各桌賓主自由交談，互相敬酒，林彪特別爲祝校長健康和我乾杯。我們發現酒的味道很好，但並不是鳳翔來的；我們就問這酒是那裏來的，林彪開玩笑的說：「是我們從貴州茅臺村帶來的！（其實是在延安仿茅臺做法釀的。）隨卽大談其酒經：他說他底部隊經過貴州茅臺村時，人馬都困乏不堪，有些官兵的腳起了泡，到處找水洗腳。湊巧找到釀酒的「養成老燒房」內有一池清水，他們不管三七二十一就坐下洗腳。幾百隻臭腳放下去，因爲酒精刺激，都痛得叫起來，這才發見不是水而是酒，可是這池酒，已成泥巴糊了。另外還有幾池乾淨酒，他們就享受起來，都喝得酩酊大醉，後來的部隊沒得喝的，連那池泥巴糊也喝光了，說得大家哄堂大笑。我們因爲在路上辛苦了幾天，這一頓飯，都吃得酒醉飯飽，然後散席休息。

進了毛澤東的窰洞

次日休息一天，涂先生以視察團長身份到僞中央蘇維埃去拜訪毛澤東。我以隨從參謀的身份隨行，到了毛的官邸，所謂官邸，原來是連接着窰洞的一幢草房，會客室就是寢室也是辦公室。辦公桌是一個沒有抽屜的方板桌，坐的是沒有靠背的板櫈。一張木床只有行軍床那樣大，上面舖的是兩張毛毯，一個背包枕頭。毛澤東穿一身灰布士兵棉軍服，體格相當魁偉，比涂團長高出約十公分。面形上稍尖兩顴微聳，就面相來說，是一「申」字形的賤相。他態度很沉靜，嗓音高而尖，說話還是湖南腔，咬字很淸楚。他與涂團長是早年就認識的，頗有舊雨重逢之慨，他問涂團長的話比涂團長問他的話多。他一度很鄭重的質問涂團長：「國共既然合作抗日，國民黨何以又公然宣佈根絕赤匪的決議案呢？」涂團長對這些問題的答案，是早有準備的，他說：「共產黨在與國民黨執政的中央政府爲敵的時候，依國法不得不稱之爲赤匪；今後共黨如成了合法政黨，紅軍成了正式國防軍，赤匪不就已經根絕了嗎？這是過去的事，何必介意？」涂團長這樣答覆，他笑了笑，也沒話說。此後則談些南京、上海民心士氣問題，毛的結論是：「我們必須克服一切內在的矛盾完成團結抗日的任務；目前國民黨的措施，對共黨內部還存在着很多誤會，我將在理論上和事實上努力加以說服」。他們談話時，我以隨從參謀的身份，舉起日記本摘要紀錄，毛也毫不介意。這一席話談了兩個多鐘頭，我們才告退返回招待所。第三天是他們正式舉行的一個「延安黨政軍各界歡迎中央視察團大會」。在賀龍部隊的大操場上，搭了一個大臺子，上面拉起布棚，集合的羣衆以軍隊爲主連同各界和學生約四五千人。大會開始，先由林伯渠以僞邊區主席身份致歡迎詞，次卽由涂團長講話，第三就輪到毛澤東講話，他講的內容，是根據唯物史觀分析時局發展，結論是：「只有擁護蔣委員長領導抗日，才可以救中國。」其音調尖酸刺耳，而措詞則冠冕堂皇，毛講過以後，就輪到我們團員，每一位都被拉上臺講幾句。這一個大會，一直開到下午五時，毛澤東始終陪着我們，並且在講臺上抽空看公文，我發現他，確可做到鬧中不亂，保持頭腦的冷靜。大會結束後，囘招待所晚餐。餐畢，又參加一個晚會。晚會節目是歌舞和話劇，歌舞並不精彩；話劇的劇本是「放下鞭子」演得相當賣力，煽動性頗大。

老夫少妻朱德戀史

第四天開始正式視察。視察團先是集體行動。視察過偽邊區政府各機關後，計算每視察一單位，總需要一二小時。如照此進行，則一個月也未必視察得完。當晚涂團長指示改變方式，將團員分爲黨政軍三組，以組爲單位，分途視察。涂團長和我不受組別的限制，擇重點視察。分途視察開始，我隨軍事組行動，第一目標是「抗日軍政大學」。嚮導是林彪（林爲該校校長），他帶我們從校本部到各隊巡視一週，然後到大操場集合師生千餘人，要我們講話。我們的組長是軍校三期同學蕭樹金，簡單講了幾句，就請林彪將隊伍解散休息。事前我們聽說朱德的小老婆康克清在抗大受訓，如是我們利用這一時間問林彪，可否找康克清見見面，林彪說可以，馬上命傳令員把康克清找來了。康克清並不美，但健壯活潑，態度大方，年齡似不超過廿歲，此時朱德已五十餘歲了。我們曾問她與朱德同志戀愛的經過，她笑着說：「朱德同志是革命的，我們是因革命而發生了愛情，不過我還年青，學識不夠，所以才到抗大學習學習。」抗大的學生，性別不限男女，年齡不限老幼，科系不限軍政，程度不限高低，可以說是亂七八糟，不成學制。但也有不可忽視的地方，即學生鬼混的情緒似乎還不壞。這可以從團體唱歌時看出來——他們的聲音高昂而整齊。這一所大學的校舍，是幾十個窰洞組成的，分佈的面積甚廣，我們巡視完畢，費了半天時間。軍事視察的第二目標是賀龍的部隊（駐延安），我們一早就跑到賀龍的司令部，到達時賀龍正要吃早飯，只是還未開動。桌子上擺的菜，是一盤辣椒末拌蘿蔔乾，和一盤黃豆，另外就是一桶稀飯。士兵的伙食也是一樣的，他們官兵的生活，那時到眞是同甘共苦，現在的共軍軍官生活，就都腐化不堪了。我們已經吃過早飯了，便堅請賀龍先吃飯，不要爲我們餓着肚子。賀龍便一面吃飯，一面和我們談天。他說：「諸公不要以爲我們這種生活是很苦的，這比長征時要好得多了；我們通過川隴交界的松潘草地時，曾經六七天沒有舉火，大家只嚼炒米或炒黃豆；而且夜夜都是露營，那眞是苦極了。可是絕處仍可以逢生，有一天正要斷糧的時候，發現草地裏有一小湖，湖裏養着密密肥魚，那些魚從來沒有人捕過（土人不吃魚），所以根本不怕人，士兵們可以在湖邊用手一條一條的抓，簡直是取之不盡用之不竭。那一天我們就以魚爲糧，吃個大飽，還抓了很多帶着走！賀龍雖是土匪出身，不識幾個字，可是相貌堂堂，比其他人員長得方正，一口湖南官話，講得很有趣味，難怪他能掌握一部份亡命之徒。賀龍所屬駐延安的部隊，不過幾團人。而且人數都不足，我們半天就看完了，中午就在他的司令部午餐。

徐向前愛撿香煙頭

午餐時賀龍介紹徐向前和我們見面，他說：徐是半年前在甘肅作戰失利，不得已化整爲零化裝來陝的，昨夜才到達延安。我們聽了都很興奮，立刻向徐向前問長問短。徐的面貌瘦削，兩眼角下垂，活像一個乞丐。他一口山西腔，很老實的說：「去年（民廿五）十一月我率部自隴南渡黃河至景泰，被馬家囘子打了個埋伏，部隊都垮了，除死傷者外，都化整爲零。我帶了幾百人先向新疆方向闖。但越走越困難，最後還是決定化裝來陝北，我一路利用討飯過生活，幸虧始終沒人認識我，很安全的來到延安。」徐向前說話也很有趣，我們都很注意聽着。有一位團員把一支吸了幾口的香煙頭丟掉了，徐向前一眼看見，勾起了他的心事，他說：「我這一路肚子餓的時候，只想討得幾個饅頭煎餅吃，就高興極了；可是吃了饅頭煎餅之後，就想吸煙；偶然在路上拾到一個香煙頭，就實貴得不得了，吸一口就保存起來，留着必要時過癮。」說得大家笑得噴飯，我們吃過午飯後，還同徐談了幾個鐘頭，才回招待所休息。軍事組視察的第三個目標，是彭德懷的前線總指揮部。該部的位置在延安西南靠甘肅方向一個山谷裏，坐汽車走了約三小時。當時彭德懷是眞正的紅軍總司令，而朱德則是名譽總司令；因爲前者係指揮所有武裝部隊，後者則是辦理後勤。涂團長鑒於彭部的重要，親自參加視察。到達後，彭德懷集合了一個加强團，由涂團長閱兵，閱兵式完畢，由涂團長及彭德懷相繼講話。講話畢，卽赴司令部及部隊駐地視察。我們發現彭的司令部，雖然隱藏在這種山溝，可是軍事書籍——包括蘇俄的、德國的和我們陸軍大學及各軍種兵科學校的，一應俱全。彭在講話時，還手拿着一本戰鬬綱要，明顯的反映着，他們對軍事學術的研究，毫不疏忽。他們的部隊，從排級單位起，都有一個地上沙盤，塑造各種地形地物，爲官兵討論戰術，戰鬬之用。我們視察完畢後，大家覺得共軍的訓練方式，若干地方，值得我們研究參考。今後我們對共軍的戰鬬力，更不可估計過低。

林彪陳賡輪流侍疾

軍事組以後幾天的工作，還是視察分駐的部隊。我和另外幾位團員突然生病了，不得已留在招待所休養。在我們養病時，林彪和陳賡輪流來照顧我們，並送我到醫務處診斷。據林彪說：延安共產黨機關的首長，惟有醫務處主任待遇最高——每月除配給外，有零用錢七元；而毛澤東及其他官兵都只有零用錢三元。原因是我們對技術人員特別優待。那位醫務主任是從江西來的，懂得西醫也懂中醫。由於西藥購買困難。他們設有一個中藥化驗室，專門提煉中藥代替西藥。他說他們在製藥方面獲得極大的成功。陳賡不斷的來看我，並特別表示他對校長永遠尊敬，永遠是他的學生。他對林彪似乎不大佩服，原因是在期別上，他比林彪高得多（陳賡是第一期的）。林彪的態度也很誠懇，口口聲聲不離校長同學，但他對我談話時，兩眼總是望着地下，其陰險的個性，由此可以看出大概。還有值得注意的，他隨時總有一本書抓在手上，或放在口袋裏，的確是手不釋卷，很愛讀書。他談起理論來，對唯物論、辯證法、和戰略戰術都能講出一套，而且能言之成理。我在養病期間，除林彪、陳賡等，十分關切外，我發現他們的勤務員（卽勤務兵）都受了很嚴格的訓練——個個禮貌周到，言語親切，服務勤快，而且滿口是新名詞，措詞異常恰當。由此可以看出共產黨對我們這次視察，準備得異常周密，使我們處處得到好的印象，挑不出他們的壞處。休息了兩三天，我們的病都好了，各組視察工作亦已完畢。我們團員中有一位軍令部派出的少將，（名字記不起了）他認得左傾女作家丁玲。如是他要求葉劍英帶他去看丁玲，我爲了好奇，也跟了去。丁玲是住在一個招待所裏，睡的是土坑，穿的是軍衣，年紀大約卅左右，身段很豐滿，雖說徐娘半老，正是風韻猶存。據說共黨要人中，很多想動她的心事，可是丁玲都看不上眼，以致現在還是小姑獨處。我們那位少將，對她似乎愛慕已久，這次看她生活如此清苦，就極力勸她到西安去玩玩，可是丁玲卻拒絕了；她的理由是：「我要寫文章，必須在實地寫，離開了實地等於脫離現實，那種憑空寫出的文章，是沒有客觀價值的。」我們談到無話可談時候，就返回招待所了，而那位少將，臨行還不勝依依。

中共諸將各有特色

視察團於彭德懷所屬部隊視察完畢後，團長即指示結束視察工作準備回京。因為共軍還有些雜牌部隊，分駐在隴東和綏寧邊區，數量不多而距離甚遠，非本團一次所能看完，只好留待以後處理。總計此次我們已看過的共黨人員，男女共約三萬左右（含部隊）。部隊方面，裝備殘破，武器約為人數的九成，官兵素質，年齡參差，惟體格尚健；將領的才能，我們都認為彭德懷是一個悍將，他表露的性格，是堅決勇敢，與士卒同甘苦，但頗有傲氣。賀龍雖是土匪出身，但儀表端正，到像一個福將：林彪舉止斯文，有儒將風，但對人談話，兩眼斜視看地，發現一疑問即追根到底，顯示其天性陰狠。徐向前生就一幅可憐相，能吃苦吃虧，其處人的方法似比處事的方法强。至朱德、張國燾、劉伯誠等，當時不在延安，沒有見着。視察團在延安及其周圍盤桓了半月有餘，所謂蘇維埃和紅軍的眞相，我們已有深度的瞭解。就各團員所攝得照片而論，共有幾百張，我們印成一套，每團員分得乙份。涂團長指示各組將所得資料加以清理，缺少的再向共黨索取補充後，即分別辭行乘原車回西安。在西安向行營顧主任陳明經過後，南京來員仍隨涂團長一同飛回南京。

現代史料

民國二十六年（一九三七）八月二十二日國民政府軍事委員會正式發佈命令，收編共軍，任命朱德為國民革命軍第八路軍總指揮，彭德懷為副總指揮。

——第八路軍官佐題名錄——

總指揮部
總指揮 朱　德
副總指揮 彭德懷
政治部主任 任弼時
參謀長 葉劍英
副參謀長 左　權
砲兵團團長 武　亭

第一一五師
師長 林　彪
副師長 聶榮臻
政治部主任 羅榮桓
參謀長 周　昆

第三四三旅
旅長 陳　光
副旅長 周建屏
政治部主任 蕭　華
參謀長 陳士渠
六八五團團長 楊得志
六八六團團長 李天佑
六八六團副團長 楊　勇
獨立團團長 張國華

第三四四旅
旅長 徐海東
副旅長 程子華
政治部主任 黃克誠
參謀長 韓振紀
六八七團團長 韓先楚
六八八團團長 陳錦秀
獨立團團長 楊成武

第一二〇師
師長 賀　龍
副師長 蕭　克
政治部主任 關向應
政治部副主任 甘泗淇
參謀長 周士第

第三五八旅
旅長 彭紹輝
副旅長 張宗遜
政治部主任 張平化
參謀長 李天開
七一五團團長 王尚榮
七一六團團長 賀炳炎
七一六團副團長 廖漢生

第三五九旅
旅長 王　震
副旅長 姚　喆
政治部主任 袁任遠
參謀長 李仲英
七一七團團長 劉轉運
七一八團團長 龍時光
騎兵團團長 康建民

第一二九師
師長 劉伯承
副師長 徐向前
政治部主任（後由鄧小平接任） 張　浩
參謀長 李　達

第三八五旅
旅長 王維舟
副旅長 王宏坤
政治部主任 謝富治
參謀長 陳伯鈞
七六九團團長 陳錫聯
七七〇團團長 張才千
獨立團團長 鄒國厚

第三八六旅
旅長 陳　賡
副旅長 韓東山
政治部主任 王新亭
參謀長 周希漢
七七一團團長 徐深吉
七七二團團長 葉成煥
獨立團團長 吳成忠

陝甘寧邊區後方留守處
主任 蕭勁光

鄭繼成刺殺張宗昌

鉄嶺遺民

前言

歷史上凡是暗殺案件，都帶有相當神秘性，即使眞相大白，後人仍多疑竇，以美國而論，林肯總統被刺事件，至今仍成爲美國歷史學者爭辯問題，究竟兇手何人，動機何在，迄未得結論。甘迺廸總統之死，雖然經華倫委員會調査公佈，但美國仍有許多人不相信華倫報告書，指華倫報告書是官樣文章，與內情不符，有人甚至懷疑甘迺廸總統並非奧斯華所刺死，行兇者實在另有其人，甚至有人懷疑甘迺廸總統至今未死，只是昏迷不醒，仍然留在醫院裏，以美國新聞傳播技術之精確，美國新聞記者耳目之靈敏，對於現代大家親眼目睹所發生的事件尙且得不到一致的結論，更不必說在新聞專業落後的中國，對於一項重要的新聞又有種種顧忌，不能暢所欲言，其啓人疑竇，自然很多。

筆者偶然興到，想把民國以來凡是死於非命的軍政大員死事經過，作一有系統的敍述，本來在印象中以爲不過十人左右，誰知把前後作一排比，僅是獨當過一面的風雲人物，被刺死、被謀害、被殘殺的竟達二十人以上，短短數十年中，竟有這麼多的人死於非命，不能不說是駭人聽聞。不過，翻開美國歷史來看，從華盛頓到尼克遜，任總統者凡三十六人，其間死於非命者就有林肯、麥金萊、甘迺廸三位，以比例來算，我們還算是少的呢！

一九三二年九月三日在山東濟南火車站發生了一宗行刺事件，刺殺的是前直魯聯軍總司令，山東督辦張宗昌，行刺的是現任省政府參議鄭繼成，這一件轟動一時的大案，到今天仍然未能確實明瞭其眞象，也許永不可能知道究竟，本文只在敍述事情經過情形，然後再報導各方的說法，請讀者自己去判斷。

這件事要先從北伐戰役說起，一九二七年秋間，國民革命軍北伐已進入山東，張宗昌、褚玉璞之直魯聯軍向革命軍猛烈進攻，馮玉祥當時任國民革命軍第二集團軍總司令駐節河南，因爲山東情勢緊急，特派第八方面軍總指揮劉鎭華爲援魯軍總司令，手下驍將原任西北軍騎兵師長現任第八方面軍副總指揮鄭金聲爲援魯軍副總司令，進兵魯西南以解正面之圍，劉鎭華當時分兵一部由鄭金聲指揮挺進到魯西曹縣，所指揮部隊有一個軍，由土匪改編的姜明玉部，遽而叛變，將鄭金聲綁送當時直魯聯軍軍長潘鴻鈞，轉送到濟南。

鄭金聲號振堂，本是山東歷城（濟南）人，不少親朋故舊紛紛去找張宗昌說情，張宗昌本意也不打算殺他，囚於督辦公署。不料前方戰事逆轉，國民革命軍大舉進攻，扼守魯西南的直魯聯軍損失慘重，潘鴻鈞也在作戰時因傷斃命，激起了直魯聯軍將領的憤慨，褚玉璞就見張宗昌，要求殺死鄭金聲爲潘鴻鈞報仇，最初張宗昌尙不允，經不起褚玉璞苦纏，始在一九二七年十一月六日，將鄭金聲及在同樣情況下被俘的皖軍軍長馬祥斌（也是一員驍將）一道槍決。

鄭金聲姬妾有四位，但是沒有兒子，就過繼其弟之子鄭繼成爲嗣子。在鄭金聲被殺後，暴屍刑場，鄭繼成及其家人花了三千元始僱得人到濟南秘密收屍，因暴屍多日，屍體已不全，頭部自左眼眉起到右耳以下全部不見，右背上段及右肩以上也不見了，情況至慘。鄭氏家人觸目傷情，就下決心要殺張宗昌報仇。

另一方面張宗昌、褚玉璞對鄭金聲家族也不肯放過，此時鄭氏一家人避居天津英租界，全家二十餘口，租了二十多元的房，許多人都席地而臥，困苦不堪，但是當時任直隸督辦的褚玉璞仍不肯放過，照會英租界當局要求引渡，租界巡捕房派人去搜捕，恰好鄭繼成不在家，未被捕，但從此鄭繼成就不敢回家，終日在外流蕩，東藏西躲，在日租界租了一層樓，於門外貼上王寓，遮人耳目，但是很快又被查出，鄭繼成匆忙搬走，繼之而來的一個房客姓王，也就未將紙條揭去，過了幾天，這位眞姓王的房客，竟被暗殺，到了此時，鄭繼成在天津再也待不下去，找到親友求借數百元安置家眷，自己繞道大連再乘海船去上海，坐車去開封，見到馮玉祥，被任爲第二集團軍總司令部參贊，隨軍北伐，這是一九二八年初的事。

到了一九二八年底，北方軍閥已經徹底失敗，張宗昌遁去大連，一住住了三年，國內情勢也轉變甚大，馮玉祥自一九三〇年中原大戰失敗後下野，此時在泰山讀書，韓復榘歸順中央，被任爲第三路軍總指揮兼山東省政府主席，鄭繼成全家在這年搬回濟南原籍居住，並爲鄭金聲發喪，韓復榘與鄭金聲在西北軍名望相埒，私交亦甚好，軫念故人之子，就聘鄭繼成爲省政府參議，每月支一份乾薪。

張宗昌在大連一住三年，最初仍不改當年豪氣，但張宗昌在山東搜刮雖多，大部都在當時揮霍掉，積蓄並不多，在大連住了三年，已感捉襟見肘，據現在所知道的材料，張宗昌曾假借勤王名義向廢帝溥儀要過錢，又派寵妾亞仙，到上海向一批經商的朋友借過錢，結果所得亦寥寥，到了一九三二年，張宗昌在大連實在住不下去，就到了北平，想投奔張學良，雖然張宗昌此時還背着通緝案，但時移勢易，南京國民政府正集中精神對付日本，也沒有工夫理這些小事。

以張宗昌與張學良父子關係之深，張學良本應照應他，但自從國民革命軍克復平津後，張學良封鎖山海關不准直魯聯軍出關，終於使該部全軍崩潰於冀東，張宗昌與張學良之間就存有極大芥蒂，故寧願流亡大連亦不去瀋陽依張學良，此時實在出於無奈，想到北平投奔張學良，但正值九一八事變後，熱河、冀東緊急，張學良成了衆矢之的，自顧不暇，更無力照顧張宗昌，張宗昌至此進退失據，忽然動念想回濟南一行。

張宗昌何以要回濟南，表面理由說是回掖縣原籍掃墓，但內情恐未必如此簡單，根據各方面情況推測，張宗昌自無大志，若說他有意回山東再掀起一場風波，大概是不會的，主要目的還是爲錢，張宗昌當時回濟南弄錢的目標大概有三處：一是韓復榘，認爲韓復榘此時地位與他當年一樣，他自己任山東督辦時隨便以三萬五萬送給窮朋友，韓復榘也應該可以分潤一點。一是劉珍年，劉珍年本是張宗昌部下旅長，歸順中央後升爲二十一師師長，手下有三個旅，兵精械足，雄踞膠東二十幾縣，與韓復榘相持不下，張宗昌自無意煽動劉攻韓復榘，卻有意調解兩人爭端，也希望劉珍年能念故主，送他一筆錢。另一項大概是張宗昌在山東有一筆動產與不動產，均被查封，也希望借重韓復榘之力以發還。

以上三點雖是估計，但就張宗昌當時情況而言，除此之外，實在想不出有甚麼理由要回濟南。不過，張宗昌要回濟南是一回事，如何取得韓復榘的同意又是一件事，當時替兩人從中拉線的就是石友三與程希賢，石程兩人皆是西北軍舊人，但也是西北軍將領中兩個壞人，石友三自從順德叛變失敗，被國民政府通緝，逃來濟南在韓復榘庇蔭下閒住，程希賢也是失意無聊，到濟南投奔韓復榘，擔任一名省府參議，張宗昌與石友三氣質很相近，兩人在北平結識，張宗昌要到濟南，就寫信托石友三向韓復榘先容，韓復榘當時一口答應，張宗昌就在一九三二年九月二日由北平啓程南下，行前據說曾去見吳佩孚辭行，吳佩孚也是在國民革命軍北伐後，兵敗流寓四川，此時因共赴國難，於是年二月由四川回到北平。

張宗昌與吳佩孚關係雖然不如張作霖深，也交情亦不薄，一九二六年促成吳佩孚與張作霖合作共同對付馮玉祥，就出於張宗昌之手，吳佩孚由武漢抵北京（當時尚稱北京）時，張宗昌去謁見，遞了一張門生帖子，被吳佩孚退回，張改送一張蘭譜，吳佩孚收下，所以兩人還算是盟兄弟，不過張宗昌一貫視吳佩孚爲長官、前輩不敢敍兄弟之誼。當張宗昌去見吳佩孚，說明要回濟南時，吳佩孚極力諫阻，以爲不可，吳佩孚生平恨死馮玉祥，也聯帶對西北軍將領有很深成見，認爲凡是馮玉祥訓練出來的人，作風都與馮玉祥差不多，並舉出馮玉祥一生暗算過許多人，有長官、有朋友，況且馮玉祥此時又正在泰山讀書，就近又可以替韓復榘出壞主意，因此勸張宗昌千萬不要去，但張宗昌一切均已安排妥當，又見韓復榘對舊直隸督辦李景林甚爲優待，自己與李景林地位相等，韓復榘也沒有優於李而薄自己之理，所以不聽吳佩孚忠告，毅然就道。

張宗昌是一九三二年九月二日到濟南，到達時有石友三、程希賢迎接，就住在石友三家中，同行的有參謀長金壽良，秘書長徐曉樓，副官長程鎔、副官李文徵，承啓處長劉懷周及隨從共計二十多人。張宗昌到了濟南，發覺氣氛不佳，韓復榘拒絕同他見面，石友三也表示愛莫能助。張宗昌眼見當時情況與理想不符，忽然想起吳佩孚的忠告，決定次日下午仍回北平。

韓復榘何以拒見張宗昌，推測可能有兩個原因，第一個原因是韓復榘與劉珍年之間的戰爭一觸即發，懷疑張宗昌此來不懷好意，因劉珍年是張宗昌舊部，韓復榘自然懷疑張宗昌偏袒劉珍年，第二個原因可能是受到南京中央政府壓力。總之，韓復榘不願見張宗昌，張宗昌在濟南也自然住不下去，預定次日下午三時乘火車回北平。

鄭繼成當時任省政府參議，得到張宗昌來濟南消息，就決心報仇，原來任鄭金聲衞士陳鳳山及另外兩個隨從一道趕去火車站，鄭繼成持支手槍，陳鳳山拿一支駁壳槍（俗名盒子砲），到火車站附近，鄭繼成叫另兩人離開，與陳鳳山一道走進車站。

當時鄭繼成與陳鳳山分成東西兩路，陳鳳山在車廂面進，鄭繼成在東面進，這時已經六時，張宗昌已在車上與送行人話別，說明何以匆匆北返原因，係奉了母命，到了六時二十二分，離開開車時間尚有三分鐘，張宗昌站在火車西頭向送行者揮手時，陳風山就趕上去開了一槍，一槍未響，張宗昌已看見，大喊一聲不好，回頭就向車內跑，送車的人看見這種情形頓時四散奔逃。張宗昌開了車廂東面門向外跑，被陳鳳山追上又放了一槍，仍然未響，這時張宗昌承啓處長劉懷周就用力抱住了陳鳳山，陳鳳山拼命掙扎，終於掙脫了劉懷周，啣尾急追張宗昌，此時張宗昌已經跳下了火車向北跑，陳鳳山在後面追趕，張宗昌一羣隨從就在後面追趕陳鳳山，並且向陳鳳山開了一槍，恰巧陳鳳山被鐵軌絆倒，子彈從頭上飛過，未被擊中。

這時鄭繼成正埋伏在車頭東面，立時趕上一槍打倒劉懷周，再開一槍擊倒張宗昌，倒斃在第三站台北面第七股道上，距離鄭繼成立足處有七十公尺。陳鳳山由地下爬起，趕到張宗昌身邊在頭上又擊了兩槍，即將張宗昌擊斃。

當時在站台上警衞的韓復榘部兵士，以爲鄭繼成是土匪，過來把兩人圍住，奪下手上武器，將鄭繼成推倒在地，拳腳交加，打得衣服破爛，體無完膚，就在此時程希賢趕到，連忙制止士兵行兇，扶起鄭繼成，連同陳鳳山一道去執法處自首。

鄭繼成起身後，在車站上發表了簡短談話，自承是鄭金聲嗣子，爲父報仇。人羣中有多人鼓掌。

這次行刺經過，有兩個重要關鍵值得一說的，第一、張宗昌從幼就當土匪，後來又去哈爾濱當馬賊，數十年來未離過槍，眞是槍法如神，彈無虛發，因此，經常總有一槍在身，這次去濟南，他身上本來佩有一支手槍，是剛出廠新槍，如果這支手槍在身上，鄭繼成與陳鳳山都沒有命，這支手槍在張宗昌上車時卻送給了石友三。本來以張宗昌爲人，愛妾都能送人，區區一支手槍送朋友，自不算一回事，但由於出了這次兇殺案後，大家奇怪張宗昌何以會束手待斃？研究下發現張宗昌沒有了武器，而這支槍又落到石友三手上，因此，就推測這是一項陰謀，石友三是此一事件的設計人，至於手槍是怎樣落到石友三的手上，傳說也不一，據說張宗昌住在石友三家中，石友三偶然發現這支手槍，再三摩挲，不忍釋手，張宗昌慨然說道：「漢章老弟，你喜歡就留下用吧！」石友三也未推辭，道謝一聲就收下了。

及到張宗昌死後，石友三亦未出面料理後事，大家皆指是石友三的主謀，石友三本人以後對此事亦無一語辯白。更使人相信石友三確有嫌疑。

其次，在張宗昌被擊斃後，驗屍官發現張宗昌所中有步槍子彈，鄭繼成所持的是手槍，陳風山所持駁壳槍，子彈頭均沒有步槍大，則步槍子彈從何而來？

據鄭繼成自述，當張宗昌被擊倒後，車站附近發出槍聲百響，宛如戰爭，事後始知早在車站上埋伏準備刺殺張宗昌的尚有多人，其中最主要的一支據鄭繼成說：「是其部下曾被其殺害之某將軍之三姨太太，密購死士，爲夫報仇。」此處所指某將軍當係畢庶澄（畢庶澄被殺經過容另述），畢庶澄並沒有三姨太太，只有一個姨太太聞氏，係女子中學畢業，在畢庶澄被殺後，確曾發誓爲夫報仇，此處是否卽有畢聞氏所購死士在內，那就大成疑問，至於說其他方面尚有人要謀害張宗昌，更指不出姓名了。

大體說來，張宗昌其人酷好女色，揮霍無度，但並不太愛殺人，眞正愛殺人的是褚玉璞（此人被殺事亦當另述），不料胡里胡塗殺了鄭金聲，終於引起殺身之禍。

鄭繼成在車站刺死張宗昌之後，被軍警毒打一頓，遍體鱗傷，但仍然强力支持，向車站觀衆聲明是爲父報仇，並非匪徒，一時贏得普遍同情，當時帶到第三路軍執法隊，同韓復榘見了一面，韓復榘予以安慰，下令不必綑綁，就扣留在執法隊聽候審訊。

消息迅卽傳遍全國，蔣委員長自南京致電韓復榘，囑按法律程序進行，如果科罪太重，再援特赦條例處理，其他黨國要人有陳立夫、程潛、柏文蔚、孫科、李烈鈞、陳樹人、薛篤弼均起而援助，在鄭繼成判刑後請求政府予以特赦，至於山東紳商表現得更熱烈，濟南律師十幾人自動出來要爲鄭繼成義務辯護，因爲法庭容不了這麼多的律師，乃協議推出三人出庭，其餘從旁協助，各級黨部，團體連同張宗昌殺死者的家屬，一齊出來援助，前後捐款不下萬元，還有一人送來兩瓶頂好的山西汾酒，來信稱敬重鄭繼成是英雄，英雄必愛飮酒，所以奉上好酒兩瓶。還有一位姓趙的送了兩萬元現款到鄭繼成家中，鄭太太因數目太大，不肯接受，過了兩天又有一位姓李的送來四千元說是馮玉祥派他送來的，鄭太太覺得馮玉祥是老長官，當時就收下了，誰知鄭繼成出獄後，寫信向馮玉祥致謝，馮玉祥回信說沒有這回事，顯然又是那一位前次送款的人冒名送來，以後事隔多年，鄭繼成遇到了第一次送款的人，眞正姓王，卻堅決地否認第二次四千元是他所送。

又有一位曹中直致函鄭繼成，願變賣全部家產約值四十萬（折合目前港幣價值約值二百五十萬，實際購買力可達四百萬）助其打官司。這些地方固然見鄭繼成所爲得到社會普遍稱許，亦看出齊魯民風慷慨豪俠固不減燕趙之士。

與鄭繼成的風光相比，張宗昌的身後就慘了，當張宗昌被擊死之後，他的秘書長徐曉樓跟着程希賢到了現場，看見張宗昌趟在鐵軌上，就取出五十元交給程希賢，請他找人代爲收殮，程希賢當場宣佈說：「張督辦也是你們山東老鄉啊，誰願意抬他，可得洋五十元。」

旁邊看熱鬧的人齊嚷道：「不抬，不抬，五百元，五千元都不抬。」就在這時又有人大喊道：「快閃開，火車來了。」看熱鬧的人一鬨而散。程希賢沒有辦法，命令軍警抬去日本醫院，由於張宗昌身材太高，一般棺材不能用，很費事找到一具够尺寸的，成殮之後移去安徽會館，又引起旅濟的安徽人抗議，同時又聽到謠言張宗昌的仇人要放火燒棺木，張宗昌家屬在北平得到消息，電請隨張宗昌回山東的幾名舊部，秘密運回北平，了此一段公案。

鄭氏被押在第三路軍法處，第二天才送去省政府見韓復榘，自請辭去了參議缺，到法院打官司，並特別聲明事情是自己幹的，與陳鳳山無關，請將陳鳳山釋放，韓復榘都答應了。

第三天就送去法院，即正式打官司，先由檢查處開了三次偵查庭，又經審判處開庭三次，結果判了有期徒刑七年。審判推事當庭告知如果不服，可以上訴，但鄭繼成自認心願已了，又未判死刑，實在意外，不再準備上訴。

鄭案宣判後，全國各地紛紛通電請求政府予以特赦，山東人爭之猶烈。又經中央大員陳立夫、孫科等出面申請，政府終於在二十二年三月下令特赦無罪釋放。

鄭繼成刺張宗昌一案的全部經過如此，若就表面情節看，實在簡單之極，就鄭繼成自白來看，其報仇的心情也是眞實的，但是由於這一段事情經過有許多疑點，如張宗昌由北平到濟南，何以匆匆來又匆匆走；他的手槍何以到了石友三手中，如果張宗昌的手中有槍，陳鳳山與鄭繼成均可能死在他槍下，更使人不解的，在日本醫院解剖張宗昌屍體，發現眞正致命是步槍子彈，而非駁殼槍與手槍，步槍子彈究竟是誰打的？

由於以上許多疑點，可以推測鄭繼成報父仇是眞的，但是張宗昌卻是被別人擊死的，誰擊死他，是不是如鄭繼成所說畢庶澄的二太太僱槍手打他，還是有其他被害的家屬僱人行刺，這些也都難斷定。

但是在當時，對政治敏感的人，皆認爲這是一宗謀殺案，而非子報父仇之簡單，懷疑謀殺張宗昌之幕後人士，有兩方面的傳說最盛。

第一、認爲是韓復榘幹的，因爲石友三、程希賢皆是韓復榘的食客，他們兩人主謀殺死張宗昌，動機不會是爲鄭金聲報仇，也不可能是受到鄭繼成主使，鄭繼成沒有這個力量，在山東只有韓復榘始能作出如此大事。

至於韓復榘何以要謀殺張宗昌，也有兩種說法，甲種說法是說韓復榘受到南京方面密令行事，乙種說法則認爲與膠東劉珍年部反抗韓復榘有關。

甲種說法留到後面說，先談談乙種的實際情況，劉珍年本是張宗昌手下一個旅長，屬於張部方永昌軍，劉珍年是保定第九期畢業，與陳誠同期，交情甚篤，張宗昌失敗，劉部在膠東投向革命軍，編爲二十一師，轄六十一旅，六十二旅及獨立旅，雖然張宗昌部下多是行爲不檢，但劉珍年卻是一個標準軍人，不貪財、不好色、練兵精、作戰勇，完全不是張宗昌部隊的類型，故反正之後，深受重視，駐防膠東二十幾縣，又是山東最富之區，韓復榘身爲山東主席，自不願山東境內有這支客軍，實際上又都是山東的子弟兵，留這支部隊在山東，遲早省主席大位會給劉珍年奪去，因爲韓復榘本人是河北南宮人，部隊皆是河北、河南人，劉珍年雖然也是河北人，但部隊自團長以下，淸一色山東人。韓復榘當時想用武力驅逐劉珍年，戰事已部署好，張宗昌到了，韓復榘可能懷疑張宗昌另有企圖，也不願意他同劉珍年接觸，故設法將張宗昌打死，張宗昌死於民國二十一年九月三日，九月十七日韓、劉兩軍即在昌邑展開大戰，可以看出張宗昌之死，與此不無關係。

第二、認爲是南京方面有意謀殺（直接下手或指使韓復榘行事），原因有兩點：當時東北已失去將近一年，張宗昌與日本人淵源甚深，恐怕爲日人利用，此是一點。另一點則替陳其美報仇（關於張宗昌刺殺陳其美經過，當在陳其美遇刺案中詳述）。

總之，無論何種原因，張宗昌之死，到今天仍然未能全部了解，可能永遠也不會大白，將爲歷史永遠留一疑案。

禮拜六派的興起和衰落

陳敬之

禮拜六派得名之始

提起了所謂「禮拜六派」，凡是今日年齡在四五十歲上下且又素愛文藝的人們，雖然誰都會知道它是在民國初年發祥於上海而盛行於全國的一個文派；但由於在一些自儕於所謂「正統派」的先生們所編著的「現代中國文藝史」或「現代中國文藝史話」之類的書籍裏，幾乎對於這個文派咸以「異端」或「旁門左道」視之，故自來對於它的記載，不但都顯得非常缺乏；而且卽使其間偶有涉及，亦多係以含譏帶諷或以偏概全的方式與筆調出之，讀者如欲由此而識得其來龍去脈並進而希望對它獲有一個比較正確的瞭解，則幾如瞎子摸象，愈摸而愈糊塗。這說來要不能不算是一件使人感到遺恨的事！

原來所謂「禮拜六」這個文派，是由於民國三年（一九一四）上海出刋了一種「禮拜六週刋」而得名的。這個刋物，其主辦人爲靑浦王鈍根。鈍根和吳門包天笑，便是當時這個文派領袖中的兩個巨頭，論勢力，老包比較老王要來得弱一點。這個文派，起先雖以上海爲發祥地，讀者也是以上海一般小市民爲對象；但到了後來，它的地盤隨卽擴展了全國，讀者也普及到各階層各角落。而當時的靑年男女對這個文派的許多作品，更是寶之若珍，愛之如命。它的生命，延長到了「五四」運動之後，還支持了好幾年，大概到了民國十五六年，才由一度的「迴光反照」而終至於「銷聲斂跡」。由此，卽可概見其勢力之雄與影響之大了。

王鈍根原是「申報」副刋「自由談」的編輯，不知出於甚麼動機，他忽然把自己曾在「自由談」發表過的許多「大作」編集攏來，定名爲「自由雜誌」，用十六開本印成了兩期，每期售銀四角，歸中華圖書館銷行，這便是「禮拜六派」第一本和讀者見面的刋物。

說也奇怪，不料這兩期「自由雜誌」印行之後，竟獲得了讀者羣的特別「靑睞」，而銷行甚暢，這使王鈍根出乎意外的喜得「心花怒放」。於是，他對這種由於嘗試成功的產品，益發感到它的前途大有可爲，因而更鼓足了勇氣，而再接再厲，大幹特幹起來。接着，就有與「自由雜誌」具有同樣面貌和風格的「遊戲雜誌」的出現。不久，又有「禮拜六週刋」的梓行。這都是王鈍根一手主辦的。

「禮拜六週刋」，要算是這一個文派在前一時期最典型、最標準而又最迎合讀者心理的一種刋物，也算是當時最紅得發紫的一種刋物，它的作者羣裏也確有幾把好手。它先出版了百多期，直到民國五年（一九一六）始告停刋，它在六十期以前，確曾有好幾期銷行到兩三萬份上下。王鈍根也就因擁有「自由雜誌」、「遊戲雜誌」與「禮拜六週刋」這三大地盤之故，而睥睨滬上，雄視文壇；而「禮拜六派」之名，也就隨同其雜誌之風行一時而播騰遐邇了。

發祥於上海風行於全國

根據王平陵在「五四以來中國小說的發展」一文中所說，獲知：

從民元至「五四」，約有七八年的長時間，是「禮拜六派」的作品行銷於京滬平津以至國內各地的全盛時代。那時國內重要的報紙副刋如上海申報的「自由談」，陳蝶仙主編，常用天虛我生的筆名，寫掌故和小品，延攬周瘦鵑、姚民哀、秦瘦鷗等，輪流撰寫章回小說；新聞報的「快活林」，由嚴獨鶴主編，張丹斧、張恨水、嚴諤生、李涵秋等，幾乎包辦了這塊園地；民權報的副刊，由徐枕亞拉稿和撰稿，他那風行一時的長篇「玉梨魂」，後來擴充為「雪鴻淚史」，卽在該報連載；寫「蘭娘哀史」的吳雙熱，及自詡為「言情小說」聖手的李定夷，也有小說在該報發表；在上海列入第三家大報的「時報」，有一種名叫「小時報」的副刊，包天笑曾主編過一些時候，除刊載舊詩詞、劇評之外，仍然是「禮拜六派」作家們的散文、掌故、及傳奇性的小說。平津各報的副刊，受著平劇的影響，似乎是把「劇談」作為吸引讀者的重心；但發表的散文、小品、長短篇小說，大都離不掉「禮拜六派」的作風。關於定期的文藝刊物，商務出版的「小說月報」，名義是朱天民主編，內容有陳三立、陳石遺的詩詞，林琴南從舌人口中所筆錄的外國小說；然大部份的篇幅，全給「禮拜六派」的作家們所佔有了。

王平陵所說的這些話，可能都是憑藉他的記憶，雖然其中所說的不免間有錯誤之處：（像商務的「小說月報」，原來的主編人並非朱天民，而是王蘊章和惲鐵樵，而王蘊章卽曾先後負責編務至歷時十二年之久）；但在大體上則是相當正確的。不過他所列舉的僅限於上海當時的那幾種重要的報刊罷了。可是在實際上，「禮拜六派」那時在上海除了擁有這些重要的地盤之外，至就他們自己所創辦的報刊來說，則亦有如雨後春筍，相繼擁出。據筆者所知，以言報章，則先後有余大雄的「晶報」，陸澹盦的「金剛鑽」，張枕綠的「最小報」，某君（忘其名）的「海報」，……這都是一些「嬌小玲瓏」的小報章，也都是「禮拜六派」自己的所開拓的地盤；而其中尤以「晶報」最為出色，也最為暢銷。戈公振曾說得好：

與大報副刊頡頏者有小報，以其篇幅小，故名。其上焉者，亦自有其精采，未可以其小而忽之也。戊戌以後，「笑林報」、「世界繁華報」等，踵「時務報」等而起，文辭斐茂，為士大夫所樂稱。今則北京之「春生紅」，上海之「晶報」等，均銷數甚暢，不讓大報。其優點乃在能記大報所不記，能言大報所不言，以流利與滑稽之筆，寫可奇可喜之事，當然使讀者易獲興趣。惟往往道聽途說，描寫逾分，卽不免誨淫誨盜之譏。若夫攻訐陰私，以尖刻為能，風斯下矣。（「中國報學史」）。

這裏所論小報，固然中肯；然其中如「晶報」雖為「禮拜六派」的產物，但它較之當時其他小報所以遠勝一籌，我們由此要亦可以瞭然其緣由之所在了。

次言刊物。「禮拜六派」時代的刊物，雖然有由出版書商經營的，也有由作者個人經營的；但要以出版書商經營的為多。這是由於此類刊物的暢銷一時，因而促使上海坊間的書商們，大都湧向這一方面動腦筋、求發展之故。舉例來說，像世界書局在那一個時期卽先後出版有「快活」（旬刊，李涵秋主編）、「紅雜誌」（周刊，嚴獨鶴主編）、「紅玫瑰」（周刊，趙苕狂主編）、「偵探世界」（半月刊，陸澹盦、程小青等主編）、和「家庭雜誌」（月刊，江紅蕉主編）等刊物竟達五種之多；而同時，大東書局也先後出版有「遊戲世界」（月刊，周瘦鵑、趙苕狂主編）、「星期」（周刊，包天笑主編）、「半月」、「紫羅蘭」（同為半月刊，周瘦鵑主編）等四種刊物，以與世界書局互為桴鼓之應。此外，商務印書館除原已出版之「小說月報」外，復出版有「小說世界」（周刊，葉勁風主編），文明書局則出版有「小說大觀」（季刊，包天笑主編），有正書局則出版有「小說時報」（月刊，包天笑主編），大陸圖書公司則出版有

「社會之花」（旬刊，王鈍根主編），蘇州星則出版有「星光」（不定期刊，范煙橋主編），……以上係僅就上海書商所經營的屬於「禮拜六派」這一類的刊物而言。至於「禮拜六派」作家個人先後在上海所經營的刊物，則有徐枕亞的「小說叢報」（季刊），李定夷的「小說新報」，許天嘯的「眉語」，姚鵷雛的「春聲」，周瘦鵑的「紫羅蘭花片」（以上似均爲月刊），甚至連後來吳雙熱以純趣味化的滑稽文字，主辦「五銅元週刊」，胡寄塵以莊諧並重爲號召，出而創刊其所謂「白相朋友」，也無非是這一個文派的「流風餘韻」。而尤其使人感到奇怪的，就是開設上海心心照相館的老闆徐小麟，他既非「禮拜六派」作家，也不經營出版業，但由於他對大東書局出版的「半月」備致欣賞之故，卻也仿照它的辦法，特別禮聘王鈍根和袁寒雲等爲之主編「心聲」（月刊）一種。基於上述，故我們綜計當時此類刊物，至少當有三十餘種，而在這三十多種刊物之中，不管其負責經營的究是出版書商抑是作者個人，但我們由此不僅可以獲知它們都是「禮拜六派」全盛時期的主要產物；而「禮拜六派」當時的發展情勢之所以有如怒濤赴壑，一日千里，我們從這類刊物的出版之多與銷行之廣，要亦可以深知其故了。至於在這類刊物之中，如從比較上來說，像「小說大觀」、「小說叢報」、「小說新報」、「春聲」、「星期」、「半月」、「紅玫瑰」和「紫羅蘭」等，則無論自形式以至內容，都可以說得上是「鶴立鷄羣，矯然獨步」。而「春聲」月刊，則因當時擁有「南社」許多詩人和文藝作家，尤足以傲視一切。嗣後，雖然由於「五四」新文藝運動進行得如火如荼，並已挾其所謂「文學革命論」這一套強而有力的思想武器，針對這個文派的缺失展開了猛烈的攻勢，因而使得它的命運亦漸次感到岌岌可危和搖搖欲墜，但它的作者羣以至出版商爲了要替它作最後的掙扎，卻仍然運用了他們最大的力量，爲其行將沒落的命運注射强心針，且以有效而又富有誘惑性的廣告術，吸引讀者，爭取銷路，故在這最後的一段時間裏，他們不僅曾大發利是，而且還造成了「禮拜六派」的一度「迴光反照」，延續了好幾年的壽命。其間以「半月」和「紫羅蘭」這兩個刊物爲例，它們之所以能夠支持到北伐前後而後才正式宣佈「停刊大吉」，其故卽緣於此。

作品的面貌和風格

「禮拜六派」當日風行一時的報刊，雖然有如上述；但在他們的這些報刊裏，究竟刊載了那幾類的作品；而每類作品又有些甚麼內容；何以這些作品對於讀者所具有的誘引力和影響力又如此其宏大而深遠？……凡此種種，當然都是本文所應進一步的逐一爲之探究的問題。茲爲說明的便利，且讓筆者先行引錄幾種可供參證的有關紀述如左：

㈠有人說：

「禮拜六派」時代的作品，大體可分作三種：短篇的小說，文言的多於白話，大部分是以戀愛爲題材，所謂「鴛鴦蝴蝶式」。青年人的身邊瑣事，除開讀書就是講戀愛。便是年齡大些的名作家，也以吟風弄月，談嫖說妓爲主體。換句話說，一定要「風流」才可以稱爲「才子」；一定要進出娼門，才配稱得起爲「洋場才子」。因此，短篇小說，都難免千篇一律的哥哥妹妹式的了。筆記小品，大都是因襲清人筆記的傳統思想，以談鬼說怪爲主，偶然涉及於清室秘聞或前朝名人的軼事。……再次，等於抄書，所謂香艷詩話，客中消遣錄等。……比較難些的……是章回小說。（張靜廬：「在出版界二十年」）

㈡又有人說：

所謂「禮拜六派」……的作品，約有四類：一、歪詩歪詞；二、黑幕小說，專以揭發人的陰私爲主；三、

「鴛鴦蝴蝶派」小說，以駢四儷六的文章，敍述紅男綠女的愛情；四、筆記小說，完全照「聊齋誌異」塡公式。（李一鴻，中國新文學史講話。）

㈢復有人說：

鴛鴦蝴蝶派的大本營是在上海。他們對於文學的態度，完全是抱着遊戲的態度的。那時盛行着的「集錦小說」——即一人寫一段，集合十餘人寫成一篇的小說——便是最好的一個例子。他們對於人生也便是抱着這樣的遊戲態度的。他們對於國家大事乃至小小的瑣故，全是以冷嘲的態度出之。他們沒有一點熱情，沒有一點同情心。只是迎合着當時社會的一時的下流嗜好，在喋喋的閒談着，在裝小丑，說笑話，在寫着大量的黑幕小說，以及鴛鴦蝴蝶派的小說來維持他們的「花天酒地」的頹廢的生活。幾有不知「人間何世」的樣子。恰和林琴南輩的道貌儼然是相反。有人謚之曰「文丐」，實在不是委屈了他們。（鄭振鐸：「五四以來文學上的論爭。」）

我們把上面所引錄的這幾段話綜合來看，固然可以獲知說這幾段話的人，可能由於他們的立場並不完全一致，因而在持論上遂不免互有出入或毀譽各殊之處；但他們對於「禮拜六派」時代的作品，究竟包括有那幾個類別以及每一類別的作品又具有些甚麼內容這一問題，卻已於文中早爲我們作了一個比較明白而正確的解答。

我們由此不僅可以瞭然於「禮拜六派」時代的作品的眞實面貌和風格之一般；而這些作品對於當時讀者之所以具有如此宏大而深遠的誘引力和影響力，我們於此要亦可以理解其故了。原來「禮拜六派」時代的作品之所以致此，其中最主要的因素，乃是由於作品的內容，能够找到人性裏面的最重要的一環——把男女間的愛情，作爲描寫的主題，這就匪僅最能迎合有閒階級尋找低級趣味的心理，且尤足以使風流自賞的公子哥兒和名媛淑女格外發生好感。可惜的是，他們在寫作技巧上缺乏創新的勇氣，而始終不能脫離舊說部、舊筆記的窠臼，內容則是千篇一律的以「才子佳人」和「鴛鴦蝴蝶」爲其表達男女愛情的僅有公式。他們更沒有想到要把描寫愛情的範圍擴大起來，推而至於愛國家、愛民族、愛人類。因此之故，所以「禮拜六派」時代的作品始終是在「愛情遊戲」裏兜圈子，也始終只成爲一般有閒階級在茶餘酒後或在花前月下的消遣品。而這些作品之所以始終不爲從事於新文藝運動者所容，馴至被其完全消滅，其故也正在此。

不過，話又得說回來。在「禮拜六派」時代的作品裏，雖然有着上述的那些類別，而各類作品爲了投合一般讀者之所好，又以富有低級趣味者爲多，這當然是其最大的缺失之所在；但我們如果要不是站在今日立場來批評昨日的話，則這一個文派倒也不是全無可取之處。自其作家而言，諸如王鈍根、包天笑、嚴獨鶴、徐枕亞、李涵秋、周瘦鵑、畢倚虹、袁寒雲、張丹斧、吳雙熱、李定夷、張恨水等，均不失爲一時之選，固不用說了。而當時還有一個年青的羅華士，他更是一個天才作家，也是「禮拜六派」的慧星，他的手筆之高與才華之美，遠非當時那個同「派」的其他一般作家所可企及。不幸的是，他在刋出了「老農家乘」、「兩全難」這十餘篇作品之後，即已魂返天界了！由於這一派的作家大都係昧於新知而邃於舊學之士，他們在「五四」以前，竟能放棄尋章摘句、抱殘守闕的癖好，而從事於說部和小品散文的寫作，這固然已屬難能而可貴；而其中如包天笑、周瘦鵑、黃摩西等人，爲了挽救當時林紓以古文翻譯外國小說的艱深難懂，乃改以歐化式的白話爲之，其對於外國文藝作品的紹介，則尤多所致力。不用說，這對於「五四」新文藝運動的推進，當然都具有不容抹殺的助力。至於自他們的優良作品而言，其間如以小說爲例，則言情小說有徐枕亞的「玉梨魂」，社會小說有李涵秋的「廣陵潮」，黑幕小說有楊塵因的「新華春夢記」，娼門小說有畢倚虹的「人間地獄」，武俠小說有向愷然（平江不肖生）的「江湖奇俠傳」，偵探小說有程小青的「霍桑探案」……凡此種種，要皆不失為各該類小說中的代表作，要皆擁有極大多數的讀者羣而又能使他們都為之留下一個極其深刻的印象。餘如所謂筆記小品、香艷詩詞等，其中亦莊亦諧可誦可傳之作，則尤難悉舉。例如袁寒雲的筆記和詩詞，即是此中代表。

所以由盛而衰之故

「禮拜六派」時代的作品之所以風行一時，原因雖多；但自其客觀因素而言，則有如左述：

一、政治上的因素　民國初年，是中國政治上最黑暗最混亂的時期。武人攬權，羣盜相噬，人們既沒有人權自由；當然，也沒有言論自由。文人想靠一枝筆桿兒，由「論政」而走上「干祿」的道路，不僅相當困難，而且還可能招致鋃鐺入獄或腦袋開花的危險。因此之故，於是流寓在上海的一部份文士，他們由於出路的困難與生活的煎熬，在無可奈何的情況下，一方面，只有以名士的心情與遊戲的態度，作做些吟風弄月和談嫖說妓的詩文小品之類，去賣幾個銅錙，以維持其「花天酒地」的頹廢生活，聊以自遣；而另一方面，則因痛恨官僚軍閥之腐惡而無力反抗，乃故意把他們的生活、家庭、陰私、隱行，用指桑罵槐的黑幕小說，為之盡情揭露，以洩胸中之憤。像這些作品，起初，猶不過偶一為之，後來做成了習慣，愈做愈多，別人見有利可圖，也羣相仿效。即以黑幕小說一項而論，在民國四五年間，根據統計，像「中國黑幕大觀」之類，竟不下百數十種之多，其風行草偃，不可遏抑之勢，由此也就可以想見了。

二、社會上的因素　由於政治上的黑暗與混亂，因而影響到社會上者，則是社會秩序的破壞，風俗的澆漓，人心的浮蕩與民生的憔悴。職此種種，於是許多離奇怪異的社會意識與社會現象，也就勃然滋生與紛然雜陳，聰明的作者和出版商，便抓住了社會這些暴露的弱點，對一般讀者方面，則充分利用他們的惰性、盲動性、自私性，以及羣趨於低級趣味的心理，因而「大量出版以『路見不平，拔刀相助』的俠義行為作中心的武俠小說；以秘密結社，刼富濟貧等行動為主幹的會黨小說；以桃色糾紛的新聞事件，或帶有偵探小說意味的事實和空想的許多許多小說書」（張靜廬），來號召他們閱讀，藉圖獲取意外的收穫；對青年男女讀者方面，則迎合其徬徨苦悶，無處宣洩的心情，而專以哥哥妹妹式的談情說愛或排斥禮教名分的稱心快意之作，來誘吸他們，使之樂意入彀。「玉梨魂」之所以深受當時青年男女讀者的歡迎，即由於它所敍述的那一對青年男女的熱戀故事，具有對舊禮教挑戰的意味，為其主因；至其文字的美妙，與情意的纏綿，固又在其次了。

三、學術上的因素　在那一個時期裏，學術上也是黑漆一團。政府則倡行復古政策，社會上又排斥有用的科學，而在文學上也顯得黯淡無光，只有勉强會詩幾句駢文，用得幾個典實的，例還可以受到少數政要的延攬。像湖北廣濟一個滿身長着蟣虱的過氣舉人饒漢祥，就因為擅長此道，隨着黎菩薩（元洪）在政壇上渡過了幾篇駢四儷六的政論文章，便鬼混了好幾年，且名滿天下。徐枕亞用四六文所寫成的「玉梨魂」，能大吃其香，且「人財兩得」，這當然也是原因之一。即以小說而論，在滿清末年，所謂「譴責」小說、「言情」小說，早已盛行一時；而由於時代的推移與情勢的演變，即由清末的「譴責」小說到民初的「黑幕」小說，由清末的「言情」小說，到民初的「鴛鴦蝴蝶派」小說，這也是「事所必至，理所固然」的了。

雖然「禮拜六派」時代的作品，由於上述的那些客觀因素，因而在文壇上形成了一個短時期的狂潮烈焰；但它經過了「五四」新文藝運動的打擊之後，接着又有十五六年的大革命高潮的到來，它這畸形發展的趨勢，至此不僅已是「此路不通」；而且也很快的和必然的被消滅了下來。它之所以終歸於消滅，固然由於與它原具有依存關係的客觀因素，因革命高潮的衝擊而至完全喪失；而它的作品本身之脆弱與經不起考驗，則尤爲其致命傷。

本文寫到這裏，原就應該告一結束了。但在此有說明之必要的，就是當時的「鴛鴦蝴蝶派」並不卽是「禮拜六派」。如果有人因不明其中原委而竟貿然認定它們二卽一，一卽二，則實是一個誤解；而這一誤解只要從前文所引述的張靜廬等人所說的幾段話裏一加覆按，卽可爲之瞭然，因爲所謂「鴛鴦蝴蝶派」乃僅係指「禮拜六派」裏面的某一部份言情的小說作家而言，故只可以說它是「禮拜六派」之中的代表派，而不能說「鴛鴦蝴蝶派」卽是「禮拜六派」也。至於後來左派文人，爲了傾軋和諷刺不屬於左派的其他一般作家，竟至把他們一概稱之爲「鴛鴦蝴蝶派」，這則更是所謂「欲加之罪，何患無辭」了。關於「鴛鴦蝴蝶派」命名之所由來，則有本港「天文台」報前曾轉載一文，言之頗詳。文中說：

一九二〇年（「五四」運動後一年）某日，松江楊了公作東，請友好在上海小有天酒樓敍餐小酌，時座上有朱鴛雛、成舍我、吳虞公、許瘦蝶、聞野鶴及筆者等，而以南湖居士廉泉爲特客，因爲有人叫局，徵及北里名妓當時號稱「四大金剛」之一林黛玉，她愛吃洋麵粉製的花捲，楊了公興之所至，發起以「洋麵粉」「林黛玉」爲題作詩鐘，當場朱鴛雛才思最捷，出口成句云：「蝴蝶粉香來海國，鴛鴦夢冷怨瀟湘。」合座稱賞。正歡笑間，忽來一少年闖席，卽劉半儂也。劉半儂原任中華書局編輯……一九一七年，劉辭中華書局職務去北京大學任教。一九二〇年，教育部派他去歐洲留學，首赴英倫，來滬候輪，上海友人紛紛爲他餞行。包天笑曾宴他於聚豐園，筆者亦有參加。這一天我們聚飲於小有天，大概中華書局同人亦餞劉半儂於此，而且房間亦在隔壁，故劉得以聞聲而至。劉入席後，朱鴛雛道：「他們如今變成『的了呢嗎』，與我們道不同不相爲謀了。我們還是鴛鴦蝴蝶派下去吧！」楊了公因此提議飛觴行令，各人背誦舊詩一句，要含有鴛鴦蝴蝶等字，逢此四字，則滿飲一杯。

又有人說：「最要不得的是言之無物，好爲無病呻吟，如：『卅六鴛鴦同命鳥，一雙蝴蝶可憐蟲』等句」，它究竟說明了些甚麼呢？劉半儂認爲駢文言情小說「玉梨魂」就犯了空泛、肉麻、無病呻吟的毛病，因此該列入「鴛鴦蝴蝶派小說」。朱鴛雛反對道：「鴛鴦蝴蝶本身是美麗的，不該辱沒它。『玉梨魂』使人看了哭哭啼啼，我們應當叫它『眼淚鼻涕派』。」一座又爲之哄笑。

卻不料這一席話隔牆有耳，隨後傳聞，便稱徐枕亞爲「鴛鴦蝴蝶派」，從而波及他人。……後來某一次姚鵷雛再遇劉半儂說：「都是小有天一席酒引起來的，你是始作俑者啊！」劉頓足道：「眞寃枉呢，我只提出了徐枕亞！如今把我也派在裏面，豈有此理！」又說：「左右不過一句笑話，總不至名登青史，遺臭千秋，放心就是。」姚說：「未可逆料。說不定將來編文學史的會把『鴛鴦』與『桐城』，一視同仁呢！」（見五十五年四月二十三日「天文台」。）

這說來固不失爲我國文壇足資談助的一段佳話；但我們由此要亦可以瞭然於「鴛鴦蝴蝶派」之所以爲「鴛鴦蝴蝶派」了。

* * *

張勳復辟始末（一）

矢原愉安

清末民初的那一段中國近代史，雖然談的只是幾十年前的「過去」，但是，謎和疑案之多，不但很少前例，而且也出乎常理之外。

造成這現象的各種客觀因素中，那一時期在史學方法上的「邪風」，也許應當負最大的責任。——它對傳統的「史筆」態度，不是揚棄，而只是加以否定。對舶來的科學方法，不是揚棄，不是吸收，而只是加以標榜。因此往往流於「中學教科書化」和「宣傳手冊化」的傾向。

惟其「教科書化」，所以遇事不求甚解，只要能「面」不改色，自圓「其說」，就算完成了任務。惟其「宣傳手冊化」，所以在處理史料上，和「嚴肅、客觀」的基本立場相背馳。爲了達到一定的政治目的，甚至於竄改僞造，顛倒黑白，指鹿爲馬。

於是，謎和疑案越來越多，也越來越顯得漆黑一團。這裏只要隨便舉幾個例子：

就拿張勛復辟這個問題來說罷，根據目前可能搜集到的各種史料來看：至少可以歸納爲下面這幾點：

一、張勛在復辟前，的確做了許多對不起清廷的事。而尤以「江寧之戰」和「通電逼宮」爲最。

二、張在清廷與袁世凱之間，始終以袁爲重。只是在袁死後，不必再當袁的死黨時，才成爲清廷死黨。

三、內疚和個人的政治慾望，是張勛復辟的主要動機。

四、這復辟是有外國後台的。

五、所有的復辟頭頭，都各自在做「挾天子以令諸侯」的夢。眞正除掉「恢復大清一統江山」以外，沒有其它野心的只是宣統溥儀自己。

這一篇東西，就是對這個問題，在這些方面的探討。——張勛復辟的事件，已經發生了五十多年，如果現在還不趕着求教於

張勛

一些身歷其事的老輩們的話，再過幾十年功夫，第一二手資料的蒐集就更困難了。因此，才不揣愚陋地寫出來了這個拋磚引玉的嘗試。

從歷史意義上來講：辛亥革命自然是一件驚天動地的大事。它埋葬了地球上最古老、最根深蒂固的一個封建帝國。

從另一個角度來看：辛亥起義又是歷史上規模極大，而流血卻極少，古今中外很少有前例的一場大革命。

當然，革命的意義和成就，並不能單純地用流血多少來加以衡量。但是，對革命所付的代價越經濟，鬬爭的過程越順利；革命的菓實，似乎也就越不會被人們所珍貴，革命的成就，也就越容易被野心家篡奪。——這一點，也是歷史上久試不爽的事實。

每一場革命，都幾乎必然會帶來所謂「開國戰爭」，照例總是相當大規模的流血。然而，辛亥革命卻似乎是個例外，「開國戰爭」中，眞正成了「大戰場」的地方，只有武漢和江寧而已。

江寧之戰，雖然在史家們的筆下，渲染得慘烈驚天，血流飄杵。而事實上卻只有三萬人打了九天，全部傷亡還不超過兩千。在歷史上哪裏能稱得上是一場「大戰」？

然而，從它對政治局勢可能發生的影響來說：這場戰役的重要性，就簡直不下於第二次大戰中的「諾曼第登陸戰」了。

那時，漢口失守，武昌危急，塊頭大而膽子小的「民軍都督」黎元洪，已經逃到洪山去避難。至少在長江上游，淸軍在軍事上又佔了上風。如果張勛把「江寧之戰」打得漂亮一些的話，淸廷的腰板，就會更加硬起來，不必在那麼急着求和；以後的天下大勢，至少在相當時期內，會成爲另外一種局面，淸廷也不至於非馬上退位不可了。

江寧在武漢起義以前，本來駐紮着徐紹禎的第九鎭「新軍」。不過，只有第十七協一個協，加上一部份炮兵、騎兵、工兵和輜重兵部隊。

這一協起義得相當晚，是在革命爆發了整整一個月後，才發動的。起義的原因，一半是受了革命狂潮的激盪，另一半大槪是由於實在受不了「舊軍」的敵視，才被逼反了的。不然，何必還要遲疑四個星期之久呢？

根據各方面的材料來看，當時的經過，大致是這樣：

革命一爆發，第九鎭第十七協就馬上被「嚴令」移防，從江寧城內，轟到城外的秣陵關去。然後，先把子彈全部收回，還想繳他們的械。張勛更派了江防軍，在新軍營房附近佔領陣地，採取包圍的形勢。獅子山和貓兒山上的炮台，也對準了那裏，隨時準備發炮。

更使新軍們火上加油的是：「舊軍」們，對有革命黨嫌疑的人，殺得太利害了。有時連問都不問，就一夜搜殺四百多人。甚至於連兩江總督的衞隊，也因爲有「附逆」的可能，就一口氣全部殺光。弄得在虎視眈眈下的新軍，人人都在替自己的腦袋擔憂。偏巧，江寧城內的首腦們，還不斷地派了些化遲裝的刺客，到秣陵關來謀刺徐紹禎，把徐的最後一點猶疑，也一掃而光了。

於是，「第九鎭第十七協」就正式起義了。分兵三路，進攻雨花台。但是，每個步兵的身上，只有三顆子彈，炮兵連一顆子彈都沒有，怎麼能夠打勝仗？

結果是：這一協人馬傷亡了三百多人，被打得落荒而走。沒有「開小差」的人，就沿着滬寧鐵路退卻，因爲在那一帶「就駐紮着他們的兄弟部隊——第九鎭的第十八協。

然而，駐防鎭江的第十八協，已經在他們進攻雨花台的前一天，帶頭起義了。過去第十八協在鎭江的駐軍四營，也全部改編爲「鎭軍」。揚州的鹽務緝私隊，最多不過幾百人，搖身一變，成爲「鎭軍第二師」。那些絡繹退到了鎭江的第十七協殘部，馬上被改編爲「鎭軍第一師」。名義上雖然是一鎭的兵力，實際上卻連稱一協的資格，都還差得相當遠。

第十七協在進攻雨花台以前，是有炮兵的。不過，照情理來推測：一支部隊在潰退，而不是撤退的時候，大概很少有機會帶走那些笨重的大炮。更何況又是些無彈可放的空炮呢？因此，原來屬於新軍第九鎮的那幾十門重炮，是很可能成了張勛的戰利品的。

這樣一來，第九鎮損失了一部份，逃散了一部份，又被別人瓜分了一部份，弄得徐紹禎幾乎完全變成了一個孤家寡人，幸虧他是當時南方民軍首腦中，資格最好，聲名最大的一個。加之他的隊伍雖然已經成了別人的「政治資本」，但對他還是要多多少少地賣些面子。而民軍那時最需要的，就是找一個能號召的人來出頭，使得他們只靠「面子」，就可以「兵不血刃」地打下江寧來。——於是，「蘇浙滬聯軍」統帥的這個榮譽，就落在了這位光桿總司令的頭上。

在他就任前後，滬軍、浙軍、蘇軍、光復軍，都紛紛打着「援寧」的旗號，鬧到了鎮江，來和「鎮軍」會師。一時，番號雖然很多，眞正的實力似乎卻還談不上。而大家知道得又很淸楚：以張勛的兵力，要想沿寧滬線，打到鎮江，上海、杭州，基本上恐怕是不會有甚麼問題的。那時就玉石俱焚，都督再多（光是從鎮江到上海這一段路上，就有「鎮督」，「蘇督」，「滬督」，「淞督」四個），也無濟於事。所以，「先發制人」，「以攻爲守」，大概是這些首腦們當時最主要的動機。

於是，在徐紹禎兵敗秣陵關的一週之後（九月二十六日），他就又以聯軍總司令的名義，統率着這幾支雜牌隊伍，打回江寧的路上來了。

然而，兩軍的正式發生接觸，又是過了一個星期的事。——頭一天，他們和張勛的兵，還在離城六十里的烏龍山炮台，「大戰」一番。二十四小時之後，就已經打到了江寧腳下的幕府山。進軍的速度，眞正不可謂不高。

又打了兩天（十月初七日），張勛已經把江寧城外的要隘天險，全部丟得乾乾淨淨，只賸下了一個孤零零的天保城。

三天之後，就連這最後的據點，也被聯軍奪了下來，而且開始從那裏炮轟江寧的城區。

第二天夜裏，淸廷的兩江總督張人駿，江寧將軍鐵良，以「政治流亡者」的資格，上了日本兵艦，溜往上海租界去也。張勛自己也率領人馬，乘夜渡江而去。從軍事觀點來說：江寧雖然還有一些零星隊伍，留下來打掩護，其實已經成了一座「不設防的城市」。

十月十二日的早晨——也就是聯軍正式進攻江寧的第九天，城門大開，白旗飛揚，淸廷在江南最重要的一個軍事堡壘，已經投降了。

然而，由於情報不太靈的關係，所以，直到當天的中午，各路聯軍才紛紛入城。

這就是替將死的淸廷，起了催命作用的「江寧之戰」。

武昌起義以前，淸廷在軍隊現代化上，做了不少功夫。最主要的是幾乎完全淘汰了那些古色古香的刀槍劍戟，弓矢藤牌，抬槍鳥槍，以及「將軍炮」。而改用了外國軍隊用的毛瑟槍，曼利夏步槍，克魯伯山炮、機關炮——那時還叫做「麥沁連珠炮」。

在訓練方面，也不再搞那些「百步穿揚」，「回馬槍」，「天門陣」的老一套了。代之而起的是「德式操法」。受過了正式訓練的淸軍官兵，雖然腦後還拖着一條大辮子，在服裝上，步伐上和戰術上，卻都已經高度地外國化了。

那時的淸軍全部實力，大致還沒有超過六十幾萬人。其中的主力，就是由袁世凱一手培養起來的「常備軍」，通常被人們稱爲「新軍」，訓練和裝備，都是第一流的。它的任務，相當於外國的國防軍，基本上是以駐防在「近畿與直隸」的六鎮北洋新軍，來做爲骨幹的。

清廷雖然有計劃，要在全國成立三十六鎮常備軍。但是，直到辛亥革命爆發的時候，眞正編練成軍的部隊，也只不過是二十六鎮。加在一起，一共是三十二萬五千人。

清軍的另一支武裝部隊，就是各省的「巡防營」，也叫做「舊軍」，是一種專門用來對內的保安隊。基本上是由昔日的「綠營」，「練軍」，「勇營」，「旗營」那些雜牌隊伍，淘汰改編而成的，它雖然在現代化的程度上，不及「常備軍」那樣地大刀濶斧，一日千里。然而，在訓練上和裝備上，也大致不會有甚麼落後的地方。

這一支人馬，又被稱爲巡防隊，或是巡防軍。全國各省，最少的地區，只有一千五百人（如雲南）；最多的地區，多到兩萬七千多人（如新疆）。加在一起，一共是三十五萬人左右。

「新軍」和「舊軍」，在人數上、裝備上、訓練上，雖然都沒有甚麼很大的差異。但是，在編制上，卻非常不同。

新軍的最大單位，實際上不是「軍」，而是鎮（也就是師），一共轄有：

步兵二協（也就是旅），其中包括四標（也就是團），分爲十二營，共轄四十八隊（也就是連）。

馬隊一標，共三營，轄十二隊。

炮隊一標，共三營，轄九隊。

工程兵一營，轄四隊。

輜重兵一營，轄四隊。

軍樂隊一排。

全鎮的官兵，一共是一萬二千五百一十二人。其中包括「伕子」一千三百二十八名。

不過，眞正有「伕子」的部隊，可以說是絕無僅有。要用的時候，就臨時出去「拉伕」。因此，這份給伕子預備用的餉銀和伙食，就順理成章地變成了帶兵官們的好處。袁世凱想出來的這個收買軍官的辦法，雖然替他緊緊地抓住了一批幹部，但卻替後來軍隊中「吃空名」的惡習，開了一個先例。

在裝備方面，根據不完全的材料，大致是：步兵每標，有機關槍八架，步兵炮六門（註）。全鎮加在一起，至少應當有機關槍三十二架，步兵炮二十四門。

炮兵每隊，照規定：要有大炮六門。每標就應當有五十四門，這都是直接受「鎮統制官」的指揮的。

巡防營的最大單位，實際上不是「路」，而是營。每營步兵，都轄有三哨（等於連），共二十四棚。全部官兵，一共是三百零一人。

每營馬隊，也都分爲三哨，共十二棚。全部官兵，一共是一百八十九人，外帶馬一百三十五匹。

在裝備方面，除掉重武器以外，基本上大致是差不多的。但是，個別的「舊軍」隊伍，也有些特別情況：平均每一千五百步兵，就配屬了四架機關槍，八門炮。和「新軍」的一標比較起來，人數和機關槍雖然都少了一些，而炮卻多了一倍。

「舊軍」因爲是從地方隊伍和雜牌軍整編而來的，自然免不了有些濫竽充數的部隊，混在裏面。但卻至少有兩支人馬，是被公認爲當時的「銳旅」的：

一、一個是在張作霖麾下的，「東三省中前兩路巡防營」。

二、另一個就是張勛麾下的，「沿江遊擊之師」——江防軍。

根據革命前，清廷陸軍部擬定的計劃：在全國的三十六鎮「新軍」當中，有五鎮應當駐防在兩江總督兼南洋大臣的轄區之內。那就是：

第七鎮，駐江北。

第九鎮，駐江寧。

第十二鎮，駐蘇州。

第十四鎮，駐江西。

第十六鎮，駐安徽。

這五鎮「新軍」成立以後，就可以構成一支擁有六萬二千人馬的「南洋陸軍」，和北方那支擁有七萬五千人馬的「北洋陸軍」，互爲犄角之勢。

然而，由於「新軍」的兵餉和經費，都要各省自籌。地方財政上，一遇到困難，建軍的工作，也馬上就會走走停直停到武昌起義的時候，這一支「淸廷有厚望焉」的「南洋陸軍」，只有駐江寧的第九鎮，眞正地編成了。而其它的那四鎮，都只先成立了一個步兵協，另外加上一些小量的馬、炮、工程隊。實際上的兵力，大概只有建軍計劃中的一半而已。因此，第九鎮也就自然而然地，成了「南洋陸軍」中的王牌。

它在一開始，就自上而下地受到了不少革命思想的影響，因爲「新軍」中出色的革命領袖趙聲，就是它的頭一個「鎮統制官」。後來才換了從日本考察軍事歸來的徐紹楨。

這位光緒甲午科的舉人，頭腦相當開明，但卻對革命沒有甚麼大興趣。他雖然不是專門的軍事人才，對於練兵和治軍倒很有一套，而且當過「兩江兵備處總辦」，負建立「南洋新軍」的實際責任。從而也就成了江南的「宿將」，門生故吏，所在皆有，是頗有一點號召力的。

後來，他在參加了革命，兵敗秣陵關以後，還被南方的民軍首腦們，推舉爲「蘇浙滬聯軍總司令」，大概就是因爲他們很重視他手下的那支「王牌部隊」，以及他本人的許多社會關係的緣故。

有一批他手下第九鎮的官兵，後來都成了民國的風雲人物。他們就是林述慶、柏文蔚、冷遹、方振武、徐源泉，和當號兵的孫殿英。

在「江寧爭奪戰」爆發的時候，淸軍方面的最高統帥，就是「江南提督兼欽差江防大臣」——張勛。

江寧將軍鐵良，雖然在德國學過陸軍，號稱爲滿人中最知兵的宗室之一，而且當過一任主管全國陸軍的近臣。一方面堅決主張在江寧打下去，另一方面又對自己的能力，缺乏信心。所以就心甘情願地把指揮權，完全讓給張勛，只把「旗營」還控制在自己的手裏。

那時，江寧淸軍的全部實力，大致是這樣的：

步兵十五營（又稱旗），每營三百二十名，共四千八百人。

炮兵六營。

騎兵四營。

新編步兵十營。

旗營（又稱「旗防」），約六營，共三千人。

巡防營，約十四營，共四千餘人。

要塞炮台部隊，四百人。

浦口調來增援部隊，二營，共六百人。

各方面加在一起，總兵力至少在一萬五千人以上。

其中最精銳的部隊，當然是張勛自己的那二十營江防軍。鐵良手下的「旗營」，據說也有一半左右，因爲看見末日已到，非要死裏求生不可，所以戰鬪力也很强。

江防軍的步兵營和騎兵營，在兵力上都要比新軍的一個營，幾乎小了一半。如果炮兵營的編制，也是按照這個比例的話，那麼，每營的大炮，大概就不會超過九門到十二門了。六營加在一起，總應當在五十四門以上。

根據很保守的估計，假定「舊軍」的裝備，和同等人數的「新軍」比較起來的時候，前者的「步兵炮」不比後者多，而機關槍又比後者少。那麼，每一千五百個「舊軍」官兵，也可以平均分到四門步兵炮，四架機關槍。

因此，除掉炮兵、騎兵、要塞炮兵那二千多人不算在內以外，膛下的一萬二千多舊軍步兵，從理論上來說：也應當配備有三十二門步兵炮，三十二架機關槍。

五十多門大炮，三十多門步兵炮，三十多架機關槍。這種火力，用當時的眼光來看，已經是足以使萬人披靡的了。

此外，還有五座固若金湯的要塞炮台，做爲江寧的水陸屏障。那就是：烏龍山、幕府山、雨花台、獅子山和富貴山炮台。其中的烏龍山要塞，裝有二十一生地口徑的重炮兩門，按當時的軍事技術水平來講，威力是很驚人的。其它的炮台，也都裝有大口徑的重炮。甚至於遠在下游的九洑洲、黃天蕩，上游的采石磯和東西梁山，也在爭奪戰爆發以前，就已經由清軍改造成防禦的據點了。

張勛部隊的實力，這樣強大；江寧方面的戰略形勢，又是這樣易守難攻。——這些問題，都早已經被蘇滬浙鎭的革命軍首腦們，認識得清清楚楚。

根據當時的客觀形勢，以及雙方實力的對比，他們在正式發動戰事以前，曾經審縝，客觀地做過一個分析和估計。結果認爲：虛晃一槍地去打幾天，然後又像起義「新軍第九鎭」一樣地「退避三舍」，自然又當別論。要想眞的把江寧從張勛的手裏搶過來的話，那就至少需要：

步兵四至五鎭——不是民軍起義以後，隨便稱之爲「鎭」的那種部隊，而是要在兵力上，裝備上相當於「常備軍」一個「鎭」的隊伍。

五鎭加在一起，照規定：就是六萬二千五百人左右。

必要的重炮兵若干隊。

按清末「新軍」的定制，「鎭」屬「炮兵標」裏，已經具有克虜伯七五山炮，以及類似級的野炮。

所謂重炮，當然口徑更要大些。事實上，直到聯軍已經打到天保城下的時候，上海才運了兩門重炮到前方去助戰，它們的口徑，都是二十四生地。然而，所謂「必要數量」，當然不是指的兩門而已。

作戰所需時間：預計三至四個月。

那時的聯軍，當然完全沒有這些條件。因此，知己知彼的鎭軍總司令林述慶，在江寧之戰的初期，始終「憂慮交集」，認爲「如此實行攻擊，斷不得手」。就連在前方作戰的管帶佘長青，也一口咬定：聯軍「恐必敗」。

在江寧之戰中，聯軍扮演的是「攻勢軍」的角色。張勛的部隊，除掉做過幾次反撲和逆襲以外，基本上完全採的是守勢。因此，無論是從邏輯上來講；還是談一般慣例，採取攻勢的聯軍，在兵力上是應當佔優勢的。

然而，實際上這種「優勢」是完全不存在的。整個「蘇浙滬聯軍」，根本就是一支七湊八湊的雜牌隊伍。從當時的新聞照片上，可以很清楚地看出來：有許多聯軍的官兵，居然連辮子都還沒有捨得剪。也有不少是從「舊軍」中「反正」過來的，還戴着「練勇」式的包頭，在外表上和張勛的部隊，實在沒有一點分別。

這一支「大雜燴」式的隊伍，很像是幾位老姑奶奶在吃團圓宴。名義上是大家團圓，個個都帶了自己的兒媳婦來擺排場，而那些兒媳婦們，又堅決只聽自己婆婆一個人的話。所以，場面雖然很熱鬧，卻並不一定會收到「人多好辦事」的好處。

（未完）

馮玉祥將軍傳【一】

簡又文

引言

中華民國十五年秋（陽曆一九二六），余在北京因秘密參與革命工作，受奉魯軍閥之壓迫，名列被通緝的黑名單。於是辭去燕京大學教席，微服出亡，南歸廣州，積極參加「國民革命」運動。蒙孫科、徐謙兩先生薦舉，「國民黨中央黨部」任命為西北軍「政治工作委員」。會「國民革命軍」克復武漢，余即經滬赴漢，轉車北上。翌年三月初，抵達西安，向西北軍馮玉祥上將軍總司令部報到，以後擔任各種政治工作。余本與馮氏有舊，至是重聚，在其麾下正式受職。因有公誼私交雙重關繫，故於任務進行，甚為順利。

公務之餘，余仍不脫學人本色，懷着學術研究的興味，分向各方蒐集馮氏本人生平事蹟，及其所創建的西北軍（別稱「國民軍」，詳後）的史料，擬撰專書紀之。一有所得，輒筆之箚記中。至十八年（一九二九），離軍從政。暇時，則以所有資料，作系統的編著。

越年，成初稿十四章——由馮氏出生起至北伐成功止。以後，時事變幻，波譎雲詭，馮氏之出處，大成問題，不易下筆。而且其後數役，余因早已脫離關繫，不在馮軍，未曾親歷其境及躬預其事，見聞復未週，亦不敢率爾操觚。中間經過八年抗戰，有關馮氏的資料尤不易得。於是擱置草稿垂四十年。最近，整理舊作，喜見本書原稿，雖屢歷滄桑浩刼與人事變遷，幸而尚未被蠹魚白蟻蛀蝕了。亟趁治史工作告一段落，發憤執筆，重寫全編，冀為我國現代史保存多少史料。

馮氏於民國三十七年（一九四八）下世，去今（一九七一）且二十多年了。其一生是好是歹，是忠是奸，是功是罪，棺雖蓋而論未定。以迄於今，中西論者對其人猶毀譽參半。本書亦未能妄下武斷的、終極的結論。這恐怕要留待後代世界史家之公判。不過，在今日執筆記載其事蹟，根據顯著的、可信的事實，平心而論，其早年由一個不識不知的貧寒小子，艱苦奮鬪，屢著勳勞，而成為功業煊赫、權勢重大、手擁數十萬大兵之軍事領袖，其中年為國民革命努力以完成北伐之殊功偉蹟，與夫晚年團結戮力以達到抗戰勝利之苦心孤詣，耿耿精忠，自無可非議者。雖其間及晚年與中央時合時分，屢有不協之言論與行動，不免受人指謫，（特別是因其生前仇讐太多，舊敵餘黨，怒恨未息，動輒譸張為幻，蓄意詆譭，厚誣其人，實是乘勢下手「打死老虎」）。然而無論如何，要亦不能掩其大半生奮鬪成功，叱咤風雲，與屢次扭轉時局，促進革命，畢生愛國為民之奇行、大志、苦心，與偉勛。在中國近代史，民國建國史中，當然不失其為一個有數人物而佔有相當地位的。然則又烏可不傳？

書成，署簽曰：「馮玉祥將軍傳」，蓋於國史、正史、或自傳、別傳、外傳之外，另爲私家記載之作也。抑且此亦有異於學術研究之完全根據紀錄、詳加註釋的史傳。除了參考所得書籍文件之外，多係著者所親切認識的馮將軍之一生事蹟，以及其人格、品性、情感與思想信仰（其中有不少是世人所不知的），而時或加以個人的印象及觀感。讀者可由此而對於其人、其行、其時代、及與其有關之國家大事，得有多些眞確的知識，故既可作爲近代掌故讀，而一般專治中國現代史者，也許可由此「實錄」而獲得多些特殊的、可用的資料，是則著者希望之所在，更引爲幸事的了。（友人某教授，前在英國一家大學掌教中國歷史，著作等身。年前來港，屢顧寒園，披閱本書全稿，摘錄內容不少，謂將爲其新著史料之用。又：下文本書資料來源之(九)，指出一位美國史學教授之權威的巨著，亦曾引用我所提供的資料。可爲上言之證。）所望讀者如發現書中有掛漏或舛訛之處，不吝隨時指正，幸甚幸甚。

本書的資料來源，有以下九類：

(一)曩在軍中，除親歷親見之事實外，時得馮氏親口告以所歷舊事，往往娓娓不倦。其後在南京、重慶，屢次會晤亦然。此爲獨特的、直接的源頭。

(二)馮氏最初在軍營中相與同事之老友，如尚得勝、鄧長耀、史心田、石敬亭等等多人，我從征時尚在軍中，一一爲我講述許多馮氏早年的逸事，是至爲難得而可信之第一手資料。

(三)全軍幹部中有許多高級軍官，都會參預以前各役的，也給我許多至有價值的直接資料。

(四)馮氏自己的著述是最好不過的資料。在軍中，他給我一本「馮玉祥自傳」未刊稿，「馮玉祥日記」自校稿，均交我保管和參考。後來又有詳細的自傳「我的生活」（民三六、上海出版）。尚有其他詩歌、訓令、讀書劄記等，亦曾一一參考。

(五)我個人從前在軍中所寫的「我所認識的馮玉祥及西北軍」、「西北軍革命奮鬥史」（民二四），與後來的「西北風」（載「西北東南風」，良友公司出版），另有個人的零碎劄記及片段的回憶，皆轉而成爲本書之直接史料。

馮玉祥將軍

(六)早年有關馮氏生平之中英文出版物，如① 陳崇桂牧師之英文馮氏傳記 Marcus Ch'eng, Marshal Feng, The Man and His Work, 1926, Shanghai; ②George T.B. Davis, China's Christian Army, 1925, The Christian Alliance Pub. Co., Philadelphia; ③張之江：「證道一助」；④李泰棻：「國民軍史稿」（民十九），⑤蔣鴻遇：「國民軍二十年奮鬥史」二集（軍中石印，非賣品），⑥王瑚：「馮公郁亭墓道碑誌」（拓本）等，皆載有極有價值的資料。

(七)「馮玉祥將軍紀念册」，係於將軍去世後，「中國國民黨革命委員會」在香港爲其印行者（非賣品，無年期），亦有多少資料可用。

(八)近年在台灣出版品有馮氏舊部所寫的①劉汝明：「回憶錄」（民五五）②秦德純：「回憶錄」（民五六），載有關於馮氏的資料不少。

(九)最近，有一位美國西北大學歷史教授薛立敦，專門研究馮將軍的生平，出版了一本「馮玉祥的事功」(James E. Sheridan, Chinese Warlord, The Career of Feng Yü-Hsiang, 1966, Stanford Univ. Press)（由其哲學博士論文增補成書）係施用科學研究方法、學術的傳記體裁，蒐集中西大量的史料編著而成，爲最完備之學術性的馮氏史傳，記載翔實，立論公平，其中一部分的資料是由我特別供給及由其引用上錄之㈤拙著各編者。而拙著本書之內容，亦有轉用他自己所得的資料。謹此聲明，並誌謝忱。（書內簡稱「薛著」）

回憶當抗日大戰末期，我在陪都謁見馮先生（這是我最後與他會面的一次。其時，他喜歡人以「先生」稱呼他）。從新聚首話舊，感情歡洽。他卽席書贈他的「丘八詩」（自稱），有句云：「不作張子房，便爲張自忠」。後來，我也報以「丘三詩」（「丘八」落伍，非「丘三」而何？）兩首。其一云：「先生教我作留侯。可惜漢高未碰頭。願學其人之晚節。功成快共赤松遊」。末句，辭婉而諷，類似「譎諫」，隱寓勸其功成身退，不需杯酒而自釋兵權之意。（按：戰時，總統蔣公得美總統羅斯福親筆來函，保證援助我國抗戰必勝，故人人懷有成功之希望。）惜乎不悟不聽，轉與「赤蟲」遊（粵語「松」「蟲」同音）。卒至遠適異國，死於非命（尚未敢斷言「人手」）。他雖與我半生結患難之交，有袍澤之誼，而後來志趣歧異，門路不同（我不涉政治，埋頭治學已廿餘年），如今更以生死殊途、恩怨都泯，趁有機會將本書發表，了卻一宗多年心事。知我一向站在客觀的歷史立場以報導眞實事、愛講公道話者，當能諒我。知我與馮氏多年公私關繫者尤當諒我而不罪我。屬草至此，卌年舊事，縈迴腦際，不禁百感交集，心頭隱隱有「將軍一去，大樹飄零」之痛焉。這是自然發生的念舊眞情。若目爲借此以效庾信之「哀江南」，則又豈敢豈敢？

建國六十年七月簡又文馭繁氏書於九龍猛進書屋

第一章　家世及童年（一至十四歲，一八八二—一八九五）

一個青年圬者

清季，安徽省、巢縣、西北鄉、竹柯村裏，有一個姓馮的農工人家。因經濟的壓迫，闔家的男女老幼俱要合力做工以維持生活。在夏天，他們種田或打魚；冬月則從事紡織。男子漢更要出外做工。這家裏有一個青年人，因爲父親是當泥瓦匠出身，自幼也跟着去學得這門手藝，所以自自然然的便承襲了這一種職業以幫助餬口養家了。

這個青年瓦匠，就是馮玉祥將軍的父親。他原名秀文，後改爲有茂，字毓亭。爲人嚴正戇直，義俠豪爽。其生平軼事，爲人所樂道。茲縷述數則於後，以表出其性格。

當毓亭公在少年時，太平天國戰事蔓延至長江兩岸，兵燹之災，及於巢縣。他奉母挈妹出奔避難。他們走到一河邊，後面有亂兵苦苦追來，前面有河而又無船可渡。他找得一個大木盤，卽讓母妹二人坐在盤裏，而自己則鳧水推盤過河。渡過彼岸之後，忽聞後邊原岸有兩個十七、八歲的女子呼救聲，這也是被亂兵追迫而逃難的。

他救人心切，鳧水推盤回去，照樣送她倆安然渡河。那兩女子以無家可歸，同行又不方便，且爲報德酬恩起見，向其母獻身同爲媳婦。那嚴正不苟的毓亭公卻堅持不肯，說道：「救人於患難，是自己的本分，乘危而取利是不義的行爲。」恰巧次日在路上，遇見兩女的父母，遂將二人交還。由是他乃有「俠士」之稱。其後，毓亭公娶妻游氏，卽馮將軍之母也。

既復得安居，毓亭公仍操舊業。一次，他在張姓富戶家裏做工。那家主請了一名教師，在家教其孩子輩練武。毓亭公本是有志向學上進而沒有機會的。如今每當工作之餘，便實行「偸師」，日常暗自窺探那教師授課。他苦心求學，自然容易得其秘奧。晚上又苦心練習，成就更快更多了。有一天，那教師無意中很詫異的察覺這「偸師」的工人，技藝成績，居然比他的正式徒弟爲優。他有意栽培後生，忙告訴東翁知道。那富翁也是好人一個，很願意作育人才；查明此事果是眞的，卽將此青年泥匠提拔起來，許他與自己的孩子一同上學，同時爲他們服役。這可算是一個工讀生了。

毓亭公一得有正式求學的機會，自然益爲用功。加以身材魁偉，饒有膂力，武術更有精優的成績。及至隨同那富家諸子赴武試，他竟然出人意表的名登榜上——中了一名武秀才，而諸子反名落孫山。這眞實事蹟，宛似小說中岳飛出身的故事一般，可云巧合矣。

當時，干戈未息，正是有志健兒建功立業之秋。毓亭公既進武庠，以志向遠大，不甘櫪伏，遂毅然離家，投身軍籍，隸劉銘傳部，卽李鴻章淮軍中之「銘軍」是也。「有茂」之名，卽於投軍時所改的。他體力雄健，身手不凡，加以武藝過人，忠勇盡職，且屢立戰功，未幾，遂得陞爲下級軍官。後來，帶兵作戰，遍歷江蘇、湖北、山東、及甘肅西陲諸省，到處保民愛民及爲民服務。每遇餉項不足之時，他必嚴禁部下滋擾搶掠，全部只好忍苦捱飢，時以白薯果腹而已。有一次，在都田地方過年，他把所有錢銀分給士兵們，自己身上只留大錢兩枚。那時，適有一人前來私下餽送他八千錢，請求許他在新年時開賭一天。毓亭公大怒，面斥其人說：「如果我肯收受這些黑錢，我早就發大財了。我怎能要這些不義之財以貽害人民呢？」那行賄者失望，抱頭鼠竄而去。

毓亭公更有一出色之點；卽是：無論帶兵到甚麼地方，必率領全部兵弁爲社會服務。例如：光緒十六年（一八九〇）他在直隸（今河北）唐官屯至小站一帶築河與修路。到光緒十八年（一八九二）他搶救直隸永定河，造益人民尤爲遠大。這河水患頻仍，堤壩一決，卽爲患地方。是年毓亭公奉令修河，自誓決不使本年河決爲患。他告訴部下全體弁兵說：「如果河堤今年再有崩潰，我是頭一個要跳入河中的」。工程還未完竣，大水忽然湧至。毓亭公果然躍身投入中流，以身爲殉。人丁們當時奮力把他救起來。因感受他這一腔義氣之鼓舞，全體人人奮不顧身，搶救河堤，卒使大水不致氾濫爲地方人民害。該處沿岸人民至今仍稱道其功德不已。事後二十年，他的兒子——馮玉祥將軍——駐紮南苑時，亦曾率軍搶救永定河一次，地方人民命其所修之堤爲「馮公堤」，不啻是他倆父子到處保民愛民、服務社會、先後輝映的紀功碑。毓亭公一生帶兵嚴肅勇義，高樹風紀，早已爲其兒子樹立了愛國愛民的軍人模範了。所謂「有其父必有其子」，信然。

「科寶」誕生

光緒初年，銘軍駐直隸。當時，直隸總督李鴻章，以太平軍及捻軍戰事先後平靖，擬在瀕海各地謀屯墾，乃令所部將士家屬移居駐防各地附近之村鎭。毓亭公遂舉家遷居天津附近青縣之興集鎭。馮玉祥將軍卽於斯地誕生。時，光緒八年歲次壬午九月二十六日（夏曆）也（陽曆一八八二）。是年，毓亭公本應赴江南鄉試考武舉人的，但因軍職羈身，不能如願南下，而寧馨兒適於是時出世，所以他就爲他取乳名曰「科寶」，用作科舉寶貴的紀念。其實，如果他在九泉有知，應當覺得這個兒子之產生，比當時入場中式舉人更爲喜慶得多哩。

馮將軍兄弟共七人，自己排行第二，名基善。長兄名基道，號治齋。在早年，兄弟二人已甚相得，共同生活於家庭。後來，治齋亦投軍效力，先入李鴻章之保陽軍馬隊，後改編入第四鎮，積功累升至陸軍中將。後又轉入文官一途，亦有政聲。其爲人也，忠厚和藹，有長者風。晚年，隱居天津、北平間。至其餘小兄弟五人，早已相繼夭折了。

銘軍後被改編爲「練軍」，共有五營，駐保定，故名爲「保定練軍」。其時，毓亭公因功已升爲後營右哨哨官，亦遷居保定。他雖然屢次升級，但因軍餉無多，而賦性豪爽，不治家人生產，又不屑私取不義之財，所以家境一向貧窘。他們所住的房子在離保定城二里多遠之東關外的大康格莊，全房只得屋子四間。過了半年，乃搬到一家稍大的房子，一共七間，係由典當而得的。舉家居此，其狹隘鬱悶可想而知。馮將軍就在這鄉間陋室渡其缺乏幸福的童年生活。

家庭生活

馮氏幼年的家庭教育，得自其嚴父人格之薰陶及影響最大。在六、七歲的時候，保定鄉間有唱戲的。有一天，他跟着大哥出去戲台那裏趁趁熱鬧。在外邊玩了一回，戲還沒有開唱，哥弟倆就回家了。湊巧父親剛從營裏回來碰見他們，問知情由，大爲震怒，立刻把兩人很嚴厲的教責一頓，以後不准再出外胡跑亂玩；還將老大用繩子綑在樓上，幸得房東說情，才把他釋放了。在這種嚴峻的約束之下，馮氏的品行受影響甚大。據其自說，自經此次嚴責，以後幾十年，除了間中與同營弟兄出外應酬看戲之外，自己永不沾此嗜好。這一頓教訓果然發生禁絕其胡跑亂玩的長久效能。

最不幸的，馮氏雙親都染了當時流行社會上下的惡嗜好——抽大煙。他們屢次要戒了，但因多年老癮一戒就病，全身筋肉都痛起來，所以總不能戒斷。馮氏尚記得小孩時日夕爲父母搥背，以減少其因戒煙而起的痛苦。但老人家仍不能支，只好又吸上了。抽鴉片煙的人喉易乾涸，愛吃水果，當父母吸煙後，他便劈一個梨以進，自己只吃了賸下的梨皮梨心。他們家道已是不豐，兩餐白米常苦不足，又加以「黑米」之要求，更添上水果之供奉，生活更爲困苦，而且兩老身體亦日形瘦弱。貧病交迫，生計好不易過！

馮氏身歷其境，切膚受痛，反感自生，所以他從那時起便痛恨鴉片，比恨別的惡嗜好尤甚。後來，他到處實行禁煙，對於部下施禁尤嚴，莫非由於幼年在家庭所得的痛苦經驗之反感也。

家裏衣食已不充足，人口又多，小孩子的物質供養當然缺乏得很了。馮氏在孩提時，全家所吃的不外麥麵素菜，肉食無多。所穿的更爲樸素。據其自言，兩足所穿的鞋子，都是富家孩子們所穿過的，破而且爛，復經鞋匠縫而後補，在舊貨攤上賤價發賣，俗稱「二鞋」。他尚依稀記得買一雙這樣的鞋子花銅錢三十文；買得一雙便穿好久了。全身所穿的衣服，也是破舊不堪的布衣。大掛子（長袍）是每年添一件新的，都在三月十五日以前做好——因爲那一天正是「劉爺廟」出巡的盛會。他又說，這件大掛之爲用大矣！既可炫耀於別的孩子們的眼前，又可遮蓋裏面全套的爛衣舊褲。無怪乎他說穿上了這件新布袍，其寶貴簡直「像穿皇袍一樣」。

馮在童年迫於家境，所享用的都是布衣布履，從不與絲羅文綢有緣，生平之儉德由此養成；習慣已成，布衣自適，一穿上綾羅綢緞，反覺全身內外大不舒服。是故以後數十年，不改故態。茍明乎其幼年之家庭背境與半生之生活習慣者，斷不至以「作僞」或「沽名釣譽」譏其人了。（以上據馮氏自述，陳崇桂英文傳記，及其他。）

教育與宗教

生活於這樣貧苦的家庭，馮氏之教育自然難望得有完善的了。可是仍然未算是完全沒有上學的機會。他的大哥是在一位姓陳的塾師那裏念書。到光緒十七年（一八九一）九月，因入了馬隊，迫得要中途輟學。可是還有三個月才到散館的時候。他的父親很經濟的就叫老二頂上了這學額，繼續去上了這三個月的學。這時馮氏年紀十歲。過了這年，他又入姓馬的書塾。後來又在姓顏的館中念書。直至入伍時爲止，他總算是一共受過兩年零三個月的書塾教育。幾十年前鄉間冬烘先生的散館，當然不能比擬現在有規模的小學。馮氏幼年的教育成績不問而知。據他說，幼時曾念過「大學」「中庸」，「僅識之無」，尚不能看書也。（按：上據余早年采訪資料本甚可靠。但馮氏自撰之「我的生活」頁二九，言正式上學只有一年三個月，未載第三年入顏姓館事，似遺漏。）

這短短的書塾生活，後來所留存在馮氏腦中的印象只有這一點——那很厲害嚴竣的陳老師常拿起十二両重的老煙桿頭，毫不愛惜的敲打他的頭顱，每每打到紅腫好像一座小山一般。數十年來，每一憶起，猶有餘痛云。

讀書之餘，他也有一些遊戲。當時保定兒童好踢球之戲，他也隨着學友們踢球。聽說，他因爲身體壯，膽量大，所以踢得比羣童爲優。他又最好打架，附近十三村的童子全不是他的敵手。這都是可信的，因爲他後來對於武術和各種運動，均是出類拔萃的哩。

馮氏幼年時的宗敎生活，也不外是普通社會牛鬼蛇神的多神教罷。他記得有一次家裏出現了一條蛇，他父親便恭恭敬敬的設一個牌位供奉牠爲財神。每月初二、十六日（廣東人稱爲「做牙」即「禡牙」），家人又用鷄蛋來祭神——有錢時六個鷄蛋，沒錢時三個。家裏還供着一位佛爺。他父親每逢禮拜此佛爺之時，必正其衣冠，莊重拜跪，口裏喃喃的祈求：「佛爺！保佑我們一家平安，升官發財」。馮氏在小孩子的時候隨着尊長胡跪亂拜，當然不能有甚麼特異的、超越的宗教思想。不過，他在那時的感想已彷彿覺得他們求神拜佛，無非是爲一家一身的福利而不知其他，眞是可鄙。到後來，他習知基督教犧牲博愛之道理乃是利他的、爲多數人謀幸福的。兩相比較，天淵立判，他的多神教信仰直到那時才根本推翻了。這是馮氏後來所自述的。

父母的感力

在十一歲那一年，馮氏生命中經歷第一宗極悲痛的凶事。他的母親——游太夫人——因生產他的七弟，不幸得病去世。當藥石無靈、羣醫束手的時候，家人轉而求神問卜，冀得超自然的護佑。馮氏愛母心切，尤其誠篤懇摯，獨自到「劉爺廟」許下救母大願；又常對天叩頭，把額頭磕到紅腫起來。母親彌留時，想吃梨和肉絲麵；可是家裏不名一錢，家人只好叫他拿些衣裳到城裏去當了，換得幾文錢買給她吃。他還要跑三里多路才可到舖子裏買得這些東西哩。然而母親卒要離去他們父子三人，溘然長逝了。馮氏生命中遂留下第一宗大憾事。游太夫人一生慈祥和厚而好施與，且早年敬事翁姑極爲孝順，不愧賢婦良母之稱。馮氏性格固執剛直，有類乃父，而胸懷卻慈祥仁厚，則又是由太夫人所感化、訓育、或遺傳而來的。以後畢生，每談及先人，他輒想念其慈母之賢德不已也。

毓亭公還有一種性格影響於他兒子者甚大，不可不補述。他生性剛直，自不免有憤時疾俗之言行和與人落落難合之態度。對於當時社會——尤其是官場中——之惡習，他均不沾染，而且還具有隻手挽狂瀾之苦心，時時處處都不憚煩難，不怕招怨，竭力矯正時弊。例如：他雖爲官，而不屑諂諛上司，不好逢迎同人，因此居恒與人少有來往，謝絕應酬，凡送禮、請客……等等，陋習俗例，一概不行。馮氏在軍政界多年，性格行爲也很像乃翁之孤立獨行，父子先後若同出一轍。他自謂這種習尚，都是幼年在家庭中從父親所得的教訓而來。

掛名入伍

光緒十九年（一八九三），是馮氏生命中很可紀念的一年，因爲他開始當兵了。當時練軍一個兵士每月發餉三兩六錢。利之所在，投効者衆，竟至爭競入伍。爲取締計，營中規定入伍的必須有人保送，所以不大易易。馮那時只得十二歲，那够入伍的年齡？但因他父親同事好友哨長苗開泰的一哨裏適缺了一個兵額；他情誼高厚，恐怕別人捷足先登，於是不出一聲，先把世侄的名字塡補那空額。那實是招呼朋友的十分好意。馮氏於乳名之外，在家族中依兄弟班輩的正名本是「基善」，但苗氏不知，臨時隨意爲他塡上「馮玉祥」三字，所以其後這便成爲他畢生的大名了。當時，他年紀還幼，體格矮小，試穿軍衣，旣長又濶，太不成樣，惹人大笑。然而他並不須到營裏服務，只是掛名營中，每月乾拿三兩六錢的餉銀以幫補家用而已。這是其時軍營盛行的一種惡制度。那種餉名爲「恩餉」。所以在這一年，馮氏雖說是開始當兵，其實，只不過是初隸軍籍而已。（按：上言馮氏十二歲入軍籍，根據其「自傳」，可信。但其所著「我的生活」頁二九則云是上一年十一歲事。時期相異，誌此備考。）

光緒二十年歲次甲午（一八九四），中日戰起。保定練軍奉命以六成開赴大沽修砲台。毓亭公亦與其役。一時，官兵家屬送行者大都抱頭痛哭，蓋各人皆以爲此去是與日本作戰，必無生還也。馮亦親送其出征的父親。毓亭公卻壯烈無懼色，且諄諄囑咐兩兒說：「你們好好地做人罷，不必掛念我。我是去和日本人打仗，爲國家拚命，沒有甚麼害怕，算不着怎樣的大事」。他老人家半生戎馬，兩條腿已跑過陝西、甘肅、青海、西藏諸地，眞是身經百戰，久歷疆場的老將。這回到大沽去打日本人，算甚麼一回事哩？眞良好的父親！眞壯勇的戰士！眞愛國的健兒！在這一小別中已給他的小兒子一個極深刻的人格印象，與極其超優的軍人模範，尤其重要的便是：於不知不覺間，將一粒單純愛國的種子，種在他的丹心裏；三十年後開花結果，立功於國，譽滿全球。（按：「我的生活」頁三〇——三二，言隨父同去，似與後事混亂。上據余早年采訪。）

十四歲的小兵

不久，毓亭公由天津回保定，旋挈其次子復回大沽防次，駐曹頭沽、南港、雙橋等處。馮隨侍父親於軍中，也跟着做工。至光緒廿一年（一八九五）父子兩人始還保定。在這兵工期間，種種經驗予馮氏三大教訓——這都是與其後來的事業很有關繫的。其一、甲午戰役，日人欺侮壓迫中國。他幼年卽身受此痛苦；國耻之打擊愈甚，其愛國心因而愈熾愈堅。其次，中國軍隊孱弱無能，徹底腐化，他此時盡行知道；對於兵官之好嫖好賭，勇於私鬬，不盡職守等等惡風紀，深心痛恨，因而使其私下發生革除陋習、改良軍紀之偉志。復次，則以河南、河北、修築砲台一事，本由李鴻章經手，從德國買得海砲數百門，口徑多在廿四生的以上，復費了多少官兵兩年的苦工，始造成各礮台。及至庚子一役，聯軍來侵，各礮台未及一試，竟全被拆毀，並訂約以後永遠不准中國再在大沽口設置各種軍事防禦工程。馮父子其初本是身與兵工之苦役的，而後來聯軍入京，外國壓迫欺凌吾國，他自己亦親歷其境。先後兩次，刺激殊深，國讐國耻，沒齒不忘。他一生反帝國主義之大決心，蓋由於此。（按：馮氏隨父於一八九五年回保定，見「自傳」。「我的生活」頁三五，係下年事。但頁三三言「我們在大沽口住了一年多」，則當爲上年一八九五年事。）

是年，保定大疫，人民病死者無數。官吏乃有打瘟之舉，令練軍留防者每哨拔五十人帶槍五十枝去從事。但馮所氏隸的一哨，兵士或病倒，或告假，缺席太多，人數不够，長官不得不多找兵士的親戚朋友來湊足人數去繳差。馮名本在軍籍，更不得不要參加。那時，他身材已長得高大如成人，因此也穿起軍服，托着長槍，隨衆入城打瘟去了。當時北方社會軍民人等，痛恨外國人之壓迫和侵略已甚，可是人人雖積恨於心，卻無機會以表示反抗的行爲。馮氏此時還是一個十四歲的小童，卻已充滿愛國熱誠了。他趁着多人拿槍打瘟神、聲勢洶洶的機會，走到一所外國教堂——美國長老會——附近。一時，熱血沸騰，衝動激起，舉起槍向着教堂的木匾連放數響，以洩一口氣。在今日看來，這雖是一個無知小子的愚妄舉動，此舉卻可反影當時社會心理對於外國人之不滿和反動，而在馮氏個人一生，這是愛國熱誠之初次的表露。（按：「我的生活」以打瘟神事繫於一八九三年十二歲時，似言之過早。）

馮與營中有一個姓劉的兵丁成爲好朋友。姓劉的本來是不識字的，但因肯自己用功，日漸進步，居然至能讀「三國演義」。他又好寫字，常在地上方磚用黃土當墨汁，揮手「塗鴉」。馮氏不時入營與其交遊，受其感動，也走入好讀書、勤練字的門徑了。在營裏又看見人打算盤，他的求知慾也爲其激起而發生了習珠算的興趣，後卒學會了。這幾宗軼事都是他掛名在練軍營中時的經驗。

馮氏在其「自傳」（拙藏未刊稿）中，述其童年生活，有一句毫不自諱的奇語：「余幼時一蠢童耳」。眞的，以他生於一個無產階級的貧窶家庭，長於一個孤陋樸素的農村環境，所交者皆是椎魯失學的村童，所受者只是簡單蒙稚的教育，——見聞寡陋，知識無多，怎能不長成爲一個「蠢童」？然而他禀受父親的剛直性格和母親的慈祥心術，在家庭飽受嚴正的道德訓育，因而不至染得社會上驕惰浪漫的惡風弊習，又未襲受其時代浮華頹敗的態度思想，竟然養成了一個質樸的、戇直的、孝友的、純謹的、仁愛的人格，兼儲蓄得一副奮鬪的、反抗的、堅毅的、刻苦的、忍耐的、勤懇的能力。及至與軍隊生活接觸，一受國耻之刺激，更燃着愛國的烈火於其充滿熱血的心竅，後來若是之人格和能力盡行發展於救國救民的單純出路。幾十年來的革命大事業莫非由此時之佳種與沃壤而發萌者。我們在古今中外歷史中，常見到曠代特異的豪傑，每每由極簡樸的生活或極困苦的環境，與極艱難的經驗中產生出來。聖保羅說：「上帝揀選了世上愚拙的，叫有智慧的羞愧；又揀選了世上軟弱的，叫那强壯的羞愧；上帝也揀選了世上卑賤的、被人厭惡的以及那無有的，爲要廢掉那有的；使一切有血氣的，在上帝面前一個也不能自誇」。這幾句不朽的名言，縱然富有宗敎色彩，卻已將人類經驗之一個大矛盾而卻是眞眞實實的奇異點充分表出。吾述馮玉祥將軍之家世及童年生活竟，不禁重有感於斯言。（本章完，下期續刊第二章）

徵稿小啓

本刊誠意徵求有關現代史料人物傳記等作品，每千字敬致薄酬港幣二十元，珍貴圖片另議。已發表文稿，版權卽屬本社所有，將來出單行本時不另致酬，但奉贈作者原書二十冊。來文編者有酌予刪節之權，如不同意，請先聲明。作者請示知眞實姓名，通信地址，作品署名則聽便。賜稿請寄九龍亞皆老街六號B，掌故出版社收。

周恩來評傳導言

嚴靜文

民國以來有兩個政治人物，都以風度翩翩、口齒伶俐、手腕敏捷著稱；一個是汪精衛、另一個就是周恩來。汪精衛由於領袖慾太强、拚命爭做第一號人物不惜當了漢奸；而周恩來則能順從自然、守機待時，安於第二號甚至第三號人物，終於乘文化大革命的機會崛起當權，成爲今天中共領導層內，實質上的第一人。今年四月「乒乓外交」開始，以迄最近與美總統安全事務助理基辛加秘密會談，並邀請尼克遜訪問；中共的對外政策幾乎已脫盡毛澤東路線的彩色；周恩來已成爲國際政治舞台上最搶鏡頭的人物。

對於這樣一個人，無論你喜歡他與否，都有了解他的必要。因爲他的動向已與世界及中共的局勢息息相關。

關於周恩來的能言善辯、態度圓滑、手腕靈活以及非凡的表演才能，人多已熟知，並且記述甚多。但是所有這些都是外在的表現，單憑這些並不能了解其爲人。

筆者這部「周恩來評傳」，希望從周恩來個人的身世及中共的歷史，來探索他的眞面目。並展望他與中共的關係在今後的發展。

世人對周恩來的誤解

世人多對周恩來有一個誤解，以爲他是一個恬淡不爭權的人。有些人認爲他從來不想做中共的領導人，甘於做李立三、毛澤東等人的輔佐。例如最近美國的中國通拉鐵摩爾在東京和日本兩位研究中國歷史的學者貝塚茂樹、岩村忍座談中共問題，提及周恩來時一改作上述的評論。

拉氏說道：「無論是就東西古今的文化來說，周恩來都是一最突出的人類現象。具體的說，周恩來至今還沒有想做第一號人物，沒有這種個人的野心，滿足於第二號人物。……」

岩村：「我對周恩來較比對毛澤東更感興趣。你說他一直都做第二把手，在中國傳統裏曾有過第二把手的人物。在古代說來，漢劉邦的張良，明代永樂帝的道衍和尚（姚孝廣）都滿足於第二號的地位，決不往最高處走。」

貝塚：「在中國政治史中，原來的宰相、擁有非常的特權。可以與皇帝對等談話。不是普通的臣下。……在周恩來的情況使人感到是古典的居第二位的宰相之復活。」

持有類似的意見者，恐怕絕不止於他們三個人，實際上極爲普遍。但是據筆者的考察，這是一嚴重的謬誤。

單從人性來說，權力之慾，人皆有之。不單是人，任何營羣體生活的動物，也都有爭奪權力的活動。並且由鬪爭的勝敗結果來決定其所處的地位。鷄、狗如此，馬、牛如此，幾無例外。人又何嘗不然？我們不能輕信任何的判斷，將周恩來當作非人或超人來看待。他之具有權力慾望與毛澤東、劉少奇等無殊，强烈的程度，表達的方式不同而已。因此我們無法相信，周恩來是一個自生下以來即甘居人下，滿足於輔佐地位之人。

貝塚氏以古代的宰相意識來論周恩來，頗有事實根據。因爲周一直是中共的國務總理。但是今天中共的總理與古代的宰相實大不相同。在古代的宰相，除非篡弑絕不能當皇帝，但是中共的總理，則可能做黨的主席及「國家主席」。因此古代的宰相能安於相位，今天中共的總理不一定永安於總理之地位。君不見，中共在「九全大會」之後草擬的「新憲法草案」中，取消「國家主席」一職，擴大了國務院的權力嗎？

後進小子一躍當權

以上從人性的分析得知，周恩來不可能是一個自願安於第二號地位之人，以下我們再從中共史實做一考察。

在中共歷史中，周恩來雖屬第一代人物，但卻是第一代人物中的後進分子。一九二一年七月陳獨秀、張國燾、毛澤東在上海創建中共時，周恩來還是未入黨的留法學生。

一九二四年一月，國民黨改組在廣州舉行第一次代表大會時，中共分子當選中央執行委員者爲李大釗、譚平山、于樹德；當選候補執委者爲林祖涵、毛澤東、于方舟、瞿秋白、張國燾、韓麟符。周恩來還是白丁一個。以年歲而論當時毛澤東已三十二歲，張國燾已三十歲，周恩來僅二十七歲，仍是毛頭小伙子。可是這個毛頭小伙子，在三年後，一九二七年八月，當中共「家長」陳獨秀被排除領導之際，竟一躍而爲中共黨內第一號實力人物，迄一九三五年一月遵義會議爲止，他一直是中共的幕後的領導人。浮在表面上的瞿秋白、李立三、王明、秦邦憲等人在某種程度上說，不過都是他操縱的傀儡。換言之，從一九二七到一九三五這八年期間，周恩來實是中共的眞正領導人。這段史實足以破除周恩來甘願做二把手的說法。

據以上的事實及其後的發展，筆者認爲，自一九三五年的遵義會議到目前爲止，毛澤東在所經歷的權力鬪爭中，王明、張國燾和劉少奇雖爲主要對象；但是周恩來實是他時刻提防的人。爲甚麼呢？

多年來爲毛所提防

前面說過，周恩來以一後進靑年，一九二七年一躍爲中共第一號實力人物，其原因在於他一九二四年回國之後即擔任黃埔軍校的政治工作，後來又兼任第一軍的政治部主任。可以說他也是靠黃埔起家的人。

北伐之前的黃埔軍校，國共兩黨分子在校中的實力幾乎分春色，右派擁護蔣校長，左派則團結於周恩來的周圍。因此一九二七年七月國共分裂，第三國際及中共中央不能不任命周恩來爲軍事部長以及領導南昌暴動。其後他控制中共軍權達八年之久，也都因爲他與中共軍人的淵源太深，關係太廣泛，遠非毛澤東所可比擬。

一九三五年一月的遵義會議，毛澤東雖接替周恩來爲中央軍委會主席，但周恩來仍爲副主席。因爲周恩來自一九二四年以來十一年間，一直都在擔任軍事工作，是中共領導層內，軍事經驗最豐富的人，不能不借重他的經驗。可是「長征」結束，到達陝北後不久，毛即使周脫離軍隊，並且永不再任軍職。

自西安事變之前（一九三六）開始，到戰後國共內戰（一九四七）爲止，周恩

一九二五年周恩來的風姿。

來一直都在政府管轄地區工作。負責與國民政府當局折衝和統戰工作。當然從周的才能，和他與政府當局的歷史關係，使他負這些任務，確能勝任愉快；不過與國民黨有更深歷史淵源的林祖涵、吳玉章，外交才能不讓周恩來的陳紹禹（王明）未嘗不可擔任周的工作。毛所以派周前往，實含有使他遠離軍隊的謀略。

一九四七年國共和談破裂，國軍進兵延安之際，毛澤東把「中共中央」分成兩組，由劉少奇、朱德、康生等爲一組，成立「中央工作委員會」過黃河，領導黨政工作，實際上是臨時的黨中央；同時毛澤東則偕周恩來、彭德懷等仍留陝北根據地與進攻的國軍相周旋。毛的這一人事安排，極具匠心。過黃河的工作組，由繼承人劉少奇率領，可防制有名無實的紅軍總司令——朱德的叛離；而親自偕同周恩來這隻隱忍的大蟲。

從遵義會議以來的歷史看，周恩來對毛澤東之順從過於劉少奇，而不遜於林彪；論功勛周恩來也不次於劉少奇和林彪；論才幹更在劉、林之上。

但是毛澤東先後選劉、林爲繼承人，絕對不考慮周恩來。這一事實足以說明周恩來這些年來的處境。他是一個被猜疑，被提防的人。因爲唯有他可獲得軍隊的支持，動搖毛的權勢。

乘文革復起當權

自一九四九年起，周恩來一直擔任總理的職務，他雖與毛、劉（一九六二年起任國家主席）、朱德（人代會常委會委員長）並稱四巨頭，實際上他只是一奉命行事的執行者，並無實現自己抱負的機會。假使沒有「文化大革命」，他可能將隱伏終生，世人不得識其眞面目。文化大革命，實是毛劉集團的鬩墻之爭，遂給予周恩來躍起的良機。

一九六六年十月二十四日，正當文革初期，一次在中央工作滙報上，當毛澤東提到劉少奇、鄧小平、李立三等人的錯誤時，周恩來插嘴說道：「李立三思想上沒有改，不管甚麼小集團，甚麼門都不要關緊關嚴，只要改過來，意見一致團結就好。要准許劉鄧革命，允許改。你們說我是和稀泥，我就是和稀泥的人。」毛澤東早已下定決心打倒劉鄧了，周恩來還「懵然」在那裏和稀泥！

一九二七年八月一日周恩來在南昌發動暴動時的臨時司令部。

一九六七年春，文革進入造反奪權階段，周恩來屢次阻當紅衛兵揪鬬劉少奇、鄧小平。在一次紅衛兵集會上，紅衛兵大喊打倒劉鄧，周恩來立刻停止發言，轉過身去，以背朝着羣衆，一直等他們改了口號，他才轉回身來說道：「劉少奇、鄧小平二人依然是中央政治局的常務委員。我是代表黨中央來講話的，在我面前喊打倒他二人，使我的立場困難！」

以周恩來那麼聰明，豈能不瞭解毛澤

東發動文革的本意？他既明知毛的本意，又故意和稀泥，袒護劉鄧，當然是「別有用心」。具體說來，是乘兩虎相爭的形勢來混水摸魚，奪取領導權。顯然他不願意劉鄧集團垮得太快，同時要爭取劉鄧集團分子的同情，佈下棋子，然後待機行事。其後果然，乘毛派奪權鬭爭的頓挫，取得實力軍人的支持，逐步的掌握了領導權。目前周恩來縱然仍要「高舉毛澤東思想的紅旗」，來維持「黨國」的體面；但是對毛思想的「取消」和「修正」，卻已超過當年劉少奇、鄧小平之所爲。例如最近他居然敢於在美國未與台北當局斷絕關係，也無斷絕關係的保證下邀請美總統尼克遜訪問，顯示他已經有恃無恐了。

如果以上的觀察不謬，那麼自遵義會議以來，周恩來歷經三十六年的含忍與潛伏，在與毛的權力競爭中將取得最後的勝利。

一九三七年在延安窰洞門前的周恩來。

爲革命可做娼妓

對於以上的觀察，若干讀者未免吃驚。茲再略談周氏性格的幾個特點作爲補充：

①忍人之所不能忍：在近代中國政治人物當中若論忍的功夫周恩來要數第一。這可舉兩件爲例來說明。一是一九二五年三月在廣州發生中山艦事件之後，黃埔軍校及第一軍裏的中共政工人員全部被捕；曾使國民黨的聯俄容共政策出現嚴重危機。事過之後，全部被捕人員在軍校內受特別訓練。當時周恩來在蔣校長的盛怒之下，柔聲細氣，恭敬從命。被捕開釋之後，毫無怨色，乃重得信任，北伐時任第一軍政治部主任如故。第二件事是他與毛澤東的關係。從一九二七到一九三五，當周恩來任軍事部長，中央軍委主席的階段，曾數次糾正和申斥毛澤東的錯誤。一九三二年中共中央遷入江西蘇區之後，更剝奪了毛澤東一切軍事權力，在數次清算運動中，皆將毛當做打擊對象。可是一九三五年毛澤東當權之後，周恩來即斂氣改容，事毛爲上司，俯首貼耳，唯命是聽。這一領導關係的顚倒，情況之難堪，可想而知，但周恩來則行無所事。

一九二七年五月，周恩來在漢口答覆柳寧（共軍一團黨代表）時對忍的哲學曾有精彩的發揮：「柳同志，唯有一個忍字。爲了革命，必須打破門牙合血吞。只要爲了革命，我們要作姨太太。必要的時候也要當娼妓……。」

②喜在幕後操權：在周恩來任軍事部長（後中央軍委主席）期間，歷經了瞿秋白、李立三（總書記向忠發）、瞿秋白、王明、秦邦憲五任領導，周恩來皆爲實際上的領導人，他本可站到前面取得總書記的職位，尤其是一九二九年在莫斯科參加六全大會之後，第三國際本來令他回中共收拾立三路線的錯誤，結果他仍然把瞿秋白推到前面，自己坐第二把交椅。這顯出他是一喜在幕後操權的人。都說明周恩來精於明哲保身的道理。

尚實際不喜理論

③善於隱飾己見：幾乎所有中共的重

要人物，都喜弄文舞墨來發表自己的思想見解；毛澤東、劉少奇固不用說，王明、張聞天、楊獻珍等也都各有著述；就連林彪、朱德、黃永勝、楊成武等這些軍人也都不甘寂寞，唯有周恩來甚少撰述，因此到今天翻閱中共的歷史文獻，很少發現周恩來的文字，唯一的一篇是一九三〇年七月寫的「少山報告」（檢討立三路線）。這說明他既沒有理論興趣，又不喜作突出的見解主張。反之，經常就他人的主張加以隱晦圓滑的修正和補充，來實現自己的主張。這一點在文革過程中，表現得尤其精彩。他口不離「毛主席的指示」，可是卻人不知鬼不覺與毛路線背道而馳。毛派痛罵「打着紅旗反紅旗」，周恩來堪稱第一高手。

④善於以退爲進：周恩來在權力的競爭中，不但不喜歡突出的陽性的鬬爭；同時敏於發現不利的情勢，能够見機而作，急流勇退。

一九三五年一月的遵義會議，周恩來聽到朱德、林彪等軍人的指責之後，立即引疚辭去軍委主席，並提議由毛澤東繼任。周的這一行動，使毛澤東初次掌握軍事全權（以往他只是一方面軍的政委）。毛在文革期間提到遵義會議時猶說，當時沒有周恩來是不行的，便上不了台。由於周的這一行動，毛得權之後，雖長時期不信任他，但是在歷次政治運動中能不究既往，周恩來始終平安無事，而且一直維持了重要的地位，大概感念他當年讓位之功。但是反過來說，周恩來當時辭職之後，如不提議毛繼任，提議由朱德或張國燾繼任，那麼毛澤東可能永無翻身之日了。大概因爲朱德是周恩來介紹入黨的，不便提拔私人，而張國燾遠在四川，遠水不能救近火，遂給予毛澤東一個翻身躍起的機會。從毛周二人的權力競爭的經過看，這不能不說是周恩來一次重大的錯誤。

一九四六年二月五日周氏夫妻在重慶主持招待會。

一九二七年五月中共在武漢舉行五全大會，周恩來一度當選黨的總書記，但是他很快就讓給蔡和森代理，集中全力於緊急的軍事工作。這件事也說明，周氏勇退不爭的一貫作風。這本是中國傳統中道家態度，所謂「不敢爲天下先」，「天下莫能與之爭」。

這一作風在赤裸爭權的共產黨組織中，一時不能見効，但是從長期發展看來，周恩來深蒙其利。

了解周恩來之能忍，才能了解他爲甚

麼在文革期間，以七十老翁能够陪同六親不認的紅衛兵在一起高舉「毛語錄」，高唱「大海航行靠舵手」；了解周恩來的「喜在幕後操權」才了解他在文革末期，雖然大權在握，仍然將毛派抬高做適當點綴的原因；了解他的「善於以退爲進」、「善於隱飾己見」才了解他「打着紅旗反紅旗」功夫的爐火純青。

綜合說來，周恩來是一陰柔的道家型人物，這個人正在複雜萬端，當前的中共情勢中，徐徐推行他的重實際不尙空談的政見。（未完）

九月十八日事變以前遼吉黑三省駐軍之兵種數量表

甲　駐遼邊防副司令官所轄各部隊

區分 隊號	主官姓名	兵力數量 兵力	馬匹	槍械	火砲	備考
獨立第七旅	王以哲	9,776	874	4,772		
獨立第十二旅	張廷樞	9,894	821	4,772		
獨立第十九旅	孫德荃	9,487	765	4,772		
獨立第二十旅	常經武	11,087	868	4,772		
騎兵第三旅	張樹森	3,778	2,760	2,158		
礮兵第八旅	劉翰東	2,372	2,063	557	重砲24	
輜重幹部教導隊	牛元峯	2,024	946	960		
東邊鎭守使署	于芷山	9,724	2,310	4,772		
洮遼鎭守使署	張海鵬	9,695	3,174	2,158		
興安屯墾軍	苑崇古代	9,874	583	4,772		
航空司令部	張煥相代	955		58		飛機 262 架
	共計	78,666	16,064	34,523	24	262

乙　駐吉邊防副司令官所轄各部隊

區分 隊號	主官姓名	兵力	馬匹	槍械	火砲	備考
獨立第二十一旅	趙芷香	9,248	864	4,772		
獨立第二十二旅	蘇德臣	9,437	864	4,772		
獨立第二十三旅	李桂林	9,341	868	4,772		
獨立第二十四旅	李杜	9,341	864	4,772		
獨立第二十五旅	張作舟	9,349	869	4,772		
獨立第二十六旅	邢占清	9,481	862	4,772		
獨立第二十七旅	吉興	9,382	870	4,772		
獨立第二十八旅	丁超	9,473	874	4,772		
騎兵第七旅	常堯臣	3,778	2,760	2,158		
礮兵第十九團	穆純昌	2,114	782	566	野礮36	
	共計	80,944	10,477	40,900	36	

丙　駐江邊防副司令官所轄各部隊

區分 隊號	主官姓名	兵力	馬匹	槍械	火砲	備考
獨立騎兵第八旅	程志遠	3,509	876	4,772		
獨立礮兵第廿團	樸炳珊	2,072	771	556	野礮36	
省防步兵第一旅	張殿九	3,574	825	4,772		
省防步兵第二旅	蘇炳文	3,985	796	4,772		
省防步兵第三旅	馬占山	3,652	883	4,772		
省防騎兵第一旅	吳松林代	3,103	2,189	1,820		
	共計	19,895	6,340	21,464	野礮36	
	總計	179,505	32,881	96,828	96	飛機262

費子彬先生

吾常古稱延陵，為春秋時吳季札讓國後居邑，距城東北六十里之申港，今尚有季子遺蹟，孔子所題十字碑在焉，二千五百年來，人文孕育，德化涵煦，流風餘澤所被，三吳之蘇常名郡，遂成文物最盛之邦，降及近代，科第學術，均冠於全國，如前清之陽湖文派，固為盡人皆知，其次以醫學世家稱譽當代者，亦不可屈指數，而以孟河費氏為最著，自明武宗時，費宏以狀元宰相聞名，因避劉瑾之禍，與弟成化進士費閭，退隱鎮江諫壁皮陳山中，子孫累遷至武進孟河，依醫為業，傳至曉峯，曉峯生公宣，公宣生伯雄，皆有盛名於時，事迹均見常州府志及武進縣志。

予昔嘗讀費氏留雲山館文鈔，有德清俞曲園樾暨長沙王益吾先謙督學江蘇時為之序，稱道作者孟河費公伯雄，為道咸間名諸生，精醫術，能詩文，勇於為善，活人無算，尤以鄰近五鄉農民，乘洪楊軍將陷鎮江，抗糧思變，郡守將發兵剿捕，公先馳往勸諭利害，衆咸感悔，約三日完納，公微服星夜赴郡，代鄉民繳賦，既解民困，又弭大亂，事平後公絕不自言，文中歎為至德善人，予迄今猶景仰不忘，及獲交子彬先生，始詳其祖德綿袤，家學淵源，積厚流光，奕世繁興，明德之後，必有達人，信然。

子彬先生之言曰，吾曾祖伯雄公，名噪遐邇，有神僊之譽，當咸豐季年，洪楊軍全力迫金陵，大營統帥向榮，以積勞咯血不起，張忠武公國樑，輕騎造廬，邀公馳診，藥數服而血止起床，照常視事，嘆為倉扁復生，送歸時，公謂國樑曰，大局方亟，向公力疾治軍，數月後病當復發，僕亦無能為力矣，後果如公所言，張嘆為神人，逮大營不守，國樑殉職，事前遣人走告伯雄公曰，先生速避難自全，留此良醫，可普救世人也，信如曲園序言，余識公於吳下時，鬚眉皓然，吳中士大夫，下逮兒童走卒，無不望車塵而迎拜，人徒知公精於醫，不知公固粹然君子儒云，其為江以南人尊敬若是，公所著除詩文詞外，遺有醫醇賸義，及醫方論各四卷行世，子孫奉為圭臬，近今醫者多宗之，伯雄公課子晥滋公，孫繩甫公，先後成名，同時授內科精華於姻戚馬培之，馬公原為回教中人，來自西域，世擅瘍科，解華陀五禽嬉之妙用，奏刀圭，用藥散，手到病除，曾入京為慈禧太后診病，世稱費馬，先伯父繩甫徵君，得祖父脈法，精太素脈，於同治初年，即承伯雄公命，代赴南京治曾忠襄公國荃疾，轉危為安，被留督署，欲畀以關道要職，繩甫公薄視名利，均不就而回，其後還滬行醫，值光緒帝病，江督劉坤一，奏保公為御醫，公飽學倨傲，恐開罪太醫院及宮庭親倖，辭不應徵，復經劉氏力勸，乃轉薦青浦陳蓮舫自代，繩甫公與弟哲甫惠甫公，同傳家學，均負盛名，而一時名醫之出於繩甫公門下者為最多，迄今數十年，京滬間言醫者，必首稱孟河費氏，及吾之身，蓋已第七世矣，方吾年少家居，與諸兄弟行，侍繩甫公座次，公獨指吾小名，謂保彥有悟性，許為可承家學，吾之知醫自此始，子彬先生上述，凡在同鄉相識，咸習聞之，斯乃陸平原所謂誦世德之清芬也。

先生於常州府中學堂畢業後，即入南京兩江法政學堂，攻政治經濟，未卒業而民國成立，乃北上就中樞幕職，內而入贊機要，外而主持宣傳，才華翩翩，已卓然負時望，顧以政潮迭起，權力相傾，政治外交，治絲益棼，國事既分崩離析，人民益火熱水深，先生慨然興嗟，謂救國不能救人，何以自解，於是浩然有歸志，在民十五之秋，南回上海，就靜安寺路鳴玉坊，創設孟河費氏醫院，世先世活人之業，而心其行善之心，為滬海人士服務，車馬所至，著手成春，不數年而聲譽大起，遂有費一帖之號，前府主段祺瑞氏，特頒中外蜚聲扁額榮之，其後上海同文書院院長大內暢三之冢媳不二子，懷

秩雙壽序并頌

孕數月，肺癆漸深，勢且危殆，歐美醫生會診，咸主犧牲胎兒，保全母體，認為不可治以湯藥，誤人生命，先生語之曰，醫藥為世界公器，理之所在，不容武斷，孕婦本人亦以先服湯劑，如無效，再動手術不遲，不意一劑而胎氣平，再服而咳嗽轉輕，三劑已平安無事，飲食如常，越三月安然生產矣，彌月之後，大內盛筵招飲，並為介紹全院教授，具述經過，合座驚服，欽佩中國醫學不置，大內院長手書寰海一人橫額，並附跋語為贈，先生在滬行醫逾二十載，與繩甫徵君後先輝映，至公曆一九四九年春，先生來港，懸壺九龍，當時流亡難胞，棲止海隅，類多艱難困苦，先生痌瘝在抱，來求者必為盡力施治，罔計酬報，嘉惠貧病，不可勝計，先生則淡泊自甘，從不齒及，其最令人矜式，足以為法者，每治一症，處一方，必出於慎思明辨，斷證量藥，弗稍疏懈，甚或藥舖之選擇，亦加指示，恪守實事求是之傳統醫德，不取徒務虛聲之時下作風，居常以此垂戒及門弟子，因而病家接踵於門，費老醫師之名，口碑在人，則又二十年以來同人之所目睹焉。

先生素性恬靜，胸次曠達，奇逸有如人中之龍，夭矯又似雲端之鶴，平時親知交往，舊誼聯歡，不少為名流學者，由於見聞本自瞻博，談笑遂多鴻儒，曩在平滬兩地，興到之際，喜集龔定厂詩，壘壘成卷，其豪放逸宕之處，且勝原作，業由女弟子張紉詩，在港為之刊行，名古玉虹樓集定厂詩草，次則摭拾故都舊聞軼事，旁及戲劇文藝，饒有趣味，以應香港名雜誌春秋主編者之請，分期登載，讀者喜之，他如佳日郊遊，會文友而雅集，歌場側帽，聽古調之重彈，時逢先生儷影相偕，老子興復不淺，緣先生與德配侯碧漪夫人，昔年在平，每多春明韻事，常攜手以同遊，夫人清才淑質，具林下風，雅擅書畫，兼工操琴，燕居閒暇，與先生詩畫品題，極盡唱隨之樂，自同歸海上，又師張大千氏，繪事益精，藝壇推重，來香江後，曾展覽全部作品於大會堂，北海之筆，仲姬之縑，觀者雲集，傾動名士雅人，而侯夫人惟供欣賞，不售尺幅，自此女弟子踵門受學，造就日衆，至今絳帳人滿，傳為佳話，同人每語及此，先生輒囅然色喜，以知梁孟案前，既相莊而又相得矣。

同人以海外萍踪，時或離羣索居，爰結鄉音之社，號為武進同仁聯誼，月作一會，迭為主賓，先生齒屬長老，常捐費用，屆期必策杖健步，欣然蒞席，饒有揮手千金雅言四座之概，以同人咸感親切有味，不覺酣暢而盡致焉，去歲端午令節，相約於先生七秩晉九華誕，為作嘉會，以介眉壽，先生謂曰，吾南來之初，即念一門兄弟，年事俱高，常恐天涯羈旅，家業後繼堪虞，今自顧老大無成，僅存碩果，雖兒孫不在膝前，卻無足置慮，而世變日亟，道途阻梗，吾家濟物利人之務，終不能釋然於懷，更何敢稱壽為，遂避之大嶼山中累日，仁者之心，藹然可見，今月六日，正值先生八旬攬揆良辰，康强逢吉，壽考維祺，同人敬具春酒，共祝齊眉之慶，庶幾成都市中，韓康尚多妙藥，靈椿樹下，孫仙仍有良方，先生秉壽世壽人之願，其必歡然而晉一觴歟，頌曰。

武進孟河，上值巫宿，代多名醫，費氏為首，有翁婆娑，梁案齊壽，方其少年，幕暖紅蓮，匡時有略，氣象萬千，逢陽九厄，歸繩祖術，壽世壽人，聲名洋溢，自北徂南，九龍築室，一帖家傳，運用無失，得心應手，眎之若密，蹙額而來，怡然以出，作遐齡頌，歲歲今日，比之老彭，八百才一，保合太和，天右之吉。

時維中華建國六十年歲紀辛亥，閏五月初六日，鄉愚弟王震，奚則文，陶蔭承，唐六三，沈性天，王家璧，王則來，金猷德，鄉晚惲茹辛，沈大章，弟子吳宜修，同敬祝，

鄉愚弟王震作頌，奚則文撰序并書。

編餘漫筆

編者

經過幾番搏命，掌故第一期終於如期與讀者見面，編者總算鬆了一口氣，回憶這一兩個月經歷的困難，眞是猶有餘悸。辦雜誌，最主要的工作是請人寫稿，沒有稿，卽使印刷、發行工作作得再好，也是白廢，但拉稿確非一件簡單的事，尤其是創刊號，大家都未見過雜誌的眞面目，不知內容如何，够不够水準，態度是否嚴肅，因此，謹愼的作家，皆不願爲創刊號雜誌寫稿，除非交情特厚，與編者相知素深，始肯助一臂之力。事實很顯然，如果每一作家都要看過第一期再寫稿，可以肯定這份雜誌就出不來，因此編者對於創刊號的作者，將永誌不忘。

賣瓜的說瓜甜，也許不易使人相信，但本期內容確有一些好文章，第一篇要提出介紹的是簡又文先生寫的馮玉祥將軍傳，簡先生是自有太平天國以來研究太平天國史的權威，已是盡人皆知的事，但是，很少人知道簡先生曾經作過馮玉祥的幕僚，兩人相處了一段不算太短的時間，對馮玉祥的個性，功業，都有相當了解，由他寫馮玉祥傳，可說是當代最合適的人。本刊有幸發表這篇長文，不能不多謝簡先生。關於馮玉祥的一生，編者所知甚少，當代有關記載除去在台北出版的秦德純、劉汝明兩將軍回憶錄之外，對馮玉祥皆無怨詞，馮玉祥最受人詬病的兩點，一是平生善於作僞，不近人情，二是慣於倒戈，跟誰叛誰。前者屬於個人私事，不必多說，後者則頗有商榷餘地。就中國傳統之倫理道德而論，丈夫處事，飢則依人，飽則颺去，已經不妥，颺去之時，還要橫施戈矛，刺人一刀，自非君子所應爲，此馮氏所以不理於悠悠之口，但如果就事論事，馮氏平生倒戈，自灤州起義始，中歷瀘州停戰，武穴通電，直到古北口回師，無一次倒戈不對國家有利，卽使馮氏居心並非爲國爲民，也應當予以曲諒。本刊宗旨在爲歷史求眞，決無私人愛惡存乎其間，讀者讀了簡先生大文，或者對馮玉祥有進一步認識。

其次要介紹嚴靜文先生的周恩來評傳，自從中共乒乓外交推行以來，周恩來已成爲世界上風頭最健的人物，究竟他是一個甚麼樣的人，家庭背景如何，過去作了一些甚麼重要的事，嚴先生源源本本寫出來，讀過之後，對周恩來爲人也有一個相當了解。

其次要談談禮拜六文派，這個素來不爲新文學家所重視的文派，當年在上海甚至全國都擁有廣大的讀者，後來之所以衰落，自有其原因所在，但談文學史實不能略而不談，可是近代就很少有人還知道這麼一個文派。編者對禮拜六派並無愛惡存乎其間，對禮拜六派的旁枝鴛鴦蝴蝶派則缺乏好感，但本刊是紀述近代史料，尤其是較爲冷門的史料，更不肯遺漏。禮拜六派與鴛鴦蝴蝶派既爲新文學家所不齒，大家都不願談它，慢慢就湮沒無聞，相當可惜。因此，本期刊出談禮拜六派的文章，以後逐期介紹這一派的作家，下期所刊出的就是編者最不喜歡的徐枕亞。

又矢原愉安先生幼承家學，長受中國文化，其漢學造詣之深，對中國現代史事之淵博，求之中國人亦不多見，所撰張勛復辟，係根中日德三國材料寫成，多爲前人所未道。

其次楊蔚先生延安黠驗共軍記，是一篇相當有價值的文章，世人皆知中日大戰始於民國二十六年七月七日，共軍正式受編爲第八路軍（旋改十八集團軍）在八月底，但很少人知道在三月初政府就有一個代表團前往黠驗的事。

最後要說到九一八專號的幾篇文章，都有史料價值，大部爲作者親見親聞之事，就以文字而論也相當感人。編者所撰的九一八四十年，文字雖然不佳，但所提出幾個問題，以前也很少人提及，其中重要問題，皆有根據，大可供治史者參考。

創刊號能有這多篇好文章，實在亦不容易，深願讀者看過第一期之後，能安心賜稿，編者就頂禮加額了。

本社代售下列諸書

鐵嶺遺民著：

蘭花幽夢　（上中下三冊）定價十二元

盧溝烽火　定價五元

民國春秋　第一集　定價五元

神州獅吼　（排印中）

丘國珍著：

近代國防觀　定價五元

岳騫著：

瘟君夢　一二集　每冊定價五元

毛澤東出世　定價五元

毛澤東走江湖　定價六元

紅朝外史　一二集　每冊定價弍元伍角

瀟湘夜雨　定價壹元六角

黃巢　定價壹元八角

掌故月刊社

香港九龍旺角亞皆老街六號B

電話：八四四六七三

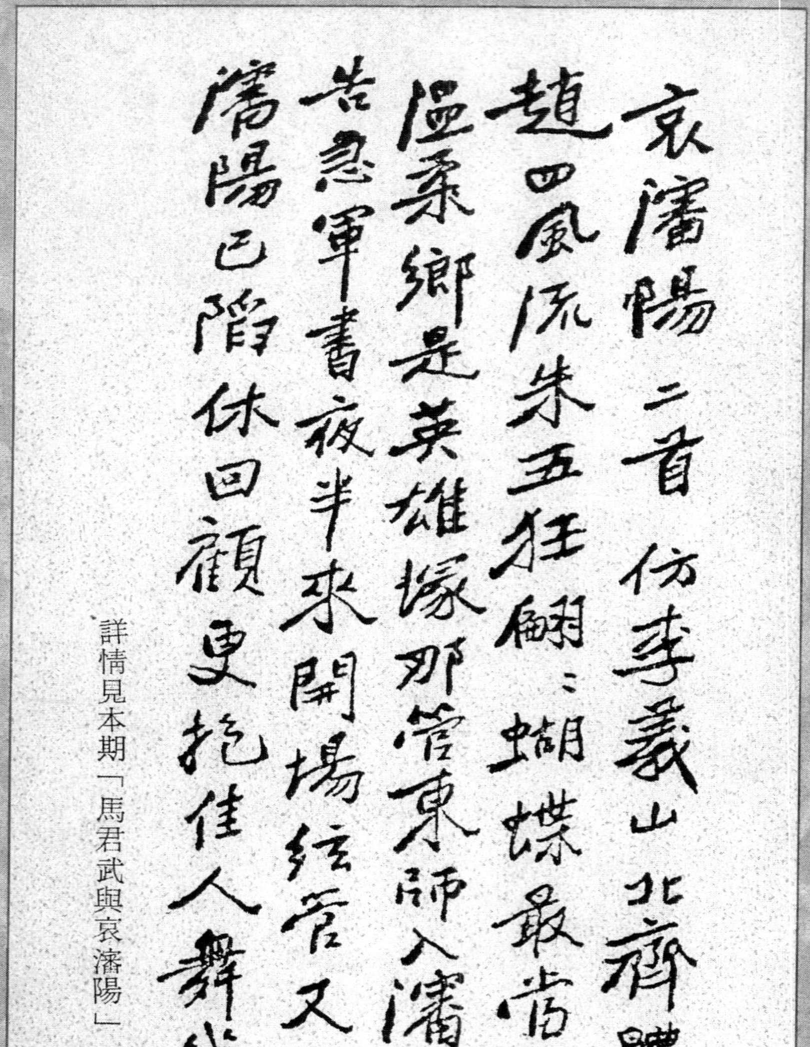
哀瀋陽二首 仿李義山北齊體 君武
告急軍書夜半來 開場絃管又相催
瀋陽已陷休回顧 更抱佳人舞幾回

詳情見本期「馬君武與哀瀋陽」一文

掌故

月刊

2

野史·佚聞·人物·風土·

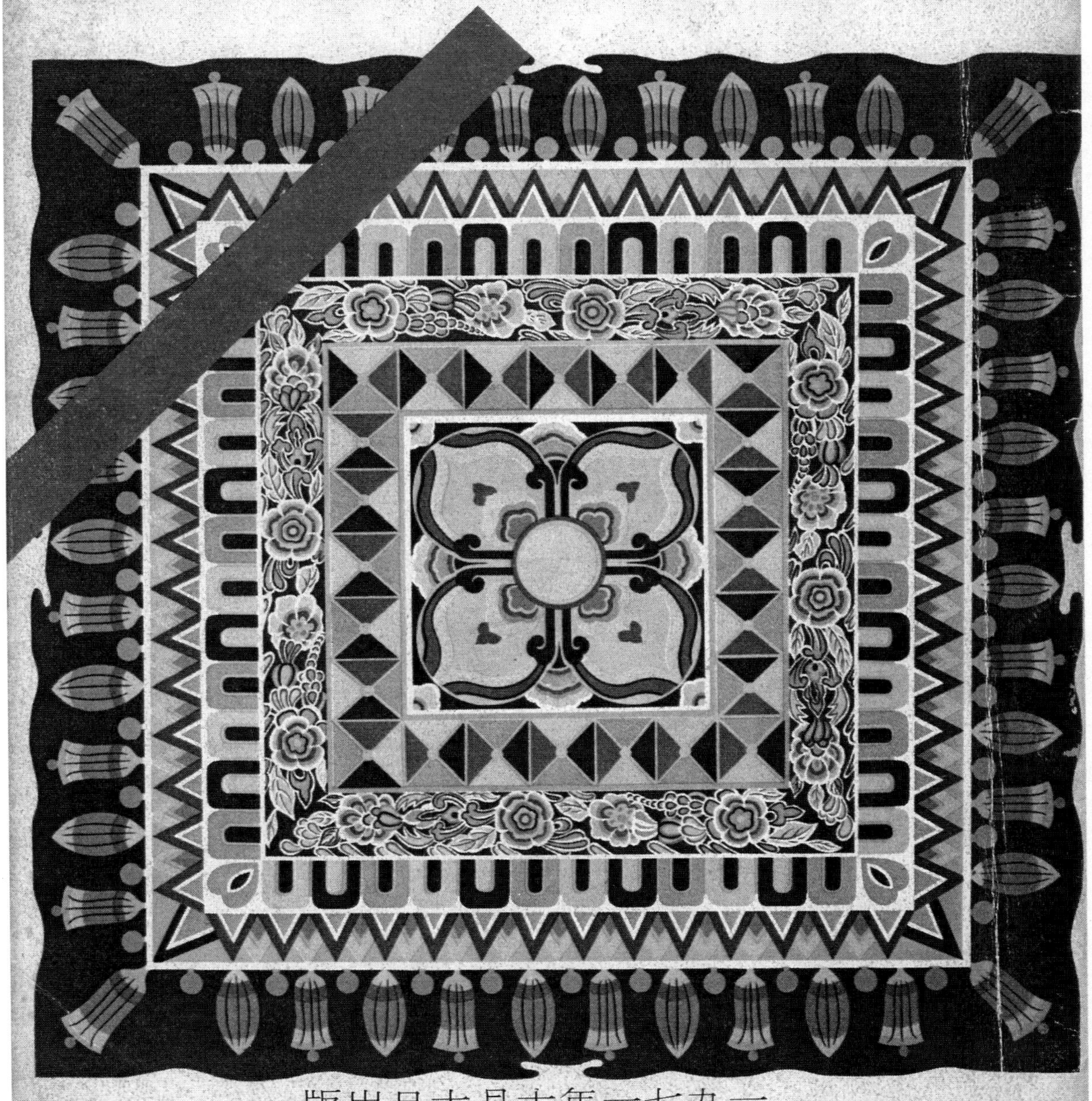

一九七一年十月十日出版

本社代售下列諸書

鐵嶺遺民著：

蘭花幽夢（上中下三冊）定價十二元

盧溝烽火 定價五元

民國春秋 第一集 定價五元

神州獅吼（排印中）

丘國珍著：

近代國防觀 定價五元

岳騫著：

瘟君夢 一二集 每冊定價五元

毛澤東出世 定價五元

毛澤東走江湖 定價六元

紅朝外史 一二集 每冊定價弍元伍角

瀟湘夜雨 定價壹元六角

黃巢 定價壹元八角

掌故月刊社

香港九龍旺角亞皆老街六號B

電話：八四四四六七三

掌故月刊 第二期 目錄

每月逢十日出版

辛亥革命六十周年專號

掌故

第二期

一九七一年十月十日出版

每册定價港幣二元正

（外埠郵費另計）

出版兼發行者：掌故月刊社

地址：九龍亞皆老街六號B

電話：K八四四六七三

THE JOURNAL HISTORICAL RECORDS

6-B, Argyle Street, Mongkok, Kowloon, Hong Kong.

督印人：鄧少卿

總編輯：岳騫

印刷者：開發印刷所 吳松街六十號

總代理：吳興記書報社 香港租庇利街十一號二樓 電話：H四五〇七六六 H四五五六一

星馬代理：遠東文化事業有限公司 新加坡廈門街十九號 檳城杳[?]田仔街一七一號

泰國代理：集成圖書公司 曼谷耀華力路二三三號

越南代理：聯興書報社 越南堤岸新行街二十二號

其他地區代理：

澳門：可大文具店

亞庇：利民公司

千里達：中華公司

菲律賓：華安書局

倫敦：東寶公司

芝加哥：杏林春

波士頓：中西公司

三藩市：新生圖書公司

三藩市：益智圖書公司

加拿大：香港商店

漢城：汎亞書籍公社

寮國：永珍圖書公司

斗湖：光明書店

菲律賓：玲瓏書局

紐約：友聯圖書公司

紐約：友方圖書公司

洛杉磯：永安堂

檀香山：大元公司

三藩市：文化商店

加拿大：新國華公司

辛亥革命六十年

·編者·

到本期掌故出版之日，距離辛亥革命整整六十年，此是以陽曆計算，若以陰曆計算，六十年則多了三天，因爲那一天的陰曆是宣統三年八月十九日，而今天則是八月二十二日。

六十年來的中國，遭逢五千年未有的巨變，此中經過，根本無法觸及，因爲一談到就非三五千字可了。好在本期發行專號，已有許多篇代表性文字，對當時整個經過及一切片斷活動皆有報導，本文只想從國人過去不太注意的問題，提出幾點商榷。

一、中部同盟會總會

論辛亥起義，萬不可忽略中部同盟會總會的組織，此一組織才是武昌起義的原動力，但在過去，國民黨方面對這一個問題不大願意談，因爲這是國民黨前身同盟會的一次大分裂，這次分裂的幅度相當大，主事人不但見解不同，也有地域性的區分，若不是武昌起義事件爆發的快，以後的同盟會很可能要蛻變成幾個政黨，分裂的原因，本期刊出中部同盟會總會章程可以看出，其中大概可以分爲幾點：

第一、「三二九」黃花崗七十二烈士殉難之後，閩粵兩省革命黨人精華損失殆盡，中山先生自己就說「是役也，吾黨精華付之一炬，其損失可謂大矣」（註一）。由於損失太重，當事人心灰意冷，中國同盟會中部總會宣言所指「一以氣鬱身死，一以事敗灰心，一則宴居深處，不能謀一面。」宣言中並未指明何人，編者意見，身死者趙聲，灰心者黃興，宴居深處者胡漢民也。是時中山先生尚在美洲，香港方面由此三人負責，趙伯先已死不論，黃、胡二公竟不肯與前來商討善後補救辦法的譚人鳳、宋教仁等見面，他們在憤慨失望之餘，乃有意另起爐灶。

依宣言看，中部同盟會總會實際已成爲獨立團體，雖聲稱「奉東京本會爲主體，認南部分會爲友邦。」但下面提到「總理暫虛不設，留以待賢豪，收物望，有大人物出，當喜適如其分，不致齒夷不屑就也。」據此則根本否定了中山先生領袖地位，準備另推出一位領袖，如果武昌起義再遲一年，同盟會本身必然要分裂成兩部或更多部份。即使革命仍能成功，恐怕步調也未必能齊一，中山先生是否能被推爲臨時大總統，亦自難料。

中部同盟會總會領導人正選五人，即陳其美、潘祖彝、宋教仁、譚人鳳、楊譜笙，候補四人：史家麐、呂天民、范鴻仙、譚毅君。此九人中，自以譚人鳳、陳其美、宋教仁最爲重要，譚人鳳以老成碩望，被推爲總務會議長。

由這份名單可以看出，同盟會中堅分子屬閩粵兩省籍者無一人列名，主要以江蘇、浙江、湖南、湖北、四川五省爲主，是眞正的中國中部，所以說中部同盟會總會實在包含有地域性的區分，此點亦影響到民國成立後同盟會分裂。

中部同盟會總會在譚人鳳策劃下全力向武漢發展，終於一擊成功，黃興對此深爲了解，贈譚人鳳詩「竟爭漢上爲先着，此復神州第一功」，蓋紀實也，但今日談武昌起義很少人提到譚人鳳，更不知有中部同盟會總會之組織了。

不過，譚人鳳等人雖有中部同盟會總會之設，完全爲了要施行自己的政策，並非爭權奪利，故武昌起義之後，黃興趕到武昌，譚人鳳且向黎元洪建議，推黃興爲總司令，舉行登壇拜帥之禮。

及至中山先生回國後，在南京召開臨時參政院，選舉總統，中部總會所統各省一致推中山先生爲臨時大總統，此等處可以看出當時革命黨人之純潔，所爭者是責任而不是權利，故民國一旦成立，同盟會又結成一體，後來雖然仍有分合，但與中部總會成立時的分裂形勢已經不同，此處不再贅述。

黃興

二、武昌起義成功關鍵

中國老一輩的史學家對於歷代的興亡，皆諉之氣數，此說自不合於現代思想，但就武昌起義經過而言，又不能不使人覺得其中若有天意存焉。

武昌起義時，湖廣總督瑞澂，提督張彪，皆是庸才，尤其瑞澂，使其稍有中人之才，武昌起義是否會發生就大成疑問。

當革命黨人名册被搜出時，瑞澂若有魄力應當機立斷，將名册當衆焚毀，以安人心。其實這種事在歷史上不乏先例，光武帝討王郎，曹操征袁紹，功成之後皆搜出己方將士通敵文書，兩人皆未啓視，立予焚毀。光武帝說：「令反側子自安。」曹操則說：「當紹之彊，孤猶不能自保，而況衆人乎。」

光武帝的仁厚，曹操的權變，自非瑞澂可及，但瑞澂應該讀過這兩段歷史，讀史作用在鑑古以知今，到了自己身臨其境時可以作爲參考。但瑞澂竟反其道而施之，始而捕殺劉堯澂、彭楚藩、楊宏勝，繼而要窮治黨羽，迫使黨人無路可走，不得不挺而走險，死裏求生，此是一誤。

當革命黨已經起事之後，爲瑞澂計，應當堅守城內據點待援，當時武昌主要兵力爲張彪統率的第八鎭（師），黎元洪統率的二十一混成協（旅），雖然被革命黨人滲入，但大體而言，仍然服從命令者爲多，瑞澂、張彪若堅守督署不走，黎元洪決不會出頭，革命黨人羣龍無首，不僅譚人鳳、

黎元洪

宋敎仁未趕到，卽使黨人內定的總司令蔣翊武也去了岳陽，臨時攻楚望台不得不找出一個與黨人素無淵源的吳兆麟指揮，其組織之鬆懈，較廣州起義尚不如。瑞、張若不走，黨人攻至天明時不能攻下督署，勢必星散，無非多一次廣州起義而已，斷不足動搖清朝二百六十八年基業。

但瑞澂、張彪一旦聞警，皆倉皇棄軍潛逃，登上軍艦，隨時準備向下游駛走，如此以來，主客之形頓異，忠於清室的官兵變成羣龍無首，革命黨人勝劵已在握，於是黎元洪被迫而出，代表民意的諮議局也出面與革命黨人合作，形勢一定，再想扳囘就難了。

中山先生對此役評論也說：「武昌之成功乃成於意外，其主因則在瑞澂一逃，倘瑞澂不逃，則張彪斷不走，而彼之役馭必不失，秩序必不亂也。」

這是很公允的話，使當時武昌城內封疆大吏不是瑞澂、張彪，而是廣州的張鳴岐與李準，武昌起義成功的可能性就不大，套句古語：雖曰人事，豈非天意哉！

三、黎元洪的作用

武昌起義最受其惠者是黎元洪，眞正是儻來富貴，以一協統（旅長）而躍爲都督，副總統，總統，在政治上如此行運的人，中國有史以來似無第二人，但關於黎元洪在武昌起義時所發生的作用，評論皆失之於兩極，譽之者恭維爲首創共和，毀之者則指爲床下都督，對革命毫無貢獻。對於此一公案，已歷六十年尚無定論，編者對此亦不敢輕言，但謹將幾個重要關鍵提出供讀者參考。

由於黎元洪入民國後，尤其是繼任大總統一段時期，表現得十分懦弱，北京政壇稱之爲菩薩，再進而爲泥菩薩，菩薩有時尚可顯靈，泥菩薩則毫無作用，只是泥塑菩薩像而已，因爲有這種諢號，世人皆以爲黎元洪良懦無能，武昌起義完全是貪天之功，以成己身富貴。

其實黎元洪在武昌起義前，治兵已有令名，尤其是出身海軍，轉入陸軍，在當時一時與有陸海兩軍之長者，沒有第二人，所以很受重視。革命黨人所以要拉黎元洪出來，也是因爲他威名素著又得兵心，決不是如王三姐拋綵球，拋到他的頭上。

就黎元洪本人來說，他確實無意革命，當革命黨發難之後，黎元洪接到報告，屬於二十一混成協直屬工輜及砲隊一部叛變，當時將駐在城內之四十一標（團，按二十一混成協轄四十一、四十二兩標）官佐召集在會議廳集合，既不發言，亦無命令，用意在監視全標官佐不得自由行動參加革命黨。就在這時，有一位工程營革命黨人周榮棠前往二十一協送信，因大門緊閉乃逾牆而入，被守衛所執帶去見黎元洪，黎元洪問明詳情，親自拔馬刀將周榮棠斬死。（註二）以後由於黎元洪爲首義元勛，進而爲國家元首，此一經過皆不願提起，世人皆知武昌起義三烈士劉、彭、楊，不知尚有一位周榮棠烈士，較三烈士死得更慘，到今天整整六十年，已無人知道周烈士的身世。本刊主旨在搜集眞正的佚聞，特將周烈士死事經過提出，更說明了一點，偉大的時代皆是渺小人物鮮血所凝成的，眞正成功的偉人並不需流血流汗。

但是，黎元洪的功亦不可沒，因爲黎元洪出山而人心大定，諮議局亦願與革命黨人合作，武昌算是眞正落入革命黨人之手，漢口、漢陽相繼攻下，本來是星星之火，到此眞成燎原之勢了。

四、袁世凱不肯爲曾國藩，不敢爲劉裕

武昌起義能推翻清朝統治，結束三千年帝制，憑情而論，袁世凱功勞亦不可沒。如果袁世凱肯作郭子儀、曾國藩，奉到詔令投袂而起，親自指揮進攻武漢，革命黨人實不易支持。查武昌起義是八月十九(陰曆下同)，八月二十二日清廷派蔭昌督師南下。

蔭昌當時帶去的部隊是陸軍第四鎮（師）與第三混成協（旅）及十一混成協。第四鎮沒有統制（師長），由該鎮第八協協統王遇甲代理，該鎮第七協協統是陳光遠，第四混成協協統李純，第十一混成協協統王占元。李純、王占元、陳光遠入民國後分任江蘇、湖北、江西三省都督（督軍）達十年之久，即有名的直系長江三督。

清廷雖然盡起精銳，但是也怕蔭昌辦不了事，八月二十三日（武昌起義後第四天）又下詔任命袁世凱爲湖廣總督，同日並下上諭：袁世凱現簡授湖廣總督，所有該省軍隊暨各路援軍均歸該督節制調遣，蔭昌、薩鎮冰所統水陸各軍並着袁世凱會同調遣。

在清朝二百六十八年歷史中，以總督而調遣陸軍大臣（兵部尙書）是史無前例的一次。可見淸廷在此時也明白北洋軍非袁世凱不能指揮，不得不授以全權，如果袁世凱有心爲郭子儀、曾國藩，確實是再造清室的大好機會。

在時間上說，湖北起義成功在九月初一，從八月二十三到九月初一中間尙有六天時間（是年八月小，漸無三十），袁世凱若劍及屨及，揮兵南下，當時黃興尙未抵武昌（黃興抵武昌在九月

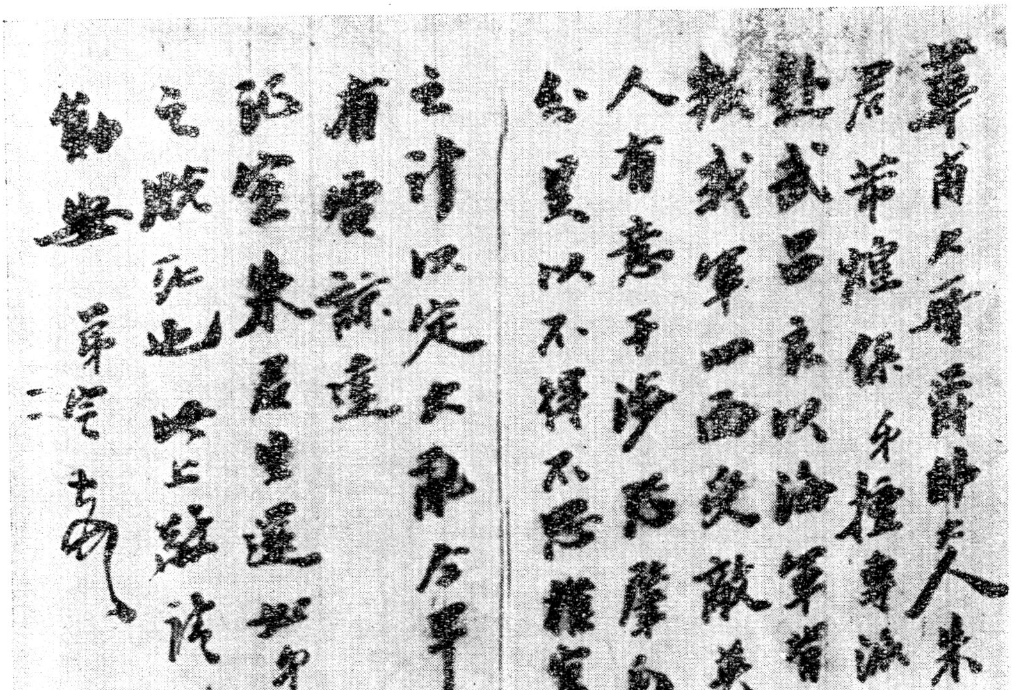

袁克定致馮國璋手札

初七，初八日始就總司令職），革命軍陣營黎元洪雖爲都督，實際指揮作戰的則是後來被查出是清軍奸細的張景良（原第八鎮第十五協二十九標標統——團長）。

若袁世凱能在九月初一之前趕到武昌，以袁世凱之聲望，對黎元洪之怯戰，加上張景良首鼠兩端，革命軍也非崩潰不可。

爲袁世凱着想，卽使不願爲郭子儀、曾國藩也可以在平定革命軍之後，振旅還京，作第二個劉裕、蕭道成，但袁世凱又不敢出此，恐怕千秋後世責其取天下於孤兒寡婦之手，於是改變方法，以革命黨逼清室遜位，再取天下與革命黨人之手，在他自以爲如此則無慚德，不知以後卻替自己惹下麻煩，終於身敗名裂而死。

漢口江中之各國兵艦

漢口民軍巡行租界

五、和議較宣佈者爲早

清廷與革命黨之和議，公開舉行在北方總代表唐紹儀南下之日，再早屬於半公開的是九月二十日袁世凱派出蔡廷幹、劉承恩到武昌與黎元洪磋商，未有結果，實際此一議和線索，依編者個人意見，可能遠在辛亥年六月張謇北上經過彰德與袁世凱密商時，卽已訂下計劃。

張謇與袁世凱相識於光緒八年（一八八二）在登州吳長慶軍中，當時張謇二十九歲，袁世凱二十三歲，中間雖然幾度齟齬，又言歸於好，到了宣統三年張謇應召北上時，袁世凱正在彰德「養痾」，張謇在彰德下車赴洹上村會見袁世凱，兩人作了長夜之談，對未來的局勢定有一個詳細的研討，張謇雖是科第中人，但思想則非常開明，眼見清廷主少國疑，親貴擅權，國運決不會長久，雖然未能預料武昌起義爆發如此之速，但遲早必會有此種事件發生，張袁皆看得到，兩人一夜長談，談的甚麼已不可知，但與張謇同行的劉厚生在五十年後追記此事時，則說：「此一夕之談竟發生極大效用，並已決定清廷之命運」（註三）。

此後局勢演變，可能與張、袁彰德會談所擬之藍圖相距不遠，而屬於張謇一系之各省諮議局皆紛紛通電請清室遜位，其中必然有人主持。

張謇彰德之行，只是序幕，眞正從事和談者另有其人卽朱芾煌是也，關於朱芾煌從事奔走南北和議的經過，胡適日記中曾有記載：「在叔永處讀朱芾煌日記，知南北之統一，清廷之退位，孫之遜位，袁之被選，數十萬生靈之得免於塗炭，其最大之功臣乃一無名英雄朱芾煌也。」

朱君在東京聞革命軍興，乃東渡（當作「歸國」）冒險北上，往來彰德京津之間，三上書於項城（袁世凱），兼說其子克定。克定介紹之於唐少川（紹儀）、梁士詒諸人。許項城以總統之位。一面結客炸刺良弼、載澤。任刺良弼者彭君（家珍），功成而死。

任刺載澤者三人，其一人爲稅紹聖，亦舊日同學也。時汪兆銘已在南京，函電往來，協商統一之策，卒成統一之功。朱君曾冒死至武昌報命，途中爲北軍所獲，幾死者數次。

其所上袁項城書皆痛切洞

漢口華界被清軍焚燒之慘象

紅十字會用小輪船裝運漢口傷兵

中利害，宜其動人也。此事可資他日史料，不可不記。」（註四）

根據胡先生記載可知朱芾煌從事和議，實際尙在袁世凱出山之前，彭家珍刺良弼一般認爲是汪兆銘所策動，亦是朱芾煌所爲，其被馮國璋捕後袁克定致馮信件（附原件影印），可以看出北方和議主持人實爲袁克定，是時袁世凱尙未就任內閣總理大臣，袁克定已以「太原公子」身份出現。馮國璋年齡長袁世凱一歲，克定竟稱之爲「華甫大哥」，可見其跋扈之一斑，以後馮國璋在洪憲帝制不肯爲袁氏父子出力，本意恐怕還是針對太子，由袁克定這封親筆函中，可以看出端倪。

至於朱芾煌爲四川人，原名紱華，芾煌其字，在中國公學時與胡適、任鴻雋、朱經農都是同學。以後赴日留學。武昌起義，朱芾煌冒險回國遊說袁氏父子，竟獲成功。據王雲五記憶，朱芾煌入民國曾任臨清關監督，帝制運動起憤而辭職。專心研究佛學，著有法相辭典四大冊，商務印書館出版。（註五）

世人對於中山先生讓大總統與袁世凱，有指爲失策者，不知當時情況不得不爾，袁世凱之預約大總統實在是中山先生回國之前。

註一：黃花崗烈士事略序。
註二：熊秉坤著：辛亥湖北武昌首義事前運動之經過暨臨時發難之著述。
註三：劉厚生著張謇傳記。
註四：胡適留學日記一二九——一三〇頁。
註五：胡適跋袁克定致馮國璋手札，見中國現代史叢刊第一冊。

黎都督夫人至紅十字會醫院慰問傷兵

中國同盟會中部總會成立宣言

現政府之不足以救中國，除喪心病狂之憲政黨外，販夫牧豎，皆能洞知，何況憂時之志士，故自同盟會提倡種族主義以來，革命之思潮，統政界、學界、軍界，以及工商各界，皆大有人在。顧思想如是之發達，人才如是之衆多，而勢力猶然孱弱，不能戰勝政府者，其故何哉？有共同之宗旨，無共同之計劃；有切實之人才，無切實之組織也。何以言之，如章太炎、陶成章、劉光漢輩，已入黨者也，或主分離，或事攻擊，或如客犬，非無共同計劃，有以致之乎？而外此之出主入奴，與夫分援樹黨，各抱野心者，更不知凡幾耳。如徐錫麟、温生才、熊承基輩，未入黨者也。一死安慶，一死廣州，一死東三省，非無切實之組織，有以致之乎。而外此之朝秦暮楚，與夫輕舉暴動，枉拋生命者，更不知凡幾耳。前之缺點，病不合，推其弊，必將醖舊史之紛爭；後之缺點，病不通，推其弊，必致嘆黨員之寥落。前一缺點伏而未發，後一缺點則不自今日摧傷過半人才始。前精衞陷北京，南洋中興報曾載有曰：「跳來跳去，只此數人。」嗚呼，有此二病，不從根本上解決，惟挾金錢主義，臨時召募烏合之衆，攙雜黨中，冀僥倖以成事，豈可必之數哉。此吾黨義師，所以屢起屢蹶，而至演最後之慘劇也，同人等激發於死者之義烈，各有奮心，留港月餘，冀與主事諸公婉商善後補救策，乃一以氣鬱身死，一以事敗灰心，一則宴處深居，不能謀一面，於是羣鳥獸散，滿腔熱血，悉付諸汪洋泡影中矣。雖然，黨事者，黨人之公責任也，有倚賴性，無責任心，何以對死友於地下。返滬諸同志迫於情之不能自已，於是乎有同盟會中部總會之組織。定名同盟會中部總會者，奉東京本會爲主體，認南部分會爲友邦，而以中部別之，名義上自可無衝突也。總機關設於上海，取交通便利，可以聯絡各省，統籌辦法也。各省設分部，收攬人才，分擔責任，庶無顧此失彼之慮也。機關制取合議，救偏毗，防專制也。總理暫虛不設，留以待賢豪，收物望，有大人物出，當喜適如其分，不至鄙夷不屑就也。舉義必由總部召集各分會決議，不得懷抱野心，輕於發難，培元氣，養實力也。總部對於各團體相繫相維，一秉信義，而牢籠誘騙之手段，不得施也。各團體對於總部，同心同德，共造時機，而省界情感之故見不可有也。組織之內容，大概如是。海內外同志，其以爲不謬肯表同情贊助歟！黨人幸甚，中國幸甚。

（原註）此譚老人鳳手稿也。成會之宣言也，歷舉往史綦詳，所舉宴處深居者，不知指誰。老人號石屏，又號雪髯。譜誌（譜爲楊譜笙）

總務會職員錄

庶務　陳英士
財務　潘祖彝
文書　宋教仁
交通　譚人鳳
會計　楊譜笙

候補人

庶務　史家麐
財務　呂天民
文書　范鴻仙
交通　譚毅君
會計　史家麐

武昌起義三日記

吳醒漢

當辛亥廣州三月二十九日失敗後，譚石屏於五月下旬到漢，與各同志會商，決定以武漢爲發難地。各同志卽積極進行，新軍中各有組織，二十九三十兩標同志，組織一將校團及下士班，專爲運動下級幹部及兵士，成效最著。其主幹人爲蔡濟民、吳醒漢、張廷輔、王憲章、王文錦、徐達明等。其他各方面，工程營熊秉坤、方興等，砲隊孟華丞、徐萬年等，輜重營胡祖舜等，各分組小團體甚多，因時勢緊迫，由查光佛、劉堯澂等爲之斡旋，併合爲一。夏間開同盟會（共進會）成立大會。蔡濟民、吳醒漢、張振武、楊玉如等任參議。居正、楊時傑任內務。查光佛、牟鴻勛任聯絡。蔣翊武、劉堯澂任軍務。餘分交通、交涉各職，彭楚藩、熊秉坤、徐萬年任各標營代表，此事前之組織也。至發難時推定蔣翊武爲臨時總司令，孫武爲參謀長，蔡濟民爲參議長，吳醒漢、徐達明、王憲章、張廷輔等爲參議，陳磊、謝石欽、潘公復、丁笏堂分任秘書幹事，鄧玉麟任交通傳達命令之責。本決定八月中秋發難，因居正、宋敎仁、黃興未到，乃改期八月十八夜半（十二時）。不料是日下午，孫武在漢口俄界寶善里試驗炸彈，爆裂負傷，被俄警聞知，入宅搜索，將文告名冊彈藥印信旗幟符號等件概行搜去。是晚武昌大朝街張廷輔家亦被破獲，捕去十餘人，彭、楊、劉外，蔣翊武、龔霞初、陳達五均被逮，而彭、楊、劉三烈士遂遇害。事大泄，武漢特別戒嚴，各秘密機關人員均逃散，交通阻斷，羣情惶恐。於是預定計劃之十八夜未能發動，但是夜各同志，仍枕戈待旦，準備通宵，因交通阻滯，致傳達命令之人未能傳到。至十九日晨早操，二十九三十兩標（同一營房）同一操場，正操練時，張彪派其馬弁數人至操場將張廷輔捕去。余與廷輔同隸三十標，蔡幼香（濟民字）隸二十九標，同在操場，目睹情狀，憤不可遏，收操回營後，萬分難過，因局勢益緊，嚴禁各營官兵互相來往，消息不通，別無善策，自分當在索捕之列。幸是日正午換班，二十九標二營係蔡幼香値日，三十標一營係余値日，三十標二營係徐達明値日，均站在大講堂門首，相顧失色。換班後，各自回營，余强步與幼香同行，徐達明亦趕來。幼香低聲問我：「怎麼辦？」余答：「死中求生，非幹不可。」幼香：「今夜趁點名時幹起來。你先率三十標一、二、三營同志，先佔楚望臺軍械局，由津水閘保安門進攻督署左翼，我帶二十九標一、二、三營同志，由皇殿玉府口進攻督署右翼，工程營、砲隊，我派人去通知，同時發難。」說畢，各回本營午餐。暗中告知心腹兵密爲準備。彼時點名時間尙有數小時之久。盤旋於斗室中，備歷悲怒愛喜諸狀態，迴想當時危疑震撼之情形，實有不可以形容者。幸至七句半鐘點名時，突聞工程營槍響，右旗（二十九、三十兩標房之總稱）守衛兵亦相繼發槍，余聞之精神抖擻，卽出營房吹笛站隊，士兵亦執槍爭相集合。但本營官兵，旗漢籍約各佔半數，而旗籍官長即把守各營門。聲稱：「管帶命令，不准外出。」此時四圍槍聲愈緊，余急切間遂向旗官說：「管帶命令固要服從，但不能不準備整頓隊伍，發子彈，以防不虞。」言時，聲色俱厲，該旗官等因之氣餒不答。余即招心腹通氣之兵，衝入軍械室（右旗各營軍械室向在左隊）。派四人守門，將子彈盡數發給各漢兵，而旗兵顆粒未得，亦不敢來爭。余隨即在飯堂整隊，將門打開，跑步衝出（其時旗兵未來追趕可怪），會合三營二營，推倒營側圍牆，向楚望臺進攻。迨到楚望臺時，工程營有一部分亦到達，正爭領子彈，秩序大亂。有多衆圍在一堆，嘈雜不已。余即趨前問何事，據說：「幾個守楚望臺的官長，跑了幾次，是我們在此看守的。」余即排衆擁入，見工程營隊官吳兆麟，督練公所科員馬祖全、成炳榮、工程營司書黃楚楠等均云：「奉督練公所命，看守軍械局。」當倉卒晤談時，彼等咸露驚恐形色者，因事前未通聲氣也。余即說明情形，極意安慰。並勸吳等不要走，言畢，隨派兵數名，責令保護。余復轉至中和門（起義門）馬路上重整隊伍。演說推翻滿淸宗旨，區分隊伍，進攻督署。當時兵士異口同聲對余說：「請老爺（笑話）上前。」余說：「好！我向前做尖兵長，誰膽大？誰即隨我向前。」此時隊伍中有工程營、馬營三十標，余家文、張玉淸、王起雲、馬開雲等數十名同余向前（此時鄧玉麟穿一短裝手執旗子向我談兩句話就走）。大隊亦隨後趕到(同時派馬明熙第一排兵至南湖接砲隊)。剛走津水閘時，瑞澂派有消防隊防禦，連放數排槍，在余左側者被擊斃數人，而右側之馬開雲亦受傷倒地，余即派兵護送出險。迨余回頭看時，隊伍已逃去一半。余見形勢不佳，即繞道由水陸街去與蔡幼香會合。不料幼香尚未出來，只得折回楚望臺，而幼香、高尚志亦正於其時率領二十九標隊伍到達該處，秩序甚亂。余以有經一次失敗，非重整隊伍不可，因與幼香籌商，決定仍分兩路作第二次進攻。是時砲隊亦進城，士氣頓爲奮振。（砲隊係孟華臣、徐萬年、陳國楨、蔡漢卿率領。）遂區分砲隊，以一部至保安門，一部至蛇山，並留一部守楚望臺，派二十九標排長胡孝騫掩護。其向蛇山行進之砲隊，經過黃土坡時曾被黎元洪統率之四十一標截擊，當指揮留駐楚望臺之砲兵向四十一標營房轟擊，該標遂畏而潰散。其時有一部分同志左國棟、胡廷佐等亦趕至蛇山，余遂派馬榮前往維持。旋與幼香分途進攻督署。時已深夜黑暗，砲兵難以瞄準，派人購得洋油數桶(此時吳兆麟亦偕行)，將王府口亂房子灌燒數間，始獲見督署旗桿，目標因得顯明。步砲工兵合攻數小時，至天明（二十日），瑞澂、張彪始皆退去。此時山前方面，已無敵踪。遂派二十九標二營排長王志超等去歡迎黎元洪外，復派李靑山、張玉淸、王起雲等去毀電線，而余則親赴諮議局覓湯化龍，請其佈告安民。嗣據報淸藩司連甲尚未走，正與幼香在南樓對抗，余即急率一部分趕至長街，適幼香在官錢局門首指揮。余見南樓狹窄，又有藩署大照壁掩護，進攻非常困難，即商之幼香以一部分固守南樓，另派一部分由大觀書院進橫街頭攻藩署側面。余即往蛇山，並調砲隊至鳳凰山擊其正面。計劃既定，余遂疾趨蛇山，因通宵碌碌，疲勞過甚，頭眼亦昏。不意遇着余本營管帶郜翔震率領三十標旗兵一營駐在我砲兵附近。郜見余時，怒氣冲天責余不應昨晚私自帶隊出走。斯時旗兵多對余怒且相視，交相詰責。幸余所帶四五十名衞兵，均極精壯勇敢，子彈亦都裝好，且甫來自戰線，氣勢上盛。（其時彼衆我寡，余頻以目視所部，未致鹵莽從事。）余與談話時，以所持手槍，時指彼等。郜懦怯，終不敢相逼過甚，惟囑余即速歸隊。余回隊後，默念外邊大勢，只剩幼香一人指揮隊伍，力攻藩署，勝負尚難逆料。而一般不通聲氣之官長，均於起事時倉皇遁走。二十日早晨，軍隊均散漫，失聯絡。維時除郜翔震一營旗兵外，尚有謝元凱一營，均與漢兵混在一起。且郜、謝二人係同學，最相契，倘被看出我等破綻，將其兩部聯合步隊，與我砲兵接近，我砲兵即失其效力，不能抵抗步兵。此時張彪尚在漢陽四十二標，設或聲氣貫通，渡江重來，雙方夾攻，豈不大事去矣？余沈思至再，非除去郜、謝等心腹大患，不能於死中求生。即在隊大聲疾呼，當衆宣佈曰：「郜管帶的是旗兵，請你們趕快把他們打走，以免危險。」當時凡屬漢兵，均齊聲喊打，旗兵氣餒，大率自動逃去。在蛇山各處隊伍齊放排槍，旗兵始豕突狼奔，頃刻潰散，余即再整隊伍，對兵士講話時，據報小東門有旗兵二隊。又令蛇山砲隊轟擊潰散。至今小東門之砲痕宛然，時已午前八九點鐘矣。余自五六時光景到蛇山雖經歷僅二三小時，而所受之痛苦危險，至今猶深印於腦海之中，蓋成敗實繫於此一剎那之間也。計自十九晚親率此數十勇士迴旋於武昌城中，出生入死，屢瀕絕境，早置此軀於度外。卒以清祚告終，漢族當復，千鈞一髮，天實使之。殘敵初燼，復至蛇山部署後，即趕至諮議局。適黎元洪氏亦到，會晤時蔡幼香亦在座，正與黎元洪籌商佈告安民。稿既脫，請黎氏簽字蓋章，黎尚猶豫未決，而黎元洪之執事官王安瀾亦為黎辯護要求從緩。此時諮議局係測繪生守衛（因較可靠），李翊東、陳磊均為測繪生。陳磊先舉槍指黎罵曰：「生成滿清奴隸，不受抬舉。」翊東繼之，余則兩手攔住二人之槍，囑其不可鹵莽。後黎乃御衆議鈐印（黎出來時到楚望臺大約在上午十時之譜彼時余正在蛇山），至下午一時，正與黎午餐，忽外面突放一排槍，守衛學生即退走。余與幼香亦即邀黎暫避蛇山（山上有很多隊伍）。一面派人調查是何處隊伍放槍，一面與黎商量都督府組織法，並協籌防守事宜。黎在山指劉家廟而言曰：「海軍一到，劉家廟敵人即佔不住。」（此時張彪帶四十二標及輜重營在劉家廟，故云。）未幾，據報攻諮議局者，係三十標一營旗兵，已由諮山駐隊追去。於是仍邀黎氏同返諮議局，並加派衛兵，嚴為戒備。至晚，即召集會議，共有十五人。同志中有蔡幼香、鄧玉麟、高尚志、李春萱、張廷輔、王憲章、徐達明、王文錦、陳宏誥、謝石欽、黃元吉、吳醒漢、胡瑛。臨時加入者，吳兆麟、楊開甲、王安瀾、馬祖全等。翌日即由謀略處商議都督府、及軍務、內務、財政、外交，各部之組織。是日幼香、鄧玉麟商同余組織六營，由余指揮，守各機關及各城門，佈告安民事乃大定。此即辛亥武昌首義三日內之實在情形，亦為躬與其事者之必能記憶者也。至工程營、砲兵、輜重營之發難情形，則未死而身與其事之同志尚多，必能有明確之記述，余實不敢妄說。惟此一夕事，余敢堅決斷言，知之者實少。所以近二十年中著革命史及革命演義者，大都描寫得含含混混，甚至落筆茫無根據。一則因關於是夕發縱指示，身與其事者確少，而死者逃者居十之七八，存者寥寥無幾人。另一則因當日同志，只知為革命努力，不欲為個人宣傳，自伐自矜，引為恥辱，是以武昌首義之一段故事，二十多年來，從未有人道破真相，亦從未有詳細正確之記載。余復素性疏懶，且以為革命黨應做之工作，尤不應自己宣傳，為有識者所竊笑。惟是非顛倒，貪天之功，不惟為正義所不許，尤令真正奮鬭同志，生者灰心短氣，死者不能瞑目也。近年以來，有係營業性質者，有為個人宣傳者，所以革命史書，不在少數，而於武昌首義事蹟，模糊影響，不切事實，姑置不論。惟曹亞伯所編之「武昌革命真史」，尤其顛倒是非，荒謬絕倫，雖經中央明令禁止發行，然亦不無影響。茲擇其荒謬之點一二如下：①本人既非身與其事，又未與湖北首義同志商量；受私人金錢之利用，將首義時投機之官僚及報紙所載之文告新聞，認為真史。②把工程營全營官兵名冊，列作首義人之名單，真正首義同志，一概抹煞。③把工程營發難時反抗革命被殺之督隊官阮榮，侵吞軍餉被槍決之方定國均列入首義人員名冊內，並註明係誤殺。且前一段說明二人應殺之原因甚詳，自相矛盾，可笑已極。④清標統張景良投降後，又復通敵，在劉家廟下令燒棄子彈及輜重，被軍府明令槍決，而曹說是誤殺。並說張係日知會會員。⑤吳兆麟本係在楚望臺與督練公所科員馬祖全、成炳榮等看守軍械局，當工程營發難，佔楚望臺軍械局時，彼等駭得要死，及余率隊到楚望臺時，衆士兵尚將彼等包圍。余詢問情由，衆士兵說他們想逃走，是我們看守着的。余推開士兵向吳等講話，吳呆若木雞，不能言語。成、馬將攜帶手槍及身著軍服，概交給與我。其驚駭之狀，可想而知。尚有工程營司書黃楚楠在旁，經余再三解說，並派兵保護，勸其不走，始稍安心。隨後蔡幼香到楚望臺時，余二次整隊攻督署，吳卽隨同我們前進。二十日黎出任都督，大家同志因爲人材太少，其目的只在推翻滿淸；對於漢人，完全視爲同胞，無絲毫歧視（失敗原因在此），凡屬稍有能力者，卽一律引用。計二十日成立謀略處，新加入者，有吳兆麟、楊開甲、王安瀾。二十一日有杜錫鈞、張景良、湯化龍、胡子笏等。陽夏之役，黃克强任職戰時總司令，吳卽任司令部參謀處次長。南北議和停戰期間，改編八師又任第五師師長。未幾，和議告成，裁減軍隊。吳個人要求三萬元退伍。民國二年民黨失敗，黎氏北上，王占元督鄂，就是將軍團要人之一。此係吳氏加入辛亥革命經過情形，衆目昭彰，人所共知。加入後，雖不無微勞，然報酬實有過之。自此以後，十餘年來未見其離開湖北，做過革命工作。而曹亞伯不知如何因緣，竟甘心爲吳作走狗，不惜犧牲一切，大吹特吹，把辛亥首義眞正同志，汚辱殆盡，而辛亥革命之價値，亦掃地矣。曹之顚倒是非，喪絕天良，可謂至矣極矣。故不得不將當時舉義眞相，敍述大概，使國民知是非功罪之所在焉。

武昌起義時之慶親王內閣

起宣統三年四月十日訖同年十一月一日

內閣總理大臣	奕劻	內閣協理大臣	那桐
內閣協理大臣	徐世昌	外務部尚書	梁敦彥
民政部尚書（四月十日任命）	善耆	民部繼任尚書（七月十二日任命）	桂春
民部繼任尚書（十月初二日任命）	趙秉鈞	度支部尚書	載澤
學務部尚書	唐景崇	陸軍部尚書	廕昌
海軍部尚書	載洵	司法部尚書	紹昌
農工商部尚書	溥倫	郵傳部尚書	盛宣懷
郵部繼任尚書	唐紹儀	理藩部尚書	善耆

【備考】此次內閣，本中國向未曾有之創設者，特爲愼重起見，故未實行新內閣官制，僅據當時內閣辦事暫行章程以成立。又關於軍事上一切問題，不由內閣總理大臣負責，而由軍諮府大臣負責。其時任軍諮府大臣者，爲貝勒載洵。

武昌起義後之袁世凱內閣

起宣統三年十一月一日訖民國元年三月十三日

內閣總理大臣	袁世凱	外務部大臣	梁敦彥
民政部大臣	趙秉鈞	度支部大臣	嚴修
學務部大臣	唐景崇	陸軍部大臣	王士珍
海軍部大臣	薩鎭冰	司法部大臣	沈家本
農工商部大臣	張謇	郵傳部大臣	楊士琦
郵傳部代理大臣	梁士詒	理藩部大臣	達壽

辛亥革命時獨立將校決

辛亥武昌起義，全國響應，尤以青年學子，熱血沸騰，紛紛投筆從戎，均以參加實際革命工作爲唯一職志。當時的獨立將校決死團，便是一些靑年學生所組織的。本文所述，皆爲作者本人之親身經歷。

辛亥那一年，我在上海，正由商務印書館所設的商業中學畢業後在該館當練習生。我幼年深受我表兄敖嘉熊烈士的影響，痛恨滿淸的統治，這時又讀了許多革命的報紙和刊物，因此反淸排滿的思想愈益高漲。及廣州起義失敗，七十二烈士殉難，當時的熱血青年莫不撫髀長嘆，我因自己非同盟會會員，沒人介紹，得不到參加的機會，但是心裏早已怦然而動，躍躍欲試了。到了那年農曆的八月十九日，武昌起義，全國震動。我就和慈谿秦東鈞、崑山徐祖正兩個同學秘密集議，認爲光復河山，在此一舉，機會不可再失，決計脫離商務印書館，從軍參加革命。但公然脫離，決不爲師長及家庭所允許，只有潛行逃走，始能達到目的。但我三人都是窮學生，要到千里外的武昌去，那來這筆旅費呢？因此焦急萬分。正在這時，我的敖家姑母忽然給我寄來銀洋三十元，因我商校已經畢業，爲鼓勵我好好工作，特寄此款，敎我添置衣服的。我得了此款，欣喜若狂，因那時的三十元，已經不是個小數，足夠我們三人的旅費而有餘了。卽告知秦、徐二人，經過一次籌商之後，我除了買一套衞生衣褲之外，把錢都交給秦東鈞，由他負責購買三人的船票，並推他爲三人的領袖，主持一切。因爲他那時是老大哥，二十歲，我只有十八歲，徐祖正更小，僅十六歲，一切社會經驗均不及秦的老練。又因我等一旦突然失踪，恐怕商務印書館和家庭雙方不免引起糾紛，遂聯名寫了一封留別書給該館總經理，於當天夜間偸偸地上了太古輪船。半夜船開，不久出吳淞口，溯江西上，我們才把緊張的情緒慢慢平復下來。我們三個青年就這樣走上了革命的征途。農曆九月初八日船過九江，九江已懸掛白旗，聽說新軍已響應武昌，起義獨立了。及船過黃石港，因離漢口已近，我們到甲板上去散步，只見滿船乘客，羣集甲板，倒有百分之八十是去武昌參軍的，青年學生佔了一大半，裏邊也有壯年和中年人。衆口紛紜，都已公開地在暢談革命，不再隱諱，也可見當時人心的振奮了！

船到漢口，在太古碼頭上岸。那時約爲下午四時左右，這一大羣參軍的人都紛紛雇划子過江。在划子上認識一個名叫殷仲禮的，他本是南京新軍軍官，他邀我們隨他一起到軍務部去。我們三人因此來目的是要上前線殺敵，應該參加到部隊中去，就謝絕了他，逕和其他許多同船來的青年，一起到獨立將校決死團去參軍。該團在武昌望山門內兩湖總督署西面的督練公所內。團長金鴻鈞，湖南人，他還兼爲十個衝鋒營的統領。參軍官(卽參謀長)首斌，也是湘人。我們入伍之後，都成了團員。到編隊時，我們三人被編入第一營右隊（連）第一哨（排），秦東鈞被派作正團領（班長），我作副團領，徐祖正仍作團員。因爲全團都是靑年學生，同抱獻身革命的目的，所以莫不慷慨激昂，彼此意氣相投，親如手足。隊官、哨長（連、排長）也不以禮法相拘，無甚上下級的差別。那時的月餉，自都督以至士兵，每月都是二十元，發的是大淸銀行的鈔票。據說那種紙幣本已收回不用，起義後因軍需浩繁，重又發出，流通市面。和鈔票同樣在市場上流通的，還有一種湖北省官錢局發行的臺票，票面註明每票兌制錢一千文。鈔票一元則兌換制錢一千二百文。其他貨幣有銅元和一二角的小銀幣，交互使用。那時物價低廉，並不因發生革命而波動，商民安居樂業，也不因戰爭而恐慌。亦可見民心的背向了。

那時的鄂軍政府軍務部，是革命軍事的重心，部長

的一段故實

王振民

爲孫武，副部長爲蔣翊武及張振武，時號湖北三武，爲一時風雲人物。這時各省援鄂義軍，雲集武漢附近，湖南增援的部隊尤多。因湖南繼武昌首義之後，於陰曆九月初一卽響應起義，推焦達峯、陳作新爲正副都督，遂卽廣募軍隊，支援湖北。所以湘軍今天來四千，明天來六千，源源而至，幾乎無日無之。湘軍的裝備，都是穿對襟的中式號掛，頭上打黃布或藍布的包頭，赤腳穿草鞋打裹腿，其形象頗似平劇「鐵公鷄」戲內人物的打扮。但每個戰士都是精神奮發，雄赳赳、氣昂昂，沒有三十歲以上的人。我認識一個岳州義軍總代表（類似旅團長）謝流芳，他所統率的兩千多人駐在兩湖書院，個個都生龍活虎。人民看見來了這麼多的隊伍，而匕鬯不驚，因此大受感動。

九月初九日淸軍攻占漢口，殺人搶掠，縱火焚燒，商民大受荼毒。龍王廟四官殿一帶，黃煙冲霄直上，火光燭天，數日不熄。敵炮兵在劉家廟及龍王廟江岸與我蛇山、黃鶴樓、龜山等處的炮兵隔着長江、襄河互以野炮、山炮對射，日夜不停。炮彈射不及岸，落在江中的，激起浪花如水柱，但岸上行人，江中舟楫，均熟視無覩，行駛自若，只不過不在其射程以內來往罷了。此時本省的義軍和各省援鄂的部隊，人數雖衆，總沒個總司指揮的人。適黃興由上海來，遂共推舉爲總指揮，並特在都督府前閱馬場的土阜子上，用杉木搭起一座正方形的將台，四面徧插十八星的軍旗，中間懸掛紅黃藍白黑五色國旗，舉行登壇拜將的儀式。黃興就職後，卽親往前敵視察指揮。

陰曆九月中旬的某天下午三時左右，都督的令箭來到決死團，傳達命令，要我團開到漢陽去防守兵工廠，令衛鋒營開到蔡甸一帶去增援。金鴻鈞奉令後，卽令我第一營於四時晚飯後先行出發。大家急忙吃完飯，整理好全副武裝，在大操場集合，聽候點名。點名後，黃管帶（營長）把防守兵工廠的任務作了指示，立卽出發，在文昌門渡江。那時已近薄暮，江面上流彈亂飛，在頭頂嘯嘯直叫。我初次參加戰鬪，見此情景，心情未免緊張，但過了一會也就漸漸安定了。江中白浪滔天，暮靄漸濃，船隊直向漢陽進發。不久登岸，隊伍開到兵工廠，我們的駐所是在一個德國技師所住的小洋房內，時外國人和其家屬早已離去。我們安頓了臥鋪，卽分別進入襄河岸的前線陣地，把原有的戰壕、交通壕等工事加强加固，卽在陣地警戒，監視對岸敵人的行動。敵人老想偸渡，或拂曉、或傍晚和半夜，以山炮、機槍掩護滿載敵兵的船隻，向我方河岸衝擊。我方也集中火力，奮勇阻擊。時秋雨連綿，戰壕積水沒膝，衣褲盡濕。敵人在大雨中，亦時來偸襲。我軍冒雨浴血苦戰，半月之間，不知擊退了進犯的敵軍多少次。但敵人是久練的北洋勁旅，我們都是青年的學生，論訓練和戰鬪經驗，都是遠遠不及的。僅憑一股血氣之勇，和敵人頑强抵抗，因此傷亡慘重，旣得不到喘息的機會，又沒有補充。

到了陰曆十月初六那天，我右隊殘存的戰士，只有十三人了，其他各隊傷亡的情形也差不多，這才把我們撤回武昌。回到武昌後，才知道十里鋪、三道橋、聚鐵山等戰線，都有我決死團和衛鋒營的部隊，配合友軍作戰；我們這兩部分的戰友撤回來的，也是所餘無幾了，尤以湘軍的犧牲爲重，戰鬪的激烈於此可見。到十月初七日，漢陽亦告失守。敵人占領龜山後，由山上發炮向武昌轟擊，我軍在蛇山發炮還擊，雙方炮戰極爲激烈。那天倒沒下雨，但是硝煙瀰空，黃雲滿天，景象十分淒慘，好像也在憑弔革命烈士壯烈犧牲似的。我團及衛鋒營殘餘部隊又於當晚八時，奉令調赴靑山沿江一帶增防，以備敵人乘機渡江。我隊因只有十餘人了，還有帶傷的，所以未予調動。但是我們的心情是十分激動的，徹夜都未入睡。總之，此次雙方會戰，論人數，我方較衆，裝備雖不及敵兵的精良完整，而士氣旺盛，人人奮勇，但終於戰敗。其原因：第一是全局指揮方面對兵力的配置、調動和增援，都不甚適當，甚至失時，運用的太不靈活，也不愛惜兵力；第二是兵太多，都沒有戰鬪經驗，但知恃勇拚殺，不知利用地形地物以減少不必要的犧牲，遂至戰敗。加以黃興總指揮爲再戰恢復之計，赴滬糾集援軍。他一走黎元洪也退駐洪山寶通寺，並欲退往湖南。軍務部長孫武也要離城。幸而副部長張振武力主死守，願與武昌城共存亡，並表示有再敢倡議棄城退走的，一律以軍法從事，這才把動搖的人心給安定下來，堅決固守武昌。又幸而各省響應起義的越來越多，蘇浙聯軍已攻佔南京。袁世凱也另有陰謀，企圖挾革命以自重，沒有繼續進攻，武昌局勢才沒有進一步的惡化。

這時南京臨時政府已經成立，南北議和亦在上海舉行。我們在決死團無事可作，因爲戰事已經暫時停止，成了休戰狀態，心中異常煩悶。正好兵站總監劉公任北伐左軍總司令，成立總司令部，我和徐祖正二人見此機會，就通過軍務部，要求參加北伐。軍務部就寫信把我二人介紹給劉公。劉見我兩個都是青年學生，年紀又小，能夠矢志從戎，頗爲嘉許，當即委爲中軍監視官，隨營聽候差遣。我等奉委後，興高采烈，以爲此次北伐，必可復我漢室河山，解除人民痛苦，懷着十分激動的心情，回去搬取行李。不料在我們初到武漢時於划子上認識的那個軍官殷仲禮，又來看望。他已來過多次，每次都要我二人搬到他家去住，這次來就是要來搬取我們的行李的。他聽說我二人要參加北伐，即索閱委狀，看過以後即將委狀收入懷內，並說：「在這裏工作，一樣是革命，好好的跟我去幫忙。你們年紀太小，北伐是不能去的。」我們向他索取委狀，他說：「這個我會替你們交還劉仲文的。」就這樣强迫着我們二人搬到他家裏。他和第四鎮統制鄧玉麟合住在一所小洋樓內。這所洋樓據說原爲審判廳廳丞黃慶瀾的住宅。他和許多高級軍官都很熟識，但我們始終不知他是甚麼身份，也不知他在那時究竟搞些甚麼工作，連張振武也常和他來往。我們兩個靑年見他手段通天，心雖不願，竟無可如何，更不明白他强留我二人是有何作用，就糊裏糊塗地在殷家作了食客。不久聽說北伐左軍到了襄陽，忽然兵變，竟至炮轟總司令部，北伐一事竟告頓挫。而武昌方面也發生政爭。蔡濟民所組織的碧血會，大部會員全部武裝開入武昌城內，推倒了孫武。

中華民國元年(一九一二年)二月十二日淸帝下詔退位，而東北的張作霖在關外尙懸掛龍旗。張振武時以籌邊使兼邊防軍司令的名義，準備討伐張作霖，光復東三省；先遣支隊司令黃禎祥業已率隊到達煙台。我和徐祖正二人，在殷仲禮家正煩悶無聊，聞此消息，又躍躍欲動。正値張振武到殷家來，才知道決死團的一部同志和我們的同學秦東鈞等十餘人，都已被張收容到他的司令部去了。我二人要求參加北伐，他同意我們去，並令次日即將行李搬去。第二日，我們搬到水陸後街的宿舍，果見各同志都在那裏。我們這次參加，因張振武的關係，殷仲禮未加攔阻。我們在邊防使署的名義，暫時都是隨員，後又分別派爲使署及司令部的參謀副官和書記官等職務。我被派爲司令部的參謀。我們的辦公和住宿的處所，也由水陸後街搬到斗級營的一個客棧裏。不久又由都督府以副總統陸海軍大元帥兼鄂軍都督黎元洪的名義，發給我們每個參加戰役的同志首功執照一紙，銀質起義紀念獎章一個。給每個人的執照上，都有不同的考語，我的執照寫的是「殺敵致果，奮不顧身」八個字。我們當時得到了，都視爲無上的榮譽。但不久孫中山先生讓大總統位於袁世凱，袁世凱竟統一了南北的政權。因此張振武出兵東北一事也就停頓下來。到了陽曆五月間，我們的機構撤銷，人員也被遣散。不久，張振武又被袁世凱誘往北京，竟予殺害了。

我們這一羣想獻身革命事業的年輕傻小子，自張振武一死，竟沒有人管，就風流雲散了。我們同伴來的三人，秦東鈞回到上海，籌了些資金，到了爪哇的巴達維亞經商去了；徐祖正到日本半工半讀去了；我則回到原籍嘉興。本來想繼續升學，可是沒有錢，想找一份職業罷，又高不成、低不就，倒成了進退兩難，只有暫時守着幾畝田過日子。參加辛亥革命的工作，就此告一段落。

時逢佳節悼故人──武昌三烈士

李仲華

碧血黃花是無數中國人生命的結晶，千秋事業是無數革命同志靈魂的締造，我們永遠不能忘記昔日如江河澎湃的熱血奔流，我們更不能忘記往昔若火山噴發的血肉橫飛。光輝燦爛的歷史生命，是從艱難困苦，奮鬪犧牲創造的。撫今追昔，益緬懷先賢先烈建民國之不易。宣統三年，革命黨人決定中秋大舉，不幸走漏風聲，遂引起清吏大事搜捕，漢口的部份機關查封，同志詹大悲、何海鳴均被捕下獄。武昌各機關，亦相繼被破獲，黨人被逮捕下獄者，僅在小朝街五十八號，即有三十餘人，中有楊宏勝、彭楚藩、劉堯澂三位烈士，受刑不屈，痛斥瑞澂，被斬，壯烈成仁。

國亂英雄起話楊宏勝

先烈楊宏勝，字益三，湖北穀城縣人，是當時有理想、有熱血、有骨氣的青年，目睹國勢岌岌可危，不惜拋棄家庭投入新軍第三十標充當士兵，不久升正目，於是在軍中受革命理論感召，加入革命團體共進會爲會員，和孫武、劉復基不斷聯絡，鼓吹革命。辛亥年，蔣翊武、蔡濟民等人假以研究文學爲名，成立文學社，和同盟會互以「驅除韃虜，恢復中華，創立民國，平均地權」爲號召，以鼓吹革命，宏勝加盟，因其忠黨愛國負責任心切，故所有黨文件傳達，概由他擔任，社長蔣翊武很信用他，當時總司令部成立組織，蔣便推他擔任運送軍火之責任。

十月九日夜，楊送炸彈至工程第八營，適值清吏黃坤榮當值日司令，巡邏營門，守衞長是革命同仁楊金龍，因在巡視，躊躕未決不敢收下，黃發覺疑問，就上前查問，並欲逮捕訊問，宏勝覺來頭不對，即擲彈抗拒。彼時，因清吏大事戒嚴，憲兵巡警巡查各街道，一聞有炸彈聲響，即循聲追查，於是將宏勝逮捕，解送總督署。同時，小朝街機關部已被破獲，彭楚藩、劉復基等也都被清警抓來，同堂被刑求供，宏勝閉目不語，面無懼色，任由訊問，概拒不理，且安如泰山，鼾聲大作呼呼入睡，最後清吏問急用刑，他睜眼相向，破口大罵道：「革命黨人不怕死，要殺便殺，任殺亦殺不完。」

滿奴鐵忠聽了大發雷廷，命用重鞭鞭打，用刑迫供革命黨人的姓名，楊一身是膽，心堅如鋼，冷笑回答：「我的革命同志，凡是中華民族的一份子，除滿奴之外，都是革命的黨人。」他被打得體無完膚，鮮血淋漓，終未供出一人。最後清吏大嘆，見其不怕死的精神，利誘威脅，均不為所動，無計可施，便下令在轅門外斬首，宏勝大呼「孫中山先生及革命同志萬歲，打倒滿清！」，楊宏勝烈士捨身報國時年僅廿六歲，這是可歌可泣的事蹟，但願為我們的榜樣，使我們有完成反攻復國的大業。

臨死不屈之彭楚藩

先烈彭楚藩，原名澤藩，字青雲。生於公元一八八六年，籍貫湖北鄂城縣人，家務農，尚稱小康之家。其貌是彪形大漢，氣宇則壯如山岳。

當他在求學的時代，滿清腐敗無能，國家處於內憂外患，中華民族陷於水深火熱之中，他在民族大義與國家至上的號召下，熱血沸騰，便投筆從戎，以參加實際革命工作。

在十八歲的那一年，跑到武昌投入新軍混成協炮隊充當士兵，受革命思想的感召，便在軍中為革命志士所吸收，參加革命工作，從事推翻滿清而努力。

當民國前一年，（即公元一九一〇年）武漢方面的共進會，文學社兩個革命團體，均在積極加緊籌備大舉之事。彭楚藩烈士是共進會會員，同時也曾加入文學社。他提議兩個團體是一個革命組織，應該聯合統一起來，步伐一致，才能集中力量，於是他奔走斡旋，說革命工作團體一致的效用，終於獲得一致合作，共同組織革命軍總司令部，楚藩因才幹過人，被共推為總司令部參謀，以策劃業務。於是決定陽曆十月九日在武昌舉義，不料早一日，負責製造炸彈的同志，因試爆炸，機密洩漏，俄捕聞聲破門入屋將彈藥文告名冊印信旗幟等一概取去，通報清吏，於是清軍搜捕革命黨人緊急，迫不得已而延期舉義。

九日下午楚藩在武昌小朝街五十八號臨時總司令部，和蔣翊武、劉復基等商討發動的計劃，突有軍警前來圍捕，楚藩未及脫身，遂與劉復基二人被捕，連夜解到總督署，總督瑞澂命督練公所總辦鐵忠等審訊。

鐵忠見楚藩着憲兵制服，知為憲兵，因念及憲兵營長梁清河與其有戚誼關係，恐受譴責，很有意開脫楚藩之罪，便故意的說：「你是捕拿革命黨的憲兵，是誰把你錯抓了來嗎？」可是，楚藩毅然堅決的說：「我是堂堂的革命黨人。」鐵忠又替其辯道：「你不是奉梁營長之命去抓匪黨嗎？」

楚藩竟然怒叱說：「我是黃帝子孫，會奉胡虜的命去殘害自己同胞嗎？」他越說越氣壯山河，便索紙筆寫道：「自韃虜入關，揚州十日，嘉定三屠，文字興獄，薙髮罹罪，殘民以逞數百年，實使我大漢民族不共戴天之仇，最近親貴用事，賣官鬻爵，失地喪權辱國，猶持寧贈友邦勿與家奴之囈語，斷送我大漢民族於萬刦不復之地，我黃帝子孫，不忍見民族之淪亡，胥伸革命大義，恢復中華，建立民國，爾輩若非冥頑不化，亦當從此反正，共享共和之幸福，余當在革命軍前，為爾等請命，否則噬臍莫及，唯爾等好自圖之，余既從事革命工作，個人生死早置之度外，請速余死。」

鐵忠等看了相顧失色，問他道：「你是甚麼人？」他說：「我是憲兵！」鐵忠怒說：「你是憲兵，應知法律，得大清一份薪餉，應愛護大清，為何謀叛？」彭楚藩大聲喊說：「胡說，餉是我民族同胞的膏血，吃了同胞的餉，為同胞雪恥復仇，這是我的法律！反賊你為何替滿人壓迫同胞，還不自悟！」鐵忠大怒，當卽剝去他的憲兵制服，綁出督署轅門外斬首。行刑時彭烈士高呼革命成功！革命同志萬歲！時間就在民國前一年的十月十日武昌起義的早晨八點鐘的時候，從容成仁就義，年才廿五歲。

明春秋大義的劉堯澂

先烈劉堯澂，名復基，從軍時號名汝夔，籍貫湖南常德人，曾讀黃梨洲和顧亭林遺書，他的强烈革命思想，就是閱讀這些書籍而知中華民族被胡虜篡奪，民不聊生，非推翻滿清，恢復華夏不可。

在民國前八年(公元一九〇三年)，黃興等策劃在長沙起義，堯澂負聯絡湘西會黨響應之責。因事機洩漏，起義失敗，宋教仁逃亡，堯澂則藏匿於常德柳葉湖得免，後來馬福益等返湖南再度舉事，堯澂又去參加，不幸失敗，福益死，堯澂便逃到日本。那時， 國父在日本組織革命同盟會，堯澂便加入為會員。

民國前六年（公元一九〇五年）他奉國父之命歸國，先後在長沙、漢口、上海創辦報紙，從事鼓吹革命，民國前三年間，堯澂認為革命非由軍界發動不爲功，乃投入陸軍四十一標當兵，作實際宣傳策反軍中基層幹部工作。

他雖然身體孱弱，不勝操練之苦，但他發誓說：「為復興祖國而奮鬭，艱難困苦在所難免。」他在操演與功課之暇，卽策劃推進會務，使革命浪潮，洶湧在軍中澎湃，使滿清政府控制下的新軍，都成爲充滿着熱血與朝氣勃勃的有為青年，在民族大義與國家興亡匹夫有責的號召下，毅然唾棄滿清王朝，投向國民革命的陣營，這一突變，使得滿清政府失去青年主力的支持，環繞於其週圍者，僅有顢頇成性的官僚以及少數別具用心的軍閥、政客，而這些時代的渣滓，終於逐漸為革命浪潮所淹沒了。

民國前一年元月，蔣翊武等成立文學社，以為革命外圍組織，堯澂被推擔任評議部長，策劃革命運動，不遺餘力，是年三月二十九日黃興等在廣州起義，全國轟動，堯澂見時機已至，便推蔣翊武為司令，堯澂襄助之，凡關於用兵戰略戰術，地理形勢之調查，和舉義先後一切之安排與籌備，都是堯澂一人所計。

是年陽曆十月九日夜，堯澂在武昌小朝街機關部與臨時總司令蔣翊武、彭楚藩等籌劃舉義，突然聽到敲門聲很急，隨而門被衝開，堯澂手持洋油燈伏在樓口下望，見兵警一湧而入，卽以洋燈擲下，轉取炸彈投去，不料彈碰樓梯爆炸，彈片反擊受傷。

後來兵警卽衝過來，便扭着堯澂抓去，蔣翊武幸中途逃脫，他與彭楚藩等同解至總督署，審訊時，神色自如，供認革命不諱，並痛罵清廷政治腐敗，和官僚的為非作歹，言詞激昂，滔滔不絕。聽者莫不為之動容，而清吏聽了更失色而惱羞成怒，遂於十月十日早晨八時與楊宏勝、彭楚藩同時被斬。

臨行刑時大呼同胞起來，團結奮鬭，推翻滿清政權，建立共和口號。其聲如洪鐘，壯烈犧牲時年僅二十八歲。

在這萬象更新，一元復始的六十年代之時，革命先烈們為了復興民族的愛國心而擲頭顱，濺熱血，不屈不撓的堅決奮鬭，有進無退的大無畏精神，終於把滿清推翻，建立中華民國，結束滿清三百年來封建制度！

這種豐功偉績，可歌可泣，驚天動地的事蹟，實可與日月同光，永垂不朽。

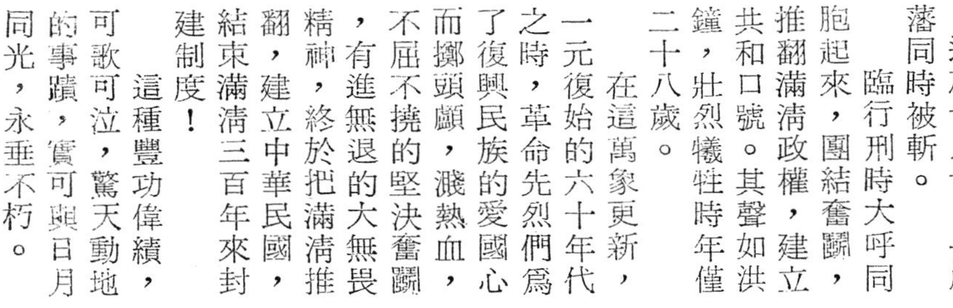

辛亥南昌光復及李烈鈞督贛

琴聲

國父孫中山先生所手創的中國革命同盟會成立後的第二年（光緒丙午年一九〇六），同盟會所領導的第一次反清武裝革命，即是在江西萍鄉縣安源由同盟會會員蔡紹南、魏宗銓等所發動，江西、湖南兩省人民參加的達數萬人。江西的萍鄉、萬載；湖南的瀏陽、醴陵等縣均有廣濶地區，爲革命軍所佔領，全國爲之震動。雖經湖廣總督張之洞，湖南巡撫端方，江西巡撫夏時調用三省兵力始鎮壓下去，因而加深了人民的仇恨。

江西留日學生彭素民、鍾震川、徐蘇中等加入同盟會後，奉孫中山先生命回到本省原籍組織教育會活動，秘密之加入同盟會的咸爲優秀智識份子。

李烈鈞回國後，被陸軍部分發到本省任陸軍卅三標第一營管帶（營長），同盟會始在江西軍隊中發展，排長彭克儉，士兵熊公福等數十人均秘密加入，其他各營及軍事教育機關如陸軍小學堂的員生亦不少加入的，且均是學識才能俱優者。

李烈鈞的性情朗爽，同學中無不知其革命熱忱，陸軍部軍學司長商德全電江西巡撫馮汝騤嚴加防範，李遂被調充江西軍諮處參議，未就而辭職赴滇。

自武昌起義後，江西巡警道張儉，南昌知府戚揚，對新軍防備極嚴，尤其對李曾任過營長的卅三標一營更爲注意，未幾稱爲江西門戶的九江起義，謠言四起，人心惶惶，統治者即將該營排長彭克儉、黃舟生、鍾運鈞等以亂黨罪名槍斃，以資鎮壓。出乎統治者意料之外的，不但未收到鎮壓作用，反激起未暴露的黨人革命情緒高漲。兼之內地如鄱陽、都昌、武寧、樂平等十數縣均爲自稱民軍的洪江會佔據，南昌的洪江會亦蠢蠢欲動。

當時駐南昌惠民門外工兵營排長蔡森，擔任稽查河干及船隻的任務，日與社會下層接觸，知此人心浮動之際，爲不可失的起義時機，於九月十一日午夜，撕白布床單爲袖章，糾集本營士兵鳴槍出營，先經進賢門外馬標，再經順化門外三十三標駐地，大呼今夜爲起義之時，望兄弟們不要落後，於是全體響應，分由進賢順化兩門入城，至城內砲兵營，在鍾鼓樓高處放火爲號，於是槍聲四起，包圍巡撫衙門時，守衛的巡防營士兵，見來者爲新軍，即表示合作，巡撫馮汝騤由後門逃出，可謂兵不血刃便將滿人在江西二百餘年的統治推翻。

次晨諮議局召集會議，推新軍協統吳介璋為都督，幷推程樂庵為民政司長，魏斯靈為財政司長、胡惲為交通司長，胡薰為交涉司長，俞應麓為軍務司長，以蔡森率先起義任為新編旅長，各部隊起義有功者均由新編旅升一級任用。改宣統三年為黃帝紀元四千六百〇九年，通電宣告中外。南昌起義在九江起義後十日，為繼武昌後第三個光復的省份。起義者均為軍隊，證明凡是暴虐的統治者槍杆子是不足恃的。

南昌光復後的滿清官吏，除了知府以上及有名的酷吏貪吏如王濬道、石守謙逃走外。均仍留居南昌（旗人亦不例外），新政府幷不視為敵人而加以清算，巡撫馮汝騤亦於次日從容僱船離省，亦未加以留難，船至湖口為九江方面知悉，李烈鈞即派人護送至潯，安置於九江最好的花園巨宅孫廷林家中，起居均極優待，等候長江輪船下駛赴滬，不知馮因何感觸，服毒自殺。李烈鈞聞之惋惜，除厚殮外，保護其眷屬扶柩離潯。馮汝騤為翰林出身，河南彰德人，戊戌維新時，因贊成維新改革而受處分，後以袁世凱關係而復用，在江西巡撫任內四年，人頗開明清廉，江西地方對其並無壞感。

馬毓寶

吳介璋

有江西餘干人鄒恩浩是將弁速成學堂畢業，在新軍輜重營任排長，小有才而狂放不羈，與當時任陸軍測量學堂監督的貴溪人彭程萬係鄰縣小同鄉而友誼甚篤。彭是在日本習測量的，於宣統一年回國，正值江西設立測量學堂，即被任為監督（該堂總辦為候補道文聚奎）。他們兩人不知是誰出的主意，偽造孫中山先生委彭為江西都督的證狀，並都督的令旗令箭，蓋鄒精於鐵筆治印之技，對此不用外求，彭又是最近回國，認為無人知其真偽，在吳介璋被推為都督伊始，（兩個月）百事尚未就緒之時，由鄒恩浩率其所部士兵，和部分的測量學生，擁彭乘馬至都督府，出令旗令箭聲稱奉孫大元帥命，要接江西都督，吳介璋不辯真偽，當偕至諮議局宣佈交接，諮議局諸公以有吳前都督同來，彭又是本省人，不慮有他，而彭程萬就這樣戲劇性做了都督。

吳介璋為江蘇人，以候補道來贛，以知兵名被任為江西武備學堂總辦，李烈鈞等留日習軍事的均是他的學生。成立新軍時又被任為混成協協統，其所部卅三標駐南昌，卅四標駐九江，卅五標駐萍鄉均是當地起義的主力。吳為人淡泊，交卸都督後仍住在江西為南昌市民，後來回到江蘇住在上海一個衖堂房子內。袁世凱想利用他與江西軍人關係而牽制李烈鈞，爲吳所拒。民國七年在法租界行過馬路時被電車撞死，知者惜之。

彭程萬接事後，即派鄒恩浩赴湖北接洽，鄒過九江時爲九江稽查處長朱漢濤拘捕，次日被槍斃，宣佈的罪狀，是狂生鄒恩浩「招搖撞騙煽惑軍心」八字，招搖撞騙已暗示令旗令箭之事。而馬毓寶覬覦督贛之意圖亦昭然若揭，兼之自吳下台後，新軍與彭毫無淵源，咸取旁觀態度，以致洪江會勢力日益坐大，頭目陳桂林（原爲小販）胡二東（原爲龜頭）均自封爲團長，招兵買馬，攪得雞犬不寧。

這一羣烏合之衆，初是强買强賣，漸至勒捐軍餉，稍有資產者無不被拘而形同綁票勒贖，連當時爲民政司長的程樂庵亦被拘索，無法無天可概其餘。

後來各頭目相持不下，請得大龍頭梅福祥來南昌調解，設立各派「香堂」的大聯合的和平聯合會，（「香堂」是洪江會隱語派別組織之名），停止勒捐，軍隊由都督府點驗後，餉由財政司發給，雖然停止了打鬪，但一班流氓頭目，其糜爛生活，是無法形容的。彭都督無力維持安寧，則有人秘向九江馬毓寶請願，馬即進軍南昌，彭在職僅一旬，遂向諮議局辭職。馬經諮議局及商會歡迎就任都督後，第一步是將洪江會武力連舊巡防營編成一旅，派巡防營統領馮祝三爲旅長援鄂，陳桂林則卸除團長職留南昌充和平會會長，聯系各香堂，不准干涉行政，在表面上有一時粗安。

但洪江會勢力遍佈各縣，他們有「遍地紅花開之豪語」，因其勢力太廣太遍，馬毓寶亦無絕對制止其爲害之力量，不過使其不作過份之騷擾，善良的人民，仍屬朝夕不安。時南北已停戰議和，李在湖北英雄已無用武之地，孫中山回國經在南京的各省代表舉爲臨時大總統，成立中華民國，改壬子年爲中華民國元年，江西代表請派李烈鈞回贛懲治洪江會。

李烈鈞

時南北和議告成，孫中山先生以總統位讓袁世凱以息戰禍。黃興將南京警衛旅林虎所部交李烈鈞率同回贛，李並將在湖北一部分軍隊編成一支隊由歐陽武率領爲先遣部隊，派海籌兵艦送至九江，歐陽武到九江後，即將馬毓寶在九江的留守司令朱漢濤槍斃。時値贛江泛濫，護送李烈鈞的砲艦直抵南昌，由各界迎入至諮議局就江西都督職。馬毓寶已先期離贛，馬在職一年，雖未能以大刀潤斧剷除洪江會，但對公然打家刼舍的匪徒，仍是繩之以法的。

李到南昌後即下令解散非驢非馬的太上政府和平會，將頭目陳桂林梟首示衆。此時洪江會份子已滲入到新軍中，以馬標爲最多，自陳桂林伏法各香堂被解散後，擬發動軍事政變。李亦知馬標不穩，下令解散，一面向該標營地包圍，該標團長方某（已忘其名）率部抵抗，未幾即被制服，方某潛逃，除少數逃走外完全繳械，在一夜之間將洪江會頭目一網打盡，大小頭目被正法者一百餘人。雖然治亂世用重典，在好和平的江西人，亦有認爲太過者。但洪江會從此一蹶不振，內地各縣的會徒，多消聲斂跡，雖亦有頑梗不靈之徒而被正法的究居少數。

李烈鈞在都督任內，僅一年多一點，至民國二年因反對袁世凱殺宋教仁及借外債，在湖口起義討袁失敗後始離江西。在職時對地方治安及吏治教育諸問題均能注意。惜爲期太短，以三年有成之例，是不能苛求的，但他一生大節無虧，對國家的忠誠，是値得後人景仰的。

國慶日溯促致辛亥革命成功的國外朋友

所聞

辛亥（一九一一年）十月十日，革命黨在武昌起義，終告成功。但這次事起倉卒，因其壯懷激烈難與過去十次起義相比，縱說是因時乘機，竟成前十次累積之功，推之事勢，並不偶然。

再說毫無準備的發難，能够達到空前的成功，其中原因雖然很多，但國際友人的協助，在整個過程中，亦不無功勞。

法國領事不許國際干涉

辛亥武昌起義，滿淸坐鎭武漢的大員，是湖廣總督瑞澂；直接統率淸軍的，爲統制張彪。革命黨倉卒發難，在砲聲隆隆中，當時還找不出發施號令的革命軍統帥爲誰，在這種混亂不堪的情形下，其尙能佔領武漢三鎭，號召全國響應，這一關鍵，乃在於瑞澂與張彪相繼潛逃，使得淸廷在武漢方面完全失去了統馭的力量。

但瑞澂和張彪對革命黨人起事，並不是沒有防範，首先，他們把武昌新軍中富有革命思想的一部份，交端方調赴四川，再以旗人爲中堅的新軍二十九標步兵部隊，控制全部新軍；一面四出搜捕革命同志，偵查革命機關，又結納德國駐漢口領事，調派德國駐華軍艦巡弋武漢江面，約定一遇革命黨人起事，德意志軍艦便開砲協助淸軍作戰。

迨十月十日晚，武昌革命發難，瑞澂聞訊立卽逃往漢口，請德國領事如約開砲，攻擊武昌的革命軍，但以庚子條約的約束，一國不能單獨行動，必須取得各國領事的同意。在德領事和瑞澂的心目中，各國領事必無異議，因爲他們已誣指革命黨爲義和團，誰又能在領事團會議席上爲革命黨辯護呢？所以在瑞澂的如意算盤中，以爲十一日在漢口開會時，只要取得領事團多數同意，德國軍艦便可以立卽開砲，協助淸軍平定亂局。

所幸當時法國領事羅氏，乃 國父的好友，一向同情中國革命，並盡力協助。他於赴會時，到漢口街上革命軍所張貼的佈告，有「臨時大總統孫文」署名，立卽在會議席上聲明：武昌的軍事行動，是孫逸仙所領導的革命黨，這是堂堂正正的革命行動，不能視爲義和拳。由於他極力反對加以干涉，竟使領事團宣佈中立。至於羅氏與 國父的關係，以及他在武昌起義時，爭取到各國領事宣佈中立的經過，田桐「革命閒話」中有這樣一段記載：

「孫公甲辰遊歐，得前安南總督之介紹，以羅氏爲記室，孫公所言革命才略，羅氏喜聞，曰：苟如此，中國之革命，可免危難也。故孫公東歸，羅氏亦來安南。防城之役，復得羅氏之援助。次年河口之役，孫公用法國軍官最多，但不知中國內情，適羅氏又爲河口領事，使告法國軍人，而佔領河口矣。事敗後，孫公漸不能立足於東方，直至辛亥，不通音問。八月十九日（農曆），武昌起義，羅氏適爲漢口領事。二十日，漢口領事團意見不一，適張彪過江，總督瑞澂言義和團復起，德國領事甚爲激昂，與其海軍商，砲衣悉下，將決心開砲。羅氏心無把握，適劉仲文草一佈告，署臨時大總統孫文之名，羅氏得報，心甚喜！入場會議，德領首先發言，主張開砲，曰：義和團，毋使滋蔓，蔓難圖也！羅氏曰：此言不確，才得報告，武昌佈告臨時大總統爲孫文，孫氏我老友也，其人所言，主張共和政體，甚有規模，安可以義和團目之。」……。

時俄國與法國國交，因經濟關係甚爲親密，故出席會議之俄代表贊同羅氏的意見，日本領事原與德領沆瀣同氣，但聞羅氏言，遂未固執己見；美國代表聽說中國將改變共和政體，滿口贊成；英亦與美關係密切，故亦表贊同，六國之中，同意羅氏四國……眾遂決議，嚴守中立，是為武昌革命一大關鍵。

瑞澂看到德國兵艦不能如約開砲，依賴外力的希望已經斷絕，遂一走了之，逃到上海。張彪看到總督已經逃走，他也步着後塵，溜之大吉，遂致清廷在武漢方面統率無人，秩序混亂，讓革命黨可以從容迫使黎元洪擔任湖北都督，並電請黃興前來主持北伐。

法國武官為革命的奔走

武昌首義的革命基本武力，原乃清廷駐武昌的新軍；接着南京、上海、廣州各地革命同志，所恃以響應起義的，也都是各地的新軍。新軍官兵的紛紛加入革命，固然是由於 國父革命主義的號召，加上留學生之中學習軍事的革命幹部，滲入清軍中去啓導吸收，但法國駐華武官的從中聯絡，其功亦殊不可沒。

國父在手著的「革命緣起中」，寫到「武昌革命成功」一段說：「武漢新軍，自余派法國武官聯絡後，革命思想，日日進步，早已成熟。」關於法國武官為中國革命奔走的詳情，在同書中，國父有較詳盡的記述：

「當時外國政府之對中國革命黨，亦多括目相看。一日，予從南洋往日本，船泊吳淞，有法國武官布加卑者，奉其陸軍部長之令來見，傳達彼政府有贊助中國革命事業之好意，叩予『革命之勢力如何？若已成熟，則吾國政府立可相助』，余答以未有把握，遂請彼派員相助，以便調查連絡之事，彼力言於天津之參謀部，派定武官七人，歸予調遣。

「予令廖仲凱往天津，設立機關，令黎仲實與某武官調查兩廣，令胡毅生與某武官調查川滇，令喬宜齋與某武官往南京、武漢。時南京、武昌兩處新軍皆大歡迎，在南京有趙伯先接洽，約同營長以上各官相見，秘密會議，策劃進行，而武昌則有劉家運接洽，約同志之軍人，在教會集會之日開會，到會者甚眾，聞新軍鎮統張彪亦改裝潛入，開會時，各人演說，大倡革命，而法國武官亦演說贊成，事遂不能秘密。湖廣總督張之洞乃派洋關員某國人，尾法國武官之行踪，途上與之訂交，亦偽裝為表同情中國革命者也。法武官以彼亦西人，不之疑也，故內容多為彼探悉，張之洞遂報其事於清廷，其中所言革命黨之計劃，或確或否。

「清廷得報，大與法使交涉，法使本不知情也，乃請命於政府，何以處分布加卑等？政府飭彼勿問。清廷亦無如之何。未幾，法國政府變更，而新內閣亦不贊成此舉，遂將布加卑等撤退回國。」

當時 國父流亡海外，革命總機關設於日本東京，其間因廣州起義，雖曾在香港設立軍事指揮部，但對全國各地的聯絡指揮，終感不便，尤其對長江上下游，以及大河南北各省，清廷戒備甚嚴，分散在滿清各軍旅中的同志，更難以聯繫，一旦得到法國駐華武官的援助，由 國父派遣代表廖仲凱，常駐在法國天津的參謀部，且有七位法國武官歸 國父指揮，為聯絡全國各地武裝同志而奔走，使用他們的外交特權，為我進行秘密工作，因之，國父的指示，才能親切迅速地傳達全國各地，這是一枝最神秘的革命援助力量，其效果確非淺鮮。

抑有進者，這幾位贊助中國革命的法國武官，不但自願擔任工作，且到處公開發表演說，鼓吹革命應早日發動，並表示法國政府可以立即援助，這對歷次起義失敗的革命黨人，更是一服有力的興奮劑，於是滿清新軍中，頭腦較新的官兵，紛紛加入革命黨，且毅然率先發難，聞風響應， 國父在敍述武昌起義成功時，先敍及法國武官之聯絡工作，可見這一工作對辛亥革命影響之大了。

「明治魯智深」來華參戰

當庚辛之際，國父從事革命，乃以日本爲基地，其得力幹部亦多係留日學生，是時，日本朝野人士，對我國革命事業亦多方傾助的，甚至有傾家蕩產貢獻生命的，亦復不少！

辛亥革命前夕，黃興在香港接到居正來自湖北的電告，籍諗武昌起義已迫在眉睫，黃遂迅速由港轉滬，星夜趕赴武昌，途中一面電告在美的 國父，同時並電日本友人萱野長知囑迅即在日購買大量軍火，運往武昌接應。萱野接電後，歡欣鼓舞，立即準備動程，但當時左島一雄正在競選衆議員的補選，萱野適爲該次競選的主持人，正當緊要關頭，他突然表示要赴華一行，這不僅使競選的左島不滿，友人中如佐佐木象山、田中舍身、伊東知野等也感十分忿慨，紛紛提出責難。萱野在無可如何的情況下，只得出示黃興的電報，這一來，頓使大家對他的態度立即改變，因爲他們都是極同情 國父革命，且均給過直接間接援助的。於是不但不反對萱野離日赴華且協助購買炸藥以壯行色！

萱野將啓程時，有一位名叫龜井祥晃的怪僧，自 國父好友宮崎滔天寓所來訪，堅請隨同萱野前往武漢，參加革命戰爭，還沒有等待萱野的答覆，這位怪和尚已把他的簡單行李從宮崎寓所取來，其立志與決心可見一斑，何以龜井和尚要這樣奮不顧身地參加中國革命呢？原來他因宮崎的關係，與 國父及黃興等革命領袖交誼素篤，且極願爲中國革命盡力。說起來令人發噱，這位和尙一向嗜酒好色，尤以釣魚最爲得意，他一度曾搭乘漁船至俄屬堪察加秘密釣魚，被俄人捕獲，送還日本，並稱他能力敵十餘人，看管不易，且食量太大，供養困難，因此，日人稱他是「明治魯智深」。龜井往往指點泥中小孔，說其中有鰻魚頭西尾東，發掘後，絲毫不差，這種獨特詭秘的觀察力，眞令人稱爲神奇。

他到達武昌後，卸下行裝，同人發覺其所帶的行囊裏面，只有魚網一具，釣竿兩枝，其他一無所有，放下行囊，他立即走上漢陽前線，雖龐然巨體，而健步如飛，手執雙槍，斃敵甚多，厥功頗偉。民國成立後，龜井和尚經常往返於中日間，直到民國十九年，因飲冷酒過度，醉死上海。

萱野等先在司川卯旅館會集，除怪和尚而外，還有金子克己、布施茂、三原千尋、岩田愛之助、大松源藏等多人。一行到達武漢，日本陸軍武官對他們極表同情讚佩。當晚，他們便到漢陽革命軍總司令部謁黃興總司令，當時總部設在漢陽有名的古刹歸元寺，寺中僅有一榻，萱野與黃興共榻抵足而眠。第二天，他們都加入戰陣，與中國革命同志一直並肩作戰到底。

武昌方面，日本友人大原武慶帶同原二吉等前往聲援，在武昌都督府附近，設立機關，對於革命軍事，多方協助。日陸軍步兵大尉野中保敎、以林一郎假名，與小膺某等轉戰前線，立功甚多，更有日本陸軍步兵大尉金子，在琴斷橋溝中彈身亡，中尉甲斐靖中彈重傷，少年同志岩田愛之助勇敢善戰，中彈後支持甚久，始行後退，石間某在出發時，被敵間諜所賺，死於漢水舟中。

漢陽戰局，黃興親冒矢石指揮，在橋口、兵工廠、美孃山、三眼橋、梅子山、龜山、黑山等處，推進十分迅速，同志等一致要求乘黑夜偸渡漢水，參戰的日本同志，更竭力贊助，並由日工兵軍曹齋藤使用空架船橋，以迅速的行動完成任務。黃興親率大軍渡河，不料是夜天昏地暗，不辨咫尺，且細雨濛濛，在泥濘中摸索前進，行軍至感困難，等到接近敵陣時，天已破曉，在敵軍機關槍掃射下，革命軍死傷無數，雖前仆後繼，但黃興所率的湘軍，幾至全軍盡沒，陣地暴露，無險可守，不得已，只有掩護退卻。

當撤到花園大本營時，忽有敵間諜一人，繞至黃興背後，手持短槍，正欲發射，適被萱野發現，立即一面高聲呼叫，一面急步上前阻止，而黃興已拔佩劍，回身一擊，敵諜應聲倒地，檢視屍體，其腦部被劍削去一半，黃氏曾在日本込學習劍道，被稱爲神劍手，所以有此絕技，當時他所佩的劍，是日本友人井上義雄（井上大將之子）所贈，出於古代名匠之手，削鐵如泥，故能臨陣斬敵，奏此奇功。

日本同志深入敵後

日本人對辛亥革命的協助，並不限於武漢一方面，當革命軍攻佔南京前夕，袁世凱所率清軍有南下抵抗之訊，黃興等除積極從事迎戰準備而外，一方面炸毁黃河鐵橋；一方面派人設法深入敵後，從事威脅騷擾，以阻袁軍南下。在漢陽參加作戰的日本人金子克己、三原千尋、布施茂等，特組織炸戰隊，潛入天津。武昌作戰負傷，正在上海住院的岩田愛之助，聽到此一計劃，竟裏創起呼，堅强加入，乃偕同志由上海出發，經大連、營口、瀋陽等地，然後分兩部迂迴進入天津。

天津同志已得黃興電告，由程克等秘密進行大舉，此外日人平山周、小幡虎太郎等，事先亦在天津，乃與金子等會合，最初擬設法狙擊袁世凱，在老站設伏等候，但未能如願；再由程克與清軍趙秉鈞、陸建章等約定，先由趙在清營發動兵變，黨員在外接應，結果亦因計劃洩漏，危機迫切，革命黨人在不得已的情況下，只有不待清軍內應，先行舉事，由岩田乘黑夜擔任天津鎭兵營正面攻擊，布施茂負責側面，谷村幸平太潛入總督衙門。

發動未幾，清軍即集中攻擊，岩田、布施退避不及，乃遭逮捕，拘押在巡警衙門，以殺人未遂罪予以起訴，到發現他們都是日人時，只好移送日本領事館辦理，俟以大局急變，且無充份證據，卒獲釋放。至於谷村幸平太則失卻聯絡，翌日，方在白河濱發現遍體鱗傷的屍首。事後得悉其因衆寡不敵，在格鬬的時候，慘遭擊斃。民國成立後，黃興曾以三千元撫卹其遺族，總統且親題其墓碑曰：「志士谷村幸平太之墓」。

在戰場之外，日本人對辛亥革命的協助亦復不少，如武漢戰場戰事爆發時，日方國民黨老同志末永節，率領吉田、川村等人，星夜趕到漢口，從事外交等活動，所有駐華日本記者，如小山田、劍南、神尾茂、澤村幸夫、中久喜信等，對革命均作輿論支持。最重要的，是日人僑居美國的大塚太郎，把黃興報告武漢光復，請 國父回國主持大計的一封電報，設法轉到了當時行蹤無定的 國父手中。當武漢光復，國父尚在美國未返，同志羣推黃興爲大元帥，召集已獨立各省代表，商討建國大計。惟以意見紛歧，難期統一，黃興只好急電 國父回國主持。但 國父行踪無定，乃由萱野電芝加哥日僑大塚太郎，請他設法轉交，大塚是萱野的親戚，因萱野的介紹得識 國父，且參與革命機密，故竟能設法將此一重要電報轉達，國父收到電報後，曾以英文覆大塚一函，大塚一直珍藏着這封有歷史性的文件。

無名英國海軍三砲定金陵

國際友人協助辛亥革命，最突兀、最神奇，而功績最大的，是一位不知名的英國海軍，在南京江岸砲台替革命軍發砲。因爲當時進攻南京的，是留日學生組成的敢死隊，率同起義的黎天才部和浙東朱介人部進據城外，南京城是有名的金城湯池，沒有重砲，別想攻入城內。革命軍是沒有砲的，以後雖竭力佔領了江岸砲台，但苦於沒有懂得發砲的射手，只有望着大砲嘆氣。

留日學生敢死隊長丁石僧（懷瑾）先生，在途中遇到一位英國海軍，突然靈機一動，把他請上砲台，說明原委，那位英國海軍，毫不遲疑，轉動機鈕，連發三砲，立即離去，姓名都未留下。這三砲正射中南京北極閣，而當時滿清兩江總督張人俊，提督張勳等要員又正在北極閣開軍事會議，一聞砲聲，心驚膽怯，竟棄城而逃，南京因此克復。

那位英國海軍之所以毅然替革命軍開砲，完全是由於同情中國革命，其發砲後即驟然離去，連姓名都未留下，這因爲當時英國與滿清是有邦交的，他以英國海軍軍官身份，協助革命軍攻擊清軍，算是犯罪行爲，因此，在革命史上，留下一段無名英雄的軼事。丁石僧先生在他「光復滬寧記」裏面，對這一段軼史，有着非常生動的描繪，因限篇幅僅錄丁先生記事中的詩句作本文結束，句云：「兩張心膽應驚碎，一砲聲威欲避難」。

武昌首義一大疑案

史劍非

武昌起義，民國誕生，維今已歷時六十年，可是武昌首義的經過，至今仍無詳確記載。許多疑雲仍待掃淸。一般史著的記載多錯漏顚倒，以訛傳訛。例如，被當代中國史學權威蕭一山先生所推崇的李劍農，所著「中國近百年政治史」一書，對於武昌起義前夕的情況竟有下列違反事實的記載：「不料在十八日午後，秘伏漢口俄租界寶善里的黨人，因製炸彈失愼，炸藥爆發（孫武因此受傷），巡捕聞聲齊來搜查捕去黨員二名……繼於漢口英租界及武昌城內，破獲黨人機關三數處，捕獲憲兵彭楚藩及劉汝夔楊宏勝並女黨員龍韻等數十人，……胡瑛在獄聞訊，急函通知上海方面囑陳其美等暫勿來鄂，因此時孫武以製炸彈受傷，蔣翊武則在端方帶往四川的新軍內（帶往四川的新鄂軍爲三十一標三十二標，由曾廣大統率，蔣翊武原以學生入伍，適在曾廣大所統之軍中）亦不在鄂；居正則因接洽滬方同志，前已往滬；因此有終止發動的傾向。但淸吏所搜去的黨人名冊中，多屬軍人，軍隊中的黨員，恐政府按名圍捕，人人自危，首由工程營左隊的熊秉坤倡議、卽時發難……」

歷史名著重大錯誤

這一段約三百字的記述中，小節不計，重大錯誤卽有四點。

⑴起義革命軍總司令蔣翊武，並非三十二標士兵，亦未隨端方調入四川。蔣翊武當時隸屬鄂軍混成協第四十一標三營右隊，該部調駐岳州。蔣翊武常奔走於武昌岳州之間。

⑵蔣翊武不但未去四川，而且十八日上午由岳州返抵武昌，主持起義軍各標代表會議，應黃興之約，決在九月初各省一齊舉事。會後方午餐接獲報告，漢口機關爆炸失事，孫武受傷；遭淸方軍警搜捕情況緊急，乃臨時變更計劃，決定當天夜裏十二時起義；蔣乃親下起義命令十條，並當天派人送往各標營。李劍農氏對這樣重大的關鍵事項，似竟全然無知。

⑶十八日夜十時許，蔣翊武與彭楚藩、劉汝夔、鄧霞初等同在武昌小朝街十八號，革命軍總指揮部被捕，解至警局後，蔣同機逾牆逃出。而彭劉二人及另一被捕的楊洪勝則被連夜審訊，十九日晨處死。李劍農氏既不知蔣翊武當日返抵武昌，因此亦不知蔣與彭劉等同時被捕。

⑷十九之夕的起義，並非熊秉坤之首難而掀起，乃是各標營代表，仍按照蔣翊武十八日所下之命令行動；通知各標營行動者是二十九標的蔡濟民，及十九日拂曉受蔣翊武之命，往各處送信的四十一標同志胡培才。依十八日之命令，十二時正以中和門外的砲聲爲號，而十九日的通知，乃於晚七時，以城外塘角（砲工輜三營駐地）縱火爲號。

武昌首義幾乎流產

李劍農的「中國近百年政治史」，對武昌首義經過的敍述，縱有上述的重大錯誤，但其他部分則多可信可傳，仍不失爲近代史的名著。而對武昌首義了解的錯誤，大概是被史料所誤。因爲辛亥之後，參加武昌首義之人，紛自誇己功，掩飾己過，所發表的文字紀錄多不可靠。

以上所說，並非閒話。意在點明了兩件事：㈠辛亥武昌起義，是盡人皆知之事，但一般人所知與眞相相距甚遠；㈡引出本文所要說明的一大疑案。

所謂疑案，即是八月十八日（西曆一九一一年十月九日），起義軍既已奉令，當夜十二時鳴炮爲號，一齊行動，何以沒有如期舉事？此事關係重大。①假如當夜如期舉事，則革命軍三主要幹部劉汝夔、彭楚藩、楊洪勝即不至於被處死，因不等清政府審訊，武昌即可光復了。②十八日夜舉事不成，幾使武昌起義歸於失敗。因爲十九日清政府武漢當局再大事搜捕黨人，將三十標排長張廷輔、熊楚斌等二十餘人捕去，並下令收繳各營士兵的彈藥，禁止士兵離營，武漢三鎭實施戒嚴。並調動五千可靠之軍警，在督署等各據點，重重佈防。試想十八及十九一日之差，起義行動的障碍增加了多少倍？成功的機會又少了多少倍？如果不是蔣翊武等領導之文學社（自一九〇四年科學補習所開始的革命組織，名稱凡六變，辛亥時爲「文學社」），在軍隊埋頭作了八年組織工作，發展了五千同志，紮下不拔之基礎，十九日之起義，必將和廣州三月二十九日的起義一樣歸於失敗。果如此，推翻滿淸將延遲數年，在此期間清政府如迫於形勢，接受與情，實行憲政，則革命可能永無成功之望了。

鄧玉麟貽誤戎機

十八日夜所以未能如期舉義，因爲夜十二時中和門外炮聲未響。害得各標營數千同志，整裝擁槍而臥，焦切如熱鍋的螞蟻，緊張了一夜。可是大砲爲甚麼沒有響呢？

蔣翊武於十八日對各營同志發出之命令，第三條寫着：「凡馬、步、炮、工、輜等軍聞中和門外炮聲，即由原駐地依左列命令進攻。」另外給炮八標同志的一道命令：「南湖炮隊於是晚十二時鳴砲爲號，城內外各軍聞砲聲一齊動作」。

是不是因爲砲八標的同志未執行命令呢？不是。而是他們當天根本沒有接到命令。這是因爲負責傳令的人鄧玉麟誤了大事。

鄧玉麟號品三，湖北巴東人。爲同盟會外圍組織「共進會」的主將之一。在起義軍司令部的組織中，他與十八日夜被捕成仁的楊洪勝負責交通及傳令工作。當十八日下午，蔣翊武草擬命令時，他也在座。因爲送往武昌城外南湖砲隊的命令最重要，所以蔣翊武特令他負責傳達。

據起義軍政治籌備員，曾與劉汝夔、彭楚藩同時被捕的龔霞初於民國元年六月所撰「武昌兩日記」，對鄧玉麟畏縮失機一事有兩段記載頗詳。

十八日夜，起義軍副司令王憲章往小朝街機關部，與劉汝夔對話時問：「砲隊的命令，是那一個送去的？這是最要緊的地方。」劉答道：「鄧玉麟去的，諒不得誤事吧。」該文在第七節「佈傳單張彪警兵士，遲命令鄧氏誤軍機」中寫道：「誰知那個送命令往砲隊裏去的人，一接命令，心裏便十分的害怕，及出了小朝街機關部，……所以一到中和門邊，那門早經閉着，他此時以出城困難，只得驚慌跑往他的親戚家裏去躲避了。至於他負的最重大的責任，也就一概不問。」

龔霞初寫這本小書時，宋敎仁等三人特爲作序，如無事實根據不會請這麼多人作序。同時民國元年鄧玉麟仍任武昌革命軍第四師師長，爲有勢力的人物。所以書中指責鄧氏之處頗爲婉轉。例如有中和門已閉，出城困難等語，其實當時雖戒嚴，下午五時城門並未關閉，只是軍警檢行人而已。而鄧玉麟奉命傳令則在中午。鄧玉麟大概因黨人名册被抄，風聞已被通緝，通過城門恐怕檢問，致不敢出城傳令。

違令者誇功飾過

時隔二十五年，鄧玉麟在大公報雙十國慶特刊上發表了一篇「辛亥武昌起義經過」的文章。蓄意模糊事實，掩飾己過。

將十八日的起義時間夜裏十二點鐘，說成是夜裏兩點鐘。又將中和門外鳴砲爲號，說成舉槍爲號。

鄧氏又自誇勇敢：「玉麟繼又偕艾良臣同志到南湖砲隊團……由文昌門出城，時已深夜十一時」。從十一時仍能出城這句話證明，龔霞初在「武昌兩日記」中說中和門關閉的話，是為鄧氏隱飾的話。從這也可以證明，十八日下午五時前後，鄧玉麟本可將命令送達南湖砲隊，而竟未送達，以致幾使武昌起義歸於破滅。

他為了掩飾「舉槍為號」的謊話，文中又說：「是夜城內候城外砲響，而南湖砲隊候城內砲響，兩方均未能發動」。故意模糊南湖鳴砲為號的命令。實際上他十八日根本未到南湖砲隊，而往漢口躲避去了。因據其他武昌首義者的記述，都說他十九日夜才由漢口去到南湖砲隊。而在他抵達之前，城內各起義單位，已紛來通知砲隊是晚七時舉事了。他自己也透露：「時正有城內各部隊派人來南湖砲標，詢問鄧玉麟在砲隊否？」證明十九日之舉事，通知南湖砲隊者也並非鄧玉麟，而是其他部隊派來的同志。駐南湖的砲八標是起義軍的主力之一（二為駐塘角的砲營、工兵營及輜重營，三為駐城內之工程第八營），非有砲兵之支持，難以制服據守之清軍。

關於鄧玉麟之貽誤軍機，當時在武漢負責的同盟會幹部居正也曾有文字記載：「其軍營外可資奔走之同志捕者捕，逃者逃，漢口與武昌隔江相望，聲息不能相通，鄧玉麟等本負有傳達命令之責，是時無由投遞，已誤十八日舉事之期。迨十九日，鄧玉麟與李作棟由漢陽渡江至鮎魚套，以晚間折至南湖砲營。而在武漢一般同志，痛彭、劉、楊三同志之慘死，悲憤塡胸，急思與三烈士復仇，乃各自為謀，決定卽夕起事。」

居正與鄧玉麟同為共進會主要幹部，是朝夕共處的人，且為知名的忠厚長者，絕不會誣言誣語。「是時無由投遞」一句話，亦有意維護鄧玉麟。他既然能於十八日抵達漢口和漢陽，為何不能去南湖砲隊傳令？如十八日不能傳令，十九日較十八日風聲更緊，為甚麼又能抵達南湖？為甚麼在鄧玉麟到達南湖之前，城內各標營的同志，已到南湖通知當夜舉事？都可證明，鄧玉麟十八日未去南湖傳令，「非不能也，乃不為也」，其所以「不為」，因為鑒於名冊被抄，恐懼被捕，臨時退縮。貪生怕死，本為人之常情，也很難苛責鄧氏。但是在當時的情況之下，數千同志危在旦夕，國運民脉，繫此一舉的時候，竟不察實情，不試行前往傳令，卽慌張逃匿，幾使民國誕生變為流產，以革命志士的尺度衡之，不能不說是蟊賊了。事隔二十五年之後，同時舉義之人多已物故為鬼，乃竟撰文，故意混淆史實，為自己掩過，其心尤為可誅。

關於十八日夜十二點鐘以「鳴砲為號」一事，除載在蔣翊武的起義命令之外，據參加武昌首義者龔霞初，吳醒漢、熊秉坤、李廉方、居正、胡念舜等人記載完全一致，唯鄧玉麟說是「夜裏兩點，舉槍為號」，證明純係揑造，掩飾之詞。

以後的歷史，也可證明鄧玉麟是一投機分子。武昌光復後，他結托大投機家張振武（辛亥前不久參加共進會），把持軍政府的軍務部，傳令失機不但未被追究，且因緣附會作了師長。張振武煽動孫武，叛背同盟會，組織民社傾向袁世凱，鄧玉麟也是參與者之一。後來張振武因與黎元洪爭權，被袁世凱所殺。鄧玉麟不為亡友復仇，被袁世凱收買，於民國元年六月，與擁袁軍人聯名通電，聲討同盟會所控制的參議院。助長了袁世凱利用軍人壓制政黨的氣焰。

從以上來看，鄧玉麟臨陣退縮是一革命逃兵，見利忘義，背棄同盟會是一革命叛徒；被袁世凱收買，攻擊參議院是一民主憲政的罪人；共同投機的張振武被袁所殺，仍擁護袁世凱，是一背友求榮的冷血之人。

這樣一個人，作了這樣的事，五十八年來迄無人揭發，使人慨歎史筆之鈍拙。

當此辛亥革命六十周年，吾人肅然懷念先烈締造民國之艱難，同時不可忘記，使辛亥革命幾乎流產的敗類鄧玉麟。

民初投靠袁世凱

辛亥首義之地——武漢三鎮

李雁蓀

東望黃鶴山，雄雄半空出。四面生白雲，中峯倚紅日。
巖巒行空跨，峯嶂亦冥密。頗聞列仙人，於此學飛術。
一朝向蓬海，千載空石室。金竈生煙埃，玉潭秘清謐。
地古遺草木，庭寒老芝朮。蹇予美攀躋，因欲保閑逸。
觀奇遍諸嶽，茲嶺不可匹。結心寄青松，永悟客情畢。

——唐・李白：題黃鶴樓

三鎮形勢

湖北省為江湖澤潤之區，長江自巫峽而下，橫貫湖北省中部，經武穴而入江西省境。全省湖泊之多，為各省之冠，在黃崗與江陵之間，彼此相連者以數十計。大別山脈橫亘豫鄂之間，桐柏山縱列於漢水以東，荊山山脈自四川大巴山分支而下，主峯在南陵縣西南，武陵山脈自貴州經四川東南而入鄂。關隘四塞，形勢險要。武漢三鎮當內十八行省的心臟地區，在地理上是「地襟江漢，綰轂南北」。晉人張聲道圖經序云：「東走江淮，西走梁漢，南逕荊襄，北馳陳蔡汝潁」。這裏是四通八達之區，也是兵塞要地。武漢西枕荊山、巫山，東面復有大別山為之屏藩，東南則有幕阜山脈為其阻障，形勢天然，險要異常，為兵家必爭之地。

三鎮鼎足而立，各有特點，武昌居大江之東，為湖北省省會，是一個政治都市；漢陽居大江之西，是工業都市；漢口則居漢水之北，卻是一個商業都市。在咸豐朝闢為商埠以後，租界林立，直到北伐成功，收回租界，才得清淨。漢口因為是商埠的關係，風景古蹟都少，連寺廟也不多。比較著名的有古德寺，在永清路，係仿暹邏寺廟式建築。九蓮寺是兩湖和江西僧尼剃度的地方。還有白布街的萬壽宮，原來是江西會館，江西景德鎮瓷器馳名全國，萬壽宮的寺壁都用瓷瓦鑲嵌。院內有鐵宮，仁壽宮，扶桑宮等建築。殿前的感應殿，雕刻得非常精巧。殿後有一個花園，橫額題「宛在江西」四字。江西人在很多鄰省都建有萬壽宮，作為同鄉會館。

在漢口唯一可以稍事遊憩的地方是江邊一帶，也就是江漢關兩側的沿江大道。江漢關峙立於第一碼頭，它兩側的沿江大道長達六公里，寬濶平直，臨江一面是草地花圃，綠草如茵，花香撲鼻，是情侶散步談心的大好處所。另外還有中山路的水塔，高十四丈，矗立雲際，有梯二百餘級，盤旋而上，可達塔頂，登臨其巔，三鎮景物，盡收眼底。

南樓勝蹟

三鎮古蹟名勝，大半分佈在武昌和漢陽。武昌方面自然是以黃鶴樓為著名。樓在武昌城西黃鵠山巔，以壯麗著稱。只是這座名樓劫運重重，建了又毀，毀了又建，不知經過幾許興廢。黃鶴樓始建於三國，號稱天下絕景。當時樓凡三層，外圓內方，嘉靖末年傾毀，隆慶五年都御史劉慤重建，後又爲張獻忠所毀。清順治十三年御史上官鉉再建，康熙三年又毀於火災。其後鄂督張長庚再建，二十年雷震又毀。四十三年巡撫張長庚再重修，咸豐六年又毀於兵燹。同治七年總督李瀚章重復舊規，高達十八丈，光緒十八年又遭火災。民國重在原址建一磚樓，已無復往日雄偉。

黃鶴樓之得名，有許多神話的傳說，南宋詩人陸放翁的日記裏，有這樣的記載：『南樓（即黃鶴樓）在儀門之南石城上，一曰黃鶴山，制度閎偉，登望尤勝。鄂州樓觀多，而此獨得江山之要會，山谷所謂「江東湖北行畫面，鄂州南樓天下無」是也。……黃鶴樓正枕大江，其西與漢陽相對，止隔一水，人物草木可數，……舊傳費禕飛升於此，後忽乘黃鶴來歸，故以名樓號爲天下絕景；崔灝詩，就是大家所熟知的：「昔人已乘黃鶴去，此地空餘黃鶴樓。黃鶴一去不復返，白雲千載空悠悠，晴川歷歷漢陽樹，芳草萋萋鸚鵡洲。日暮鄉關何處是，煙波江上使人愁。」

關於黃鶴樓的神話傳說甚多，其中一則是說有辛氏市酒山頭，有道士來詣飲，辛氏不索一文。道士臨別時取桔皮畫鶴於壁，拍手引之，鶴當飛舞侑觴，後遂致富。其後十年，道士又來，彷彿天呈白雲自空而降，鶴亦下舞，道士遂登鶴而去，而辛氏念舊，在此建樓云云。

黃鶴樓後有兩樓，一爲奧略樓，一爲張公祠。奧略樓高凡三層，畫棟飛簷，亦頗雄偉，與漢陽之晴川閣遙遙相對，爲光緒年間張文襄公所建。

登樓遠望，東矚蜿山，西瞰大江，江漢形勢，一目瞭然，是展望最佳處。張文襄有題黃鶴樓聯云：「昔賢整頓乾坤，締造均從江漢起；今日交通文軌，登臨不覺亞歐遙。」

在許多對聯中，以「何時黃鶴重來，且共倒金樽，澆洲渚千年芳草；但見白雲飛去，更誰吹玉笛，落江城五月梅花。」一聯爲最佳。另外還有一付長聯，爲李聯芳所撰，全文是：

「數千年勝蹟曠世傳來，看風塵孤岫，鸚鵡芳洲，黃鵠漁磯，晴川傑閣，好個春花秋月，只落得剩水殘山。極目古今愁，是何時崔灝題詩，青蓮擱筆。一萬里長江幾人淘盡，望漢口斜陽，洞庭遠漲，瀟湘夜雨，雲夢朝霞，許多酒興詩情，僅留下蒼煙晚照。放懷天地窄，都付與笛聲縹渺，鶴影蹁躚。」

在奧略樓前有類似白塔的建築，石製，高丈餘，週圍有礮口大洞孔數個，俗謂爲孔明燈，抗戰勝利後，已夷爲鐘樓，非復舊觀。

張公祠爲西式建築，祀張文襄公之洞，並附祀胡林翼神位。

祠左有雷祖殿，祀雷公雷母和呂純陽，因此亦稱純陽樓。

民軍佔領武昌後之黃鶴樓

蛇山公園

過黃鶴樓，就是蛇山公園。蛇山像一條長蛇般，從南到北，蜿蜒通過武昌市面，直達長江之濱，和隔岸的漢陽龜山遙遙對峙。蛇山雖然橫亘武昌市區，但因中間有寬大的鼓樓洞，貫串山前山後東西兩面的交通，車輛暢行無阻，所以絲毫不妨碍武昌的交通。在蛇山開端處，有大石砌成的湧月臺。湧月臺三字，其中「湧月」二字是集宋黃清老的書法外；「臺」字卻是後人摹寫的。柱上有楹聯：「遙看兔影滾中流，非同承露；恍聽鶴影來上界，豈是歌聲。」另外一聯是：「月色無玷；江流有聲。」此外還有劉廷禧所題一付對聯：「曾是當年觸目地，而今又作臺上人」。

禹碑亭在湧月臺後，壁中嵌石碑，其中有岣嶁碑石刻，岣嶁碑俗稱禹碑，傳為大禹治水時所書刻，凡七十餘字，非篆非蝌蚪文，明楊慎有釋文。原碑在湖南衡山縣雲密峯，此處係摹刻者。

張之洞所建的抱冰堂在蛇山之腰，數椽瓦屋，几淨窗明。抱冰堂的建築是利用天然形勢，略加人工穿鑿，四周林木扶疏，有石階供上落，是一個很好的遊憩處所。抱冰堂附近，植梅花數百株，每年從初冬起陸續開放，紅的、白的、黃的、綠的、再間以緋色的；雜然並陳，鮮艷奪目。尤以嚴冬大雪時，從嵯峨勁拔的枝頭，綻放出冷艷馥郁的花朶，更使遊人徘徊不忍離去。據說武昌梅花遠在唐代已負盛名，種植在抱冰堂四週的梅花，頗多七瓣以上的古梅，非常名貴。

岳飛遺像亭在抱膝亭附近，有明萬曆壬午孟夏漢、太和張翼先頌詞云：「於赫維王，英風萬古；穆穆其父，桓桓其武。壯志吞胡，精忠報主；肅瞻遺像，如熊如虎。浩浩堂堂，八荒安堵；翊我邦家，有秩斯祜。」亭有楹聯甚多，中以孔庚一聯為最佳。聯曰：「撼山抑何易，撼軍抑何難，願忠魂常鎮荊湘，護持江漢雄風，大業先從三戶起；文官不愛錢，武官不怕死，奉讜論復興家國，留得乾坤正氣，新猷端自四維張。」

珞珈東湖

珞珈山在武昌西北郊，山巒起伏間，點綴着若干宮殿式的建築，那便是執華中學術界牛耳的武漢大學。山明水秀之區，絃歌不絕，眞是讀書治學的好去處。全校建築依山勢起伏，星羅棋布，教授住宅區則選在山腰，鄰近東湖一帶，使教授們於教學之餘，得享山水之樂。

東湖在珞珈山麓，水極清澈。在晴朗的日子，碧波萬頃，清澈見底，遊魚成羣，歷歷可數，一大片的翠荷紅蓮，像貼在鏡子上一般，非常可愛。月白風清之夜，湖上煙霧迷茫，水天不分，這夢一樣的環境，遊人泛舟垂釣，更增無上情趣。我國各地，以東湖名者有很多處，其中紹興和南昌的東湖，是一般人比較熟悉的。這兩處東湖和珞珈山的東湖比較起來，各有情趣。南昌的東湖在市區以內，宜於泛舟納涼，卻沒山巒之勝。紹興東湖水深樹密，巖壁峭峙，黨國元老胡漢民先生對之非常喜愛，曾有句云：「我有一言君信否？會稽山水勝杭州。」珞珈山的東湖卻是樸實無華，惹人憐愛，湖上多沙洲，周圍滿生蘆葦，附近水鳥成羣，點點白鷺，飛躍於湖光山色之中。

武漢大學前有一座牌坊，鄉人逕呼之為「武大坊」。登山，首先是一排整齊的宿舍，再上便是文學院和大禮堂，圖書館在最上層，這是一座佔地較高的建築，也是全校最熱鬧的建築，因為莘莘學子都要到這裏來吸取知識。理學院在圖書館的左側，為一圓頂建築，設計別具匠心。工學院建在山腰，和圖書館遙遙相對。農學院在左側山腳下，附有農場、花圃、牧場和林區，教學與實驗，配合整齊。整個建築都採用宮殿式，金壁輝煌，璀燦奪目。全校交通，以柏油馬路貫通，極為方便。教授宿舍都是花園洋房，非常舒適。

漢陽景物

崔灝詩：「晴川歷歷漢陽樹，芳草萋萋鸚鵡洲」所指的晴川閣和鸚鵡洲，都在漢陽。漢陽的主山爲大別山，其主峯則爲龜山，晴川閣便是在龜山入江處，與武昌黃鶴樓隔江相對。閣址突入江中，其下奇石壁立，晴川閣不及黃鶴樓大，但氣勢則過之。閣爲明知府范之箴所建，已毀。新建者遠遜舊制，有張香濤所題一聯：「洪水龍蛇循軌道，青春鸚鵡起樓臺。」登臨其上，南瞰長江，東眺漢水，看滾滾東逝，賞心悅目。

鸚鵡洲在南門外，即在龜山小河口，其上有禰衡墓。本來孔融是將禰衡薦與曹操，因衡忤操，操不悅，使用借刀殺人之計，將禰衡遣往黃祖處。黃祖爲江夏太守，其長子射大宴賓客於此，有獻鸚鵡者，命禰衡作賦，洲因以得名。後來禰衡終於被黃祖所殺，就葬在此處。陸放翁日記中曾記云：『洲上有茂林神祠，遠望如小山洲，蓋禰正平被殺處，故太白詩云：「至今芳洲上蘭蕙不敢生。」……自此以南爲漢水，禹貢所謂嶓冢導漾東流爲漢者，水色澄澈可鑑，太白云：「楚水淸若空」，蓋言此也。』這裏的風景本極幽靜，爲昔人觴詠嘯傲之所，後乃日漸荒涼。

月湖也是漢陽附近的風景區，本來有東月湖和西月湖，現在僅存西月湖，湖旁有伯牙臺，也叫古琴臺，爲春秋時魯國大夫伯牙鼓琴之處，他結識了知音鍾子期。呂氏春秋：『伯牙鼓琴，鍾子期聽之，方鼓琴，而志在太山，鍾子期曰：「善哉乎鼓琴，巍巍乎若太山；」少選之間，而在流水，鍾子期又曰：「善哉乎鼓琴湯湯乎若流水。」』二人遂訂交，後來鍾子期不幸夭逝，伯牙爲之擗琴絕弦，終身不復鼓琴。臺早廢，惟祠舍仍甚完好，面湖依山，遠望梅山蒼蒼，俯睇月湖蕩漾，山色湖光，極富詩意。入門處有竹葉書碑，嵌於壁間。遊月湖，可在伯牙臺附近雇舟，沿岸垂柳，滿湖芰荷，千紅映日，景色絕佳。

歸元寺是漢陽第一大叢林，也是在辛亥革命史上有紀念性的一個寺觀。辛亥之役，黃克強先生率兩湖義軍抵禦北洋軍閥，曾在此設總司令部。寺在龜山西麓，以所雕五百羅漢著名。該寺五百羅漢，雕塑頗佳，或坐或立，或臥或倚，嬉笑怒目，神態畢現，與西湖淨慈寺和廣州華林寺的羅漢塑工，可以相互媲美。遊歸元寺，也有按照年歲數至某一羅漢，以證前身的習慣。

龜山上還有禹王廟，祖師殿，還有晉征南將軍荊州刺史胡奮碑文，爲平南將軍王世將刻石，記載征杜曾事蹟。山麓有巨石，名叫狀元石。

山上桃花洞內有桃花夫人祠。桃花夫人即息夫人，爲春秋息侯之夫人，姓嬀。左傳載楚文王滅息，以息嬀歸，生堵敖及成王，不言，王問之，對曰：「吾一婦人，而事二夫，縱弗能死，其又奚言？」可是劉向的列女傳卻說楚滅息，擄其君，使守門，納其夫人於宮，楚王出遊，夫人出見息君，曰：「醮生離於地上，豈如死歸於地下？」遂自殺，息君亦自殺，和左傳所記互有出入。

杜牧有題桃花夫人廟詩：「細腰宮裏露桃新，脈脈無言度幾春，至竟息亡緣底事，可憐金谷墮樓人。」則是依據左傳的記載。

焦達峯其人其事

孫受天

焦達峯名大鵬字鞠蓀，係湖南省瀏陽縣人。家有良田五百餘畝，富甲一鄉。少讀私塾，聰穎過人，冠於儕輩，有神童之譽。年十四入瀏陽高等小學，因思想早熟，故對時事亦瞭解較多。嘗聞邑人譚嗣同、唐常才殉國事迹。甚爲感動，益發自勵。

年歲稍長，知識大開；同時目睹清政不綱，外患頻仍，國人憚於私議者誅，多敢怒而不敢言，是以不滿之情，日益加深。每當授課時，教員稱頌曾國藩、胡林翼、左宗棠、彭玉麟爲中興名臣，勉勵學生效法。達峯不以爲然。偶從日本清議報讀衡陽刦火生所作，有「前後譚唐殉忠義，國民千古哭瀏陽」之句，輒哦聲諷誦，恆不去口。

年十八入長沙高等學堂，遊學預備科，研究日文，進步甚速。居長沙二年，漸與各秘密會黨頭目及留日歸湘之革命黨人時有往還；並交換國事意見，研究維新方法。時日一久，其革命思想，亦愈奮發。在諸友中，以湘鄉人禹之謨交深刎頸，過從最密。

禹於一九〇四至一九〇六年間，在湘省興學校開工廠，藉之提倡革命，明暗推動，積極進行。禹獨器重達峯的氣節，是以凡有秘密籌劃，多使達峯參與，共商對策。達峯的革命思想，正在發軔之際，受此薰陶，益堅其志。

一九〇六年，達峯年二十，遂決心東渡日本求學。其父嘗先後賣田三百畝，供作川資等費用。抵日後，即入同盟會。日與黃克强、劉揆一等研討長江沿岸起義方略，以備將來進行革命之路線。

達峯本擬學習陸軍，因日政府不許私費生入校，乃入東斌學校。東斌爲私立初級軍事學校，是專爲中國留學生不得入陸軍學校而設者。

一九〇七年，同盟會新設十部，中有聯絡部，專以聯絡各省秘密會黨爲任務，達峯被推爲調查部長。未幾，達峯及川人張伯祥、余晉城、吳祥慈、贛人鄧文輝、鄂人劉仲文等，以同盟會內部複雜，良莠不齊；尤以長江各省會黨頭目，皆知識淺薄，頭腦簡單，非另設團體，並委用熟悉會黨情形者，分途招納，不易奏功；又以同盟會誓約內之「平均地權」四字，意義甚深，絕非不黑文墨之會黨員所能瞭解。故另邀部份同盟會員組織共進會，專司此項聯絡任務；且將「平均地權」，改作「平均人權」，以免收攬會黨員時多費唇舌。達峯對於此事，採取高度保密，深恐偶一不愼，消息洩漏，則不良份子，必將借端造謠，淆亂聽聞，予以破壞，故在同盟會員中，除極有關係者，概不知情。

達峯一向做事，深具魄力，乃爲人所共知；但不獨斷專橫。在立會之前，即將詳細經過，就商於黃克强。黃以「平均人權」與「平均地權」兩者截然不同，認爲絕對不可隨便取代，達峯則辯稱：革命之一切舉措爲求達到目的，偶而名不副實，亦應通權達變，不宜過份拘執，於是終於成立。此時，總理方在越南籌劃軍事，故未奉告。一九〇八年，雲南河口之役失敗，黃克强自南洋重莅日本，組織軍事講習所於大森，以供同志研究陸軍之需，達峯亦參與行列。

是歲九月，共進會推舉主要會員回國分頭進行軍事，在湖南方面，議定由達峯負責。十二月達峯抵漢口，與鄂省同志協商進行方法。未幾即返湘展開工作。一九〇九年再來鄂，與鄂省同志設總機關於漢口，另設支部於武昌，但因財力不足，支持匪易。適有瀏陽布商劉肯堂、周海文販布至漢口，達峯以鄉誼關係，邀其入會。劉周從之。且以賣布所得，捐充黨費，兩機關纔賴以維持。八月達峯偕劉周返湘，易名左耀國，密赴瀏陽、醴陵、萍鄉等處，聯絡當地會黨頭目，約其協助革命工作。

一九一一年二月，譚人鳳奉命自粵來湘，將黃克强等謀在粵舉事之消息告之達峯，並約其在湘及時響應，俾收聲援之效。達峯欣然允諾，即偕楊晉康、熊心逸、鍾劍秋等赴漢口，與鄂省同志居正、孫武、鄧玉麟諸人共議湘鄂同時起義，與黃克强遙爲犄角，分進合擊。惟與會諸人雖然一致贊成，但由於經費無着，籌措困難。居正靈機一動，遂獻計說：廣濟縣西北蘄州之洗馬坡，有一達城廟，內供金菩薩一座，所值不貲，如能設法盜取，大可供革命經費之用。衆然其言，遂推達峯與居正先往洗馬坡，偵察路徑。

達峯到達後，僞裝香客，購買香燭入內，見四壁高聳，結構宏偉，內分三進，每進三間，左廂有橫屋，金菩薩像即供於中間正殿偏左一龕內，裝有玻璃門。門外幕幔蛛網交織，神像被煙薰的面目糢糊不清。達峯伏地叩拜，默求菩薩施捨金身，匡助革命，救國救民。居正業已剪辮，不便叩頭，只好在旁燃香點燭。和尚不知其中有詐，還以爲信士虔誠，亦在旁邊喃喃有詞，一若相助黨人禱告者。達峯拜畢，捐贈香資一元，請和尚啓玻璃門，以便瞻仰神像。和尚不疑有他，遂許之。達峯以手搖像，試探搬取，那知菩薩穩坐如山，屹然不動。和尚見狀，認爲舉動譎詭，頗感不悅。達峯恐其生疑，遂相偕離去。居正認爲此事非一二人所能爲，勢必另想別法。即返回漢口，向各同志求助。時在三月二十八日，即廣州黃花崗之役前一日也。

廣州革命雖已失敗，而湘鄂二省黨人仍繼續進行，志不稍懈。是年四月，居正以經濟拮据，再行提議，必須取回金菩薩，以濟軍餉。達峯即謂此事必須以精通武術者方可勝任，彼可回湘徵調武士前來。衆壯其言，達峯遂行。

未幾，查佛光、劉文錦等先後至漢口，檢討革命得失。大家一致主張以武昌爲起義根據地，但如何籌措餉源，已成了嚴重的問題。居正謂達峯已回湘調人，不久就來，稍候數日，金菩薩即可請到。查佛光曰：大事迫在眉睫，不容遲疑，我知三角山只距達城廟二十里，咫尺之地，可往盜取。居正偕衆至三角山，寄宿於三角寺。蘄州鄉紳張梅溪與居正有舊交，其家即在三角山之西南，距廟極近。聞居正等遊山，遂邀至其家過端午節，居正偕同志前往。當地鄉俗，是日例必拜神；尤以達城廟的香火更盛。張梅溪邀居等往遊。廟僧以張爲地方紳董，殷勤招待；且導往遍觀佛像，居等獨對金菩薩最感興趣，巡逡不忍去。及歸張宅，大家酒足飯飽之後，即擬入廟奪取金菩薩。迨至寺門，因是晚天氣酷熱，鄉人聚坐廟前閒談，而廟內燈火輝煌，無法下手，遂快快而歸。迫不得已於次日返回漢口。

六月初旬，達峯偕黎先誠、楊任、鄒永成、謝介僧等果率湖南大漢七人莅漢，在長清里八十八號議決作第三次盜取金菩薩。十五日晚間，達峯率人至洗馬坡，將到達城廟，而大雨如注。達峯喜曰：此天助革命成功也。當時分兩路前進。達峯領四人循後山坡逼近廟牆，即用預備之大錐，將牆鑿通成洞，大小僅容一人，衆即依次爬入，至神龕前，將玻璃門劈開，二人手攀菩薩金身，堅不能動；繼以鐵錐鑿其空，始搖搖倒地，即由數人，曳至殿後，盡力鑿之，久久始斷一手及零碎小塊。達峯深恐時間一久，倘被僧衆發覺，又將功虧一簣。遂命挾金身速走，及幽洞，天已破曉；路上行人漸多。寺僧亦知菩薩被盜，乃鳴鑼報警。達峯急曰：事已敗露，速將菩薩投入池塘，毋為鄉人所見，俟有機會，再來搬取。而此金菩薩數月先受刀劫再遭水災，亦算劫運難逃。此之籌餉奇計，不幸完全失敗矣。

當其時，四川爭路風潮大作，消息不脛而走，全國震動。湘鄂各省紛紛響應，民衆激烈。衆認千載一時的良機，不可坐失，遂決定兩省同時大舉，並號召各地黨人，分路進兵，會師燕京。達峯即飛奔返湘，召集陳作新、楊偉、謝介僧、鄒永成、王炎、李治、曾杰、閻鴻翥、楊守貞、袁劍非、文經緯、易宗羲、成邦杰、吳作霖、唐溶、譚性恂、伍任鈞、張顯義、徐鴻斌、安定超、袁大錫、曾楚章、吳瑞卿、曹政典、劉子培、龍鍼源諸人商定進行方略，大家志氣高昂，各皆戮力同心。當即分頭聯絡軍隊、會黨、政、商、學各界。經過數月商榷，漸臻成熟。

是歲八月十九日，武昌革命軍突然起義，達峯聞悉後，即積極部署，擬於廿六日舉兵應之，定由哥老會在城內先行舉火為號，新軍繼起嚮應，可惜，湘撫余誠格的防軍統領黃忠浩，已獲知革命黨人，暗中圖謀，約期起事，遂派重兵，嚴密戒備，以致未果。

達峯認為一切布置，業已就緒，豈能因一時之阻礙，而退縮不前，即於九月一日晨，親率敢死隊至小吳門，令陳作新攻北門，軍界同志，安定超、李金山、王鑫濤、丁乘堯、張加勛、楊雨農、劉清安、劉光榮、譚滿芳、彭友勝等，早有密約，及時率部反正。大局搖動，剎那之間，四街兵馬紛騰，分途進擊，首先佔領軍械局，諮議局各機關後：繼即合攻撫署，余誠格、黃忠浩，猝然聞警，即下令軍士應戰。不料，軍隊既不聽命，反而倒戈攻陷撫署。余誠格奪門而逃，僅保一命。黃忠浩遲了一步，為革命軍所獲，衆以其阻擋革命最力，罪無可逭，乃綁赴小吳門，就地正法。清虜已除，革命之局甫定。為了安撫民心及展開未來大計，遂於次日召集軍民代表及革命黨人，開會於諮議局，商組軍政府，公推達峯為大都督，陳作新為副都督。達峯聲稱：只願獻身革命，不圖作官，力辭不受；且荐諮議局長譚延闓出任，譚亦堅拒。達峯迫於衆議難違兼為適應時勢的需要，始允就職，軍政府設有軍務、參謀兩部，以閻鴻翥、袁劍非、吳作霖、楊世杰、閻鴻飛等分任之。

在當時的局面，革命固然勝利，但滿淸餘孽仍在各處潛伏，一時很難肅清；而最重要的是，有些諮議局議員，仍然擁護君主立憲，與革命黨暗中對峙，雖經軍政府多方安撫，政局仍是動盪不安。初二日午夜，果有藩署之親兵隊突攻官錢局。衆人雖逆料有變，總以為淸軍大勢已去，也就不放在心上。遂致革命黨員夏季佑遇害，王猷傷腿。最後由安定超率新軍四十九標、五十標，將叛軍包圍繳械，才告平息。

達峯就任大都督後，為了安定大局及籠絡人心，乃特請譚延闓為軍務院長。一切政務，不分鉅細，皆諮詢諮議局舊紳，絕不擅專處理。這樣一來，舊紳誤認達峯年幼可欺，而得寸進尺。即欲乘機奪權，凡軍民事務，一律把持。達峯頗有大權旁落之勢。適譚人鳳偕鄂都督府衛隊營長劉佐龍自武昌解械抵長沙。見譚所議各節，諸多難行，頗有微辭，譚即慨嘆而去。

湖北方面的軍事，正在進行。乞援函電，雪片飛來。達峯關懷全局，乃以援鄂為當務之急，即令原新軍一協，擴為兩協，撥譚人鳳送來之械款，加以補充，命王隆中率四十九標先行，再調五十標駐岳陽作預備隊。長沙只留少數軍警，維持秩序。

詎料，前駐寧鄉、益陽之五十標梅馨、蔣國經兩營，已於初三日先後開回省城。君憲黨之陳樹藩、向瑞琮、黃誠齋諸人，方謀顚覆革命政府，正在欲動無力之際。五十標之回防，如虎添翼，遂倚為心腹，並唆使梅馨謀殺焦、陳二督。既想置之死地，亦須殺之有名，於是揚言：自武昌解來之薪餉數十萬，全為焦、陳尅扣。完全是無中生有，故意中傷，亦於同時，達峯正擬編練各縣民兵，作第二次援鄂，瀏陽、醴陵兩縣人民，望風來投者，絡繹於途。這本是有志之士，獻身革命之義行。孰料，反對者卻故意造謠：說是所來投軍者，全是會匪，焦督達峯卽著名之洪江會首姜守旦之化名；且對新軍起義有功之官兵，不予升賞，就是焦督蓄意黜退舊伍，而代之以會匪，黨派之見，無法解除。這種浮言蜚語，固然都是空穴來風，但爲不明眞像者所偏信，於是謠諑四起，形勢險惡。達峯業已獲悉原委，明知禍將臨頭。倘若膽怯，及時一走，當然無事，但他自思，從來處事，一秉大公，絕無畛域之念；且對參加革命者，無不一視同仁，問心無愧，也就不以爲意，而處之泰然。達峯以鄂境軍事緊急，遂自請辭職，率師赴鄂，讓賢自代。可是，擁護者較反對者實力大，不允所請，達峯以衆意難拂，遂繼續留任，仍令新軍四十九標按照原定計劃於初七日出發。四十九標的將領，多屬起義同志，達峯倚爲左右手，且爲衞戍之需，但爲急於援鄂，亦不能以私害公，卽不顧本身之安危，斷然調其離省。反對者知道省城空虛，認爲有隙可乘，頓起殺機，已成箭在弦上之勢。

當援鄂軍出發之第四日，反對者故意在城外煽動商店，發生紙幣擠兌風潮，市民洶洶，秩序蕩然，舊紳詭請都督親往彈壓。達峯卽命副督陳作新前往，陳督甫至北門口，卽爲叛兵所害。陳督既死，叛將梅馨乃揚言爲故總兵黃忠浩報仇；並稱，陳匪雖死，焦匪尚在，應一併除之，卽指揮所部衝入督府。這時達峯正與閻鴻飛、曾杰、文經緯、袁劍非、易宗羲等討論如何繼續援鄂及解決湘西糾紛等事。署內官兵見變急報，同志咸勸之匿避。達峯曰：安用避焉！我爲民族革命，凡我族之附義者，不問其曾爲官僚、抑爲紳士，余皆容之。今諮議局舊人煽動黃忠浩殘部叛變，既殺副都督，又欲殺余，悔不用譚人鳳之言，將若輩先除，今竟爲所算，余惟有一身受之，毋令殘害我湘民。且余信革命終當成功，若輩反覆，自有天譴。言畢，卽走出門外，向變軍宣慰。變軍不容分說，上前逮捕，擁至軍政府門外。達峯昂首望義旗而呼曰：諸君幸勿擾亂秩序。言猶未已，變軍自後刺之，遂死。年方二十五歲，大志未伸，遽遭毒手。以這樣爭取民族生存的革命志士，就此與世長辭。

君憲黨舊紳，以陰謀得逞，遂擁譚延闓爲都督。譚既就職，同時布告安民。卽任向瑞琮爲軍務部長，升梅馨、余欽翼爲師長。因恐援鄂之革命軍回師問罪，乃將殺害焦、陳二督之責任，完全歸咎於士兵，主謀作亂諸兇，反而逍遙法外。

這時先頭部隊，已抵鮎魚套，聞變皆泣不成聲。然以鄂境戰況緊急，未便回師討賊，惟恐分散革命實力，只有椎血飲泣，與清軍拚命激戰。

譚延闓就任後，君憲派大權在握，囂張跋扈，爲所欲爲。對於援鄂，更意存觀望；雖告急文書，紛至沓來，仍是按兵不動，置之不理。及黃克强掛帥，這些叛徒才心有畏懼，不敢惹事生非，始各相安無事。迨南京政府成立，梅馨等益有戒心，恐治以叛逆之罪，卽向革命黨政要曲意交歡，藉消公憤。譚延闓後葬達峯於嶽麓山，民國五年劉人熙督湘，在石塚上。題曰「瀏水墮淚之碑」。

本刊鄭重徵求香港淪陷史料

本年十二月八日爲日本軍進攻香港三十周年，本刊擬在十二月份發行專號紀念，懇祈各界惠賜鴻文，以記述此三年零八個月痛史，如有圖片更爲歡迎，來稿一經發表，稿酬每千字一律二十元，特此奉告，並希踴躍賜稿是幸！

本刊爲個人小本經營，全靠發行維持，所有贈閱均以兩期爲限，如承雅愛，請自第三期訂閱是幸。

張彪發跡史

芝翁

相傳有這麼一個笑話：辛亥光復之前，兩湖總督滿人瑞澂，見到當時革命風潮澎湃，不免忐忑不安。有一天，召見湖北全省提督兼南洋新軍統兵官張彪，談次，忽然問道：「外頭鬧革命鬧的厲害，大清天下，怕要給鬧翻了，老實說你部下有沒有革命黨？」那張彪誠惶誠恐地站起來回道：「報告大帥，卑職部下的革命黨，大約有四五成。」那瑞莘儒摸着兩撇鼠鬚、瞪着眼，嘴裏徐徐吐出一個字「唔！」，張也接了一聲「喳」。一時局面弄得很尷尬。

張彪者，即被稱為「丫姑爺」之張虎臣也。他是山西榆次左輔村人，家世務農，莊稼人在農隙之暇，好玩玩把式，既以鍛鍊身體，也好保衛村莊，所以他在十三四歲起，便跟佃戶長工習起武術來，他長得玉面朱唇，蜂腰猿臂，揮舞得起三五十斤的大刀，提得起百來斤的石鎖，跑馬射箭，統統學也統統會，因此十四歲便入武庠，十八歲晉省鄉試，即中了武舉。有了功名又生了一身膂力，鄉里中有事，便有他一份兒，喜鳴不平，扶弱鋤强，卻博得任俠尚義的名聲。但清代重文輕武，一個武舉人，沒有文舉人那樣吃香。

那時，張香濤（之洞）以侍郎外放山西巡撫，他本是號稱清流黨的，少壯封圻，風骨峻厲，為政尚嚴，對於豪紳猾吏懲辦不稍寬假，稱誦的當然有人，而結怨的也不在少。

某月初一，是撫台赴文武廟朔望拈香之期，禮畢回衙，經過鼓樓，道旁忽閃過數人，攔轎遞禀，張拍着扶手板，喝轎班快走，那遞禀的人，聲勢洶洶，攀着轎槓不放，另外更有幾個人把轎夫戈什哈也揍了。

那時候隔着張汶祥刺殺馬新貽的案子不久，戈什哈們以為亂民滋事，被揍了之後，慌慌忙忙地跑的跑躲的躲了，把綠呢大轎擱下。

那張之洞草疏劾人膽子雖大，碰到這個場面，也驚得蜷伏轎內，不敢跑出來自然也跑不動，六七個人中，更有嚷着：「給他拉出來」的，張心裏想：這回鷄肋免不了老拳也。正在危急中，張彪恰好在郊外練弓馬回來，道出鼓樓，見一頂綠呢大轎給人圍着，他忖着這轎子顏色是有來歷的，難道出了甚麼事？上前一看，轎裏翎頂袍褂的官兒倜促一隅，情勢嚴重，他吆喝一聲，跳下馬來，把雙手一分，把六七個兇神惡煞的人，拳腿併進，打得這班人抱頭鼠竄，那看熱鬧的老百姓們怕惹到身上，也就一哄而散。張之洞見已解圍，在轎裏出來，高呼壯士留名，張彪以任俠不索酬，早已上馬去了。

張之洞驚魂稍定，隨即回衙，司道文武俱來請安道歉，張重責轎班及戈什哈，欲知解圍壯士姓名，惟記得這漢子騎的是一匹棗騮，身着月白開氣袍，一身武生裝束而已，返署後，命中軍在各處查詢，並訪及近郊，都無影響，惦念不已。

這事傳了出去，一般人都在傳說猜想

，張彪和幾個朋友閒談，朋友中也提到這回事，張彪說：「這有甚麼稀奇」？那友人說：「莫不成就是你」？張便把經過說了出來，告訴他不可張揚，那友人卻漏了，聽的人報與撫署，張之洞聞報大喜，即定期傳見。看見張彪年青力壯，相貌堂堂，查詢之下，知道他是武舉前程，年方十九歲，遂留他在署。

張之洞多內嬖，曾孟樸的孽海花中「插架難遮素女圖」那一段，寫其平居恣縱不檢事，尚非架空之談，國聞備乘也說張「驕蹇無禮」，他家裏丫頭頗多，有個叫寶珠的，生得端麗出衆，本想把她收了房，那丫頭平常看他起居無節，姨太太又多，不願和他勾搭，對着他總是莊容正色，張之洞倒認她有志，便想替她配一個年紀相當的丈夫，恰好張彪有救駕之功，人又長得俊，便有心將寶珠許給他，不久便委張彪爲撫標記名游擊，一日，要試他的品格，將所用鼻煙壺叫張彪送至內宅，彪至內宅。便站在庭心，大聲說「大人叫送鼻煙壺來」。躊躇一些時間，才有一僕婦攀簾接了過去，之洞此舉，一則察他是否知禮，再則藉此使內眷及寶珠們從簾內窺見這解圍勇士的眞面目。第二天，叫張彪來，託詞寶珠是他九姨太抱養女兒，知彪尚無妻室，許配給他。張彪那有不領情的道理？但請赴京會試，之洞賸銀三百兩，臨行諄囑：「得意與否，務返山西」。張晉京會試得中武進士，便返山西，補了撫署武巡捕，和寶珠正式結婚，有知道底細的，背後給張彪上一個尊號——丫姑爺。

之洞督兩廣時，彪已擢記名總兵。中法之戰，爲大軍總糧臺；張還兩湖，彪實授四川松潘鎮總兵，未赴任，張還兩江，彪跟往督修獅子山砲台；再督兩湖時，彪實授湖北全省提督，適清廷創辦新軍，袁世凱練兵小站，彪練兵武昌，號稱南洋新軍，頗有名。前後在湖北三十年，門生故舊很多，寶珠也居然命婦。光緒末，之洞入閣，瑞澂繼任，這個筆帖式出身的旗下紈袴，雖做到方面大員，對漢人仍不信任，又礙於老中堂的面子，不敢盡奪張之軍權，只委一個滿人做副手。端方入川，瑞澂敎端携新軍以行，自以爲調虎離山，僅留工程營一營，還是不相信，致激起事變，瑞挖了後墻先逃，彪率部歸馮國璋。民國成立，惓戀舊君，蟄居津門辦起實業，在租界裏建築「張園」，後溥儀即住其處，民十六卒，那廢帝還親臨祭奠，居然賜額「心如金石」並頒謚「忠恪」。

瑞澂

張彪

陳儀與湯恩伯

徐復觀

某雜誌第十四期有野鶴的「陳儀其人其事」一文，裏面提到陳儀和湯恩伯的關係，說湯恩伯是陳儀的乾兒子，並提到湯恩伯由日返國後服務的情形，全係信口開河。

湯恩伯的一位同鄉、同學、後來又同事的一位老友，親自告訴我的，轉述如下：

湯恩伯在東京，是不是住鐵道學校，這位朋友沒有談。我所記得的是說湯恩伯一面在某一學校掛個名，一面開一家小麵館賣「支那ソノバ」。考取日本陸軍士官學校後，沒有力量繳出一千九百多元日幣（當時一元日幣，略等於一元銀洋）的學費，便回到浙江去找陳儀。陳儀當時正擔任師長，湯恩伯去見他，司令部的傳達不肯傳見。湯乃站在外面，候陳儀出司令部時，湯喊「報告師長」，陳儀才問明來意，和他談了一談，送了他這一筆學費。由此可知湯的進士官學校，並非國民黨中央黨部保送。否則不至學費無着。

湯恩伯返國後，是否在陳儀的部隊服務，我不知道。但湯的那位老友曾經和我說：「他(湯)在軍校當大隊長的時候，我住在成賢街。他常常在打完野外(野外演習)後，口袋裏掏出在街上買的兩個燒餅來，在我的熱水瓶裏倒一杯開水，就當作一餐飯。他的胃病就是這樣來的。」這位朋友和我坐在東京明治神宮內苑的草地上，談這段故事，談得很詳細，並且談的時候，還不斷地老淚縱橫。但我現在只記得這樣的一點點。因此可以了解，湯以後之所以能成為國軍中的重鎮，乃出於蔣公特達之知，不是陳儀的力量所能提拔的。至於湯拜陳儀為義父，在我所認識的愛護湯的許多人士中，反對湯的許多人士中，對湯的好話壞話，不知說了多少，可是從來沒有此事的半絲踪影。

我沒當過湯的部下，但自他知道我這個人以後，對我異常客氣。三十七年十月間，我在南京已經沒有擔任任何工作，便一個人到杭州去玩幾天，住在友人牟宗三教授的宿舍裏。有一天下午，我從靈隱寺出來，偶然遇見湯先生，他異常高興，閒談了幾句以後，他說：「你來得好極了，陳主席幾次想和你談談。我回頭和他通一電話，約個時間見面。」我當時心灰意冷，甚麼也不想了，不願多此一舉，便告訴他道：「我和陳主席素無一面之緣，不想躭擱他的公務時間，千萬不要打電話介紹。」湯固執的說：「他早知道你，應當談談。」我也執意的加以拒絕。

武昌首義

武昌首義時，革命軍曾以九角軍旗插在蛇山之上，威震武漢三鎮，成為歷史佳話，茲特一述「九角旗」的故事。

辛亥農曆八月十九日武昌起義之夕，革命先烈李賜生（號次生）高舉九角旗為前導，率領二十九標一部份革命將士，猛攻武昌蛇山清軍陣地，佔領之後，即將這旗插於蛇山高地之上，使其他友軍紛紛響應，清軍望風而逃。

原來公元一九〇七年，「同盟會」留在東京的部份同志，劉仲文、居正、潘鼎新、孫武當天，我在牟先生宿舍吃完晚飯後，湯特來看我，我記得主要是談毛的領導技術問題。談了一點多鐘，他起身走的時候說：「陳主席明天早上八時半派車來接你，千萬去和他談談。」我心裏很不高興，但也無可奈何。

第二天，坐着派來的車到省府去，陳儀已經在客廳裏候着我。一位矮胖的老人，見我後，熱情而自然，眞是一見如故。他首先問：「你看大局怎樣？」我便說一套維持地方秩序的困難和重要，希望他要集中力量注意這方面的問題等等。他聽了我的一番話後，彷彿沒有聽到一樣，便滔滔不絕地敍述他和蔣的關係，及當行政院秘書長時直接對蔣的了解，把他所認爲蔣的長處和短處，毫無隱飾避忌的說了出來。結論是：「蔣先生對國家負責，負得太過了，負得個人和國家不分。自己負不下去的時候，何妨讓給毛澤東試試。我想，他（毛）眞正負起責任來，不會實行共產主義的。」他的這一番話，完全出我意料之外，我一時也想不通他和我說的一番話，還是試探我？或者也和許多人一樣，在擺龍門陣時，喜歡唱唱高調。完全把我弄糊塗了。不知道怎樣答復他。他一再問我的意見怎樣？希望我在杭州多住幾天。我說：「主席所談的問題太大了，以主席與總統私人關係之深，有甚麼意見可以當面商量。我只覺得一切都很困難，說不出甚麼積極的意見。」並告訴他：「我立刻要離開杭州。」

從省府出來後，湯便來找我了，問談得如何？我說：「陳對我說得很坦率。不過，這些話，不應當從他的口裏說出來。」湯說：「你沒有勸勸他？」我說：「初次見面，以他和總統的關係和地位，我又怎樣勸法？」這天下午我便離開杭州，心裏常常想到「陳儀爲甚麼和我說那一套？」接着我移家廣州，不曾與任何人談及此事。及到了三十八年春，我住在溪口，知道陳儀被捕的事，我才明白「他向我說的是眞話，但爲甚麼要向我說呢？」當然也想到陳和我談的一番話，當然也會和湯談過，湯之所以再三要我和陳見面，可能是要我說服陳。但時局混亂，我有甚麼能力說服甚麼人呢？

旗的故事

·吳琨煌·

等，以「共進會」革命團體爲掩護，發動大陸革命，當時製訂三等九級軍制，及九角十八黃星軍旗，十八黃星就是代表我國十八行省之意，至此九角十八黃星旗，乃成爲當時共進會的會旗。

辛亥年三二九廣州之役失敗後，共進會第三任總理劉仲文先生，捐上革命費用五千兩，會同沔陽革命黨人楊玉如（字蕃香，筆名古復子）等，秘密摹繪九角旗十面，以備武漢起義之用。辛亥八月十七日，共進會幹部孫武，在漢口俄租界秘密寓所，試驗炸藥失愼爆炸受傷，八面九角旗也遭燒燬。事爲清廷獲悉，進行全面搜捕革命黨員，並有部份先烈慷慨就義。八月十九日，孫武、鄧玉麟、李次生等革命幹部認爲事不宜遲，決定舉義，並由李次生將剩餘兩面九角旗，密纏腰際，偕同鄧玉麟由漢口潛返武昌發難。當天晚上武昌終告光復，而九角旗亦飄揚武昌蛇山高地，及蛇山山麓湖北諮議局——即湖北軍政府門首。

民國元年南京臨時政府成立之初，各省旗章不一，至參議院遷至北京後，始行決議以滬軍都督府所用的紅、黃、藍、白、黑五色旗（代表漢滿蒙回藏五族）爲中華民國國旗，同盟會的青天白日三色旗爲海軍旗，武昌首義的九角十八星旗爲陸軍旗，並於民國元年六月八日明令公佈。直至民國十年五月五日， 國父在粵就任由非常國會選舉之大總統後，公佈廢止五色旗及九角十八黃星陸軍旗，而一律改用青天白日滿地紅國旗。至此，這一領導國人推翻滿淸，開創民國的九角旗，乃漸不爲人所記憶。

記共黨總書記向忠發之死

曾托

中共第一任總書記陳獨秀，第二任瞿秋白，都是知識份子，有相當學識；第三任總書記向忠發卻是漢陽划船伕出身，算是眞正的工人階級了，但是卻沒有領導能力，成爲周恩來與李立三的傀儡，周李二人利用向忠發的招牌，握有實權，不願向忠發過問黨事，乃出錢包一雛女與向忠發同居，盡量使其得到高貴享受，而向忠發本人也性好漁色，曾利用職權姦污女同志。爲部下所不滿。以後被捕，辦案人員有意保全他的性命，但共黨恐向忠發自首對共黨宣傳不利，乃勾通淞滬警備司令部人員予以槍決。說起向忠發的被捕，事情導源於一件桃色糾紛，時間是一九三一年一月。

離開眞丈夫、去作假太太

一位曾受莫斯科訓練的共產黨員吳君，回國以後，被派爲共黨江蘇省委。他有一個年青而又貌美的妻子陳小妹，也是共產黨員，同被派在江蘇省委的婦女部工作。吳陳夫妻二人的感情很好，同在一起工作，鶼鶼鶼鶼，眞是一對理想的配偶。可是好事多磨，有一天陳小妹忽然接到共黨中央轉來的命令，派她去和中央的另一要員羅綺園「住機關」。（因爲羅的住所，須要有個女人去掩護，所以共產黨派她住到羅的機關裏，表面上裝成是羅的妻子。）

根據共黨的工作紀律，任何命令事先都毋需徵求同意，只有絕對服從，此事當然也不例外。陳小妹接到命令，立即和丈夫商量，二人心裏萬分不願，但是鑒於「紀律」的森嚴，不敢違抗，只好忍痛分手，問題卻從此發生了。

原來陳小妹是一個在中國傳統的倫理社會中長大起來的女子，雖然已受過「布爾什維克的洗禮」，對男女問題，不像一般舊式婦女那麼拘謹，但是要她去和一個未曾見過一面的男子同居，此事究竟有點爲難，因此常常找機會向她的丈夫訴苦。吳君呢，本來已對「領導方面」這種「亂命」非常憤恨，經不起他的愛妻的一再哭訴，更感無法忍耐，只是奪走他的愛妻的是共產黨的高級人員，不是一個普通人，這將如何處理才好呢？想來想去，沒有主意，後來想到老同學陳紹禹（王明）以足智多謀見稱，乃走去和他商量。

陳紹禹對此本早有所聞，看到吳君前來求敎，聯帶想起自己的鬱積已久的心事，於是眉頭一皺，計上心來，便輕聲的向吳君獻策：「除了向國民黨告密，無法收回你的妻子。」

陳紹禹獻計、吳某作叛徒

「向國民黨告密」，忠實的吳君，簡直認為陳紹禹故意開他的玩笑，要不然就是有意測驗他對共黨是否忠誠，因此初聽之下，不由得驚呆了。但細看陳紹禹一本正經的表情，不像是開玩笑，彼此多年交情，也沒有設計陷害他的理由，再仔細一想，除此之外，的確別無更好的方法。結果，「小資產階級的溫情主義」戰勝了無產階級的馬列主義，吳君終於接受陳的建議，向國民黨求援了。

不過有一點，與陳紹禹的原意不符。陳的獻策是要吳君自己不出面，匿名報告羅綺園的住所。同時，事先將陳小妹約出來，以免同時被捕。吳君一想，此事不舉發則已，一經舉發，自己就不能再在共黨內存身，所以索性一不做二不休，自己出頭檢舉。

在一個深夜裏，吳君引導辦案人員到上海馬斯南路一座很華麗的巨宅中，把他的愛妻接出來，並把羅綺園捕到。在另一個房間裏，又捕到共產黨的另一要員楊匏安。

羅綺園和楊匏安，當時都是共黨的中央委員，主要是負農民運動責任。在共黨的地位，僅次於陳獨秀、李大釗、瞿秋白；和彼時的毛澤東、劉少奇等差不多。國共合作時期，他們又是國民黨的中央委員。當時是屬於李立三的一派，原與留俄的陳紹禹等不睦，所以就被出賣了。

羅、楊被捕之後，辦案人員接着追問當時共黨的總負責人向忠發的下落，然而羅、楊二人都不知他的住所，吳君更不用說了。正在無法可想的時候，第二個奇蹟又出現了。

忽來一青年、出賣向忠發

一天，有一個外表很精幹的青年，到辦案人員的辦公處來報告，說他知道向忠發的住址，願意引導去拘捕他。辦案人員對於這宗送上門來的好買賣，起初不敢予以完全相信，因為這個青年，在共黨中並未擔任重要職務，按照共黨地下工作的定例，他不能知道向忠發的地址。但因此事不妨一試，遂由他引導辦案人員到法租界霞飛路的一家珠寶首飾店樓上，逮捕到一個土頭土腦、年已五十多歲的老頭兒。他的口才很笨拙，也不像太懂得政治，從外表看，很像一個商人，住在珠寶店裏，倒很適合他的身份。

他初時不肯承認他是中共第一號領袖向忠發，辦案人員對原報告人本來就不十分信任，見了這副行徑，也相信可能有錯。正在感到為難之際，恰巧辦案人員中有一個同事，他是向忠發的同鄉，也幹過船員，他說認識向忠發，並知道向氏過去的歷史，在當船夫的時候，嗜賭如命，有一次從賭場中輸光了錢回來，立志要戒賭，竟把自己的左手無名指斬斷一小段，以示決心，經他的指認，再一驗向忠發的左手，果然無名指短了一段，向忠發無法再抵賴，只好低頭認罪了。

在這以前，辦案人員對中共的重要機關，已破獲了多次，被捕的許多有地位、有歷史的中共要員，經過耐心說服工作，大都願意脫離共黨，參加反共的工作。這在當時已成極普遍的風氣，共黨對於這種輕易轉變的現象，極為恐慌，故此向忠發被捕之後，便故意放出空氣，說是：「過去許多黨員的叛變，乃小資產階級動搖善變的劣根性的充分表現，向忠發是真正的無產階級出身，無產階級有對革命忠實到底的優良品質，決不中途動搖轉變，所是相信向忠發一定不會向敵人投降，一定會替共產黨犧牲。」這種空氣，並且故意傳到向忠發的耳朵裏。

自稱是傀儡、長住溫柔鄉

其實，共產黨的心機完全白費，向忠發的結果，雖是替共產黨犧牲了，然這不是他的本意。他被指認出來以後，所表現的「向敵人投誠」的可憐相，比其他的非無產階級的共產黨員更精彩十倍。

他首先表示：「我只是一個普通工人，我沒有能力，我在共產黨內所擔任的職務，實際上是一個傀儡。」說到這裏，他甚至雙膝跪地向辦案人員求情，要求免他一死，並自動說出四個共黨的重要指揮機關的所在地，以表示他的忠誠。

這一切的表情，大大出於辦案人員意料之外。按照辦理同樣案件的成規，向忠發既肯表示轉變，他的求生願望應該讓他實現的。但是這一次卻發生了差錯，當南京方面接到向忠發願意轉變的報告時，他已被上海警備司令部倉卒下令槍決了。這樣的處置，對以後工作的開展上，實在是一種大損失。

在逮捕向忠發時，還捕到一個和他同居的女子，她年在二十五歲左右，裝飾極摩登，容貌和風度也够得上美麗的標準。問她關於共黨方面的一切問題，竟全無所知。不久辦案人員完全明白，她確與共黨無關，她只是一個普通的舞女，她是被共產黨弄來陪伴向忠發的，她只知道和自己同居的男人是個珠寶商人，不知共產黨，更不知是坐共產黨第一把交椅的人物。

至於共產黨何以要這個女人去陪向忠發呢？目的就在使向忠發的全部心情和精力，消耗在溫柔鄉裏，不要過問黨內的事情。後來，從另一個共黨的口中，又知道共黨爲了這個舞女曾付出了八千元的巨大代價，爲了此事，共黨內部還引起許多牢騷：「下級同志窮得連飯都吃不起，爲甚麼上級能拿出這許多錢來替向忠發討姨太太呢？」

現在又該提到告密的那個青年了。當辦案人員證實被捕的人確是向忠發後，發給他一筆獎金，並給了他一個臨時工作，因爲他是自動前來效忠的，所以對他未曾特別注意。大約在向忠發死後的一個月光景，這個青年忽然失踪了。他一走，辦案人員才恍然大悟，原來他是「奉命」來實施「借刀殺人」之計的。向忠發一死，他的「任務」已經完成，不走還等待甚麼。直到今天，中共已經表揚了所有的「烈士」，只有向忠發的事件卻隻字不提，可見毛澤東本身也看不起向忠發那一名划船佚呢。以下是向忠發當年的自供：

向忠發被捕後的自供

「我是湖北人，現年五十一歲，是一個破產的農家子弟，十四歲入漢陽兵工廠做學徒，共住二十九個月，因與工頭不合，被革除。遇一親戚廖某，介紹入造幣廠工作了四年，因廠倒閉失業，乃去江西名人王家全家中做傭人，三年多，後來又由他介紹入他所經辦的輪船公司任事（由九江至南昌的輪船），我在輪船公司內因爲經東家的介紹，故只做了四個月，就升任二副，做二副兩年又升任大副，後因輪船公司與礦物局（漢冶萍）的輪船撞壞了鹽道所坐的船，與鹽道口角，終因犯事而被通緝，乃逃回湖北潛居。在湖北住一年多，此時正值造幣廠復工，即再返廠做工一年，又因武昌起義，造幣廠再度停工，經人介紹入漢冶萍公司一八〇號船上任事，直至一九二三年始脫離。

「我入共黨的經過是在漢冶萍公司工會，担任工會副委員長時（一九二一年），由許伯豪（此人已死）介紹加入ＣＰ。七天以後，即任支部書記，『二七』事變以後，提升ＣＰ湖北區委。一九二三年失業後，由彭澤湘（當時爲中共湖北省委書記）介紹任湖北省委書記一月。當漢口市黨部成立時與劉百川等負責工作，我擔任工人部長，曾代表出席國民黨第二次全國代表大會。北伐軍到武漢時經辭三次始准，後任武漢總工會委員長並在漢口市政府工作。到國共分家以後，共黨五次大會中我當選中央委員，因開會通知只發給我一次，心頗不快。七月間在武昌蛇山開中共中央會時，我雖大發牢騷，中央亦未答覆。又因『八一』罷工，我不同意，雖經羅亦農說服，卻又將我送到漢口法租界一洋房中禁閉了，此時我見罷工已失敗，遂不經共黨中央的同意即私自逃往長沙了。到長沙後，住在鄉下一個月，後共黨中央派朱鶴林帶來大洋一百元陪我由長沙到上海了。（在「八一」以後，我曾出席「八七」會議，組織中央政治局，我也是委員之一。）

「我到上海之後，住了一個短時期，即被派赴莫斯科，同行者共有十四人，我任主席。到俄後參觀各處約數月，又去比利時住了數月，再返莫斯科，出席俄在蘇俄召集的赤色職工國際的第四次大會，時蘇兆徵爲主席，我任副主席。未幾（一九二八年六月）中共開第六次代表大會，我任主席團，回國後出任共黨總書記。曾被幽禁一個月（與李立三、蔡和森、王仲一等同住）。

「一九二九年九月共黨二中全會開會時，周恩來與李立三在會場上發生意見，開會後兩天，又發生爭執。我對李立三的主張雖不同意，但不能反駁他。以後他們二人常有糾紛，我始終爲他們作調解人。一月後他們的衝突愈烈，無法解決，周恩來決意赴莫斯科報告國際，結果國際答覆說：『中國共產黨錯誤，國際駐中國代表亦犯錯誤。』此時瞿秋白等也回來了，三中全會由瞿秋白領導，其所措施，下級大爲反對，不得已國際派了米夫來華，找我談話說：『以前種種錯誤，你都要負責，須受懲罰。』

「經過米夫談話之後，我卻沒有受處分，因爲米夫說：『向忠發是一個工人份子。』自此次米夫來華後，中共中央的組織變更了，採分工制度，因而一切經濟權均不經我手，我的總書記，只不過虛位而已。不久因爲羅章龍組織非常會議，米夫召集徐錫根、陳郁談話，這一次的談話，我沒有參加。米夫返俄後，有一德國人作中國共產黨的國際代表。四中全會報告，由周恩來起草，經我向國際代表報告，而當時陳紹禹大加反對我，說我是調和主義者。四中全會選舉的結果，名義上仍由我來繼承下次大會的總書記，但在事實上已經實行了分工制，如沈澤民任宣傳，周恩來任軍事，趙雲任組織，從此各人各管各事，我在共黨內不甚管事了。

定時彈炸斃徐老虎

鐵嶺遺民

辛亥年武昌革命後，各地紛紛獨立，重要城市多是革命黨人領導，秩序尚未大亂，中小城市甚多落於亂民之手，地方備受荼毒，蘇北一帶即是如此，當時江蘇北部以富庶而言，首推揚州，自南北朝即成軍事重鎮，唐代至清末因鹽業關係，又成爲全國經濟重心，唐人詩：「腰纏十萬貫，騎鶴下揚州。」「天下三分明月夜，二分無賴是揚州。」可見揚州繁華傳於天下，自清末津浦鐵路通行後，揚州經濟價值漸減，但仍是蘇北富庶之區，「綠楊城郭，十里珠簾」，加之山川秀麗，人物俊美，久已成爲國人嚮往的名城。辛亥革命時，揚州一度陷於混亂，後來由徐寶山起而平定亂局，統一揚州附屬各縣，自稱揚州都督，成爲揚州的統治者。

徐寶山出身鹽梟，個性剛猛，當地皆稱爲徐老虎，雖然出身不正，但是當了都督之後頗爲愛民，揚州人因爲他有定亂之功，又有安民之勞，所以也都賓服。

辛亥革命成功後，政治逐漸上軌道，各地獨立政府自不能長期存在，當時分裂情形最嚴重者首推江蘇，計一省五都督，即江蘇都督程德全駐蘇州，鎮江都督林述慶駐鎮江，滬軍都督陳其美駐上海，揚州都督徐寶山駐揚州，清江都督蔣雁行駐清江浦，同時還有一個曇花一現的吳淞都督李燮和駐吳淞口，加上南京留守黃興駐南京，整個江蘇已分成六七處，互不從屬。袁世凱就任總統後，即着手整頓，黃興首先呈請撤銷南京留守，林述慶也自動結束鎮江都督府，陳其美內調工商總長，撤銷滬軍都督，清江都督也撤銷，事權統一於江蘇都督程德全，揚州方面仍保存半獨立狀態，只是把揚州都督改爲揚州軍分府，仍然換湯不換藥。

徐寶山久踞揚州，威福自專，手下部隊編爲一師，大部是鹽梟出身，戰鬪力頗强，因此不論總統袁世凱，江蘇都督程德全都不敢攖其鋒，一任其維持獨立狀態。徐寶山雖出身草莽，旣貴之後，頗喜古董，每天晚上在煙榻上過足癮之後，蹲在榻上摩挲古物，以此爲樂，上海古董商人知道徐都督有此嗜好，有好古董一定要先送到揚州，徐寶山不買，再賣給別人，當時有一個古董商，似是姓姚，成爲徐寶山駐上海買辦，遇到好的古董，一定先送到揚州或直接交郵寄上，習以爲常，每年作了很不少的生意。有一天又接到姓姚的寄來一個包裹，因爲上海經常有包裹寄來，徐寶山也不介意，在過足癮之後，自己蹲在床上拆包裹，哪知其中擺了一枚炸彈，徐寶山拆包裹時觸動機關，當時爆炸，徐老虎猝不及防，且亦無此經驗，當場被炸死。這天是民國二年五月二十四日。

這件當然也是一次謀殺案，不過，是誰謀殺了徐老虎，以後也無人再追究。事隔五十八年，從未見人談到過徐寶山之死的眞象及其幕後主使人。

徐寶山之死是被炸彈炸死，此事已不成問題，在民國初年這種洋式行刺法尚不多見。究竟是何人佈下這盤的棋局，就值得研究了。

依情理推測，當時有興趣刺死徐寶山的應該是袁世凱與程德全。先說前者，袁世凱當時正盡力實行全國統一集權工作，對國民黨控制的各省，設法排擠，即使不是國民黨人的如四川都督尹昌衡、胡景伊，雲南都督蔡鍔也盡力壓抑，設法調京，而對於這個割據富庶之區，也實在是非法機構的揚州分府自然有意取銷。但若明令取銷又恐徐老虎反對，起兵抗拒，將是一大麻煩，尤其此時行刺宋敎仁案已發生，二次革命即將爆發，袁世凱自不願再惹上徐老虎，因藉此方法予以除去。

至於程德全身爲江蘇都督，即無法管轄江北地區，必不甘心，尤其是對着徐老虎，眞如人伴虎眠，不能安枕，可能想辦法予以除去，利用徐老虎喜愛古董，以炸彈僞裝古董將其炸死。

當然另外也還有其他的可能性，例如當時革命黨人已決心反袁，軍事行動迫在眉睫，計劃中是以南京爲根據地，如果徐老虎在揚州反抗，對南京威脅相當大，爲了統一江蘇事權，也很有可能除去徐寶山，而且當時的行刺手法相當新穎，因此，許多人也曾懷疑是國民黨人所爲。

此外，還有揚州的鹽梟大盜，在徐老虎統治下無法容身，很可能在上海收買職業兇手，想出了這一條計策。總之，無論是哪一方面所爲，一定是經過愼密的研究，熟悉徐老虎的個性，否則也不可能安排了這麼一個乾淨的手法。

徐老虎死後，袁世凱大爲震悼，追贈陸軍中將，原有的師長一職就由其弟徐寶珍接統，至於揚州分府，當然就取銷了。

徐寶珍統領的第二師，後來也曾參加過對南戰爭，因作戰不力被免職，所部縮編爲江蘇第一混成旅，由徐寶山舊部白寶山任旅長，以後升任江蘇第一師師長，兼徐海鎭守使，孫傳芳任五省聯軍總司令時，改爲第八師，始終鎭守蘇北，一直到北伐軍入江蘇，白寶山投降，所部與李明揚合編爲三十一軍，調浙江解散。徐老虎這支部隊前後有十七年歷史，在徐老虎死後仍維持十五年，總算難得了。

石友三與高樹勛

正平

石友三字漢章，東北吉林省人，在馮玉祥那個集團裏，以冀魯豫人居多，東北人是少而又少的，石算是很突出的一個，這也就因爲他是從當兵時代起就跟着馮的原故。用馮的眼睛來看，他的地位和韓復榘等量齊觀，故此當馮的全盛時代——十七年前後，他們都當到軍長、總指揮這類軍職，統馭下的軍隊也都有兩三萬人。地位儘管高，但馮仍是倚老賣老，對待這些部下並不尊重，好直呼其名而不稱其官銜，據說這是表示親熱的意思；而且招之使來，揮之使去，像對待奴才的一樣，因此這些人對馮逐漸離心離德，到十八年秋，韓石兩人分別叛馮而歸順中央。韓此後倒還能始終如一，不再翻雲覆雨，而石則不然，投順中央後不久，即在浦口譁變，旋又歸馮，十九年中原會戰失敗，所部盤踞河北順德府一帶，由北平方面張學良予以收編，但他不久又叛張，旋在張學良、劉峙兩方面南北夾擊，復經商震由太原出正太路攔腰予以一擊下，立刻冰消瓦解，於是只好東跑到濟南去受韓復榘庇護。在政府下令通緝當中而又處於避難的情形下，按說他該銷聲歛迹雌伏一時了，但他仍不甘寂寞，他和韓共同設計害死張宗昌。那就是很明顯的事實；因馮玉祥天天在那裏喊抗日，無論如何他總歸是馮的老部下，因此還不敢冒天下之大不韙，去當漢奸，如果不是這種原故，他也早就被日本軍閥利用做他的漢奸去了。

也是機會湊巧，廿四年春，華北形成了「特殊化」局面，由陸軍第廿九軍軍長宋哲元出面組織成立「冀察政務委員會」，這一來，他又「鹹魚翻生」。因爲宋哲元也是屬於西北軍的舊部，憑着這種因緣，他又由山東跑到北平去活動，爲了避免他們受日本特務的利用，增加國家的痲煩，中樞對之乃不得不稍事羈縻，由宋哲元出面保舉他任「冀南保安司令」，和他一同發表名義的，還有下野已久的北方軍閥孫殿英，後者被委任爲「察北保安司令」。

不過這些只是名義性質，不但沒有甚麼部隊可供指揮，就是一個「司令部」性質的指揮機構也是沒有的，每個月只是由冀察政委會致送一筆「車馬費」的乾薪而已，所以他住在北平，每天是花天酒地，縱情聲色，過他糜爛不堪的生活。如果沒有七七抗戰發生，相信這些人永遠沒有「東山再起」之一日，但民族抗戰給他帶來了一次很大的機會，靠了這個機會，他又死灰復燃起來，重新做了一次甚麼軍長、總司令、省主席這類的職務。

七七蘆溝橋的戰火一燃，廿九軍便把部隊集中在一起，同敵人展開肉搏，他們單純的接受了戰鬪性的任務，行政事務便成爲無暇過問了，因而河北省一時便成了政治眞空。尤其冀南各縣那些地方性質的自衛團隊，缺乏一個領導的中心主宰，這些團隊多則人槍逾千，少則百數十，都熱盼投奔到一個有聲望有地位者的領導下從事抗戰，於是石友三、張蔭梧、高樹勛這些人，便分別多面收容，靠了每個人過去的聲望地位以及在河北省的歷史關係，成就各有不同。比較起來，張蔭梧的成績最好，收容數達十萬餘人，號稱「河北民軍」；石友三、高樹勛也分別收容了一些，但不及張那麼多，後來由政府給予名義收編，石是陸軍第一八一師師長，高是陸軍新六師師長，自此他們又算是「有猴子可牽」了。（北方軍隊說法，一個軍事將領有軍隊可帶，等於走江湖玩把戲者有猴子可耍，意謂可以藉此撈錢也。）但也有人說，這是宋哲元以第一戰區副司令長官名義臨時給予他們的番號，經過一個相當長的時間，才由中樞予以事實上的認可。

河北省南部以及毗鄰這個地區的魯西豫北，是一片廣大的平原，出產既豐富，民性又樸實，如果在這一帶作游擊戰爭，兵源既不虞匱乏，糧食補充也非常容易，可以說是最好的游擊地區，所以當正規戰爭在這方面無法實施時，大本營便指定某些部隊要在敵後打游擊，不准退到後方來。當時不僅像石友三、張蔭梧、高樹勛這些甫經成立的部隊擔任這種任務，就是像廿九軍那樣的勁旅，也要在黃河北岸近乎太行山麓一帶和敵人週旋，沒有命令不得退到黃河南岸。

在政府方面能着眼到這些地方，但在另一方面，那個對抗戰別具用心的共黨，觀察力的銳敏也不下于我們。當我們要在冀魯豫邊區地帶展開游擊戰爭，和敵人作殊死戰時，它們也看中了這一點，於是不到一年時間，共黨在延安所訓練的那些幹部，便紛紛湧入河北，他們的組織力强，所抱的野心又大，眞正做到「九十九分發展，一分抗日」的境地，一天天壯大起來。最初由於它們羽毛沒有豐滿，還能和政府軍隊處於「互不侵犯」的狀態下，合作兩個字當然是談不上，可是等到它們羽翼長成，便開始向政府軍隊襲擊。本來按照雙方兵力比較起來，他們也不是政府軍隊的對手，但一來它們的情報相當靈活，常常使用偸襲手段；再就是它們所採用的策略乃是「以大吃小，以多吃少」，以致政府軍隊常常吃它們的虧。

從廿六年起到廿九年止，也不過整整三年時間，主客形勢便發生了很大變化，整個冀南平原地帶幾乎全是它們的天下，因此政府軍隊就不得不退到冀魯豫邊區角落上來，實行一種防禦性的作戰部署。那時的共軍，不但不能發生抗日作用，反而成爲抗戰的阻碍。後來中樞給它們冠上「奸匪」兩個字的稱呼，意謂它們具備漢奸與土匪兩重身份，可謂形容得淋漓盡致，妙到毫巔，擬這個名詞的人値得傳令嘉獎。

各省光復秩序表

地點	日期	領導人	都督	附註
湖南長沙	九月初一日	焦達峯、陳作新	焦達峯	九月初十日，焦達峯被梅馨殺害。譚延闓繼任都督。
江西九江	九月初二日	林森、王有蘭	馬毓寶	
陝西西安	九月初三日	李仲持、張鳳翽	張鳳翽	
雲南騰越	九月初六日	張文光	張文光	
山西太原	九月初七日	姚以价、閻錫山	閻錫山	
雲南昆明	九月初九日	蔡鍔	蔡鍔	
江西南昌	九月初十日	蔡公時、蔣羣	吳介璋	九月廿二日，彭程萬繼任，不久以後，李烈鈞繼任。
貴州貴陽	九月十三日	張百麟	楊藎誠	

河北省主席原來是馮治安，他是廿九軍第卅七師師長，抗戰軍興，他率領所部轉戰各地，省主席一職勢難兼顧，於是由鹿鍾麟繼充，鹿以後由朱懷冰充任，但是，這兩任省主席都沒有指揮下的基本部隊，不足以和日寇與共軍作兩面戰爭，所以他們都是就任不多幾時便掛冠求去，等到廿九年夏，這一職務居然落到石友三的頭上。不過到他出主河北省政的時候，河北省政府令所能及的地方已經縮龍成寸，所剩下不過是大名、濮陽幾個縣罷了。

三年多的時間，石的地位已經逐漸遞升，由原來的一八一師師長而第六十九軍軍長，由六十九軍軍長而卅九集團軍總司令，最後且膺任河北省主席。統馭下的部隊，是包括他自己手下的六十九軍和高樹勛的新八軍，以及丁樹本、邵鴻基這些河北行政督察專員所領導的地方團隊，人數算起來，差不多也有十萬之譜。

本來按照石的才具，無論如何也不是一省民政大吏的材料。當時政府所以要畀予他這項職務，也是時勢使然，鹿鍾麟、朱懷冰所以在河北省待不下去，就是因爲他們手裏缺乏基本部隊，而在當時，石友三手中至少有十來萬部隊可供指揮，假使他能夠做得好，使這個地區不致於落入敵人或共黨之手，讓他去幹又有何妨？是在這種情形下，他才獲得這麼一項封疆大吏的任命。

江蘇上海	九月十三日	陳其美	陳其美	
浙江杭州	九月十四日	朱 瑞、蔣中正	湯壽潛	
江蘇蘇州	九月十五日	陳其美	程德全	
江蘇鎭江	九月十七日	林述慶	林述慶	
廣西桂林	九月十七日	秦步衢	沈秉堃	沈秉堃率師北伐，陸榮廷繼任。
福建福州	九月十八日	許崇智、彭壽松	孫道仁	
江蘇揚州	九月二十日	程善之、杜召棠 郭堅忍等	章水天	章之名義爲「兩淮鹽部都督」。其後公推徐寶山主持「軍政分府」兼「江北北伐軍司令正長」。
江蘇淸江	？	蔣雁行	蔣雁行	蔣之名義爲「江北都督」。
山東濟南	九月廿一日	丁惟汾	孫寶琦	十月初四日，孫寶琦背叛革命，取消獨立。
廣東廣州	九月十八日	胡漢民	胡漢民	
安徽安慶	九月十八、廿一日	吳春陽、管鵬等	朱家寶	九月廿四日黃煥章部兵變，朱家寶逃。十月廿二日孫毓筠繼任都督。
四川重慶	十月初二日	謝 持、張培爵	張培爵	
江蘇南京	十月十二日	徐紹楨	徐紹楨	
四川瀘州	十月初五日	楊兆蓉、鄧 霖	劉朝望	
盛京奉天	十月初六日	藍天蔚、張 榕	藍天蔚	
四川成都	十月初七日	鄧孝可等	蒲殿俊	十月十八日，兵變，次日：尹昌衡繼任都督。
新疆伊犁	十一月十九日	馮特民	廣 福	
直隸灤州	十一月初八日	施從雲、王金銘	王金銘	

當時中樞的決策是，作爲一個封疆大吏，便是守土有責，不管採取怎樣一種活動的方式，都必須要在本省境地以內和敵人週旋，不能走出本省境地以外去，抗戰時山東的沈鴻烈、山西的閻錫山、江蘇韓德勤等等，都有這類情形。但石友三果眞有心領導着十幾萬大軍，在敵後和日寇與共黨從事艱苦鬪爭嗎？絕對不是，他也不

過是利用抗日這個機會來滿足他政治上的慾望而已。當鹿鍾麟、朱懷冰在河北地區被共軍逼得無法立足時，由他來支撑這個局面，他也並沒有甚麼更好的對策。

在那個時期，對付日本敵人倒成爲次要的事了，主要是防備共軍的襲擊，假使我軍有一連人駐在某地，被共軍探聽明白了，它們會集合十倍以上的兵力，突如其來的向我軍襲擊，可能就在一瞬之間，這一連就被它吃得乾乾淨淨，然後鼠逃兎逸，不知去向；如果我們有一營人一團人，它們所採取的手段也大都類是。而且共軍的行動相當詭秘，使人有防不勝防之苦。此外就是武器、彈藥、醫藥、服裝，不能按時由後方源源接濟得上，也形成了敵後游擊的困難。

敵後活動困難的情形既是如此，因而石友三又忽發奇想：以爲如其這樣和日寇、共黨兩面作戰，就不如和其中的一方携起手來，庶幾免得受這樣的活罪。他當然不會投到共黨那邊去，於是便準備投靠日本。此時他還有一種更不「度德量力」的想法，他以爲當年日本軍閥能策動宋哲元韓復榘組織華北五省自治，今天爲甚麼不能支持我石友三？論起過去與現在的地位，我石某也不弱於他們兩個？再加以在那個時候，汪精衛已經在南京成立了僞組織，而龐炳勛、孫殿英這些無恥之徒，都分別當了漢奸。這些當漢奸的人唱出來一個自我遮羞的名詞，叫做「曲線救國」，言外之意，是說他們雖然當的漢奸，但最終目的仍是爲了挽救國家，奇文奇想，令人捧腹。這些人的無恥行動，給予石的鼓勵很大，他覺得就是自己這樣做也並不是怎樣羞恥的事。

石既存有投敵的意思，便授意乃弟石友信到天津、開封這些地方去和日本人勾結。石友信當時的職務，乃是河北省政府警備旅旅長，平素無事，他就和漢奸或日本浪人有往來，有時也到天津、開封去採購醫藥器材以及必須的物資，所以像這類事，他是非常能勝任愉快。

而且，日本人一向抱着「唯恐中國不亂」的宗旨，石友三既然向它們送秋波，它們是歡迎之不暇，所以雙方一拍卽合。此後信使往還，接觸頻仍，事情的發展，已經到達成熟階段。

石的一切舉措，只是個人直覺的想法，除乃弟外，他沒有同任何人商量過這件事。至於他的部下，幕僚職務他是從來不放在眼裏的，帶兵官是比較看得起一些，但他用的帶兵官個個都是大老粗，粗得斗大字不認識三個，他認爲這等人頭腦簡單，個個聽他的話，叫這些人怎麼着就怎麼着。

唯一使他顧忌的，乃是高樹勛。高當時任新編第八軍長，是屬於卅九集團軍戰鬪序列的兩個軍之一，如果他投敵而不獲得高的同意，可能使他的行動受很大影響，說不定使他的計劃全盤失敗。高雖然和他同是舊日「西北軍」同仁，但彼此思想不同氣質不同，所以根本不能協調，而且彼此還有着互相猜忌的意思。

這裏順便介紹一下高樹勛，因爲石的死，正死在他的手上，他是本文重要角色之一。高字建候，河北鹽山人，與張之江爲小同鄉，廿一年時，他曾在孫連仲的廿六路軍當過第十七軍軍長，後因與孫意見相左而自動離去，離職後且遭政府通緝。馮玉祥在察哈爾組織「抗日同盟軍」時代，他是贊助人之一，且把天津一所住宅賣掉三萬大洋以助軍餉？冀察政委會成立，他初無所事事，後經張允榮力荐，始被任爲河北省政府保安處處長，抗戰軍興，他靠了這個招牌，在冀南各縣也收容了不少地方團隊，居然有人槍萬餘，初經宋哲元給予名義，嗣後報經中樞認可，發表他任新編第六師師長。

抗戰之初，他率領所部隨着大兵團撤退，一直退到黃河南岸的洛陽，但大本營認爲這些部隊以在敵後游擊爲最適宜，都跑到後方來作甚麼？因勒令回到黃河北岸去活動。

他於是由洛陽沿隴海路直達徐州，然後由那裏北向入魯東魯北轉入冀東南，在敵後轉戰經年。後來由於部隊過份單薄，在那些地方生存實在不易，才逐漸轉移到冀南方面來，與石友三、丁樹本、邵鴻基這些部隊聚集在一起，互爲倚賴。石後來被任爲河北省主席兼第卅九集團軍總司令，他被列入第卅九集團軍戰鬭序列，那時他已升任新八軍軍長了。在中樞本來的意思，也許以爲他和石過去都是西北軍的舊部，今天又在敵後並肩游擊，他們總可以和衷共濟，合作無間了，但萬萬想不到他們彼此之間有根深蒂固矛盾。

六十九軍第一八一師師長張雨亭，乃是石的老部下，但高與之過從甚密，這使石大不高興，二人因此不得不竭力疏遠；而新八軍有個騎兵團團長王某，與石爲吉林同鄉，有次兩人遇面，石與之熱烈握手，備道鄉誼之情，使高也大感錯愕，隨後就把王某撤去團長職務，調爲副官處處長。雙方疑忌之深，於此等小事上不難窺見一二。

石決定投敵，但不獲得高的同意，使他功敗垂成，他總覺得這個失敗乃是出於高的阻撓，因此便把高恨入骨髓。卅年春，高部駐在山東定陶附近，突然遭受一次日寇陸空聯合襲擊，使新八軍飽受損失，高本人僅以身免，對於這次事件，事後高總疑惑是石從中作祟，不然的話，敵人何以會把他部隊的駐地摸得那麼清清楚楚。

經過這次損失，新八軍便由山東定陶移駐河北濮縣，與河北省政府所在地的濮陽相距很近，石因爲作賊心虛，所以盡管雙方住得這樣近，但總不敢和高謀面，怕高有報復他的意思。也是活該湊巧，那年秋天，西北軍老將孫良誠特意到濮陽來看石，談起來，說高某人就駐在這附近。彼此過去都是西北軍老同仁，何不大家聚在一起敍敍契闊？石當時不好意思說出此中情由，只說高與他有閒隙，不好去。至此，孫更要强作魯仲連，表示替他們和解。石也萬萬料不到此去眞就會把老命送掉。所以也就勉强作陪，只是扈從人員多帶了一些而已！

高聽到孫陪着石來，便開始作準備，等到他們到達，表面上佯爲歡迎，酒肉招待，其實已經磨刀霍霍。首先是，把石的扈從全部繳械；其次是，在酒宴中間，高先離席，次把孫邀出，餘人也相率離去，最後屋中只剩下石一人，此時就把屋門下鎖而不准他出來了。石自知上了圈套，最初還咆哮喊叫，隨後就倒在榻上大抽其鴉片煙，等到他抽得麻醉過去時，天已暮靄蒼茫，高這裏就派了一個彪形大漢，用粗麻繩套在石的脖子上，然後往右膀上一扛，那形狀有如司各脫乳白鱉魚肝油那個商標，好在大門外有已經挖好的深坑，也不管石當時有沒有斷氣，就此把他放下去，活埋了。

把石友三的故事寫完，我們想起孔夫子所說的話：「小有才，未聞君子之大道，有殺身之禍也歟？」不是指的就是他們這些人嗎？

武昌起義的三武

武昌起義之初，革命黨人有三武，名滿天下。三武即孫武、張振武、蔣翊武。三武中論材幹以蔣翊武爲最，起義之先，被推爲總司令，臨時遇阻，未能執行命令，否則武昌起義，蔣翊武即使不能爲都督，亦可擔任總司令。孫武地位本不高，但在俄租界製炸彈傷手，引致機關全部敗露，反而促成武昌起義早日爆發，因此，名譽鵲起。張振武名望較低，武昌起義後，任軍務司副司長，而驕蹇特甚，經常對黎元洪拔劍擊柱，使黎元洪難堪。

三武以蔣翊武人品最佳，對革命有始有終，二次革命失敗後，逃至廣西全州，爲陸榮廷逮捕，電告北京，袁世凱批示就地槍決，在全州殉難。

張振武爲黎元洪誘送北京，被袁世凱下令槍決，死在民國元年，尚在宋教仁遇刺之前，國民黨與袁世凱尚未決裂，亦無人爲之昭雪。

孫武首先與黃興鬧翻，始終與國民黨站在敵對立場，但亦不爲袁世凱重用，浮沉半世，竟得善終。死在抗戰期間，晚年侘傺，不復受人重視。

一次「〇〇七」式的經歷

鄭修元

在民國廿一年四月，戴笠（雨農）先生奉命主持情報工作以前，我國內並無有關情報工作之學校或訓練班的創設。因此在戴先生受命之後，所需工作人員，必須大量招訓儲備，以應工作上之需求。自民國廿一年開始以迄卅四年抗戰勝利時爲止，在那短短的十三年中，經過戴先生主持考選訓練過的幹部工作同志，包括中美合作所幹部訓練在內，我個人約略估計不下兩萬餘人之多。訓練業務的全盛時代，是在抗戰後期的民國卅年至勝利後的民國卅五年之間，班次最多，受訓者蓁衆。設置訓練班之地點，則遍佈全國，如四川之重慶；福建之建甌、南平、華安；貴州之息烽；甘肅之蘭州；陝西之西安；浙江之瑞安；安徽之臨泉；山西之雄村，及勝利後的北平等地。

而抗戰初期在湖南省境之臨澧、黔陽兩訓練班受過訓練之學員，以及抗戰前在南京香林寺（按香林寺之特訓班可謂各級訓練班之始祖）及附設于杭州浙江省警官學校內之各特訓班受訓同志，堪稱爲軍統局之中堅幹部。今日在台灣各情報治安機關之高、中級幹部人員，有很多是出自戴先生門下，其所表現出對黨國暨領袖之永矢忠貞，及在工作上所發揮之高度效能，實受戴先生當年薰陶之所致。

上述各情，在訓練方面而言，係屬於「集體訓練」之一種。此外尙有「個別訓練」，「機會訓練」，「工作訓練」等多種方式。

「個別訓練」是爲了一項特定任務，選調適宜於此一任務之工作同志一人（必要時爲二人或三人），在一個秘密場所，授以在此一特定任務上所必需之單獨訓練。「機會訓練」，則隨時隨地均可舉行，總理紀念週或週年紀念大會等類集會均屬之，有時提出某一同志在某一任務中所表現之成敗得失，舉例提示大家，知所借鏡。

至於「工作訓練」，則係戴先生本人常常以一項臨時工作任務，派遣一位工作人員，面授機宜，令其盡力完成此項任務，而於事後檢討其得失，親自講評，有功便奬，失敗則教。這一種「工作訓練」能給予受訓者以終身難忘的深刻印象，更可於爾後執行任務時多所獲益。

我隨侍戴先生的十三年中，祇擔任過訓練班的教課，（自廿八年底由滬特區內調後，曾將在陷區指揮行動工作所得的實際經驗，向受訓同志作有條理之講話。）未曾參加過集體方式的訓練班受訓；不過卻受過戴先生不知若干次的「機會訓練」和「工作訓練」。

在這裏我要憶述的是一件屬於「工作訓練」的極富戲劇性的故事。這一故事的詳細經歷，我從來未向人談過，我的兩個女兒常要我講述過去的工作經歷，我也沒有提到過。此次是承本刊編者，一再囑我寫點有關戴先生的比較生動有趣的工作故事，以饗愛好本刊的廣大讀者才使我想起卅年前的一段儻來艷福的往事。

我是民國廿四年八月間由滬特區奉調至南京，隨侍戴先生工作。翌年暮春，正是江南三月鶯飛草長風光旖旎的季節，我奉命隨侍戴先生由京赴滬，下榻於北四川路的新亞大酒店。在當時上海的大旅館，除了高達廿六層矗立於跑馬廳畔的國際大飯店外，新亞大酒店可以算是新開設的旅店中首屈一指的，地點幽靜，設備豪華，租居的旅客，泰半爲外籍人士或國內的仕商名流。戴先生闢室三樓的三〇六室，我和一位王姓警衛同志，則住在同一層樓的三〇九室。大約五六天後的一個傍晚，戴先生叫我進入他的房間，交給我一張上海市中國銀行五百元的即期支票，並要我坐下來接受他一項工作指示：

「這五百元是給你作一項臨時任務的活動費用。這個工作對象，是在百樂門舞廳的一個名叫『雅萍』的紅舞女，經過我們上海區一個外勤同志半年來的偵查，判斷她很可能是上海日本特務機關所利用的間諜。我們的那個外勤同志，在和她交往中，發現她臥室裏一個五斗櫥右邊抽屜中，貯藏着一些好像很重要而秘密的物件，內中有一個牛皮紙的中式信封，裏面有相當厚的文件，在封套的背面上下封口處，塗有紅色火漆。最近兩人因故已中止往還。

「現在我要到杭州去，今晚夜車由王同志隨我前往。你可仍留上海。我去杭州大約十天左右再回上海，在這十天裏，你可僞裝由江西來上海旅遊的商場小開，去百樂門結識此一舞女，從事偵查。最好能將那一個可能貯有重要文件的牛皮紙中式信封，竊取到手，以明究竟。」

我聽完指示之後，稍爲思考了一下，即向戴先生陳述：

「我參加工作迄今，雖將屆三年時光，也曾在上海居留過一年多，但至今還沒有學過跳舞，而且平日衣着樸素，對應酬又無甚經驗；追隨戴先生後，一直是擔任內勤而毫無外勤經驗，況祇有短短的十天時間，恐怕不容易完成任務。是否可以另派一位幹練的外勤同志擔任？」

戴先生聽完我的陳述之後，又復剴切地指示說：

「你所顧慮的，都沒有甚麼關係。關於衣着方面，你可在我給你的活動費中，去永安公司服裝部選購兩三套合式的西裝；不會跳舞，可即去法租界霞飛路底一家德國人開的舞院，去先學一點容易的舞步，以期速成。至於你說的沒有外勤工作經驗，你參加本處工作，將近三年，在我身邊的時間，也不算太短，平日耳濡目染，對於偵查工作，一定不會完全一竅不通的，何況將來總有一天要派你出去擔負指揮外勤工作責任的，也需要多多歷練一下才好。」

在上命難違及好奇與好勝的兩種心情下，我終於欣然接受了戴先生給我的這項任務。

在我送走了戴先生以後，馬上跑去霞飛路底，找到了那家德國人開的舞院，主持的是一對年約三十上下的德籍伉儷，先生英俊魁梧，太太年青貌美，他倆都會講上海話，幾句交談以後，我便成爲那位美麗的女敎師的門生了。我前此雖未學過跳舞，但因平日愛好音樂，也約略懂得節拍，又因爲膺此特殊使命，求功心切，所以學起來也特別起勁。經過兩天（每天去三次，每次一小時）的惡補，居然也勉強做到了可以施施舉步。西裝革履，那更不成問題，四大公司萬物俱備，只要袋中麥克麥克，咄嗟之間，可以購辦齊全。

到第三天的晚間九點過後，我雇了一部祥生汽車，直放靜安寺路愚園路口的百樂門舞廳。那時上海舞廳很多，並且分成上中下四等，第一等的只有百樂門、麗都、仙樂斯、大都會四家，它的價格是每一塊錢買三張舞劵，跳一個音樂便算一次；坐枱子，好像是每一個鐘點五元。第二等的是每元五跳，大滬、大華、大新、都城、楊子、安樂宮、遠東等舞廳屬之。等而下之的，便是中央、高峯等一元七跳的場所。還有一家設在慕爾鳴路的小舞場，沒有樂隊設備，樓上樓下共用一架留聲機，每元十五跳，眞可算是大衆化的娛樂場所了。

百樂門雖然是四家第一流的舞廳之一，卻有它的很多特點，第一個特點是，所有大小舞廳的舞池都是打臘地板，唯有百樂門卻造的是彈簧地板。第二個特點是另在舞池前方樓上，設有一個圓形的玻璃舞池，同時也設有座位，燈光較爲黯淡，極適合情侶們的依偎密談，高興跳一下，便就近在樓上舞池內婆娑起舞，不必勞步上下。第三個特點是，所有伴舞的女郎，幾乎個個都年青貌美，色藝差一點的，不易爲該舞廳收容。十里洋場中的名女人交際花之流，很多出自該舞廳，現在還有好幾位，寄居港台兩地哩。

當我驅車前往「百樂門」之先，很刻意的把自己修飾一下，穿上由「永安公司」買來的西裝，換上「拔佳」的新皮鞋，襯衫、領帶、袖扣、手帕，色色都是新的。由於戴先生曾告訴我「這個舞女既能吃酒，也愛吸煙。派頭一絡，且極健談。」我本來不吸煙的，也特爲買來一隻浪琴牌帶打火機的金色煙盒，以備不時之需。

還有一件較爲重要的事情必須事前妥爲準備的，就是我的僞裝身份和我所用的代名。在身份方面，我決定說我是江西永修籍，現年廿八歲，尚未婚配，家中相當富有，我父親在南昌洗馬池開有一家銀樓和一家綢緞百貨公司，此次奉父命來滬旅遊，順便看看上海方面有無可以投資經營的生意可做。對於化名，我到着實費了一番腦筋，最後想到戴先生平日所用化名，多半有三點水旁的，例如「江」、「漢」、「澤」、「淼」等字，我靈機一動，便決定以「張若水」三字作爲我的化名。

車抵「百樂門」門前，一看腕錶，正指向九點廿五分。上海高級舞廳晚舞九時開始，而最熱鬧的時間，卻遲在十一點左右，在此時間，有的正看完最晚的一場電影，有的來自麻將桌邊，有的在長三堂子打完茶圍或吃過花酒以後再至舞廳取樂。當我進入舞場時，客人寥寥無幾，我爲了能比較容易觀察一下環境和易於發現我的目標的，乃選擇一個靠近舞池的座位坐下來。當大班前來問我要否招一位小姐坐檯時，我便問他是否有一位叫「雅萍」的小姐？他說有，不過還沒有來。他並且告訴我，「雅萍」很紅，每晚都有客人陪她進場，來的時間也比較晚點。我說：「沒有關係，我可以耐心等她。請你在她進場時，先指點給我看一看，不必馬上招她坐檯。」大班點點頭笑着走開了。音樂响起，看見舞池裏一對對的男女，大多數都是舞步熟練，姿式美觀的。陡然間，在我內心深處泛起一陣惶慮，深恐等到「雅萍」來後，我這僅僅惡補兩天的鴉鴉舞，怎能和她配對下池呢？尤其使我躭心的一件事，是不知道她的身材高矮如何？像我這樣身高纔一五八·四公分的江西老表，若果對方高過我六、七公分甚至九、十公分的話，那多難看啊？這一種思緒掠過腦際不久，我冷靜地思考一下，覺得我既已向戴先生接領下這項任務，惟有竭盡一切可能來妥善肆應，太多的顧慮是沒有用的。萬一等下見到這位小姐果然身材過高時，我可以以學舞不久舞步太生爲理由，多陪她坐檯淸談，少下舞池蹣跚學步，不也可以敷衍過去嗎？

正當我思緒紛雜的時光，忽然聽見有人喊出「雅萍來了！」我的精神驟然爲之一振，定睛看去，在距離舞池不遠的地方，一位身材苗條，衣着入時，儀態豐姿都很美的年青小姐，向着音樂台右邊的化粧室走去。

當她已走出我的視線以外，那位原先跟我交談過的大班，走來告訴我：「剛才走過音樂台邊進入化粧室的，便是『雅萍』小姐，她有客人帶她進場，若是你先生要她坐檯的話，等一下我就叫她過來。」我很滿意地點了點頭。

大約過了十多分鐘，我在舞池中發現了這位紅牌小姐。那年頭的上海舞廳，尤其是位居第一流的「百樂門」，絕不像現在港台的舞場，常常用黑燈舞來給予客人以方便。在接連兩次舞曲的時間裏及那相當明亮的彩色燈光之下，使我能夠相當清晰地看見「雅萍」的面貌和衣飾。首先我打量一下她的高度，似乎比我高出一點，但至多不會超過五六公分，假若她脫卻高跟皮鞋改穿綉花便鞋和我跳舞的話，我們的高度可能正好相等，這樣就立時解除了我心理上的一種惶慮。繼之我便端詳一下她的面貌，兩道修飾得濃淡合度的秀眉，一對剪水雙瞳，一個挺直端麗的鼻樑，加上她的櫻桃小口，很勻稱的分列在她瓜子型的臉蛋上，確是非常秀麗。白晳的皮膚更增加了她的嫵媚。這晚她穿的是一件剪裁合式，曲線畢顯的深綠色的旗袍，更增加她的高貴氣質，使她看起來不同凡俗。

再過了一刻鐘左右的時間，她隨着大班來我處坐檯，她坐下來以後，微笑着問我：「您先生貴姓？我們好像是初次見面吧？您怎麼會指名叫我坐檯呢？」

「敝姓張，我的確初次見面，」我回答：「至於我爲甚麼會專程找妳的，說來妳也許不會相信，昨晚一位同鄉請我在「陶樂春」晚餐，偶然聽見隔壁房間內兩個客人對話，說百樂門有位叫『雅萍』的小姐，非常漂亮。我聽在心裏，牢牢地記住『百樂門』和『雅萍』這幾個字。我初到上海，又剛好正在學跳舞，爲了要看看這位美麗的雅萍小姐，所以今晚特別專誠前來看妳，妳相信嗎？」

她聽完了我這自編自導自演的一套謊話，好像聽進去了，又好像不太相信的神氣，啓齒一笑，繼之好像要大笑出聲的樣子，不過，她馬上自覺有點失態而委婉說了幾句客氣話。

這時樂隊在奏着一曲勃露斯，我也顧不得是否會出洋相，就硬着頭皮，請她下池共舞。由於她的舞跳得極好，幾乎完全是她在帶着我跳。一曲告終，大班來叫她轉檯，并且告訴她是原來送她進場的那位客人，要買票帶她出場的。她起身向我稱謝告退。我忽然警覺到我的工作日期不多，既已順利地接近了她，必須快馬加鞭地緊湊我的工作過程。我於是把握住機會，請她第二天中午吃飯。

但她卻說中午和晚上都已經有約會了，於是我只好說明晚再到舞廳來看她。

第二天晚上，我換了另一套新買的西裝，晚餐後，時間還早，先去大光明看了場電影。散場出來，才九點多一點。在靜安寺路大踱方步，溜覽街頭夜景。心中在盤算着今晚和「雅萍」見面時應該講些甚麼，才有希望得到她初步的好感。等走到「百樂門」舞廳，剛好十點正。巧的是我昨晚坐的一張檯子，此時正在空着。我坐定後，招來昨晚那位大班，問他「雅萍」來了沒有？大班告訴我說她早就來了，並且還問到我呢。我要大班立刻去叫她來坐檯子。

她今天的裝束打扮，比較昨晚淡雅些，身上穿的是一件黑色呢料的旗袍，外罩一件湖綠色的短毛線衣，臉上仍然是薄施脂粉，耳朶上戴着卍字形的金耳環。如果用抽象的字句來形容她此刻的儀態，我想沒有比「高貴，大方，秀雅」幾個字更適當些。

爲了掌握寶貴的時間，在跳了一支舞以後，我又提出第二天的約會，這一次她沒有拒絕，而且可以說是欣然同意。她把時間訂在下午一點鐘，地點是霞飛路一家白俄開的DDS咖啡館，節目是吃點西餐和看電影。

這天晚上，我回到新亞大酒店，洗過一個熱水澡，入寢時已將近午夜，上床以後，想着「雅萍」的事情，怎麼也睡不着。藏先生給我的工作期限是十天，現在已經過去了一半，雖然我已與工作對象接觸過兩次，而且又有明天在一起時間較長的約會，但還沒有進展到登堂入室的地步，從何去發現那封「密件」而竊取到手呢？最後想到一句古諺：「船到橋頭自然直」，現在着急也沒有用處，今晚必須要有一個酣暢的睡眠，明天才可有精神贏得一次成功的約會。想法一有了改變，不久便酣然入夢了。

翌日中午十二時過後不久，我便前往DDS咖啡館，選擇了一個比較僻靜座位，這時客人不多，而泰半都是外籍仕女。時鐘剛指到一點五分，伊人便翩然涖止。她今天的打扮，又是另一種風韻，與前昨兩晚逈不相同。脂粉略爲濃些，一件茄紅色的呢料旗袍，裹在她那形態苗條曲線優美的胴體上，美艷無比，兩肩披着一件淺灰色的春裝短大衣，當她走進餐廳的一刹那，頓時引起了全場顧客的注目。

在進餐的前後，我們閒聊了好一陣子，除已將我所編造的家世情形舉告她以外，其間重要而比較有趣的對話如下：

「張先生，我祇知道你貴姓是張，還不知道你的大名，你願意告訴我嗎？」她問。

「當然，假使妳此刻不提出來問我的話，我等下也會自我通名的。我的名字是張若水，若干的『若』，水火的『水』。」

「若水兩個字，倒是滿雅的，有甚麼特殊的意義沒有？」

「我原名『若虛』，別號『竹庵』，含着『竹本虛心』的意思，由於讀大學時追求一位女同學而遭到失戀的苦痛，心灰意冷，希望此後『心若止水』，不再『古井重波』，乃將『若虛』更爲『若水』。」我煞有介事的說。

「張先生，你還很年輕，未來的歲月還很長，怎能想到『古井不再重波』呢？」她似乎很關心地問。

「說的是呀，尤其是現在很幸運的認識了妳這樣美麗高貴的小姐，很可能使我『死灰復燃』呢！」

就這樣地東拉西扯的閒聊，兩人都似乎很愉快。談着談着，已經是兩點半了，我們於是去「國泰」看了一場電影，散場後，她婉謝了我送她返寓，她問我晚上還去不去「百樂門」？我告訴她晚上會去的。

雖然祇是見面三次，卻已漸漸地縮短了距離，尤其是今天下午四小時的聚首，毫無疑義的大大地增進了彼此間的認識和情感。不過由於她還未曾將住址告訴我，在工作上仍然是不得其門而入，倒是有點顧慮的。好在還有四天時間，尚有迴旋的餘地，且走着瞧罷。

皇天不負苦心人，機會終於來臨，而且來得有點出乎意外。當這一天的晚上我去「百樂門」後，坐候了一個小時，她才被客人帶進場。

再過廿幾分鐘，方才轉到我座位上，這時，她的步履不穩，兩頰微紅，好像是吃了不少酒似的。坐定之後，便一勁嚷着頭昏腦脹，口渴得很，要找茶喝。我問她是不是吃多了酒？她沒有答腔，祇是兩眼向我瞪視着。我對她說：

「看妳樣子，好像不大舒服，何必上班？還是早點回去休息吧。」

她聽了我的話，閉目凝思有頃，忽然問我：

「你身上帶的錢夠不夠，請你買鐘點帶我出場，并且送我回家好不好？」這在我眞是求之不得的事，趕忙連聲應允，告訴大班我要帶「雅萍」出場。她要我先去門口等她，大約她要去和帶她進場的客人打招呼吧？五分鐘後，她有點踉蹌地走出門外，我雇好一部銀色汽車，等在門口，上車之後，她關照司機開往霞飛路一四一二號。這是一棟高達七層的公寓，我扶着她步上三樓，進入三一三號房去。這房子不太寬敞，一間臥室，一間起居室，一間廚房，毗連臥室的是一間浴室連廁所。整層樓裏現在就只她和我兩個人，我扶她躺在臥室的床上，替她脫去高跟皮鞋，找到熱水瓶爲她倒上一杯溫開水，她躺着休息了一會兒後才對我說：

「你知道我爲甚麼要你買票帶我出場嗎？今天晚上帶我進場的那個客人，可能不懷好意，在晚飯時，盡力灌我喝酒，送我進場以後，坐下不久，又要帶我出場，我一時警覺，乃推托已經在下午答應別的客人今晚帶出場。他才無可奈何地看着我跟你離去。謝謝你帶我出場送我回來，又那麼細心地招拂我，要不然的話，今晚我可能會遭到好大的痲煩。現在請你聽聽收音機，我去洗個澡，等我停當之後，你再回去好嗎？要不要我替你煮一杯咖啡？我本來有一個女傭，前天因爲她母親生病回浦東去了。你第一次到我這裏來，就碰到我這副狼狽樣子，沒有好招待，眞不好意思。」

她沐浴完畢換了睡袍出來，時間已近午夜，她仍有點嬌弱不勝地又復倒向床上。一會兒，從她手提包內，取出一串鑰匙，指出內中一條叫我開五斗橱右邊抽屜，取出一個內貯安眠藥片的小瓶子遞給她。就在這個時候，我赫然見到一個牛皮紙中式信封擺在抽屜裏面，封面朝下，背面朝上，上下封口處，都打上了火漆。我爲了趁機多看一下抽屜內的秘密，故意站在原地不動而向她說：

「抽屜中這麼多的大小藥瓶，可見妳平日的健康不太好吧？」

她嘆了一口氣說：

「一言難盡，說來話長，等將來我們交情深一點的時候，我再慢慢地告訴你。現在請你把安眠藥片倒兩片給我。」

五斗橱就擺在床舖的左邊，距離很近，她的目光又盯對着我，雖然我發現了目的物，但卻無法到手，只好關上抽屜仍然鎖好，將鑰匙交還她放在手提包內。我喂她吃過兩片安眠藥片後，又爲她打開床頭小燈的開關，關熄了起居室和臥室的大燈，便向她告辭，並答應她明天上午十二點左右再來看她，同時告訴她我住在新亞三〇九號，要是明早仍感覺不大舒服的話，可以打電話給我，我來陪她去看醫生。

由於宵來遲眠，翌晨醒來，已是日上三竿了。正預備起床盥漱，忽然電話鈴響，接聽之下，才知是「雅萍」打來的。她告訴我上午要出去辦點事情，十二點趕不回來，她身體已經好多了，要我不必去她那裏，下午五點到昨天吃中飯的DDS去飲茶談天。

到時我依約前往，她已先在。今天她未施脂粉，面容略顯憔悴，但精神已較昨晚好多了。

在她去打電話的空隙時，我心想，戴先生還有三天便要回上海了，我的任務還未達成，再不設法下手，我將無法交待，我必須採取進一步的行動了。等她打完電話回來，我便問她願不願意在明天晚上再和我一起共餐？她說：

「你昨天中午不是請我吃過飯了嗎？纔隔一天，怎麼又要破費呢？」

「我跟妳老實說了吧！明天的這頓晚飯，妳是非答應不可的，我有兩種理由作此邀請。第一：我已接到家父來電，命我卽日回去。第二：明天是我的廿八歲生日，我一個人在旅店孤孤單單冷冷淸淸地渡過生辰，那是多麼煞風景的事，在上海我只有你這一個異性朋友，妳好意思不陪我過生日嗎？」

「這樣的話，我當然答應你。不過這頓飯，應該由我作東，一來爲你祝壽，二則爲你餞行。」她爽朗地說。

「由妳作東我不反對，只是你要接受我一個要求，那就是不要上館子多花錢，要在妳家裏由妳自己下厨做兩樣拿手小菜，讓我享享口福。妳告訴過我，妳的故鄉是湖南東安，東安菜是天下聞名的，你總該會做吧？」

「好吧！一切依你，你總該認爲滿意了吧？不過，我家女傭還沒有回來，希望她今晚能回來上工，要不然，明天會攪得我手忙腳亂的。」

事情就這樣定了，我們分手時，她說今晚不去「百樂門」上班，因爲明天一早要趕到市場去買小菜，要我明天下午六點鐘去她家。

第二天的下午我準時出現在她公寓門前，按過電鈴，出來開門的是個十六七歲小姑娘，大概就是她的女傭罷。

我進門之後，將手上帶着的一束康乃馨花和兩盒巧克力糖，交給了女傭。走進客廳，首先觸入眼簾的是在客廳中央一張小型長方桌上，放着一個相當大的蛋糕，四圍插有很多小紅洋燭，剛好廿八枝。蛋糕上還綴有兩行小字，上款是「恭祝竹哥生日快樂，長壽健康」下款是「萍妹敬賀」看後使我滿懷高興，也頗爲感動。

轉身走近厨房口門，我叫聲「雅萍」幷謝謝她爲我準備的蛋糕和忙着在辦生日晚餐。她正一心顧着做菜，不能出來陪我，要我收聽無線電台，幷且告訴我再有半個鐘頭便可開飯。我扭開收音機，播出來的國語歌曲，是周璇唱的「天涯歌女」。我故意將音響開得大一點，一面搜索室內，想找到她的手提皮包，取出五斗橱鑰匙，乘機下手。

怎奈到處找都不見手提包的踪影。這時「雅萍」雖然在厨房裏忙着，但那女傭人卻不時進出於厨房客廳臥室之間，我怎能翻箱倒篋的去找手提包呢？一會兒雅萍由厨房走出來了，穿的是藍色大花格的短褸和長褲，腰上繫了一條白色的圍裙，頭髮略顯蓬鬆，脚上穿的是一雙繡花拖鞋，雖然未施脂粉，臉頰上還是白裏透紅，光艷照人。她說：

「讓我去洗手換衣服，等會兒再談罷。」

不多一會，雅萍由臥室走入客廳，臉上搽上一點面霜，身上換了一件水紅軟緞週邊綉有小朶桃紅色梅花的長旗袍，脚下穿的一雙紅緞繡花便鞋，笑盈盈地握着我的手，口裏道着：

「祝你福如東海，壽比南山，生日快樂，旅途平安。還有，將來事業成功，家庭美滿。」

一連串的祝詞，使我覺得非常欣悅，更感到有幾分驕傲。紅燭、蛋糕、鮮花、美人、春的氣息，和那高雅整潔的客廳佈置，構成了一幅極爲絢麗的行樂圖，假若人生眞像戲劇的話，這該是我一生中不可多見的喜劇高潮吧？尤其是這一齣喜劇，不是搬演在大庭廣衆之中，也非出現於家人親友之間，而是面對着一位相識不久美慧雙全更又柔情似水的妙齡女郎。何況，最重要的是，我還肩負着戴先生交給我的一項極重大的任務正等待着我去執行呢！

接受過雅萍的祝福之後，我倆相將就座。她舉起斟滿了一小杯的白蘭地酒，臉上浮現着眞摯的笑意，向我示敬，我毫不猶豫地舉杯一飲而盡。使她略感驚異的是我的酒量和豪爽，她也欣悅地照乾不悞。繼之，我先將她面前的酒杯斟滿，自己也加酒，然後舉杯向她道：

「謝謝你對我的祝福，更要謝謝的是你對我的一番盛情。現在，我借這杯酒，祝你健康愉快，青春永駐。」

她聽完我的祝詞，便將我手擎着的酒杯，接過去飲卻一半，然後將剩下的半杯酒，拿起來交給我，要我乾杯。我自然是欣然從命，但在我內心裏，忽然引起一團疑雲，今晚的宴飲，是她爲我「祝壽」，並非是「合巹」之喜，爲甚麼要用這種「交杯」式呢？難道這是她對我的某種暗示嗎？接着，她喚女傭取來一把刀子，要我先切蛋糕。我說：「不要忙着先吃蛋糕，讓我空着肚皮多享受一下你的拿手好菜。同時，讓我多多欣賞一下那寫在蛋糕上的兩行字句。」她笑道：

「傻瓜，其實蛋糕上的字句，早已寫在我的內心深處，它是永遠永遠切不掉的。你何必在乎這有限的一時片刻呢？再說，按照西洋禮俗，也是先切用蛋糕，然後再開壽筵的。我們切開後少吃一點意思意思吧！」

甜甜的笑靨，甜甜的私語，使我有幾生修到的感覺。我開始用目光掃射一下擺在桌上的菜餚，一盌東安鷄，白嫩的鷄塊，配上紅椒青葱黃薑，味雖未嚐，單憑色與香，已經引起我極大的食慾，一盤洋葱炒腰花，更是我平日最愛吃的。另兩樣是兩湖名菜「東坡扣肉」和「炒三冬」。最後上桌的是「黃魚鹹菜大湯」。

酒過數巡，看雅萍已有些微醉意，雙頰酡然，星眸斜睇，更顯出無限嬌媚。一會兒，她起身更衣，我命女傭撤杯盛飯，她竟予以阻止，意似更衣後，仍須繼續暢飲。在她入室更衣的時候，湧起我一陣思潮，既然她有意洗盞更酌，我何不趁機使她醉倒，找一機會支開女傭，我便可找尋鑰匙，打開五斗櫥右邊抽屜而求達成任務。想到此處，我頓然覺得非常樂觀，好像大功告成，不過是指顧間的事。但轉念一想，這種做法是不大妥當的，第一是她最近身體不大好，常鬧小病，我若將她灌醉，必定損害到她的健康，她待我如此深情厚誼，我怎忍心出此？其次便是她的酒量，可能比我好得多，勸她多喝，我豈能不陪她同飲？恐怕到那時候，她未醉倒我卻已入醉鄉矣，那還來得及趁機下手呢？假若僅僅苦勸她乾杯而我不再沾唇，像這樣聰明而又很可能是女間諜的她，難免不會疑心我別有用意，果眞如此，事情豈不更糟？這正反兩面的思緒，在我腦際此起彼伏，深感難於抉擇。固然，我也明白，情報工作人員的道德標準，是要以達成任務爲最高準繩，有時候只求完成目的，而不惜採取任何手段。但這一「定義」，祇是對有敵意的對方而言，戴先生告訴過我的，也只是根據另一外勤同志說她很可能是上海日本特務機關所利用的間諜，幷沒有發現可以確定她爲敵方間諜的證據。

還有一項更大的理由是：當我與她幾次接觸之後，我更打定了主意，要在她事前事後都毫無察覺的情形下，完成我的使命。如果我能做到這樣地步，才可算是面面俱到。因爲，假若她果眞是日方間諜，足見我的技能比她高明，要是她幷非日方間諜，我可以和她繼續交往而無損於彼此間之友誼。此雖屬於私情，但究無礙於公務。

約莫十餘分鐘，雅萍自浴室走出，她瞥見原祇貯有大半瓶白蘭地的酒瓶，喝得剩下無幾，便命女傭再取酒來。我當時力加攔阻，幷囑女傭即爲我們盛飯。她說很久沒有這樣高興過，爲甚麼不讓她開懷痛飲呢？我提醒她小病初愈，醉酒有礙健康，並說出「花未全開酒半酣」境界之美妙；才打消了她「不醉無休」的意念。

飯後，我們先去麥特赫司脫路的麗都舞廳，坐不多久，又轉去靜安寺路的仙樂斯。麗都的待點是面對着音樂台一面嵌有全部玻璃的屏風鏡，在舞池裏婆娑的仕女們，可從這面大鏡子中看見自己的形像，畫裏眞眞，別饒情趣。同時圍繞在舞廳四週的花園，也小有園林之勝。仙樂斯的優點，第一是樂隊最嶄，當時的樂隊，好像是「洛平」；第二是座位特別舒服，尤以左右兩邊靠牆的座位，與素心人相偎相倚，聽着那旋律優美的音樂，眞是一大享受。

我和雅萍坐在音樂台左首的邊座上，很少下池共舞。她不時用那雙好像會說話的眼睛，向我含情脈脈地瞪視着，接着便是一聲嘆息，將嬌軀向座後一靠，看見她那種無可奈何的神情，我不禁悵然若失。我爲了要冲散她的淡淡哀愁，在言語上、在小動作中，表露出我對她無限的輕憐蜜愛，她才漸漸地顯出幾分欣悅。祇是「歡娛嫌夜短」，當樂隊奏起「魂斷藍橋」的名曲，我們才知道已經到了打烊的時候了。走出仙樂斯大門，坐上出差汽車，直放霞飛路上她的香閨。到了三一三號門前，她竟伸出玉手，和我握別。口裏說着：

「夜已深，我今天起早買菜，一天下來，現在眞覺得有點疲倦，必須早點睡覺，你也是累了一天，還是早點回旅館安憇吧！」

我爲了任務關係，不能不把握機會。我說現已深夜，街上喚車不易，讓我睡在客廳內沙發上將就過一夜，不可以嗎？

她告訴我走出公寓大門，朝右首方向不遠，在亞爾培路那邊有一家祥生汽車行可以雇車回去。她並且提醒我，不要忘了我們的相愛，只能停留在精神階段。她的話已說到盡頭，我再賴着不走也就沒有意味了。

和雅萍約定明天中午再通電話，我們便再一次地握手告別，我在她右手背上輕輕地吻了一下，幷祝她有一個酣暢的睡眠。

回到新亞酒店，沐浴後上床，久久不能成寐，反覆尋思日間與雅萍聚首宴遊的事跡，在私情方面，我是充分地享受到她所給予我的濃情密意，但在公務方面，我卻是依然故我，毫無進展。

掐指算來，戴先生由滬去杭州已經八天過去了，距離十天限期，不過祇剩下四十八小時了。再不設法下手，只有甘認失敗。這是戴先生第一次交給我的外勤任務，必須力求成功，怎麽能够失敗呢？想到此處，我忽然有點後悔，爲甚麽不在壽宴對酌中讓她吃醉後下手呢？我竟爲了一時的憐香惜玉，而漠視了重要的工作。但經過一陣冷靜的思考，往更深一層處設想，我又覺得無須後悔，因爲在沒有判明雅萍的確實身份及尚不了解牛皮信封中秘密文件的內容性質以前，我不能以對待敵諜的手段來對待她。何況還多少有點時間，現在對於達成任務，并沒有完全絕望啊！最後，我下定決心，要在明天找尋機會，求取任務之完成。

翌晨醒來，已經鐘鳴九下，匆匆起身盥漱，用過早點以後，赴市肆購備一些工作上必需的用品。將近正午，便趕回旅邸。十二點一刻接到雅萍的電話，首先她問我昨天晚上拒卻我的借宿，是否有點生氣？

我在電話中答覆她，不僅沒有生氣，而且很佩服她平時感情豐富，有時卻很理智。她要我馬上去她那裏共進午餐。這在我正是求之不得。半小時後，我和她對坐在她起居室內小桌上用膳。飯後我們并肩坐在沙發上閒聊。

我問她今天的節目，怎樣安排？她預定的是先去「大光明」看兩點半一場的「茶花女」，然後帶我去靜安寺路同孚路附近的「飛達」飲咖啡，晚飯在「陶樂春」吃四川菜。餐後去法國公園散步。最後一個節目，當然是伴她去百樂門上班。我們閒聊到兩點鐘便動身去「大光明」影院。當電影映到男主角「亞蒙」的父親，親赴女主角「曼麗」香閨，勸求她與兒子絕交，「曼麗」强忍着內心苦痛而故示與「亞蒙」決絕之時，雅萍深爲感動，頻頻以手帕拭淚。

這時我從口袋裏掏出新買的浪琴煙盒，取出一枝茄力克香煙，送至她手中，并將煙盒上的打火機，爲她燃火。我隨手接過她手中拿着的手提皮包，并且向她說：「我最近才學吸煙，又沒有癮，這隻浪琴煙盒，不大用得着，還是送給你作一個紀念吧。」隨卽打開已經握在我手中的手提皮包，將煙盒放入裏面。約計十分鐘左右，我將手提包交還她的手中，起身如厠。回到座位之後，我見她又在找取手帕拭淚，乃又趁勢取過手提皮包，代她握置身邊。

電影散場，我們去「飛達」咖啡店。這時候顧客寥寥，我倆選擇一個比較僻靜的座位，坐下來要了兩杯咖啡和兩份熱狗。談談笑笑，兩情款洽，好像在這個世界上，除了我們兩人，是誰也不存在似的。我偶然看一看腕錶，已經快到六點了。我問她是不是現在就去吃晚飯？她招來女侍付過賬起身便走，到達「陶樂春」坐定點菜後，我問她上海這麽多中西餐館，爲向妳獨選中這家「陶樂春」呢？她笑笑說：

「你不是告訴過我，你在此地聽見客人們說到我而才去「百樂門」專誠拜訪我的嗎？我現在帶你來此地吃飯，讓你聽聽看有沒有客人再給你介紹一位小姐，也好讓你多結交一位女朋友呀！」

儘管她帶我來「陶樂春」吃飯是有意開我玩笑，這頓飯倒是吃得非常愜意。因爲四川菜很合我的胃口，況又有雅萍相伴，形影不離。尤其是在工作上我已經邁進了一大步。餐後要侍者爲我們叫來一部祥生汽車，依照原先排定的節目，直向法國公園駛去。這時已萬家燈火，公園的遊客稀疏，我倆坐在池塘邊的青草地上，望着池塘中月光倒影，水波粼粼，週圍寂靜。我緊偎着雅萍身旁，薌澤微聞，昏然欲醉。我正開口想要講話，她忽然向我搖頭，并將右手食中兩指，放在我的嘴上。意思是要我好好地領略這迷人的夜景，不要用聲音來劃破了這幽美的寂靜。我倆就這樣默默無言地偎倚了約半個小時，由於春寒料峭，又復夜涼似水，我怕她因此而着涼，乃提議卽時送她去百樂門進場。她亦了解我對她的體貼，頷首同意。

到了百樂門，坐下不久，才跳過兩隻舞，她便要我獨自離去。我問她甚麼原因？她說免不了等下要轉檯子，怕我看見她和別人親熱，心裏怪不舒服。同時我也還有着工作上的事務、亟待料理。當她親自送我出門，我問她明天如何會面？她要我中午在「新亞」等她電話。

回到旅館，已經是將近十點鐘了。正擬解衣沐浴，忽然有人叩門。心中凛然一驚，立卽從衣橱裏取出美造三號左輪手槍，握在西裝外衣右下口袋內，一面用左手打開房門，進來的卻是上海區部的一位女交通同志，她交給我一封戴先生自杭州帶來的信件。與這位女同志略事寒暄，她便辭去。我拆開信件，內中係戴先生親筆對我的指示：

「修元兄：此間事務，已完成十之八九，惟弟仍須三四天後方能返滬。行前囑兄進行之工作，未審進展如何，此事必須以智力技巧達成，不可魯莽從事，尤其要注意本身感情之控制，以免招致精神上之困擾爲幸。耑此函達。祝兄成功！幷問近好！笠弟手啓。」

看完這封信後，我感覺有兩點值得欣慰。一則是我在雅萍爲我慶祝生日的餐席中，沒有使用灌醉她而後下手的方法，恰正符合戴先生「不可魯莽從事」的原則；一則是戴先生尙有三四天才回上海，限期增加了兩三天，使我可以從容展佈，更易達成使命。

第二天上午，上街轉了一趟，辦了一點事情。剛回到旅館，還不到五分鐘，便接到雅萍的電話，問我決定行期沒有？今天要不要會面？我告訴她行期還未確定，最快也在三四天以後，今天希望和她見面，要她約定時間地點。正在電話中候她答復的一剎那，我忽然計上心來，對她說：

「妳的菜，燒得不錯，還是晚上到妳家便餐吧，不過菜蔬要盡量簡單點，不要太費事和多花錢。」

她滿口答應，並且要我四點左右便去。下午我準時前往，她又是繫着圍裙，正在厨房裏忙這忙那。女傭爲我開門之後，也進入厨房，好像是在洗菜。我獨坐在客廳單人沙發上，用眼光四處張望一下。特別注視到那由客廳進入臥室的距離，以及有人由客廳輕步走向臥室時，是否會引起厨房中人的察覺。此時那位女傭，仍然是穿梭來往於厨房客廳臥室之間，當然無從下手。到五點鐘時大約是雅萍已將菜餚洗切配合妥當，只待開飯前下鍋炒煮，所以她抽空來客廳陪我閒話，幷且告訴我今晚有些甚麼菜。她還保證我一定吃得很滿意。

我們聊不多久，又開聽過幾張唱片，她一看錶已經是五點半了，便又忙着下厨做菜。我再也不能失卻機會，故意走到厨房門前，問雅萍家中有甚麼酒，她說有的是白蘭地和威司忌兩種洋酒，我說洋酒太烈，我想吃點紹興酒，我取出一塊錢，支使女傭上街去買兩瓶紹興酒來。我將女傭送出門外，在隨手關門之後，便躡足走入臥室，只費不到一分鐘的功夫，便順利地取到了我所需要的東西。我走出臥室，再走近厨房，問雅萍到底弄的是那些好菜，我說聞到香味，已經是饞涎欲滴。讓我先看看不行嗎？她一面炒菜，一面向我高叫：

「你不要進來吧，厨房太小，多一個人凝手凝脚。而且油鹽味也不大好受，馬上就要端在桌上給你品嚐，你何必急着要看呢？」

其實，我那裏是要看甚麼菜，我是故示鎭靜地和她搭訕，同時察看她有否發現我去過臥室。結果我看她的神情，好像毫無所覺，我才安心地等待着大快朶頤。

飯後，我托辭有一個屬於生意性質的同鄉約會，吃過水果便起身告別。告訴她晚間如果有空的話，也許會去百樂門看她。

回到新亞酒店，關好房門。忙不迭地取出那一個費盡心機終於到手的牛皮紙信封仔細地看一看。在背面的中縫上中下三處各有鮮紅的火漆蓋在上面，信封的正面，在書寫收信人姓名的中間欄內，寫有「密件託存」四個鋼筆字，字跡幷不娟秀，好像幷非出自女人手筆。裏面究竟貯存的是甚麼文件，須待戴先生回滬，呈交他親自拆閱，我不能隨便啓封的。算算日子，恰好是第十天完成此一任務。現在，我倒希望戴先生馬上回來，以便早點揭曉。同時，假若信封內的文件不關緊要的話，最好是恢復原狀讓我設法放回雅萍的五斗櫥抽屜裏，使她毫無警覺，而求達到間諜工作上的最高效果。

還好，兩天後戴先生便由杭州乘早班快車回到上海。我接着他下車後，便驅車往亞爾培路一位姓陳的同志家裏，戴先生下榻該處，不再回住新亞酒店。他休息了不多一會，將我叫進他的臥室，問我工作情形怎麼樣，我簡略地報告了整個工作經過，便將取到的牛皮紙信封，雙手遞給他。他接過去，先看正面的字樣，再翻看後面的火漆，便放在他的寫字檯上，沒有馬上用工具開拆。我有點奇怪，爲甚麼這樣重要的信封，不即拆看它的內容呢？我當時報告他：

「這個信封，我是前天晚上得到手的。我不便擅自開啓，要等戴先生回來，呈給您親自拆看。現在爲甚麼不打開看一看呢？」戴先生答復我：

「我知道了，現在我有要緊的事，馬上要出去，你在晚上七點鐘到這裏來吃飯，我們再來研究好了。」

他正拿起呢帽，準備出門。又轉身向我補充了幾句話：

「你這次任務達成，成績很不錯，我很滿意，將來也可以負責外勤工作。其餘的話，我們晚上再談，再見！」

等到華燈初上的時候，好戲終於揭幕了。

我於六點三刻便到達陳公館，這時戴先生還沒有回來。等到七點十分，戴先生回來了，走在他後面的一位高高個子年約卅歲左右的青年，戴先生向我介紹說：這位是上海區的外勤孫同志，他又將我的眞姓名向那位孫同志介紹。大家在客廳坐下來，戴先生看了一下手錶，回身問孫同志：「燕小姐怎麼還沒有來？你去我房間裏掛個電話催一催看。」

我心中在尋思着，是那一位燕小姐？最近幾次戴先生來上海，都是我隨侍工作，在他的來往人客中，以及公事信件中，從來沒有見到過有位姓燕的女性。也許是上海區新吸收的女同志吧？

孫同志打過電話，出來報告戴先生說：燕小姐已經由家裏出來了，大概快要到了。果不其然，孫的話剛講完，門鈴在響，孫同志趕忙走出迎接，遠遠望去，進來的是一位衣着樸素舉止端重的少女，等她走進客廳，仔細一看，嚇了我一大跳，所謂燕小姐也者，竟是與我廝混旬日美慧可愛的雅萍。

她一看到我，起先也爲之愕然，稍後便雙眼瞪着戴先生，大約她的意思是：這究竟是怎麼一回事？戴先生覺察到我和雅萍的神情，馬上說開口：

「你們不要緊張，我先和你們講一句話，今晚在座的，是一家人，沒有外人。今天下午我跑了好些地方，現在肚子有點餓了。我們先吃飯罷！飯吃過，再和你們好好談談。」

到了此刻，我簡直是「丈二金剛，摸不着頭腦」，一位如花似玉的少女，她是百樂門的紅舞女，又可能是日本特務機關的女間諜，一下又變爲軍統局上海區的女工作同志。好在我們的領導人，就在身邊，這一齣劇，又是他親自導演的，等一下，自然便見分曉。

我且不管那些，埋頭先吃飽飯再說罷！居停陳先生伉儷，有應酬外出。在餐廳裏用膳的，祇有戴先生和我們一共四人。席間雅萍低垂粉頸，不時拿眼睛瞟着我，好像有點兒驚奇，又好像有點兒害羞。

晚餐用罷，戴先生領着我們，走向客廳，要我們坐下。並招呼傭人，如有客人來訪陳先生時，可以告訴他，陳先生陳太太都不在家。等傭人爲我們送上了茶煙水果，戴先生便命他關上客廳門退出，沒有呼喚，不必進來。

戴先生首先指指我向燕小姐介紹：

「這位是鄭修元同志，他是在我身邊負責機要工作的，人很聰明精幹，平日工作也很努力。這次我因公去杭州幾天，我想試試他有無外勤工作技能，所以交給他一項任務，就是要他去竊取藏在妳臥室五斗櫥抽屜的一個牛皮紙信封。並且故意說妳可能是日本在上海的特務機關的間諜，好讓他提高警覺，他經過十天來和妳的週旋，終於達成了任務，成績不錯。」

這時，戴先生才去臥室拿來了那個牛皮紙信封，放在他沙發座位旁面的玻璃茶几上面。雅萍就坐在戴先生右首沙發上，她一看見這個信封，便嚷着：

「戴先生，不對嘛！我剛才動身來的時候，為了服用一粒藥丸，還打開過五斗櫥的抽屜，原先由孫同志交我代為保存的牛皮紙信封，依然放在原處，并未失去呀！」

戴先生聽完她的話，便面帶微笑地問她道：

「妳記得這個信封上有甚麼記號嗎？」她趕忙回答：

「我記得的，背面中縫是上中下三處火漆，正面是孫同志在交給我的時候，用鋼筆寫上四個字『密件託存』。」

戴先生拿起放在玻璃茶几上面的信封，翻出正面，要她看看是不是就是藏在她抽屜裏的一個？同時戴先生向坐在對面長沙發上的孫同志招手，要他過來看看，孫同志和雅萍不約而同地說出：正是這一個信封，并沒有錯呀！這時雅萍很詫異地叫道：「那麼現在放在我家裏抽屜內的那一個牛皮紙信封，又是從那裏來的呢？」

戴先生笑笑，向着雅萍說：

「這就證明了修元比你的技能，高出一籌，他用掉包手法，完成了他的任務，而妳還蒙在鼓裏哩？你回去拿出那個信封看一看，就明白了。那個信封的正面，并沒有字跡。因為修元在第一次打開抽屜替妳拿出安眠藥片的時候，祇看見蓋有火漆的背面，并沒有看見正面，所以在他準備同一樣式的牛皮紙信封時，只在背面照樣的蓋上火漆而沒有在正面寫上字跡。現在妳該明白了吧？在這次我訓練你們的課目裏，妳也表現了兩項優點，我很滿意，第一是妳能控制感情，雖然妳很喜歡修元，但一到緊要關頭，竟能强自抑制，「發乎情、止乎禮義」，這很難能可貴；第二是妳受孫同志之託，為他保存這個信封，妳將它藏置在靠近臥榻的五斗櫥內，加上鎖、而鎖匙放在手提皮包內，隨身携帶，片刻不離，總算是「受人之託，忠人之事」，也是一項美德，不過「百密仍有一疏」，妳怎麼讓修元拿到了鑰匙，打開了抽屜，取走了信封，等下妳自己問他好了，這樣可以因此而增長一點工作經驗。」

戴先生說完上面一段講評似的訓話，拿出兩百塊錢，交到雅萍手中，說是發給她和我兩人的特別費，并且放我一天假，明天不必辦公。我們將要離去時，戴先生又對我和雅萍說：

「修元後天要同我回南京，燕冰同志妳也應該將在上海的事物，告一段落，快點轉回北平，不久我會給妳一項更為重要的新任務。修元在上海只有今晚和明天一天的時間，你們兩人一道去玩玩罷。還有，這個作過『訓練工作』道具的牛皮紙信封，也送給你們留着作為紀念好了。」

戴先生對待幹部，眞是太好了，當你擔負的某一些比較重要的任務完成之後，他總會給你幾天假期，還會發給一筆數目不太少的特別費，讓你休憇幾天，輕鬆一下，調劑精神，假期過後，自又會振作精神，去接受下一個更重要的任務。在感情上，可以深得人心。在工作上，自不難發揮高度效果。

孫同志向戴先生告退，又與我和雅萍握手道別。然後先自離去。我倆也跟着向戴先生鞠躬，道過晚安，便相將走出。一腳剛出陳宅大門。雅萍便飛也似地一個人向街邊疾趨，我幾乎是用跑步在後面追趕，不多幾步路，我追上了她，用手抓着她的右臂，不讓她一個人奔跑。她竟圓睜杏眼怒顏相向。這時正好有一輛「雲飛」汽車停在近邊，有乘客下車付錢。我趕上前去，將雅萍扶入車中，問她到甚麼地方去坐一下。她還在鼓着腮幫子，不肯答話。我要車子開到霞飛路國泰戲院斜對面DDS咖啡館。坐定之後，她好像餘怒未息。我低聲下氣地問她為甚麼生氣？她畢竟說話了：

「我辛辛苦苦，買菜，燒飯，做給你享受，陪你到處玩樂，你卻做起我們自己同志的工作來了。你的任務完成，當然很得意；我失敗了，我的觔斗，栽在你手裏，你過意得去嗎？」

「雅萍！不，燕冰同志：請妳平心靜氣聽我解釋，等我的話講完以後，如果妳仍然認爲我有不對的地方，請妳再給我指正好了。首先妳要了解，我和妳雖屬同志，事前卻不相認識，戴先生交給我這一任務時，只說妳是百樂門的紅舞女，很可能是日本在上海特務機關的間諜，我那裏會想到妳竟是我們的工作同志呢？至於我要拿走藏在妳抽屜中那個信封，那是執行任務，并非對妳本人有任何損傷的意圖，例如，在妳爲我祝壽的餐席中，妳要開懷痛飲，我本可趁機讓妳酒醉，然後下手，但是爲了顧慮醉酒會損害妳的健康，我仍然極力勸妳不要多喝，這不是足以證明，縱使那時候還不知道妳是同志，我也依然對妳有着愛護之意嗎？妳又說到這次事件，我是成功的，妳卻失敗了。其實；妳怎麼算是失敗呢？戴先生不也稱讚過妳有兩項優點表現嗎？」

她聽完我以上的解釋，臉色由含怒漸漸地轉爲和悅。她又問我是用甚麼方法在甚麼時候打開了抽屜的。怎麼她對我一點可疑的感覺都沒有？

「妳還記得嗎？我們前三天在「大光明」看「茶花女」的時候，我曾經替妳拿過一下手提皮包，又將浪琴煙盒放入手提皮包中，中間我又去過一次厠所，就在那幾個小動作中，我藉着電影放映時不大明亮的光線裏，從妳手提包中偷偷地找到了鑰匙，去厠所裏將它的齒線描畫在日記本上，晚上去找到專配鑰匙的銅匠攤子，配了一把鑰匙，第二天在妳家裏等開晚飯的時候，我假裝要吃紹興酒，遣開了女傭，而用另配的鎖匙，悄悄地偷開了抽屜，將事前準備好的同樣背面蓋有火漆的牛皮紙信封，換走了那一個孫同志託妳保存的信封。任務才算完成。」

講到此處，她忽然想起了那隻浪琴煙盒，從手提皮包裏取出來交還給我，口裏還說：

「這也是你的『工作道具』，還給你，留着自己作紀念罷！」

我說這不是「工作道具」，是我在買來的時候，就準備送給妳的，若妳不相信的話，妳打開蓋子看看。她將煙盒打開，裏面卻已刻有如下的字句：

「送給我最敬愛的萍妹

竹庵贈

民國廿五年

暮春於上海」

她看見這項題款，從她的眼神中，可以看出來有幾分感動的樣子。同時正式接受了我的贈與，將煙盒放回手提皮包中。我問她回北平後的通訊處，她不肯告訴我。她還說：等回北平一年半載之後，設法與她的父母之命媒妁之言的未婚夫解除婚約之後，要請求戴先生調她到南京工作或去杭州訓練班受訓，那時自會來找我的，要我目前不必與她通訊，同時她告訴我，她不久以前、才在北平參加我們的組織，她的任務，是偵查一位日本大佐在平津一帶的活動。約在半年前，該日本大佐調來上海，她便奉派來滬，繼續偵查。并以在百樂門伴舞作掩護。最近該日人又調離上海，所以戴先生命她仍返平津。就在那一天晚上我和她在她公寓門首依依惜別之後，從此再也沒見過她了。在抗戰時的一段歲月裏，每逢平津工作同志晉京公幹，我常向他們打聽「燕冰」的踪跡、結果總是失望。等到抗戰勝利還都後，我接長本局改組後的人事處長，在幾萬同志的名冊中，也查不見「燕冰」的名字，有時翻檢平津各公秘單位同志的卡片，也沒有發現過她的照片。她就像神話中的仙女一樣，驀地而來，倏然而逝，留下的，只是我對她長年無盡的相思。

鴛鴦蝴蝶派大師

徐枕亞

陳敬之

才子佳人與鴛鴦蝴蝶

我們從「禮拜六派的興起和衰落」一文裏，雖已獲知在這一文派之中，尚有一個比較突出的「鴛鴦蝴蝶派」，而其所謂「鴛鴦蝴蝶派」，則又是僅指其小說作家羣裏的一部份言情小說作家而言；但這一部份言情小說作家因何而獲有此一雅謚且又始於何人，則前文尙語焉不詳，故在此仍有進一步的爲之作一簡說之必要。

原來所謂「鴛鴦蝴蝶派」，乃是由於這派作家當時所發表的小說作品，在他們共同的創作意識上，總不外以描敍「才子佳人」的思想和生活爲其中心內容，而尤以其所寫的有關紅男綠女的愛情小說，幾乎千篇一律，都是如此，於是時人遂以「鴛鴦蝴蝶派」目之，蓋以「鴛鴦蝴蝶」比喩「才子佳人」也。此種比喩雖似跡近戲謔，但其臨近取譬之意，亦予人以鮮活切貼之感。

至於爲這一派小說而建立思想模式和寫作典型的，則是始於徐枕亞；而爲這一派小說作家在我國文壇上拓之以疆土而樹之以先聲的，也是始於徐枕亞。故徐枕亞不僅是「鴛鴦蝴蝶派」的代表作家，而同時也是這個文派的開山祖師。

徐枕亞，筆名泣珠生，又名東海三郎江蘇常熟人。他和饒漢祥（字宓生，湖北廣濟人，晚清癸卯舉人）雖然同是樊山老人（樊增祥）的入室弟子，也同以詩文閎麗，筆扎精妙，深爲乃師所器重；但說到他們兩人的遭遇，則殊爲天懸而地隔。原來饒在民國初年，即因夤緣而結識了黎元洪，時黎元洪適以副總統而兼任湖北都督，一見漢祥卽譽之爲當世江郞，而委之以記室之重，迨旣繼袁世凱而正位總統，復擢之爲總統府秘書。其間黎曾連續發表了幾篇重要的文告和通電，這些文電在持論上亦既冠冕堂皇且又精警透闢；而在行文上則尤擅駢四偶六和妃青儷白之長，故不僅當時甚爲世人所稱道，即時至今日還仍然膾炙人口。

這些文電既然時人都認爲係出自饒漢祥的手筆，於是饒漢祥遂亦因此而名滿天下。

儘管嗣後據人指出，謂黎氏初發數電，實爲漢祥之師樊雲門的手稿，樊以身爲遜清遺老，又與漢祥誼屬師生，雖願爲代庖，唯雅不欲因此而顯露其眞實姓名，故此中經過迄未爲外人所悉云。

此說確否，因與本文無關，固可置之勿論；但以才情而言，饒之於徐枕亞雖互在伯仲之間，可是饒則藉其才情而靑雲直上，顯赫一時；而徐則由於命不逢辰，遇尤不偶，雖然有此才情，而爲了出路的困難與生活的煎熬，則在無可奈何的情況之下，便只有流寓上海，靠賣文爲活了。由是而知文人之幸與不幸，殆於冥冥中實另有爲之主宰在；至於其師承之是否相同，才情之是否相若，則簡直有如風馬牛之渺不相涉了！

雖然如此；但在上海靠賣文爲活的徐枕亞，卻由於他的學養深湛和才情橫溢，有非與之並時的其他一般作家所可企及之故，所以自其所爲詩文、小品和說部之類而言，儘管在內容上多係以描述「才子佳人」的思想和生活爲其主題，而除此之外，也另無其他甚麼新的或更進步的創作意識和表現可說；但由於他胸羅珠玉，筆走龍蛇，而自構思佈局以至驅章琢句，則又從不苟簡，故凡有所作，較之同時其他一般作家的作品，其在內容上亦既多係以吟風弄月與談嫖說妓爲能事，而在寫作上又概係以名士心情與遊戲態度出之者，則殊難與之相提幷論。

唯其如此，所以他的任何作品一經脫稿，卽爲當時各報刊所爭載，也爲廣大的讀者羣所樂於閱讀。而其中尤以他的言情小說「玉梨魂」，則更是羣推首屈且又最爲風行的代表作品。亦確如此，所以他由此遂一躍而馳譽於滬上文壇，並進而擁有兩個發表作品的主要地盤，一是由他一手寫稿與拉稿的「民權報副刊」；一是他獨家經營的「小說叢報」。他自此旣由於其文名之大噪與作品之暢銷，不僅曾因大發利市，而賺到了不少銅鈿，解決了生活上的困阨；而且他還得到了一個因愛讀他的言情小說而着了迷的「狀元小姐」之特垂青睞，終至委身相事，而爲我國文壇造成了眞正由一對「才子佳人」進而締結良緣的一段佳話。由是而知徐枕亞在官場上雖遠不如饒漢祥之吐氣揚眉，扶搖直上；但他在文場和情場上之春風得意，一時無兩，則又有非饒漢祥所可與之並比者。故這自徐枕亞來說，眞是所謂「塞翁失馬，安知非福」了。

詩文知己卽閨閣良伴

我們知道，中國科舉制度裏面的所謂「狀元」，雖然早已隨同此一制度之廢棄而自此卽不復存在；但「狀元公」這個名稱，卻一直到了民國初年，還是被人所艷羨。當時在上海人口裏仍然爲之膾炙不已的，則有陸潤庠、張季直和劉春霖。而劉春霖實爲科舉最後一科廷式中的一甲一名，故上海人稱之爲「末代狀元」。前文所稱的「狀元小姐」，便是這位末代狀元的令嬡劉蝶珍女士。

在徐枕亞的言情小說風行全國的時候，這位如花似玉的劉蝶珍女士，正隨同乃父卜居舊都。由於她的門閥清華，品質高貴，而又知書識禮，能文善詩，故雖標梅待吉，但卻擇婿綦嚴，以致高不成，低不就，仍然待字閨中。這時，她寂處綉帷，芳心無寄，悠悠歲月，甚感無聊，遂以偸看描寫柔情，敷陳恩愛的詞曲和說部自遣。於是徐枕亞的言情小說如「玉梨魂」之類，遂先後隨同「西廂記」、「紅樓夢」、「花月痕」……這一連串「才子佳人」式的讀物，不但都靜悄悄的做了這位深閨獨處的狀元小姐的入幕之賓，而且也都成了她燈下枕前形影相依的良伴。她把這些讀物，一部接着一部的閱讀，越讀越覺得情趣盎然。

當她讀罷「玉梨魂」這部小說時，她旣爲書中那對男女主角的濃情密意與悲歡離合，而狂想，而艷羨，而揮洒同情的涕淚；她對那位作者——徐枕亞的才情兩絕，更不覺駭歎驚叫起來，謂：「不圖幷世竟有如此大才人，大情人」！自此，她對徐枕亞的著作，便着了迷；對徐枕亞這個人，也深深地發生了好感。不過爲了男女分隔，南北路遙，而彼此又並非素識，未便遽通情愫，在此無可奈何之下，她對個中情郞，輒唯有意嚮心儀與魂夢縈繞而已。

徐枕亞墨跡

說來事眞湊巧！正當這位狀元小姐對徐枕亞綺思方濃、單戀益熾之時，也正是徐枕亞悼亡遽賦、悲痛不勝之時。枕亞固爲一深於情，鍾於情且又情文幷茂的文人，他爲了悼念他的結髮夫人，爲了痛敍生離死別與中年喪偶之苦，這時，他先後又印行了「鼓盆遺恨」和「燕雁離魂記」兩書，其書的哀艷感人，一如「玉梨魂」者然；而「鼓盆遺恨」中，且刊有七絕十三首，尤婉約淒清，令人不忍卒讀。不用說，這些書不僅又成爲身處深閨的蝶珍小姐所喜讀必讀之物，而且也成爲她進一步瞭解那位才情兩絕的作者的良好資料。她讀了這些書之後，一面既爲人家的遭逢不幸而惄然心憂；她又考慮到人家的「不幸」，可能卽是自己的「幸」，故一面她又爲自己可能獲致的幸運而欣然色喜。不過當時風氣未開，像此等兒女私情，一般女兒家尚不肯坦率告人，何況她是狀元小姐，自然她只有將一切關閉在自己的心扉裏，而暗自爲郎顚倒，爲郎憔悴了。於是，她因朝思夕想，於復一日，竟不覺懨懨生起病來。

由於蝶珍小姐的病得突如其來，又病得有些蹊蹺，提高了乃父劉狀元對她的警覺，也促成了她因癡戀徐枕亞而日夕祈求的美夢的早日實現。原來劉春霖雖爲科第中人，但他畢竟是「末代狀元」，腦筋幷不十分頑固。他運用側面和間接的方式，瞭解了愛女致病的原委，又於愛女的閨閫之中，初次讀到了徐枕亞才情橫溢的許多著作，便暗自喜道：「得婿如此，可以無恨矣」！他獲知徐枕亞原是樊山老人的弟子，而樊和他又同爲遜清「遺老」，彼此當時又同客京師，文酒流連，過從甚密，因親往挽請樊山老人立函枕亞，爲其愛女作伐。樊是有名的「風流人物」，他爲了使「天下有情人都成眷屬」，當然「照辦無誤」。這時，枕亞鰥居滬上，弔影自憐，心情空虛到了極點，忽然得到了乃師要他去做一個現成狀元女婿的好消息，眞感喜從天降，求之不得，寧復推辭？不久，便束裝北上，做了牛府招親的蔡伯喈。論年齡，其時徐枕亞大概快到五十歲了，而蝶珍小姐則恰是年華三十，他比她不折不扣的大上了二十歲。

美人奇妬，自昔已然；而這位狀元小姐，也未例外。據謂：她和枕亞合巹之夕，卽因詰責「玉梨魂」中那位寡婦和枕亞究竟是個甚麼關係？詞鋒凌厲，有如老吏斷獄一般，毫無游移，致使枕亞百喙莫辯，而終歸屈服。自後，卽雌威大振，只許枕亞每日裏留在書帷繡閣，長相廝守，非得閫令，不准擅越雷池一步。偶有違誤，輕則嬌嗔怒叱，竟日不休；重則五花棒應手而施，毫不客氣，絕不似一般女兒家的柳眉倒豎，杏眼圓睜，只是裝腔作勢，或打情罵俏，向自家情郎尋尋開心而已。枕亞原是一個天生的「虐待狂的享受者」；何況他和她之間，一個情郎似火，一個女貌如花，他既拜倒在她的石榴裙下，爲了欲仙欲死，也只好百依百順了。他曾著有「懼內小史」，對「怕老婆」這個藝術，引古證今，說來頭頭是道，津津有味，其爲自況自嘲，這難道還用得着懷疑嗎？可惜好景不常，狀元小姐隨卽曇花現逝；而徐枕亞亦以中懷鬱結，自此卽日夕消磨於芙蓉麴櫱之中，無以自拔，一代香奩手筆，旋亦侘傺以歿，是可哀已！

著作雖多而傑構有四

上述事例，雖係僅就徐枕亞與狀元小姐劉蝶珍這一對才子佳人之所以締結良緣而一述其原委，可是我們基於此一事例，要亦可以瞭然於徐枕亞的著作，在當年的男女讀者羣裏其所具有的誘吸力是如何的强烈，而其所發生的影響力又是如何的深遠了！

然則徐枕亞究竟有一些甚麼著作呢？據筆者的蒐集和探詢，獲知他的著作，雖然不一而足，但其中要以言情小說爲多。而此類言情小說當時最爲讀者所稱道的，則有：「玉梨魂」、「雪鴻淚史」（原名「何夢霞日記」）、「雙鬟記」（原名「棒打鴛鴦記」）、和「余之妻」等。這四部著作，世人稱之爲「枕亞四傑作」。嗣又著有「鼓盆遺恨」和「燕雁離魂記」兩部小說。除了小說之外，他還有「枕亞浪墨」若干集，其中包括了詩文、閒話、綺談、佚聞、筆記、雜纂等等，佳構也頗不少。在所謂「枕亞四傑作」中，當然又要推「玉梨魂」爲其傑作中的傑作。至於「雪鴻淚史」雖爲「玉梨魂」的姊妹篇，但它在讀者心目中的分量，則較之「玉梨魂」似乎又要略遜一籌。

這兒，且以徐枕亞的「玉梨魂」這一部言情小說爲例，來爲讀者作一個比較簡要而具有代表性的評介。

自「玉梨魂」這部小說的內容來說，它所描寫的當然是一對所謂「才子佳人」的熱戀史，這一對才子佳人之中，女主角名叫白梨影（又名梨娘），乃是一個綺年玉貌的新寡之婦，男主角名叫何夢霞（又名憑，別號青陵恨人），則是一個多才博學而以學校敎師身份兼爲女主角敎育孤兒的未婚之夫。由於這一對男女主角的身份之特殊，遂構成了這一部小說的情節之離奇曲折。儘管爲之穿插和活躍於這一部小說故事之中的，除了此兩個主角之外，尚有男女配角三數人，且亦因有此男女配角三數人之故，使得此一小說故事的發展，能夠在高潮時起和氣氛迭變的情況下，導致男女主角間的悲歡哀樂之情而益臻於錯綜複雜的境地。不過從主題上來看，此男女配角三數人之所行所爲，則仍然只是環繞這一主題極盡其陪襯與渲染之能事而已。此蓋由於這一小說既係以描繪「才子佳人」式的羅曼蒂克爲其主題，而小說中的那一對青年男女主角的羅曼蒂克，則又是爲了此一「才子佳人」式的主題而現身說法，故我們由此卽可以瞭然於書中的主要情節，自對這一對男女主角而言，則當然免不了仍是始則花前踐約，蜜意如膠，月下盟心，深情似海，而終則歸於好事多磨，紅顏薄命的那一個老套而卽已宣告結束了。

有人以爲枕亞之所以有此一言情小說之作，乃是基於其「夫子自道」而有以使然，蓋疑其本身曾有如此遭遇也。前文說到那位狀元小姐和他合巹之夕，就曾因此而對他大加詰責，卽其一例。而根據徐枕亞在其「雪鴻淚史」的序文中所說：

「雪鴻淚史」出世後，余知閱者將分兩派：愛余者爲一派，訾余者又爲一派。愛余者之言曰：「此枕亞之傷心著作也」。訾余者之言曰：「此枕亞之寫眞影片也」。愛余者之言，余不能不感；訾余者之言，余亦不敢不承；何也？無論其爲愛爲訾，皆認余爲有情種子也。余之果爲有情種子與否，余未敢自認，而人代余認之，則余復何辭！……

枕亞的「雪鴻淚史」原爲他的「玉梨魂」姊妹篇，讀者對「雪鴻淚史」的看法旣是如此，則據此可以推知讀者對「玉梨魂」的看法當然也不會有甚麼兩樣。而根據枕亞自己在上一序文裏所表示的意見，則知他對於讀者的看法，乃是在介於旣不承認又不否認之間，換一句話說，也就是他無異對於讀者的意見已經表示了默認。基此種種，所以我們對於「玉梨魂」一書，卽使爲之如此肯定的說：它是徐枕亞的「自傳」之作，似乎也幷無不當。

雖然在「玉梨魂」這一部小說的故事本身，我們從今日來看，原亦極其平常，無甚可取，但自當時而言，由於徐枕亞於「玉梨魂」一書，乃係用「燕山外史」和「秋水軒尺牘」的筆法撰寫而成。其文駢四儷六，香艷滿紙，敍事言情，得心應手，而其縱橫馳驟，運用自如，則不僅簡直與一般高手所寫的散文沒有甚麼兩樣，而且尤令讀者獲有一種流利、清新之感。至其描寫兒女私情，閨閫綺事，細膩入目，深透芳心，則更使男女青年讀者爲之傾倒，爲之陶醉，爲之迷戀。假使我們要追源溯始，去探究徐枕亞這個文派所以被人命名爲「鴛鴦蝴蝶派」的由來，則從徐枕亞的「玉梨魂」這一部言情小說裏，便不難獲得一個明白而具體的瞭解。蓋自當時而言，徐枕亞的「玉梨魂」以及其他有關的言情小說，實爲中國傳統的所謂「才子佳人」的思想體式之高度發揮，而他之所以被人目之爲「鴛鴦蝴蝶派」的作家之宗師，亦緣於此。

茲爲了使讀者對於徐枕亞的「玉梨魂」這一部言情小說，自其筆法以至思想情感，獲致一個比較明確的體認，特從此書的第四章「詩媒」裏，就男主角何夢霞所致女主角白梨影的第一封情書，爲之引錄其全文如左：

夢霞不幸，十年蹇命，三月離家。曉風殘月，遽停茂苑之樽；春水綠波，獨泛蓉湖之棹。酒荷長者垂憐，不以庸材見棄。石麟有種，託以六尺之孤；暮燕無依，爲此一枝之借。主賓酬酢，已越兩旬；夙夜圖維，未得一報。而連日待客之誠，有加無已；遂令我窮途之感，到死難忘。繼聞侍婢傳言，殊佩夫人賢德。風吹柳絮，已知道韞才高；雨濺梨花，更惜文君命薄。只緣愛子情深，殷殷致意；爲念羈人狀苦，處處關心。白屋多才，偏容下士，青衫有淚，又濕今宵。淒涼閨裏月，早占破鏡之凶；惆悵鏡中人，空作贈珠之想。蓬窗弔影，同深寥落之悲；滄海揚塵，不了飄零之債。明月有心，照來清夢；落花無語，捫遍空枝。蓬山咫尺。尙慳一面之緣；魔刼千年，重覓三生之果。嗟嗟！哭花心事，兩人一樣癡情；恨石因緣，再世重圓好夢。僕本恨人，又逢恨事；卿眞怨女，應動怨思。前宵寂寞空庭，曾見梨容帶淚；今日淒涼孤館，何來蓮步生春。卷中殘夢留痕，卿竟搏愁而去；地上遺花剩馥，我眞覩物相思。個中消息，一線牽連；就裏機關，十分參透。此後臨風雪涕，閒愁同戴一天；當前對月懷人，照恨不分兩地。心香一寸，甘心低拜嬋娟；墨淚三升，還淚好償寃孽。莫道老嫗聰明，解人易索；須念美人遲暮，知己難逢。僕也才疏，竊動憐才之念；卿乎命蹇，定多悲命之詩。流水蕩蕩，淘不盡詞人舊恨；彩雲朶朶，願常頒幼婦新辭。倘荷泥封有信，傳來玉女之言；謹當什襲而藏，緘住金人之口。自愧文成馬上，固難方李白之萬言；若教酒到愁邊，尙足應丁娘之十索。此日先傳心事，桃箋飛上粧台；他時或許面談，絮語撰開繡閣。

這是作者完全用駢文寫成的一封情書。儘管在「玉梨魂」一書裏，無論抒情也好，寫景也好，以至敍事和說理也好，在大體上無不是以駢文體式出之，而此一體式並不只以撰寫男女雙方的情書爲限；但卽以此一情書而言，由於其行文遣詞的工整美妙，與其柔情密意的纏綿悱惻，則見之於其楮墨間者，要無不在在處處，都是以緊扣萬千讀者的心弦，而使之循環涵泳，愛不釋手。卽此一例，可概其餘。職是之故，所以「玉梨魂」一書不僅成爲「鴛鴦蝴蝶派」言情小說中的權威之作；而在銷行數字上，也打破了那時所出版的其他任何小說從來未有的紀錄。

玉梨魂何以一枝獨秀

細考「玉梨魂」一書所以深受讀者重視與其銷行甚暢之故，除了其書本身所具有的主觀條件已如前文所述之外，至其客觀因素，則又有如下述：

一是民國初年的青年男女們，因受到新潮流的激盪，其心情都免不了有彷徨、煩悶、無處宣洩之苦。對談情說愛，雖爲其心理上與生理上所最感迫切的要求；但數千年來所謂「禮教」與「名分」的樊籬，依然存在，誰也不敢公然與之衝決。而「玉梨魂」一書，竟能夠找到人性最重要的一環——把人類的愛情，作爲描寫的主題，這旣已迎合了青年男女讀者們的共同心理；而它所敍述的那個寡婦和一個爲了教育孤兒的未婚之夫的熱戀故事，其對舊社會所謂「禮教」與「名分」尤具有挑戰的意味，這種挑戰，更爲男女青年們所引爲稱心快意之事。此爲其書在當時之所以深受青年讀者們的歡迎且至大爲暢銷的主要原因。

二是民國初年，不僅爲中國政治上最黑暗、社會上最混亂的時期，而在學術上也形成了一個新舊交替、青黃不接的局面，其他姑且不談，卽以文學而論，其表現與發展，也顯得有些並不正常。時林琴南用古文來譯外國小說，一般讀者都感覺到艱深；而包天笑、黃摩西爲了挽救林譯的艱深，乃以白話爲之，一般讀者又感覺到有些洋化；初期的新文藝作家，雖亦有不少的新文藝作品出現，而由於意境、格調與寫作技巧，尙未夠精湛熟練，一般讀者對之也興趣不高。唯對於論政、述學、敍事、抒情。能够勉强會得幾句駢文，用得幾個典實的，倒還可以受到政壇的重視和文壇的歡迎，這倒是一件意想不到且難以理喩的事。像前文所談到的饒漢祥，他之所以能够在當時的官場上紅得發紫，即是由於擅長這一手。徐枕亞恰在這時使用駢文來寫言情小說，而一般讀者對於他的這種駢文小說竟又爲之特感衆趣，這是否與當時政壇上重視駢文有關，雖未敢爲之遽作肯定，但它的「玉梨魂」基於此一緣由，因而在銷路上較之其他一般小說顯得格外吃香，則爲無可否認的事實。

三是「玉梨魂」原是在「民權報」的副刊陸續發表的。這是一個偶然的發現——一位曾在「民權報」當過營業員而已離職的馬志千，他爲了生計所迫，忽發奇想，他想到「民權報」副刊上登載過的許多文章，倒有不少佳作，假如把它分類編印起來再去發賣，也許不失爲一個生財之道。他於是照着計劃去做，果然初步編印出來的幾集所謂「民權素」，銷路相當不錯。他由此食髓知味，便把長篇連載的「玉梨魂」，另印單行本發售，不料出版不到兩個月，就連二版、三版都告售罄了。這時，枕亞才知道自己的大作，竟如此吃香，於是爲了版權問題，便和馬志千發生了糾葛，兩方都登着廣告，在報上互相攻訐起來。攻訐的結果，版權固然爲徐枕亞所奪回；而這一部駢四儷六的哀情小說，也就隨着他們的互訐而大銷特銷起來，因而造成了它在當時小說的銷行數字上「一枝獨秀」的紀錄。

基於以上所述，則我們對於「玉梨魂」一書之所以特受讀者重視幷曾風行一時，要亦於此悉已爲之瞭然了。

最後，筆者還要附帶在此爲之一提的，就是徐枕亞既被大家推崇爲「鴛鴦蝴蝶派」的宗師，則在當時尤而效之者，當然大有人在，像吳雙熱、孫了靑、程瞻廬、顧明道、程小靑、李涵秋、周瘦鵑等人，便是此中翹楚。雖然這些作家後來由於見異思遷與時移勢易，致在寫作作風上先後都有了轉變，而其在小說方面的成就也並不在此，而此一文派則亦因此而逐漸趨於式微；但其中由於效尤徐枕亞的文字而成爲其眞實信徒的，則只有一個吳雙熱。而吳雙熱的「蘭娘淚史」則更是效尤徐枕亞的筆致和思路的一部傑作。

在現在流行的「玉梨魂」的版本裏，還刊有吳雙熱的一篇序文，特爲之附錄於此，俾便供讀者的比較和欣賞，幷藉以結束本文：

嗟嗟！情種都成眷屬，問阿誰如願以償；孽寃浪說風流，知幾輩同聲相應？愧我攀登恨海，愛潮隨心血俱平；憐香坐困愁城，急淚與情灰共熱。怪春風燕鳥，閒窺失意之人；看明月梨花，悄作可憐之色。天涯淪落，舉目無親；客況蕭然，雙身有影。托幽蘭以寫恨，可泣可歌；挑詠絮之吟才，且驚且喜。從此春光漏洩，贈來及第之花；詩思蒙茸，抽盡想思之草。快向詞場樹幟，戰蛾眉不惜才華；更從香國望塵，印鴻爪都成艷蹟。忽陷愛魔之窟，暗暗無光；且登孽債之台，搖搖欲墜。兩地多愁多病，不藥春心；大家宜笑宜嗔，難爲人面。嗟嗟！撮合山功虧一簣，欲罷不能；如意珠價値千金，何修而得？畢竟羞爲薄倖，敢始亂之終棄乎？居然强作莊嚴，期發乎情止乎禮耳。未許文君志奪，調紅粉而重整恩情；寧教司馬魂銷，撫靑衫以徒揖涕淚。無可奈何，報知己除非一死；必不得已，續良緣誓以來生。好事銷磨，美人憔悴，至於此極，夫復何言！何幸移花接木，了其未了之情；那知雲散風流，空作大空之夢。薄命花雙枝遞萎；可憐蟲百足皆僵。爾乃馬勒懸崖，不墮英雄之氣；鵬搏大野，忽攀定遠之風。是七尺奇男，死當爲國；作千秋雄鬼，生不還家。豈不壯哉；亦可哀矣！從此玉梨成卅章之史，有心人替雪不平；火棗炙一味之哀，普天下同聲一哭！

滿洲國實業、外交大臣 張燕卿

天涯客

清末名臣的子孫，在鼎革以後，還能「入閣拜相」的，大概只有一個人——那就是張之洞的第五子張燕卿。雖然他掛相印的地方，不在中原，而是在關外的「滿洲國」。

我認識張燕老，是在一九六八年的冬天，在東京「自由之丘」附近他的家裏。那時，他是日本僅存的「滿洲國兩大遺老」之一。我因爲一向在搜集溥儀和滿洲國的史料，所以，對這兩位「遺老」非常有興趣。但是，其中也有點小小的分別：這兩位老先生，雖然同被人們目爲「漢奸」，而據我所知：則張燕老既沒有在得意的時候，「奴顏卑膝」，「賣身做狗」，又沒有貪贓枉法，大括其地皮。另外那位在黑龍江當過封疆大吏，拖過馬占山「下水」，又在一年之中貪汚過幾十萬民脂民膏的韓先生，既有羅振玉拚死彈劾他於前，又有無數「滿洲國」的「日本移民」不齒之於後，一聽到有陌生人要找他，就懷疑是有人要和他來算舊賬，連忙來個「土遁」，躲得無影無踪。他大概根本誤會了我的身份和來意，所以一連和我打了三個星期的「太極拳」。而張燕老卻不同，在第一次的電話中，就約我兩小時後，到他的寓寓裏去「飲茶」。——做過「外交大臣」的人，在和素味平生的外國人打起交道來的時候，到底是有他的一套。

他的家，座落在一條偏僻的小街上，是一座典型的日本老式平房。外面有一個花園，不曉得爲了甚麼，幷沒有像別的日本人家一樣地種滿了花花草草，錯落着假山、小橋、石頭路燈。取而代之的是：番茄、生菜、黃瓜一類的東西。

張燕卿七十一歲
攝於日本東京時(1968年9月)

張燕老穿了一件道袍式的浴衣，頷下飄着花白色的長髯。驟然看去，眞有點像張之洞在清末畫報上的樣子。因爲他在電話裏已經知道我是在德國長大的人，所以一見面就和我用德國話打招呼。接着就告訴我：他第一次學德文，是在北伐前的輔仁大學。最後一次講，是他在滿洲國的「外交大臣」任上，接見納粹德國的一位海通社記者的時候。事隔將近四十年，而他的德文居然還說得如此温文典雅，這位老先生的語言天才，的確是有過人之處的。

也許他是有意要在我的面前，證明一下這一點吧？在我們的六次談話中，頭一次是用德文；第二三次是用英文；第四次是用英文加德文，又加日文；而最後的兩次，卻都是用中文。最使人印象深刻的是：他在「開場白」中用的是甚麼語言，以後就再也不改，卽使我怎樣用別的語言來回答，也沒有用。——我發覺：他最高興講的，倒是那四十年沒有講過的德國話。罵起人來的時候，滿口日文。談到「我們的老太爺」張文襄公的場合，當然是非中國話不可。他的英文也很好，而且很帶美國口音。不過，據他告訴我：除掉日本和香港，琉球以外，他從來沒有到過任何屬於外國的地方。

他住的房子有一間會客室，一間臥室，一間書房，一間女管家的臥室，一間廚房，一間浴室，和一間經常鎖着的小房間。他對那一個小房間的用途「語焉不詳」，也從來沒有打開門，請我進去參觀過。據我推測；那裏也許是他的資料室，許多和近代史有關的重要文件，一定都儲存在那裏。在好幾次談話中，當他要找一點參考資料，來證實自己的回憶的時候，他總是要到那個小房間裏去繞一圈的。

他的會客室，是一間塌塌米式的房間，佈置非常簡單。正中間是一張矮方桌，桌下放着烤腳的電爐，談話的時候，腳伸在爐邊，腿上面又蓋着毛毯，暖融融地的確舒服得很。牆上只掛着兩張像，正中央是張之洞翎頂朝服的半身像；右邊壁上是釋伽牟尼佛彩色像。據張燕老告訴我：他近年來已經參悟了禪機，覺得世界上最偉大的哲學，莫過於佛學。可惜的就是：眞正懂佛學的人太少，掛羊頭賣狗肉的人太多。將來如果有時間的話，他一定會把自己對佛學的心得，寫一些出來，供人參考。

當我告訴他：我是日蓮正宗創價學會會員的時候，他的反應非常强烈，而且還用了「馬鹿」這個字眼。要不是他的女管家來催我們吃飯，我們兩個人僵得幾乎下不了台。

我在他的家裏，一共吃過五次飯。我每次要回請，都被他謝絕了。理由是：「在外面，吃不慣，又拘束得厲害。」他家裏做菜的人，雖然是那位五十多歲的日本女管家，但是，張燕老告訴我：「她做的時候，我一定要加以指導，否則，她的中國菜怎麼能這麼出神入化？」

我在他那裏嘗試過的「出神入化」的東西，有春餅，有炸醬麵，也有烤鴨子。——最出色的我想也許是炸醬麵，和在市面上吃到的確實有很大的不同。最令人回味的當然是那個「炸醬」，不過，那位日本女管家還獨出心裁地，在綠豆芽和黃瓜絲之外，另外加上了一盤日本風味的「花生末」，「核桃末」，和「蜜餞丁」。——當我向張燕老請敎：他吃炸醬麵用的甜麵醬，是不是從中國買來的時候，他很不開心地瞪了我一眼道：「當然不是。這是我們家傳的秘方嘛。要不然，能這麼好吃？」

張燕老除了不大高興談這種「家傳秘方」以外，對於滿洲國的掌故，以及他自己的生平，似乎也不太喜歡提起。惟一能够引起他談鋒的，倒是他的未來計劃。說起來也許誰都不相信——他將來成爲中國統治者以後的施政大綱，和他治國平天下的方略。

據張燕老自己說：他雖然是名臣張之洞的第五子（大排行「十一爺」），但是，在民國時代都極端的不得意。九一八事變以前，他在吉林省滿人熙洽的手下，做過三年幕賓。薪水是沒有的，只是每年過節的時候，請他吃一次魚翅席，奉送一個「紅包」做節敬而已。

日本的關東軍，席捲遼瀋以後，中國官方的反應，異常麻木。這時，張燕老腦子裏那一套：「亂世者，男兒得意之秋也」，又發生了作用。於是馬上建議給吉林的土皇帝熙洽，「和平獨立，保境安民」這個方策，想乘這機會，讓中國的關外獨立，然後再用宣統皇帝溥儀做招牌，來施展一下自己胸中「治國平天下」的雄才大略。

溥儀登基以後，他的計劃逐漸地落了空。只有在他所主管的實業部和外交部裏面，才可以發揮一點自己的才能，表現一點自己的骨頭。無論是日本人自己的資料也好，還是滿洲國的大員們的回憶錄也好，都異口同聲地認爲：這位張燕老，是當時內閣中唯一敢和唯一肯與日本人抬槓的總長。在他主管的部門中，中國官員的薪水比日本人高，而且有權撤換日本人出任的次長。——被他當年撤職的一位「實業部次長」岸信介，在戰後居然當上了日本的首相。他和另一批在「滿洲國」當過官的日本實業家，都對張燕老「吃日本人的飯，而又敢和日本人抬槓」的骨氣，非常佩服。除掉替他搞來了那座小房子以外，大家還每月合捐三四萬日元，來供給他零用，直到他去年底作了古的時候。

張燕老在當「外交大臣」的那幾年，因爲牢騷多，比從前還要更不聽話。所以使關東軍很傷腦筋。到了一九三七年的時候，雙方越鬧越僵，張就帶着他的太太，以到日本去遊歷爲名，離開了「滿洲國」的勢力範圍，然後再轉道回到北京去做寓公，而且當了所謂「協合會」的理事長。一講到這裏的時候，張燕老就罵起「馬鹿」來了，日本人只肯給他這個「民衆組織」，有討論權和建議權，但卻從來不給表決權。據他自己說：日本投降以後，他和美國的情報機構OSS馬上就發生了關係。整個OSS的中國辦事處，都設立在他北京的家裏。那個地方房子又多又老，搞起暖汽來，費煤之多，簡直出人想像，每天差不多要四噸煤。OSS一個錢不花地在那裏住了幾個月。後來，戴笠坐飛機撞死了，以前受他保障的一些「有功的政治犯」，都紛紛入獄就刑。他還算運氣好，只判了幾年徒刑。他的一個哥哥張仁蠡，因爲當過日本佔領時代的漢口市長，連命都沒有能够保住。

「大陸解放」以後，張燕老隻身逃到了外國。生活初步安定以後，他的政治慾又開始勃發了。據他自己說，最初有一位「將軍」，自稱在中緬印國境線上，潛伏着若干部隊，由他介紹和美國人發生了關係。過了很久才發現：這位「將軍」原來是個「無兵總司令」，要想靠他來「打回老家去」，是此登天還難的。張燕老也因而連累得把美國關係也搞壞了。

然而，不知道是個甚麼未卜先知的和尚，忽然向他說：「兩年之內，您一定會回大陸去，入主中原。現在就請您先做點准備。」張燕老以不惑之年，也居然馬上相信了他這一套，從此埋頭於他的「建國計劃」，他一向很强的政治慾，就又死灰復燃了。

當我和他談話的時候，他最感興趣的是：將來的治國之道。他說最要緊的是：先搞出一份最詳盡的地圖和海圖來。然後再集中全力，建築潛水艇，來鞏固海防。在建設的時候，旣需要外援，又需要客卿。但是，他看不起日本，不相信美國，又仇恨英蘇。所以，歸根結底，對德國的印象最好。希望能够在這方面和德國精誠合作。正由於他的「老太爺」曾經在搞新政的時候，得過克虜伯工廠的大力援助。因此，他還念念不忘地托我探訪一下那些老工程師的下落和其德國住址。

張燕老這種政治慾，似乎和他的高齡與處境頗不相稱，後來幾次見到了他的時候，除掉言不由衷地隨聲附和幾句以外，簡直找不到甚麼正經話來說。對於過去，尤其是滿洲國的那一段，他彷彿很不願意詳談。只是拿出一份「九一八事件實況回憶」的原稿來給我看，字體寫得非常瀟洒，但卻只寫到了「吉林和平獨立」的那一段時期。根據他的口氣：熙洽只是在他的建議和籌策之下，才自願出馬來做一個「滿洲國」的「開國功臣」的。然而，這個「滿洲國」眞正地誕生以後，卻完全出乎了他們的期望和幻想，非但溥儀，就連他們這些「開國功臣」也都成了「關東軍」的食客，呼之則來，揮之則去。

張燕老作古之後，我請香港的胡敍五先生想辦法，把這份回憶錄搞到香港來。但是據說他的全部文稿都被女管家送給各圖書館了。這種珍貴的第一手史料，如果不會散失的話，將來對於歷史研究工作，當然會有很大的裨益。

然而，張燕老晚年的興趣，據他告訴我，幾乎整個集中在他的政治慾上。爲了和那些決心幫助他將來建設中國的歐美朋友們，經常保持聯繫起見，他還告訴了我一個他的秘密：

「張鶴鈞」，地址是：「香港飯店」。專用的電報掛號是：Bowlong, Tokyo。當我問他，爲甚麼要用這兩個字來當電報掛號的時候，他開心地笑道：「你到底是個外國人，看不出來這就是『弓長』兩個字嘛！」

我最後一次拜別「張大臣閣下」（日本人都是這麼稱呼他，他也很高興）的時候，是一九六九年的正月底。他穿着浴衣，站在會客室裏，照例不送到門口，只是站在那裏，莞爾地揮着手。在蒼茫的暮色中，眞是有點飄飄然神仙之感。我回頭望一望這位滿懷壯志，才華過人的「濁世佳公子」，心中不禁湧現出來了無限的感傷與惆悵。

白狼眞人眞事

王天從

白狼是民國初年揭旗反袁，震動中外，叱咤於豫、皖、鄂、陝、甘五省之一代豪雄，鄒魯譽之爲河南豪帥。關於白氏之傳說，前人率多基於成王敗寇之狃習，謂爲匪類，豈其然也？或傳聞失實，難得公允評斷。其獨子白振東當年曾從筆者參加抗日戰爭，勇敢善戰，屢立戰功。筆者對其印象最深，恒與之閒話家常，因而得以了然其先人事略，特記述如下，以揭開此一史料之眞面目。

白狼的出身

白狼確是姓白，原名永成，後改名閬，字朗齋，淸光緒三年歲次丁丑生，故小字丑子，河南省寶豐縣西大營鎭之東南十八里大柳莊人。出身農家，幼讀詩書，喜閱水滸傳、精忠說岳傳等小說，尤慕史記中之游俠刺客之行爲，因以形成其民族思想與抗暴之俠義作風。初爲縣衙小吏，以倡言反淸，而忤於縣令，乃易名亡命北走，投入淸軍第六鎭受幹部教育，洊升管帶，遂被「統制」吳祿貞賞識，密談革命，結爲心腹。武昌起義，亟促吳響應，以屋淸社。既而吳被袁世凱忌害，閬憤然返里，據魯山（一名露山，在魯山縣東十八里），糾集黨衆，就地獨立，響應革命。會淸帝退位，民國統一，袁弄權專政，因而激起一陣巨大的反袁旋風，閬卽扮演一個傳奇式的人物，以致留下許多傳說像演義也像神話，給袁開了一個不算小的玩笑。

「扶漢軍」與五色旗

白閬目覩時局未定，地方糜爛，弄得民命無依，貪官汚吏壓搾於上，土豪劣紳魚肉於下，烏煙瘴氣，幾無一塊乾淨土地，加以刺吳宿恨，毅然起而反袁，乃據崆峒山（空同山，在臨汝西南六十里），高舉義旗，向袁發出挑戰信號，刼富濟貧，除暴安良，懲治貪汚土劣，襲擊袁軍防營。當此時也，袁之勢力如日麗中天，炙手可熱，人皆莫奈其何，而閬竟倡首難，膽氣豪壯，一時無匹。其初起時，有衆不過三數百人，漸聚漸多，勢亦漸盛。繼而糾合同黨，招集退伍軍人，收容散兵游勇，竟擴至數千之衆，遂稱號中原扶漢軍。軍制仿照捻軍編制，下分五旗，俗稱五大杆，以黃、白、紅、藍、黑五色標別旗號。每旗由大旗主（通呼「大旗頭」或「大杆頭」）統領。每旗下轄前、後、左、右、中五隊，由分旗主（俗謂「小旗頭」或「小杆頭」）管帶。統合指揮，率皆靈活。

黃旗由閬兼領；白旗爲其弟白永順統領，永順眼近視、性兇狠，酷嗜殺人，目若無睹，因是人呼之白瞎子，竟偃其名；紅旗爲宋老年，乃閻義子，慣打狠仗，眇一目，人稱宋一眼；藍旗爲李鴻賓，最工心計，擅於戰略；黑旗爲秦叔弘，對敵手辣心狠，被人戲呼秦椒紅，意謂辣若紅秦椒，善於摸營，袁軍遇之，慄懼異常。五大旗主俱是有志一同，乃共奉閻爲盟主，拜爲「大頭子」，尊稱大都督。

其作戰策略，則抄襲太平軍及捻黨之大成，行動飄忽，用兵神速，一若飛行部隊。

當其攻克城鎮，悉將糧食物資徵收集中，且以部分散給老弱窮苦，以示恩惠，藉買人心。號令壯丁附義參軍，一同反袁。以是到處游擊，不愁補給。凡所擄獲之騾馬，概行編組成隊，以增强部隊之活動彈力，故能一日夜奔馳三百里，已是常事。致令袁軍處處設防，防不勝防；時時跟追，疲於奔命，因而備多力分，常被吸住動彈不得，陷於挨打地位。

母豬峽替天行道

閻儀表非凡，面貌清秀，膚色皙白，身高四尺餘，精悍結實，賦性豪爽，健談尙風趣，和諧而莊重，推誠待人，謙禮賢士，因之招致南北知名之士、綠林豪傑、草莽英雄，爭來歸附。夏衣蔴葛大褂，或著短衫；冬服青綢長袍，黑緞馬褂，戴烏色小帽，腰佩三尺寶劍，傳爲唐代古物，腦後垂辮，一副讀書人氣派，行軍時，嘗乘黃緞大轎，八人舁之，輕快舒適，親軍衛隊，前導後護，軍容整肅，頗具威儀。其統率旗爲三角牙邊形之黃綢旗，中繪白龍，外加黑圈，隱寓潛龍被困之意，上書「中原扶漢軍大都督」八個藍字。迨後勢力擴大，始以母豬峽，繼以嵖岈山爲根據地。高竪「替天行道」的旗標，把守隘口，埋置地雷，層層設防，縱深配備，易守難攻，積極屯糧聚草，秣馬厲兵，準備問鼎中原。初則襲衙殺官，出沒於魯山、寶豐、臨汝、方城、葉縣、舞陽等諸縣之間，時而化整爲零，時而聚零爲整，神出鬼沒，變化無常；嗣領大隊人馬進出於熊耳、伏牛、桐柏、大別諸山區，叢山崎嶇，地險勢塞，四向經略，無往不利，進攻退守，成爲天然走廊。當其進軍，每至一地，輒張佈告云：「奮起畎畝，志在救民」，明告其起事動機及反袁目的，理順名正，聲譽日隆。

黨人紛投白狼軍

時有季雨霖在湖北軍中倡立「改進團」，欲推翻袁政權，事洩，亡命走豫，投入白幕、易名良軒，餘如李亞東、熊秉坤、曾尙武、劉耀青、呂丹書、許鏡明、黃裔、黃俊等，亦被袁通緝，紛紛投奔閻軍。以是閻軍人才濟濟，氣勢益張。此輩俱屬黨人，季曾任湖北荆襄招討使，佐黎元洪策劃機密，助馬雲卿（北伐軍左翼先鋒隊司令）光復南陽，有功辛亥革命，官拜「陸軍中將」、「勳三位」；李於辛亥革命時，被推爲漢陽軍政分府都督，與閻有舊，後在開封被捕，幾遇害，以無確切證據，囚至閻軍敗滅，始釋走上海；熊秉坤則是武昌起義首槍發難之人；曾、劉、呂、許、黃等，早年即註籍同盟會。況乎閻軍文有謀士，武有戰將，如正軍師陸文禔、湖北隨縣人，曉天文、知地理，足智多謀，有「智多星」之號；副軍師李白茅，字士卿，訛稱李白毛，南京人，能言善辯，人多歎服；另有「智囊團」組織，內分南北二派謀士，行合議制，南士領袖爲楊芳洲，北士領袖爲吳士仁，以及神機妙算的「鐵冠道人」吳子虛、策士劉生、卜士樊之祥、閻師獸醫徐君仁；反袁最烈之國會衆議院議員凌鉞（字子黃，亦黨人），與閻互通聲氣。戰將方面除白永順、秦叔弘、宋老年、李鴻賓、張三紅，有虎將之稱外，尙有王成敬、張繼賢、杜其彬、尹老婆、段青山、孫玉章諸將，驍悍著稱。迅速擴張壯大，勢不可當，北震北京；南臨江、漢；東逼江、淮；西馳秦、隴，燎原野火，烈焰蔓延，幾乎焚燬袁政權。故袁恨閻切齒入骨，乃就閻之姓名諧音而罵爲「白狼」，以是以訛傳訛，恍惚非人。而閻也如法泡製，回以敬之曰：「淮狸

（狸李同音，意謂淮軍李鴻章）餘孽一老黿！」老袁、老黿，因而鼎鼎大名之大黿，亦不脛而行，於是民間遂有「黿狼爭天下」之說。

劫富濟貧兼反袁

民國二年春，閻軍游擊於豫鄂之間，打點、截線、破面以擾亂袁之治安秩序。六月，獲悉北京將於十月選舉大總統，亟先出兵向袁示威，一勝銅山溝（在泌陽東六十里），大敗張敬堯（為中央陸軍第六師步兵第十二旅第二十四團團長），奪得大砲二門、步槍百餘支、餉銀六千元、山砲砲彈及輕重機關槍子彈無算，戰果豐碩，軍勢大熾，乘勝銳進，直下信陽，南轉湖北；七月、襲應山；八月、圍隨縣；九月、連破棗陽等地，分軍盡略天那店、安居鎮、唐縣鎮、隨陽店、興隆集、隆興寺鎮、雙溝集，飲馬襄水，威脅江、漢地區；十月、回軍豫南，取新野，占鄧縣，拔唐縣，據盧氏，破方城，扼老河口，旌旗所向，無不披靡，往來如入無人之境。

民謠有云：「好白狼、白狼好！除暴安良，替天行道，人人都說白狼眞正好。老白狼、白狼老！打富救貧，替天行道，兩年以來貧富都均了。」閻軍更具見人心向背之一班。閻軍更向袁軍發動政治心理作戰攻勢，號召士兵來歸，提出最大保證，說是不打弟兄，專打連級以上官長，藉以瓦解袁軍戰鬭意志。並遣諜人潛伏袁軍，相機策反，愈來愈夥。而閻竟也假冒其年貌相似之某戚齊天化姓名，深入袁區，人皆不察，一若西遊記中之號稱「齊天大聖」孫悟空，千變萬化，與袁較量神通。

二次革命事起，黃興據南京聲討袁罪，曾遣湘人劉揆一（革命先烈劉道一之弟）來豫晤閻，與約聯盟，南北夾擊袁軍，願補助軍械及現銀二萬兩，事成，舉為豫督。閻應之，尅日出軍。

翌年春，傾隊東出，千兵萬馬橫京漢鐵路，襲擊新安店，砲轟火車站，傷斃巡警及乘客數人，破壞鐵軌，斷絕交通，進而列陣駐馬店，幾擒豫督張鎮芳，南下確山，斜趨正陽，側迂汝南，連克潢川、光山、固始、商城，前隊突入皖北，破六安、占霍山、奪正陽關、逕逼壽縣，豫皖同時告警。

閻正循合肥、巢縣、含山、和縣進軍，準備渡江訪問南京，會晤黃興，合兵北向討袁，惜以南方各路軍敗不果，乃忿曰：「吾久聞黃興大名，今也爾爾。」遂掉軍返豫。

袁世凱懸賞捕狼

袁以南方事平，即動員陸空二軍圍打閻軍，掃蕩「狼穴」。

陸軍總長段祺瑞也外調兼領豫督，坐鎮信陽指揮軍事，督打白閻；空軍由南苑航空學校校長秦國鏞(字子壯)兼大隊長,出動四架飛機,一次飛臨嵖岈山上空，被守軍擊毀二架；再次，秦受重傷，鎩羽遁回北京。袁無法，只有提高捕「狼」賞格，已由五千「袁大頭」（銀元之俗稱）逐漸增至十二萬元之多，雖是早晚時價不同，但行情卻一直是看漲的趨勢。閻以當前軍事形勢發生變化，決定從事遠征。

二月、下動員令，大起人馬,向西出軍,以悍將宋老年所部紅旗軍一千五百人為前鋒，以為全軍開路,長驅直進,不見大敵，拔關破城，等若兒戲，就地徵發，以戰養戰，軍行所至，直似秋風橫掃殘葉一般。

三月八日，進至老河口，閻拍電告袁將取西安，請早準備迎犒事宜。袁氣甚，拍案大叫「狼膽何大？欺吾太甚！」急遣北洋驍將陳樹藩等分路向西「追勦」，一再限期肅清「狼匪」、敉平「狼患」，然都不能拔「狼」一毛，名曰「追狼」，何嘗擺隊相送？閻軍一焚老河口，再焚白亭街、三焚荊紫關。

四月、衝入陝境，沿途張貼告示：「一以倒袁為目的；二要建立良好政府；三為友善鄰邦；四約軍至之處，順我者生，逆我者死。」當時中外人士對此四項簡約條文，反應極佳，以是遠近聞聲，咸來迎納，一若弔民伐罪之義師。閻並規定所部擄獲財物處理辦法，以三成歸公，七成自得，稱爲「三七制」；若隱匿不報則殺。約法嚴明，部衆歡騰。於是略商南、拔武關、占龍駒寨、奇襲商縣、破山陽、屠柞水、踏藍田、直叩省垣，關中大震。嗣越秦嶺，穿子午谷，連克鄠縣、盩厔、郿縣、渡渭水、走扶風、上岐山、耀武功、據乾縣、飲醴泉、下咸陽、顧西安，囊括關中富庶之區。

既而以郿縣爲基地，席捲陝北——涇縣、三原、耀縣、同官、宜君、中部、洛川等縣。當經武功時，當地士紳自動獻銀萬兩犒軍致敬，盛讚閬軍，閬下令嚴禁擾民，違者正法，居然做到秋毫無犯、雞犬不驚的地步。其在乾縣，僅焚官署，不燒民房，人民歌之。民間諺云：「狼是梳、官兵是篦、地痞是剃刀」，即已映出民心向背。

五月、進軍甘肅，各地聞訊爭先通款，紛紛易幟，並聯名上表擁閬爲「共主」，形成局部獨立狀態。連下天水、禮縣、徽縣、成縣、武都、伏羌、武山、岷縣、進窺臨潭，囘部會黨，所在響應，竟嘯聚至數萬人，一時甘南地區盡成閬之天下。檄播各地，斥袁爲「神姦國賊，天地不容」，羣起反之。設若閬軍乘時北取蘭州，或南下四川，定可圖得半壁天下，以王一方。惜乎部衆無此大志，致失去此一良機。嗣以疫癘發生，軍民死亡纍纍，炊煙斷絕，營帳幾空，實力銳減，士氣低落，長途征戰，極感疲憊，離家萬里，人人思歸。

六月閬令整軍東還，艱難返旆，且戰且走，先是李鴻賓病歿岷、洮地區，繼之白永順突敵戰死，吳子虛、楊芳洲：：或戰亂失踪、或憂憤而死。

七月、返抵河南，行至三川寨（在盧氏東）遇敵，白閬被創，奪路奔囘魯山舊寨，部衆自行散亂，離營歸隊，無異解體。

八月、鎮嵩軍第二標第一營副管帶靳敬民（嵩縣人）及馬隊哨長王景元（字鶴齡，臨汝人）詐降閬軍，行至臨汝南半閘街之東溝，夜施暗槍，擊中閬腰，閬負痛入搭腳山，解散百餘殘衆，僅由死黨數人護持走匿石莊（在大營鎮北二十里）其女家，追軍跟至，圍莊不能出。

五日晨、閬出宅觀察敵勢，復被流彈傷及要害，時患「煙後痢」，反身入內，竟氣絕殞命，宋老年、張三紅、王成敬、段青山、孫王章、尹老婆、潘善同七人於房內石磨盤座之下，跪禱誓盟，祕不發喪，繼承遺志，反袁到底。豈料潘善同貪圖賞格，潛行告密，靳、王掘屍割頭，盛以木籠，專車解送開封，懸示南門，遠近爭來瞻視，咸表惋惜。

草莽英雄亦人豪

白氏爲反袁、反帝制而奮鬭犧牲，事雖不成，然其發生之影響所及於後者，各地英豪繼起反袁、反獨裁，以及反帝制、反軍閥，此落彼起，不乏其人。當白氏起事之初，五旗結盟，執領牛耳，傳檄中原，四方響應，角逐袁軍，長征萬餘里，大小數百戰，旌旄所至，不見大敵，其氣勢之雄，袁軍望之多餕，莫敢仰視。且以袁之陰謀專政，實爲「帝制自爲」之張本，首先發難，聲罪致討，以爲民請命，率無量數仁人志士，奮然爲共和爭，爲國民死，縱橫五省，囘部輸誠，望之如歸，人民餽獻，若迎王師，弔民伐罪，替天行道，儼然民國之宋江，使北洋軍閥威風盡失，及閬歿，袁乃僭逆粉墨，鑼響洪憲，稱孤道寡，魔舞明堂。白狼反袁之舉，雖其事之無成，業之未就，但義聲所至，已使袁逆坐臥不安，惜乎爲時勢所迫，未展所圖，而殉於役，其事迹遂湮沒不彰，甚且遭貶誣爲「匪逆」、「流賊」，致使此一反袁史事內容失去眞正評價，不禁令人興慨！

不可思議的我見我聞

宋希尚

一　慧尊居士往生與復活

台北工專學校現任教授李詠湘先生，南通人，是一位敦樸誠厚的老師。我任該校校長時，始相認識，因南通是我的第二故鄉，（我服務該縣，先後達十餘年之久）自有一種深厚的情誼，所以和他時相過從。茶餘閒話中，述及其尊人慧尊居士往生的經過，並出示其記述一文，為李先生親所經歷者，言之鑿鑿當可深信，錄其原文如下：

先父慧尊居士，生平愛好書畫金石，繪畫尤有聲於時。五十歲以後，便屏絕了塵俗瑣雜，潛心研究佛學。在他六十三歲的那年秋天，忽然患病甚劇，諸醫束手；終於在一個靜寂的夜晚，他撒手西歸了。

可是事有出人意想者：在先父西歸以後的十二小時，他竟又突然復生了；而且原有的病痛，竟然不藥而癒。並且自這一復生以後，他原已如霜的頭髮，竟全部轉了黑色，精神異常的健旺。在此後的二十年中，就沒有再生過一次疾病。

直到民國三十九年九月，他七十五歲的時候，才無疾而終。雖然我已是先一年來台，未能親侍在側，引為終身遺憾；但回想先父往生的那段情事，覺得仍有值得一述的意義。（我在二十七年冬，曾為文詳述其經過，印成專冊分贈朋友；先父也曾把它親自呈送印光大法師。可惜時異世變，原書已無法覓得了。）只是事隔二十餘年，我復飽經憂患，記憶已不甚詳盡，所述只是一些概略而已。

善惡因果之說，或不為今日一般所謂新學時流所重，然而此一事實，則是我親目所覩，親耳所聞；追記一二，或者可供世人修省參研之資料。

因過勞而生病

先父生平酷愛金石書畫，不僅收藏很多，自己平日也常以作畫自娛。因為生活澹泊，所以體氣極健，年逾七十，仍舊步履輕捷，十餘里的途程，都不賴舟車。

他一生大部份的歲月，都是從事於教育和地方自治工作；到五十歲以後，他深慨於各地禍亂不已，生靈塗炭，尤其人心墮落，喪德敗行之事層出不窮；認為要改善世風，必自扶正人心做起；而佛教正是勸人為善捨己濟世的最好途徑，因此，他便潛心佛教，冀能竭其心力所及，喚醒羣眾，去邪存誠，共躋於善。

在這十幾年中，除了繼續致力於地方公益的事業以外，由他手創的念佛社共有六所，遍佈於市鄉各地，他經常的往來於這些念佛社，從事於佛學經典的宣傳，與勸善懲惡的闡釋，每次由他宣講時，總是座無虛席。他凡有約定時日地點，也必無分寒暑晴雨，不避艱辛勞乏，親往主持。有時我看到他從遠道步行歸來，精神不無疲憊，勸他節勞稍休，他總是說：「眼看着很多人準時而來，歡喜而去，自己是不覺得辛苦。」

然而年逾花甲的人，過度的辛勞，究

竟無法不使身體蒙受影響，終於在他六十三歲的那年秋天，因感冒呃逆不止而病倒了。因爲日夜的呃逆不止，飲食與睡眠一日不如一日，醫藥不能收效，他就在許多居士親友環繞念佛聲中，安詳的停止了呼吸，除了胸前還有一些微溫外，經過醫師的檢查，脈膊也完全停止了。

死後復生的經過

先父既已安詳的西歸了，家中長幼於悲傷之中，自然只好爲他料理後事。第二天的早晨，衣衾棺柩都備辦好了，親友們來弔唁的已絡繹不絕。但是我們仍遵守着先父的遺命，在廿四小時內不要移動他的身體。此時室中仍有不少的人在替他念佛。

就在離他停止了呼吸的十二小時左右，突然有人看見他的眼睛微微的張開了，而且口唇也在微動了；大家看到這個情形，有的驚懼的往外走避，其餘的人也停止了念佛，一齊跑近了榻前看他動靜。這時我和家人也趕來探望。一時室內十分靜寂，卻漸漸聽到父親的口中竟發出了微弱的念佛聲，聲調雖低而很清晰！這時大家無不大感驚異，也就和着他的聲音一齊念佛了。

這樣約半小時，我聽到他在喚我的名字，我走近去，看到他膚色和目光都顯現出自然彩神時，高興得眼淚都滴下來！只見他伸出一隻手來撫摸我，——原來十多天日夜不能停止的呃逆竟完全消失了。他說，腹中很覺飢餓，要喫點東西。一會兒，我母親拿來了小半碗很稀薄的粥，那知他竟一口氣就全喝下了；而且還不够，又添了一滿碗，他仍舊都喫完了。他說，現在週身已不覺有任何病痛，只是感着很疲倦；並說有很多話要和大家說，請親友們不要走開。他這時執意要坐起來說話，我們竟無法勸阻，因爲看他的精神如此的興奮愉快，除了面龐十分瘦削以外，幾乎使人不相信他是剛剛生了半個月的病，而且已經多日未進飲食的人。陸續攜着祭品來弔奠的親友，看了如此意外的情事，都弄得進退兩難，啼笑皆非。

口述往生的歷程

父親這時的神智十分清晰，他含笑合十，首先向圍在榻前的許多親友道謝，然後就向大家說：

我這次往生西方，遍遊了各處，竟又回來了。佛力眞是不可思議！我在恍惚之中，本來仍感着呃逆的痛苦，卻有一位長老，拿來一杯熱湯給我喝——他說，喝了這杯「柿蒂羹」，呃逆就會痊癒的。果然，喝下了不久，呃逆就眞的停止了。

接着，這位長老就帶我走進一處非常幽美的境域，只見四野花木茂密，五色繽紛；樓臺亭閣，隱現在花繁茂林之間，處處香氣郁馥，煙霧氤氳。走過一座白石雕欄曲橋，橋下正開着繁密的蓮花；過橋走過一段異常潔淨的路，就跨進了一座廣大的殿宇，殿宇中間，端坐着一位尊者，正在向圍坐着的許多善人在宣示佛道。我就隨着也坐去諦聽了很久，就有另一位長老走來向我說：「你還應該回去，等做完畢了你所應做的事再來。」當時我很希望繼續留在那裏，可是在恍惚之中，我卻醒來了。……

他說話時，聲音雖然很低，但因榻前的親友們都睜目屛息以聽，所以大家都能聽得很清楚。他所述說的經過很多，因爲事隔了二十餘年，我已不能詳細的記憶了。當時這一段奇異的情事，很快地就傳遍了遐邇。

剛剛延壽一紀

我父是 印光大法師的弟子，與他同時去蘇州靈巖山拜謁大法師而榮獲列爲弟子的，還有慧茂居士，（費範九先生）費先生後來在上海印書館整編佛學經典，經常與先父以書札往來，研討佛學；先父自獲復生以後，以體力倍見健康，所以對佛學的闡揚，與地方公益事務的倡導贊襄，更是不遺餘力。他時刻牢記着在往生之際一位長老對他所說的話，認爲此番重到塵世，一定盡量「做完畢他所應做的事。」

他很奇怪另一位老人給他的「柿蒂羹」，怎麼竟會一喝下去就治癒了那麼頑固的呃逆，後來據一位有名的中醫說，柿蒂確實有理肺順氣之功效，只是一般醫師都不敢輕用；先父不解醫藥，所以更感着佛力的不可思議！

到了民國三十年以後，家鄉被日軍佔領，地方益亂，民生益困！我雖曾不自量力，集合了地方上千餘有志青年，編選訓練，從事以武裝抗敵衞鄉之任，但居宅田園，都先後為敵人侵毀殆盡，家中長幼，也就時時在驚惶播遷之中；其後我復遭仇者暗算，身受重創；（至今尚有一彈深陷腹際）父母以古稀之年，遭此災厄，雖然不以我的不自量力之舉措為怪，然而身心朝夕在顛頓不寧之中，健康所蒙受的影響，自不在小。

到了三十八年春，大局更趨逆轉，我乃不得不拋開了一家長幼，輾轉來台。到翌年秋月，父親終於重行離開了塵世。

計自他往生之年至此，剛剛是延壽一紀。

二　交大鄒教授的世前事

抗戰的後期，民國三十一、二年間，遠在西昌的國立藝術專校，聘到一位原任交通大學英文教授蘇州鄒××。我當時因病後須易地休養，遂應老友周校長宗蓮博士之聘，就任該校土木科主任，與鄒先生朝夕相見，相處甚得。

數月以後，鄒先生突然生病，好久不能上課；而且病勢日益沉重，諸醫束手，他奄奄只餘一息，了無生氣。

當時我和汪呈因教授（現在台灣台中任中興大學農藝系主任，我國水稻專家）因同是「下江」人，都住在劉公祠教員宿舍，特往省視。看他精神異常萎頓，我們一再問其病情，他都含糊其詞，我們檢視了醫生所開藥方，也都未說出究患何病，只是一些安神鎮靜的藥劑。經再三詢問後，他才赧然的說出了一段怪異的隱情。他說：有一女魂，自稱前生曾作他的小妾，當時他身任前清武官，權勢顯赫。某日，為了一項誤會，她竟給他不由申辯的扼頸而死，此冤久久不報。陰間始准了她的申訴，向夫報仇索命。為他在重慶交大宿舍時，她就找到他，不斷的在他耳中用種種脅迫恐嚇的言詞，要他服毒自殺，但非外人所能聽到。他日夜受到糾纏，為之神魂顛倒，精神日益疲憊，不能上課，只好請假休息。交大當局認為他「神經失常」，多方為他治療，迄不見效，只好准其辭職。他辭職以後，為求擺脫這種痛苦的環境，便潛來了偏遠的西昌。初到數月，果然避難得所，獲得了短暫的安寧，不料現在，竟被找到，責難斥罵比前更劇！言下不勝悲憤。他並說，自從聖約翰大學畢業以信仰基督，從事教育工作，努力崗位，從來不信有所謂鬼魂之說；不圖如今竟會身受其困，無法自拔，終日在他耳旁囉嗦，不但不許他工作，夜間還不許他入睡，她只促他速死，大家了此孽債。當我們訪問在中途時，他說女鬼已先告訴兩兄的光臨。我便正色相勸：「冤家宜解不宜結，如果這樣循環相報，必且永無已時，決非合理辦法。我們站在同事及同為亂世難民的立場，有意為你們調解，請即提出條件在合情合理範圍內我宋某願意負責辦理。」可是我說了這些話後，卻久久沒有答覆。我便又說：「聽說心經可以解仇造福，我們極願延請高僧唸經，為妳超度。如何？」她忽向鄒耳語曰：「金剛經最好！」不久，即又急語曰：「不行！此仇不能如此輕易放過，非他償命方雪心頭之恨！且我父母也都因我之死而被你迫死，三條性命此恨綿綿，豈肯甘休！」我們鑒於無法再談，也就只好暫作結束而散。

不料月餘以後，忽見鄒先生精神健旺已到飯廳吃飯，照常上課了。我立即前去探問，據他欣然相告：「天下果然有此不可思議的事！自從月前承你懇切調解後，她每次再來，言外之音，也就不時提到『寃家宜解不宜結』之意，語氣已較和緩。某晚，她忽惶急來告，事已爲『劉公』所知，（劉公，爲前淸時該地好官，辦理水利，造福人民；奉准立祠塑像，穿黃馬褂，春秋祀奉，很具威靈，時作教員宿舍）。大爲震怒，認爲何物妖孽，竟敢出入此境大膽搗亂；限她三天以內離開，否則決不寬貸。此女受此刺激，果然大改常態，以溫柔語調相慰，並深自悔責，不應如此久久纏擾。並說抗日之戰，不久卽將勝利，我們大家歸期指日可待。她只要求我歸蘇州後，在家鄉建立一祠，塑製其父母和她自己的像，經常供養就够了。當時我還提出，祠有大小，力不從心，亦屬無法。她答只要盡君心力而爲之。我亦自然能知究竟，無欺我也。於是情意綿綿的勸我好自珍重，就此告別了。我看他心情輕鬆爽朗，和前相較，竟是判若兩人了。」

至於此事究竟結果如何？勝利復員後彼此不通音訊，無法詳知。來台偶遇李熙謀兄（時任教育部次長，現任交通大學校長）偶然談及此事，他也記得在重慶時有這樣一位鄒先生任教交大英文，嗣因精神不正常而辭職云。

北望樓雜記

岳騫

古今三戴笠

古今共有三人名戴笠，一爲已故軍統局長，盡人皆知。明代則有兩戴笠。一吳江人，字紜野，初名鼎立，號則之，明亡一度爲僧，後返俗，著述甚豐，皆記明代史事。一杭州人，字曼公，博學能詩，兼工篆隸，崇禎末桴海去日本，留日十九年而卒。兩人皆明遺民，當時已混爲一人，實在杭州戴笠小吳江戴笠四十一歲。

民國三陳毅

民國政治人物名陳毅者凡三人，一爲目前幽居北平失勢之紅朝大員陳毅，號仲弘，四川人；一爲湖北人，號士可，爲咸同中興名將陳湜之孫，民國六年張勛復辟時，此陳毅曾參加，任郵傳部侍郎，復辟失敗逃至楊村，爲守軍所拘，勒令剪去辮髮，並具甘結永不參加復辟，始獲釋放。一爲浙江人，號詒重，曾任外蒙都護使，與徐樹錚並時，此兩陳毅因年歲相若，極易混淆，徐樹錚公子道鄰，在台北撰述「徐樹錚先生文集年譜合刊」，卽誤兩陳毅爲一人，對於陳毅七月參與復辟失敗，八月何以得任庫倫都護使，深爲不解。陳詒重與徐樹錚誼屬同事，雙方又曾互訐，徐道鄰尚不詳其身世，自不怪別人難以分辨了。

山東五子

北洋政府時代，山東五子馳名一時，五子者，卽周自齊子廙，張懷芝子志，王占元子春，盧永祥子嘉，吳佩孚子玉。五子有四個半軍人，周子廙雖非軍人，卻任過山東都督，亦是武職，其餘四人皆是方面大將。

五子中，論官職自以周子廙最高，曾任財政總長、內閣總理，在徐世昌下台時，又曾攝行元首職權。論年齡以吳佩孚子玉最輕，輩份也以吳爲最低，但聲名卻以吳子玉爲最盛，五子中只有吳子玉一人未當過督軍，但地位則在督軍之上。五子論心地且以盧子嘉最忠厚和平，王子春最委瑣，周子廙聲名最爲狼藉。

張勳復辟始末（二）

矢原愉安

聯軍的統帥是徐紹禎，在建制上，屬於他「指揮」的部隊，一共有：

鎮軍：林述慶指揮，步兵一鎮，騎兵八十名，炮四門。

浙軍：朱瑞指揮，步兵兩標（等於團），馬隊一隊，炮隊一營，工程營二隊，輜重營二隊，敢死隊一營，陸軍警察一隊。

蘇軍：劉之潔指揮，步兵一標，炮兵一營，工程兵一營。

滬軍：洪承典指揮，一千人。

濟軍：黎天才指揮，六百人。

光復軍：李燮和指揮，號稱一、二千人。

加在一起，按編制，大概也有一萬五千人上下。但是，實際上，恐怕遠不够這個數額，而且裝備太差，戰鬬力和士氣，也都很有問題。例如：號稱爲「步兵一鎮」，「馬隊兩營」，「炮隊一營」的鎮軍，其實是：「步兵只一協……騎兵十名，炮只四尊。餘用步槍，編爲步兵。」

協就是旅，實力只有一鎮的二分之一。現在光是「鎮軍」這一支隊伍，就打了很大的折扣。步兵的兵力只及名義上的二分之一。馬隊只有十分之一，炮隊也不及四分之一。

再如：光復軍的總司令李燮和，知道濟軍黎天才是員猛將，而且有六百名子弟兵，於是馬上把他加以收編，請他來做「光復軍第一協協統」。換句話說：這一協的實力，也就是只有編制上的百分之十光景。

在裝備上，「聯軍」的有些部隊，更是落伍得不成話。例如：「鎮軍」雖然號稱有炮四門，蘇軍更號稱有炮隊一營，事實上，大概都是些不能出場的破爛傢伙。所以，全軍的炮兵，就只有靠「浙軍」來撐場面，剛才從杭州開鎮江，就立刻馬不停蹄地送到前線上去。本來「浙軍」總司令還堅持要這些人在鎮江休息一夜，

張勳

但卻終於被別軍的「總司令」們說服，放棄了自己的意見。理由也很簡單：前方根本沒有大炮助戰，敵人是很容易突破聯軍的防線，一口氣就衝到鎮江來的。

此外，像槍炮的口徑和子彈的大小，則完全不同。敢死隊用的炸藥，一定要用電放，才能爆發，但根本找不到電池的。一支五營之衆的隊伍，一共只有一萬顆槍彈。甚至於得到了犀利精良的戰利品，也不懂得怎麼樣使用。據記載：

進攻紫金山，以無炮隊久攻不下。……舊有江上炮台可轉射南京城內，惜我軍無習炮術者。余於山下遇一旅行之英人，知係海軍，邀返炮台。渠握其機紐，即靈轉自如，發炮三枚，攻城內北極閣等要地。

器械雖然不好，鬬志高昂，志氣旺盛，也一向可以解決問題。但是，事實上，「聯軍」的官兵們，是不是眞的表現了「爭先赴死，奮勇直前」的精神呢？在前方督戰的鎮軍總司令林述慶，看見軍隊在應當向前衝的時候，陸續退回，而且一邊退，一邊發牢騷。這種情況，害得他和聯軍總司令徐紹楨，都非常擔心，認爲「如此軍紀，欲破堅城，大非易事，爲之奈何？」

最不像話的是：當他想從天保城山頂，向江寧城腳攻擊前進的時候，幾次下了命令，官兵們卻不肯動一動。氣得他只好帶着自己的幕僚和馬弁，當先衝上去。後來，在城腳下，軍隊又不肯動了，累得這位「總司令」又要勸，又要强迫，又要演講一番，才把他們好不容易地送到城牆邊。然而，也只不過是集合在那裏而已，誰也不肯帶頭往前打。

這些令人不敢輕易相信的事實，在林述慶後來公開發表的回憶錄中，都有詳細的記載。

進攻江寧的「聯軍」，既然是這樣一羣人數不足，器械不齊，訓練不精，士氣不振的雜牌隊伍。在他們的長途跋涉之餘，面前還橫亘着龍蟠虎踞的金陵天險，高而且厚的城垣。再加上那五座易守難攻，固若金湯的要塞炮台，更是非有大量的重炮，很少有希望動它們一根毫毛。——那離城六十里的烏龍山要塞，是出名的一夫當關之地。既控制着長江江面，又可以俯射從龍潭方面來的敵人。離城十里的幕府山要塞，更是座銅牆鐵壁，能用火網遮蓋住堯化門前的咽喉要道。雨花台要塞，又把句容到金陵之間的交通線，完全用炮火封鎖。獅子山要塞，虎視眈眈地控制着下關一帶。富貴山要塞的重炮，更可以保證任何進攻太平門和朝陽門的敵人，在頃刻間都化爲齏粉。

然而，這支在一切方面都占絕對劣勢的攻擊軍，在這樣不利的地形下，卻居然在短短的九天內，就打下了江寧這樣一個重要的軍事堡壘。那麼，它所付出的犧牲代價，是不是又非常之高呢？

根據當時兩軍的戰報，以及參戰者們事後的回憶，整個「江寧爭奪戰」，基本上包括了下面幾場主要的戰鬬。那就是：

一、初四日的烏龍山之戰。
二、初五日的幕府山之戰。
三、初六日的神策門，獅子山之戰。
四、初七日的孝陵衞，獅子山之戰。
五、初十日的天保城之戰。
六、十一日的雨花台之戰。

對於敵人的傷亡，以少報多，「我方」的傷亡，以多報少，一貫是兵家常事。但是，也有一個邏輯上的限制，那就是「殺人一萬，自損三千」那句成語。除非是用機關槍來對付義和團，或是使敵人出其不意地中了埋伏，即使很能打的部隊，在傷亡率上大致也逃不過這個三與一的金科玉律。

不過，問題就是：每個作戰方面都是要發表敵我傷亡數字的。究竟應以何者爲準呢？

由於清末和民國的部隊中，官長們靠喝兵血來養肥自己的事，不但是個公開的秘密，而且成了軍中的風氣。從兵餉，伙食錢，服裝費，醫藥費，直到棺材錢，樣樣都會被官長們揩油，所謂「吃空名」當然更不在話下。

因此，一個部隊，就是很久不打仗的話，它實有的兵力，也遠不及「統計表」上的標準。例如：身爲連長的人，平均在每一班裏「吃一個空名」，是不算太過份的。全連加在一起，就少了九個兵。一個師的特種兵不算，光是步兵就有七十二連，——而光是被連長們「吃掉」了的兵額，就有六百四十八個。再加上營長、團長、旅長、師長，個個都要留些「空名」來給自己獨吞。於是，一師人之中，被各級官長分頭「吃掉」了一兩千人的事情，就不算甚麼稀奇了。

然而，在「吃空名」上也有一定的限度。那時內戰頻仍，每個部隊都免不了會捲入漩渦。如果軍中的空額太多的話，戰鬪力當然會打上一個極大的折扣。喪師失地是一個危險，當官長的人們，被上級一怒「正了軍法」，更是一個危險。所以，在「吃空名」上，就要做得「適可而止」才行。否則，部隊一旦被打垮，或是自己被殺頭，就連「吃空名」的機會都根本沒有了。

在作戰的時候，把「我方」的傷亡數字，過份地「以多報少」，就也會碰到類似的困難。第一：實際上的兵力和上級心目中想像的數額，相差得太大。有了任務，也不能完成，很可能葬送掉自己的前途。第二：傷亡數字壓縮得越小，能夠「揩油」下來的擔架費、醫藥費、埋葬費，也就越少了，在收入上是一個大損失。第三：傷兵多半是自己分頭爬到後方去的。萬一後方收容的傷兵數字，要比自己呈報上去的大得多，那豈不是馬上就揭穿了自己的「謊報軍情」？第四：部隊就是官長們升官發財的本錢，自然時時地地都要以能「保存實力」爲上。在作戰中，傷亡數字越大的部隊，就越有機會先調到後方去整理，因而也就越少有眞正被打垮和被消滅的機會。

如果這些理由還可以成立的話，那麼，要想求得近似正確的雙方傷亡數字，最好是用兩邊發表的「我方損失」來做基礎，再假定這數字是按照「殺人一萬，自損三千」的比例來的。卽使在最不利的情況下，形成了「殺人一萬，自損一萬」的局勢，「我方」的眞正損失，大致也不會比發表的數字，高到二、三倍以上。

根據聯軍當時發表的「戰報」和記錄，在江寧之戰中幾次主要戰役的清軍損失，雖然不是「甚多」，就是「傷亡遍野」，而「聯軍」自己的損失，卻是：

幕府山炮台之戰，無損失。

孝陵衛，馬羣之戰，僅傷二人。

太平門之戰，死一人，傷四人。

紫金山，天保城之戰，死三人，傷十八人。

孝陵衛、馬羣、紫金山、天保城、和幕府山一樣，都是「一夫當關」的兵家必爭之地，而且在許多史家們的筆下，成了雙方「浴血死戰，伏尸遍野」之所。實際上，卻平均只要犧牲兩三個人，就可以解決一個「要隘」。卽使把「殺人一萬，自損三千」的比例，提高到「殺人一萬，自損一萬」的話，每次也頂多不過是十個人左右而已。紫金山和天保城之役，因爲是「空前惡戰」，所以也許可能居然傷亡了六十人之多。

換句話說：在「江寧之戰」中，聯軍的全部損失，大致不會超過一百人。約占總兵力的千分之七。

所以，從純軍事觀點來看：聯軍進展得如此順利，戰鬪結束得如此神速，天險要塞易手得如此便捷，攻擊軍損失得如此輕微……。江寧之戰，在軍事史上，雖然可以算是一個「大勝」，但卻很難有被稱爲「大戰」的資格。它似乎根本就沒有眞正地「大戰」過。

就是因爲從沒有「大戰」過，所以，張勳部隊的損失，也似乎輕微得難於想像。在作戰期間，張勳只向清廷奏報過很少幾次戰況。只是在退出江寧以後，爲了要飾過自解，拼命把局勢說得很嚴重，非僅大談其「傷亡慘重」和「子彈全盡」，而且居然聲稱：自己的所部官兵，在苦戰之餘已經「不及千人」，所以「實在無法，不能不退」。

然而，在這以前，在他的奏報中，清軍的傷亡數字，最大的一次，大概是爭奪戰開始的頭幾天。引用他自己的話是：

革軍……來攻寧垣，勢極猛烈，……我軍四面兼顧，……幸將士用命，血戰兩日夜，革軍傷亡遍野，我軍受傷及陣斃共只二十餘人……現在激戰方殷。……

在「四面」兼顧的局面勢下，「血戰兩日夜」之久，而只傷亡了二十餘人。其「大戰」之不大，已經可想而知。就是再按前面建議的那種估計方法，把這數字來擴大三．三倍計算：最多也還是不會超過一百人。

這既然是傷亡數字最大的一次，即使每天都如此傷亡。一共打了九天的江寧之戰，也頂多不會使張勳部隊的損失，超過了九百之數。換句話說：也就是等於江寧守城部隊的十七分之一左右。

在全世界的戰史上，一個以「能戰」著稱的名將，居然會在守一座金城湯池的時候，由於部隊傷亡了十七分之一，就認爲「實在無法，不得不退」的人，恐怕是找不出幾個來的吧？

張勳的部隊，在「江寧之戰」中，絕沒有打到「傷亡過半，無兵可用」的程度，還有幾個非常强有力的旁證。其中的一個，甚至是出自張勳自己之口的。

例如：他在宣統三年六月十日，請內閣代奏的電報中，就說到：

全軍至浦，……子彈儘有百萬，各兵分携，不過百粒。……十四，三點鐘，整旅至徐，已來隊八千人，尚有前軍四千人候車裝回，全軍開拔，仍無遺漏。

明明說是「全軍裝回，全軍開拔，仍無遺漏」，又哪裏還談得上什麼「傷亡過重，不能成軍」的損失。況且根據聯軍方面的記載，他的部隊，自動投降的，前後也有三千人左右。再加上他兵退徐州的途中，在浦口，蚌埠，都遭遇到各色民軍的阻擊，多多少少受了些損失。一個部隊在敗退的時候，總免不了要有許多官兵潰散逃亡，總數也不過比「江寧之戰」開始以前，少了五分之一而已。就一場「大戰」來說，這樣輕的犧牲代價，幾乎是微不足道的。

就是從張勳電中談到的子彈數目，以及各兵的分携量，對照一下，也可以證明在退出金陵的時候，他的戰鬪部隊，還至少在一萬以上。

同時，在他打給河南巡撫齊耀琳，要求接濟軍餉的電報，以及濟南津浦路提調何承熹，打給清廷軍機處的電報中，也都明白地指出：全軍還有「萬餘人」。可見他的部隊，在「江寧之戰」中，的確沒有受到甚麼「元氣大傷」的損失。

那麼，他的兵敗江寧，坐失名城，是不是因爲他的部隊，尤其是那支體己的「江防軍」，實際上只不過是一支「豆腐軍」，根本經不起打的呢？

清末的軍隊中，戰鬪力最强的幾支部隊，在「新軍」中是：北洋六鎮和駐紮在武漢的第八鎮。在「舊軍」中就是張作霖的東三省巡防營，和張勳的「淮軍左翼」與「江防軍」。

江寧之戰爆發的時候，受張勳指揮的部隊有江防軍、巡防營、旗營，炮台守備隊、長江水師，還有不少的新兵和警察。個中的「王牌」隊伍，自然就是他的「江防軍」。

根據英國駐南京領事威勳生，當時寫給英國公使朱邇典的報告：「這支江防軍的戰鬪力，是『華人頗畏之』的。而且對於敵人……不肯退讓。實屬可懼」。

他也提到這一支隊伍訓練甚佳，大半係山東、河南、直隸之人。又說：「張信任其所部軍士，似較他人爲尤。而且他既是好勇鬪狠之人，又確系强而有力……。管理部下，亦能得力。」

由此可見，就連外國人都深深相信，張勳的部隊，是一支能打的隊伍。

身爲「聯軍」首腦之一的「滬督」陳英士，也在聯軍和張勳交手之初，公開在通電中承認道：

「南京未下，大局尚難遽定。張勳兵極野蠻，非死戰不易得手。」

這也就是說，他們也是把「江防軍」的戰鬪力，估計得很高的。

事實上，在江寧爭奪戰正式爆發以前，這支隊伍還打過兩場很漂亮的硬仗，而且次次都佔了上風。

第一次，是在宣統三年九月初九日，以兩個營的兵力（對外號稱是五個營），在安慶打垮了響應革命的新軍第六十二標；又把新軍第六十一標，炮兵營和安徽省城的「巡防營」，全部制服繳械。換句話說：他們在一天之內，居然澈底消滅了比自己要多五倍的敵人！

第二次，是在同年同月的十八日，駐在秣陵關的新軍「第九鎮」，在起義之後，以一協的兵力，進攻江寧各城門。那時，城內的「江防軍」只有八營人。打了一天一夜。結果，新軍大敗，死傷了三百多人，不能不向鎮江方向撤退。

這兩仗的對手，都是一向以「戰鬪力强」著稱的「新軍」。雖然由於客觀條件的限制，使他們不能盡量地發揮自己的所長。但如果「江防軍」眞的只是一支「豆腐軍」的話，他們也還不會被打垮得這樣慘的。

在士氣上，似乎也沒有甚麼問題。「革命宣傳」基本上對「江防軍」並沒有起任何作用。自動向「聯軍」投降靠攏的，都是「水師」、「巡防隊」、「炮台守備隊」一類的雜牌隊伍。據當時的中立觀察家調查：

> 江防軍……實屬未變初心。……張勳信任其所部軍士……
> ……該軍故願爲之爭戰。

其實，他們不但沒有「變心」，而且還對革命黨的同路人們，變本加厲地展開了恐怖政策。對所有的嫌疑份子，都一律殺頭。有時，一夜之間，就把四百個人「斬首示衆」，在街上掛滿了人頭。

就是在「戰況激烈」的時候，這支部隊也幷沒有甚麼「軍心大亂」的跡象。在這一點上，最好的一個證明，就是當聯軍打進了馬羣清軍的陣地，意外地發現桌上還鋪滿了麻將牌。張勳的部隊，不但沒有想「臨陣」脫逃，而且還在槍炮如雨之中，好整以暇地攻其「四方城」之戰呢。

分析過這些除掉物質之外，還可能直接影響到戰果的客觀條件以後，就會自然而然地發生一個疑問：一個名將，帶了一支能打的隊伍，憑着優勢的裝備，有利的地形，來保衛一座關係全局的名城要地。結果是既沒有使敵人受到嚴重損失，也不能完成「守城」的任務，在傷亡率不超過全部實力五分之一的時候，就「全軍開拔」，到底其用意何在？——難道一個眞眞正正以「孤忠勁草」自命的「干城重寄」，在「我主江山，懸於一髮」的時機，做得出這種事情來麼？

（二）張勳在搞復辟前，也是清室的「忠臣」嗎？

張勳，這位在清室既屋之餘，堅決不剪辮子，而且事事復古；又在袁世凱作古後大搞特搞其復辟；甚至於被宣統皇帝溥儀親自追謚爲「忠武」的「辮帥」。事實上，在滿廷的千鈞一髮之際，曾經做過一系列非常對不起「故主」的事。

因此，從心理學的角度來看。他晚年所表現的那一些「愚忠」，也許並不是甚麼「責任感」、「道義感」的結果，而只不過是一種無法擺脫的「罪惡感」，在鞭策着他罷了。

話說回來：一個人，尤其是一個在政治舞台上混了大半生的人，眞的能夠爲了「罪惡感」而改絃易轍的話，倒也的確是一件難能可貴的事。

袁世凱在世的時候，張勳既靠他來加官晉爵，擴充地盤，增編部隊；而又對這位「民國總統」頗爲忌憚。所以，雖然在心底已經對清室有了强烈的「罪惡感」，但卻始終只能用「不剪辮」、「不掛五色旗」、「恢復滾單、手本、令箭」一類的小節，來替自己的良心解嘲；來變態地發洩一下自己「不忘故主」的潛意識。

（待續）

馮玉祥將軍傳【二】

簡又文

第二章 在行伍間的奮鬬（十五至廿一歲 一八九六——一九〇二）

入營當兵

自天津回保定後，毓亭公移防於安肅縣，卽遷家於縣城之北關。翌年（光緒廿二年，一八九六），馮氏發憤自立，入營服務，自是正式當兵。他那時已是十五歲了，生得身長體闊，魁梧壯健，在軍中有「馮大個兒」之稱。三十多年的正式軍隊生活自此開始。（按：「自傳」與「我的生活」均言十六歲，但自一八八二至是僅得十五歲。）

這時，父子倆同在軍營。馮氏處於父親和長官雙重的威權之嚴正的訓導和監督之下，無異繼續其家庭的訓育，得益實在不少。在積極方面，對於營中的種種規矩和生活，他固然得正當的指導；而在消極方面，他有嚴正的父親、事事監督管教，因而不致沾染了軍營和社會的惡風敗俗。例如：當時營房附近有一家新開張的燒烱店，爲巴結顧客以廣招徠計，天天請兵士們去吃酒。有一天，他也在被請之列。衆人因其父親當哨長，都稱他爲「少爺」，擁其坐了首座。你一杯，我一盞，彼此勸飲，熱鬧非常。他一時高興起來，也開懷多飲了幾杯，登時醉倒。朋友們扶他回營，他便呼呼大睡，直過了一日一夜纔醒過來。他的父親知道了，立刻嚴厲的教責一頓。從此之後，他便終身戒酒，有如童時父親禁戒看戲一般有效。

一日，毓亭公騎馬進城。馬劣路滑，跌下馬來，身體受傷，在家臥床九個月纔痊愈。在臥病期間，馮氏在家服侍老父，但逢三、八，兩日，軍營教練之期，則須進城報到。每入城一次，父親給他制錢六枚買油條吃。可是這篤孝節儉的小兵，拿錢在手，總捨不得花了。每次，他把這六枚，湊上照例到操場打響剩下的藥條賣得十餘枚，跑上東關去買些肉，回家孝敬臥病的父親。他父親不知怎地曉得小兒子這番心事，每一舉箸，便掉下幾滴老淚來，想是嘆息嗟怨自己老命蹉跎，不能爲一家老幼掙紮得較好的境遇，致令孩子們要這樣爲己犧牲，同時亦未嘗不感領其兒子的一片純孝心也。在馮氏呢，多年後思之，猶以此時能稍盡子道、爲生平大樂事和大幸事，因父親病愈之後不久便要和他分離了。

原來，隊伍不久由安肅撤回保定。上官旋卽要實行裁兵。毓亭公入伍多年，雖有功績，亦在老弱被裁之列。馮氏卻得留在軍中照常當兵。他弟兄倆尚未成立，無力奉養，只得典宅質衣，籌些路費，送他老人家回原籍休養。毓亭公捨不得其少子，原意是要帶他同去的。但因傾家所有只湊得路費八十千錢，不敷兩人之用，沒奈何只得父子分離。於是老人家孑然一身，踽踽凉凉的回安徽巢縣去了。自是之後，馮氏的生活又進入另一階段，從此不再得嚴父的督導，個人完全獨立。前途一生的成敗、禍福、進退、榮辱、自己須完全擔負道德上的責任了。

在北方社會裏有一種流行的秘密教——「理門」，或稱「在理」。這一教門具有些少的宗教儀式。入教者須經過一種神秘的手續。其最要的教規是戒絕煙酒，團結精神，實有一種道德社會的性質，確是切中我國社會上道德的需要。會員——教徒——不可勝數，爲北方社會之一種很大的道德勢力。馮氏自老父南旋後，卽自動加入「理門」，恪守其教規。他本來已煙酒不沾，自爲在理教徒後，對於其個人操行更有莫大的利便，因自己是「在理」的，對於朋友的應酬便可堅決謝絕煙酒，卻不致於有礙情面而且得人體諒了。（按：有研究中國宗教史學者嘗發表一理論：北方的「在理教」原是唐時初入中國的基督教——卽「大秦景教」，後至元時稱「也里可温」——被消滅後，民間教徒繼續秘密組織，改稱「在理」或「理門」，奉行基督教道德倫理云。未能斷定姑誌此待考。）

馮氏在營中，不特自己戒除嗜好，而且時時勸導同營的弟兄們戒嫖賭、戒煙酒，不惜苦口婆心以幫助同人共度道德上清潔生活。因此之故，有好些人討厭他，但卻又有好些人得他的勉勵而成爲好人，而深心佩服他的也不少哩。（按：這是當年與馮氏同營的人告訴我的。）

軍營的生活，頗爲枯槁。操練之餘，兵士們又沒有別的娛樂或教育，而當時軍中紀律廢弛，所以他們每逛街、冶遊，否則抽煙、賭博，相聚嬉戲，言不及義。馮氏則不然，自始卽表露其努力上進之苦心和大志。他不肯耽於逸樂和嗜好，一有餘暇便寫字讀書。其對於種種武功——摔角、劈刀、攀槓等——均勤苦練習。當時的軍隊，略具新式，對於喊操一項甚爲注重，喊得好的易於升級。馮氏知有此上進途徑，則晝夜習之，甚至在街上獨自行走，也傻頭傻腦的一邊走，一邊喊，至惹路人注目驚訝，莫名其妙。他自走自喊，一概不管不理。同伍的兵士，交相譏笑，送他一個綽號，叫作「外國點心」——意謂其好喊洋操，終必爲外國人打死也。馮氏聽人這樣叫他，則反唇相稽說：「被外國人打死，是爲國而死，榮幸之極，勝過你們要做『中國點心』多哩。」多年後，他製私章，鐫有「外國點心」四字，以留紀念，至饒風趣。其在營中當兵時，刻苦努力和特立獨行的行爲多類此，故不識其心懷鴻鵠之志者，又以「馮傻子」呼之云。

在此兩三年當兵時期，還有一件可以紀述的軼事。保定軍營外樹木甚多，居民往往偷伐作柴火用。軍官屢下令禁止，但無效。一日，馮氏持申令禁止伐木的告示，手執軍棍前往勸諭，人竊議於其後。他問人仍敢偷伐樹木否，衆又視爲具文，且怒撲之。馮氏隻身與鬬，大顯身手，仆其兩人於地，痛打一頓，餘衆四散。經此一擊，樹木遂得保存不少。他執法如山，自爲兵士時已露頭角，後來之所以能掌數十萬雄兵而指揮若定者，此種賞罰嚴明、公正不阿之精神是其一大秘訣也。

義和團之役

當時，北方社會有邪教發生，秘密拜會，講神練拳。人民固迷信神權，入會者甚衆，蔓延數省。同時外國人壓迫和侵略中國，愈趨愈甚，人民仇外的反抗心亦爲之激起。練拳者相信有神助，刀槍子彈不能入其身，遂有所恃而無恐，自以爲具有抵抗及掃滅洋人之利器了。此種强有力的迷信，一旦受了愚妄的排外心和愛國心之狂熱所激動，更受了淸廷西太后，及一班庸愚的滿洲親貴與大臣、因政治背景而仇恨外人者之利用，遂結成爲一種破壞的大勢力，蠢然欲動，暗伏危機，一觸卽發，馴至鬧出大亂，禍國殃民，幾至不可收拾了。光緒廿六年庚子（一九〇〇），「義和團」之亂爆發，以「扶淸滅洋」爲口號，在北京保定及其他地方恣意屠殺外國官員、教士、商民。結果，致令八國聯軍進攻北京，予我國以極大之創傷，多年尚未能恢復，誠爲我國莫大的國恥和國難焉。馮氏於此時，年方十九歲（見「自傳」），正在保定練軍充當大旗手。是役，自始至終他都是在營効力，身歷其境，所以他知道其眞相甚詳，而且得受極深刻的印象，至一生不忘，而且對於其一生事業發生極大的影響。

據其自述，對於義和團一役，他第一痛心的事就是同胞的愚蠢和迷信。他們相信用六個制錢拴在一根紅繩子，放在誰家屋頂上，誰家便要有火災。又有所謂「紅燈照」——他們的紅燈照着那一家，那裏也着火。他們整天的拜師練拳，不是說「我是黃天霸」，就是說「你是孫悟空」。更相信吃符下去，念起咒來，刀槍砲彈不能過身，所以他們居然膽敢以血肉之身去擋外人的槍砲。有時令外人可憐、可笑、可怪、也可怕。他們挑起「扶清滅洋」的旗號，到處燒教堂，殺外人（「大毛子」）之不已，而且一見穿洋布的，或用洋油的，甚至一家有用一支洋燭或一根洋火的，都說是「二毛子」，非殺不可。蚩蚩的民衆實是瘋狂了！因此惹起瀰天大禍，遂令八國聯軍攻破北京。結果：他們的威風武力，不堪外兵一兩陣長槍大砲的射擊便全行消滅。獨可憐京、津、直隸一帶的同胞大受外兵蹂躪。尤爲慘痛的便是辛丑不平等條約的訂立，我國賠款四萬萬五千兩，國家喪失元氣，多年未復，眞足令愛國的人心痛！至於頤和園之被毀，清宮珍寶之被搶，與及清帝后之出奔和親王之賠罪等等奇恥大辱尚是餘事了。而推原大禍之所由作，皆從迷信和愚蠢而釀成。馮氏受了這一次的大刺激，所以後來帶兵執政，到處努力破迷信，除偶像，改廟宇爲學校或工廠，竭力提倡教育，尤其是民衆（社會）教育。或譏其矯枉過正、違反人情者，殊不知其目擊拳匪害國禍民之深，心中常抱隱痛，一有機會便欲盡一分力開發民智以爲國家免除禍根也。

令馮氏痛心的第二件事，就是當時政界軍界之腐敗無能。從最上層說起吧。清廷利用拳匪殺外人以洩私憤——西太后想廢光緒帝另立「大阿哥」之陰謀見阻於外人——實是一大禍根，故自始即表示縱容態度。表面上，政府有時派兵彈壓亂事以敷衍一下；有時又下詔令鼓勵他們的勇氣，殊相信他們的神秘法術足爲「滅洋」的利器。及至大禍作了，政府又不負責任。端王、剛毅、榮祿、裕祿輩，均是在上頭後邊主動其事的。然而及至禍發之後，無法處理，於是貶黜的貶黜，被殺的被殺。當時民間起了一副童謠式的對聯云：「榮祿裕祿，碌碌無用。南廷北廷，廷廷無能」，足見其時當局之糊塗昏聵了。上頭的態度和手段既是如此，在中間奉承命令的官吏如何，不問可知了。所謂文武官員奉令彈壓義和團亂事者，率兵前去，無非循例走一趟，應酬一下，便爾回來消差，尤甚者則竟或借此機會去騷擾人民。及至與外國軍隊打仗，又害怕起來，不敢上去迎敵，首先向後轉而跑散了。朝廷內外軍政大員大都如此，甚麼國家大事啦、愛國保民啦、他們一概不聞不問，不懂不理，只知道講派頭，擺架子。以此輩闒茸腐化分子擔當國家的重要責任和職守，無怪國不能衞，民不可保，而反弄到國事蜩螗至若斯之地步了。

保定練軍，也是腐敗不堪的。其狀況爲馮氏所不滿意者有如：㈠懶惰成性、㈡官氣太重、㈢不盡職守、㈣太無知識、㈤缺乏訓練、等五項。他是從那裏出身的；自己在那裏吃過虧，而且親見國家吃了大虧的，後來他努力改革軍隊，更努力革除官僚習氣，有由來矣。

拳匪一役，尤令馮氏痛心疾首而且憤怒含恨、多年不息的，就是外國兵來華到處殘害及到處侮辱同胞之暴行。他在保定親眼看見外國兵到處拉伕，專拉老年人替他們負擔東西，大概是刼掠而來的贓物。無力做工的老漢就慘遭毒打。有時壯年的兒子們搶上前去要替老子做工，洋兵不特不准，反把父子兩人一齊痛打一頓。凡人出入城門，都被他們苛刻的檢查，檢查後還要捱上幾個嘴巴纔得放走。有一天，馮氏親見一個人被外兵打落門牙四個，眞敢怒而不敢言了。保定卅里以內都成爲他們屯兵的地方。老百姓們日間被他們翻箱倒篋的搜刧，入夜則又在炮火連天之下受痛苦。尤可痛恨的，外國兵每到一處地方，見了中國人第一步便是打手勢要女人。當時由十幾歲的少女以至幾十歲的老媼，被洋兵汚辱强姦的實無數可計。其中尤以意大利國的士兵劣績最著，奧大利兵次之（據自述）。同胞們受此種種凌辱，痛不欲生；有投河的，有跳城的，有一家十數口拴在一條繩上一齊投井同歸於盡的。種種情形，無慘不見。有些怕死無氣骨的人民，在這欲死不肯、求生不得的時候，只好預備八桿旗幟來救急——美國兵來了便插上「大美國順民」的旗；德國兵來了又換上「大德國順民」……凡此種種慘狀，皆馮氏所身歷目睹而血爲之湧、心爲之痛的事實。其愛國救國的熱誠，與反帝國主義的努力，均因此而愈爲激動，愈爲堅決。他敍述以上事實狀況之後，復爲自己解說：「中外人常有說我馮玉祥無理的排外、矯情的練兵，殊不知我自有我的歷史，我自有我的苦衷。我相信假若你們親自看見外國人對待我們同胞那種姦搶燒殺的獸行，一如我所目擊的，或者你們的反感作用會比我更爲厲害些哩」。

初與基督教接觸

在此時，馮氏對於外人卻另得了一個深刻的、特殊的印象。他早已受了社會傳統的暗示和成見，從小孩子的時候起，就不喜歡洋教——基督教。駐保定時，有一次，他在街上看見一個外人在那裏傳教，他走上去搶了外國教士的桌子。外人問其原委，他說：「有人要你的桌子，你應當連櫈子也給他。這豈不是您剛才所講的耶穌的教訓嗎？」這就是他當時對於基督教的態度了。及至義和團在保定城內殘殺外人的時候，他隨營被派到一個傳教士居住地方彈壓亂事，但對於暴民的行動又奉令不加干涉。在那裏，他親眼看見一位年青的外國女教士莫女士(Miss Mary Morill)和好幾個外國人正被兵民圍迫加害。那位壯烈的女教士對暴民呼籲：「你們爲甚麽要殺害我們呢？我們豈不是朋友麽？我也曾探視你們家裏，看護你們的病人，和傳福音給你們聽。」狂迷的拳匪們大嚷：「你們是洋鬼子，你們是我們的仇人；我們要殺你」。那女教士又請求只殺她一人而釋放其他外人。他們不答應，將全體傳教士都擁到衙門裏一齊斬首。馮氏目擊耳聞，心裏大受感動，深佩基督教教士爲道殉身之忠烈勇壯。

這是馮氏一生與生活的基督教精神接觸之始。這個深刻的印象留在他心裏永不磨滅。十餘年後他受洗禮加入教會爲基督徒。後來更被世界人士稱爲「基督將軍」。這經驗也是起始的、感化的原動力之一端。「新約」有云：「殉道者的血乃是教會的種子」。那被難的女教士在天堂有知，也可瞑目喊聲「哈里流亞，阿門」了。（按：據「我的生活」頁五八，殺莫女士的主兇是騎兵營營長王占魁。後來聯軍攻入北京，先將王和鼓動拳匪最力的藩台廷雍捕殺了。）

落魄的生活

在義和團亂事期間，保定練軍有時奉令去彈壓，馮氏也隨營出過兩次差，此中無甚可錄。到亂事快平之際，有一天，他跟隨中哨哨官去見護院請示軍事，因爲德國大將瓦德西統兵將要來到保定，不能不預備對付辦法。他們倆與院外巡捕接洽未妥，始終沒有得見護院的面。他們在衙門外乾候了三、四個鐘頭，依然還是不得其門而入，心裏非常的焦急。那一個富於衝動的小兵馮玉祥，就大膽的自己進去對巡捕說：「我們的哨官因見敵兵快到了，軍中一切的東西，無法處置，所以要來請示。我有一個意見，不知可否實行；不如將營中的器械，一齊埋藏起來，等到風平浪靜的時候，然後再想辦法，豈不是好麽？」說來說去，也是無用。他們只得嗟咄回去。哨官上馬，一路上埋怨馮氏多言多語，可是他自己也一籌莫展。不到幾天，外兵蜂擁而來，軍中甚麽東西都丟了。那時，哨官懊悔莫及，恨不早聽從他的小兵的辦法。

北京失守之後，軍隊敗退，都奉令在保定集合。既無且退且守的計劃，又無指揮統御的紀律，兵士只有各自逃命，紛紛潰散，大概均往南向保定一帶狂奔。「秩序」二字當然談不到了。迨至外兵一到保定，各軍驚魂未定，又要逃生，保定練軍自然也要散夥了。但馮氏此時死也不肯出走，還有幾個大膽的和有氣骨的也一起留下。他們更偷空搬運些東西，預備往附近高莊一個小廟寄放。豈知各品物還未運出一半，外國兵又耀武揚威的開到了。那時，全營只賸下馮氏等不過三十名，東西被搶，只餘四分之一。無奈洋兵愈來愈多，營房被佔，一切物件不准帶走，留營的兵全被逐出。至是，他亦不得不離去了。

馮氏既被逐，孤單一人，無軍可投，無家可歸，只有跑到離東關五里正陽村裏一個姓趙的朋友家去。在這個貧苦的農人家裏隱藏起來，倒是安穩得很。當痛定思痛的時候，每日受趙友饗以玉黍粥和山藥等粗飯，也覺得非常愉快了。但逢洋兵開到村子，他便保衛趙母到野外洋溝裏躲避，直到黑夜纔得慢慢回家。還有一件趣事令馮氏多年後思之猶有餘味的：在這患難期中，他卻在趙家吃一頓鷄肉飯，因爲趙母養了幾隻鷄，恐怕洋人來捉去，所以預先一齊殺了，在家裏大家飽吃一頓，免得「肥水流過別人田」（粵諺）。

馮氏在趙姓家逗留了二十天的功夫，聽說和議已成，洋兵已退，而練軍則在固安縣的大公村集合，便決計前往該處。但從保定到固安縣平常有三天的路程，而他當時袋中只存制錢一百文，沒奈何只得拚命的跑，果然被他縮短一天，兩天便到了。

馮氏所隸的中哨，駐在一家燒鍋的櫃房，大家睡熱炕上。他跑了兩天的路已是辛苦得很，又在炕上烤了身體多時，半夜起床的時候，一個不小心被冷風一吹，霎時四肢麻木，暈倒在地上雪中。深夜無人得知，大約過了兩個鐘頭纔慢慢地甦醒過來，摸來摸去，回到炕上睡了。當其倒地時，大概兩手先着地，都碰壞了。次日起來，雙手發腫。他們請了一位儒醫替他瞧瞧，但那位大夫恐嚇他，要敲他五元醫費纔肯用藥。可憐此時此地的小兵馮玉祥，不名一錢，借貸無門，那能辦到！只有聽諸天命不管他而已。不料過一兩天手腫全消，居然好了。落魄流離的馮氏，又過了一場小災刼。

隊伍在大公村住了不久，氣喘未定，忽然又鬧出亂子來。是時，駐村內的共有七營人，軍紀廢弛，毫無訓練，只是循例安置步哨，設立卡子而已。一個卡子裏兩個兵，有一天忽然看見兩個騎馬的洋人，由涿州方面馳騁而來。這兩個愚魯冒失的老粗，不管和議成功與否，一見洋人，開槍就打。那外人之一中彈落馬。其他回馬飛跑，奔回涿州報告。第二天，忽來大隊洋兵將大公村包圍，大砲兩發，七營的官兵又如鳥獸散——三十人或五十人一起的豕突狼奔，狼狽逃命。事後查詰根由，方知是兩個卡兵無端打死一個德國人所致。老粗們無知肇事，固是可痛，但該外人當此亂事未盡平息、秩序未全恢復的時候輕身外出，亦未免疏忽不智之甚，恐難免「自取其禍」之譏了。

軍營既被第二次打散，馮氏與一個姓張，一個姓葛的、兩位朋友一路回向保定奔去。路上盤費全無，忽然想起有一個朋友名王鴻生的住在新城縣張莊，即跑到那裏求助。王友適不在家，幸得他的哥哥和母親慷慨借給他們制錢二百文，又送上六、七張烙餅以壯行色，方能上路。

回到保定，馮氏得一個也是姓王的朋友關照，介紹在他舅舅所開的骨董舖裏幫忙。他得了一枝之棲，不及計較。可是他們把全舖的事權都交給他掌管，個個人都跑掉了去。既沒有錢銀留下，又沒有生意，吃飯問題即時發生困難，舖中的古錢斷不能支持長久。他便覺得這裏終非棲身之所。湊巧又得一個姓張的朋友舉薦他到保定車站的副站長那裏當廚役。馮氏因急於解決吃飯問題，也不管自己做廚房大師傅的本領如何，一口便答應了。及至新主人要試工，先叫他炒一盤苜蓿肉。外行的手段，那能滿人意？於是一個現成的飯碗，還未拿穩又登時打破了。多年後思之，他猶嘆息自己當年之時乖命舛不已也。

無所事事的飄泊了不久，馮氏又打聽得自己那一營的管帶在蠡縣招集舊部，他便趕去就編。過了一會，有一百多人集合起來，居然重興旗鼓，成軍起來了。幸得當地的紳商擔任供給小米。軍糧雖有把握而仍未有菜錢。那裏有一條小河，名叫「千里滴」，河邊的樹木常被人偷伐。官兵們懷了深意，自告奮勇前去看守。那時天已下雪，他們因有特殊作用，更於晚上冒雪去巡夜。倒運的、無知的偷木小賊，一被他們抓住了就罰款三十串（或四十串）。過不多時，不特菜錢有了來源，而且收入頗豐，到年底結賬，剩下的錢、每人還分得二十餘千。這眞是一筆意外之財。

在這時候，發生了一宗很有趣的事，而與馮氏的人格很有關繫的。在舊日軍隊中賭博之風甚盛，何況他們現在有一筆偏財（橫財）在手，又是過大年高興的日子，人人不禁技癢，於是一唱百和，自上至下，大賭起來。馮氏本不好賭，尤不精於此道。他這時受了同伴的包圍和煽惑，又被哨長再三催迫，也加入戰團，算個「逢場作興」。那時沒有甚麼正式的賭具，只有拿四個錢在手，任人下注猜寶。馮氏猜中了兩寶，贏了些錢之後，衆賭友便要他當寶官（莊家）。他既不善於賭術，又爲人太老實，所以竟上了大當！當他握錢在手放在桌上出寶之時，有一個人作弄他，私下問道：「老馮，我知道你向來不會誑人的，你能對我們說這一次出的是甚麼數嗎？」這「馮傻子」眞的告訴他們「是三」。於是衆人都傾囊的下注在「三」上。開寶之後，果然是三。馮還以爲是開開玩笑罷，可是衆贏家認眞起來，要他賠錢。結果：不特連他個人所分得的偏財都輸光了，而且連一個朋友信託他，存在他手上的錢也賠完了，還不够數，更要欠下一身賭債。過了幾天，隊伍奉令在蠡縣點名，每兵發了四個月軍餉，他的餉銀全拿去結賭賬。尤可憐者，那個寄款在他手的朋友被遣散回家，馮氏也沒錢還他，眞對不起信託自己的朋友。焦灼與懊悔交迫於心，他從此深覺賭博之爲害，當卽下了決心以後畢生不再賭，並且起誓：「假如以後再有賭博的行爲，將要把自己的手砍掉以爲懲罰」。上文曾敍述他幼年受了嚴父的薰陶、督責，和訓練，已戒絕煙、酒、看戲等嗜好，自是以後，更與賭博絕緣，對於其克己寡欲的人格之養成，百尺竿頭又進一步，未始非此一大打擊之功也。

改隸淮軍

光緒廿七年正月（一九〇一）殘餘的練軍奉令改編爲「淮軍」（因直督李鴻章向兩淮鹽局借款充軍費，以改名「淮軍」爲條件）。一營共三百八十人，左、右、前、後、四哨各八十人。每哨設哨官、哨長、教習、各一人。馮氏隸呂本元所統之元字前營。因他平素喊號和操練均極純熟，得拔充右哨教習之職。編妥之後，隊伍被派赴肅寧、安平、博野、祁州、儀州、萊水、廣昌等屬勦匪。儀、萊、廣三屬間多河流，隊伍常要過河。他在營中有兩個好友——一老一少。老者怕寒不敢涉水；少者膽小也不敢涉。每次過河，都由其仗義背負他們。哨官嘖有煩言，但他以患難相助、背負老幼是大丈夫義俠所爲，長官申斥，所不顧也。但因往還涉水多次，他自己身體便受害了。後來他腿上常有寒氣，至在豫時也曾發腫得很厲害，大概是在這時候種下的病根。

在這勦匪的差遣中有故事三則，馮氏每樂於爲人道及。有一天早晨，兩個兵士在街上閒談，互相問答，把營中的秘密軍機都說出來了。偶然被匪徒竊聽，全軍遂遭了截刼，以至損失彈藥、餉銀、洋槍等軍實。他因此得了一個「恪守秘密」的教訓。又有一次，軍隊分兩路出發，被土匪偵知他們所走的一路，預先在山口埋伏，攔出襲擊，結果：官兵死傷在槍彈和馬蹄之下約數十人。各長官一聞槍聲，便四處逃跑。有的逃往民房躲在麵櫃裏，後來被士兵搜尋出來，弄得渾身是白，變成粉團，眞是可笑！這一次又給了他一個「偵探須清楚」的軍事教訓。再有一回，軍官們聽得偵探報告，有匪徒數十名，連槍帶馬窩藏在某處某村。管帶不問靑紅皂白，立刻帶兵往勦，將近到村卽如臨大敵般下令開火。打了數十分鐘總不見還槍。比及入村，卻不見一個土匪。莊主滿口呼寃，管帶也難下場，只勉强說他們不該有兩根長槍（爲自衞用的），糊亂埋怨一頓，率兵退去。這又令他得了一翻「不能輕信報告」的教訓。凡此少年時代行軍的經驗，皆足以增長馮氏軍事實驗的知識，對於他後來用兵是很有價值的。

是年十月，匪患平息，馮氏隨軍回保定，駐豐備倉。十一月，光緒帝和西太后回鑾，駐蹕保定。時，馮氏在卡輪任清道職，因得見帝后儀注容貌，覺其驕奢過甚，極不愉快，但只印之於心而不敢宣之於口也。翌年，隊伍奉令開赴東陵皇差，而他則被派留守保定。

當時，軍餉月發三両三錢，月以三十三天計，扣去服裝、蔬菜等費，毫無贏餘。馮氏戲作歌曰：「三十三天三両三，除了吃的剛够穿。」當兵之苦，可想而知！他素篤於孝思，每以老父遠隔天涯，多年分散，未能承歡膝下，自愧無以爲人，故常以爲大憾事。因此，一向極力撙節費用，不敢妄花一文，並且發憤讀書，操練之餘，手不釋卷，所以力圖上進，冀多得軍餉以資迎養也。但因軍食不相宜，自奉又過儉，而晝夜攻讀又過於疲勞，因之身體瘦弱，精神日壞一日。時，同棚好友尙得勝屢勸之。馮氏則爲悽愴之答語曰：「力學上達，冀多得薪餉，或可有迎養之一日，否則終身將無再見老父之時了」。聞者輒悲其言，憫其行，而嘉其孝思壯志焉。（按：尙君後來在西北軍任兵工廠長。余從征時，相交甚篤。所知道馮氏早年的逸事，許多是由其口傳。他爲人正直篤實，君子人也。補筆書此，以紀念之。）

馮氏在淮軍，旣苦於薪餉太少，恐終不能遂其迎養之志。又見軍營積習太深，功過不明，賞罰失當，士卒疾苦更無人過問，實是腐敗異常。他自己雖身爲教習，而位卑言輕，積重難反，明知無能啓迪同人之愚魯，及發展自己之抱負，於是早萌退志。適於是時，袁世凱練「新建陸軍」，整齊嚴肅，壁壘一新，大有蓬勃勃的氣象。馮氏羡慕不勝，每想及那裏，一種新希望便油然興起。當留守保定頗爲淸閑之時，遂毅然決然退出腐化無望的淮軍，而投入前途光明遠大的新軍。自此之後，馮玉祥壯年時期之淮軍人生活，又脫離充滿苦難、災刼、磨練的經驗，而別開生面了。

（本章完，下期續刊第三章）

周恩來評傳（二）

年方十二兩易父母

嚴靜文

從籍貫、家世來比較，周恩來和毛澤東恰成鮮明的對照。周恩來原籍浙江紹興，生長在江蘇淮安。紹興古代屬越國，淮安屬吳國；可以說周恩來是在吳人和越人的傳統中生長的；戰國時代吳越兩國雖然皆一度雄强稱霸，但是漢代以後，民風轉趨柔弱。

江浙兩省在國人的印象中是山温水軟之地，盛產文士和美人。淸末以來紹興師爺，蘇揚名妓更爲人稱道。大體說來江浙的文化和人物都富於女性化。而毛澤東出生的湖南，迄今仍保留楚人剽悍好鬬的遺風。

周恩來生於官僚世家，而毛澤東的祖父是農民，父親則當兵出身，還鄉後刻苦發家成爲富農。毛的粗獷頑强與周的温靜陰柔也恰成對比。今天此二人在政治舞台上，正表現着中共的兩面性。

祖籍紹興生於淮安

紹興縣近郊抱玉橋鎮周家是有名的旺族。鎮中建有「百年之家」的巨邸，以紀念五代同堂之盛世。民初族人仍時在年節聚會。淮安周家也每年都有回訪故里拜問族人。

周恩來雖在淮安出生，但是對於紹興的故鄉，似乎頗感興趣。一九三九年三月，他爲了新四軍的問題去到安徽，抽出時間回了一趟老家。

進入紹興縣界，曾遍訪周家的祖墓，並受到六、七個堂兄弟的迎接，到同族各家去訪問，了解生活情況。他爲了尊重族譜和家規，對一六十歲的族中長老下跪叩了三個頭。一位在紹興中國銀行服務的堂兄，並設宴歡迎他，在宴席上諸兄弟還賦詩酬答。

在這些方面，周恩來的表現完全不像一個共產黨人。雖說當時正值抗日戰爭期間，中共正在大搞統一戰線，但這些舉動未必完全出於統戰動機，實反映周氏對傳統社會適應的能力和興趣。

周恩來的祖父因娶江蘇省淮安縣曾家之女，遂使這一枝周家人與淮安結下不解緣。

周恩來的祖父生了七子一女，最幼的兒子懋謙，即是周恩來的父親。他祖父年邁喪妻，急想續絃，遭族人反對，認爲子女太多了，無論娶甚麼樣的女子，後母都會虐待子女。他祖父一氣就帶了七子女，舉家遷到亡妻故里淮安去了。

周家在淮安也建了巨大的宅邸，購置廣大的田產，遂成為淮安的名門。

周恩來的父親，六個伯父和姑母，都是在淮安長大的。因此許多有周恩來的記載都說他是淮安人，他也自稱是淮安人，其道理在此。

周恩來生於一八九九年，前一年正趕上發生戊戌政變，也是孫中山、楊飛鴻等於一八九五年九月於廣州發動首次起義後第四年。這說明周恰生在近代中國政治大風暴的初期。

戊戌變法要求廢除科舉，獎勵新學；興中會的革命則要推翻滿清和專制王朝。而科舉正是當時所有知識分子唯一的出路，滿清王朝則是他們祿位的來源，効忠的對象。當這些東西一齊被拋進風暴中震顫的時候，士大夫的徬徨與不安也就可想而知了。周恩來的父親和六個伯父，正是在這種情勢中受的傳統教育。

周恩來的六個伯父中，三人中了舉人、一人考中進士；但是這些昇官發財的功名，很快就化成泡影了。因為一九〇一年清廷廢除八股，一九〇五年又廢除科舉，後進人物必須上新學校，出洋留學才能官路亨通。

周恩來的父執們，實是傳統社會沒落不安的一代。到了民國時代，他們不得不憑自己的本事到處求職謀生。而遭遇卻不甚得意。

四歲喪母過繼為嗣

抛開紹興的「百年之家」不談，單是定居淮安的周家已是一龐大家族，兄弟七人各娶妻室，孫男孫女加在一起有幾十口人，那情景使人想到紅樓夢裏的大觀園，也想到巴金所寫的「家」。

周氏七兄弟，四個人娶了淮安名門王家的女兒，那是周恩來的父親，和他的二伯父、三伯父和五伯父。由於二、三、五、七，四兄弟多了一層連襟的姻誼，關係自然更密切了一層。因此後來周恩來就過繼給二伯父為嗣。

周恩來的生母，在王氏姊妹當中最稱有才，精於書畫，愛好詩詞，而性情溫柔。周恩來的父親，是一個典型的詩酒風流的傳統知識分子，與周恩來的生母趣味相投，極為恩愛，可惜在周恩來四歲時生母即死去了。這件事對幼年的周恩來的影響至為深刻。依照中國人的經驗，凡是幼年喪母的人，就特別柔順，容易管教。並且在人情世故上早熟。因為世界上最了解自己和愛自己的是母親，母親一死，心靈立刻失去依靠，他不得不善察別人的臉色來過生活。

周恩來生母死後，他父親很快就續娶，隨即把周恩來過繼給了二伯父。他的二伯母雖也是王家的女兒，和他的生母是姊妹；但是她並非王家的親生女兒，原姓陳，陳家也是淮安的名門，不知甚麼原因被王家收養。這個女子性格堅強，管敎子女嚴厲，周恩來從四歲到十二歲，即是在她的教育下成長的。

周恩來過繼給他二伯父時，二伯父尚無子嗣，可是過繼周恩來之後不久即生了一個男孩名潤民。不過他這個嗣母並不偏愛潤民，對他倆一律看待，並且因為周恩來伶俐會說話，還有偏寵周恩來的情形。她是一個很特出的女子。

與其他王氏姐妹相反，她不懂琴棋書畫這些風雅玩意兒，但是卻精於烹飪和女紅。

嫁到周家之後，行為方正，持家嚴格，遇事有獨立見解，不附流俗。曾力排家人的反對，聘請外國教士來家教授恩來和潤民英文和數理知識，當時在淮安簡直是破天荒的「文化大革命」。

她管教二子極嚴，當她說話時，兩人皆垂手立站，不敢插嘴。在盛怒之際，唯有周恩來能夠順她心意，妙語解紛，使她破顏為笑。因此她特別寵愛周恩來。而周恩來也特別感念這個養母，在數十年後仍念念不忘。

一九四五年春一個下午，在重慶舉行的記者和學生集會上，他講抗日統一陣線時禁不住說道：

「如講到自己的事情，今天的我，今

後最惦念的是給我一切的母親，她的墳墓還在日本佔領下的浙江省。能回到那裏為母親掃墓該多麼幸福——把生命獻給革命和祖國的浪子，這是對母親最低限度應做的事情……。」

一九四六年四月二十八日，周恩來回延安的前夕，在重慶的告別宴會上，他再次提到母親：

「我自從離家以來，已度過了三十年的歲月。母親墓上的楊柳，一定長得很高了。」

至父潦倒死在重慶

周恩來的父親續娶之後，又生了兩個兒子，對於過繼出去的周恩來，就很少再理會了。

實際上，他也沒有力量多照看這個兒子，因為他長年在失業中。他除了在山東省政府財政廳做一任低級職員以外，幾乎再沒有過任何固定職業。而且又是一個愛喝酒的人，所嗜紹興花彫幾乎每日皆不離口。一直過着窮愁潦倒的生活。

周恩來自法國回來，在廣州黃埔軍校任職的時期，可能每月寄些錢給這個失業的父親；北伐以後，國共分裂，在上海做地下工作，又到江西去打游擊，大概就無暇過問了。

及至抗日戰爭發生，中共人員參加政府工作，周恩來當時任軍事委員會政治部副主任，周的父親跑到重慶去找他，周每月給他父親三十元津貼，他父親背地裏還抱怨給錢太少了。

一九四二年七月十日，周的父親逝世，周恩來還在重慶「新華日報」刊登訃告，並依傳統禮俗將之安葬。

從這些情況看來，假如當年不把周恩來過繼出去，和他父親同住一起，周恩來會不會有以後的發展，實在難料。也許不等中學畢業，就被迫做事養家了。可能成為上海一個資格欠佳的白領階級。同時以他父親性格的柔弱和萎靡，亦將會給他很壞的影響。

周恩來能有以後的艱苦奮鬭，與他的養母（二伯母）大有關係。她剛强堅毅的性格，凛然無畏的氣概，都可啓發和砥礪周恩來的志氣。另一方面由於她的嚴厲專斷，也養成周恩來的忍耐和順從，善察人的顏色而敏於調和的才能。

中共的「文化大革命」如果沒有周恩來這個「和稀泥」的高手，混亂局面恐怕就不易收拾。

十二歲再易父母

到上述為止，周恩來已有兩父兩母，家庭關係已經够複雜了。料不到在他十二歲那一年又發生了變故。他的二伯父又把他託付給四伯父收養。他二伯父此舉的原因不可知，不過從他四伯父當時在奉天（瀋陽）當警察局長一事看來，可能是二伯父的家境日窘，而四伯父的收入較佳。而自從他住到四伯父家裏去之後，就自然以四伯父為父親了。

周恩來隨四伯父在奉天，一九〇八年進入東門裏一間教會學校讀書。當時外國教會和教會所辦的學校正值熱心傳播西方知識的時期。同時也是康有為、梁啓超變法的同情者。

在這間學校中就有兩個同情維新的教員。經過兩個教員的介紹和獎掖，周恩來讀到章太炎編的「國粹學報」及康有為、梁啓超議論時事的文章，及明末清初的大儒王夫之、顧炎武諸人的著作。

他和毛澤東一樣都曾是梁啓超文章的熱心讀者，通過梁任公那枝恆帶感情的筆，他粗知了達爾文的進化論，以及密勒、盧梭等人關於憲法和人權保障的思想。並且從康有為的「大同書」，得到共產主義思想的萌芽。這些書藉能引起一個十三、四歲兒童的愛好，顯示出周恩來天生的政治興趣。

考不中清華學校

周恩來小學校畢業時，正趕上辛亥大革命。他的許多同學畢了業都去商店裏當學徒，或者幫助父親料理家業，但是世代書香的周家，無論多麼困難，都要送他繼續讀書。但是當時新學校還很少，大學校恐怕只有京師大學堂一所，各省設立的中學校也很少。一般人多採取捷徑去出國留學。

美國以庚子賠款與中國合作在北京辦了一所清華學校（清華大學前身），是中學程度的預備學校，受完預備教育卽送美國留學。考入這間學校，當時是最好的求學機會。周恩來是投考者之一，不幸發榜之後，他卻名落孫山。他自己及全家人都痛感失望。尤其是他的家人，視這次考試如以前的科舉，這一生有無出息，就要看考試成敗。

考清華學校失敗，實影響了周恩來的一生。假如他當時考取清華，順當的往美國留學，學成回國之後，可能是一個很好的大學教授，也可能在國民政府做個一官半職。因爲當時到美國留學而參加共產黨的機會和可能性是很少的。二十世紀初美國，正是西方人夢想的新天地，國力民生方一日千里，呈無限希望。

周恩來考不進清華學校，留美不成，只好去了日本；又因爲經濟困難而輟學，最後以「勤工儉學」的途徑去了法國。當時的歐洲是世界動亂的火藥庫，巴黎則是國際左派分子的淵源，天生有濃厚政治興趣，又富於政治才能的周恩來，在法國很快就走上了共產主義者之路。

考不上清華學校的周恩來，連忙去天津投考南開中學。那時南開並不像後來那麼有名，學校才創辦不久，而且又是私立學校，費用又較貴。因此他雖然考取了，竟遭諸父的反對，不准他入學。他當時處境之難堪可想而知。可是一向柔順的周恩來，這次忽然堅强起來，不顧諸父的反對，毅然進了南開中學。

他既違諸父之命進了南開，因此經濟似乎陷於斷絕狀態。這可以從他入學不久，南開校長張伯苓卽任命他爲臨時書記，以半工讀方式來進修學業得知。果如此，當時他與家人已處於半絕裂的狀態了。

從這件事來看，周恩來的性格一面是柔順能忍，另一面則是堅毅不屈。許多人認爲他只是圓滑的和事佬，則顯然是片面的看法。

渴求母愛的人

據近代心理學的研究，一個人的性格多半由五歲到十二歲的階段形成。在這個階段的環境和接觸的人物，影響特別深切。

周恩來四歲喪母；從四歲到十三歲過繼到二伯父家中，從十二歲以後到他考入南開中學，則寄居在四伯父家中。一個十三歲的兒童，遭受了這樣多的變故。關於他的家族情況，因缺乏資料無法了解詳情，但是僅從上述的變故和轉折，也可看出他所受的刺激和影響。

四歲喪母這件事，使他時刻感到孤單無依，自然的羨慕和渴求母愛，這大概是他對養母（二伯母）特具深情，以及他和鄧穎超的結合，成爲模範夫妻的一個原因。鄧穎超所滿足他的不僅是夫妻的愛情，同時是變形的母愛。據知鄧穎超對他管束的嚴厲，也頗似他的養母。

四歲時過繼到二伯父家中，完全換了一個環境。他一定感到陌生與恐懼，他必須小心翼翼看每個人的臉色，來適應這個新環境。十二歲時再寄養到四伯父家中，從江蘇遷到冰天雪地的關外，使他再次體驗完全陌生的環境，加强他悲涼、無依的感受，更深刻的鍛練了他的忍耐、謹愼和機智。

據上述可知，周恩來的基本性格與他童年的遭遇和經驗，頗爲吻合。

（未完）

謙廬隨筆

矢原謙吉遺著

余今老邁矣。播遷至此異國之濱，倏將十載。市井囂塵，擾攘入雲。車馳人奔，機過船鳴，雖欲悠然倚窗高臥，把酒憑欄遠眺，雅興不爲噪音所敗者，不可得也。每念及此，余於燕京舊居之懷戀，益深且劇。獨未省仍有重睹此園之幸否？

憶余一九二六年，自德負笈歸來，猶初生之犢也。遽應山本醫生之聘，懸壺燕京。自少壯以迄六旬，所歷病人，何止數萬？而知友莫逆，亦泰半爲中土人士。徒以戰火驚天，友朋星散，余亦倉促去歐。至是無緣再履我第二故鄉。余雖晚婚，幸獲一子。他年或可繼吾未竟之業，讀我舊書，理我故園，療我老友子孫之疾苦乎？

余雖每年一度，或遊大江南北，或訪名山大川，而留京之時日獨多。積年以還，西北軍、東北軍、晉軍，前清遺老，以至於冀察政務委員會時代之各派人士，朝野名流，如馮玉祥、張學良、宋哲元、鹿鍾麟、秦德純、傅作義、商震、萬福麟、楚溪春、張自忠、馮治安、潘復、張璧、袁良、王克敏、王揖唐、齊燮元、高凌霨、雷嗣尚、林世則、鮑毓麟、管翼賢、張季鸞、胡霖、曹谷冰、王芸生、溥儒、李蘧廬、張恨水、陳寶琛、四大名旦、余叔岩、呂咸、李思浩、孫奐侖、賈景德、徐永昌、丁春膏、曹汝霖、蕭振瀛、溥侊、韓復榘、孫連仲、孫殿英、石友三、龐炳勛、何遂、胡適、周作人、傅斯年、鄭道儒、饒孟任、呂復、何應欽、孔祥熙、陳二庵、張之江、班禪喇嘛、趙守珏、德王、王正廷、劉郁芬、宋良仲、劉汝明、薛篤弼、何其鞏、程克等人……均或爲診病，或頗熟稔，或成良友。每於燈下，回首前塵，歷歷在目，今則或已久不通音問，或已永隔人天。人生如是，可悲也夫。

小病之後，且值心閑，愛援筆以述舊事，雖時作時輟，究可積少成多，所備吾子孫他年重逢我舊雨時，挑燈夜話之資。亦所以示我中土友人，余雖顛沛於萬里之外，仍不敢忘故人也。

一、馮玉祥不善用人

馮玉祥，非吾友也，而與之交往頗繁。其副官長宋良仲，尤爲余每週必來之病人。馮雖倡節儉，禁貪污，勵廉明，而宋則財源茂盛，添房進產，廣置側室。馮處之泰然，一若毫無所知者。「宋二太太」爲蘇產名妓，某日晝夜雀戰，事爲馮妻李德全所聞，立告馮。馮即以「納妓」與「濫賭」兩罪，痛責宋軍棍數十。事後由余爲之治療。

可怪者：未幾日馮突下令，以宋升署經理處長，「缺」之優厚，所入之豐，猶在昔日之上。至是，西北軍中求官逐利之徒，頗有望責軍棍者。

「宋二太太」之金蘭姊妹，一爲丁春

膏夫人，亦卽丁寶禎宮保之曾孫媳。另一為前四川督軍陳宧之如夫人，亦卽民初北京韓家潭「花王」之一，鼎鼎大名之「魏三姑娘」也。其人其事，亦曾見諸曾樸著之孽海花，一時之風頭可想而知。

此三夫人均為余之病人，每來輒娓娓告以珍聞或秘辛。當宋良仲被馮下令責軍棍時，宋二太太曾電請魏三姑娘，婉懇陳宧代為說項免責。陳大怒曰：

「汝等眞乃婦人之見，不識馮玉祥為何如人。倘我代宋說項，馮必加倍重責之，以示其絕不能為外界所動也。馮之以不近人情為榮，洪憲時我在川已飽積經驗矣。」

蓋陳宧奉袁世凱命督川時，馮為其麾下一旅長耳。而終於迫陳倉皇出川者，亦馮也。

吾家祖先，世代以武士道自勵，而耻與朝三暮四，背友求榮者為伍。是故，馮雖於余彬彬有禮，頗形親熱，而余不以之為友也。

馮妻李德全，為教會中人，不修飾，御眼鏡，復於腦後束髮，益覺道貌岸然。常以鏤有十字架之文房四寶，上書「光被四表」四字，分贈友好。余亦蒙見賜二三次之多。馮之愛將張之江，亦起而効尤。而其所贈之墨盒、筆架，較李者尤大尤多。據聞：張對宗教之虔誠，已達狂熱程度。當其奉命殺徐樹錚於廊房後，祈禱日繁，三句不離「耶穌」矣。

張之江視為右臂者，為張樹聲將軍，其人於幫會中輩份遠高，而矯揉造作，滿口「耶穌」，一如馮李，毫無江湖豪俠氣慨，亦可怪也。一說此乃張在西北軍中自保之道，非如是，不能在馮之榻前，勉為幫會中之「老頭子」。否則，馮必殺之久矣。

為媚馮計，此公每收「徒弟」時，必令其同時接受洗禮。故馮李對之，始終寵信不衰。後且恩寵遠勝張之江矣。

無分晝夜，此公喜御墨鏡，頗增神秘之感。談話時又極慢，且哼且講，極類京劇中之道白。曾以喘症就診於余，並曾兩度奉馮命，邀余至京郊馮處「便酌」曰：

「矢大夫——咱們的——馮先生——又想請您老——去吃一頓白菜豆腐——就大饅頭啦——」

言時態度嚴肅，而語氣輕薄，頗似眞言，又頗似挪揄，其難測也如此。

二、陳宧留辮終老

何遂為孫岳之愛將，又為北洋系鄂派巨子陳元伯之妹丈。陳識余時，為居士已久，終日布衣敝屣，手持念珠，惟仍甚豪於飲。醉後輒揎袖攘臂，大談其民初與洪憲軼事。一夕，把酒縱談天下風雲人物，陳慨然言曰：袁世凱、馮玉祥、張作霖，貌似各屬一類，而實質則皆梟雄型之不學有術者也。

「此三人均以有兵而起家，而言政。惟袁氏善練之，善用之，而不善養之。馮氏，善練而不善用。張氏善保而不善用。」

陳詩文俱佳，晚年頗通卜易與相術，惟輕易不談。臧否人物，亦隻眼獨具。曾謂：「洪憲之敗，固大勢使然，而袁之措置錯誤，亦為重要原因。其犖犖大者，厥為以陳宧督川。」

「陳係狗頭軍師型人物，民國可與其竝論之善於幕後籌策。翻雲覆雨者，惟徐樹錚一人而已。

「陳之短，在不能為帥。一出任方面大員，卽窘態畢露，進退失措矣。」

陳所最不直於二庵將軍（陳宧）者，厥為洪憲事平後，隱居北京東四，徒留辮以自娛，儼然遺老，似頗欲令世人信其背袁之故，種因於其對淸室之念念不忘也。

而世人知者極稀，識者嗤之。某夕，二庵將軍之元配，突患急性胃炎，召余往診。出而款待者除陳之侄，僅余之熟病人魏三姑娘（陳二太太）而已。俄頃，有人默然穿堂而過，辮髮垂垂，衆皆肅立致敬。魏手指其背影曰：「這就是將軍。」

余至是始信陳之果有辮，惜未如張勳一辮之遐邇聞名也。

三、何遂多才多藝

余前曾偶及何遂，其人其事，足述者

頗多。何豪放有才，而不拘小節。故在友儕中有「何三亂子」之稱。未發跡時，頗得妻舅陳元伯之援手，超升甚速，曾於歐戰時奉北洋政府命，赴歐觀戰，眼界大開，頭腦一新。歸來後，所言所行，頗多驚世駭俗之處。而孫岳獨器重之，亦常戲稱之爲「狂士丘八」。

何對西北軍中人物，頗乏好感，屢謂余曰：

「馮有招攬人才之志，而無招攬之量與招攬之術。

「是故馮帳下文武，泰半非馮型之僞君子，卽奴才也。其稍有懷抱者，一俟羽翼長成，立卽振翅飛去矣。」

何精於日文，亦能德語。詩畫俱佳，且善以指、舌，或握髮作筆爲畫，眞天才也。

長城之戰，何受命組五十五軍，爲軍長。所部多係散兵遊勇，雜以請纓學子，改編而成。而極峰驅之赴敵，一戰於冀熱邊境而潰。赴敵前夕，入伍學生，爭欲親臨火線，何以其全乏訓練，嚴令阻之，學生皆大怨。及兵潰，獨學生隊傷亡最少，得慶生還，又皆德之不已。事後何語余曰：

「余有子女八人，深知育之不易。奈何貪一己能戰之名，而驅此無拳無勇之羣羊，入絕地以搏餓虎乎？」

何又語余：「熱冀前線，與之對陣者，有一聯隊長，爲其留學日本時之同班同學。中國陸遷較易，故假已任上將軍長，而昔日舊雨，仍僅一大佐聯隊長而已。」

自悉故人近在咫尺後，何驚喜交併，而苦於無緣把臂話舊。爲之悵然者久之。余嘗戲問：「倘有緣與該聯隊長再度對陣，亦能想像重逢道故之情景否？」

何笑曰：「倘彼爲我所俘，則我作東。我爲彼所俘，則彼作東。『壽司』亦可，『鐵板燒更佳』。」

余曰：「職責與道義，兼而顧之。君眞一男兒漢也。」

乃相與大笑，浮一大白。

四、吳佩孚自作威福

余得識吳佩孚、段祺瑞、齊燮元，王克敏，曹汝霖，梁鴻志等君，均遠在北洋系退出北京政治舞台之後。

余之得以見吳，緣於其夫人突有瘤狀物，屢治無効。其舊部大員家屬，多爲余之病人，亦有以瘤狀物來診，而獲治愈者。言於吳，遂延余往診，惟事前已約法三章：一、進吳府後，須嚴守進退應對之禮，「玉帥」前不容絲毫放肆。二、處方打針，必先徵得「玉帥」同意，以帥意爲主。三、不得以「診病」之故，與「玉帥」建立應酬往還之關係。

余聆此條件後，不禁啞然失笑，顧其來使曰：

「吳大帥其視北京爲當年之洛陽乎？抑或視余爲求職之政客，直軍之軍醫耶？君速往歸報：余祖先，世代爲武士，而非市井小人。倘大帥以「市井小人」視天下醫生，卽請覓一市井小人可也，何用余爲？」

後一日，吳使復來，陪笑曰：

「玉帥謂：平生獨喜有傲骨者。先生之傲骨，今已得知。請不復提昨日之事。」

余旣如約至吳處，迓於門者爲其「承啓處長」。庭院內，衞兵侍役亦頗有多人。先至「後花廳」小坐，「承啓處長」入稟。旋又請至「小客廳」待茶。片刻，吳始出，着長袍，加坎肩，戴瓜皮小帽，後隨其所謂「八大處長」，成衆星捧月之勢。一如國家元首，接待外國使節呈遞國書者然。凡此種種排場，除滿足此帥久經創傷之自尊心外，實無一用，而耗時冗人，猶其餘事。

余於吳夫人診斷後，又被請入「後花廳」小坐。吳儘詢以「要緊嗎？」余答曰：「不足爲大慮。」

自是，吳遂無片語有關其妻之病，忽問余曰：

「先生爲留德之日人，亦曾涉獵中國孔孟之道，老莊之學乎？」

余愧謝云：「早年亦會偶及於此，不敢云涉獵也。」

吳回顧其八大處長曰：「論學之士，

以濟世爲懷者，不求其基本，孔孟老莊之道，其能通達也幾希。然而，此則夷狄之所以爲夷狄也。」

嘆息後，復問曰：「君爲日籍，亦曾讀吾之近作『滿江紅』詞否？」

余曰：「岳飛之滿江紅，已熟知。玉帥之滿江紅，則孤陋寡聞，尚未拜讀。」

吳立命秘書處長，取繕就之詞一份，以示余曰：

「請以示貴國之政要，將帥，文人，志士。則或可促其大夢初醒，懸崖勒馬也。」

其詞曰：

「北望滿洲，渤海中風浪大作。想當年，吉江遼瀋人民安樂。長白山前設藩籬，黑龍江畔列城郭。到而今，外寇任縱橫，風塵惡。甲午役，土地割。甲辰役，主權奪。嘆江山如故，異族錯落。何時奉命提銳旅，一戰恢復舊山河。御歸來，重作蓬山遊，唸彌陀。」

聞此詞後更譜成軍歌，即駐防冀察之二十九軍，亦能朗朗唱之也。

五、王克敏胸無主宰

王克敏，目深凹而日夜御墨鏡。每來診疾，神經必甚緊張，惟恐一病，或終身殘廢也。有時，純係神經衰弱，又不甘寂寞，遂而成疾。余屢勸以少嗜寡欲，自必健康。王笑對曰：

「酒可以不飲，婦人可以合理節制。而雪茄與麻將，則寧斷頭不可缺也。」

實則所謂「合理節制」者，亦不爲外人所深信。新聞界友人語余：「京人均謂，王之所以必御墨鏡者，以斲伐過甚，腎虧之故也。」

王雖精明強幹，且富於冒險之勇氣。惟以余觀之，彼於處理問題時，似少原則，但求解決目前之難而已。即以治病而言。一日彼召我出診，至則頻頻數苦，如精神不振，食慾銳減，神經緊張，失眠頻仍，肢體有時酸痛等等，無一非余所夙諗者。言訖，正色謂余曰：

「餘無它，但求能精神大好，胃口開暢，足矣。」

余爲之處方時，切囑再三：暫勿吸煙。王默然片刻曰：

「如何能使身體漸漸復元，而不必全戒煙，足矣。」

余答以彼之健康情況與生活條件而論，速戒煙，則復元亦速。王作沉思之狀曰：

「可否煩先生爲我處方，使我在生活條件不變下，健康情況能維持現狀。可乎？」

頃刻之間，決心三變。其無原則之習慣，可見一斑矣。

六、段祺瑞深居簡出

段祺瑞在津深居簡出，外國人更難見之。而余偶於一意外之場合，與段有一晤之緣。時爲駐屯軍客卿之笠原君，在津逾二十年，其父突發絕症，津門羣醫束手，有向其力荐余往診者。余以笠原君者流，殊非一對政治絕無興趣之醫生，所宜結交者。而一有往還，即難拒之於千里之外。而無謂之煩惱，或亦將至。故以事繁，婉拒其出診之請。

笠原君又煩在津日本醫生二人，在京者一人，致書代爲說項。未幾日，彼且躬自來京面邀。并再三表示：望以其老父之生命爲念。余不得已，乃與之赴津，并於事先約定：當晚必須返京。

其父之症爲惡性胃瘤，發覺太遲，藥物已無靈矣。余處方後，笠原君欲以厚幣相酬，余堅持不可。笠原君曰：

「至津出診，診金自當較厚。」

余對曰：

「車費已叨光，診金則按北京出診例，足矣。」

爭執良久，笠原君見余意不可囘，遂建議同進晚餐，并邀藝妓作陪。余亦拒堅之。後乃終於同意至著名之「起士林咖啡店」，略進西點咖啡，然後登車。

（待續）

上海祥茂洋行大班的發達史

陳炳謙片語拓闢白克路

胡憨珠

我國上海一地，自開闢成爲中國與各國通商的五大商埠之一的第一商埠以後。從此海禁大開，海舶雲集，向來被海外的各國人士，視爲「冒險家的樂園」。而祥茂洋行的大班白克爾（A. W. Burkill），就是英國人來上海做冒險家的成功者。他的創設祥茂洋行卻是白手起家，因爲對華籍買辦陳炳謙的聘請得人，經營得法。其結果那是大賺其錢，大發其財的第二個冒險家。這第一個就是美孚洋行大班的美國人。在此所謂第一與第二的次序之分，先後之別，那是以事業範圍的大小，發財數字的多寡，作分別依據的準繩。

洗污滌垢向用皂莢漿

原來該美國人來到上海做冒險家，眼見不論城市和鄉村，每家居民於晚間通明的燈火，不是高燒蠟炬垂淚的絳燭，卽是燃點植物油的盞燈。若是改用了美國內現已盛行的火油燈，則這個發財機會之大，大到難於想像。爲因全中國的國境土地太廣大，人民居戶太多。

如果使中國人對燈火燃料都改用了火油，這消耗量的巨大，可以想知。於是他憑此一點觀念，決定就在上海創辦美孚火油公司，把火油裝運來華推銷。卽以上海商埠作爲運銷火油的發軔之初的吞吐站，同時還運來式樣不同，大小不一的所謂「美孚燈」。果然，中國民間一經改換了點燃火油的燈火以後，覺得光度的明亮強烈，遠超蠟燭光、植物油燈光之上，代價的低廉反而遠遠較遜於下。於是美孚火油洋行大班，遂成爲「冒險家的樂園」中最最成功的第一位大富翁。

這位英國人白克爾，那是要稍後於美孚洋行大班成功後的數年，他自英國祖地也來上海「冒險家的樂園」，做他的冒險家。因他發現上海居民的婦女，凡洗滌衣服，去污除垢，都不使用肥皂。的確這種滌去舊染之污垢的潔凈法，並不使用肥皂，卻係情眞事實，毋庸諱言。

原來我國在此以前的年月，向來沒有肥皂這種驅穢就潔的物品。在千數百年間的流傳下來，凡民間洗滌衣服，相率採用一種植物皂莢樹所產生的「皂莢」。這種皂莢形狀酷似荳類中的「扁荳」，而其體系長大卻比「扁荳莢」約有五倍之大的度數。

當每歲秋季皂莢成熟時，整體作深紫黑色，民間人們將皂莢採摘下來，投入甕中，任其腐化，成漿糊狀。及需要用時只要向甕中撈出一些使用，它的去污穢、除塵垢力量，實用相等於肥皂，其好處反較勝之。

只因皂莢是植物，本質有天然的溫潤性，不像人造肥皂的原料，內有一種腐蝕性極猛烈的礦物「燒碱」。所以用皂莢滌面洗身，縱皮膚嬌嫩如酥酪，亦無刺激不舒的反應與燥縮微痛的感受。除皂莢供洗滌之用以外，尚有採用稻草灰水，諒以稻草供作燃料之後，其灰淋水可供洗滌衣服，因稻草灰內含有高度碱性的。

當時白克爾發現了中國人洗滌衣服不用肥皂的狀況以後，觸發他把英國現行出品的肥皂，運華推銷的商業動機。認為以中國的地大人多，肥皂又是民間生活日用的必需品，如果來華運銷，實是有大利可圖的一項商品買賣。

不過他不像美孚火油洋行大班的擁有大量的火油商品和本錢，白克爾本身是阮囊羞澀的窮光蛋。但他有靈敏的商業腦筋，而且懂得外國人來上海經營進出口業務的一切規矩。

原來任何東西洋國家的外人，如來華經營進出口的商業洋行，必定要延聘一個富有財力的中國人任當買辦。他們所謂「買辦」（Comprador）即是華籍經理之謂，而華經理所負的任務，於推銷本行進口的商品貨物以外，還要秉負本行全部財務及代墊貨款的責任。就因為白克爾精通洋行營商的規矩，於是他一方面在廣東路近四川路處租得一所寫字間，掛起英商祥茂洋行的招牌。即以該洋行大班名義打電報到英國，向一家規模頗大肥皂製造廠，定製大批「祥茂肥皂」，皂分長條與方塊兩種式樣。另一方面招聘華籍買辦，分別接洽的結果，選聘得廣東人陳炳謙任當祥茂洋行的「買辦」。

祥茂佣金支配的內幕

陳炳謙當時在闤闠社會的各階層間，尚無若何的藉藉名，亦無若何的纍纍財。只不過他卻已任當了上海廣肇公所的董事，這廣肇公所為早期粵籍人士旅滬同鄉組織的社團機構。諒以陳炳謙平日的行為端正，克己服禮，更以他的出言守信，絲毫不苟，因此，極獲得他粵籍同鄉們的尊崇與愛護。白克爾之所以選擇陳炳謙聘任為祥茂洋行買辦，重要關鍵還在於他現任廣肇公所董事的這地位和聲譽上。

但是向來凡任當洋行買辦的有一種不易的定規，就是必需要備繳地產的「道契」，作為保證的抵押物品。有的交於本行的大班，有的交於指定的銀行，而以交於銀行的所佔數字最多。因為該買辦從此可以向銀行支取款項，以應本行所需，如購買外滙付償貨款，為支付各項的日常開銷墊款等等。所以任何一家洋行的外國大班，對於銀錢進出，可不必擔心顧慮，全由買辦負責主持。他們都可以篤篤定定地在寫字間裏做他們「無為而治」的洋行大班，一切歡笑快樂全靠在買辦身上，亦廣義一點說，也全靠在中國人的全民身上。

據說：白克爾所定買辦保證金的數額相當巨大，等於說所繳納保證品的道契地產畝數額也要增加巨大了。其理由說是為因祥茂洋行的進口商品是肥皂，為全民間社會日用的必需品，料知銷數量必大，由英國運來上海的貨量必多之故。只以買辦負有墊款責任，提單出貨，先付貨款，事理甚明，事由甚然云云。但不過當時要陳炳謙交存銀行一注大數額的地產道契，作為銀行信用支款的保證抵押品，不能不說是件並非容易之事。幸而旅滬廣東人同鄉觀念的感情甚重，互助吸引的力量殊大，更以他本人的地位聲譽極受人重視。

傳說中陳炳謙所交納的地產道契，其畝額數值，一切如數。這全是他同鄉戚友合力的幫忙支持，遂使陳炳謙得以歡然就任祥茂洋行的買辦。但是事實果然，白克爾的測言非虛，祥茂洋行的營業大為旺發。每次每艘英國海舶運來上海的「祥茂肥皂」，總是萬箱以上，（按：祥茂肥皂的箱裝，分「條裝」與「塊裝」兩式，條裝為每箱六十條，箱裝為每箱七十二塊「雙連」，所謂雙連即兩零塊肥皂連在一起之謂，批價一樣，惟零售商的售價，則有條塊之分，這是量的關係，不是質的問題）還是供不應求。誠如白克爾的料測之語，實在中國的疆域土地太廣大，中國的戶口人民太衆多了。

陳炳謙與白克爾所訂定分利支配的條件辦法。就以英國肥皂製造廠方面於貨物裝運來滬，搬入堆棧，點交貨件清數以後。再就於實收貨款的總數額中，提取百分之五的佣金，作爲祥茂洋行的酬報。而祥茂洋行方面卽以所得酬報的五厘佣金，施用於本行的一切開支之餘，就餘剩數額卽爲純然的利潤。大班與買辦所訂分配利潤支配的雙邊協定，那是白克爾得五分之二，陳炳謙得五分之三。以祥茂肥皂的銷數龐大，這五厘佣金的收入數字確實大到驚人。準此，衡情度理，當然的白克爾發財了，陳炳謙也發財了。

在理而論，陳炳謙有多一分的利潤所獲，發財該比白克爾較多較大。可是每月每歲發財數額的總結，遠遠適得其反，白克爾的發財總數額，反而高超出於陳炳謙有四倍之多。

原來英國肥皂製造廠方面，尚有百分之五的所謂「裏佣」，專送給白克爾的另外酬報。所以他純粹的利益所佔，在名義上、表面上，只五分之二，實際裏卻要佔十分之七以上，陳炳謙所得十分之三都不到。這樣裏外佣金的明暗收入合計，白克爾的發財數額那就大有可觀了。

肥皂貨款部份買地產

但是，白克爾的生財之道，與發財之策，並不以祥茂洋行的佣金酬報所得爲止。他因積有大數錢財無所用處，就叫他買辦陳炳謙代爲收買大量地產。指定所收買的地產，必要座落在跑馬廳以西地區，地畝數量，既不論大小，也不計多少，只要有人賣出，儘管如數買進。無奈白克爾大量收買地產的計劃實施，惜乎他僅僅遲慢了十年。當清代同治末葉和光緒初葉年代起，從南坭城橋的跑馬廳以西，沿靜安寺路一帶地產，大部份都給盛宣懷（杏蓀）向本地的居民圈買去了，直到斜橋總會對面爲止。當時地價所定，每畝只有三両銀子，可說地價低賤之極。所以盛杏蓀曾力勸他常州的同鄉老友孟河名醫費繩甫（按：費繩甫卽爲目前旅港老醫師費子彬的大伯父，當時費繩甫懸壺於鐵馬路南坑北京路的淸遠里）亦圈買地產若干畝。費氏認爲圈買民地，抑低地價，未免爲盛德之累，是以堅辭拒買。

試思前後的時間距離，短短過程，只有十年還欠。往昔費繩甫有低價圈買機會，反而力辭拒買，如今白克爾心想收買，雖出高價已不可得了。這說明早期上海租界地區的地價漲勢與地形變遷的快速之一班。所以陳炳謙代爲白克爾收買地產，只得退而求其次，着手於盛杏蓀的地產後邊部份。大概他向地皮掮客們的宣稱，指定從珊家園以西的地段起，到黃家厙（按：厙字音沙，非庫字，厙與庫之別，只差上邊的一點）爲止。只要在這段地區內的地產，不管畝數的多少，地形的大小，一概都要收買。不過此時此地的地價，每畝已經高漲到一千五百元左右。因此，有一個時期的祥茂洋行業務，不像是在經營肥皂，好像是在賣買地產，實因地皮掮客的進出來去，太於衆多。便也因此，陳炳謙卻給白克爾收買進不少畝數的地產，連之他自己也搨進了不少數的低價地皮，所以後來陳炳謙在白克路方面有好幾處房屋產業，就在這時期所搨進便宜而合意的地產所置的成績。

在七十年代以前，這條「白克路」猶未開闢興築。當在那時期，白克爾在這段地區所置的地產，卻是一片荒郊野地，不是纍纍的孤坟荒塚，卽是塊塊的麥田菜畦。此時英工部局的越界築路，向西伸展，已經築成並行線的南北兩條幹路，在該地前邊的是靜安寺路，在後邊的是愛文義路。這塊荒野大地恰巧夾處在這兩條幹路中間，因無出路，不爲人重。所以白克爾買進以後，地價依舊毫無升漲騰起的迹象可測尋，是以他大爲懊喪不已。要知這個白克爾，卻是十足道地英國大紳士典型的人物，非常矜莊自持，且自有一種階級觀念的成見甚深。

對他所有大幅地產的地價，形成涸澈的古井之勢，微波不興，紋風不動。爲示其聲價氣度，與身份地位，還不願對地產價格的不增漲，無起色的內心憂急情況，坦白向他買辦陳炳謙吐露口風，講說出來，深怕被譏誚偌大祥茂洋行的大班，對這些地產擱淺的小風波都忍受不了。後因實在按捺不住，逼得他有一天在他大班寫字間裏，把陳炳謙從他買辦間裏請來作閒談。談呀談的，談到他的地產問題上去，詢問他何以地價毫無起漲的迹象可見、消息可聞？

捐地作闢築馬路基層

當下，陳炳謙見他的大班既然不耻下問，便娓娓而談，話說出他大幅地產之所以地價不動，問地無人的眞實原因來。他說：「我們中國有兩句古老相傳的至理名言，那即是『事在人爲，路在人走』。這說明任何冷僻遙遠的荒郊野地，只要有人往來行走，自會走成一條道路來。及有了道路便自會有人到達，有了人到達自會建造房屋，有了房屋自會有人多來入居。於是商業的店鋪逐漸增設，街道的市面相隨熱鬧，從此來者日多，商市越興。中國所有山城鄉村的墟集、水陸碼頭的市鎭，相信都是這樣蛻變、形成的。

「現在你大班所擁有的這幅大地產，雖座落在租界之中，但若於無人行走，走不成一條道路出來。如果在該地段的中間，拓闢成功一條馬路，路面廣濶，交通便利。非但供人往來行走，且可任使車馬駛馳，預料在這條馬路兩邊的所有地產。那地價定必立刻就會直線飛漲，扶搖而上的呢。」

陳炳謙解釋地價不動的眞實原因以後，接着他借箸代籌，再力向白克爾建議說：「大班，你何不將此間是你所有的地皮，奉捐出一部份給英租界工部局。並且劃出的部份土地，聲明作爲捐助闢築一條馬路路基的底層之用，以俾起興市面而利交通」。白克爾深然其說，便卽向英工部局的當局進行接洽。他以英籍的祥茂洋行大班的身份，捐地築路，自然一拍卽合。於是，英工部局的工務處卽行着手築路，克日付諸實施工程，不捨晝夜的興築馬路。及築路完成，工部局的當局便以白克爾（A. W. Burkill）之名以名其路，作爲該馬路地基的捐地人永留紀念。只以路牌上的西文字樣，正是白克爾的名字，一個拼音的西文字母都不錯。惟有中文的路牌譯音字樣，只有「白克」兩字，後邊兩個「LL」的「愛爾」字音，則被縮去沒存留了。

自從該條馬路東端的珊家園起，到西端黃家厙的卡德路口止的整條「白克路」成立通行以後。該路南北兩邊所有白克爾的地產，地價頓時升騰飛漲，大有「日長夜大」之概。到了光緒末葉年代，每畝地價已經衝破萬元大關了。所以白克爾擁有財產之多，多到難以計算，被人稱爲「冒險家的樂園」中冒險成功者的第二位富翁。他是以經營祥茂肥皂發迹起家，終以收買地產發了大財。由富而貴，被選任工部局首席董事多年，如果現年六、七十歲以上，常時熟悉道路情形的老上海人，也許還記得起那條卡德路上的南端面對張家宅與愛文義路。有一座佔地頗大的花園洋房，大門上釘有黑底金字的方型牌子，上書「祥茂洋行大班住宅」字樣，那裏就是白克爾歡渡一生富翁生活的所在。他有一弟名「R. M. Burkill」，大家都叫喊他爲「小白克爾」便是的。其人賦性活潑好動，喜歡騎馬，也愛養馬，爲跑馬總會裏的著名人物。卽平時裝束衣着，亦極花妙入時，只是略近流氣。不像他老兄「大白克爾」的衣冠端正，言行莊重，完全兩個不同的性型？但事實也難怪其然，要知一個是赤手創造事業者，一個是坐享襲受餘蔭者的啊。

和平密使萱野長知的自述

資料室

這是「九一八」事變爆發，犬養毅氏奉命組閣後，派遣和平密使萱野長知，前往南京商談由東北撤兵談和的一段眞實故事的描述。全文載一九四六年七月一日，東京每日新聞第二版，並用大字標題「東北事變和平密使，在成功前，遭軍部妨害」。本文原定刋於上期因稿擠改排本期。

那時是戰後第二年萱野初任貴族院議員，年七十四歲，以下是他對訪問記者發表的談話：

我（萱野自稱）在年青時代，認爲日本與中國非合作不可，以後追隨孫中山先生，奔走中國革命，倡導中日提攜，常給我指教的是犬養毅先生。但是那時的田中內閣，堅持對華武力解決，我非常憤慨，曾警告田中內閣的外務省政務次官森恪說：「日本現在若不反省，將來必走入破滅之途。」森答：「除武力以外，無法解決。」眞使我萬分失望。我又同樣警告當時參謀本部的支那課長重藤大佐，也無結果。那時我想：「在現在的內閣，談和平工作是徒勞無益，等待有了理想的內閣，我必趁機行事。」

果然不久（一九三一年十二月十二日）我所敬佩的犬養先生奉諭組閣了。在大命降下的那天，我愉快的到先生家裏道賀，他看見我就說：「喂，馬上去吧？」他雖然沒有說明甚麼事，我早會意了。我答：「就去吧！」組閣完了之後，總理參見那天，我到官邸面會，密商一切。爲了預防軍部妨害，約定了電報暗號。這時我問總理：「是否要和內閣書記官長（森恪）談一下？」他說：「這次你們兩人去（萱野及秘書松本藏次）是我密派，書記官長和陸軍大臣（荒木貞夫），都不必見面。這次你們的任務，是今後日本生死的分歧點，切盼成功。」卽緊握手而告別。

我們立刻準備出發，因爲是密使，要叫別人看不出，所以想起化裝變名，特別請了兩位秘書同行。昭和六年（一九三一年）十二月十九日，恰逢軍縮會議日本全權松井石根與永野修身由東京起程，前往門司，我們以送行者的資格，一同出發了。他們的乘輪諏訪丸，由門司放洋，當時中國抗日激烈，沒有到中國的便船，我把去意面告松井全權，他很贊同，我們能乘諏訪丸，眞是幸運。

上海那時正在展開抗日運動，日本人到了那裏，住、吃、雇人力車，都成問題。我想到這些，非常憂慮。後來記起從東京出發時，曾給居正、馬伯援、徐瑞霖等要人打電報，請他們來碼頭迎接，才得安心。因爲這時凡是中國要人，會見日本人交涉，也認爲是漢奸。所以他們來迎時，都避人耳目。我住在上海大馬路高昇公寓，我的秘書住在日本人的旅館，卽時準備進行交涉。

到達上海的當晚，在途中遇見松井全權，他說：「這裏有政府的代表重光公使，你可和他見面一談。」次日，我訪晤重光，他說：「目前日華關係最惡，還有和平解決之途嗎？」我說：「正面交涉，彼此爲了面子，互不相讓，恐難成功。我是無位無官的人，以同志的立場懇談，必可打開僵局。但是我是沒有權限的，談到相當的程度，就要請你負責正式談判了。」重光表面上很贊成我的話。十二月二十三日我們一行到達南京。那時蔣委員長已經下野，尚未公開發表，行政院長由孫科代理。二十四日在南京鐵道部官邸，會見孫科，開始交涉。當時我說：「東北事變的爆發，是非常遺憾的事，現在要想設法和平解決，犬養總理爲此日夜焦慮，希望中國方面也要反省，改變抗日的政策，以實現孫文先生的遺志，及犬養總理的宿願。」孫科對我的話很諒解，他和居正二人認爲日本方面如果有自東北撤兵的覺悟，則商談必可順利進行，我卽將經過電告犬養總理。

令人不可思議的是發了幾次電報，迄無回音，南京的商談繼續進行。最使我苦悶的是日本政府一點指示都沒有。這事到後來才明白，當我打電報到東京，犬養總理適循例去三重縣參拜伊勢神宮，我的電報爲書記官長森恪截獲。因爲電文是暗號，意義不明，僅知發電人是萱野，森因此憤怒，蓄意妨害，一面告知軍部一面令重光阻止我的行動。甚至日本大使館的機關報，「上海每日」華字新聞，竟發表消息說：「日本外務省否認萱野的行動，因之萱野的言詞，對日本政府無關。」回憶此事，感慨萬千！假若總理當時不去伊勢神宮，這次交涉是可能成功的。

關於初次商談的內容，當時計劃：

①日本自東北撤兵。
②由中國派警察維持秩序。
③指定該地爲實行三民主義模範區。
④中國派大員常駐東北（居正或鄒魯）。
⑤准許日本移民東北。
⑥兩國各派大使正式談判（中國居正，日本山本條太郎），這些電報發出後，竟爲別人代收，破壞和談，以後總理來電稱「軍部猛烈反對，工作恐難進行。」我奔走月餘，快要成功之前，不得已在悲憤中飲泣回國了。

此後日本對華武力進攻，不可收拾，最使我難堪的是我對南京要人曾說：「由東北實行撤兵」這個諾言，沒有實現，不知內幕的人，認爲萱野是世界的大撒謊者，直到一九三二年五月十五日犬養先生被青年軍官槍殺於首相官邸，我對華和平工作的事實內幕，才大白於天下。

一九四七年四月十六日東京日本經濟新聞，發表萱野長知病逝前後的新聞，對蔣主席的慰問以大字標題，原文是「日華締結人間愛，蔣主席慰問和平密使萱野長知氏。」首先說：「戰後主張對日寬大的蔣主席，派遣駐日代表團的林定平氏，攜帶大批禮物藥品到鎌倉市寓邸慰問這位孫中山先生老友，中國革命的恩人，萱野長知氏。這是中國政府眷念舊誼，崇功報德，超過國境的友愛。萱野在一九四六年十一月因乘「江之島」電鐵，發生出軌事件，胸部受重傷，每日輸血醫治，呻吟病床，療養半年，不幸於一九四七年四月十四日逝世，時年七十五歲。

該報又追述一九四六年，六月二十七日盟軍總部，審判A級戰犯的法庭上，犬養健氏在證人臺起立發言，他說：「嚴父毅氏，最關心中國東北問題，計劃對『滿洲』事變，絕不擴大，奉天皇命令，許可與蔣委員長，進行和平商談。當時派往南京的密使就是萱野長知氏。」

編餘漫筆

編者

本期出版正是辛亥革命武昌起義的六十周年，是六十年前的這一天，推翻了在中國建立了三千年的帝制，建立了東亞第一個共和國，這一個重要的日子，不但值得中國人慶祝，也值得亞洲人鼓舞，就因爲中國建立了共和國，鼓勵了許多殖民地國家，追求獨立自主，到了今天，除去極少數地方，大部份均已完成了獨立的願望，辛亥革命啓發之功，實不可沒。本期共刊載十二篇有關辛亥革命之文字，組成辛亥革命六十周年專號，其中有兩篇文章比較特殊，一是關於焦達峰的介紹，這位湖南省首任都督，很快被刺身死，多少年來凡是討論這個問題的文章，皆對焦達峰沒有好評，指爲會匪，似乎死當其罪。當然焦達峰當時的手段過於操切，如殺死黃忠浩一事，就爲長沙人所不滿，但焦達峰被刺身死卻是一項政治陰謀，只以繼任者譚延闓以後功名鼎盛，無人再肯談焦達峰死事眞像。焦氏沉冤六十年，本刊特發表有關焦達峰被殺經過的文章，向歷史作眞實的交待。

編者所寫的談辛亥革命，揭露了辛亥革命前夕同盟會分崩離折的情況，有許多內幕爲官方所諱言者，本文一一提出，用意並非對任何人不敬，只是要說實話而已。

還有武昌首義時的張彪，也是一個有趣人物，世人皆知張彪與瑞澂聞警倉皇逃走，革命軍輕易取得武漢三鎭，奠下了勝利基業，但很少人知道張彪原是靠武功起家，其本身並非一無所長，可能晚年錢財多了，膽也就小了。

辛亥革命以外的文章，除去幾個連載的長篇，最有內容的要算是「白狼眞人眞事」一篇，白狼是民國二三年縱橫中原地區土匪首領，他這一支股匪聲勢之盛，戰鬪力之强，似乎自從清代捻匪之亂以後，尚未出現過如此巨大的流寇，白狼的聲名雖然響，但白狼的身世卻非常糢糊，將近六十年來，不論官書或私家記述，對於白狼出身來歷，皆說不出所以然，甚至白狼是否姓白，也鬧不清楚，本文作者曾同白狼之子共事，得其口述，自較眞切，雖然其中不無誇張之處，但對於白狼身世卻有一個正確的報導，揭破數十年的悶葫蘆，是值得高興的事。

天涯客的張燕卿一文，相當有價值，搜集現代史料，最缺乏的就是滿洲國部份，尤其滿洲國的重要人物，更不易了解其爲人。本文所述的張燕卿，是淸末名臣張之洞公子，擔任過滿洲國的實業大臣及外交大臣，在滿洲國算是一位風骨崚嶒之士，勝利後留居日本一直到死，旣不似其兄張仁蠡受到國法審判而被處死，亦不似其他滿洲國要人被蘇軍擄去，葬身西伯利亞冰天雪地中。但是根據天涯客先生在東京與他談話的經過，我們可以發現此公不但思想過時，而且行爲荒謬，難爲他還有志中原，想收拾中國殘局，如果他只是二三十歲的人，原無不可，出之於一位七十幾歲，生活無着，寄人籬下的張「大臣」，只能說是精神分裂了。

比較有趣味、輕鬆些的是「一次〇〇七式的經歷」，這是眞正的特工人員大鬪法，全部過程不下於占士邦的電影，所述皆眞人眞事，最妙是費了九牛二虎力氣，最後原來是自己人，相信讀者看了也會大笑，今後這類文章，我們還會多刊載。

最後要介紹謙廬隨筆，此是一位德籍日人矢原謙吉醫生所著，寫作動機已見自述，此處僅介紹其人，矢原醫生原是日人，畢業德國醫科學校，到中國北平行醫，因醫術旣精，醫德尤佳，一時名重公卿，北洋時代要人無不降志相交，故所記述皆親見親聞之事，當年北洋政府諸人之趣事佚聞，不爲外人所知者太多，幸賴矢原醫生留下一段歷史，抗戰期間，矢原醫生因掩護中國抗日志士，爲日本憲兵驅逐出中國，乃遷居德國，改入德籍，及至希特勒稱號，再遷美國，最後病逝美國，本文由其哲嗣矢原愉安先生整理後發表，吉光片羽，彌足珍貴。

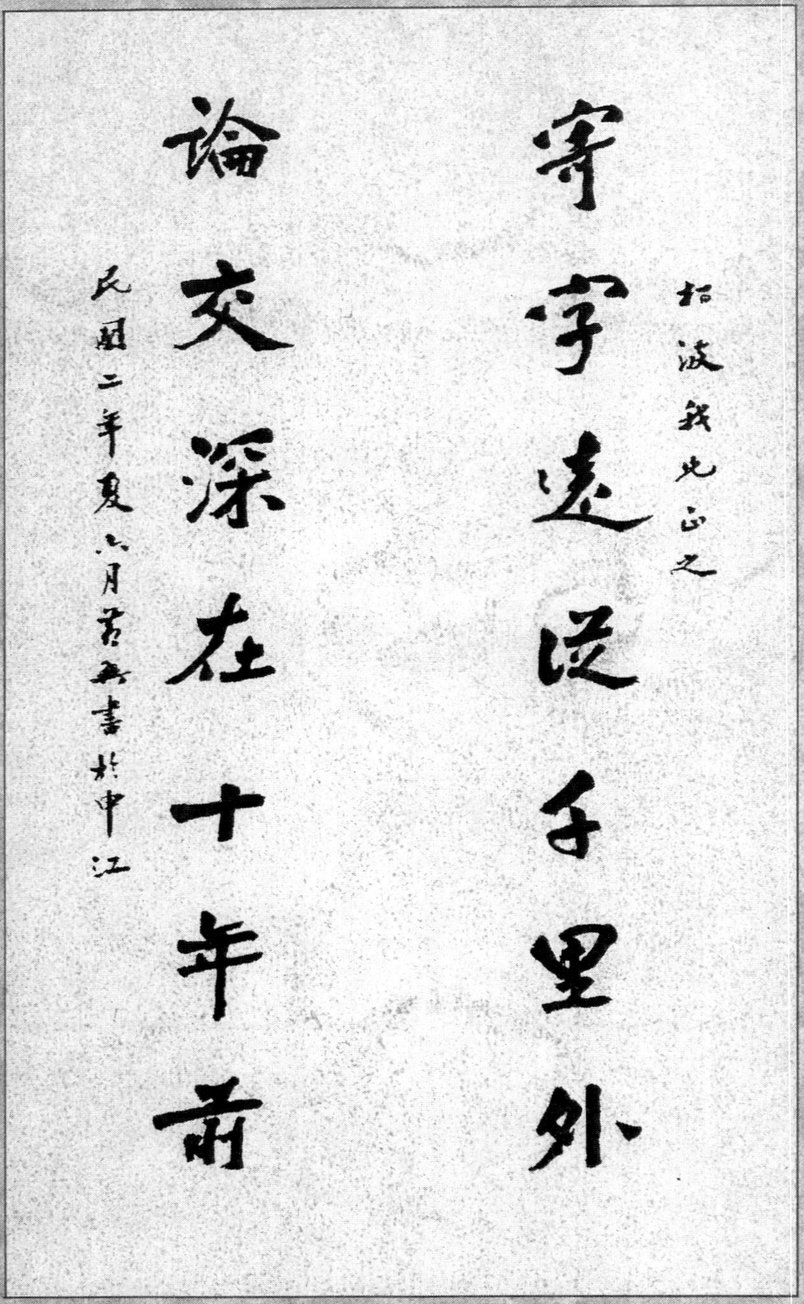
柏波錢兄正之
寄字遠從千里外
論交深在十年前
民國二年夏六月
書於中江

掌故

月刊

3

野史·佚聞·人物·風土·

一九七一年十一月十日出版

掌故月刊 第三期 目錄

每月逢十日出版

掌故

一九七一年十一月十日出版

每册定價港幣二元正
（外埠郵費另計）

出版兼發行者：掌故月刊社
地址：九龍亞皆老街六號B
電話：K八四四六七三
THE JOURNAL HISTORICAL RECORDS
6-B, Argyle Street, Mongkok, Kowloon, Hong Kong.

督印人：鄧少卿
總編輯：岳騫
印刷者：華生印刷所
汕頭街十二號

總代理：吳興記書報社
香港租庇利街十一號二樓
電話：H四五五六一
H四五〇七六六

星馬代理：遠東文化事業有限公司
新加坡廈門街十九號
檳城沓田仔街一七一號

泰國代理：集成圖書公司
曼谷耀華力路二三三號

越南代理：聯興書報社
越南堤岸新行街二十二號

其他地區代理：
澳門：可大文具店
亞庇：利民公司
千里達：中華公司
菲律賓：華安書局
倫敦：東寶公司
芝加哥：杏林春
波士頓：中西公司
三藩市：新生圖書公司
三藩市：益智圖書公司
加拿大：香港商店
漢城：汎亞書籍公社
寮國：永珍圖書公司
斗湖：光明書店
菲律賓：玲瓏書局
紐約：友聯圖書公司
紐約：友方圖書公司
洛杉磯：永安堂
檀香山：大元公司
三藩市：文化商店
加拿大：新國華公司

由英律師的繙譯變成名律師

馮炳南歷經奮鬭成功史

胡憨珠

在遜清光緒帝一朝，當自甫經交入中葉年代以後的時起，旅居上海十里洋場的粵籍人士，若論後起之秀而活躍於廣東旅滬的同鄉社會間，其騰踔最甚，享名最盛的，該數推陳炳謙與馮炳南兩人了。是以形成雙「炳」遙峙，並駕齊驅，一時瑜亮，難分軒輊的情勢，所不同的只是兩人的職業異殊而已。

馮炳南的職業爲英籍老律師愛立斯（Elli's）寫字間的總繙譯。此項職務名稱，也有人叫做「律師幫辦」。其實，他的實際職權，於攬接訟案，處理事務以外，還要負責調度全寫字間的經濟責任。這與洋行墊款買辦的職權地位，初無二致，是亦爲早期上海租界地區華洋社會組織的畸形現象。

這位愛立斯爲英國來上海執行律務年期最早的一位有名老律師。當其在仁記路某大厦二樓設立寫字間時，原與他另一個同國籍老律師名叫赫斯的合作。故他們寫字間的玻璃門上所書英文牌號爲（Elli's & Hays）字樣，後來該兩名英籍老律師先後去世。這所律師寫字間的所有一切主權，全部爲馮炳南所獲得承受。於是，他就尋求得一個英國人名叫潑琳斯頓（Princeton）的新律師來合作，專門出面主持律務。但律師寫字間的牌號不會易改，一仍其舊的愛立斯稱號，此爲光緒末葉年代的事。

入民國後，馮炳南與巢堃兩人，不知運用何種方策與那種辦法，居然給他們兩人獲得北京共和新政府司法部所發給律師的行業執照。因此，馮炳南的職業生活演變至此，卻正正式式的蛻變成爲一名大律師了。在他懸牌執行業務後的無多月日，接着兩件經辦的案事，其結果都贏得勝利。從此不但給馮炳南成了名，而且奠定他此後數十年的紅律師基業。那兩件案事計：一爲替英租界工部局向中國北洋政府，設計賺得跑馬廳地皮租借案的延續租借期與永遠佔有權。（按：洪楊軍忠王李秀成於第二次進攻上海，形勢危急，中外人民乃向清軍統帥曾國藩告急救援。曾卽命督練淮軍於安慶的李鴻章率部，乘載三艘外輪馳滬往救。時爲咸豐十一年事，淮軍抵滬駐紮於英租界外西郊，卽西藏路濱西的曠地所築坭城中。在此次戰役，淮軍擊敗洪楊軍於青浦，李秀成負傷，退守蘇州。滬地戰事敉平，李鴻章卽以坭城營地無條件租借給英租界當局五十年，作爲不牟利的外籍僑民遊樂場地，是卽後來的跑馬廳地方。）另一則爲代日商海洋社大班宮本守一爭得滙山碼頭的永久津貼費。只此兩案，在五十餘年前的當時，確實轟動過上海社會人們之間的。

愛立斯特別賞識馮炳南才能

據說英籍老律師愛立斯對於馮炳南的才能，特別賞識，非常寵信。當他和赫斯合作，共同組織律師寫字間在宣告成立的時候話。馮炳南以青少年身份前來求職投效，愛立斯當時若以貌取人的話，那倒是眞眞實實地要失之子羽了。原來馮炳南生成相貌和軀幹，是個不太矮小的矮大塊頭，除卻肥耳胖腦之外，尤其是他一雙眼睛患着極深度的近視。凡觀看書報字條，無不要持湊到近眼簾前的「咫寸」之間，方始看得明白，見得清楚。試想以這樣人品的人物，如果碰到一個外國大班，卻喜愛僱用眉清目秀，貌相俊俏的青年夥計之外國人，相信決不會聘用他的吧？可是愛立斯對他卻青眼別具，見解另有，毫不猶豫地予以錄用了。

愛立斯錄取聘用馮炳南的所持理由，曾對人宣稱：我總感覺有些中國人凡目明眼快的，觀看文件書冊，多爲一目數行，掠視而過。有時偶於不經意之下，往往會發現有意想不到的錯誤，事固少見，理或有之。惟有目患深度近視的人，對文件書冊，無不提高警惕，定必會翼翼小心地逐句逐字，仔細閱覽。是以很少有行爲差池的錯誤情事產生，這就是我之所以要錄用這個深度近視眼的青年人了。愛立斯對此項觀念，是否正確，且不去說它。但最現實的一點，那卽是他因聘用了馮炳南的關係之故，不僅使愛立斯寫字間的律師業務，蒸蒸日上，而且帶給他巨大財香，終於成爲英籍律師淘中的一名富翁。

馮炳南受僱於愛立斯律師的寫字間，起初所任那是普通的繙譯員。只因他是廣東人的關係，對旅滬一班粵籍的名商鉅賈，富室達官，有的是同鄉友好，有的是通家親戚。是以他們有關於商業往來，銀錢進出，若有糾紛事件的法律問題發生，多由他介紹到愛立斯與赫斯兩個英籍律師處代爲辦理，都能獲得順利解決，打贏官司。尤其是有關於華洋糾紛的涉訟案事，更非延聘外國律師代表出庭不可。這因爲上海自從闢設租界以後的數年，中英雙方地方官府首長再行簽訂：「洋涇濱章程」，其中有一條那是設立「公共租界的會審公廨」，專門審理華洋人民糾紛涉訟事件。

凡到會審公廨的聽訟之人，不管是原告訴人或被告人，只要有一方不是華民，屬於外人，就得要由各國駐滬的領事團推舉領事一人，赴公廨出席會審。而會審公廨的定例，以中國上海道台所選委的官員任爲主審官，以各國領事則任爲陪審官，不過陪審官非由某一個國家的領事所專任，他們例於每歲歲首，由領事團舉行互相選舉一次，選出六個國家的領事，以便於此一歲中，永遠的分日輪班出席陪審。如非陪審國家的領事，恰巧該國家的一個旅滬僑民發生某一件糾紛案事，則該領事亦可列席會審，在傍觀聽審察。所以有此定例，純然爲了保護該國家僑民的利益立場，以便觀察會審公廨的審判，公正合理與否。萬一發現有不公正、不合理時，有權與當庭對主審的中國法官與陪審官的會審領事，可以提出反對的意見。非經同意，無法裁判，這就是當年所謂不平等條約下所產生的領事裁判權。

洋行買辦多數爲廣東人

如所衆知，上海自闢設商埠以來，凡華洋人民所發生的糾紛事件，百分之一百，都屬於商業性質的。而且原被告的雙方當事人，非洋商的各國洋行，卽華商的各家行號。一經訟事釁啓，公庭對簿，因有關於洋商的當事人之外，還有關於外國領事參加會審的關係。所以開庭審理案事，原被雙方的當事人都要聘請外籍律師代表出庭，擔任辯護。在中國人的涉訟官衙，千數百年遺傳下來的所謂訟師之外，向無律師的一項自由職業。這班從外國來上海行業的洋律師，不但在會審公堂裏成爲一枝獨秀的專門職業，而且成爲人見人怕的天之驕子。須知道每家洋行關於營業買賣部門出面的法定代理人，十有其九爲該洋行的華籍買辦。而華籍買辦又因廣州設關通商口岸較早的歷史關係，大部份的爲廣東人，小部份的爲寧波人與其他地方人。

馮炳南就因有大多廣東同鄉戚友的支持和幫助關係，差不多各家洋行買辦的華洋涉訟案件，全由他一人包辦。且因他久處上海，懂得一般上海人的習慣行爲，世故人情，就是處處地方化錢要豪濶，交情要多放。本來他是個心靈機巧、長袖善舞之人，因此竭力向外謀求發展。於是，對洋行買辦的相識成友，從廣東幫發展到寧波幫和蘇（州）滬幫，對各項行號的商業鉅子，也從粵籍人士發展到各地方的籍貫人士。尤其當時上海後馬路大部份的大小錢莊，與擁有房屋地產的富戶巨室，幾乎皆因他的拉扯與奔走介紹。多屬愛立斯律師寫字間的法律主顧，也是馮炳南的長期客戶。

在馮炳南的手中，旣然掌握着有這麽多的客戶，是以極見重於老愛立斯律師。這自然的於短時期中，他任做普通繙譯員不久，便順理成章地很快速升任做總繙譯了。他於任做總繙譯之後，就卽研想出開闢一條生財之大道的辦法出來。那是專門替一班相識的富戶巨室之擁有房屋地產者，代爲經理屋租，包收房金。據說他所取經手費的代價，相當低廉，比之他們自己僱用專收房鈿的賬房先生，都要省工錢、佔便宜得多。最好的一點就是有些喜歡拖欠房鈿，賴不給錢的壞脾氣房客，至此到期，忙卽交租，否則就要收到愛立斯外國律師可怕的警告信了。傳說中該律師寫字間對於這筆經租手續費的總共收入，數字相當巨大，實因他擁有房屋地產的客戶數量太於衆多。

恰巧愛立斯與赫斯這兩個英籍老律師，只精於民事訴訟的法例，而不精於刑事訴訟的辯護。但這樣的形勢所趨，卻給馮炳南增加多開闢一條名正言順的安定財路。就是所有刑事的訴訟案件，全歸他個人接受論處，對辦案律師由他另行選擇、自由聘請，關於公費收入，以及意外利益，亦全部歸他個人所有。寫字間無須繳納分文的提成，而愛立斯與赫斯兩律師亦不作分我杯羹之想。舉一個例，席子佩爲出盤申報的欠款案子，以刑事訴訟控告申報受盤人史量才，該案件就是馮炳南接受辦理。他便另請意大利籍的穆安素律師，出庭辯護，該案結果，他個人就獲得兩萬多兩銀子的利益。可是他送給穆安素的公費，以「一行交行」的價格只有二千兩銀子而已，試想他利益所佔的大乎不大。

張一麐曾令十八學士大難堪

到了辛亥革命，清室正式遜位之後，在就任臨時大總統孫中山先生宣佈今後的施政國策之下。中有一條爲「司法獨立」，那是由中央政府司法部在全國各地方設立法院，專事接受審理裁判民間的民刑兩項訴訟案件。所有法院則以縣區地方爲單位起點，定爲初級（縣級）、高等（府級）、最高（省級）的三審總結全案制度。在進行訴訟的鞫訊審理期間，對原被兩告訴訟的當事人，不管民事或刑事，都可延聘辯護士（按：在民國初年不名律師，而名辯護士）出庭辯護，代理案事，以期毋枉毋縱，公正定讞，此固爲孫中山先生所定三民主義中確保民權的一種政策。終因此一政策付諸實施使行，全國各地的民間社會，對於辯護士一種執業人才。就感覺非常稀少，迫切需要，是以當時國中比較若干重要的大都市。自有當地高層社會的知識份子，紛紛興辦法政學校，以便教育成功從事法律的司法人才。就以上海一地而論，便有神州法政、中國法政、上海法政等三所法政專門學校之多。

誰知辛亥革命儘管獲告成功，政制體系任憑宣稱改易。但中國政府的治外法權未曾收回，而各國領事團的裁判權也未取銷。所以上海公共租界整個會審公廨的主治大權，還是仍舊掌握在各國駐滬領事的領事團手中。縱然，時入民國已有數年，並且當其時，畢業於法政學校，而領有中國政府司法部所發給合格律師執照的所謂法學士也者。此輩此時都在上海懸牌行業，其人數的衆多，大有多於過江之鯽之概。在度理衡情，這會審公廨那該是這班新入行律師們的天地了，但結果卻是一概不准代當事人出庭。所能出庭的祇有從民元年間以來，獲得領事團所准許有資格出庭的謝永森、詹紀鳳、丁榕、朱芾（斯斐）等四名華籍律師而已。

於不久之後，便有馮炳南、巢堃等人，前後絡續脫穎而出。他們以獲得領事團的核准，認爲有資格出庭會審公廨的華籍律師，得能接辦華洋糾紛的涉訟案件。不過當時租界當局對於一班新出道律師的組織律師事務所，懸掛律師大招牌，概不過問，僅視作一般有職業的區內居民。非僅此也，即是領事團對於上海律師公會的這一個社團組織機構，更屬無視，不予理睬。凡律師公會送去中英文字的函件，拒不收受，一點點都不肯稍假以禮貌上的詞色。此足以覘知當年上海領事團如何的意氣風發，跋扈飛揚之一斑。但究其事實內在的因素，就在於中國政府雖經革命的洗禮，對治外法權未曾收回，對領事裁判權亦未取銷之故。所以時至民國十四年，孫中山先生臥病北平，自知病將不起，乃立「革命尙未成功，同志仍須努力」的遺言，昭誡垂示於國人的了。

原來當時新舊律師在上海行業的人數，實在太於衆多。大家爲謀聯絡感情，與團結力量起見，曾有律師公會的組織發起。當成立舉開全體會員大會之日，選出湖南人李時蘂任會長。這個新律師李時蘂確屬是個極活動份子，而且具有湖南人火辣辣的脾氣和精神。就憑此一點，卻毫不徇情的出面具呈向司法部檢舉馮炳南爲首的十八人，指說他們的律師資格非但不合，而且根本沒有。因經調查這十八人從未進入中外法政學校讀過一天書，他們的畢業證書那是化大錢買得來的，對各人的作弊違法行爲，都查得眞實有據。時任司法總長的爲張一麐，這個張總長雖是地方民性以柔和温惇出名的蘇州人，但他本質卻生有一種守正不阿的道德精神，與剛毅脾氣。

傳說中當時張一麐總長閱覽李時蘂的檢舉呈文以後，大爲震怒，立即親下吊銷馮炳南等十八名律師的執照之命。同時，還行文飭知上海律師公會開除他們的會籍。恰恰適逢其時正值民國四年的元旦，馮炳南等都興緻冲冲趕來公會參加會員新年團拜禮的聯歡會。誰知禮堂的壁上，李時蘂會長已將開除他們會籍的司法部令文，高高懸掛其間了。這樣一來，眞教十八名法學士當場出醜到難堪之極，但這只是司法部的令文。縱然，以當時馮炳南在社會各界層的聲勢之盛，對租界各巡捕房中西人員的交情之深，但對李時蘂也沒柰伊何。究竟出錢買得法政學歷的畢業證書，從而向司法部賺得律師執照，是件可恥可鄙的犯罪行爲。所以這班十八學士，大家不敢提出抗議，只得忍受恥辱，滿懷怨懟懷恨而去。

羅文幹爲東吳夜法科開生路

李時蘂這次以上海律師公會會長的身份地位，出首向司法部檢舉馮炳南等十八人的作弊違法之事。其動機造因，還在於會審公廨不准一班新律師的出庭問題，因而遷怒到他們身上。是他實不知道領事團方面，一向以來，憑藉領事裁判權的權力，訂有一項對出庭會審公廨華籍律師的遴選規章。蓋華籍律師必須經過考試以後，認爲中式與否，作爲評定舍取的準繩。其辦法由領有中國政府司法部所發給律師執照之人，單獨塡就申請書，並附以有關各種證明文件，如畢業證書之類的等等照相影印品。直接寄送領事團寫字間，以便審核甄別，經他們會議通過認可之後，便可接到通知信。於是，其人持信再去會審公廨投見英租界工部局派駐在公廨中辦事，一名英國人名叫惠爾斯（Wales）的幫辦，當場進行口語考試。經他考試審驗認爲合格以後，便由他擬具考審成績的報告書，自會送到領事團寫字間去。但等領事團簽證出來，也直接寄送到應試人手上，從此，這個華籍律師便可在會審公廨自由出庭了。

別小覷了惠爾斯這個人，他在會審公廨所居任的職位雖不高，而所掌執的權力卻極大。他的長期所負工作任務，就是處理各巡捕房解送會審的刑民兩事控訴案件，如何按排審期，怎樣分發法庭。不管主審的中國法官，會審的各國領事，都得要遵奉他的支配通知。任誰也不能予以違反，說句笑話，實是個會審公廨的太上公廨長。相信當年前期公廨長的錢塘陳寶渠，（按：陳寶渠是第一任的新衙門首長，即係戲劇家陳大悲的祖父。）後繼公廨長的漢陽關烱之，都挨受過他有欠禮貌的衝撞可知。不過話得說回來，他確屬是個辦事能力高强之人，非但是百事皆曉的中國通，而且是條文爛熟的法例通。所以領事團委任他承擔主考新舊律師的英語口試，非經他認可以後，就憑他報告書方始准許出庭會審公堂的簽證。

原來早期讀法科的人們，對於英文英語的教育所受，確屬淺薄之至，甚至根本沒有讀過英文的也有。這種律師對會審公廨的華洋糾紛案件，試問如何代理經辦起呢？領事團之所以規定新律師必須要經過甄別考試認爲合格以後，方始准許出庭。這倒不能訾議他們故弄狡獪，定此規章，有意與入民國所產生的華籍律師們爲難。

其實爲了訴訟當事人的利益着想，有此注重英語系體安排，更何況他們負有保護在華的僑民利益責任。但此次被司法部吊銷執照，被公會開除會籍的十八位新律師，卻有五份之四是外籍律師處的繙譯，五份之一是現任學校教師。他們對英文和語言都受有深厚教育，尤其那班繙譯對於法律民刑的法例條文，精通到熟極而流，所欠只是沒有進入法政學校讀書而已。自從買得畢業證書，領得律師執照，一經惠爾斯考試當然認爲合格出庭會審公堂的律師了。

後來東吳大學的學校當局，有鑒於國人頗多喜歡攻研法政，而苦於日間受職業工作羈絆，無法入學讀書。於是特設夜班的法政專科，據其宣稱夜班畢業員生，對學歷學分與日班受同等的效果和重視。是以該十八學士除馮炳南一人以外，其餘全數人再去東吳大學進入夜校，再受法政的實踐教育。誰知這班東吳夜校學士不爲司法總長張一麐認可，大概他對於他們卻以野生的「野學士」相視了，所以對該校法科夜校申請立案，始終拒予批准。及至廣東人羅文幹繼張一麐之後，出任司法總長。時在上海行業的英籍律師甘維露，與羅總長早年共讀於英國劍橋大學的法科，那是同班畢業的老同學。因此甘維露徇東吳大學當局的請託，特地北上，拜訪羅總長。當面解說東吳法科的夜校課程與日校一樣，毫無輕重厚薄之分，羅文幹同學情重，慨予批准，從此，上海律師大多出於東吳大學日夜兩班課室之門。

迷信風水終老桃源坊

馮炳南竟獨異其趣，不再去東吳大學的法科夜校，作再受教育的學士。其後來的情形如何呢？原來他是還我本來面目，仍在愛立斯寫字間做他總繙譯。當其時該老愛立斯律師已經去世，而寫字間的所有主權，爲他所承受。所以寫字間的招牌不予改易，由他聘請其他英籍律師繼續行業，據說這是英國的規矩。蓋律師寫字間的名稱牌號，可以延續不改，辦案律師卻可更易調動，這也同中國人只認店招牌，不認店主人的商業習慣一樣。愛立斯寫字間有不少法律顧問的老主顧，還有不少委託代理經租賬房的老客戶，所以他的收入，豐厚大到驚人。同時他的律師名號，也盛譽之極，雖然，他的律師執照已被吊銷，律師會籍亦被開除。但究竟此事外界少有人知，後來還在寫字間附設一個同仁法律事務所，有吳麟坤等幾個青年律師幫同工作。他則坐享其成，穩收其利，那情形頗有些舖房間的鴇母。

馮炳南確是個發了大財的廣東律師，不過他的迷信程度，也深到極點。因爲他住在北河南路的桃源坊，只因自入居以來，他的生財際遇，日日美滿，他的身份地位，步步高升。是以他認爲這桃源坊的地宅風水，所應佑他的關係。後來他在滬西惇信路上買進不少地產，還斥巨資蓋造一所花園洋房的大住宅。自落成以後，始終不願遷移入居，情願住在桃源坊裏以至終老，自可謂有福不會享了。其實他在桃源坊裏何嘗沒有使他遇到一樁極度悲傷的痛心事，就是他的長子馮振鐸因欲娶京劇名坤伶章雲孃爲妾侍。爲了功敗垂成，以致他激忿成疾，悒鬱而死，則風水美好之說，似又不可恃了。

吳祿貞一死關大計

黃亦孚

吳祿貞

向趙爾巽下說辭

民國前八年（癸卯一九〇三）冬，吳祿貞應黃克强之約，與耿覲文、李書城同赴長沙，商議在湖南籌劃革命準備事項。因黃忠浩統領的介紹，吳等三人曾赴撫署見趙爾巽。吳祿貞向趙爾巽痛陳外禍日亟，中樞腐敗無能，除割地賠款苟延殘喘外，無良策挽救國家的危亡。他建議趙爾巽在湘撫任內，把湖南作爲一個救亡圖存的基地。他說：湖南省有鐵鑛、煤礦，可設兵工廠；有洞庭湖的糧食及全省豐富的物產；並有二千多萬勤勞勇敢，樸實强悍的人民，用征兵退伍，輪訓壯丁的方法加以訓練，不待數年可以練精兵十萬，將來國家有事，湖南可調出勁旅捍衞國家；萬一各地不守，湖南亦可自保疆土，不遭受外人的侵犯。

他又說：舉凡發展工業、農業、交通及普及教育等事項，湖南的地方士紳都一向很熱心，有能力，地方只要官方督促，都能自己舉辦，不待十年，湖南可成爲一個民殷物阜、兵强馬壯，又富又强的省份，那時湖南一省對中國的貢獻一定很大，將是中國復興的一個堡壘，也是次帥（趙字次珊）與湖南人民的最大光榮。

吳祿貞侃侃而談，使趙爾巽連連點頭，面露興奮之色。當吳祿貞幾次要起立告辭，趙爾巽都一再挽留，復坐下再談，一直談了三四點鐘才揖別而出。趙爾巽親送至大門口，對吳說：「與君一夕談，勝讀十年書」，表示他的感謝。他送客時見門外風雪交加，還囑侍者拿傘來送他們。

黃愷元捐二萬兩銀

吳祿貞本擬留在湖南與湖南革命同志共同策劃起義的，但因北京練兵處電調赴京，乃即回鄂，於次年春赴京出任練兵處騎兵監督，旋赴西北和蒙古考察，因宣揚革命被押解回京。俟又一度出任過延吉邊防督辦，和日本人大打其交道。

吳祿貞從延吉邊防督辦調回北京後補授副都統。這時耿覲文和李書城已從廣西來北京，與他時相過從，並曾談起在湖南向趙爾巽建議的往事。李說：「你現在是副都統，與撫台的職位相埒。最好你設法出任湖南或山西的巡撫，自己去打好基礎，比之希望別人做更有把握。」吳說：「外放撫台不難，只要花銀二萬兩賄通慶親王奕劻，即可達到目的。」耿、李遂商之黃愷元，由黃愷元從家中滙寄二萬多兩銀子來給吳祿貞。

黃愷元是湖北宜昌人，留日陸軍士官第五期畢業，在東京入同盟會，也是丈夫團的團員。爲人忠實溫和，慷慨好義。其兄調元在宜昌做棉紗生意，積資數十萬元。肯對革命事業出錢，毫不吝惜。黃愷元曾用銀一萬兩捐道台，並借給吳祿貞二萬兩銀子饋送慶親王奕劻，均是爲了想獲得軍政大權，便於革命。黃克强做南京討袁軍總司令時，黃愷元是黃克强的參謀長兼第八師的旅長。在南京討袁軍失敗後，他同陳裕時遊歷歐洲一次。回國後正當袁世凱稱帝，他親身到湖南勸說湯薌銘通電反對帝制。一日，他在算盤上計算生意盈虧，知道又賺了三十六萬元。他隨卽把算盤拋掉，並說：「這三十六萬元不知是多少人的血汗所掙來的，我坐着不動，得到這筆錢，慚愧！慚愧！」於是叫他的夫人不要接受。他從此跑到杭州削髮爲僧，出五百元買下杭州的一間小廟，就閉關學佛。因進力太猛，飲食起居驟然改變，遂在關中生病，病中仍固守素食戒，不肯進營養食品，不久在關中圓寂。其愛妾不過二十左右，也同時在杭州出家爲尼。其幼子隨從學佛，以後到西藏喇嘛廟當喇嘛。

慶親王接受紅包

吳祿貞拿了二萬兩銀子送到慶親王的管事所開設的一個銀號裏換取存款單一紙，裝入一個紅封套內，帶着去見慶親王。他在向慶親王請安時，從袖內取出紅封套說：「這點小禮奉上王爺，作爲門生拜老師的贊敬。」

這樣，吳祿貞便成爲慶親王的門生了。沒有幾天，慶親王告訴吳祿貞說：「各省巡撫還未出缺，現在保定陸軍第六鎭統制正需人補缺，你可先去履任，再候機會調一省缺給你。」

吳祿貞回來很高興，認爲作一個鎭的統制，有實在的兵權，而且保定離北京不遠，將來攻取北京也容易，遂約李書城同去保定接任。

吳祿貞到任後，見官長士兵都暮氣沉沉，平日又不操練，大爲喪氣，他遂要李書城先去作一個標統，逐漸整頓起來。陸軍部對他呈請任命李爲標統也未予批准。他又向軍諮府呈請任命李爲參謀長，也未予批准。他見協統周符麟係舊式軍人，毫無軍事知識，形狀似有鴉片煙癮的樣子，又呈請陸軍部撤換他。陸軍部大臣廕昌於是特別派科長蔣作賓到保定來，向他說明不能撤換的理由。吳祿貞氣極了，立卽親書一函交蔣作賓帶回給廕昌，函中敍述第六鎭如何腐敗，周符麟如何不稱職，指摘陸軍部只知道做官，不盡職守，有負國家的委任。

這封信使用了許多激烈的辭句。廕昌接到此信後，當然就更對他事事掣肘。他覺得第六鎭既無法整理，將來對革命也發生不了大作用，遂萌退志。他曾致函內務部大臣肅親王善耆，略謂：「受事三月，鎭中情況已知梗概。軍紀之腐敗，軍備之窳陋，教育之不完全，官長之無學問，名爲陸軍，實與舊營相差無幾。祿貞遍歷東西各國，所見各國之軍隊，比諸今日之情況，深爲焦灼。祿貞薄負時名，不負責任爲暫時計則可，爲永久計則不可；爲一身計則可，爲國家計則不可。倘蒙垂念，使其爲暫時不負責任之人，而拯之于進退維谷之地，實所默禱。」云云。他當時焦灼不安的情緒，從這封信上充分表達出來。

上奏摺縷陳禍機

吳祿貞因第六鎭無法整理，乃常住北京，在東城大方家胡同修建一所樓房，所需八千元的建築費，是向日本正金銀行用房地產抵借的（祿貞死後山西省政府贈其家屬恤金一萬元，他的夫人即用此款歸還日本正金銀行）。他深感日本對我國的威脅已咄咄逼人，爲中國前途擔憂，曾約蔣方震、程明超和李書城討論應付日本的方略。他想上一密摺給清廷，要清廷預先籌謀。大家商討的結果，提出幾條大綱，推程明超起草。其中有云：「日本圖我，已非一日。甲午之戰啓外人侮我之端，庚子之役爲各國進兵之始。勝俄以後，野心愈熾。夷朝鮮爲版圖，視東省爲外府。」摺中並縷陳禍機之發急於燃眉者其原因有三，證據亦有三，並建議治標之策二：一曰定外交政策，二曰定防禦計劃。治本之策一：改革中樞機構，凡與國防用兵有關係之交通及外交事宜須受軍諮大臣處理，以一事權，軍機處改爲內閣，以切事委之，不必令其參預事務。摺中還痛切陳述國內軍隊腐敗的情形，舉第六鎭爲例說：全鎭官長四百，而受軍事教育，合軍官資格者不足五十人，有行年六十仍充排長者；並謂：「官長如此，兵士可知。是日新軍，實爲烏合。……冀自今始，急籌所以補救之道。否則一旦有事，雖予以一月之準備，而拔隊起程，未可期也，能戰與否，未可知也。」云云。這個披肝瀝膽掬出愛國血誠的一道密摺上後，當日清廷特賜御饌，表示嘉納，但總未見諸施行。就這道密摺看來。吳祿貞對國家前途的憂慮及個人鬱鬱不得志的情懷，是盡情發洩無遺的。

自此以後他常住北京，與朋儕飲酒賦詩，借以消除胸中的積悶，很少到保定去過問第六鎭的事。是年，陸軍部雖調開了周符麟，但換來一個協統吳鴻昌仍屬北洋系的。吳祿貞既很少去第六鎭，與該鎭官兵的關係不免日漸疏遠。當武昌起義的電報達到北京後，他是又喜又懼。喜的是革命眞的爆發了；懼的是第六鎭還未整理好，自己還掌握不住。他遂邀約在京陸軍同學，凡能赴保定的都請去幫忙。

袁世凱指使謀殺

據當時在石家莊的革命同志後來說，吳祿貞在辛亥九月十六日夜間於石家莊東站被刺以前，已得到密報有人要謀害他。同志們有的勸他調山西的軍隊來作護衞；有的勸他暫時避居另一個地方。他一面說有點心跳，而又堅持鎭靜，不肯離開東站站長室，以至不幸被他所信任的衞隊長馬蕙田所殺害。同時遇難的有參謀長張世膺，副官長周維楨。當晚同在石家莊東站湖北陸軍同學內務部司長劉道仁（伯剛）曾勸他避居別處，他不肯，劉乃自己找一民房躲避。及知他被害以後，劉不敢乘火車回家，而繞道步行回到天津。

原來吳是被袁世凱派他的仇人周符麟，用兩萬元收買馬蕙田下此毒手的。

民國元年秋間黃克强先生到北京的時候，吳祿貞的秘書張志潭（張做過延吉邊防督辦署的秘書，後來作徐世昌總統任內的內務部總長）曾對黃說：「殺吳祿貞的是袁世凱，袁不殺吳，袁就不能來到北京，袁的全盤計劃就無從實現。」

他之被暗殺，本是可避免的，而終於不能避免，眞是辛亥革命時期的一個極大的損失。如果他當夜不死，翌晨會同山西軍隊與張紹曾、藍天蔚的隊伍向北京進攻，淸廷即可推翻，不會給袁世凱以進京操縱和談的機會，從而中國政局可能是另一種景象。不幸因祿貞一人的粗心大意，自招殺身之禍；並使袁世凱和北洋軍閥禍國殃民達十餘年之久。

吳祿貞壯志未酬

東瀛舊侶

吳祿貞原籍湖北省雲夢縣，父親是一位秀才公，曾在武昌講學，爲時儒宗。祿貞幼承家學，有神童之稱，十五入邑庠，未幾補廩膳生。十七歲，捷於鄉闈。那時正値淸政不綱，外患日亟，祿貞卽有投筆從戎之願。適張之洞創辦湖北武備學堂，祿貞乃投考入學。旋卽以高材生，選送日本留學，入士官學校騎兵科。因而結識了傅慈祥、鈕永建諸志士。他們開始秘密接受中山的革命領導，也就在此時。

公元一九〇〇年（光緒二十六年），滿淸政府最頑固的慈禧太后一派，鬧了義和團之亂，造成八國聯軍，攻陷京師，中山先生以爲機不可失，乃召集革命志士，在鎌倉秘密會議，公決由同志分赴長江、珠江流域從事革命活動。除珠江地區由中山自任其職外，長江地區則由吳氏主持。後來唐才常在武漢成立「自立軍」，卽由祿貞策動而起（唐氏本來隸於康梁保皇黨，後由祿貞及畢永年之介，加盟興中會）。當時原動計劃，係由唐氏在漢口組織總機關，統籌各路軍事。祿貞本人，則赴安徽大通，指揮發動，以成犄角之勢。不料武漢方面，事機不密，唐才常、傅慈祥等同時殉難。消息傳來，祿貞不得不從大通轉滬東渡。

吳祿貞機警過人，回到日本後一聲不响，不但淸廷不知道他幹過了這樣驚天動地的事情。連他的同窗好友良弼也被他瞞過了。

學成回國以後的吳祿貞，終於通過了良弼的關係，成爲蒙古親貴錫良的得力助手。一九一一年（宣統三年）錫良繼徐世昌調任東三省總督。祿貞也跟他被調到關外來。那時他的職務是第六鎭統制，他的前任統制便是段祺瑞。（按其時有所謂北洋六鎭，其餘的五鎭統制，計第一鎭何宗蓮，第二鎭馬龍標，第三鎭曹錕，第四鎭吳鳳嶙，第五鎭張懷芝。）

這時鐵良也照袁世凱的辦法，在北洋各鎭中各調一部合編爲第二十鎭，第一任統制爲陳宧，他與吳祿貞，及第二混成協協統藍天蔚都是湖北人，當時被稱爲關外的「湖北三傑」。

後來趙爾巽又繼錫良爲東三省總督，陳宧早已被派赴德國考察軍事，第二十鎭統制便落到士官第二期畢業生張紹曾手裏。他們的另一同學蔣方震（第三期）也被調來充任督練公署的總參議。吳、蔣、張、藍又正是淸一色的「士官系」老同學。

辛亥革命的前夜，吳祿貞率領第六鎭調回正太線原防，第二十鎭也調回灤州舉行秋操。剩下一個藍天蔚便在奉天以關東大都督的名義起義响應革命。趙爾巽趕忙調張作霖到省城來應變，張作霖於一晝夜之間兼程趕到省城，逐走藍大都督，新軍便失去了關外的地盤。

武昌起義後不久，陝西新軍推舉士官出身的管帶張鳳翽爲都督，宣佈响應革命軍，接着，山西也宣佈獨立，推舉新軍標統閻錫山（閻是與張鳳翽在士官的同期同學）爲都督。這兩省的獨立，使革命勢力伸展到北方地區內，淸政府尤爲之寢食難安，急忙派了升允署理陝西巡撫，吳祿貞署理山西巡撫。無非是想集中力量，以先除北方的肘腋之患。

石家莊的血案

吳祿貞署理山西巡撫的新任命發表以後，正好他的同學第二十鎮統制張紹曾發動所謂「兵諫」，清政府因為他和張紹曾是士官同學，因此派他到灤州進行宣撫工作。其實這是表面文章，清政府眞正的意思，是要把他調離他的部隊（第六鎮），以免再生禍患。

他到灤州後，曾向第二十鎮官兵發表了一次動人的演說，又與張紹曾商定兩路會師北京的軍事進攻計劃。在他由灤州回到石家莊的時候，並且單騎到娘子關和起義軍閻錫山見面，彼此商定了第六鎮、第二十鎮、山西革命軍三路進攻北京，分別截斷京漢、京灤、京浦三路交通的計劃，山西軍推舉他為燕晉聯軍大都督。他並且派他的士官同學王孝眞（福建閩侯人）到武昌去與黎元洪取得聯繫。

各方佈置完畢，吳氏才又匆匆回到石家莊，並向北京清政府謊稱山西革命軍願意受撫。他做夢也沒有想到他的內部已經有了袁世凱的奸細。他的部下第十二協協統周符麟已受了老袁的收買（代價是二萬兩銀），做了暗殺吳祿貞的劊子手。

那年十一月六日，周把心腹將士秘密地佈置在正太路車站周圍，他自己走進設在車站內的司令部去見吳祿貞，報告軍情。當吳送他走出門時，周便發出暗號指揮伏兵，亂槍齊發，這個年僅三十二歲的新軍統制與參謀張世膺，副官周維楨便同告畢命。

吳祿貞一死，北方革命黨的軍隊失去了重心，以致袁世凱能從容的東山再起，捲土重來，較滿清政府更變本加厲的禍國殃民，這是吳祿貞死不瞑目的！我們可以說，如果吳氏不在石家莊暗殺而死，那末，民國以來的歷史，也許不是現在這樣子寫法的。

吳祿貞這個名字，在辛亥革命的時代，是曾經震動一時的。下面便是一個最好的例子：

在武昌，黎元洪以新軍第二十一混成協協統被推為革命軍大都督，還在猶疑不決，半推半就，一則以喜，一則以懼的當兒，忽然聽說吳祿貞的代表王孝眞被前線士兵當作北軍奸細被捉了來，不禁眉飛色舞地說：「吳綬卿的代表來了。事情就好辦了。快請進來，快請進來！」於是，整個都督府的樂觀空氣。也突然地濃厚了起來！

顯然的，這是因為他們知道吳祿貞眞有舉足輕重的力量，他的態度表示北方即將發生有利於革命的重大變化，勝利之神，已在向着他們招手。但是，不久又傳來吳氏被刺身死的消息，他們又跟着悲觀、消沉起來。

吳祿貞不但是一個義薄雲天的革命志士，並且還是一位能慷慨悲歌的民族詩人。他的詩，正如其為人，是「雄直悍快，不屑囁嚅作兒女態」。（引廉南湖語）吳氏死後，南湖曾搜集其遺稿，成「西征草」及「戍延草」兩卷。廉夫人吳芝瑛女士，曾將其遺稿手寫影印出來，這是民國初年的事。因為吳烈士的母夫人曾垂淚對芝瑛說：「綬卿在日，最愛芝瑛的詩、書，認為寫作之好，如今海內外一人而已，不知女士可願意為他寫遺稿否？」吳夫人不久便將它寫了出來。但是現在已不容易見到這本「小萬柳堂」（黑底白字本）了。

下面抄錄吳氏遺作「西江月」的小詞（一九〇八、戊申年），也是「戍延草」的最後一首：

報道金牌罷戍，空教壯士蓬飛。關心明月滿簾櫳，偏是嫦娥情重，回首鄉關何處？長空幾陣飛鴻。憑將秋信寫江東，萬里封侯一夢！

讀他的這一首詞，覺其字裏行間，自有一種肝膽照人的英氣，而其愛國情深，抱負不凡，也就昭然若揭了。這是可以更增加一些我們對他的了解的。

他是老袁的眼中釘

吳祿貞的死，是近代中國歷史上的疑案之一，（有人說是出於滿清政府，事實上卻是袁世凱的傑作。）由於他從日本學成歸國以後，一方面與他的同學滿清親貴良弼保持着友好關係，另一方面他卻是同盟會的一個秘密會員。

當廕昌南下「討伐」武漢革命軍時，他自告奮勇地請願清政府調他的部隊開往前方作戰。清政府已經疑心他是個「危險人物」，並且疑心此舉「別有用心」。此時清政府不敢把他逼上梁山，乃用假言假語嘉獎他，暗中卻指示廕昌隨時提防着他。他果然隨即露出馬脚來，在石家莊，截留南運的軍火，並且通電指斥北洋軍將領馮國璋燒漢口的罪行。

灤州「兵諫」事件發生，清政府因為吳和張紹曾是士官同學，第六鎮和第二十鎮又有着同根並蒂的歷史關係，因此派他到灤州進行宣撫工作。但這是清政府的表面文章，其眞實用意是要把他調離他的部隊，使他興不起風，作不起浪來。

他到灤州時，張紹曾等正好借重他的威望以加强第二十鎮內部的團結。他向第二十鎮官兵發表了一次動人的演說，又與張紹曾商定兩路會師北京的軍事進攻計劃。清政府在接到這些情報後更為吃驚，匆忙地發表命令提升他為巡撫，派他帶兵去打山西的革命軍，這又是一個用地位誘惑人，用「敵人打敵人」的詭計。

吳接這道命令，即由灤州回到石家莊，並且單騎到娘子關和山西軍都督閻錫山見面（閻也是士官出身）。他和閻商定了第六鎮，第二十鎮，山西革命軍三路進攻北京，分別截斷京漢，京灤京浦三路交通的計劃，同時派人到湖北與武漢革命軍進行聯係。山西軍推舉他為燕晉聯軍大都督。他回到石家莊的時候，就向清政府謊稱「山西革命軍願意受撫」。他做夢也想不到他的內部已經有了袁世凱的奸細。

梁鎮英刺殺

根據開國文獻，和先烈吳祿貞傳所載，辛亥年九月十六日（農曆）午夜後一時，吳烈士被部下標統馬蕙田帶同衛兵所槍殺，並割去其首，同死者有張世膺，周維楨二人。又言同往行刺者，有隊長梁雲空，排長楊福魁，頭目蘇守魯，王澤宣等。死後由晉軍閻錫山派人收歛，刻一木頭，葬於石家莊。民國成立，此案未破，兇首逍遙法外。迄今六十餘年，殺害烈士之正兇姓名，尚未能知，皆憑當時報章傳聞之詞加以記述，不可不加以補正。

作者二十五年在石家莊居住很久，迭往憑弔，多方訪問。又與閻伯川、孔文掀、凌子黃、劉書霖諸先生談及，綜合所得，該案之嗾使犯為廕昌、載振、袁克定、張鎮芳。主犯為周符麟、馬蕙田。兇首為梁鎮英。

辛亥年九月，清廷派陸軍大臣廕昌督師，馮國璋火燒漢口，激起衆憤。吳烈士結合張紹曾、閻錫山，截留軍火，擬進軍北京。袁世凱時在安陽洹上村，恐遭吳所截阻，更不敢北上。載振（慶親王奕劻子）廕昌皆清室王公接近袁之一派。袁克定與張鎮芳正以大批金錢，在京活動。乃與載廕協謀收買，嗾使周馬二人刺殺吳烈士以除大患，孔庚皆曾親見。以後周馬領款皆經張鎮芳過付。袁廕張又數次汲引兇首梁鎮英進總統府，入模範團，則似無疑義矣。

周符麟當時在外指揮，馬蕙田以道喜進房，人所共見，確為主犯。至行兇正犯，槍殺烈士，割去首級，前往報功領款者乃梁鎮英也。

梁鎮英，字憲章，生於民前廿九年，河南鹿邑縣人。幼年無賴，打傷人命，逃出當兵。旋升充第六鎮排長，繼升哨官，（等於連長）為協統周符麟所提拔，引為親信。吳免周職，憤憤不平。梁性嗜賭，一日周以五百金贈之，使之行刺。事成可向張鎮芳處領五千元賞賜。九月十六日午夜，周在外指揮，馬蕙田手持紅帖，叩門賀升巡吳與各方面的關係，無論同盟會方面或良弼方面都是袁的敵人。吳的活動不但對清政府極端不利，同時對袁也是極端不利的。

第六鎮也是內部有兩種不同傾向的一支隊伍，老袁既早已收買了吳的部下第十二協協統周符麟做他的奸細，吳的一舉一動他都知道得很清楚。他早已估計到吳不會帶兵進攻山西，曾經秘密指使周符麟帶領第十二協進攻山西以拆吳的台。但是吳很快地就由娘子關回到石家莊來，袁的分化政策來不及實現，就進一步地指使周把吳暗殺掉。袁曾許以事成之後升任他爲第六鎮統制以酬其功。

但是事後周符麟把吳的首領割下來向袁獻功，老袁爲了避嫌，並因爲這個奸細已失去了作用，就採用拒而不見的態度。周符麟枉作小人，不但沒有坐升第六鎮統制，反而失去了第十二協統的原來地位，第六鎮統制即由李純升任，這是吳祿貞死後第六鎮的情形。

總而言之，老袁刺死吳祿貞的陰謀，是一個極其惡劣的開端，對政治觀點不同的人進行陰謀暗殺，收買別人的部下背叛長官，也由此開始，中國近代政治風氣因此不堪聞問。

至於老袁要消滅吳祿貞的動機也是十分簡單的，第一，他要挽救清廷立刻被人推翻的危機，要留着這個工具來對付南方的革命黨；第二，他以北方唯一的實力派自居，如果革命力量在北方生長和發展起來，他就有失去根據地的危險。

因此，他把消滅北方敵人的工作看得比對付南方的革命軍這個工作更爲重要。他在那個時期，幾乎用全副精神來處理這個問題的。

另一方面，像吳祿貞這樣一個門戶洞開，過於豪放，絲毫沒有警惕性的人，不但本身因而喪生於陰謀家的勁敵之手，並使革命事業受到嚴重損失，這對後來的人也是一個深刻的教訓了。

吳祿貞

段醒豫

撫。梁在馬身後，見馬恐慌，取槍手顫，扳機不靈，奮身躍進，向吳烈士開放手槍，彈中要害，倒地不起。梁取出利刃，割下首級，即逃出市外。夜渡滹沱河，赴往北京，見到廕張，獻上首級，取得五千元，大嫖大賭，隨手而盡。民國成立，袁任大總統，廕昌爲侍從武官長。梁往求廕，經保爲陸軍上校，公府侍衛官。因酗酒鬧事，爲段祺瑞所斥革。民國三年模範團成立，經袁克定介紹，充上校輜重連長。常自炫殺吳之功，爲袁所惡，外調第五混成旅營長。六年隨張勛復辟，升少將，失敗逃去。民七入閩，在楊化昭部任團附，因罪免職，逃回天津，向張鎮芳借錢要脅，張函介返豫，到陝西鎮嵩軍投効，劉鎮華不敢重用，乃在柴雲陞部爲食客，每酒醉，自述刺吳祿貞烈士經過不諱。其後酒醉，以暴死聞。

以上爲梁在鎮嵩軍時所口述經過。當時該軍參謀處長于起光及前河南省主席劉書霖均在場可聞。河南友好亦所共知。作者質之閻伯川、孔文掀，均云梁某在逃，確是兇手。吳烈士曾言要活捉載振父子及廕昌，載廕必欲殺之。袁克定、張鎮芳乃袁世凱親友子弟，以大量金錢活動，必與同謀。周馬指揮，梁親下手，似無異議。又周符麟嫉恨革命黨人，手段毒辣，窮兇極惡。殺吳烈士之後升任混成協統領。辛亥年十月調駐河南，受趙倜指揮，爲平陝前鋒。十一月某日陝豫聯軍總代表劉純仁烈士，往洛陽說趙倜反正，至澠池縣之張茅鎮，被周符麟扣留，劉公字粹軒爲清舉人，河南咨議局議員，中州公學堂總教習，河南同盟會支部長，全省第一之革命人才，素負重望，族侄劉積勛爲革命健者。周自言忠於清室，反對革命。親手將劉烈士槍擊。劉公罵不絕口，竟被拔舌割心，死狀慘烈。此一段史實，國史、黨史亦未見記載，乃補述之。

第一顆鐵路巨星——詹天佑

李寶容

我國第一位留學生容閎在敍述到挑選幼童生留學的情況時，有一段頗富歷史價值的記載：

「當一八七一年之夏，予因所招學生，未滿第一批定額（三十人），乃親赴香港，於英政府所設學校中，遴選少年聰穎，而於中西文略有根柢者數人，以足其數。時中國尚無報紙以傳播新聞，北方人民，多未知清政府有此計劃，故預備學校（設於上海，校長爲劉開成）招考時，北人應者極少，來者皆粵人，粵人中，又多半爲香山籍（今中山縣），百二十名官費生中，南人十居八九，職是故也！」

在第一批派遣赴美留學的三十位少年中，有一位年齡僅十二歲，祖籍安徽婺源，寄籍廣東南海縣，經營茶葉出口的茶商兒子——詹天佑，因入選而成派遣留學的成員之一。

詹天佑在私塾中唸過好幾年書，性格沈毅、認眞篤學，他禀有良好的天賦，不論作任何一件事，不底於成，決不休止，因之在童年階段，已把國故的學識，奠下了優良的基礎。他的父親因在風氣開通的「廣府」經商有年，故事事能著人先鞭，當得知容閎先生將遴選少年留學生時，即把他送到香港去應考，結果一試即告錄取。

一八七二年，中國的官費留學生三十人，首次放洋，隨第一任「留學生監督」陳蘭彬氏（後出任爲我國第一任駐美公使）前往新大陸，容閎已先行，在彼岸一路照料。三十位少年留學生，淸一色拖着長長的髮辮，穿着寬敞的長袍，外罩馬褂，完全是一副「小大人」的派頭，一登新大陸，即引起彼邦人仕的詫異與驚訝，他們甚至於懷疑着這批幼童生的性別，究竟是男的抑是女的，光是從外表的打扮來判斷；由是可見那根「滿淸工廠特製的猪尾巴」害人不淺，教漢人到處丟盡了臉，出盡了「洋相」。留學生一行，在正副監督的率領下先到美國的東部，全由容閎先生一人籌劃、商洽後，先入預備學校，學習英文。詹天佑被分發入威士哈芬小學，雖說是小學，但都要就此認定將來所要研攻的學科，目的係純爲他年進入大學分科的準備，天佑認定學習科學技藝。

光陰荏苒，小學畢業了，他考入紐海芬中學，十八歲畢業，續考入耶魯大學工學院，專攻土木工程及鐵路專科，在大學期間，以算學成績特別優異，屢獲校方的嘉獎，成爲品學兼優的卓越留學生之一。

詹天佑於屆滿二十一歲的那年（一八八一），是繼容閎之後，畢業於耶魯大學的第二人，不料就在這一年，留學界因主持者的眼光短小、頭腦頑固而發生了影響深遠的變化，原因是第三任留學生監督吳子登（據柳貽徵中國文化史引留美學生小史則作吳惠善），私自向淸廷報告，留學生多叛經離道、擅自「剪去猪尾」，每星期日、多不願回「中國留學事務所」誦讀經書，即逢朔望日，也不願回來參同委員等「望闕行禮」，聽講「聖諭廣訓」，縱勉強前來，竟不願向監督等政府官員行「跪拜禮」，而行動多效仿彼方人士，或入星期學校，或入宗教團體，或偕女友出遊，或赴私人之約，眞正的讀書少而遊戲多，且無敬師重道之禮，假使讓他們久居異域，耳濡目染，無君無父，勢必失去愛國之心，於是主張從速解散該「留學事務所」，並把全部留學生迅即撤回去。

腐化顢頇的淸廷，既不派人調查個中的細節與緣由，也不考慮其影響究有多大與深遠，就這般地輕率的接受了吳某的「謬見」而解散、而下令撤回了！於是一百二十名官費留學生，不問其學業的有成與否，畢業與否，一律登舟回國，詹天佑是其中的一員，就在這般黯然悽然的情況下，一起返國，叨幸，他的學業一帆風順，是得了學位的畢業生。

根據「出洋應辦事宜」的規定，留學生學成後，「得由委員臚列各人所長，聽候派用，分別奏賞頂戴官階」，詹天佑因學習「技藝」，遂被派往福州船政局學駕駛，後又改派在揚威兵輪上操練及船政局的教授。

當張之洞擔任兩廣總督時，頗器重詹氏的學識，乃以地方行政長官的身分，徵聘他任教於博學舘暨水陸師學堂教授兼任繪海圖，就這樣的，他在閩粵兩地之間，學非所用地經歷了七個年頭。

至一八八八年，他應了一句古諺：時來運轉了！津楡鐵路總經理伍廷芳（新會人），特別賞識詹氏的學識與才幹，起用爲該路的工程師，正式參加築路的工作。打從這一年開始，詹天佑在我國的鐵路事業上，大露才華，開創出輝煌的業績。

詹氏先在所謂「關內鐵路」（天津至山海關，今北寧鐵路幹線），擔任展築的工作，因工作認眞，成績卓著，乃被任命負責天津至蘆溝橋（津蘆鐵路）這一段的興建，十餘年間，大展抱負，學以致用，成了富有築路經驗的專家，更成爲在英人領導下的一位高級中國工程師；蓋當時我國確實並無這類人才，華北的主要鐵路，多由唐山開平鑛務局一手經營包辦，而今詹氏爲國人爭一口氣，偉績昭彰擺在面前，英國工程師學會遂徵攬爲會員，是爲天佑「爲國爭光」而初露鋒芒。

一九〇〇年，庚子義和團之變，八國共組聯軍蹂躪北京，葉赫那拉氏（慈禧）挾不辨麥菽的載湉光緒帝狼狽出奔西安，翌年，辛丑條約既訂，和議告成，老太婆一行人等，一路招搖地打道「回窩」，行到保定，突心血來潮，願試試乘坐火車的滋味，一試卽感到大大的不同：座位寬敞，人員衆多，仍可同乘一車，聊天飲茶在一起，還可眺望窗外瞬息萬變的風光景物，遠較用苦力抬槓的「肩輿」要舒暢、要自由、要方便得多多！至此這位老太婆才眞正地相信：物質文明的進步，委實是值得令人欽佩歆羨的！於是古老、冥頑的觀念微微地有些變動了。

庚子亂後，躑回到老窩的葉赫那拉氏，一面爲了收拾民心，宣示可以「變法圖强」外，一面擬於光緒二十九年（一九〇三），親自到西陵去「哭墳」，藉以表示老寡婦昏瞶糊塗，闖下了瀰天大禍，請祖先們原諒則個，她因嘗過坐火車的甜頭，因之在這次「哭墳」祭的命令中，附帶着一個條件，要在平漢鐵路的涿州以南的高碑店，向西至易州開一條火車路，好讓她及其僕役官員們，均能以觀光客的身份，招搖地出現在「西陵」上，哭奠一番。

修築這麼一條「御道式」的鐵路，原不值得大驚小怪，孰料就在這不算甚麼裏，竟牽涉到列强早已劃分好的勢力範圍問題，依清廷的意見是：請京奉鐵路（英國管理的）總工程師一手包辦到底，就行了，但這消息立被法國駐京公使探知，說是京漢線（卽平漢路）原係借得法比兩國的款項而興建的；此路的分線順理成章地當由法工程師來擔任才合理，雙方吸吸地爭執多時，清廷左右爲難，彷徨無策，最後才決定由我國人自行試辦，以免開罪强隣，於是我鐵路巨星詹天佑遂出任總工程師，牛刀小試其技。

詹總工程師於倉卒間受命，時距離葉赫那拉氏的「哭墳」期間，僅剩下四閱月光景，只因一來英法兩夷使的爭執拖誤了許多時日，二來時值降冬，河水結冰，施工困難，但我詹工程師，憑着豐富的經驗、卓越的才能，終於在短促的期間內，尅期完工，如限通車。由是看來，證實了一個淺顯的原理：中國人要是認眞地作起事來，天下沒有一件事，能難住我們的！

「哭陵鐵路」（卽新易鐵路，以高碑店爲中心，東至新城，西至易水的易州）完成後的翌年，督辦關內外的袁世凱，因鐵路的盈餘異常可觀，乃定出「以路養路」的計劃，擬建一條京（北京）張（張家口）鐵路，立意與策劃均不能說不善或不美，不料，藍圖剛畫出，復引起國際勢力範圍的再度衝突，衝突的主角係英俄兩帝國主義。英國所持的理由是：關內外鐵路係借得英款，允以路收作爲還本付息的抵押，因此，假如要挪移「路餘」以建「京張鐵路」，則英人實有優先權擔任此路的總工程師，不然，於該帝國的面子無光，倘清廷不給「光」，則絕不准動用。

而俄帝的使臣出面阻撓的理由是：早在一八九九年，英俄已有默契，凡長城以北，中國如要借款築路，須徵得俄廷的同意，並向其商借，不得擅歸他國承辦等云云，兩帝使紛紛吆吆，僵持不下；梟雄自命的袁世凱感到左右爲難，爲了擺脫外國壓力的無理糾纏，不得已改爲自辦，聲明絕不雇用任一「碧眼赤髮兒」，純由我國人自行籌辦築建，於是焉頂刮刮的總工程師詹天佑乃被任命膺此重職。

英俄兩帝國至是啞口無言了！因再也找不到適當的藉口了！藉口既消失，黔驢技窮之下，改用譏誚的口吻：「中國建築此路的人才，至今尚未誕生哩！」

譏誚笑罵就由愛嫉妒的洋紳士去搬演吧！夙以忍耐力著稱於世的中國人，決心以驚人的、輝煌的業績來答復人家的任情揶揄，詹天佑總工程師，正是代表着這般品德的一個好男兒。

他冷靜地沈思、細心地籌劃、隨即着手地進行勘測。

這條路線的起點是在北京附近的豐台，出西直門、經南口、上居庸關、五桂、石佛寺、青龍橋、八達嶺而達康莊，由此再經懷來、宣化而達終點站的張家口（萬全），就中以上居庸關、八達嶺一段最爲崎嶇、高峻而險阻、艱難，經過詹總工程師細心的測量、比較、詳細的研究地形的構造後，匠心獨運地定下越山爬嶺的計劃，因爲車的直行既不可能，只有採取曲折的路徑，於是兩項「精心傑作」乃呈現在世人的面前：

一、在八達嶺長城下，鑿一長達一千零九十一公尺的隧道一座，爲爭取時間，這長隧道用兩端「對鑿法」，中間復由地面打下兩個「直井」，以便出土，由於計算準確、技術高明，當兩端在「接龍」時，竟不差一毫一厘，使人歎爲「天工」。

二、在青龍橋的東溝，以岔道城爲角點，用「三十昇一斜上一尺，俾車逆而上，方將」的高坡及「之」字形路線，此段的艱程加以克服，後用牽引機車，設保險岔道，以策行車的安全。詹總工程師對人說：「從這一段起，車就轔轔地在山頂奔馳了！」（上過阿里山的人，當可領略這項況味，小火車開到阿里山峽谷下，距離山頂目的地尚有五百餘公尺乃由兩「機關車頭」，一拉一推地循着「之」字形路線爬上去，富有模仿性的日人，即向我詹天佑先生，學到這一點。

京張鐵路自一九〇五年（光緒三十一年）九月開工，至一九〇九年（宣統元年）完工，正式通車，當時，預定的工程程期限是四年，至是較原定期限，還提早了一個月，換成了英夷俄帝的工程人員，有此「如限完工」的可能嘛？這是國人「工作認眞，爲者常成」的明證之一。

最值得自豪自慰的是：京張鐵路預算的原定總額是七百二十二萬三千餘兩，而實際支用至工程結束，僅動用六百九十三萬五千餘兩，尚節用二十八萬兩之多，換成了俄帝英夷的工程人員，有必要替我財政節省偌大的數目嘛？不可能的！

當京張鐵路通車之日，郵傳部尚書（相當於交通部長）徐世昌氏親自主持該項典禮，中外來賓、使節、工商鉅子、社會賢達，應邀以及自動參觀者一萬餘人，眞所謂盛況空前，人人無不嘖嘖稱奇，歎爲偉構，即前此那些譏我「建築此路的人才，至今尚未誕生」的「夷人」傳播員，也靡不視爲奇跡。

詹天佑總工程師的名字，於是，在一夜之間揚播於四海。各國既備極讚揚，清廷乃特授「工科進士」——是爲以科學成績而榮膺「進士」的第一人！後人爲追念詹氏的不世傑出才華與特殊的業績，特於「青龍橋畔」，建立詹氏的銅像，以爲我輩青年，獻身科學報國、垂範作則的好榜條。

附提一筆的是：京張鐵路後來又展修爲「張綏鐵路」（張家口至包頭），續請詹天佑繼續其賢勞，擔任總辦及總工程師，一九一一年，已築至陽高，下一站卽大同，適値武昌起義成功，愛新覺羅王朝被推翻，國事雜亂如麻，工事遂告暫停，民國成立，始繼續開工，民三年築至大同，四年至豐鎭，旋因袁氏昏聵，白晝作皇帝夢，而歐戰正殷，不得已停工四年，至民國十年，始接至綏遠，全線改稱「京綏鐵路」，十一年，才達終點站的包頭，全程共八百一十三公里，此是後話。

當詹天佑正擔任張綏鐵路的展修時，長江中游的川漢、川粵兩路也忙着分頭興築，爭相以厚禮聘請詹氏前來主持，先生迫於鄉誼，遂於川漢宜昌一段開工後，赴粵就任，而把張綏鐵路未了的事宜，交由其同學鄺孫謀繼任。

民國成立，譚人鳳出任粵漢鐵路督辦，天佑爲會辦，同年秋，譚他去，遺職由黃興繼任，翌年，岑春煊又繼黃職，甫半載，馮元鼎又繼岑職，在短暫的八閱月之間，鐵路督辦有如走馬燈般，連續換了四位主腦，這在受過科學洗禮的詹氏，自不能於心一無所感！

詹天佑有感於中國永遠有一痼疾——作官的人多，作事的人少！而中國可爲的、該爲的工事正不知有幾多呢！今竟無人願爲之倡導，這就是不易進步的病根，於是毅然也設立一工程學會，以研究並闡揚工程學術，遂聯合粵工程師會、路工同人會爲「中華工程師會」，被推爲第一任會長。

學有所長的詹天佑，已表現着特殊的貢獻，爰贏得香港大學的青睞，特贈法學博士的榮銜。

時粵漢鐵路督辦馮元鼎已於民國三年七月去職，天佑得簡任爲交通部總監。當是時，所估計的料價，均告增漲，而工款來源又不繼，乃先築湘鄂線的長武與漢宜線的漢皂兩段，爲時僅三載，卽告成功，商旅運輸，兩稱便利。

民國六年，我國正式加入協約國，向德宣戰，翌年（一九一七）俄國發生大革命，退出協約戰線；民八年二月，協約國方面，由共同出兵西伯利亞的有關國家，共組「監管西伯利亞鐵路委員會」，詹天佑奉派前往參加，詹氏由漢口長驅至海參威，復至哈爾濱等地，與各國的代表，多所折衝，爭回應得的權利。

時値隆冬，北地酷寒，朔風勁峭，冰雪載道，詹天佑晝則勤懇涖事，夜則治文書，審議案，一一務求得要領，積勞過甚，飲食失調，竟得了痢疾，於四月十五日離哈爾濱南返漢口就醫，二十日入仁濟醫院，越四日卽告不治於醫院，享年僅五十有九，正是大有爲的時期，噩耗傳出，中外同聲哀悼。

在我國的鐵路建築史上，經詹先生一手擘劃而築成的，計有：津蘆、榆關內外、萍醴、新易、潮汕等鐵路，諸路至今均安然枕於秋海棠的大地上，惟潮汕鐵路則於抗戰時期，路軌爲日軍拆運一空，至今已成歷史的名詞，追念先賢的勳業，能不泫然又憤然呢？

詹天佑的秉賦是不大喜愛說話，言辭拙訥，用他自己常說的話：

「要我對着大衆演講，遠比最艱鉅的山峒跟大橋的工程，還要吃力得多！」

至於對人談笑，純出於自然，不矯飾，不虛僞；對任何人均謙和有禮，卽使對屬下的員工，也是一視同仁，絕無驕矜的擺架子。遺著中，以「京張鐵路工程紀略」爲最著名。

他是一顆熠熠的鐵路巨星，放射出光芒，照引着櫛比的「人工火龍」，蜿蜒地伸延着，縱橫地奔馳着，在我帶礪的河山上，在錦繡的秋海棠圖上。

郭松齡倒戈之失敗及其影響

王盛濤

郭松齡爲民國以來不可多得之將才；他善於練兵，也善於用兵。他的作戰都是謀定而後動，出奇兵以制勝。可惜在民國十四年冬發動倒戈，棋輸一着，從此一蹶不振。郭的失敗不祇影響於東北，也影響於整個國運。茲將他倒戈的始末及其失敗後之影響，分述如後：

初年的經歷

郭松齡字茂辰，洛陽東鋸木廠人，生於光緒八年。於光緒三十三年畢業於奉天武備學堂（又稱陸軍速成學堂），初在三十三鎮朱慶瀾麾下任哨長（即排長）。後隨軍入川，於宣統元年，升任哨官（即連長），宣統二年，升任管帶（即營長）。

清宣統三年，四川以鐵路案排斥外省軍隊，郭乃返回奉天。民國元年三月間考入北京將校研究所，以成績優異，被選任爲區隊長，未半年，調任奉天督軍署少校參謀。旋再考取陸軍大學，於民國五年畢業，仍回奉天督軍署任職。

民國五年，張作霖派參謀長楊宇霆率郭松齡赴徐州參加張勳召開之督軍團會議，郭因有所建議未被楊宇霆採納，遂負氣赴粵；在廣東曾任警衛軍中校參謀及韶關講武堂教官，民國八年再回奉天任東北講武堂戰術教官。

發跡開始

郭這次由廣東回奉天任講武堂戰術教官，關係其一生至爲重要，也可以說是他的發跡的開始。他曾兩次赴外省工作，均未得志，一次被四川排斥回來，第二次赴粵，也是僅僅擔任一段時間的幕僚與教官，並未得展其所長。

他回奉任講武堂教官，適值張學良在該堂受訓，兩人由相識而引爲知己，遂由張學良把他推薦至張作霖處，由衛隊旅團長而於民國十年夏提升到第八混成旅旅長，再於民國十四年秋由師長而升任第十軍軍長。前後不到六年工夫，由教官而提升到軍長，總綰奉軍精銳部隊之大權，任用之重，信用之專，罕有其匹。雖唐肅宗之信用郭子儀，漢高祖之重用韓信，劉備之遇諸葛亮，也不過如是而已。

人生得一知己，死而無憾。郭松齡之遇張作霖可謂身受特遇之恩，縱有小嫌，也應該知道忍辱方能負重。不應因小不忍而亂大謀，更不應以私恨而鼓動全軍作戰，動員數十萬，流血千里，以爭私人之恨，宜其一敗塗地了。

精於練兵

郭松齡才兼文武，善於練兵，善於帶兵，更善於用兵。當其任第六混成旅長時，所有二、六兩個旅均駐在北大營，兩個旅司令部成立一個聯合辦公處，所有一切人事經理均由郭一人決定，張學良雖任第二混成旅旅長，很少過問，於此可見張對郭倚畀之殷。

郭頭腦特別清醒，舉凡兩個旅的下級幹部，他不用點名册就能叫出每個人的名字來，並能道其個性、品行、學術、能力，每當校閱時，必親自主持；凡有不稱職者，卽派送講武堂或軍官團受訓，另選學術能力優異者遞補，因此他所訓練的部隊成爲勁旅。後來張學良任第三方面軍團長，郭松齡任第四方面軍團長，也是三四方面軍團部成立一個聯合辦公室。東北的奉軍由舊式而轉爲後來的精銳部隊，能够稱霸於中原者，郭松齡的功勞，實不可沒。筆者在近三十年來，所見所聞的將才，尚未見有能出其右者。

氣度毀了他

從前蘇東坡論賈誼時曾說道：「賈生志大而量小，才有餘而識不足。」引用這兩句話以論郭，似可比擬。郭才略超羣，但氣度稍嫌狹小。凡事遇有不遂其意者，就任性發作，而不考慮其後果，這是他的一點小毛病，不幸這點小毛病，竟成爲他的致命傷。

民國五年，他隨楊宇霆赴徐州開會，因意見未被採納，卽負氣而去。第二次再回奉天，張作霖並沒有記取前嫌，仍是重用他，可以說是張作霖有容人之量，有用人之能。「大帥辦事行不行，必先問問楊宇霆。」這是大元帥府裏流行的一句話。楊在當時有左右張作霖用人之權，但是楊宇霆並未在此時記取前嫌而離間郭松齡。

那個時候的東北，並沒有派系之分；張作霖用人大公無私，惟才是用，不分地域，不分學籍，不分新舊與親疏，當時的奉軍，可以說是上下一體。只是外人離間它，硬把奉軍分爲什麼新派、舊派、士官派，其實絕無此種現象。郭松齡誤聽閑言，自造矛盾，竟於民國十四年冬發動倒戈。此種舉動，勿論對東北、對國家、對其個人，均屬不當。

倒戈害了郭松齡

張作霖於民國十一年起卽與 總理合作；曾派姜登選駐廣州代爲連絡一切事宜，並於民國十三年秋響應 總理通電，擊潰曹吳勢力。（按：民國十二年十月十日曹錕賄選總統， 總理通電聲討，並於十三年九月十三日率師北伐，張作霖通電響應，並分兩路進兵，策應 總理北伐，卽所謂第二次直奉戰。）郭旣爲同盟會員，就應當因勢利導，把奉軍導入革命武力途徑，迎接 總理北上，完成南北政治統一，建設三民主義新中國，此目的如能達到，或者不致於發生後來之「九一八」事變。

我們知道東北爲中國領土之一部份，張作霖旣不能自身偏安於東北，也不能脫離中國而自立。無東北卽無中國，中原不保，東北亦難自保，是東北與中原息息相關，勿論在政治上，軍事上，均不能與中原脫節。張作霖與 總理合作，企求南北政治統一，這一行動，在當時而論，是最正確的。不幸 總理於民國十四年春逝世，未能達成此願，臨終尚諄諄告誡於國人：「和平、奮鬬、救中國。」郭爲張作霖左右心腹，自應溝通各方意見，促成國家和平統一。一致對外之不暇，更何忍自相殘殺。無奈當時倒戈之風特盛，那一些大小軍閥們，任由政客宣傳播弄；沒有是非觀念，沒有國家觀念，只有個人權利觀念，個個都想找個機會，借個理由，去把自己的長官推翻，搶塊地盤，關起門來做他的土皇帝。朝爲長官部屬，夕爲仇敵寃家，互相爭伐搶奪，恬不知恥，新軍閥換舊軍閥，一輩不如一輩，其混亂之情形，遠過於春秋時代。

郭在此時或多或少是受當時那些倒戈風氣的影響，尤其是受馮玉祥的煽惑與鼓動，更爲其發動倒戈最大的動機，因此中了馮玉祥的離間陰謀，使東北自相殘殺，以便漁翁得利。

未作全盤考慮

郭的倒戈，如純以武力而論，是百分之百的成功，但是以政治論，以人心論，以國際環境論，就不是那麼簡單的事情。

當時的東北，北有蘇聯虎視眈眈，東有日本處心積慮。這個時候的東北，眞是虎視鷹揚的兵家必爭之地，如無張作霖，恐怕早被蘇聯赤化，而步上蒙古的後塵。或被日本鯨吞，不待九一八事變了。

郭的倒戈失敗，是他個人的不幸。假使他能夠於當時攻進瀋陽的話，那就勢必釀成東北長期內戰。當時張作霖的計劃；如郭軍攻進瀋陽，就打算首先把大元帥府焚燬，然後率領部隊，退到山裏，再召集吉黑兩省部隊，繼續對抗，這一來，必將流血千里，生靈塗炭，其禍患實不堪設想。結果可能在兩敗俱傷之時，爲日本或蘇聯利用「亂兵引勝」的辦法，乘機佔領，或瓜分東北。那時候的中國，對外毫無作戰能力，勢必只有眼睜睜看着東北丢掉。

權勢之念害人

中國人最大的毛病，就是私人權利，高於國家民族的利益。爲了個人的權利，寧肯把國家弄亡了，也再所不惜。如南宋的秦檜，民初的袁世凱，抗戰時期的汪精衞，這一些人們，都是只顧個人權利地位，不顧國家民族的生存，除了挨駡千古，還有什麼可述？其實一個人能夠立功於國家，並不限於虛位的皇帝與領袖。郭子儀薄天子而不爲，諸葛亮能取而代之而不代，曾國藩能奪滿清之天下而不奪。此三公皆成絕代之功而風儀千秋。

如果一個人不顧國家民族的利益，只顧個人權利的爭奪，如倒戈將軍馮玉祥；從他當營長時起，就開始倒戈，一直倒到他死的時候，所有民國以來的風雲人物，他都跟過，他都倒過。殺人不可數計，爭奪了一輩子的權利。但所剩下的，只有一個「倒戈將軍」的空銜！

郭生逢際會，才、德、位兼備，惜昧於一時的權勢之念，抱憾終古。

灤州會議註定敗兆

民國十四年十一月二十二日郭在灤州召集團長以上官長會議；宣佈他的倒戈決心，當他講話到中途的時候，曾痛哭失聲，不能自已。後由他的夫人韓淑秀繼續宣佈開會的目的。張作霖是他多年的知遇長官，一旦宣佈倒戈，其內心必有許多的痛苦，所以痛哭不已，當時已造成騎虎難下之局勢，又不能懸崖勒馬。

當會議完了，就令贊同的人簽字，其中有師長裴振東等拒絕簽字，當由郭解除裴振東等四個師長及一個旅長的職權（師長除裴振東外，其他三人爲趙恩臻、高維嶽、齊恩銘、旅長爲孫旭昌。）會後第二天，將安徽督軍姜登選殺掉。此外還有一個騎兵師長，未參加會議，聽到倒戈的消息後，即率領騎兵師逃歸瀋陽方面，後來聽說郭軍裏尚有一位將領作瀋陽方面的內應；令砲兵將引信管完全抽出，所有打到瀋陽方面的砲彈均不爆炸。當張學良出現於第一線指揮的時候，所有出關的郭軍就紛紛投向瀋陽方面。軍心向背，非戰力所能挽回。我們知道：兵以義動，「師克在和不在衆」，郭軍以此潰散之軍心，焉能取勝？惜郭當時未加深察，一意孤行，遂造成後來無法挽回的敗運。

東北人都知道：郭松齡就是張學良，張學良就是郭松齡，他們兩個人可以說是一個人，道義相交，情逾骨肉，所有奉軍的精銳部隊，在名義上歸張學良指揮，在實際上都歸郭松齡指揮。不論爲公爲私，在郭而言，均不應利用張作霖兵敗危急之際，乘機倒戈。

當郭死後，陳屍於瀋陽小河沿的時候，楊宇霆曾輓以「論權論勢，張將軍那點虧你？不仁不義，爾夫妻佔個完全。」此聯固屬尖酸刻薄，而以張作霖對郭之殊遇，竟能做出倒戈事情，似有不忠不義之處。春秋責備賢者，我出此言，實爲其深致無限的哀痛，倘其泉下有知，應鑒斯意。

郭軍倒戈失敗後，不只影響東北，也影響整個國運。東北從此日趨沒落，張作霖也霉運當頭，緊接着於民國十七年被日本謀炸於皇姑屯。十八年發生中東路事件。二十年九一八事變。接着七七事變；以致演成今天不堪回首之國運。

紛擾局面談林長民

文雪

清社覆，民國建，自袁世凱僭位大總統一直至張作霖自立爲大元帥止，十幾年中紛亂的擾攘的局面，談往者多歸咎軍閥的胡爲，但平心說來，一般讀書人出身的政客，多少也要負些責任！這些人何嘗沒有才幹？沒有懷抱？卻只是想把老虎當坐騎，要想馳騁一場，不是給甩了下來，便是膏了虎吻，落了個虎倀的譏誚。林長民之與郭松齡，便是典型的例子。

林長民字宗孟，所居門前有一對枯樹，因自號雙枯廬主人，籍福建閩縣。父伯潁是晚清浙江的名縣令，故自幼隨宦杭州。長民是個絕頂聰明的人，文章書法，少便蜚名，一度曾進過上海聖約翰大學，隨後留學日本，入早稻田大學，專攻政治法律。因爲他文筆好，所以在留學界中，很早便有盛名，日英語都很諳熟，又好交遊，亦樂與人接近。梁啓超、楊度、劉崇佑諸人，和他都很交好，和犬養毅、尾崎行雄，也每有過從。

當年留學生中分「共和」「立憲」兩派，林氏屬於後者，雄談善辯，黃興、宋教仁和他政治主張雖有不同，但基於憐才一念，和他交誼卻還不錯。

在早大畢業後，赴浙省親，東三省總督錫良，擬招林赴奉。將行，得劉崇佑電，邀其返閩，遂赴福州。當時，各省設諮議局，劉當選議員，擁高登鯉爲議長，自己也當選副議長，所以力邀長民做書記長。林伯潁官聲頗好，鄉譽亦佳，長民是他的長子，又蜚聲於留學界，回閩之後，官紳對他爭先延納，並兼官立法政學堂的教務長。他瘦骨削面，長髯飄拂，雙目烱烱如電，而襟袖濃香馥郁，見者怪之，未幾以「危言讜論，動驚長老」，給提學使免去教務長之職。

辛亥光復， 國父從海外歸來，林以福建代表身份，赴南京參加臨時約法會議。在下關車站，忽有流彈飛過，他幼年曾從他父親習技藝，槍聲乍響，他機靈得很，便向地上一扒，彈從頭上飛過，幸免於死，他便星夜離寧。在上海逗留些時，和議既成，清室退位，袁世凱任大總統，林當選第一屆衆議院議員，任秘書長。他本與湯化龍、劉崇佑等組有民主黨，至是與王家襄、梁啓超諸人之共和黨，合併爲進步黨，自後他便在政治漩渦裏打滾，以迄於死。

劉劭論人物，把人的流品分爲十二類，有所謂「伎倆」與「智意」，即：「似法家而思不及遠，務在成功」，「似術家而權智有餘，公正不足」。章太炎把它分作十六種，對於「通人」中之「外學」，指爲「所恃既堅，足以動人，各因時尚，以取富貴」的官僚政客，罵得最苦。不幸清民之交，那些才智不凡之士，很少不傾心蘇張之術，想依傍實力派來幹一番「事業」，圖博取個人的功名富貴。這類人物，眞不勝一一枚舉，說來也是時代讀書人的悲哀。

林自負才華，亟求有以表現，袁世凱籌建帝制前夕，林因楊皙子進言，被封爲上大夫。太和、保和、中和諸殿，改稱爲體元、承運、建極三殿，命林寫進呈，林仿瘞鶴銘體勢，大被嘉許。民國五年丙辰元旦，袁龍袍加身，林是日適生一子，奏稱「聖主當陽，春和四被，臣幸誕一男，伏懇賜名，以爲光寵。」袁執筆即書「新華」二字付之，林氏表謝，詡爲殊榮。

蔡松坡在雲南起義時，湯化龍辭教育總長，林亦悄然出都，至南京，馮國璋欲聘爲秘書長，林依違而已，逗留江南若干時日。一直到民國六年，對德問題發生，進步黨和段祺瑞結合，張勳復辟，馬廠誓師，再造共和，黎元洪辭職，馮國璋繼任總統，段爲國務總理，這時進步黨與段愈益融洽。林與梁啓超、湯化龍、汪大燮、范源濂諸人，同時被邀入閣；林長司法，湯長內務，梁長財政。但漸招段左右的嫉忌，合作不堅，雙方情感反日趨疏渙。及馮段失和，段辭，林與梁、湯等亦同去職，表面似相終始，其實早已貌合神離了。林任司法總長，恰爲三個月，因鐫有「三月司寇」小印，頗用自喜。

馮段齟齬的結果，造成了徐世昌出山之局。段派擁徐，原欲徐擁其名，而段握其實。可是水竹邨人之性格，怎肯甘爲傀儡，一登上寶座，即與舊交通系密切聯繫，對進步黨亦深示好感，月助黨費。進步黨人遂對段閣的借款政策，猛加抨擊，昔日膠漆，今成水火，以利害相結合者，很少不是隙末凶終的。徐世昌與林伯顯本爲同年，長民於徐，應稱「年伯」的，於是應邀入京。時第一次世界大戰告終，巴黎和會開幕，我國被邀列席，外長陸徵祥奉派赴歐。徐特於總統府內設置外交委員會，聘汪伯唐（大燮）爲委員長，長民爲事務主任，熊希齡、孫寶琦諸名流耆宿爲委員。遇有和會代表團請示事件，都交該會擬議，權在外交部之上。巴黎和會各國代表額五名，中國係列席會員，出席只限二人，陸徵祥自任首席外，曾電京以王正廷、顧維鈞、施肇基、魏宸組四人名次，請示核派。案交外委會，林以陸體弱多病，次席代表實同首席，不欲由王充其次，遂顚倒王顧之次序而爲顧王，由會呈府發表。王憤然求去，陸大窘，不得已稱病，遂使王顧二人均出席，這一次小波折，幾弄成僵局，各方多以責林，蓋王代表西南，非王無以示南北一致。

在巴黎和會討論山東問題時，日方堅欲繼承德國在華權利。英法先受日本運動，默予左袒，美仗義執言，日稱中國已同意，且指換文中有「欣然」二字，爲非壓迫之證。威爾遜總統問於顧維鈞，顧電國內報告，外交會向交通總長曹汝霖詢查，乃悉不特青島問題，尚有濟順高徐鐵路敷設權密約。朝野驚憤，汪伯唐最爲激昂，長民將此約換文內容，及在和會中之影響，以「山東亡矣」爲題，把它登在晨報。

山東問題的秘密揭載報端之後，羣情憤激，各大學相率罷課，要求懲辦交長曹汝霖，駐日公使章宗祥，以及參預秘密借款的陸宗輿。遷延了十天來，釀成了所謂「學潮」，天安門之遊行，趙家樓之焚燬，民族自覺之「五四運動」繼之。徐世昌責長民爲「放野火」，召他到總統府切責，且有「愛惜人才，未予嚴懲」的話，外交委員會因此撤銷，徐和林的交誼，至此中斷。林遂漫遊歐洲，在英年餘，勤習英語，並研究社會主義，一時又傳「林長民左傾了。」

林歸國以後，蟄居天津，那時，聯省自治之說，甚囂塵上。林是福建人，頗思歸主閩政，段系的曾毓雋，頗想幫林的忙，允爲相機進行，囑其少安勿躁，林疑爲推宕。適閩省代表晉京請願，請以閩人治閩，推他任省長。但梁鴻志和林素來不睦，從中作梗，事便擱置，林悻怒見於詞色。

段祺瑞入都執政，設善後會議，聘林爲秘書長。又置國憲起草委員會，草擬憲法，由各省市推代表二人，另外選聘才碩學者若干人任委員，特聘林爲委員長。憲草僅至二讀，而戰雲瀰漫燕京，段執政的政權又要垮臺了。

段祺瑞臨時執政，是在二次直奉之役馮玉祥倒戈幽曹之後，名爲各派協推，實際是建立在奉馮兩軍的槍尖之上，要維持均勢，自不容易。

十四年八月，段發表姜登選督皖，楊宇霆督蘇，同時發表馮玉祥督甘，及孫岳督陝，實現奉馮兩系利益均霑的計劃，即以東北東南爲奉系勢力範圍，西北中央爲馮系勢力範圍。但馮與奉方摩擦日甚，孫傳芳周蔭人對奉軍猜疑日深，二次江浙戰事，遂由雙方鬪謠而爆發。

十月十五日，孫自任五省聯軍總司令，上海奉軍邢士廉部不戰退卻，十八日楊宇霆棄蘇北走，廿三日姜登選亦棄皖而逃。奉方不戰而退，固由於戰線太長，怕給人「剪線」，同時也因爲馮玉祥態度可疑，吳佩孚更在這時設總司令部於查家墩。到了十一月奉馮形勢益形惡化，段居間斡旋，以京漢線歸馮，津浦線歸奉，長江歸舊直系，自詡均勢政策得收宏效，卻不知馮系勢力近在肘腋。自己因人成事，無錢無兵，京師衛戍司令鹿鍾麟，名爲戍守，實卽對段監視。不久曾毓雋白晝被囚，梁鴻志夤夜出走，一切陰謀暗殺之事，接二連三發生，政海人物，人人自危，「身繫天下蒼生之望」的段芝老，至此竟成了一籌莫展的孤寡老。馮玉祥錦囊妙計——策動郭松齡灤州倒戈，密鑼緊鼓串演出台，段的苦心遂盡付東流。

段祺瑞有兩個智囊：一爲徐樹錚，一爲曾毓雋；徐方漫遊歐美，獨曾在京。這人頗機警，段任執政時，他不參與實際政治，但梁鴻志之執政府秘書長爲其所荐，寄與耳目而已。但曾和奉方較爲接近，所以馮玉祥疑忌他最深，命鹿鍾麟將其逮捕，梁鴻志膽子更小，恐禍將及，故先出走。林長民本來敏感，得訊寢食不安，同時也接到好幾封恐嚇信，更覺得惶惶不可終日。有一日，日本公使請他吃飯，座中有金拱北，也有某些玩政治的朋友，長民到時，這位朋友對金暗地裏說：「像宗孟這樣一把瘦骨，滿臉死灰色，眞活該幹掉了事。」拱北聽了這話，私下又告訴了他，他益發恐慌，眞感到危城不可一日居。

碰巧這時郭松齡正在倒張作霖的戈，看中了他是搞政治和對日外交人才，幾經轉折，由京漢路局長王範庭（乃模）以及李孟魯（景龢）蕭叔宣（其煊）雙方介紹，達於林氏，慫恿出關，許以事成之後，郭主軍，林主政。範庭爲接近馮軍人物，叔宣與郭陸軍同學，孟魯曾任總統府秘書早在郭幕，三人皆與林爲同鄉。林正擬離開北京，巴不得有此機會，匆匆便行決定，而郭派之專車已在前門東站候發了。當時親友多半不贊成他去，他臨行通知親戚某君到家，告以「兩三日，將有一新發展，本晚卽離京，茲留上段執政一書，行後，可交汪伯老（大燮）託其轉呈，憲草委員可請湯斐予（漪）商結束。」某君仍請他再斟酌，他道：「吾與郭非素識，答應了又變卦，則郭怕我洩漏他的秘密，必假鹿瑞伯（鍾麟）之手以滅口，那時將求爲曾梁而不可得了。見了郭之後，如無可作爲，便往天津，郭也無奈我何，這是金蟬脫殼之計，再不然，那裏到營口精鹽公司也近，或且去到那邊休息些時也好。」

這時長民是想見郭之後，渡遼河去營口，或循海路至天津。其夜，林携王範庭所授口令，和孟魯及學生吳少蔚（粹）匆匆到

本刊鄭重徵求香港淪陷史料

本年十二月八日爲日本軍進攻香港三十周年，本刊擬在十二月份發行專號紀念，懇祈各界惠賜鴻文，以記述此三年零八個月痛史，如有圖片更爲歡迎，來稿一經發表，稿酬每千字一律二十元，特此奉告，並希踴躍賜稿是幸！

東站上車出發。

林氏一行到溝幫子時，郭松齡已進入白旗堡，距皇姑屯只有一日路程，奉方部隊，紛紛輸誠，張作霖也已準備逃往吉黑。郭松齡固是豪氣勃勃，聽到林長民來到，派車接林到白旗堡相見。郭林本來是急功近名的，又因閩省長弄不到手，不滿於段，郭對之優禮有加，視爲平生唯一知己，以爲果能使郭言聽計從，舉東北之兵力財力人力，好好運用一番，不特大有可爲，且可問鼎中原，多年懷抱之政治主張，或借此以獲實現。在堡所聞捷報，並認爲奉天是囊中物，所以在堡發了一電給他的如夫人，說：「遼河冰凍未堅，車不得渡。」猶存觀望之念。

郭松齡自十四年十一月二十五日在灤州發出通電後，一路勢如破竹，馮玉祥出兵五路，由喜峯口進佔熱河，奉方闞朝璽倉皇撤退，奉張勢窮力蹙，擬退往吉黑。馮玉祥志得心滿，假惺惺地電勸張雨亭下野，卻不料用兵關外，會惹起嚴重外交。果然十二月二十六日，日本以護僑爲由，命「滿洲派遣軍」菊池少將，分別照會張作霖、郭松齡兩方說：「鐵道附近地帶，及日軍警備區內，兩軍絕對不得侵入，否則，本司令官（白川）不得不執必要之武器。」旋由日方提出調停之議，希望張作霖下野，郭軍和平開入瀋陽，莫傷老百姓生命財產。有人說這是奉張串同日方散出煙幕，好從容部署，確否已無可稽，但張作霖乘着這個空間，調動黑龍江吳俊陞的騎兵作背城借一，卻是眞的。

十二月二十三日，吉黑精銳部隊，迎拒叛軍於新民巨流河間。號稱傻大個子的吳俊陞，帶着他部下騎兵打前敵，卻眞有破釜沉舟的決心，居然把郭軍打得落花流水，由慘敗轉爲大勝。這其間自不免有日本方面的幫忙，即黑龍江騎兵是越自日軍防線而過，橫截郭軍；而日軍以警戒爲名，堵住郭軍的後路。在中國道德觀念上，郭是「以下犯上」的叛逆之行，不爲一般人所同情，所以奉張借外力來平粒郭亂，也很容易被人忽略了，何況又做得那樣從容不露。郭松齡夫婦倉惶化裝逃遁，終給傻大個子逮住，奉令就地槍決，做了同命鴛鴦。

郭軍慘敗的消息，陸續揭載於北京日人所辦的順天時報，林長民的親友們見了，焦急萬分。營口精鹽公司方面，卻得自白旗堡方面來的電報：「孟安，派車接」五字，公司中皆大驚喜，急派車往接，而接回來的卻是李孟魯和吳少蔚二人。原來電文中之「孟」是李而不是林，林氏主僕在兵慌馬亂中已斃命了。

在郭松齡軍中，除長民之外，尚有一個擅長駢四儷六文章、滿身生着蟣蝨的廣濟饒宓僧（漢祥）。這一對新舊「書生」，耍耍筆桿闢闢嘴，自是出色當行，一旦身臨「兵凶戰危」的前線，自覺得滿不是事。林長民雖感苦惱，尚能矜持，饒則裝起病來，見人輒說：「遺精病重！」即白天也皺着眉頭做出「忍俊不禁」的樣子，於是饒便在「因病」的理由之下送回後方。林長民李孟魯一行，隨軍前進。

這是大戰的前夕——黑龍江騎兵越過日軍前線，橫截衝擊，郭軍情勢顯已大變，郭松齡知道大事去矣，和他太太韓氏，換了便服，準備出走。林長民李孟魯等四人，住在白旗堡的郊外一所小寺的樓上，這一夜，月黑風高，燈昏人憊，景色好不淒寂！長民躑躅樓前，拍遍闌干，口中念着「無端與人共患難」不已。次晨，曉色朦朧，即坐了板車上路，郭氏夫婦已不見了。車過山坳，前面槍聲四起，四人倉惶下車，長民披着狐皮大氅，僕人挾着他走溝塍裏，覺得不安全，主僕二人蜷伏蛇行，想爬到低處避匿，爲了狐氅累贅，想把它脫去，頭微仰，恰好彈如雨至，頭顱膽了半截，那僕人往前一拉，也追隨主人於地下了。

李吳二人逃在老農家裏，漏夜易服，變更姓名，接着傳說郭氏夫婦在「菜窖」裏給黑龍江督軍抓獲槍斃了。自錦州至白旗堡間，軍隊密佈，查緝郭松齡餘黨，孟魯和少蔚化裝爲挑大糞的，肩背長桶，手持糞杓，偸渡過遼河投奔營口精鹽公司，輾轉到了北京，證實林長民的噩耗。

長民的胞弟林希賓（天民），是個留日電氣工程師，也是一位「日本通」，便和族弟林樸初商量前往收骨，爲避奉方邏弋，南繞道大連前往。登岸之後，二林的來意，已爲日本方面探悉，南滿鐵道株式會社的總裁松岡洋右，叫人到兩林住的旅舍裏，請他二人前往，見面便說：「林長民先生確已遇難了，爲了敬重林先生，遺骸已由白旗堡日本領事館保存着，二位到堡，向領事洽領便可。」派了一個軍曹，陪着兩林換了日本服裝，坐了特備的板車到白旗堡，在領館裏取出兩個大榮甕，揭開一看，只餘頭顱胸肋大腿的骨骼，其餘已燒成了灰，筋黏血漬，顯然是草草焚化，胡亂裝甕的。希實認得其兄齒肋兩處的特徵，才辨出是主是僕的遺骨，乃原車帶着骸骨回大連，在本願寺入殮，將衣冠胡亂包裹後裝入棺木並設奠告靈，日人多有來弔，松岡也送了個大花圈。主僕棺木，自大連逕放上海，希實護柩同行，歸葬福州。北京方面，在過了月餘奉軍撤回關外之後，才在景山林氏私宅裏，設奠憑弔，吳少蔚也穿了白袍，哭着臉在陪客，許多人指指點點，紛紛責吳的背師賣友，成了衆矢之的。

林長民之死，確成了當時許多人的話題，徐志摩和長民長女林徽音很交好，說：「徐佛蘇輓聯，有『衝鋒陷陣那用書生』之句，說得眞是，像林先生這樣的才學聲望，在天津賣字也過得下去，偏給郭松齡看上了，把他請去，叫太太陪了同車，一直開到前方去送命，前後半個月，活生生的一個人膾了一堆白骨，你說可怕不可怕？可惜不可惜？」而接近林氏的人，更事後說出先見之明，埋怨不及勸阻，以致輕身嘗試，又說慫恿林出關那些人，只是欲依林氏以取功名。只有一位老先生說得較爲平允，他說：「政治這件東西，是可玩而不可玩的，自清末至民國，因爲玩政治而送卻老命的，又何止林長民一個？不過這回玩得不太高明罷了，求仁得仁，又何怨焉！」這自然是身後之評了。

長民的字，也值得一說。他的書法，是由晉唐人入手的，早年寫的東西，眞是美妙絕倫，中歲參了北碑的態勢，更在雅秀之中，顯出樸茂勁遒的意味，所謂「融碑入帖」，便是這個境界。康南海作廣藝舟雙楫，以評書家自命，曾和伊峻齋（立勳）說起：「你們福建書家，卻只有兩位……」伊峻齋以爲他自己一定佔了一個，那康聖人從容地說：「一個是鄭蘇盦，一個是林宗孟。」有人把林寫的聖約翰大學校長卜舫濟的壽序來比，稱做「書家兩雄」，因爲沈培老的槎枒，算醜中之美，林長民的字則爲勁中之美，確是一個天才書家，而他自己也風流自賞。

他有一位如夫人，渾號爲「黑裏俏」，略識文字而已。有一個時期，他在北京把她留在南邊，多情的長民，免不了寫了富有情感的信給她。信札寫得好，文句風趣肉麻，都不在話下，單是信裏的字則五花八門，各體俱備。在每一封家書裏，不是註明是學王大令的，便是臨褚登善的，不是虞永興廟堂碑的筆意，便是王羲之的蘭亭，或智永千字文，用盡全付本領，來討她喜歡。而她卻全看不懂，一通一通的拿來給人看，因而這個「佳話」便傳開了。

長民能詩而罕作，壽梁任公五十詩，筆意倜儻，稱誦一時。任公生於同治癸酉，長長民三歲，詩中有「……西郊矮屋窮研詩，出門一笑看殘碁，殘碁急卻聽生死，畫枰檢子心自怡，……我生丙子公癸酉，歲數相差纔幾時，生天成佛孰先後，兩不敢計惟師資，願公長健作山斗，寸舌椽筆終相追。」之句，不料到他自己五十歲時卻死於非命了。

長民死，梁任公撰聯輓之云：「不有廢，誰能興，十年補苴艱危，直愚公移山已耳！」「均是死，庸奚擇，一朝感激意氣，遂捨身飼虎爲之。」以任公和林的關係。此聯頗有「既傷逝者，行自念也」的沉痛心情，其後更有「雙括行」之作，全篇凡數十韻，意猶未盡。獨橋州聽水老人陳寶琛所輓，寥寥十四字，卻能憐才念舊，感逝傷時之意，曲曲道出，才算得「持平」之論，句云：「喪身亂世非關命；感舊儒門惜此才！」

江亢虎一生亂權

政海閒客

江亢虎，這個早已過氣了的人物。但，確確實實，他是毛澤東的老師，曾予毛澤東早年思想影響最大的一個「社會主義」的前驅者。

遠在六十年前，一九〇九年。江亢虎已在國內公開宣揚社會主義的學說；民國成立後，首先組織所謂「中國社會黨」，宣稱以推行共產制度爲終極目標。而且，他的聯俄活動也比任何人爲早。民國十年便赴莫斯科與列寧、托洛斯基會見。說來，他不啻是中國共產黨老一輩的開山祖師呢。但可憐，最後他以漢奸罪死於南京老虎橋獄中。他的「中國社會黨」的黨員只賸了他自己一名而已。

破壞倫理始作俑者

江亢虎名紹銓，江西上饒弋陽縣人，淸光緒九年（西曆一八八三）生。他生下來就頭腦特大，口也很大。家中雇來的奶媽，當偎奶之際，被他一口氣吸了，所有的奶也便被吸乾，因此乳名便叫老虎。他因得天獨厚，從小聰明過人，自稱「十歲即屬文字」。他的線裝書也曾讀過不少，直到十四歲便赴日本留學，十七歲歸國。袁世凱已慕其名，遣人賫致重幣，禮聘爲北洋編譯局長。但他年少氣盛，看不慣那輩老官僚的嘴臉，便轉而教書，出任京師大學堂東文敎習。那時的學生平均年紀都比他大，後來在汪政權中出任監察院長的梁鴻志，便是江亢虎的學生之一。（江是時任考試院長）所以，當年他在南京酒酣耳熱之際，便不免當衆大吹法螺，說：「毛澤東嗎？他做我的徒弟替我倒痰盂還是後來的事，只有梁衆異才是我的弟子。」果然，梁在人前還很恭敬地叫他一聲「老師」。

且說這時正值戊戌維新之後，孫中山先生已在日本倡三民主義的時候，江亢虎到了東京，居然另創「三無主義」與之對抗。他標榜「無政府主義」「無宗教主義」「無家庭主義」，指出有國家之苦，有宗敎之苦，有家庭之苦，故謂「三無」。一九一〇年，亢虎作環球之遊，習學比京不魯塞學校，發表其「無家庭主義意見書」，反對有家庭夫婦，列舉六弊，以爲「欲求親愛自由平等快樂者必先破家庭，破家庭之廢棄宗敎；傾政府，倫理則根本之圖，而成功則咄嗟可辦，更不難以和平手段得之」。這樣看來，江亢虎這樣的大聲疾呼，倡爲異說，不特在陳獨秀之前，抑且與康有爲一時輝映。所以追本溯源，公開倡導破壞中國傳統的家庭倫理，江亢虎不愧爲始作俑的第一人。

湘江評論洪水自命

一九一一年，亢虎歸國後，便日走權貴之門，最初拍上了張謇的馬屁，便以「個人會」的名義，掩護其「社會黨」的活動。在南京龍潭山中，分劃作爲甚麼地稅歸公的試驗區，旋以武昌起義，其職中止。辛亥六月十五日，在上海張園，大吹大擂地組成社會主義研究會，舉行成立大會，到會者四百多人，他自任主席，演說中强調他自己比耶穌降世還要來得神聖偉大，大放厥詞，轟動一時。

對於武昌起義後，各地革命軍高張「興漢滅滿」旗幟，江亢虎以爲大不可者十二，著文要求更正，天鐸報爲刋入來函欄，其他報紙均不敢登載。但這樣一來，江亢虎的名氣響來兮。他因過去浙江巡撫通緝他的時候，文告中指其言論禍甚於洪水猛獸，因欣然以「洪水」自號。直到後來在湖南長沙辦「湘江評論」時，每期執筆撰文，便以「洪水集」自命。江亢虎自喩爲洪水猛獸，確是妙不可言。

湘江評論，是他的「中國社會黨」一份小小刋物。其言論文字，大多以三無主義標榜，很受湖南青年歡迎。那時毛澤東才二十歲，喜歡舞文弄墨，時時去投稿，而什九被江亢虎扔在字紙簍中。有一次，署名二十八劃生，文章的標題是：「鬍子之用大兮哉」，其內容乃指長沙一個女學堂內，所有的男教師不管年紀大小，一律都留了鬍子以表示其道貌岸然，連門房也是留了一把大鬍子。於是毛澤東心血來潮，寫了這麼一篇俏皮刻薄的小文章諷刺之。江亢虎讀了，頓時大爲賞識，立即函約見面。當時毛澤東見了他，必恭必敬的向江亢虎口稱「老師」，且磕了三個頭。江亢虎認爲孺子可教，便留在社中爲練習生，擔任校對，並司灑掃之責。江亢虎一聲咳嗽，毛澤東馬上把痰盂捧上，極盡弟子之職。此時江亢虎一面授以線裝書「資治通鑑」之類，一面又灌輸以克魯特泡金的無政府主義思想，所以早年的毛澤東，還不是甚麼馬列的信徒，充其量不過拾人唾餘，追隨江亢虎在喊喊三無主義而已。

其後江亢虎把社會主義研究會公開改組爲中國社會黨，設本部於上海。厥後南京支部成立，曾一度由馬相伯主持。江亢虎且與宋教仁等大開筆戰，他便明白地表示：「共產制度乃全世界社會黨之公言」。「共產制度必破除國家」。此時不但毛澤東還在孵豆芽，即陳獨秀領導的中國共產黨尚未誕生，連個影子也沒有。

謁袁世凱想做首揆

在過去，江亢虎與袁世凱已有過一番交情，袁世凱登了台後，江即以中國社會黨發起人身份，公佈「中國社會黨」重大問題，提出黨名、黨綱、黨規、黨魁等問題，並前往江蘇省沿海之崇明島，擬據以作無政府，共產主義試驗地。且赴北京，謁見袁世凱，袁的智囊梁士詒也在座上。江亢虎侃侃而言，他所主張的乃是世界社會主義，但不妨碍現在國家之存在。並自吹其社會黨已擁有二萬人之多。當時袁世凱頗想借用他，但他獅子大開口，非內閣總理之職不幹，這樣談判終於無成。

江亢虎這樣的自視甚高，意氣飛揚，儼然可以「布衣傲王侯」，連袁世凱都要賣他的賬，對當時一般疆吏更不放在眼睛裏。剛巧他的社會黨黨員，在湖北境內被都督黎元洪所干涉取締，江亢虎大怒，發表公開信大罵黎元洪。不久亢虎居然沿京漢鐵路南下，剛抵達漢口，即被軍警拘捕。但他的名氣既大，又兼辯才無碍，一見了黎菩薩便當面出彩，結果黎畢竟寬大爲懷，立予釋放。旋返上海，有人出版「縛虎記」一書替他宣傳，他也自鳴得意。其社會黨二次聯席會議，假上海中華大戲院公演「縛虎記」一劇，即由江亢虎自己塗了油彩，上台去充任主角現身說法一番。

赴俄活動會晤列寧

滑稽的事情不僅如此，當時由於江亢虎的風頭出得太足，也頗引起一般名流的反感，章太炎既聲討於前，劉師復又鳴攻於後。劉出了一本「伏虎集」，專門批駁江亢虎的社會主義不過賣狗皮膏藥，欺世盜名。指出他「忽而推崇共產主義，忽而排斥共產主義；忽而以集產主義爲共產主義，忽而以遺產歸公爲共產之眞精神，傾倒聲亂，尤難究詰」。措辭鋒利，幾乎要戳穿了紙老虎。

江亢虎不過是一個熱中功利的傢伙，他那裏有甚麼一定的主張，絕對的抱負，揑着社會主義無政府主義等招牌，不過藉此以嘩衆取寵，沽名釣譽其實而已。不久，袁世凱瞧他鬧得實在太不成話了，便下令內務部咨行各省嚴禁其社會黨的活動。其宣佈的罪狀是：「實行共產，劃除強權，必至劫掠煽亂。解除夫婦名義，必至滅倫傷化。至預備世界大革命，則意在破壞現在之秩序，爲萬國的公敵。選語離奇，尤爲狂悖。」結果亢虎在國內無法活動，便一溜煙逃亡到美國去，出任加里福尼亞大學教授，主持美國國會圖書館東方部，居然獲得名譽哲學博士的銜頭。

直到民國九年，江亢虎由美國歸來，由於徐世昌的支持，取得外交部護照，前往俄國。行前並曾應中山先生之邀，前赴廣州勾留了十天。因為，這時的中國人士去蘇俄還是一個破天荒的創舉。

江亢虎此行，是沿着中東路西伯利亞鐵路西行。由於遠東共和國行政委員會長克拉斯諾學闊夫，曾久居美國，對江的言行也已深知，所以他在赤塔一帶留居月餘，觀察周詳。到了莫斯科，竟被待以國賓之禮。六月二十二日第三國際大會舉行時，亢虎便以社會黨人資格列席，且有發言權，並且與列寧有過兩次特別會談。

除列寧以外，托洛斯基、越飛等重要份子都曾與之晤談。當時中共還在搖籃時代，尚未加入第三國際呢。

但江亢虎企圖憑藉外力支援的好夢，由莫斯科之行終於落了空。主因是他的社會黨籌備政策，不為莫斯科當局所接受。而況他的社會黨也不過一具空洞的軀殼，黨員都是無組織的一團散沙，簡直不成其為一個黨。這樣自然被人識破，而認為無利用價值，棄之如屣。而後，倒給予中國共產黨「起而代之」的機會。江亢虎做夢也沒有想到，跟他捧痰盂的練習生毛澤東，後來竟一躍而為中共的首腦。

潛見溥儀企圖復辟

從蘇俄鎩羽歸來的江亢虎，眼看社會黨沒有出路，便創設一間南方大學於上海，藉教育以培植力量。他又去南洋各地向華僑籌募經費，由於他新自俄國歸來，英屬各地對他的言行極為注意，荷屬各地且不准其居留，只有暹羅松克拉親王，還肯予以顏色。實在說，華僑們雖震於他的大名，但對他的政治主張並不感到樂趣，結果不但沒有籌到經費，且欠了一屁股的債回上海。南方大學不久也就告夭折了。

在失意之際，他又是妙想天開，於民國十三年三月，悄然北上，挽人介紹，求見遜帝溥儀。且自稱他的父親本來是清朝忠臣以攀交情。但溥儀那時不過一小孩子，只覺得江亢虎來燒冷灶，雖表歡迎，卻無何結論。就在這年六月十五日，亢虎又發佈宣言，並通電各省督軍省長、北京參議院，宣佈恢復中國社會黨，既承認一切舊勢力，又與農工商階級共圖國是。其實拆穿了，都談不上是一個有組織的黨團集體活動，只是他個人利慾薰心罷了。

時代的巨流，畢竟是前進的，中國國民黨第一次全國代表大會，在廣州轟轟烈烈的召開了。江亢虎在相形見絀之下，猶不肯死心，又巧立了一個新名目，正式宣佈改組為中國新社會民主黨，設本部於北京。其組織為首領集權制，總理為他自己。等到國民黨北伐完成，清室善後委員會才查明檔案中，民國十三年清室密謀復辟文證堆裏，便發現江亢虎的親筆信，從此他在國內的名譽地位，一蹶而不復再振。

另一面，毛澤東卻竄了起來。在延安開府時，江亢虎卻蟄居上海亭子間裏，窮得連房租也付不起。據說，他曾經寫過幾封信給毛澤東告貸，結果是石沉大海，未見回音。

直到汪精衛組織政府，在南京招兵買馬的當兒，江亢虎便去投靠他。汪跟江並沒有甚麼深切的交情，只在廣州見過一面，已多年未有往來。此際也許是由於鄰老憐貧之意罷，既由梁鴻志的介紹，便把江亢虎安插在考試院的冷板凳上。此時的江亢虎，年紀漸老，左肩歪斜，行路蹣跚，可以說當年豪氣，消磨殆盡了。他在南京，連伴食的份也沒有，只是常到雞鳴寺，跟幾個窮名士李釋戡、陳彥通之流，哼哼舊詩，聊以自遣。有一件有趣的事情，有一回，汪精衛偶然談起毛澤東，指此人「小有才而未聞大道」，並表示自己曾提拔過他一下。江亢虎問：「甚麼時候」？汪答：「北伐以前，我叫他代理過中宣部」。江聽了哈哈大笑說：「我做小毛的老師，要比你早上十幾年呢」！可是，直到今天，所有中共歷史文獻以及毛私人著作裏，從未提起江亢虎這三個字，這個過氣的「中國社會黨」黨魁眞將死不瞑目了。

記孫桐萱兄弟

正平

孫桐萱

廿四年的秋天，有一位青年飛行家孫桐崗，從海外駕駛一架自備飛機返抵國門，降落上海龍華機場，這在我國航空史上還是創舉，又值當時「航空建國」口號高唱入雲，所以非常引起人們的注意，上海新聞界朋友爲此還舉行一次宴會，招待這位青年飛行家。人家常說，和尚吃十方，新聞界人士吃十一方，現在新聞界人士反而自掏腰包請客起來，足見青年飛行家的不尋常了。

不過也有人說，孫桐崗乃是上海聞人杜月笙的門生，杜門能有這樣青年航空英雄，於老師也非常有面子，自然願意張大其事；別人看在杜的面上，也要湊湊這個熱鬧，於是相得而益彰。果如是，就難怪孫桐崗在當時能够名滿天下。

但是到外國去學習航空，以及購買一架飛機自行駕駛返國，這筆費用，就不是一個中產階級的家庭所能辦得到的。再說，即使家庭富有，對上兩項問題都不感困難，但如果不是父兄識見遠大，開風氣之先，也不會允許子弟從事這行技術。因爲駕駛飛機，總是一種帶有幾分危險性的事業，一遇意外，就會把生命送掉，無從挽回。因而就使人聯想到孫桐崗的家庭狀況方面去，他的父兄究竟是做甚麼的？這一打聽，才赫然發現，原來乃兄孫桐萱當時是陸軍第廿師師長，駐軍山東，乃是山東省主席韓復榘麾下第一員大將，有兄如此，當然可以促成乃弟這種「凌空萬里」的壯志了。

孫桐萱兄弟，河北交河人，原來家庭境況並不太好，是純粹「來自田間」的農民子弟，但是交河附近，隣着本省的霸縣、鹽山，以及山東的樂陵等地，馮玉祥「西北軍」裏的幾個高級將領，如張之江、宋哲元、韓復榘等等，就是這一片地的人，互相援引的結果，於是孫桐萱也正式入伍當兵。只要有人照應着，兵自然容易當官，官也自然容易升得快些，雖「西北軍」也並不例外，於是不到廿年間，孫桐萱居然能够爬到師長的位置。

在那個時候，師長的地位相當高，如果運氣好，收入也頗爲可觀，因此孫桐萱的家庭便逐漸進入小康之境了。在孫桐萱事業日趨上升的時候，便以他的力量培植乃弟讀書，甚而至讓他出國留學學習航空。不是孫桐萱有這份經濟力量，乃弟的壯志當然也很不容易實現。

孫桐崗回國以後，在上海如火如荼的熱鬧了一下，此後除了他的婚姻問題還喧騰人口之外，有關他的行踪反而日趨神秘，甚而不知道他到那裏去了。原來像他這樣的航空人才，自爲政府當局所重視，因此他被招致進入了當時在浙江杭州的空軍軍官學校充任教官，去教育那些準備保衛國家領空的空軍學生。和他在一起的，不乏許多知名之士，如東北籍的空軍名將高志航，石友三介弟石友信，宋子文內弟張元伯，這些人，都是飛機駕駛好手，而這些人的背景，又都是非常不平凡，所以很引起人們的注意。

做一個平時的空軍駕駛者已經很了不起，如果到了戰時，在駕駛之外還要擔任一種任務，或者偵察，或是戰鬬，或是轟炸那就難上加難，不是「膽大心細」的胸襟，沒有「以身許國」的決心，要想從事這一行工作，也是戛戛乎其難的。七七抗戰軍興，空軍方面所表現的勇敢善戰那是昭昭在人耳目的，敵人所受的打擊固是非常之大，可是空軍人才犧牲的也實在不少，上述的高志航，就是廿七年秋在河南周家口空中陣亡的，因爲這種原故，有些人就視充當空軍爲畏途。

抗戰初起，孫桐崗擔任空中轟炸的任務，在淞滬戰場，在北戰場，他表現的成績都算不錯，廿八年，他已經調任爲空軍第四區副司令，軍階中校，駐防在甘肅蘭州。空軍中到了這個地位，需要做地勤方面的工作多，就很少需要自己去凌空戰鬬或轟炸偵察。但是自此以後，他也就由絢爛而歸於平淡。卅二年秋，他解職空軍第四區副司令，此後聽說反而棄軍從商，學非所用，把一個大好少年身手給荒廢了。

孫桐崗並非如一般人所想像那樣是個花旦形的美男子，然而體格頎長，壯健結實，又是少年空軍軍官，因此他也和胡宗南、衛立煌的故事一樣，被牽連到孔二小姐的婚姻上去。據空軍方面朋友說起，孔二小姐當眞追求過他，雙方且確有聯爲「秦晉之好」的意思，然而何以終未能成爲事實，這就非局外人所能知了。但儘管這項婚姻未能實現，雙方家長的感情卻因此增益了不少。卅二年春，孫桐萱因案解職，待罪陪都，當時的情形相當嚴重，及至孫的父親跟着到重慶，爲了乃子的事情，經常奔走於孔祥熙之門，請他代爲出面援頰，中樞也示以寬大，事後對孫案未予深究，僅予免職處分，這項寬大，恐怕得到孔祥熙的幫助不小。

從後來事情發展的經過來看，孫桐萱當年之所以被人格外重視，也並不是沒有原因的。抗戰前那幾年，敵人在我國北部活動相當積極，它們不但要促成華北特殊化局面的實現，而且還醞釀着要推行「華北五省自治」運動。所謂華北五省，其中包括有一個山東，但山東省主席韓復榘這個人，腦筋既簡單，識見更淺陋，是不足以言國家民族大義的。如果不從他的部隊中實力派方面安置一着棋子，發生一點牽制作用，這個人很容易誤入途歧，一旦誤入歧途，對國家民族影響太大了，而且至時要挽救也就相當困難了，「釜底抽薪」的辦法，是非常要緊的一個策略。

瞭解當時內幕情形的，都知道日本駐濟南領事館的武官經常和韓有接觸，日本駐天津的特務機關也不時派人前來找韓談這談那，只要韓一點頭，加上河北方面的宋哲元，所謂「華北五省自治」這個局面的實現並不是不可能的。在日本人一再攛掇下，韓的心眼兒也就被說活動了，很有「躍躍一試」的意思。在韓想着，他這些部下，都追隨他有年，算得起是患難袍澤，利害一致，榮辱一致，不管他怎樣幹，這些人都要跟着他走，絕對沒有問題的。或者說，他那時「利令智昏」，完全沒有考慮到這方面來。

政府方面那時派有一位私人代表性質的蔣伯誠，經常駐在濟南。這人是眞正了不起的一個角色，他要圓滿達成他所負的工作使命，而且要不露痕跡的使韓不生疑心，工作上可以說相當困難。可是跟韓這種人，談甚麼國家民族，政治經濟，那豈不是對牛彈琴，對夏蟲而語冰？無非是陪着他吃吃喝喝，玩玩樂樂而已。所以他在膠濟飯店經年開着房間，和韓這般人大過其花天酒地的生活，但是在另一方面，他對於韓的種種行動，卻打聽得清清楚楚，早就把情況源源本本轉報到南京去了。

這時孫桐萱就發生了他的作用，他直接了當的對韓說：「如果主席做別的事，我們一定追隨到底，但如果說要當漢奸，投靠日本人，那我們就要分道揚鑣，各幹各的了！」本來孫的爲人，一向老實忠厚，如果不是背後有人支持着他，他未必敢採取這樣「率直粗壯」的行動。韓是河北霸縣人，孫是河北交河人，兩人原是小同鄉，感情一向接近，又當十八年韓叛馮時代，第廿師的師長原是張允榮，那是馮的死黨，孫只是個副師長而已，是韓一腳把張踢開了，而以孫遞升這個職務，在私人關係上說，韓視孫爲嫡系幹部，最可靠的部下，但他萬萬沒有料到孫有此一着，這種行爲也不像孫平日爲人，這時使他大感詫異，他那「華北五省自治」的迷夢，至此也就煙消雲散，不敢再做下去了。

孫桐萱所以肯這樣做，敢這樣做，其得到中樞的鼓勵，自在意料中。而在當時，使華北局面不致更加糜爛，孫桐萱是有相當功勞的，等到廿七年春韓伏法，韓所遺下的軍職「第三集團軍總司令」，落到孫的頭上，也是順理成章的事。不管事前防止華北局面的再惡化，以及事後使韓的這個部隊始終跟着政府的抗戰國策走，政府當年對孫氏昆仲所加的禮遇，算是得到收穫了。

韓屬下的部隊，除掉手槍旅旅長吳化文在韓伏法後部隊擴編爲新四師留在山東作戰，其餘共還有兩個軍，即第十二軍，軍長孫桐萱；第五十五軍，軍長曹福林。孫雖然繼任了第三集團軍總司令，但仍兼第十二軍軍長。本來要把這兩個軍都劃歸第三集團軍的戰鬬序列，使它們發揮「協同作戰」的力量。但可惜人與人間錯綜複雜的關係，實行起來並不那麼簡單容易，加以孫桐萱本人，優柔寡斷，患得患失，遇事缺乏魄力，有些中下級軍官並不願意追隨他，因爲這種原故，這兩個軍此後就開始分道揚鑣了：孫桐萱以第三集團軍總司令身份，帶着第十二軍，撥歸了第一戰區；曹福林帶着第五十五軍，撥歸了第五戰區，兩個兄弟一般的部隊，自此分了家。

然而就由於這一分，也就決定了兩個部隊今後不同的命運，曹福林和他統率下的部隊，以後撤退到台灣，拱衞着祖國的國防第一線；而孫的第十二軍，在廿年前就已經因爲「不聽命令，擅自行動」被取消番號了。

第一戰區的作戰地區，廿七年以後主要是在河南方面，第三集團軍雖然不時轉戰豫東豫南各地，和敵人不斷週旋，但大部份時間是擔任鄭州黃河河防。

尤其在卅年冬中條山大會戰以後，第一戰區是近乎和敵人隔河對峙狀態，它們更主要是擔任這種任務。當時奉派擔任河防的部隊，是經過審愼選擇的，既要這部隊的質素好，又要作戰力强，更要屬於正規軍性質的部隊，如屬游雜，照例無此膺寵。因爲擔任河防是大事，一旦發生意外，會使整個防線發生動搖，影響實在不小。鄭州是個重要的河防據點，東抵芒山頭，溯黃河西上直至滎陽汜水，綿延百餘里，當時把孫桐萱的部隊佈防在這裏，也足見層峯對他本人以及這個部隊相當重視。

那時後方商人到上海天津一帶去購運物資，還不以許昌漯河界首爲進出地，而主要是經過鄭州，這當然是由於交通比較便利的原故；至於我方人員潛入敵後去活動，也大都是假道這裏，因此使鄭州一度造成畸形上的繁華，各種貨物固是堆積如山，人來人往也像山陰道上，絡繹於途。鄭州不但不像國防第一線，反而像一個後方最安全的大都市了。

孫桐萱一方面要負起本身軍事上的防守任務，一方面要去應酬那些來視察、訪問、甚至從此過境的客人，一方面又要去應付他的上司衙門——第一戰區司令長官部。單以在鄭州來說，他幾乎每天都要把全副精神放在這些人的應酬方面，燈紅酒綠，宴無虛夕；如果到了洛陽戰區長官部所在地，他更是忙得不可開交。他是一個純粹的軍人，過去只知道服從長官命令，唯唯是是，接觸面非常簡單，那當然比較容易，現在需要自己出面週旋一切了，才知道這個問題相當麻煩。而且他生性老實，不善應酬，在鄭州那些年，表面上看起來局面非常輝煌，其實骨子裏，等於是活受罪。

擔任河防的部隊，碰到商旅往來頻繁的渡口，有些油水可撈，那也是毋庸諱言。譬如查到違禁物品，或是扣留，或是放行，這裏面的出入就很大。其實大本營防漸杜微，規定得非常嚴格，一個渡口，並非單獨由一個部隊來負責檢查行旅的，不但要配合當地地方機關人員和警察，有時還要配合憲兵部隊，或其他許多單位人員；一只船隻到達渡口，旅客走上岸來站在一邊，貨物搬上岸來收在一邊，然後把船隻（大都是平底木船）從河裏搬到岸上，船的艙面全部檢查完畢，還把船翻過底來，仔細查一番。但儘管防範嚴格，流弊仍在所難免，說甚麼日進斗金，簡直是財源廣進，一個部隊在河防上駐得日子久了，很容易造成軍風紀的敗壞，便是因爲這種原故。十二軍的情形，自亦是未能免此。

第一戰區司令長官，在廿七八年間是程潛，繼任者是衞立煌，兩個人都兼領河南省主席。程潛這個老傢伙雖然是老革命黨員出身，但是私生活卻腐化到了極點，小老婆就一大堆，好色自然就愛錢，當年他任第一戰區司令長官時代，眞正是「賄賂公行，見錢眼開」，他自己愛錢，他老婆也愛錢，只要早上把鈔票送進他的公館去，到了晚上，那「挺進第×縱隊司令」的委任狀大概便可以發了下來，好像這些游擊司令之類的職務，戰區長官自有權委派，用不着向軍委會請求，只消事後報請備案就是了。所以在程潛的第一戰區司令長官時代，河南的地痞流氓土匪惡霸，通通走了他的門路，掛個甚麼「司令」「支隊長」之類的官銜。抗戰前的程潛一向擔任淸職，窮得要命，但此時此際，他早已面團團的做了富翁，成爲豪賭狂嫖的大闊客了。

正規部隊的官兒雖然不必向他公開納賄，可是守河防的部隊，如果不經常向他孝敬點兒，他心裏也是不高興的。那老頭子的脾氣又不大好，在他指揮下的戰區裏，他要想找誰的麻煩，誰也是吃不消的。孔子說得好：「上有好者下必甚焉」，他做司令長官的都如此愛錢，他的那些親信人員又焉能潔身自好？當然要錢的手段比程潛還要兇狠。程後來調升天水行營主任，由衞立煌繼任其職，衞雖然不敢像程那樣胡作非爲，但一來他平生是「一錢如命」的人，再則，他也不是不吃葷的。有這麼兩位好的上司，於是孫桐萱幾年來在鄭州守河防弄到的一些錢，大部份是報効了他們兩位，等到卅一年春衞去職，蔣鼎文繼任第一戰區司令長官，孫在河防上那許許多多的弊端，也就被人報告到重慶去，煩惱終於找到他的頭上來了。

卅一年秋，他在洛陽出席一次軍事會議後，爲戰區長官部所扣留，這項扣留的命令，當然是來自中樞方面；至於他所犯的罪名，大部份是他的部下替他惹出來的，或是包庇走私，或是經商販毒，此外還有人說他私通敵僞，其實他是策動僞軍反正來歸，不免和敵僞有點往來，這自然是出於誤會了。但長官部只是奉令把他扣留，卻要解到重慶去訊問，也足見這個問題相當嚴重。以他多少年來受中樞寵遇之隆，以及他對國家對領袖矢志効忠之眞誠，如果問題簡單，中樞決不致採取這項凌厲的措施。

第一戰區指揮下的集團軍總司令不下有八九個之多，若是因案被扣的，在抗戰期間恐怕只有他一個，就從來沒有發生過類似同樣的事件。

此時的戰區司令長官蔣鼎文，一向是好好先生，待人厚道，對孫桐萱的問題雖無能爲力，但在處理上相當客氣，形式上是被扣留，其實只是行動臨時失去自由，不僅招待上非常隆遇，而且也准許家屬前來接見。那時孫的父親一向住在乃子任所，他還是一個保持「來自田間」的樸實作風，看去像個鄉下老漢兒，他聞訊連夜趕來，但他也不知道他兒子所犯的是甚麼罪過，惶恐之情，溢於言表，蔣鼎文也竭力安慰他，至於第十二軍軍長，則由副軍長賀粹之暫行代理，免得部隊失去主官，陷於「徬徨無主」的狀態。

要把孫桐萱由洛陽解往重慶，按照當時的交通情形說，是搭隴海鐵路車西去陝西寶鷄，然後改換汽車沿川陝公路轉重慶，全部行程，也用不了一個星期。但中樞命令，卻要把他用火車送到寶鷄後，再派飛機到寶鷄來接他，這一來，使人意會到問題更加嚴重了，不然的話，何必連乘汽車的時間都等不及待，而要使用飛機來接載他呢？抗戰期間一切軍用交通工具都非常困難，如非必要，決不至採取如此措施。這一來，不但孫本人心懷忐忑，就是所有關切他的人，也都替他捏一把汗。

那時寶鷄警備司令是湖南老牌名將唐俊德，唐和西北軍夙無淵源，和孫當然更不相識，而且他爲人一向耿介，只知公事公辦，從不徇情。孫桐萱解到寶鷄後，押解人員爲了安全起見，便把他交給警備司令部暫行奇押，唐俊德只知道他是要用飛機解往重慶的軍事要犯，卻不詳細他犯的究竟是甚麼罪名，但總以嚴密防範不要叫他跑掉爲原則，所以雖然沒有把他送到大監裏和普通犯人一樣拘押，卻是在警備司令部三樓闢出一個最嚴密的房間，給他居住，除正式崗哨外，還加派兩名便探日夕駐守。到了這個時候，孫自己也只好付之天命。

要說孫在鄭州這幾年中，那花花綠綠的鈔票豈不是源源滾滾而來，可是到了這個時候，他竟然阮囊羞澀，可能連身邊所用的零錢都不大充裕。此中情形，實在使人費解，倒是東北名將騎兵司令何柱國過去和孫一度共事，有點急人之急的義氣，這時電滙給他法幣兩萬元，按當時物值，兩萬元法幣不過購買黃金四兩，爲數也算有限，但雪中送炭，這就使孫爲之大受感動了。如果由重慶飛寶鷄，航程不過三小時，飛機上午飛來，當日折返，時間都非常充裕，他在寶鷄原不必躭擱多少時間，但天公不做美，那些天天氣陰黯，淅淅瀝瀝的還有一點小雨，飛機不能起飛，以致使他的行期一再受阻，這也就加深了他的懊惱，直到幾天之後，天氣才豁然開朗，於是銀鳥飛來，他被解到重慶去了。

這時就虧了孫的父親，他也隨後趕往重慶，向各方面奔走疏通，尤其奔走於他那位沒有成爲事實的「親家」之門，請他出面爲孫桐萱說項。當然，要按照孫桐萱所犯的罪名，卽使是約束部下不嚴或是代人受過，都够他到陸軍監獄去住上十年廿年的，然而中樞念在他本人對國家一向忠誠，他弟弟孫桐崗也在空軍中服務卓著功績，所以示以寬大，不加深究，只是把他免職，叫他在重慶住着就算了。好在孫也不是雄心萬丈的人，無官一身輕，他倒覺得在重慶住着，比在軍旅中還要舒服些。

至於他所統馭下的第十二軍，軍長一職卽由副軍長賀粹之升充。這個部隊本來是韓復榘的根底，孫桐萱只是繼承遺缺，現在韓復榘伏法，孫又因案被免職，官兵情緒上的不安定，自也在意料中，但他們在鄭州河防上軍紀敗弛，又有何話可說？賀粹之繼任後，也未見能扭轉此一頹勢，且有更加敗壞跡象，那時第一戰區司令長官雖是蔣鼎文，但實際軍事方面卻以副司令長官湯恩伯負責居多，湯處理問題，有時不免求好心切，嗣後他就建議層峯把賀粹之免職，而由張測民繼任軍長，這項命令一經發表，就有一部份不明大體的軍官，把部隊徹夜拉走，跑到第五戰區去了。這種「擅自行動，不聽命令」的行爲，當然不爲軍令所許可，所以第十二軍番號被取消，部隊分別編併，張測民爲此，大病了一場，幾乎把老命送掉。

勝利以後，孫桐萱回到北平去住着，舊京風光，也足够他留連復留連的，中共竊據北平，他竟沒有出走，但中共把他放在掌心裏，顚了又顚，覺得毫無一點可資利用的價值，因此上不能爲僞政協委員，下不能爲僞文史館服務。可是沒有「人民幣」，在共區裏又無法生存，他竟因貧病潦倒以終，死時是在民國四十一年，年紀只有五十幾歲，大江東去，浪淘盡千古風流人物，人生不就是這樣的沒有收拾嗎？

拓殖英雄 王同春

莊練

提起今日的後套，很多人都知道，當年在那裏曾經出過一個了不起的英雄人物——王同春。關於王同春的生平事蹟，很多人都着眼於他當年如何以赤手空拳創下極大的事業——在後套的十三條主要渠道中，他一個人就擁有五條之多。這五條大渠，共有支渠二百七十餘道，灌溉成熟的田地，共計有三百五十餘萬畝，悉爲王同春個人所有——又如何能以他特具的能力勘定渠道，開渠引水，灌溉套內各地的田畝，從無缺水之虞；卻很少注意到他如何留心觀察黃河水性的事實。據當地人士的說法，王同春開渠，最注意渠口的位置。他所選擇的渠口，往往與黃河正流的水力有關，其法在利用水力冲激的力量保持渠水暢旺，兼可避免沙淤。而民生渠的開法則不然。那些水利工程專家所選擇的渠口，並不顧及河水的冲激力，而渠身又復成爲直線，不能得到較大的坡度，以致開鑿耗資一百餘萬元而成的龐大工程，放水使用以後，不但水流緩慢，流量不足，而且不久即因沉沙淤積，乾涸見底，而致成爲一條廢渠。綏遠當地人士，一說起民生渠就覺得非常痛心，因爲他們對當時的水利工程專家都寄予極大的希望與信心，希望民生渠灌溉區能爲套東的墾殖事業帶來美好的前途，誰知民生渠竟會變成了「民死渠」（當地人對民生渠的譃稱），豈不使人痛心之至！由此看來，王同春之所以成爲英雄人物，不但他那種赤手空拳打天下的創業精神極可使人欽佩，他在開渠方面的專門知識，更遠非一般水利工程專家所及，以一個僅識之無的老粗而竟能有此成就，這就更值得後人爲他大聲喝采了。

至此，我們需要轉過頭來，看看，這樣一個偉大的英雄人物，究竟是在甚麼樣的環境裏產生出來的？

王同春是河北省的邢台縣人，生於清咸豐元年，卒於民國十四年，享年七十四歲，他家本係富商，業運輸，家中經常養着一百數十頭騾馬驢子，往來彰德、漢口、浦口、及周村、北平等地，從事馱運貨物及載送旅客，後值洪楊亂起，王家騾馬之在漢口浦口等地者，多爲亂軍所劫奪；兼因遍地戰火，商旅裹足，生意暴落，經此重大挫折，家道遂告中衰，更因王同春之三叔縱飲無度，不事生業，家計愈益敗落，到了王同春小時，已貧困不堪。王同春於七歲時入塾讀書，僅六個月，即因貧輟學，隨族叔某遠適寧夏磴口，依其叔祖王成爲生。居磴口一年，因年幼不能作工，仍返故里。十二歲時，再同鄉人前往河套，投奔其族叔。族叔以製鞍轡爲業，王同春習之而不能精。磴口位於後套與西套之間，地瀕黃河，亦頗有渠道灌溉事業。同春暇時，喜隨人修渠鑿溝，從事水利工作。

族叔以同春爲嗣子，欲同春繼承其行業，而同春不喜皮匠工作，仍以從人修渠爲樂，蓋此時王同春業已發現其志趣所寄，乃在彼而不在此也。同春性剛暴，賦稟異，年幼時即因與人鬭毆而眇一目。因其小名進財，故人稱爲「瞎進財」。至十五歲時，復因鬭毆傷人而不能在磴口立足，遂逃往後套之西山嘴子。自此以後，遂開始了他開拓後套墾殖事業的契機。

所謂後套，乃是因黃河的特殊地形而得名——黃河在流至河套頂端部分時，河身本有兩道，在北面的叫做北河，在南面的叫做南河，自清以前，北河旺而南河小。但漸至後來，變爲南河旺而北河小。至清道光時，北河的下游淤斷，與南河不相連接，只上游仍與南河相通，成爲一條有尾無頭的斷河，土人呼之爲五加河。在黃河與五加河之間的一大片冲積地，南北長一百餘里，東西廣四、五百里，總面積四萬餘方里，平原廣袤，土地肥沃。在南河與五加河之間，舊有黃土拉亥、剛目、皂火，短鞭子、塔布等小河數條，夏秋黃河水漲時，將五加河與南河連成一片，至冬暮春水落，則又出沮洳而爲平陸。綏遠寧夏一帶，屬於乾燥的半沙地區，一般都因缺水而致無法從事農耕。如今在後套各小河所經之地居然出現了多處水流充沛的澤地，自然容易引致漢人前往耕作。因此，在咸豐初年，就有一些山西人移民來此種地，冲土質本極肥沃，只是因乾旱而不能用於耕種。而在夏秋間經洪水積地的淹沒的低窪地，冬間結冰極深。春天開凍以後，土質酥如鷄糞，只要略施犁耙，便可播種。不但省力，而且出產量亦豐。通常一畝地可收麥二石左右。如種小米，收獲量尙不止此。所以當地人的傳說云，在咸豐年間初來後套從事種植的人，一個人可以種到一千畝之多，種一年可以吃十年。最初，這些先來的移民們只會利用河流附近的自然灌溉地，其後移民漸多，也就有人開始鑿渠引水，以人工的方法來實施灌溉了。王同春恰在此時來到後套，又恰值他在居住磴口時曾學得不少鑿渠方面的實際知識，於是，他的事業得到了最適宜於萌芽滋長的土壤。

王同春十五歲那年，是淸同治四年，他初到後套時，住於西山嘴子，仍操製作鞍韂的皮工舊業，終日勞作，鬱鬱不得志。後移居後套中部的纏金，目睹鑿渠工人操作畚鍤，開渠道，憬然如觸舊好。於是殫心渠工，孜孜講求，不遺餘力。其後，王同春投身於地商郭大義家，充開渠工人。由於他在開渠方面的知識與經驗極爲豐富，又兼身強力大，深爲郭大義所愛重，因此郭大義就把女兒嫁給他，叫他負責管理渠工。

之後，地商萬德園利用天然河道短鞭子河所開的渠道需要修築渠壩，由郭大義承包，王同春作渠頭。此渠後因短鞭子河淤塞而需要大加修濬，因而需要太鉅之故，萬德園個人無力濬疏，乃採用分股合修的辦法，邀請萬泰公商號與郭大義、王同春合爲四股，盡力濬修。王同春沒有資本，所作爲投資股份的，乃是他的工資與技術，照王同春的意見，短鞭子河的上流已告淤塞，不宜再用，應由黃河另開渠口，接通短鞭子河的下流，以期水流暢旺，灌溉得利。此渠後來即照王同春的意見修濬，所有渠道的經行路線，渠口的位置，以及渠道的深度寬度等等，悉由王同春一手策定。渠成之後，不特已墾之田可以重新得水澆灌，即未墾之田，亦因渠水豐足之故，可以另鑿支渠加以灌溉。此渠後經繼續拓修，其灌溉總面積達二十萬畝之多，渠名亦稱爲老郭渠（因係由郭大義負責經理之故），後改名通濟渠。此渠之修築成功，一方面固然爲參加股份的四家帶來巨大財富，二方面更因在黃河開引渠口導水入渠的辦法在當時係屬創舉，此法既經王同春試驗成功，王同春的修渠大名，遂不脛而走，迅速傳遍套內，他此後的事業，在此時乃奠定了良好的基礎。

據說，王同春初次參加四大股從事老郭渠的疏濬工作時，是在同治六年，那一年他只有十七歲。由開始濬修以至全渠完成，總共費了十二年的時間。在這一段漫長的時間內，王同春親自在工地領導工作，胼手胝足，晝夜努力不懈。據河套當地的傳說，王同春的工作精神極可欽佩。他雖然不懂測量學、地質學、工程學等新式學問，卻能以他天賦聰明的頭腦努力爲一切問題尋求最合適的答案。爲了選擇渠道的位置，他常常晝夜巡行，觀察地形高下及土壤成份，精思殫慮，以確定何處宜於施工，何處當繞道避過。如渠道已成而水流不能到達，則又需輾轉苦思，以窮其理。如此辛勞工作至十二年之久，終於使疏濬的舊渠及新開的新渠水流暢旺，沿渠所經的荒田，悉皆成爲膏腴。在乾旱的半沙漠地帶，水的價値有如黃金。王同春使二十萬畝的旱地得到灌溉之利，爲地方所增加的財富不可估量，從此以後，王同春成了開鑿渠道的水利專家，而後套的墾殖事業，也在他的領導之下迅速地發展起來。

郭大義雖爲老郭渠之經理，然其人出身行伍，行爲粗暴，常好佔奪他人之利益。是以四人合股的四大股東間，相處並不融洽。大義死，其子繼之，愈不能與人合作，萬德園及萬泰公名下的田地多被郭家佔奪，即王同春的田地，亦因分水問題屢遭郭家欺凌，彼此間的關係非常惡劣。至光緒六年，王同春終於與郭家脫離關係，在老郭渠之北獨資開鑿新渠，以開創他個人的事業。

王同春在老郭渠以北所開新渠，先向達拉旗沙花廟的蒙古喇嘛租得鑿渠所需的荒地，然後擇定地點，開鑿北道。此渠的渠口在土城子北的黃河岸，向北經杭錦旗的馬廠地五頂帳房，計新開渠道三十餘里，寬四丈，深六尺。初名王同春渠，後因與郭家和解，改名義和渠。光緒八、九兩年，此渠續向東北開挖至今五原縣北，計長二十里，寬三丈，深四尺。光緒十一、十二年，又向正北挖退水渠一道直至五加河，使伏汛黃流盛發時，渠水可由此洩入五加河，不至氾濫爲害。此洩水渠長二十三里，寬二丈，深四尺，光緒十五、十六年，再向東北挖退水渠一道，寬二丈八尺深四尺，長三十里，亦供洩水入五加河之用，至此，全渠的開鑿工程完成，總計長度爲一百〇七里，所灌田地以五原縣城爲中心，共計十五萬畝，爲後套的八大幹渠之一。其開鑿時間，則前後達十五年之久。

此渠開成之後，王同春不但因擁有大片可耕地而成爲後套的大地主之一，更因沿渠田地均仰賴此渠灌溉，逐年所收的水租亦復不貲。王家因此頓成巨富，王同春亦得以他的豐富財力爲後盾，繼續從事於新渠的開鑿了。

總計王同春一生，除了爲人所開的渠道不計，由他自己獨資開成的，計有義和、沙河、豐濟、剛目、灶王等大渠凡五，支渠二百七十有餘，合計用去工程費銀一千三百五十餘萬兩，開拓荒地二百七十餘萬畝，年收糧食二十三萬餘石，地租及水租銀十七萬餘兩，當地人士皆以「老財主」稱之。以這筆巨大的財富而言，王同春的拓殖事業，確實可以「偉大」二字概括之。

王同春個人在後套所創下的拓殖事業，其價值並不能僅以金錢爲估量。因爲當一項巨大的建設工程在進行時，由於需用的人力衆多，必然可以招徠甚多的移民。而當一條新的灌溉溝渠完成時，凡是灌溉範圍所及的土地，都成了可耕的田園，必然可使這些新來的移民得到安頓。如此一渠復一渠的廣泛開鑿，不難使本屬一片荒原的後套，在幾十年之間變成人口稠密的農耕地區。王同春鑿成義和渠以後的後套情勢，正是朝着這一方向迅速轉變。所以有人說，王同春是促成後套開發的拓殖英雄，此一榮譽，王同春確實可以當之無愧。然則王同春對國家社會的貢獻之大，不言可喻，又豈僅是「財主」二字可以形容得了呢？

當光緒十五、十六兩年王同春添挖義和渠的東北退水渠時，適值晉陝二省大旱飢荒，流民麕集後套。王同春以工代賑，既解決了開挖新渠所需的衆多人力，亦爲這些窮苦無告的飢民解決了迫切的生活問題。迨新渠告成之後，大批荒田皆成爲可耕地，二省飢民更聞風嚮附，紛紛來到後套開闢他們的新家園。這些移民們的份子極爲複雜，其中儘不乏強悍不法的亡命之徒。王同春對於這些移民的約束，極爲簡單，但也極爲嚴厲。凡是循分工作的善良人民，王同春悉按各人的能力爲之安置，業農者給田給牛，業商者借給資本，助其經商，無業者令充工人。如已經給予安置而仍不安生業，恣行不法，則王同春亦另有方法處置——罪跡輕微的，給馬一匹，使其離開後套另謀生路；罪行重大的，就給予三種刑罰。一曰「住頂棚房子」，即是在冬天將渠中的冰層鑿開一洞，將人投入。一曰「下餃」，即是將人裝入蔴袋丟下黃河。一曰「吃蔴花」，即是將人吊起來用晒乾了的牛筋痛打。這三種刑罰的結果大致差不多，受刑之人大多必死無疑。後來的人，頗有人批評王同春不當濫用私刑；但也儘有人對王同春的這種作風深爲同情，以爲治亂世當用重典，後套地方當時甫經開闢，官府的管轄力量鞭長莫及，對於那些目無法紀的亡命之徒，如不以嚴刑重懲，他們很可能亦無所畏懼。王同春對那些不法之徒固不惜嚴刑重罰，對於那些循分工作的善良人民，則又多方照顧其生活，在這種明顯的對比之下，如果仍有人甘冒不韙，亦眞應該「與衆共棄」。根據王同春的很多傳記資料說明，在王同春勢力統治下的後套，由於刑賞分明及租稅甚輕之故，在很長的一段時間內，差不多做到了「安居樂業」及「夜不閉戶」的地步。可見得王同春那種恩威並行的統馭方法，在政府力量所不及的拓荒地區內，確有其存在的理由。王同春的一生，毀譽參半，其原因大概亦以此。

後套地方，在未經漢人開闢以前，本是一片草原，蒙古人以此作爲放牧牛羊的游牧地。漢人來後套開墾，雖然其土地是以租借方式向蒙古王公租得，但如以大多數蒙古人民的眼中看來，則牧地被漢人開爲農田，勢必要影響到他們的生計。因此，儘管蒙古王公因有大量地租可收而樂於將土地出租予漢人，極大多數的蒙古人民對漢人仍不免有敵對心理。這種敵對心理，很可能演變成爲蒙漢人民間的仇殺行爲。果然，後來由於某些野心人物的挑撥煽動，在清代末年及民國初年，數次爆發大規模的蒙人屠殺漢人事件。來後套的漢人以從事農墾及工商爲生，從來不曾經過打仗殺人的場面。在蒙人有計劃的屠殺之下，漢人除了逃命，毫無自保之法。在這種情勢之下，若不是王同春以他的個人聲望起而團結漢人，抵禦蒙人，則這一片剛剛被開發的農墾地帶，很可能就會迅速荒蕪衰敗。由於這一緣故。王同春的英雄事蹟，在後套地方就更爲普遍流傳了。

光緒九年，達拉旗蒙人領袖秦四因漢人來後套者日多，農田日闢，草原日稀，以爲將不利於蒙人之牧畜，遂聯合達拉、杭錦等旗的蒙人三四百人，共起驅逐漢人。他們最初以武力佔據老郭渠以東的幾處牛壩，打敗郭家的護莊「把式匠」，又繼續向西發展，進迫王同春在義和渠的農墾中心「隆興長」莊，意圖逼迫王同春離開後套。不久，王同春設在隆興長以南的公議社牛壩地多處被奪，漢人多被殺害，在隆興長一帶種地經商的漢人非常恐懼，紛紛作逃走的打算。由後套往山西陝西，包頭乃必經之路，而由後套往包頭，又必須取道烏拉山麓瀕臨黃河的西山嘴子。蒙人據險扼守，過者即殺，漢人由西山嘴子東歸，被殺死者無數。陸路既阻，漢人的逃難者又謀由黃河水路乘船逃走。但據守在西山嘴子的蒙人竟然對裝載難民的木船亦用實彈射擊，船被擊沉，船上的數百老弱婦孺悉皆葬身魚腹。

蒙人之殘酷至此地步，漢人如不能武裝自衛，勢將盡被屠殺。王同春在這種情形之下，就挺身而起，聯合套中各大地主，挑選他們護莊把式匠中的精銳，共計一百二十餘人，合謀抵禦。時蒙人因屠殺得手，來者愈多，自西山嘴附近以迄於套中的數百里地面悉爲所據，人數亦多至六七百，王同春所率領的隊伍不過只有一百二十餘人，衆寡懸殊，人心惶惶，不知所措。但王同春並不氣餒，督率壯丁，與蒙人力戰，公議社得而復失者數次。適逢農曆新年，蒙人聚衆不退，王同春乃在公議社內多置米麵酒肉，外積薪草，僞作欲守而不勝之狀，待蒙人來攻，即空屋逃走。蒙人攻入社內，見其中之酒肉米麵甚多，歡欣萬狀，飽食恣飲之餘皆大醉。至晚，王同春率衆來襲，一場混戰，王同春所率的壯丁以火攻之法大敗蒙人，燒死及被鎗擊斃者十一人，生擒者三十人。秦四求和，允不再仇視漢人，王同春遂將所俘蒙人釋回，雙方的武力衝突至此亦暫告段落。

在表面上看來，秦四所領導的蒙漢鬬爭，是因蒙人之失敗而中止了，事實上並不如此，因爲秦四深知王同春智勇兼全，乃是套中漢人的領袖人物，如不先將王同春除去，蒙人殆無得勝可能。因此，秦四在表面上答允與漢人和解，其實則是在設法尋求善策，以期先將王同春除去，然再來對付其餘的漢人。他先以王同春擅殺蒙人的罪名向官方控訴，王同春因此繫獄三年，後來雖因並無證據而得開釋。秦四仍處心積慮，屢次伺機暗殺，王同春因此曾數瀕於危，後來秦四被王同春親自拿獲，迫其立誓離開後套，不再與漢人爲仇，歷時數年蒙漢之爭，至此始暫告平息。

但至民國二年時，庫倫蒙匪叛變，節節南侵，綏東的固陽安北等地相繼失陷，綏西的包頭五原亦岌岌可危。在叛亂擴大聲中，蒙人爲圖將漢人勢力根本逐出內蒙草原，後套自勢在必取。時駐防五原的政府軍已戰敗，難以抵禦蒙匪西進之勢。王同春乃再度起而徵集地方保衛團及抽調自己的護莊把式匠，組成百餘人的敢死隊，會合政府軍向蒙軍駐守的據點進攻。王同春的把式匠中多善射的鎗手，在一次猛烈的進攻中，蒙匪的首領華服督戰，爲王同春的把式匠擊斃，餘衆駭散，政府軍遂得大捷。蒙人既敗退，政府軍乘勢推進，沿途焚燒蒙人所建的蒙古召廟。此舉最爲蒙人所懼，於是蒙古各旗的王公紛紛要求王同春出來調停，要求軍隊勿再焚燒召廟，而以代爲剿除叛匪爲條件。蒙匪叛變由是得平息。而王同春亦再一次在蒙漢衝突時爲後套地方的漢人盡到了保衞鄉土之責。由這兩次保衞地方的義勇行爲，使王同春充份得到當地人民的愛戴。王同春之所以被人推崇爲偉大的拓殖英雄，在這裏也得到了具體的證明。

在錯綜複雜的蒙漢關係中，王同春對付蒙人的手段，並不僅是强力的壓制，在許多地方，更多方結以恩德，其目的無非在求消弭彼此間的嫌隙，以建立雙方的友好和諧。如蒙古各旗的王公倘有緩急，只要對王同春提出，王同春無不傾力爲助，因此各蒙古王公對王同春均敬信有加。清光緒二十六年，因拳匪亂起，蒙旗打死教士及劫掠教堂，外國人要求賠償巨款，蒙人無法償付，王同春爲代出糧食一萬石相助。又烏審旗所殺教士，因無力償付賠款而以境內的一處鹽池抵押給教堂，以租款作爲分期償還的賠款。

但招商承租的結果，並無人前來承租，賠償勢無着落，王同春因出資承租，計劃在此開辦鹹場，以所生產的鹹塊行銷北方，一方面爲蒙旗解決困難，一方面亦可爲將來的蒙旗建設事業奠立基礎。此事後來雖因教會的反對而改由政府官辦，但蒙人對於王同春在他們遇有困難時每次拔刀相助的義行，感激甚深。於是，王同春在蒙古人當中亦博得崇高的信譽，遇有糾紛及困難，亦惟王同春之意見是從。

光緒三十二年，清政府擬將西山嘴子附近的一處大鹽海收歸國有，由公家取鹽出賣。蒙民反對，羣聚鹽海，勢將釀成大亂。清吏急請王同春前往勸解，允將收歸國有之議取銷，亂民散去，一場大風暴始告平息。

由這些地方，充份可以看出王同春在蒙漢人民間都極具聲望，儼然是後套一帶地方蒙漢人民的領袖。他這種不平凡的成就，理應得到官方的借重與獎勵；然而，當光緒季年清政府開發後套墾殖事業時，王同春反因此受到政府官員的嚴重迫害。事之反常，實在很出乎人們的意料之外。

自光緒十六年王同春的義和渠全部完成之後，光緒十七年，王同春再在隆興長以西開挖沙河渠，至二十七年完成，全長九十里，可灌田二十二萬畝。光緒二十三年，又濬剛目渠。二十五年，又開豐濟渠及灶火渠。此三渠中，豐濟渠長約九十餘里，可灌田二十五萬畝；剛目渠長七十里，可灌田二十萬畝；灶火渠長四十里，可灌田十餘萬畝。

後套的灌漑溝渠，最主要的有八條，稱爲八大幹渠；若倂中等溝渠合計之，則其數共有十三。王同春所自開的五條灌漑溝渠，義和、沙河、豐濟及剛目名列八大幹渠之內，灶火渠則屬於中等渠道，其全部灌漑面積約計共爲九十餘萬畝。

後套地方的大小渠道，合計共可灌田五百萬畝，在這一數目內，王同春獨力所開的渠道，其灌田數目即達全部總數的五分之一，其成就不可說不大。除此之外，名列八大幹渠的長勝渠，爲地商鄭和、侯毛騾所開；塔布河，爲地商田横、何大所開；其渠口地點及渠道經由位置，亦皆王同春爲之勘定。再加上王同春當年與郭大義等合股開濬老郭渠的紀錄，後套八大幹渠，幾乎有七條都曾由王同春或多或少地爲之盡力，以至於完成。

王同春在後套開發過程中的貢獻如何，看了這些事實，不難瞭解其大致情形。迄今後套五原縣城北四里處尚有王同春的祠堂，除了王家子孫所立的神主以外，另有當地人民所立的神主一塊，題曰：「供奉綏西河渠總河神王君同春之神位」。王同春因開渠有功而被當地人民奉爲綏西的「河渠總河神」，這名稱雖然聽起來離奇怪誕，卻能適當地表示出後套人民對王同春的敬信與愛戴。

王同春死於民國十四年，其後綏遠當局在套東從事民生灌溉區的建設而三年無成，後套人民就曾很感慨地說：「民生渠修了三年尚未成功，而且眼看將來，也沒有希望，如叫王同春來修，那裏會枉費這麼多的時間與這麼多的金錢呢？」這種觀感，正因是出諸當地人民之口，纔能顯出王同春在後套地方的成就太不尋常。然而，當光緒季年清政府在後套從事墾殖開發時，負責的官吏不但不肯善用王同春的長處，反而多方施予迫害，這種事實，就太使人難以想像了。

清光緒二十七年冬，清政府正式發佈命令，要在內蒙實施墾殖。第一個被任命爲督辦墾務大臣的，是當時的兵部左侍郎貽穀，受命以「綏遠將軍兼理藩院尙書」的職銜，督辦察哈爾與綏遠兩地的墾務。貽穀是個精明强幹的滿洲人，可惜他的精明强幹並不用於爲國爲民，反而多方用之於營私舞弊，既以政府所撥發的墾殖經費自飽私囊，又以政府之力，脅迫王同春將他私人所開濬的五條渠道及私有的三百餘萬畝土地盡數獻歸公有，藉此作爲他糜費巨款從事綏西墾殖的成績。自從貽穀來到後套以後，王同春算是交上了惡運。他的一生事業，也從此開始遭遇了重大的挫折。

清政府之注意綏西墾殖事業，據說是由於庚子八國聯軍攻破北京時。甘肅布政使岑春煊率兵勤王，路過後套，看見當地的水利事業雖然發達，但尙待開發的未墾地仍有甚多，宜以政府的力量加以督導。

翌年，岑春煊升任山西巡撫，綏遠地方恰爲山西巡撫的轄區，因此就正式上奏朝廷，建議由政府督導開發。於是，就有了貽穀的任命。貽穀看到當地的水利事業如此發達，擁有渠道的地商將土地租予農民耕種，逐年所收的利益極爲優厚，因此就頓生覬覦。他一方面奏請朝廷由官商合股的墾務公司專辦其事，一方面則假借官股名義，由他自己以墾務督辦的地位指派署中的高級職員擔任公司的重要職務。

墾殖公司的經營辦法，照規定是由公司按照地畝數目向督辦公署繳納押荒銀兩，向公署領出整批土地，然後再分別賣放給需要土地的農戶，轉手之間，卽可獲得巨利。然而，所謂墾務公司也者，實際上卻並無資本，只是由貽穀在清政府撥發的事業經費中提撥所需的數目，作爲該公司呈繳的押荒銀兩。如此一轉手之間，該公司便可以不費分文，取得大量土地，從而由貽穀及其親信人等瓜分其所得利益。爲了籠絡蒙古王公使其樂意提供所轄旗內的土地，貽穀又以陞官加爵及借予貸款的方式多方引誘，其後終因此引起蒙古人民一連串的抗墾風潮。

爲了使從蒙古人那裏得來的大批土地有水可資灌溉，他又必須設法以公有的名義佔奪各地商私人所開的那些大小渠道。在貽穀這種但求得利，不顧當事人願意與否的高壓政策之下，被犧牲的蒙漢人民不知有多少。其中受害最甚的，自然是王同春；因爲他私人所擁有的渠道及土地最多，所以損失也最大。

貽穀之能夠脅迫王同春獻出他私有的五條渠道及大批土地，自有他所認爲的巧妙辦法。原來王同春早年與當地另一頗有勢力的移民領袖陳四者，因爭奪灌溉用水而積有仇隙，雙方屢次糾集所養的「把式匠」械鬪，彼此都未得到便宜。等到光緒二十七年冬天，貽穀到綏西來督辦墾務，本來沒有官府管轄的後套，現在有政府官吏來駐紮了，於是王同春不敢再叫他所養的那班把式匠在外面招惹是非，而陳四卻認爲是機會來到，屢次到貽穀所委派的「西盟總辦」姚仁山那裏控告王同春的種種非法殺人事件。王同春感到陳四的戰略太厲害了，便派人去和陳四商量，要求雙方和解，各將所養把式匠遣散，以免兩敗俱傷。陳四應允，這件事看起來應已完結。

但到了光緒二十九年的除夕晚上，陳四忽然被人殺死。有人說，這是王同春叫他的拳師杜春元帶了幾個人去將陳四打死的。但官府捕獲杜春元時，杜春元卻能提出許多人證，證明他在大年初一天亮時，就已在包頭城內到處拜年。由包頭到陳四被殺之處，計程四百里。如果陳四果爲杜春元所殺，當然沒有可能在晚上十二點殺了人之後，在天亮以前走完四百里路趕到包頭城的道理。但也有人說，這便是王同春爲杜春元所設計的脫罪方法。因爲杜春元可以多帶備乘的騾馬，在打死陳四之後，以最快的速度沿途換馬，馳向包頭城，因此，在八個鐘頭之內走完四百里路並非沒有可能。

這一場官司雖然未能判定王同春主使及杜春元殺人之罪，但姚仁山以督辦西盟墾務的總辦兼理司法，權力甚大，在欲根究到底，王同春實不能脫卻關係。因此，姚仁山將王同春請到他的署中，將預先寫好的申請書拿給王同春看，要王同春在書上簽名畫押，自願將他私人所有的五條渠道及全部土地房產等悉數獻出，卽以不再根究陳四之案作爲條件。

王同春在姚仁山的脅迫之下，無策可施，只好同意畫押。如此一來。王同春數十年辛勤所開鑿的大渠五道及支渠二百有餘，連同已墾成的水田八十餘萬畝，熟田二百七十餘萬畝，及房屋十八所，悉數都獻納歸公。一生心血，盡付流水，雖然貽穀亦曾給了他三萬二千兩銀子作爲補償，但若比之上述財產的實際價值，何啻九牛一毛！

貽穀及姚仁山以脅迫之法從王同春手中取去他的五大渠道及已墾地三百五十餘萬畝，並不以此爲足。因爲他們已在蒙古各旗的王公手中取更多的未墾地，亟需加以開發。而開拓荒地所最需要的卽是灌溉用水，爲了得水灌田，他們必須在現有的各渠道之外增開支渠及加長渠道，而更要緊的是必須先取得這些渠道的管理權，以便遇事放手做去。所以，王同春的渠道雖已獻出。其他各渠亦仍須如法泡製。

在此一政策之下，老郭渠、塔布渠、黃圖拉亥渠、永濟渠、長濟渠等一應大小渠道，悉被貽穀及姚仁山等以政府名義收歸公有。從此以後，後套地區的灌溉渠道悉皆屬於官府，人民引水灌田，需向政府按畝繳納水費。而貽穀及姚仁山等人所經營的墾務公司既已擁有大批未開墾地，自必須大開支渠，以便灌溉。他們這些人雖能以巧取豪奪的方法掠取人民的辛勞成果，而對於水利事業卻是一竅不通。因此，他們必須延攬王同春這樣的水利專家爲他們效勞。因此，王同春又做了墾務局的總工程師。

在這一段時間內，王同春曾爲墾務局重濬永濟渠，使其灌溉能力由原來的二十萬畝增至三十萬畝。可見王同春的產業雖被貽穀姚仁山等人奪去，他的氣度，仍然很是豁達雍容。英雄本色，固當如此，王同春之偉大，此亦其一端，說來殊可令人起敬。

儘管王同春在被迫獻出如此巨大的一份家產之後仍然表示得很願意與貽穀姚仁山等人合作，但貽穀與姚仁山對他仍不免心存疑懼，這當然是因爲他們有鑒於王同春在後套地方的勢力太大，而且他們脅迫王同春獻出鉅額財產的手段過於卑劣，任何人處此情形皆難心服，何況王同春在後套素篤以傲不馴著名，表面上愈是合作，愈難測他的眞正意向。事實上，貽穀與姚仁山等人對王同春的疑懼，確有其客觀的理由。因爲王同春的財產雖被迫獻納歸公，他所養的許多「護莊把式匠」並未遣散，他個人所擁有的私人武力依然十分雄厚。

後套地方的部份蒙旗，知道王同春的數百萬畝田產皆已被迫獻出，如今已無分畝田地之後，卽刻就有達拉及杭錦兩旗自動提供西山嘴子附近的土地十餘萬畝，租予王同春開墾。有了土地，不但王同春更可以繼續蓄養他的把式匠，而貽穀等人也進一步對王同春在後套蒙漢人民的號召力量有了更深一層的認識。加上光緒三十二年貽穀欲將西山嘴子附近的大鹽海收歸公有之舉，曾招致七旗蒙民的堅決反對，幾乎釀成大亂，此事雖賴王同春出面勸解而告平息，而在貽穀等人的眼中，王同春無異更是一個深不可測的危險人物。爲了猜忌防範，貽穀等人對於王同春所作的各種協助不但不知感激，反欲加以陷害，清代末年，官吏多昏聵顢頇，貽穀在滿人中號稱精幹，其所作所爲竟亦如此，眞可說是「利令智昏」了。

光緒三十二年，王同春勸平蒙旗反抗後，貽穀命姚仁山轉達命令，囑王同春至綏遠城報告勸平蒙變情形，並稱將頒授花翎，以爲獎賞。及王同春到綏遠，貽穀乃以陳四家族控告王同春殺人爲名，將王同春下獄。並說，王同春雖曾獻納巨額財產，但不能以此贖其殺人之罪，故而必須秉公處理云云。貽穀與姚仁山先以陳四之案脅迫王同春獻出他一生辛勤所得的全部產業，至此又再以同案下王同春於獄，這種手段，實在太卑鄙了。王同春因此被囚於綏遠獄中，歷時凡五年，至民國元年革命事起，方得釋出。

在此期間，貽穀本人已因他的貪污舞弊事被滿人文哲琿訐告，清政府派尚書鹿傳霖前來實地調查，查出貽穀夥同其重要部屬姚仁山等人假借墾務公司之名，侵漁國家所撥巨額經費，所得墾殖利益，亦大半入於私囊。貽穀因此被定罪充軍，姚仁山亦革職。但是，清政府雖已審明貽穀的貪黷罪行，而王同春被奪去的五條渠道及熟地三百五十萬畝，卻因係王同春所自行「獻納」之故，從此永歸墾務局之「公有」。

王同春昔爲一方之雄，自此降與齊民等夷。不過，王同春雖然喪失了他數目極大的財產，他在後套當地人民的心目中，仍然是偉大的英雄與領導人物。試看他在民國二、三年領導民兵擊敗蒙匪入侵的事實，便可知道，不管他是當年的「老財主」，凡是遇到一切重大的變故，只有王同春擔當得起領導全民團結禦侮的責任。

而在墾務局接管了後套地方的全部灌溉溝渠之後，由於管理不當，疏濬失時，灌溉功能日見減退，若是沒有王同春出來整理修復，很可能全部歸於淤廢。在這種情形之下，王同春亦並不以渠道已非他個人所有而袖手旁觀，只要地方當局去請求，他一樣樂意貢獻他在這方面的專長，爲地方利益出力修渠。由這些地方看來，王同春之能够成爲當地人民一致崇敬的英雄人物，實在不是偶然的。

民國三年，地理學家張相文遊西北，在後套地方看到了完善的灌溉系統，又親自聽到了王同春的偉大事蹟之後，對這位中國土生土長的水利專家兼拓殖英雄傾倒備至。一番晤談，心折無似，回到北京，張相文就把王同春在後套的水利成就告知當時的農商總長張謇，計劃邀請王同春前來北京，共商開發後套及治理淮河等事宜。

王同春到北京後，袁世凱特別召見他，要他在綏遠代爲養馬十萬匹，他以年老子幼爲詞，婉轉辭卻。退出總統府之後，王同春私下對友人說：「袁大總統命我在綏遠養馬，其目的並非爲國，而是志在培養私人軍隊。我看袁大總統之行動不尋常，似有簒竊民國之意，我如何能爲他養馬，以助他的叛國陰謀呢？」

民國四年，張謇辭職南歸，王同春隨往視察治淮工程，建議治淮當以入海爲是。但因治淮經費係商借比利時款，而比國工程師力主入江之議，王同春的意見未能被接受，借款協議亦不能成立。

王同春回後套後，專心致力於發展與張謇張相文合資組設的西通墾牧公司，在烏蘭腦包地方闢地實施墾牧，惟因時局不靖，匪徒倡亂，公司所養牛羊多被掠去，所租土地亦因攤派過重而無法繼續耕種，墾牧計劃終於宣告廢棄。至此，王同春在舊有基業之外另創新業的希望全部失敗，他只好仍舊在後套開荒種田。由於蒙漢人民的愛戴，他仍然有十多萬畝地可種。但因地方變亂頻仍，時遭意外損失，他後半生的事業充滿了坎坷崎嶇，已很難再有從前那樣順利的環境可供他發展了。

民國二十四年，曲直生爲王同春作傳記，曾引述包頭直魯豫同鄉會會長李瑞浦的話，說：「濬川在套時，那才是昇平盛世。

濬川的刑罰很簡單，收渠費也輕，因此人得安居樂業，河套人民日聚。後來官府來了，甚麼機關也有了。以五原人口那樣稀的地方，也有縣政府、教育局、公安局、建設局，又有水利局，這樣人民才不能過了，就相率離套了！」濬川，是別人爲王同春所起的表字。

李瑞浦說，後套在王同春統治的時代才是昇平盛世，這並不僅指王同春能做到「省刑薄斂」，亦在說明從前的後套，治安極爲良好，人人都可以安心從事生產，不慮官吏之勒索及盜匪之搶劫。

民國鼎新，後套地方的水利事業，設有水利局專司放水及收租等事。但其經營、管理情形則甚不理想，若干幹渠，因未及時疏濬修理，甚且有淤塞之虞。農民們在繳付水費之後仍無水可用，田地不能耕種，嚴重影響其生計。後套墾殖事業的前途，眞是隱憂重重。

王同春以赤手空拳之力在後套創立他的家業，在沒有被貽穀借事收奪之前，他個人所擁有的財產，僅田地一項便有三百五十萬畝之多，幾佔後套地方已墾地的十分之七，其產業之富，至爲驚人。但王同春雖然擁有如此豐富的產業，他的生活條件，依然十分儉樸。民國廿五年，後套水利考察團在五原訪問王同春的二女兒王雲卿，據訪問記者記錄王雲卿的話說：「當初我父親在世，是不許住在城裏的。他說：『城裏人懶，睡得晚起得晚，我們農人家，要早睡早起，才能幹出活計。』那時，一到開渠放水的時候，家裏人男女老少媳婦姑娘都得下地去，偸懶是不行的。冬天查河，回來以後，他老人家要一個一個的察問，那處水高，那處水低，那處水向那處流，結冰何時，春水何時，他老人家瞭如指掌，你想騙他是無論如何騙不來的。吃穿要一律的儉省，家財到了幾萬貫，卻不許化在吃喝上。要吃菜，自己種園子；要吃麵，自己磨米。好地讓給別人去種，好市場讓給買賣人去佔有，自己事業都從頭做起。綢緞不許上身。他老人家一輩子兩件馬褂，還是人家送的，一件是南神父；還有一件是南通張季直。……」王同春雖然節儉如此，但如人有緩急，又輒慨然相助，不稍吝惜。工人僕婦如有婚嫁喪葬，給銀例有定額，佳節宴會，例有定賞，疾病勞問，無不如禮以行，其厚德極有可稱。

古人以儉於己而厚待於人者方爲眞正的儉德，自古以來，多少讀聖賢之書的知識分子都不能做到這一點，想不到王同春以一個粗人而能身體力行，又何況他當時已積資千萬，富甲一方，竟然仍能以勤儉自守，這種懿德美行，不但足以風勵一世，亦儘足以教千千萬萬的讀書人聞而知愧了。

從前張維華爲王同春作傳，曾說，王同春一生最大的成績，厥在開發河套，立漢人移殖之基。因爲當王同春未至後套時，後套地方荊榛遍野，鳥獸成羣，實爲一草萊未闢之地。繼有少數漢人以業蒙古貿易而雜居其地，然而爲數寥寥，實不足以言開發。等到王同春來到後套以後，以數十年的經營締造，終於使這一片草萊之地盡變爲沃壤，渠道縱橫，桑麻遍野，我漢人之扶老攜幼負耒耜以來耕者，以數萬計。

後套地方從此變爲人口繁衍的農耕地，此不但是王同春個人之幸，抑亦國家之幸，又說，王同春生平勤勞過人，終年奔馳野外，察地形，辨土壤，所遇無不精思以求其理。即在陰雨以後，亦必乘馬縱橫田野，觀水流之去向，察地勢之高低，由是套地形勢，盡在掌握，而渠道亦以此得鑿成。這些話，概括地說明了王同春成功的原因及其對國家社會的貢獻。引述於此，以爲本文之殿。

四庫全書及影印本末

李寓

商務印書館爲紀念開國六十年，再度影印四庫全書珍本二集以行世，其發售預約辦法的內容概要上，即開宗明義地敍明：「文淵閣四庫全書雖多至三千四百六十種，但其中已有單行本流傳者頗多，其尚未付印或已絕版之珍本則約有八九百種，本館於民國五十八年重印之初集，計二百三十一種，現決續印二集」云。

查影印四庫全書，多經波折，先後有六次之多，前三次幾全化爲泡影，後三次則由該書館奮志獨任其艱鉅。

溯早在民國十年，正値皖、直兩系交綏後；奉、直兩系又在摩拳擦掌，準備來個全武行一決雌雄時，國內已四分五裂了。夙以主張和平、達成南北統一的文治派大總統徐世昌，遂大展其縱橫捭闔的手腕，擺出一副和事佬的派頭，用符民衆的喁望。此時，適徐氏新獲法國贈與「博士」的頭銜，爲求自效，乃擬據大內的文淵閣，加以影印，當卽先行影印樣本及目錄，趁着朱啓鈐遊歐的機會，順便要他帶些到國際市場去銷售，看看行情的反應如何，以定取捨，是爲第一次。

民十二年，清室內務府，亦有意把文淵閣的版本，逕交商務影印，後因故不果，是爲第二次。

至十四年，段祺瑞執政時代，根據章士釗的建議，把庋藏於熱河承德縣避暑山莊文津閣的書，提出影印，全書已裝點完畢，正擬裝專車，起運南下，而奉直二次大戰突告爆發，交通阻滯。事旣中變，簽約無效，影印告吹，是爲第三次。

逮乎民十七年，奉張又擬以藏諸瀋陽淸故宮的文溯閣——按此書業已下落不明——予以影印，計劃未定，變起倉猝，事又不成，是爲第四次。

以上各次之所以「只聞樓梯響，不見人下來」的緣由，捨人謀之不臧外，泰半係客觀環境的困難重重，實有以致之。

迨民國二十二年，因熱河告警，北方震盪，文淵閣全書隨「大內的文物」南移，教育部遂有選印四庫珍本及委託影印之議。

而夙以承擔中國文化大事業自許的商務，雖明知卷帙浩繁，印費頗巨、成本高昂、實無利可圖，但仍毅然奮志、獨任此一艱鉅，其六月十七日所簽訂的合同中規定有云：「將文淵閣四庫未刊珍本，縮成小六開本，限用江南毛邊紙、印一千五百部，每部九萬頁，計分千五百冊，並限於二年內將書出齊。」

其後，該館卽絡續出書，是爲第五次。

民五十八年，該館重印初集，是爲第六次；於今欣逢開國六十年紀念，遂決定影印二集。

商務印書館的這種奮志不懈於避難之餘，誓欲竭盡其力，以成斯鉅製的精神，自博得人們的崇敬！誠如「影印四庫全書珍本初集緣起」中所强調的，蓋「典章文物，盡在圖書，其存與亡，民族安危所繫；守先待後，匹夫匹婦亦與有責。」的是讜論至言。

我人對於這一不失爲「稽古右文」的盛事，於樂觀其有成之餘，抑有不得不言並引以一吐爲快的：

讀史者大抵無不週知，溯自愛新覺羅氏以「東夷」入主中華，爲了要徹底地消滅我大漢民族的反抗思想，爰採取「恩威並施政策」：

一面施以恐怖高壓，藉端——幾乎是鷄蛋裏找骨頭的藉端、大興曠古稀有、慘酷無比、抄家滅族的文字獄。

另一面則獎勵學術、優禮俯首貼耳的文人，使其折腰屈膝於高官爵祿之下，成爲百依百順的「御用工具」。

康熙時代的大舉「博學鴻儒科」，廣徵遺民學者，編修明史，復大纂典籍，成書一萬卷，字數計達一萬萬四千四百萬字的「古今圖書集成」的大類書，卽成於此時；猶嫌不足，復有康熙字典的纂輯。

迨他年弘曆（乾隆）繼位，竟仍能一秉此旨，一面大開「博學鴻詞特科」，一面巡開四庫全書館，網羅普天之下的專家學者，參與校纂。

細究愛新覺羅、玄曄與弘曆的動機無他，只是把剖棺戮屍、屠殺我民族學者猶嫌未足的一張王牌，與另一張「羅致清顯，以消磨其歲月」的王牌、交替運用而已；此一手法，完全抄襲北宋時代趙匡義（宋太宗）的編輯「太平御覽」與「太平廣記」的作法，可說是一只惡毒無比的「魔掌兜底法」，把一些依然膽敢懷舊的或宣怨言的前代遺臣：「厚其廩祿、贍給以役其心，卒老死於文字之間。」（朱希眞語），或者「位之於館閣，厚其爵祿，便編纂諸書……遲以年月，困其心志……俱老死於字裏行間。世以爲深得『老英雄法』推爲長策」。（劉壎隱居通議）

有些較爲厚道的人，認爲乾隆時代，其統治中土的基礎，業已穩如磐石，似無必要再採取「老英雄法」的措施，這是只知其一、不知其二的似是而實非的謬說；查愛新覺羅弘曆雖無必要以此舉來使天下的「英雄終老」於其館閣之下，但卻有更毒辣的心計在，口說誠恐無憑，玆以其在三十八年（西元一七七三年）三月的「手諭」爲證：

「昨以各省采訪遺書，奏到者甚屬寥寥。已明降諭旨，詳切曉喩，予以半年之限，令各省督、撫從速妥辦矣……。

「至書中卽有忌諱字面，並無妨礙，現降諭旨甚明。卽使將來進到時，其中或有妄誕字句，不應留貽後學者，亦不過將書毀棄，傳諭其家，不必收存；與藏書之人，並無關涉，必不肯因此加罪。」

不爭的事實擺在面前，是藉收書之名，以達查書的目的，該弘曆已自行昭然若揭的招認，誰也沒有必要替他掩飾或諱言，該弘曆復於三十九年的手諭上强調：

「乃各省進到書籍，不下萬餘種，並不見奏及稍有『忌諱之書』，豈有裒集如許遺著，竟無一『違礙事蹟』之理？況明季造野史者甚多，其間毀譽任意，傳聞異辭，必有『牴觸本朝』之話，正當及此一番查辦，盡行銷燬，杜遏邪言，以正人心，而厚風俗，斷不宜置之不辦。」

由是觀之，弘曆的有計劃收書，全然是爲了查書，純然是爲了徹底地摧毀我民族意識的有計劃的禁書、刪書、竄書、改書及焚書。

故國學泰斗章太炎先生，曾把他的此一目的，作一深入的分析：

「滿洲乾隆三十九年，既開四庫館，下詔求書，命有觸忌諱者，燬之。

「四十年，江西巡撫海成，獻應毀禁書八千餘通；傳旨褒美。督各省摧燒益急，自爾獻媚者紛起。

「初下詔時，切齒於『明季野史』，其後四庫館議，雖宋人言遼、金；明人言元，其議論偏謬尤甚者，一切摧燬……。」接着，先生開列了一張長表，盡是被燬的書籍，書名浩繁，恕不錄出，先生最後云：

「諸家絲帙寸札，靡不盡爇，雖茅元儀武備志，不免於火（註：武備志今猶存者，終以詆斥較少，故得保存下來；此書多記科學性，如發明火藥之類）……隆慶（明穆宗）以後，至於晚明，將相顯臣所著，僅有孑遺矣！其他遺聞軼事，皆逋臣所錄，非得於口耳傳述，而被焚燬者，不可勝數也。

「由此觀之，夷德之戾，雖五胡、金、元，抑猶有可以末減者耶！」（檢論卷四）

章氏所指的「切齒於明季野史，其後四庫館議」，係指館臣們所明訂的查禁違礙書籍條款。就中的「功臣」，當以副總裁（即副總編輯）陸錫熊的「進銷燬違礙書籍劄子」為嚆矢：

「凡明季狂吠之詞，肆意狂悖，俱為臣子者所當髮豎眥裂，其有身入國朝，為食毛踐土之人，而敢於逞弄筆端，意含憤激者，尤為天理所不容。自當凜遵訓諭，務令淨絕根株，不得使有隻字流傳，以貽人心風俗之害。

「至若明初著作，於金、元每多偏謬之詞，雖議論乖僻，究非指斥可比。又如明人時代，在嘉隆（嘉靖、明世宗；隆慶、明穆宗）而上，則尚屬本朝龍興以前，或其書偶述邊事、亦只指韃靼、瓦剌、朶顏三衞等部，明史可證，並非干礙。即指辭太覺荒唐，原不妨量予刪節，似不必概行全毀。」（寶奎堂集卷四）

風骨柔媚的軟體動物，就生怕不易討好其主子，爰作百般的「魔舞」。

刪節、竄易、抽燬的「魔掌花招」終於由陸錫熊明文地提出來了，以後才有「直接忌諱」的抽燬、「託詞衞道」的抽燬與乎「以人廢言」的抽燬，是為名聞遐邇的「三大抽燬」。

茲以「直接忌諱」的抽燬為例：如改「夷」為「彝」，狄為敵或翟，虜為鹵；這是單字的忌諱；整句的如易「褫中國之衣冠，復夷狄之態度」為「遂其報復之心，肆其凌侮之志。」更甚的，如易：

「金賊以我疆場之臣無狀，斥堠不明，遂豕突河北，蛇結河東。」為

「金人擾我疆場之地，邊城斥堠不明，遂長驅河北，盤結河東」云。

其大原則既經確定，於是才肆力編纂這部規模龐大的叢書，計自乾隆三十八年始， 先後花了十個寒暑方告完成（一七七三——一七八二年），全館動員了四千三百餘人，計有總裁官十六，副總裁十、總閱官十五。總纂官五，總校官一，翰林院提調官二十二，武英殿提調官七、總目協勘官七、校勘永樂大典纂修兼分校官三十九，校辦各省送到遺書纂修官六、黃籤考證纂修官二，天文算學纂修官三，繕書處總校官四、分校官一百七十九、篆隸分校官二、繪圖分校官一、督催官三、收掌官共三十七、監造官三、共合三百六十人。

而謄錄初由保舉者六百餘人，續行招考者二千一百餘人，催覓者千人，共三千八百二十六人。

至於此書的搜採方法，則分為六種：

一、敕撰本。

二、內府本。

三、永樂大典本。

四、各省採進本。

五、私人進獻本。

六、通行本。

夫以如此龐大的人力，幾乎是集中全國精英的人力，窮十年之力，乃先行完成「內廷四閣」本，即分藏於大內紫禁城的文淵閣，圓明園的文源閣、熱河的文津閣，盛京（瀋陽）的文溯閣，

四閣之書旣成後，復鑒於江南爲人文薈萃之地，爰再抄三部，成「江南三閣」，卽：揚州大觀堂的文滙閣，京口金山寺的文宗閣，杭州聖因寺的文瀾閣。目的據說是：俾江浙士子，得以就近抄錄傳觀云。

弘曆的「稽古右文」的工作，至是才算告一段落。

夫以如此龐大的人力，幾乎是集合全國菁華的人力，來完成這樣一部「存心別具」的大叢書，凡參與其事、恭逢其盛的人，旣均有免於「匱乏的自由」，復有「高官淸顯」的榮銜，理合至善至美、了無瑕疵才是，顧事實上，卻有大謬不然的，茲根據該四庫全書館陸副總裁錫熊的傳記，以窺見一斑：

「乾隆五十二年六月諭云：前因熱河文津閣所貯四庫全書，朕偶加批閱，其中錯誤甚多……。

「今據和坤等閱看，譌謬不一而足。此內閻若璩尙書古文疏證一書，有引李淸、錢謙益諸說，未經刪削。其黃庭堅詩集注，有連篇累頁，空白未塡者，實屬草率已極。」

錯誤甚多、訛謬不一、連篇累頁、空白未塡……等全係弘曆本人及其「聚斂能手」和坤所偶而發現的，其他尙未發現的錯誤、訛謬、空白等正不知有多少呢？依照劉木聲所說：

「四庫全書，共寫七分（份），惟留京之一分，校對詳細（卽存在紫禁城中的那部御覽文淵閣，現存中山樓），至於分駐各處之六分，則以寫官厭倦，無人督率，致多刪減。官事草率，大抵如斯。」

說得比較客觀些，寫官厭倦，無人督率，固然是一大因素，但該弘曆以行將就木之年，「亟願觀成」之心甚切，督促至再，也係主要因素之一，館臣們爲了免於遭受大皇帝的譴斥而力求速成，遂難免要草率塞責，以致舛錯訛誤之處，所在多有，其甚者，竟有「全部每帙，只抄外面數行字，以便翻閱之用。」如是的「傑作」，夏敬觀中丞，就曾親自目覩過。

弘曆早就知道錯誤爲人之所難免，爲求減至最低限度，因之，特地「詔訂考成條例，以爲懲奬，錯寫一次卽記過；分校、覆校錯二次、總裁名下錯三次者，卽罰俸三月，半年；處分不可謂不嚴，但以每日抄寫全書四十餘字，薈要二十餘萬字，分校初僅數十人，陸續添設，亦不過二百人，尤多虛應故事……。

「六年間，在館諸臣，被記過罰俸者，數不勝數。

「總裁紀昀、陸錫熊、孫士毅等，均於四十五年冬各記過三次，纂修周永年於四十六年秋被記過五十次，邵晉涵於四十五、六、七三年中被記過五十一次，而尤以總校官王燕緒、朱鈐、何思鈞、倉聖脈四人被記過次數爲最多，在六年中，倉一千六百八十六次、朱二千七百三十四次，王三千七百零五次，何三千七百二十八次。錯誤之多，有如是者。高宗（弘曆）隨手抽查，魯魚亥豕，連篇累牘，乃不得不有覆校之舉。」（蕭一山清代通史卷中第一篇第六節）

覆校後，謄寫錯落，偏謬疏漏的，究還有多少呢？不難在該館的總裁紀昀的奏本上，窺見一斑：

「查出謄寫錯落字句偏謬各書六十一部，漏寫永樂大典三部，坊本抵換者一部，漏寫遺書八部，繕寫未全者三部，坊本抵換者四部，排架顚倒者四十六部，匣面錯刻、漏刻及書簽誤寫者共三十部。」

事實上是否僅此而已，倘只止而已，則也云幸矣，不幸，錯誤者仍多得嚇壞人，且看陸錫熊是如何奏說的：

「此內點畫、訛錯隨閱隨改外，查出謄寫錯落、字句偏謬書六十三部，漏寫書二部、錯寫書三部、脫誤及應刪太多，須另繕書三部，匣面錯刻、漏刻書共五十七部。」

經此次重勘之後，錯譌仍未能盡除，是以高宗有『保無魯魚潛猶伏、譬若塵埃掃又生』之詠也。」（見仝上蕭著）

說來眞是不幸，吾國先賢的文化遺產，其爲兵燹所焚燬，拆散於離亂，訛誤於傳寫，竄易於狂妄的，正不知有幾多哩！而今竟以千古鉅製、算是「文化淵藪」的四庫全書，居然被居心叵測的，公然地刪節、竄改變更，致使吾人的列祖列宗的精萃思想、暨諸歷代聖哲賢豪的昭蹟，不復能以其「眞面目」湧現於紙上，讓其子孫親炙拜誦，是愛新覺羅弘曆及其「功狗輩」之罪，實浮於天！

但話得說回來，儘管四庫全書有着如下的五大缺點：

一、整理大典之忽略；
二、遺書之燬禁；
三、書籍之竄亂與抽燬；
四、字句之刪改；
五、繕寫之錯訛。

顧無可諱言的，苟以最客觀的評價，計也有五大特點：

一、學者得以參考；
二、目錄之完備；
三、分類之正確；
四、載籍之完整；
五、公共閱覽之規定。

至於此書的影響，不妨仍借用蕭先生的話來說明：「四庫之書，規模既宏，檢閱亦易，以故乾、嘉以還，人材蔚起。「復次，則四庫全書對於吾國學術之影響，以言深切著明者，即漢學之發達是也。漢學爲清代學術之主體，其成績與貢獻最大，故有人喻爲中國之『文藝復興』。」

總而言之，方今商務印書館行將於影印四庫全書珍本之際，倘能把四庫全書纂輯的動機、經過、作用、影響及其瑕瑜等等，擇要時摘錄於後，俾人們於參閱、瀏覽此一「大叢書」時，有所警惕，則於吾國民族精神的揚播，殆也一裨益也。

劾顧案始末

岳騫

民國二十三年，劉侯武丈任監察院監察委員，曾對鐵道部部長顧孟餘提出彈劾，成爲當時政壇一件大事，侯老雖因此獲得鐵面御史之名，但亦險遭不測，其中經過，筆者曾數次面詢侯老，均答以年代太久，記不清了，盛德可欽。但本刊旨在研究現代史眞象，對此一段公案，仍從各方面探索，略曉其大概。

一二八事變發生，舉國一致共赴國難，汪兆銘赴京出任行政院長以代孫科，夙有汪左右手之稱的顧孟餘乃繼葉恭綽出任鐵道部長。

二十二年秋間鐵道部自行向法國借款五千萬金佛郎，聲言修築大（同）潼（關）線鐵路。此事引起各方注意，侯老時任監察委員，當向監察院提出彈劾案，侯老彈劾案指出要點計有：一、該項借款未經立法院通過，由鐵道部私自進行，顯然違法；二、款借到後，未交該部購料委員會公開招標，卽係舞弊；三、山西省政府已決定修築同蒲路，鐵道部又何以要修築同行線之大潼線，無論事前知否山西省政府有此計劃，或事後獲知而無力制止，均屬失職。

此一事件集違法、舞弊、失職三項罪名於一身，若在別人自非辭職不可，但顧孟餘自恃與汪之關係，同時也可能另有別情，因顧氏一向操守清廉，並非好貨之輩。乃對侯老反擊。侯老自然不服，又提出駁斥，以後天津益世報也爲顧孟餘助陣，認爲劉委員之彈劾案，將破壞中樞團結，由於顧是汪系人物，隱約間認爲侯老此舉係受蔣之左右所策動。於是事情越鬧越大。以後汪兆銘且在中政會提出補訂彈劾案之辦法，限制監察院不得公佈彈劾案，規定懲戒機關議決之處分，須報請中政會審核，汪兆銘且在中政會大罵狗屁的監察院，狗屁的于右任（是時右老赴廣州），狗屁的劉侯武。此案雖未成立，但對汪系確是一大打擊，以後貪汙官吏斂跡不少，侯老之功，實不可沒。

陳顒菴先生的生平及其讀嶺南人詩絕句（上）

余少颿

民國以來，廣東學術有兩部名著：其一是前淸翰林吳道鎔玉臣先生的廣東文徵；其二就是先師陳融顒菴先生的讀嶺南人詩絕句。廣東文徵，自漢至淸，作者七百多家，成書二百四十卷，另附作者考十二冊。但該書編成，僅油印稿本十二部，據我所知，本港馮平山圖書館及新會馮氏各存一部，其餘十部未知流落到甚麼地方了。作者考則昔年由揭陽孫家哲君出資印行，分贈友好，事隔多年，流傳也少了。最近由梁寒操君商請王雲老由台灣商務書館影印發行，倘能再賈餘勇，將文徵也印了，豈不是一件盛事嗎。讀嶺南人詩絕句，先師曾費四十年的精力，搜集自漢代的楊孚至中日戰後的廣東詩人，總共二千多家，作爲絕句二千六百幾首，並附詩人小傳，作品，及諸家評語，全書超過三十萬字以上。當日寇南侵，先師將稿件携帶，逃往越南，在炮火聲中，繼續工作。戰後又携回廣州，大陸變色，輾轉到澳門，由澳門又到香港。每遇着文友，便殷勤討論，其中有一部份稿曾寄去台灣請胡毅生先生給予校訂的。先師歿於一九五五年十一月，于右任先生對於先師的遺稿，極端關懷，乃發起籌款付印，至六五年始印成一千部，分送海內外學術文化機關及學者詩人，因此世人便知廣東亦文化的源泉，不獨是革命策源地呢。

陳顒菴先生遺像時年八十

先師諱融，字協之，號顒菴，又別署松齋、秋山。他的住所題名很多，如栖心樓，黃梅花屋，越秀山堂，顒園，竹長春館，則比較常用。原籍江蘇，寄籍廣東番禺，生於民國紀元前三十六年光緒丙子。父訥人公，爲淸末督署幕客。師少日趨庭學律，並肄業菊坡精舍，攻詞章的學。年十九，入邑庠，爲長沙張野秋尚書所選拔的。但師的志向並不在於科舉。那時維新空氣已經很濃厚，民國紀元前八年，就與胡漢民、毅生兄弟，及葉夏聲、黎澤闓等游學日本，肄業法政大學。卽在日本加入同盟會，爲革命的中堅份子。廣州三月廿九之役，把他都府街的住宅，給黨人做機關部。民國後，歷任廣東法政及警官校長，審判廳長，司法廳長，省長公署秘書長兼政務廳長。又曾一度執行律師業務。國府定都南京，譚延闓任行政院長，聘任政務處長。西南開府，任政務委員兼秘書長。行憲後又受總統府聘爲顧問。生平爲人淡泊寡言，惟於出處去就的抉擇，甚爲謹愼；且能洞燭先機，從容決策，故胡譚二氏常引爲臂助。戰時考試院院長戴傳賢欲以秘書長奉屈，師卒沒有答應。師喜歡誘掖青年，更能讓青年出一頭地，凡是出他的門下，有所請求，都樂爲援引。至於未受過他的教育的人們，只要有一種特長，無不拔擢，絕沒有門戶的界限。廣東大學成立，冒廣生鶴亭丈南來任該校教授，常作顒園的嘉賓，那時有余心一，曾希款，熊閏桐，佟立勛，李洸五位青年，都不是受業於師的，時常到顒園吟詩飲酒。鶴亭丈見他們作品又快又好，意氣蓬勃，便大加贊賞，因稱他們爲「南園今五子。」這個徽號是繼美南園前後五子的意思。以前輩而抬舉後生，與師可說是沆瀣一氣。師有句云「商詩一老外。屈指五人謀。」一老指鶴丈，五人便是「今五子」了。其實那時的青年，如茂名熊英，三水何覺甫，番禺盛鵬運，新會許萬雄、李居端，南海黃君璧、馮康侯、鄧芬，順德馮緗碧，或以詩，或以畫，或以書法篆刻，早已爲師所稱道了。

師又愛接待賓客，在少年時代，他的客廳，經常有一桌客飯，里中少年，如胡漢民毅生兄弟、古應芬、朱執信、曹受坤、杜之秋，劉景堂等，常在他家裏作文酒之會。出仕之後，座上客更數不盡了。民國廿四年七月廿四日，師六十歲生日，姚師粟若李君研山合作顒園主客圖，鶴丈爲文記之。鄧丈誦先更作斗方畫四幅，分寫談詩，評畫，圍棋，顧曲，誌慶。馮君康侯，刻印百方，由鶴丈摘歷代陳氏詩句爲印文，題曰頴川家寶；可稱一代文獻。在那年之前，師曾約浙江吳用威董卿，閩侯陳衍石遺兩先生南遊，作他的嘉賓，在顒園住了相當時候。且招待石遺先生同遊羅浮，展堂先生亦結伴同行，各有詩篇傳世。茲將師作錄下：

同石遺宿華首臺聽梵

一入忘還古有言。孤青凹處見山門。境如滿月虧成半。峰似飛雲挾以奔。耆傑人間名易世。林巒仙處佛稱尊。梵音午夜蒼茫甚。了死明生總一源。

師的生活，眞是多姿多彩，結客吟詩之外，好飲酒，但不過量。繼室王夫人善主中饋，訓練得一名女僕名六姐，擅烹調，春秋佳日，每折柬招邀賓客，聯吟作畫。又愛圍棋，（展堂先生就是在他家裏拈着棋子暈倒不起的）顧曲。常招瞽師，瞽姬（粵稱盲公盲妹）女伶，度曲，他老人家手操胡琴拍和，常至夜深始散。某夕，女伶瓊仙等數人在歌壇工作完了，自動跑到顒園報效唱曲，老人家高興極了，即用電話分約知音。那時已是三鼓時分，粵人注重消夜，但家厨沒有準備，即差人去找孔榮記將雲呑（餛飩）擔用汽車接來。孔榮記的雲呑是最有名的，胡毅生李仙根兩丈，每晚非食了不能入夢。而孔榮本人是不出門的，那次還是毅生丈給他說情才肯出門呢。越日師分書條幅以贈歌者，毅生丈更約譚喬上丈塡詞紀盛，書之以贈瓊仙，一時傳爲佳話。

顒園位於越秀山之南，佔地甚廣，花木淸幽，中爲越秀山堂，結構古雅。茲錄師作二首以見風趣：

次疚翁顒園賞菊韻

疚翁（鶴丈）胸臆帶詩來。一讀千回減百哀。君論要留春意在。我心期向定中灰。當筵顧曲年俱去。舊願傳人夢又回。此老風懷起枯瘁。可能晨夕共深杯。

越秀山堂雅集

海山躑躅歸來日。叢菊開纔秋已深。尚有靈光存榜字。

可無哀感託詩心。人寒薄袖瑯玕影。鶴暝閒雲碧落音。
畫侶詩儔盡騷雅。酒邊花畔一沈吟。

當國府定都南京之後，中央各部會的政要，每逢週末及假期，相率到上海去尋樂，縱情聲色，輿論大表不滿。獨展堂先生坐鎮雍容，聲言入京不出京。先師和他有同樣的性格，每當公餘的時候，惟有徜徉於古蹟名勝的地方，以詩酒來會賓客。師在侯府東園夏日即事云：「畫桷尚留為客燕。綠陰常聽合時蟬。」春日白下次霜兄韵：「依舊江山龍虎姿。鶯飛草長好栖遲。」侯府海棠：「生涯入世擔沈醉。顏色撩人惜晚春。」和組兄師期韵：「夜雨簾櫳看不盡。春風庭院立多時。」和展兄師期韵：「振衣岡頂臣甘拜。攘臂車前士笑癡。」偕易大厂登掃葉樓同賦：「若夢春山人共倦。如秋楓葉韵隨枯。」環陵路觀桃花與冒疚翁同作：「等是雨雲浮夢短。那堪聾笑夙心違。」從這些句裏可窺見其胸次，閒散中實含有關懷家國的情緒，不過着筆曲而婉，命意閒而深罷了。

日寇侵華，師避地越南，除努力續寫讀嶺南人詩絕句外，還與當地的畫人文友，縱談風月。詩集中有題李魯叔山水冊及水墨梅花冊，題高劍父石榴，題張純初百花詩畫冊，題容景鐸木棉畫屏，題張韶石嶺南羣芳，題陳君籬菊荒鷄圖等作。尤以癸未，甲申，乙酉幾首重陽詩，念亂憂時，最為感人。如「吟餘几案鄉關恨。夢覺山林文字憂。」又「雲沈五嶺家何處。節過重陽秋又深。」中心鬱勃，令人感歎。但雖如此，老人的豪氣依然不減，「登山乏力聊開牖。送酒無人且盡茶。默念乾坤消刦後。雲林深處有袈裟。」則蕭灑的襟期，概可想見了。

革兵洗了，四方的人還鄉了，「舊遊十九幸還家。藍縷琴尊度歲華。」「江山曠眼風雲淨。蓬篳栖心燕雀安。」這是師戰後從越南回廣州的詩句。那時耆宿重逢，共慶生還，詩人的興致，又轉到中興鼓吹方面。可惜顒園經了兵燹，已夷為平地，幸黃梅花屋依舊保全。老人家好客的作風，也似過去一樣；而詩人的向慕老人與擁戴的熱忱，更加濃厚。「今五子」中，余心一和李洸已經作古，但座客又添了這舊交和新進青年。湖北劉成禺禺生，湘鄉曾昭樺酌霞，臨海徐文鏡鏡齋，廣西陳寂寂園幾位經常到訪。同鄉商衍鎏藻亭，葉恭綽遐菴，亦從北方歸來。張學華漢三，張樹棠蔭亭叔姪，則從澳門回。其餘黎國廉六禾，莫鴻秋子亭，桂坫南屏，廖鳳舒懺菴，曹受坤伯陶，胡毅生曾仲儁諸大老，紛紛齊集。教育界鉅子則有李滄萍，羅雨山，吳三立，詹祝南，也時常過從。

惠陽張北海君，戰時在陪都致力文化救國運動，為中央當局所器重，復員後奉命回粵主持廣州中山日報筆政。張君對師執弟子禮甚恭，特於中山日報闢嶺雅副刊，請師作風雅的總持

黃梅花屋己丑（1949）春集攝影

詹安泰　胡毅生　陳寂園　張瑞經　商衍鎏　陳顯菴　曾仲儁　曹受坤

張樹棠　莫鴻秋　張學華　桂　坫　待　攷　廖鳳舒

。該刊首載黃梅花屋詩話，及文錄、詩錄、詞錄，人才的盛，作品的美，可與民初的南社後先輝映。

在某一次詩人集會中，六禾丈以廣東的木棉，號稱英雄樹，千百年間，詩人題詠已夠熱鬧了，惟木棉花開後，漫天飛絮，大好詩題，還沒有人注意到，主張用木棉絮作題目，他先塡留春令詞一闋作發起。於是羣相附和，詩和詞的篇幅，便佔滿了嶺雅期刋了。記得師的七律一首：

難得晴天晴有絮。偏非雪地雪留痕。虹光海日前身事。
鴿影江山一縷魂。寧可風懷讓楊柳。幾曾衣被慰黎元。
詞人老作英雄語。（指六禾翁）越嶠聲壇定一尊。

這首詩的落句，要請讀者注意，不要以爲單獨寫景。固然木棉絮的飛颺，好像飛雪一般，這是人們所感覺到的。至於攄情方面，則非了解老人心事的不能悟得到。因爲老人的繼室，諱浣雪，沒後老人在郊外長坪鄉闢雪迦菴來紀念她，又題自己的居室爲雪留痕館，這寓情於景的句法，最値得欣賞。

說到王夫人的去世，又不能不補敍一段。老人的元配傅夫人，只生了兩位女兒。繼室王夫人入門後，便連舉五個男兒。而且治家勤儉，對待元配的女兒，和她自己生的沒有分別，因此老人安慰極了。可惜她享年不永，老人哀悼萬分，作遣悲懷四首，一字一淚。鶴亭丈認爲元微之也要讓步，謹錄如下：

遣悲懷四首

得醫方喜起沈疴。永訣翻驚一刹那。來日大難託伊始。
此心百悔怨誰何。死庸非福卿先覺。責本平擔我獨多。
飢食寒衣兒女事。可能勝任此婆娑。

追隨甘苦廿年强。飲泣逢人問母鄉。婦德永思堂上愛。
忠言款待枕邊商。篋中荊布違時尚。厨下虀鹽費手量。
但得爾憐含淚語。此生刻骨最難忘。

母煩乳孀與家傭。鞠育殷勤春又冬。軋軋機聲慈母線。
齊齊書篋校堂鐘。女衣奪目心非喜。兒氣驕人棒不容。
大婦所生多嫁去。歸來情話最喁喁。

一門生事緒如麻。轉眼都非往日家。塵侮奩前心愛物。
雨欺欄畔手栽花。頑僮懶掃徑風葉。癡婢時斟隔宿茶。
書亂燭殘庭露冷。更無人掩晚窗紗。

先師的詩集，題名黃梅花屋詩稿。印於民國卅七年的冬季，封面是毅生丈書耑，序文則遐菴丈手筆。遐丈說：「顒園之詩，淸剛深切，與后山簡齋爲近，可謂能續其緒。主持風會，非顒園莫屬。」又說：「嶺南風雅之銷沈久矣，今得顒園起而振之，一章一句，若與山川運會爭其光顯。矧流風所被，蔚爲時宗，南服騷壇，源流斯遠，顒園誠何負於此時此地耶。」集中存詩，始自民國十六年丁卯，時五十二歲。

早年所作，固然沒有列入，卽晚歲詩稿，選擇亦嚴。但與朋輩唱酬，則喜附原作入集，此種作風，在古人中並不多見。大陸風雲變後，輾轉避地澳門香港，間有所作，題爲竹長春館詩，現在還沒有印行。

師於詞學，亦甚有興趣，惟不多作。年前我輯近代粵詞蒐逸，曾搜集他的遺作，共有四闋，玆錄他中年作品：

百字令 題朱執信自書詩遺墨

文光劍氣。向天南寥濶。乍明疑滅。軀殼平生塵與土。襟抱朗然如月。牛李恩仇。蕭曹規畫。多事何曾決。江山無限。傷心都在吾粵。

眞有獨造孤忱。成仁取義。孔孟皆陳說。利鎖名韁烏足道。羞煞自來豪傑。三徑雲踪。廿年秋夢。此後成淒絕。商量遺著。幾篇差未殘缺。

（待續）

青樓才子畢倚虹

陳敬之

丰儀俊美　才情橫溢

在「禮拜六派」的小說作家羣裏，以擅寫娼門小說而著稱的，當然要首推畢倚虹。

畢倚虹，筆名婆娑生，江蘇儀徵人。他是畢澗飛的後裔。澗飛名瀧，號竹癡，其兄卽爲清代官至湖廣總督而於經史小學以至金石地理之學無所不通的畢秋帆（沅）。論著述之豐與譽望之盛，澗飛在清代文苑裏雖與乃兄相去頗遠；然亦以工詩善畫素爲世人所稱道。其所畫山水墨竹，蒼渾而秀，則尤深得古法。自澗飛迄於倚虹，其奕葉相傳，雖已代有更迭且爲時亦非一日，而其家庭景況，由於星移物換，至此也日漸趨於式微；然而倚虹究因自幼卽天資敏慧，且一直教養培育於其所謂「簪纓門第、詩書世家」之故，所以他的國學修養與寫作能力，早在童年時期卽已爲之奠定了一個比較良好的基礎了。

倚虹雖然行年十六卽已在北京做官，但他到了二十餘歲卻又在上海中國公學當學生，這就使得凡是知道他的此一經過的人，無不爲之感到驚奇，於是其中便有引用論語：「仕而優則學」這一句話來恭維他的，可是他聽了卻率爾答道：

「不仕不學，不稂不莠！」

其快人快語，於此可見。原來我國在秦漢時卽有納資入官的事例，自此而後，歷代多沿而行之，至清代中葉而益甚，其後且至視此爲國家之正常收入，明定官品價格，通飭遵行。於是巨閥富室遂咸以買官鬻爵爲榮，馴至因此而有澤遺子孫世襲罔替者。倚虹年未及冠，卽能至北京做官，可能係由於他坐享先人此一餘蔭而有以使然；而計算時間，這亦當係滿清末葉之事。他後來所以有「十年回首」這一部小說之作，卽緣於此。他於這一說部中記述他初次被「引見」時如何「背履歷」，以及在「部」如何謁見「堂官」諸事，由於這些都是他親身所經歷的，故寫來均幽默可笑。所可惜的是他並沒有繼續寫下去，卽告中輟，否則較之那些困守在上海亭子間裏的作家所寫出來的像甚麼「官場現形記」之類，恐怕還要親切而眞實得多呢。

倚虹生而丰儀俊美，才情橫溢。他在肄業於中國公學的時候，雖然所攻讀的是政法，但以詩文清麗一如其人，一面既爲全校師生所矚目；一面復以時爲各報刊撰稿，而得與滬上知名之士相結識。由是遂逐漸有聲於上海文壇，並進而成爲當時其勢正盛的「禮拜六派」的作家羣裏之一員，而他之所以有志於寫作，卽緣於此。正以此故，所以他自畢業於中國公學之後，卽寓居上海，雖以執行律師業務爲名，而其實則以鬻文爲活。他始則爲「禮拜六派」各報刊任特約撰述員；繼則爲「小時報」、「晶報」負編輯之責，而其中於「晶報」則致力尤多。

倚虹在當時所謂「才子佳人」和「鴛鴦蝴蝶」式的文人之中原係典型人物。他既因從事於鬻文生活而寄身於十里洋場的春申江畔，則其醉心於遊樂與縱情於花酒，不僅爲其生活中所應有之事，亦且爲誘發其寫作靈感所必經的過程。據說，他初於上海遇到一妓，由於他的姿容和應對都算不俗，且自稱是杭州女子師範的學生，他因此而一見卽爲之大加賞識。實在此妓不過粗解文義，她之所以掛上一塊杭州女師的「招牌」，原在藉以抬高她自己的身價而已。誰知由於這一塊「招牌」的掛上，使得畢倚虹這位「才子」不僅自此卽爲她而迷戀、而陶醉、而終至拜倒於其石榴裙下；而且還爲她寫下了許多甚麼「綰春詞」和「銷魂詞」之類，並於這一年中秋節的前夕，親爲工楷精印而致之粧閣。他對她的一往情深，於此蓋可想見。詎料他於中秋節過後的不久，再至原地訪艷，而他所眷戀難忘的那位「佳人」，則已鳳去樓空，琵琶別抱了。而最令人忍俊不禁的，就是他的那些以工楷精印的「綰春詞」等等，竟至殘破滿室，紛紛散作蝴蝶舞；卽間有完整的，也已悉爲女傭所據有並充作夾置鞋樣之用了。這一件事自對當時的畢倚虹而言，雖然使得他曾爲之深感啼笑皆非；但他後來所以有娼門小說「人間地獄」之作，要亦未嘗不是肇因於此。

一馬當先　大開筆戰

從當年上海的小型報紙來說，論創刊之早，歷時之久，銷行之暢，和影響之大，其中固然要推余大雄（名穀民，皖人，曾留學日本）所主辦的「晶報」（係三日刊，合三個「日」字而成一「晶」字，故名）爲第一，而「晶報」之所以致此，則以得力於畢倚虹和張丹斧之助者爲多。

原來「晶報」的這位主辦人余大雄，嘗自稱爲「腳編輯」，而稱其他各報編輯爲「剪刀司務」。其意蓋指各報新聞皆由剪貼而來，只有「晶報」則係專向同文「跑稿」，以腳步勤快，故得稿特多，而其新聞內容亦較之他報要遠爲新穎而精采。由是而知余大雄之所以自稱「腳編輯」，雖係其紀實之詞，然正亦其所引爲自豪之處，而他在當年之所以不失爲一個精明幹練的報業人才，要亦於此概可想見。雖然如此；但他卻只長於謀事而拙於爲文，故凡關實際編務，遂不能不借重於畢倚虹和張丹斧兩人，而畢、張也就因此而成爲「晶報」所不可缺一的兩大台柱。

戈公振在其所著「中國報學史」的第六章裏，對於當年京滬兩地的小報曾作有如左的評述：

其優點乃在能記大報所不記，能言大報所不言，以流利與滑稽之筆，寫可奇可喜之事，當然使讀者易獲興趣。惟往往道聽塗說，描寫逾分，卽不免誨淫誨盜之譏。若夫攻訐陰私，以尖刻爲能，風斯下矣。

這自對「晶報」而言，雖亦大體如此；但嚴格說來，它實有不同於其他各小報之處，亦卽它較之各小報確要遠勝一籌。這是由於它儘管爲了迎合讀者的胃口，爭取銷路，雖亦偶然「攻訐陰私，以尖刻爲能」，雖亦偶然「不免有誨淫誨盜之譏」，但要皆以「謔而不虐」或「樂而不淫」爲其極致，其視一般小報之不流於惡毒卽趨於瘋狂者，殊難與之同日而語。而「晶報」之所以爲「晶報」，卽緣於此。畢倚虹和張丹斧既同爲「晶報」實際負責編務之人，不用說，這當然都是由於他們的匡扶和努力而有以使然。而單自畢倚虹來說，例如他爲了致恨於當時的奉、魯軍閥正在韓莊火併，因而想到上海肉林也有個「韓莊」，於是遂撰寫了一篇名叫「韓莊一炮記」以影射其事，日以三百字爲率，刊之「晶報」。由於此記命名語屬雙關，在構思上亦既備極巧妙；而縱筆所至，卽「控鶴」、「秘辛」，亦寫得無其媟艷，故不但讀者咸以先睹爲快，而每日爲之連載的「晶報」亦因此而被搶購一空。卽此一例，則尤足以證實倚虹之於晶報，其致力之多與貢獻之偉，如與之以張丹斧相較，似又不徒止於在伯仲之間而已了。

正唯如此，所以「晶報」也就由於「能記大報所不記，能言大報所不言」之故，自然難免開罪於人而至使人大感不懌，甚或進而嫉之如仇而恨之入骨的，當亦大有人在，於是因此遂有由陸澹盦、施濟羣和孫玉聲等人所籌組的另一小報名叫「金鋼鑽」的相繼誕生。金鋼鑽爲一力能攻堅的礦物，顧名思義，卽此固已知其係以「晶報」爲勁敵；而其由施濟羣所撰寫的那篇「創刊詞」則於其字裏行間針對了「晶報」更充滿了火藥氣味。其文大意說：

獸類中有豺狼，鳥類中有鷹鸇，魚類中有鯨鱷，人類中有僉壬，專門用陰狠惡毒的手段戕伐同類。它們雖能橫行當世，稱霸一時；但亦難逃陷阱，難逃法網；近來文藝界中也有妖孽，以殘同類爲快，長此以往，流毒曷已。同人等有鑒於此，輯爲「金鋼鑽」報，一方面謀文藝界的進步，一方面遏妖氣之囂張。報名「金鋼鑽」，就是欲提此光明之態度，與堅强之精神，以與妖物相週旋。

自這篇「大文」刊出之後，沒有多久，接着，而「晶報」和「金鋼鑽」的筆戰，於焉開始。論時間，這大概是在民國十二年（一九二三）十一、二月之間的事了。在「晶報」方面，首先掄刀上陣，出馬叫戰的，就是畢倚虹。而倚虹所指名攻擊的第一個敵手，當然就是爲「金鋼鑽」撰寫創刊詞的施濟羣。由於施濟羣原係賣「腳氣丸」出身，且亦自稱「腳編輯」，故倚虹遂藉此而撰文嘲笑之。不謂僅此一劍即已刺中了施濟羣心坎深處的疙瘩，而至使之大感痛憤，誓必報此一劍之仇。於是在「金鋼鑽」方面，遂由陸澹盦爲之出馬抵敵，而逕予畢倚虹以迎頭一擊。時以倚虹正住在西門路的恒慶里，陸遂藉此歷述倚虹在滬、杭兩地如何窮泡女人，而直呼倚虹爲「西門慶」。此外，又攻訐倚虹雖在上海掛牌做律師，而因如何蹩腳以致生意冷淡，一籌莫展。倚虹受此侮蔑，當然不甘示弱，於是遂捨陸澹盦而掉槍驟馬，直攻其時正被澹盦捧得有如天仙似的黃玉麟（黃爲旦角，藝名叫做「綠牡丹」（，而藉口於黃之眼大、口大、腳大種種怪相，以極盡其譏諷與訕笑之能事。陸澹盦因而大怒，除了立加反擊之外，竟至連同倚虹之隱私而亦悉爲之揭露無遺。於是雙方筆戰至此遂更達於高潮。時有林屋山人（卽步翔棻，河南名士）爲了觀戰而激於義憤，遂亦起而創辦「大報」（三日刊，名爲「大」報，實亦「小」報也）以爲倚虹助陣，而倚虹乃與林屋結合而並攻澹盦。自此卽長圍鉅鹿，斷殺得如火如荼，直使這一場筆戰，持續至於半年之久而後始告結束。當時有人稱此一場筆戰爲：「西門慶大戰潘金蓮」，語雖謔而近虐，然而正因有此一場筆戰之故，不僅使黃玉麟登龍有術，竟由「被罵」而成名；而自「晶報」和「金鋼鑽」來說，它們則更因此而益紙貴洛陽，大發利市。是則論功行賞，實又不能不統統屬之於「始作俑者」的畢倚虹了！

「人間地獄」嘔盡心血

自畢倚虹生平的所有著作而言，究竟共爲多少，其名稱又各如何，因手頭缺乏資料，雖然無從盡悉，但根據筆者記憶所及，藉知其先後見之於「禮拜六派」的有關報刊的，在小說方面，則有「十年回首」、「苦惱家庭」和「人間地獄」等；在雜著方面，則有「幾庵筆記」、「光緒宮詞」和「花間叢話」等；然而其中要以「人間地獄」爲其最具有代表性的作品，亦爲其成名和成功的作品。

「人間地獄」是以描寫上海娼門的形形色色爲其主要題材的一部長篇小說；而同時也是自上海開埠以來，繼韓子雲的「海上花列傳」、鄒翰飛的「青樓夢」、孫玉聲的「繁華夢」、張春帆的「九尾龜」和李伯元的「海天鴻雪記」這幾部著名的娼門小說之後，再由作者寫成的另一部自創作意識以至藝術表現均稱「矯然獨造」的娼門小說。從文藝創作的評價上來說，儘管在前此幾部著名的娼門小說之中，素爲白話大師胡適所稱賞並認爲「富有文學的風格和文學的藝術」的，雖僅有「海上花列傳」一書，而於其餘各書則認爲「都只剛剛夠得上有嫖界指南的資格」（語見胡著：「海上花列傳序」）；但筆者個人的看法，則與胡適之意還多少有點出入。因爲從文藝的觀點來看，筆者認爲在前此各書之中值得我們稱賞的，除了誠如胡適所指出的那一部「海上花列傳」之外；餘如「海天鴻雪記」，卻也要算是其中比較好的一部，而未便概以「嫖界指南」視之，我們只要一讀此書作者李伯元在其書的第一回裏所寫的那一篇「小引」，便可以看出作者之所以寫作此書，他的原始動機實有不同於其他作家之處，亦卽是他並非要寫嫖客妓女間的相互勾引和欺騙，使之成爲「嫖界指南」；而是要描繪出這一個特殊的悲慘社會的陰影，使讀之者知所勸懲。唯其如此，所以儘管書中所描繪的仍然不外妓女嫖客間的私生活之五花八門和千奇百怪；但由於他的創作意識之高人一等，故其藝術表現，自亦不同凡響。「海天鴻雪記」之所以不失爲一部文藝作品，即緣於此。

凡此所述，雖似與畢倚虹之所以撰寫「人間地獄」並沒有甚麼關聯；然而我們如持此以與之兩相對比，則正亦足以使我們瞭然於倚虹其所以有「人間地獄」之作，他的動機與作用，實在與李伯元之所以撰寫「海天鴻雪記」並沒有甚麼兩樣。這不僅從其書的命名上可以看出，而從其書的內容上則尤其可以看出。

「人間地獄」係由當時「小時報」爲之逐日連載。書中人物，或直書，或隱托，要皆實有其人，當然人實而其故事亦實。故凡關當年上海娼門的人物和故事，而爲倚虹所知、所聞、所見、和所經的，在他的彩筆之下，要無不一一都成爲被描寫的對象。書是「章回」體，由於他的才情之佳與詞華之美，故任何一個回目，便都成爲兩聯絕妙的詩句。至書中所述，則又不酸不黏，於楮墨間流露出眞情，尤使讀者爲之三復縈迴且至愛不釋手。舉例來說，像書中的男主角「柯蓮蓀」和女主角「秋波」，便是作者自己和其所歡樂弟的影射；而同時這一對男女主角，也被他描寫成爲一對卽風塵而出風塵的「才子佳人」。樂弟原是會樂里的一個妓女，此豸慧眼多情，在勾欄中也頗有名氣。她的養母就是當時正在熱戀着名伶麒麟童並視之爲其禁臠的婉春老四（一名惜春）。書中曾描繪有一個名叫「麒先生」的丑角，他很幸運的竟被一位不惜財色兼捨的半老徐娘，日夕清燉牛肉湯爲之養得又白又胖，即是暗指麒麟童和婉春老四而言。倚虹當年不過是一個以鬻文爲活的窮書生，有何資格够和正在戲劇界大走鴻運的麒麟童互爭一日短長？鴇兒當然不愛，偏偏姐兒愛，因此遂造成了他和樂弟之間的許多悲歡離合。而根據他的好友陳定山的回憶，獲知其中最使人爲之感到震駭的一幕，則有如下述：

張宗昌之南下也，畢庶澄以淮海艦隊司令，追隨來滬。畢出身保定，本爲皖派，倒向奉系。其人頗風流自賞，以爲公瑾復生。張宗昌稱豪北里，畢庶澄亦不爲下，眷富春樓老六，纏頭一擲數萬，富六來自姑蘇，明眸善笑，時與張素雲（人稱女張四先生）、芳卿、雲蘭芳稱小四金剛，庶澄遍沾溉之，一時花叢號爲旛鈴；凡張宗昌所欲蹂躪，庶澄無不力護。宗昌見樂弟而美，思染指焉。倚虹大驚，夜見庶澄求緩頰，庶澄難之，贈倚虹三千金，曰：「立爲此豸脫籍，則庶幾可免。」事方急，而張漢卿、楊鄰葛已聯袂南下，力挽宗昌北去，事始解。宗昌至蚌埠，竟槍斃畢庶澄，謂其反覆於皖、直、奉三系間，有貳心。富春樓聞之，夜乘車北上，哭其屍。滬報競傳其事，以爲艷聞。（春申舊聞。）

卽此一例，可概其餘。然此猶僅就書中的男女主角間基於其關係之錯綜複雜所造成的悲歡離合而言。至於素與倚虹有同文、同好、和同遊之雅，且又同成爲書中次要角色的，諸如包天笑、姚鵷雛、和張丹斧等人，則其事例之類此的，殊亦不一而足。如以其中的姚鵷雛來說，像這一位早已以文筆雋美、才氣縱橫而深爲林琴南所賞識的北大高才生，書中卽曾描述他當年在上海，爲了迷戀於清和坊一個叫個「雲裳」的名妓，竟至時以賣文所入不够纏頭之資而深感有苦難言。不謂雲裳這位愛才重於愛鈔的名妓，乃對之溫慰有加，並爲之私語道：

君誠愛妾，後此請於子夜至，則客散無人，可以爲君盡一夕之歡矣。

鵷雛聞之狂喜，果如約。那時他原係賃居於上海一亭子間，室逼窄而陰暗。一夕清晨，倚虹往訪之，時則門雖微啓，而鵷雛與雲裳則仍然相擁並臥，美睡正酣。倚虹乃私取其衫履而出，旋復僞造一信，遣人送去，說：

「姚太太從松江趕來了！」

鵷雛素以「怕老婆」著稱，得信，爲之戄然而起。方擬易衫着履前往迎候，不意竟遍覓不得。正惶急間，而倚虹適挾其衫履至，覩狀，卽狂笑而擲還之，道：

「你簡直在地獄天堂作樂呢！」

鵷雛則顧而大樂。這雖是倚虹書中所述的另一件使人爲之捧腹不禁的事；然而其書之所以命名「人間地獄」，據說，卽由此起緣。

上所舉述，雖尚不及其全書內容的什之一二，但我們由此要亦可以窺見倚虹所以撰寫此書的動機及其作用之所在了！陳定山曾說得好：

「人間地獄」確是一部才人筆墨，娼門影事，具在其中。倚虹以玻璃喉，生花筆寫之，倚虹的早夭，也可以說爲「人間地獄」而嘔盡心血。大凡寫小說的人，第一件必須熟悉社會，也必須深入社會。而文人對於社會的黑暗，往往是不相宜的。抱了我不入地獄誰入地獄的心願，來寫成一部小說，他的功德是比抄「妙法蓮華經」還要深，而人間往往當作一部閒書去看，年深月久，連這部書都找不出來了，我寫此篇，眞有子敬人琴俱亡之痛。（同前）

這自畢倚虹其人其書而言，誠屬相知至深和置評至當之論！

北望樓雜記

岳騫

湯屠戶知人

曹錕與吳佩孚「君臣」之關，有始有終，在當時倒戈盛行之際，吳佩孚雖然明知曹錕不足有爲，仍然追隨到底，不易艱難而易其操，世人之重吳佩孚在此，也因此，覺得曹錕其人雖無他長，但僅就知吳佩孚一事而論，亦不可及。但實際情形並非如此，曹錕最初並不知吳佩孚，眞正知吳佩孚者，卻是湖南人提起就切齒的湯屠戶（薌銘）是也。

二次革命後，湯薌銘以海軍部次長出任湘督，年尚不到三十歲，每日便衣見客，以周公瑾輕裘綬帶自詡。曹錕是時任長江上游總司令駐岳州，正在湖南境內。曹錕名義雖高，但是空架子，並沒有地盤，因此，對湯薌銘曲意交驩、與湯薌銘換蘭譜，結爲兄弟，實在曹長湯二十一歲，作父親都够了。以後袁世凱稱帝，封了八個一等侯爵，湯、曹皆在其中，而湯名列第一，故曹致湯賀電有「威震三湘、位冠八侯」之語。吳佩孚當時在曹錕第三師師部任副官長，對此「馬弁頭兒」的官頗感不耐，時有去意。有一次曹錕派吳佩孚去長沙見湯薌銘接洽一件公事，兩人一談之下，湯薌銘驚爲奇才。馬上就寫信給曹錕，要求借吳佩孚，這以來把曹錕驚醒了。知道吳佩孚必是大才，就將自己兼任的第六旅旅長派吳佩孚代理，以後扶搖直上，肇因於此。

周神仙的五鬼搬運法

謝厚清

周居長沙，並無事做，成天賭錢，最妙的是十賭九輸，輸了總是寫一張條子「某月某日向某銀行某先生收若干元」，從來沒有不兌現的。銀行不止一間，有時錢莊，有好事的曾去打聽錢的來源，這也時時變化，有說香港滙來的，有說上海滙來的，一般賭友對他有丈二金剛摸不着頭腦之感。那知這已引起當局的注意了。

周在眾目睽睽下，表演五鬼搬運法，他遣一鬼到指定的地點去買鬧鐘。果然，在短短的十分鐘內，赫然發現鬧鐘已被買回來放在桌子上。

後來，他發明了一樣新職業，專門代客找尋失物。失主送去失物的清單，一星期後就一物不缺的找回，然後看失物的價值大小，酌收酬金。

有一次警察捉到一個犯案纍纍的小偷，照着口供起賍交還失主，那曉得其中有一個說，他的失物已於前幾天由周找回來了。核對之下，警察起出來的一份失物，和周找到的一份，完全一樣。

於是，周就以妖言惑眾的罪名槍決。

大約是民國十四年，那時我因就學之便，暫時寄住在上海極司非爾路周家。周家有一位幾乎每日必來的座上客，光頭而穿着西服，最妙是西服的顏色總和所坐汽車的顏色相配；灰衣灰車，藍衣藍車，據我的統計，他有各式汽車不下七輛之多。後來才知道他是上海的地皮大王程霖生。

替二老爺醫病

周家的主人俗稱二老爺，忽得了胃痛的毛病，中西醫都束手無策。有的說是受了寒，有的說是飲食不慎，求不出一個一致的病源。有一天，程霖生帶了一位客人來，說是替二老爺醫病的。那人身穿的是袍子馬褂，頭載的是一頂瓜皮小帽，滿口湖南腔調。程霖生鄭重的介紹，他叫周仲平，凡在長沙住過的人都稱他周神仙而不名。

我和幾個小朋友，一直為好奇心所驅使，站在客廳裏看着他如何治病，我當時猜測他至多不過是一個比較高明的祝由科罷了。他略與主人寒暄之後，就請主人準備油鍋一只，將兩斤左右的花生油燒開了端來。不久，聽差的就戰戰競競的端了滾開的油鍋來放在一張木櫈上。周神仙一面吩咐二老爺脫去汗衫，一面用手指在油鍋上憑空劃了幾下，似乎是符咒之類，口中也念念有詞。只見他忽然把手伸進油鍋裏搖幌幾下，就拿出油手在二老爺的胃部來回按摩。這樣反覆了幾次，他就說：「差不多了。明天我再來一次，胃就不會再痛了。」

把周神仙送走之後，程霖生才說出他的來歷，他說：「他是最近從長沙來的一個罕見的奇人。精奇門遁甲，過幾天我再把他邀來表演兩手給你們看看。」奇門遁甲這一門學問，只是在小說書上看過，不要說我們小孩子，就是在座的一位翰林公也自稱從未親眼見過如何遁法？

表演奇門遁甲

過了約一個星期，二老爺的病果然痊癒了。一面為了謝醫，一面還是為了想看奇門遁甲的表演，就下帖子請神仙吃飯。聽說是飯後表演，所以我們一羣小朋友們在未散席之前就擠在客廳門口了。

飯後，周神仙先是謙虛了一番，在大家各種恭維之下，就吩咐找五塊磚來應用。小孩子們腿快，不一會兒，已從花園角落裏捧來五塊齊整的紅磚。神仙又要了一張木櫈，把磚重疊的擺在木櫈上，並關了電燈。但藉鄰室的燈光，屋中的情景，仍舊清晰可見。只見他站在櫈前，口中念着甚麼咒語似的，慢慢舉起右手，大喝一聲，對準磚頭當中劈下去，手離磚還有寸許，說時遲那時快，只聽見清脆的「拍」一聲，似乎是磚裂成兩半的聲音。開燈看時，五塊磚好像用刀砍到底的模樣，齊齊整整變成十個半塊。木櫈上卻絲毫沒有痕跡，這叫做雷心掌。

觀衆都看得目瞪口呆，有的細心人還以為他是眞正用刀在黑暗中做的手腳。但仔細檢查，櫈上確無半點刀痕。這時，客人中就有人提議請神仙來表演五鬼搬運法。顯然的，這是要藉此考考他奇門異術的本領究竟到了甚麼程度？

周答應差鬼去買一樣東西，有位先生馬上掏出一張五塊的票子來，指定要在南京路亨得利買一只鬧鐘。周從容的用一頂帽子將鈔票蓋在一張圓桌上，姿態與一般魔術家並無二致，仍舊熄燈。他圍着桌子念咒，約十分鐘光景，大家屏息而待。他忽然站住，開了燈，揭開帽子，只見桌上擺好一只小鬧鐘，一張發票，和找回的一塊三角五分零錢。發票上赫然有亨得利南京路等字樣。

二老爺當時立刻親自掛電話到亨得利問：「那第某某號發票的鬧鐘，請查一查是一個甚麼樣子的人買去的？」

「請等一等……經手的夥計說是一個有鬍子老頭買去的。」

考驗的結果如此，無怪乎那位翰林公都搖頭直說「造化之奇」了。

這一套的神妙處是：桌子周圍的人擠得水洩不通，外人鑽不進去，即使有人下手，在短短十分鐘工夫，無論乘甚麼快車，從極司非爾路到南京路，也決無買東西打來回的可能。

從此以後，周神仙也成了周家的常客，但是為了避免驚世駭俗之譏，此後便沒有甚麼新的表演了。

程霖生談起神仙消息

過了年，我搬出周家，以後零星的聽到一些神仙的消息，列舉如下：

一、程霖生已拜周為師。

二、周擅長煉金術，為某巨富聘去，但是，煉來煉去，富翁的錢煉跑了上萬的數目，婉言辭退了神仙。

三、周仙神在上海無法立足，已回長沙。

十七年後，民國三十一年，我陪老父在北平養病，程霖生意外的悄然來平，帶了許多古董字畫求售，打聽到我家住址，來看我父親。原來程早在上海投機失敗，一蹶不振，所有產業都屬他人。他夫婦二人已屈居亭子間，這次北上，是想用古董換幾個錢回去的。

過了幾天，我在家預備了幾樣菜，算是遵父命爲他洗塵，其實，我是對周仲平的下落始終不能釋然，打算從程老伯那裏打聽一點消息的。

酒半酣時，談起周神仙，以下就是當時程霖生所講的故事：

「周離開上海之後，一直不通音信，至第二年的元旦，他忽然從長沙寄了一封信來，裏面只封了一張長沙當地的報紙，用紅筆在一段新聞的周圍，圈了一個圈，下面寫上『哈哈哈』三個字。新聞的內容大致是：

「『停泊長江之日艦大丸號，忽告失盜，損失大炮一尊及子彈兩箱。長沙日本領事已向我長沙當局提出嚴重抗議，當局覆以軍艦所以保僑，本身炮彈尚且不能保，遑論保僑之責任乎，日領事語塞而退云。』

「據專家研究，卸下大炮非四人莫辦，時間至少需二十分鐘，子彈在最底層庫中，論其重量，亦非四人莫辦。結論是決非普通竊案。周的『哈哈哈』很明顯的表示他用五鬼搬運法開日艦的玩笑！

從背後一槍打死

「以後，周的消息，又復斷絕。據長沙友人來信說，周居長沙，並無事做，成天賭錢，最妙是十賭九輸，輸了總是寫一張條子『某月某日向某銀行某先生收若干元』，從未有不兌現的，銀行不只一間，有時是錢莊，有好事的曾去打聽錢的來源，這也時時變化，有說香港滙來的，有說上海滙來的，一般賭友都對他有丈二金剛摸不着頭腦之感。那知這已引起當局注意，爲他後來槍斃的遠因。

「後來他發明了一樣新職業專門代客找尋失物。失主送去失物清單，一星期後就一物不缺的找回，然後看失物的價值大小，酌收酬金。不知道他的人以爲一定他自己搗的鬼，先指使五鬼搬走，再佯作代爲找回，藉此糊口。其實並不如此。有一次警察捉到一個犯案纍纍的小偸，照着口供起贓交還失主，那曉得其中有一個說，他的失物已於幾天前託周找回來了。核對之下，警察起出來的一份失物，和周找到的一份，完全一樣。於是，周就以妖言惑衆的罪名槍決，爲預防他的妖術，判案時並不判槍決，而在周背轉身走出去時，冷不防從背後給他一槍打死。

「我拜周爲師，多少得了些傳授。照理講，他也可以不死的，因爲他說過，他在山中修道，他的師父在他畢業之前，原要教他避彈術，傳統上，老師須口啣槍頭，由徒弟拿槍機。他怕眞的把老師打死了，因辭不敢，老師一怒，自己用一手扳槍機，轟然一聲，老師口中吐出子彈說他沒有緣份學這一手。他當時一時心軟，後來自食其果了。」

民國三十二年，我跑單幫到上海，陰曆正月十三到的，第二天看報，卻有這樣一段消息：

「昨日下午五時半程霖生（前地皮大王）坐化華懋飯店二〇九號房間。」

程以百萬之富，由絢爛歸於平靜，結果坐化，他說他從周神仙處得了些傳授，似非虛語，固因術而死，程獲益於術，可概也已！

閒話宛西

陳舜德

「宛」是河南省南陽縣的舊名，南陽地當豫、鄂、陝三省交通要衝，在交通工具未進入近代化，平漢、津浦兩大鐵路未興築之前，它是中國內陸交通的樞紐，形勢險要，爲兵家必爭之地。歷史上秦關百二里，楚割商於之地七百里於秦，便是這個地方。南陽的西面有鎮平、內鄉、淅川、鄧縣四縣，號稱「宛西」，地接陝、鄂邊界，羣山橫亘，土地磽薄，其間素爲土匪出沒之所。民元以後，內亂迭起，駐軍就地擴軍籌餉，强征勒逼，廬舍爲墟，於是地方秩序逐漸破壞，復遭天災瘟疫，民不聊生，豪强者振臂一呼，愚民羣起盲從，而匪燄遂熾；當匪之初起，常藉大族爲護符，匪勢既成，大族復挾匪以自重，政府無力剷除，聊藉收編以求苟安。如是官紳匪互相勾結利用，狼狽爲奸，法紀蕩然，人心思亂，善良者携家遠避，刁悍者鋌而走險，馴至打家刦舍，姦擄燒路斷人稀，里無炊煙，其混亂殺，情況，眞是慘絕人寰，現在回想起來，還不禁有餘悸哩！

政府對人民既不能予以保障，人民只有設法自保。其時去太平天國未遠，曾、胡團練鄉勇的故事，尚流傳民間，起着鼓舞作用。一時各地有識之士，紛紛挺身而出，編練民團實行自衛。內鄉的別廷芳先生即於民國六年在他的家鄉開始這種工作，爾後逐漸擴大，平定全境。我是民國八年回淅川，初任縣立師範校長，過了兩年，承地方父老之擁護，出任保衛團總，編練民團，實行勦匪。那時大家都懷着恐匪病，我的家人都反對我作這種工作。好在正當青年，初出犢兒不畏虎，憑一股正義的激蕩發爲救鄉的熱情，便不顧一切的拼命幹起來了！我和香齋（別廷芳先生號）不知經歷多少艱難險阻，費了幾許心血，用了多年功夫，才把境內盜匪肅清。我們因爲居處鄰封，守望相助，公私往還，遂成莫逆之交。民國十二年冬，基於事實上的需要，內、淅兩縣實行聯防，遇有大股土匪竄擾，即行會勦，內匪既清，外寇不敢侵犯，內、淅境內才重慶昇平，而隣縣境內荒亂如故。

匪患既平，我們即從事建設工作，諸如交通、水利、教育、造林……行自治之實，但無自治之名而已。

十八年八月，鎮平發生股匪屠城慘事，彭禹廷時任百泉村治學院院長，聞訊即辭職歸來，決心辦理地方自治。他抵家後，即給我一信說：

「過去一鄉聯合，可制一鄉之匪，一縣聯合，可除一縣之匪，現在匪患遍地，匪之結合動輒成千累萬，決非一縣之力所能清勦。且官府既不能保民，軍隊多不勦匪，非自己團結起來勦匪，絕無倖存之理。弟有意與兄同香齋兄聯合一塊勦匪，並辦理地方自治事宜。兄如贊同，請即約香齋兄訂期商議……」

這封信是宛西地方自治史上一件重要文獻，我對它的印象異常深刻，雖事隔四十年了，尚能背誦無遺。我得信後，即就原函加註意見，飛送香齋，當荷復信贊同，並訂期在內鄉開會。那時別、彭二人尚未相識，比及晤面，互通傾慕之忱，以禹廷的卓識灼見，香齋的慷爽熱誠，又都是本乎公誼救鄉救民而來，談笑間大有鍼芥相投之感。

這次與會者有內鄉別廷芳、劉顧三、王德岑，鎮平彭禹廷，淅川陳舜德，鄧縣寧洗古、雷雲亭等，會議三日，決定使用「宛西地方自治」名義，成立宛西民團指揮部，公推別廷芳爲總指揮，陳舜德副之。訂定十條公約及「五不」辦法，通過告民衆書。會中並商定嗣後有關地方自治事宜，悉由四縣負責人會議決定施行之。十條公約是：

(1)農兵合一。
(2)統一指揮。
(3)撫恤劃一。
(4)糧彈自籌。
(5)整編保甲。
(6)清丈地畝。
(7)普及民教。
(8)設保健所。
(9)採會議制。
(10)務實去虛。

五不辦法是：

(1)不泥法縱匪。
(2)不偏聽誣陷。
(3)不奔競說情。
(4)不浪費公帑，
(5)不拂逆民情。

這次會議在宛西是一樁大事，是全面實行地方自治的關鍵所在。十條公約及五不辦法是各縣實施自治的共同綱領，其中有待闡釋之處，容後另加說明。宛西地方自治的規模，至是才算確定，從此鎮、內、淅、鄧四縣理想一致，步伐一致，共同向國父遺教中地方自治的桃園樂境邁進。

別廷芳——宛西地方自治的拓荒者

談宛西地方自治要先從人物始，談宛西人物首先要數別廷芳。

別廷芳字香齋，河南省內鄉縣人，原籍內鄉城西別凹村，經他的祖父遷移迴車區張堂，世耕讀，家小康。

香齋幼入塾，從清貢生王劍甫先生學，天資聰穎，爲文有奇氣，深爲劍甫先生所激賞。長有大志，讀書益勤，時值戊戌政變，清廷廢科考，而邊遠地區又一時未能設立學堂，香齋生於新舊交替時代，未能在社會上一顯身手，引爲終身遺憾。

香齋不但能寫文章，而且談吐也很風雅。可是沒見過他的人常常會把些「莫須有」的事情加在他頭上，使人看了啼笑皆非，譬如春秋雜誌所刊王敬范君的別廷芳奇人奇事一文中便有：「……龐炳勳偶參加其集隊訓話，別先爲龐介紹，稱頌龐爲大軍閥……」這個事情是有的，但不是出諸香齋之口。記得龐軍初移防南陽，地方各界舉行歡迎會，南陽商務會長先題生不學無術，在致詞時說過這句話，當時與會人士不勝驚訝，多嗤之以鼻。其時在場的龐軍師長，後來擔任澎湖防衛司令官的李振清將軍，現在台灣，當可爲證。不意王君道聽途說，居然張冠李戴，把它轉嫁到香齋頭上，也算得上是「奇事」了！

有人問過我，說香齋某次召集開會，站在主席台上問：「都到齊了嗎？不到的舉手！」台下默然，他用眼光橫掃全場一週，很滿意的說：「嗯！我說不敢不來的。」天啊！這是甚麼話？有人說這是韓復榘在山東省政府主席任內的故事，我就不便置喙了。

又有人說：香齋在總理紀念週上講解總理遺囑，開頭便說：「余致力」是個人……嘴裏還「媽的媽的」不停，繪聲繪形，好像煞有介事。「余致力」是個人嗎？國民學校低年級的學生都會懂，誰也不會相信香齋沒有這點常識。何況香齋對事雖然嚴肅，對人卻很平易，不論是野老村夫，隨時隨地都可以找他談談，我和他相處二十多年，從未見過他有那副如山大王的模樣。

一個事業成功者，都有他超人的地方，香齋勤讀詩書，受中國固有文化的薰陶，純然是一個儒家君子風度。想當年盜匪橫行，社會混亂，人民生活在水深火熱之中，呼救無路，許多有力有錢的人，不是遠走他方潔身自保，便是勾通土匪別有企圖，而香齋基於天下興亡匹夫有責之義，不顧環境惡劣，甘冒生命危險，挺身而出，解民倒懸，這種大智大仁大勇的行爲，豈是平常人所能爲？等到匪患敉平，他又領導地方從事建設，不計毀譽，不避險阻，任勞任怨，堅苦卓絕，卒將瘡痍滿地的宛西，變成世外桃源的樂土，又豈是山大王所能作得到的事？不過，從事政治工作的人，不能沒恩怨，有些好事之流，往往臆撰一些似是而非的流言，希圖中傷他，社會是一座大廣播台，輾轉流傳，遂成爲人們茶餘酒後談笑的資料。其實這些義務廣播員，有幾個是見過香齋的？太史公疑子房「以爲魁偉奇偉，而其狀貌乃如婦人女子」。香齋自香齋，即是我們爲他辯白，也是多餘的了。

平定內鄉經過

香齋的住家附近，有座山寨，名叫老虎寨，一夫當關，形勢非常險要，民國六年，土匪猖獗，香齋便携眷與附近居民避亂這座山寨。寨中居民約百餘戶，那時民間對讀書人特加敬重，因爲香齋是讀書人，便擁戴他爲首領，主持防匪事宜，他富有領導天才，把百餘戶人家全部組織起來，十家設一排頭，十排設一甲長，分班輪值查夜，有警鳴槍爲號，全寨男女立即登寨禦匪，數年如一日，土匪無隙可乘，老虎寨屹立無恙。

他的治匪有力漸漸地被人認識，形成了領導中心，歸附者日衆，範圍也日益擴展；民國十年，他受迴車區紳民的擁護，出任保衞團團總。他的對匪戰略也由消極的防禦轉爲積極的進剿，爲了配合他的策略，遂進一步的編練團隊，採槍不離人，人不離槍，寓兵於工，寓兵於農的政策，使烏合之衆成爲勁旅。其時土匪的勢力也日益增大，動輒以數千計，力量稍微薄弱的保衞團常常不能自保。西峽口是內鄉縣的商業重鎮，位居豫、陝通道，商業繁盛；商團本身持有漢陽造七九步槍一百餘枝，武力可謂相當雄厚，但因不堪土匪的威脅，於民國十一年冬由商會及地方士紳共同協議迎請香齋坐鎮西峽口。同時內鄉的其他保衞團總也會商推請香齋統一指揮，聯合剿匪。香齋得此經濟及武力的支持，自然是得心應手，所向披靡。先後剿平了吳鳳山、艾松年、張鳳台、陳占青、武和尚等股匪，不期年而內鄉境內的匪亂即告敉平。

民十二年秋，香齋應隣縣之請，進駐鄧縣指揮清剿劉百田等股匪；內鄉城內巨紳張和宣，倚南陽鎮守使馬志敏爲護符，受任暫編第二旅旅長，歸其四公子馬有斌第一旅長指揮，在縣收編壯丁，乘機擴充勢力，一時匪類又告囂張，社會秩序瀕於危亂。香齋在鄧縣聞訊，認爲「慶父不除，魯難未已」，乃出其不意，星夜回師，包圍縣城，以迅雷不及掩耳的手段，將其撲滅；內鄉的禍源澈底掃除，形成了統一的局面，從此不復再有內憂了！

十五年秋，石友三駐軍南陽時，有內鄉楊寨人楊香亭吸食鴉片，作刀筆吏，包攬詞訟。因內鄉要肅清煙毒，他不安其業，即赴南陽向石友三軍長揑詞控告。石友三欲乘機擴充力量，即派副軍長秦德純帶兵兩師，進駐內鄉，聲言到山北剿匪，誘騙香齋與之見面。香齋認其有詐，拒不見面，即將團隊佈防對峙，一時劍拔弩張，緊張萬分。他很憤慨的說：「對人有益的好事，也不許人作！如其逼迫過甚，只有與之一拼，成則爲關岳，敗則爲宋江！」該軍駐內月餘，信使往還，威脅利誘，不爲所動，莫可奈何，只好撤軍回宛，一場風波，才告平息。石軍的戰鬬力素稱强大，秦副軍長又是折衝能手，以兩個師的兵力尚不能制服香齋，可以想見他的機智與堅强。我來台後，曾訪晤秦德純先生，談及這段往事，他對香齋的風骨，還極口讚揚。

正當香齋與石軍對峙之時，曾有湖北鄖陽股匪趙六娃帶部千餘衆，持陝軍某部收編爲團長公文，洽准淅川縣政府，駐防荆紫關，一切給養軍需，馳令地方人民供給。該部駐留達四月之久，縣府與地方函電交馳，請示呼籲，上憲置若罔聞，無奈我逕請准石軍長，就近派張團長人傑率部抵淅，由我帶領，星夜馳赴荆紫關，出其不意將該匪團部包圍，迫令繳械，給資遣散，爲淅人割除了癰疽大患。

（未完待續）

抗戰期間最轟動的間諜案

司馬亮

盧溝橋事變起，繼之又有「八一三」事件，中央爲取得舉國一致的抗敵禦侮，特召開廬山會議，邀集各派領袖以及資深望重的社會賢達，濟濟一堂，共商國是。由於這是國家民族存亡關頭之所繫，因此，無論是與中央貌合神離的也好，甚至原來反對中央的也好，至此，都化除成見，共赴國難，即如當時久與中央疏遠隔閡的廣西當局李宗仁、白崇禧，也先後專程晉京，表示擁護中央抗戰的決策。其時人心憤激，士氣昂揚，可說是空前未有。

於是中央最高當局，乃有「和平未到絕望時期，決不放棄和平；犧牲未到最後關頭，決不輕言犧牲。」昭告中外的宣言發表。

小諸葛建議封鎖長江

等到和平絕望，淞滬戰起，中央最高軍政當局爲研討政略戰略和對敵作戰的大計，乃一再召集重要會議，以資詢謀僉同，獲取一致的決策，但爲着避免日機的轟炸，開會地點都是臨時通知。

據說有一次，最高統帥特在中央軍校官邸中，召開軍事秘密會議，出席的人有汪兆銘(行政院長)、馮玉祥（軍事委員會副委員長）、何應欽（軍政部長）、白崇禧（副參謀總長）等七人，席間除討論到有關政略戰略的配合問題外，那位素有小諸葛之稱的白崇禧將軍，即席建議着說：「日本悍然不顧一切，蓄意侵略我國領土，其曲在彼而直在我；現在敵軍留泊在長江各埠的兵艦，自上海以迄宜昌，不下數十艘，如果在江陰那一段江面最狹處，予以封鎖，然後逐個加以消滅，則敵軍雖强，插翅也難飛遁，必然成爲甕中之鼈無疑，是則兩軍初交，敵人即已遭受一次嚴重的損失與打擊了。」與會諸人聽了白崇禧這一番計劃，大家同聲讚好。於是，計議決定，由負責會議紀錄的黃濬紀錄下來，交由軍事委員會執行。

會後，軍委會正連夜忙着，分別電令長江兩岸駐守部隊集中重武器，對準江心，沿岸截擊，見有敵艦即予以擊沉。一面又調集較舊的船艦，開赴江陰，沉於江底，加以堵塞。此外又通飭沿江各地方政府予以戒備。……那知電令發出之後，日本所有泊淀在長江中游、自武漢以下的艦隻，竟於一夕之間，晝夜全部撤退到吳淞口外了。當局得知這一消息後，大爲震驚，這顯然是封鎖計劃的秘密洩漏了。於是，當局便密令「軍統」進行嚴密追查，務獲破案。而參加會議的諸人中，自當以擔任會議紀錄的秘書黃濬爲最可疑。

「軍統」一面展開搜集有關資料，一面指派專人對黃秘密跟踪，在「軍統」全力偵查之下，經過了相當長的時間，終於將這出賣國家民族的秘密漢奸破獲了。

利令智昏黃秋岳賣國

原來黃濬號秋岳，文章詩詞，都頗負時譽，那時他任行政院簡任秘書，筦機要，地位雖不算高，職務卻極重要，但黃的爲人，雖然出身寒素，卻有着揮金如土的名士習氣，是一個奢侈享受、物質慾極强的人。

那時一個文職簡任官，月俸最低可以拿到銀洋五六百元以上（約合現在港幣二千元），但他還是入不敷出。日本特務機關，因他掌莞機要，便針對他這一弱點，不惜利用金錢來收買他，這是近五十年來日本對華一貫的手法，自然很容易的一弄就上鈎，終於做出了出賣國家民族的罪行。

由於黃是中國政府莞機要的秘書，日本特務機關，也就指派高級特務經常負責和他聯繫。他們秘密聯繫和傳遞情報的方法很巧妙，彼此不須要打招呼，更不須要對坐交談，只要事前約定好時間地點，去某一處品茗或進餐，雙方面戴着同型同顏色的呢帽，從各個不同的地點去赴約，到達了之後，各將自己頭上的呢帽，向衣架上一掛，彼此若無其事的各飲各的茶或進膳，臨行時，對方便故意戴着黃的呢帽，大搖大擺的離開約會的地點去交差了。

如果有人發現，他們儘可說是偶然的誤會，何況同型同色，也無人能够精細地注意到這上面來，這樣，神不知、鬼不覺的秘密勾當，也不知有過多少次了。

可是「軍統」派出的專人，跟踪了好幾天，雖然黃逆在公餘之後，進進出出的或赴約會，或探親友，卻始終找不到一點可疑的線索，也沒有見他和甚麼陌生的人接近過，可是在那些日子，中樞的另一秘密，又在日本的廣播電台公開宣洩出來。這一來，眞使中央最高當局和戴雨農爲之滿頭霧水、困擾迷惑極了。但對黃逆卻不能不加深了懷疑。

兩頂呢帽是破案關鍵

中樞在這困惑的情況下，「軍統」方面不能不尋求特別的方法加緊破案。

於是戴雨農一面晉謁當局，請求中樞再舉行一個同樣性質的會議，仍然由黃濬列席負責紀錄，用以試探其反應如何？一面又指示跟踪人員，加緊嚴密而深入的注視黃逆的一言一動，乃至衣服鞋帽的更換都注意到，果然這一嘗試應驗了。就在會議的當天晚上，黃濬獨自一人，坐着黃包車，到他常去的國民路一家小館子——「五味和」進餐了。「五味和」雖然是一家小館子，可是烹調厨饌甚精，經常是座上客滿的。黃逆到了以後，樓上樓下的小廳裏，已座無虛席，只外面的大廳還賸有三二個座位空着，但黃逆卻不立即走過去坐下，兀自站在大廳口等候着，這已使跟踪人員訝怪了。

不久，西邊的第二個小廳，已空出了席位，跟踪人員滿以爲他總該進去了，誰知黃逆仍然兀立着不動，直到東邊的後廳有了空位，他才笑笑的進去，於是，跟踪人員也裝成食客模樣隨即走去，一面注意黃的行動，一面選了一個空位坐下。但見黃一進門便逕走到衣架旁將頭上的呢帽掛上，很奇怪的是，當黃掛帽時，那衣架上已先有一頂同型同色、一模一樣的呢帽在，兩頂呢帽擺在一起，簡直無法分辨得出來。那位跟踪人員看在眼裏，心中兀自盤算着，看他下一步行動怎麼樣？

黃逆入座後，照例點菜吃飯。此時，另一座上已有一位個子不高的人，起身付賬，隨即走到衣架旁邊將黃的呢帽戴上，回頭向黃打了一個照面，黃亦微微點首示意，眼斜瞟着那人走出去了。

跟踪人員心下更加明白，這明明是黃的帽子被那人戴走了，而且在那人戴上帽子後，他們還打了一個照面，如果說是一時拿錯了，黃一定會打照呼阻止着，現在很顯然的，他們利用一模一樣的帽子，做着假包換的把戲來傳遞秘密情報了。跟踪人員本想立卽追去出，將那矮個子加以逮捕及搜查，但一轉念間，覺得線索既已找到，人也認清了。不怕他們飛到天外去，還是將這新發現報告上級決定後，再下手不遲。

防諜肅奸軍統第一功

戴雨農獲得這一報告後，當卽加派人員，並指示下手破案計劃。

數日後的某一天下午，黃濬又獨自一人到新街口中山路「安樂酒家」赴約了。這時跟踪人員已增至三人，黃一進入「安樂酒家」後，又和上次一樣的先將那頂呢帽掛在衣架上，更奇怪的是，衣架上又已先有一頂一式一條的呢帽在那裏，而且那個矮個子也又在另一座上，跟踪人員彼此交換了一個眼色後，其中的兩位卻也各將一頂和黃氏差不多的呢帽掛在衣架上，一時衣架上竟有了四頂同樣的呢帽了。

他們三人隨便叫了一些點心吃下，便匆匆地跑到衣架旁故意將黃等二人的呢帽戴着走了。出了「安樂酒家」，他們急急的將帽子一檢查，果然帽子裏面的皮邊上夾着一封信，拆閱之下，不消說，自然是秘密情報了。

他們三人得到眞憑實據之後，立卽會同埋伏在「安樂酒家」附近的行動人員，在路口守候着，不到半個鐘頭，黃氏和那個矮個子先後雙雙被捕了。

後來黃濬被解到法庭訊鞫時，由於證據確鑿，自然是俯首無言，甘願認罪。

可是那位承審的法官故意問他：「日寇侵略我們，無論男女老幼，都抱着同仇敵愾心情，一致起而抗日，你爲何甘心作此出賣國家民族的勾當來？……」

黃的供詞是：「家裏人口多、負擔重，總是入不敷出，迫而出此下策。……」

以一個月入五六百銀元的簡任秘書，竟然會因生活而作漢奸，這當然是他的遁詞了。

黃的罪證經過審訊明確後，隨卽宣判死刑，予以槍決。於是，這個哄動一時的封鎖長江日艦大間諜案，全部揭露了。這是抗戰時期，「軍統」在對內的防諜保密工作，所表現的第一功，而黃濬也就是漢奸中伏法的第一人。

物傷其類梁鴻志賦詩

當黃逆伏法後，他的好友梁鴻志還寫了幾首詩悼他。論梁黃兩逆的詩，在當時可算是一時瑜亮，但就其立言主旨來說，卻已很明顯地現出了漢奸的面目。

其一

青山我獨往，白首君同歸。樂天哀王涯，我亦銜此悲。王涯位宰相，名盛禍亦隨。秘書非達官，何事而誅夷？方君授琴頃，正我行樂時。聞報輒蹶起，膚栗淚有縻。不見才浹旬，別日猶談詩。秋燈照無睡，詩面吾能思。

其二

京師識君始，我弱君未冠。相知三十年，見君遽及難。君才十倍我，海水無畔岸，詩成衆皆眩，珠玉雜錦緞。

今年序我詩，儷語極褒讚。君詩亦殺青，身死事遂渙。收稿等君收，什襲防散亂。一士此哀音，如國有京觀。

當時梁鴻志尚未做漢奸，可是漢奸的語意已躍然紙上，對通敵賣國之徒，猶有哀悼之感，眞是「物傷其類」，惺惺相惜了。

南沙紀行

張維一

中華民國五十二年（一九六三）十月奉派隨海軍艦艇前往南沙巡視，海上飄泊二十餘日，遍歷南海危險地帶以西各島嶼，去時是抱着一種好奇冒險的心情踏上海船，但當看過了那些美麗可愛的礁島之後，卻是滿懷惆悵惋惜的回來。

一　南沙主要島羣

南沙羣島爲我國南海四個羣島中最南端的一羣，舊稱團沙羣島，西名爲班拉賽羣島（PARACEL），東隣菲律賓之巴拉望島，南接婆羅洲，島羣均爲珊瑚礁構成之小島，羅列紛雜，最北爲雙子礁（卽南子礁和北子礁），最南爲曾母暗沙，北緯爲四度至十一度卅分，東經爲一一一度五十分至一一七度四十五分，就地質而論乃屬南洋火山餘脈所隆起之斷岩壁，土壤皆由珊瑚礁及貝殼殘骸風化而成，上覆以鳥糞及腐爛植物殘枝敗葉。年代歷久，上層土質已呈黑色，甚爲肥美，但鬆粗多孔，蓄水較難，僅適熱帶灌木及少數植物生長。因地勢低且平，在十浬外卽難看見，全羣島所含島嶼，礁、暗沙、及沙洲等約一百零七處，總面積約廿四萬四千餘方浬。其中較大者爲：

一、南羣：

①曾母暗沙：爲我國疆域最南端的領土，約有半浬寬大。

②萬安灘：爲南沙最西面島羣，與婆羅洲島遙遙相對。長約卅五浬，寬約六浬，且爲香港與新加坡間之主要航道，形勢險要。

③西衞灘：在萬安灘東北十六浬處，長有十六浬，寬約九浬。

④南威島：詳另述。

⑤其他：如李準灘、廣雅灘、人駿灘、南薇灘、奧援暗沙等，均分佈南部海面，長約七、八浬，寬三至十浬不等。

二、中羣：

①雙燕礁：分爲北子礁與南子礁。

(1)北子礁：長約八〇〇公尺，寬二二〇公尺，因年代久遠，土質已呈黑色，甚爲肥美，島上有灌木、草地。海鳥羣集，遍地鳥蛋，曾有漁民居此，設有雷達反射器鐵架一座，爲航行標定之用。

(2)南子礁：與北子礁相對，中隔二浬，島長七〇〇公尺、寬三〇〇公尺，上有灌木、雜樹、椰樹等數百棵，草地遍佈爲海鳥產卵之所，島上計有水井三口及木質碼頭一座，爲漁民出港打漁之用。

②中業羣島：島上有棕櫚樹及灌木，並有水井一口，炊灶四座，爲以往居民所用，該島寬一五〇公尺，長二〇〇公尺。

③太平島：詳另述。

④鄭和羣礁：長約卅浬，寬八浬，漁民每年隨東北季風自海南島來此，於西南風起時離去。

⑤鴻秋島：在太平島對面四浬處，島上有草木，盛產海龜、干貝、海花，並有海鳥集居產蛋。

⑥敦謙沙洲：在太平島東六浬，島上有灌木、有美機殘骸一具，盛產干貝、沙丁魚、海龜等。

⑦南鑰島：距太平島十八浬，島上有椰子樹、灌木林，尚有標桿一具。

⑧其他：如樂斯暗沙、海馬灘（有沉船）、永暑暗沙、消×暗沙、大小現礁、福祿壽礁、南黃島、蓬勃暗

沙、艦長暗沙（爲航路最狹之處）、半月暗沙、南康暗沙、彈丸礁（有沉船）、安渡灘等等，均在「危險地帶」東部地區。

三、太平島：屬於中羣島嶼，舊稱長島或大島，其所以稱爲「太平」者乃爲抗戰勝利時紀念「太平號」軍艦而得名。就面積而言乃南沙羣島中之最大者，該島位於南海航道要衝。距高雄八九五浬，馬尼剌五六〇浬，越南四二〇浬，楡林港五五〇浬。全島由珊瑚礁構成，形狹長，周圍約三〇〇〇公尺，島面平狹，高度平均約四公尺，東西狹長爲二〇〇〇公尺，南北寬爲四〇〇公尺，全面積有五十餘萬平方公尺，舟筏均不易接近，登陸者須於礁邊捨艇涉水而入，水下礁石，多生嶙峋，步行其上危險萬端，本島土壤由珊瑚礁與貝殼類之殘骸及鳥糞經久風化而成爲黑褐色之肥沃土壤，並無臭味。鳥糞屑卽磷酸石灰，可作肥料之用，爲本區主要富源。土質較鬆。全島遍佈熱帶灌木，高者達二、三十尺。如由海中或空中遠望，有如一片綠絨浮於水面，極爲美麗。益以椰子樹及木瓜、香蕉，叢生其間，相映成趣，海邊沙灘呈銀白色，沙細如銀粉，入夜發光。島南有鎭南廳，中部有二十公尺高的紀念碑一座，刻有南沙羣島太平島，「總統萬歲」，「威鎭南疆」等字句，該碑爲我海軍所興建。島之東部有水泥鋼筋廢墟一座，爲抗戰時日寇駐軍營房，敵戰敗後離開該島時予以破壞，附近另有觀音廟一座，爲中國打撈公司員工所建。廟旁有一石屋爲我國古代漁民所留下的遺跡，內供菩薩一尊，充滿着農村迷信的遺風。離石屋數步有「永清碑」一座，爲紀念故海軍總司令桂永清將軍而建，惜乏照料現已被灌木雜草所遮蓋了。登陸碼頭附近有防坡堤一座及威望樓，樓高三層，外刷白色，樓頂國旗飄揚，氣象萬千，我海軍戰士戍守，日以繼夜保衞土地，備極辛勞，殊堪欽佩。此次「南疆遠航隊」全體同學，爲永久紀念此行，在船上以水泥，自製紀念碑一座，奠基於威遠樓之旁，益爲斯樓生色，碑上刻有救國團幟及同學簽名，頂刻「南疆屛障」四字，碑面且刻有紀念文，文曰：「溯自黃帝建國，歷代聖賢，艱苦奮鬪，始固吾遼濶之疆域，蔣主任經國有鑒於此，首創南疆遠航隊，期以惕勵全國青年，效鄭和之壯舉，復興中華，今本隊得海軍26、223艦協訓抵此，特立碑永誌」。此外，島中尙有建築物及電台多座，水井十九口，國軍退除役官兵輔導會在此設「南沙開發工作站」一所，蓋有房屋三棟，爲採運磷酸石灰肥料及其他開發工作的員工休憩之用。該島附近海中有沉船二艘，均爲萬噸級，去年由台灣打撈公司前來打撈，據云獲利頗豐。再者本島盛產海龜，每六、七月間午夜，爬上沙灘產蛋，島民捕龜，係利用夜暗，埋伏守望，一旦發現，卽快步上前將其翻倒十拿九獲。因之島上遍地都佈滿了烏龜殼，龜蛋（大如乒乓球呈淡黃色），龜肉等，可晒乾成裝出售，每公斤約值五十元台幣，每一生龜約重百餘公斤。此外，尙盛產沙丁魚及千貝，可製罐外銷，有此名貴海產，故該島實屬理想之開發之地。

本島海邊常發現奇異魚羣，五彩繽紛，顏色鮮美，大都屬熱帶魚類。同時，島上所產貝殼亦極光艷奪目，花紋甚美，可製裝飾品之用。有一種貝殼叫做鸚鵡螺，其形狀酷似鸚鵡嘴，花紋像鳥，據史料所載：世界上僅有義大利及我國南沙羣島有此類產物，這次我們在偶然中獲得鸚鵡螺一隻，特呈獻救國團蔣主任留念，以象徵吉祥之兆。

四、南威島：本島東西長約五六〇公尺，寬約三六〇公尺，位於南薇灘北四十三浬，距太平島一八〇浬，行程一日可到，島上有灌木及海草，每當海鳥孵卵期間，卽羣集此島產卵，六、七月間盛產海龜，龜大如桌面，島上立有石碑及標桿，為標定航行之用。

二　美麗可愛的島嶼

南沙的確太美麗了、太可愛了，它不但不是「南方的沙漠」，也不是滿佈鳥糞的堆堆礁石，或者略有草木的海上沙灘，而是美麗如畫的叢叢綠洲。在碧波萬頃的海洋上，閃爍潔白的沙盤，托着濃鬱青葱長滿熱帶灌木的島嶼；高高矗立的椰子樹，更顯得出塵超逸。礁島的四週，是延伸在水面以下廣濶的礁盤，明潔淺藍的海水，陣陣的浪花，激揚而壯麗。尤其是南沙羣島最北的雙子礁——包括南子、北子二礁，我更覺得美麗可愛，二島遙遙相對，中隔約四、五千公尺，此二島連同尚在水面以下的東北礁，三個礁盤彼此延伸得差不多連成一個大圈兒，中間則是數百尺深的平靜碧綠的海面，但在東、南、西、北四方面，卻各有一個狹隘的深水道，可供船隻出入。

北島上茂密的熱帶灌木，高達約十公尺；南島則全屬稀疏的椰林，但樹頂散發的長葉和叠叠滿樹的椰實，則又密密的接連在一起。

西北端上我海軍建立的十五公尺高的雷達反射鐵塔，矗然獨立，更增加了一番不同的風味。我們停泊在南北二島之間，宛如置身內港，遠波近樹，水天清朗，假如再加上畫欄遊艇，那眞可說是「中國的夏威夷」了。

三　肥美豐富的海產

南沙給我的第二個印象是物產太豐富了。各島面積雖不大，但島面低平，上覆已經風化近似沙粒的鳥糞，適於果蔬農業之發展。

太平島上指揮官告訴我，前幾個月他們採收南瓜，產量多，個兒大，其味之甘美，遠非台灣所產者可及，白菜、甘蔗，現在也栽種了不少。木瓜、芒果、香蕉都宜於栽種，椰子更是最普遍的產物，尤其在雙子礁的南子礁長的更多。

海鶴、海鴨，是這裏的特有鳥類，眞是千千萬萬，騰空時遮蔽天日，落地時簡直黑鴉鴉的一片，趨之不驚，撫之不懼，船至圍繞而飛，揮之亦不去。

不過我覺得南沙豐富的寶藏，還是在海裏，我們航行此地，船過之處，水面羣羣飛魚，驚飛穿去；舷邊魚羣，則又趨之不捨，每當慢行或下錨之際，携有釣具的朋友，總不放過機會，一兩尺長的各色大魚，一條一條的拖上甲板，裝滿好幾桶，尤其那鱗光閃閃的鮮紅大魚，更是可愛。遠洋航行，青菜鮮肉最為缺乏，但在這裏，鮮魚卻取之不盡，任君享用。

至於礁島周圍浸在水面以下的礁盤，雖然是船隻航行和靠岸的障礙，但卻是各種海產的寶庫，肥大的海參、海茄，各種的海蚌、海螺，以及各式各色的石花，遍佈在水下礁盤上面，我涉步其中，眞是不忍投足，實亦無法投足，沙灘上盡是隨着潮水湧上的五光十色的大小貝殼，靠近草本邊緣，則佈滿了直徑三四尺大的沙坑，裏邊埋藏着無數的又圓又白的海龜蛋，海龜白天下海生活，看不到影兒，但是由這些大大小小的無數沙窩兒，可以想象得到，這裏的夜晚，又將是如何的熱鬧。

我只可惜的，此行倉促，缺少了閒情逸致去欣賞，更遺憾的是大船駁小船，小船駁皮艇，在海浪衝擊中，我們安全第一，這些新奇珍貴的寶物，無法帶些回去供人欣賞，甚至連所攝的照片，也因照相機被浪打濕，浸入海水，致全部照片洗出來，都看不清眉目了。

四　需要注意開發

我巡視一島，喜愛一島，每當棄岸登艦的時候，總是滿懷留戀的惋惜。南沙屬我，已是千百年來的事實，但是除了我們可憐的漁民春去秋歸，臨時休足外，迄無定居。

近年駐軍和退除役官兵的建設雖有相

當成績，但仍以居住和軍事防禦性爲多，對於眞正的經濟開發，似乎尙未着手。在台灣已經熱鬧了多年的「獎勵投資」、「工業起飛」的浪潮中，似乎沒有人考慮過南沙；在人多地小，寸土寸金整天喊「上山下海」的反共基地，除了一部分退役官兵默默的在此挖掘鳥糞和打撈廢鐵以外，也沒有人考慮過移殖南沙。

當台灣幾千萬、幾億、甚至幾十億的巨大工程或行局的高樓大廈，爭相擴建的時候，南沙三五百萬元的開闢碼頭經費，卻沒有着落。

當我在太平島上看過了被盟機炸燬的漁業罐頭工廠的遺址和眷舍地基，我可以想到日本人佔據時，對南沙經營的規模。當我看到菲越漁船成羣結隊從我南沙滿載而歸的情景時候，心裏充滿了說不出的惆悵和難過；當我看到太平島鎮南廳上懸掛的旅菲華僑贈送給守軍的幕幔、橱櫃、圖書以及錦旗等，我試圖找到國內的其他社會團體或機關贈送的禮品或紀念物時，卻完全失望，沒有找到。這說明了南沙在今日的自由祖國，未受重視，但事實上它卻急切的需要國人普遍注意，需要朝野合力去開發。

五　碼頭是開發南沙的鎖鑰

在廣大的海洋中，船隻運輸極爲便利，不要開山鑿洞，也不要築路修橋，而一艘五千噸的海船運量，就差不多等於十列火車。但是碼頭和車站一個，卻屬不可缺少。

船隻的停靠、避風以及貨物的裝卸，都有賴於碼頭。南沙今天最需要的就是碼頭，有了碼頭，漁船可以避風，安全才有保障，漁民才敢前往；有了碼頭，漁獲物才可順利運送上岸，以供冷凍、醃晒、或製裝罐頭；有了碼頭，這些島上的漁產加工品，才可順利裝船運送遠方；有了碼頭，島上海上才可打成一片，合爲一家，公私企業才願投資設廠。所以開發南沙，關築碼頭應爲首要，碼頭也等於南沙經濟發展的鎖鑰。

南沙各島都是珊瑚礁構成的，礁盤延展很廣，礁岩又極錯雜，大船不能靠近，小船也極少可以直接登陸，尙須竹排或皮艇再爲轉駁。太平島雖經多年經營，現時尙留有一段短堤，但仍須小船轉駁，物資上下，更賴水陸兩用坦克運送。若欲鼓勵投資設廠，移殖工農漁民安居，自必首先建築碼頭。

對於太平島碼頭的建築，聽說有關方面曾作過調查和估計，大概需要新台幣一千萬元，但若利用現有短堤，並縮小範圍，聽說三五百萬元也可勉强建築一個暫時可用的碼頭。不過就這三五百萬元，也找不到着落，這座寶庫開發的大門，也就仍舊打不開來。

南沙是我們先民用血汗開拓的疆土，礁島百餘，適於民居者亦不下二十多個，所藏財富，豈止幾百萬幾千萬？然而我們竟能因無銀修建碼頭而令其長期棄置？

最後，我不得不以最沉痛的心情提醒國人，「有人此有土」，對於南沙，我們除了儘速從事經濟開發以促進農漁人民移殖定居外，是無法永遠保持得住的，內政部的立碑，外交部的聲明，甚至由軍方派兵駐守，都非根本之圖。以前法、日等國先後侵據，近年菲越等國的迭次覬覦，國人若不健忘，應還記得。五十二年五月我們隣邦擅自在南威、安波、南鑰、中業、南子、北子等重要島嶼燬我國碑另建彼碑的舉動，也絕非偶然的。

我們建不起碼頭，打不開移民開發的大門，但卻斷不了隣邦進據的道路，他們久已垂涎三尺，幾塊石碑，一紙聲明，是解決不了問題的。

六十年來的國史整理

周少左

激勵來者意義深遠

中華民國之建立，迄今已屆六十年，這是一個金光閃耀的年代，也是炎黃子孫值得慶賀的年代，中國國民黨黨史會，於今年完成全部黨史原始資料的整理，對過去拋頭顱洒熱血的先烈先賢，具有一種垂念懷遠的紀念，對下一代具有能展讀史實，激勵來者再接再勵的鼓舞作用，其意義至爲深遠。

黨史會所庫藏的黨史，也就是中華民國近六十年來的國史，彌足珍貴，足堪與過去五千年保存下來的文物媲美。自遜清光緒十二年， 國父廿一歲鼓吹革命與鄭士良訂交，光緒廿三年完成三民主義學說爲國民革命奠定中心思想，宣統三年武昌起義國民革命成功，其間先後廿六年中，七十多次革命行動，廿次大小戰役所累集下來的開國史，以至蔣總統繼承 國父遺志，打倒軍閥統一全國，再經八年抗戰、戡亂剿匪、在臺灣反共復國等，開國後自立自强奮鬬史，每一件文字原始史料，無不都珍藏其中。

有人說：故宮博物院所收藏的是中國五千多年有形的寶藏，而黨史會庫存的則是中國近六十年來無形的寶藏。

歷時兩年始告完成

國民黨黨史會是於五十八年六月訂定史料整理實施計劃，指定沈裕民、曾介木、蔣永敬、張恩柄、楊敏生、李雲漢等六人，組成整理小組，負責史料整理之策劃與監督，於五十八年七月正式展開工作，動員了黨史會、草屯史庫、青潭研究中心的人員，並聘請了史學專家學者，用了六十六位大專以上程度的臨時人員，歷時兩年多始予完成。

這項整理工作的程序，第一步是將史庫所獲的史料，加以淸理，依件編製草卡，每張卡片寫明史料內容、名稱、著作、出版機構、地點、時間、形態等項，其中檔案文件函札等，原未列有名稱，或原有名稱欠妥者，就其內容主旨，付以適當之名稱，第二步，草卡製成後經審查人員審閱修改定稿，資料中有地點、年代、和作者有不完備者，由審查人員考證補充。第三步將定稿後的草卡，重新打字成正卡，並製成覆卡，分類編存，以便照卡隨時找出各該史料原件。

分類製卡求眞求實

經完成的卅四萬多張卡片，也就是卅四萬多件史料，把它作了如下的重新分類：(1)一般史料：包括總類、總理史料、總裁事蹟，先烈先賢史料，興中會、同盟會、國民黨、中華革命黨、中國國民黨等各時期之史料；(2)上海環龍路檔案；(3)漢口檔案；(4)前五部檔案；(5)各種特種檔案；(6)中央政治會議紀錄及檔案；(7)國防會議及國防最高委員會議紀錄及檔案；(8)歷屆中央會議紀錄及檔案；(9)吳稚暉先生文物專檔(10)羅家倫先生文物專檔，及(2)狄膺先生文物專檔等十一類。

史料的整理，貴在求眞求實，一絲也不容紊亂，它不像一般的圖書館，購進的圖書都是裝訂成冊的，易於分類製卡，且無須作考證及補充工作，所以整理工作的進行，至爲繁雜而艱辛，不過，個中工作人員雖有艱辛一面，也有興奮的一面，就後者而言，可藉以研究中國近代史，同時每發現一件以往見所未見，聞所未聞的史實，或是對某一原始文件的出處、時間，獲得正確的考證時，就如同挖寶一樣，當挖到寶的時候，那種興奮的心情是難以形容的。

諸如在卅多箱九百多冊剪報中，看到戊申年　國父曾經用「南洋小學生」筆名，發表的「評懼革命召瓜分者乃不識時務者也」，一字一句鏗然有聲，讀來蕩氣迴腸，其他民前四年新加坡中興日報的趣評「談保皇黨與妓女比較」，民前三年十月該報的另一篇「孔子爲革命的發明家」，民前二年四月星洲晨報「載洵之出醜與載濤之冷遇」等文章，那種筆鋒，那種高度的革命宣傳技巧，讀之使人愛不釋手，後期的如卅七年和平日報的「審問秋瑾案之李鐘嶽」，對於秋瑾的壯烈，李鐘嶽的嘴臉，描寫得非常詳盡，更具有史料的參考價值。

黨史會所存的史料，大至於國民黨每一次會議紀錄，小至　總理函覆檀香山華僑任金，謝謝他送給他一根手杖。還有民國十八年馮子恭出生入死保留　國父五權憲法原稿之經過，十一年　國父函楊森（子惠）指示川局穩定方策的親筆信，更不知有多麼的珍貴。

陳炯明叛變並非突然，　國父也並不是事先不知，只是「莊敬自强，處變不驚」而已，在史料中已經獲得明證，有一位鄭慕韓者，曾上書　國父，說陳炯明所謀各事，十敗八九，這份史料雖沒有時間的記載，但顯然是在陳炯明叛變之前。

在上海環龍路四十四號檔案中，大小巨細的史料都非常完整，毛澤東當年在那兒垂手聽命，非國民黨人冒充國民黨員向國民黨借錢花用等，甚麼希奇事都有。

這些史料，工作人員讀來，更是提高了工作興趣與效率。

內容龐雜考證不易

當然，整理這些史料，也有很多困擾，因史料內容複雜，雖然事前縝密籌劃，但由於臨時人員對史料缺乏經驗，以及審查人員之觀念未盡相同，卡片內容繁簡不一，在整理過程中，差異迭見。

最頭痛的是考證工作，很多原始文件函札中涉及於人者，所用的名字與號不同，查證統一煞是費時，再就是從前的人，對於時間觀念較差，很多函件，沒有年月日的記載，必須從文件內容、紙質、信套等多方面細加研究。

缺件也是一個問題，卅多萬件，不要說看內容，單是清點數字就傷腦筋，如目錄登記錯誤，計件錯誤，分類不宜移併其他類號時未將原號註銷，清點時誤改目錄，夾置其他類中一時找不出，或是極少數的眞正缺件，爲工作人員帶來很大的困擾，好在大家本着革新、求新的精神，克服種種的困難，在今年開國六十年雙十節之前，將此艱鉅繁重工作，順利如期完成。

此處還須順便一提的，黨史館所存之史料，深受國內外研究史學人士的重視，國內的大學教授及學生，經常有人在草屯駐着去研讀史料，國外澳洲、西德、美國、日本，也都有人前往研究，美國的費正清，也在史料館內探索過好幾天呢

馮玉祥將軍傳【三】

簡又文

第三章　新軍的下級軍官

（廿一歲至廿七歲，一九〇二——一九〇八）

入武衛軍

馮氏既不滿意於淮軍而另圖發展，適有李姓友人在新軍服務，得其介紹，遂於光緒廿八年（一九〇二）三月二十日，脫離淮軍而改投袁世凱的武衛右軍第三營，時年廿一歲。

馮氏在淮軍時原曾爲教習，而投入新軍，則不問資格，只仍當一名士兵而已。他對於新軍雖有無窮的希望，但入伍之後也不大滿意於新環境。原來當時新軍雖有新建陸軍之名，然事屬草創，舊軍營之惡風氣總不能免，故軍風與紀律尚談不到。軍士們照樣毫無約束，自然胡鬧，弄到一棚十六個人內有六個長大瘡（性病）。安分守己的兵士全棚只有兩個，其餘則體格多不中式，或是脾氣惡劣，或是害了疾病，或是性情乖僻。尤其爲馮氏所不滿者，則營中上下罵人之風特盛，竟以相罵爲口頭禪。在這時候，他外受新的惡環境之刺激，心裏很不愉快，幸而內有新希望之驅策，以故上進發展的大志發生特殊的導引力，終能戰勝其不滿於現實的情愫。生活雖無聊，而自己刻苦奮鬪比前尤爲努力，蓋自知前途之成敗利鈍與一生之事業皆樹基於此時也。每日淸晨，他比別人起得早些，自己外出練習腳步，骽纏紗帶，疾行十五里。回到營中，同營的人多未起床，自己又將長鎗領出習操。一有暇時，他即執卷咿唔呫嗶的念書。同棚的兵士討厭他嘈吵，他也不管，只是自走自路而已。

新軍的編制，每棚十四人，伙伕長丁各一，共十六人，有正副目各一人以率之。馮氏初入營的正目是很好的，識字雖不多，但彬彬有禮，和氣待人，令他很心安。惟有那副目，卻和正目相反，惡習無一不染，尤好打人罵人。每棚的伙食俱是獨立的，賬目係由副目經理。有一次，同棚有一姓柴的弟兄來營看看哥哥，沒有路費回去，全棚弟兄仗義疏財，願提出伙食贏餘來貲助他。但那副目不肯從衆議將公款拿出，反開口罵人。不料他一夜賭博，把所有伙食錢都輸光了。翌晨吃飯，全棚沒有菜吃。兵士們問他，又遭其大罵。馮氏此時入伍還未久，但義憤塡胸，怒火中發，揮拳將其痛打一頓，全棚稱快。後來長官來了，問明情由，不特不責其滋事，竟重罰那副目，才算完事。

未幾，袁世凱膺任直隸總督。八月中，帶武衛軍大部到天津就任，馮與焉。一至近郊即爲外人阻止，不得入城，蓋以「辛丑條約」訂明天津二十里內不得駐兵也。前頭部隊當即折回馮氏。

所隸屬之第三營，到了楊柳青，也要退回獨流鎭。其後，第二營士兵改換警察制服，携帶原有鎗械，方得進城。據馮氏自承：「這是庚子之役後，我所親身忍受的最大的一件侮辱與刺激」（「我的生活」，頁七三）。這一次的侮辱與刺激無疑地使他的愛國心更加熱烈了。

九、十月間，軍隊再移駐韓家墅。時營房未立，由士卒自建。馮氏以不習製甓——不像他父親和祖父——因以汲水之役自効。時屆多初，北地凜寒，河已結冰。他終日立冰水中汲水以供衆用，因之骸部又受寒。壯年時他猶不經意，其實已得了骸症、脚氣症等病，後來不時發作。

連陞四級

著者從軍時攝影
（敍階中將）

幾個月的刻苦奮鬪，不是沒有償值。原來馮氏在練軍、淮軍時已習練武術及軍操，到是時更爲純熟。機會一至果然得上官之青睞。是年十一月，他卽升任頭棚的副目。這是馮氏第一次所受的正式軍職。受任之後，自然得大鼓舞，操練更勤，攻讀更苦了。

在這時期，單調的生活無甚可紀，獨有一事頗足以表現馮氏之品性的。棚中有陳、劉兩兵，害了傷寒重病，十分危險。醫生已宣告絕望了，甚至市上商民都預備其必死的了。同棚的人全體——連那正目——都討厭那兩病人，更恐怕傳染爲患，立意棄逐二人出去。馮氏動了惻隱之心，本着博愛互助的精神，擔起道德的責任，自己把那兩人另外安置於一小室，晝夜服侍他們——煎藥、看護、侍候，無微不至。他實是冒着大險來救人！過了兩月，這兩個無望的病人竟出人意外的霍然而愈。該棚的正目——姓丁的，渾號叫「老猪精」——不明道理、不達人情，對於部下尤爲刻薄。論起職守來，本應照顧病兵的，豈知他不惟棄之不理，還要說那捨己救人的馮副目的不是，更當着他面痛罵侮辱那兩病兵。馮氏在看護期間屢會勸諫他盡職守，重義氣，完全無效。那時，又不禁義憤塡胸，打他一頓，以消消兩病兵及自己滿腔不平之氣。那哨官知道了，問明原委，也說「打得好」。及至兩人病愈之後，自然感激馮氏再生之德，稱其爲救命恩人，而全棚人等，自那正目以下，至此也眞心佩服他了。一日，那倆新愈的兵到市上去。有一姓馬的商人，見他們垂死得愈，很爲詫異。後詢知馮氏之俠義所爲，亟求會見，並請交換金蘭譜。後來，馮氏當陸軍檢閱使時，這老商人跑了好幾天的路去南苑會會他的老盟弟。他欣然歡迎老大哥，促膝話舊，喜樂不勝，此亦友誼中之佳話也。他對待軍中弟兄如同手足，急難俠義之心腸和行爲，數十年如一日。諸如此類之軼事，自始與他同棚以迄後來在西北軍服務者——如尙監督得勝等——常樂道焉。

翌年（光緒廿九年——一九〇三）四月，馮氏陞任四棚正目。初，當其被委爲頭棚副目時，全體拒而不納。迨陞調時，全棚跪留之。哨官乃責備他們前倨後恭、先拒繼留爲不當，拒絕他們的請求。馮氏得任正目，奮鬭上進的志願又有進一步的成功了。由是操練益勤，讀寫益力，每考試皆獲第一，因此得保六品軍功。不料當事者誤報其名爲「馮御香」，此後遂沿用此二字，至民國元年始恢復「玉祥」原名。

當了正目七個月，以成績優異，馮氏於是年十二月又得擢陞爲左哨哨長。當時哨官祁某，不講情理，苛待兵士，全體士兵都不喜歡他。有一天，馮氏帶隊到操場練劈刀。當時規矩，隊伍都歸哨長和教練官訓練。是日，祁某忽然高興起來，自己要喊口令。兵士們稍有不合，便謾罵痛斥，致令人人心寒，個個不服。馮氏氣憤不平，上前苦勸，詎料那哨官不惟不聽，反動刀要砍人。馮氏愈爲憤激，不顧利害，也毫不客氣的拔刀相向，嚇得老祁棄刀飛遯。他揮刀逐之，繞操場一週。祁急跑到統領那裏告狀。統領傳馮氏去審問，乃以實報告。統領也以祁某爲不是，不過說馮不應拔刀砍他。結果：兩人都捱了四十軍棍。馮氏以是非既明，曲直已判，個人利害所不恤也。

下一年（光緒三十年——一九〇四），馮氏陞任隊官。在這職內他也曾和管帶起過一回亂子。事緣馮隊裏有一棚目當發軍裝時偸了一襲，爲其查出。卽罰其跪下，要責他一頓軍棍。但棚目是跟着管帶來的，後台有恃無恐，居然敢跑到他那裏訴苦。馮氏氣憤不過，穿上軍衣，佩起軍刀，跑到管帶處報告那棚目的偸竊行爲，要求開革他。管帶有意庇護私人，裝腔作勢的對付馮氏。他立刻除下軍帽軍刀，一齊向管帶的懷裏扔去，悻悻的說：「這事您不辦，我只好不帶這隊伍，我是不幹了」。這消極的反抗卒之成功。從上述幾宗軼事可了解他日後屢次「倒戈」的心理背景。

迎養老父

這時，馮氏精神最暢快、最喜歡的事，不是連續陞官，不是多得餉銀，卻是因陞了官，加了薪，而數年來含辛茹苦迎養老父的孝心竟得實現了。先是，毓亭公同原籍巢縣休養，至光緒廿九年（一九〇三），馮氏長兄治齋（基道）已在山東得有稅局差事，乃迎養老父到馬廠與家人團聚。至是年九月，馮氏自己又迎其到南苑親爲奉養。自五年前父子泣別後，他卽立迎養之志，不憚敝衣菲食，萬分節省，儲蓄餘貲，復刻苦奮鬭以求上進，無非欲遂此反哺的烏私。著者昔在軍中，嘗聽其演講自己思想的變遷史，謂在此時期，他唯一的志願就是要做孝子。其實他做孝子的志願亦非太奢，不過「日日燉些肥肉和買些福壽膏（鴉片）來孝敬他老人家以補幼年之不足而已」。數年奮鬭，迎養孝思，一旦實現，其快樂爲何如！

所不幸者，封翁於同年十二月十五日病歿於南苑。菽水承歡，爲期雖不久，但那爲父的已看見愛子克紹箕裘，且恢張前緒，可以瞑目，而爲子者以壯志得達，孝心已盡，也可以自慰了。當毓亭公病篤時，馮氏親奉湯藥，晝夜侍養。當時同營的老弟兄，於多年以後仍稱道其孝行不已。及丁父憂，他悲哀至甚，頭髮留長不薙（其時當然仍有辮子）。有勸其節哀薙髮者，則怒目答曰：「你的老子死了，你怎麼樣呢？」此雖小節，亦足表現其誠篤之性格也。多年後，他任「陸軍巡閱使」仍駐南苑，乃與兄遷葬其父，建立豐碑於墓道，請王瑚撰文，王壽彭書丹，柯劭忞篆額。這也是克盡中國傳統倫理之孝道的。

附錄：馮公墓道碑誌全文如下（原文稱「郁亭」）：（標點新加）

清故武功將軍副將銜補用參將馮公郁亭墓道碑誌

定縣王瑚撰文　濰縣王壽彭書丹　膠縣柯劭忞篆額

人才與時消息，家國代爲始終，而山川鬱積之氣，又必有所因以發之。巢邑據湖山之勝，自明初訖於清季，以武功起家者，父子兄弟，接踵比肩，不可勝紀也。最後乃鍾其奇於馮氏。如雨膏、松亭、二公，皆建殊勳，膺顯秩，而享年或不永，豈數之存乎其中邪？公於族輩長於二公，而從軍稍後；雖以功歷薦至顯官，而所任不過微差末職，祿不足以供朝夕，幾至父子不能保，聞者傷之。然今揚武上將軍馮公玉祥、公之胤也。以文武之資，創造共和，治軍爲全國模範，民胥賴以安，名揚中外，其大要以艱苦獨立，尙儉博愛爲主，至實不忘乎公之敎。開國承家，善始者又卽其所以善述者已。公之上世有欽公者，自句容遷至巢縣。傳二十世而至公。公諱有茂，字郁亭。早喪父，事母以孝聞。待兄弟敦睦無間。家貧，初業杇。計所獲値奉母給弟，有餘輒施於族鄰之無告者。以故、鄉人益稱之。粵□之亂，嘗奉母携幼妹避難。前阻横溪，不得渡。後賊且大至，乃急尋得大木盆載母與妹，身自扶翼，泅水以濟。時，岸上有二女求救。公告母，復返渡之，得免。嗣女父母亦至感其義。亂稍定，浼人來議婚。公聞知爲前所渡女，慨然曰：『濟人之急，義也。以此得婚，人其謂我何？』固辭之。由是義聲聞遠近。時，公猶未冠也。旋就傭於邑紳某氏家。某家夙業武，設塾延師以敎昆季。公傭畢，卽入塾引弓習射，發必中。其它武術，習之無不如式。師大奇之，爲言於紳，使與其昆季同受業焉。同治七年，應試。安徽提學朱公拔冠其曹。

洪揚亂起，公屢率鄉勇禦賊，獲捷。時，雨膏公以淮軍宿將、官至提督，素號知人。奇公勇，勸入伍。轉戰山東、湖北、江蘇、各省。所至民皆安堵。贛楡一役，戰斃逆首，厥功尤偉。以異常晉保千總。是爲公入官之始。後從銘軍征新疆。行至甘肅界，糧絕。公乃嚴束兵士，所過不得有纖芥擾。自爲購芋充食。如是八日，無敢怨者。金積堡之役，公先冒矢石，人或稱其勇。公笑曰：『非樂殺人也，止妄殺也，禁擾民也。』聞者莫不畏服。前後二十餘年，累功保加副將銜，以參將儘先保用。名則貴顯矣。然公自同治十年，始受委爲銘軍哨長。嗣經叠次改委，均未晉級。迄光緒二十三年，乃升充保定練軍哨官，暨派充本營副辦事務。而爲時又未久，豈天故以此扼公，將留以有待耶？

抑吾嘗聞諸父老云，公於光緒五年來吾直省，分防京南、良鄉、定興、安肅各縣，暨竇店、琉璃河各市鎮。所在，地方安謐，盜畏民懷。在竇店時，值度歲。公犒賞兵丁外，囊中僅餘兩錢。方窘迫間，忽有餽錢八緡餘者。驚問故，乃欲開賭場，循例致餽者也。公怒曰：『吾惟不愛錢，故窮。豈反受此不正之路，縱賭害民耶？』其人慙去。而賭風由此遂絕。夙以誠篤爲大府所倚重。光緒十八年，奉委督修永定河南段七大工程。先是，屢修屢潰。公來，誓衆曰：『苟再潰吾無顏見上官，惟以身殉耳。』及將合龍，勢岌岌且殆。公果躍身入水。急救得不死，而功立就。至今固安、永清、安次，各邑紳耆，類能道之。歲甲午，監修海口礮台，乃倡修唐官屯至小站河道，增閘口數處。工作兼用兵力。利興而民不擾，其能禦災捍患，功德在民又如此。

公去官，卽回籍掃墓。以乏資不能携妻子。臨行至河干，父子對泣竟日，乃別。後以次子初入軍官，迎養至北京之南苑。光緒三十一年十二月十五日卒，享年六十。德配濟寧游氏。勤儉有家法，孝慈温惠，親族無閒言。歲辛卯，先公卒。子二人，長基道，陸軍少將，現供差京綏鐵路警務處長。次玉祥、揚武上將軍、陸軍上將，歷任陝西、河南督軍，今陸軍檢閱使、西北邊防督辦、兼第一師師長。孫四人：宏業、讀書兼習家事；宏儒、中殤；宏國、肄業天津南開學校；宏志、幼讀。曾孫二人，俱幼。民國十一年，建新阡於保定城外之西北隅，與德配合葬焉。銘曰：

在昔畢公。惟文之昭。赫赫馮氏，迺畢之苗。自周歷漢。大樹風標。百世千禩。相宅於巢。誰其始之。祖曰欽公。傳世二十。誕降元戎。公少貧賤。天牖其衷。生多才藝。習射泮宮。從軍轉戰。叠奏奇功。甘瓜苦蒂。祿薄官崇。公之盛德。惟仁以孝。濟急扶老。後裔則傚。公之治軍。法嚴令明。秋毫不犯。婦孺知名。己卯之歲。來我邦畿。民懷公德。兵畏公威。暮夜卻金。克廸前徽。惟公數奇。克有令子。文武兼資。二難並美。險阻備嘗。惟公是似。吁嗟乎！公之勳兮宜在史。公之行兮宜爲誄。勒銘表阡攷厥系。行道之人且隕涕。垂裕後昆兮承於世。

中華民國十三年　月　日

陸氏之知遇

其時，馮氏長官陸建章（朗齋）看見他才德兼優，前程遠大，特垂青眼。因探知他尙未有家室，卽以其夫人劉氏之姪女妻之。時在光緒三十一年（一九〇五）春天，馮氏年二十四。迎娶時，其長兄親到南苑主婚，但因經濟支絀，至須將乘馬賣掉方能成行。到後，又將餘款運亡父靈柩回籍及淸還舊債。繼又向親戚借了百餘元，方能爲乃弟辦喜事。馮氏勞碌奔波廿餘載，至是始得稍享家庭之樂。陸氏確是其一生第一知己。而今更成爲親戚，以後兩人關繫日益深密了。

同年（一九〇五）三月，武衛右軍改組爲第六鎭，駐南苑。統制爲段祺瑞。馮氏調充三營司務長，旋陞本連排長，標統卽陸建章也。八月，二營後隊隊官出缺。全鎭標統均爭以私人推薦，爭執甚烈。主官乃令每營選出排長四人共四十八人，加以考試，以憑選拔。題目是：「遇戰、趨戰、半趨戰、各要領如何？」榜發，「馮御香」名列第一，乃得擢升是缺。但是二營管帶以其不是他直接部屬，遇事爲難。馮氏則奉職唯謹，寬嚴並用，教練有方，和輯上下，無疵可執。後來所率之一隊，學、術、兩科爲全鎭之冠。管帶始歎服。

馮氏駐南苑凡二年，修葺營房兩次，一在萬字地，一在槐房。在工程進行中，其他軍官大都箕踞旁觀，僅揮喝兵士服役，惟馮氏則親與士兵同工共役，凡製甓、汲水、事事均分任之。同官多竊笑於其後，而同工者則愈爲感服了。

光緒三十三年（一九〇七），袁世凱的親信人物徐世昌膺任東三省總督，調一部新軍赴任。馮氏調充三營後隊督隊官，移防東三省奉天新民府。至宣統元年己酉（一九〇九）復調任第一混成協督隊官，協統王化東、駐奉天大黑山鎭南縣。在這裏馮氏幹了一件驚人事。那時，該處土匪甚多，搶劫人民，爲患不淺。駐防軍隊每與匪通，匪更無忌憚。是時，馮氏奉令到該處剿匪，實行職務，截獲土匪人馬槍械，並擒賊首孫某。孫卻是一名官軍把總而爲張作霖（時已投順任統領）的盟弟，但奸淫擄掠，無惡不作。人民不堪其擾，恨之刺骨，控案纍纍。今一旦被獲，人心大快，但因其羽翼甚衆，神通廣大，人民又懼其倖逃法網，則爲害更甚，故甚重視此案。馮氏以既奉令主嚴辦，又以萬目睽睽，故特別愼重。一方面他呈報協統王化東，一方面自己先行提訊。審問時，孫自認是把總，職位與隊官相埒，堅不肯跪，而且强詞詭辯——既承認搶人錢財，架人婦女，但又不承認是犯法，且謂張作霖劫財綁票比他尤爲厲害，而不過花洋三萬元居然可當統領，則彼又何罪云云。馮氏退與軍官等商辦法，孫匪竟納賄三千元以求釋放。馮氏拒絕賄賂，但思：彼於此時能以三千元賄己求釋，將何難以巨款另賄別人？一旦得釋，後患不堪設想。於是本着除惡務盡之義，於二次提訊再得其承認劫財擄人之供辭後，卽下令立斬之，並梟首示衆，萬民稱快。次日，標統范國璋和軍法官親來提犯。至營門外，見賊首高懸則大駭，以爲此案極爲棘手。馮氏謂如是誤殺，自願償命。范謂不是誤殺，卻是擅殺；有功化爲無功，斯可惜耳。他說，爲民已除大害，論功與否所不計也。未幾，王協統已得馮氏之報告，電召其赴新民。到時，王適得接總督徐世昌電示，將孫匪就地正法，並賞馮氏大洋三千元，截獲之槍械馬匹准其留營自用。他擅殺罪犯之事，王則匿不上報，轉以遵令正法聞，他遂得免議，放心回防。臨行時，王力戒其此後勿言先殺後報之事，但事件重大已喧傳人口了。多年後，他仍未能忘卻王氏之成全自己和誠懇教誨焉。

其間尚有一故事頗足述者。當馮氏開差赴奉天時，其長兄基道在山東特派一郭姓者携銀五十兩、另大洋三十元至南苑，以助其搬家隨任之費。馮卻把銀洋分給士兵們，只留下十元與其妻，隨送她到南苑叔叔那裏安頓下去，然後自己起行。至光緒三十四年（一九〇八），其長兄在山東見了陸建章，面說乃弟家室情形，乃再遣郭某赴南苑護送其妻到奉天新民，家人方得團聚。其長子宏國，即在斯地出生，故取乳名曰「東生」。

求知的苦行

在這七、八年間（一九〇二——一九〇九），馮氏官運亨通，由士兵迭陞副目、正目、哨長、以至督隊官。從前的生活，大概是和自然界的逆境——厄運——奮鬭，歷盡許多艱苦險阻而後找得新建陸軍的一條出路。在這一時期，他爲自己的地位和經濟而奮鬭，居然逐漸達到優越的程度而滿足其初心。然而自此他更大的努力乃是奮求知識學問，以彌補其少年之失學。斯時，他經濟的能力和陞級的利益，令他發憤求學比前容易，但他並不因初步的成功，至養成驕傲和怠惰之心，而仍然精進向上，這不能不說是馮氏精神優越的地方了。

大凡曾聽過馮氏在軍中刻苦求學之苦行的人，沒有一個不佩服的。上文已敍過在他未隸軍籍之前，幼年時在保定鄉塾只模模糊糊的念過兩年多的書；成績只算讀過「大學」、「中庸」；識字無多，寫字恐怕眞是「塗鴉」而已。入伍後，他自始即知無學不能上進，而隨在均可力學，故練習武術及軍操之外，則專心於讀書寫字。初時，他雖好讀而不知所讀。撙節稍有所得，僅知買些「彭公案」、「施公案」、「三國演義」等小說，朝夕捧讀。有不明白的地方，他便虛心請教於人，看書漸漸看得通達了。

同營的往往在外抽煙、冶遊、賭博、遊蕩、滋事，而馮氏則在營中獨自用功，每爲同棚的弟兄所厭惡、譏笑、侮弄、不堪其擾。他要看書，便有人在旁拉胡琴、唱二簧、或遮閉燈光。他要寫字，便有人搖動或拉開那桌子。他低聲下氣的求人勿事攪擾，人家便高聲抗議說：「桌子是公物，人人有動用之權」。他見請求無效，又說他們不過，沒奈何只得在日間避匿於無人之處，夜間則等別人都睡下然後燃燈自己用功。可是同室的人又嫌燈光射眼，阻碍睡覺。他乃運用心思，想出絕妙的辦法——鑿開坭墻，成一空洞，以布遮蔽，俟同室人人酣然入夢，然後偸偸的起來，燃着小燈，放在洞中，伸頭布內，持書而讀，自是稍得自由。這樣鑿壁藏光的苦學生活，眞足以媲美古人之囊螢、映雪、負薪、掛角、及鑿壁偸光等故事，而共垂不朽於士林了。（按：上述的故事係四十年前在洛陽時，西北軍老軍官史心田親對著者口述的；彼即當年唱二簧，拉桌子，以擾馮氏之一人也。）

馮氏在軍中讀書多年，總是沒有師承，可說是「瞎讀」。及駐韓家墅任哨長時，他察覺營中有一執役者（一說其人到營賣燒餅度日），原是老年落魄的山東文士，即其多年後仍不能忘之胡源長是也。他以爲奇遇，立拜爲師，以自己當時得餉稍豐，每月奉以修金四大元，請其日間做工，但於夜間暇時到營爲其講解「論語」、「孟子」等古籍。在此地，他又買了一本「萬國通史」——這是他畢生不忘的一本書——仔細研究。求學既上軌道，進步尤速。自此，他於文義經史漸能悟解了。胡氏是馮將軍的頭一位良師。

馮氏第二位老師而尤所感激不已者乃是鄧長耀（鑑三，後任陝西省政府民政廳長）。鄧本習醫道，文學亦甚優。馮氏在第六鎮任督隊官時，彼方任軍醫官。他與之相結識而不時虛心請教。鄧亦有心人，竭力助其求學問。他買「綱鑑易知錄」一部，請其講解，後又從其讀古文。某年元旦，軍中官兵上下俱趁熱鬧上街遊逛，而他獨留營中，請鄧爲其解韓愈「原道」一篇。鄧奇其行，乃諯如其當天能背誦此文則允不憚煩而助之。他卽答應，至晚間果能背誦，一字不爽。（此事鄧氏在西安親爲著者述之，言時津津有味，當年情況歷歷如繪，猶盛口稱道馮氏志行堅卓也）。統計，他得鄧之諄諄啓廸，共熟讀古文百餘篇，且旁及他書。他尤服膺曾、左、胡、彭等之著作。其後治軍得力於諸書者不少。他於軍中所頒課本——必要的軍事敎育——亦一一熟誦，更進而研求高深軍事學。其後以研究心得竟能融滙中西古今治軍練兵用兵之法，而自闢蹊徑，施行於其基本軍隊（十六旅、十一師、國民軍、西北軍、第二集團軍）之訓練，且實用之於歷次革命戰爭而建奇功，寖假成爲大軍事家，此皆歷年努力研究之結果也。

求學成績

在此時期，每逢年中考試，無論讀書或兵操——學、術、兩科——馮氏輒冠其曹。當正月時，曾以能背誦課本至四十七冊而得獎四十七元——每冊一元。當連、營長時（卽哨長、隊官、後陞管帶）屢考學、術、兩科均名列前茅。陳宧（二庵）主考軍官，以備擢升，拔馮第一。同考有爲軍官學生出身者，亦不及其成績。陳乃詢問其人是甚麼出身的。迨知僅是「行伍出身」，尚未入過甚麼學堂的老粗，乃於其卷上大批特批「氣死學生」四字，以愧其他焉。因此軍中遂戲以「氣死學生」的綽號呼之。

馮氏努力向學，幾十年來未嘗間斷，顯貴後仍手不釋卷，雖在軍書旁午之時，一有餘暇，便展卷自讀。其實他的秘訣是不肯虛度光陰，故於百忙中仍找得餘暇，所謂「好整以暇」是也。其後，他研究基督敎聖經及宗敎理論，亦極有心得。在國民革命期間，又極喜歡研究經濟、政治、社會等學，曾請留學歸國的專門學者數人分科講授，故於世界學術、各種主義、諸家學說、均能得其要義。又致力研究墨學及易經，亦能窺其奧秘。於書籍而外，他又有能寫字的天才；初習顏體，行書臨「爭坐位」一帖。後來信筆揮毫，饒有帖氣，足見功夫之深。在陝西時又曾從西安名士閻甘園習漢隸，臨「華山碑」，亦有成績。彼又好繪事。後在蘇俄遊歷時專聘一畫師學炭筆畫，隱居山西時則學水彩。功夫雖未深造，而作品頗有可觀，足見其天才也。他又苦心學外國語，前曾習英文、日文，遊俄時苦攻俄文，惜已過呀呀學語之時，復以時間無多，習外國語之成績不及漢學之爲愈矣。

馮氏特長處，不特自己苦心求學，且助人求學。昔在軍中節省費用爲自己買書之資，復好買書送人，勸友努力。至自己統帶隊伍，時則尤注力於督率部下勤苦求學。自己求學一有所得，卽轉以傳諸部下。多年後凡入西北軍參觀者，輒聞書聲朗朗，絃歌不輟，疑入學校中，以故馮軍之敎育普及爲其特色之一。這是著者久在其軍中所親見親歷的實事。

美著者薛立敦關於馮氏早年之苦心求學，有很翔實的敍述，但結論謂「對於西方觀念之支配中國政治與學術者，其接受之可能，比之同時代之軍閥爲多。然而在敎育上，馮從不能趕上的。自從一九一一年（辛亥）革命之後，他所負的責任日多，而求學的機會銳減了。尤爲重要者，他不知道要學的是甚麼，所以他繼續不斷勤懇求知的努力，竟得不到相當的利益；但如果得有合宜的指導，便可得其應得的成就了。在了解經過革命之後蕩漾於中國之政治的與社會的運動中，馮常是落後一步的。」這可說是透澈了解馮氏的見解。（上見薛立敦：James E. Sheridan, Chinese Warlord, The Career of Feng Yü-hsiang, p. 42）。

不過，後來馮氏追求高級的、現代的學問之一段過程，有爲薛氏所未知者。當其由蘇俄回國國民革命期間，著者奉中央命在其軍中服務有年。在政治與軍事上，他固然是我的上司、長官；而在學術上、每遇到他「不耻下問」，我便毫不客氣、絕不自卑，常以大學敎授的資格與身分，兼任其私人敎育工作，誠懇指導其高級學術的課程，不憚糾正其錯誤的求知方法，而明示以正確的、系統的、與科學的程序與途徑。他也「虛懷若谷」，「從善如流」，敬服接受，由各方專聘幾位名教授與專門學者前來，作有系統的授課。他日日依時聽講，晝夜苦讀各科名著(見上文)。以故，後來於人文社會各科學，居然得有大學以上之學問程度，庶乎達到世界現代高級學術之知識水準了。然而，據著者的觀察，老實言之，馮氏於學術上以及書畫詩文各方面的造詣，因爲是「半途出家」，基礎不固，根柢尤差，尤其因爲社會家庭的背景，與個人習慣、思想、心理、品性、經驗、理想、意識形態等等因素，發生交互的影響與作用，以故不能稱爲完備的與健全的。無論其後半生如何努力求學，無論其成績如何優異，復無論比與其他並世而生的舊式軍人較爲優良，他總是與現代思潮與趨勢及人物有鑿枘、「格格不相入」而至脫節之處，——雖然不至如薛氏之所謂「不能趕上」，「落後一步」。他的軍人頭腦，總不能配合與適應於新的政治社會的環境，這是無可諱言、無可奈何的自然因果。職是之故，我對於他這一方面的評論，只可以說：以他那樣的出身、背景與經驗，而竟能由那樣的刻苦努力，而得有那樣的學術成就，豈不是一種罕見的奇蹟而極爲難能可貴的嗎？

（本章完，下期續刊第四章）

辛亥光復樓題壁詩八首

碧血黃花　梁寒操

舊烈丹誠薄九霄，靈光未遠若招邀，愁看世局迷沉霧，隱聽民心蘊怒潮，破碎山河留此地，飽騰士馬備今朝，黃魂重振無難事，一簣功收指日翹。

武昌起義　張維翰

義幟高擎自武昌，神州萬里慶重光，共和締造崇民主，專制摧崩革帝王，國父啓元都建業，至人奉化定全疆，受降凱唱龍蟠地，郅治會茲布憲章。

北伐統一　許君武

天青日白燦蜺旌，徯后來蘇溥海情，虎豹九關牙爪歛，山河四塞版圖淸，爲民立極初弘治，與國修盟漸洗兵，永憶挹江門下路，鸞翔鳳翽盡豪英。

抗日建國　吳萬谷

東夷烽火掠吾疆，八載玄黃百戰場，舉國共揮戈指日，撫圖遍染血成滄，迴天事業諸方震，蕩冠風雲我武揚，重奠苞桑隆郅治，五强同列耿休光。

開羅會議　梁敬錞

一匡覇業邁葵丘，義戰仁聲震九洲，歸我汶田光舊物，存人國統泯新仇，會師諸定謀終變，重譯功高史待修，珍重海山如在莒，當年中珮亦兜鍪。

勝利還都　李猷

東下樓船氣若虹，萬千旌節出蠶叢，受降振旅聲威肅，告捷瞻陵肸蠁通，山嶽效靈齊抃舞，天河一洗息車攻，金陵王氣終能復，景曜光華喜再中。

光復台灣　林熊祥

忍辱偷生五十年，官儀重覩淚潸然，國威歷史開新頁，家慶鄉閭復故廛，醜惡憝兇宵見慧，崇高領袖日經天，少康一旅終興夏，仁暴人歸若箇邊。

光復神州　丁治磐

一旅兵威百里仁，前塗信有倒戈人，但當誅卻一人紂，莫任亂成二世秦，釁血半汙問猿鶴，妖氣盡掃畫麒麟，尚愁邊月照甌缺，奇策奇勳儻又新。

南開時代的周恩來

周恩來評傳（三）

嚴靜文

在周恩來的童年和少年的生活當中，影響他最大的人是繼母陳氏，影響他最深的團體則是南開中學。他曾對朋友們說過好多次，有一天我引退之後，希望給南開的老師和同學每個人寫篇傳記。

周恩來進入南開讀書，是在一九一三年春天，當時他已十五歲。十五歲入初中一年級讀書，已嫌年齡稍大，不過比毛澤東十六歲在高等小學讀書要好得多。

周恩來本來是第五期新生，由於年齡及學歷的關係，他跳了一年，插班入第四期就讀。該班在一九一七年畢業。

頰泛紅潮的美少年

南開雖然是新學堂，可是學校風氣仍未脫科舉時代的影響。學生仍依照籍貫，分成許多小團體。當時有一羣東北籍的學生很是活躍，他們身體高大，言語爽直，態度粗暴。大概因爲周恩來跟隨四伯父在瀋陽住了五年，也被認做了東北同鄉。因此他與幾個東北籍的同學特別接近，南開時代兩個好朋友，一個姓韓，（參看附註）

註：韓某是周恩來南開中學時代的同學，這個姓是假的，他曾向許芥昱氏提供周恩來傳記資料。

另一個叫馬駿都是東北人。

據同學們的回憶，周恩來第一天進教室的情景：那個姓韓的同學，在班中年歲最長，個子也最高，是東北同學的首領，周恩來的座位恰巧排在他旁邊。大家都已入座，等老師上課，周恩來最後走入教室，安靜的坐在韓某的旁邊。全班的同學都集中視線看這個新來的插班生。周恩來不禁臉泛紅潮，低頭翻教科書。

下了課周恩來先向同桌的韓大個自我介紹，兩人一齊步出教室，忽聽背後另一個東北籍的同學大叫：

「喂，老韓，你從那兒找來這麼一個漂亮小白臉！」

另一個人喊道：

「看他，穿着這麼摩登的皮鞋！」

老韓裝作聽不見，不過也用眼睛看了一下這位新同學腳上那雙紅藍兩色的皮鞋。他熱心的引導他參觀校園和宿舍。兩人從此成了好朋友。

大概在周恩來新入學的一段日子裏，那雙花皮鞋給他添了不少麻煩，淘氣的同學總是尖聲取笑他，同時對他好臉紅的習慣感到好玩。周恩來對這些騷擾從不計較，不過他的同桌韓大個，卻不時大聲回罵那些淘氣鬼。

在南開半工半讀

等環境熟悉之後，周恩來就開始活躍起來。他靈敏的頭腦，善巧的口才，溫和的性格，使他得到許多新的朋友。他和毛澤東一樣，在中學時代的作文成績都很不錯。南開校長張伯苓，曾幾次親自看見他，在限時兩小時的作文堂上，周恩來用不到一小時即作好交卷。而且文字流利，條理清楚。這使張氏對他大為讚賞。

在前一章中已經說過，周恩來之考入南開，曾遭多數父執的反對，縱有六伯父贊同，但是六伯父似乎無力供他讀書，因此他在入學後，經濟很快就陷於窘境。幸虧張伯苓伸出援手，給他一份臨時的書記工作，使他能以半工半讀的方式繼續其學業。

當時南開的學生自治會，辦了一份刊物「敬業樂羣」報，周恩來以非非的筆名，經常發表文章，並且成為刊物的負責人之一。

從民國二年（一九一三）到民國六年（一九一七）正是國家多事之秋，前後發生宋教仁被殺，國民黨二次革命，袁世凱稱帝，日本迫簽二十一條，張勳復辟，督軍團叛變，南北政府分立等一連串的政治紛擾。周恩來在小學時代從梁啓超學得的愛國情操、政治意識，現在都用自己的筆宣洩出來。

周恩來在少年時期的政治主張，現在看起來頗為有趣。他極力闡揚國家統一及工業化的重要；並鑒於中日戰爭不可避免，提倡智育和體育並重的教育方針。他主張不帶野蠻性的愛國主義，不喪失民族道德的經濟發展。又鼓吹自由戀愛、自由婚姻。所說雖然都是俗見和常識，但是一個十五歲的少年，能以文字作如此廣泛的討論，使他的同儕大為歎服。

扮相和演技驚倒四座

周恩來能成為南開最活躍的人物，除了在學生刊物上發表文章以外，還由於他的戲劇才能。

在一次校慶的游藝會上，預定上演一部名叫「一塊錢」的話劇。這個劇本的主題在描寫一個為萬惡金錢犧牲的女性。南開中學是男子中學，附近雖有其它女校，但是在當時男女還不能夠同上舞台演戲。周恩來為了貫徹自己的革新主張，遂自願粉墨登場，穿上旗袍扮演女主人公。他的扮相和演技使在座的師生都為之驚倒，一言一動，一顰一笑都引起如雷的掌聲。張伯苓校長還到後台去和他握手道賀。

他的演戲雖然在學校中博得聲譽，可是在家人中間卻遭受到憤怒的責罵。認為他是自甘墮落。因為當時的士大夫社會，對於戲子看做下九流的人，堂堂書香門第，怎麼可以扮女角演戲，簡直是敗壞門風。

關於周恩來會演戲一事，已成為中國政界人人盡知的話題。一九四五年周恩來會見張伯苓時，兩人還舊話重提。

當時周恩來為中共代表團團長，在重慶與國民黨進行談判，他常去看望老校長張伯苓。某夜兩人同去參加一個遊藝會，正趕上一幕話劇，周恩來看見男女演員齊在舞台上表演，低聲對張氏說道：

「老師，時代真的完全改變了。現在男女學生已經可以在一起演戲了。使我想起在南開的時期，不得不扮女角演戲的事情。」

當時國共進行和談，成敗未可逆料，張氏稍加思索說道：

「你仍然可以化妝上台演嘛。我擔保你比台上的女孩演得更好。」

周與張伯苓的情誼

周恩來年方十二兩易父母，自幼倍嚐人生的艱辛。十五歲以後幾乎成為無家之人。在南開四年，承校長張伯苓的栽培，受師長的愛護，同學的愛載，得到意想不到的溫暖。南開實是他的第二個家庭。因此他對南開的懷念也異乎尋常。

自一九二七到一九三○，是中共歷史上最黯淡的一段時期，周恩來在上海等地從事地下工作，隨時有被捕處死的危險。但是他每逢路過天津時總是打個電話向張伯苓氏問候。

一九三六年夏天美國記者艾德加·史諾深入陝甘邊區去採訪時，臨行時周恩來還託他回到北平給張伯苓寫一封問候信。

據說當國共政治協商時期，張伯苓曾向人表示，他想說服周恩來脫離共產黨。可見張氏對周恩來愛惜之念歷久不泯。

在二次大戰期間，南開在重慶復校，周恩來當時以中共代表駐重慶，因此常去沙坪壩拜候張伯苓。每逢南開校慶及張伯苓的壽日，周恩來一定親往道賀。張氏對他也始終以長者自居，每直斥其非。

一九四四年十月十七日，南開建校創立四十周年紀念，當時爲中國抗戰末期，正值國軍轉守爲攻，在黔、桂、湘諸省屢傳捷報。各報競相刋載，唯有中共的新華日報不加報導。張氏曾責問周恩來：

「新華日報大概是蘇俄的報紙。爲甚麼故意漠視我國勝利的消息呢？」

擅於詞令的周恩來瞠目結舌，不知所對。

一九四九年大陸變色，張伯苓亦陷在大陸。中共本欲借重張氏聲望，參加中共政府，爲張氏嚴拒。及韓戰發生，中共當局又屢次三番動員張氏出面支持「抗美援朝」，亦遭拒絕。但中共幹部強聒不捨，張氏方臥病，不堪其擾；無奈寫了一封信給周恩來，中共幹部始不再來。其後不久張氏卽病故。

負笈扶桑歲寒落魄

一九一七年周恩來在南開中學畢了業。極想出洋留學，但是既沒有門路又沒有錢。因爲他的同班同學的好朋友韓某帶着太太先去了日本。同年春天，周恩來也就湊了路費到日本去了。

韓氏夫妻都是官費留學生，聽說周恩來身無分文就來到日本，韓大個立刻就與另四個官費留學生商議，每人每月節出十元來維持周恩來的生活。生活有了着落之後，周恩來就準備功課，預備考進東京高等師範學校。

周恩來爲甚麼一文不鳴就跑到日本去了？無資料可供查考。但此事顯然不符合他冷靜細緻的性格。據同時期留日的龔德柏在回憶錄中記述，自滿淸時代起，中國卽與日本文部省（敎育部）訂有專約。提供五間學校爲中國學生設大學預科，中國學生凡考入該五校預科者，中國政府（各省）卽發給官費。這五間學校爲東京第一高等學校、東京高等工業、東京高等師範、東京高等商業，山口高等商業。

周恩來準備投考的高等師範，正是爲中國學生設有預科的學校之一。由此推測，一九一七年周恩來之赴日本，可能也是爲了考取官費留學。

但是一九一七年東京並不是可以靜心讀書的地方。因爲自一九一五年日本向中國提出二十一條，中日關係惡化，留日學生了解日本侵華政策最深切，情緒也最激動。許多人感到敵國不可留，紛紛輟學返國。留在日本的人組成了許多政治小團體，其中較大的一個團體叫「新中國協會」。

周恩來在這種空氣中，投考高師預科的興致大減，與那些政治小團體的往還則日漸頻繁，並參加了「新中國協會」，對於數學、理化的課程自然疏遠，反之熱心的閱讀社會科學方面的書，注意力集中於怎樣救國。

當初合力出資維持周恩來生活的同學，多已回國，現在只能靠韓大個一人來幫忙了。冬天來了，被寒衣單，囊中如洗的周恩來不禁寫信向韓大個訴苦。

韓氏夫妻因考入京都大學早已遷往京都，知道周恩來的苦況之後，韓就覆信讓他到京都去。

「馬上就來。我們家裏有足够招待你的地方。住在我們這裏可以從容商量入京都大學的問題。據知，京大的文學院非常出色，你一定會滿意。……好幾次請你來這裏，每次你都因不願叨擾朋友而拒絕。你卽使不尊重我們在南開時代的友誼，可是我們都是棲身外國的異邦人。難道不應該互助嗎？」

周恩來看了最後兩句話才下了決心去了京都。當他在京都火車站上，和韓大個見面擁抱時，這個歷經人生風霜的青年，兩眼閃耀着濕潤的光彩。

留學不成重回南開

韓氏夫妻和另外兩個官費留學生，合租房子所建的小家庭，自從周恩來加入之後，頓呈活氣。

周恩來不但每天清理嗒嗒米上的被褥，打掃房間，並且常常幫助韓太太燒飯。遇上韓氏夫妻因事遲歸，周恩來便早已將飯菜弄好。

韓大個打開酒瓶，大家一邊喝酒，一邊品嚐周恩來燒的小菜，天津時代的少年生活油然湧上心頭。韓氏每講解在課堂中的所學，力言京都大學是間好學校，以堅定周氏投考的決心。他們也常討論救中國的辦法。周像他父親一樣，也極愛酒；當他們談到興奮時，周恩來禁不住連續的舉杯豪飲。

有一次周恩來乘酒意高談自己的政治見解：

「單是强有力的政府並不能解救現狀。政府必須有强大的民衆支持。必須從學生、工人，以及青年一代的農民——如果可能包括老一代的農民——徹底的再教育着手。爲了使革命成功，必須爭取他們一起走。若想救中國唯有革命！」

反對周恩來的韓大個不禁搶過酒瓶來，且用手敲桌子大喊：

「迷戀這些東西，決救不了中國！」因爲韓氏是個俾斯麥的崇拜者，主張强權政府，鐵血主義。

兩人爭論得面紅耳赤，僵持不下，韓妻就出來說些閒話來打圓場。

類似的政治爭論並沒有傷害彼此的友誼。但是兩人政治見解的分歧，則日益擴大。

兩人都憂憤日本對中國的侵略，但是對於如何富國强兵，抵抗侵略的辦法意見相違。韓主張必須有强力的政府，周則認爲必須喚醒民衆。

在這個期間，周恩來和周佛海等中國早期的共產主義者一樣，被京都大學河上肇博士（日本早期馬克斯主義權威）的社會主義理論所吸引。他成爲河上肇主編的「社會問題研究」雜誌的熱心讀者。這恐怕是他了解和吸收共產主義的開始。

周恩來曾託韓大個介紹與河上教授見面，韓氏認爲這樣作會使他與周的思想距離越來越大，遂拒絕了。

由於沒趕上學期招考，加上他的政治興趣日高及經濟的問題，周恩來始終未得進京都大學讀書。他在一九一七年底從東京來到京都，住了一年多，到了一九一九年五月，巴黎和會因山東權益問題，北京爆發了五四運動，周恩來就束裝離日回國了。

在周恩來去日本的期間，南開新建了大學。他回到天津見了張伯苓，當時他學業無成，生活也發生問題。這位面貌端正、口齒伶俐的青年，再度引起張校長的同情。聘任他爲南開大學的秘書，並且準許他入南大進讀。張氏對周之殊遇，實在難得。

回國參加五四運動

周恩來在日本的一段生活，與韓大個的關係是分不開的；在五四運動其間則與另一位南開同學馬駿並肩奮鬭。

馬駿是信奉回教的東北人，在南開較周低兩班。一九一七年春天周恩來赴日時，馬駿還到天津碼頭爲他送行，當時還是一個天眞的小弟弟，可是兩年後，剛在南開畢業，在五四運動中成了天津最活躍的學生之一。

當五四運動的消息傳到東京時，中國留學生也立即採取行動，五月七日聚集一千多人分十隊衝往中國使館（駐日公使章宗祥已回國，五月四日被北京學生痛毆）。因遭日警阻攔，演成毆鬭，中國學生被打傷二十多人，十四人被捕。周恩來等在京都當然大受震動。

過了幾天，他就接到馬駿自天津的來

信。信非常簡短：

「在我國危急存亡之秋，繼續學業還有何用！」

那天夜裏周恩來與一羣中國留學生聚談到深夜。周恩來決定立時動身回國。第二天韓妻到街上賣了一隻名貴的戒指，給周恩來當路費，午後他們就送周恩來啓行走了。

周恩來回到天津時（大約五月下旬），立刻從馬駿了解了當地學生運動的情勢。為了追悼北京遊行被槍殺的同學正在罷課。天津學生聯合會及天津愛國女學生聯合會正合力組織天津學生的總罷課。馬駿是天津學生聯合會的主要負責人，後來成為周恩來之妻的鄧潁超，則是女學生聯合會的活躍分子。

馬駿當時正找人來負責學生聯合會籌辦的報紙，這個報紙是發佈學聯命令，鼓吹愛國思想的主要工具。為了反映周恩來在南開所編「敬業樂羣報」的宗旨，該報在報頭之下也印上「民有、民治、民享的民主」的英文標語。馬偕周出席編輯委員會議，會議接受周恩來提議，報紙決使用白話文，並且推舉周恩來為總編輯。該報於該年八月出版，只存在了三個多月，十一月卽被治安當局查封。

周毛異地同時辦刊物

當周恩來（二十一歲）在天津主編學聯報之際，毛澤東（二十五歲）也正在長沙辦「湘江評論」。但是當時兩人的政治見解卽大不相同。毛在「湘江評論」的發刊詞中寫道：「自世界革命的呼聲大作，人類解放的運動猛進……，這種潮流，任何甚麼力量，不能阻住……。世界甚麼問題最大？吃飯問題最大。甚麼力量最强？民衆聯合的力量最强。甚麼不要怕？天不要怕，神不要怕，鬼不要怕，死人不要怕，軍閥不要怕，資本家不要怕。」已經表現出共產主義的萌芽，及共產黨人嗜爭狠鬪的特性。

周恩來的表現則完全不同。對於勞工問題，他主張工人和資本家應該協調分配利益，通過義務教育來改善工人的生活。並主張通過南開式的自由教育培養中國青年的活力，有這一活力參加的勢力才能掃清軍閥、經濟落後，民衆無知等舊社會的積弊。在周的言論中，攻擊資本主義時，總是以上海等地的日本、英國的紡織工廠為目標。民族的意識，高過階級的意識。他雖然鼓吹婚姻自由，但是對於舊家族制度的攻擊、持論則相當穩健。

馬克斯主義及列寧主義，在一九一七的十月革命之後已傳入中國。陳獨秀、李大釗等已開始介紹馬克斯主義和俄國革命。北京某大學的學生以列寧二世的筆名發表了一篇「震撼世界的事件、」歌頌十月革命的文章。周恩來左右的人都熱烈的歡迎這種激烈的論調，而周恩來的表示則頗為冷淡。他對於中國的革新，必須經過像俄國那樣的大流血一事深表懷疑。

總括說來，五四運動當時，周恩來仍不過是托爾斯泰式的人道主義者。對於流血革命仍採取冷蔑的態度。不像毛澤東那樣，一聽見十月革命的消息，就狂喜得跳起來。兩人這一不同，大致說來，一直保持到如今。

周恩來之傾向共產主義，從與一個俄國人的接觸開始。這個俄國人名叫鮑立維（Sergei A. PoLevoy）。他原是居住中國的白俄，對中國的「詩經」頗有研究，民國九年（一九二〇）北京大學成立俄文系時，曾被聘為教授。在未進北大以前，已被第三國際聘為文化通訊員。這個人是共產國際最早派在中國的工作人員，他曾介紹共產國際代表維丁斯基（Gregory Voitinsky）與李大釗、陳獨秀接頭；又曾去信給廣州鳴海學舍（無政府主義團體）出版的「民聲」周刊，策動他們與陳獨秀等合作建立社會主義研究會。五四運動期間他也曾特別訪問天津學聯會的負責人，與周恩來、馬駿等晤談，支持他們的行動。這是周恩來接觸共產黨人的開始。

初嘗鐵窗風味

五四期間，周恩來住在天津河北三道街，他每天清晨起來，在巷口攤上喝碗豆汁，就跑到報社去寫第二天的社論，寫好之後，下午便交給編輯委員會傳閱討論，有時修改有時要重寫，此外還要負責大部分校對工作。

九月間他寫了一篇社論，號召舉行全中國學生代表會議，編輯部立刻遭受警察的搜查。周恩來機警逃走，他的戰友馬駿則被捕。周恩來於是到處奔走，營救馬駿。

到此爲止周恩來所寫文字主旨雖然都在反對北洋政府，但是較其它各地學生刊物，措辭遠爲温和，態度也較冷靜。但自從馬駿被捕之後，他便怒火沖天，指當局爲民賊，呼警察爲爪牙，並主張必須掃除這些敗類。結果招致十一月學聯報被查封。

一九二〇年一月二十三日，他率領一羣學生往河北省政府請願，要求罷免天津警察局長楊以德，指責他虐待被捕同學。他不但沒見到省長，反之同他一起請願的十六個學生，南開中學一教員等都一齊被捕入獄。

最初他們被關在不見天日的黑牢裏，幾次想與外界同學連絡皆告失敗。呼天不應，呼地不靈。飲食之壞自不在話下。被捕同學中有一人提議大家絕食，周恩來等一齊响應，並將消息設法透露出去，被報紙刊載出來，輿論大譁。警方這才將他們移至普通的拘留所，等候正式審判。

周恩來等在獄中前後約五個月，五月中才被釋放。是時五四運動高潮已過，學聯會已不再活躍。

在這一年的學生運動中，使周恩來成了天津的名人。他的相貌口才和機敏伶俐，不但使許多女孩子着了迷，並且使許多長輩都動了心，想把女兒嫁給他。而也就在這一年裏與現在的妻子鄧頴超開始了戀愛。

（待續）

張勳復辟始末（三）

矢原愉安

這位「辮帥」在袁世凱和清廷的地位發生了絕對衝突的時候，實際上做了袁世凱的「幫凶」。而且是終袁之世，從不敢公開否認這一點。反而一再向袁表示：

「僕隨侍我大總統二十年，迭受恩培，久同甘苦，分雖僕屬，誼等家人。……僕歷溯生平，惟我大總統知我最深，遇我最厚，信我亦最篤。僕亦一心歸仰，委命輸誠。」㊀

但是，袁一死，他用來抑制自己「罪惡感」的最大顧忌，就完全消失了。像他那樣充滿了頑固思想的老派軍人，當然就認爲：從今以後，只要能够「勤王復辟」，「還我大清」，成功了就可以做伊呂周公；失敗了也會被人們比爲文天祥和史可法。因此，就在罪惡感的驅策下，鋌而走險。雖然搞得身敗名裂，葬送了自己的政治生命，但卻至少消滅了自己心底的「內疚」，重新在天下遺老們的眼中，成了一個值得謳歌頌贊的「忠臣」。

張勳

張勳的「罪惡感」，是怎樣產生的呢？

事實擺得很清楚：他在清室淪亡的前夕，雖然受到了「殊寵」，但卻表現得完全不像個標準的「忠臣」，而且還做了一列眞正對不起自己「主公」的事。

那時，爲効忠清室而死的松壽、樸壽、端方、陸鍾琪、黃忠浩、馮汝騤、志銳，……都在千鈞一髮的關頭，表現得比他「忠勇」，而他這位自擁大軍的封疆大吏，卻坐失名城，高度地惡化了清廷的處境。而且還在最緊張的一刹那，投井下石，逼着他的「幼帝」，讓位給心懷異志的袁世凱。

據清史記載；他是：

「宣統庚戌，奉命出統長江防軍。明年七月調補江南提督。八月武昌難作，四方風動。……」

過了一個月的光景，上海、杭州、鎮江，都紛紛起義，而且由蘇浙淞滬鎮的各部「民軍」，組成了「聯軍」，由在秣陵關起義的新軍第九鎮統制徐紹禎，擔任「聯軍總司令」，分兵三路，向江寧進攻。

那時，負責保衞江寧的淸軍首腦，就是這位辮帥張勳。他在兵力上、配備上和地理形勢上，都佔了很大的優勢。武漢方面，淸軍的轉守爲攻，迭佔上風，更替他及時地壯了不少聲威。❷在士氣上和戰鬪力上，也根本沒有什麼問題。剛剛在三個星期以前，他的江防營，還在安慶以少擊多，解決了絕對優勢的起義「新軍」和巡防營。❸

然而，張勳卻并沒有決心眞打。根据目前搜集到的一些資料來看，他當時有過兩種很聰明的打算：

一個是：只要能答應他所開出來的條件，他就可以陣前起義，響應革命。

另一個是：只要能够給他一大筆現款，他就可以拱手讓出江寧。

在他提出的條件中，最重要的是下面這五項：

㈠取銷帝制，贊成共和。

㈡保證江寧將軍鐵良，可以安全離開江寧。

㈢兩江總督張人駿，在響應革命後，仍被舉爲總督。

㈣張勳保持原有的地位和部隊。

㈤不承認徐紹禎的合法地位，堅持要他離開江蘇地區。❹

從這些條件的內容來看，張勳在提出它們以前，是和兩江總督張人駿，江寧將軍鐵良，都討論過一番的。

當時，代表張勳來接頭的是：天津人楊少寅，五河人顧子斌。他們首先找的是，原來在「新軍」第九鎮中當營管帶，起義之後成了「寧軍」總司令的柏文蔚。

陪伴着柏文蔚，代表「民軍」來談條件的人，是一位定元縣人凌毅。雙方談了幾次之後，就同意根据這一些條件，正式在鎮江訂約簽字。❺

這時，徐紹禎還帶着他的新軍第十七協，駐紮在秣陵關。据柏文蔚事後的回憶：徐部下的軍官們，很不願意這談判成功，以免「光復江寧」的首功，被「鎮軍」得去。所以，他們就力勸徐紹禎先發制人，乘張勳正在議和的時候，打他一個措手不及。❻

誰知這些「新軍」，反被張的部隊打得落花流水，潰不成軍。徐紹禎也逃往上海，就任了「聯軍總司令」，把司令部設在鎮江，準備進軍江寧。

恰巧就在這個時候，張勳的兩位議和代表——楊少寅和顧子斌，如約來到了鎮江。但是，馬上就被江口擔任稽查的徐部憲兵隊，扣留了起來，打了一頓軍棍。

楊少寅還以爲這是出於誤會，所以就直說是應了柏文蔚的約，特地到鎮江來簽字的。誰知不說還好，一說出眞相，就被徐紹禎下令「推出去殺了」。

根据一些材料來看，和楊同時被殺的顧子斌，非但是張勳的議和代表，而且也已經投入了革命陣營，成爲柏文蔚在江寧的「坐探」，經常有「軍情密報」送來，在鎮軍首腦們的眼中，不再是敵方的一員，而是個自己人了。所以，他們被殺之後，非僅柏文蔚爲之大怒，「鎮軍」裏也一時衆心頗憤激。❼

事後，柏認爲：「就是由於楊顧兩位代表的被殺，張勳才一怒而不肯再談起義投降，江寧也才沒有『不戰而下』。」

但是，在「聯軍」眞正發動攻勢以前，張勳似乎還的確打過「得錢讓城」的主意。——一種說法是：張勳允許「讓城」，不過，堅持要在撤退以前，在城中自由擄掠三天。做爲交換條件。

而民軍卻認爲，這點是絕對做不到的。只能送給他的部隊十萬兩銀子，來做爲「開拔費」。❽

兩方面都不肯讓步，談判才擱延了下來。張勳也因而又搖身變爲「主戰派」了。

另外一種說法，是從當時在南京的英國領事威勳生那裏傳出來的。他向北京的英國公使朱邇典密報道：

「昨早似有將此城安然歸附革黨之象。……江督及其餘各官，大牛均擬降附革黨。所需解決之問題，只有張提督之軍隊。調出城外，須付若干報酬。聞彼索銀八十萬両。江督則代表南京紳士，只允付給四十萬両。該提督以爲太少。……將來情形，大牛視張提督如何舉動，其不允歸附之心，目下尙可以金錢買服。果爾，則不致有重大之戰事。」(九)

這種採用在正式報告中的情報，總不會完全是空穴來風吧？然而，這一套「購買和平」的辦法，也終於沒有用上。——原因是：聯軍在徐紹禎的指揮下，忽然迫不及待地打到江寧來了。

以「聯軍當時的客觀形勢而論，「不戰而下江寧」，當然要比打硬仗更理想。身爲總司令的徐紹禎，初則用大戰秣陵關；再則用擒殺楊顧二代表，繼則用大舉進攻，來三次打碎了張勳「讓城」的計劃。使人由不得會懷疑，他和張勳之間的私人關係，惡劣到勢不兩立的程度，也就使得他不願意看見：張勳會有「替革命立功」的任何機會。

在「江寧保衛戰」中，張勳打得出乎意料的糟，垮得出乎意料的快，使清軍在武漢戰場上獲得的優勢，都被「江寧之敗」全部抵銷。因而更加速了清廷覆亡的命運。——這就是張勳在滿清王朝最緊急的關頭，第二件對不起自己「主子」的事。

他在退出江寧的時候，因爲走得過於匆忙，不知爲了什麼緣故，居然連他最心愛的姨太太小毛子，都沒有來得及帶走。當時，滬軍都督陳其美，就建議把這位艷史膾炙人口的如夫人，送到上海去公開展覽，把門票的收入，用來補助「聯軍」的經費。据他估計：在三天之內，籌足十萬塊錢，是一點不會成問題的。(十)

然而，張勳在從浦口撤退的時候，據說把全部火車頭和火車，都帶走了。所以弄得浦口那一段鐵路上，根本有路無車，完全斷絕了交通。

於是，徐紹禎就派津浦路分段局長陶遜，把小毛子護送到徐州去，交還給張勳。張也大喜，馬上把從浦口帶來的十四輛火車頭，八十輛火車，全部交還給陶遜。以爲報答。(十一)

在作戰的時候，不使一草一木，一車一路資敵，當然是應該的。而爲了要交換自己的姨太太，就把敵人所最需要的交通工具，全部雙手奉上，這是無論如何也講不通的吧？像這種行爲，在理論上說來：是「助敵」，也是「賣國」，根本應當受法律制裁。更何況自己又是個以「忠臣」自命的人呢？

其實，這些車輛，大概幷不完全是張勳自己從浦口帶來的。他要把一萬多人，從那裏撤退到徐州去，當然需要不少火車頭和火車。但是，根據當時的一些官方文件來看，把車輛全部從浦口調走的，幷不眞正是他，而是津浦路南段總辦段書雲。

張勳是在十月十二號退出浦口的。十三號那一天，段書雲還打電報去向北京的軍機處報告道：

「提調勞丞頌自浦回，已帶回各車六十餘輛。幷謂存車無多，已飭德紀奧斯登即日北運。客貨車，石渣車，亦飭停開。」(十二)

如果張勳眞的把全部車輛，都已經隨身帶走了的話。那位勞提調又哪裏還能在一天之後，又從浦口北調了六十多輛車，而且還能說浦口現在已經「存車無多」了？

因此，張勳在交給陶遜九十四輛車子，帶回浦口去給「民軍」使用的時候，大概不但有些是自己從浦口帶來的，而且就連段書雲和勞提調「北調」來的有些車子，也一併送了禮。由這行爲所造成的對清方的危害，是比只交還被扣的軍車，還要嚴重得多了。

這時，「兩江總督」出了缺。清廷居然沒有追究他喪師失地的責任，反倒把他破格提升爲「護理」「兩江總督」。按常情來說，他的確應當特別「感恩圖報」才對。但是，事實上，他卻在這個位置上，給危亡的清廷以更大的一個打擊。也因而使自己後

來有了更深的「內疚」，

清末時，全國一共有十一位總督，而其中又以直隸總督和兩江總督最爲重要。前者兼任北洋大臣（又稱「三口通商大臣」，擁有北洋艦隊，以及「天下第一」的北洋陸軍，另外還兼管關稅，外交，通商，訂約。權勢遠在一般總督之上。後者兼任南洋大臣（又稱五口通商大臣），統轄全國最富庶的江蘇，安徽，江西三省，光是「錢糧」的收入，就占全國總額的三分之一。上海的關稅和三省的釐金，更是全國之冠。中國最早的一些國防工業，也大部份集中在這一個地區。此外還有一支可以和北洋分庭抗禮的「南洋艦隊」。

因此，清廷在危急存亡之秋，居然把出身只是個「江南提督」的張勳，提拔爲全國督撫中坐第二把交椅的「兩江總督」，實在不能不說是一種「殊遇」。据統計：從順治元年起，到宣統遜位時止，連「署理」和「護理」的人在內，一共有過一百零七任「兩江總督」⑬，其中只有因爲失了「江寧重地」，被撤免和被「逮問」的。卻還從沒有一個是在喪師失地，大敗而逃之後，忽然大得天子的賞識，被破格升去當「兩江總督」的。——棄城而走的張勳，的確是那二百多年中唯一的例外。

當時的滿清政權，雖然已經面臨着總崩潰。但是，在文武百官中情願拼老命也想過幾天「兩江總督」官癮的人，還是大有人在，絕不至於因爲找不到別人願意去跳火坑，才「就地取材」，勉强地便宜了他。清廷之所以對他重用，多半還是對他依舊有些幻想的緣故。

這時，中國的「十八行省」，已經有十七個「宣佈獨立，擁護共和」。「中華民國臨時總統」孫中山先生，在南京開始執行職務。清廷所倚賴的「北洋系」領袖袁世凱也擁兵自重，打打談談，玩弄「民國」和「清室」於股掌之上。以孤兒寡婦的「隆裕太后」和「宣統皇帝」爲首的滿清政權，眞眞正正到了風雨飄搖的「板蕩」時期，而身爲「護理兩江總督，長江提督」的張勳，卻幷沒有挺身而起，表現一點「愚忠」和「愍勇」，倒反而在清廷主戰派領袖良弼遇刺的那一天，簽名參加了一個對清廷投井下石的「四十二將領聯合通電」，逼得隆裕太后馬上戰戰兢兢地宣佈：要退位讓國。

在這封舉足輕重的通電中，指明要：

「明降諭旨，宣示中外，立定共和政體，以現內閣及國務大臣等暫時代表政府……再行召集國會，組織共和政府。……，中國前途，實惟幸甚，不勝激切待命之至。」⑭

在四十二個參加署名，完成了這個「逼宮」壯舉的將領中，後來一向以「清室孤忠」自命和自勵的張勳，居然名列第三！其排名的次序，只在段祺瑞和姜桂題二人之後而已。

過了幾天，張勳又簽名參加了一個「各督致內閣請代奏電」道：

「退讓政權之明詔，遲久未頒，中外失望，軍民解體。……
……戰無可戰，和不及和，必招剝膚之痛，可勝噬臍之悔。……伏懇宸衷獨斷，速降明諭，宣佈共和，悉以政權公諸國民，大計早一日決，卽大局可早一日定。……禍福利害，無待再計。……」⑮

在這封電報上，他的列名是第二，比「署理兩湖總督段祺瑞」，還要前一位。

這些通電，都是在袁世凱的授意下發出的，對於滿清政權，發揮了相當的「催命」作用。如果張勳不是熱衷於在袁的面前邀功的話，這種事情是不必做，而且也非常違背所謂「人臣」道義的。他既然毫無忌憚地做了袁世凱「逼宮」的幫凶，當然也就沒有再被看做「清代陸秀夫」的資格了。

張勳在清室覆亡的一剎那，根本沒有想做個「忠臣」的表現；也在當時的一般王公宗室和淸廷心腹人物的眼中，根本沒有被目爲忠臣之選。一個最好的證明，就是在所謂「讓國御前會議」上，大家推荐出來挽狂瀾於既倒的「忠貞智勇之臣」，只有瞿子

玖、岑春煊、升允、載澤、善耆、那彥圖、溥偉、馮國璋。——兩江總督張勳這個人，是從來沒有人提起過的。(十六)

其實，當時的客觀形勢，雖然惡劣萬分。而堅決想替清廷做「忠臣」的人，也還有的。而且并不因爲顧慮袁世凱的關係，就一聲不响地看着清廷讓國，甚至於還像張勳一樣地去逼着清廷讓國。這類人物中，最顯著的一個例子，就是袁世凱手下的北洋大將馮國璋。他曾經請小恭王溥偉，在「御前會議上」表示：

「亂黨實不足懼……求發餉三月，他情願破賊……馮國璋已然打有勝仗，軍氣頗壯，求發餉派他去打仗。……請太后將宮中金銀器皿，賞出幾件，暫充戰費。雖不足數，然而軍人感激，必能効死，如獲一勝仗，則人心大定。(十七)

甚至於連袁克定一派的人，都親自來向他宣傳共和的時候，他還在誇誇其談地，以做清代的文天祥和史可法自誓。關於這一點，在前人記載中，曾有過很生動的敍述：

「廖宇春與馮尤友善，因說之曰：『公欲存中國保皇室，則和，否則戰。』國璋曰：『……我欲戰。』宇春曰『……戰只速之耳。』國璋曰：『文天祥，史可法，非人爲之耶？』宇春曰：『惜辛亥以後之歷史斷不以文史推公。」國璋厲聲曰：『人各有志，吾志既堅，雖白刃在前，鼎鑊在後，所不能移。……』」(十八)

這位一向被稱爲「狗」的袁系大將，居然在清廷的危急存亡之秋，挺身出來，向大權在握的袁世凱，唱了幾句反腔。比起張勳的表現來，已經好得太多了。

張勳在袁世凱和清廷的利害完全對立的時候，無考慮和無保留地選擇了袁這一方面，而遺棄了提拔他和需要他的清廷。因而也就使他在清朝滅亡以後，油然地發生了很强烈的「罪惡感」。

參考書目索引

(1)、洪憲時期，張勳致袁世凱通電。
(2)、林述慶「江左用兵記」。
(3)、國防部史政局「開國戰史」。
(4)、陳紫楓「柏烈武先生革命談話原稿」。
(5)、全上。
(6)、全上。
(7)、林述慶「鎮軍援寧記」。
(8)、「中國革命紀事本末」。
(9)、辛亥年十一月八日，威勳生致朱邇典密報。
(10)、「北洋軍閥統治時代史話」。
(11)、「聽雨樓雜筆」。
(12)、軍機處電報檔，辛亥年十月十三日。
(13)、蕭一山「清代督撫表」。
(14)、一九一二年元月二十六日，「北洋將領四十二人聯合通電」。
(15)、宣統元年十二月二十二日，「各督致內閣清代奏電」。
(16)、溥偉「讓國御前會議日記」。
(17)、全上。
(18)、尚秉和「辛壬春秋」。

謙廬隨筆

二

矢原謙吉遺著

「起士林」樓上，向爲「貴賓」盤桓之所。詎於隣座，突見王克敏與曾毓雋二君。二君邀余等入其「小間」，在座者已有四五人，而余亦於此得晤坐於上席之段祺瑞矣。

尤可驚異者，笠原君與段竟爲舊識。馬廠誓師之時，暫入段幕之青木中將，除幕僚外，曾率隨員數人與俱。而此一夙在天津東奔西跑之笠原君，遂亦得敬陪末座矣。而不期於多年後，復與當年之「段執政」重逢，是亦可謂奇緣也。

段雙目炯炯，鼻梁頗歪。談吐舉止，以余觀之，似勝「吳玉帥」一籌。人皆當面稱之爲「執政」，而其人之排場，則在若有若無之間。吾聞張季鸞云：自退隱後，段之氣量，對外已頗達爐火純青之境，惟於其子則望之既切，責之亦嚴。某日，段與子對奕，子敗，段大怒曰：

「奕棋乃雕蟲小技，而汝尤不能出人頭地。眞豚犬耳！」

次日，復對奕，子勝，段又大怒曰：

「無大志大才如汝者，亦惟有能在消遣功夫上，勝人一籌耳！」

余得晤段時，中日關係已日益惡化。而笠原輩人物之趾高氣揚，少壯派軍人之有我無人，均適足以增反感。故段於「起士林」席上，頗形緘默。對余僅頻憶其留德時之情景而已。於談吐間，余知其對德之好感深厚，崇敬之情，時溢言表。當笠原君述及其父已患惡性胃瘤，行將不治。段顧余曰：

「德國亦無藥無術，以療此症乎？」

余答曰：「早期發現，尚可動用手術，以求挽救。特効藥則迄今尚付闕如。」

段頹然曰：

「倘德醫無術無藥，則眞無望矣。」

余既返京，次日揀出余一向訂閱之「柏林畫刊」數冊，德文醫學雜誌一冊，送王克敏處轉交段君。不數日，段之謝簡至，文短而意摯，余料段君至是始信。余深憐其對德國之懷想，而無意於爲少壯軍人之政治動向，作註解也。

張季鸞善謔

是時，余與張季鸞、曹谷冰等過從頗繁。張每來京，必於深夜電約至「都一處」、「東來順」，或「沙鍋居」等名飯莊痛飲。而張尤喜携余及一二友人，涉足於其所最欣賞之韓家潭。是時也，張有紅袖爲枕，間亦略以阿芙蓉助興，而其談鋒遂愈晚愈健。余嘗婉勸其保重之道，首先與呑雲吐霧絕緣。張聞語，輒顧左右而言他，曰：

「阿芙蓉亦如老七，余僅爲逢場作戲耳。」

老七者，一雛妓也，常爲楚楚依人之

態，張甚變之。時或非有老七在，不歡。亦時或興來，於老七處伏案揮毫，頃刻千言，以為大公報「社評」之用。張雖為文犀利，筆掃千軍，而談吐則極其詼諧。中國政要名流，學人軍閥之秘聞軼事，一杯在手，娓娓而談，繪影繪聲，使聽者樂而忘倦，每見老七倚其臂昏然入睡，而座上客神采飛揚，張亦談久不疲，不知東方之白矣。

是時，大公報為北方第一大報，而於社評方面，尤能執輿論界之牛耳。惟讀張氏社評，而不識張氏於笑談中者，定以其人為一不苟言笑之大師，實則張亦與張恨水同，恃才使氣，玩世不恭。倘遇彼所不屑之人與不懌之事，則舌利如刀，尖刻入骨。彼於南京中央政府人物，除蔣、汪外，均極少好評。而尤以蔣氏夾袋人物及裙帶俊杰為最。

猶憶彼於大談劉峙的季常癖之餘，常謂：

「中央軍之有「峙」者，猶人之有痔也。」

何應欽君，亦為張所不屑。何梅協定後，輿論譁然。張告余曰：

「此何應欽之所以為「何應輕」也。」

張恨水頭大酒量洪

張恨水，皖人，而其「北京氣派」似較京人猶甚。文才卓越，開朗豪放。頭大如斗，聲如洪鐘，余嘗戲謂之曰：

「君身後當以頭骨捐贈博物館，令人類學家，核計君腦海之容量，使世人皆知巨腦之人，非儘屠格涅夫、拿破崙與列寧三人而已也。」

二張相與出遊時，輒為余自卑感最盛之會。或議論，或笑謔，或關白，渠等多引詩詞以為之，或引四六文一句。而粗通漢語如余者，遂瞠目不解所聞矣。

猶憶一日黃昏，二張與余偕訪福開森。此君為美人，而漢化之程度，較德醫克利大夫與余尤甚。善「京白」，與遺老宗室過從最密，更為溥儒之至友。

是時，已有西人男女多人在座。談片刻辭出。張恨水於門外顧張季鸞曰：

「盍往訪老七乎？此輩西方佳麗，見之徒增『西望長安』之感。惟其『玉鉤斜』尚差強人意耳。」

乃相與大笑，而余獨不解何謂「西望長安」，何謂「玉鉤斜」。再三請教，二張云：

「必在老七處，今晚作一『花頭』，始可洩露天機。」

「花頭」者，設宴雀戰於娼家之謂也，二十元左右矣。作「花頭」後，余始得悉：「西望長安」者，不見佳也。「玉鉤斜」者，曲線美也。

二張雖精通古文，而於冬烘學究所視為至寶之千字文，百家姓，三字經，則厭之若糞土。時，紈袴子弟多不法者，北京一報，為文評之，而以三字經中「子不教，父之過」為題。二張見而哂之。張季鸞忽謂余等曰：

「讀此標題，使我得一聯矣。上聯曰：『父之過。』汝們能對下聯否？」

有人對曰：「子不語」。

張季鸞搖首曰：

「欠妥，欠工。實未如『媽的X』之恰當也。」

其謔也如此。

張恨水喜作雀戰，所著之連載小說，為當時報紙上最受歡迎之讀物，雅俗共賞，讀者如雲。每於雀戰正忙時，報紙派專人索稿，排字房與機器房，亦坐以待之。是時也，張君立即在牌桌邊之茶几上，文不加點，一揮而就。有時且雜以詩詞數首，皆不假思索，神來之筆也。

張恨水與張季鸞不同，毫無政治色彩與政治偏向，故所稔之軍人與政客特多。余之能識大批西北軍、晉軍、東北軍將領者，半由於診病而來；半由於張與管翼賢所介紹。管時為北京小實報社長，該報之銷路為北方之冠，而北京城內亦幾無人不知有管翼賢其人者。張與余每週恒有二三度盤桓小飲。每屆週末或週始，管亦施施然前來參加。既飲且談，誠可樂也。

是時，余尚未婚。張雖已有畫眉之樂

，而外渡之夕，每多於歸宿之夜，而琴瑟之諧不爲之少衰。管妻邵挹芬，亦深明大義，以事業爲懷，不斤斤較量於管之「戶外活動」。故我三人，亦常爲秉燭之遊也。時或張已爛醉如泥，余亦醺醺然，而管則以所飲甚少，神志獨清。遂由余駕車，由管指點方向與道路，驅車回寓。途中張醉臥於車後，朗聲吟哦，或引吭高歌。余所駕之車，亦忽左忽右，馳馳停停。幸當時在京，未有如歐美之「司機執照」者。有車可開，能勉强操縱，即爲合格之司機，它事無人過問也。

張於當時之總師干者，頗乏敬意，常謂余曰：「當今無大將，惟有無數『大醬』耳。」

萬福麟「大醬」之材

如：向稱關外「宿將」之五十三軍軍長萬福麟，即爲此種「大醬」之一。萬一表堂堂，鞍上雄姿，尤屬氣象萬千。日軍以輕騎兵百餘爲前導，進入熱河，直迫承德時，省主席湯玉麟以全部軍用汽車二百輛，滿載其私人財寶箱櫃，棄城而遁。晝夜行數百里，使關東軍之氣焰益高，慾望愈大，且於電台廣播中，大加揶揄曰：

「湯玉麟用兵神速，實爲天下之冠。當其退往河北之際，我軍雖用騎兵，加鞭尾追其後，惜亦未能追及。」

至是，原在熱冀邊境第二線佈防之五十三軍，遂獨任前敵矣。據管翼賢語余：當萬驅軍負敵之際，曾集合全軍官佐及精銳部隊，訓話於一廣大平原之上。

於時，萬軍長戎裝立馬，八面威風。不圖忽有日軍偵察機一架，凌空而來，且向地面俯衝數次，進行「低空偵察」。是時也，萬軍長心膽俱裂，不覺墜馬。官兵見狀大亂，東奔西竄，爲之久久不能成列。日機去後，馬弁扶萬上馬，神色始定。乃向部衆自解曰：

「適間非墜馬也。我只欲示爾等於空襲時，如何迅速隱蔽耳。」

後，萬軍略戰即潰，雖要隘如長城之喜峰口者，亦不能守。而二十九軍宋哲元部之趙登禹旅，適於此時趕到，以跑步搶上山頭。路遇鼠竄而下之萬福麟軍。萬軍問來者曰：

「汝係何部？何乃太痴，前往送死？」

趙部答曰：

「我二十九軍也。」

萬部嗤之以鼻曰：

「雖九十九軍亦無濟於事也。況汝二十九軍乎？」

趙部抵山頭時，日軍亦至。雙方近在咫尺，最利白刃衝殺。二十九軍仍有西北軍傳統，每兵均背有所謂「雙手帶」之長刀一柄。至是，趙登禹乃發令衝鋒，以長刀作肉搏之用。日軍猝不及防，倉卒敗退。至是，二十九軍之「大刀隊」，遂一戰成名。

「大刀隊」既聲名大噪。於是，一時各軍爭先摹仿，長刀之需要大增。古城內之鐵匠店，遂亦日夜趕製長刀矣。小報更轉載劉伯温遺留之「燒餅歌」中兩句云：「手執鋼刀九十九，殺盡胡兒方罷手。」以證萬事俱由天定，大刀隊一出，國家從此無恙矣。

馮玉祥害死樊鍾秀

是時之名軍人中，「大醬」型者實在不少。張恨水云：値中原大戰方酣之際，蔣軍以飛機助戰，馮軍樊鍾秀部，首次見飛機俯衝投彈，驚恐萬狀，軍心爲之搖動。馮乃集衆訓話曰：

「空中之飛機與烏鴉，孰多？」

皆曰：「烏鴉多。」

馮曰：「信然。然則烏鴉便溺時，亦曾着於汝們之頭頂乎？」

皆曰：「未。」

馮曰：「信然。然則飛機投彈時，其能命中於汝們之機會，當更稀矣。」

衆皆曰諾，歡呼鼓舞而去。次日，於赴敵途中，又逢蔣軍飛機凌空轟炸。樊及所部均惑於馮日前之言，不屑稍爲之避。

彈落人羣，血肉橫飛，死傷過半，而獎以總司令之尊，亦成機下之鬼。

長城各口，血戰方殷時，日機曾數度逼近古城。人心惶惶，咸以「防空」為念。而突有向當局獻策者：廣集風箏，滿佈天空，使日機來時，目為之眩，不能看清目標，甚至箏下之線，亦可纏住機上引擎，使其發生故障。

言者鑿鑿，竟亦有信之者，一二報紙且大肆鋪張其効果。

時，又有提倡以爆竹補助高射炮之不足者。日機一來，即當向空中發射炮仗以禦之，既省高射炮，又能混淆機師耳目。允稱一舉兩得。京中小報報導此一發明之次日，即有專家公開發表談話，指斥該議者譁衆取寵，異想天開，以國事為兒戲。

義賊李三

是時也，古城中又有所謂「義賊」燕子李三者，四出活動，軍警為之束手。人謂李其人能飛簷走壁，如履平地，故有「燕子」之名。其人豪俠疏財，每喜刼富濟貧。後以醉臥娼寮時，為鴇兒所賣，遂為偵緝隊捕去，而竟引起公憤。偵緝隊長馬玉林，遂成唾罵之對象。卒至不得不招待記者宣佈：燕子李三，當受特別優待，絕無受刑上鐐之事。為證明起見，更於押赴監牢時，公開起解，供人旁觀。並為李三特置新衣一套，頭插紙製之小白燕一隻，以示殊寵，民憤始平。

詎此一偵緝隊長眞小人也。為防李三再度越獄，彼竟秘密下令將李之足脛斬斷，使其無法行動。管翼賢語余時，李已殘廢逾半載矣。一日，馬以腸疾，來余處就醫。余以不直其為人，雅不欲取渠診金，以汚吾手，乃托詞不與相見，囑護士轉告渠「另請高明。」

「現世報」與「眼前報」

塘沽協定前後，何應欽，黃郛等相繼抵古城，主持劃地議和事。此際，余於交際場合，與何晤面之機會頗繁。尤以何為其同鄉貴州丁春膏氏，邀至北京西城太平橋「礪園」中，赴所謂豆花宴時，同席幾達五六小時之久。觀其辭色，察其舉止，亦以此次最為直接，最為親切。

丁為前四川總督丁寶楨之曾孫，時任中法儲蓄會副理事長。中法儲蓄會者，南京中央政府進行金融改革前，嘗與萬國儲蓄會竝立爭雄，改革後始被南京改組為中央銀行信託局。丁在任時，業務蒸蒸日上，絕無衰敗之徵。殆後為當道排擠，問題日多。除理事長李思浩另被安排外，丁氏亦被任為華北煙酒稅總局局長，與余往還，較前更密。

丁宅「宮保家風」，頗異凡俗。每宴貴賓必以貴州最平民化之「豆花」為一席之主菜，然後佐以家傳之「宮保鷄」。

丁宅花園，有亭台閣榭之美，假山曲徑小橋流水之勝。每當百花盛開，噴水池畔綠草如茵，茅亭內石几石凳，古氣盎然，置身其間，更增如入畫圖之感。此園大於吾家二倍有餘，而園林之幽雅，復遠過之。是故，亦詩人墨客集會吟哦之地也。

余嘗謂：中國世家子弟，要可別之為三型。曰惡少型，曰報應型，曰書香型。吾友丁君，君子人也，「書香型」確可當之無愧。相識者中，幾亦人同此心。平居之日，丁宅「坐上客常滿，樽中酒不空」，誠非虛言。而在坐者，頗鮮銅臭之士，炙手可熱之人，泰半屬斯文一脉，間亦有玩世不恭者。何遂、張恨水、陳之伯、福開森、方石珊、孔伯華與余，幾均每週必到。

猶憶一夕，丁府招宴。適張季鸞與管翼賢亦在座。張與張恨水，頗於當時世家子弟不滿，稱之為「害羣之馬」，二張與丁君交素篤，乃笑而問之曰：

「宮保後人，以為如何？」

丁君起而遜謝曰：

「輿論權威，一語破的。從來批評紈袴子弟，未有痛快若是者。當浮一大白。」

管翼賢君，時為實報社長，亦與丁甚稔，乃更以笑話一則，公諸同好曰：

世家子弟既飽受社會攻擊，嘲爲綉化枕頭，遂集議自辦日報，專爲紈袴子弟鼓吹。

款既齊矣，社址已得矣，而報名仍付缺如。有世家子弟言於衆曰：新聞迅速，爲報紙成功之關鍵。我報之名，必標榜「新聞迅速之程度」不可。衆皆曰諾。

旋有紈袴子弟建議曰：我報曷以「現世報」爲名，以兆其新聞報導之速乎？

另一世家子弟，忽大呼曰：我已尋得更恰當之報名矣。曷卽名之爲「眼前報」乎？語甫盡，滿座噴飯。

何應欽懼內成癖

丁君宴何應欽之夕，曾應何君之請，簡邀何之妻舅王伯羣，以及滯留古城之三大名旦：程艷秋，尚小雲，荀慧生與之同席。何以如此？則非我所知。外人中，除余外，尚有美人福開森，協和醫院名德醫克利大夫等。客人之成份既如一「拌冷盤」，席間自無人一語片言涉及政治。

何君爲一雍容之軍人，頗有大將風度，人亦和靄。或謂其素有季常癖，家中事無大小，悉賴夫人一言決之。久而成性，於公事亦然。萬事只秉承上峰決定而已。

據新聞界友人語余：何在南京外號之一，爲「全國怕老婆會會長」。關於其「內閫森嚴」之傳說，幾可與明將戚繼光相媲美。

猶憶席間，何君曾頻頻以循環系統與婦科症，下問克利大夫與余。並慨嘆以南京之大，而頗乏爲人信賴之外籍醫生。每有疑難之病，必須赴滬求診。卽在中醫方面，古城之大名醫有孔伯華、施今墨、蕭龍友，而南京只有一張簡齋而已。言次頗致惋惜。且戲語克利大夫曰：

「先生日後退休，盍不於返國之前，先往南京懸壺數年，濟世救人？——目前之南京，貴國專家學者，頗不乏人，當不致感客中孤寂也。」

克利大夫醫術極精，而人屬木訥之流，白髮蒼然，爲座中春秋最高者。聞何言，未仰視遜謝，亦未停箸寒暄，儘答曰：「且看將來。——一切都視上帝如何安排耳。」

克利大夫術精心慈

克利大夫較余年長，又爲醫學前輩，與余之關係極爲融洽，而在師友之間。其人淡泊爲懷，絕不干涉政治。北洋時代及嗣後在古城開府之封疆大吏，幾無一非其病人。而克利大夫從不自動與之往還應酬，亦從不代人說項陳情。而一旦有人失意下野，命在須臾時，但求克利大夫，無不盡力而爲。余頗受其薰陶，嘗於北京數度易手時，受彼之託，代匿政界風雲人物於家中數日，蓋彼已盡量收容，家中滿坑滿谷也。事過別去，余猶不知此輩中泰半之眞名實姓也。

猶憶閒談時，余嘗微以匿人似易沾牽涉政治之嫌爲慮。而克利大夫慨然對曰：「此何慮之有？匿人於難中，譬如給溺者以援手。唯求救人耳，何必先問明：『汝爲鷄鳴狗盜耶？抑正人君子耶？』天網恢恢，眞正惡貫滿盈者，自難受上帝之懲罰也。」是時，余來古城猶未及一年，聞而大慚，立改容謝之。自是，難中匿人不再稍有遲疑顧慮矣。

日人在京皂白難分

瀋陽事件，上海之戰，以迄長城之戰，此一漫長之期間，厥爲余在古城處境較難之時。友輩雖仍往來如昔，不稍廻避。而陌生者則頗不諒解：何以中日交惡，而日籍醫生尚留華不去，診病如昔？

余家大門，每有人乘夜以粉筆大書：「殺盡倭奴。」或：「食爾肉，剝爾皮，方消我等心頭之恨。」

某日晨，啓大門時，方知夜來有人以自製之封條二紙，交叉貼於門上。行人觀者如堵，以爲診所確遭封閉也。

後且有青年學子，來診所門前，對余之僕役司機曰：

「外人在華者，無一非坐探，而猶以日人爲然。奈何爲敵人坐探作下走乎？」

幸余之護士、藥師、僕役、司機等，均對余了解頗深，未爲所動，且有私勸余赴津或赴滬暫避者。是時，陌生病人電邀出診者突多，日必多宗。余之護士、司機與傳達，均諫余勿輕往，恐蹈險地。余曰：

「醫生倘奉病人急召，雖赴湯蹈火亦須勉力爲之。此爲醫生職責，亦爲醫生道德，斷無忽視之理！況余問心無愧，政局如何變動，又何有於我哉？」

卒前往，而亦無事。惟有時按址驅車，遍覓不得，至則或爲空屋，或爲戲院，或在「義地」之亂墳崗耳。

商震虛有其表

其時，三十二軍軍長商震，亦率部戰於冷口。商之儀表不凡，談吐間舌生蓮花，而於官兵之運動表演與軍容，極其注意，惟戰鬭力則遠在當時之中央部隊，西北部隊之下，僅較善走善遁之五十三軍萬福麟部略勝一籌。冷口未發生戰事時，商氏頻在前線發表與陣地共存亡之談話。開火後，要隘失守之速，使古城大震。一時，輿論譁然，有小報副刊懸賞徵聯，以詠時事。上聯曰：

「大刀宋明軒」

獲獎者二人，一對以：

「小膽萬福麟。」

另一則對以：

「長腿商啓宇。」

商於新陣地中復向新聞界自解曰：「致敗之由，在我軍缺乏鋼盔耳。」

報紙披露其言，一時舉城若狂，募捐者比比皆是，熱情動人。惜乏通人主其事，以至於泰半「鋼盔」，均在街頭巷尾之「鐵匠鋪」，趕製而成，狀如銅盆，而又實非鋼製，僅係鐵帽而已。余診所左近，有小學生數人，雨中勸募，全身濕透，而不稍走避。余心爲之淒然，遂命女僕烹熱可可一大皿，邀渠等人入屋飲之驅寒，以免感冒。而此數童以余診所爲日人處之故，峻拒之。余不得已，取雨傘三具，命司機與之，再三聲明係華人司機與僕役之私產，暫借遮雨，無礙國體，始勉强受之。其愛國自重之精神，實足起敬。而余之傭役等，以余對彼邦禦侮愛國者，確無惡感，均爲之欣奮。

人皆愛其國

一日，司機於出診時懇余預支薪二三元，余戲問其用途，蓋以爲彼必爲其女友購衣物也。殊渠之回答，大出余意料之外。曰：

「二十五師師長關麟徵，刻正養傷於協和醫院，前往犒勞慰問者如熾。我欲捐二三元慰問金，以盡棉薄。」

余給以五元幣一紙，渠果於街邊一「捐款棚」中，慨捐三元。歸後，聞而効尤者有護士、傳達與園丁，余均一一與之。

後，余司機與一日商小林君之司機，偶及此事，復傳入小林君之耳。小林與余頗善，惟於政治，未肯時時處身事外。既聞之，大詫，立電余曰：

「此事確否？」

余曰：「然。」

小林曰：「然則胡爲乎任渠等爲此？」

余曰：「人皆有國。我雖爲渠等之主，亦無由强之不愛其國也。此理甚明：蓋吾懸壺謀生於此邦，而此邦中人食我衣我，亦未嘗强吾不愛我之故國也。」

小林聞此語，默然久之，始徐徐曰：

「倘我非君之老友，定當目君爲『反日份子』矣。第小人所在皆有，難免讒言取寵，君宜好自爲之。」

（待續）

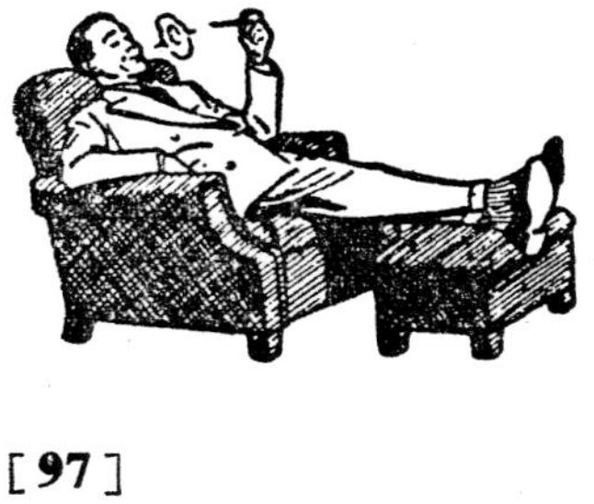

劉侯武先生小傳

——民國四十八年春初稿——

• 鄭　顯 •

先生，廣東潮陽縣之仙陂鄉人。（清光緒十八年壬辰誕生。）仙陂劉氏爲潮陽鉅族，人材輩出。考曰叔良公，爲邑名諸生。先生七歲喪母，每隨叔良公往潮州府金山書院應課，灑掃應對，得叔良公歡。洎汕頭嶺東同文學堂開辦，（監督爲丘逢甲先生，總教習爲温仲和先生慕柳太史，何士果先生壽朋進士，教師温丹銘先生，姚梓芳先生。）温仲和先生指先生謂叔良公曰：（温仲和先生亦爲叔良公師。）此子天資聰穎，宜令就學。叔良公然之。丘逢甲先生亦書小箑「少年中國少年人」句以勗之。其見許如是。（同學有黃際遇、林國英偉侯，何天烱曉柳、黃慕松、李次温、姚雨平、林震，民元攻南京，姚任軍長，林任師長，敗張勳。）已而學堂鬧土客風潮，久不解決。叔良公乃携先生往滬，就學梅溪學堂。（校長及監學爲張煥符先生及張鐵民先生兩昆仲。後張鐵民任職上海新聞報。因先生彈劾汪精衞、顧孟餘兩案。嘗曰：自梅溪書院開辦，迄改辦學堂，五十年，學生不知凡幾，而能出人頭地者僅得胡適、劉侯武二人而已，足徵才難。又曰：胡適著作等身，自有身後名；劉侯武雖無著述，而彈劾汪、顧兩案，將來歷史上亦占數行。）

乙巳二月，接叔良公在鄉逝世電耗，倉卒南下奔喪。（是時先生十四歲）。枕苫居廬二年，轉學潮陽東山學堂。旋往廣州，

劉　侯　武

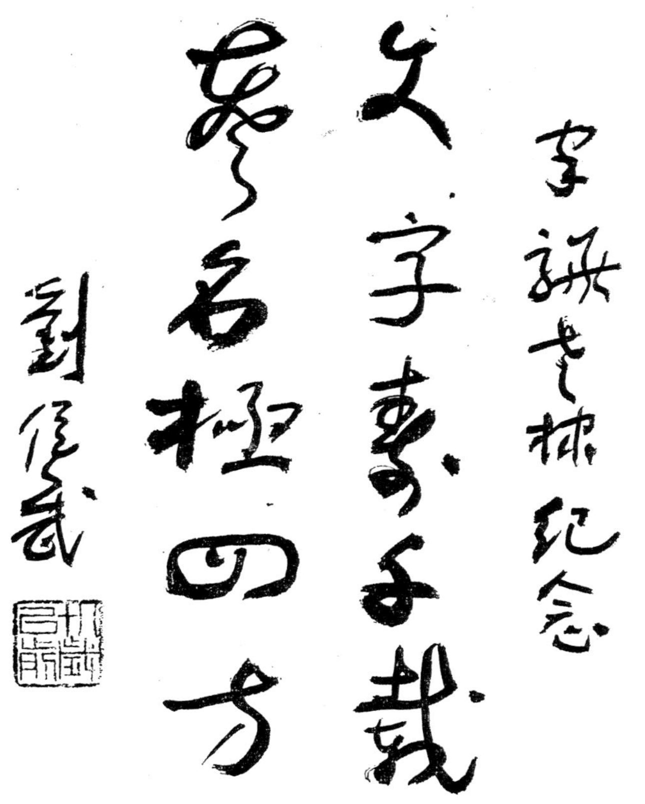

就學述善學堂，（校長方朝安先生、教師張鏡藜先生，同學有馮軼裴、方炳彰、趙超、李務滋、簡又文等。）再升學廣州兩廣高等工業學堂。（監督陳濤先生、王邁常先生、教師唐天如先生。同學有白鵬飛、北大法學院長、監察院監察委員。雷沛鴻、廣西大學校長。區芳浦、廣東省財政廳長。）

先是，先生表伯馬興順，在暹參加同盟會，助陳景華創辦華暹日報，鼓吹革命，潛以報寄贈，先生閱而好之。（景華原任廣西貴縣知縣，以遭通緝，亡命暹羅。得馬興順之助，創辦華暹報鼓吹革命。馬興順早歲與　孫總理、胡展堂往來密切，資助革命，不遺餘力，因母在家病篤，聞電歸省。為保皇黨人徐勤所悉，密電新加坡總領事左秉隆，轉電兩廣總督張人駿，飭潮州府鎮令潮陽游擊趙月修圍捕。是時先生十五歲，因識國語，奔走營救，無效。又經暹羅、越南、新加坡、香港、汕頭各地商會紛電營救，亦無效。嗣陳景華因緣同學江孔殷向張人駿關說，始獲釋。而以備受酷刑之故，出獄後，遂告不起。然而在暹繼之而起者有蕭佛成、林伯歧，陳繹如，陳載之、張河洲、吳季達、黃諒初、陳美堂、馬元利、許日新等。）又與同文同學何天烱、（曾任　總理駐日代表。）姚雨平、林震、李次温、林國英等交契。至是，均秘密加入同盟會，為會員。

辛亥三月廿九日，革命黨人攻督署之役，姚雨平任調度部長，先生與焉。（後姚雨平任監察院監察委員，於舉行青年節紀念會時報告此役同志所存無幾，其在京者，僅李次温、劉侯武二人而已。時李次温任國民黨中央執委。）

光復後，先生任國民黨廣東汕頭交通部科長。（部長林國英。）民國二年，癸丑討袁之役，失敗以後，各省搜捕黨人甚急。民國三年，列名通緝，徐君歧山匿先生於太古公司之湖北輪船中，得抵暹羅。初依馬仲理。（先生之表兄，興順之子。）旋為蕭佛成先生所悉，以先生乃先烈馬興順之表姪，將接住中華會館，並聘為華暹報記者；（中華會館及華暹報館均為同盟會機關。）繼為劉錫如先生所悉，喜極。由是，乃執教鞭於南英學校，（中華總商會會長高暉石任董事長。）執筆於中華民報，並為鄭智勇先生司筆札，（劉錫如與先生為祖叔姪。自謂老叔是一隻牛，倒滴無半點墨水，今日得一有智識之姪輩來暹，我真歡喜！正可替我辦理各社團之事，如學校、報館、醫院各公益慈善團體，在在需人，且座山處亦需要一個有本事者幫助他。——座山指鄭智勇先生，暹羅稱大資本家為座山，錫如為智勇之廊主，即總經理。——當日智勇在暹羅華僑社會中，權勢與資產，允稱第一人，襟懷豁達，才氣縱橫，智能聚財，豪俠慷慨，無出其右者。因商業散佈汕、港、穗、廈、滬等處，曾與　孫總理面約：你可去運動革命，要銀，我可秘密幫助，但不可洩漏給人知道。蓋恐風聲一播，則傾家破產，連累親族，而於革命無補也。其生平資助 孫總理銀圓約五十萬。每次五萬元或十萬元，與零星資助者不同。民國光復。卽助南京中央政府五萬元。復以華暹通商輪船有限公司自己股份撥出一百萬元，贈與廣東政府。都督胡漢民派容星橋——容閎之後人——接收，並派其爲香港分公司經理。潮州北堤——卽韓江——時虞潰決，獨捐卅八萬餘兩——銀元五十餘萬元——，修固堤防。其他修灰路，辦學校，助善舉，實不勝數。先生在曼谷時，爲其司筆札、故知之最詳。）先生以華僑勇於趨義，足贊革命大業。由是至民國十二年，旅暹之日居多，而歸國贊襄革命亦日亟。間任華暹通商輪船公司秘書。（總理鄭智勇。孫中山先生當時向暹羅募捐革命運動款項，分兩方面進行。公開的則由馬興順、陳景華、蕭佛成等籌募；私人則致函鄭智勇勸捐。但絕對秘密，因此外間多以鄭智勇爲保皇黨人。鄭覆 孫中山先生函，多由先生密啓。）

民國四、五年間，先生任潮陽教育會副會長。（正會長蕭鳳翥。）以邑中未設中學，年中高小畢業生負笈異地，進修爲難。乃將東山高小學校，籌備改辦爲潮陽縣立中學，兼任籌備委員，於是清寒之士尤便之。當是時也，帝制雖已取銷，督軍又繼干政。旋而張勳復辟，曹琨賄選。中原擾攘，尙無寧日。港滬革命同志，運動軍隊反正，有機可乘，輒以密告；先生亦輒挾其所獲歸國，響應舉義。

民國七年，至上海，謁 孫總理，並呈捐款。奉面諭：「現在攻閩，可將此款帶去汕頭交競存」。競存得款以購村田槍四百桿；並委先生爲援閩粵軍游擊隊第四中隊長。迨粵軍由閩回粵，（打倒桂系時。）先生任潮汕衞戍司令部第四幫統。（司令姚雨平。）因劉錫如一再促返暹羅，乃辭職。至暹，任曼谷中華民報總編輯、（該報雖由鄭智勇投資，但董事長則爲劉錫如，近見政治大學刊物調查海外僑報赫然刊其名。以一不識字之僑商，乃得預文化先進之列，亦盛事也。）及振坤學校教師。（校董林伯歧、陳繹如。）但以輒次携款歸國翊贊革命，屢敗屢歸。錫如乃勸先生以後勿再爾，願以中華民報館爲贈。先生卒不少回其志，因此意見相左，以後暹羅之遊遂疏。嗣任中國國民黨廣東第一辦事處交際主任（松柟。處長謝。）汕頭晨報社編輯。（是時陳箇民、陳無邪、陳純侯、葉南馨、鄭松雪、陳午樓等同爲黨報服務。）

民國十一年，陳烱明叛變，國民黨之駐汕辦事處與晨報均被封閉，先生與同志出亡。迨東路討賊軍總司令許崇智由閩率師討陳逆，克之。先生任總司令部秘書，贊襄戎幕，與有力焉。旋任汕頭晨刊社社長，闡揚黨義，樹之風聲。是時陳逆餘孽，尙有四師逡巡贛邊，再下潮汕，先生復出亡。而大本營亦計劃討平潮汕逆軍及預籌善後， 孫大元帥再派先生爲潮州善後委員會委員。是時軍閥竊政，尙須北定中原，於是先生又兼任討賊軍第二軍司令部軍務處處長。（軍長柏文蔚）國家多難，百廢待興，既須加强我黨組織，以肩艱鉅；尤須妥籌經濟，以佐大業。僉以先生前任華僑通商輪船公司職務，辦理業務，經常往返於新加坡、越南、暹羅等處，與各方同志感情孚洽，且爲同盟會會員，於是，越南各支分部聯合呈准 總理派爲中國國民黨越南黨務組織員，主持越南黨務，從新組織。（陽明山國防研究院編印 國父全書841頁載：派劉侯武協辦黨務致安南同志函，民國十三年六月三日。安南同志公鑒：茲派劉侯武君到越，與同志諸君接洽，共圖黨務之進行，除中央執行委員會指導各節外，特附數言，敬祝進步！孫文六月三日。）先生到越南後，既興黨務，亦集鉅貲。執信學校原設廣州市之越秀山麓應元書院。嗣得華僑及潮汕殷商捐助，乃建新校於廣州市之東山，而經先生籌助者計十八萬餘元。黃花崗七十二烈士墓前之蟠龍石柱，在閩雕琢，而石工運費尙付闕如，海外部林森部長商請設法，先生復以中國國民黨越南總支部捐款完成斯舉。

民國十三年冬，先生膺選為國民會議全國代表大會越南華僑代表，將赴北京出席，道經廣州，請林森部長代購贈執信學校書籍。

越日，晤林部長，謂廖仲愷先生以部廳均無款，（是時粵中賦稅收入，均為滇桂軍囊括無遺，故財政部與財政廳均虛有其名。）昨晚北京來電催款，可否於購買款中，撥出一千元滙寄 總理？先生然之。此外先生募款以應黨國急需，尤難枚舉。（曾君定一，嘗任鄒魯先生秘書，常聞鄒先生云：侯武籌款以助 孫總理不知若干次？尤其大本營及中央黨部，兩次不能舉炊，適其自西貢來，每次拿三、四百元毫洋買米。）及至北京出席國民會議，適 總理逝世，任 孫總理治喪處華僑組副主任，襄治喪務。南下經金陵，與林煥庭同志履勘紫金山陵地。抵粵，任粵漢鐵路管理局統計課課長。當時本黨定期十四年召開二全代會。先生膺選中國國民黨第二次全國代表大會越南華僑代表，旋以我軍東征陳逆，改期。

蔣總指揮任先生為國民革命軍東征軍總指揮部政治部科長，再着戎衣，以拯桑梓。軍行所至，勢如破竹。初克博惠，繼平潮汕，復奉蔣總指揮派為潮安縣縣長，並電廣東省政府加委。丁未，潮州黃岡起義之役，我潮烈士，殉者實多，時逾兩紀，跡幾泯焉。

至是先生典篆，引以為憾，乃擇地於潮州之西湖中山公園，豎立丁未黃岡起義烈士殉國紀念碑，以誌景仰，而昭來茲。（民國十四年十月五日晨，先生將赴粵漢鐵路局辦公，忽接汪兆銘——是時汪主持黨政——來函以蔣介石同志任東征軍總指揮，全國二全代會已決定展期至十五年元旦開會，兄屬東江人士，應隨軍出發效力。乃即往路局辭職，趕至總指揮部接洽。當時總部人士在紛忙中，晤副官長王文翰，將汪函交閱。渠謂下午三時以前，請到總部。先生身無餘錢。乃趕至城內向友貸百金，買行軍床一張，軍服兩套，衣箱舖蓋備齊後，依時到總部隨同全體官佐到大沙頭火車站。五時，火車開行，當晚宿石龍。越兩日，到博羅。軍行所至，勢如破竹，用兵一月，逆匪潰降，十一月四日，隨蔣總指揮到普寧，晤總參議羅翼羣，告以昨日發表先生為潮陽縣缺，不知行止何處？乃改派孫家哲暫行代理。五日凌晨，抵達汕頭，政治部主任周恩來以行政人員不敷用，將以先生承乏市長；正洽談之間，電話鈴響，何軍長應欽來電話，謂潮安已攻下，應火速派一縣長來維持地方，周恩來答以無人可派，現此間只劉侯武同志，何謂可令其即日到潮安接任縣長，汕頭市長可隨後物色。

當十月杪，在紫金華陽墟之役，先生全部行李盡失，身外無長物，雖到汕頭，商店仍未開市，乃託熟人購日用衣物。下午搭潮汕鐵路火車，上潮安接任。）

民國十五年五月，調長潮陽縣，堅辭不就。六月晉省，國府以東征敉平，中原未定，亟圖北伐。七月，國

兩廣監察使署職員歡送劉監察使侯武時攝

民革命軍總司命部成立，先生任總部海軍處黨務科長。是時，台山廣海著匪陳祝三、雙槍賊婆單眼英聚衆千餘人，焚劫綁殺，靡有寧日。旅美旅港台邑人士推出代表陳孔祥、彭易初、劉子清、蕭麟書等四人，晉省向軍政當局請願，懇即派兵剿匪，以安閭閻，雖用三幾十萬元以供軍費，亦不吝惜。當時政府正在出師北伐之際，軍務孔殷，籲請未果。適先生亦涖廣州，邂逅談及，力懇代爲設法，以拯邑人。先生乃爲函呈國民革命軍總司令蔣，即日接秘書長邵力子覆函云：「奉總座諭：交總參謀長李濟琛辦理」。李即轉派第十三師副師長陳章甫剿辦，並派飛機一架，戰艦一艘，協助圍剿。是役俘獲匪首陳祝三、單眼英等，暨殲滅匪衆九百餘人，繳獲機關槍十餘挺，盒子槍九百餘桿，闔境以甯。台山廣海旅美旅港之華僑以先生一介不取，德之至深。而彭、劉二代表今仍健在，現寓香港，每遇國外僑胞，輒談及之。其得海外僑胞愛戴，有由來也。

同年十月，戴任奉派爲廣東東江各屬行政公署委員。將之任，表示不任用私人，分向中央黨部、國民政府、廣東省政府請派幹員襄助。丁維汾、譚延闓，古應芬等均以先生薦，乃轉任東江行政公署秘書長。民國十五年十二月，戴任遷福建政務委員會主任委員，以先生貞幹，不負所舉，調福建政務委員會秘書。

越年，春夏之間，福建政委會將改組爲省政府，是時中央國民政府在武漢，派先生前往接洽。詎漢寧分裂，無從完成任務。但以先生辦理海外黨務，久著勛猶，再委先生爲中國國民黨越南黨務特派員。而南京中央黨部海外部蕭部長佛成不察，以先生爲「共產暴徒」，應予開除黨籍通輯，提請執行。迨先生由漢到滬，警備司令楊虎、軍法處長汪嘯涯、工統會主任委員李子峰、秘書陳素等，以先生非共產黨徒也；且通緝名單列於暹羅一批案內，則先生早已離暹多年，與政治黨務無干，乃得逃港。事後，責問蕭佛成，據云：當日辦理一批左傾名單，先生本無在其列，乃承辦者誤報添上，故列在通緝名單中最後一名，自知錯誤，表示道歉！

迨民國十七年，于右任、吳敬恆、孫科、居正等深知先生乃總理信徒，國民黨忠實同志，簽名提請國民政府取銷通緝。洎日寇襲我東北，舉國敵愾同仇。上海東北救國軍後援會推選爲委員，力向海外籌募款物，以濟義師，愛國之士尤韙之。寧粵當局以日寇侵略日亟，非團結無以禦侮，非禦侮無以圖存，乃於民國二十年冬，開和平會議。

是時，先生復膺選中國國民黨第四次全國代表大會越南區華僑出席代表。乃與汪兆銘、孫科等及四全大會部份代表由穗至港，轉輪北上，經滬入京。合作議成，于院長右任以先生促成團結以禦外侮，著有勞績，乃提請中央政治會議函送國民政府簡派爲監察院監察委員。

民國廿三年，汪兆銘、顧孟餘辦理正太鐵路及平漢、隴海、津浦等鐵路向外借款及整理債務，喪權辱國，舞弊貪污；其時汪兆銘任中央政治會議主席兼行政院院長，顧孟餘爲中央委員兼鐵道部部長，權傾朝野，朋比爲奸，無敢言者，獨先生提出彈劾。汪氏雖諂以爵祿不爲動，嚇以暗殺不爲懼，正義凜然，直聲震於中外，朝野爲之悚然。一時輿論，以爲能實行　總理監察制度者，先生一人焉。

民國廿五年，膺選國民大會制憲越南華僑代表。民國廿六年，國民政府西遷漢口，奉監察院命，南下巡廻監察。目覩糧荒嚴重，潮汕尤甚，惻然傷之。當時强有力者，集合鉅金，組織華南米業公司，不致力於調盈濟虛，以維民食；反而操縱居奇，以圖暴利。先生尤憤然嫉之，乃請旅暹之潮人，募款購米，運汕頭平糶。

其時在暹主其事者，爲僑胞余子亮、鄭子彬，廖公圃、鄭午樓、廖欣圃、陳景川、洪鑑澄、蟻光炎等，募得暹幣一百萬銖，申港幣一百四十餘萬元。常川運購米糧至汕，依照成本八折平糶，以虧蝕至捐款清完爲止。於是華南米業公司壟斷之謀，無所施其技，而囤積汕頭、廣州貨倉之米糧，竟於淪陷時資敵，尤可慨也。先生每次巡察，輕車減從，人鮮知者，以故深悉民隱。

民國廿七年，敵機狂炸我華，汕頭市亦屢受其殃。先生抵汕，至廣州高等法院汕頭第一分院及汕頭地方法院。兩院編制，各有員役數十名，入門，闃若無人。異之。抵內進，始見高分院首席檢察官潘桃云：

「兩院現存五人，院長陳鴻慈、羅廣嵩携帶印信赴香港避難。辦公則苦無印信，開庭則不足人數」。

乃電廣東高等法院院長史延程及司法行政部部長謝冠生提出糾彈撤職。經中央懲戒委員會處分陳鴻慈停止任用五年，其餘停止法官任用者二十有八人。（陳鴻慈後爲漢奸，任僞廣東高等法院院長，復員後，以漢奸罪判刑下獄。）

民國廿八年，巡察梅縣，至則停驂旅館，半晌，縣府、警局、法院均無知者。先查監獄，因滿而擠擁不堪，遂一詢問，受請求伸冤狀四十餘張，有被押達十個月三十天而不訊不釋者。卽調卷核閱，高分院與地院互諉。乃詢主辦該案之高分院首席檢察官鄭鍾偉，竟閉目弗答。轉詢之高分院長趙之駿云：

「鄭首席檢察官每日談論國際局勢與國內抗戰情形，滔滔不竭，神經正常，並無病態」。

乃卽面限鄭首檢以卅分、廿分、十分、五分鍾內提出充分理由答覆，該案延押十個月又三十天，尚不提起公訴，是否有罪？或刑過其罪？鄭首檢難辭其責。再四詢問，均閉目如故，若無其事。乃請高分院院長將其扣押，會同在鄭之臥室中搜獲堆積未辦之案件甚多，卽電廣東高等法院院長史延程，司法行政部部長謝冠生撤辦並派員接替；暨將鄭鍾偉移解汕頭地方法院訊判有期徒刑七年，（嗣因避敵轟炸，疏散監獄，移解五華，鄭鍾偉遂病死獄中。）

是年，國民政府特派先生爲廣東廣西監察區監察使。嗣兼任軍事委員會軍風紀巡察團委員、（主任委員張貞、石敬亭等。）及監察院第一巡察團委員。（主任委員吳瀚濤。）初駐韶關，繼移桂林。

軍政部駐桂林辦事處中將主任夏聲、傷兵管理處中將處長林伯民等藉名傷兵醫院用鹽，向鹽管局購鹽數萬包。先生衡其兵額，洞燭其奸。乃請軍事委員會桂林辦公廳扣押犯員十餘名，以飛機運解重慶軍法執行總監訊明判刑，貪墨之徒，爲之斂跡。駐桂五、六年。軍民頌其廉明。

日軍投降，廣東廣西監察區使署遷駐廣州，兼任清查敵僞產業清查團委員。復員之初，百廢待舉，軍隊急於受降接防，官廨亟須回境撫輯，逃難義民尤切於歸整家園，交通工具，需用倍殷，獲利亦倍蓰。利之所在！弊之所生。

廣東航政局局長周演明假借軍運扣船營私，各江航商紛向行政院、軍政部、交通部控告，並向廣東省議會請願。各機關移案監察使署辦理，先生令廣州地方法院檢察處會同憲兵團逮訊，判處徒刑一年六個月。强有力者以粵桂司法在先生勢力之下，偏判不公，請移轉管轄，司法行政部部長謝冠生令移首都地方法院訊辦，改判有期徒刑七年。百粵素殷，易滋貪墨，乃頻周察，冀肅政風，道出陽江，停驂縣參議會，聞門外聲喧，飭從者詢之，則陽江商民請謁爲守衛所阻而爭論也。

先是抗戰時期，該縣海關設備簡陋。商民轉運菜籽及孵鴨仔入內地銷售，例須納稅，經過海關，諸多留難，遇雨則菜籽濕霉，隔日則鴨仔必逾墟期。蓋業孵鴨仔者，計日出殼，如受關吏阻延，致誤墟期，則鴨仔出殼，因無飼料，必至全部餓死。似死，不特商民血本無歸，而且戰時生產亦受削弱。適巡察到縣，乃爲據電請財政部核准豁免徵稅，粵南桂南商民，以流通便利，咸皆德之；今聞再蒞巡察，爰特設宴以謝，並預製陽江皮箱四個贈爲紀念。先生乃延見而慰之，並給付箱值。

及歸，廣州報章遍載受賄貨幣，充盈四箱。先生以爲豈有暮夜受金，白晝炫衆？伏波南征，車載薏苡，誣爲明珠文犀，自古已然，笑而置之。

民國廿七年至卅六年，歷兼考試院粵桂區高等、普考、特考各種考試監試委員。民國卅五年，出席國民大會，參加制憲，均監其責。

先生以監察使在轄境之內，有行使職權，則無所不監，無所不察；若耳目未周，則一無所監，一無所察。與其除暴於已形，曷若消患於無形，倘冀建國以必成，尤須樹人以輔成。於是毅然於卅六年十一月底辭職返里，籌辦潮州大學以育英才。遂膺任潮州大學籌備委員會主任委員。

潮州人口七百有餘萬，耕地所產穀米，不敷民食。於是勘擇潮安之韓山與饒平毗連之山區爲校址，縱橫數十里，既足以供黌舍建設之需，又免圈用民田，致損耕地。乃由工程師楊錫宗（廣州中山大學係其設計）擬定第一期先建禮堂、圖書館、科學館、文學院、農學院、商學院、教職員宿舍暨學生宿舍。每座預算港幣伍十萬元。泰國潮僑認捐建築四座，馬來亞潮僑認捐建築兩座，新嘉坡潮僑暨越南潮僑各認捐建築一座。學校平地築路至江干碼頭需款五十萬元，則由香港潮僑認捐築成之。籌辦期間，向外募款，概由先生個人負責，但僅勸認捐，不收現款。屆達建築期間，則將藍圖交由認捐者自行招商競投承建，籌備處僅襄其成。

尙以復員期間，潮州各縣市高中畢業生，多無升學機會，而潮州大學之籌辦又非咄嗟可成。南華學院早在香港成立，並經教育部批准立案。香港淪陷，遷設梅縣，勝利以還，移於汕市，收容潮州學生七百有餘，乃就任該院董事長，以備潮州大學成立，卽行歸併。復以在兩廣監察使任內，徵集志書，以察土風，兩省縣市，二百有餘，廣西徵得八十餘部（多係民國期間修輯。）廣東僅得三十餘部，（多係清同光年間修輯。）乃倡修志，以徵文獻。嘗任潮州修志館主任委員，集百有餘人之精力，費時三年，始克修輯臧事，編訂爲四十本，卅八年夏出版一十九本。詎因汕頭淪陷，印刷所爲匪竊據，與潮州大學之籌辦，均功虧一簣。先生每引以爲憾，斯豈一人之抱憾耶？

民國卅八年夏，先生以匪勢猖狂，避地香港。旋遊泰國，繼應新加坡朝陽學校董事長蔡梓、副董事長張漢三之聘，赴新加坡任陽朝學校校長，該校乃新加坡潮陽會館所主辦。創辦之初，校舍經費，均感不敷。及先生出長該校，爲衆望所歸；當地教育部亦尊重其道德學問，予以臂助，既給予甲等津貼，復撥款增建教室。先生復以校長薪津，捐助擴充建許。

於是，黌舍巍峨，爲華校之模範。並任南洋大學籌備會會員，復捐助坡幣一千元。當地公教人員年屆五十五歲，例須退休；倘屆六十歲，則强迫退休。先生以年將屆古稀，雖政府與僑團，尊重有加，而未依法定執行，亦應守法，乃自告退。新加坡潮陽會館仍聘先生爲名譽理事長，則其去思在人，於玆可見！

有以先生在抗戰時期，既策動泰國潮僑捐款購糧運汕平糴，以紛碎華南米業公司壟斷市利之迷夢；復向海外募捐衣服藥品，以恤軍民。受降之初，糧荒未泯，再函旅暹華僑組織救濟祖國糧荒委員會，購運糧食回國發賑，（旅泰僑領余子亮首捐鉅資，並得泰國政府批准募捐二千萬銖購糧運賑，暨由該會先後派鄭午樓、蘇君謙等爲團長，回國親自發賑。）以濟饑荒。則其饑溺爲懷，痌瘝在抱，具有菩薩肺腑；而其彈劾汪顧兩案，爵祿可辭，白刃可蹈，又不愧鐵石心腸。倘以施於有政，惠福黎元，甘棠之愛，豈止於斯！

月蘿館隨筆

恬園

前言

時令季節到了白露，雖然陽光還有些脹眼睛，西風已經帶來了一絲一絲的涼意，江南的秋天，披上了金色蟬翼的紗衣。就在這些時候，人們容易感到『秋興』，尤其讀到唐代詩人杜甫的名作——秋興八首，感想更多；我自己也有一句打油詩『歲歲秋風憶故人』。

月蘿館，是距今十五年前（一九四八）我在重慶教書時的住宅。那是在南紀門馬蹄街租人的地方，老屋五六間，前面有水、石、花木的點綴，雖然不頂大也不頂精緻，卻襯得很幽雅和清涼。有時，坐在那天井上同朋友或學生賞月，常常想到故鄉的情景和往事。

因此，高鑑冰送了一道他家鄉——江安——名產的竹黃匾額和一副楹聯，是他撰、寫的。掛在中堂門口，陪襯着風景，倒很古雅；那匾額是『月蘿館』三字，是用杜詩『請看江上藤蘿月，照見洲前石荻花』的句子，懷念生平故舊的意義。南來之後，蔡易厂還爲這三字刻了幾方印章送我。後來，如岑法師告訴我，曾見畫冊內有人用過這三字做筆號，我就很久未用了。

現在，爲甚麼又用起來了呢？因爲，我每接到王槐弟來信，提起當年往事，一幕、一幕的幻景又翻映在腦海，如廣場步月、荷花蕩泛舟、禪堂坐香，等等，至今還很有餘味。他要我寫一些關於佛教的文獻、當年參謁大德，所得到的一些開示，乃至見聞的一些師、友的事迹，比較對於人生身、心上有受用的故事。我覺得也有意義；是的，我的歲月是一天一天在少了，如不趁在此刻還稍有精神寫寫：恐怕再過幾時便不能夠做了，何況自己既貧且到病，不覺老之將至呢？

但是，用甚麼做題目？想來想去，要找一個適合這隨筆體裁的而又要不太枯燥的字眼，倒難了。還是用這三字吧，覺得自然些，而又和這些東西意義比較接近。雖然我現在住的地方，鬧市斗室並沒有那樣月蘿的幽雅。

不過，我是一個毫無學識和行持的下劣凡夫，業深障重，所有參論的話語，當然是不一定可靠的，所以題作隨筆，表明並不是有價值的著作。

我平生燒過不少的稿子，燒得頂多的，是一次在老家把經過多年每晚必定用墨筆楷寫的讀書心得的日記和許多專著，後來又在重慶燒了幾次稿本，南來又燒了不少。自然，我火焚這些也曾用過不少心血的稿子，不是不知道珍重自己的一點生命力；不過，我比較還有一點滴很小很小的進境，才會捨得丟這些東西。等於走路，向前走了一步，回頭看就嫌在後了。

我很希望，將來又看到我此刻這些隨筆是可燒的。因爲，我知道自己太不够了，很是慚愧。但願長有這樣一個感覺。

因此，我至誠頂禮，哀懇和希望十方大德、各地師友，看見我這些文字障，發慈悲心，哀愍我一生迷惘涼德，到晚年爲業障所羈，毫無長進，多多予以加持、指教。

（一）八風吹不動一句阿彌陀佛

成都昭覺寺是三國時代的古迹，後來成爲禪宗的大叢林，歷代出了不少的祖師，每位的塑像現在還在，三尊塑像一個殿，有好幾殿，其中最著的祖師有唐、圓悟乃至清代中興的丈雪等，還有很大的圓悟國師墳，眞是靈氣所鍾、祥光未歛的道場，古木參天；趙熙詩句——竹枝詞——『見說成都四大寺，北門昭覺樹參天，老僧識得文翁語，花氣熏人欲破禪』，可見其幽雅。範圍很大，在清末時要跑馬關山門，可以想見了。其中有一個觀音殿，供三大士，兩傍是文殊、普賢坐山像，中間坐觀世音菩薩，塑像如人一樣大，雖不頂大，卻很慈祥莊嚴，向來很靈感，事迹很多。

那裏，在二十年前，旁邊小寮房有一個專管香火的苦行僧隆光師——名字大約是這兩字，因爲年久記不清了——他和當代淨土宗大德能够繼承印光老法師遺教眞傳的如岑法師是很好的朋友。那時他有五十多歲了。

據說，從前在郵局任過分局局長，是居士發心出家的。一個瘦子，黑黃的臉，瓜子形的面孔，嘴有點高聳，周年四季，破爛衣服，赤腳。他家裏並不苦寒，兒女都成立有工作，因爲都有孝心，常去看他；他的原則倒有些難爲他們，必須一進寺門，向佛、菩薩像前頂禮之外，凡廟內的僧衆一律要叩頭，不問認得和認不得，不分老小，不管怎樣窮苦破爛的樣子，只要是僧，都一律叩頭。寺內僧衆又太多，經常住下二三百人；有時掛單的更多，一頂禮，再頂禮，到處頂禮，看見對面一個和尚來了就頂禮，頭都頂昏了。否則，不許去看他。

他從不肯受人供養，只是隨衆吃點大衆的菜飯。

一年到頭，他口裏喃喃不絕，念着六字宏名。人極老實，不大會講話。那裏的僧衆又很多，人品不免賢愚混雜。有時，還有人要欺侮他，他一貫是以一句佛號作爲答復。你喊他吧，他叫着『南無阿彌陀佛』；給他講話吧，除了簡單答復你必要的話以外，也是這一句『南無阿彌陀佛』結尾。甚至有些看見他那樣呆氣，看得不耐煩，或動氣了罵起他來，他更妙是，大聲高念『南無阿彌陀佛』，弄得罵他的人也忍俊不禁發笑了。這樣一個活寶貝，有甚麼用場可派呢？因此，寺內大凡小事都不找他，他一天到晚自在得很，總是念佛。

後來，臨終情形很好，念佛吉祥而去。

佛教上所標誌的修持得力的特徵『八風吹不動』。就是說利、衰、毀、譽、稱、譏、苦、樂八字如風一樣，卻都吹不動他。那麼，是眞有修證的了。

可惜，我沒有長久親近過他。只在二十多年前（民國三十年）夏天，方丈定慧和尚、監院憨行師留我住廟內過夏，曾同他見面，他一見我就很相契。只因我住在方丈上八仙堂，算是大和尚的客人；那時，一般叢林還有些禮節限制，他是清衆，不能常到方丈上去；只有我每天到觀音殿去禮拜時同他談談。

後來，我在距寺不遠的青龍場後面的一個農民家住一個多月。他因爲我曾向他問起寺內有沒有石碑拓下的觀世音菩薩畫像——寺內有經房流通經像——他倒有心，居然給我找到一張送來。

正是很熱的天氣，午飯過，大雨之後，晒得火燒一樣。他送聖像來了，我們談得高興。我問他那張像要多少錢——明明是他備價從經房請來的。他搖手笑，不要我還他的錢。我送他出了那個莊門，看見他在那茂密的秧水田傍邊的小路上，拉伸腳步而去，他那雙笨大得好像鴨腳板的赤足在濫泥醬的小路上踩着水『必包、必包……』地響着。我一直望到那翠綠的秧子拂過一陣洒下珍珠似的露水，拂過一陣風的浪紋，綠色掩沒了他那禿的頭頂。

『慢——走——啊』，我這樣叫着送他。

已經看不見他了，還聽他高聲大叫『南無阿彌陀佛』。

二十多年了，我還聽到他這念佛的聲音很慈祥而尊嚴地廻蕩在我頭上。

（二）禪宗的精神並不在打機鋒

佛法的利益，包括世、出世法的利益。其實，世間法上的福報，乃是方便法門。總的來說，目的還在要了生死。甚麼是生、死呢？粗看，不過是說的出生、活着叫做生，翹辮子（這是上海話，即：死了）叫做死，這還是膚淺的說法。其含義是指它的根源，那就一言難盡。徑直說吧，了生脫死的意思，就是沒有生滅心；生滅心是生死的總結穴，也是衆生流轉生死的無明窩子，眞正的佛法，是教我們了脫生滅心的。

禪宗的目的，更不例外，就是了脫生滅心的。至於機鋒，只是祖師勘驗人的方便，精神並不在這上面。如果用來當作燈謎猜，那就大錯特錯了。退萬步說，假使讓你猜得一二分相似的道理出來，也是塞了人的悟門，不是在參禪了。

由於時機、根器等的差別，禪宗法門從直指到參禪，並不是向下走，相反，正是辨證的發展，成爲祖師禪的精神正在眞參實究的功夫上。至於，拈古、頌古、上堂法語等機鋒轉語，不過是接引當機、勘驗學者的方便和闡發見地而已。一個眞正祖師禪的『內行』學者，和師、友相見或參學的時候，最主要還在商量研討怎樣用功，即：如何上路，達到本參分上。到了本參分上，也就可以說到家或距到家只隔一層紙遠了。悟，是有因緣的；只要到了本參，機緣一到，如同彈破紙一樣地便捷；如不力求用功，工夫未到了本參分上，一心等待開悟，便驢牛也沒有悟的希望了。

你如一向在機鋒上研究，上面說過，讓你猜得到一點，也不是「行家」，其實還是一個口頭禪。打機鋒是還有各人根性利鈍的區別，也有本參上工夫用得很好乃至悟了的人，還打不來機鋒的。從前，高旻、金山只教人用工夫參話頭，不准人打機鋒；如果信口打個機鋒，是要挨香板的。雍正皇帝傳旨捶了碧崖集的書板，也是爲的這個道理。其實，碧岩集還並不像後世狂禪一知半解的瞎猜謎燈哩。

來果老和尚是繼承明、清以來禪宗正統，接玉琳國師乃至天慧徹祖的法乳，主持高旻道場生死門庭，領導天下禪人用功，攝機之廣，包括國內國外的禪宗學者，從前幾乎每年冬七都有開悟的；一坐道場四十多年之久，也幾乎爲古今所沒有的典範例子。這，還不算是他的特徵，他的最特別的地方，在於開示與泛泛的例子不同，由淺入深，條理一點不亂。如：不會用功，怎樣用功，怎樣生起疑情，疑情生起之後，一路上有些甚麼現象，一直到本參，由本參再說到開悟，之後還有悟後重疑等的工夫，並且，如果中途發生了甚麼毛病，怎樣解決醫治等等，都指示得非常的明白。由於他這樣的教誨有方，大冶洪鑪不知出生了多少生龍活虎。這就是天下所以公認他爲禪宗大善知識——祖師的特別原因了。現在，他雖然已經圓寂了十一年之久，所幸他遺傳於世的語錄兩大巨冊（其中解謗扶宗和參禪普說二卷特別詳細）和從前在高旻主七的開示錄（當時堂中學人所記，油印本）已夠後人的研究了。但，他這樣一位宗門的專宗尊宿，一生就不許人打機鋒，他知道學者不用功，光打機鋒是很不好的，而且是有害的。其實，他老人家的機鋒打得很好很高。在金山開悟後，慈老和他打機鋒，他一句話便塞住來問，經過是這樣的：正是春節，來老到當時金山的前輩首座和尙慈本老人寮房去拜年，慈老招待茶點，拈了一顆桂圓，來老剛伸手去接，慈老說：「且慢。有一句話，你能下轉語才能吃它」。接着說：「十方三世都在裏許」，來老立地說道：「十方三世都在裏許，你站在哪裏」？這一來，到把慈老問得啞口無言，恭恭敬敬把桂圓送給他吃了。這些例子，都記在他的語錄內自行錄上的。十三年前，一夜，我同他談起我在二十多年以前，因爲舒次范老居士在重慶吃茶時偶然和我談起南泉斬貓公案，我從此在宗門內瞎摸成十年的經過。他老人家笑了一笑，說：「你問我吧，我答復你」。我也老實，就舉這公案問他，他把方棹上一張白紙突地送到我面前，惜乎我不會。他曾經好多次開示我：總要老實用功，莫打機鋒。

眞正的機鋒，是能斬斷當人的生滅心的，即當下能切斷分別心，乃至開正眼的，這說的只是畫龍點睛的時候；如果龍還沒有畫好，向哪裏點睛呢？

所以說，眞正禪宗的精神並不在打機鋒。

編餘漫筆

編者

本期不是專號，但重點文章在於吳祿貞與郭松齡之死，吳、郭兩人都死在十一月，先後相差十四年。兩人之死，對於後來的時局影響很大，先說吳祿貞，吳祿貞遇害時，袁世凱尚在彰德，未赴北京，如果吳祿貞不死，照他的原定計劃，西聯閻錫山，東結張紹曾，以他自己統率的第六鎮加上張紹曾在灤州的第二十鎮，配合閻錫山統率的山西民軍，一舉截斷京漢路，姑不說能不能攻下北京，最低限度石家莊以南非清朝所有，從石家莊到漢口聯成一線，馮國璋率領的部隊在前方陷於腹背受敵之境，將要覆滅。更重要的是袁世凱無法出山，情況將完全改觀，如果吳祿貞之志得遂，則以後的洪憲帝制，南北戰爭擾攘十七年的局面也許不會有了。中國如若一開始就能得到安定，從容建國，可能很快就追上美國，又何至淪到今天的地步。所以說吳祿貞一死，關乎後來的歷史太大，雖然事隔六十年，仍然要提出討論，不僅在發揚潛德幽光，亦在追溯六十年中華民族苦難的根源。

其次說到郭松齡，近人對郭松齡很少好評，原因當有二：第一、中國人習慣上厭惡叛將降臣，認為郭松齡之叛張作霖太不應該。第二、一般傳說郭松齡是受了馮玉祥的蠱惑而叛，世人因憎馮玉祥，連帶也就討厭郭松齡。

其實這種說法，若就個人私德而言，也許不無道理，但就整個局勢來說，並不盡然。編者覺得近人對於民國史上人物，評論每欠公允，主要原因是偏重感情方面而缺乏理智，即以張作霖父子來說，一般評價都很高，認為較之馮玉祥及其他北洋軍閥都好得多，實在情形並不盡然，就個人行為而論，張作霖也是屢次背叛長官，行為並不好過馮玉祥，至於幾次發動內戰，皆為戎首，北洋時代三大戰役，直皖之戰與一次、二次直奉之戰，沒有張作霖都打不起來，有人認為張作霖愛國，拒簽喪失國權協定而被炸死，編者在本刊第一期曾經指出此係傳聞之誤，張作霖出關之前確已簽訂了鐵路協定，只能說未全部簽字而已，所以綜張作霖一生來看，實在看不出有何異於一般軍閥之處，只能說惡跡較之張宗昌、孫傳芳輩更大而已。

張作霖能以背叛張錫鑾，逐段芝貴，與曹錕夾擊段祺瑞，通電斥罵徐世昌，四人皆是其直屬長官，張錫鑾、段芝貴且與之有恩。則郭松齡何以不能背叛張作霖，使郭松齡成事，南北也許可以早統一三年，九一八也許不會發生。就郭松齡行事來看，其人政治才能確實不高，使其成功，未必真能統治東三省，但其動機及行為仍然是應予肯定的。

「墾殖英雄王同春」是本期一篇長稿，這位先生一生不為人所知，實則其功績不下於班超、傅介子也。本刊旨在搜集史料，不一定要刊登大人物的故事，但對於不見經傳，確實有功於國家社會的，一定要特別刊出。

本刊幾篇連載，一概受到歡迎，編者曾經接觸到各方面讀者，有人愛讀馮玉祥將軍傳，有人愛讀周恩來評傳，有人愛讀張勳復辟始末，有人愛讀謙廬隨筆，所以如此，我想還不僅是因為作者文字優美，主要由於事情太真實，材料豐富，許多事都為外界所不知，或者只知道一點，讀了本文後始恍然大悟。歷史必須要求真實，談現代掌故最怕人云亦云，輾轉傳說，結果越來距離事實就越遠，後世修史也多採取傳聞，結果真事反而不彰，所載皆是人造的歷史了。

本刊目的在搜集史料，對任何問題皆不作定論，一任作者根據自己的角度去發揮，甲說是，乙說非，本刊一概照登，至於誰是誰非，等讀者自己去判斷。

本刊最後一篇文章是鄭灝先生撰寫的劉侯武先生八十壽序，侯老立朝有鐵面御史之稱，鄭先生文字古樸高雅，深得桐城一脈，其人其文均將傳世，故特刊出。

經年塵土滿征衣特特
尋芳上翠微好水好山看
不足馬蹄催趁月明歸

辛亥暮春

吳祿貞

掌故

月刊

4

野史・佚聞・人物・風土・

一九七一年十二月十日出版

掌故月刊 第四期 目錄

每月逢十日出版

香港淪陷三十周年專號

掌故

第四期

一九七一年十二月十日出版

每冊定價港幣二元正

（外埠郵費另計）

出版兼發行者：掌故月刊社

地址：九龍亞皆老街六號B

電話：K八四四六七三

THE JOURNAL OF HISTORICAL RECORDS

6-B, Argyle Street, Mongkok, Kowloon, Hong Kong.

督印人：鄧少卿

總編輯：岳騫

印刷者：華生印刷所 汕頭街十二號

總代理：吳興記書報社 香港租庇利街十一號二樓 電話：H四五〇五六一 H四五〇七六六

星馬代理：遠東文化事業有限公司 新加坡廈門街十九號 檳城沓田仔街一七一號

泰國代理：集成圖書公司 曼谷耀華力路二三三號

越南代理：聯興書報社 越南堤岸新行街二十二號

其他地區代理：

澳門：可大文具店
亞庇：利民公司
千里達：中華公司
菲律賓：華安書局
倫敦：東寶公司
芝加哥：杏林春
波士頓：中西公司
三藩市：新生圖書公司
三藩市：益智圖書公司
加拿大：香港商店

漢城：汎亞書籍公社
寮國：永珍圖書公司
斗湖：光明書店
菲律賓：玲瓏書局
紐約：友聯圖書公司
紐約：友方圖書公司
洛杉磯：永安堂
檀香山：大元公司
三藩市：文化商店
加拿大：新國華公司

香港戰役始末

編者

一九四一年十二月八日日軍進攻香港，是香港開埠以來最大事件，淪陷期間居民死於日本人刺刀下者到今天仍然「不計其數」，勝利後，偶然發現幾處萬人抗，白骨纍纍，皆是被害義民，至於未發現者究有多少，任何人也不敢估計。香港老居民凡是身受日本人統治者，至今談到三年零八個月，仍有餘悸。但是，香港居民最爲不幸，身家性命財產所受的損失，未獲得絲毫賠償，日本人又挾經濟力量，捲土重來，中區及尖沙咀商店皆掛出日文招牌，使人又想起三年零八個月的情況。三十年歲月不算太短，在歐洲，德法之間已成合作無間的盟友，在遠東，美日久已如膠漆之相投，只有中國人對日本，相信三百年也未必能忘記，原因是日本人加害於我們太深，報之於我們者太少，這筆賬到現在仍然虛懸着，要中國人忘記了仇恨，實在是不容易的。

日據時期之港督磯谷廉介

三年零八個月這場刧數，表面看來是不可避免的，但香港確實爲「流彈」所傷，就戰略觀點看，日本實在沒有攻佔香港的必要，只要日軍攻下星馬，已和平進佔了泰越，英國軍政人員在香港非自動撤退不可。日本可以接收完整的香港，中國人、英國人固然少死了幾萬，日本「皇軍」也可以留下幾千條性命，日本何以當時要以獅子搏之力，突然對東南亞發動進攻時，兵分四路，另以一路進攻香港，頗難索解。即從這點看，可見日本參謀本部沒有人才。目前研究抗戰史者，均認爲日本軍不該在攻下平津後轉攻上海南京，沿江西上，吃了仰攻的虧，使中國方面得到從容佈置時間，在重慶建立了抗戰根據地。但很少人注意到日軍進攻香港之非，香港蕞爾小島，於軍事毫無裨益，在政治上亦無號召力，日本的殘暴行爲，只能增加中國人仇恨心理，至今不釋。

但在香港的英加軍，在既無外援，亦無希望的情況下，支持十八天，死亡近萬，實在難得，尤其是加拿大主將勞森准將，在港督下令投降後，猶持槍闖入日本軍中射死幾名日人，最後自己亦死於亂槍之下，義烈雄風，雖中國古烈士何以勝之。今天紀念香港淪陷三十年，對於這位屬於香港的英雄勞森准將，實不能忘記，香港開埠以來，只產生了這麼一個眞英雄。

日本偷襲珍珠港照現在資料看，實在決定於十一月二十二日，以後的日美談判，均是騙局，用意只在拖延時間，增强進攻力量而已。進攻香港與偷襲珍珠港同時，決定時間亦是同一時間，在十一月二十日以後，日本在華南部隊實已作了進攻準備，只是香港當局仍然不知。

當時日本在華南方面最高軍事指揮官是二十三軍司令官酒井隆中將。酒井隆這個人，與侵略中國結了不解之緣，今天五十歲以上的人，對於抗戰以前侵略中國最活躍的日本人，大家只記得土肥原賢二與板垣征四郎，很少人留意過酒井隆，實在酒井隆出道較土肥原、板垣爲早，民國十七年濟南慘案他已是主兇，冀察政委會時期，酒井隆任天津駐屯軍少將參謀長，是時板垣與土肥原仍是大佐（上校），那幾年在華北發生的地方衝突事件，無一次不是酒井隆在「掌舵」，抗戰開始，酒井隆任師團長，與另一師團長谷壽夫首先攻入南京，震驚世界的南京四十萬人大屠殺案，就是酒井隆與谷壽夫下的命令，勝利後這兩個屠夫均被中國政府捕獲在南京雨花台槍決，只是他們兩條命如何能償了我們四十萬條性命，何況香港死難同胞這筆賬也要記在他的頭上。

今天談三十年前舊事，用意並非製造仇恨，旨在記載下這一段慘劇的始末，凡是中國人，不論當時住不住在香港，對此都應該知道，身歷其境者更不應忘記的。

一九四一年十二月一日，日本決心對英、美開戰，大本營乃對中國派遣軍總司令官下達如左之命令：

「協同海軍，以第二十三軍之第三十八師團爲基幹攻略香港。作戰開始須於確認南方軍對馬來方面登陸或空襲之直後行之。攻略香港後即確保該地附近推行軍政」。

前命令當日送達於二十三軍，各部隊即按照計劃周到進行其攻擊諸準備。

第二十三軍於一九四一年十二月一日接獲攻略香港之命令後，根據預定計劃，命各部隊夜間秘密開始行動。

集結於佛山、三水附近之第三十八師團亦同時開始行動，其先遣部隊步兵第二二九聯隊及第二三〇聯隊集結深圳北方地區。

於深圳附近警備中之北島部隊軍砲兵，集結於寶安附近，待機於廣州附近之攻城砲兵隊之一部及野戰重砲兵等亦以夜行軍向寶安附近移動，歸入北島部隊之指揮。

荒木支隊，接收汕尾附近之警備，即集結於淡水附近。第三十八師團主力及其他位於廣州附近之部隊，於十二月五日前後出

加拿大增援部隊初抵香港時

巷戰一鏡頭

發，集結於虎門及東莞附近。

三十三軍（中將司令官酒井隆）於決定太平洋戰爭前，其兵力係以三個師團及一個混成旅團與二個步兵聯隊爲基幹，以其主力（第十八、第一百零四、第三十八師團）駐廣州周邊地區，各以一部佔領汕頭（獨立混成第十九旅團警備之）、汕尾、淡水附近及深圳附近（軍砲兵隊任警備）、北部海南島（第四十八師團之步兵一聯隊任警備）。但自一九四一年秋第五十一師團隸入第二十三軍後，即接替第十八師團之防務，第十八師團交防後，集結主力於廣九沿線附近，同時，第三十八師團將九江以北之防務交第一百零四師團之一部接替後集結於佛山、三水附近，另以第五十一師團之荒本支隊（步兵大隊、野砲一大隊爲基幹）接替汕尾、淡水附近守備部隊之任務，該支隊由軍直轄，其後警備海南島北部第四十八師團之步兵一聯隊復還建制，乃於一月中旬，另以汕頭之獨立混成第十九旅團之一大隊任海南島北部之警備。

十二月八日四時日軍下令開始作戰。

航空部隊轟炸啓德機場，先遣部隊未遭多大之抵抗，按預定計劃突破交界，於是日晚間進出於錦田墟迄大埔之線。

日軍判斷英方必將在基本防禦線堅强抵抗，乃於九日十時下達對英軍主陣地攻擊準備之命令。規定主攻擊指向於城門貯水池西南側高地方面，預定準備期間約爲一星期，「以佐野兵團在大帽山之線準備對敵主陣地帶攻擊，同時以一部略取青衣島；另以一部登陸沙田海東方半島，由該方面準備爾後之攻擊。北島部隊以主力在大埔附近，以一部在錦田附近展開，任主攻方面敵陣地之破壞及昂船州敵砲兵之制壓。」

然於十二月九日由於日軍第二二八聯隊軍官斥候，對城門貯水池南方敵主陣地線要點標高255高地偵察之結果，發現該方面英軍配備之弱點，因即下令奪取，戰端既啓，第一線部隊乃亦提前對英軍主陣地之攻擊，十一日輕易突破之。又青衣島攻略部隊遠向西方迂廻，於十一日攻略青衣島，以步兵第二百二十九聯隊爲基幹之左側支隊，於十二月十日渡過沙田海突破石塚附近英軍陣地。十二日進出九龍市、啓德機場——井欄樹之線，十四日完成九龍半島全佔領。

日軍攻佔香港砲台後歡呼

因九龍半島之攻略較預定的時間爲早，日軍爲不使英軍獲得喘息時間，能順利攻略香港，決心以登陸作戰之原態勢强襲香港島，其部署概況如下：

一、與海軍協定，海軍於登陸日應對香港南岸實施陽動，佯作登陸之企圖。

二、攻城重砲兵在九龍市北側高地附近佔領陣地，並以飛行隊破壞妨害我渡海及登陸之敵砲兵及海岸防禦設施。

三、渡海須隱密行之，以主力自九龍及大浪灣向香港正面，以一部自官塘向筲箕灣附近登陸，攻擊英守軍。

日軍三十三軍進攻香港部隊區分概要

區分	部隊	既定編合部隊	配屬部隊：戰防砲	配屬部隊：砲兵	配屬部隊：工兵及渡河材料	配屬部隊：通信	配屬部隊：衛生	配屬部隊：輜重汽車	配屬部隊：其他
攻略實施部隊	佐野兵團	38D	二營又五	BA三大隊 LM一大隊	Ps二聯隊 BK二中隊	無線一小隊	1/3 S	輜重六中隊 汽車一小隊	由一部 S
攻略實施部隊	軍飛行隊	戰鬪一戰隊與二編隊、司偵三架、軍偵一隊							機場大隊一與一部機場中隊一
攻略實施部隊	北島部隊	第一砲兵隊		SA一營 M一	P一中隊（欠一小隊）	無線一小隊		輜重一連	由一部
攻略實施部隊	北澤部隊	華南停泊場監部之一部			Ps一中隊				□一部□
攻略實施部隊	軍通信隊					無線二小隊 有線一中隊			
攻略掩護部隊	荒木支隊	66 i（欠一中隊）		A一大隊	P一中隊（欠二小隊）	無線二小隊	1/3 S IFI ᗡ之一部	輜重一連（欠一排）汽車一排	補給諸廠各一部 ⊠一 ᗡ一部
後方部隊	小林部隊				鐵道一大隊（欠一中隊）			汽車三中隊	
後方部隊	佐藤部隊	第五兵站地區隊之一部					深圳分院 由一班 ᗡ一部		步一連，由一部補給諸廠一部⊠

攻略香港島之準備，渡海資材之搬運雖相當困難，但均經克服，攻略部隊遂決定於十八日夜實行渡海，並同時通報海軍。

十二月十八日落後，日海軍故意表示將在香港西南岸登陸之模樣，攻城砲兵隊對第三十八師團登陸點之北角以東海岸，尤其對水際之防禦設備徹底加以破壞，且適時制壓殘餘之砲台。

在此期間，第三十八師團完成準備，於二十一時起開始渡海登陸，一舉成功，當即驅逐港島東部之守軍，並續行進擊。英軍主力退處於東部高地仍行抵抗。翌日右翼隊之右第一線進攻守軍之堅固陣地，遭受打擊而陷於混亂，不得前進。左翼隊亦受紫羅蘭山南側旅館守軍之猛烈砲火，前進受阻，並因地形險峻錯雜，連絡斷絕。

日軍攻擊部隊受阻，乃增調砲兵增援，十二月二十日砲兵在港島登陸，立即展開猛烈攻勢，守軍不支放棄原有陣地後退，日軍另抽出一部兵力進攻赤柱半島，到了十二月二十三日，守軍抵抗力逐漸衰弱，到了二十五日，港督楊慕琦在水電俱毀，全城陷於絕望情況下，向日軍投降，港人開始了三年零八個月的苦難日子。

日軍香港登陸攻擊之部署

區分	編合：步兵	編合：砲兵	編合：工兵及架橋材料	摘要
右翼隊	✡228i(—III) 230i(—III)	VTAS I/33BA	38P(—中)	於香港正面登陸突破沿岸英方陣地後向西方右旋回逐次攻略香港島之北半部。
左翼隊	220i(—I)	II TAS(—中) 一中/10BAS	一中/38P	於筲箕灣附近登陸後突破英方陣地。爾後以主力右旋回經香港島南半部地區西進，以一部攻略赤柱半島。
右砲兵隊		38BA(—I)		
左砲兵隊	一小/229i	10BAS(—中) 20BAS 21LM 一中/II TAS		
登陸作業隊			20PS 12BK/9D	
同協力部隊			一中/14PS	
預備隊	II(—小)/229i			
備考	以步兵二大隊留置九龍市擔任警備。			

這次戰役英軍必然失敗，不必軍事學家也可以斷定，因爲日軍在十二月八日不宣而戰之前，不但偸襲珍珠港，也同時偸襲星加坡，炸沉英國遠東海軍主力艦卻敵號與威爾斯親王號，英國在遠東海軍全殲，戰爭一開始，日軍又先炸毀各主要機場，使英軍失去制空權。在缺乏海空軍掩護，步兵兵力居於劣勢，平時又未構築良好工事，要想守住一個孤島，是無此可能的。日軍在進攻香港同時，又對菲律賓，星加坡、印尼、緬甸展開四路攻勢，由曾任陸相多年的南

方軍總司令寺內壽一元帥指揮，聲勢浩大，四路攻擊部隊，除去攻菲律賓一路受到美軍司令官麥克阿瑟將軍之阻，戰局一度膠着，其他各路皆極順利。香港在四面被包圍情況下，仍能堅守十八天，確屬不易。當戰爭初開始時，英國國防部聲稱香港可以堅守六個月，恐是有意安定人心，英國參謀總部應不致如此樂觀。

當戰爭初起時，中國部隊本有意增援香港，但受挫於日軍荒木支隊，前鋒部隊有一個軍進抵博羅，即不能前進。

香港之戰，英軍戰敗雖屬必然，但若非有許多過失，也許還可以多守幾日。首先是彈藥缺乏，尤其是重型榴砲之砲彈，到了戰事開始後一個星期始獲得補充，在戰局上已失了先機。加拿大部隊作戰異常英勇，但是一開始就存輕敵之心，招致了許多不必要的損失。戰爭開始時，英國皇家空軍停在啓德機場戰鬬機五架，民航機八架全被日軍炸毀，制空權完全失去。英軍不但沒有飛機，也沒有兵艦，海上巡邏全靠魚雷快艇，當英軍自九龍撤回香港時，亦靠魚雷快艇運輸，運輸艦只剩了一艘，渡輪因領港人員全部逃走，無法開出。

香港淪陷之後，日軍進佔市區奸淫搶掠之作風，一如在中國及南洋，當時社會完全失去秩序，日軍、漢奸及土匪交織成爲港九市區的統治者。港督二十五日下令投降，酒井隆並在皇后大道中作入城式巡行（見圖），但東京方面正式委出的香港總督磯谷廉介，卻到二月二十日始到任。中間有兩個月時間，香港完全失去控制，一任日軍胡作非爲，比起過去中國一些野蠻部隊攻下一個城市之後的「三日不封刀」，延長了二十倍的時間，港人所受之苦，可想而知。

當然日本總督到任，並不會改變香港人的情況，但總算是恢復了秩序，以後的剝削屠殺也算是有計劃的進行，不是以前的亂來了。

英軍司令（左）與加軍司令（右）會談戰情

日軍司令官酒井隆入城式

日據時期港督府設在滙豐銀行十五樓，總督磯谷廉介中將（見另篇），副總督平野茂，是個文人，磯谷到任後首先貼出佈告，「香港乃日本的佔領地，你等香港居民須絕對服從總督，若有違反，定予嚴懲不貸」，香港總督則受南方軍總司令的節制，所以香港雖有民事的總督，實際上仍然處在軍事控制下。

日本進佔香港後，所搜刮的財物使到東京大本營都震驚，不曉得香港何以如此之富，總數超過十億日圓（當時日圓與目前價格不同），以現時價值計算，應達百億港幣。除去一次掠奪之外，「總督府」又貼出佈告，規定港幣兌換日圓四對一，後來改爲八對一，一次兌換使港人財產損失了四分之三。至於本地人經營的工業，不論官商經營，一律沒收交給日人經營，例如當時值日圓一百萬的啤酒廠，磯谷總督就掠來交給老友大阪的「寶燒酒會社」東主井上經營，香港的糖廠，百貨公司也都由日本人接辦，日本著名百貨公司「玉屋」，「松坂屋」，「白木屋」都在香港開了分號，目前在千諾道中仍有一間玉屋公司，大概與那一間玉屋沒有關係。

佔領軍的掠奪更爲徹底，日本憲兵可以在街上任意搜查行人，凡是手錶、戒指、照像機一律沒收，被搜查者還要鞠躬致謝，否則就會換來一頓拳腳。

日本人當時的掠奪眞是花樣百出，例如，忽然下一道命令民間不准私藏照相機，一律須上繳，一日之間，上繳的照相機堆成小山，全部運回東京。

在佔領期間因生計斷絕出現人吃人的事，千眞萬確發生在東頭村，凡是老香港都應該記得。總之，三年零八個月的苦難，是香港開埠以來最大一次浩刼，但是，我們除去寫寫文字之外，又有甚麽辦法？

「香港之戰」大事日誌

一九四一年十二月八日

五時：香港海軍司令部接獲星加坡報告：日軍企圖在馬來亞登陸。

六時四十分：邊境上之深圳河橋樑，已自動加以破壞。

六時四十五分：香港英軍全部進入備戰狀態。

七時三十分：所有鐵路橋樑（沿邊境），均已自動破壞。日軍工兵開始搶修。是日，日軍分兩路進攻，在華人嚮導下，取小道，越過城門水塘與Gindrinkers 之線，進佔Chuen Long。第二路越過吐露港，進佔大帽山與大埔。

入夜，英軍退至茸山。

十二月九日

英軍退至針山。

英軍司令瑪爾彼少將下令遷移九龍之倉庫與彈藥。

英軍續退至水牛山。

鄧尼將軍自重慶電告：蔣委員長已令余漢謀率三個軍，進擊廣九線，欲與香港守軍會師。另三個軍進取廣州。進攻行動最早在十日始能開始，英軍司令對此訊不予重視。

十二月十日

晨二時，日軍佔領沙頭角與城門角。

英軍「大陸兵團」指揮官瓦利斯准將，下令反攻。皇家蘇格蘭部隊一部，以力弱難以勝任，拒不受命。

英軍退至針山。

十時，英軍司令決定撤出九龍，各部隊因時間太過倉促，無法準備，請推延二十四小時。

昂船洲之火藥庫與電台，黃埔與太古之船塢，均自動破壞。

英軍司令下令破壞啓德機場上所有軍

用飛機。

英國港務管理局，以華人之舢舨與帆船雲集，阻碍撤軍，遂將一萬五千艘舢舨與帆船，齊集於油蔴地避風塘內，然後在出口處，自沉渡輪三艘，使其不能得出。

十二月十一日

八時，瓦利斯准將在作戰會議上解釋：撤退之必要。

日軍佔領荔枝角。

十一時，英軍司令下令撤出九龍。

昂船洲炮隊自動炸毀火炮。

輪渡上華人領港紛紛逃去，由海軍派員接充。

晚七時三十分，皇家蘇格蘭部隊，撤至香港，加拿大部隊繼之。彭伽布部隊至次日晨始撤。羅介普部隊仍守馬騮塘。

大量軍火與騾子一百二十頭，均於撤退時放棄。

十二月十二日

無大活動。

十二月十三日

晨九時，日軍司令派人招降。

公共交通事業中之華人司機，逃走一空。交通癱瘓。

華人便衣隊進攻高射炮陣地。

英軍司令將防務分爲東西兩區：

東區：指揮官瓦利斯准將；

自白沙灣至銅鑼灣，西環灣至西灣，由半多色克斯部隊防守。

自德忌笠山、Obelisk Hill、石山、赤柱村至鯉魚門峽，由皇家加拿大部隊防守，並附香港志願防衛隊二連，遊動炮兵隊。

在赤柱與大潭灣之間，配備高射炮五門，十八磅炮二尊。

西區：指揮官勞森准將；

自銅鑼灣至 Belcher Point，由彭伽布部隊防守。西南海岸線及黃泥涌峽由溫尼俾革部隊防守。禮頓山由半多色克斯部隊之一部防守。

十二月十五日

猛烈空襲與炮擊。

日軍企圖自鯉魚門海峽强渡，未能得手。

十二月十六日

無大活動。

十二月十七日

日軍發動猛烈空襲，英軍損失重大。

日軍第二次招降。

十二月十八日

空襲與炮擊，較前尤烈。北角油庫付之一炬。

晚八時，日軍在鰂魚涌、Braemar Point 與北角登陸。

華人便衣隊割斷英軍軍用電話線，各部紛失聯絡。

夜十二時，日軍在香港登陸者，已有兩聯隊之衆。

十二月十九日

晨一時，日軍司令在太古船塢登陸。

日軍在華人便衣隊協助下，佔領西環山。

黎明時，日軍攻佔鯉魚門峽、柏架山、畢拿山、渣甸望台。

九時三十分，瓦利斯准將，下令退至石山至赤柱村之線。退時所有高射炮與榴彈炮均放棄。

北角英守軍放下武器。

十二月二十日

日軍於黎明佔領紫山 Middle Spur, Point 143, 淺水灣酒店。

英軍退至中峽。

十二月二十一日

英軍退至灣仔峽至濾水池之線。

十二月二十二日

日軍進佔金馬倫山。

十二月二十三日

英軍退至 Racecovrse, 灣仔峽、般納山之線。

十二月二十四日

英軍瓦利斯准將，及所有高級將軍均認爲：繼續作戰毫無意義可言。

水庫中彈，全港缺水。

十二月二十五日

日軍進佔灣仔峽與 Bennets Hill 之

線。
晨間，被俘之英軍官曼勒斯少校與英人謝爾德君，奉日軍命招降。
下午二時三十分，日軍進佔巴里士山與馬加仙峽。
三時十五分，英軍司令正式通知港督：無力再戰。港督下令無條件投降。

「香港之戰」時英軍實力

(A) 「大陸兵團」指揮官：瓦利斯准將。
所屬：第二皇家蘇格蘭部隊。
第2—14彭伽布部隊。
第5—7羅介普部隊。
第二山炮營。
第二五中型炮兵營。
香港炮兵部隊。（有六吋榴彈炮三門，六〇磅炮數門）

(B) 「香島兵團」，指揮官：勞森准將。
所屬：加拿大步兵部隊、温尼俾革部隊、米多色克斯部隊。
第一山炮營
第三、第四中型炮兵隊。
海岸巡防部隊。（有十六磅炮若干門）

(C) 官兵總計：一萬二千人左右。

「香港之戰」時日軍實力

(A) 陸軍：（第二三軍）
第三八師團。（所屬第二二八，第二二九，第二三〇聯隊）
擴歸建制之第六六步兵聯隊。
第三八山炮兵團（聯隊）。
第一獨立反戰車炮營（大隊）。
第二獨立反戰車炮營（大隊）。
獨立山炮兵團（聯隊）。
獨立重炮兵團（聯隊）。
第二一迫擊炮兵營（大隊）。
重型攻城炮兵團（有二四生地口徑榴彈炮）（聯隊）。
重型攻城炮兵營（有一五生地炮）（大隊）。
獨立迫擊炮兵營（大隊）。
第三八工兵團（聯隊）。
獨立工兵團（聯隊）。
獨立登陸艇大隊。

(B) 海軍：
華南遠征艦隊之先遣隊。
台灣第十一海軍航空隊之第二三大隊

(C) 空軍：
第四五航空團（輕轟炸機羣）（聯隊）
獨立航空團（聯隊）。
戰鬪機大隊。
第五航空師轟炸大隊（重轟炸機一八架）。
第四五機場服務營（大隊）。
第六七機場服務連（中隊）。

(D) 日軍司令官：酒井隆中將。

日軍進攻時兵力之展開

（原定計劃）

(A) 第一階段：
目標：在深圳河一帶越境，向前攻擊前進。
右翼：取道：Shui-Tau
兵力：第二二八，第二三〇步兵聯隊。
山炮兵營（大隊）。
反坦克炮兵營（大隊）。
工兵營（大隊）。
第三八山炮兵團（聯隊）。
左翼：取道：大帽山、大埔。
兵力：二二九步兵聯隊。
炮兵隊（輕炮兵）。
工兵隊。
山炮兵團（聯隊）。
獨立炮兵營（大隊）。
迫擊炮兵營（大隊）。
1/229TH步兵營（大隊）。

(B) 第二階段：
目標：確實佔領九龍，以及昂船洲等諸小島，準備進攻香港。
兵力：如上。

(C) 第三階段：
目標：確實佔領香港。
兵力：以三個步兵聯隊，登陸於白沙

灣與北角之間，在中區會師。
左路——第二三九聯隊
右路——第二三〇聯隊
中路——第二二八聯隊

香港英軍一九四一年十二月八日之實力

第八海岸巡防兵團	五三七人
第十二海岸巡防兵團	四〇三人
第五防空兵團(?.)A.A.A. REG. RA	五八八人
第一香港 SRA 部隊	八七四人
第九六五炮兵隊	一四七人
第二二野戰連	二二〇人
第四〇野戰連	二二七人
後防勤務部隊	七二人
第二皇家蘇格蘭部隊	七六九人
第一米多色克斯部隊	七六四人
溫尼俾革部隊	九二人
皇家加拿大步兵隊	九一一人
2—14 TH羅介普部隊	八九二人
5—7 TH彭伽布部隊	一〇〇五人
香港志願防衛兵團	九四七人
皇家通訊兵部隊	一七五九人
R.A.O.C.部隊	一三二人
R.A.S.C.部隊	一九七人
R.A.Y.C.隊	五人
R.A.M.C.部隊	一七二人
R.A.D.C.隊	一〇人
R.I.A.S.C.隊	一三人
香港騾馬運輸隊	二五三人
R.A.P.C.	二八人
I.M.S.	六〇人

以上合計（連司令部幕僚勤雜人員在內）共有官兵一萬一千二百九十九人。

英軍司令官：
瑪爾彼少將（Maj.-Gen, Maltby）
指揮官：瓦利斯准將(Brig. Wallis)
勞森准將（Brig. Lawson）
參謀長：皮弗爾將軍(Gen. Peffer)

「香港之戰」時日軍傷亡數字

(A) 同盟社發表：（1941,12,29日）
戰死者：一九九六人
受傷者：六〇〇〇人

(B) 東京廣播（稍後）
戰死者：七〇〇人
受傷者：二〇〇〇人

(C) 香港英軍司令瑪爾彼少將之估計：
戰死者：三〇〇〇人
受傷者：九〇〇〇人

「香港之戰」時英軍傷亡數字

(A) 陸空軍：受傷者——二三〇〇人
失踪者——一〇六九人
戰死者——一〇五五人

(B) 海　軍：死傷與失踪總計：一四八人

日港督磯谷廉介

士官十六期生。

一九二二年，岡村寧次自德國返日後，組織「一夕會」，為日本軍閥集團之祖，以「改革陸軍，侵佔滿蒙，對外確保既得利益，對內力求團結」為宗旨。

會員中，除磯谷外，馳名之將領有岡村寧次、板垣征四郎、小笠原數夫、土肥原賢二、東條英機、飯田貞因、山下奉文、中野直晴、橋本羣、石原莞爾、橫山勇、北野憲三、村上啓作、鈴木貞一、清水規矩、根本博、沼田多稼藏、武藤章、田中新一等。

磯谷在士官中之資格甚老，與板垣、土肥原、小笠原同期。僅後河本大作一期，而較東條、飯田早一期；較山下、岡部、中野早二期；較石原早五期；較田中新一、武藤章早九期；較根本博早七期。

一九三一年「三月政變」，「九一八事件」，均為「一夕會」所導演。

荒木成為犬養毅內閣之陸相後，即在軍中創「皇道派」，稱軍隊為「皇軍」。

「一夕會」以及一九二三年成立之「櫻會」（以橋本欣五郎、重藤千秋、坂田義郎、馬奈木敬信、根本博、櫻井德太郎等士官十八期至卅期生爲主），乃紛紛投奔荒木。是時該派中最核心份子爲山下奉文。宗旨爲「忠君愛國，積極行動」。

東條英機、永田鐵山、今村均、影佐禎昭等乃另組「統制派」，主張「維持傳統，合法維新」。

一九三四年林銑內閣，任「統制派」要角永田鐵山爲「軍務局長」，「統制派」遂從此抬頭。七七事件以及偷襲珍珠港，均爲其傑作。

磯谷於戰爭結束後，亦爲「板町會」會員（由岡村寧次主持，參加者均昔日陸海軍中大將）。岡村逝世後成立之「偕行社」，由士官十七期生後宮淳（原關東軍總司令）領導。

磯谷已於數年前作古，晚年生活頗爲安定。

日本現存之陸海軍大將（舊日軍銜）尚有下列十三人：（截至去年年底，可能已有人死去）

(1)原關東軍總司令後宮淳。
(2)原華北派遣軍司令下村定。
(3)原海軍大臣島田繁太郎。
(4)原台灣總督長谷川清。
(5)日本東部軍管區司令藤江惠輔（打下漢口、開封）
(6)投降後首相東久邇稔彥。
(7)皇族「軍事參議」朝香鳩彥。
(8)原海軍大臣野村直邦。
(9)原海軍學校校長井上成美。
(10)藤田尚德（陸軍）。
(11)百武源吉（海軍）。
(12)「攻佔印尼軍總司令」今村均。
(13)「婆羅洲總司令」山脇正隆。

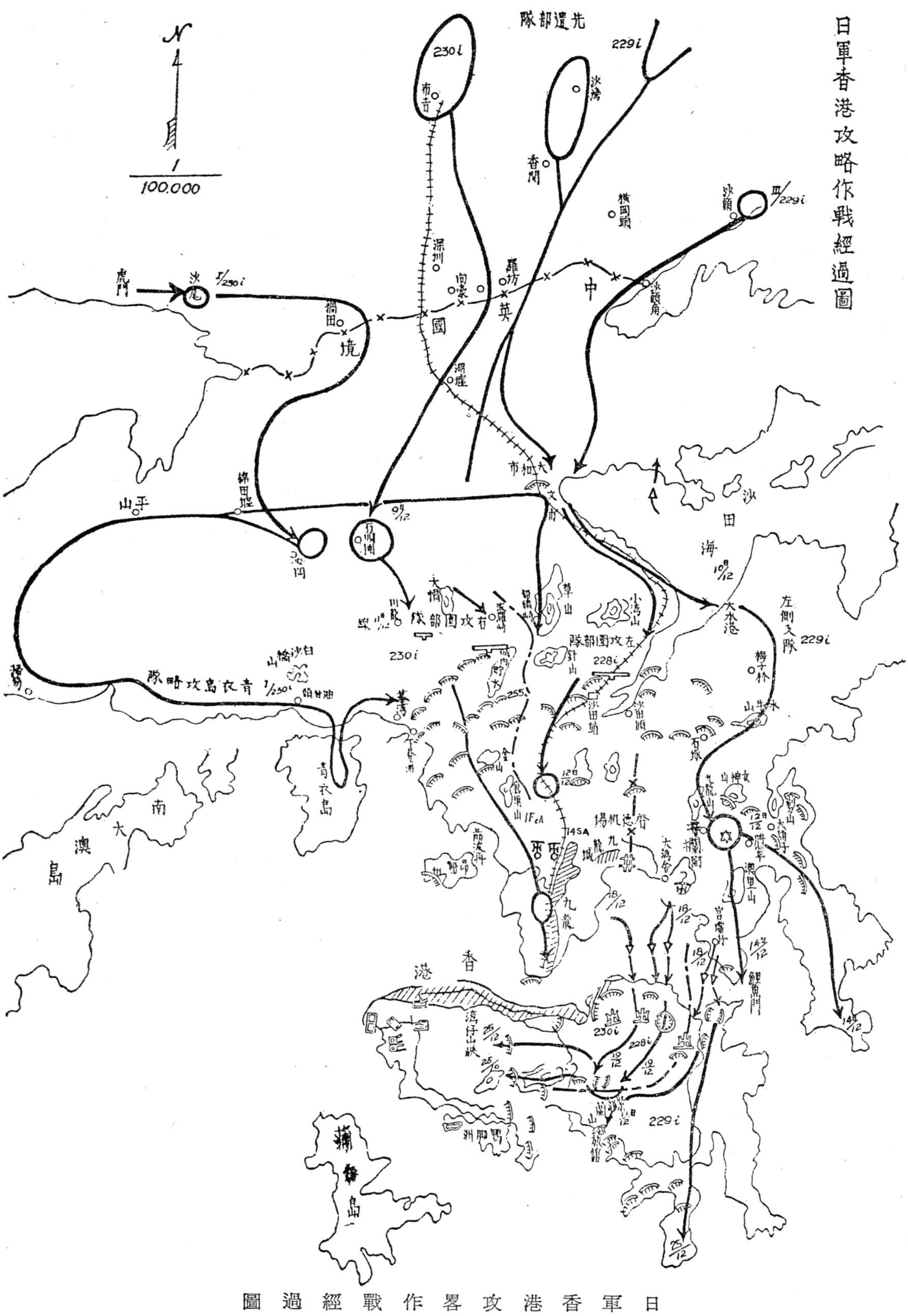

日軍香港攻畧作戰經過圖

協助香港抗戰及率英軍突圍經過總報告

陳策遺稿

中華民國故海軍中將陳策將軍，派名明堂，字籌碩，廣東瓊山縣人。生於遜清光緒二十年甲午（陽曆一八九四）。幼隨父居星洲。稍長，回里就學。畢業肇新小學後，考入廣州黃埔水師工業學堂（與張發奎將軍同學）。民國元年，改組爲海軍學校。先是，將軍以熱心革命，於宣統三年辛亥加入中國同盟會。最初，革命軍興，即回瓊州首義，任炸彈隊長，浴血作戰受傷，乃回校肄業。民四年，復謀炸斃擁護袁世凱稱帝之龍濟光，不成。翌年又與同學數人佔奪龍部兩軍艦，起義討袁，事亦不成，始重返校完成學業。民六年，從 國父努力於護法之役。以督軍莫榮新跋扈抗命，護衛 國父登同安艦，發巨砲轟督軍署，所謂「砲教」是也。卒使莫懾服謝罪。翌年，莫故態復萌，破壞護法。將軍與同志同學奮勇奪取兩艦，聲討之，進攻江門。以陸師不合作敗績。乃駛艦赴澳門，被葡人囚禁。後由 國父致電澳門政府及遣孫科先生赴澳交涉卒得釋。民九年，以響應粵軍，與陸軍合攻廣州，奠定粵局，膺任廣東航政局長。民十年，隨 國父北伐至桂，調長船舶局，協助運輸。翌年，陳烱明阻撓北伐，隨 國父回粵。四月杪，糾合同志，奮勇突擊北洋艦隊，大獲全勝，收復海圻等艦多艘，任廣東海防司令。六月中，陳逆叛變，嗾部下砲擊總統府。遂親駕永豐艦（後改稱中山艦）迎護 國父艦上，奉命與他艦砲攻廣州。已而，因北洋艦隊中有異見，而入贛之北伐軍又不能剋期回師靖難，乃隨 國父離粵赴滬。十二年一月，奉命回粵收復海軍，響應討逆。事成，即統率各艦開抵廣西梧州，掩護滇桂軍東下討陳逆。廣州克復，受命任廣東江海防司令。十六年，致力於清黨之役，任海軍第四艦隊總司令。民十八年以後，歷任國民黨中央執行委員。廿一年初，赴歐洲考察軍事。翌年，返國任海軍部軍令處處長，以全部留粵艦隊復歸中央統轄。廿六年，抗戰軍興，受命爲廣東虎門要塞司令，力阻日海軍從珠江口進攻廣州。翌年，以左足患血管硬化症，辭職赴港，割去病足。出院後，留港休養。旋膺任國民政府駐港軍事代表。後兼任國民黨港澳（廣州灣）總支部主任委員。民三十年十二月，日軍攻港，聯合同志助英軍防守。迨九港相繼淪陷，乃冒險突圍回國（事詳下文報告）。卅四年春，奉命爲廣州特別市長。時日軍仍據粵，乃先到興寧，從事策反工作。八月，敵軍投降，首先進入廣州，就市長職，致力善後工作，嘉惠全市。因積勞成疾，胃潰瘍舊病復發，不能從公，乃辭去本兼各職，專心調養。至卅八年（一九四九）七月二十七日溘然長逝。元配司徒，早卒。繼室梁，先三月病歿。遺女八，各適人，子二：曰安邦、安國，均留學英倫，今已學成，卓然自立矣。（上文資料採自「陳策將軍逝世十週年紀念會」印行之「陳策將軍事略」及袁良驊：「陳策先生傳」）

下文全篇、係陳將軍於香港突圍返國後、在曲江儘先呈報中央原文，從未公開發表，實至有歷史價值之文獻也，一向由徐亨先生保存。茲蒙檢出交本刊付印，至所感謝。馭繁前識。

謹呈者，策自去年中央第六次全會以後，先後奉　中央命代吳鐵城同志，主持港澳總支部、青年團、及宣傳專員辦事處、振濟委員會等任務。以殘缺之軀，初不敢牟然承命。顧懍於國家民族之艱危，復受　總裁精神之感召，堅信抗戰必勝，建國必成，昕夕黽勉，罔顧勞瘁。上秉　中央之指示，下賴同志之努力，工作尚能循序推進，幸未隕越。此次港九英日戰事爆發，卽策動同志僑胞，參加英軍抗戰，協助維持治安，歷時凡十有八日，頗得友軍同情。惜香港英軍兵力薄弱，難以持久，我國軍馳援不及，終至淪陷。策於敵軍佔領香港時，迫不得已，率同英海陸空軍戰士及隨侍，七十餘人，先後乘六魚雷快艇，突圍出海。策艇殿後，爲敵軍發覺，砲擊槍射，彈密如雨。策左腕中彈，英將士死傷者四人。機壞艇將沉，乃與英將領躍入海中鳧水脫險。廻顧隨侍，僅徐亨同志在側，而余兆騏同志，忽已失踪，生死未明，相從患難，欲救無及，悽痛何已。今策幸全生命，仍得繼續努力黨國，一息尚存，誓當與敵周旋，以雪國族深恨。抵留後，經醫取出子彈，少事療養。茲創傷已漸就痊，謹將經過，敍述如次：

香港戰前情勢，時張時弛。敵閣議雖決仍與美繼續談話，而東條、東鄉，又發表反美演詞。迨來栖晤美副國務卿威爾斯，雙方意見差遠。美已決干涉敵機轟炸滇緬路。美衆院復通過八十萬萬元國防經費。敵對美質問，雖提答復，但始終盤旋於武力侵略政策，與美國務卿赫爾所持之基本原則，絕無協調可能。香港至是，遂浸沉於戰時雰圍中。

十二月一日、港政府發表緊急疏散令，公佈在職務上無留港必要而能携眷遷移者，應卽離港，並預疏散專輪。而敵僑則自乘白銀丸，撤往廣州，所餘僅五十餘人在港。此時英艦隊及主力艦威爾斯王子號，已抵星加坡，增强遠東防務。敵亦將其在星僑民撤退，爲英艦截留。因此我軍令部鄭副廳長介民，奉命至港視察英方防務，與策同訪港督、英陸軍司令，參觀要塞砲台及一般情勢。原擬乘輪轉赴星加坡馬尼拉視察。但得英方通知，恐敵艦報復，請改乘飛剪號赴馬尼拉。七日，港府公佈準備應付任何緊急狀態命令。所有志願兵一律實行陸軍法三個月，並召集志願兵入伍。港滬粵澳輪船，連日又皆奉英方命令，先後撤離港海。交通停頓，商業咸受影響，人心浮動。同時據報，深圳、南頭之敵軍戰車六十餘輛、及砲隊馬隊，已紛向九龍新界移動，局勢殆已入極嚴重階段。然一般觀察，仍以爲敵使與美談話，尚未宣告決裂，而敵軍經我抗戰四年餘，既深陷泥淖，卽實力物資與英美較量，亦未必遂敢冒險，遽揭南太平洋戰幕。然敵陰謀暴恣，迷戀軸心武力侵略政策，絕無顧忌，終於燃起戰火。

戰事爆發於八日晨四時半。是時策在九龍寓，接蔡參謀重江，轉來英軍部電話，敵已在馬來亞北暹羅灣之南登陸，檀香山珍珠島、馬尼拉等地，悉有敵機轟炸。當卽分別通知中央留港各同志注意。七時，與蔡參謀渡海過港。沿途敵機二十餘架，已在上空，分批轟炸，九龍啓德機場及深水埗兵營等處。美飛剪機一架，中航機四架，英偵察機一架，練習機數架，均被炸燬。抵港後，卽與鄭副廳長訪英陸軍司令，商軍事合作及作戰計劃。旋返總支部約集幹部同志商決召集中央駐港各機關代表大會，以謀齊一步驟，參加抗戰。並接洽飛機，先送一部份留港中委回國。又與鄭副廳長會商，旣決定協助友邦，駢肩作戰，須有一人先向中央報告，以事聯絡策應。策以職守所在，復諳港九情勢，留港主持。鄭副廳長則偕英軍代表，乘機離港赴渝。嗣華民政務司及華人戰時督察處主任羅旭和，約商協助運輸人力及分配糧食問題。卽派劉世達同志代表往晤。決定代徵汽車、司機、伕役，及分設糧食站、舉辦平糶。午後，敵軍主力進攻九龍新界英軍防線。入夜，益增援猛攻。英軍奮勇抗戰，聞敵死傷數百。是日，港府爲維持後方治安糧食，限制九龍居民，非有特許證者不能渡海。港九兩地，遂入戰時狀態。

十日晨，中央駐港各機關代表，齊集總支部開會，推策主席。策宣示敵於與美談話未決裂時，突擊英美之無耻及中、英、美、蘇，反侵略陣線必獲最後勝利，與我國大軍，旦夕即可馳援南下以解港九之圍。次述英方對我方之要求，各機關應齊一步驟，發動僑胞，供給人力，維持治安，協助英軍抗戰。決議組織「中國各機關駐港臨時聯合辦事處」，推策爲主任委員，分設秘書、軍警、外交、情報、宣傳、財務、交通、糧食、總務九組。秘書組由劉世達、陳劍如諸同志負責。軍警組由蔡勁軍、張惠長、歐陽駒、余兆騏、沈哲臣、王新衡、蔡重江、張炎、陳藉、黃昌裕、楊鼎中、楊簡、司徒龍諸同志負責。外交組由温源寧、吳子祥、余兆騏、劉世達、羅翼羣、楊德昭、唐士喧、洪起諸同志負責。情報組由陳素、沈哲臣、王新衡、梁景安、王人麟諸同志負責。宣傳組由陳訓畬、任玲遜、鄧友德、陳素、陳劍如，蔡重江、黃馮明、江裕昌、李留清諸同志負責。財務組由中、中、交、農四行、廣東省銀行、廣西省銀行、福建省銀行、中振會九區辦事處、中央信託局負責。（惟中央銀行經理鍾鍔經迭次邀請，表示無暇參加，亦不派代表出席，致其他各行，均觀望不前。）交通組由徐亨、司徒寬、鄧浩章、侯澄滔、辛列侯諸同志負責。糧食組由王淑陶、周尚志、鄧志淸、葉克繩、王君偉、區聯昌、陳冠夫、黎明諸同志負責。總務組由吳子祥、黃劍棻、鄺壽恩、黃令駒、何永亮、袁柳溪諸同志負責。即分頭開始工作。辦事處設總支部所在之亞細亞行。定每日上午九時爲會報時間。並電　中央報告。嗣港督代表麥都高（Macdougal）、英軍部代表博差（Boxer）、警司代表米耶（Mayer）、華民司代表那夫（North），同到亞細亞行晤商討論作戰及治安事宜，並定每日會報交換情報。同時，復請英軍部、警察司嚴密搜捕敵方潛伏港九之間諜，及汪僞派來之漢奸，勿任其蠢動，刺探軍情，擾亂治安。旋復商請中航公司設法派機，先送留港各中委回國。奈中航公司總經理黃寶賢，多方口稱無機可乘，數度交涉，卒無結果。據報，該公司職員，乃至眷屬，均密乘機離港。

午後英軍退守大埔、元朗防線。港九海面交通停斷、物價暴漲、糧食缺乏，治安問題，汲汲可慮。因與幹部同志集商，亟謀維持救濟，即由宣傳組印發告僑胞書，並由各報散發號外傳單，勸諭僑胞抑平物價，維持秩序。十日，各報發表我政府正式對日、德、義宣戰原文，及中、美領袖分勉國民演詞，與我　蔣委員長告軍民書。義正詞嚴，僑胞無不感奮激昂。而前線敵軍猛攻大埔、元朗。英軍退守沙田、荃灣。九龍之孤軍，已恢復自由，爭先參加作戰，曾一度將敵擊退。敵機乃結隊分批，襲炸荃灣及昂船洲等處，另以一部敵軍坿荃灣之背，戰事益趨劇烈。英軍復向後撤退。九龍市區秩序混亂，商店民居多遭敵方潛伏暴動之第五縱隊，與敵諜漢奸及地方歹徒，搶掠洗刼。因即派同志保護留九龍之中委至港，向中航公司商請派機先送留港之中委及各機關重要主官離港。多方交涉，仍歸無效。是晚，策秉承　中央意旨，在港廣播，勉勵僑胞，沉着鎮靜，嚴守秩序，協助友軍反抗狂寇。十一日，得警司通知，已先後捕獲敵諜漢奸二百六十餘人。其重要者二十餘人，即執行槍決。又陳廉伯煽動香港士紳，散佈和平謠言，聯請港督與敵議和，亦經捕獲。午後。港督代表偕警司來訪，謂敵第五縱隊，已在九龍暴動；本港得到情報，香港之第五縱隊，亦將於今夜三時暴動，請即發動僑胞，肅清暴徒，共維港九治安等語。

先是，九龍敵諜漢奸，在深水埗等處，假借白副總長崇禧名義，散發委任狀，召集歹徒，陰謀暴動。當時據報，曾與沈哲臣諸同志籌商撲滅辦法，並即轉知港府留意。今港督、警司，既派員前來接洽，尤宜盡力協助。即召集沈哲臣，王新衡、劉世達、余兆騏諸同志、及香港青洪幫領袖張子廉、劉伯琴、馬華逸等商決，由沈哲臣、余兆騏、張子廉、劉伯琴、馬華逸，五同志偕同英方代表至警局會商，由警司俞允時（Evens）報請港督決定。原擬港九雙方，同時發動撲滅第五縱隊暴徒。惜英軍已決定於是夜放棄九龍，故決集中全力，防衛香港。乃與陳劍如、陳素、吳子祥、余兆騏、温源寧諸幹部同志，商定於翌晨開會時決在中國各機關聯合辦事處下，組織「香港中國抗戰協助團」（A.B.C.D. Chinese Corps Hong Kong）。在未開會前，先用忠義慈善會名義，是晚卽命沈哲臣、徐亨、張子廉、劉伯琴、馬華逸、謝奮生諸同志，發動二千餘人，分段嚴守衛防，肅淸敵僞暴動份子。十二日晨，各機關代表開會，通過中國抗戰協助團組織。衆推策兼任團長，以各幫會領袖爲主幹，設立指揮部於跑馬地。派沈哲臣同志爲代表，協同張子廉同志，負責指揮。當卽劃分香港繁盛地域爲三區：東區爲跑馬地、灣仔一帶，派劉伯琴同志負責；中區爲中環、上環一帶，由駱天一、鄭熙林、兩同志負責；西區爲西營盤、西環一帶，派謝奮生負責。賴各同志之忠勇奮發，鎭壓有方，在抗戰期間內敵諜漢奸諸鼠輩，卒不敢蠢動。

是日，英軍，安全撤退香港，敵軍遂進佔九龍，卽企圖渡海進攻。先遣敵機偵察，知非付重大犧牲代價，難驟得逞。改採威脅詐取策略，由敵陸軍總司令部具函，派二敵軍官爲代表，挾同在九龍所俘之英婦女二名，其一爲港督秘書李士之夫人，由九龍乘汽艇竪白旗渡海至港，投函港督誘降。大意略謂「日軍已佔九龍，英軍無力保守香港，應卽投誠，並限下午二時答覆，否則卽向香港進攻」。港督當予嚴詞拒絕。策獲訊後，乃與張惠長、歐陽駒、陳劍如、陳素諸同志，商討香港英軍抗戰計劃，期有助於友軍之作戰。並督策聯合辦事處同志，加緊推動各項工作，尤應特別盡力於協助維持治安秩序。十三日，接到七戰區余長官及粵省府李主席來電，謂我先頭部隊，十二日已抵達樟木頭，精神爲之振奮。一般僑胞，聞我軍已向香港邊境推進，亦甚讙躍。惟整日敵砲，紛向沿岸轟擊，敵機復分批轟炸市區，燬壞多處，死傷極衆。卽派同志多人爲代表，分往被災各處慰問遭難僑胞，並令幹部同志，發動救護難民工作。

十四日下午一時許，敵軍又遣和平使者自九龍渡海來港，携函投送港督，作二次迫降。其函由敵陸軍中將酒井隆及海軍艦隊司令新見一署名，內容首讚英軍作戰英勇，治安秩序良好；次述爲尊重人道及避免中國百萬人民之塗炭，要求英軍投降，並提四項條件：㈠卽刻停止戰爭；㈡將軍權交與日本，政治仍由英國負責；㈢所有軍械糧食及物資不得破壞；㈣請於本日下午五時前全派權代表於半島南面渡海前往會商，並謂如不答應，亦將軍事據點，移離民居。港督仍函復拒絕，略云「責任所在，不能答應要求，且爲着人道與敬神，請其勿再作同樣之要求。」我方得訊，益感覺協助友軍，制裁强敵，其責任愈爲重大。晚在跑馬地忠義慈善會指揮部，召集司徒美堂、沈哲臣、張子廉、馬華逸諸幹部同志，徹夜商討。決定選編精壯勇敢同志千人，協助特務警察，並擴組各區街坊防衛隊伍。總計數日來參加忠義慈善會人數，至此已達一萬五千人，皆我族忠勇愛國之熱血健兒。十五日，召集幹部同志檢討救濟難民工作。接周雍能同志由澳門來電，謂前向澳門葡督請其商請敵方，准由中立國派輪前來搶救港九僑胞婦孺事；得葡督覆知，此議已爲敵拒絕。此事於開戰時，接周同志來電，請轉徵港府同意，曾卽派劉世達同志，與華人代表羅旭和及華民政務司商榷，徵詢港督取得同意。茲得來電知已絕望。午後策復秉　中央意旨，　總裁指示，勉勵僑胞，協助抗戰，並令宣傳組，加發勸諭文告，並發電中央報告。復電七戰區余長官、粵省府李主席，催詢我援軍前進情形。蓋僑胞之望我軍馳援解圍，如大旱望雲霓，卽英人及其他盟國僑民亦同此感想。十六日據警司愈允時表示，對我方人員之協助作戰，維持治安，成績良好，備致讚許。並稱因其特務警察力量單薄，不敷分配，請求我方再選派四百人，協助防守街道要隘，及維持防空洞秩序。當卽允如其請，立加選派四百人，分別前往警司所指定地，積極負責工作。

十七日我跑馬地忠義慈善會總指揮部，因遭敵機轟炸，遷至摩理臣山道。西環倉庫，中環海軍船廠，七姊妹電力廠，火油倉，亦先後中彈起火，煙燄蔽天，焚燒不熄，死傷僑胞數百人，當卽派員分往救護慰問。十八日，微雨黯慘，敵機敵砲炸轟不停，全港電燈熄滅。賴我忠義同志之勇敢努力，秩序仍極良好。召集司徒美堂、沈哲臣、張子廉、馬華逸諸幹部同志在總指揮部開會。

夜半，聞北面機槍聲密集，知敵已由北角潛渡登陸，情形危急。乃決定此時我方人員應即直接參加友軍前線作戰。立命挑選精壯勇敢，嫻搶法，曾上戰線之同志，首批一千人，即請英方發給槍械、準備與敵肉搏，保護香港。十九日浸曉，據報敵軍一部，確在北角太古船塢登陸。英軍猛烈迎擊，形成拉鋸狀態，雙方膠着，而敵又繼續渡海增援。英魚雷快艇，向海面潛渡之敵軍截擊，毀沉其竹木排橡皮艇頗多，敵軍死傷數百。英軍亦被敵擊沉魚雷快艇兩艘。同時鯉魚門砲台，又告失陷，戰局更形危殆。上午，在總支部與英軍部、情報局、警司、各代表會報，討論作戰計劃。策提出我方已決挑選精壯勇敢有作戰經驗者首批一千人，志願加入英軍前線戰鬬，請徵詢港督意見，並請發給槍彈。午後，據報銅鑼灣之乍甸山據點，有登陸之敵四十餘人盤據。即電英軍部警司，請派武裝軍警四十名，並立命沈哲臣同志，即選派便衣同志二百人會同軍警，馳赴乍甸山將敵撲滅。但因英軍遲延不前，又不肯將其槍彈借用，卒不能達到殲敵願望。

二十日，據報，黃泥涌峽之麓藍塘道，昨夜發現敵軍人入民居，搜掠食品衣物，姦汚婦女，戕殺頗多。中委許崇智、陳濟棠、李福林等，已遷入市區，即派同志分往慰問。又據報敵軍已在鰂魚涌商務書舘印刷廠設司令部，並在太古船廠碼頭運大砲登陸。英軍迄無增援，形勢緊迫。傍午，英軍部警司各代表來會報，知英軍部情報科長博差（Boxer）肩部中彈受傷，改派空軍少校渥司福特（Oxford）出席。當託其轉致嘉慰，並復提出選派同志一千人加入前線作戰之議。英方代表，咸表示深信香港，尚能固守；如我援軍趕到，即可解圍。廿一日，晨，據報敵軍千餘，分由鯉魚門、筲箕灣，兩線渡海，雖被英軍砲擊，死傷多人，仍不斷渡海猛攻。銅鑼灣大坑及附近一高岡陣地，已被敵軍佔據。

上午，召集中國駐港各機關同志會議，並商討經費問題。中、中、交、農、四行代表，皆未出席，迄無結果。而策先後以私人名義，向歐陽萬里同志所借國幣二十五萬元，司徒龍同志所借國幣二十五萬元，徐亨同志向港商譚尚宜君所借國幣十萬元，劉世達同志向港商鄭子嘉君所借國幣三十萬元，均將用盡。（業經有電呈報告有案。）電請 中央撥款，又未滙到。迫不得已，乃暫向英滙豐銀行借款，每日借出港幣三萬元，蓋工作人員已達一萬五千人，每人日發伙食港幣二元，計算此數，適够支應。是日復自率幹部同志，巡視各區、慰問被難僑胞。市區內僑胞，連日雖在砲火震天之下，糧食甚感困難，但因我糧食組王淑陶及教育部駐港專員周尚諸同志率同教育界青年，組教師服務團，分設糧站，發散食米，協辦免費食堂，每日窮苦僑胞之就食者，達數十萬人，秩序均尚井然。

廿二日，自來水機管遭敵砲毀斷，全市水源停絕。據公佈，廿四小時至三十六小時，可能修復。但據報敵軍已佔領水塘，深慮食水既斷，亦成嚴重問題。而戰爭仍在北面山區蔓延。英軍雖扼守金馬倫山、及黃泥涌峽一帶陣地，英勇抗戰，然敵軍仍紛紛登陸，人數已達數千。東北角太古糖房對山高地，敵人已架築砲壘多處，正急劇展開攻勢。據居住已被敵佔領之銅鑼灣同志電話報告，敵軍方向該處居民搜集便裝準備混入市區，又强迫居民助其運送炮彈，婦女之慘遭獸兵姦汚格殺者殊衆，尤爲憤恨。乃決命沈哲臣同志將所有挑選之武裝同志，擴組爲三個大隊，並特別挑選二百名，即編爲敢死隊。嗣據沈同志復報，已在摩理臣山道編組完成，並定每人先發獎金五十元、及死傷醫恤獎勵辦法。因即催請英軍部速發槍彈。英方允每人發手榴彈二枚，短槍一桿，擬即抄襲黃泥涌峽山背敵軍機槍小鋼砲陣地，以解金馬倫山及大坑道之圍。顧各忠義勇敢同志，終夜候命，而英方之槍彈，迄未送到。越日，山區地帶，戰事劇烈。午後，會報，咸認局勢危急，應準備應付劇變。午後，敵以大量部隊襲攻，英軍山區前線指揮部，卒告陷落。加軍少將勞森（Lowson）及其參謀等廿餘員，力戰陣亡。得報深爲悼惜。入夜，槍聲緊密，敵軍又進攻史塔士道及跑馬地。英軍退據摩理臣山道隘口，與已佔領黃泥涌之敵相持，並轉入混亂巷戰狀態。廿四日，接英軍部報告，敵生力軍連日源源增援，英軍應戰，已疲憊不支，除非我國援軍此時能即趕到，實難挽救危局，因預計我軍已調動多日，必能兼程來援。入夜，英軍部送到手榴彈廿箱、左輪槍七十五桿，經數日之要求，此時乃始送來。正集合待發，英軍忽又來請改期緩動。而此時敵由跑馬地發出之砲聲，連續不斷，知敵正欲以全力進奪市區，戰局演變，至是已危如纍卵，焦急萬狀。

是晚適爲耶穌聖誕之前夕，策與余兆騏、徐亨兩同志，及梁寒操夫人等，均在告羅士打酒店。因默思昔年觀音山之役，與西安事變， 總理 總裁皆鎮靜持正，浩氣奪人，雖臨艱危，終乃脫險。迴念及此，胸懷豁然開朗，不覺躊躇滿志。乃語余、徐、二同志及梁夫人云：「如我國援軍不能趕到，香港一旦失陷，決冒險突圍，寧死不願作俘虜。」並於護照上自書「不成功則成仁」數字。復走筆疾書二函，一稟父母，一致策婦。胞弟籍適來在側，遂交其携往。籍茫然不知將何爲，又不敢問，提書含淚俯首緩步以去。此時中情雖苦，然以臨大節而不可奪，意既堅決，覺心境寧靜，態度更爲從容。

廿五日晨，敵軍進攻灣仔市區。英軍禁止居民奔入中環。午後，敵軍便衣隊迫進花園道英軍部，距我亞西亞行聯合辦事處僅數百碼，情勢緊迫。接英軍部電話，謂港督以英軍傷亡既多，供應困難，後援不繼，官兵疲乏，而敵先頭部隊既迫近花園道，砲位悉燬，已作最後決定下令停戰。策答以本人決計突圍，諸君有願相從者否，並詢有無艦艇可用。據稱，僅剩魚雷快艇六艘，可交指揮，且謂各高級將領，多願隨同突圍，因請速作準備。俄頃英軍遠東情報局長麥都高（Macdougal）、助手羅斯(Ross)、空軍少校參謀渥司福特（Oxford）、海軍中校滿地高（Montagoe）、陸軍少校作戰科長高靈（Goring）、上尉麥美廉（Mcmillion）、警察督察長魯濱遜（Robinson）等十餘人馳至。其時各同志均工作在外。策左右惟余兆騏、徐亨兩同志，及侍從楊全在側。敵軍槍聲漸近，倉卒之間未及通知諸同志。乃即率同英軍將領，分乘汽車西行、馳赴香港仔。沿途見居民尚安定，崗哨英軍，亦如常狀，初不知港督之已決意放棄香港。

到達香港仔海濱時、爲下午四時十分，五艇已先開行，遂率英軍將領及諸隨侍下艇殿後。動輪甫半里許，已爲淺水灣西角岸上之敵軍發覺，即密集機槍掃射。幸駕駛技術優，疾向海口突進。天晴，斜日照海尚明，快艇目標顯露。岸上敵軍機槍集射，密如雨注。艇上輪機忽中彈損壞，停不能前，旋轉海波中。艇長及二士兵，先後中彈。遠東情報局長麥都高亦中彈傷左臂。俄而策頭部砰然作聲，知有彈中，幸適戴鋼盔防護，未受傷。而左腕又忽中一彈，血流如注，急用手巾裹紮。顧艇被彈洞穿入水，將沉沒，乃命各將領及隨侍，各躍入海中，散開鳧水向海口小島前進。敵軍機槍猶繼續向海中諸人密集射擊。策既失一足，又傷一手，雖早諳水性，然天寒水冷，以一手一足，於彈雨的咻咻中，衝波逐浪，自料難於倖免。當此九死一生之時，迴思往歲追隨 總理，從事革命，早置生死於度外。此次突圍，早具犧牲決心，以報祖國。賴 國父在天之靈，載沉載浮，歷二小時半。黃昏始達鴨脷洲旁小島，與徐亨同志攀礁石上岸。豈料對岸敵軍之機槍，復向此小島遙射，並用燃燒彈焚燒島上草木，火光遠照，境尤險惡。惟天不絕人，島麓有小山坳淺灘亂石嶙峋，急蛇行涉水趨避。旋命徐亨同志，復入海泅水往鴨脷洲東角找尋小艇，速來營救諸將領，徐同志於天黑如墨，敵我不分，槍彈紛飛之際，復奮勇入海，掠波而前。幸遇先開行之五艇。即派小舟來救。計在冰水寒風中已歷三時餘。檢點人數，艇長與英兵三人殉難。隨侍余兆騏同志，亦告失踪，不知所在。而夜已十時，急命各艇向前疾進。航行半小時，發見敵艦探照燈光，料該艦約在距離大鵬灣數里海面。遙聞該艦有掃射機槍聲。惟因我快艇結隊疾行，機聲響亮。該艦殆疑我魚雷快艇來襲，熄燈逸去。我快艇卒毅然衝過敵之封鎖線。

午夜一時許，抵達南澳岸。當地游擊隊梁總隊長永元，率隊來迎，因命速派小艇，將各快艇中軍用品無線電機搬出。既畢，曉色微明，即將各艇鑿沉，免以資敵。策等既抵國境，雖尚在淪陷區域，皆已釋然。因詢游擊總隊長梁永元，悉該隊皆我族之義民，自動武裝，散處南澳海岸部衆千數百人，時出襲擾敵後，極願為國效力，惜尚未經正式收編。策與英軍突圍，梁極感動，力請率隊護送，衝過敵軍防線，乃命為前導。先抵石橋頭村。恐白晝有敵機偵襲故改夜行。至黃母圩小宿，破曉前進。經鴨母腳、大林坑、塘埔、樟樹浦，橫過淡平公路。時淡水坪山，均在敵手。我部隊橫過敵防線，卒未遇敵。遂循西湖而達隔田。所歷各村墟、皆在淪陷區內，且已有偽組織。但各處居民，見策率英軍突圍經過，紛來迎迓。策皆一一召集其父老子弟談話，宣示中央關懷人民德政，且各犒賞現金，勉其毋忘國族深仇，努力自强，以候我軍反攻，為解倒懸。明晨取道新墟。傍晚，達鎮隆，乃知我援軍會疾進至此，因香港已陷，昨方奉令撤回。益歎英軍之不能再支持數日為可惜。

越日經伯公坳，晚抵惠州城。當即電　總裁報告。住惠兩日，復率英軍乘電船離惠。江行五日抵龍川，改乘汽車，兩日抵韶關。沿途所過地方，軍警機關、黨部、社團，先後開會慰問英軍，詢作戰突圍經過，均由策與英將領分別報告。策原擬抵韶即赴渝，惟左腕之彈未取出，創口發炎，醫生囑須割彈療治，未能遂行。故先遣英將領滿地高七人，先後赴南雄、桂林，乘機飛渝報告。梁永元隨同來韶，已請七戰區司令長官，委為游擊隊第一縱隊，令即回南澳擴編隊伍候命。連日接中央駐港各機關同志來電報告，先後由港退出紛抵惠陽，請求救濟。乃決在惠、韶兩處分設臨時聯合辦事處，命陳素、沈哲臣、劉世達、徐亨四同志，負責收容退出人員，聽候分配工作。以上所陳為策協助英軍抗戰十八日及突圍脫險經惠來韶之經過。

綜觀此次戰役：

㈠英軍配備兵力，計英兵四千餘，加拿大兵四千餘，非洲兵二千餘，印度兵二千餘，義勇軍及武裝警察二千餘，共約萬五千人。量既單薄，質亦複雜，且多缺乏作戰經驗。雖槍械精良、大砲射程遠勝於敵，卒難持久作戰。高射砲及高射機槍，雖密佈成網，因無戰鬬轟炸飛機、不能握取制空權，與敵應戰，亦為終陷失敗之一主因。而敵軍兵力；初為一萬五千，其及川、鈴川、八島等部隊，皆自號關東軍精銳。嗣復絡繹增加，總數據英軍部稱為二個師團，而我方情報則約達二萬以上。戰略似較優於英軍。在主力推進之前，輒先以敵機投彈威脅，進攻山地，每利用其小鋼砲密集轟擊。但進取則頗紆緩，士兵似甚顧惜犧牲，無衝鋒陷陣精神。其卒能佔領港九，原非預有勝算，殆得之於一時之僥倖。

㈡八日晨，戰事爆發於敵機轟炸啓德機場。下午，敵軍始進攻九龍新界邊境。英軍在開戰之前夜，方召集士兵歸營。戰起倉卒，不能扼守邊界山地據點，與敵相持。而昂船洲要塞炮台被燬，敵已坿荃灣之背，遂不得不向後撤退，致市區秩序混亂。敵之第五縱隊，遂得乘機騷動，擾其後方。十一晚、即放棄九龍半島。歷時僅二日有半。所有炮壘、倉庫、物資，據英方稱已予破壞，而我方情報則未及破壞悉以畀敵。迨全部撤退香港，又因英方兵力單薄，環島海岸遼濶，不能縝密增防，徒守山地，恃大炮與敵轟戰，致筲箕灣一帶海岸，兵力虛弱，予敵以可乘之隙、潛渡由此登陸。及廿五日下令停戰，放棄香港，其炮械倉庫物資車輛等，亦多未及破壞。據敵公佈，俘獲英方機關槍一千二百餘挺、大小炮二百餘門，步槍彈藥尤多。以如是數目，皆棄置不自燬滅，盡為敵有，寧非可惜？

㈢當戰事開始時，港督、軍部、警司，即逐日派代表來會報。我方輒提供作戰計劃之意見。盡量供給所得敵軍情報。策動武裝人員，參加作戰。協助防禦。組織敢死隊一千人，請求加入前線抄襲敵後，與敵肉搏。派出加入特務警察人員，前後一千四百餘人，助其撲滅敵諜漢奸與地方歹徒。召集忠義僑胞，達一萬五千人，助其維持治安秩序。各大公司商店，亦均派人保護，照常營業。在戰爭十八日內，迄無搶刦發生。代徵汽車司機、伕役、工人，前後一千五百餘人，助其運輸械彈，構築工事。派遣青年教職學生六百餘人，助其處理廿二處糧食站，分發食米。逐日發出戰報文告，各報號外。並作廣播，曉諭僑民協助抗戰，保守秩序，安定物價。黨辦之國民日報，延至敵軍佔領全島之後，廿六日始告停版。港督、軍部、警司、對我方多次懇切表示感謝；而我方之對同盟友軍，亦已悉索人力物力之所能，以助其抗戰，而無遺憾。

陳策將軍遺像
（陳安邦君贈）

(四)我方之助友軍抗戰，純以國家立場，在與國之間，應表示國家偉大風度，故關於經費問題，只可自行籌措，不便仰賴英方。

當時經迭電中央陳請發滙，惟緩不濟急。乃由策與各同志，以私人名義，向當地愛國僑胞，先後籌借國幣九十萬元，勉强應付。

(五)廿五日，敵軍登陸，人數劇增，前鋒迫近中環，英軍疲憊不支，港督下令停戰。策與英將領會商，願率不願降者突圍出海。英將士願相從者七十餘人。乃乘僅存之六魚雷快艇突圍而出，幾經險阻，卒還祖國。沿途得游擊隊梁永元部之護導，又衝過淪陷區而抵惠陽。梁部潛伏敵後，忠誠愛國，援及友軍，殊爲感奮，故電陳總裁訓勉，並請七戰區收編。

(六)今後港九工作，在原則上，宜全部採取秘密方式。其不能冒險潛伏工作者，應悉予甄別裁調。除已在惠韶兩地分設臨時辦事處，策劃港九工作、及收容撤退人員外，至工作計劃，容俟另文呈請察核，謹呈。

策叔突圍詳記

簡又文

在抗戰初期，香港總督羅富國爵士因病離職。囘國時，官紳各界在娛樂戲院開會歡送他。赴會的人，無論中西，無論尊卑，踏足入會場，向台上一望，無不驚異。因為上面列席的、非文武大員，就是中西紳士，而端坐在總督之右邊者，不是別人，卻是中華民國海軍中將陳策將軍。為甚麼一個表面上避難蟄居海隅的獨腳將軍，居然可以得受那樣最尊最高的敬禮呢？這個大秘密，當時港九一百六十萬中西居民中，除了陳將軍自己之外，只有兩人知道：一是香港總督，次是英軍總司令。原來「策叔」這時在港的任務和名義是國民政府特派駐港的軍事代表。在官式的典禮中，他當然要受如此的優異待遇。但是不知其內幕的，自然難免詫異了。（註：陳將軍早年參加革命，熱誠忠勇，累著奇功，因其單名「策」一字，同志們起初不知如何稱呼他。國父順口叫他做「策叔」。胡漢民先生因而替他取「籌碩」二字為號——取藎籌碩劃之義，與「策」字有關——以便儕輩之稱呼。可是以後「策叔」便成為他的雅號，畢生人人都以此稱呼他了。）

自抗戰軍興，策叔即奉派來港，負責代表國民政府與軍政當局密切聯絡，使命極端秘密。他開設「華記行」於亞細亞行二樓，與國民黨港澳灣總支部的「榮記行」遙遙相對，佯為貿易商行，實則其辦公處也。前任虎門要塞司令時，他因左腳患血管硬化症，漸蔓延至膝蓋以上。來港後乃將左腿鋸去，而鑲以木質義足代步焉。

未幾，策叔兼任國民黨港澳灣總支部主任委員，地位益高，責任益重。時，太平洋風雲日趨緊急。一日，軍政當局與策叔會晤之際，突發奇問：「設使太平洋戰事爆發，而香港被捲入漩渦，國民政府將會另派別人來此充任軍事代表嗎？」這一問，大概並無惡意，但在策叔聽來，心裏很不高興，因為那似乎是對方因自己資格、學識、才幹、地位，尤其因身有殘缺，故看自己不起，對自己不信任。於是私心立志，一旦有戰事發生，誓必努力幹一番大事業，為自己雪恥，為國族增光。這一幕私人背景至與後來事蹟有關，不可不注意。

一九四一年十二月八日清晨，日軍突然襲擊香港九龍。策叔一得訊，即由九龍太子道寓所挈家人渡海，寄寓其親信屬員海軍中校隨從參謀徐亨家裏。旋即與港方軍政當局聯合組織一個特別助戰機關，親自主持，由黨部各委員及其他同志多人分任各組工作，並聯絡本地及滬籍各秘密會社如忠義會等人員，籌組義勇軍，積極助戰，及維持社會秩序。當局派聯絡軍官每日出席報告戰況，交換情報，及協商進行，一面急電國民政府請迅速派兵救援。九龍於十三日失陷，而於前夕軍警撤退後，地方匪徒無賴乘機大肆刼掠，以「勝利」爲口號。一夜間，半島民居商店，多被洗刼，十室九空。日軍佔九龍後，隨即猛攻香港，亟圖登陸。時港中匪徒亦躍躍欲動，謀乘機搶刼。策叔探知半島居民受害之慘，乃致力於維持治安，以助警察之不逮。他密召各秘密社會首領們到華記行會談，鼓勵他們號召各弟兄協力助戰，切勿騷擾人民；如各弟兄生活爲難，只管開聲，自會籌款維持。各首領大受感動，誓與作合。即由他們號召弟兄約得二千人，盡力協助維持治安。旋而動員黨中同志及義勇人士總數多至萬五千人。每人每日發給伙食二元。在此期間，島上居民商店不至遭大刼者，策叔之功爲多也。

當國民政府得悉日軍襲港之訊，即急令廣東綏靖主任余漢謀就近迅速指揮全軍赴援。余將軍奉命，飛檄張瑞貴等三個師疾馳救港，並乘機反攻廣州。當時，各軍分駐遠地，因交通不便，有些軍隊和大炮、輜重、運輸不易，故進展爲難。至十二月下旬，主力進至惠州鎮龍，而前鋒則已到達廣九鐵路之樟木頭站，距九龍之深圳僅數站耳。斯時，全軍士氣極旺，自信心尤盛，人人準備殺敵，拚命作戰，大有滅此朝食之慨，甚至有將囊中國幣沿途先行用光了，準備到香港使用「鹹龍」的。起初，余將軍擬於新年進攻九龍，但因港方無線電屢電告急，故再頒緊急軍令，着大軍提前數天透入九龍。可惜在此進攻日期之前，港軍已守不住了。粵軍由是不得不退回原防。（按：上段所述是著者個人戰時在港，及事後出走至東莞所親聞的，而救港的軍事行動，則是到曲江時由余漢謀將軍親自相告，並謂已下令於元旦前透入九龍云。）

策叔日夜籌謀協守事宜。無奈籌組之助戰義勇軍，人員雖衆而始終領不到槍械，故英雄無用武之地。日軍由九龍派兵乘艇冒死渡海進攻，又有飛機、大炮、日夜轟炸。守軍兵單力薄，援兵遲遲未來，竭力抵抗了多天，卒不能守。十八日，日軍先在北角登陸，繼續進攻。至十二月廿五日晨，日軍已在多處登陸，且由跑馬地攻入市區。計自八日至廿五日，香港共守了一十八天。說者謂一十八日恰是「香」字之讖，可謂巧矣。（後聞港方因無線電台被炸毀，與粵方失去聯絡，不知援軍快至，故決降云。）

廿五日上午，策叔接到當局電話，得知局勢危殆，將或棄守。於是準備突圍，蓋其預知一旦被俘，不降則死，故決冒險衝出樊籠，冀免陷身敵手也。同日下午三時，策叔再接電話，知抵抗希望已絕，港督楊慕琦決於四時親赴九龍獻降。策叔遂於半小時內實行預定之突圍計劃。先是，策叔早與港方當局有密約：如香港不守，港方即將所餘魚雷艇盡數交其指揮，領導英軍政人員突圍出走。至是，港方果以魚雷艇五艘另快艇一艘，交其指揮，並選出軍政人員高靈、麥道高、及曾在印度服役之軍官多人，全數七十餘名，分乘各艇出海。魚雷艇五艘先駛至鴨脷洲嘴山背停泊，專候策叔之艇一到時即一同出發。而策叔則於三時許偕同徐亨、余兆麒、及副官楊全，共乘汽車由中環西行至香港仔，轉乘快艇。同舟者另有英國文武官員麥道高、高靈等十餘人。

陳策將軍香港突圍至曲江後攝影

快艇機器纔發動，即惹起早已佔據路旁山上日軍之注意，立刻開火，密集射擊。一時小鋼炮與機關槍齊發，皆以快艇爲目標。剎那間，英軍官二人受傷倒船艙內，舵手登時斃命，旋而麥道高背上亦中彈。不移時，快艇機件亦被毀，不能再動，船上各人盡陷險地。策叔乃令各人鳧水至對岸鴨脷洲相會。自己亦除去外衣鞋襪，並解去義足。義足內空處藏有鉅款四萬元亦一併棄去。其身上只穿內衣底褲，並携護照及佩手槍。徐亨本是虔誠的基督徒，至是，力促其祈禱上帝，切求神力庇護，策叔乃立宏願：「如得平安脫險，必受洗禮皈依基督教。」準備既畢，方欲跳入海中，而副官楊全以不善游泳，且前途危險萬分，堅請同去。策叔怒斥之，謂有進無退，義無反顧，如再多言，定必槍斃。當時艇內懸有救生圈一個。策叔舉左手取以授楊全。不料手腕立卽中彈，幸未透過手骨，流血無多，亦不大痛苦，故還，可忍受。策叔此舉，不顧自己地位之重要與身體之殘缺，而竟肯把此時唯一的救生圈給與副官，因而受傷，仁義勇俠，可謂兼備，眞英雄矣。我以爲突圍全役最可紀者此舉爲著。當時三人相繼躍入海中。背上中彈之麥道高亦忍痛入水，有屬員羅斯緊隨扶助。獨余兆麒則以不善游泳，乃與最先受傷之英軍二人留艇內，其後任波濤漂泊至鴨脷洲而登岸，伺機回港。

廣東曲江各界歡迎陳策將軍

策叔既入海，以前面槍彈密下如雨，乃先浮身挨近快艇背山之一面，以右手攀艇邊，稍避槍彈。約過廿分鐘，不能再候了，卽賈勇鳧水，向對岸進發。徐亨在左右緊陪。其時鋼炮機槍仍不停發，卽對岸鴨脷洲灘上亦在射程內。幸而兩人皆不受傷。對岸距離約一英里之四分三，過了一點多鐘，二人卒達彼岸。隨而蛇行至一大石之背，伏身暫避，時已是黃昏了。記得在港戰發生前，策叔常與我到九龍海灘作游泳之戲。他專門練習浮水，每每浮身水面達三、四十分鐘之久。不料這種練習，是時卻發生拯救自己生命的奇效！

當時，策叔飢寒疲倦交迫，而手傷覺痛，又不能行，倒臥地上。徐亨首先裂其內衣爲其裹紮傷口。二人乃細商進行。如久留於此必同歸於盡。乃決由徐亨領導其他鳧水到岸者（楊全亦在內）共同攀過山後找尋那幾艘魚雷艇，然後回來接策叔。分手時，策叔除下戒指一枚，給與徐亨，囑以如自己有不測，卽以此戒指轉交策孀爲證，並表示如不幸被俘必吞槍自盡，蓋其護照上早已自書誓辭曰：「不成功則成仁」。亦可謂壯烈矣。徐亨請其獨留石後，千萬不要離去，乃領導英軍官等越山而行，卒尋得一艘魚雷艇，衆人安然下船。

時已入夜，徐亨取得一小舢板，卽與兩人掉回原岸。不料石後不見策叔，大吃一驚，又不敢高聲喊叫。衆人共商，決先乘舢板回去，多約同人再來，以便分頭尋訪其踪跡。徐亨等去而復來，帶有十餘人，乃分路上山。有人以口吹嘯爲號。忽有石子一枚由半山飛下。衆跟踪而上，果見策叔獨臥山上。原來他在石後等待徐亨多時，不見其回來，而山邊野草又被日軍燒夷彈燃着起火，以爲徐亨必遇難。過了兩點多鐘，不能再候，他逼得忍痛勉强爬上山去，自求生路，因此雙方幾至不能相遇也。至是，有英軍先行解去所穿軍服給策叔穿上禦寒，又由徐亨等合力把他扛起來放在舢板上，再掉回魚雷艇。

在艇上，策叔與衆人商議突圍之計。將在何處登陸是先決問題。各人尊重策叔爲總司令，張開近港海岸地圖，請其指定航線。他仍臥艇上忍痛劃出航線。各艇遵令開航，先到大鵬灣之平洲察看，再定行踪。於是五艘魚雷艇約於下午九時卅分同時出發。到大鵬灣時，衆人又吃了一驚。緣當時適有日海軍驅逐艦一艘迎頭駛來；如艦上一開炮轟擊，全體休矣。詎料該艦以探海燈一射之後，立刻熄滅全部燈火，猛加速度，急急遁去，蓋艦員不知虛實，大概仍未知香港已降，深恐五艇魚雷齊發，全艦即被毀也。於是五艇安然脫險，可謂天幸，亦算幽默！

到平洲時，已達深夜。岸上杳無人跡，亦無燈火。策叔令徐亨、楊全與英軍數人持槍登陸偵察。走了許久，方得見一老者。細問情形，乃知沿岸日軍早已盡撤，而附近一帶係屬游擊隊大隊長梁永元勢力範圍，本地則有黃姓中隊長駐守。由楊全背負策叔前進。老者乃導引衆人找到黃隊長。徐亨告以陳司令官現在艇上。黃與老者即隨同到艇上謁見，並一同乘船直趨南澳，蓋大隊長梁永元現在那裏。策叔與徐亨聞而喜慰，因相信得其接應護導，當可安全登陸了。

梁永元是甚麼人？原來他是一個年僅廿餘歲的青年，爲人勇俠有大志，昔曾在策叔所統之海軍陸戰隊中當過排長。故策叔等一聞其名，即心中喜慰，且均信賴焉。各魚雷艇到了南澳，已是凌晨三點多鐘了。黃隊長乃帶徐亨前往找到梁永元。梁一知司令官到此，即駕駛電扒（船）率數人親到，又令本地全副武裝的健兒百餘人前來護衛。梁並携大批國幣，裝了兩大箱扛來恭恭敬敬地歡迎老上司。晤談之下，願負責護導全體出險。至沿途費用，亦由其供給焉。策叔一生，不特是精忠英勇的革命戰士，而且宅心至爲仁厚，交友至有義氣，受其援助者不可勝數。其對下屬更友愛誠篤，視爲兄弟手足，是以人人咸感受恩德。此次在大難中恍如有救星從天外飛來，眞是「善有善報」了。凡其生前知交、當以吾言可信。

陳策與徐亨率領英軍自香港突圍抵達曲江時攝
在最右者爲徐亨、在左二最高大者爲高靈

當時，策叔乃令梁以電船將各艇上的軍械、糧食、及輜重要物，全數搬運上岸，分由各人肩挑背負，最後把五艇鑿沉，以滅痕跡，庶免敵軍追踪而來。同時，有人製造了一張臨時竹轎以備策叔「坐遊」之用。準備既畢，天已亮了，全體出發，向惠陽前進。沿途，策叔坐竹轎上由隊員輪班舁之而行。（按高靈報導，每艇當時價值二萬五千磅，伸算當時港幣四十萬元。）

以後，全體人員晝伏夜動，迅速行走，穿過日軍及僞軍封鎖線，游擊隊防地與土匪地區，俱由熟悉地勢與人事之梁永元護導，沿途偵探敵軍及僞軍的行動，設法避免接觸，與地方勢力接洽，或送以厚禮，卒得安然無事，其勞績至大。走了三天三夜，全體到達國軍防地之惠陽（原惠州府城）。

在再次出發赴曲江之前，策叔等向梁永元致謝，並鼓勵其爲國努力，毋負大好身手，並明示此後毋需其護導，欲在此握別。而梁則堅稱決志跟隨赴韶，全始全終，而且以自己在地方上雖擁有一部力量，但仍無正式名義，工作不便，渴欲趁此機會請策叔保舉；倘得國軍正式收編，俾能努力殺敵，至所願望。策叔諾焉，即與英軍官洽商：將携來稍重武器全數贈與梁部以酬其勞，並令其隊員全體携械離惠，先行回防，聽候消息，而囑梁本人隻身隨從，更密令其此後寸步不離左右，以免發生誤會。於是策叔再率領英海陸軍及政治人員共七十二名與徐亨等乘船赴龍川。全城官紳軍民開大會歡迎。到者三千人以上。全體唱國歌。主賓演說。英籍人員亦唱英國歌以報。最後，會衆全體向來賓三鞠躬致敬。中西貴賓亦答禮如儀。其後，他們一行人於一九四二年一月五日，復由那裏轉乘汽車到曲江。行程兩日。

徐亨任永寧軍艦艦長時攝

既抵臨時省會——曲江，綏靖主任余漢謀將軍、省府李漢魂主席及民衆、團體等熱烈歡迎。安頓完畢，策叔即向余主任盛陳梁永元此次接濟護導之功及忠勇爲國之志，力爲保薦。余主任乃正式收編其全部而委爲游擊總隊長，歸惠州區軍事長官香翰屏將軍指揮。梁乃與策叔等珍重話別，滿意回防。英官等亦與駐重慶英大使館取得聯絡，奉令分乘飛機經昆明轉印度而歸國服務。

策叔與英官員麥道高以傷口未愈，同留曲江入醫院療治。經X光檢驗，兩人所中鎗彈均在身內未出。麥氏初以爲子彈已出，實則深入上背脊骨間，幸無關重要，不需取出。而策叔則先以爲左腕子彈早已洞穿不留，但一聞槍彈仍在，雖然他作戰如何英勇，登時嚇到魂不附體，幾乎暈倒。幸而子彈透入不深，刀圭一奏，立即取出。策叔極珍視此鋼彈，後來以金鑲之，永佩身上，用留紀念。腕傷纔癒，他不幸又得胃潰瘍病，咯血不少，乃復入院留醫。有一傳教醫生莫雅氏（Moore）爲之輸血救治。至二月間始獲痊癒而飛渝述職。黨政軍各界人士及機關團體又紛紛爲之舉行盛大之歡迎會。國民政府授以一等干城勳章以奬之。而英國政府早已獲悉其既協力助戰於前，復領導軍官多人突圍脫險於後，乃由英皇頒授爵士勳銜 K.B.E.（稱SIR）以酬殊功。徐亨亦以協助領導之功而得英國 O.B.E.榮銜。全英報紙均特別表揚策叔英勇突圍之事蹟，甚有誇張紀錄謂其連續鳧水四五小時者，而一致稱許爲世界英雄云。

還有一段軼事可述者。當策叔返抵重慶後，有人見其只有一隻腳而未知其個人歷史者，發問道：「是否在香港打仗失了那隻腳的呢？」他報以幽默的答語說：「假打仗，失了眞腳；眞打仗，失了假腳。」未幾，英國政府聞知實情，即特電邀請其飛往印度，專聘名匠特別爲他再造一隻精巧的義足，使其步履得如常人。這也是英政府酬庸報功之一表現。在策叔方面呢？可說「失足未成千古恨」了。

其後，我又得聞一種特殊消息。在棄守之前，港督與邱吉爾通電話，告以得陳將軍協助及華軍來援，將可久守。而邱卻令其降。問其故，則答如降於日軍，將可收復；若落在中國人手，將不可收回云云。（此事後郭兆華君爲余所述，謂爲隨策叔出險之西人所言。）

末了，應該敘述策叔突圍離港後，其夫人——策嬸的遭遇。當日軍佔領全港後，以策叔協助抵抗且爲黨部主委，恨之刺骨，卽遣偵探四出，務期得之而後快。過了多時，猶未知其已突圍而去也。一連多日，凡與其有交誼或關繫者，均被傳訊或嚴查。有被掌摑者，有被拘禁者。其族叔陳滌被捕後，慘受灌水毒刑，雖終被釋，然過不了多時，卽因傷斃命，可謂慘矣。同時，又有一趣事發生：日軍一佔領香港，卽急行大量疏散居民，以節省糧食，廣發疏散證。有一人擬由九龍新界回粵去者，證上所塡之名赫然爲「陳策」也。日軍卽設法逮捕之，嚴訊之下始知其兩腳踏地之一介平民，而殊非海軍中將獨腳將軍。其人雖獲通過，而受驚不淺了，可謂無辜！至於策孀住所迅被日軍偵出，卽爲拘去，雖不致受刑，而經多方恫嚇威脅，已極爲難受。日軍卻扣留她幾天，終不得策叔消息，乃信其突圍而去，卒釋放之，而仍派特務員密爲監視焉。監視人適爲李裁法（麗池娛樂場經理）。李原爲國軍駐港特務人員，至是復奉派投入日軍爲反間諜工作。策孀密與聯絡，李自然暗中關照，監視鬆懈。策孀因得挈兒女偕同徐亨之家屬伺機逃出虎口，安抵廣西，轉入重慶，而與策叔、徐亨團聚焉。策叔以死裏逃生，闔家安全，深心感謝上帝呵護之恩，遂實現前所立之願，於翌年十二月廿五日，突圍一週年紀念日，在重慶基督教會受洗禮爲基督徒，取「安德烈」爲聖名。

當突圍之役成功後，英軍官高靈在英國的刋物上發表了一篇「香港突圍記」（Lieut-Colonel Arthur Goring：My Escape From Hongkong），報導他們逃出香港之經過詳情。其文有兩段結論，譯之於後。其一、在留飛渝前，關於策叔有云：

「在喝茶後，我向那英勇而短小的海軍中將告別，我十分惋惜要與他離開。在香港時，我早已十分喜歡他，而在我們逃亡時，更令我愛好他。因爲他表現自己不僅是一個具有無限的勇氣與機智的人，而且是極端關心別人（卽俠義）的。」

其次、在篇末有云：

「我的結論是：我深欲强調聲明我對於中國人——由高貴的以至貧賤中之最貧賤的——深心感謝，因爲他們一致無異的願意幫助，甚至不顧躬冒大險與不惜自己犧牲而助我。」

回憶著者個人自香港逃出虎口、飛到重慶時，會到北陪的歌羅山上（在立法院臨時會址附近）謁見馮玉祥上將軍。對其詢問香港戰役經過，略爲陳述，而特別報告陳策將軍協防及突圍事。馮氏聽了，不禁翹起兩手大拇指，開顏啓齒，高呼「眞英雄！眞英雄！」其所以翹起兩指者，表示雙料敬佩之意：一指其協助英軍防守香港之英勇機智；一指其以救生圈給與副官而反致自己受傷之俠義行爲也。後由我介紹其與策叔相會，被此結成道義之交。「識英雄重英雄」，其是之謂歟！

陳將軍下世後，毫無遺產，身無長物留與後人。其盟弟陳慶雲乃仗義向各方張羅，籌得港幣十萬元，爲其兩孤兒作教育基金（諸女各已結婚不須照顧）。卽與香港滙豐銀行行長商議存放生息方法。其人久已熟聞陳將軍曩年助港軍防守及率英官突圍、以至得英政府之特別褒揚事，深佩其人。至是，極願竭力幫忙以玉成教育其孤兒之義舉。因卽答允將該款存入行中，另開特別戶口，利息不固定多少，總以足夠每年供給兩孤兒學費作爲利息，至留學英國大學畢業出身爲止（上據陳慶雲口述）。多年之後，此計劃完全成功。此固是英人酬報將軍大德之又一種表示，要亦由策叔一生忠勇愛國。義俠爲人之積德餘蔭嘉惠後代所致也。其兩公子安邦、安國、兩君，早已由英國大學畢業回港，各有專門學識，各已成立家室，兒女成行，現在實業界任事。將軍其得含笑於天堂矣乎！

（本篇初稿內容多係先由陳將軍生前及徐亨君口述。茲由徐君加以補充資料與照片，復參考陳將軍之「總報告」與當時一同突圍之英軍官高靈之詳細報導——內容頗有出入當是不明或誤記，——並以個人追憶所及，增訂全文。又文附志）

一九五一年十月初稿

一九七一年十一月增訂

徐亨吉人天相

——三十年中兩次大難不死——

一知

徐亨與夫人

十一月二十日中華航空公司飛機失事，體壇名人徐亨因應嚴副總統之邀，臨時未上飛機幸逃此難。消息傳出，無論識與不識，均額手稱慶。實則徐亨遇險，此爲第二次，三十年前日本攻佔香港，徐亨隨陳策將軍突圍時，經過較此更險。這次幾乎遇險在空中，那次在海上，兩次遇難不死，實在是幸運之人。

民國三十年十二月八日，日本偷襲珍珠港，太平洋戰爭爆發，全球籠罩在戰神的陰影裏。

十二月十一日，日軍佔九龍；十三日，立卽揮兵渡海，攻奪香港。

我國海軍中將陳策，當時正擔任中國國民黨港九灣總支部的主任委員，徐亨爲海軍中校，隨從參謀，跟隨陳策將軍，在總支部任職。

經過了七天的戰鬭，日軍在渡海後，漸漸已控制了香港的局勢；十二月二十五日，香港政府宣佈放棄（投降）。陳策和徐亨只得與香港政府的十餘位高級官員作突圍香港的打算。原本準備撤退用的魚雷快艇早已不知去向，因而突圍香港唯一的辦法，只有利用電船。

經過仔細的研究後，他們決定先偷渡香港近海的離島——鴨脷洲，然後再轉往廣東內陸。

十二月二十五日下午五時，夕陽的彩霞已在西天逐漸地褪色，大地已披上了暮色的蟬衣。

陳策和徐亨駕着一艘電船徐徐地駛離岸邊，船身在波浪中飄浮，越遠越小……突然間，岸邊發出了一連串機槍聲，海面上激起了一片浪花，電船在海面轉了幾轉，掙扎了一會兒，船上機件就被槍彈損壞。

槍聲中，徐亨聽見了陳策將軍悶哼了一聲，知道陳策已中彈負傷，急切間，抓住了陳策跳進海裏。在不停的機槍掃射下，曾是游泳健將的徐亨，冒着彈雨艱辛地背負着陳策慢慢地向鴨脷洲游去。

十二月間的南中國海，雖然不如北方那樣酷寒，但在薄暮時分，人泡在海水裏，仍有澈骨的寒意。徐亨背負着陳策，忍受着饑渴與寒冷，憑着强健的體魄和求生的意志，不斷地和海浪搏鬭，經過了四十五分鐘，才筋疲力竭地游到鴨脷州外的小島上。

陳策的槍傷在手上，由於受傷後在海水裏泡了半個小時而失血過多，健康的情形很壞。徐亨在上岸後，立卽替他包裹好傷勢，但是，陳策當時體力很衰弱，無法再行奔波，以躲避鴨脷州對岸日軍的礮彈掃射。在這種危急的情況下，陳策懇切地要求徐亨暫時放下受傷的他，以儘快地求援於國軍。

在爭執的過程中，陳策將軍的意志非常堅定，他不但把工作上應向上級報告的內容，一一向徐亨交代，同時還把手指上的結婚戒指除下，萬一遇到不幸，請徐亨轉交給他的太太。後事一一交待完畢以後，卽留下了一把手槍，命令徐亨先行離去。

在陳策堅持之下，徐亨略事喘息，卽繼續向前逃亡，跑到鴨脷州的另一頭海面，背向日軍，等待盟軍船隻經過，以便呼救。

皇天不負苦心人，就在徐亨困疲已極的時候，他看到了一艘英國魚雷快艇，他立卽跳進水裏趨前呼救，在英艇上，徐亨邀請到了十餘名英國海軍，一同去援救陳策將軍。

但是在他返回舊地時，陳策將軍卻不見了，徐亨當時急得一身冷汗，爲了防範遠處日軍的守備，不能大聲呼喚，於是在昏暗中，只得藉朦朧的月色，慢慢尋找。終於，在幾百公尺以外的岩石旁邊，他們尋到了幾將昏迷的陳策將軍。

原來，在徐亨離去後，日軍曾向該地燃放燒夷彈，並以重機槍不斷地掃射，陳策出於無奈，只得躲到遠處的岩石背面，避開日軍掃射。

陳策與徐亨登上英軍魚雷快艇以後，立刻獲得了照應，英艇並以無線電召集五艘魚雷快艇，載運他們前往大鵬灣的平洲。

當五艘魚雷快艇緩緩地向平洲推進時，遠遠看到游弋在海面的日艦正以探照燈向海面搜索，當時陳策和徐亨所搭乘的五艘魚雷艇因爲裝備不足，只剩下三枚魚雷（正常的情形應有十五枚魚雷），無力向日艦進襲，幾經磋商，決定以嚇阻的方法向日艦推進。

在通常的情形下，艦隊航行時多半排成一直線，除非艦隊組織龐大，方能排成另一種陣勢。陳策他們所採用的嚇阻法，卽爲：五艘魚雷艇排成一行，並駕齊駛，一同向前推進，促使敵方造成錯覺，以爲有龐大的艦隊跟隨在後，不敢輕意發動攻勢。此計果然奏效，當五艘魚雷艇乘風破浪，急切地駛過日艦附近海面時，日軍誤認英軍進犯，立卽熄滅探照燈，讓五艘魚雷艇從容馳過。

徐亨等登上平洲以後，卽以廣東話和村民連絡，得知有游擊隊在此間埋伏，從事抗日活動；再經仔細打聽的結果，得知陳策的舊時部屬，海軍陸戰隊的梁永元就在附近。於是在淩晨四時，和游擊隊取得連繫後，卽將魚雷艇上的軍火轉交他們，並星夜趕往南澳。

奔向大後方

陳策和徐亨一行，連同魚雷艇上的英軍共有七十二人，他們晝伏夜行，自平洲直奔南澳，再轉往國軍駐紮地的鎮隆。這一路上，餐風宿露，歷盡難辛，除了要防日軍而外，還得注意毒蛇走獸的襲擊，英軍有多人不支，靠着同伴的協助，方得繼續前行，這經過了三天三夜，他們才到達鎮隆。

在鎮隆國軍基地，徐亨和重慶聯絡上以後，中央政府大爲高興，立刻向全球廣播陳策安然說險的消息。

在香港，日軍感到非常的迷惘，他們自信已把港九的周圍防守得像鐵桶一般，插翅難飛，陳策一行莫非有地遁的本領不成？他們堅持不信陳策已逃脫的消息，但是事實卻不容他們不信。

英國政府因感到徐亨在這一段過程中的英勇超羣，不但泅水拯救了自己的長官，並且還保護同行的英軍，決定以榮譽勳章頒贈給徐亨。

蔡松坡 材器冠當世

吳蕤

蔡鍔

蔡將軍之死

民國四年十二月，袁世凱承認接受了「帝位」，在北京城內他的一些爪牙羽翼們，像袁克定、段芝貴、楊度、梁士詒、張鎮芳、周自齊這些人，正是牛騰雀躍，揚揚自得的當兒，蔡松坡（鍔）將軍為了爭取民族的人格，卻早已溜到了日本，在這月的十九日便繞道到了雲南，起義討袁。貴州的護軍使劉顯世，繼即響應，宣布獨立，蔡將軍得以假道北伐。五年二月間，蔡將軍所屬的護國軍，就收復了四川的瀘州、納谿、敍府等地。可是就在軍機緊要的當兒，蔡將軍已經染上了不治喉症。當時隨軍從征的蔣百里（方震）先生後來曾經向人說過：「我們在納谿山中，一夜明月在天，樹影舖地，蔡將軍病莫能興，從附近找到一個精於醫理的法國神父來，三五幕僚佇立於垣外疏柳下，靜聽神父的消息，當神父走出來時，大家圍攏上去，問病情如何？神父大聲說：『不要緊，稍稍休息兩三天，就會好了。』當那個老神父踱出垣外時，卻帶着憂鬱的表情，搖着滿頭白髮，放低嗓子說：『他已經不中用了，斯人而有斯疾，可為貴國悼嘆！』」那時的醫學雖沒有現在這樣進步，但如果蔡將軍只患得是不關緊要的喉病，精於醫理的法國神父，或者會對症下藥，不日告痊，並且說蔡將軍這時方當壯年，對疾病的抵抗力正強，也可能不藥而癒，由這說來，蔡將軍或者是患了不治喉癌，五十多年以前醫學界對此種病症，向無所發現而已。

民國五年六月六日，剛過了舊曆的端陽佳節，袁世凱懷着洪憲大一統皇帝的夢，如煙痕泡影般的遺恨長逝了。副總統黎元洪繼任爲大總統，在這月的十四日就發表蔡將軍爲益武將軍，督理四川軍務，兼巡按使，可是這位持身清介的蔡將軍，他曾經表示過倒袁之後不要地盤，不戀名位，他最大的願望，是改造北洋軍隊，使之爲國家的武力，擺脫私人的把持。所以他對川督一職，一再力辭，坐在北京的大總統黎元洪，和國務卿段祺瑞（按廢國務卿而改稱國務總理，係在這年六月廿九日），一再慰留，拖來拖去，到了七月十九日才下一道命令，大意是說：「蔡鍔着給假一個月，就近療養，由羅佩金護理四川督軍。」其實這時蔡將軍已病入膏肓，只得由蔣百里先生陪伴着東下求醫。在八月上旬由川溯江啓程，到了二十八日才抵達上海，下榻在哈同花園，上海那時雖然已是十里洋場，租界林立，但是一時想找一間理想的醫院，卻不容易，由蔣百里先生拿定了主意，決定東渡日本，到福岡醫科大學附設醫院去就醫，因爲福大附設醫院設備比較齊全，是日本的第一流醫院，於是蔡將軍再電北京政府懇辭本兼各職，黎元洪又下令准病假三個月，在假期中由羅佩金署理川督。

話往前說，當蔡將軍由川溯江東下，一路之上，各地軍政大吏，以爲蔡將軍的聲譽正隆，既不瞭解他的病情，有些人更以爲他是在鬧軍閥政客們流行的政治病，沿途干謁、拜訪、舉行歡迎儀式，致送酒席筵宴，幾無虛日，雖然蔡將軍聲明一律謝絕，但謝者自謝，來者自來，這些不必要而繁瑣的事務，使他非常困擾，在這半個多月的路途之上，只有增加他的病情，而精神體力感到勞頓。

九月上旬由滬東渡，在神戶下船，這位事功赫赫的青年將軍，驚動了一些日本報紙雜誌的記者朋友們，蜂湧而來，蔡將軍的病情這時已相當嚴重，僅能以手指喉，說話已經很費力了，蔣百里只好代他發言說：「將軍之病，由於袁世凱而起，納谿之戰，將軍語言艱澀，到瀘州時全然不能發聲，七月二十日，由敍府赴成都，勾留九天，病情更利害，黎、段勸往西山靜養，將軍以不能杜門謝客爲慮，所以決計來貴國就醫。」這樣子才算把成羣的日本記者們打發退了。住進了福岡大學附屬醫院，病房門口就掛起「謝絕會客」的門牌，病況仍然是一天一天的加重，毫無起色。蔣百里先生是蔡將軍的摯友，在蔡將軍的臥病期間，他成了蔡將軍的特別護士，衣不解帶，日夜照料，竭盡勞瘁，以後的人談到這回事，都爲百里先生的風義所感動，這年十月三十一日，黃克強先生以肝疾病逝於上海福開森路寓所，蔡將軍在病體沉重之中，得到了這個消息，還親自做了一付輓聯，寄回國去，以表哀慟，可是這時距蔡將軍的逝世，也只有幾天的時間了。輓聯說：「以勇健開國，而寧靜持身，貫澈實行，是眞創作一生者」「曾送我海上，忽哭君天涯，驚起揮淚，難爲臥病九洲人！」到了十一月八日，蔡將軍已感覺自己的生命就在旦夕之間，這天早晨，天氣晴朗，一架飛機隆隆的在天空盤旋，他就讓護士小姐把他扶了起來，看了一陣，還嘆息着自己國家科學落後，遠不如人。躺到病牀以後，以嘶啞的聲音，向蔣百里先生說：「我早晚之間，要和諸友好分手了，我以軍人的身份不能死於對外作戰，以馬革裹尸而還，卻死在二豎之手，死有餘憾，我死之後，務必薄薄的埋葬。」並且請百里先生替他擬就了一通遺電，以四事告國人：「一、願我政府人民協力一心，採有希望之積極政策。二、意見多由於爭權利，願爲民望者，以道德愛國。三、在川陣亡及出力人員，懇飭羅（羅佩金，時署理四川督軍），戴（戴戡，時爲貴州省長）二君核實，呈請郵獎，以昭激勵。四、鍔以短命，未克盡力民國，應行薄葬。」

蔡將軍生於清光緒八年壬午十一月初九日，陽曆是十二月十八日，公元一八八二年，死在民國五年十一月八日，陰曆是十月十三日，公元一九一六年，只有短短的三十五個年頭，這一位才華出衆，英風蓋世的革命健者，就在這天傍晚，溘然的一瞑不視了。

蔡鍔的求學和革命

蔡將軍風流倜儻，矯矯不羣，機智過人，勇往無前。不幸的是短命死了，如果天假以年，不僅是國家柱石，也是了不起的一位軍事、政治、經濟的碩人學者。他出身並不是甚麼名門望族，父正陵公，母王太夫人，家境淸寒，躬耕糊口而已。有些册籍上說他是寶慶人，不錯，邵陽是淸代寶慶府的首縣，民國以來改稱爲寶慶縣，其實寶慶和邵陽是一而二，二而一者也。他出生這年，正當中、法在越南地區，形勢日緊之秋，淸室的政治日益窳敗，民生凋敝，國計困窮。可是蔡將軍的父母，對他鍾愛異常，在生計艱難之下，仍然拿出全副力量，供他讀書，七歲入塾，過目成誦，十四歲就補爲縣學生員，在淸代時期，補上了生員，一般人就稱之爲秀才公。有些三家村讀書的人，考了大半輩子，已是兩鬢蒼白，得不到這個初步前程的「老童生」們，並不在少數，十幾歲進學，便被人目之爲才子了。

到了光緒二十三年丁酉，蔡將軍已是十六歲了，湖南的督學徐仁鑄，一向認爲他是可造之材，便薦他到長沙新成立的時務學堂肄業，說起時務學堂，是和淸末政局極有關係的一所學校，譚嗣同任學監，學監這個名詞，一直到民國十來年還沿用着，其地位等於現在訓導主任，梁啓超（任公）任總教習，大概等於現在的教務主任了。

梁、譚都是當時不凡的人物，對政治的主張，自有他們的一套，他們雖然沒有贊成革命，澈底的推翻滿淸，建立民國，但他們所主張的君主立憲，已傾向於法治，傾向於民主。梁任公在時務學堂執教，年才二十四歲，而學生裏面留着八字鬍鬚的大哥們，卻也不少。這位年才十六歲的小弟子蔡艮寅（蔡將軍初名艮寅），卻是任公最滿意、最器重、最親近的人物。可惜好景不常，第二年戊戌的春天，任公隨着康有爲到北京搞維新變法去了，轉眼到了八月，慈禧太后復行垂簾聽政，嚴拿維新黨人，譚嗣同被殺，任公也逃亡國外，時務學堂奉令遣散，一些學生像驚弓之鳥，東逃西竄，蔡將軍跑到了武昌，想進入兩湖書院就讀，經過該書院查對時務學堂的學生名册，發現有蔡艮寅的名字，嚇得不敢收留。

蔡將軍被求學狂熱鼓盪着，便東去上海，考進了南洋公學，在那時一般的社會情形而論，非富家子弟，很難有力量在上海求學，上海地面奢靡繁華，用費浩繁，學校雖然考取了，但是繳學費和吃飯都成了問題，蔡將軍一文莫名，望校興嘆，幸虧遇上了一位在上海經商的同鄉，借給他一些盤費，添製了一身棉衣，在十月間從上海又返回了湖南原籍。

梁任公躲避過了淸吏的緝捕，東渡跑到了日本，他在維新變法同黨之中，已具有第二號領導人物的地位，他在日本，並沒有忘記蔡艮寅這位十幾歲的得意門生，便秘密的託人帶信給蔡將軍，叫他到日本再求深造，並且給他帶來了足夠的盤川。蔡將軍在已亥(光緒二十五年)的春天，便動身赴日。到達日本之後，考進了大同高級學堂，攻習日文，他的學業進步神速，非常人可及，不到幾個月的工夫，他就可以用日文翻譯中國書籍，這時他的革命思想日益沸騰，便用奮翮生、擊椎生等筆名向各報投稿，以所得的稿費來維持用度。這年的秋天，他又改入橫濱東亞商業學校，加入唐才常等所組織的自立會。光緒二十六年庚子，趁着義和團在北方鬧得烏煙瘴氣的時候，和唐才常等十九人回國，組織自立軍，在漢口一帶舉事，想一舉而推翻淸廷，不幸失敗，唐及林圭等十人死難，蔡將軍很機警的逃過淸吏的耳目，返回了橫濱，從此以後才改名蔡鍔，取字松坡。梁任公請他兼辦新民叢報的編輯工作，他撰寫了「軍國民篇」，以喚醒國人，力圖自强，其中警句曰：「中國之病，在於神經昏迷，罔知痛癢。今日之病，在國力孱弱，生氣消沉。扶之不能止其顚，肩之不能止其墜。奮翮生曰：居今日而不以軍國民主義普及四萬萬，則中國眞其亡矣！

「文字的流暢，氣勢之滂沛，令人拍案驚奇，嘆爲觀止，這時的蔡將軍不過才是一個十九歲的少年。光緒二十九年癸卯，蔡將軍已卒業於成城學校（是日本的一間陸軍養成學校），並經過在聯隊的實習而升入日本士官學校騎兵科。那時趙爾巽巡撫湖南，頗有政聲，蔡將軍曾上書勸其力行新政，洋洋凡五萬餘言，舉凡興學、練兵、製械、開鑛、築路、籌餉之策，莫不井井有條，計劃詳盡，趙爾巽極爲贊賞，於是東南疆吏，都知道在日本的留學生中有蔡鍔其人。

他在二十三歲這一年，學成歸國，江西巡撫夏時聘他爲材官學堂監督。後又應湖南巡撫端方之聘，任教練處幫辦兼武備、兵目兩學堂教官。光緒三十三年丁未，廣西創辦陸軍小學，蔡將軍奉令爲總辦，這時他年方二十六歲，英氣勃勃，奮發有爲。計前後經辦四期，畢業生達數百人之多，白崇禧、黃紹竑等，都是這間陸軍小學的高材生。當時他又兼着兵備處會辦、參議官等職務，就在這年，黃克强（興）先生在欽、廉起事失敗之後，十月間

李烈鈞

改變姓名爲張愚誠，偕同超聲（伯先）前往投靠，並和蔡將軍密謀在鎮南關、河口一帶舉事，蔡將軍暗地裏極力支持，接濟軍火，不幸第二年（光緒三十四）黃克强先生的河口起事又失敗了。同時蔡將軍被派爲新練常備軍第一標標統，廣西陸軍小學的總辦由雷飈接替職務。

自此之後，蔡將軍便成了正式的帶兵官。他對桂、滇及越南邊區的地帶極爲注意，認爲和國防有很重要的關係，常常派人秘密的進入越南境內測量繪圖，自己有時也親往工作，到宣統元年已酉，他編成了一部「越南要塞圖說」，以作後日抗拒法人的準備。

宣統二年庚戌，調陞廣西混成協協統兼學兵營營長，兼辦幹部學堂。宣統三年辛亥，雲貴總督李經羲，借調蔡將軍到雲南，改派爲三十七協協統，說起了三十七協，是蔡將軍響應辛亥革命的基本隊伍，下轄兩標，標統爲丁錦、羅佩金，管帶有唐繼堯、劉存厚、雷飈、謝汝翼、韓鳳樓、李鴻祥等，以後這些人大多是民國史上的要角，蔡將軍在這一段時期，加緊訓練，軍事繁忙，但他在百忙之中，仍然忘不了讀書和著述。

這年六月他完成了「曾胡治兵語錄」，這是當時的一部名著，刊出之後，風靡一時，擁有廣大的讀者，一直到現在，這部書依然有書局刊行。

辛亥的八月十九日（陽曆十月十日），革命軍在武昌起義了，那時兵慌馬亂，消息阻隔，蔡將軍到九月初七日才得到消息，馬上秘密的召集部屬劉雲峯、劉存厚、唐繼堯、韓鳳樓、雷飈等計劃響應，宣布獨立，不料事機不密，被總督衙門裏的總文案熊範輿知道了，密報給李經羲和統制鍾麟同，他倆這一驚非同小可，準備下令遣散三十七協，蔡將軍也得到了消息，認爲時勢已迫，不能遲延，爲了先發制人之計，便在初九日率衆起事，這夜秋風颯颯，月色將沉之際，先由李根源率講武堂學生自西北攻城，蔡將軍親率部衆進攻東南城角，和鍾麟同所率的清兵發生激戰，

一時槍聲四起，喊殺連天，激戰了一晝夜，昆明城完全光復了，鍾麟同戰死。他對清室所派的官員，像雲貴總督李經羲、和他的一些重要幕僚以及眷屬這些人，在私交方面毫無惡感，便致送程儀派人護送他們出境。昆明光復之後，軍政學商各界，公推蔡將軍爲大漢軍政府雲南都督，設都督府於五華山。

民國元年壬子，國父就任臨時大總統於南京，這時北方的袁世凱，先以和談爲由，後則拒向南京就職，向革命政府進行要脅，蔡將軍主張應立由臨時大總統下令，麾師北伐，不宜受袁氏之愚。這通電文是民國史上的重要文獻，也可以知道蔡將軍後日討袁的淵源。

蔡將軍的父親正陵公，早在光緒二十七年就下世了。民國元年母親王太夫人已是六十四歲，夫人劉氏俠貞，是武岡人，他倆結婚很早。民國元年，雲南的大局粗安，便把王太夫人和劉夫人接到雲南去，他和劉夫人所生的長女菊蓮，已經六歲，蔡將軍事母至孝，和劉夫人的情感也很好，一家團聚，天倫之樂，煦煦融融，這是蔡將軍在短短的生命史上，最幸福的一段時期。

蔡將軍的家庭

蔡將軍有一個邵陽的小同鄉，名叫劉達武的，替蔡將軍做了一卷年譜，內中有一條記載是：「（光緒）十五年、已丑，八歲，四月，聘武岡劉氏女俠貞爲室。」以後就沒有迎娶的記載，如依此說來，蔡將軍在八歲時就和劉夫人結婚了。可是劉夫人是天生的瓦窰，一連生下四個女孩，蔡將軍並沒有因此和劉夫人之間發生感情上的齟齬，不過「不孝有三，無後爲大。」到了民國元年，蔡將軍督滇，就在這年的十月蔡將軍在親友慫恿之下娶了一位潘氏夫人，這位潘夫人不但賢慧美貌，而且肚子也爭氣，民國二年，袁世凱把蔡將軍調進京裏，隨後王太夫人和劉夫人也相繼到了北京，在棉花胡同賃下了公館。潘夫人一個人住在天津，到了民國三年六月廿七日，正逢陰曆五月端陽，便替蔡將軍生下了第一個白胖兒子，取名曰「琨」，乳名端生，後來這位蔡大少爺，便以端生爲字了。自此端生便留在北京，由劉夫人僱人撫養。

民國五年元月二十日，陰曆是乙卯年臘月十六，護國討袁之戰，正在四川、湖南各地激烈的進行，潘夫人在昆明又替蔡將軍生下第二個兒子，蔡將軍這時在瀘州、敍府一帶督師，鏖戰方酣，軍中接獲電報，戎馬倥偬之中，替他取個名字曰「珂」，取以珂飾馬勒之意。

蔡將軍在東京留學的時期，就爲留東四傑之首（按當時人稱留東四傑，爲蔡松坡、蔣方震、張孝準、周家聲），民元督滇之後，更得以發揚其才略，安輯地方，戡定川邊，籌餉練兵，開辦實業，蔡將軍在雲南愈是做得有聲有色，另一方面也愈是引起袁世凱的恐懼和忌妬，於是在民國二年八月間電調蔡將軍進京，這年十月四日，蔡將軍到達了北京。

蔡將軍到京之後，所見所聞，更使他對袁世凱的野心一覽無遺，便和閻錫山、張紹曾、尹昌衡、蔣方震等人，組織了一個軍事研究會，在京的時常集會，在外省的函電往來，暗中集合同志，以爲倒袁的準備。

民國三年，袁世凱再用其以官爵相縻縶的手段，又加封蔡將軍爲昭威將軍，其餘再加上一連串的官銜，甚麼海陸軍大元帥統率辦事處處員、模範團（團長由袁自兼）教官、全國經界局督辦，袁世凱越是表示看重了蔡將軍，蔡將軍凜凜乎不可終日之感日益加深，蔡將軍這次到京，到見了兩個結交非尋常的熟人，一個是湖南時務學堂的老師梁啓超，另一個是在東京留學時期朝夕相處的湖南同鄉楊度。

梁啓超因爲在戊戌政變之中，老師、朋友，連同他自己，都被袁世凱出賣了，所以他在心靈深處深懷痛惡。楊度呢！卻是興高彩烈的準備來做一下開國的勳臣，所以楊和袁之間，接觸的機

唐繼堯

會也比較多，蔡將軍對楊的用心，早已洞若觀火，而藉着同鄉和留日的關係，佯與之親暱，楊又想替袁世凱拉攏班底，蔡將軍當然是他最理想對像之一，屢次在袁的面前稱讚蔡將軍學貫中外，是一位了不起的新將材，袁氏爲之所動，便命蔡將軍擬具一篇國防計劃綱要，蔡將軍成竹在胸，在很短的時間以內，就擬妥了。袁世凱看了以後，大加讚賞，並且表示要付予極重要的任務，於是已內定蔡將軍爲陸軍總長的謠傳，不脛而走，確實袁世凱也眞有這個意思，並且準備以內史夏午詒做他的次長。袁越是對蔡將軍表示重視，而蔡將軍的處境也越發的一天比一天的艱困。

到了民國四年，袁世凱帝制自爲的野心，更加的暴露了，由他派人製造的請願團，和一些無聊的軍閥、政客、文人們的勸進表，鬧得烏煙瘴氣。到了七八月間，以楊度爲首所發起的籌安會，更是不斷的纏着蔡將軍簽名，蔡將軍只推以時機未至，勿操之過急。

這時的蔡將軍身居虎口，境遇日益險惡，表面上雖然還力持鎮靜，內心裏卻在苦思焦慮，如何設法安全的脫此樊籠。第一步，先以老母思念故鄉爲由，把王太夫人送回湖南，但劉夫人和惟一的兒子（那時次子珂尚未出生）還留在京，一下送走，一定會引起袁世凱的疑心，並且他也知道袁世凱經常的派着便衣偵探監視着他的行蹤，不過在袁的想法，蔡將軍家眷住在北京，他本人就很難的單獨出走。

八月下旬，籌安會宣告成立了，蔡將軍在天津曾會晤梁啓超一次，梁問他對帝制的意見，蔡將軍很慷慨的說：「我只有爭人格之一念。」梁發表了「異哉所謂國體問題」一文之後，袁不是不知道梁、蔡二人的關係，對蔡將軍監視越嚴，蔡將軍的處境也越苦。他爲緩和這個局面，以爲後日脫身之計，不得不演出了詐降的姿態，八月二十五日，雲南會館將校聯誼會，發起了軍人請願，籲請袁世凱早正「大位」，蔡將軍便簽了第一名，但是這樣仍然不能使袁世凱放下心來，監視並沒有因此放鬆。

袁世凱很早就疑惑蔡將軍家裏藏有和西南各將軍往來的密電碼，不過機智的蔡將軍也就老早的注意到這一着了。袁便密令京畿軍政執法處處長雷震春到棉花胡同蔡宅來一次突擊檢查，雷震春是袁世凱的鷹犬爪牙，殺人不眨眼的劊子手，和革命黨人懷着極大的仇恨，在九月間的一天早晨，天剛剛閃亮，蔡將軍還在夢之中，只聽有人砰砰拍門，聽差開門一看，二三十個戴有紅色軍政執法處袖章的士兵們一湧而進，一個操着天津口音的劉排長，說是要搜查違禁物品，蔡將軍披着睡袍，揚揚不睬，一時翻箱倒篋，搜查了半個鐘頭，並無所獲，一些軍士們才悻悻然的走去。

蔡將軍在做作上也不能示弱，就此平白的被拉倒，於是幾次找雷震春理論，並且具摺請袁世凱下令嚴辦，雷震春下不了台，便把一個排長吳寶鋆以擅自搜查蔡將軍住宅的罪名，綁赴西郊土地廟槍斃了，可是搜查蔡將軍住宅的排長姓劉，一下又變成了姓吳，驢唇不對馬嘴的把這當子事算是糊里糊塗的結案，這事過去了以後，袁對他的監視慢慢的鬆懈了下來，十月間劉夫人帶着端生離京冋籍去了，在天津的潘夫人也悄悄的搭船溜掉。

蔡鍔出走經過

蔡鍔由北京出走時間與經過，各方記載傳說不一，其中以」蔡松坡先生遺集」中年譜記載最爲舛謬，時間上根本不能自圓其說。

至於經過，一般說法指爲小鳳仙掩護蔡鍔出京，劉成禺洪憲紀事詩「當關油壁掩羅裙，女俠誰知小鳳雲，緹騎九門搜索遍，美人挾走蔡將軍。」「挾」字是神來之筆，後人讀這首詩，一定會想到一風塵俠妓，帶蔡將軍出走情形，實際上這是劉成禺故意放的謠言，根本沒有這冋事。

據哈漢章（此人爲湖北人，辛亥起義時卽在黎元洪左右，後隨黎元洪入京，黎元洪任總統後，更見親信，因此也成爲督軍團攻擊目標之一）「春藕筆談」記載，民國四年十一月十日爲漢章祖母八十壽辰，在錢糧胡同聚壽堂宴客，譚鑫培因是同鄉關係，居然來唱一次堂會，蔡鍔與哈漢章留日同學，交情一向甚深，當天很早就到，向哈漢章說道：「今天大雪，可打一夜牌。」哈漢章也猜出幾分，因爲自己是主人，還要招待其他客人，就把松坡交給劉成禺。松坡執劉成禺的手說道：「我與你同案同年，今天要好好聚一夜，你要愼選對手。」劉成禺是何等樣人，當時就明白松坡用意，說道：「張紹曾顚、丁槐笨，兩人如何？」松坡說「可以，但不能在這裏打，恐怕馬上客人越來越多，擾人牌興。」於是四人就過了隔壁去打牌，閉門眞眞打了一夜，打到天明，松坡說，「請主人來，我要走。」劉成禺說：「天快亮了，再打四圈，上總統府不遲。」松坡點頭又坐下打，打到七點起身從側門直入新華門，跟踪蔡鍔的便衣偵探，在門外候了一夜，飢寒交迫，已委頓不堪，見蔡鍔去了公府，他們也就不再跟踪，各自休息去了。

宮門守衞見蔡鍔這麼一早來到，以爲是總統電召來有事待辦，也未理會。松坡到了統率辦事處，茶房問：「將軍今天來這麼早。」松坡看下手錶，說道：「我的錶快了兩點鐘，所以錯了。」當時打個電話與小鳳仙，約定中午十二時在一間飯館吃飯，放下電話又坐了一時，眏着無人留意，悄然由政事堂出西苑門，上了三等火車赴天津，脫離了袁世凱掌握。

松坡走後，因爲約定小鳳仙中午共飯，因此小鳳仙受到盤問，外間遂傳說是小鳳仙將蔡鍔送走的，劉成禺爲了免禍，也就大加以渲染，使假事成眞了。

蔡鍔到天津係進共和醫院，親筆寫了一道呈文，說明因身體不好，到天津求醫，一俟病體稍痊卽冋京供職，袁世凱接到這封呈文眞是啼笑皆非，明知松坡未必冋來，也不能不作萬一希望，當時在呈文上批了幾句關懷的話，希望蔡鍔安心養病，病好了迅速冋京。

蔡鍔十一月十一日到天津，十九日始離天津到日本，中間在天津尙有九天時間，袁世凱除派便衣秘密監視外，又派了蔣方震去天津探病，促松坡早日冋京。

蔣方震號百里，與蔡鍔同歲同學，在校成績尙高於蔡鍔，兩人交情深，志趣也相同，蔡鍔反對帝制，蔣方震當然也反對帝制，袁世凱派他去勸蔡鍔，眞是火上澆油，蔣方震到了天津，自然又向蔡鍔提供了許多意見，然後冋京復命，說蔡鍔並無他意，實在是身體不好，非作長期休養不可。袁世凱平日也曉得蔡鍔身體不好，到此時不信也只得暫時相信，至於帝制派諸人，則因爲袁世凱平日厚待蔡鍔，早已心懷嫉妬，難得此人他去，少了一個分功的人，大家反而高興，更沒有想到蔡鍔一走，洪憲就完了。

蔡鍔在天津與梁啓超日日見面，對於未來的大計，甚至文電都擬好了，十一月十九日乘輪赴日，到了門司，石陶鈞、楊源濬來接，蔡鍔在日本未多停留，就乘輪赴香港，臨行時寫了十幾張明信片寄袁世凱，預塡未來日期，交給石陶鈞在日本各地發出，袁世凱每日收到蔡鍔自日本寄來的明信片，報告在日本各地旅行情況，總以爲蔡鍔還在日本，雖然對於蔡鍔秘密赴津，又秘密赴日，感到放心不下，但見蔡鍔如此恭順，日日寄明信片請安，又不像有異圖，漸漸也就不放在心上，民國四年十二月十一日袁世凱接受帝制，蔡鍔已到了河內，袁世凱尚收到蔡鍔自日本發來的明信片，才知道上了大當，但已無及，雖然命令雲南地方官截拏，已經作不到了。

附周鍾嶽雲南起義紀念日報告

——民國三十三年十二月廿五日在國民政府大禮堂——

今日爲雲南起義二十八週年紀念日，鍾嶽奉命報告，謹就本人所知，分爲三段敍述：第一段雲南起義之動機；第二段雲南起義之經過；第三段對於雲南起義之感想。

現在先講雲南起義之動機：中國實行帝制，已數千年，每因帝位之爭，篡奪征誅，國家受無窮之禍亂，人民受無窮之痛苦；然所爭者子孫帝王萬世之業，爲私而非爲公。自總理領導國內同志，致力革命，經數十年之犧牲奮鬬，卒能推倒專制，創造共和，達到天下爲公，與民更始之目的。而袁世凱背叛民國，恢復帝制，欲攘奪國家爲私有，此吾國民所難容忍者一也。袁世凱自就任大總統以後，卽有帝制自爲之野心，故摧殘民黨，壓迫民氣，並僞造民意，妄稱國民請願，欲改變國體，不獨侮辱國民，且引起國際間誤認中國國民只能馴伏於專制政體之下，而不能獨立自由，與民主國家共立於平等之地位，此吾國民所難容忍者二也。雲南起義護國之原因，卽基於此。當雲南宣布獨立後，發表文告甚多，列舉袁氏叛國事實及其罪狀十九條，而其根本主張，則爲誓除國賊，翊衛共和，尊重民意，發揮民權政治之精神，此實爲雲南起義之動機。

其次述雲南起義之經過：（一）事前之準備：當袁政府設立籌安會時，蔡松坡先生爲經界局督辦，卽命鍾嶽擬稿，密電唐蓂賡將軍，略謂：「此間發起籌安會，討論國體問題，此事關係國家安危甚大，公意若何？」唐蓂公復電謂：「中華民國國體已定，豈能動搖？如果實行，決難承認。」至十月間，蔡公又密電唐公謂：「變更國體，勢在必行，國內必生變動，望公預爲準備。」因唐、蔡兩公常有密電往復，袁氏頗生疑忌，卽令軍政執法處，派員至蔡公館檢查。然密碼及電本，皆交鍾嶽密存，故檢查結果，一無所得。當時蔡公表面，仍敷衍袁氏，袁政府諮詢將軍府各將軍對於帝制之意見，蔡公首先書「贊成」二字，以免猜疑。自籌安會發生後，鍾嶽卽向蔡公請先離京，蔡公謂：「行則同行，絕難在此久溷。」因囑擬呈文，請假赴津養病，遂於十一月十一日夜間，潛行出京，入天津日本共立醫院。十五日派韓鳳樓約鍾嶽赴津。鍾嶽至天津德義樓相晤。旋同赴奧租界蹇季常家會商，梁任公亦在座。次日囑鍾嶽仍回京，準備呈文，請假一月至日本醫病；並請以經界局坐辦衞燕平代理職務，約定十九日代遞呈文。蔡公遂於是日上山東丸東渡，袁氏派唐在禮赴天津慰留；至則蔡公上船已開行矣。鍾嶽於十二月由天津經釜山至日本，與王君竹村往謁總理於日京之中山邸，總理囑爲勉勵蔡、唐兩公。時蔡公已先赴滇，嗣因香港檢查甚嚴，通行不易。鍾嶽乃於次年經由滬漢入川。在雲南方面，唐公早已擴張軍隊，籌備軍實，積極提倡部下愛國精神，準備作戰。九月十一日、十月七日、十一月三日繼續開會，決定反對帝制及軍事計劃。唐公又遣其弟唐繼虞，至海防香港等處，迎接蔡松坡、李協和兩公。十二月十八日，蔡、李兩公先後抵滇。唐公於十二月二十一日邀集蔡、李諸公開第四次會議，當時與會者除雲南軍政界重要人員外，其新到滇者，有蔡松坡、李協和、戴循若、熊錦帆、王伯羣、但懋辛、方聲濤諸先生。議定先電袁氏，促其取消帝制，並懲辦禍首；如無圓滿答復，即以武力求最後之解決。二十二日開第五次會議，與會各員共同宣誓，殲除國賊，恢復共和。二十三日即照議定辦法，由唐公與雲南巡按使任可澄聯名致電袁氏，請取消帝制，懲辦元兇，限二十四小時答覆。袁氏到期無復電，乃於二十五日通電全國，反對帝制，並宣佈雲南獨立，是為護國起義之開始。鍾嶽所以瑣瑣詳述此事者，因後來有人傳說，謂蔡公簽名贊成帝制，其後來反對，實為梁任公所促成。（日本出版之「中國時事寫眞」有此說）又謂：當會議時，唐公游移不決，蔡公以危詞相迫，乃定計。（劉君達武所編蔡公年譜有此說）此皆非事實眞相，而實不知唐、蔡兩公愛國熱忱，故不能不予以糾正。

（二）戰事之經過：雲南既決定聲討國賊，乃設立都督府，組織護國軍，唐公力推蔡公為都督，蔡公則推唐公坐鎮滇中，以資籌劃全局。卒決定以唐公為都督，而蔡公為護國第一軍總司令，率劉雲峯、趙又新、顧品珍三個梯團入川。李協和先生為護國第二軍總司令，率張開儒、方聲濤兩梯團及何國鈞之義勇軍入桂粵。唐公自率第三軍，先遣縱隊長徐進，同戴戡、李雁賓、王伯羣入黔。別遣李友勳率一支隊，出會理、寧遠。此外又編一挺進軍，以黃毓成統之，暫駐貴陽，以備入湘。此皆當時討袁之出師計劃也，厥後護國第一軍之趙又新、顧品珍兩梯團，出永寧，取瀘州為中路主軍；劉雲峯率鄧泰中、楊蓁兩支隊出昭通，取敍府為左翼；戴戡率黔軍熊其勳一團，並由殷承瓛率華封歌一支隊，協助出松坎，攻綦江，取重慶為右翼。其中左翼第一梯團所部兩支隊，先行出發，行抵滇川接壤之新場等地方，於民國五年一月十七日即與敵接戰，節節進攻，至二十一日佔領敍城。中路軍先遣部隊於一月廿六日抵畢節，川軍第二師長劉存厚派員接洽，兩軍會合，直搗瀘城，敵軍據險頑抗，增援猛攻。袁氏先後派北洋陸軍第三師曹錕、第七師張敬堯、第八師李長泰所部入川，分佈瀘州、重慶，第六師馬繼增入湘。適三月二日，敍府又陷敵手，左翼既失利，中路軍亦移駐大舟驛，我軍以寡敵衆，鏖戰數月，至為艱苦，卒將敵軍擊退，大獲勝利。此第一軍在川激戰之情形也。其在兩粵方面，李總司令協和於五年二月二十日率護國第二軍，經蒙自，出開廣，為由粵入贛之計。適廣東將軍龍濟光促其兄覲光，承袁氏偽命為雲南查辦使，督兵假道桂境，進犯剝隘。三月十一日，我軍梯團長張開儒與敵激戰於虹山，十三日敵復增援猛攻，十六日我軍悉衆出戰，敵軍大敗潰走。同時龍濟光之子龍禮乾，由江外逢春嶺率兵竄擾箇舊，縣知事張維翰率警衛連及縣警隊抗禦，鏖戰三日，傷亡甚衆，張亦負傷。龍禮乾進犯蒙自，為駐軍劉祖武及由省增派之趙世銘、馬為麟軍隊所擊潰。又偽司令黃恩錫率衆由西林八達進犯廣南，為我軍梯團長方聲濤擊退。第三軍梯團長趙鍾奇所部，亦於三月四日由貴州黃草壩出發，向西隆前進；挺進軍第一縱隊所部，亦由潞城來會，敵軍潰走，我軍直取西林。趙鍾奇、黃毓成先後向百色前進，與敵接戰於黃南田。我軍縱隊長楊杰率前衛第一營，以礮兵阻敵前進，黃毓成亦督師猛攻，敵遂大潰，覲光繳械，通電贊同我軍。此第二軍在滇桂邊境激戰之情形也。其在黔、湘方面，護國軍初定出師計劃，以第三軍參謀長韓鳳樓所部李植生、華封歌兩支隊，由黔會師入湘，挺進軍黃毓成率所部由黔直下辰沅。嗣因川、桂戰事之變化，華支隊由殷承瓛統率，改道松坎，助護國第一軍右翼攻綦江：李支隊由趙鍾奇統率，協同挺進軍改道西隆，助第二軍攻百色。入黔先遣軍徐進之混成縱隊，亦分撥入黔軍東北兩路。東部司令王文華所部四混成團，早經集中鎮遠、銅仁一帶，準備作戰。一月二十五日晨，晃州敵軍向我襲擊，我軍迎戰，於二月三日進佔晃州，乘勝追擊，連佔麻陽、靖縣、通道、綏寧諸城。時敵軍大隊，悉集川境，聞我軍直下沅湘，意圖恢復，遂向湘西增援。三月初，武岡敵軍進擾綏寧，我軍於九日分由高沐、梅口反攻，血戰四晝夜，敵潰退武岡城。三十一日，沅州一路敵軍第三混成旅及張作霖所部馬隊，在沅城與我軍鏖戰三晝夜，我軍以兵力單薄，退出沅城，仍各路反攻，斃敵甚衆。至四月敵軍請求停戰，蔡總司令遂下令暫守原地，停止進攻。此黔湘方面之軍情也。

（三）各地之響應與帝制之取銷：當護國軍勇猛奮戰之時，各省紛紛響應，貴州於五年一月廿七日宣布獨立，廣西於三月十五日宣布獨立，廣東於四月六日宣布獨立；厥後浙江、陝西、湖南等省，相繼獨立；時居覺生先生亦號召革命軍奮起山東。袁氏鑒於人心已去，大勢瓦解，乃於三月廿二日下令取消帝制，然仍有竊踞總統之意；命政事堂及統率辦事處，電請息兵，仍戴袁氏為總統。唐、蔡兩公復電，促袁退位。先是，蔡公屢催四川將軍陳宧宣告獨立。至五月二十二日，陳亦通電，與袁政府斷絕關係。袁氏初已有病，至是病遂增劇，於六月六日死於北京。七日黎副總統正式就大總統位，明令恢復共和。此雲南起義護國之經過情形也。

復次再講對於雲南起義之感想：今日回溯雲南起義，可得兩種結論：其一曰有志竟成。雲南以邊瘠之區，何能與袁氏勢力相抗？當時雲南全省，每年歲入不過二三百萬元，唐公向德、奧、日本各國所定購之槍械，又多為袁氏扣留，故餉械兩項，極形缺乏；然雲南不顧利害，仗義興師。猶憶蔡公在軍中致唐公電略謂：「我軍所遇之敵，為張敬堯之一師，及曹師、周師、李旅之一部，器械均甚優良；我軍兵力計十營，劉師約一千五百人，而器械多屬舊式，幸士氣堅定，上下一心，雖傷亡頗重，晝夜不得安息，風餐露宿，毫無沮喪之志。」足見當時戰爭之艱難，與士氣之堅定，故以少敵眾，卒能取勝，完成護國之功。其二曰得道多助。當雲南反對帝制，於第二次會議時，決定起義時機：（一）中部各省中，有一省可望響應時；（二）黔、桂、川三省中，有一省可望響應時；（三）海外僑胞能接濟餉糈時；（四）如以上三時機均歸無效，則本省為爭國民人格計，亦孤注一擲，宣告獨立。嗣因時機迫猝，即首先發難。然雲南護國，實為維持正義，鞏固國本計，多得各省同情，故黔、桂、粵、浙、陝、川、湘各省，相繼獨立，卒使袁氏憤恚而死，此亦足見公理可以戰勝強權。由此觀之，可知吾國此次對日抗戰，一方面是維護國家之生存，一方面是抵抗強權之侵略，故當抗戰之始，總裁即昭告全國國民謂：「全國國民最要認清所謂最後關頭的意義，最後關頭一到，我們只有犧牲到底，抗戰到底；惟有犧牲的決心，才能博得最後的勝利。」又謂：「吾國此次抗戰，非僅為中國，實為世界而奮鬭；非僅為領土與主權，實為公理與正義而奮鬭；吾人深信凡我友邦，既與吾人以同情，又必能在其鄭重簽訂之國際條約下，各盡其所負之義務。」現在吾國抗戰八年，已接近最後勝利，而英、美、蘇各友邦及同盟各國，皆予我以深切之援助或同情，此即有志竟成與得道多助之明證。吾人因此確信吾國抗戰必勝，建國必成。

最後尚有數語補充：雲南起義護國之後，尚有護法一大段歷史，今日因為時間關係，不能詳述。近人對於雲南起義，每多傳聞異詞，鍾嶽今日所言，皆係根據事實；然仍挂一漏萬，將來中央編纂國史時，必能詳加審擇，以成為國家信史，此則鍾嶽所懇切希望者也。

張作霖學良父子與日本的恩怨

譚逸

張作霖、學良父子一生的行為，無論其對國家民族是功是過？在近代史上是少不了要寫上一筆的角色。

日本，這個國家，近百年來對我國人的關係，只有民族仇恨，很少個人恩怨，惟有作霖、學良父子與日本的恩恩怨怨交纏著不清。雖然我國近代史上的當權者，與日本有恩怨關係的，也大有其人，如稱洪憲帝的袁世凱，稱執政的段祺瑞，但沒有作霖、學良父子與日本恩怨關係的深刻。不過這是有其時代性與地方背景的因素使然，非作霖、學良父子的主觀造成的。

日本，古代文化，受我國影響極深，如日本人精神糧食的宗教——佛教淨土宗，大衆文化藝術的圍棋，便是由我國傳去的。但自明治維新後，接受了西方文化的民主與科學，廢除了軍閥幕府政制，其國力便日益强大，躋向世界列强之林。彼時又值滿清國力的弱點暴露於世界，日本即對鄰近的國家，伸出侵略的魔爪，首當其衝的，是我國藩屬琉球，廢國而改為沖繩縣，次一侵略的矛頭，則是我東北屏藩朝鮮。且因此釀成中、日甲午戰爭，清廷在戰敗後，即簽訂喪權辱國的馬關條約，且因而引起日人對滿洲的垂涎。日本戰勝俄國後，更發展到「要征服世界，必先征服中國，要征服中國，必先征服滿蒙」的野心。侵略者為了事半功倍，自然要找傀儡。作霖處在這樣一個時代，這樣一個地區，為了發展個人權利慾，自然而然會走上日本人的陷阱。

作霖，遼寧海城縣人，身材並不魁梧，鄉人以張小粿子呼之，後來發達了，就有人譽為北人南相的貴格，年未弱冠，即向毅軍馬隊管帶（今之營長）趙得勝部下投軍，當一名列兵，作霖二字，便是趙的師爺（書記）代取的，因精明强悍，所以槍法騎術練得兩佳，這是他後來做馬賊頭子的本錢，二年後便由列兵陞到了哨長（今之排長），雨亭二字的別號，是當哨長後才有的。

甲午（一八九三）中、日戰爭，毅軍在朝鮮平壤慘敗後，調回關內，東北籍兵士多脫離隊伍，攜械去當馬賊，作霖也與同哨的弟兄十餘人，去過綠林生活當鬍子（這是馬賊別稱）。在戰時清軍遺落民間的武器，多為壞人所得，亦去作打家刼舍的生涯，因此東北遍地皆是鬍匪，地方被騷擾得不寧，紛紛起而組織鄉團自衛，作霖乘機與台安縣桑林子父老接洽，願為鄉團，並結合盤踞八角台的張景惠等十多人，合併成為桑林子鄉團組織，這是作霖第一次受招安由匪而為團。自被推為鄉團練長後，對地方父老所付給的任務，尚能認眞做到，被匪綁票勒贖，或貨物被刼，騾馬被盜的事，一天一天減少，深得地方信賴，有保險團的稱譽。後來又將杜天羈、沙海子等巨匪擊斃，兼併其衆，已有人槍二百餘，小股鬍匪更不敢來犯，故台安一帶尚稱安靜。

庚子（一九〇〇）拳亂，俄人除參與八國聯軍侵入北京外，復以東北清軍與拳民燬教堂、殺教士及破壞鐵路爲口實，以阿穆爾省兵攻我吉林以北，以關東省兵攻我鐵嶺以南，出兵達十五萬人以上，自七月二十五日迄十月一日，即將我東北大部份土地佔領，俄軍在侵佔過程中所表現的野蠻殘暴，更屬慘無人道，如有我僑胞六千餘人，被俄兵夥同俄國流氓，驅至黑龍江邊大肆屠殺，僅百多人游水逃生，其餘非被屠殺，即葬身魚腹。且俄軍紀律之壞，無以復加，其足跡所至，婦女無不遭奸淫，財物無不遭刼掠，稍有抗拒，則廬舍爲墟。作霖便利用大衆仇恨俄兵心理，以義勇隊名義，對俄兵展開游擊，予俄兵以莫大威脅，因而得到大衆好感，爭先捐送給養，實力亦隨之擴增。各地爲了自衞，亦紛起組織義勇隊，使俄兵到處受阻，俄人憤怒之下，見騎馬者即認爲是馬賊，而加以槍殺。東北人多以馬代步，致外出者多遭此橫禍，故恨俄人尤甚。

辛丑（一九〇一）清廷向八國聯軍簽訂了喪權辱國條約，俄軍被列强干涉，退出東北以後，地方破壞不堪，自稱爲義勇隊游擊隊的武力，遍地皆是。盛京將軍錫良宣佈所有游雜團隊及大小股匪，棄暗投明者，均一律收編爲巡防營。新民府知府增韞將作霖及馮德麟等收編，分委作霖及馮德麟爲巡防營管帶；張景惠、張作相、張海鵬、湯玉麟等爲哨官（今之連長）、哨長等職，此爲作霖第二次受招安爲官軍。

清光緒三十年（一九〇二），日俄火併，侵犯我國中立，在我國領土領海作戰，日人廣給武器於地方鬍匪，委爲征俄義勇隊，作霖亦暗中接受日人接濟，此爲作霖第一次與日人打交道。當俄軍繞道遼西企圖攻擊日軍後部時，日軍尚茫無所知，作霖已聯合馮德麟埋伏於遼西新民至溝幫子一帶，向俄軍襲擊，俄軍受到重大損失，事後俄人向列强宣佈清廷不守中立，偏袒日本。雖被俄人所利用的鬍匪亦有十多股，但無不被作霖剿撫兼施，消滅殆盡。

張作霖

所部實力已擴充至二千餘人，不僅新民府屬各縣安靜，連鄰近各府亦受惠無驚。

日、俄戰後盛京左翼翼長兼巡防營軍統（如軍長）張勳及奉天營務處總辦張錫鑾，考核日俄戰時維護地方治安出力人員的檔案內，作霖及馮德麟陞爲巡防營統領，此時作霖已有步、騎七營，後以擊潰蒙匪陶什陶，已增到九個營兵力。

辛亥（一九一一）武昌起義，各方紛紛響應，從滿清二百多年統治下，光復了漢族河山。當時東北的兵力，有新軍第三鎮統制（如師長）曹錕駐長春（吳佩孚是該鎮營長），第二十鎮統制張紹曾駐灤州（馮玉祥是該鎮營長），第二混成協協統（旅長）藍天蔚駐瀋陽，舊軍有中路巡防營統領劉德昌駐瀋陽，左路巡防營統領馮德麟駐彰武，右路巡防營統領馬龍標駐通遼，前路巡防營統領張作霖駐洮南，後路巡防營統領吳俊陞駐遼源。

東三省總督趙爾巽是漢軍旗人，自然反對革命，恐新軍不足恃，便利用未受過新思想薰陶的舊巡防營武力，爲對抗新軍鎮壓革命的工具，但以瀋陽中路巡防營武力，不足以抵抗新軍，特調由行伍出身的吳俊陞率部來省增防，營務處擬撰調遣令稿時，爲張景惠所見（時任職作霖駐省辦事處），即將省垣空虛趙督恐懼新軍調吳拱衞事，專人通知作霖。作霖得訊後即離洮南來省，並令部隊作開拔準備，抵省後即晉謁趙督，謂局勢緊急，擬率部來省拱衞總督。正中趙的心懷，對作霖獎勵有加。旋劉德昌因病請假，趙又派作霖兼代中路，隱然執巡防營牛耳了。加上有馮德麟等同聲相應，便敢作敢爲，爲趙爾巽撐腰。

瀋陽新軍協統藍天蔚及奉天諮議局議長吳景濂，均爲革命黨人，擬逼趙爾巽宣佈獨立，趙則擬用保境安民的騎牆手法，以應付變局。作霖在軍事會議時手持炸彈，用同歸於盡的姿態，以威脅新軍將領，贊成趙的保境安民主張；在諮議局應變會議上，率領便衣身懷手槍，以恐嚇吳景濂取消獨立提案。而奠定了趙爾巽保境安民政策。趙遂於九月二十四日宣佈就奉天保安會會長。後來藍天蔚在北大營起義被擊敗，便是作霖一馬當先去幹的，革命黨人趙蓉及同情革命的旗人知府恒和、陸軍小學教官田亞斌先後被害後，趙對作霖更加信任。

清廷宣佈贊成共和退位後，趙亦由保安會長改稱奉天都督，迨新軍調駐關內，趙便將巡防營改編爲正規軍，委作霖爲陸軍第二十七師師長，馮德麟爲第二十八師師長，並將巡防營各路騎兵編爲獨立騎兵旅，委吳俊陞爲旅長。隨作霖一道的張景惠、張作相、張海鵬、湯玉麟等一班綠林好漢，均當了旅、團長，眞所謂一人得道，鷄犬皆仙了。

趙爾巽調任清史館館長，張錫鑾繼趙督奉，對作霖更屬倚賴有加。民國四年（一九一五）袁世凱謀稱帝，特命親信段芝貴任奉督，段是清末以坤伶楊翠喜進與貝子載振而換得黑龍江巡撫醜案的人物，在東北聲名惡劣，已爲人所鄙視，段到奉後且想直接控制部隊，更激成巡防營系將領們的反感，遂推作霖爲首與段抗衡。段爲除此肘腋之患計，密請袁調二十七師南下入湘，並召作霖入覲。作霖知是段的詭謀，除面袁表示服從外，囘奉後即暗示各公法團以治安爲由電京挽留，復向段要求餉械及人員補充，以遲遲其行。段又薦作霖爲綏遠都統，滿以爲此獨當一面的釣餌，可達調虎離山心願，料不到作霖竟拒不接受。袁稱帝已引起全國反對，瀋陽竟有籌組保安會變相獨立的謠言，段芝貴知難戀棧，便席捲軍事節餘款二十萬元辭職離奉，臨行命作霖護理督篆。袁世凱爲拉攏計，便於民國五年二月特派作霖爲盛武將軍督理奉天軍務，但爲埋伏一顆定時炸彈在作霖身旁，於次日令派馮德麟爲奉天軍務幫辦，這是老袁一貫的手法，果然後來馮與作霖發生磨擦，不過這是老袁死後才發生的。作霖眞除督理後，增添第二十九師，以吳俊陞爲師長，旋又利用黑龍江師長許蘭洲逐走朱慶瀾，以所部孫烈臣督黑，壓迫孟恩遠離職，以鮑貴卿督吉，雖然東三省已在勢力範圍內，但名義仍只是奉天督軍，到民國七年（一九一八）段祺瑞內閣時，索得東三省巡閱使，始正式將東北軍政大權置於掌握中，儼然東北王矣。

袁世凱乘辛亥革命武昌起義機會，抱着潛竊的野心，重爲馮婦。就任清內閣總理大臣後，嗾使部下段祺瑞、馮國璋四十二個軍人，聯名電請清廷贊成共和，逼宣統退位。雖中山先生已就任中華民國臨時總統，以不願兵連禍結，特讓位於袁世凱。袁因爲不願離開北京老巢南來，則唆使第三鎭曹錕在京、津譁變。京、津各團體以北方治安爲由，阻袁南下，遂改在北京就職。這種教猱升木的把戲，從此養成軍人跋扈氣焰，尾大不掉而自食其果。袁死後北洋軍系統由段祺瑞、馮國璋兩人掌握，段爲安徽合肥人，馮爲直隸河間人，所以有皖系、直系之稱。民國六年（一九一七）張勳復辟，黎元洪下台，馮以副總統扶正，段祺瑞組閣，未幾，段、馮便因權利衝突各不相下，段祺瑞組織安福系收買議員，舉徐世昌爲總統，以拆馮的台，皖、直門戶之見益深，遺害所及，便造成北洋軍閥割據局面，使國家政治、經濟更不能步上現代建設道路。在軍閥間爭權奪利火併中，帝國主義者遂得操縱其間，以致內戰不息。

日本人在甲午戰爭中侵佔我東北，這一塊吃到口中的肥肉，被俄、法、德三國干涉吐了出來，始終是不甘心的。在日俄戰爭時日本人與作霖打上了交道，在新民襲擊俄軍，幫了日本的忙，日人對作霖自然要加以重視，由當時牽線的日本浪人町野武馬與作霖經常聯絡，一個是浪人，一個是草莽英雄，自然一拍卽合，成了莫逆之交，到作霖做了奉天督軍時，町野武馬便是督軍府高級顧問，成了作霖與日本交往的橋樑。日本滿鐵第一任總裁後藤新平男爵，在一本小冊子對作霖的月旦是：「張作霖在滿洲有一種特殊的地位，並無任何官歷，也與中國中央政府，沒有多大因緣，張離滿洲，卽失地位，故可以說滿洲是他惟一地盤，他的心中只有權勢和利慾，別無何等經綸。」所以日本人認爲作霖可資利用。

第一次歐戰後（一九〇四——一九〇八）段祺瑞內閣承認日本在山東的利益，日本派西原龜三與段締結參戰軍械借款三千五百萬元，吉會鐵路和滿蒙四鐵路墊款及濟順、高徐鐵路墊款五千萬元，吉黑兩省金礦和森林借款三千萬元，電報收入擔保借款二千萬元，還有其他借款共爲三億日元。日本建築鐵路所至之地，則是日本勢力擴張區域，以助長日本貫澈蠶食我國野心，所換得來的代價，是日本扶植段祺瑞政權的武力統一政策。北京學生反對段內閣出賣山東權益及喪失權利的借款，激成「五四」愛國運動，全國輿論不滿段內閣壓制學生的賣國行爲，一致起而反抗，釀成全國大都市罷課、罷工、罷市大風潮。

直系軍人吳佩孚，也是一個自命不凡的野心家，因段內閣一意培植皖系徐樹錚邊防軍，自然對直系不利，便與段的武力統一政策唱反調，並派廣西人張其鍠聯絡南方軍政府總裁岑春煊，由國會議員孫洪伊在上海聯絡國民黨，直系頭子曹錕派曹瑛出關聯絡作霖，利用全國反段祺瑞賣國高潮，通電籲請解散安福俱樂部並免除徐樹錚職。由衡陽回師北旋，高唱和平及召開廬山國事會議的迷人高調。段亦予以反擊，罷免吳的師長職，並予曹錕撤職留任的處分。於是直、皖戰爭，便於民國九年（一九二〇）秋打起來了。

權利慾隨地位而增高的作霖，因段祺瑞將東北許多利益送與日本，使其無置喙餘地，東北又是日本的垂涎物，恐將來段與日本勾結緊了，對他在東北統治更爲不利，所以便與吳佩孚合作，派兵入關，參加直、皖戰爭，問鼎中原。

直、皖戰爭是七月初發動的，雙方主力在高碑店、涿縣一帶激戰，以皖系邊防軍武器裝備而言，是優於直系的，自作霖奉軍加入後，邊防軍第一師在琉璃河敗退北苑，曲同豐被俘，直系軍隊進入北京，所謂總統徐世昌則免段職及通緝徐樹錚等，以敷衍直系。作霖則分得了察哈爾、綏遠、熱河三省地盤，加了滿蒙經略使頭銜。

熱河告危，宋子文張學良至承德訪湯玉麟（左）

吳佩孚到京後，高唱聯省自治，勾結陳炯明以牽制中山先生北伐，企圖將勢力侵入兩廣，此時直系已擁有湘、鄂、直、魯、豫、陝、蘇、皖、贛九省地盤。這一形勢，自然使作霖問鼎中原的野心，起了不安的反應。加上長江是英國經濟勢力圈，在日人眼中的直系，是多少偏於英國的，吳佩孚的日顧問岡野中佐對吳的動向，自然也有情報，所以日人便一直在做作霖與段祺瑞言歸於好的媒介。此時曾在段內閣中的交通系要人葉恭綽爲作霖幕中嘉賓，也可以作一葉而知秋的看法。

段祺瑞是不甘雌伏的，被吳推下台後在天津，鑑於吳的成功，是利用民意的力量，於是想到了衆望所歸的中山先生，派吳光新徵得作霖的同意，聯絡中山先生，所以吳光新、徐樹錚分赴滬、粵活動。段的目的，不過借中山先生名望來號召，以作東山再起的陰謀，並非眞心爲國家而輸誠於中山先生的。這便是所謂孫、段、張三角聯盟的胚胎。

直、皖戰後的次年，奉、直雙方並未公開破裂，作霖已派人四處活動，拆直系的台，由張宗昌建議派程國瑞到宜昌直系長江上游總司令孫傳芳處活動，策動孫傳芳奪取武漢以反吳，並謂可在北方策應。雖然孫傳芳也派了秦德純赴奉天報聘，終以格於形勢，孫只有心領作霖厚情了。

直、奉同床異夢的合作，經過了一年多的時間，權利的衝突，一天一天增加，到民國十年冬（一九二一）靳雲鵬內閣對財政無法支持，積欠軍政費甚鉅，作霖經葉恭綽策劃，親到北京向徐世昌推薦交通系領袖梁士詒爲內閣總理，徐世昌政府，夾於兩大軍閥之間，只有唯命是從。梁士詒於是年十二月就職，吳認爲梁將來財政上必先濟奉，對本身不利，便向梁索積欠糧餉，並截留京漢鐵路收入，復聯合齊燮元等指梁借日款贖回膠濟路，是賣國行爲。梁卽稱病辭職，作霖爲梁辯護，一定要梁復職。於是彼此通電發動罵戰，互揭瘡疤。到民國十一年（一九二二）四月各在瀋陽、洛陽召開軍事會議，預備一決雌雄，雙方形勢，有如箭在弦上，一觸卽發。吳經張紹曾（曾任二十鎭統制）拉得馮玉祥合作。日人卽慫恿作霖先發制人以維護京畿治安爲名，調遣大軍入關。作霖動員了二十萬以上的兵力，總司令部進駐距天津四十里軍糧城，初步奉軍攻勢甚銳，到五月四日馮部李鳴鐘攻至京漢路長辛店，奉軍十六師師長鄒芬倒戈，西路奉軍有了缺口，全線受到影響，作霖於六日趕至天津，下令總退卻，只打了六天，便退出關外。馮部向山海關追擊時，日使以南滿鐵路二十里以內不得用兵爲由，向北京政府提出警告，馮卽奉令停止追擊，吳僅迫徐世昌免作霖本兼各職。

作霖退出關外後，自稱東北保安總司令，宣告保境安民。六月底曹瑛赴奉講和，停止軍事行動，但作霖仍以半獨立狀態，杯葛直系把持的北京政府。並銳意整軍經武，大力軍事經濟建設，重用楊宇霆、郭松齡、姜登選、李景林等留日軍人，以爲捲土重來之準備。

吳佩孚擊敗奉軍後，不滿徐世昌袒奉，由張紹曾策劃恢復舊國會法統，迎黎元洪復職，以迫徐世昌下台。馮玉祥雖替吳出了大力，但馮與吳的意見始終格格不入，吳竟將馮調爲空洞的檢閱使虛銜，以河南督軍位置自己部下張福來，馮卽率部在南苑練兵。後來張紹曾組閣，引國民黨人黃郛參加，張是馮的老長官，黃、馮雖是初交，但志趣相同，遂成爲志同道合的心腹朋友，兩人在內閣中對馮的維護，馮部實力反有增加。

直系頭子曹錕，於十二年十一月五日，當上了賄買選票而來的總統，中山先生卽通電指責，並籌備北伐。曹以一個布販出身，而登上了中南海寶座，自然心滿意足，但吳佩孚的假和平眞武力統一的迷夢尚未達到。遂於民國十三年（一九二四）夏由直系江蘇督軍齊燮元，福建督軍孫傳芳向皖系浙江督軍盧永祥發動攻勢，盧永祥部師長陳樂山不願作戰，盧敗後借日顧問逃赴日本，國民黨北伐軍又在江西贛南爲方本仁食言反攻，退回粵境。當時直系軍勢甚大，因此，段於九月十日特派袁良持親筆函請黃郛（時爲教育總長）導馮玉祥與作霖合作反吳，其函云：「膺白總長閣下：關心國事，景仰奚似。大樹沉默，不敢稍露形跡，是其長，亦是短也。現在縱使深密，外人環視，揣測無遺。驅之出豫，已顯示不能共事，猜忌豈待至今日始有也？當吳到京之時，起而捕之，減少殺害無數生靈，大局爲之立定，功在天下，誰能與之爭功也，豈尚徘徊歧途，終將何以善其後也？余愛之深，不能不策之也。一、爆之於內，力省而功鉅。二、連合二三兩路，明白反對，恰合全國人民之心理。奉方可不必顧慮，卽其他二三處代爲周旋，亦無不可。宜早勿遲，遲則害不可言。執事洞明大局，因應有方，尚希一力善爲指導之。人民之幸，亦國家之幸也。餘由文欽詳達。」蓋當時黃與馮玉祥、孫岳早有計劃，藉「三角聯盟」倒直系後，迎孫中山先生北上，完成辛亥革命未竟之功。惟須俟有利機會而行，固不待段之函促。亦可見段是權利慾的急色兒。但吳仍蒙在鼓中耳。

作霖此時已得日人支援保證，故傾巢而出，於十月初以安國軍名義第二次揮軍入關，吳佩孚自稱討賊軍總司令亦以全力分三路抵禦，並調張福來至北京以監視馮玉祥（時馮爲吳的討賊第三路總司令），兩軍接觸後，奉軍攻勢甚猛，於十月十九日佔領山海關，直軍王懷慶又敗於朝陽、開魯，沙河寨、二郎廟等要隘又失，吳迫得將監視馮的張福來部亦調赴前線，吳基本精銳第三師也敗了下來，大砲亦損失不少。馮玉祥以時機已到，並將直系的直隸督軍王承斌拉了過來反吳，改所部爲國民軍，於十月二十一日由熱河回師，以日夜二百里急行軍，於二十三日午夜回到北京，將曹錕囚禁於延慶樓。馮回到北苑即請黃郛組織攝政內閣，電迎中山先生北上解決國事，段亦通電響應，中山先生遂於十一月一日由韶關回到廣州，發表北上宣言，主張召開國民會議，廢除不平等條約。直奉雖是爭奪權利的軍閥內戰，但中山先生北上目的，據他自己說：「這次北方同志，推翻了曹、吳軍閥，國家又露出了一個統一建設的機會，我這次北上，是要促進國民會議的召開，和廢除不平等條約，以謀國家的獨立，要把本黨第一次代表大會的宣言，政綱提到國民大會予以通過，來重奠國民革命的基礎。」但作霖與老段則不是這樣想法。且攝閣中有李烈鈞等著名國民黨員，對馮更有些駭怕，首先由作霖將接近馮的直督王承斌部包圍繳械，王即通電辭職。

作霖電邀馮玉祥到津與段會商國事，各省實力派齊燮元等通電擁段，於是會議中推段爲臨時元首，既無法統根據，又非選舉，名稱頗費周章；旋由章士釗、林長民咬文嚼字仿羅馬西庇阿（Scipio）及法國拿破崙初任元首例，用「執政」名稱。段原定十二月一日就職，聞中山先生取道日本北上，即提前於十一月二十二日入京就職，通電主張召集善後會議，和尊重所訂各國條約，與中山先生主張背道而馳。到二十四日作霖抵京時，奉軍李景林已率部分駐北京城內外各要點，郭松齡部一團駐城北黃寺，控制了北城，張學良率一營駐順承王府爲作霖舊寓。作霖到京後要國民軍讓出宣化、北京、天津、保定防地與李景林，與馮合作的裂痕更深。經段調解以盧永祥爲直督以作緩衝，國民二軍和三軍調赴河南，以胡景翼、孫岳分任河南督軍、省長，馮任西北邊防督辦駐張家口，國民一軍分駐熱、察、綏三省，馮部鹿鍾麟爲京畿警備司令，所部三個旅仍駐北京，如此分贓，才免發生衝突，而作霖亦亟欲攘取長江富源，便離開北京揮軍由津浦路南下。張宗昌率白俄軍打先鋒，獲得山東、安徽、江蘇三省地盤，張宗昌、姜登選、楊宇霆分任魯、皖、蘇督軍，使奉軍飲馬長江，躊躇滿志。作霖更一意聽從日人意旨與段一鼻孔出氣，將當初三角聯盟之成議，置之不理。

民國十四年秋（一九二五），奉軍因爭奪上海，與浙江孫傳芳火併，但奉軍各將領自到蘇、滬後，立刻墮入紙醉金迷環境中，毫無戰鬭精神，孫部鄭俊彥乃順利攻入上海時，奉軍統帥邢士廉倉皇撤退。由於奉軍紀律不佳，大江南北悉遭糜爛，故孫傳芳軍如秋風掃落葉，將奉軍逐出蘇、皖。楊、姜等率殘部退集長城內外，僅張宗昌守住山東。

奉軍將領中郭松齡最清廉，甚得兵心，且訓練有方，因任東北講武堂教育長有年，各軍下級幹部多出其門下，且極有好感。郭自負甚高，喜接近知名之士（與其同難的林長民便是當時段執政善後會議和國憲起草委員會的委員），平日與楊宇霆等同僚意見不投，突於十一月二十二日在灤縣叛變，大概是由林長民通過黃郛關係與馮玉祥聯絡，將姜登選槍斃後，以清君側爲名通電回師向瀋陽進軍，馮即響應通電請作霖下野。

此時奉軍精鋭均爲郭掌握，作霖遂向日關東軍請求援助，當國民軍孫岳、李鳴鐘打敗了奉軍李景林佔領天津，解除了郭軍後方威脅。郭軍亦進至白旗堡，瀋陽在望時，日本卽出而干涉，以南滿鐵路二十里不准駐軍爲由，阻郭軍前進外，復由日關東軍白川大將遣砲、步兵會同吳俊陞騎兵將郭軍擊潰，十月二十四日郭夫婦及林長民均死軍中。作霖始解除了逃亡大連的危機。

作霖經由張宗昌拉得吳佩孚棄嫌修好，於民國十五年三月（一九二六）以討赤爲名第三次揮軍入關，張宗昌率部向天津進攻，奉方海軍也出現於大沽口外，向大沽口國民軍砲兵陣地轟擊，國民軍當然還擊，日方以大沽設防違反辛丑條約，向外交部提出限二十四小時答覆的通牒，並有五項無理要求。因日人是幫助奉軍以來，段卽令國民軍拆毀工事撤出天津。三月十七日北京各團體代表向執政府請願，勿向日人屈服，代表卽被衛兵毆傷。次日北京學生在天安門集會，要求取消辛丑條約，再到執政府請願時，衛兵開槍，打死學生四十餘人，傷百餘人，血染鐵獅子胡同，造成全國憤怒的「三一八」慘案。段以民衆的舉動，遷怒於馮玉祥，便約奉軍與他的衛兵旅包圍北京的國民軍。鹿鍾麟事先得知，便於四月九日將段的三個衛兵旅繳械，段逃入東交民巷托庇於日人，始免被國民軍拘捕，步曹錕後塵。

北京由王士珍、趙爾巽、熊希齡等元老組織治安維持會，鹿鍾麟爲了避免北京遭戰禍，於四月十六日率部退往南口。奉、直軍先後抵京，各派北京警備司令，幾致火併，經治安會調停以張宗昌所委的王翰鳴充任，始免一場戰禍。奉軍使用的軍用票充斥市面，釀成商人罷市。張宗昌軍紀甚壞，年青女子不敢外出，報紙批評卽被封，報人被殺的有邵飄萍、林白水，被捕的有成舍我、龔德柏，京津治安混亂不堪，王士珍等三個元老開會痛哭了一場將治安會解散。

作霖、吳佩孚先後來京，會議一致向國民軍追擊，此時馮玉祥已通電下野，同于右任由外蒙赴俄，國民軍由張之江統率，雙方軍力是一與五之比，奉、直兵力在五十萬左右，雖然兵多糧足，但同床異夢，貌合神離，打了三個多月，到八月底才將南口、平地泉、多倫攻下，國民軍退到陝西五原，馮由俄回國，加入革命軍，於雙十節日解了西安之圍。

民國十五年夏（一九二六）國民革命軍北伐，出兵湖南，吳佩孚由長辛店匆匆回到漢口指揮。革命軍的武力和裝備，雖遠遜於直系，但因得到人民的愛護，不到半年時間，便將直系吳佩孚、孫傳芳打垮，佔領了長江上游的武漢及下游的南京，解救了湘、鄂、贛、皖、蘇、浙、閩七省的人民。直系勢力瓦解後，川、滇、黔、晉先後易幟，西北的陝、甘亦爲馮玉祥佔領，僅關內的直、魯、豫和關外的滿、蒙在奉軍手中。作霖便於此際受日人慫恿，於民國十六年（一九二七）六月登上中南海寶座自稱大元帥，與南京國民政府唱對台戲。並搜查俄使館，大捕國民黨、共產黨人，殺路友于，李大釗等。

日本軍部派滿鐵總裁山本到北京威迫利誘簽訂了「鐵道借款密約」（此爲二十一條中的一部份）後，復迫作霖訂「日滿經濟同盟」及「日滿軍事同盟」，作霖恐此項行動爲東北人民反對而影響其統治地位而推延，此時雖對日人侵吞東北的咄咄逼人的野心有所煩厭，但欲自拔已不可得矣。

日本侵略我國的國策，不管那個政黨執政，萬變不離其宗，均是不變的。其所不同的，則是緩急之分，民政黨執政時，是用緩和的經濟侵略，政友會則主張急進的軍事侵略。一九二七年政友會總裁田中義一組閣出任首相，便主急進佔領東北，於是年六月召集駐我國的使、領、特務人員、關東軍事長官，南滿鐵路總裁等在東京會議，是爲「東方會議」。討論佔領東北後政治經濟措施，及如何懷柔作霖和對國民黨諸問題，會議討論十天，至七月十七日結束。八月十六日田中又親蒞大連，再召集駐我東北的軍事外交人員和滿鐵總裁，研究東方會議各點實施方案，討論了四天，名曰「大連會議」。田中將兩次會議的結果，上奏天皇，卽震驚世界「要征服世界，必先征服中國；要征服中國，必先征服滿蒙」的田中奏章。田中於會議後對外僅宣言「中國內亂能波及滿蒙，紊亂治安，帝國因有特殊地位與權益，不論亂自何方，帝國決予以適當之處置。」無異對正在北伐的國民黨警告，不得將戰事帶入東北。次年我外交部取得田中奏章後公佈，英美諸國則信日使松岡洋佑之謊言，謂係揑造。

國民黨內部經過了寧漢分裂又復合作，於民國十七年春揮軍北伐，經激烈的戰爭後，卒將在河南的奉軍張學良，韓麟春部，及山東的奉軍張宗昌部等擊潰。雖然日本插手干涉，造成「五三」濟南事件，野蠻地殺我外交交涉員蔡公時，但阻不住革命軍的攻勢，迨革命軍繞道攻佔河北，迫近北京，作霖要求停戰未獲，作霖於六月一日通電下野，於六月二日專車起程，六月四日車行至皇姑屯站，爲日人河本大作等人所置炸彈炸斃。同時遇難的尚有當時任黑龍江督升的吳俊陞。

據當時任奉天政務廳長的關又安所著四十七年之回憶云：「國軍北上，奉軍不支，張氏通電息爭不應，未幾逼近京畿，六月一日通電回奉，二日晚劉省長(尚淸)派余率各界代表迎之於山海關，張氏抵山海關後，各界代表乘另車先回，黑督吳興權留余隨張車同返，張略詢地方事畢，余以在座皆要人，因退往其他車廂，與常蔭槐攀談，時六月四日上午五時二十五分，車行至南滿鐵路皇姑屯，一過交道口，忽聞巨響如雷，余正倚窗外望，幾被震倒，炸聲響後，列車停不能進，隨車人員及衞隊均紛紛下車，將交道口兩側包圍，不准任何人接近，余趕至出事地點，見張氏車廂被焚，吳黑督身首異處，張受重傷不省人事，待日本路警趕到時，常蔭槐已將張氏運回帥府，余亦趕往，見劉省長面如死灰，但故持鎭靜，密告余曰，元帥至府，氣息已微，移刻卽逝。劉言未了，見府內副官多人在廳要排後事，劉故厲聲曰：『元帥不過受震昏迷，現已蘇醒。』某副官人頗機警，隨應聲曰：『六姨太恐不測，故來此爲安排後事耳。』因此一班在場文武官員，知張氏尚在，故人心稍定，並一面封鎖消息，一面電張學良速回，並將張之頭部，用繃帶紗布包紮，僅露面目，橫躺床上，旁陳鴉片煙具及水菓點心，以僞裝尚在人間，日人來訪者，只准在臥室外遙望，連張之日顧問亦不例外。故日人咸信張未死，遂未敢發動大難，否則九一八事變，將提前三年矣。」

又據當時計劃炸死張作霖的日本關東軍高級參謀河本大作事後的自白云：「大正十五年（卽民國十五年）三月我被任爲關東軍高級參謀。等我到了滿洲一看，已經與從前的滿洲大不相同。當時的總領事吉田茂到張作霖那裏去談判，張作霖每遇到對自己不利的話頭，就立刻推說『牙痛』退席，弄得急待解決的問題堆積如山。實際上當時東北排日的空氣，是比中國其他各地還要濃厚。我想，如果長此以往是不可以的，必須在現在想辦法幹一下才行。昭和二年（民國十六年）武藤中將以軍司令身份來赴任，武藤中將在昭和二年六月舉行的東方會議席上曾主張『滿洲問題惟有以武力來解決，別無途徑』。而國家的方針也就決定了武力解決，在此之前，張作霖在大正十四年十二月郭松齡事件發生時，失去武力討伐的自信，一度曾想逃亡日本，但危機一過，張作霖既沒有到關東軍那裏去道謝，也沒想解決『土地問題』。昭和三年（民國十七年）五月下旬，關東軍從旅順進入奉天，我軍是七千人，而與此抗衡的軍隊是三十萬人，爲了處置這三十萬大軍，是有佔領地形上要點的必要的。中國軍隊的上官與下屬的關係，有如秘密結社幫會中的頭目與手下黨徒的關係一樣，只有將頭目幹掉，手下黨徒就立刻七零八散。因此獲得一個結論，應該採取手段，除了幹掉張作霖以外，沒有其他手段，而爲計劃的實施，幾經研究的結果，故無論從任何觀點來看，都以南滿鐵路與京奉鐵路的南交叉點爲惟一最適當的地點。不過因爲滿鐵的列車，是在京奉鐵路的上邊通過，想使滿鐵絲毫不受損失而達到目的，是很難做到好處的。因此決定安裝三個『出軌器』，如果炸車失敗，就使列車出軌，叫『敢死隊』衝殺進去。當時中國方面常常盜用滿鐵擔保的修建洮昂鐵路的材料，去修建瀋海鐵路，因此日本方面從那一年三月的前後起，爲了防止盜用，堆積起沙袋來。我們就利用那些沙袋，將沙土換上炸藥，等待機會行事。

「後來獲得情報，六月一日張作霖要從北京出發回到東北。按時間計算，二日夜間應該抵達已經佈置好的地點。可是張的專車在北京天津之間加速前進，在天津至錦州一段，又將速度降低，又在錦州停了半天，所以專車到皇姑屯比預定晚了很多，在四日五點二十三分才到佈好炸藥的地點。在此之前我們老早就在爲防止偸竊車貨而建築的瞭望台裏等待，左等不來，右等不來，一時曾經等得不耐煩，大家都要回去，但是張的專車終於來了。我們雖然知道藍色的客車是張所乘的車，但在夜裏是很難辨別出天藍色的，好在我們早已安裝好了電燈。當張的坐車開到佈置好炸藥的地點，我們立刻就將電流接通到炸藥上去，炸藥爆發了，在時間上遲誤了一秒鐘，那輛列車在剛要走過去的時候被炸，客車的後半部全毀，張作霖被炸死了。在事發之後，我就從關東軍借調石原中佐來作助手，從那時起，我便籌劃『滿洲事變』的方案』。

當晚張學良乘機趕到，次日張作相率軍回瀋佈置妥當後，始公開發喪。日派林權助來弔，殷殷以是否易幟相詢，並謂如繼續作戰，日本願如前年郭松齡事變助老帥一樣，拔刀相助。學良以不共戴天之仇，自然拒絕蠱惑。

作霖死後的東北統治權，自然是父死子繼，落在學良身上。當張宗昌、褚玉璞殘部數萬人由山東退至津東一帶，受日本接濟再圖掙扎時，學良曾派人前往制止，並令退回奉天，張、褚拒不受命後，卽約白崇禧的革命軍前後夾擊，悉被繳械，張、褚偕日顧問逃赴大連。日本人雖有向學良黃袍加身企圖，終亦未能實現。

學良拒絕了日本諸多的威脅和利誘，毅然就中央所委的東北邊防司令長官。且毫不考慮東北地位處在日本勢力中，仍作種種反日措施；在經濟方面建築與南滿鐵路平行縱貫的鐵路，減低南滿鐵路的侵略作用，興建葫蘆島海港，以與大連港對抗。民衆抵制日貨的運動，和學生反日空氣的濃厚，均是足以驚人的。復資助日本皇道會（卽保皇黨）牧野仲顯伯爵組黨經費六十萬日金，以擴充反對田中內閣武力侵略政策力量；且利用金錢拉攏床次二郞冀知關東軍對東北的動態，楊宇霆、常蔭槐的預謀叛變，卽係從此線索而獲知，始得防患未然的。民國十九年秋擴大會議戰爭，學良受了權利的引誘，得了海陸空軍副總司令頭銜，忘了日人的虎視眈眈，而揮軍入關，以致瀋陽防務薄弱，使日人有易乘之機，日人便天天製造事端以爲藉口。二十年七月間唆使萬寶山朝鮮農民與當地農民衝突，八月間又揑造中村大尉失踪事件，提出嚴重抗議；突於九月十八日夜由石原參謀指揮先破壞瀋陽附近柳條溝鐵路，砲轟北大營，這便是震驚國人的「九一八」事變。而依照田中奏章：「要征服世界，必先征服中國，要征服中國，必先征服滿蒙」的指南，開步走第一步了。這也便是張學良自謂「痛恨日本對華之侵略，年幼時親見日人在東北之橫暴，及長也，明國家之大義，先大夫之遇難，『九一八』之暴行，致痛恨無已。」此卽爲張學良家仇國恨的呼聲。

作霖以草莽匹夫，當逢日本侵略，軍閥爭權奪利之際，便因緣時會步明末李自成後塵登上中南海寶座，可說是時勢所造成的英雄，也可說是時勢所扮成的丑角，祇以不敢過甚爲害國家而遭殺身之禍，亦可說是時代的犧牲者。

戴笠生前死後

·筱臣·

戴笠遺像

前軍事委員會調查統計局局長戴笠將軍，係於抗戰勝利後民國三十五年三月十七日，由青島飛南京，以座機失事，在南京近郊岱山墜毀，其時殉難者尚有隨員多人，中外爲之震悼。死時得年僅五十，天不假年，至堪惋惜！

其一身行徑，從事諜報工作，出死入生，神出鬼沒，眞有如神龍見首不見尾，若干逸事，直令人爲之驚嘆！富有戲劇性，亦亟富有傳奇性。

最近台灣中國電視公司所推出之國語電視劇——「神龍」，描述抗戰時期我地下工作人員，有所謂夢娜小姐，以一名女人在上海漢口一帶與敵僞周旋，而幹下了驚天動地爲國家犧牲的佳話。此一國語劇，亦多少影射當年戴將軍所指揮的同志，留下了這可歌可泣的故事。

本篇所擬敘述的，則爲戴將軍的出身及其簡歷，以及其他身後榮哀，至於他之傳聞逸事，容後另爲專題分別報導。

家世簡歷

戴笠，本名春風，一名徵蘭，世居浙江江山之保安鄉，亦即仙霞嶺，家世業農，父親入過縣學，不幸早逝，他六歲喪父，賴母氏藍太夫人撫育以成人。七歲入塾，十七歲進浙江省立第一中學肄業，十九歲和毛秀叢結婚，同年便投筆從戎，投軍浙軍第一師，充任一名志願兵。其後曾一度回到家鄉，當保安鄉學務委員，又興辦自衛團自任團長，由於經費無着，維持了一個時期，便告解散。

當他舞勺之年，即知關心時務，報刊一到，他總是首先閱讀，作文振筆直書，從不擬稿，洋洋灑灑，有倚馬才。嘗結識一般學友，互相立志砥礪，名曰青年會，附者百人，序齒他雖年幼，但都以他的馬首是瞻。他中等身軀，一舉一動充滿活力，高材，隆準，兩道劍眉，正甲字臉上鼻大，嘴濶，天庭特別飽滿。稍長，豪放不羈，嘗浪跡異鄉，經年不歸，得多金，輒揮霍殆盡。

民國十五年他三十歲，在江山悅來客棧，無意之間邂逅文溪高小時代的老同學毛人鳳，一席長談決定了他的終生志業，戴笠欣然就道，南下廣州，考取了黃埔軍官學校第六期騎兵科，編在一團三營七連，同時他宣誓加入國民黨，而且甫入黨被推舉為連黨部執行委員。

國民革命軍北伐，國民政府定鼎南京，戴笠被選拔為騎兵營的列兵，加强訓練，準備北上作戰，清黨之役，他根據平時細心觀察，詳盡調查，一舉肅清騎兵營的二十餘名共黨份子，這是他受知於蔣總司令，不久從事情報工作之始。

戴笠之全家相

黃浦二期同學胡靖安，是戴笠在廣州入伍時期的舊相識，風聞戴笠清黨建立殊功，當時他正担任蔣總司令的侍從副官，負責蔣總司令的警衛，兼且偵報各地的軍政重情，提供總司令參考。胡靖安對戴笠器重賞識，於是他便邀他參與自己的情報工作。

不過胡靖安是一位具有自大狂的人，由於目中無物，器小易盈，志得意滿之餘，不久便跌了下去，一落千丈，不再為校長蔣總司令所信任。儘管戴笠後來從此受知於校長，胡靖安卻不得志。大陸淪陷前夕，他還是由於戴笠的推薦，在江西担任省訓團教育長。大陸易手後，他也留在上海，自後就沒有了他的消息了。

民國十六年八月十五日，蔣總司令為促成寧漢團結，不惜功成身退，宣告下野，蒞奉化溪口故鄉掃墓以後，便轉赴上海，買棹東渡，行前，戴笠曾上船去請謁校長，陳明在蔣總司令旅日期間，願予搜集各方情報，寄送校長參考。在這一段期間，戴笠曾聯絡十二位擔任團長的黃埔同學，聯名發表通電，懇促蔣總司令，回國復職。

中樞無主，人心惶惶，十二位團長的籲請，發皇為全國同胞的熱切嚮望。十七年元月四日，蔣總司令俯順輿情，返京復任，繼續北伐，底定中華民國的統一大業。這一年戴笠三十二歲，他被委派為國民革命軍總司令部聯絡參謀，正式主持情報工作。

一年後，他便被擁兵割據的軍閥、朝秦暮楚的政客，視為不共戴天的讐敵。十八年十二月，在平漢鐵路前線稱變的唐生智，即曾懸賞十萬大洋，要買戴笠的腦袋。

民國二十一年三月十八日，軍事委員會成立，蔣委員長就職，召開軍事會議，四月一日成立前所未有的軍事情報機構，蒐集調查資料，研究國內外情勢，隸軍委會調查統計局為第二處；即就原聯絡組之基礎擴組之。任戴笠為處長負責主持，並以唐縱為書記，鄭介民為偵查科長，邱開基為執行科長。

以上情報組織，日益擴大，視為無線電工作人員養成所的三極無線電學校，便是戴笠為了吸收專門技術人員所創辦，學校設在上海，被軍統局吸收的人才則再送杭州訓練。二十四年二月，南昌行營調查課合併於軍委會調查統計局第二處，仍以戴笠為處長。至是人員則由一百四十五人增加到一千七百二十二人。三年之間增加了十二倍。

戴笠對於國家民族的最大貢獻在抗戰以前，厥為民國二十二年閩變的敉平，他除了蒐集叛軍部署情報，並曾冒險入閩，策動十九路軍方十一師毛維壽和六十師沈光漢部相機反正，使李濟琛，陳銘樞等人之叛亂為之冰消瓦解，大流血的內戰，因而避免。

此外，又如民國二十五年的「兩廣事件」，倘若不是戴笠派鄭介民秘密南下，策反粵軍，使巫劍雄、黃質文的兩個師，鄺文光、鄭瑞功的兩艘魚雷艦，以及粵軍空軍全部飛離廣東，歸順中央，使陳濟棠陸海空三軍不戰而降，巨變因以傳檄底定；那麼，華南內戰早已爆發，那一仗打下來的結果，兄弟鬩牆，兩敗俱傷，民國二十六年日本軍閥的大舉侵華，勝負如何，殊難逆料。

民國二十五年十月西安事變，蔣委員長被張學良、楊虎城刼持於西安，消息傳出，舉世震駭，張學良、楊虎城實已稱兵叛變，當時戴笠還在廣東處理緝私工作，聞訊他立刻趕返南京，十月二十二日，他不顧友人和同志的勸阻，抱定必死的決心，陪同蔣夫人直飛西安隨侍蔣委員長，效法蔣委員長赴難永豐艦伴從國父的精神。他一到西安就被監視，張學良曾親自去看他，出示一份東北軍官的聯名簽呈：「請速殺戴笠，以絕後患。」

當時，這位硬漢便大義凜然的抗聲答覆：

「主辱臣死，古有明訓，現在領袖蒙難西安，凡是領袖的部屬，便決不會忍辱偷生，戴笠怕死，就不會來此！不過我死以後，我的同志必將繼承我的志願，維護領袖，為國除奸！」

一腔忠憤，竟使張學良為之懾服，他不曾殺戴笠，僅將他囚禁。十二月二十五日張學良終於翻然悔悟，親送蔣委員長夫婦回南京，自縛請罪，事變結果，戴笠也恢復了自由。事後在他被囚的地下室中，有人撿到他遺留下的一張親筆便條，那上面寫着他忠心赤膽，大節懍然的幾句話：

「自昨日下午到此，即被監視，默察情形，離死不遠，來此殉難，固志所願也，惟未見領袖，死不甘心！領袖蒙難後十二日戴笠於西安張寓地下室。」

（見附圖戴笠遺墨之一）

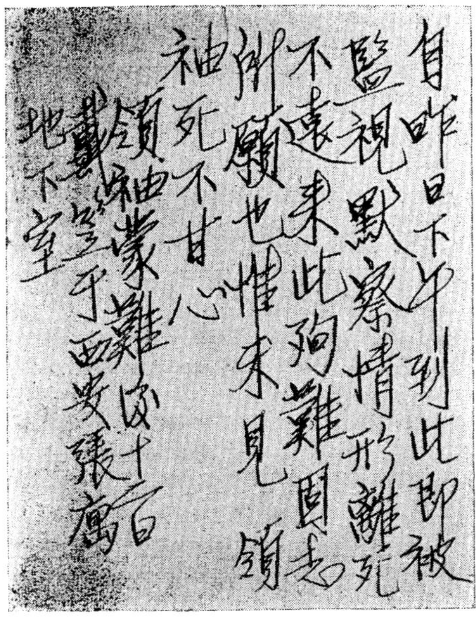
自昨日下午到此即被監視默察情形離死不遠來此殉難固志所願也惟未見領袖死不甘心領袖蒙難後十二日戴笠于西安張寓地下室

戴笠遺墨之一

抗戰前夕戴笠所領導的軍統，規模已很龐大，軍統人員的活動範圍，從通都大邑直到邊陲村鎮，乃至海外各地。這一股新興的力量，使一切中華民國的敵人，包括日本軍閥、以及漢奸、外國列强、共產黨徒、陰謀禍國與為非作惡者，都因之頭痛萬分，極其忌恨，日本軍方特意給他們起個名字，叫「藍衣社」。

抗戰既起，戴笠為發動地方人力物力協助國軍抗戰，向上海士紳建議組織別動隊，担任對敵突擊破壞工作。當經杜月笙等贊助，由地方團隊及愛國青年志願參加，組成五個支隊及一個特務大隊，共官兵一萬餘人，分佈於滬西浦東與蘇州河一帶，協助國軍作戰。這以上部隊並由軍委會頒發「蘇浙行動委員會」及「蘇浙行動委員會別動隊」之番號。遴選俞鴻鈞、吳鐵城、杜月笙、貝祖詒、劉志陸、錢新之、吉章簡、蔡勁軍及戴笠等為委員，由戴笠兼書記長負實際責任，劉志陸為別動隊總指揮。又為集中意志統一思想，養成官兵作戰、偵探、破壞等技術，特在青浦與松江成立訓練班，佘山成立教導團，輪流調訓官兵。其時杜月笙等出錢出力，厥功亦偉。

民國廿七年，戴笠又以忠義救國軍教導團，直隸軍委會，由戴本人任團長，俞作柏爲副團長。該團成立以後，頗著成效，其後又在浙江東陽成立第二團，日益擴大，經呈准成立忠義救國軍總指揮部於漢口（後遷屯溪），仍屬軍委會，戴笠兼任總指揮，俞作柏任副總指揮。

是年八月，戴笠領導之軍委會調查統計局第二處，奉令擴充爲軍委會調查統計局，肩負長期抗戰之情報作戰任務，以賀耀祖爲局長，戴笠爲副局長負實際責任。

到了民國廿九年，戴笠的職責日益加重，兼軍委會運輸統制局監察處處長以及財政部緝私署署長。民國三十年，爲革命情報工作成立九週年紀念日，軍統局同人景仰戴笠之卓越領導，本「寶劍贈英雄」之義，向戴笠獻七星古劍一柄，並舉行獻劍典禮。戴笠當時的答詞，大致爲：

「今爲我們工作九週年紀念日，承全體同志以寶劍相贈，本人至不敢當。古人用劍有『上馬殺賊，下馬擒王』之意；當前革命環境所急要者，即爲殺賊，而殺賊尤需擒王。本此意義，余謹以工作負責人之立場，毅然代表我全體同志接受此劍，以示共勉，吾人之團體，決不採取俄國『格泊烏』及德國『吉士塔坡』之特工方法來統制。因中國有其歷史文化，有其傳統精神，即 總理所講忠孝仁愛信義和平，與 領袖所講禮義廉恥。吾人掌握團體運用組織，即本此精神爲出發點，以主義領導，理智運用，情感結納，紀律維繫。唯其如此，故能使主義與道義結合凝爲一體，歷久而愈堅。」

當年他並在紀念大會特刊題詞云：

「我們的工作九週年紀念大會特刊

有忠義血性者，方能擔負此神聖偉大之使命！

金水題卅年四月一日」

（見戴笠遺墨之二）

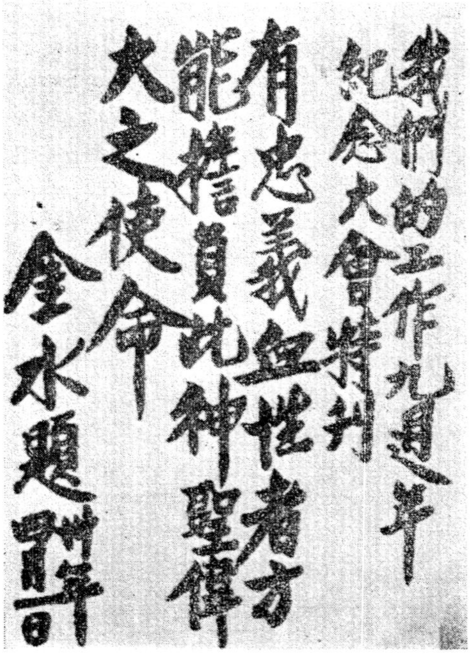
我們的工作九週年
紀念大會特刊
有忠義血性者方
能擔負此神聖偉
大之使命
金水題

戴笠遺墨之二

民國三十一年，珍珠港事變爆發後，美國爲解決其氣象情報供應問題及明瞭我東西沿海兵力形勢，有與我合作之必要，乃於四月，派梅樂斯海軍中校來華洽商，與戴笠會晤之後，即有極佳印象。

不久，軍統局國內外各地之地下無線電台，均能以簡易方法報告氣象，所有我國淪陷區各重要城市，甚至安南、緬甸、婆羅洲、台灣、菲律賓均有報告。因此，梅樂斯對戴笠魄力之雄偉與軍統局工作效率之優異，極感驚佩！

於是，要求戴笠同去東南沿海作實地勘察，以爲今後從事技術合作與共同行動之參考。其後梅樂斯對中美合作這一段故事，著了一部巨著，名爲「另一種戰爭」，現已有中文繹本，由台灣新生報印行。

至於同時派員深入汪精衛僞組織，蒐集情報，以及暗中與周佛海通款曲，從事反間工作，策動各地僞軍，棄暗投明，待機反正，響應盟軍登陸；一面更給共黨在後方的潛伏倡亂份子，以沉重打擊，值得敘述的驚人故事，更是不勝記述。

自敵軍投降後，戴笠更奉命統一辦理全國肅清漢奸工作，在軍統局成立肅清漢奸處理委員會（簡稱肅奸會），機構遍及全國各大城市，由於辦法週詳，所有重要漢奸，均先後予以逮捕，約計四千六百餘人，總期毋枉毋縱。所有逆產處理，保管亦至爲慎密，移送行政院在各地所設之敵僞產業處理局處理。

當勝利之初，共軍勾結蘇俄，破壞交通，阻撓接收。戴笠乃奉命將掌管之忠義救國軍、別動軍、中美訓練班之教導營，及交通巡察處所屬之各交通巡察部隊，併編爲十八個交通警察總隊，一個直屬大隊，並成立交通警察總局，其隸交通部，以吉章簡爲局長，共官警六萬餘名，仍歸軍統局督導，派往全國各重要交通線，肩負阻撓共軍侵襲，維護交通安全之任務。

身後榮哀

民國三十五年三月十七日，戴笠自青島乘航委會專機飛滬轉重慶，因氣候惡劣轉飛南京，穿雲下降時，誤觸東郊之板橋鎮岱山失事。國民政府蔣主席聽到這一個噩耗以後，極爲震悼。當以戴笠功在國家，明令公葬。並於六月十一日頒褒揚令曰：

「軍委會調查統計局局長戴笠，志慮忠純，謀勇兼備，早歲參加革命，屢瀕於危。北伐之後，戮力戎行，厥功甚偉，抗戰軍興，調綜軍事情報，精勤益勵，因能制敵機先，克奏膚功。比以兼辦肅奸工作，不遑寧處；詎料航機失事，竟以身殉，緬懷往績，痛悼良深，該故局長戴笠，應予明令褒揚，着追贈中將，准照集團總司令陣亡例公葬，並交部從優議卹，生平事蹟存備宣傳史館，用示政府篤念勳勞之至意，此令！」

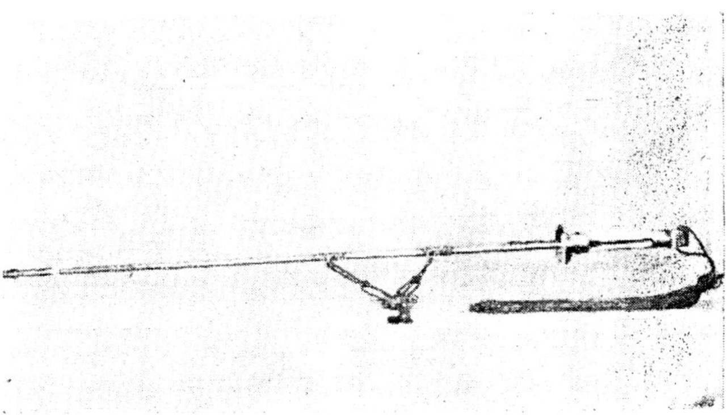

戴笠之寶劍

六月十二日，首都各界舉行公祭，國府蔣主席並親臨主持祭禮，祭之以文曰：

「嗚呼，笳鼓頻喧，兵禍猶延，匹夫有責，共掃腥羶，胡期一朝，殞此英賢，心傷天喪，五內具煎。憶昔黃埔，君受陶鑄，天資英敏，慧眼獨具，志慮超羣，先邁驥步，躡險履危，靡有瞻顧。洎乎北伐，乃效前驅，出沒虎穴，妙應戎謨，安瀾江表，多所詢于，剖疑陳籌，參從彌敬。迺維紀綱，車航重勞，刺微入隱，洗髓伐毛，牛角紾音，刮磨勤操，奇謀密運，葆就炎徼。勝算彌遠，遠綏朔遼，蝎角蠻觸，於焉澌消，事蕆而恩，厥功丕昭。抗倭軍興，咸懼將壓，料敵鋤奸，廟謨咸洽，財蠹政蝥，無遠不察，以振頹風，以正國法。爰寄股肱，幹濟中樞，素繩直道，民誦來蘇；更勤捍禦，別出洪圖，盪決之功，埒於虎符。友邦刮目，譽爲奇謨，蔗績之茂，堪冠吾徒。介節皎然，持躬寅亮，名位數頒，均表謙讓，美德高風，爲世所仰。常勉十思，補天是望，薄言凱旋，痌瘝遍訪，肅奸捕逆，大義所尚；中道云徂，口存心想，皓月孤光，繁星昭朗，惓念時難，深哀吾黨；惟君之死，不可補償，忠勇足式，益以謙光，以此策勵，宣垂史章，褒功崇德，民不能忘，清酒爰奠，來格來嘗。」

第二天，戴笠的遺體，卜葬於南京紫金山旁靈谷寺國民革命軍陣亡將士公墓，愁雲慘霧，大雨如注，但參加送殯的部隊及學校機關團體，不下萬人，途爲之塞，白馬素車，備極哀榮。

當公祭時，各方輓聯誄詞甚多，茲謹錄其有代表性的數聯於後：

國府蔣主席輓聯云：

雄才冠羣英，山河澄淸仗汝績；
奇禍從天降，風雲變幻痛予心。

此聯對於戴笠嘉許備至，但亦不失爲長官輓部屬的身份。

另外尚有一聯，則爲章士釗所輓，這個時候的章士釗雖屬係在野名流，但係杜月笙的秘書，爲杜府的座上客。由於杜月笙與戴笠的過從極密，有工作上的關係，當然章與戴笠也有着聯帶關係，友誼自非泛泛。當時他的輓聯云：

功在國家，利在國家，平生讀聖賢書，
此外不求成就；
謗滿天下，譽滿天下，亂世行春秋事，
將來自有是非。

此聯可稱爲輓聯中之首選，措辭不卑不亢，深得風人之旨，雖讚揚而無溢美之辭，我們重讀此聯，感到大手筆確不可及，固不能以人廢言。

至於黃埔同學的代表作，則有胡宗南的輓聯云：

祖帳舞雞鳴，浩浩黃流，問誰同擊渡江揖；
春風吹野草，滔滔天下，只君足懼亂臣心。

此聯亦頗切貼得體，語不泛設。

戴笠所主持的調統機構，本來係創始於民國廿一年的四月一日，因此，軍統局的同人在每年「四一」這一天，均有紀念大會，亦卽所謂「四一大會」。自戴笠逝世後，從民國三十六年起，將這一項具有紀念性的大會，改在三月十七日舉行，簡稱「三一七大會」。卅八年，中共佔據大陸，政府遷來台灣後。戴的舊屬如國防部保密局長毛人鳳等，再在台北近郊觀音山建「戴公祠」，芝山岩建「戴雨農圖書舘」，「雨聲小學」，以紀念戴笠將軍。

又戴笠逝世五週年，「三一七大會」懸有一聯云：

心膂廿年功，敎忠不負平時望；
膽薪今日志，復仇重慰在天靈。

又戴笠逝世九週年，亦有兩聯云：

其一

公存匪膽懾，公歿匪勢猖，其一身繫天下安危之重若此；
在上爲日星，在下爲河嶽，雖百世而生民馨香勿替可知。

其二

效忠守淸白家風，遺訓長昭，
七載英靈如在上；
沉陸痛炎黃華冑，國仇未復，
萬行血淚又重揮。

以上三聯，對於戴笠將軍之追思，語極沉痛，寄慨遙深，至於遣句造詞，極其典麗，允稱佳作，不知屬何人所致送。惟只知代筆的文士，爲湘潭名詩人張劍芬先生手筆，吐屬不凡，自屬可傳之作。

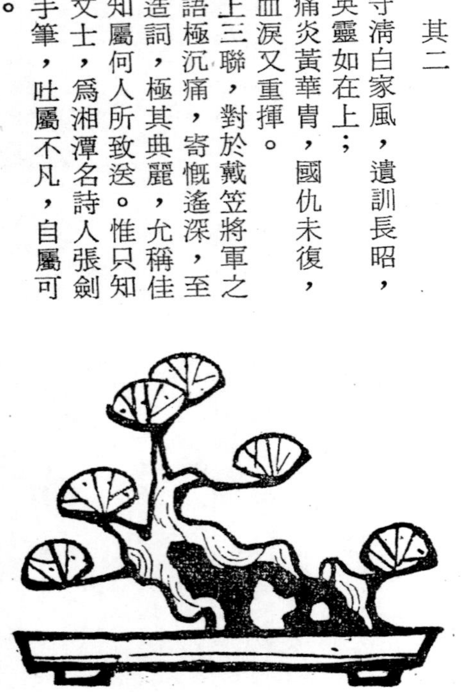

憶李麥麥（上）

鄭學稼

「劉胤」、「李麥麥」和「李建芳」，是一個人在三個不同階段的姓名。

劉胤生於一九〇四年，湖北竹山縣人。竹山曾產生民國時代的名人，卽「二七」事件中被軍閥蕭耀南殺死的施洋。劉胤該認識他，因爲在重慶曾有一次同我談到他，可惜當時我對施洋沒有興趣，把話題轉到別的——十年前我研究中共史時，才找覓施洋的資料。

他曾對我說，他是貧苦農民的兒子，在私塾受過初等教育。五四運動後，他經歷若干辛苦到武漢。在這個大城市，他被捲入時代的風暴中，開始和新文化接觸。首先給他的思想啓蒙者，是中國現代大思想家之一梁啓超的著作，但他的早熟的知慧，卻不能在「飲冰室」文集中得到滿足。他和當日的青年一樣，在思想上開始新的發展。他參加學生運動，並被共產主義青年團所吸收。到武漢清黨，他前往莫斯科。我不知道他在東方大學的生活，也不知道他何時返國。

劉胤回國後，就和中共分手，參加托洛茨基派運動。他是該派未統一前小組織之一負責人。大概到陳獨秀被捕後，他在思想的反省和對抗疾病——肺病中，得到這結論：「不斷革命論」不適合於中國。

我不知道什麼時候「劉胤」改名「李麥麥」。由現存署名「李麥麥」的著作看來，他在這階段，不是馬克思主義的迷信者，也不是托洛茨基的信徒。更合理地說：「李麥麥」是他由馬克思主義者轉爲馬克思主義的批判者；由托洛茨基主義者轉爲不斷革命論的批判者的記號。在這階段，他翻譯：(1)普列哈羅夫的「哲學的根本問題」(辛墾書店出版)；(2)魯濱的「經濟思想史」；(3)考茨基的「法國革命與階級鬬爭」；(4)沙發諾夫的「中國社會發達史」。(以上三書都是新生命書局出版)他著(1)「中國經濟——其發展其現狀及其前途」(滬濱書店出版)；(2)「中國古代政治哲學批判」(新生命書局出版)。依他的話，「經濟思想史」所以用「沈韻琴」的筆名，是紀念他的愛人。這一悲劇式的戀愛，是他在重慶時說的，留在後面詳述。

我認識他是在他改名爲「李麥麥」的後期，也就是他已開始用「李建芳」的時期。李建芳是民族主義者、反共者，國民黨員。我認識他，似小說家構想的故事。

一九三五年夏天，我由東京返國，住上海八仙橋青年會宿舍。某日，上海商品檢驗局同事，黎明書局編輯馮君到我房間說：「老鄭！快些穿衣到樓上吃喜酒。」

「誰的喜酒？」

「任卓宣在樓上結婚，一同去賀他。」

「誰是任卓宣？」

「他就是辛墾書店的葉青，現在你不認得，以後就熟悉了。今天你將會見到許多朋友。」

去賀不相識作家的婚禮，在三十年代知識分子的生活方式中，不算做可笑的事。我穿好衣服，同他乘電梯到禮堂，婚禮已經開始，證婚人蔡元培在講話。廣大禮堂的一隅，有些人在聚談，我走到他們中間，發現幾位隔一年多未見的友人，並被介紹給不相識者。一位穿藍布長衫，面有病容的高漢子，和我握手，他就是李麥麥。——雖然他已用「李建芳」的名字，大家仍叫他「李麥麥」。

酒桌上，大家談天下事。我發現李麥麥有這特點：對事物有深入的觀察，獨到的見解，談話中有邏輯性和諷刺性，常堅持己見。分別前，他問我：「對日本時局這麼熟悉的你，曾研究明治維新史？」我答：「我對明治時期的歷史相當熟悉，每個政治舞台上人物的軼事，也都知道。可是，對其中一些事變，還不能做歷史家的解釋。」他高興地說：「那太好了。我花了很多時間研究明治維新，並做了結論，但是，內有一些理論上的問題，由於不懂日文，無法證實我見解的正誤，希望找一個時間領教。」我說：「不敢當。你住在那兒？」他給我住址，並細心地教我怎樣找那地方。

我不能記起轉訪他的日期。那總在我決定留滬之後。由於第一次會談的內容，對我以後做學問有很大影響，我還記得大要。他住在郊外，似乎是龍華那方面。坐黃包車走了很長的路，再步行，穿過田野，才到他的住處。那是單獨的平房。房外有竹棚，放着爐子和放餐具的竹方桌子，算是他的廚房兼餐廳。他在房內招呼我。走進去那是十疊大的臥房。他倒在竹床上，說昨夜吐些血，只能臥談。我舉目四顧，眞是「家徒四壁」。房內還放一張竹床，那是特由竹山來照料他的姪兒睡的。另有兩張小櫈子和一隻箱子。靠他睡床三面的地下，散着書。我感覺：如有小偸入門，將自感是富足者。他說：「我的姪兒是鄉下人，飯都燒不熟，正去市場買菜，恐怕外面的熱水壺還沒有開水。」我說：「沒有關係，我口不渴。」我早由他的友人口中，知道他靠賣文爲生。爲着肺病，不能連續寫稿。每月只賴「十大教授」的機關刊物——「文化建設」的數十元稿費，維持兩人的生活。

他告我：研究明治維新史，發現它和普魯士統一德國，薩丁尼亞統一意大利，有同一歷史的目的，卽民族的統一和獨立。所以要研究德、意、日的民族統一史，爲着感到它們是中華民族統一和獨立運動的鏡子。他說：明治維新成功，由於外力侵入前，日本的農民暴動浪潮已經退落，因此，多難興邦。如這論斷不錯，何以明治十年發生「西南事變」？難道西鄉隆盛們的擧兵和農民運動沒有關係嗎？

我聽了他的話，腦子有些震動。我在東京研究各財閥史，被迫研究日本史，因爲三井財閥和住友財閥，對日本的經濟政治有久長的關係。我遍讀關於財閥的著作，被自稱爲「町人歷史家」白柳秀湖的著作所迷。不必說他的財閥史，就是他的其他著作，都表現他是有見解的歷史家。他曾參加初期社會主義運動，但他不是馬克思主義者，而是有獨立思想的學者。他的「親分子分——浪人篇」，用充分史實指證：「武士道」，就是叛逆之道。因爲武士只知養他的主人，連天皇都不在他的眼中。人們對「武士道」的誤解，以爲武士有什麼美德，那是受明治大帝御用宣傳家的愚弄。（梁啓超關於「武士道」的叙述，可說是中那宣傳的毒）。他又指出：日本雖沒有市民階級的革命，而城市富人確有權力。不必說：大阪富豪一怒，天下「大名」變色，就是東京市內的消防隊，實等於西歐資產階級的國民兵。他的數卷由千倉書房出版的「國民之日本史」，用很多篇幅論述德國史，由查里曼大帝到普魯士統一德國。他的目的，是說明德國資產階級和日本的同階級一樣，都沒有經過似英國資產階級的革命。我忽視這點，以爲那是他的寫作習慣，喜歡把每件事，從頭細說一番。就由這一讀書的粗心，雖然知道伊藤博文拜斯坦因爲師，起草「欽定憲法」，卻不理解，那由於明治維新和普魯士統一有同一歷史的意義。現在由李麥麥一語道破，使我豁然貫通。

我告訴他：明治維新前，應該說「黑船」來日前，日本的農民暴動浪潮，確已低落，或說在結束中。西鄉隆盛代表破產的士族，反抗明治政府。因爲，維新後的廢藩置縣，廢士族祿俸，使士族無以爲生。我又告訴他：在東京寫了一半「西鄉隆盛傳」，如能出版，一定請他指教。

他說，他對於明治維新的參攷書，不過是商務出版的陳彬龢譯哥温著「日本史綱」，神州國光社出版的佐野學著「物觀日本史」和植原悅次郎著「日本民權發達史」等書。內中對他有作用的，是佐野學的著作。我告他：白柳秀湖也有他的觀點。他聽後很高興。接着說普魯士統一北德。他給我看他的參攷書，也多是商務出版的似是中德協會之類的小叢書。我對他的做學問本領，有些驚奇。因爲由這些沒有系統的書做出他的結論，等於把有色的破布剪裁成一幅美麗的圖案。

我倆又談到理論方面。他說：馬克思主義有它的歷史前提，不是普遍的眞理。中國馬克思主義者，把馬氏的著作奉爲教條，不能由西歐的歷史去了解馬克思學說。「社會史論戰」時，大家教條地引用馬克思的話，是它的例證。同理，中國的托派，不了解「不斷革命論」是沙俄歷史的產物，不能應用於中國。他强調中國歷史的特點，和只有明白這特點，才能了解中國未來歷史的道路。

他問我在東京讀了什麼書。我說：大部分時間，花在財閥史，並以財閥史爲中心，研究日本史，尤其是明治維新以來日本之軍部、政黨和財閥的關係史。對於馬克思主義，我曾讀了河上肇的未譯爲中文的著作，日本馬克思主義者關於日本資本主義性質爭論的論文和著作，盧森堡的「資本積累」，希喜亭的「金融資本論」，考茨基的「唯物史觀」，盧森貝的「資本論注釋」，還有些與「資本論」有關的文學作品。對馬克思「資本論」發現一些問題，譬如關於勞動價値論中的抽象勞動問題，政治經濟學的廣義和狹義問題，都曾有一些意見，還不能解答自己的疑問。他又問我，曾讀過關于德國史的什麼著作。我告他：我讀了梅林的「德國社會民主黨史」和「德國史」。他說：「我也有俄文版『德國社會民主黨史』」。

我看見地下的陀思妥也夫斯基的商務版「被侮辱與被損害的」就問他：

「你喜讀這個人的作品？」

他驚訝地反問：「你不喜歡？」

我說：「一些也不喜歡。它太沉悶了！」

他正色地說：「你錯了。陀思妥也夫斯基不僅是大文豪，而且是大思想家。讀他的作品，和喝濃咖啡一樣，開始覺些苦，後來就有享受之感了。」我不能同意地說：「我讀托爾斯泰的『戰爭與和平』也覺得享受呢！他一幕又一幕地揭出你所要看的事物來。」

他說：「托爾斯泰的『戰爭與和平』，是大農奴主的作品，而陀思妥也夫斯基是窮人。讀陀氏的作品，要陪眼淚，但給你代價，那就是誘你想一些未曾想到的問題。」他似乎發覺不能說服我，改換口氣說：「我相信你總有一天了解偉大的陀思妥也夫斯基。到了那一天，你會接受我的意見。」

事實確如他所說。

到了五十年代初，我譯貝查也夫的「俄羅斯共產主義之本原」，接着了解民粹派的理論和它的運動史，由俄羅斯人對希臘正教的關係，似乎見到俄羅斯民族的靈魂。自那時起，我讀「卡拉馬佐夫兄弟們」，眞有李麥麥所說的感覺。我還讀一些陀氏的傳記，曾決心花一年時間寫「陀思妥也夫斯基傳」。它和已有的傳記不同，附有他的作品的內容摘要和分析。我的女兒爲我收集英讀本和有關陀氏的著作，可是，突然我放棄了那決定。因爲，自己感到享受的東西，不一定要公之大衆。

大概有兩個半小時的談話。我辭別他，在歸途有與君半日話，勝讀數年書之感。那時，他只有三十二歲，我才滿二十八歲。

我記不得以後和他見面的次數。肯定地說，那是不多的。因爲他的住處距上海市區太遠。一九三六年冬，他推動友人們辦書店。理由。第一、反共的文化工作者，受中共的各種打擊。他們的文章，不能發表於受中共「文總」支配的刊物，他們的著作也難找到出版者。第二、在國共軍事鬭爭中，反共等於擁護國民政府，而中立的知識分子，對政府的抗日還是懷疑。因此，在國民黨刊物發表文章，不能收爭取中立者的效果。至於國民黨營書店，有一定的尺度，縱使反共而不合那尺度的稿件，也不會接受；更不必說，我們和國民黨人並沒有關係了。他先和任卓宣先生商量，因爲任先生有辦書店的經驗，而且有人力。最後，大家決定籌款辦出版社。社名「眞理出版社」，是我擬的。所出書的內封面也載我擬的：

我們的信條
我們沒有黨。
誰說我們有黨，
我們的黨就是眞理。
眞理高於一切。
我們爲眞理而奮鬪。

這出版社最大的股東就是我。我出二百元，另由商品檢驗局一位反共科學家募二百元。其次是吳曼君，由友人處借三百元，到重慶解散該社時退還。我不記得任卓宣先生出若干。當然大家的股款，都未收回。

李建芳寫兩本書：「論中國共產黨」和「日本明治維新運動」，都沒有版稅。書店的書，開始有銷路，後來找不到經售處，因受中共「文總」的禁止。任卓宣先生曾告訴我：國民黨要人邵力子（似是宣傳部長）曾對他表示反對眞理出版社。到抗戰初期，中共造謠地宣傳：眞理出版社，是托派辦的，資本是日本帝國主義供給。關於這件事詳情，我正在執筆中的「我與所謂『托匪漢奸』事件」的小册子有論述。

「論中國共產黨」小册子，是發表於「文化建設」第三卷第三期的「論中國共產黨的轉變」一文擴大而成。它是我所見到中外同問題的最好著作，雖然它只叙述到抗戰前夜。它一開頭就給中共下個判決書：

在一個偉大的時代變革過程中，假如某一政黨，它能先期的認識其時代變化之反正邏輯進程，並能以最精當的思想和方策去影響其時代，領導其時代，這一政黨卽使因某種歷史條件之限制而不能取得政權，甚至遭受了極大的失敗，然而它在整個歷史進程中，仍然是有其偉大意義的。

反之，在一個偉大的時代變革過程中，假如某一政黨，它事先既不能預見其時代變化之反正邏輯進程，又不能因時制宜決定自己應盡的任務和應取的方策，而當時代瞬息萬變的時候，它時而想去反對一切，時而又不惜同流合汚，終而當事過境遷之後，它又想到要實行自己之偉大理想，這種政黨卽使在革命的某一時期演過重要作用，但是終久要變爲時代的沉澱物，變爲時代的丑角，變爲時代的唐吉呵德，而且最後必然在時代巨輪之下，莫明其妙和極其卑下的找尋自己可耻的墳墓。

我們現在所欲論列的中國共產黨，實足的就是這樣一個政黨。

當他寫這小册子時，還不知道「蘇區」的實況，和「遵義會議」的詳情，也就是他不知「中共」正轉變爲「毛共」。因此，我不再介紹他的論點。

「日本明治維新運動」，不僅分析明治維新的歷史意義，還有中國歷史倒退論或循環發展論。先說後者。

「昭和維新」的歷史家們，喜說這句話：「日本歷史的特點，是萬世一系；中國歷史的特點是易姓革命。」『易姓革命』，也就是王朝更迭，確是中國歷史之一特點。何以有這特點？李建芳以爲由於中國是大陸國。在技術條件還不能克服地理條件時，大陸國的中國，常陷於歷史循環發展或倒退運動。大陸國，當商品經濟發達到一定限度時，由商業資本破壞舊社會而生之人口過剩，無法解決，必然引起了「破壞歷史繼續前進的廣大農民和小生產者的暴動。强烈的農民和生產者暴動，必不可免地使商業資本的中央王權趨於崩潰，隨後依照着歷史鬬爭的一定邏輯推移，便轉爲諸侯的互鬬。這樣就自然地把歷史由高度的城市文化拉回到封建初期野蠻的後方，而使過去全部的崇高的文化生活，教育生活，一時歸於毀滅。」但是，當「退落到一定程度時，歷史又要開始其復生運動——商品經濟和城市文化的復生。」

歐洲歷史，除了德國（它也是大陸國）都沒有似中國的倒退運動或循環發展。李建芳曾以英國和希臘爲例，說明島國的英國，有了殖民地，解決內在危機，並促速工業革命。有內海的希臘，早就殖民各地；但是，日本雖爲島國，卻是閉塞的島國，在未能克服海洋的限制前，和大陸國一樣，也有循環發展的歷史。

中國和日本同受大陸國歷史規律的支配，但是，當西力東來時，日本由於農民暴動退落，發生明治維新，中國由於農民暴動浪潮正在掀起，發生鴉片戰爭並由之逐漸半殖民地化。我應補充說的，就是早在他的「中國文化問題導言」（辛墾書店）中，已有中國歷史倒退運動的理論。這本書，對中國文化的特點和中國歷史的特性，有充分的說明。中共理論家曾牛頭不對馬嘴地評爲「地理唯物論」，實際上歷史倒退運動論和「地理唯物論」是完全不同的理論。我以爲這本書，對當前復興中國文化運動，有些啓示性。

李建芳由明治維新的詳細分析，做這結論：

近代諸民族的維新運動，除了那些……不欲論列的殖民地和半殖民地的革命運動和具有特殊形態的俄國革命外，其餘的，我們可以把他們分作兩大類：一是十七、八世紀的英法古典的民族維新運動，二是十九世紀的德、意、日非古典的民族維新運動。前一種民族維新運動的特色，就在它未開始資產階級革命好幾世紀以前，這種民族就已經有統一集中的中央王權，並且因此種王權對於資本主義保障，這種民族並且能有了強大的資產階級，因此，這種民族的維新運動，在本質上，就是資產階級革命……以十七世紀的英國革命和十八世紀的法國革命爲典型的代表。

至於後一種民族維新運動的特色……就在這種民族因國際環境之變遷或民族之刺激，使它有迫切的維新運動必要時，然而它爲它的先期的歷史倒退運動和政治分裂運動的關係，不僅使這種民族沒有強大的革命資產階級，甚且使它沒有一個統一的集中王權。因此，這種民族的維新運動，不但不是以推翻專制王權爲任務，倒是相反，一開始就不得不謀集中王權之建立。而這種民族的民族維新運動之基本特色，不是資產階級之推翻貴族和僧侶以及官僚制度，寧是由大諸侯、貴族、武士和資產階級等來建立一個與分裂的封主藩閥作鬪爭，並且永遠消滅其統治的統一的中央王權和巨大的官僚制度。……這一革命運動，不是發生於十六、七世紀資本主義不甚發展時代，而是發生在資本主義以民族形式作激烈的競爭時代，和因爲它自身都是含有民族刺激之因素的，所以它在社會立法和文化方面，特別在經濟生活方面，都非加速資本主義化不可。雖然這種勝利是資產階級的歷史的勝利，但是資產階級自己卻不是和英法一樣，是政權的掌有階級。

屬於這種民族維新運動的，除了德、意、日，「從某一點出發說，五四以來的中國民族運動也是屬於這一典型的。」他還如此說：

由於後一民族維新運動，在政治上是謀集中王權之建立，因此，它總是表現爲一個較大的軍事權力對於其他較小的軍事權力之克服運動。不過比較大的軍事權力，必須是該民族中首先能行民主改良和議會政治者，如普魯士之統一德國，薩丁尼亞之統一意國，廣東國民政府之統一中國，都是得力於武力與民衆之結合。……爲什麼提倡民主政權的孫中山先生的政治學說中，有所謂『軍政』呢？因爲在這種民族內，在欲實現一種全國的資產階級式的民主共和國，同時需要一個能夠克服軍閥統治的鞏固的中央政權。

（待續）

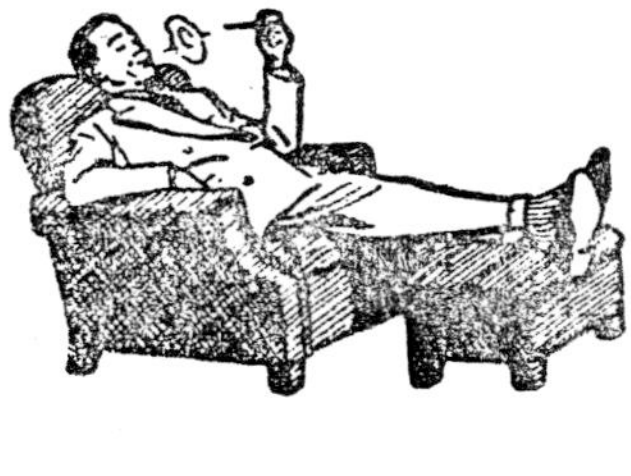

赤脚大仙丁文江

覺初

丁　文　江

丁文江是中國最著盛名的地質學家，我在讀中學的時候，就已聽熟他的名字了，但他的許多著作，我卻沒有完全讀過，只讀過他同張君勱大打筆墨官司的那一篇，即「科學人生觀與玄學人生觀」，雙方陣容，可也相當熱鬧，連胡適博士也動員參加了，胡所主編的獨立評論，就是極力支持丁氏的園地，後來的結果怎樣？我似乎沒有注意，是雙方協議休戰呢？還是那一方自動撤退。我想，如丁氏的才氣縱橫和君勱先生的固執倔强，都是不可能讓步而投降的。大概他們都因爲其他關係，對這事都有些厭倦，犯不着死纏下去，就各自休兵了。後來君勱先生還是悻悻然對人說，「在君總是那麼武斷的。」可見那一次筆戰，誰也沒有說服了誰。

「在君」，就是丁文江先生的別號，他是江蘇泰興人，生于清光緒十三年（一八八七），留學日本、英國，曾任地質調查所所長、北京大學教授、中央研究院總幹事，民國二十五年（一九三六）卒于湖南長沙，享年五十。

那一年可說是中國最不幸而多事之年，除了丁氏這顆科學巨星殞落外，黨國元老胡漢民、漢學大師章太炎、被中共捧爲高爾基的魯迅……都在是這年逝世的，而縱橫捭闔，由北洋時代的政壇，躍入蔣委員長侍從室的楊永泰，亦在是年冬，被人狙擊而死的，雖說蔣委員長的五旬祝壽大典，足以象徵中國的國運昌隆，但西安事變的驚險鏡頭，也夠使全國人民的心弦震動而惶惑了，唯一可以告慰的，就是兩廣稱兵造變，迅速地得到解決，促成全國統一，結束了幾年來西南對峙之局。因此，凡在那一年所發生的重大事故，在我的印象中，無不記憶猶新，歷久不忘，何況丁氏尚在盛年，科學造詣特出，在經濟落後科技人才缺乏的中國，這種損失，實在是值得非常悼念的。

那時我的國文老師，恰也是江蘇泰興人，對於丁氏的一切，自然比較清楚，他每於課文完結後，便要講些人物故事，以冲淡疲勞和嚴肅的氣氛，點綴一些閒談的情趣。不管是衷誠的景仰，或是輕蔑的敵視。

現在丁氏既作了古，又是他們敬愛的

同鄉，由他口中講來，當然要更加親切有味。

據他說：丁氏是一個澈底科學化的文人，換言之，也就是歐化最深洋氣最重的人，他的生活習慣，完全是遵照醫生的指示，像清教徒奉行戒律似的，他嘗患腳癢病，醫生說赤腳可以避免，從此，他在家中，任是嚴冬雪夜，總是赤着兩腳不穿襪子的，若到外面去，也是穿着有孔的皮鞋。然一到相熟的朋友家中，便馬上脫掉襪子，依然光着兩腳，同你高談濶論，旁若無人。故自稱赤腳大仙，幾乎成爲一般人所叫慣的渾號了。他吸雪茄，已有了二十年的歷史，一聽醫生說與腳指發癢有關，勸他戒掉，便終身不復犯戒，每逢夏天，他必找一個避暑勝地，所有傢俱設備，都得經過西醫的講究和吩咐。

有一次，他在貴州旅行，中途與僕人都病倒了，那個地方，是找不到西醫的，人家勸他，不妨請個中醫看看，他堅辭拒絕，等到他打電報，從貴陽請到西醫，他的僕人，已不可救而去世了。

他到飯館裡吃飯，必用熱水，把杯盤親自重新洗過，揀的菜，必照醫生平日所指定的，認爲合乎衞生，很有營養。他不喝酒，每遇人家招飲，到後，便用酒來洗滌杯筷，席上菜餚，專揀醫生所說的，其他絕不動箸，對人沒有虛詞客套，或盛贊主人肴饌之美，如是陌生的客人，竟終席不交一語。只是緘默地相對，嘴上翹着兩絡威廉式的鬍鬚，眼睛灼灼有神，慣從眼鏡角下側目視人，鋒稜可畏，胡適之常笑他這種神氣，煞似阮藉瞧人不起的白眼，表面上看來，丁氏眞好像一個全無熱情的學者，他的冷靜，他的孤癖，簡直還帶有英國紳士型的倨傲和矜持。

然而，事實上幷非如此，丁氏的另一面，不但是感情濃熱，具有眞性情的倫常中人，且是活力充沛，意志堅强，對政治極感興趣的人，就是他的生活格調，既不主張過分的儉樸，也不主張過分享受的浪費，似又充分地保持着中國儒家的中庸哲學、倫理哲學，他認爲適當的舒服生活，可使靈肉並健，提高工作情緒，即在紛繁雜亂中，亦能勝任愉快。故生理上的物質營養，與精神上的靈性修養，是同樣重要的，須知舒適幷不是奢侈，過分的儉薄，縱不影響內心的淡泊情趣，亦必損害身體的健康，使智力因而減退，如枯禪老衲，只合深山獨處，不足以應付紛至沓來的人事，担當社會的重担。不過，酒食徵逐，聲色犬馬，及送往迎來的官場應酬，那也是不健全的精神虐待，不但虛耗金錢，而且虛耗時間。故丁氏的生活習慣，對處理金錢和時間，也是精打細算，如科學家的一毫不苟。

至于他對待朋友的熱忱和照顧，更是超出一般人的態度，有時竟像是包辦和干涉。他在北平執教時期，以胡適之所住的房子，環境不大好，他便不憚煩勞，爲他找了一間每月八十元的房子，當時胡適之不在北平，胡夫人嫌它太貴，不願搬入，丁氏便向房東招呼，暗中代墊十元，逐月照付，騙着胡夫人以少交十元房租搬入，直到胡適之回來，發覺才止。翁文灝有次撞車受傷，他已因病進了醫院，聽到這消息，便嚷着要出院，趕去看他，親友都勸不住，必得醫生把他壓下，一見人來，忙不及地問道：「詠霓好了沒有？」且喃喃自語道：「像詠霓這樣的人才，在中國是少不得的。」可惜翁文灝在他死後，完全放棄了科學上的成就，走上做官的途徑，丁氏泉下有知，未免大爲失望了。趙亞曾是他地質研究所的學生，成績優異，最爲他所賞識，畢業後，從他在貴州採礦之役中，被土人殺死，他除爲收歛殯葬，撫䘏他的家人，並負責其兒子從小學至大學費用。楊樹誠是個不識字的打鑽工人，初從美國回來，一時找不着工作，經人向他介紹，他驗所學不虛，即推荐於某礦場服務，楊遂藉此起家致富，每欲酬報提拔之恩，以丁氏淸介絕俗，不敢造次。及丁氏罷歸天津，失意閒居，經濟甚爲拮據，楊乃託人委曲申請，餽以五千元求他收納。據說這五千元中，還有他的學生趙鑑衡不敢直接給他，因凂楊湊入二千元在內，可見他的感人之深與恩慕之切了。

長沙龍研仙，在他幼時候，很器重他，曾叫他試做「開西南夷論」，丁氏援筆立就，洋洋數千言，龍氏讀之，極爲激賞，因囑介胡元倓帶他東渡留學，丁氏心中銘感，引爲平生不二之知遇。民國二十四年，他來長沙，探測礦藏，下車後，不遑休息，卽去問候龍氏的遺孀，深執師弟子之禮，尊爲師母不忘，次日，又趨候胡元倓於明德中學，稍憩，又專車馳往南嶽拜掃龍氏的墳墓。他一向不受地方官的招待，這還算是朱經農廳長的交情，苦苦相留，被安頓於省府招待所，打破了他的狷介紀錄。胡元倓先生請他吃飯並對學生講演，他因先有工作上的約會，不便更改，他寫一短柬謝絕胡氏道：「講演肚子望，吃飯肚子實，恕我回來再見吧！」可以想見他的幽默和風趣了。

丁氏於兄弟行中居二，文淵先生是他的四弟，丁氏去世時，文淵先生寫了一篇很精簡很生動的文章，哀悼他，茲摘錄他的大意如下：

「……第二年，二哥到北平工商部去做參事，他不願意我在暑假回到家鄉，叫我也到北平去，我那時還不上十五歲，沒有出門的經驗，一旦單人獨馬，從上海到北平，心中着實有點怯懼，幸好有位同學翁君，他的哥哥在陸軍部做司長，也叫他去北平，我們就約好了一同走，但他有軍用免費票，可以不花錢，坐高貴的官艙，我呢？便須花錢買票，而旅費又覺有限，翁君爲我想了一下，知道二哥與他的哥哥是老友，要我寫信給二哥，求他向陸軍部也辦一張軍用免費票，我照他的話做了，雖知二哥的回信，卻把我大大地教訓了一頓，他說：

「『你是一個青年學生，何以有這樣的腐敗思想，你難道沒有看報，報紙上常常攻擊濫用軍用票的人嗎？軍人用軍用票是否合理，那是另一個問題，然而，他們到底是軍人身份，你不是軍人，何以也想用軍用票來？這是一種道德觀念，損壞國家社會，喪失個人人格，我希望你莫作此想，才不幸負我教養你的苦心，至于你要與翁君同艙，我並不反對，所差四元大洋，我另外寄給你，我們現在無權約束他人，可是我們有權，也有責任來約束自己……』這是第一件事；另一件事，是在民國八年，二哥隨梁任公先生去了歐洲，他在行前，答應我去德國留學，學費由他担任，當時戰後交通還沒有完全恢復，船期時常更改，等我趕到歐洲，他已離歐赴美去了，我只好到瑞士，進入楚里西大學，預備下年再去德國，適值我駐歐留學生監督處的秘書曹梁厦先生來到瑞士遊歷，他本是二哥留英時的同學，與我也很熟識，他聽我在瑞士，就趕來看我，談起我的情形，他說：

「『你令兄的經濟，並不見得那麼寬裕，你怎可叫他獨力担負你的學費，照你的學歷，儘可請補官費，現有教育部和江蘇省的空額，你不妨寫信給令兄，請他代爲設法，他和留學監督沈步洲，教育部次長袁希濤，高等教育司司長秦景陽，都是要好的朋友，你又合乎資格，只要他替你申請，一定可以核准的。』我聽了這話，極爲興奮，便寫信給二哥，求他爲我去辦，不久，他的回信來了，也是同樣一番義正詞嚴的教訓，只是語氣和緩，不像上次那樣嚴峻，他說：

「『你申請遞補官費，當然沒有甚麼不好，以你的學歷及天資，自有資格去申請，再加上你所述的人事關係，絕對沒有問題的，不過，你應該想想，在國中比你還要聰明，還要用功，還要貧寒的子弟，實在不少，他們就是沒有你這樣的一個哥哥，來替他們担任學費，他們要想留學深造，唯一的一條路，就只有考取官費，多一個官費空額，就可以多造就一個有爲的青年，他們請求官費，確是一種需要。你是否願意，替他們考慮，放棄這名申請權利，讓他們去獲得吧！我勸你不必爲學費躭心，我既然答應負責，如何節省籌備，那都是我的事，你只管用功讀書就行了。』」

在政治道德敗壞的今天，像丁氏這樣存心仁厚慈祥博愛的精神，眞使我驟然讀來，不敢相信，卽在古人中，恐怕亦不可多得。不過，從前的人，是非毀譽，尚能一本大公，摒棄政治立場的成見，沒有黨派背景的人，只要行誼足取，流風可徵，仍能受到社會上清議的尊敬，不像現在門戶之見太深，除了自己圈子內之人，就絕無可以稱道的猗歟盛德，巖穴幽隱之士，更無以砥勵廉隅，得邀月旦之評，與于逸賢之列了。

如丁在學術界的地位，固不失爲海內外知名之士，連有民衆聖人之稱的羅素，亦對他讚許不置，稱他爲所見中國人中，最有才華最有做事能力的一個，可是他的爲人處世，卻因上海商埠總辦一職，帶來了許多無謂的誹毀。

這件公案，胡適之先生分析得頗爲恰當，丁氏的熱心政治，與陳陶遺、陳儀等結爲三人同盟，欲以建設新中國的希望，寄託於北洋軍閥後起的孫傳芳，完全是出於救火者的急迫心情，猶如一代軍事學家蔣百里，投請關岳自命的吳佩孚，做了曇花一現的參謀長一樣。丁氏嘗說：「中國如要得救，必須有少數人的少數，不計成敗，不計毀譽，冒險犯難，挺身而出。守株待兔等候機會者，只能爭已成之功，不能拯方深之溺，眞正的救國工作建國工作，要能轉變形勢製造形勢。」他甚至有想做軍校校長的雄心，不惜在現階段中，採取最有効力的霸道手段，去改造中國的積弱環境，這與民主時代的政治主張，似乎大相背馳，我們姑置不論，要其公忠體國的動機，卻是不可厚誣的，在廣東國民革命軍的力量，尚未壯大成熟前，孫傳芳上海一帶的表現，頗能賺取一般人的錯覺，以爲他比吳佩孚還要開明，還要進步；那時，民主政治的一套理論，一套方式，他們自然還不懂得，有奶就是娘，在剛離奉系軍閥張宗昌、楊宇霆等的兵燹切火後，對于孫傳芳的戡定撫綏，自不啻空谷足音，色然以喜。胡適之把丁氏這一次的政治投資，比做三國時代的荀文若，「論時則民方塗炭，計能則莫若魏武，」他只知順應一時的人心，利用三江五湖的實力，不知時代歷史的輪軸，絕非孫傳芳這種人物，能夠適應，能夠成功。

及國民革命軍出師北伐，吳佩孚再蹶不振，速電孫氏求援，孫氏按兵不動，雖仍是割據一方坐觀成敗的故智，然據傅孟眞的文章所說，實與丁氏暗中策動之力，不無關係，在丁氏的進一步想法，是要把孫傳芳完全扭轉，倒向國民黨的陣營，順利地促成全國統一之功，無奈孫氏部下，大多是北方帶來的子弟兵，堅持南北地域之見，寧向奉張屈膝合作，決不與南方黨軍同流。當丁氏極力進諫時，孫曾將前方將士的文電，交給他看，他知事不可爲，只好辭職引退，遁跡天津，過着窮窘的隱居生活，決不詭辭狡辨，向當局力求改制，更圖倖進，然上海畢竟在他短短三個月的設計下，奠定了新時代的都市基礎，這是誰也不能否認的，故對他的行政能力，誰也甚爲推許。

傅孟眞在英國留學時，原對丁氏出處，大爲不滿，以爲中國學人之羞，聲言回國，必欲殺之，後與丁氏在北大同事，乃深深地了解其人，嘆爲相知不易。胡適之每與他們會面，常舉孟眞過去的話以爲笑樂。丁氏或許也有點內不自安，一談到那段不大愉快的政治生活，便嘻嘻然自我解嘲道：「曹孟德是治世之能臣，亂世之奸雄，我們在治世，或可做能臣，亂世則只可做飯桶了。」弦外之音，似不無愧疚之感。

民國十七年，孫科出任鐵道部長，擬物色一個對西南各省地區，有過實際經驗的工程人才，有人向他提出丁氏，他竟扳起臉孔說道：「爲甚麼要找一個反革命的腳色？」最後總算經不起大家一致的推崇，才勉强地約見了丁氏，在丁氏一番滔滔雄辯之下，孫科不覺肅然變色，前倨而後恭起來，馬上改容相待。我眞不知他在講那句話時，何不張開眼睛，查查陳儀那般人的底譜，誰不是巧宦逢時，侏儒善舞？比起丁氏來，恐怕不可相提並論了。

丁氏先後出席倫敦的國際人類學與民族學社會議，及第十六屆萬國地質學會。英國人類學泰斗斯密斯，瑞士的安徒生，都與他有深厚的友誼，自北平周口店人猿發現後，斯氏無論在大學或學會講演，必稱頌丁氏與翁文灝的功績，不絕于口，後來丁氏去世的消息，傳到倫敦，斯氏表示非常哀悼，特在泰晤士報撰文以紀念之。

丁氏的學問，接觸面甚廣，著作亦最多，彙集成冊的，有張其昀的「丁在君先生著作繫年目錄」，及董作賓的「關于丁文江的爨文叢刻甲編」，讀者自可參攷，毋庸在此贅述。但就他的造詣最深而貢獻最大而言，還是要推他的地質學，誰都知道，他是中國地質學會的首創人，並成立地質研究所，專門訓練此類人才，以備實地調查之用。二十三年，他繼楊杏佛之後，受任中央研究院總幹事，對各大學的地質學教授，特別注意，務須羅致第一流學者，一本歐美法治國家的硬派作風，直道而行，務求眞實，對人能受其才，對事能服其善，不屑玩弄權術，巧言令色，籠絡人事，以為私人工具。中大地質學教授鄭厚懷，因醉心于地產交易，課務懈弛，丁氏聽了，竟不顧情面，踵門警告道：「你的經濟地質學，是很好的，是中大，也是中國所需要的，可是你兩年來，毫無研究的成績，你知道一個學科學的人，若不在本分上專力工作，而分心于其他事務，就會很快落伍的，那時對學校、對國家，不是大可惜嗎？你如不改弦更張，羅校長（家倫）就只好把你解聘了」。由于他的誠懇爽直，鄭氏欣然感動，絲毫不以為忤，從此認眞教課，一改故態。

物理研究所所長丁西林，好用私人，專以愛憎用事，所聘教授，或不稱職，丁氏乃公開指責之，迫使丁西林辭職而去。在中國呭呭沓沓的官場風氣中，丁氏自不免招尤惹忌，說他專擅傲慢，對人太無禮貌，於是他在二十四年十二月，又離京外出，作實地調查的工作了，依據黃汲清所編的工作記載，他的調查區域，大致可分為下列兩項：

甲：大規模的調查

㈠雲南　這是第一次大規模的調查，時間為民國二年至三年，足跡所及，從安南入雲南，經箇舊到昆明，復北行至富民、祿勸、元謀，過金沙江至四川會理，由會理折向東南，再渡金沙江入東川府屬，旋由東川入貴州威寧縣，南行至宣威、曲靖、陸良而返昆明。此行除研究東川、會理之銅礦，箇舊之錫礦，宣威一帶之煤礦外，并對地質地層的構造，均有嶄新的發現，糾正了法人 Dedprzt 的錯誤，為後來調查的張本。

㈡廣西　這是民國十七年的事，於廣西中部及北部如南丹、河池、馬平、遷江、靖縣，尤為詳細，利用軍用地圖，塡繪地質，同時採集標本化石甚多，除考查南丹、河池的錫礦及遷江一帶煤田外，更對馬平的石灰岩研究特詳，馬平石灰岩，因而馳名全國。

㈢貴州　民國十八年，組成西南地質調查隊，由重慶起，經松坎、桐梓，而至遵義，西行打鼓新場至大定。因趙亞曾之死，乃東行至貴陽，經都勻、獨山、荔波而入廣西的南丹，於是與上年廣西之工作，取得銜接，繼折而北行，經平丹大塘返貴陽，復由遵義、桐梓，返重慶，次年回北平。

乙：零星的調查

㈠太行山內的調查　民國二年自歐返國，到北平就職途中，同德人赴井陘、狼山、關平定一帶，考查煤田、鐵礦，並研究地質，又赴冀豫交界之磁縣、大河溝一帶考查。

㈡北平西山之調查　丁氏因久住北平，故對西山一帶之地質，不時調查，有葉良輔「西山地質誌」一書可證。

㈢南京山地及蘇皖浙三省界上之調查。

㈣山西山門系之研究。

㈤蔚縣廣雲原煤田之調查及宣化龍關之調查。

他如大同、北栗、鶴立崗、山東中與，以及湖南萍鄉、湘潭、耒陽，則為二十四年最後一次之調查工作也。

但這次湘潭耒陽之行，並未畢役，剛由湘潭到達衡陽，便因中毒臥病不起。朱經農廳長、楊濟時醫生聞訊，迎至長沙湘雅醫院診治，一時消息傳佈，各處親友，或自北平、上海、南京，……專機來探病的，絡繹于途，傅孟眞甚至搬入醫院同住，日夜侍候床側，純摯之情，有如骨肉，延至次年一月五日，終于不治逝世。

惜丁氏早死

丁氏的死，雖爲中國科學界一項重大損失，但在社會各階層，並沒有引起甚麼了不起的反應，最少湖南的情形是如此，屬於官方性質的國民日報，僅在花邊新聞一欄，寥寥地報導幾句，就是我的國文老師，也只是站在私人方面，表示他的懷念和傷感而已。好像誰也沒有意識到，丁氏的生存，實與中國文化的命脈相關聯，足見古老國家精神僵化的沙漠氣候。筆者在那時，雖也不覺得甚麼，可是後來，卻漸漸地有些愴懷和遺憾，因爲丁先生那一次的探採對象，完全是以湘潭的譚家山煤礦及耒陽的馬田墟煤礦爲目標。其實，耒陽的煤礦，原不限於馬田墟一帶，就如我家村子周圍，由五六里至七八十里，無不滿佈煤藏，私家煤窿林立，地方政府及縣中士紳，一向是不注意這些生產事業的。只有曾任立法委員建設廳長的王力航氏，向政府領過執照，組織公司，劃定礦區，像煞有介事地來大量開採，然而計劃未善，委任非人，徒向原有煤窿肆苛派，使王氏蒙受惡名，根本失去了開發利源的本意，而且耒陽的鐵礦，似也不甚貧乏，我鄉李姓一族，奕葉相傳，就以經營鍋鐵業爲他的專利品，暢銷衡陽湘潭各地，爲我縣出口貨一大宗，前漢書地理志，漢武帝時，桂陽太守衞茲，曾設廠開採，成績如何？未見史家續有記錄。而我縣縣志，自民國十七年，燬于共軍朱德過境之役，訖未賡續修纂，故後生亦無由徵考。抗戰初期，頗有小股商民，集貲舉辦，冶鐵工人，是向湘潭僱請的土著，當然談不上甚麼科學常識。

民國三十二年，我因病回鄉休養，接辦一間新開的學校，在經費籌足後，擬將地方生產事業，寓于職業教育之中，統由該校逐步舉辦，如織襪、織布、縫紉，各工廠，已漸次成立，只有鐵礦一門，以冶鐵技工，不易請到，曠時費日，卒未實施。到了次年，日軍過境淪陷，全部建設，盡遭毀壞，勝利復員後，我亦再無此種興緻和精神了。

不過，我想，假使丁氏不在那年死去，耒陽的煤田，必在馬田墟的探測下，悉被發掘，跟着鐵礦也可測檢出來，因以科學方法，從事於大規模的開採，使此一山區僻縣，不難走上現代化的繁榮風貌。這不是一件大可慶幸的事嗎？或者。又如，我能早生二十年前，獲得意外機緣，忝附於丁先生驥尾之末，求其大力提攜，竭誠指導，說不定我這個夢境式的藍圖，早已全幅實現，爲桑梓建下了生產事業的基礎。何致苦無師承，有心無力，坐使地下資源，天然實庫，冷藏凍結，發掘無期，這不是一件大爲惋惜的事嗎？

因此、我在寫到本文此段之後，不禁感發無端，神傷往事，彷彿在依稀想像中，又浮起了那海市蜃樓的一幕。

九龍歷險記

三十年十二月七日太平洋戰爭爆發。香港報紙每日的篇幅，爲劉妹妹案的法庭記錄所佔滿。（註一）讀報的人們看不到戰火將臨之朕兆。只有防空人員的活動，在無人注意之中進行着。

八日清晨，小兒恆生與晉生在亞皆老街住宅大門口候車，要到九龍塘小學去上課。街上巴士一到，弟兄二人立即登車。等車到九龍小學門口，他們下了車，晉生（七歲）發現他的書包丟了，他步行回到亞皆老街。他在中途，聽見了轟炸聲。他背倚短牆，問那些過路人：「是演習還是眞轟炸？」過路人說：「是演習。」但是他繼續行進時，聽見了更多的炸彈聲。路上的人說：「啓德機場被轟炸了。」這時九龍小學也放了學。恆生找到了晉生，一同回寓。

從此時起，九龍漸呈混亂狀態。一般糧食店和士多都關了門。市民們無法買到糧食和蔬菜。防空隊把所有的士和巴士都控制了。電話大抵攬線或發生其他障礙而打不通。

晉生哭着要找他的書包。恆生說：「仗打起來了，還要甚麼書包。」

日軍從深圳向新界進攻。英印部隊一批一批乘大卡車撤退。九日之夜，柯士甸道「國際通訊社」（註二）辦事處萬濟舟來舍，說重慶有電報來，要我與中國航空公司接頭，搭今夜起飛的飛機去重慶。我與濟舟步行到杜公館去，找車子到啓德機場。杜太太接見我，托我帶一件毛衣到重慶交月笙穿用。但是汽車缺油，同時司機阿陶也找不着。過了十二點，和聽得飛機起飛了。我只好打道回寓。

十一日，彌敦道已有羣衆攻擊士多，搶取糧食之事。下午，胡敍五先生來舍。他住在北京道。他接到戰時首都重慶的電報，說立刻派飛機到九龍，搶救許崇智先生和我二人脫險回國，叫我立刻到啓德機場候機。但是那時，亞皆老街門首亦已有少數羣衆搶劫之事。同時啓德機場的地面工作人員全散了，飛機凌空繞行數匝，不能降落。我也無法到達機場。於是飛機回國了，我也放棄了脫險的意念。

眼見得日軍就要進來，並且街道上一團混亂。我換了破舊棉襖，獨自離家，沿着亞皆老街、彌敦道，向山林道走。一路上遭遇了好幾批羣衆攻掠士多。我亦揚手高呼，混在人羣中間走過。

內人冰如帶領着兒子們循同一路線走向山林道。他們一路被羣衆搜身，那第一批搜身的衆人們把他們身上帶着一些錢搜去之後，給他們一紙條，上面寫着「心胃氣痛散」，對他們說：「你們拿着這個紙條，就可以通過。」果然再有衆人搜身，看了紙條，便放過他們。

我到了山林道上分租的一間樓房，等了好幾小時，冰如和孩子們方才一個個面無人色來到。我們一家人只有一小布包米，幾件衣服，其他一無所有。我們在這間小房裏住下。

第二天拂曉，日軍進入九龍。每條街道上的商店和住宅，都掛起太陽旗。那有許多太陽旗呢？一些人們只是扯一塊白布，用大碗將紅墨水印一顆圓形在布上，那就是太陽旗。

我們那有飯吃。每天有一次煮一點稀飯，分給孩子們吃。沒有菜，他們格外想多吃，那有多的可吃呢？樓上樓下和鄰居的女佣人參加了羣衆大隊，打開了九龍倉，搬出了大箱的罐頭，隔壁的女佣人亦分了一箱沙甸罐頭。我們就將余啓恩先生送來的糯米，拿出一小包換取兩三個罐頭。每到吃稀飯時，每個小孩子只許吃沙甸一小匙。

但是，情勢更加危急。自來水沒有了。沒有水比沒有米還要嚴重。人們不能洗臉洗衣都不必說，沒有煮稀飯的水，尤其沒有水喝，那是再嚴重也沒有的事。山林道有井水，可是很難搶到。

問題更不止此。孩子們在斗室，都知道不能哭，甚至不敢大聲說話。這日子怎樣過？恆生只有九歲。有一次，他問我道

「我們就是這樣不能逃出去嗎？」我答道「不能出去。」恆生從此不說話，也沒有笑容，並且睡着了。那范生（四歲）和晉生是太小了。我沒有其他方法安穩他們，我爲他們講「西遊記」。

一天的晚間。我在講西遊記的火燄山。英軍從香港發砲，轟擊九龍的天文台。（註三）有一砲恰巧打到山林道我們住房的後面。我們房間的窗上玻璃被震破裂，那大量的玻璃碎片從孩子們的頭上，直爆下來，可是他們都沒有受傷。

這房子是不能再住了。各房間住客都在夜間離開了。我們拿一件破棉絮，揹在背上，並將熱水瓶掛在小孩的身上。半夜三時，一家大小一起走到彌敦道，原想從此走到上海街，再到亞皆老街。我們以爲自己的住宅裏還有水可喝。但在拂曉之後，我們順着彌敦道右邊走，爲哨兵所攔阻，無論如何，不能過街。我們又不敢在大街上多露面，怕的是被偵查者發現。我們只得在一幢房子的大門裏坐在地上，等候時機過街。

冰如的手上，提着一件小衣包，其中有菊花牌牛奶一小罐。她拿出來，滴了幾點在熱水瓶蓋裏，冲了一點熱水，給龍生吃（他不到一歲）。還有一點牛奶，她冲了送我。我推回給她。如此一推，把牛奶推潑了。晉生大嘆「可惜了。」恆生低着頭不說話。范生說：「我口乾，我用舌舐

—節錄潮流與點滴

陶希聖

嘴唇。」

那大門內左首一家，開了門，强迫我們走開。我們只得拖着破棉被，掛着水瓶，提着小包，沿着騎樓走。忽然發現彌敦道開放了，可以過街。我們便急行過街，到達了上海街。上海街給我們以安全感。街兩旁有的是死屍。街上的人羣是亂哄哄的。街又不走汽車，我們順着街走，隨處歇息。一天到夜，沒有東西吃。不過，心裏是比較安靜了。

上海街也是不易通行的。每隔若干步，就有一道麻繩攔阻，由那些兩臂上繫着白布，印着太陽的人們看守（註四）。每隔幾小時，放行一次。我們就是這樣走了一天一夜，才從上海街走到亞皆老街的街頭。那街的中間有一道鐵路橋，橋下有一崗位，標榜着一張白紙，上面是「通過者銃殺。」我們無法通過。

我們坐在亞皆老街左邊的岔路旁。那坡上有一座小木屋。木屋的住客有三家。一家是「一定好」茶樓的股東，一家是木匠。他們都住樓下。那樓上原住着一個司機，此刻是被日軍徵用去了。

那位商人看見我一家大小坐在路旁，就來問訊。我答覆他說：「我們是在新界元朗做生意的。現在元朗不能住了，要到九龍城投親。因爲無法走過那個崗位，才在這裏休息一下。」他說：「走難遇貴人。你們如願住在樓上，只要三十元，就可留住。」

當時，五十元至五百元大鈔不能用。只有十元與五元小鈔可用。我家的女佣人「阿二」將她存留的十元鈔三張借給我們，將房間租了。我們在這小樓上又住了幾天。

白日沒有飯吃。阿二又借出五元小鈔，買了樓下木匠太太的豆粉。冰如每天冲一次豆粉，喂龍生，也分一點給那幾個大些的孩子。我夫婦和阿二都不吃。木匠看見范生餓得可憐，分了一碗麵糊給他吃。他擱在板櫈上，說：「這是給我吃的麼？」

到夜間，樓上滿是臭蟲。冰如與孩子們睡在樓板上。他們被臭蟲咬，睡不好。范生睡好了，胸口上集中了成百的臭蟲，呈現着一片紫紅色。我躺在搖椅上，臭蟲們一串一串的從樓板爬上椅子來，圍着吃。我心裏想：「我幾天沒吃飯，有幾多血給你吃。」

這日子是不能持久的。泰來一直留在亞皆老街的住宅。我有一個親戚陳厚菴，那是不可靠的人。我夫婦總是懷疑泰來會被他陷害，所以老不放心。我們飄流在外

，又沒有飯吃。我們無論如何，還是要闖回去。

木匠是可愛的青年人。他知道我家急於到九龍城探親（到九龍城是一種藉口，實在是要回亞皆老街住宅）。有一晚，他對我說：「你們要往九龍城，明日一早跟隨我走。」

次日尚未天亮。我們揹着棉被，帶着熱水瓶，一家大小，先闖鐵路橋門，仍然不能通過，我們轉身跟着木匠走。我們通過了一片菜園，通過了幾條街道，到達了太子道，天已大亮。若能通過太子道，即可到達亞皆老街。但是，太子道又不能通過。那太子道上，軍車往來頻繁，我們不敢露面太久。於是轉身九龍塘，到根德道，找徐寄廎先生和黃雪樓先生。

徐、黃兩位見我們進門。他們說：「家眷不能久留。希聖暫留此好了。」他們正在開飯。孩子們幾天未吃飽，看見了飯菜，一轉瞬間如風掃殘雲，給吃光了。冰如和我吃不下去。等他們吃完了，冰如便帶着孩子們走了。

當清晨走過那片菜園到九龍塘之際，我們跟隨着大批羣衆，越過鐵路。鐵路之旁有鐵柵子。每根鐵條的上端都是尖似刺刀。那大批羣衆越過鐵柵。我們把孩子一個一個遞過去。我們也跳過去。成天成夜未曾吃飯的人，到那時居然有氣力作高欄競走！

現在，冰如帶着孩子們越柵去了。我留在根德道。

根德道的住宅之後門，是一小街。街那邊是約道的房屋的後門。約道的陳老先生到劉先生這邊，警告他們說：「你們房東劉某是通日本憲兵的。他認得這位先生是重慶方面的人，只是不知他姓陶。陶先生決不可住在你們家。我請他到我家，我家的後院有一汽車間，那樓上可住。」我聽從陳老先生的警告，便到他家那間小樓上去了。

到夜間，香港的英軍與九龍的日軍互換砲火。每一砲都是三響。第一是發砲聲。第二是砲彈聲，第三是轟炸聲。每一次的三聲都在我耳朶裏震動着。冰如和孩子們到何處去了？他們是否在木屋裏住着？他們那有東西吃？心裏只有這些問題在盤旋着。

我通夜在窗下禱告。我當時還未曾信靠耶穌基督，但在禱告裏，總是感覺到不至於有任何大災難降臨我一家。我有一顆堅强的信心，來自神意與神力。

九龍塘是日軍的砲兵陣地，這幾天都在戒嚴中。我是不能出去的。那劉某亦無法找憲兵來查緝。忽一日清晨，聽說是解嚴了。我要了幾張薄餅，夾在左脅下，立刻以快速的步伐，衝出九龍塘。我剛才翻過鐵柵，越過鐵路，背後就發生槍聲。那是日軍崗位禁止人們越過鐵路的射擊。前面是血跡，後面的人又倒下了。

我穿過了菜園，到達了木屋急急上樓，卻沒有看見冰如和孩子。我從窗口眺望亞皆老街口，發現了冰如拖着孩子們匆忙的走過去，一直向鐵路橋下走。那個崗位開放了嗎？是的。我急忙下樓，向那條路上前進。一下子走過了崗位，到達了亞皆老街住宅。一家人是團聚了。

冰如看見了泰來，兩眼流淚着說道：「你還在！」意思是說「你還未死」！

原來冰如和小孩子們每天在馬路上走去，過不了鐵路橋下。夜間仍住在木屋裏。這天他們一行，走了整個上午，才通過那可怕的崗位。我從木屋樓窗看見他們走路的疲勞與困苦。龍生是阿二揹着。范生一跳一跳。恆生和晉生牽着冰如的衣服走，冰如揹着棉被，提着小包。那棉被是不可缺少的，因爲他們在晨間與晚間太冷之時，坐在路旁，好用棉被遮着小孩們的風寒。

我們團聚之後，問范生道：「你走路爲甚麼一跳一跳？」他說：「我走不動，我跳。」

當九龍塘一度解嚴，我衝出去之時，日本憲兵到根德道徐先生處搜查那重慶方面的人。

我出發時，留下一些港紙給黃先生，說道：「我此去爲吉爲凶，不可預料。如其死去，請你幫助家眷回國」。我離開不過十五分鐘，憲兵來搜查。黃先生把錢藏在床上的墊子之下，未被憲兵們發現。

我們回到亞皆老街之後，仍保留木屋樓上的房間。我經常到那小樓上躲避。商人對我極為友好，屢次邀我到「一定好」吃茶。我推說兩腿有風溼病，走不動。但是每次下樓走走，他就力邀非去吃茶不可。有一次，我和他一道走到彌敦道口，恰好遇見日軍舉行「入城式」，從九龍過海到香港受降。我被阻於道旁。還是未曾到「一定好」去。

我家對門是上海農民銀行的陳清華先生。他見我回來了，秘密告訴我說：「你那親戚不可靠。現在留他在我家，給他一些肉吃，暫時可以穩住他。但是你必須打主意。」

我們回到自己住宅不久，日軍有一指揮部搬到亞皆老街那幢房子裏佔據了三層。於是只得六家合併為三家。我家合住的是上海項老先生一家。他是紡織工業家，在新界荃灣設立工廠。到此刻，工人們沒有米吃。他每天都是為了找錢買米着急。

項家工廠的高彤階先生，就是此刻合併時與我熟識的。因為項家有年青的少奶和小姐，他家特別着急。彤階到處尋覓可以隱藏的處所。他找到了山東街的一家工廠，那工廠有閣樓，頗為寬大，可以隱藏眷屬。當時項家，陳家與我都從亞皆老街搬到山東街。

這中間，余啟恩幾次送食物和小鈔給我們吃用。他又在彌敦道黃醫生的樓上，替我家分租一間房子。黃醫生是他的舅父。可是，啟恩未曾把我的眞姓名告訴黃醫生。

此刻九龍與香港相繼淪陷。上海方面，七十六號用專機派了一批人來專門查緝我家。我在九龍四十八天之內，每天從晨至夕，每一時刻都有被搜查與被逮捕之危險。

我帶着陳厚菴住山東街。眷屬住彌敦道。我不敢出門。那出奔走的，只有冰如和泰來。她雖在危險之下，但因平時極少與友人來往，認識她的人們究竟不多，所以只有她每日為了取錢，為了籌劃我脫險回國的方法，到處奔走了。

冰如帶着泰來從彌敦道走到九龍塘，見徐寄廎先生取五元和十元小鈔，來回幾十里，中間經過日軍的崗哨和營房，經常在恐怖與威脅之下。同時又要找線索，謀求送我出險的途徑。

親戚不可靠，廣東籍的工人「阿木」對於我們極為忠實，有很大的幫助。

有一次，我們到上海街，用一張五百元的大鈔，換了一袋麵粉，一支火腿，幾個罐頭，另找回九十幾元小鈔。這些東西供一家吃，一時間，纔不至挨餓。

東山街工廠的閣樓上，每家有各自的生活方式。陳清華清理他的善本書。善本書中有宋版，有明版，亦有清代的版本。每一本的每一頁都胎韌着一張較為堅韌的紙。到此刻，清華將每一頁胎襯的紙，都拆了去，為的是減經書的重量和容量。他準備着揹着那些善本書走回國去。

雖在患難中，我對於他那些書還是有興趣。除了在自己房間裏與厚菴吃油餅之外，我常在對過房間之內，陳清華那裏小坐，便中翻閱他的書。我自己的書留在亞皆老街。身邊只帶了李特爾哈特的「間接戰略」（Strategy of Indirect Aproach）。這本書解說歷代名將的迂廻作戰的戰略。我每天看幾頁或幾十頁，作為度過危難的時光之一法。

與我隔一板壁就是項先生。再過去一間是他的眷屬的住房。項老先生每天愁着兩件事；一是年青的婦女有危險；二是工廠的職工要飯吃。忽一日，有一日軍的軍官進入工廠，巡查一周。這軍官雖然未曾發現閣樓上有人家居住，隨即出廠而去，但是項老先生悶坐坐在房門之外的椅子上，不過十小時即告死亡。他的病是十二指腸急性潰瘍，沒有醫藥來救。

皮黃戲有伍子胥過昭關，一夜把頭髮與鬍鬚都急白了。那是可能發生的事情，我就眼看着項先生急死在山東街。

當我們最初從亞皆老街逃到山林道的時候，英印軍退出，日軍進入，九龍一時大為混亂。我們在混亂狀態裏，心境轉覺鎭靜。市面愈是混亂，我們愈感安全。

此後我們再從山林道走進上海街，那上海街上，到處都是破枕頭。因爲羣衆搶刼每家商店，搜身先脫鞋，進入臥房，首先撕破枕頭。他們知道人家的錢鈔往往藏在鞋裏與枕中。

再到後來，日軍制止搶刼，通告市民，叫他們遇有搶刼，卽時鳴鑼告警。一時之間，那有許多鑼。大家只有敲打洗臉盆或煤油箱作爲告警的信號。我們在山東街和彌敦道，夜間常常聽見那種噹噹的響聲。九龍的秩序是平定下來了。我們的處境便更覺危急了。

一日，我在陳清華房裏坐着。一位上海客匆忙來到，對清華說：「陶希聖在那菜園邊被捕了。上海派人來，專門搜索他一家。昨天他走過菜園時是被捕了。」清華和我面面相覷，做不得聲，那客人走後，清華對我說：「你要設法逃脫才好。」

我夫婦眼看着一羣小孩子，想到死後，如何得了。這必死之心是在一種非常激動的情緒之中決定下來的，在如此危急的情勢之下，苟且求生，必不能生。推有抱定必死之心，纔有求生之路。

日軍政治統制糧食，通告市民每日淸早到指定地點，登記戶口，領取米糧。我們怎能去登記？阿二與阿木有幾天排過隊，領了小量的米。冰如仍然到處尋食物，此外就是走到尖沙嘴與胡敍五先生取得聯絡，求脫險的方法。

泰來（十三歲）與木匠同住亞皆老街住宅，把我的幾套線裝中文書一包一包的揹到彌敦道。每一行程是五六里，揹着包袱往來很多次，纔運送完。

彤階告訴我，如用椰子殼燒出油來搽臉，可使蒼白色變爲黃色。我和泰來每日燒椰子殼。他的眼睛受了椰子煙的刺激，都紅腫了。那椰子油搽在臉上，我也是兩行眼淚流下來。

黃醫生的樓上，前面是兩層鐵門，經常關着，只有臥房的後窗，可以向外眺望。小孩子們悶不過，時時爬到窗台上去看外邊，外邊是一條街子。街底是垃圾堆。堆旁是死屍。死屍上是蒼蠅。

龍生的週歲便是在這樣的境遇度過的。他知道不能哭，不能出去。他也只有爬上台窗去張望。

余啓恩先生的家在新界邊境上。他派人在夜間過邊界去探查那邊的情形。他想送我偸渡邊界。但是探查的人回報，那邊有共黨活動。如果我過去，所受的危險是與日軍之下相等的。他放棄這個計劃。

高彤階先生計劃以帆船渡海到廣東境登陸，但海路易爲敵人所發現，亦難達到目的地。

日軍下令疏散難民。我們的出路是來到了。蔣伯誠先生住在九龍旅館。蔡仁抱先生與他聯絡，也與胡敍五聯絡。仁抱找到了惠陽的難民證。

那是冬天。我在晨五點左右，從黃醫生的樓上，一步一步下樓梯走到門口。冰如跟隨着一步一步送到門口。太陽未出，彌敦大道上一批一批的，一個一個的難民，靜靜的走過去。我等待馬子元和萬濟舟來到，也就是這樣的靜靜的沿大道向左邊走。我和冰如這一生離，也許是死別。我們約好，倘如她帶着孩子們能夠進入國門，同時我亦能脫險，我們將在桂林相見。但那是一個假定，也許是不能實現的幻想。我不敢回頭，不敢再看冰如一下。我二人各自兩眼含淚。我就是那樣，踏上大道，跟隨着難民向警察學校廣場出發。

胡敍五先生來領路。我們一到廣場，天色已亮，羣衆紛紛結集。我們一行是三十六人，蔣伯誠先生領隊。楊克天先生是我們的總幹事。伯誠先生穿着淡藍色的綢襖褲，任何人都看得出他不是惠陽難民。而我呢？同行的朋友們看見我來參加，無不提心吊膽，加倍恐慌。我是一個被日僞搜查的人，隨時可使同行者受到嚴重的威脅。

我們夾在人羣裏走。當時所有的車輛都被日軍集中了。一些難民最多只能將溜冰鞋兩雙當做四個車輪，上面加一木板，作爲搬運行李之用。我們一行連這種臨時車子也都沒有。我們步行到大埔，趕上漁船。黃昏的時候開船，連夜趕往沙魚涌。

次日清晨，船行在海灣的中間。我在

艙中，聽見槍聲。我那兩條腿實在不能再用了，站也站不起來。同行者說：「海盜來了」。我勉强將兩手撐着，伸頭出艙，果然是海盜，而且是蒙面的海盜。

我們一行的帶路人黃先生，和海盜答話，大家是自己人。於是每人出錢五元，送給他們作爲見面禮。這驚險的一幕是過去了。

傍晚，我們的船到了葵涌。我們捨舟登陸，步行了半夜，纔走到一個村落。原來我苦於失眠症，每天注射「布羅姆」。此刻沒有藥吃，只望早點休息。我擠在一間房子的一角，一堆稻草之上，一伸腿便睡了。次日清晨醒來，原來是睡在尿缸的旁邊。一路上，失眠症完全好了，後來到了重慶，這個毛病依然復發。

日軍的政治部獲得情報，陶希聖一行三十六人走了。我們發出的第二天，有一羣三十六人從九龍走到深圳。那是兪大綱先生一行。他們在深圳被日本憲兵截留。其中有一位會說日語，便與憲兵交涉。憲兵將他縣在樑上，五個人換班拿着皮鞭打，要他供出陳策與陶希聖。這位先生將兩手一抱前胸，挨了幾小時的打，沒有招供。那憲兵隊便把他們一行釋放了。

這位先生就是游彌堅。他替我受了痛苦。

我們一行向惠陽進行。我們得到消息，惠陽又被日軍佔領。我們在路上逗留和迂廻了好幾天，纔由橫瀝上船。循東江到龍口。我從龍口乘省政府的小汽車到韶關，已經是陰曆的除夕。鄭彥棻先生是省政府秘書長，他接我到李主席的公館吃年夜飯。

廣東的北部，天氣比香港冷多了。我們的小汽車遶登山嶺。沿路的桃花與梅花同時開放，每一朵花結成一朵大冰花。那風景是平生少見的美，但是那天氣是十分冷。我一到韶關，寄居省政府招待所。晚飯後，用兩床棉被一壓，纔解了凍，睡得熟。從第二天起，韶關各界人士，識與不識，或親到，或推代表，紛紛來問好。他們說：「聽說你剝了皮，原來你沒有死。」他們看見我滿臉晦氣，個個吃驚。殊不知那是我用椰子油化粧存留下來的痕跡。我的晦氣早已脫在沙魚涌，未曾帶到韶關來。

我一到韶關，即時打電報給桂林掃蕩報。報紙發表我到韶關的消息，就是冰如孩子們第二次脫險，走到桂林的那一天。

他們是由高彤階先生領路，從九龍搭白銀丸，到廣州灣，再從廣州灣，由杜月笙先生派來的范先生領路，到桂林。

白銀丸是港九的海南人包下來，得到日軍的許可，由九龍運送難民到廣州灣。冰如携泰來、福來、恆生、晉生、范生與龍生，隨同彤階，排除上船。他們在碼頭上，遭逢日本憲兵鞭打，受到太陽的曬，上船之後，兩天兩夜，沒有吃喝，也不能移動，不敢說話。那時龍生患病，帶了一瓶藥水，這個不滿一歲的孩子單憑這點藥水，度過這長時間。

船到了廣州灣，法國捕房不許旅客上岸，迫令他們原船回港。隨船的日本憲兵不許回港。那潮州難民羣，一派哭聲和抗議，同時推代表與憲兵交涉。到了黃昏時候法國巡捕收班，那全體旅客纔下划子上岸。但是他們所有的行李都被一個划子搶走了。他們結集在岸上，一面趕回那個划子，將行李集中，大家圍繞，到第二天清早，纔一件一件的清還原主，絲毫不差。

冰如帶着孩子，住在一家旅店。她一面打電報到重慶給杜先生，一面抱龍生找醫生治病，第二天范先生接到杜先生電報，尋到旅舍，送來川資，並籌劃由廣州灣到桂林的方法。

他們一行離開廣州灣，中途遇見盜匪。范先生帶了當地的幾位保安隊員，與他們打了交代，總算是未曾被刼。

那天氣是冷極了。他們未曾帶厚棉衣，小孩子們的手腳都凍僵了。每到一站，彤階從難民隊裏，搶來飯菜，搶定房間，供給我家數口的食宿。

我從韶關經衡陽，乘火車，到桂林，一家人總算是重新團聚了。只有琴薰，當我們淪陷九龍時，是在西南聯合大學肄業。她聽到的都是些不祥的消息，日夜以淚洗面。我經過河源時，打了電報，並滙一點錢給她。同時，陳布雷先生從重慶打電報給蔣夢麟校長，轉報我脫險的消息。琴薰接到滙款通知，到中國銀行分行取款時，行員們一齊集合在櫃台裏，看着這個悲喜交集的女孩子，大家說：「你的父親沒有死！」

我從桂林，隨同熊天翼將軍乘飛機到重慶。我從機場上坡到海關檢查處，翻開行李請檢查人員看。他們不約而同的，集合到我面前歡呼着「你還沒有死！」

家屬在桂林住了七個月，都是由林嘯谷先生照料。他們從桂林搭長途汽車，到金城江，那裏客棧不知道有多少旅客等候車子。他們找到了白先生，也是杜月笙先生的指示，纔得到車位，到重慶來。我們在南岸陶子欽先生的印刷廠借住，那是我家第三次團聚。

（註一）劉妹妹案是英國空軍的將領涉嫌受防空工程包商的賄，而賄款是由劉妹妹轉手的。那女人與那將領有關係，因而此案的法庭問答有桃色的意味。

（註二）我在柯士甸道辦了一個小刊物，叫做「國際通訊」。這刊物搜集外國報刊的論文，譯爲中文，印寄後方。

（註三）天文台是日軍的砲火陣地。山林道是在天文台的後面。林庚白先生住在此處。他出門找食物，爲日軍崗哨所鎗殺。

（註四）此刻臂挂白布替日軍防守街道的人們，也就是從前臂挂黃布替英軍做防空隊的人們。

武功奇絕的郭錦如

蔡　策

郭錦如的故事，寫出來幾乎是「封神榜」、「西遊記」式的，殊難令人置信，但這是我親目所睹，親耳所聞，並且和他面對面作了多次談話訪問，追根究底，拿出證據來證明的事實，不但如此，現在至少還有四五千人，在台灣可以出來作證，因爲郭錦如一次令人驚奇的事蹟，有這許多人和我在一起親眼看到的。

民國四十年十二月十三日，世界拳王褐色轟炸機喬路易來台訪問。於三軍球場舉行一場表演賽，當年我們大名鼎鼎的拳王張羅普爲對手，在喬路易的拳光閃動下，張羅普雖敗猶榮的躺下了，但是郭錦如，曾向喬路易挑戰，願讓這位拳王白打三拳，結果喬路易以郭年事太高，經不起打而婉拒了這項挑戰，自然，喬路易的不應戰是相當聰明的，否則的話，打倒了一個七十老翁，並不爲榮，如果竟然打不倒，對他當時所得的王冠，實在沒法子交待。

雖然，這一場「戰爭」未曾爆發，但體育界的人士們，還是挽郭錦如同場作了一次表演，他演出的驚人絕技，在當日風頭之健，並不下於喬路易的那一閃拳光，郭錦如那天的表演，是以一把非常犀利的鋼刀，首先，用姆指與食指揑刀，姆指按着刀背，食指按着刀刃，這樣揑在近刀柄處，高高舉起，然後讓刀順兩指之間，緩緩滑下，一直滑到刀的尖鋒，他被刀刃划過的食指，皮毛不傷。第二個動作，是他用這把三尺來長利刀的刀刃，在左、右兩頰，用力拖過，看得清清楚楚，利刃不但確實觸及他頰上的皮膚，而且將肌肉也壓陷一線，但利刄過後，不但是沒有皮開肉綻，血流如注，而且連任何痕跡也未留下一點點，平常的人，刮鬍子時，偶不小心，直拖了一下，也要出血的，第三個動作，他是將這一把利刄，緊握在掌中，還不算數，再用一根繩索，任由一個觀衆，將他握刀的手，牢牢縛住，又由另一孔武有力的人，握住繩索的兩端，像作拔河比賽一樣，傾身傾力將繩拉緊，然後由另一個孔武有力的壯漢，握住刀柄，將郭錦如手中的利刄抽出來，屢抽不動，郭錦如大吼一聲，才將刀抽出，解開繩索，他張開指掌，顏色紅潤如珠砂，但絲毫沒有受傷，立刻博得全場的熱烈掌聲與讚歎，無不認爲這是神化了的奇跡。當時，喬路易的一位經紀人，還不十分信服，借過郭錦如的刀來察看，用大姆指來試鋒，當一觸及刀刄時，這位外國朋友的手就跳了起來，原來這把鋼刀的鋒刄，竟薄如剃鬚的刀片。

當時，美國記者以爲是一柄假刀，索來親自觀看，用手觸摸了刀刄以後，不覺舌爲之咋，無可奈何地搖搖頭說：「東方人的神秘，是不可思議的！」

另一項表演是：在台中間置一圓凳，凳上放一瓷盤，盤中盛新鮮蘋果一枚，郭老先生立於距離蘋果三四尺左右，手握日本軍刀，刀身垂直和身體平行，刄口朝向蘋果，（刀與蘋果之間，相距至少仍有三尺）靜立默運，約五分鐘左右，口中很有力的輕聲一吼，即將刀放下，盤中蘋果絲毫未動，完好如故，當時我還疑惑這是什麼表演？巧妙何在？等到別人用刀將蘋果表皮削去以後，內面果肉截然分爲兩半，有如刀切，我才恍然表演的巧妙工夫在此。刀不着物而物自損，同時表面仍然完好，而損傷的的是內部，這種工夫實在太神奇而厲害了。

郭老人是民前三十一年二月二十六日出生於嘉義的內教場，十六歲畢業於嘉義公立國校，旋在嘉義廳做了幾年公務員，就轉到實業界，他開始修鍊，是將近五十歲的時候，因爲身體太弱，到日本去學健身術，當時有一個日本的退休海軍中將清水英範，削髮爲僧，刻苦修鍊，旋設修靈教化團，以「清水式精神統一法」授徒，郭錦如便拜清水爲師，潛心學習我們稱爲氣功的「氣合術」，他的這位老師清水英範，在民國四十年時仍活在人間，高齡已到九十五歲，據說不怕刀、槍、水、火，即在賽馬場中，運足氣功，大喝一聲，舉手用力一推，可以阻住前來的奔馬，不得前進半步，郭錦如得他衣缽，除了在刀刄上的那套功夫以外，可以雙手浸了汽油，點火燃燒，毫無傷害，可以不藉游泳技術，行走水中，也可以平臥地上，壓以五方巨石，用錘猛擊，石碎人安，在年輕時，盆中的水，可以用手吸起來，他曾做給我看，吸水功夫也留有照片可憑。

他在日本學成之後，知道這些功夫，都是來自中國，所以不惜歷盡千山萬水的辛苦，回到祖國尋師訪友，以五年的光陰，在杭州訪遍了西子湖邊的各大小寺廟，他終於獲得了一位名師的處所，因而趕到天台山玉皇宮，拜老道人清虛子爲師，進一步學習養氣的功夫，那時清虛子已有一百二十多歲，現如在世，當爲一百五十多的人了。

郭錦如跟清虛子苦修了一年，因繼室中風，半身不遂，雙目失明，晚輩的函電催促，才不得不重返台灣，携妻一同上山苦修，最初在大屯山修鍊了五年，不但雙目復明，而且身體健壯，步履靈活，所謂「半身不遂」自然痊癒，於是遷到上北投的玉皇宮，繼續其修鍊。

他坦白謙虛的告訴我們說：他的工夫比起日本的那位老師，還差得遠，例如用利刄拉割皮肉，他必須事先有所準備，運氣行功於某一部位，然後再割，才無損傷，如果改割其他沒有行功運氣的部份，照樣還是容易割破的。他的老師就不然，隨時隨地，乃至乘他毫無防備的情況下，拿刀在他身上任何部位，猛砍力割，都不會傷損分毫，像他老師的工夫才眞正出神入化，金剛不壞之境。

關於他用刀或手指虛空指物，能使被指物體外表完好，內部損壞的工夫，他說這是「氣功」，也就是一般傳說的所謂「內功」練起來沒有什麼秘訣，只是長期不間斷地練習，練習時將全身力量和精神集中於手臂、掌、指之間，心無旁騖，隔空指物，每日早晚各練習一小時以上，久而久之，必有效驗。當然，本身武功的深淺，爲此一工夫成就大小和遲速的先決條件。一個普通人盲目亂指，卽使毫無間斷，三五年也不見得有效果的。他說他初練時以水爲目的物，大約練到五月以後，手所指處，水紋就微起波動，一年以後，水中形成一個凹洞，時間愈久，凹洞愈深，以後改指固體物，最後，他用動物——鷄、狗等練其氣，最後，也用手向狗一指，被指的狗如被重物所擊，滾地狂叫，掙扎起來跑走了。又隔若干時間，他再指狗，那隻狗慘叫兩聲之後，略作翻滾掙扎，就寂然不動地死云。他大約指死過幾隻鷄、狗以後，就不忍再拿牠們作試驗。他練這種工夫時，他師父再三告誡說：這工夫異常陰毒，出手就致人於死，萬不可於懷嗔動怒時輕於對人使用，否則亂造殺孽，卽使不受法律制裁，師門規律和天理都是不容的。因此，他學會這一工夫以後，除了前述試驗期間，殺死幾隻鷄、犬而外，從來就沒有用以傷害一個人，多年來，也只在被敦請表演時，當作江湖技術，偶露一手，以娛觀衆而已，除此而外，沒有派上其他的用場。他說：習武的人，最要緊的是要心地光明正大，天性純厚善良，尤其要能忍耐，否則，其恃武技，好勇鬭狠，爲非作歹，那種武林敗類，必然得不到好結果，正大的門派，絕不容許此種敗類存在。這些話雖然是老生常談，但由此也可以窺見郭老先生武功而外的道德修養了。

老人不承認他有武功，但他鍊氣功的結果，全身肌肉豐滿，這些肌肉，可軟如綿，也可堅如鐵，七十多歲，臉上難找到皺紋，精神矍鑠，他的腹部看來像大肚羅漢，但一收縮，腹背可以緊貼在一起，他在門前松下，「靜坐」給我看，並說修鍊氣功，環境必須清幽，「靜坐」要盤膝，腳置股上，腳掌朝天，雙手垂握、背直、口合、目閉，用鼻呼吸，除去百念，一心運氣，每天除靜坐、飲食、睡眠以外，不做其他，久而久之，自然成功，最重要的是有信心、有恒心。

有一位警界出身的朋友，是郭錦如的學生，鍊氣功已有一年，他本來是有胃病的，已經好了，他說他知道老人有武功，但不知其詳，這位朋友還當場做了一次氣功的表演，他端坐椅上，兩手蓋膝，兩目下望，一個深深的呼吸，我們相距三尺，可以聽到他胸腹中有陣陣宏響，如有物運行，而臉上容光煥發，神采飛揚，他說氣是進入丹田，再廻轉而出。有一次我去看他，見有一個年約十七歲左右的大男孩在那裏，面黃肌瘦，精神萎頓，原來是一位新竹的陳姓青年，年幼無知，自瀆太重，而嚴重的損害了健康，慕名前往拜師鍊功的，再一個星期，老人很高興的告訴我，這陳姓青年，經他以自己眞氣傳功治療，大有進步，並將青年召來，兩人一同盤膝坐在榻榻米上，相距約一公尺半，兩人同時作深呼吸鍊氣，約一刻鐘以後，老人大喝一聲，用手戟指青年，這個青年坐在榻榻米上，盤膝如故，姿勢文風不動，人卻「通，通，通」不斷作有節奏的跳躍。我們普通人，卽使普通的坐法，坐在椅上，祇要雙腳離地，身體也跳不起來，而這個青年，由老人運氣，在這種姿勢中居然會坐着跳，實爲不可思議的事，大約兩個月後，這個青年已百病全消，紅光滿面回新竹去，除伙食費外，老人未收他一毛錢。

我問老人，如此功夫，何不廣爲傳授，他說，人必須盡人道，爲國家盡力，爲民族繁衍人口，所以最好在五十歲以後，兒女成家，堂上棄養，再來修鍊這番功夫，以保健康。

李涵秋一覺揚州

陳敬之

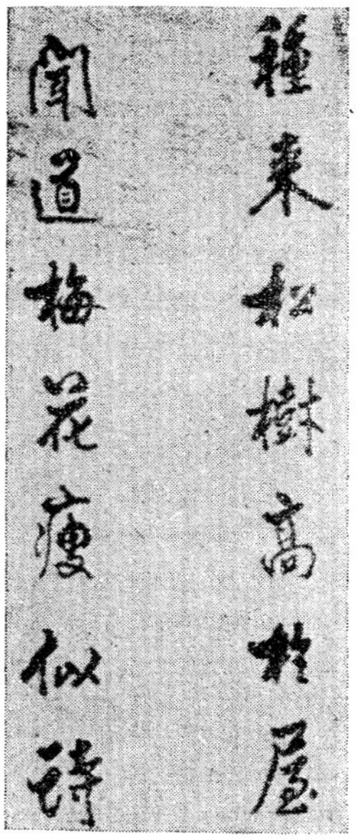

李涵秋遺墨

多才多藝、尤多艷遇

在「禮拜六派」的作家羣裏，如以地域而論，實以籍隸於蘇、揚二州者爲多，這是由於蘇、揚二州自來即爲才子佳人和鴛鴦蝴蝶的薈萃之地的緣故。而揚州的李涵秋，則尤爲其中翹楚。

李涵秋，名應漳，涵秋其字，別署沁香閣主，又署韻花館主。他於民國紀元前三十八年（即清同治十三年，公元一八七四年）生在揚州（今稱江都）的一個「世代書香」之家，自幼即天資敏慧，勤於攻讀，故於經史子集，詩文詞賦，無不精研，亦無不工擅；而於說部中的「紅樓夢」，則尤具偏嗜，不僅對於書中的人物個性、主要情節，以至整個結構，幾已讀得滾瓜濫熟；即於著者曹雪芹的思想路線和寫作技巧，也無不揣摩而尤效之，力求神肖。加以此際揚州的評話家，正一時稱盛，例如李國輝、蘭玉春之於「三國演義」，鄧光斗之於「水滸傳」，金國粲之於「平妖傳」，龔午亭之於「清風閣」，秦鏡南之於「說唐」，要皆能各擅所長，各極其妙。而涵秋於此，則亦嗜之成癖，故一經入耳，不但從不遺忘；且於其脫漏處，復能一一指陳，語語中肯。凡此所述，雖係涵秋幼少時期之事；然而他後來之所以成爲名小說家，我們於此要亦可以瞭然於他早在這時即已爲之奠定了一個良好的基礎了。

涵秋雖係生於滿淸末葉，但由於其時科舉制度尚未廢除，故他在就讀之初當亦未能忘情於此。不過他一直遲到廿一歲，始因童試獲雋，才告入學；明年，又因受知於其宗師龍某，於歲試取列一等第一，自此得食廩餼；然而他一生在功名上的成就，則始終不過如此而已。雖然如此；但他卻又因此而寫得一手館閣體的好字。後來他本此基礎而更求精進，乃刻意臨摹聖教序和書譜，雖未盡似，然其筆勢之開張，氣度之秀雅，則迥非一般書家之未脫惡俗氣習者所能望其項背。不僅如此；而他在課餘之暇，又兼習丹青和金石，以其手筆不凡，且又能獨運機杼，自創一格，而不爲古法所囿，故亦均具造詣。儘管以後由於專心著作，索稿者衆，坐致窮於應付，無暇及此，於是他的金石書畫作品遂亦因之而流傳不多，但得之者即使爲其片紙寸石，要亦無不視同拱璧。即此，可見涵秋之於此諸道，實亦無一而不臻於精妙之境。他之多才多藝，在與之並時的其他一般作家之中，殊屬罕覯。

揚州少年美於丰姿者，代有其人，而涵秋亦即其中之一。由於他生而即有玉樹臨風之致，且又雅好修飾，故偶過市廛，人多爲之矚目。他在兒童時期，曾於賽會中飾演一林黛玉，以其娉婷多姿，顧盼自如，幾使大家閨秀咸爲之稱羨不已，且至有贈以金飾和銀餅者，而涵秋則引以爲樂。至涵秋在少年時期，則尤多艷遇。所著「雙花記」，即係他的自身寫照。這是描述他於某年由於在揚州院大街觀賞都天會因而獲得艷遇的故事。根據他的好友杜負翁所說：

「雙花記」中之井生，取井上有李意，隱其姓也。女主角媚香，卒隨母歸福建，音書斷絕，若干年後，售「雙花記」版權於上海「小說林」，與「小說林」經理徐念慈曰：「稿費多寡，悉由君定，但必刋余照片於書內，否則雖千金勿售」。蓋自媚香返閩後，涵秋無日不嵌彼美聲音容貌於方寸間，其必弁照片於書者，冀是書或銷於閩，或入媚香之手也。涵秋用情如此，誠亦癡矣！（杜負翁：「蝸涎集」）

即此一例，可概其餘。由是而知李涵秋不僅是一個深於情、鍾於情且又情文幷茂的所謂「才子」式的典型人物；而他的「雙花記」，原是他的處女作。他在寫作此一小說之始，揆其用意，則不過是一時興起，權且藉以抒情寄恨而已。不謂他竟由於此一嘗試，因而使得他後來之所以成爲小說名家遂亦由此而開其先路，此則恐怕更有非他自己始料所及者了。

作客鄂渚、詩名大振

涵秋於掇芹食餼之後，曾一度設塾授徒於揚州的宛虹橋都天廟，他的小說名著「廣陵潮」，即係着手撰寫於此一時期，然亦僅成二集。其時上海有正書局、商務印書館、和小說林，都印行小說，涵秋雖曾以此稿央人求售；但幷未獲有發表機會。他在此一時期，除了致力於教學和述作之外，即日與「冶春詩社」諸友相往返，且以縱情於詩酒風月爲消遣。然其心境則殊感索寞。辛丑（即清光緒二十七年）清明，冶春詩社同人，爲了約往揚州平山替名校書楊素琹（亦名琹孃）修墓，涵秋因故未能偕行，遂作有七古一章，用抒胸肊，詩前並有長序，我們讀了，要亦可知此時的涵秋，殆如古諺所謂「傷心人別有懷抱」了！茲爲之併錄於左，藉供讀者共同欣賞：

雨窗枯坐，岑寂如鬼；瀹茗焚香，爲痛哭計。夫人俯仰一世，不自建樹，雖生之日，猶死之年。況乎撫肌誌恨，刻骨傷春，良友不逢，俗子大笑？加以紅愁綠慘，粟德縷恩，觸目驚心，悲愴欲絕，斯時即欲出城門，而車步平垠，照影寫恨，抱影泣血，而車塵馬跡，鼻息汗熏，斗大揚州，何處留一塊乾淨土，爲吾輩流連地耶？冶春諸君，其有遺恨歟？是何所思之幽而所行之僻也！韻花（涵秋別字）與諸君未謀面者甚夥，然而其事其人，窺其胸中非有數十斛感喟抑鬱，不暇辦此。今且得韻花而成名矣；韻花而覥靦，不獲從諸君哭，明日一抹梨痕，兩行清淚，當展氍毹時，尚其爲韻花留一隙地，使韻花之魂，蹀躞其際，則其中所謂琴孃其人者，當生受之矣。琴孃事人人能道，不必述，述韻花之心，以求合於諸君一二而已。雖然，此舉一行，斯世當多有腹誹者，目笑者；唾罵譏諷之者。茫茫世宙，絕少知音；無賴鬟眉，笑啼皆罪。嗚呼！此諸君所爲甯求諒於數十載前之故妓也夫？弔琴孃，弔韻花，兼弔冶春諸君。

病軀壓酒春成夢，殘魂欲萎鴛衾重，
曇花容易化塵煙，東風棠樹空銅鳳。
緣此商量約出城，嬾雲痴雨慘清明，
斷堤翠軫封苔鏽，憶說伊人舊小名。
將軍叱咤風雷動，席前蠅狗爭趨奉，
淫威煽禍到紅閨，電眸虎齒皆無用。
骯髒汙泥十幾年，年年腸斷奈何天，
芙蓉一霎歸香土，從此春聲啞管絃。
金鑪花繖盈街過，當時聊洩羣娃怒，
不信癡情更有人，黎雲重展青青墓。
吁嗟乎！小金山，平山堂，空王
不拜拜琴孃。販夫牧豎行相告，幾輩
衣冠冷夕陽！（引見杜負翁：「惜餘
春軼事」。）

嗣後到了民前七年（即清光緒三十二年，公元一九〇六年），由於揚州名孝廉李石泉（名堅）受知於湖北總督張文襄之故，既由道員而出任湖北清丈總辦，而李對於涵秋的才華則又素極愛重，於是遂延聘涵秋至鄂爲之督教其子女。這是涵秋離鄉外遊之始，論年齡，涵秋此時殆已在三十二三左右了。

涵秋自抵鄂之後，雖仍以教學和述作爲常課；但由於他自此即時有詩文在漢口「公論報」發表，繼而「公論報」且又爲之闢一專欄叫做「消閒錄」，由涵秋負責主編。這則不僅是涵秋直接與新聞界發生關係之始；而且他還基於此一文字因緣，遂得與漢上知名之士相結識，而彼此唱和之作因亦由之而與日俱增。嗣應鄂人宦屛鳳發起詩選大會之徵，凡膺首選者有特殊贈品，題爲「白桃花」，而涵秋竟以冠軍獲勝。以下所錄，即其原作：

一曲歌殘燕子箋，媚香樓圮冷鞦韆。
亭台春淺重重雪；溪塢風迴漠漠煙。
才子文章慚少作；美人懺悔到中年。
眼前洗盡繁華態，消受輕寒薄煖天。

* * *

珍珠簾外月痕低，鵙鴂聲聲不住啼。
到此冷銷神女夢；是誰艷說武陵溪。
綠雲照水成堆浪；紅雨前村濺作泥。
獨倚峭寒抱瑤瑟；梁園燕子又雙棲。

* * *

春衫新試五銖輕，楚楚香雲畫裏行。
黃月半鉤工渲染；紅樓一角更分明。
示人香色原無味；誇汝輕狂覺不情。
門巷重來太蕭瑟，淒淒芳草馬蹄平。

* * *

年年浪說嫁東風，腮暈於今已不同。
思婦淚光珠宛轉；女兒身影玉玲瓏。
勘空色相參禪偈；銷盡春痕仗化工。
扇底桃花翻舊譜，莫啼鵑血故王宮。
（引見杜負翁：「蝸涎集」。）

自此以後，涵秋的大名，在武漢三鎭，雖然已是婦孺皆知，甚至還有好風雅、耽吟詠的名媛淑女，爲了對他的文采風流，備致傾慕，因而不借以詩爲緣，以情爲媒，並進而尊之爲詩壇盟主且自甘居於女弟子之列者，亦大有人在，像當時身任武漢鎭協葛某的兩位女公子長名韻琴、次名辨琴，便是其中之一。（按：此爲涵秋生平之另一艷遇。嗣因興化胡某對之由羡生妬，竟至藉此誣陷涵秋爲革命黨人，謂彼將假詩會之名，行革命之實，幷即據此而逕向督署告密，而涵秋幾亦因此而遽肇大禍。後經李石泉極力爲之辯解，雖獲倖免；然而涵秋要亦飽受驚險了。）然而此時此際，涵秋之所以交譽於衆口者，在著作上則仍以他的詩文爲限；至於他的小說名著「廣陵潮」，雖已於民前三年（即宣統元年，公元一九〇九年）即以「過渡鏡」原名開始在「公論報」連載，但亦聊供補白之用而已，既無半文稿酬，且亦迄鮮有人注意及之者。

「廣陵潮」風行一時

李涵秋的小說名著「廣陵潮」之所以開始受人重視，乃是在他既由鄂渚返回揚州之後，計算時間，那大概已在民國三、四年（一九一四——一九一五）之間了。原來他的這部迭經央人求售而屢遭拒絕的小說，雖然由於他作客鄂渚之故，曾經漢口「公論報」爲之連續刊載了兩三年，但亦因迄無識者，故自他離鄂返揚之後，公論報也就隨之而停止了它的刊載。嗣因他的友人錢介塵創辦「大共和報」於上海，這部小說自此始再獲有從新刊載的機會，幷由原名「過渡鏡」而更改爲「廣陵潮」；可是錢芥塵亦以其過於冗長爲藉口而至大貶其値，僅允每千字給予酬銀三角，且不付現。詎料自這部小說刊數載月之後，不僅大共和報竟因之而銷路激增，且有紙貴洛陽之勢；而李涵秋之名，也隨同大共和報之風行一時而自此更大噪特噪起來。這說來雖好像是在忽然之間出現了什麼奇跡似的；但我們根據杜負翁所述，則知「廣陵潮」之所以致此，原就並非無故。他說：

君（指涵秋）嘗笑謂余曰：「今吾即故吾，『廣陵潮』未易一字，何昔之爲人唾棄者，今忽珍如拱璧耶？天下事可盡作如是觀。」該說部爲諷刺社會之作，評者率以書中人物，均有影射，問諸涵秋，君懇切告余曰：「君勿作癡人。說部之爲說部，與列傳不同；若就其人其事，吮筆直書，僅易人名，則不啻爲之作傳，世之論『紅樓夢』者，卽犯此病；如影射清世祖與董鄂妃說，諷刺康熙朝政治說，隱指納蘭成德家世說，曹雪芹自家寫照說；主張某一說者，則列舉名姓，從諧聲、象形、會意各方面加以揣摩，加以解釋，再取年歲、年代、地址、科名，以求若干符合，煞費苦心；駁之者，則取歷史考證，私家筆記，甚至檔案、詔敕、詩歌，使之根本動搖；聚訟紛如，使人如墮入五里霧中。其實『紅樓夢』與『廣陵潮』，均是一種辦法，可以說：書中之人，確有其人；書中之事，確有其事；不過一人可化數人，一人可兼數事，甲乙互易，乙丙互通，有時將年月故意變更，將地址故意移易，鏡花水月，故弄玄虛，使人撲朔迷離，此方謂之說部。」（杜負翁：「蝸涎集」。）

這雖是李涵秋爲了解答杜負翁個人對於「廣陵潮」所存的疑問因而說出來的一席話；但同時此一席話也無異是李涵秋對於「廣陵潮」存有同一疑問的其他一般讀者所作的一個總答覆；而「廣陵潮」在「禮拜六派」時代的小說裏之所以成爲一部傑出的作品，我們於此則更可以瞭然於其緣由之所在了。儘管後來「廣陵潮」經由上海「大共和報」而迄於「神州日報」先後爲之連續刊載竣事，且由國學書室梓行專書並暢銷至三數萬冊之後，而李涵秋雖又有「新廣陵潮」的寫作；但他爲上海「晶報」卻僅僅寫下了如左的第一回：

撫松楸，淒涼懷小妹；

思竹樹，邂逅遇蠻婆。

卽已因病逝世而遽告輟筆了。然而正因此故，所以當時世界書局的老板沈知方也就隨之而大動他的腦筋，想藉死者的名氣賺錢，於是他就在其時正由嚴獨鶴主編的「紅雜誌」上，刊登所謂「新廣陵潮」，幷標明爲：「江都李涵秋殘稿，吳門程瞻廬續撰」；而程瞻廬也不自量力，竟徇沈知方之請，公然出而爲之「續撰」起來。我們知道「廣陵」原是揚州的別名。涵秋籍隸揚州，以其才情之佳，且所描寫的又是他的故鄉之事，自然寫來格外顯得眞實而親切。程瞻廬乃是蘇州人，對揚州風土人情，完全隔膜，怎樣着手撰寫呢？虧了他的膽子眞够大，行事也够輕鬆，略動筆桿，就把書中主人公移居到了蘇州，而他也就藉着此一戲法的轉變，竟然從此卽一直爲之「續撰」下去了。由是而知程瞻廬的續作，自李涵秋的原著來說，固然是所謂「狗尾續貂」，殊難與之相提並論；而這一派作家的創作態度之不够嚴肅，不够認眞，要亦於此而悉己爲之暴露無遺。

李涵秋既因「廣陵潮」一書之不脛而走，使得他一躍而成爲「禮拜六派」時代的作家羣裏的一個頂尖兒的人物；於是自這時起，在上海各大小報刊之中，除了「大共和報」、「新聞報」、和「神州日報」由於連續刊載他的小說著作，因而銷路劇增至於一日千里之外，其他如「時報」、「小時報」、「晶報」、「商報」、「小說時報」以至京、津、杭、漢各地的重要報刊，也都先後不惜重金，爭相延攬，而咸以能够刊登他的著作引爲光榮。其中「小時報」、「小說時報」，他曾一度應邀爲之負主編之責。而「晶報」則爲馮叔鸞（化名「馬二先生」）曾爲文斥責他反對新思潮，竟至使他一怒而卽與晶報脫離，以後不再爲之撰稿。至於上海各出版商，則爲了爭取他的版權刊印單行本。因而在彼此之間由於糾紛迭起和枝節橫生，雖至涉訟公庭而亦在所不惜者，亦時有其事。至已取得他的著作版權的，則此種著作一經出版之後，少則兩三日，多則一二旬，卽已悉告售罄。而出版商爲了招徠顧客，於其每一著作問世之時，則又往往於其門首爲之裝置一個五彩電燈，幷標示以如下字句：

小說大王李涵秋著×××。

而李涵秋所以有「小說大王」之稱，卽緣於此。

小說創作、長篇最多

李涵秋自民前六年（卽淸光緒三十二年）撰寫「雙花記」之時開始，以迄於民國十二年他因病逝世之時爲止，其間歷時凡十有八年。在這一十八年之中，他的大部份時間和精神都是致力於著述事業，而尤以自民國三年到民國十二年這一階段，更爲他的著作事業之鼎盛時期。亦即他在四十歲以後，自此就一直隱居故鄉，不復外遊。他的日常生活，除了著作外，幾無旁騖。不過他在此一時期，由於名氣日盛，稿酬日豐，生活已過得相當優裕；而他的室家之好，兒女之情，亦迥逾恒泛；且又性喜蒔花飼鳥，數十年習以爲常。故於每日搦管構思，神疲力憊之餘，輒藉閒話家常和寄情花鳥，以調劑其生活。苦中樂事，固無逾此。而時值春秋佳日，間亦呼朋挈伴，共同吟嘯逍遙於揚州的瘦西湖畔，其所表現的清興逸趣和詩情畫意，望之有如陸地神仙，則亦殊令遊人爲之羨煞。

至於涵秋生平著作，除了詩文、詞賦、雜著以至短篇小說略而不計外，即以其所著長篇小說而論，其中以文言寫作的計有十種，以白話寫作的計有二十三種，兩者合計共爲三十三種。這三十三種小說，其名稱及刊行年次，根據杜負翁的詳細紀錄，則有如下述：

「雙花記」：丙午刊漢口公論報，丁未小說林出版，乙卯國學書室出版。

「雌蝶影」：丙午刊上海時報，丁未上海有正書局出版，先署名包袖斧，後更正，時上海時報以重金徵小說，君託包袖斧寄，包易己名，獲選後，法生波瀾，卒更正。

「瑤室夫人」：丁未刊漢口公論新報未完，乙卯刊上海大共和報，丁未上海小說林出版，乙卯上海國學書室出版。

「琵琶怨」：丁未刊漢口中西報，甲寅刊上海大共和報，乙卯國學書室出版。

「並頭蓮」：丁未刊漢口趣報，乙卯刊上海新聞報，丙辰國學書室出版。

「梨雪劫」：己酉刊漢口揚子江日報，乙卯刊上海新聞報，未出版。

「滑稽魂」：己酉刊漢口商務報，未出版。

「姊妹花骨」：庚戌刊漢口楚報，丁巳刊上海神州日報，己未蔚文書局出版，癸亥上海震亞書局出版。

「雙鵑血」：庚戌刊漢口鄂報，甲寅刊上海大共和報，丙辰國學書室出版。

「廣陵潮」：原名「過渡鏡」，己酉至辛亥，刊漢口公論新報，甲寅至己未刊上海大共和報，未完，續刊上海神州日報，乙卯國學書室出版，後歸震亞書局出版。

「沁香閣筆記」：乙卯、丙辰刊上海新聞報，辛酉至癸亥刊上海晶報，庚申國學書室出版正集。

「俠鳳奇緣」：丙辰刊上海新聞報，戊午新聞報出版專集，己未清華書局出版。

「戰地鶯花錄」：戊午刊上海新聞報，庚申上海新民圖書館出版。

「魅鏡」：己未刊上海新聞報，辛酉上海國華書局出版。

「好青年」：庚申至壬戌刊上海新聞報，辛酉上海國華書局出版。

「孽海鴛鴦」：庚戌刊漢口公論報，未出版。

「鏡中人影」：壬戌、癸亥刊上海新聞報，癸亥上海中國圖書公司出版，原稿未完。

「愛克司光錄」：己未至癸亥刊上海晶報，原稿未完，未出版。

「雛鴛影」：庚申、辛酉刊上海商報，後改名「活現形」，原稿未完，壬戌上海國華書局出版。

「情錯」：庚申刊上海時報，未出版。

「自由花範」：辛酉、壬戌刊上海時報，癸亥上海世界書局出版。

「怪家庭」：壬戌刊小說時報，癸亥刊小時報，未出版。

「情天孽鏡」：辛酉刊蘇州消閒月刊，原稿未完，未出版。

「秋水別傳」：壬子刊漢口强國報，原稿未完，未出版。

「玉痕小史」：辛酉刊杭州婦女旬刊，原稿未完，未出版。

「雪蓮日記」：壬子刊漢口大漢報，未出版。

「還嬌記」：戊午刊上海小說季報，庚申上海清華書局出版。

「無可奈何」：己未刊北京新中國雜誌，原稿未完，未出版。

「衆生相」：庚申刊上海小說新潮，原稿未完，未出版。

「綠林怪傑」：辛酉刊天津華北新聞，未出版。

「十年目睹之怪現狀」：壬戌刊上海快活旬刊，癸亥上海世界書局出版。

「新廣陵潮」：癸亥刊上海晶報，祇成一回，未出版。

「社會罪惡史」：辛酉刊天津華北新聞，原名「京江潮」，未出版。（同前。）

筆致雅潔、言情精絕

以上所舉述的三十多種長篇小說，並非完全出自涵秋的手筆，其間有的係他人原稿，經過涵秋爲之刪潤而後發表的；也有的係由涵秋擬定回目并親自撰寫其中的一部份，而其餘部份則經由他人爲之續成而後發表的。至發表之時，則槪用涵秋名義。據謂，其中卽有三數部，乃係出自介弟鏡安（名蓉漳，別號署漱香閣主，亦富有才情）的手筆者。這從涵秋的創作態度上來說，其不够嚴謹，不够認眞，殆與「禮拜六派」其他某些作家并沒有什麼兩樣；而此種矇混讀者的欺人心理，殊亦未便予以原宥；但由於他在「禮拜六派」時代既有「小說大王」之目，而當時京、津、滬、漢各種報刊，爲了仰慕他的大名而不惜以高價爭售其稿件，至於函電交馳必欲得之而後快者，則又迄無已時，他以一人有限的精力，供應多方的需求，既感盛情難卻，又覺肆應維艱，他處在如此無可奈何的情況下，遂不得不採取此一權宜之計，實亦迫不得已。是則我們本於「知人論世」之旨，對此似亦可以略其事跡而原其心情吧。何況他自己又曾屢與他的密友談及，聲稱此一難言之隱，實爲其生平遺憾呢。

由於涵秋係以「廣陵潮」一書的成功而自此卽負盛名，而此書乃是一部社會小說，故在「禮拜六派」時代的小說作家羣裏，他又以擅寫社會小說著稱。雖然如此；但由於涵秋自幼卽熟讀「紅樓夢」，而在創作小說之初，又頗受徐枕亞這位「鴛鴦蝴蝶派」宗師的影響，所以他對於言情小說的寫作，也要算是當時的一把好手。我們只要從上面所列舉他的三十多種小說著作裏來爲之略加分析，便很顯然的可以看出他所寫的言情小說幾乎要與他所寫的社會小說平分天下。正以此故，所以他所寫的社會小說其中精妙之處，固然多在言情；而他所寫的言情小說，則尤其如此。因爲他描述男女私情與閨閫綺事，以及女性心理，係以曹雪芹式的那種富有細膩而雅潔之美的手筆出之，實已極盡男女間之風光旖旎和情意纏綿的能事，而足以使讀之者爲之顚倒、迷戀和陶醉。故他的作品對於男女青年讀者所具有的誘吸力，殆與「紅樓夢」不相上下。此則尤應爲之特別指出者。

所可惜的，就是李涵秋這個在「禮拜六派」時代才情最美、聲光最盛、作品最多、和影響最大的小說作家，僅僅行年五十，卽已因病而遽與他的難以數計的讀者而從此長辭了。當時他的那位同派、同鄉而又同宗的好友李伯樵（名豫曾，著有長篇小說「叢菊淚」，亦「禮拜六派」名作家），爲了對他之死抒寫其深痛極哀，曾作有情辭凄婉，格調高古的輓聯一首，這一首輓聯，自對李涵秋其人其文而言，眞可爲之生作傳贊，死作墓銘。這是由於知之深者而言之亦切的緣故。茲亦附錄於左，以爲本文之殿。聯云：

言論高不可扳，自擱管爲文，至名滿海內，一般社會，大都想望風儀，叔寶神清，被人看煞，陳思才捷，令我低頭，墨瀋貴如金，太史六家存小說；

心血料應用盡，每遇談促膝，便道及生平，五十年華，强半消磨筆札，安仁髩髮，最易成絲，季重愁懷，未容養病，屋梁驚落月，杜陵何處覓神交。（引見杜負翁：「蝸涎集」。）

陳顒菴先生的生平及其讀嶺南人詩絕句（中）

余少颿

先師的詩學，在少年時代從黎維樅先生傳授的。黎先生是南海貢生，候選訓導，學海堂學長、越華書院監院。與師先後從遊的有胡漢民、古應芬，後來都各有成就。而名儒任穆臣先生，對師亦有極大的啓發。家庭可稱小康，喜歡搜羅書籍，剛遇廣州登雲閣書店主人駱浩泉從京滬各地販來善本，師見即收購，從沒有和他論價，所以藏書甚多？尤以清代集部爲豐富。涉獵旣博，就立志著作，初欲訪唐宋各朝詩紀事，計劃作一部清詩紀事，先寫詩話，分投上海青鶴雜誌及廣州、香港各日報發表，積稿已經很多。及後得到消息，徐世昌正在北京輯晚晴簃詩滙，也以清代爲範圍，而楊鐘羲的雪橋詩話就快完成了；不願意與他人角逐，因而別樹一幟，改作讀嶺南人詩絕句來發揚廣東詩風。最初從唐代張九齡說起，繼而推至陳朝的劉珊，最後又復遠溯到漢的楊孚，前後增訂了六次，非常愼重。

讀詩絕句稿成之後，鶴亭丈在上海得到消息，即作序文，內裏會說：「自元遺山作論詩絕句，繼其後者，世所傳誦則爲王貽上如臯道中所作。馴至論帖論書論墨論印論古泉論收藏書，作者斐然炫其淵博，郁郁乎文哉，亦可謂能開風氣者耶。顧元王諸作，乃籠罩古今作者，擷其英華、加以論斷、其取舍各有微尚。而間涉於桑梓者，或不能無畸輕畸重於其間，以寓其敬恭之旨。若專爲一都一邑，網羅文獻。託之長言、蔚成巨製、以吾淺陋，今始得於番禺陳君協之讀嶺南人詩絕句見之。夫嶺南固詩國也，世之溯嶺南詩者，至張曲江而止矣，協之此作，乃從漢書託始楊孚，下逮平生交遊，若胡展堂熊嚼然，咸有論列，楚庭耆舊於是乎因詩以傳，美矣富矣，蔑以加矣。」師自己也題了絕句四首：

（一）蠻方輕誚古來兮。風力堅遒後起任。
不染嶽雲湖綠色。紅衣嶺帶鬱幡深。

（二）海國滄瀛八極潮。奇芬異采入詩飄。
西江無限風雲會。莫歎明珠久寂寥。

（三）文章從古敵兵戎。未必淸平是夢中。
雨橫風狂今日事。不應袖手看飛蓬。

（四）搜索遺文卌載來。光陰偏待惜殘灰。
獨留一管枯餘筆。等到無書讀處開。

現將師的讀詩絕句作一簡單而有系統的分述如下：

粵人詩始於漢的楊孚

楊孚、字孝元、南海人。漢章帝朝舉賢良，對策上第，拜議郎，官終臨海太守。屈大均的廣東新語說：「其爲南裔異物贊，亦詩之流也，然則廣東之詩，其始於孚乎。」南裔異物贊存詩多佚，現尚見到的桂贊：「桂之灌生。必粹其族。何葉不渝。冬憂散常綠。□匪桂植。在乎嵩岳。」犀贊：「於惟元犀。處自林麓。食惟荆刺。體兼五肉。或在神異。表靈以角。含精吐烈。望若華燭。置之荒野。禽獸莫觸。」貝贊：「乃有大貝。奇姿難儔。素質紫飾。文若羅殊。不磨而瑩。采耀光流。思雕莫加。欲琢匪踰。在昔姬伯。用兔其拘。」鷓鴣贊：「鳥象雌雄。自鳴鷓鴣。其去懷南。不思北徂。」師詠他的絕句：

海風漸漸掃南氛。八代焉能不闕文。
嶺表詩源議郎首。有人說過漫重申。

陳代的劉珊

劉珊、字正簡，南海人，篤學有志操，州郡舉爲諮議。侯景之亂，徐伯揚浮海至廣州，見其文，歎爲嶺左奇才、及爲司空侯安記室，亟薦之。太建初徐臨海王長史，與記室張正見輩爲文翰之友，他的事蹟陳書有著錄。作品如詠馬：「獨飲臨寒窟。離羣思北風。陳王欲觀舞。御史自隨驄。邊聲隕客淚。菓下益桃紅。恆持沛艾影。解向平陵東。」松上輕蘿：「葉繞千年蓋。條依百尺枝。屬與松風動。時將薜影垂。學帶非難結。爲衣或易披。山河若近遠。獨自楚人知。」採藥遊名山：「名山本鬱盤。道士貴黃冠。獨馭千年鶴。未尋五色丸。石床新溜乳。金竈欲成丹。定知無二價。非復在長安。」師詠他的詩有兩首：

（一）江南有客賦悲哀。送得知音海外來。
畢竟當朝重文翰。故教嶺左拔清才。

（二）記室翩翩數輩儔。五言詩最擅風流。
（張正見善五言詩）
宮庭湖水司空妓。未許清河勝一籌。

唐代詩人

張九齡、字子壽、曲江人。景龍元年擢進士第、官至中書侍郎、同平章事，封始興伯。所陳奏多見納用，天長節百僚上壽、九齡獨進千秋金鑑五卷，言前古興廢之道，上賞異之。宰執每薦引公卿、必問風度得如九齡否。卒諡文獻，著有曲江集，初無刻本、明邱瓊山得諸館閣羣書中，手自鈔錄，授郡守蘇韡序而刻之、乃傳於世。師詠他的絕句：

江湖翻覆有波瀾。忠愛長存楮墨間。
兵燹不磨千載下。得詩尤較得臣難。

嶺表光芒此一回。長城五字奠南陔。
李騷張雅分明在。各有千秋莫浪猜。

素練輕縑衆論僉。焚香雒誦客莊嚴。
何如柳子深評語。此興能於著述兼。

荊州錦幕未忘君。供奉羅衣不染塵。
重以愛詩兼愛士。天涯明月嶺頭雲。

題園主客圖

邵謁、本清遠人、後徙曲江，最後徙翁源家焉，有詩十卷，黃才伯得於秘閣梓之。廣州人物傳稱其初爲縣吏、後發憤讀書、籍太學、不第甲科，温庭筠主試，榜其詩三十餘首，遂釋褐赴官。阮通志云温庭筠終身不第、官終於方城，安得有榜禮部事。故師特書其事，有絕句三章：

相業千鈞一介輕。生同郡國死齊名。
善琴嘉玉終無價。不待温家眼獨青。

傷心死蚌夜光留。讀孟郊詩痛未休。
一瓣心香知有待。惜微臣愈說低頭。

惆悵幾回新月出。蕭騷已折劍芒寒。
未雕泗石非頑品。此論何曾細意看。

鄭愚，番禺人。開成間進士、累官至禮部侍郎。黃巢平後，坐鎭南海，以功拜尙書左僕射。阮志謂僖昭亂世，史失其職，故愚唐末爲相，新舊志皆不書。又香山有南臺山石歧海，愚詩及之，則或爲香山人，故愚傳番禺香山二志並錄、所著散佚、師有詩云：

黃巢平後廣州殘。歧汉分流事正艱。
醉筆淋漓題院壁。不忘魚米賤民間。
驚人詩業動崔公。銷得衣衫臂錦紅。
（唐詩紀事崔鉉歎賞其詩業
曰眞銷錦紅半臂也）
一首津門是遺作。已敎文采耀南中。
（詩載宋呂東來觀瀾文集）

唐代廣東詩人甚多，作品爲全唐詩所採集的有劉輌莫宣卿二人，爲篇幅所限暫闕。

宋代詩人

古成之、字亞奭，本河源人，五季末寄籍增城。讀書羅浮，宋雍熙二年上春官，已中梁灝榜第二、至臚唱而晤，蓋同籍陰害之也。成之略無憾色，人服其量。端拱二年再舉進士，初調眞定府元氏尉，改知青州燕都、俱以惠愛著。淳化初召試，除秘書省校書郎、出爲魏城知縣。時經李順亂、蜀氏皆瘡痍，成之長於撫恤、勞來煦育、所活數千人。又立學校、課農桑、俗爲之一變。後改知綿竹，一以理魏城者理之、綿竹大治、卒於官。成之以文章爲南徼首唱，尤工於詩。雅意林壑，嘗爲麟州鸞谷之遊、後人疑其仙去、相與肖像捐田以祀焉。師讀其詩：

蜀道瘡痍入詠歌。民間疾苦一肩馱。
詩心未涉遊仙夢。步上麟鸞故事多。
日月壺中何處尋。文人脫略本無心。
浮生託意蒼茫語。未必神仙絕筆吟。

余靖、字安道，曲江人。博學强記、無書不窺、天聖初舉進士、累官集賢校理，遷右正，與歐陽修、王素、蔡襄稱四諫。屢言邊事，再使契丹。後以儂智高叛，經制廣州、與狄青破賊邕州、安撫交趾。拜工部尙書、始興郡開國公，前後五管經制使，代還卒於淮亭、贈少師、諡曰襄。著有奏議，三史刋誤，及武溪集十卷。師詠詩詳載其事：

彝鼎勳名邱壑性。稱詩風度並爲雄。
江山文藻偏相藉。天秀南隅韶石峯。
素此經腴史萃襟。能無一字不精金。
句經堅鍊長篇出。都似洪爐爍後尋。
（吳孟舉云武溪詩堅鍊有法）
細雨黃梅送客津。斷魂鵑語落花村。
人移風韻稱唐晚。差及公詩五七言。
（梁崇一云武溪詩饒有晚唐風韻）

崔與之、字正子、增城人。紹熙補太學生、登進士乙科、歷官四十七年，未嘗一玷彈墨、官至端明殿學士、大中大夫，南海郡開國公。端平初辭右丞相不拜、以觀文殿大學士致仕。卒年八十二、贈太師、諡清獻、有言行錄內外二集。詩粹云淸獻在蜀中詠水調歌頭一篇、其辭曰「萬里雲間戍。立馬劍門關。亂山極目無

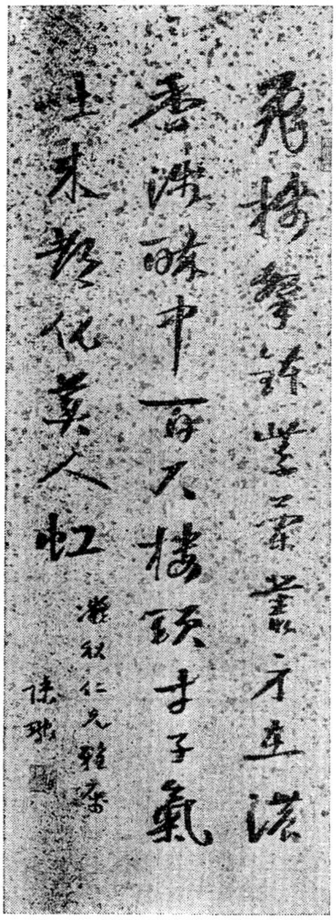

顒菴遺墨

際。西北是長安。人苦百年塗炭。鬼泣三邊鋒鏑。天道久應還。手寫留屯奏。烱烱寸心丹。 對靑燈。搔白髮。漏聲殘。老來勳業未就。妨卻一身閒。蒲澗淸泉白石。梅嶺綠陰靑子。惟我舊盟寒。烽火平安夜。歸夢到家山。」陳白沙嘗夢與菊坡對話，舉此詞。詩云「萬里歸心長短賦」，蓋指此。師讀崔句如下：

巍巍師表領羣倫。不爲門庭費苦辛。
詩品淸秋玉壺露。那容凡袂落纖塵。

藝壇蕭寂念家山。難得風猶久遠看。
萬里歸心長短賦。白沙談夢未嘗闌。

離離芳草玉山限。任爾風雲造刦灰。
詩教千秋誰忘得。梅花明月舊崔臺。
（越秀山菊坡精舍舊有崔臺額爲東塾所篆摧毀以來四十年）

李昂英、字俊明，號文溪，番禺人。少嘗從菊坡遊、寶慶賜進士，歷官至龍圖閣待制、吏部侍郎、封番禺開國男。御史洪天錫以攻中官董宋臣解言職、昂英乞與貶、留疏拜辭歸隱，卒年五十七、有文溪存稿。師絕句云：

海珠珠失陸成堤。忠簡祠堂瓦礫栖。
不俟陸沉珠碎日。已無人識李文溪。

菊花坡下門留雪。滴水巖前圃種瓜。
冠冕南中定風雅。後人曾次十三家。

險語生新讀者驚。（白沙謂文溪好爲生語險怪百出讀者驚絕）
原來風靈濯淸冷。詩工到死無斯筆。
嶺雅終沈是此聲。

蔡蒙吉、程鄉人。童子科賜進士，德祐易正大陷梅州、怒罵被殺、文天祥嘉其忠、爲文以祭之。師的絕句：

白雲話別遠山靑。正好樓頭共月明。
何意海風吹不斷。詩音如送落潮聲。

荻葦蕭蕭一釣艘。淒音呼月出梅江。
自從正定陰那後。識得人奴始願降。

南宋時代，廣東詩人忠義憤慨，或爲國犧牲，或不仕異姓，隱遯山林，如趙必瑑、陳紀、翟龕、張鎮孫、馬南寶、趙時淸、蔡郁等，師均搜討遺聞，詳稽史乘，作爲絕句，每人一章二章，或事蹟相同的，則二三人合詠一首來表彰他們。

元代詩人

羅蒙正、字希呂、其先盧陵人、父稽叔遊學新甯、因家焉。蒙正博聞强記、從羅斗明學詩，盡得其法。尋爲高州學正、南恩州教授。元時羣盜蜂起，吳元良據有一方、陰謀併呑，素慕蒙正、欲用爲幕賓、力辭不就，以詩論之。師有絕句二首詠他：

四邊風莽雅人居。古度冠裳佩玉如。
藻鑑淸明虞部眼。不從才氣下虛譽。
（希呂詩不矜才不使氣歐禎伯語）

不慕唐賢弁華冕。不爲宋哲近枯禪。
簡編燈火靑衿伴。晚季元音別有天。

蒲里翰、字文淵、南海人。嘉定進士，官至雲南廉訪司僉事，祀漂陽名宦。有遊嵩嶽詩見嵩山志、元詩選。粵詩蒐逸云「通志選舉，蒲里罕南海人、至元中進士。」師按得漂陽名宦列傳蒲里翰字文淵，其先西域人，宋末祖魯尼氏流寓廣東，至翰登嘉定丁卯進士。疑通志失於考訂。此遊嵩嶽詩載於嵩山藝文，亦載淵鑑類函二十七，里又訛理，要之蒲里罕與蒲理翰只是一人，其爲粵東人無疑矣。當師撰稿的時候，我曾爲這事到香港大學訪羅香林教授。羅教授說：「嘗訪得文淵墓在廣州大北門外三元里口、碑石完整，文曰元誥授朝議大夫雲南廉訪使司僉司漕運副使江蘇漂陽州丁卯科進士三世祖諱里翰字文淵蒲公墓。」我得到結果，師甚爲歡悅，即時下筆、詳記其事，並大書羅教授之名，以「有心人」贊揚他。詩云：

勝境崟嵜孰主賓。金壺常醉宦遊人。
嵩高靈異毫端現。千古名山藉藝文。
有心人又腹多書。無意探驪亦得珠。
足證中華文化史。陶鎔獷猂力何如。

明代南園前五先生

說到明代的廣東詩人，應先說南園前五先生，這就是：南海孫蕡西菴、王佐彥舉，番禺趙介伯貞、李德仲修、黃哲庸之。孫蕡有南園歌贈王彥舉；「昔在粵江曲。南園抗風軒。羣英結詩社。盡是琪林仙。南園二月千花明。當門綠柳啼春鶯。羣英絡組照江水。與予共結滄洲盟。」園址在廣州城南門外的江邊，花木清幽，至近代依然存在，是具有歷史性的遊宴地。五先生的生平及作品，人所盡知，人人所誦的，恕我不多贅，單把先師的絕句錄下：

讀孫蕡詩

南園先後五先生。首數西菴氣象橫。
閩十才人吳四傑。同時風雅動神京。
美人臺上少年場。盤敦明珠皎夜光。
山鬼燈青雨花碧。有時出句借冬郎。
琪林華月抗風軒。園約琴樽共晚年。
最愛故人王給事。兩家書破薛濤箋。
身畔蔣陵秋夢多。簫聲涼夜逼天河。
騷壇有凝人如玉。劍及儒冠果爲何。
（以題畫坐藍玉黨置法）

讀趙介詩

出處枯榮一笑空。詩囊隨杖入芳叢。
人間唱和無聊賴。孰似西樵八十翁。
臨清破屋老松欹。幻影人生恨覺遲。
夜上南樓揖明月。乘風高唱步虛詞。
漢魏旌旗初盛風。未曾飄颺選樓中。
洞庭七澤秋飆厲。風葉能無逐斷蓬。
（坐事逮京卒於途）

讀王佐詩

砌竹簷花聽雨軒。檀槽銀燭夜傾樽。
當時雄手問誰敵。絕倒狂歌客姓孫。
煙霞歸去草堂深。擊壤無忘報國心。
古調獨彈秋夢遠。彭森一手得高岑。
綠水芙蓉秋興裏。金籠鸚鵡語聲中。
心長律細何人似。虞揭風流一再逢。

讀李德詩

懷人湖海早驚秋。微祿依依得罪由。
觸目警心才勝者。十年應早買歸舟。
長史好爲長吉語。未嘗鑴鏤入肝脾。
釆眞自有清眞在。流水浮雲不拔臺。
大哉神釋混淪如。已闖浮屠老子書。
堯舜塗人同一我。可援詩案論仙儒。

讀黃哲詩

過客秦淮雪打襟。才如白雪得知音。
雪聲天下奇音韻。坐聽孤篷酒滿斟。
曲阜停車謁孔祠。鄴中走馬弔陳思。
當年未笑古糟粕。蓬勃南朝五字詩。

酒熱風悲月出林。瑤華苦調夜沈沈。
南冠咄咄還山願。洞口桃殘春已深。

說完南園前五先生，不能不補叙何眞，因五先生都是他的幕客。何眞，字邦佐，東莞人。元至正爲河源務副使，棄官歸。元末强民暴將騷動，前後平之，粵賴以安。眞保有廣南，有勸爲尉佗者，峻拒之。洪武初，廖永忠南下，眞奉表降。驛召至京，授江西山東參政，數年，命還廣東收集舊部，還京致仕。大征雲南，復命偕其子兵馬指揮何貴往規畫軍餉，遷山右布政使，尋命爲浙江布政使，改湖廣，復致仕，封東莞伯，年七十卒於京師。師有詩三章，詠及其子何宏：

（一）

不學臣佗與竇融。區區何幸易樓終。
幕中不少菁蘭慨。憐惜詩才落落胸。

（二）

儒將風流播嶺東。梅關尚有碧紗籠。
讀詩人頌安邊意。不笑詩翁劍不雄。

（三）

送別扶胥唱古風。天鷄鳴夜劍光紅。
未忘雄崛翁家法。喬木森森雨露中。

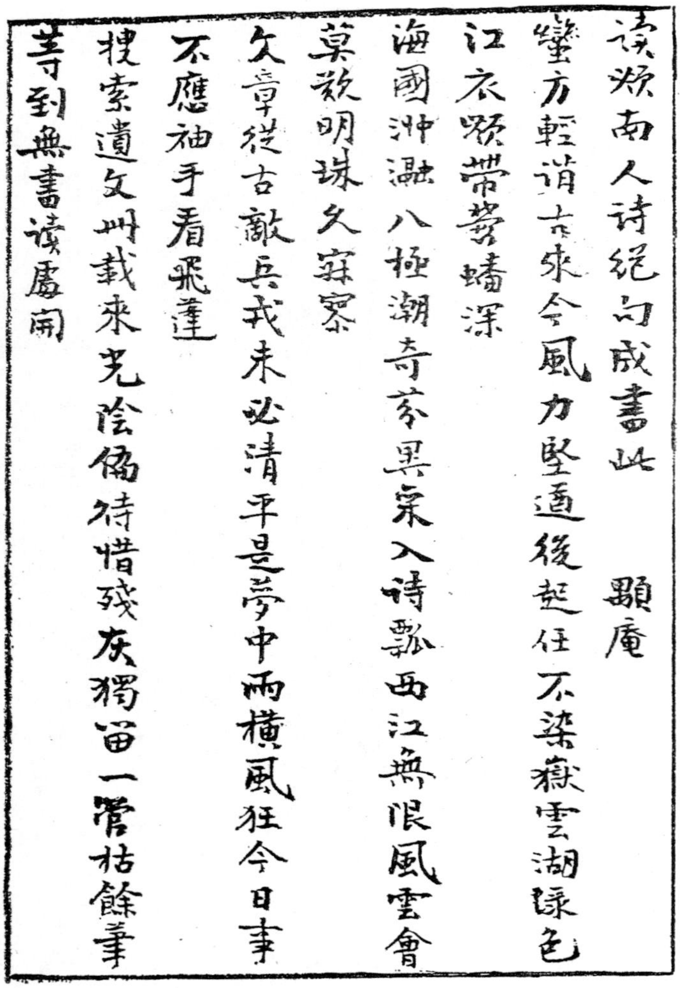
讀粵南人詩絕句成書此　顒庵
蠻方輕俏古來今
風力堅遒後起任
不染嶽雲湖綠色
江衣粵帶縈蟠深
海國沖瀜八極潮
奇芬異采入詩瓢
西江無限風雲會
莫欺明珠久寂寥
文章從古敵兵戎
未必清平是夢中
雨橫風狂今日事
不應袖手看飛蓬
搜索遺文卅載來
光陰倘待惜殘灰
獨留一管枯餘筆
詩到無書讀處開

陳顒菴文

南園後五先生

吾粵先哲順德溫謙山先生輯粵東詩海，有功文獻，他在詩海序文中曾說黃佐的詩：「體貌雄濶，思意深醇，旗鼓振發，羣英競從。一時詞人如南園後五先生皆出其門，粵詩大著。」故說南園後五先生，應先知黃佐的生平，及其領導力。

黃佐，字才伯，一字希齋，晚號泰泉居士，又曰太霞子，香山黃畿子。正德鄉試第一，登進士，授編修，出爲江西按察僉事，召入爲司諫，歷仕至少詹事兼翰林侍講學士。晚歲因病隱居羅浮，卒年七十七，贈禮部右侍郎，謚文裕，有泰泉集。當代文豪屠文升、張崇象、陳師孔、王元美、顧玄言、陳臥子、朱錫鬯、錢牧齋，對其詩均致好評。屈翁山云「泰泉先生崛出南海、其持漢家三尺以號令魏晉六朝、而指揮開元大歷、變椎結爲章甫、闢荒薙穢於炎徼、功不在陸賈終軍下也。」師讀其詩：

五先生後黃泰泉。風雅起衰任（平）一肩。
後興門下南園客。青取冰寒論在懸。
春宵大醉有深懷。信筆扶搏韻絕佳。
天下知音惟有酒。歸山心事已安排。
不居陸賈終軍下。功在章縫獎粵風。
等是彌編天壤事。江南差讓嶺南雄。

南園後五先生，就是：黎民表、字惟敬、又字瑤石，從化人；吳旦、字而待、又字蘭皋，南海人；李時行、字少偕，番禺人；梁有譽、字公實，順德人；歐大任、字禎伯、又字崙山，順德人。各人生平行誼具見於諸家著錄。近代南海陳氏樵山草堂刻南園前後五先生詩四十冊，本港學海書樓（現移交大會堂市立圖書館）有藏本。現只錄師的讀詩絕句。

讀黎民表詩

風雅中衰又百年。西山勝引振南邊。
高岑沈孟當時體。信是前賢啓後賢。
王李交親有折衷。藩籬終始守宗工。
論詩縱有青藍譽。未失黃門領袖功。
弇州月旦豈千秋。憎愛親仇即去留。
大小雅村惟一子。朱家究竟識琳球。

讀吳旦詩

蘭皋本得義山眞。聞道遺書刼火湮。
試讀九成臺一律。庸音複字有疑雲。
師尊友重淵源在。剩羽雖稀有鳳翰。
未與齊盟羈外客。聲華祇少共長安。

讀李時行詩

魏晉荆榛暫蔓延。開天花實最鮮妍。
拂衣歸去青霞子。留韻湖山又十年。
（時行自號青霞子）
羅浮一別下煙岑。薊北雄奇領略深。
不染關塵河土色。粵風多少帶吳音。
不受浮生苦悶侵。光風霽月海天尋。
小雲林上閒雲影。便是仙人去住心。

讀梁有譽詩

唐律齊驅論茂秦。古風平揖李于鱗。
紫英石畔奇花好。未盡英華跡已陳。
裹足嚴園花鳥迷。拙清樓外好山溪。
詩心皎潔盤龍影。不愧菱花自品題。
月上高樓一笛鳴。風前簾外有人聽。
泠泠商意淩秋句。合譜流雲裂石聲。

讀歐大任詩

七賢五俊盡詩豪。人道崙山曲最高。
質庫施鉛三十首。朱家原未過情褒。
顏陸敷陳作賦心。高岑安雅治平音。
稱詩並有眞原本。認得黃門著作林。
滄海清秋粵嶽春。艇漁杯酒雨風辰。
七言詩境超如許。比以龍標不覺貧。

馮玉祥將軍傳

【四】

簡又文

第四章　革命勢力之生長

（廿八歲至卅三歲，一九〇九——一九一四）

革命的種籽

我們已知馮氏當兵士的時候，他的最高理想端在做一個孝子。及其果得親迎老父到南苑，侍養至其病歿，這一理想已得實現了。烏私既遂，內顧無憂，於是求學奮勵，更爲努力。當時所隸屬之第六鎭，注重教育，日以忠君愛國之義訓練官兵。他朝夕既受此薰陶，而在個人勤苦攻讀之古籍上所得的道德教訓也不脫離這範圍，所以他思想爲之一變。他這時的理想是一個「忠」字，立志以忠臣自見，而忠於君卽忠於國也。他嘗對部下言，當光緒三十四年（一九〇八）十月間，西太后及光緒帝相繼逝世時，他痛哭了幾天，如喪考妣。見有私行薙髮者則以「不忠」斥責之。他受了這種精神訓練，也就照樣訓練他的部下。因爲當時革命思想雖濫觴於南方，而北方社會中尙未有革命空氣之傳播，在軍界更勿論矣。

宣統二年（一九一〇），當馮氏仍在第一混成協任督隊官時，嘗奉派乘車往山東參觀第五鎭校閱，途中讀曾國藩「家書」，因爲其中有不少道德的教訓，尤多忠君之語，所以他最愛此書，有暇輒讀之。當時適爲其友人孫建聲所見，笑向他說：「您還想做個滿清忠臣、封侯拜相嗎？眞不識時務了！」卽秘密給馮氏「嘉定屠城記」和「揚州十日記」各一冊，囑其細讀。馮氏受此嘲笑，心覺不安，得此兩書，卽留心讀之，然後恍然知道滿洲異族入主中國之初期、屠殺漢人之慘狀。他的義俠心腸大爲激動。一生的理想忽爾轉變。（按：此事發生時期上據「自傳」。但「我的生活」頁一二〇作在新民營中。）他從前當士兵時，也曾看見過清帝與西太后回鑾，心中已憤恨其奢侈失當。後來當排長時，又因醇親王載灃出使謝罪回來，隨着隊伍於隆冬天氣下、在車站鵠立等候了一夜。及其火車開到，軍樂大作，全軍跪迎。不料那王爺並不出來，只見一個太監走到車門，大罵軍士嘈鬧，攪擾王爺睡覺。馮氏心裏極爲憤恨。然而忠於君上之理想竟比個人私恨之情尤强。至此時，他的民族思想乃忽然興起。據其自述：「余之沉溺於舊知識，匪伊朝夕，一旦受大刺激，恍若夢魘驚悸，豁然醒覺，又如身墜萬丈深淵，仰首呼號，聲嘶力竭，忽有人提而置之危峯之上，清風濯濯，滌我心脾，魂魄復收歸吾體殼中也。自是，意恉大變，視滿人如寇仇，誓必除之，而革命思想，充滿腦海」（見「自傳」）。此是他一生的大轉機，蓋自此之後，立志爲忠臣之馮玉祥已去，而革命的馮玉祥於以產生矣。須知，馮氏下半生不停革命之背景，大概爲其本性生來戇直、衝動、有好打不平之義俠精神，復時時不滿於現實狀態，於是力求改進，革故鼎新，此時更有民族思想之激發，益使其成爲一個徹底的革命家。以後數十年的事業，皆站在革命立場上而發動的了。

據其自述革命旨趣云：「二十年來，凡余所爲，無不以革命爲立足點，蓋余心只知有國家有人民，不知其他。其有愛國愛民者，余愛之敬之，而擁護之，其有害國害民者，余恨之惡之，而反對之，或剷除之。皆以國家人民爲前提，初無恩怨於其間」。此寥寥數句自述語，足以解釋其一生革命事業之旨趣明甚。如欲了解眞正的馮玉祥，當認識這個革命家的性質。

醞釀革命

由魯歸後（一九一〇），馮氏旋由第二十鎮統制陳宧考取，陞任該鎮四協八十標三營管帶（卽營長）（此卽上文所述馮氏得「氣死學生」批語事）。一時，職位稍高，兵權在握，他大有發展其革命思想的機會了，而且胸中已涵蘊倒淸復漢的民族思想了。時，淸廷以載灃攝政。其人闒茸懦弱，重用親貴，政以賄成，國事日非。馮氏之政治革命思想亦與民族革命思想同時勃發，因此積極密謀推翻滿淸，建立民國之進行。

馮氏預備革命之方法，大要有二：其一則爲訓練部下，以得基本的革命武力。所以他在練兵之時，於打靶野操之外，每日施以精神訓練，冀練成品質優良的革命軍。他常爲他們講誦國恥歷史及古今中外名人治軍愛國之嘉言懿行。在當時的環境，當然不能公開的宣傳革命思想，但只可隱約爲之，以期鼓動兵士的革命精神，和養成其革命理想而已。其尤爲注重者則以廉儉愛民訓練士卒。營中舉凡柴價、公費、餵養等中飽積習，在他人一向視爲主官應發之財者，馮氏則絲毫不取，皆用之於官兵教育獎勵之事。他兼極力提倡剪髮、放足、及科學職業教育。凡此皆其所重視者。治軍數十年，一是以此爲革命軍之最要質素，非徒空談革命而已。行之月餘，全營悅服，軍心已得堅固，一致熱誠擁護此新領袖矣。及傳播於他營，其士卒均心焉神往。在比較優劣之下，他們且竊議其長官於背後。各營長私來勸馮氏，謂不可以己之廉而形人之貪。他則答以人各有志，未嘗爲之動。此志維何？革命是也。

其次，馮氏於訓練精神，鞏固軍心，以培養革命實力之外，又以革命大事業，非羣策羣力不能成功，於是留心物色人才，結納同志。一時如同鎭之參謀長劉一淸、七十九標一營管帶施從雲、第二營管帶王金銘、第八十標第一營管帶王石淸、第二營管帶鄭金聲、第三鎭上校參謀孫岳、兵工營排長戴錫九以及孫建聲、張之江、張樹聲、李鳴鐘、韓復榘諸人，皆富有革命思想者，馮氏咸與之深相結納。當時革命空氣已瀰佈於長江流域。北方各軍長官着着先事防患，對於部下之集會結社、異常注意，動輒取締。馮氏爲避免當道耳目及懷疑計，特設立一「武學研究會」，藉以收攬革命同志，爲密謀起義之大本營。當時加入此團體者，除上列諸人外，並有岳兆麟（或卽岳瑞洲？）等官兵數十人。公餘之暇，他們時常集會，密商一切進行計劃，以期革命運動之早得實現。自三月廿九日廣州黃花崗之役發生後，北方當道防範益嚴。馮氏之密謀亦漸爲漢奸發覺，雖未至破壞，而其處境益危。然而是時北方革命種籽萌芽亦出土，革命風雲已成一觸卽發之勢矣。

附錄：李泰棻「史稿」載馮氏此時一逸事，殊可表現其義俠爲人之人格。當其初升管帶時，有孟恩遠師部砲兵三營軍需官王者賓、秀才出身，得管帶高某信任。年終，王因賭博虧空公款三千金，乃遁去。高扣留其方任排長之弟，且行文其原籍，籍其家。者賓乞援於馮氏。馮氏允焉，謁高營中，告之曰：「王某家產不過薄田三十畝，盡籍之亦不足償所負，且家口三十餘，祖母在堂，君詎忍之乎？」高終以公款難之。同席有施從雲、王金銘、兩管帶，亦仗義爲助，且屈膝以請。卒得減去五百金。馮氏則慨然負責盡償其餘。先向諸友借四百金付高，約以每月付還一百。以後果如約盡償焉。數年後，王者賓始謁馮氏言謝，被委任書

記、軍需等職，復調甘肅任縣長。（見李著頁八、九）

灤州起義

宣統三年歲次辛亥（一九一一）二月，張紹曾繼任二十鎮統制。八月，灤州（在山海關西南約二百里今灤縣）舉行秋操，協統潘榘楹，標統蕭廣傳、范國璋、將所部開駐山海關。施從雲、王金銘，兩營開駐灤州，而馮部則留守新民府。九月十九日（卽陽曆十月十日），革命軍起義於武昌，東南各省紛紛響應。馮氏以時機成熟，籌備起義進行更力矣。乃清廷忽令統制張紹曾率兵南征。張去電質問出師理由，並陳改革政治十九條於北京，要求實行，詞極强硬。此卽革命主張，意在推翻滿清也。當電文到京之日，適山西宣布獨主。一時，清廷震動，不知所措，一面復電，承認各條以緩和革命空氣，而一面則調張南下爲「長江宣撫使」，藉以削其兵權。馮等聞而益憤，主張乘機起義，進攻北京，響應武漢。此時，張部軍官分保皇、革命、二派。保皇派爲潘、蕭、范等高、中級將領；革命派則爲馮等所組織之「武學研究會」下級軍官同人。爭執結果，革命派以衆寡不敵失敗。劉一清、石星川等乃被排斥。幸馮等有實力者數人，仍得留職，力圖繼續奮鬬。而張紹曾以大勢已去，憤而離職，避居津門，此卽所謂灤州停兵是也。

張去後，馮等革命派一時雖失敗，而進行益力。馮氏則在後方夙夜籌謀，並將進行計劃及南方革命消息每日油印傳單，分送各部，竭力宣傳，從事鼓動。但不幸當其取油印機時，派兵由營部送至私寓，途中爲某標統所見。及傳單發現，標統知其所爲，乃急調其全部赴海陽鎮，計劃又遭挫折。

其時，清廷起用袁世凱任內閣總理，擁有小站所有新軍六鎮，兵精械利，紛紛南下，以武力壓迫革命軍。漢陽一役，革命軍大敗，武昌岌岌可危。於是，馮氏又與施、王等密議，非急發難以拊清軍之背，則南方革命運動將至功虧一簣。會革命黨員白雅雨（亞羽，原名毓崑）奉孫中山先生（中國同盟會）派來北方與同志數輩、在天津法租界秘密組織革命機關，從事運動北方軍隊。孫建聲當時已離軍回津，加入活動。由其介紹白至灤州與王、施、等立志革命分子會商進行。至於馮氏，則旋由王金銘親往海陽說明一切，亦卽加入。革命起義之謀乃定。他們計劃，以同志王某與煙台都督商震密約時期，率兵由海道至秦皇島登岸，與馮氏及王石清、鄭金聲等三營會合，乘機佔領山海關，先行解決頭腦腐舊、死心保皇之蕭、范二人，然後沿京奉路，直搗北京。他們推定王金銘爲北方大都督，施從雲爲總司令，而馮則爲參謀長。倘此舉成功，則日後袁世凱之竊國、張勳之復辟、兩禍俱無矣。不幸預約之日期未至而白雅雨先事徧貼反正文告，消息因而洩露。王、施等見時機已迫，不可再待，遂先期在灤州舉事，高揭革命旗幟，且通電南北，主張共和。通電署名有「馮御香」者，卽當時任北方革命軍參謀長之馮玉祥也。但馮部仍駐海陽鎮，通電一出，他立被監視，未克親與王、施共同作戰。起義致內閣總理袁世凱等電文曰：

（銜略）自武漢事起，各省響應，勢如奔濤，足見人心之所向，決非武力之可阻也。全國人民，望共和政體，甚於枯苗之望雨也。誠以非共和難免人民之塗炭，非共和難免外人之干涉，非共和難免日後之革命。我公身爲總理，係全國之代表，決不能以一人之私見，負萬民之苦心。況刻下停戰期迫，議和將歸無效。全國人民，奔走呼號，驚惶之至，而以直省爲尤甚。是以陸軍混成四十協官長目兵等，駐紮直省，目睹實情，不能不冒死上陳，有瀆尊聽。查前奏信條內開，軍人原有參政之權。刻下全體主張共和，望祈我公詢及芻蕘，不棄鄙拙，速定大局，以弭亂事而免慘禍，實爲至禱。臨發百拜，不勝惶悚之至。統領官蕭廣傳、管帶施從雲、王金銘、張建功、王石清，鄭金聲、馮御香（卽玉祥）、徐廷榮及下級軍官佐等同叩。（上文錄自「自傳」第八章）

斯時，北方革命空氣頓爲緊張，凡各軍中之頭腦新穎者，皆有躍躍欲試，起而響應之勢。清廷以變生肘腋，大爲震恐，一面調遣軍隊防禦，一面派王懷慶往灤州勸諭革命軍。王、施等聞之即派排長張某持手鎗往，强令王表示態度，一致討清。王佯允之，宣言服從。他們以王表示合作，且欲利用其聲望以資號召，因推其爲大都督，即以王懷慶名義照會駐京各國公使。

義師失敗

於是，起義諸人擁王入灤州城就職。不料中途，王詭稱試馬，乘間逃走，追之不及。他們乃商議急攻天津，先扼北方之咽喉，再攻北京，但兵甫出城，而第三營管帶張建功忽與王懷慶勾結，突以兵襲擊於後，革命軍大亂。他們一面抵抗張部，一面急行整隊上火車，直向天津開行。及抵雷莊，王懷慶已拔去軌道。王、施即下車，率石敬亭、王鴻昇等部與王部戰。王大敗，請停戰，旋派一代表來，請王、施、往其軍中會商。當時有人勸兩人，謂王懷慶爲人狡滑，首鼠兩端，不宜輕身前往。王慷慨說：「我輩革命軍人，抱定爲國犧牲的宗旨，縱是龍潭虎穴，又何足懼哉？」施乃對王說：「您既是這樣，難道我施某是怕死的嗎？」兩人遂同往。及至，坐談之間，突來弁兵十餘人，將王、施捉住，旋即遭害。後來殉難者，還有白雅雨、孫建聲等十四人。施的從兵黃雲水見之，泣不可仰。王懷慶揮之不去，瞋目罵其爲奸詐小人，甘作滿清家奴，慘殺革命同胞，誠狗彘之不若。王大怒，併殺之。王、施、孫、三人殉義，死事最慘亦最烈。此宣統三年（一九一一）十一月十六日事也。革命軍領袖既死，羣龍無首，卒被擊潰。時，馮氏已被監視於海陽鎮四日，不給飲食。其後，據說陸建章爲之援頰，乃得免，但被押解回籍。張之江、李鳴鐘、亦被迫出走，僅得免於死，亦算僥倖之極了。倘使馮氏在軍中，能實行參謀長之職務，以其深謀遠慮之長才，策劃一切，結果王、施二人未必至於殉難，大事亦不至失敗，此則馮氏所引爲一生大憾事者也。

此革命之役雖云失敗，而革命空氣愈爲緊張。在北方人心軍心多受此役所流的鮮血之激動而同情於革命。清廷則以軍心已變，民心已去，夜長夢多，惶恐至極。未幾即有遜位之舉，而民國於是創立。則北方灤州之役亦可媲美南方黃花崗之役了。後來，馮氏於民國十三年（一九二四）國民軍首都革命成功後，在北平中山公園（舊名中央公園）爲王金銘、施從雲、孫建聲三烈士立銅像。國民軍北撤後，張宗昌入據，即將三像毀去。至十七年，國民革命軍北伐成功，追懷先烈，復高豎三銅像於原處，且另爲三烈士勒碑紀其起義殉國事甚詳，足垂千古。至漢奸張建功、初本預謀起義者，後來卻勾結王懷慶，倒戈攻襲各同志，罪莫大焉。民國成立後匿跡銷聲，莫知所之。直至十七年杪，潛往河南開封，復密謀作亂，爲石敬亭率軍警捕獲。前後罪俱發，始正典刑。三烈士有知，亦足快慰於九泉。

最近，中央研究院近代史研究所所長、史學權威梁敬錞教授所著「辛亥革命」，極重視灤州一役（但繫其事於十月廿一日，大概係從張紹曾通電之日起計）。據云：「他們的行動不僅使滿清政府震動，在前線的北方軍隊也爲之吃驚。……因此灤州事件對於辛亥革命之成功，關繫重大。」（見「傳記文學」民國六十年十月，一一三期梁書譯文頁六、八）。這可說是對灤州革命的決定性之定論。

在馮氏一生，灤州起義是他第一次的革命事業。他之去職，也是他第一回的下野。

建軍的基礎

民國元年（一九一二），袁世凱被選爲大總統。一月十二日，第三鎮兵變，遂藉口坐鎮北方而得在北京就職。時，陸建章任京防軍營務處長。袁氏以北京在兵燹之後，亟須維持治安，且藉此擴充武力，乃令陸編練左路備補軍五營。馮氏自灤州失敗後至民國成立，已恢復自由。一月初復到京，至是投効，改回原名「馮玉祥」。陸素認識他的才幹，且屬至親，乃委爲第二營營長。奉令後，馮氏即赴直隸景縣招兵。（按：上言北京兵變事，據「我的生活」頁一六五，馮氏不信是袁世凱預定的陰謀，以爲在那時袁沒有操縱軍隊的能力云。另據劉汝明親聞諸當時在北京首先發難之王書箴言，兵變事不是袁的指使，而是由於兵士們憤發餉之不平故肇事云。見劉著頁六六。）

此行是馮氏一生建立自己的隊伍之開始。根據多年的經驗和理想，他自定招兵的標準：只招收鄉間質樸精壯的少年，而凡從前入伍當過兵的一概不要。（這與曾國藩新建湘軍、只要農民相符。）他之招兵也有非常巧妙的甄別方法：先叫投効者排列長隊，他忽然大叫號令「立正」。凡當過兵的，無意中即行立正，他乃一一挑出淘汰了。（這是我後來在軍中親聞的。）既招得一營五、六百人，他即親自帶回北京。但是過天津車站時，英兵以其帶鎗械不許通過，並欲卸其武裝。馮氏以有辱國體，憤甚，拒絕繳械，嚴厲交涉，態度强硬。英兵知其不可犯，不可侮，卒予通過。這可說是稍雪積憤了。

在景縣招兵，一月事竣回京，即開赴南苑，著手編練，旋移駐北苑。七月間，開往三家店，守護軍械局。成軍之始，二十鎭舊屬來投效者有李鳴鐘、張維璽、陳毓耀、韓復榘、谷良民、谷良友、許祥雲等。其應募入伍者，有孫良誠、劉汝明、石友三、佟凌閣，過之綱，馮治安、韓占元、孫連仲、曹福林等。之數輩皆爲其日後自建大軍之根本得力的幹部，而一一蔚起爲饒勇大將者。

其時，軍餉缺乏，給養不足。在五月大熱天氣中，全軍尚穿破爛棉襖，未換單衣。衫褲生虱，動輒盈把。馮氏曾對著者敍述一段有趣的往事：有一天，他在營門看見一個軍官坐着捉虱，即問：「有虱子嗎？」軍官很恭敬的立正答道：「不很多，不很多。」當時的苦況可想而知了。但軍餉雖無，而軍中實際的工作，卻努力進行。

編練之始，馮氏即本其多年之經驗與研究心得實施於訓練中。除陸軍正式操練之外，則增設鐵槓、木馬、攔阻等物，以養成軍人强健之體格。後來自編有「精神書」，內分道德、愛國、軍紀三種，以養成高尚之風紀，並編輯各種有益身心之軍歌，責令全體官兵背誦講解，以陶淑其性情。又常率全體赴野外實習戰術。有暇則親向士兵講話，諄諄訓誨以倫理道德及救國救民之義。第一次講「孝順父母」，二次講「愛民」，三次講述一個德國人的愛國故事、即此可例其餘了（見「劉汝明回憶錄」頁二）。至其練兵方法，多本諸自得經驗，而獨出心裁，爲他處所無者。訓練未久，第二營學、術、兩科成績即爲全軍之冠。馮氏練兵之長才乃大顯矣。這一營就是後來有兵數十萬的「西北軍」的胚胎。同時他自己不忘求學，專聘教員來營授以數學。

這時，有一趣事發生。有一營長對馮營嫉妒非常，竟倡組「不識字會」，以圖抵制及排斥馮氏等之「識字」分子。事聞於陸建章，面斥該營長說：「這不是連我也排斥在內嗎？」組織遂解散了。（見劉著頁四）

二年（一九一三）八月，「左路備補軍」改編爲「京衞軍」（時期據「自傳」，劉著同，但「我的生活」以爲下年事，想誤記）。馮氏陞任左翼第一團團長。他即親赴河南郾城一帶招募新時兵。趙廷選、田金凱、吉鴻昌、梁冠英、程心明等，均是于此入伍的。團既成立，先駐北京平直門外（此據「自傳」，「我的生活」作順直門）。九月，移駐北苑。三年（一九一四）二月，一、二、兩營移駐北京齊化門內之豐備倉（此據「自傳」，「我的生活」云東城祿米倉）。第三營開駐河南新鄉。在這一時期，馮氏於軍事武術、精神訓練之外，特別注重軍紀之訓練。所部駐紮之處，雞犬不驚，秋毫無犯，人民愛戴，足稱模範。日後，其大軍以軍紀優良馳名全世，實肇始於此時之基本訓練也。（按：馮氏在此期間，正式加入基督教會，以後影響於全軍風紀，精神訓練者甚大，將於下文第六章專題敘述其事。）（又按：在是年第二次革命初時，馮氏毫無表示，以位卑力薄，不足輕重也。）

陝西勦「白狼」

三年春（一九一四），河南土匪白狼猖獗特甚，爲患人民。白狼最初聚衆百數十人，打家刼舍，虜人勒索。後因河南軍紀不佳，且因袁世凱有竊國野心把大軍多開往長江，白狼遂乘機大舉，糾集數千人，攻城掠地，莫之能制（劉著頁七）。被禍者有直、豫、皖、鄂等省。所過之處，洗刼、焚殺、擄掠、甚且屠城。匪衆多至二、三萬，駸駸乎成爲流寇。經四省兜勦，乃由鄂老河口、陷紫荊關而竄入陝南。復出子午谷西去，屠七、八城。陝省兵薄不能制，飛電北京政府告急。袁氏正欲伸張勢力於陝，乃以陸建章爲勦匪督辦，命率五旅赴陝。陸卽召馮部相隨，倚爲股肱，此實其全軍之精銳也。出京時，馮團改編爲左翼第一旅。途中又改爲十四旅，均以馮氏爲旅長。時，馮氏編全旅爲兩混成團。自率一團先發，餘則隨陸後行。他率部沿今隴海鐵路線步行西進入陝。

白狼聞大軍至，竄隴西。馮氏率隊追至涇川。白匪復由隴南折回竄雞，欲突襲西安。時，陸已抵省，急電召馮部回師。馮氏以救兵如救火，率部趕回，晝夜不停，急行軍三日兩夜而抵西安，每日平均行二百餘里，因得「飛行軍」之譽。自此，他又知帶兵疾行之重要。以後，其所建大軍乃有急行軍之訓練，無論途徑如何艱阻，必須以每日能行百二十至百八十里爲度。

白匪知西安有備，南竄子午谷。馮氏派第二團團長何乃中駐是處，設伏要擊之。激戰一晝夜，匪軍大敗，白狼受重傷。餘匪或潰散入山，或狼狽南竄。陸建章復施用各軍分防包勦之戰略。張敬堯、趙倜等旅奉令追擊。白狼逃奔至荊紫關，後又竄回河南，終於被部下鎗斃。人民恨之刺骨，至戮其屍。匪禍始平。時人有以殲滅白狼之功歸之張敬堯者，而不知子午谷之役實白匪之致命傷，功首非馮氏莫屬焉。

（按：香港「掌故」月刊二期載有王天從：「白狼眞人眞事」一篇，內容全係根據白之獨子振東口述寫成，無異「家傳」性質。據云，「白狼」眞姓白、原名永成，後改名閬，字朗齋。河南寶豐人，出身農家，幼讀詩書，清末隸軍籍，在第六鎭吳祿貞統制部下任管帶。吳被害，憤而辭歸。及袁世凱稱帝竊國，乃糾衆聚兵，爲吳復仇及反對帝制。其後，嘯聚黨羽至二、三萬，稱「中原扶漢軍」，且有革命黨人投効，又北與淩鉞、南與黃興通聲氣。尋而輕視民黨，單獨行動，到處刼富濟貧，行俠仗義，除暴安民，弔民伐罪而與袁世凱爲難，宛似一支獨立的革命義軍。但事蹟多與各刊物及史籍紀錄不符。對於其到處殘害人民、蹂躪地方，簡直是流寇的行動則一字不提，但其規定所部擄獲財物處理辦法，以三成歸公，七成自得，稱爲「三七制」，是則其刼掠殘暴的土匪行爲，終不可掩，等於自行承認。如其眞有政治革命動機及決心，何以始終不乘時正式加入國民黨之革命軍耶？而且本節上文所載陸、馮追勦事蹟，彰彰可考，亦全未叙及。尤其是身與其役目擊其害之劉汝明言之鑿鑿，當是眞相。顯見此「家傳」式的記載實是子爲父諱、渲染誇張過甚之諛辭，未盡翔實可信，只可視爲一種現代野史。）

馮氏留駐省垣，陸派其赴陝州再招兵一營，卽留在該地訓練新兵。乃陸之左右見其兵旣精而功又高，且得陸之信任，更以馮部訓練有素，相形見拙，忌刻存心，乃乘其離省，交口讒之。陸受包圍，將馮部盡調省垣改編，僅留其一營。馮氏處之泰然，奉令爲謹。未幾，陸悔悟，復調其至西安，信任有加，且令其擴充所部爲中央第十六混成旅。時，陸以勦匪有功，膺任陝西督軍矣。此後，馮的革命事業，更有長足的進展了。

（本章完，下期續刊第五章）

戀·愛·與·婚·姻

周恩來評傳（四）

嚴靜文

在導言中已經說過，周恩來和汪精衛在許多地方相似；其中一點是兩人都堪稱美男子，都曾吸引大量女性的追逐，而且婚姻生活都很美滿，兩人都畏妻如虎，並有模範夫妻之譽。不過從有關資料顯示，在這方面汪精衛倒是勝過周恩來。汪精衛自與陳碧君結褵，確是身不二色；但是周恩來就不一定了，要不是鄧穎超看得緊，說不定會有許多風流佳話。

汪陳的結合，由陳的苦苦追求；周鄧的結合，則亦由鄧的堅貞苦戀。

初識鄧穎超正別有所戀

鄧穎超原籍廣西南寧，她父親因久在河南服官，娶了一位河南女子爲妻，以後就在北方落戶。

鄧穎超生於一九〇三年，少於周恩來四歲。二人年齡非常匹配。可是在私人生活中，周恩來總是用愛嬌的聲音喚她「小超」。

鄧的父親早逝，由寡母一手扶養成人。她母親受過良好的傳統教育，又通醫術；其夫故後，即在一個姓張的北洋軍人家中當家庭教師。月薪四十元，在當時算是不錯的待遇，足够維持相當體面的生活。五四運動之前，鄧氏母女已隨張公館移居天津的法租界（當時北洋大小軍閥多聚居天津）。寡母獨女，一直過着寄人籬下式的生活。

鄧母管教女兒極嚴，鄧穎超自幼讀書成績不錯，一九一五年她考入直隸第一女子師範學校，在當時是很難考入的好學校。一九二〇年她畢業於該校。

鄧穎超熱情、爽直、開朗，是一個典型的中原女性。她在第一師範讀書期間，並不很用功，但相當聰明，學期考試的名次，六十人之中她總是考列十名到二十名之間；她愛動、善於交際；她曾與同住一間宿舍的十名同學，結爲金蘭姐妹。

周恩來第一次會晤鄧穎超，是在一九一九年秋天，在一個名叫「覺社」的學生愛國團體的集會中。覺社的領導人黎志姍是鄧穎超同校同學，高她兩班。鄧是該社的活躍分子。當時周恩來正在發動天津的男女學生罷課，支持北京、天津兩地因五四運動被捕的學生，正需要鄧穎超這樣熱情爽朗，敢做敢爲的助手。又因爲鄧家在法租界，可避警憲耳目，學生運動領導分子常借鄧家開會，周在工作上對鄧的需要十分殷切，來往頻繁，但是並非一見鍾情。蓋當時周另有一個遠較鄧爲漂亮的女朋友，是南開中學時代的舊識，他自日本歸來之後，卽與她重續前情；但是那位小姐生長於富有之家，不久卽被送出國留學，她和周恩來雖然沒有婚約，但是確已心心相印。不料這位小姐，頭腦太新，不但是自由戀愛的信仰者，並且是勇敢的實行者。在去國途中的船上，竟另結新歡。多年之後南開舊友對周問起這位小姐，周恩來唯有苦笑。這可以說是周恩來第一次愛情的失敗。

如上所述周恩來結識鄧穎超時，正別有所戀，當時鄧穎超縱然落花有意，奈何流水無情。周鄧之間的愛情，當在一九二〇年五月出獄之後（同年一月被捕）。在周恩來坐牢期間，鄧穎超曾奔走營救，不遺餘力，大概她忘我的犧牲精神，打動了周恩來；不過也只是留下了深刻的印象，周恩來是否已和她墜入愛河，還是個疑問。這因爲當時周恩來急於進行往法國讀書，無意在臨行之前談情說愛，免得去國之後，情牽兩地。而當時不但追求周恩來的小姐很多，而且許多小姐的父親，也都自動替女兒追求。據知南開中學的創辦人之一的嚴範蓀，卽曾託友人介紹，與周恩來接觸，打算把女兒嫁給他；一九二〇年他入獄時，營救他的天津名律師劉棠祐也做了同樣的努力和表示；周恩來都婉轉推拖了。卽使這樣，兩人仍對周恩來念念不忘，各自贈送五百大元，給他作爲去法國的路費。

在德國的一段情史

一九二二年春，一個南開的舊友到了巴黎，曾去看望周恩來。這位舊友一進周恩來的房間，就感到陳設華貴，遠高於一般的留學生。於是打趣的說：

「喂，老周，很濶氣嘛！」

「因爲出版社和家裏寄錢來，就可以舒服點嘍！」

當時這位南開舊友，已知周恩來參加共產黨的活動，並且在巴黎已直接得到莫斯科的津貼，因此對周的囘答並不置信。周雖然替天津益世報寫通訊，但是收入有限；他家裏寄錢給他的可能性則甚微。

「最近找到合適的對象沒有？」

「你是說女孩子的事情，還沒有。」

「令人難以相信。像你這麼年輕漂亮，是過這種生活的人嗎？」

「我不想多找麻煩。還是一個人好。可以多做好多事情。」

「可是，鄧穎超怎麼樣了。你不是等不到兩個星期就寫一封信嗎？」

「你怎麼連這個都知道？」

「曾問過她。我並且還時常接到她的來信。」

……………

從以上的對話可知，到一九二二年春天，周鄧之間已經開始了戀愛了。但是周對鄧的愛情熱烈到甚麼程度，仍值得研究。

據一未經證實的傳說，自一九二二到一九二三年的期間，周恩來負責中共在歐洲的黨務，常往來於德法兩國之間。在德國曾與一名叫陶芬比蘭的少女同居，一九二四年周返國參加革命，陶芬比蘭改嫁享德斯哈根。周恩來和她生了一個男孩，名叫古諾。究竟這個男孩是在周返國前誕生，還是陶芬比蘭方懷身孕，周返國後所生，則無確切說法。

這個古諾．周，曾服役納粹軍隊，一九四四年在東普魯士地區與蘇聯軍隊作戰時陣亡；時古諾已婚，未亡人乃改嫁；遺孤韋爾弗萊德．周（乃周恩來之孫），現由東德境內一個叫齊陶的人收養，現在早已長大成人。

周恩來和鄧穎超雖被稱爲模範夫妻，遺憾的是沒有孩子。已故現代史家左舜生氏在所著「近三十年見聞雜記」中，記一九四五年冬「延安之遊」，曾有這種惋歎：

「除了來看我們的客人以外，我們也出去看了幾個人的家庭。周恩來的家庭最整潔，雖然是一個窰洞，可是窗明几凈，圖書擺得整整齊齊，周太太鄧穎超，照她幾年來在參政會的表現，我知道她是一位沒有內容的女權論者，可是就她的家庭情形論，卻不失爲一位良好的太太，可惜就是不生孩子。」

鄧穎超不生孩子之說，流傳甚廣；其實她在廣東時期生過一個女孩，不幸流產死了；沒有生第二胎則是事實。

兩人大概感到膝前空虛，一九四九年以來，收了許多乾女兒。其中有著名的聲樂家周小燕，影劇界的「才女」孫維世；還有朱德較小的幾個兒女，都是周鄧二人的寵物。

如果古諾．周的傳說是眞的，那麼，周恩來在清夜撫心時，當別有一番悵惘和淒涼了。

相戀五載廣州結婚

一九二〇年秋天，對十八歲的鄧穎超來說，是且喜且憂。喜的是暑期她在第一師範畢了業，踏進社會，開始了教鞭生涯；憂的是傾心慕戀的周恩來，同年十月去了法國，從此天各一方。

依照鄧的家庭傳統，如果由她作獨立選擇的話，似很難成爲一個共產黨員。在五四運動中，她和周恩來雖然都是活躍分子，但是到他們分手時爲止，周恩來的政治思想依然飄搖不定，他決心參加共產黨，是到法國以後的事情。而鄧穎超不過是跟隨周恩來走罷了。

周恩來參加中共之後，鄧穎超在國內也跟中共分子的往來日益密切，當時領導她的人是在北方地位僅次於李大釗的于樹德。

一九二四年一月，國共實現全面合作（部分重要共黨分子陳獨秀等早於一九二二年底參加國民黨工作），于樹德、李大釗等由中共北方的負責人，一變而爲國共兩黨的負責人；周恩來亦由中共在歐洲的負責人之一，變成國民黨旅歐支部的負責人之一；同一時期，鄧穎超也從一個共產黨員兼爲國民黨員了。

一九二四年冬，周恩來奉命返國工作。他被中共當局任命爲廣東區委書記兼軍事部長，國民黨給他的職務則是黃埔軍校政治部副主任（後兼軍法會議主席）、政治教官。他的回國顯然是廣東區委總書記陳延年（陳獨秀長子）的主意。二人在法國曾共同在中國學生間致力共產主義運動，是「親密的戰友」。

鄧穎超自一九一九年十月在天津與周恩來分手，到一九二五年一月（或許更早在一九二四年十二月）始在廣州相會，傾恩苦戀已近五載，重逢時的悲喜交集可想而知。周恩來一則感念鄧的堅貞不二，另一方面也滿意鄧穎超在革命工作上表現。當時她已經是國共兩黨在天津的主要負責人之一；一九二四年十二月，被推選爲出席國民黨第二次全國代表大會的代表，一九二五年一月到廣州出席大會，並當選候補中央執行委員。當時中共黨員已達四萬人，而當選中央執委者僅有譚平山、林祖涵、李大釗、于樹德、吳玉章、楊匏安、惲代英、朱季恂八人，而當選候補執行委員者僅毛澤東、夏曦、韓麟符、許甦魂、鄧穎超、董用威六人；可見鄧穎超政治地位之突出。於是，周恩來不再遲疑，國民黨二全大會不久卽在廣州與鄧穎超結婚。時周二十七歲，鄧二十三歲。

周鄧的婚姻，歷經波折，終於苦盡甘來，以大團圓收場，頗符合中國才子佳人故事的公式。

婚後鄧卽隨周留在廣州，旋被國民黨任命爲中央婦女部廣東支部秘書；被共產黨廣州當局任命爲「新學生」社的主任。她的工作才能，很快受到何香凝（廣東婦女部長）、宋慶齡的讚賞。

鄧穎超雖具北方女性爽朗熱情的特點，但是一如其夫擅長交際活動；在北代前夕，她是廣州最活躍的女性之一。

婚後周向鄧一邊倒

周鄧的婚姻，在婚前是鄧穎超向周恩來一邊倒，可是在婚後，周恩來則向鄧穎超一邊倒。周恩來之怕太太，是很有名氣的。

瞿秋白（中共第二任總書記）之妻楊之華，曾目擊鄧穎超因吃醋怒摑周恩來的情形，她在蘇俄告訴張國燾夫人楊子烈女士。楊子烈的回憶錄曾有如下的記載：

「住在留斯克，楊之華和我經常結伴上學。兩人有時乘坐馬車，有時也坐電車。有一天閒談間，她問我知不知道鄧穎超和周恩來在上海鬧笑話？

「『不知道，甚麼事呀？』

「『張太雷同志，不是在東江陣亡（按：應是在廣州暴動中陣亡）了嗎？王一知（張太雷的未亡人，貌絕美，原爲施存統之妻，爲張所奪）自然非常傷心，我們都去安慰她，周恩來夫婦也是常去的，過了些時，王一知請吃晚飯，秋白、我、恩來和穎超都去了，那時恐怕你還未到上海！』之華含笑看我一下。

「『怎麼樣？快點講呀！』

「『那時天氣很冷，大概周恩來買條漂亮圍巾送穎超。穎超有點驚喜，心想自結婚以來，周恩來從未買過東西送給她，現在忽然買條圍巾，當然高高興興圍在項頸。他們同赴王一知家，進門看見王一知也有一條同自己一樣的新圍巾，而顏色比自己的更嬌艷美觀。

「『好漂亮的圍巾呀！在甚麼地方買的？』鄧穎超好奇的問一知。

「『咳！你不知道嗎？是恩來送給我的嘛！同你這一條不是一樣嗎？』王一知坦白無心的講。

「『噢，比我這一條好看得多啊！』穎超瞪恩來一眼。恩來笑笑未敢出聲。

「吃飯的時候，大家都喜笑談天，鄧穎超悶聲的不講話，我們也沒注意。飯後，不知爲點甚麼，她就同恩來吵嘴了，吵着吵着，穎超就去抓恩來的臉，恩來的臉被抓破一塊皮，出了點血，恩來哭了，穎超也哭。急得我們大家極力勸解。之後，大家靜下來，都不說甚麼。快十一點鐘，我看看手錶，對秋白說：『我們該走了，夜已深了！』

「『小超，我們也走好不好？』恩來站起來整整衣服。

「『我不走，你走！』穎超氣呼呼地說。

「『你不走，我一回家，你媽又要罵我！』恩來哀聲說。

「…………

「以後還是恩來先走下樓，偷偷地站在街邊，看見我們同着穎超下來，他就慢慢跟在後面一同回家去了。」

人盯人戰術的成功

據許芥昱著「周恩來傳」（英文原名：Cho En-Lai: China's Gray Eminence）所載，從一九二七到一九三〇，周恩來在上海領導中共地下活動時，與他養父母（周的二伯父當時已故，僅養母王氏）同住；但照張國燾夫人的回憶錄所說，周氏夫婦乃與鄧母同住。以當時中共地下活動的情形來推測，周恩來同養父母同住的可能性甚小，因爲上海周家，也小有聲名，知道的人不少：周被國民黨特工追踪，一日數驚，隔幾天即需搬一次家，豈能常住在家中？也許周曾秘密回家探視養母，小住數日即再隱匿。對此暫置不談，下面摘錄張國燾夫人回憶錄一段，以見周鄧婚姻生活的一般情形。

「我自從母親和孩子來後，就立刻去找周恩來夫婦。他們住在樓上兩間廂房，那房子有點古舊，房間寬大，樓梯又厚又寬，上樓時可以瞧見二房東客廳的擺設，傢俱皆是清一色的紅木；……。鄧穎超的媽媽正獨自坐在桌旁一人玩骨牌。她看見我，顫巍巍的起身，頭晃動兩下，臉上露着笑容。我趕快向前輕輕扶着她說：『媽媽，長遠不見了，你老人家好？』

「『好，好！你也好？』

「『穎超他們？』我問。

「『還未起來。』她用手指着裏面一間小房，低聲咭笑。

「『誰來了？媽媽！』穎超大聲問。

「『是我呀！』我不等老人回答，就一步跳進小房裏去。

「恩來和穎超躺在雪白的珠羅紗帳裏面，穎超睡裏邊，恩來睡外邊，床角裏放一個舖滿草紙的空香煙罐，那大概是吐痰的。恩來見我進來，慌忙扯開半邊蚊帳，笑着說：『你好早呀！』

「『已經九點鐘了，還早嗎？』

「『楊大姐請外面坐，我起來啦！』顯超披衣起坐。

「……………

「『我想到鄂豫皖去，請恩來同志轉告中央。……』

「『噯喲！又想國燾了！』顯超瞇着眼睛笑。」

從以上的記述來看，周鄧在婚後，鄧母似一直跟他們住在一起；周恩來頗有養老女婿的味道。鄧穎超雖然長得並不嬌，可是一言一動都透出嬌氣，這大概由於周恩來的細膩體貼有關係。

鄧穎超既然善妒，周恩來又那麼風流瀟洒，她對周死不放心，不言而喻。因此她不像楊開慧和賀子貞，隨便讓毛澤東一拂袖子就走，或輕易和毛分手；她像一條蛇一樣緊緊纏住周恩來，除了一九三九年秋，周恩來在延安墜馬右臂受傷赴蘇就醫，及她自己在蘆溝橋事變前因醫治肺結核獨自去北平西山療養，兩人曾短暫離別，一直是形影不離。無論是在上海搞地下工作，在萬里流竄的「長征」途上，在陝北蹲窰洞，在西安、武漢、南京與國民黨談判，以及駐重慶時期，鄧穎超都跟緊周恩來，寸步不離。中共要人更換妻子如家常便飯，毛澤東結了四次婚，劉少奇結了五次婚，朱德結了四次婚，唯有周恩來一次到底，這並非因爲周的生活嚴肅，而是由於鄧穎超的人盯人戰術，實在厲害。

在瑞金時代鄧操大權

在今天中共的女性要人中，唯蔡暢與鄧穎超的資格最老。這兩個人跟江青大不相同，她們不是妻憑夫貴，而是憑自己的犧牲奮鬪，皆在婚前嶄露頭角。

鄧在婚後，一直擔任黨的工作。一九二七年四月國共分裂；中共南昌暴動，廣州暴動相繼失敗，城市工作全部轉入地下；一九二八年她偕同周恩來赴莫斯科，參加六全大會。這恐怕是她平生第一次離開中國。在改選後的中委會中，周恩來出任組織部長兼軍事部長，鄧穎超則擔任政治部總秘書。從一九二八到一九三一年，她隨周恩來在上海從事地下工作，一九三一年底周恩來和她前後隨着中共中央由上海遷入江西蘇維埃地區。

在江西蘇維埃時期，鄧穎超任中共婦女部部長，這是她在中共黨內地位最突出的階段。她除了領導江西蘇區的婦女運動之外，還負責主持整黨會議。自一九三一（中共中央遷入蘇區）到一九三四這個階段，中共發動了數次清黨運動，較重要的是一九三二年六月的反托派鬪爭，及一九三三年二月的反羅明路線運動。

而鄧穎超則是反托派鬪爭的主持人，並爲鬪爭大會作總結。經她決定受處分的重要黨員有郭化玉（紅軍學校軍事教官），危拱之（紅軍學校文化教員，後爲葉劍英妻），左權（黃埔一期生，又在莫斯科中山大學，蘇聯陸軍大學卒業，入江西蘇區後，任紅十二軍作戰科長，受處分時爲軍校教官，後調任十五軍政委、軍長，一九四二年六月死在太行山中），張愛萍（當時爲少先隊總部參謀長，文革前爲中共副總參謀長）等。郭、危等被開除黨籍，左、張等予留黨察看一年的處分。

「長征」途中幾乎病死

一九三四年十月，中央軍第五次進攻江西蘇區，迫共軍突圍流竄，鄧穎超亦隨軍「長征」；途中害重病達四十天，不能騎馬，坐滑竿隨軍前進；一九三五年八月，再患病，發高燒，七天不進飲食；幾乎死去。一九三六年冬抵達陝甘邊區，隨軍醫生診斷她害了嚴重的肺病，建議她必需有充分的醫藥照顧，方可望痊癒。一九三七年五月，她特別獲得中共中央的批准，潛返北平醫治肺病。她以化名住在西山一處肺病療養院；七七事變爆發之後，她才自北平潛返延安。

鄧雖然自幼喪父，寡母以家庭教師的收入，扶養她成人；可是鄧母對她的照顧則無微不至，嬌生慣養，使她的小資產階級生活習慣根深蒂固。一九二八年張國燾夫人從莫斯科回到上海，鄧特向她借好看的衣裳；全面抗戰爆發，周恩來出任國民政府軍事委員會，政治部副主任；收入甚佳，鄧穎超立刻就恢復了中上階層的市民生活。家中常有幾桌客人搓麻將；夏天漢口天氣炎熱，打四圈麻將她常要換兩次衣服。而且室中陳設，飯食起居，都絕無布爾雪維克的作風。在重慶時期，曾家岩的「周公館」，是無人不知的，那不止是中共人員的蝟集之地，同時也相當舒適；戰後毛澤東到重慶談和時，即下榻於「周公館」。

鄧曾爲宋美齡助手

在武漢時期，鄧穎超的工作和生活，頗似北伐之前在廣州的時期一樣。她一方面是中共長江局的書記，兼婦女部長，又是中共代表團員之一；同時她也擔任國民黨和國民政府的工作。

一九三八年夏，她出席由宋美齡主持，在廬山召開的婦女領袖會議。她被選爲新生活運動婦女顧問委員會委員，協助宋美齡推行新生活運動。

據知「新生活運動」，是蔣介石氏在江西剿共時期在南昌發起的，其目的在改革腐敗的生活習慣，提倡「禮義廉恥」、負責任、守紀律；旨在煥發民族固有德性，號召全民團結，來作爲抗日反共的精神力量。抗戰軍興以後，則是着重提倡民族氣節。鄧穎超參加此一工作，全與共產主義相違。如果周恩來在文革期間眞被五・一六兵團」（砲轟周恩來的毛派造反組織）揪鬬下台，鄧穎超也必株連被鬬；可以肯定，她協助宋美齡推行「新生活運動」，必成爲首要罪名。

此外，鄧穎超又被選任爲國民參政會參政員。她與周恩來、董必武、陳紹禹等在參政會任職。參政會的主要人物左舜生先生，批評她在參政會中的表現，是「沒有內容的女權論者」，這是當然的。她只是一師範畢業生，讀了幾本共黨小冊子；根本不可能有甚麽內容。

一九四五年在延安舉行的中共七屆大會中，鄧穎超當選中央委員；並在八屆大會（一九五六年）、九屆大會（一九六九年）連選連任。和其夫周恩來同樣都是不倒翁。

周恩來夫妻，與任何其它中共黨員不同，是自從一九三六年西安事變之後，到一九四七年國共和談破裂，內戰全面爆發，這十一年裏，他們一直在政府地區生活，而其它黨員則在鄉村地區，過着近乎原始的艱苦生活。

婚姻成功難享晚福

大陸變色，中共建立政權之後，鄧穎超雖然擔任一大堆官職名銜，諸如全國民主婦聯副主席，全國婦女總書記，人代會代表，保護兒童委員會的主席等，但是遠不如北伐前後，蘇維埃時代，抗戰時期那麽活躍。

在文革期間，與江青比較她顯然是一落伍分子；可是文革之後，她逐漸開始活躍。今年（一九七一）六月羅共書記長西斯古訪問中共，及九月緬甸主席尼溫訪問中共時，她卻以第一夫人的姿態出現招待貴賓。以前她被王光美壓低，文革時又被江青壓低，王、江二人都是後進，當鄧穎超在江西打游擊時，這兩個人不過是十歲左右的女孩。江青今天身躋政治局委員，不要說那些身經百戰的軍人要火爆眼，就以鄧穎超來說，也難嚥下這口氣。

不過，目前其夫的地位正隨着乒乓外交昇起，鄧穎超也一定跟着重露聲光。兩人自一九二五年結婚，至今已四十六年；鄧已六十九，周已七十三；平均年齡都已過古稀，即使官星不旺，從此退休，回顧過去的悲歡離合，還顧今生白頭偕老，也足以自娛晚年。不過，政治這個東西易放難收，尤其是共產黨的政治，欲尋求一個平安的下場，可大不容易。赫魯曉夫下台，仍能在莫斯科近郊隱居，頤養天年，那還是「現代修正主義」的產物，反「蘇修」的中共能否傚尤尙不可知。因此今天中共在台上的，人人都有進無退，一退便是災禍。周鄧雖然有了成功的婚姻，可是難享淸福。縱免被淸算，但也要時時提心吊膽。

張勳復辟始末（四）

矢原愉安

張勳是「袁宮保」和「袁大總統」的忠僕

在「江寧爭奪戰」中，根据清軍當時在長江流域軍事形勢，以及張勳部隊的兵力、戰鬪力、戰略地位、地理條件、士氣和軍費……種種方面來看：這一仗，清軍實在不應該而且也不可能打得那麽糟；江寧實在不應該而且也不能丢得那麽快。

事實擺得很明顯：另外的人爲因素，在此時此地發生了決定的影响，因而使戰局的發展，走上了一個很不合邏輯，很異乎常情的方向。

這個所謂「另外的人爲因素」，照當時的情況看來，在理論上，至少有下面這五種可能：

一、清廷在戰略上有所改變，不希望張勳的部隊，爲了一城一池的得失，而死打硬拼，消耗實力。

二、張勳對「民軍」，有了「賣陣讓城」的默契。或是張勳自己要保存實力，寧可得罪丢官，也不肯爲清廷犧牲自己的「老本錢」。

三、列强在軍事上和外交上，對張勳施以無法抗拒的壓力。

四、張勳的部隊，忽然全部瓦解，使他無法再繼續作戰。

五、當政的袁世凱，爲了自己的政治利益，不希望清軍在武漢戰役以後，又來一次「大捷」，免得清廷對局勢又恢復了信心，從而削弱了袁在大局上舉足輕重的地位。——所以，袁就示意張勳：這一仗只准打敗，不准打勝。

根据各種史料和文件來看：（一）的可能，是完全不存的。（二）的可能，在張勳的投降與讓城談判，全部失敗以後，也根本不存在了。（三）的可能，基本上除掉有個別的外國人，被僱去替民軍開過幾下大炮，在攻城的「民軍」兵車的火車頭上，插過一兩面外國旗以外，是沒有什麽證据的。（四）的可能性，也不大，因爲在作戰中受了民軍的「銀彈攻勢」，而倒戈起義的部

張勳

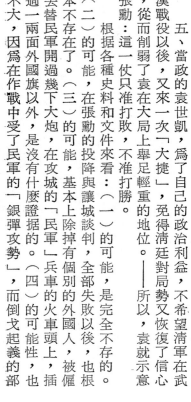

隊，實際上只有少數的「巡防營」和炮台守備隊，并不是張勳手下的精銳，而且在數量上也起不了什麼決定的作用。

至於（五）的可能，事實上，是可以找到不少直接和間接證據的。

第一，据當時在袁世凱議和代表唐紹儀和楊士琦手下，擔任譯電職務的甘簃，在他的回憶錄中寫道：

「辛亥南北和議，……不無隱密，非躬與其事者，莫能道。……其時聯軍才猛攻金陵，臨淮戰尤烈。……紹儀士琦聯銜入告項城：……非宣統退位，……和議無解決之望。……項城復電曰：『姑開議，容定辦法。儻疑有二心，當令前敵停戰以示信。』

「於是，馮國璋止戈夏江，張勳退師白門，而和議遂開。」

「項城……詔克定，士詒曰：『……事在必行，義無反顧。……已將斯旨訓示北洋諸鎮將，及駐外專使，旅滬疆吏，令聯銜勸幼帝退位，以國讓民，一舉而大局可定。』」

其中最值得注意的兩句話是：「於是……張勳退師白門」，以及「已將斯旨訓示北洋諸鎮將」。——袁世凱不准清軍在軍事上占上風，而且下令張勳部隊撤退的事實，在這裏就可以找到一個證据。甘簃是袁的心腹楊士琦的親信，自然不會言之無物，信口雌黃。

第二，在當時的河南巡撫齊耀琳，打給袁世凱內閣的電報中，也曾經說道：

「頃接張少軒軍門，自徐州來電：『敝軍固守江寧，因孤軍無援，奉命退駐徐州，於十五日到此。……』」

張勳打電報給齊耀琳，是因為要河南省接濟他四個月「協餉」，自然知道齊會把他的原電「据報中樞備案」。如果他并沒有真的「奉命退駐」的話，豈不是馬上就有了「矯詔擅退」的大罪，梟雄跋扈如袁世凱者，又哪裏會放過他？

第三，在張勳自己打給袁世凱內閣的電報中，也誇誇其談地說過：

「十一，全軍至浦。……十四，三點鐘，振旅至徐。已來隊八千人，尚有前軍四千人，候火車裝回。全軍開拔，仍無遺漏。……」

行文的語氣，儼然像軍隊中「奉命行事」的報告。否則什麼「全軍至浦」，「全軍開拔」一類的字眼，就完全用不上了。

第四，過了兩個月，張勳還以「護理兩江總督」的資格，向清廷寫過這樣一封奏摺道：

「臣軍初來。……甫經移駐，血戰疲勞。……」

如果不是「奉命撤退」的話，在那種字句必求推敲的官方文書上，他又怎麼敢用像「移駐」那樣的字句？

第五，在張勳打給袁內閣的另一封電報上，說得更加露骨道：

「靖密，勳奉命移駐，整軍靜待。……」

不但說出他的「移駐」是「奉命」，而且也指明袁要他在撤退後，只須靜待，不必從事反攻。

第六，袁世凱當時大權在握，封疆大吏的任免，當然要由他來決定。一個喪師失地的張勳，居然沒有撤職嚴懲，反倒破格地升為全國占第二把交椅的「兩江總督」，其効果有如「酬勳」一樣。如果張勳那時在江寧之戰的表現，不是正合袁世凱「孤意」的話，他有可能得到這種特別優待嗎？

第七，馮國璋在武漢前線上，打了大勝仗，卻馬上被袁世凱調回北京，當了一個禁衛軍軍統的閑差事，手下的兵力，也由三萬大軍，縮成了四個旅。而張勳卻在大敗之後，非但升了官，而且還源源補充了不少裝備和部隊。據各方面的記載，在張勳退駐徐州以後，至少增加了下面這些實力：

由內閣撥發曼利夏槍與小毛瑟槍五千桿，克新連珠炮八尊，戰馬千匹。子彈四百萬發。

由直隸總督補充三生的七格魯森炮六尊，炮彈一千二百發。軍裝七百套。步馬炮隊十營。

由山東巡撫補充巡防兩營，炮兵一隊，步兵一隊。棉軍裝五千套。

由河南巡撫補充軍餉一萬兩，軍隊數營。

由吉林、奉天，各補充軍隊數營。此外，張勳還在徐州附近，收編了幾千潰兵和土匪，由袁世凱直接撥發了新式步槍，過山炮和機關炮。

這些「擴充」，不是袁世凱對他的「酬庸」和獎勵，又是什麼？否則，那時在戰場上被打垮了的清軍將領，還大有人在。爲什麼他們得不到補充和升賞呢？

最令人難解的是：他在實力大加補充之後，雖然做出要「南犯」的架勢，嚇得「民軍」晝夜不安，但卻沒有眞正要反攻的企圖和準備。所以，「民軍」只花了傷亡一百人的代價就打下了他的据點滁州、固鎮、宿州，以至於他的大本營徐州，張勳爲什麼又是這麼不經打呢？從他打給袁內閣的電報中，暗示得非常清楚，他接到的訓令；除掉「整軍靜待」之外，只是「護路」而已。

因此，卽使失掉了徐州重地，袁世凱也還是覺得他做得恰到分寸，深合我心。一點也沒有對他爲難。甚至於連個表面上的「申斥」，都免掉了。而且還在這位「袁宮保」的一手支持下，使得張勳的地盤和權位，都在改朝換代的狂潮中，屹然不爲所動。——滿淸雖然亡了，被滿淸提拔起來，而又被袁世凱吸收爲自己爪牙的張勳，卻依舊在宦途上一帆風順，青雲直上。

袁世凱成了「民國大總統」，張勳成了「民國上將軍」後；同一個張勳，同一支張勳部隊，卻和滿淸覆亡前夕完全不同了。

這些「不堪一擊」，「連戰皆敗」的人們，在奉命開赴前線，去替袁大總統「討逆平叛」，大打其「民軍」的時候，卻又忽然重新成爲一支「常勝軍」，殺得黃興手下的「討袁軍」、落花流水、苦不堪言。在「民軍」手中一向打敗仗的張勳，這時也洋洋得意地向「袁大總統」報捷道：

「南京易守難攻，昔者洪楊割据，困以天下之師，靡餉數千萬，猶以九年之久，始克奏捷。今勳專令南征，每戰必勝，用兵不及半月，實非始意所期。」

奇怪的就是，他這時的對手，依舊還是從前那一批民軍，只不過人數更多了些，訓練和裝備都更好了些。一切條件也都比從前更優越了些。現在在他的手裏，卻變得「不堪一擊」，簡直和當年「打爛仗」的時代，完全不能同日而語。

袁對他，也極盡了籠絡之能事。打下了南京之後，給他的酬庸是江蘇都督和「勳一位」。後來因爲他的軍紀太壞，得罪了外國人，袁就乘勢把他的江蘇地盤拿了過來，交給自己的嫡系馮國璋。但卻還把他升爲「長江巡閱使」，節制江蘇、湖南、湖北、安徽、江西五省的水上部隊。其威風和權力，簡直與淸代的名將「長江水師提督」彭玉麟一樣。

袁在搞了「國務卿」，「政事堂」，「卿大夫」和「五等爵」一類的復古玩藝以後，也廢掉了都督的名稱，改設上將軍、將軍和左右將軍。在全國二十五位將軍之中，張勳身爲「定武上將軍長江巡閱使」，雄据第二把交椅。馮國璋雖然也是上將軍，但卻排名第十。龍濟光、陸榮廷、姜桂題、蔡鍔這幾位風云人物，也不過排名二十到二十三而已。——由此可見：張勳那時在袁眼中的份量了。

而張勳也眞能做到不負知遇的地步，在袁的有生之日，竭誠効忠，絕不敢眞正地和公開地參加復辟活動，和升允、善耆、鄭孝胥、溥傑、羅振玉那批人，表現得完全不同。

就是當袁世凱的帝制活動，已經明朗化，人人都把他看成「清代董卓」的時候，徐州的張上將軍也還自告奮勇地，向他打電報表示効忠道：

「僕隨侍我大總統二十年，迭受恩培，久同甘苦，分雖僕屬，誼等家人，自古謂人生得一知己可以無憾。僕歷溯生平，惟我大總統知我最深，遇我最厚，信我亦最篤。僕亦一心歸仰，委命輸誠。」

（待續）

謙盧隨筆

三

矢原謙吉遺著

宋哲元之智囊

宋明軒之拜命爲冀察政務委員長也，華北政局遂呈急轉直下之象。新出現之各種人物現象與官場風氣，頗令人憶及北洋軍閥時代。當年被通緝者，隱居東交民巷者，以及夙爲人詬爲蟊賊者，均源源上市，善價而沽，報章上又充滿此輩之名矣。

宋於冀察兩省，儼然有「上方寶劍」之權，視帷幄上奏之殊遇，猶有過之。故羣小咸稱之爲「華北王」。余以因緣時會，得與此王頗稔。

宋當此重任時，其惟一要務，厥爲與日方就地周旋。時人多以天津市長蕭振瀛爲其智囊之首，實則誤矣！以余所知，眞正居幕後爲宋劃策者，實係故都之財政局長林世則，河北官產局長常小川，河北省政府一度之秘書長鄭道儒三人而已。

此三人者，均籍隸天津，並皆爲留日學生。鄭道儒且於留日後渡美深造。宋明軒雖僥倖於喜峰口一戰成名，而以德日軍人之水準衡之，充其量一聯隊長之材耳，而竟膺重任，獨當方面，綜纜兩省軍政於一身。宋亦自知力未能逮，故竭全力提拔留日者，陰爲已之助。

當時，如殷同、陳中孚、殷汝耕之流，亦與蕭振瀛齊名，被公認爲宋之智囊團人物。其實，宋對之顧而不問，問而不聽。眞正參與決策者，除秦德純外，非林、常、鄭三人莫屬。詩人氣質之故都社會局長雷嗣尙，倜儻風流，號稱爲西北軍中之「湖南才子」，亦偶預其事。惟雷興趣殊不在政治，雖多奇計，亦難免時涉怪誕，故宋亦未能對之言聽計從。

林世則識大體

林、雷、常、鄭，均常倩余治療，故咸與往來頗久，而尤以與林最爲相投。林於機智過人中，猶不失義氣，較常鄭二人之但以狡詐見長，品格高之遠矣。林之妻，爲旗人一王公之幼女，人皆呼之爲「格格」，賢淑過人，多愁善感，屢以婚久無後爲憂，常向余涕泣求助。蓋林事母至孝，而林母日以「無後」嘵嘵於人前，屢勸林納妾，而林以風度典雅，談吐悅人之故，女友蓋已遍京華矣。林母且逼格格歸寧天津，形同放逐，伉儷之情更疏。格格之乾姐妹，爲余至友丁春膏之妻，屢告其事於余。

余乃告林曰：

「不孕之責，或在君，蓋前往協和醫院一查乎？」

林推諉久久，而卒來余處，倩余一視。事畢，余告之曰：

「君負尊夫人矣。當投之以藥，二三月後，或有可爲。」

三月後，林果去津，迎格格歸。而余亦忘其事。次年，林啣宋命，南下小遊一週，於截留華北稅收一事，與財孔有所商洽。丁春霄伉儷忽召余夜宴，至則並無他客，而格格則盛裝抱一雛出，拜謝於余前曰：

「非大夫，無今日矣。」

此子酷肖其父，故林孌之特甚，對格格亦感情大增，一家樂融融矣。所奇者，林竟以「格格」二字，爲其乳名。母子同名，一爲綽號，一爲乳名，誠不可多見者也。

林字叔言，頭腦極清晰，惟乏强項之志，故能極得宋明軒之信任。而林於劃策時，猶能時時不忘以彌補兩國人間舊存之友誼爲懷，實較常鄭二人之但以「宋明公出處如何」爲念，裨益於大事多矣。

以余所聞，常鄭屢於宋明軒前，諷其寧爲趙匡胤，勿爲曾國藩。而蕭振瀛復逞其滿腹「三國水滸征東征西」之知識，力勸宋學劉備借趙雲故事，挾日本以自重，再進而席捲中原。林於丁春霄家夜談時，曾隱以此爲憂。丁乃勸其厚結李筱帆，陰藉李之助，以使常鄭稍稍自大處着眼。

李筱帆怒打蕭振瀛

李爲馮得志於京津前，華北秘密工作之眞正負責人，而對外則僅負一高級顧問之閑曹名義。西北軍中宿將如張之江、李鳴鐘、劉郁芬、段其澍、以至於鹿鍾麟，均畏其對馮發言力之高，以及其對西北軍中人物所悉陰私之多。馮遇之亦甚厚，惟客給名義，藉以掩蔽李之眞正使命。宿將既憚之，宋哲元、秦德純、門致中、龐炳勛、石友三之流，更毋論矣。馮失勢後，李蟄居故都，門前雖稀車馬，亦少交際，而給養不缺。偶或向宋秦爲人說項，亦靡不有効。

常鄭二人，於秘密工作時代，均曾爲其部卒，陰私亦多爲其所悉。李又與實報之管翼賢以及新北平報社長某，京報女社長湯修慧，均爲故交。故常鄭雖於得意時，亦頗憚之，各贈以「乾薪」奉養之，見之則言談維謹，並不敢過示得意之狀。

李爲河北人，口若懸河，性烈如火，而怒時頗不久。宋明軒爲母做壽時，「暖壽日」，藉酒而於人前以手批蕭振瀛之頰者，卽此公也。——時，蕭於馬掛外懸一大紅條曰「總招待」，得意洋洋，到處周旋。

有張璧者，逢迎之曰：

「仙閣眞幹才也，於日理萬幾之餘，猶能爲委員長老太太綜理慶典，才力過人，誠不可及。」

蕭亦躊躇滿志曰：

「管膩了國家大事，換兩三天胃口，管管別的，也挺有意思。」

維時，室內在座者，除張璧外，尚有李筱帆、潘毓桂、林叔言、丁春霄、楊天受、何其鞏、鄭大章等數人。潘亦聞風響應，對蕭諛媚有加，而蕭更得意，復以京劇之老生腔調曰：

「人人都以爲辦國家大事有意思，其實，這國家大事，也難辦得緊啊！」

在座者，除張潘外，均頗感蕭小人得意，大言失儀。而李已突摑蕭一掌，喃喃以土話咒之曰：

「國家大事，國家大事！國家大事就是讓你這個兔崽子給弄壞了！」

言畢又欲摑之。舉座大驚，爭先力阻，蕭初亦面色大變，旋復佯笑曰：

「帆老醉了，帆老醉了！老哥兒們請我吃個鍋貼，我也不在乎。」

且言且走，狼狽而去。後一二年，於會議席上，復有張自忠批其頰之事。是日，管翼賢來告余曰：

「我爲此新聞，得一好標題矣，文曰：『蕭市長連吃鍋貼，而面不改色！』」

嗣後，林叔言告余曰：李筱帆果告鄭常曰：

「你們二位老弟，要慫恿宋明軒當皇帝都行，就是別慫恿他當石敬瑭那種漢奸皇帝。要不然，你們就不怕生下孩子來，老天爺不讓他們有肛門嗎？」

自是，鄭常果稍稍易其論調，可見李筱帆雖已成一無牙之虎，而其餘威則猶在也。

月蘿館隨筆（二）

恬園

（三 老師宿儒留給我心上的剪影

蜀學關係影響國學文化思想很大，這是凡知道考古，漢、文翁石室文獻的學者都能說的。淸末，王闓運（壬秋）長尊經書院，蜀學更成一個轉折點。簡要地說來，先生有廖平（季平），爲漢學今文家，從公羊學派出，有六譯——卽：六變的理論體系，刋有六譯館叢書。康有爲從廖平著作出，有大同書，說是用華嚴演孔，揉雜柏拉圖的理想國，更加以自己的臆說，如：以死人作肥料等等，已經有些不倫不類了。再進而有梁啓越等。其間出章炳麟，還算晚年知道歸正。總的來說，都從蜀學源流造成的趨勢。關於這些關鍵性的故實，狀元公駱成驤（公驌，資中人）長公子鳳麟（字敬瞻）六十多歲時同我在沙坪壩學院敎書，他是光緒帝派去留德的一個老科學家，晚年深悟讀經的重要，能承庭訓家學，在北大、重大等校先後敎物理學，我們談得很相契合，他在他父親的遺著「淸漪樓詩文集」卷首，寫了一篇行述，敘到淸末以來的學術思潮，已經約略觸到以上的故實，很合我的意思。

我生在後，所幸多少還觸到老輩的一些文采。

記得桐城派文學祖師方苞的孫兒方旭（字鶴齋），我看見他的時候，他已八十歲，銀白的長鬚垂到肚上，眞似白鶴。他是任提學使司去，後終老成都，在西御河沿街他的住宅前懸着他自己寫的木刻對聯，記得上句是『油油不忍去』五字，以見當時錦城——卽成都——文物之盛，使他留戀忘返了。

那時，錦城尙如唐、杜甫詩所謂「名都會」、「東望少城花滿煙」，物華天寶，人傑地靈，眞是人文輩出，最著的有五老七賢的美稱。究竟哪些遺老是五老，或是七賢，我一時也記不起了。

我正在青少年時代，五老、七賢中的老師宿儒留給我形象上感召力量很大的，要算宋育仁、徐炯、劉咸滎、黃覺、趙熙。其中，黃（字書雲）趙（字堯生）二老都住在榮縣，和我文字交往很多。我心裏深深留下的形象剪影，乃是前面三老；他們雖然不是專講佛學甚至還有相反的看法，可是間接給我學佛多少也有些關係。

先說宋育仁，字芸子，富順人，翰林檢討，曾奉淸朝旨派幫辦欽差出使英國，那時國際上的學者也仰慕他的文名。和張文襄公（之洞）很相契。經學根柢深，尤長於賦，當時有廖（平）宋齊名的美稱。因爲後來罵袁世凱，被送回川，在成都任全省通志局總裁，任國學會會長，七十多歲大病後，在少城公園通俗敎育館公開講了兩天易經大義，我去聽過。

那時，我還年輕，連中學還未畢業，卻和非孔的吳虞（字又陵，新繁人）論戰，（吳虞的文登在新四川月刋，我的文登載的多，大半在新川報、國民公報和民視日報等）。搞了幾個月不結局，最後還得到了宋芸老的支持，寫了一篇獎許我的說法，一時各報登出，把吳虞那時驕傲、狂慢的氣燄壓了下去（那時吳虞從北大回，在成大執敎，已七十歲左右）。

可是，我是一個小孩子，一向面皮薄，羞見人，我岳母曾笑我是四小姐，怎好去見芸老呢？因此，始終沒有去拜謁過他。那時，我經常在少城公園四川圖書館抄書看書，那裏有很多古籍，據說是林思進（字山腴）創辦的。閱書室在高高的一長排大樓上，很寬敞，高高的長棹子長板橈。少人看書，有時除我一人而外，只有日光從許多窗戶內映入，靜悄悄地搖曳着樓邊的樹林影子。有一次，芸老在下面樹陰的路徑上教國學會的一些學人演習鄉飲酒古禮，我佇在樓的欄杆傍邊，從茂密的樹陰葉縫看下去，看見他是一個瘦子，很矮，小得像一個十二三歲的孩子，鬚髮都未白，卻老得像老畫一樣，頭頂髮髻橫插一支竹簪，穿一件大得不相襯的長衣服，好像道士。那神態清癯似乎像鳩，又像一支皮肉將乾的仙鶴，他有那樣的超逸和凝重。他循循善誘地、誨人不倦地在指導、講解。我，一個十多歲的小子，當時心靈爲他深深地吸住，覺得他、一個耆宿老年來那樣關心文教，教導後學的心是很熱的，也是很可敬的。

他曾經寫了一副對聯給我：「書帶草題通德里，畫眉聲續富春山」。

後來，隔了二十年，我因從東山藍家店定光寺參加開闢淨土宗道場坐轎路過他家，繞道去看，那時他已死了多少年。後來看到趙堯老贈他一首詩：「搖落深知宋玉悲，春秋直筆在茅茨，荒涼一例前朝彥，腸斷燕山老帝師」。倒很可形容那人去屋垮，滿院空架柱子，樹枯草長一片荒涼的景象，使我感觸很大。我又特地叫轎夫抬到他墳前去，恭恭敬敬叩了三個頭，一以表示我對前輩老宿的敬重，一以誌謝他生前對我與吳虞論戰的支持和鼓勵。

他的詩文集刻有問琴閣五種。晚年著書多是經學上的東西，與佛學無關。只有一次，即在上面所說他在講易經大義的時候，提到孔子哲學的高在於講有，不講空；如有君臣然後有父子等等的道理，不像佛學落空了，他的意思是以此說明易從太極講起的原因。我當時在下面聽了，很是懷疑。後來看到印光老法師文鈔處處叫人敦倫盡分，又皈依諦閑、印光二老法師之後，兩位老法師寫信給我許多開示，卻都勉勵我從世法上作起點，爲在家說人倫道德等等。再更進看了許多經論，就覺得芸老的說法有些偏見了。這樣一個博學鴻儒的經學大家，卻沒有進入佛法之門，可見佛說聞法的不易，所謂「千生萬刼難遭遇」，和不可以少善根福德因緣而學佛了。他的學生中有一位劉復禮（字洙源，中江人。七十歲從成都大叢林文殊院法光和尚受戒出家法名昌宗）倒是佛門內的一個善知識，又可見人各有根器不同的區別了。

其次，徐炯字子休，華陽人，舉人，他住在距離我家很近的苦竹林街。他有很多門弟子，自己曾率領許多學生最早留學日本，後來在各界都有卓越成就，如戴孝園等。我的二舅父廖天祥（字學章）也是他的學生，在日本同孫中山很相好，但他只知道讀書，回國後創辦外國語專門學校任校長，後來擔任成大外文系主任教授，是國內研究西洋文學的祭酒，法國文豪鄧孟德等都非常佩服他，文學家李植爲我的外祖母撰墓誌銘內提到我的二舅，說；「爲易卜生，爲沙士比亞」。可是，徐休老是非常着重國學的，他的學問主流宗程、朱。晚年在藩庫街成立大成會，辦大成中學，身教言教都到。編了一部大成講義四卷，文極清暢，深入淺出，內容很好，深得宋儒的精神，是一部典範的教科書。

我僅僅在北門成都縣文廟內見到他，聽他演講孔子。大約是孔誕，清爽的秋天，大成殿前古柏參天掩映着瑠璃瓦的金黃色殿宇的樹林下，我們排隊立着——我們是成都縣立中學的學生。他在九龍抱極的滴水簷前，走來走去，步伐端正，豎起樑脊骨，神情顯得很剛正而又豪邁，長袍、馬褂，是很舊的樸素的衣服，頭戴一頂絨線編織的灰色羅宋帽。中等長身材。瘦面孔，有青鬚。他說話有音節，極典雅而動人，我爲他的那種風格和熱心教化的精神吸引住，至今幾十年了還記得很清楚。

後來，我同吳虞論戰，起因還是由於他先開始罵吳虞的非孝非孔的理論，他們互相論戰，我不揣冒昧，居然響應，一直到後來，反而我同吳虞搞得最久了。我和休老通信，他很贊歎我，嗣後，被我二舅說穿了，休老才知道我還是一個十多歲的孩子。

我庚午（民二十年）南遊，休老對我期望很大，後來聽說我參謁諦、印諸老法師及歐陽竟無老居士等，他不大高興，因爲他的學問是極端的程朱派。有一次，他的學生周道剛（字華池），曾在袁世凱時代，任過四川督軍，那時也已六十多歲了，南遊時和我同路。我在重慶，他和我通信，大談世界科學已進入原子時代，一切學問要重在物質文明，何必向空虛的佛教內鑽呢？這，大約是休老叫他啓發我、勸我放棄研究佛學的。可是，我後來考慮了很久，從理性和學理上研究，再參以身歷的人事現實種種，覺得那種說法不正確，而且不能解決人生哲學上的許多問題。

我自慚是太平凡的小子，當年不敢去見他——休老。我對他的學問、品德和對於學術、世道的關心是很敬重的。每年總是叫人送一張紅名片去拜年——直到他死。

最後說到一位和我很有緣而且曾經經常接觸往來的大老劉咸滎，字豫波，雙流人，拔貢，住南門三巷子街很大很舊的儒門劉止唐先生第。他是劉沅（止唐）的孫。劉止唐是清初康熙朝人，學問自成一派——槐軒學派，又稱劉門。主平實，參合三教，力行慈善，延慶寺就是他講學行道的道場。子孫繁榮，世代書香。豫老承家學淵源，高壽，後來成爲五老七賢的魯殿靈光，很負聲望。徐休老和顏楷等同他都是通家世誼和親戚。

豫老身長，清瘦，黃黑色皮膚，至老髮不白，不留鬍子，長方形的。頭頂上還留着短髮，在腦後剪齊，有人笑他，看來好像鴨屁股似的，當時鄉下一些老古董人多半蓄這樣的形式，好像是一個鄉學究。說話極其熱情，卻又吃吃不能出口。他自中年還川以後，息影林下，安於淡泊。詩極瀟洒，字學黃山谷，會畫蘭，差不多稍有文化的人家，都爭着要掛一點他的字畫以爲光榮。人極忠厚。七十歲以後，因鄔崇音（筆號寒世子。原名雲程、字康壽，奉化人）在上海辦道德書局出護生報和觀音刊，我寫信請他寫稿，從此他寫作寄去，發表很多。後來，鄔崇音還經手印出他一部集子「娛樓勸善詩文集」。豫老同我文字往來很密。民二十五年我回家後，我們常常見面，每次同我談話，總是眉開眼笑地，他話很多，忙得來說：「你，你，你，等我，我，我說完哆。」他的精神是老而不老的，爲了弘法利世，寫作詩文，有時冬夜不睡，擁被構想。家裏人都因他年紀太大了，恐因此影響老人健康，他不聽，還發脾氣說：「我如能多寫作勸善利益人和弘揚佛法的詩文，就是勞死了我也是樂意的」！

他後來活到將近一百歲。我是在定光寺開創淨土宗道場典禮時，寺中聽劉肇乾居士（名邦俊，大足人，劉存厚的胞弟）說豫老因避日本飛機住在中興場，因此我轎子路過中興場時特地去看他一次，他很高興，招待我吃月餅，大談特談一番，想不到這是最後一面了！

二十多年的光陰過去了，眞快！我還彷彿看見他很忠厚的笑容。有一次，他約我同到文殊院夜談，有昌圓法師和文殊方丈法光和尚。方丈後白蘭花多麼地香，至今香味還覺在（後來，他還寫過一首詩寄給我，我把它裱成橫推掛在長安寺經房幾年。現在，我的琴書都散失了，關於他的遺墨，只有這一幅還存在）。

【附錄劉豫老遺詩】

在文殊院同……先生昌圓法師法光和尚夜談。

一片綠雲天影靜，雲氣含空知佛性，清談秋入夜燈明，居然咫尺靈山近；心空眼底見煙鬟，千佛千花豁笑顏，人世風雲多變幻，願隨龍象意俱閑。與接爲構以心鬭，殺氣紛騰盈宇宙；但願如來鼓天風，吹開戾氣春融融；我輩無才甘寂寞，猶能息影空林空。（文殊院亦名空林禪院）

咸滎撰書於文殊丈室。

【漢人首學藏密紅教的金剛闍黎徐少凡老居士讀豫老詩後的遺墨題詞】

佛門大師，道宗耆宿，翰墨因緣，珠聯壁合。

甲申驚蟄　徐少凡敬署

蜀中耆宿劉豫波先生翰墨　後學　郭沫若

民紀三十年春

編餘漫筆

這一期本是雲南起義專號，又因為適逢香港淪陷三十周年，就全國來說，雲南起義自是重大事件，但就香港而論，三十年前日本人攻佔香港，卻是香港開埠以來的第一大事，三年零八個月的非人生活，老居民到現在提起仍有餘悸，但是，有關當時戰爭經過，及香港淪陷的情況，甚少文字報導，四十歲以下的中國人，對此固無法了解，就是四十歲以上的人，也逐漸模糊。因此，本刊這期重心在紀念香港淪陷三十年，所徵求文字皆第一手資料，其中最寶貴的一篇是陳策將軍突圍後到重慶向國民黨中央黨部上的一篇報告，過去被列為機密文件，一直未曾發表過，這次蒙簡又文、徐亨先生之助，在陳將軍府上取得，交本刊發表，對於當時作戰及突圍經過，有了詳細，正確的報導。簡又文先生的「策叔突圍詳記」部份是得之陳策將軍口述，因為抗戰期間簡先生在重慶時，與陳策將軍、徐亨先生、三人共處一室，公務之暇，風雨之夕，許多重要史料皆在閒談中說出，簡先生記憶力特佳，雖然隔了三十年，仍能源源本本寫出來。這兩篇文字又經徐亨先生親自校訂，刪除一些錯誤的記載，增加部份遺忘的史實，尤其是在徐亨先生台北歸來之後，百忙中抽出時間為兩文校正，盛情可感。

陶希聖先生「九龍歷險記」摘自「潮流與點滴」一書，題目是編者所加，陶先生當時由上海逃來香港，是日偽兩方面欲得而甘心之人，其逃難經過特別曲折與驚險，所活動的範圍如亞皆老街、上海街、太子道、九龍塘，還有「一定好」茶樓，都是我們最熟悉的地方，依目前交通來說，坐的士皆不會超過十分鐘的路程，但在當時由上海街到九龍塘來回卻要走上半日，艱苦之狀，可以想見。陳策將軍、簡又文先生兩篇大文著重在作戰、突圍，陶先生的文章對於淪陷初期的九龍情況，敘述詳盡，三作有相互發明之處。「徐亨吉人天相」一文，對當時突圍情形也有部份敘述，文中的平州，編者本以為是大嶼山的坪州，為此曾面詢徐先生，據稱平州在中英交界處，大鵬灣內，其地偏僻，平時不為人知。故逃到平州之後，已為日人勢力所不及。該文部份得之傳聞，與簡文有矛盾處，仍以簡先生所記為正確。編者寫的香港戰役始末，得到好幾位朋友的幫助，所有材料來自英日文者較多，當時作戰地圖則是日本指揮部所繪，惜乎有些英文地名始終無法譯成中文，可能因為當時的名稱與目前不同，例如去西貢的井欄樹，日本地圖上皆名之為層蘭樹，此種顯而易知之錯尚可更正，有些無法譯出的地名只好照舊，希望老香港的讀者，能予以指出。本期所刊香港淪陷三十年紀念文中，感到缺憾的是沒有記述三年零八個月非人生活的文字，倘有讀者肯撰寫淪陷期中身受痛苦之文，本刊下期仍願刊出。

編者

關於雲南起義一文，只刊出蔡松坡將軍自北京出走雲南經過，改正一般錯誤傳說，如「美人挾走蔡將軍」之類，松坡將軍到香港時，曾寓干諾道中廣泰來旅館，該旅館至今仍在營業，可惜年遠代湮，如果該店仍能保存當年松坡將軍史料，如旅客簿上簽名，所住房間號數，倒是一項重大掌故。又本期刊出鄭學稼先生「憶李麥麥」一文，是編者在台北向鄭先生當面索得，鄭先生對於現代史，尤其有關中共早期活動的史料，全在腦子裏，今後將繼續為本刊撰寫。下期是民國六十一年元月份，正是上海一二八抗戰四十周年，本刊將發行專號紀念此一偉大史實，一二八抗戰是十九路軍打出的第一槍，十九路軍皆百粵健兒，凡粵籍讀者要想知道本省子弟如何揚威淞滬，廣東「三字經」成為世界爭傳的佳話，請注意下期。又第三期刊出劾顧案始末一文，汪兆銘當時所罵的並非于右任、劉侯武二老，是罵的中央日報社長程滄波，朝報社長王公弢，民生日報社長成舍我，民生日報且被罰停刊，蒙劉侯武先生指出，謹此更正，並向侯老致謝。

中文文摘

（月刊）

全年連郵費港幣十二元

（外埠全年美金三元）

（零售每册港幣一元二角）

中文文摘是以中國社會爲背景，內容包羅萬有，風格與衆不同。有科學、技術、山川、人物、奇風、異俗、醫藥、婦女、笑話、笑畫、神仙、鬼怪、文藝、批評等五十多篇，篇篇精彩。七彩封面，一流印刷，百六十頁，十六萬言。讀者祇用幾份報紙的代價，便可看本有益身心的好書。

是青年知識寶庫★是同學補助讀物

是中年人開心果★是婦女生活寶鑑

人人喜讀★人人應讀

只讀一篇★非讀不可

地址：香港高士打道二七五號五樓F

Flat F, 4th Floor, Hoi To Court,
275 Gloucester Road,
Hong Kong.

金色文藝

月刊

由青年作家羅小雅、藍海文合辦之「金色文藝」月刊，定於十月出版。

該刊係純文藝刊物，風格清新活潑，編排印刷精美，園地絕對公開，新老作家作品熔於一爐。內容包括詩歌、散文、小說、特寫、劇本、文藝理論等創作，以及明快犀利的雜文和評論性趣味性的文章。

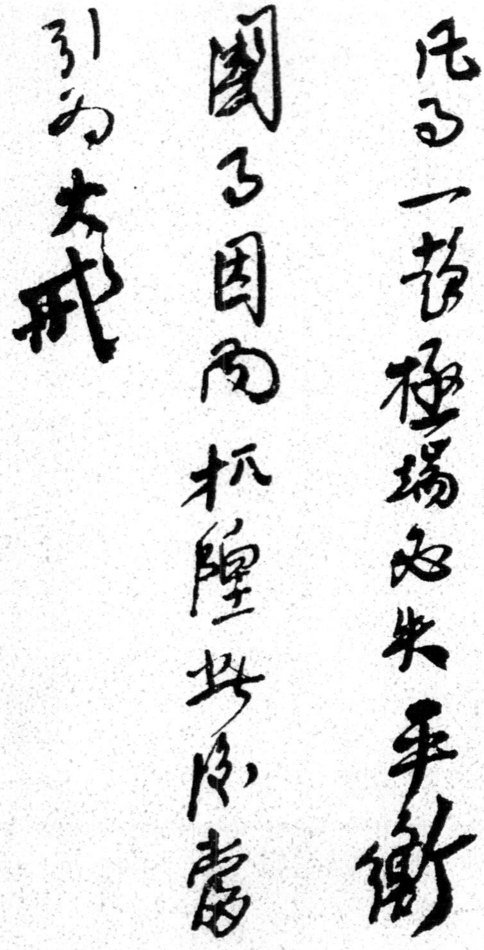

——松坡將軍遺墨——

200

掌故

月刊

5

野史·佚聞·人物·風土·

一九七二年一月十日出版

掌故月刊 第五期 目錄

每月逢十日出版

「一二八」淞滬抗戰四十周年專號

掌故

第五期

一九七二年一月十日出版

每册定價港幣二元正

全年訂費 港幣二十元 美金五元

出版兼發行者：掌故月刊社

地址：九龍亞皆老街六號B

電話：K八四四六七三

THE JOURNAL OF HISTORICAL RECORDS
6-B, Argyle Street, Mongkok, Kowlcon, Hong Kong.

督印人：鄧少卿

總編輯：岳騫

印刷者：華生印刷所 汕頭街十二號

總代理：吳興記書報社 香港租庇利街十一號二樓 電話：H四五〇七六六 H四五五六六一

星馬代理：遠東文化事業有限公司 新加坡厦門街十九號 檳城峇田仔街一七一號

泰國代理：集成圖書公司 曼谷耀華力路二三三號

越南代理：聯興書報社 越南堤岸新行街二十二號

其他地區代理：

澳門：可大文具店
亞庇：利民公司
千里達：中華公司
菲律賓：華安書局
倫敦：東寶公司
芝加哥：杏林春
波士頓：中西公司
三藩市：新生圖書公司
三藩市：益智圖書公司
加拿大：香港商店
漢城：汎亞書籍公社
寮國：永珍圖書公司
斗湖：光明書店
菲律賓：玲瓏書局
紐約：友聯圖書公司
紐約：友方圖書公司
洛杉磯：永安堂
檀香山：大元公司
三藩市：文化商店
加拿大：新國華公司

一二八淞滬血戰史

翁照垣

翁照垣攝於淞滬抗戰結束上海市民之歡迎會

一、前言

戰爭是人類的恥辱，是和平和建設的破壞者，是殘暴的大屠殺；它沾汚了人類的情感，惡化了人類的思想，使世界整個陷入於恐怖的，殘酷的境地；這都是一般非戰論者口中所常大放厥詞的話！

這種話，在某些意義上是極有道理的。求生是人類共通的慾望，誰都不願意死亡，更不願意爲他人所殺戮。我們亦希望世界有永遠不再見到戰爭；大家在美好和平的地球上創造新的快樂，使地球成爲更可眷戀的樂園，使生命成爲更有價值的東西；不分種族，不較强弱，不分性別，不論階級，都熙熙攘攘，天下一家的生活着。我們亦不以爲這祇是一種理想的神話，人類是會有一天進化到這種高尚優美的境域的。不過，這還是很遠，很遠的將來的事。

在種族的偏見，國家的界限、尚未消除之前，我們生活着的現世界中，戰爭還常是一個不速之客，會無端的闖進來的。所以，人們不得不提高警覺，時時準備着戰爭的突然來襲；不得不時時準備着去應付這種無可避免的慘酷事實，而保障自己的安全。那麼，我們是積弱的民族，是被壓迫的國家，是一羣愚昧無知的國民；近百年來都是在列强積極政策之下，用戰爭爲最有力和最後的手段，要侵奪和瓜分我們的土地，消滅我們的民族！我們若是不甘屈服，便不得不被迫而採取正當的自衛；那就無可避免的要捲入戰爭的漩渦！即使我們是最安本分，最愛和平的民族，絕對不願意戰爭的來臨；但戰爭終於要慘酷的來蹂躪我們，把我們當爲是魚肉，野心者都時時想來宰割！

戰爭雖然是恥辱，但屈辱於槍尖砲口之下而不敢反抗的更是恥辱！和平雖然是可貴，但爲正義而戰爭，比和平還要可貴萬倍！我們是反對戰爭的，但對於自衛的行動；卻以爲是最大的光榮！

親愛的中國同胞喲！愛和平是我們的天性，是我們五千年的文化傳統；但近百年來，我們已經嘗過了好幾次的國際間的侵略戰爭；我們總是任人凌辱、屠殺、和刼奪！我們受了戰爭的慘毒是如何的重大喲！但我們將要怎樣去取償呢？我們從戰爭所失去的，只有用戰爭才能夠給我們帶回來！戰爭把我們累得貧弱交加，但亦只有用戰爭才能恢復我們的健康和富强！我們中國人是不應該專憑空口講和平；和平根本就不是我們當時所需要的東西！在一個被任意壓迫，任意屠殺的國家中去對强者講和平、那只是懦怯無耻的表現罷了！我們要獨立自由，我們要和平共存，我們要公理和正義，我們要做成堂堂皇皇的中國人，在地球上俯仰無愧；倘若非用戰爭的手段不足以達到這目的時，我們亦惟有被迫採取同樣的暴烈手段，以圖反擊呀！

戰爭！戰爭！自衛的戰爭！光榮的戰爭！爲申張公理和正義的戰爭！獨立自由的新中國，正有賴於你而創造的！

淞滬血戰迄今，轉瞬已經四十年了！在這四十年後的時候，來重提淞滬戰爭，實有無限的感慨和悲痛！然而，這次的戰爭是有意義的戰爭！是復興中國，保衛民族的戰爭！在今日再向海內外同胞們提出當時血戰的實際經過的報告，也是一件極有價值和有意義的事！

提到淞滬抗戰，何以說有無限的感慨悲痛？蓋當時參加血戰而犧牲了無數健兒，灑了許多鮮血的十九路軍，固早已煙消雲散，成爲歷史名詞，任人追憶；而主持戰爭的將領們，也已大部份物化作古矣，而今日所存者幾希；尤其是我們當時不惜擲頭臚，灑碧血而所欲保障的錦綉河山，不僅變了色，且已成爲黑暗的地獄矣！這不是很應感慨而悲痛的嗎？

又何以說極有價值和意義呢？蓋淞滬戰爭是當時全國民衆所迫切要求，而由守土有責的十九路軍所自動應敵，保土自衛的戰爭！也可說是後來「七七」全面抗戰的緒戰！因當時的日本，是世界五强之一，而我國內有共黨未平，國防未固，外有列强環伺，何能對外戰爭？是以中央始終採取和平交涉的政策，不敢下決心抵抗；所以，戰爭爆發以後，都受到中央的和平政策所牽制，而失去了幾次可以戰勝的機會！倘當時中央決心抗戰，則早就可以把日軍趕出長江口外，何至於後來被迫自動撤退呢？此中意義，是海內外同胞所不大瞭解的。然而我們的撤退，并不是戰敗而撤走；乃是戰略上不得不退守第二防線爲有利之故。假如是戰敗而退，則日寇還會不長驅直入，攻我首都，迫我爲城下之盟嗎？還願意在上海協定簽訂時，自動撤回國去嗎？可是，經過這次淞

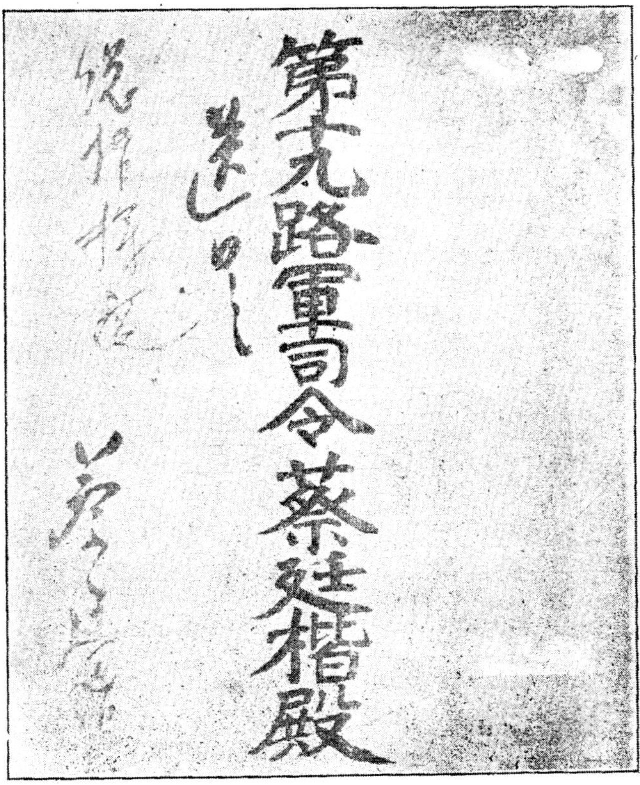

日軍司令官植田謙吉致蔡廷楷之哀的美敦書

滬之戰，測驗得我軍雖弱、尚可一戰；日寇雖强，尚不足怕；於是，到後來「七七」蘆溝橋事變發生時，我中央才痛下決心，實行抵抗，堅持八年的苦戰，卒將强寇打倒，全面勝利，擺脫了不平等條約的束縛，洗刷了百年來的恥辱提高了國家地位，成爲世界五强之一呢！我想，如果沒有十九路軍淞滬抗戰之測驗，則雖有「七七」之後，仍將受「怕日病」之困擾，不敢抵抗也不一定的啊！

說到淞滬戰爭的起因，應分爲遠因和近因來說明。

遠因：日本自明治維新以後，摹倣列强，改良政治，提倡科學，普及教育，發展工商，建設海軍，訓練陸軍，一時蓬蓬勃勃，國勢强盛起來了。同時，感於人口繁殖，土地狹小，不能不內外求發展。然而，東有美國，北有俄國，南有英、法、荷、葡等國的殖民地，何能插足？惟有西方的我國，土地雖廣，人民雖衆，然愚昧無知，不僅不能利用，反而任由西方列强侵奪，有亟亟不可終日之勢。於是，遂定下了西進的大陸政策。後來，經過甲午中日戰爭，打敗了我國；日俄戰爭，戰勝了俄國；乘第一次世界戰爭，又戰勝了德國，奪得了膠州灣及青島等地，野心更大，進取更急；在這期間，中日糾紛問題叠出，如南滿鐵路問題，廿一條件問題及以後的五三慘案等問題，都是日本侵略我國政策之逐次表演。但牠的野心是不以此爲止？不，斷不！牠不只於侵奪我土地而已足；牠還要囊括我大陸，消滅我民族的呀！所以，到了民國二十年的九月十八日，又採取了更積極的行動，以軍事攻佔我瀋陽、跟着又奪取了東北三省！聞說東北軍當時不抵抗、還是受我中央的密令而行動的。日本軍閥於東三省之獲得如此容易，牠當然是更爲積極進取的了。

近因：當時的十九路軍正在江西進剿共軍當中，聞訊固然有怒髮冲冠，熱血奔騰之概；然而，中央既無決心抵抗，當無命令行動！官兵們祇徒呼荷荷而已！

當時我率十九路軍七十八師的一五六旅、在吉安之直夏作戰

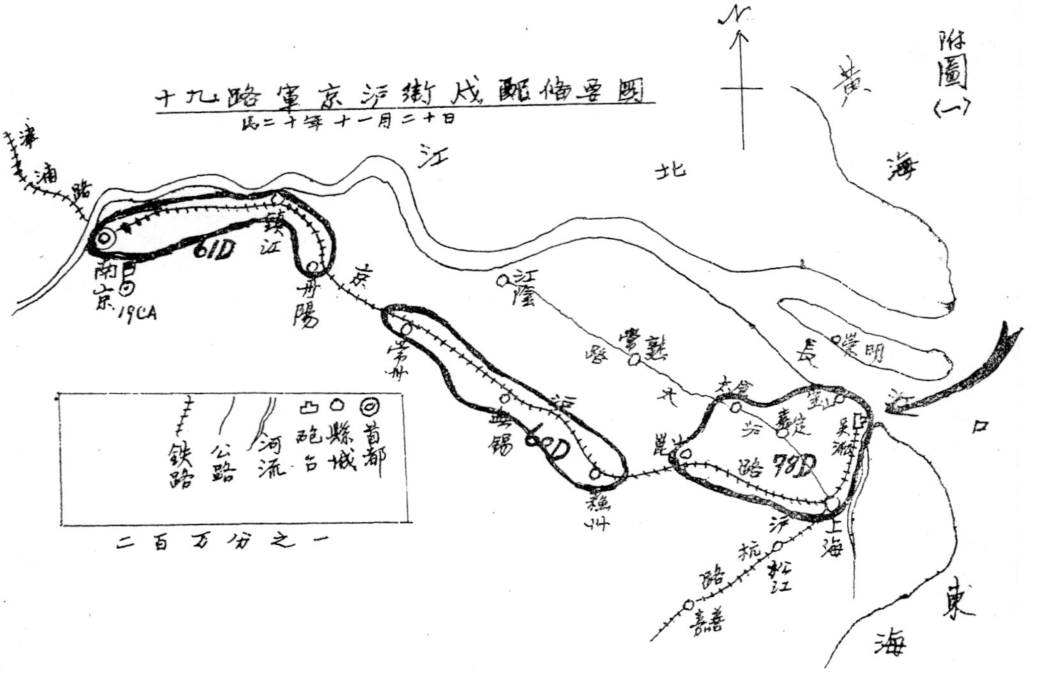

中。一天清早，我的參謀長丘國珍上校就對我說：「旅長：民國十七年五月間，五三慘案發生時，我們正在日本求學；當時你要放棄學業，邀我一同返國參加抗日作戰；我不同意說：——『抗日的時機未到，何必如此衝動，徒勞往返？』——你當時不接納我的意見，就同一班留學生們束裝就道了。結果，不出我所料，抗日不成，兩個月後仍回到日本。那麼，現在東北已失，抗日的時機已到，我們應該發動呢！」我說：「對的，全國民衆都在如狂如瘋的要求出兵抗戰，如果我們不敢出頭提倡，豈不是有辱軍人的身份嗎？但要如何發動呢？」丘又說：「你可即刻去見陳總司令，戴參謀長，蔣總指揮，蔡軍長等，向他們四巨頭建議，電請中央調十九路軍赴東北抗戰，收復失地呢！」我又說：「好，就這樣辦！」於是，我就到總司令部去對他們陳說了。他們也很高興的接納，隨即去電中央請纓；旋奉中央命令嘉許，惟須先調京滬路警衞，然後相機北調；同時，並發表陳總司令銘樞將軍爲京滬衞戍司令長官。十九路軍即於十一月間，全部到達京滬路沿線佈防。其配備如下：——衞戍長官司令部及總指揮部均駐南京；六十一師分駐於南京至鎮江間地區；六十師及軍部分駐於丹陽、常州、無錫、至蘇州間地區；七十八師則分駐於上海、吳淞、嘉定、太倉、至崑山間地區。（附圖一）同時，調總司令部參謀長戴戟爲淞滬警備司令，另派黃强爲參謀長，趙一肩爲參謀處長。

當時如果不是十九路軍調京滬路警衞，而是別的部隊駐防上海，是否會有這一場血戰？固不得而知；然而，十九路軍之調防京滬路，是由於「九一八」東北喪失，憑其熱血請纓抗戰而來的呀！日本寇軍既要在上海製造事件，挑釁侵略，那就註定的是有這一場轟動全世界的血戰了！

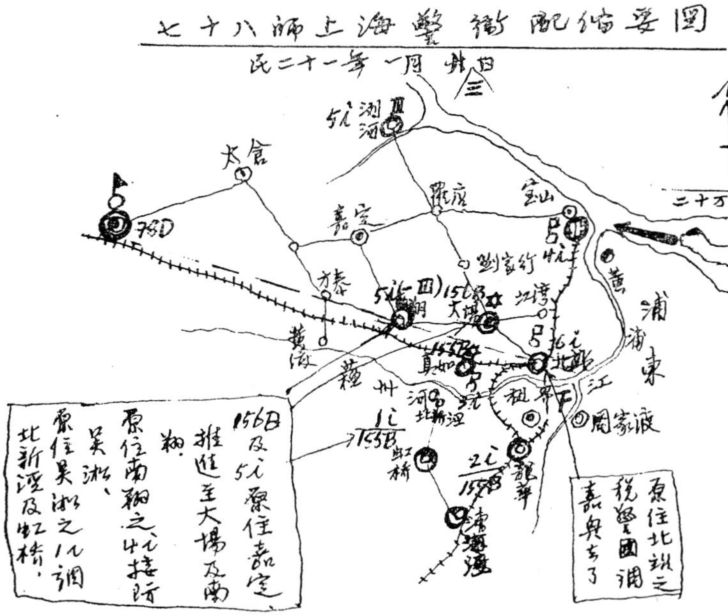

附圖（二）

二、戰前局勢

自從日寇於九月十八日攻佔我瀋陽之後，全國民衆，即泛起一股狂烈的反日風潮，如集會宣傳，遊行示威，抵貨運動，請願出師抵抗，種種行動，都表現出來了！尤其是上海的市民、學生、工人、商民等等，更爲憤激狂熱。當時我奉命兼任上海學生軍訓副主任，（主任王伯齡住南京）對於青年學生們的心理，非常瞭解；認爲這一股狂潮，不應該遏抑；而應該利用，以導入於抗戰正軌才對。

可是，日本寇軍，在我東北三省，很容易的就在一晚之間得到了瀋陽，東北軍毫不抵抗的撤入關內；跟着就在數天之間，東北三省，竟亦唾手可得；牠就認爲中國政府和軍隊是不敢也不能抵抗了；若不乘此機會，强迫中國政府簽訂條約，承認東北爲日本領土的事實，更待何時？於是，就藉口鎮壓上海民衆抗日運動而出兵擾亂了。當時，日本政府會召開內閣會議，決定了對「上海民衆的反日運動，要嚴厲取締」的對策，而把上海問題，交由海軍部全權處理！平時，日本就有海軍遣外艦隊，常川停泊於我長江及沿海各口岸；現在，更增派海軍，加强其力量了。在長江方面：上自宜昌，沙市、漢口、九江，下至安慶、蕪湖、南京、鎮江、上海；沿海方面：北自天津、青島、連雲港，南至寧波、福州、厦門、汕頭、廣州、海口；都有船隻停泊、往來遊弋。此次既決定强硬政策，其上海的僑民當更爲有恃無恐，蠻橫猖獗，派出浪人，到處滋擾；或毆打我民衆，搗毀我商民，或焚燒我工廠及報館等事端，相繼發生！一月二十日，日本僑民，勾結其海軍陸戰隊，配合着一些浪人，在引翔港放火焚燒我三友實業社，殺死華捕一名，重傷一名。同日，又聚集浪人數百實行暴動，在北四川路，老靶子路等處，搗毀商店。局勢嚴重至此，很明顯的是對上海有軍事佔領的企圖！

當時，我中央政府：主席林子超先生，行政院院長汪精衛，軍事委員會委員長卽今總統蔣介石將軍，參謀總長朱培德，軍政部部長何應欽，外交部部長羅文幹，駐國聯代表顏惠慶。他們對於日本的外交政策，仍主張和平交涉，還沒有決心抗戰。十九路軍到達淞滬警備之後，對於日寇之挑釁行爲，究應如何應付？我中央並無積極的、確切的指示；而只責令上海市政府委曲求全，和日寇交涉罷了！

當時的上海市長爲吳鐵城，秘書長俞鴻鈞，公安局長溫應星，社會局長麥朝樞，而外交部派駐上海特派員爲郭泰祺。他們都是老成持重之輩，固然奉命唯謹，婢膝奴顏，忍辱負重的向日本領事館叩頭而已；那能够深切的看透日寇的野心，和明瞭國際的形勢!?故此，對於這蠻橫無禮的强暴，早就抱着畏怯的心理，不敢作强硬交涉，勇敢犧牲的表示呢！

在這種氣氛籠罩之下，我總恐怕北上抗日不成，反而在上海步東北軍之舊路，再來一次不抵抗而向後逃跑！那麼，我們才是萬古罪人，軍人恥辱，比東北軍更爲可恥而遺臭萬年哩！

然而，我中央政府，雖然採取愼重的態度，和平的政策；可是，全國人民，卻爲了東北喪失而擾攘起來了！各省都有所謂學生義勇軍，抗日大刀隊，進京請願團等等的組織，風起雲湧，叫囂鼎沸；尤其是上海的學生青年，工商團體們，更爲慷慨激昂，怒髮冲冠哩！

我當時認爲這種民氣可用，我政府不應該漠視無睹、對這股洪流加以扼制，而不引導到抗日上去！所以，我除對於部隊嚴密其配備，加緊其精神訓練外，並不惜僕僕風塵，奔走於京滬道上，向各方面打氣！

上海的局勢如此緊迫，而中央又無明確指示，萬一敵人由我防線進攻時，究應開火還擊，或是撤守後退呢？我以爲這決定不僅是關於十九路軍的榮辱，和軍人的勇怯問題；實有關於國家存亡，民族興敗問題！到了一月廿一日的上午，總指揮蔣光鼐，就在龍華淞滬警備司令部召開一高級的秘密軍事會議，商定戰與不戰的方針！

這次會議：由蔣總指揮主席，參加者爲蔡軍長，戴司令；六十師師長沈光漢，六十一師師長毛維壽，七十八師師長區壽年；旅長有鄧志才，劉占雄，張勵，張炎，黃固，翁照垣等。主席報告情況之後，而提出戰與不戰問題，請各軍師旅長等討論，以憑決策。首先發言的爲蔡軍長，他說：「我軍的裝備不全，槍械不精，訓練未週，紀律鬆懈，質素亦差，如何可以和世界强國的日本軍隊作戰？戰亦何能有把握獲勝？且上海有各國租界，萬一引起干涉，豈不是更壞嗎？」他這一長篇洩氣的話，說得在座諸人垂頭喪氣，突目咋舌，面面相覷，默不出聲。跟着就是師長區壽年說話了。他也是一些敗北調言，和老蔡同一犯了恐日病。至於其他的師旅長們，平時是奉命惟謹的執行者，當然也無獨特出衆的見解，默默無言。本來，警備司令戴戟，應該發表意見的，但他老成持重，似乎要別人先說，然後他再來補充也不一定。這時候，我看到形勢不對，心甚着急，殆有坐立不安之概！於是，不顧一切的，挺胸而起，慷慨陳詞了。我說：「日本雖被稱爲五強之一，但牠是紙老虎，只會嚇唬人，其實是最膽小，最無能而不足怕的；至於租界各國，那更不足道，斷不敢來干涉我們；說到我軍，站在國家民族的立場上，我們有保國衞民之責，義不容辭而要抵抗；且我們如能掌握戰機，隨機應變，勇敢奮進，未必戰敗；尤其是上海有英、美、法各國租界，正可利用環境，爭取勝利！即使戰而不勝，我們也義無反顧，決心犧牲，以報國人，以保榮譽；倘若不發一彈、即低頭捲尾，放棄上海而退走，那正是萬古罪人，遺臭萬年啊！」我一時怒髮沖冠的滔滔不絕，侃侃而言，說了將近一小時之久，全場的人們，都仍默默無言。

這時候，區師長又起來發言了。他說：「我軍的兵額不足，槍械陳舊，彈藥缺乏，訓練毫無，怎能够抵抗？一抵抗，不出一個鐘頭非給日軍消滅不可！」他這種替敵人說話的師長，眼光如豆，膽小如鼠，滿懷敗北主義，和蔡軍長一鼻孔出氣。於是，我又起來加以申論，說明「師克在和」、「兵貴神速」、「兵貴精不貴多」、「怒兵必勝，驕兵必敗」、「寡可勝衆」，以及「民氣可用」、「精神力量高於一切」的道理。結果，蔡軍長似心有所動，就提出折衷意見說：「要打就該撤出上海十里郊區去打，以免在租界附近，惹起國際上的麻煩。」

這時候，大家都感到疲乏，主席即宣佈休息十分鐘再討論。我即利用這機會，拉着戴司令到會議廳外的院子裏去密談，鼓勵他務必極力主張抵抗，並且須要在上海市區作戰，始能獲勝。當時我對他說：「你係上海警備司令，上海失守是你的責任；別的城市失掉，不關輕重，上海爲國際市場，世界各國都知道的重要城市；如果不戰而退，這聲名不只在中國歷史上遺臭萬年，就在世界史上也要受人譏評臭罵的啊！第一次世界大戰時，德軍已打到了法國首都——巴黎的城下，當時有許多政府官員及將領們都主張遷都。惟有守備巴黎的霞飛將軍獨持異議，主張抵抗。於是，他不動聲色的集中了巴黎附近所有部隊，從左翼來一個包圍抄擊，就把德軍打回去，而保存了巴黎！霞飛將軍的英名不僅留傳法國，而世界各國都莫不衆口一詞的讚揚他！你今日守備上海，亦如當日霞飛將軍之守備巴黎，如能保存上海，亦如霞飛將軍之保存巴黎那般光榮呢！倘若不加抵抗而把上海放棄，那麼，你的威名，我不知要如何想像啊！戴司令聽了我這番話，連續稱是不已。

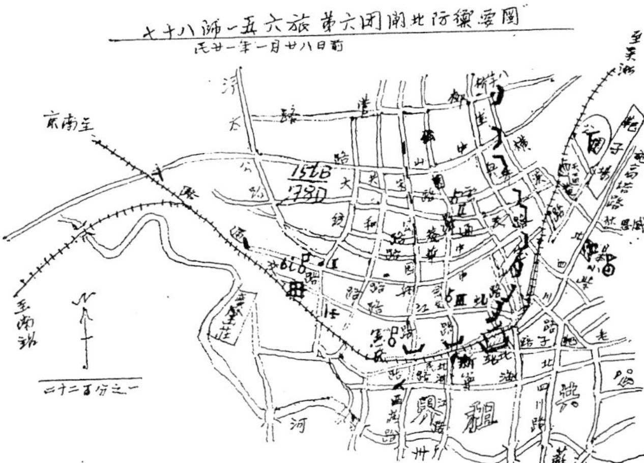

附圖(三)

到了會議恢復時，主席即問大家對於蔡軍長所提「要打就撤到上海十里郊區去打」的意見如何？我當時又毫不客氣的起來說：「蔡軍長的意見我不同意！戰是要打的，但必定要在上海市區打才有價值，才能利用特殊環境以求戰勝；如果撤出上海十里郊區去打，那麼，這戰就不必打了。何故？孫子說：『不戰而屈人之兵，善之善者也。』我們自動撤出上海，等於牠已不戰而把我們屈服哩！那麼，牠的作戰目的已達，又何必再流血呢？這時候，牠們不打，我們心有不甘；要再回頭去打牠，我們就變成土匪，牠就可聯合英、美、法各國的軍隊來把我們當做擾亂上海租界的土匪來剿辦的啊！」我說到這裏時，戴司令就站起來發言了。他說：「翁旅長的意見是對的，我完全同意而支持他，仗一定要打，而且要在上海市區打才能獲勝！否則，這個淞滬警備司令，我不好意思幹下去，讓我辭職先走罷！」

蔣總指揮聽到了我的陳詞和戴司令的堅決意志，覺得局勢的發展，確已到了劍拔弩張的嚴重關頭，殊有不便摧翻之勢；就即席宣佈說：「好罷！我們就決定固守上海！但原則上：『人不打我，我不打人；人如打我，我就還擊！』那麼，七十八師在上海的部隊，即日構築工事，加强守備，準備還擊；六十及六十一兩師部隊，準備隨時增援！」散會。

這場戰爭的方針就如此決定了。但問題仍在敵方，如敵方不先動手打我們，我們還是守着原則，不會先動手去打牠的。那麼，這場轟動世界的淞滬血戰，還是尚可避免呢！可是，局勢的發展，總不會如一般怕戰的人們所祈求呢！

當日下午，我即回到旅司令部召集所屬各團營長講話，報告上午會議的經過和決定的方針原則；同時，並面授機宜，着即構築防禦工事，準備抗戰。

這時候，七十八師在淞滬的配備如下：——師司令部及直屬隊駐崑山；第一五五旅——黃固旅，以一團駐守南市，一團駐守虹橋及曹河涇，旅司令部及一團駐眞茹，第一五六旅——翁照垣旅，以第四團駐守吳淞砲台及市鎮；第五團除留一營守瀏河外，調駐南翔及大場；第六團接防閘北，旅司令部則駐大場。兩旅的作戰地境以鐵道爲界，線上屬一五五旅。（附圖二）

日本浪人搗亂事件，正由市政府向日本領事村井提出抗議，要求他制止，懲兇，賠償及道歉，而尙未得到答覆中；一月廿一日上午，該日領事村井，竟向我上海市政府提出反抗議，說有日本僧人五名在寶山路被華人毆打，要求緝兇，道歉，賠償，及取締抗日行動，解散抗日救國團體。同時，虹口公園一帶，日兵三五成羣，往來巡邏，沿途放哨；其陸戰隊本部警戒更爲森嚴，鐵甲車，大砲，均放列在街頭，砲口指向我方，局勢緊張，殆有戰機一觸即發之勢！

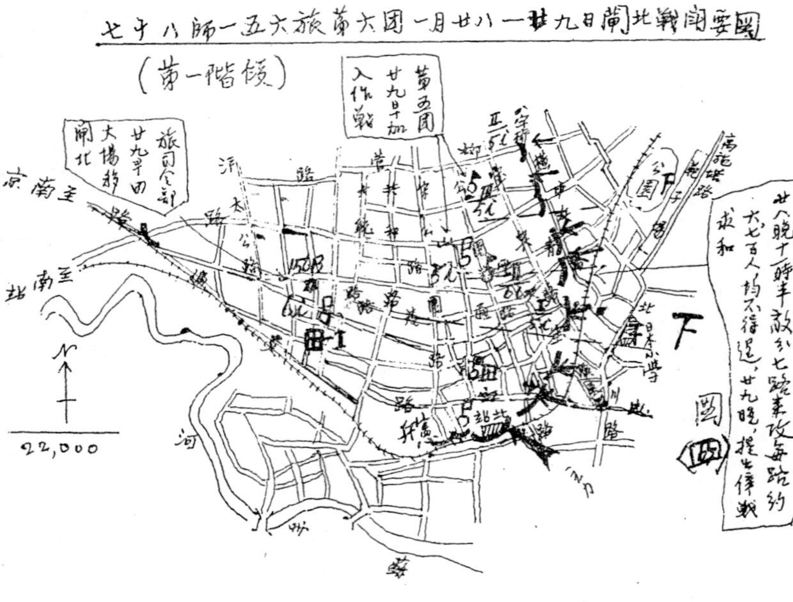

廿三日，日僑藉口上海國民日報發表「日本浪人藉陸戰隊之掩護，焚燒三友實業社」的消息，前往搗亂；結果，該報被迫於一月廿七日起停刊。

猶不止此，跟着，日領事復於同日（廿七）下午，向我市政府提最後通牒，要求前述所提出立取締反日團體等項，限於四十八小時內答覆；否則，牠的海軍將自由行動！我市府受此威脅，不得不接受其無理蠻橫之要求，於廿八日下午，提出答覆，表示歉意，並令公安局嚴令緝兇，賠償醫藥及撫卹等費；同時，飭令社會局解散民衆抗日團體。

我市府委曲求全，謙卑遜順的遵照其「哀的美頓書」所要求的事項切實做到了；日領村井也都感到滿意！然而，海軍要在上海立功的機會消失了，如何肯作罷休呢？日本派來之航空母艦，巡洋艦，驅逐艦等，浩浩蕩蕩的載着增援的陸戰隊，已進入長江口及黃浦江，形勢更爲嚴重了！

可是，同日下午三時，我突奉到戴司令密電說：「奉中央參謀本部電令，已派憲兵一團，即日開上海接防閘北一帶地區，着該旅卽將閘北防務交該憲兵團接替，然後移駐眞茹，南翔一帶」云云。

當時，本旅的配備如下：第四團駐守吳淞地區；第六團駐守閘北；旅部及第五團（缺一營）駐大場策應。既奉中央命令，我們自當遵照辦理。

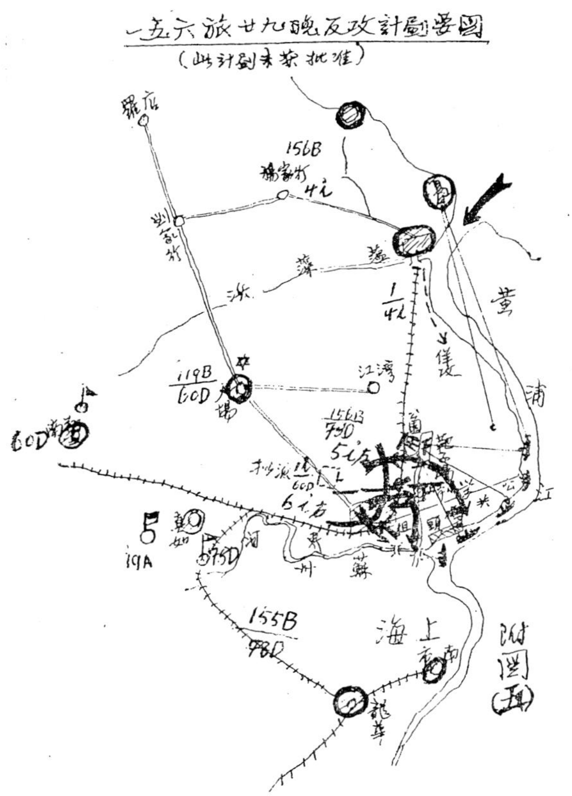

形勢如此急變，如果不是日本海軍司令鹽澤幸一（少將）好大喜功，這場血戰是可以避免的。因我國政府，在政治上，不惜含垢忍辱接受其無理要求而給予完滿答覆；在軍事上，也把陸軍部隊撤出閘北而換以憲兵；那還有甚麼仗可打呢？可是，事實卻不然，當我第六團正在準備移交，整裝待撤之中，日寇竟首先向我閘北防線發槍射擊了！

我軍的官兵，本來聽到我國政府種種屈辱和撤退的消息，個個都憤火中燒，磨拳擦掌當中，那能放過這個機會，不予還擊之理！於是，這一場慘烈的國際戰爭，就爆發起來了！

三、作戰經過

一月廿一日會議，決定了抵抗方針後，旋於廿三日下午奉師部轉到軍部的極密命令如次：——

一、據報日方現派大批艦隊來滬，有向我政府威迫，取締愛國運動，並有自由行動之企圖。

二、我軍以守衛國土，克盡軍人天職之目的，嚴密戒備，如日軍向我進攻時，應以全力撲滅之。

三、七十八師第一五六旅擔任京滬鐵路以北，至吳淞，寶山之線，扼要佔領陣地。

四、七十八師第一五五旅擔任京滬鐵路（在內）以南，至虹橋，曹河涇之線，扼要佔領陣地。（南市龍華之團就在原地）

五、吳淞要塞司令率原有部隊固守。

六、鐵道砲隊及憲兵營歸七十八師第六團團長張君嵩指揮。

七、丹陽六十師黃團，限明（廿四）日開至南翔附近待命外，其餘沈毛兩師爲總預備隊，在原地候命。

八、各地區警察及保衛團受該地區軍隊高級指揮官之指揮。

九、余在眞茹。

注意：

一、除日軍外，對各國軍隊及巡捕、務須避免衝突。

二、對於租界及各國在華界之工廠、教堂、房產、人民、務須格外保護。

三、我軍不可侵入租界以內。

四、此密令須極密保管，對警察及團隊不必轉達，必要時巡令知受某部隊指揮。

五、七十八師部隊配備情形，務繪圖呈報。（如附圖二）

六、如有日本浪人挑釁，由警察辦理，軍隊不必干涉。

師長區壽年奉到上令，即率師部即於廿四日由崑山推進至眞茹調整部隊配備。總指揮部亦於同時派出一部分幕僚人員到眞茹組織指揮所，以便就近指揮作戰。

我接到上述密令後，即下達各團命令之要旨如下：——

一、第四團在吳淞寶山地區，構築强固工事而死守之。

二、第五團除留一連在瀏河擔任警戒外，其餘即集結於大場；並派出一營進駐江灣附近，對該方嚴密警戒。

三、第六團在大場之兩營，務推進至閘北，扼要佔領陣地，密嚴警戒，其餘照前令辦理。

四、余在大場。

上令下達後，除第四，第五兩團遵令配備警戒外，於廿八日上午據第六團張團長的報告如下：——

一、敵人兵力，據諜報：海軍陸戰隊三千餘人，在鄉軍人約三千餘人；兵艦二十餘隻，泊黃浦江上；飛機四十餘架，鐵甲車十餘輛；其大砲砲口均指向我方。

二、各部到達後，即由閘北北站起，沿淞滬路的寶山路、虬江路、廣東路、寶興路、橫濱路、天通菴路、青雲路等各路口，至八字橋止，構築工事；預定該地帶爲第一抵抗線；由文會路，至宋公園路之線，爲第二抵抗線。（附圖三）

三、閘北之警察及保衞團已聯絡妥當，並飭在陣地前擔任警戒。

一月廿八日下午六時頃，由南京派來接防的憲兵團，只到達一營。據該營李營長報稱：「該營先來接防，其餘的明日始可到」云。當時我接到報告稱：「憲兵只到一營，其餘明天始可到；現在天已昏黑，兵力既不敷接防，而時間入夜，又不便移交，經與李營長商量，今晚暫不移交，候憲兵全部到達時再行移交。」我即對張說：「處置甚當，在憲兵團未到齊，切實接防之時，我軍斷不能放棄責任，仍當固守陣地；敵如來攻，即開槍反擊，至要至要！」張團長說：「知道了，當遵示應付。」

同夜十一時許，敵即分八路，每路約六、七百人，由鐵甲車二、三輛掩護，沿寶山路向北站，及虬江路、廣東路、寶興路、橫濱路、天通菴路、江灣路、青雲路及八仙橋等路，向我閘北陣地攻擊前進，（附圖四）當時接到張團長電話報告，即飭他沉着應戰，並應轉飭各營連排長等，務必據守陣地，萬不容擅退一步。且應着即利用馬路兩房舖戶，集中輕重機關槍，向敵鐵甲車後的敵步兵掃射，並候其鐵甲車到達陣地前時，以手榴彈炸燬之。經過我軍迎頭痛擊，敵死傷甚重，而紛紛潰退了。次日（廿九）早，我即率同丘參謀長及第五團團長丁榮光趨赴閘北指揮作戰。天一亮，敵機二十餘架，分批更翻在閘北上空轟炸，投下夷燒彈把各民房焚燒，火光燭天、遍地通紅。黃浦江上的海軍亦開砲向我攻擊。跟着其步兵又在鐵甲車掩護下，分路齊頭並進，向我閘北全線進攻。我軍官兵均抱必死決心，英勇的運用種種手段，堅守陣地不退，且破壞敵鐵甲車多輛，敵人無法攻佔我陣地；又增加部隊，迭次來衝，亦爲我擊退。在如此激戰中，支持到廿九日黃昏，敵人知道無力可以壓倒我軍，遂託上海英、美、法各國領事向我軍提出停戰要求；實際牠正向其政府請求增援，在援兵未到之時，爲恐我軍反攻而遭消滅，故以停戰爲緩兵之計。

是晚，接蔡軍長電話說：「敵人托英、美、法，各國領事出任調停，要求停戰；我軍爲尊重各國領事的請求，已經答應，應飭前線官兵停止放槍。」丘參謀長在旁得到這消息，即對我說：「敵人請求停戰，乃是緩兵之計，我軍正應乘敵援兵未到，實行反攻出擊，把敵迫出黃浦江外才對！」我也認爲對，即着丘將出擊計劃草擬，一面由電話報告蔡軍長建議反攻，不可中敵人詭計而上當。

當時丘參謀長的出擊計劃如次：——㈠敵情：——敵要求停戰，表示牠的失敗，無力再戰，並在求援中；同時，爲防我軍反攻，故出此緩兵詭計，以待其援兵到達，仍將向我進攻。㈡方針：——我軍應即捕捉戰機，實行轉移攻勢，將敵壓迫於黃浦江及蘇州河而殲滅之；並確實佔領該兩河左岸。㈢部署：——①第六團爲右翼隊，向當面之敵攻擊前進，沿老靶子路，北四川路，或其他道路，先破壞日本小學校後，相機推進至蘇州河左岸。②第五團爲左翼隊，向當面之敵攻擊前進，沿橫濱路，天通菴路，或其他道路，先佔領靶子場後，相機推進至黃浦江左岸之楊樹浦，滙山及招商局兩碼頭；惟須着其第二營，從左翼小街潛進至滙山碼頭，焚燒其彈藥庫，確實佔領之。③砲兵連推進至靶子公園附近，向黃浦江敵艦集中攻擊。④吳淞砲台應向黃浦江敵艦集中攻擊聲援。⑤吳淞之第四團固守原陣地；但應派出一加强連，沿黃浦江左岸向上海方向前進，佯攻牽制。⑥請六十師派步兵一團爲本旅預備隊，以便策應及擴張戰果。⑦各部隊應於十一時半前準備完畢；十二時開始行動。㈣準備事項：——①各部隊應多帶酒瓶，裝滿汽油、火柴、棉花，以備放火之用。②各部隊應準備敵軍俘虜的服裝，僞裝敵兵，携帶炸藥及放火物件，乘單車或機器脚踏車，誘衝入敵軍司令部，或駐兵處所，爆炸及放火。③電訊隊應隨各攻擊部隊前進，延伸裝設。（附圖五）

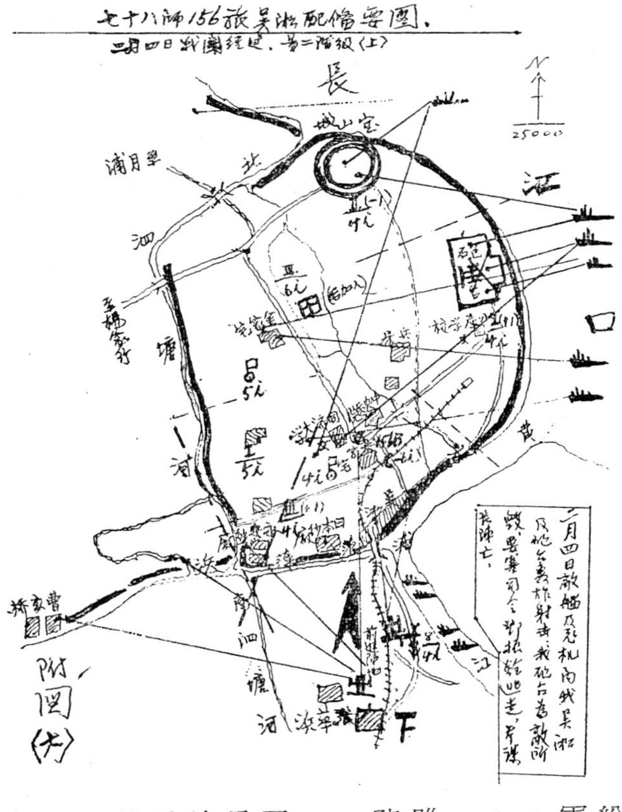

以上計劃，報到軍部，未獲蔡軍長採納，仍着即停火。丘參謀長得悉，拍案長嘆說：「這場戰爭是無望打勝仗了！婦人之仁，庸碌之將，有機不乘，其奈天何！」

無辦法，只得遵令轉飭各團營就地停火！可是，話雖如此，而各連官兵們，都覺得很奇怪，紛紛議論：「以日本那麼强蠻的軍隊，竟會向我們要求停戰談和，豈不是騙人的嗎？」有的人說：「不管他，除非沒有看見鬼子，一看見就不要放過牠！」所以雖然下令停火，而仍有間斷的、疏落的槍擊打來打去！

三十日這天，除敵機偵察外，沒有昨日般的猖狂轟炸及衝擊了！晚八時許，蔡軍長率同區師長從眞茹來到閘北，親自傳諭前線官兵停火；這時我向他們面提反攻計劃，說在今晚實施仍未爲遲；但，結果，仍是拘於停火，不蒙許可！惜哉！

卅一日，我軍竟徇日領事的請求，派區師長到上海英國領事館，去參加英、美、法各國領事，與日軍司令鹽澤，領事村井談判停戰條件，提出要求：「①日軍除依條約退回原地外，一律撤回兵艦。②日軍應負戰爭責任，賠償損失。③由英、美、法各領事保證日軍不再發生同樣事件。」但，日軍係戰敗者，竟提出反要求，要我軍退出閘北二十公里以外；並由英、美、法各國派兵駐守。明眼人都可看出日方係在延緩時間，等候援兵的呀；然而，我方代表及統帥們，仍矇然不察，信以爲眞。鹽澤且在會議席上虛聲恐嚇說：「日本空軍三小時內可消滅華軍。」於是，會議竟日，毫無結果，最後，由各國領事主張：「日軍退入公共租界，華軍退離租界射程外。」此種折衷意見，事實毫無作用，我們的統帥應該覺悟，即採攻勢，尚未爲晚！可是不然！中了敵方的詭計。這時日方說：「這辦法須向政府請示，三天後始能答覆。」就如此停戰三天，等候其請示了。殊不知敵之援兵二天後才可到，三天內才能準備完妥，向我軍攻擊！果然，從昨日起，至二月二日下午，全線寂靜了三天半，敵人的機砲又開始活動起來了！

在三天停戰的寂靜中，敵入一面在會議席上，用一條繩子把我們綁住拖着不許我們行動；一面牠的空軍飛機卅架、航空母艦、巡洋艦、驅逐艦等共十餘艘，載着陸戰隊三千餘人，已陸續到了上海。而我們呢？只在陣地上株守着，等條敵人來攻打！在這樣指揮之下，和日人打仗，當然是無可能打勝的了！不過，我們憑着滿腔熱血，聊盡軍人天職而抵抗，免至如東北軍那般甘冒「不抵抗」的臭名而已。

二日下午四時許，敵向我軍開砲，敵機也來轟炸，前線的槍聲猛烈的恢復起來了。總指揮部的人們，得到戰火重燃的報告，認爲在停戰中，忽然來此晴天霹靂，殊覺駭怪！這是當然的趨勢，原無可駭異之處，只不過我們統帥愚昧無知而可欺耳！

當時，日領事曾以電話通知上海市府稱：「日本政府對於英領事署會議時建議日軍退入租界內一事不能同意。」這是官樣文章罷了。我上海市府也同時向日領事提出抗議說：「貴軍在未提出答覆之前，即向我軍攻擊，認爲是背約，應負戰爭重開之責。」並將此意通知英、美、法各領事館知照，請他們主持公道。這時，我又奉師部命令，其要旨如下：㈠奉總部命令：⑴敵已動員兩師團有由吳淞上海登陸大舉來犯之企圖。⑵本軍決佔領虹橋、北新涇、大場、胡家莊、吳淞之線，保持主力於鐵道北，待機將敵殲滅。⑶七十八師缺一、四兩團，佔領虹橋、北新涇，眞茹之線，保持主力於鐵道南。一五六旅第四團佔領吳淞爲左翼據點而死守之。一五五旅第一團佔領龍華爲右翼據點而死守之。一五六旅附憲兵團佔領閘北爲前進陣地，候命撤退。⑷六十師佔領眞茹車站、大場、胡家莊，保持主力於中央。⑸兩師作戰地境沿鐵道線，線上屬七十八師。⑹六十一師之一二二旅爲總預備隊，集結南翔候命。㈡基上令，師之處置如下：（略）

本旅遵命就地抵抗，無須變動；惟任務已變動了，就是由立陣地變爲前進陣地，可以候命隨時撤退不必固守。

如果照本旅廿九晚的計劃，轉移攻勢，早就把敵人驅退，佔領了黃浦江岸，或許把敵繳械也不一定；至低限度，也可以控制上海，使敵不敢再進來；乃計不出此，坐以待斃；今日敵已大量增兵，始手足無措，準備撤退，轉勝勢而爲敗勢，何其愚耶？

上述敵增兵兩師，此刻尚未到，所到的只海軍陸戰隊三千人，飛機卅架，軍艦十餘艘；此對我重燃戰火，也不是其眞面目之攻擊，不過爲其威力搜索，準備陸軍到後作總攻之準備耳。

在此情況之下，我們只有盡人事，聽天命，敵如來攻，就起而戰，敵如不來，則躲在掩蔽部內，置之不理！

三日竟日無主要戰鬭，只有敵飛機到處偵察，海軍開砲，摧毀民房，步兵施行威力搜索而已。我認爲上海租界爲敵利用；而敵背信，重燃戰火，實太可惡而可恨；應該主動的轟擊一陣；遂飭吳淞砲台及我砲兵營，和鐵道砲隊等，於下午三時許，向租界及黃浦江敵艦開砲攻擊，以壯聲勢。於是，各砲發彈八十多發。結果，接警備司令部電話說：「英、美領事館，叫我們的砲應對準日艦射擊，勿擊租界。」這算是發生了反應哩！

下午四時許，奉師部命令之要旨如下：「(1)奉軍長命令，派六十師一二零旅鄧旅長率所部前往閘北接防。(2)該旅長務於本晚十一時前，將防務移交後，開回金家寨整理。」

當即轉飭丁張兩團長遵命移交。但至晚六時頃，部隊正在交接之際，忽又奉師部命令如下：「(1)據報敵軍擬在吳淞登陸，有攻我要塞企圖。(2)該旅長於移交閘北防務後，即率丁團開吳淞增援，並死守之。(3)其餘張團仍照前令辦理。」

我奉命後，即飭張團長開金家寨整理；並令丁團長星夜用汽車輸送開往吳淞增防。我也率旅部官兵即刻乘車趨往吳淞作戰了。閘北防地由六十師鄧旅負責，本旅轉到吳淞，日軍第一次進攻，主攻在閘北之戰鬪即告一段落，是爲第一階段；也是敵第一次求和增兵和易帥。而我軍也增加了一旅接守閘北。

二月四日上午一時，我到達吳淞朱家宅第四團部，即與丁鍾兩團長及各營長等研究地形，調整配備，下命如次：「㈠敵擬在吳淞登陸，有攻我要塞企圖；我六十師鄧旅正在閘北與敵對峙中，劉旅在大場江灣警戒。㈡旅（缺第六團）以掩護我軍左翼之目的，決在吳淞死守，敵如來攻，即撲滅之。㈢第四團在原陣地固守；第五團（缺第二營）應沿泗塘河左岸構築工事爲預備陣地，對江灣方面，應派隊警戒，並與劉旅切取連絡。㈣第五團第二營在朱家宅附近集結，爲旅預備隊。㈤我在朱家宅，以此爲中心，構成通訊網。㈥各團務須築據點工事，及加强掩蔽部。」

第四團原係與第六團防守閘北是同時進守吳淞的；廿八晚閘北戰鬪，吳淞一直無戰況，只看着敵艦進入而已。至四日上午，我們正在調整配備中，忽發現敵艦十餘艘在黃浦江口內外往來移動，似有向我進攻，乘機登陸之模樣。我即着各團及炮台開砲向敵艦攻擊；於是，敵分爲兩路：一路在長江河面；一路在口內，一齊向我砲台及吳淞鎮開炮轟擊；同時，敵機約二十餘架，也齊集在上空盤旋轟炸，一時大砲聲，炸彈聲，密如擂鼓，震天陷地；

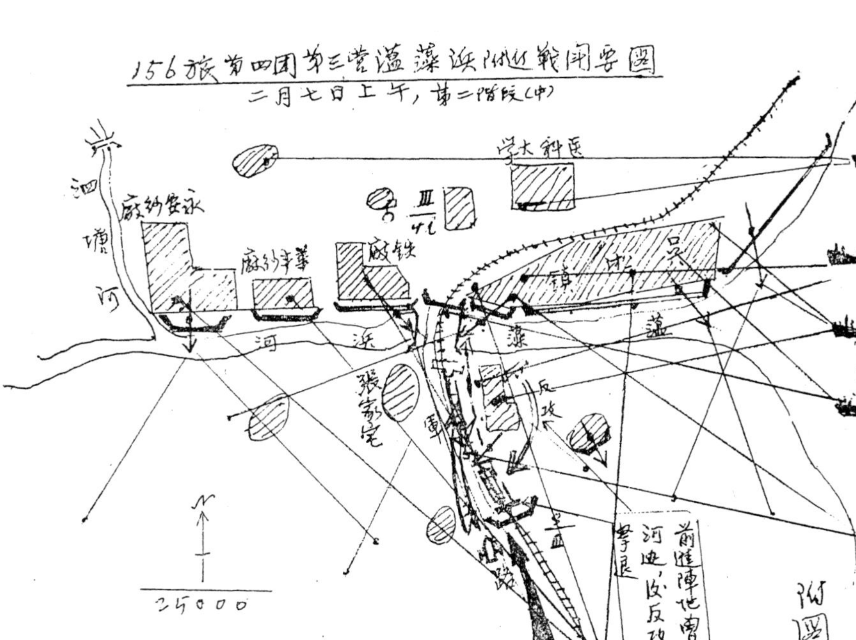

我鍾團之迫擊砲，機關槍亦向敵艦射擊；砲戰之激烈，實爲我向所未曾見過。激戰達二小時之久，砲台之砲，已被敵炸燬，東歪西倒，完全不能用了；而要塞司令鄧振銓早已逃亡，參謀長漆某

，及副官二員均陣亡，守備官兵多數傷亡，其餘的也潰散了。這時候，我鍾團長才從砲台附近的第一營抽出步兵一排扼守砲台，以防敵登陸。但，我們的砲台雖已停止射擊，而敵的飛機及戰艦仍繼續不斷向我陣線轟炸及射擊，一直轟至黃昏始止。可是，奇怪的是敵如此轟炸竟日，而陸軍步兵一個也不敢接近吳淞！結果，我們只鍾團第一營的官兵死傷十六員而已。然而，牠放了數千發砲彈，數百枚炸彈，只能摧毀我們那五十年前古老舊砲，而不能摧毀我們全線陣地，消滅我們全部的人馬，佔領我們一寸的土地；甚至激起了我們全體官兵的仇恨，提高了攻擊精神，堅定了我們的戰意！

五日上午十時，敵機四架在吳淞鎮投彈十餘枚，海軍向我們不時發幾砲，就很平靜的渡過了。

當時，我認爲敵人的炸彈和大砲，只能破壞房屋，不能奪取我們的陣地；倘我們能沉着躲起來不理牠，等到牠們的步兵登岸時，始起而射擊或肉搏，那才可減少死傷，守住陣地！於是，我就飭各團營連排班等，務須加緊就地挖地窖，把人員通通躲起來，敵人轟炸由牠炸，砲轟由牠轟，候敵人登陸時，才出而和他搏鬪！這辦法就是我們守吳淞的好辦法，一直守到三月一日晚才奉命自動撤退！

敵人的砲火，把我們的腦子又爆出了一種對戰爭前途的廣泛理想；認爲今後對日作戰，必須陷於長期和廣濶的鬪爭，那麼，就要利用我們廣大的土地去換取長久的時間；（敵進我退，敵退我進，作拉鋸式的鬪爭）利用衆多的人力去配合有限的軍隊；（軍隊襲擊，民衆騷擾破壞，作到處纏住的困擾）利用豐富的物資，去拖跨敵人的經濟；（堅壁淸野，拖住不結）利用王道的文化，去策動敵人的內部革命；（鼓動宣傳，訓練戰俘）那才能換取最後的勝利！我們研究結果，卽由丘參謀長在地窖中寫了一本「軍民聯合的游擊戰術」，印發全國各軍各游擊義勇軍應用。

六日拂曉，敵的陸軍約四千餘人在張華濱登陸，似有進攻模樣。旋又有敵機數架在上空盤旋偵察，黃浦江上又有敵艦數艘往來巡邏。我們的判斷，認爲登陸之敵軍，必是敵陸軍久留米混成旅團正在準備集結攻擊中，其指標並不在閘北，而是在我吳淞了！於是，卽着蘊藻濱方面的部隊應特別注意監視，並加强工事，迎頭痛擊！

果然不錯，經過了一個寧靜的晚上，卽發生了一場生死的決鬪！七日早，據前哨報告：張華濱車站附近，發現敵鐵甲車六輛，人馬聲噪雜，有向我進攻動態！當飭各部隊注意防範外，並着丁團進入陣地、以防敵從蘊藻濱上游偸渡，襲攻我側背。八時許，敵機二十架，在吳淞上空迴翔，並投彈數十枚；張華濱敵砲二十餘門，開始攻擊吳淞鎮；江上敵艦亦開砲，慘烈情況，與四日的進攻相同。

蘊藻濱車站的前進部隊連長趙金聲，經不起砲空轟擊，此部亦死傷過半，遂向後撤退；該營營長梁文，以電話報告我，說前線已撤退了；而我也受砲聲和炸聲震動得耳朶亦幾乎聾了，誤以爲全線撤退，卽嚴令其不准撤退，大家死也要死在陣地中，如擅自退卻，當以軍法從事！於是，梁營長又叫趙連長回去固守；可是，敵鐵甲車及步兵，已蜂擁上來了，無法再從正面回去，只得改由車站背後，繞到前端商店去，以機關槍向敵的後援部隊掃射，打得牠們東歪西倒，死傷數百人，殘餘的也就慌張的退去了。但已進到河邊的敵人，聽到後面槍聲，也以爲中伏，掉頭回岸，也給射倒了百餘人；可惜該連人數過少，不能把敵包圍俘虜過來呢！敵人攻擊計劃，雖給我們粉碎了；可是，牠的海空軍仍未停止砲轟；當時梁營長正在鐵橋頭附近房屋中指揮，適炸中隔壁房屋，給塌牆壓倒了，幸由部屬挖掘出來，不至於壓死呢！又在該營左翼陣地中，有陳排長率所部在濠溝中潛守着，也給砲轟中，全數都生葬了！

敵空炸及砲轟，一直延至黃昏後始停止；而其陸軍部隊仍麕集在張華濱車站附近一帶村莊，難保不捲土重來，而趙連長所部經過今日惡戰，死傷甚多，也飭其撤回本陣地了。

此次攻擊的敵陸軍，係由日本增派第三艦隊司令野村吉三郎（中將）前來指揮的，其指標是吳淞。當他到上海後，卽召開記者招待會，宣稱：「三小時就可佔領吳淞。」而今日的攻擊，竟碰了大釘子回去了。可是，他的陸軍尙未被完全殲滅，那肯罷手？正面攻不破，總想從旁的方向再嘗試一下哩！

經過八、九、十，三天的偵察和準備，果於十一、十二兩日，再來了一次生死戰！

十一日早，據梁營長報告：「張華濱發現敵二千餘人，向我左前方移動，似有偸渡蘊藻濱上游，繞攻我吳淞右側背之模樣！」據此，當着鍾丁兩團長特加注意，幸此時我六十一師張旅長炎已率所部到了楊家行，派出一個營在蘊藻濱左岸的曹家橋、紀家橋一帶警戒，則我右側背較爲安全了。這天情況沒有變化，只敵機偵察，敵砲疏轟耳。

但敵又要求停火一天，以便救護傷病兵，而我總指揮部竟又答應了，怪不怪呢？到了十三日拂曉，敵踪又發現了！他們利用停火時間，潛至曹家橋，紀家橋的右岸，利用煙幕掩護偸渡，繞攻我吳淞。迨我張旅的警戒部隊發現時，敵已渡過了左岸，開始攻擊中。我軍猝不及防，急起應戰，倉皇退走，兩村莊已失守了。張旅長卽派兵兩團，企圖反攻，想把敵殲滅或驅回右岸去！無奈敵火太猛，無法迫近，反而死傷頗多，團長鄭爲楫受傷，營長李榮熙陣亡，我雖曾着丁團長率兵兩營向曹家橋側擊，協助張旅作戰也無濟於事！於是，張旅長遂改變方針，停止白天攻擊，另計劃今晚夜襲！當晚九時許，他親率敢死隊兩營，輕裝分路爬至敵營附近，向那疲勞不堪、正在沉睡中的敵兵，以一個訊號，一齊把手榴彈拋過去，頓時天崩地裂般的爆發起來，成爲一片火海；跟着手槍，步機槍又對準那慌張亂軍的殘敵射擊，打得痛快淋璃，狼奔豕突，東跑西逃的向河邊退走了。就這樣把曹家橋，紀家橋兩村莊克復。敵人死傷之多，難以計數；殘敵退到蘊藻濱河，本可以完全殲滅；恰巧河水潮退，使敵得有逃命之機會，眞是可惜呢！不過，他們經此次慘敗，不僅官兵死傷甚多而槍械被我軍繳獲的也不少。

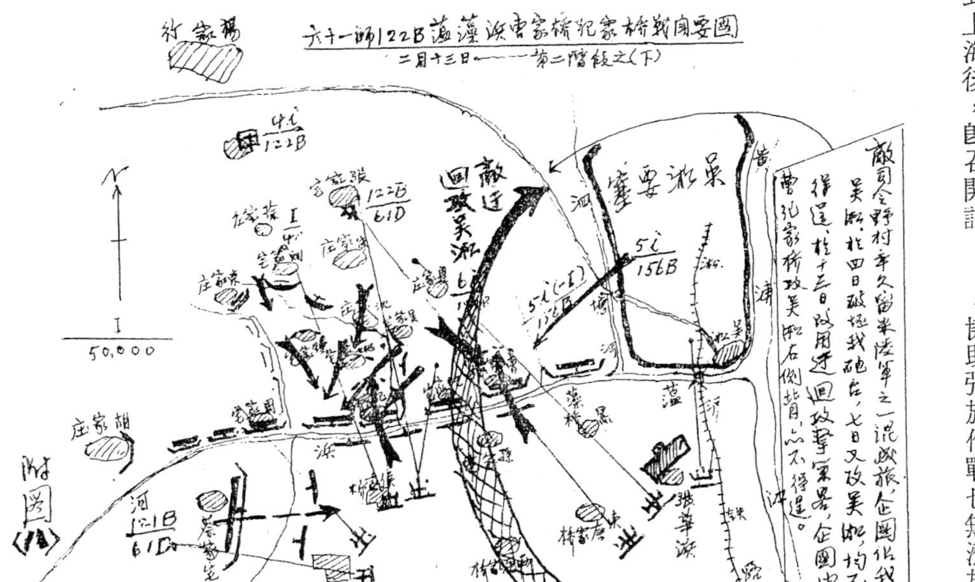

野村的增援既失效，而第二段的攻勢，也落了空，又提出和談及停戰，以緩和我軍的反攻，等待其增援呢！

假如我政府和統帥部有抗戰的決心，此時乘勝轉移攻勢，張炎旅向當面之敵跟踪追擊；吳淞我丁團由鐵路正面向張華濱攻擊前進；另六十一師張勵旅從大場江灣出擊，儘可把殘敵包圍聚殲而有餘呢！因敵之兵力合計不過一萬五千多人；而我十九路軍三個師已全部加入第一線作戰，人數在五萬以上，仍佔優勢哩！無如政府誤於無決心抗戰，仍依賴和平交涉政策；而統帥部的顧慮太多，膽量過小，束縛着部屬的手腳，依然中敵和談停戰的詭計，坐失戰機，其奈之何！尤其奇怪的，十四夜曾有命令飭全線轉移攻勢；當晚九時許，各部隊且已開始行動，忽又命令停止，退回原陣地，這是甚麼原故？我想又是中央牽制的罷!?

二月十五日至廿二日，敵無積極的行動。據報，日本又第三次易將，改派陸軍中將植田謙吉率其第九師團前來增援，於十四日已到上海。合久留米混成旅團及海軍陸戰隊等殘部，共約三萬餘人；我軍方面，第五軍軍長張治中，已率其所部第八十七，八十八兩師及軍校教導總隊等部，也陸續到了第一線加入作戰，合計兵力約在六、七萬之譜，仍然是優勢。

當時我軍的配備調整如下：——

㈠右翼軍指揮官蔡廷楷，轄六十師，六十一師、七十八師，（缺翁旅）附八十八師王旅（缺古團）佔領南市、龍華、北新涇、眞茹、閘北、江灣之線，保持主力於眞茹、大場間。

㈡左翼軍指揮官張治中，轄八十七師，八十八師（缺王旅）附七十八師之翁旅，（缺張團）佔領江灣北端、亘廟行東端、蔡家宅、胡家宅、曹家橋之線，保持主力於大場、楊家行及劉家行間。

以上各部，限於十八日上午三時前完成一切戰鬪準備。

從此態勢觀之，戰區已由閘北及吳淞左右兩據點而擴展到江灣，廟行之線，把中間廣濶地區連接起來了。（附圖九）

敵酋植田及其第九師團到上海後，一方面仍以和談方式拖延時間，企圖壓迫我軍退出上海；一方面則積極準備攻擊；因之，這幾天並無激烈的戰鬪，而僅局部的威力搜索及空中偵察而已。到十八日，卽發一「哀的美頓書」致蔡軍長，其內容如下：——

「本職基於和平友好之手段，達到任務之熱望，特對貴軍通告左列各條件：⑴貴軍應從速中止戰鬪行爲，於二月二十日午前七時以前，撤退至離上海租界二十公里以外，並撤退該地區內之軍事設備。⑵日本軍於貴軍撤退後，卽停止攻擊及轟炸，但飛機偵察不在此限。……⑶⑷⑸（略）⑹應照貴政府前已接納，切實禁止排日運動。如上列各項不能實行時，日本軍卽採自由行動，其後果由貴軍負之。昭和七年二月十八日午後九時，大日本帝國司令官植田謙吉。致第十九路軍司令蔡廷楷閣下。」（附照片）

從上述通告觀之，日寇是否爲戰敗求和？抑恃强壓迫我軍屈服撤退？這和談是否誠意？那是很明顯的事，爲何要理牠呢？爲何不卽轉移攻勢，把殘敵趕出上海，爭取緒戰勝利，以待更有利的形勢？這是一件莫名其妙的事！也可能又是中央的和平政策之牽動哩！

當時蔡軍長的覆牒如下：——「貴司令函悉，本軍爲中華民國國民政府直轄部隊，所有一切行動，悉遵國民政府之命令，來

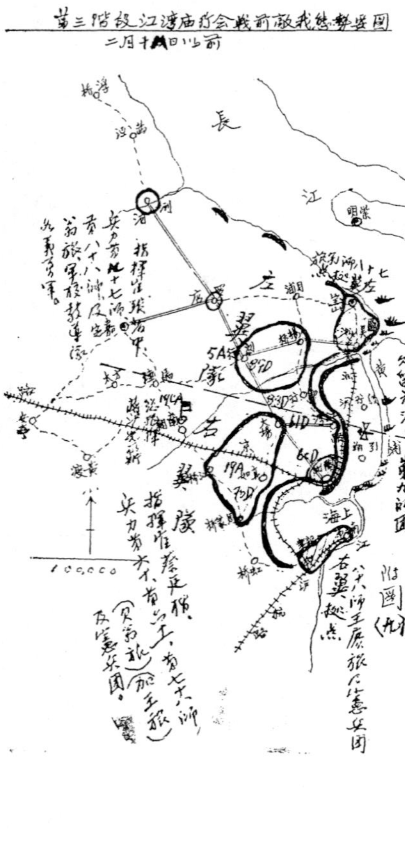

函所開各節，業經呈報政府核奪辦理，另行答覆。」此乃卸責之答覆。

十九日下午，行政院汪院長給上海市府的命令，着對於敵人通牒之答覆如下：——「此次中國軍隊在滬行動，係對日本攻擊之正當防衛；祇須日本軍停止進攻，中國軍隊自當立即停止戰鬬行爲。我方極願速謀和平之恢復；但來文所開各條，關於中國主權至巨，茲說明如下：(1)爲避免衝突計，以雙方軍隊爲原則，雙方撤退之距離，可由雙方軍事當局商定；但撤退區內之砲台及軍事設備仍應保存。(2)中國軍隊撤退時，日方飛機無偵察之必要；日軍撤退時，我方亦然。(3)雙方撤退之後，雙方均無派員調查之必要，可請第三國證實。(4)上海及中國管區內日本僑民，中國當局盡力保護，但不守秩序者不在此限；至雙方便衣隊均應禁止。(5)至於外國人之保護，由中國警察任之。(6)關於其他運動，當依法取締之。以上爲謀求上海和平正式辦法，望日方瞭解，勿採任何動作，致局勢嚴重；倘日方必須堅持原開條件而採自由行動，則其後果由日方負之。」

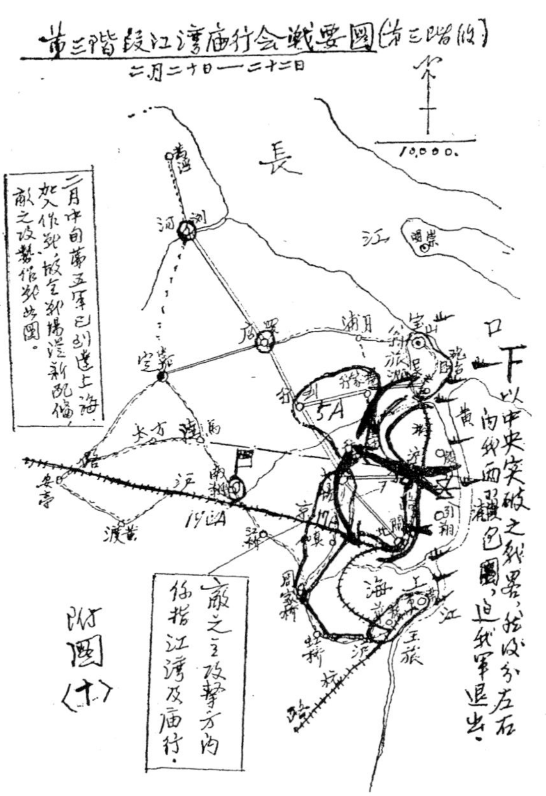

日酋的通牒是日軍司令對蔡軍長所發，由蔡軍長答覆便得；倘係日本政府對我政府所發，始由中央政府用外交途徑對日本政府答覆才是；今蔡軍長不負責而推由國府答覆，而我國府的答覆對象不是日本政府而是上海日軍司令，這已失了體統。至於措詞雖採中和政策，不卑不亢，然而卻忘記了敵人是到我國來侵擾，不是我軍到牠的國土去攻擊；也不是兩國軍隊在國境上衝突；那又有甚麼雙方平等撤軍之理？這種交涉措詞，焉得不失敗呢？

果然，敵酋當然知道我軍不會接受屈服，不過先禮而後兵的官樣文章，藉以拖延時間，作充分之攻擊準備耳。到了二十日早上七時，限期屆滿，牠的海、陸、空軍全體出動，向我全線攻擊了。

敵於一月廿八晚首次攻我閘北右翼據點不下，即於二月七日第二次攻我吳淞左翼據點又不成功，現在第三次就改變方針，採用中央突破的策略了。牠的總攻擊、依戰術程序，先作三十分鐘的空炸及砲擊，把我們的陣地炸毀之後，即全線突擊，表演了戰爭爆發以來最慘烈的一場戰鬬。

敵此次總攻，其箭頭係指向江灣正面，由二十日至廿二日三天，一進一退，作波浪式的猛攻，但卒爲我六十一師擊退，而不能越我雷池一步，其死傷及被俘者不計其數。

其他地區如閘北、蔡家宅、廟行、紀家橋及吳淞、南市等，都屬佯攻牽制戰而已。（附圖十）

敵酋植田到滬後，即以爲用一紙通牒即可把十九路軍嚇走，不費一矢，不流滴血，唾手就可佔領淞滬；殊不知他又與鹽澤之攻閘北，野村之攻吳淞，同樣一敗塗地，碰了大釘而結束了第三段的戰鬬。敵又在上海誘我軍作第三次的談和，而日本政府已在動員其第十一及第十四師團，來滬增援；同時，又第四次易帥，改派陸軍大將白川義則前來指揮作戰了。

自廿三日至廿七日這五天中，全線並無具體的戰鬪，只有小部隊作搜索偵察，防我反攻耳，到了廿七下午，敵軍第十四師團已到上海，白川本人和第十一師團亦於廿八日到達。於是，敵的海陸空軍，又活躍起來，我軍前哨部隊，時有與敵小部隊接觸，飛機亦頻來偵察，局勢又緊張了。

廿九日拂曉，敵開始向我全線總攻擊了。各地區竟日都有激烈的戰鬪，尤其是中央地區的八字橋、楊家橋下、竹圍墩、廟行之線，最爲慘烈。但，敵人攻我左右兩翼據點不破，改爲中央突破又攻我不破，當然也要改變策略，從我左翼外圍來一個迂迴包圍攻擊，迫我自動撤退的呀！可是，當日全線各陣地，我軍各師，都尚能固守；到了三月一日，敵即從長江方面進佔我瀏河，從我左翼繞攻我側背，企圖截斷我後方退路！於是，我軍不能不自動撤退，改守第二道防線了。一日晚八時，我奉到左翼軍張軍長治中命令如下：——「㈠敵一部在瀏河登陸，我軍側背受威脅，決於今晚撤守第二防線。㈡奉總指揮電令，本軍今晚轉移陣地，以備與敵長期抵抗。㈢本左翼軍撤至馬陸鎮、嘉定、太倉之線，佔領陣地。㈣八十八師……㈤八十七師……。㈥……。㈦……。

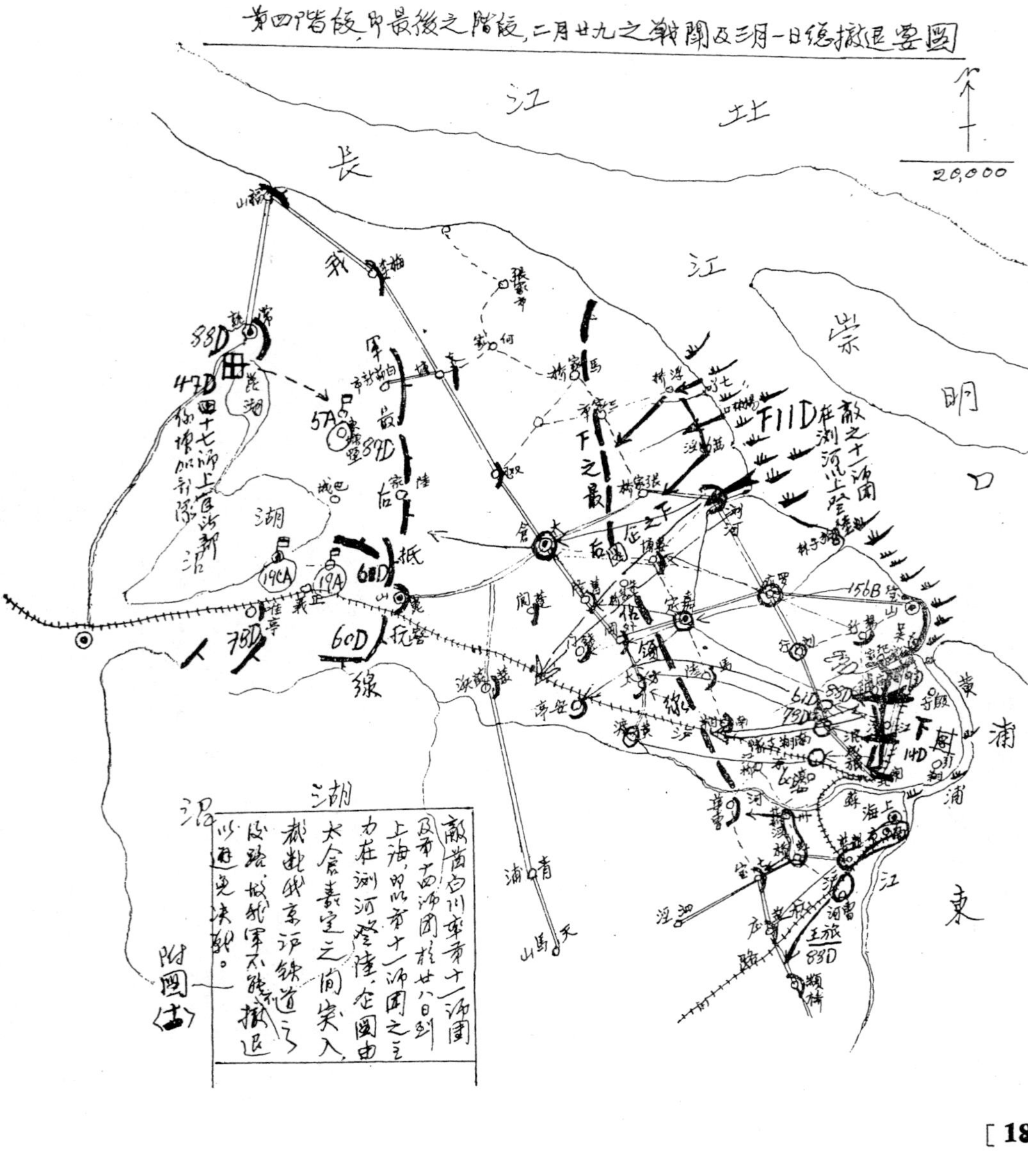

㈧七十八師翁旅，經由楊行、羅店，至嘉定集結，轉歸兪師長指揮。㈨各部撤退時務須派出有力部隊爲後衞，逐次抵抗。㈩各部應於午后十一時開始撤退，不得提早。」

我奉到上令，即轉飭各團遵令撤退，其部署如下：——

㈠敵情（如上略）

㈡我軍爲避免與敵決戰，決於本晚十一時開始撤退至黃渡、方泰、嘉定、太倉之線，待機轉移攻勢。

㈢本旅遵令於本晚十一時開始撤退，經楊行、劉行、羅店，至嘉定集中，暫歸八十八師兪師長指揮。

㈣撤退之部署如下：——

(1)第六團第三營及鐵血軍應於十時半開始撤退。

(2)第四團除派一加强排在鐵橋頭佔領陣地，掩護主力撤退外，（該排須至十二時後始可撤退，如敵來攻，應以猛烈火力阻其渡河）其餘主力於十一時撤退。

(3)寶山城的上海市民義勇軍及第四團之第四連，除派一加强排在寶山掩護主力撤退外，（該排亦須於十二時後始可撤退）其餘主力均於十一時撤退。

(4)高射砲連，統於九時五十分先行撤退。

(5)工兵連於我主力撤退後，務將沿途橋梁破壞之。

(6)各種彈藥，米糧，材料等，先用汽車輸送撤退。

(7)旅司令部現在吳淞陣地，十一時乘汽車赴嘉定。

三月一日晚的總撤退係淞滬抗戰的最後一段作戰，也就是第四段的戰鬪。這結果早在我們的意料中，究竟這責任應由誰負之？我難以下判斷，只得留待後世修史者加以評判。

本旅從吳淞撤退的只第四團及第六團之第三營（幾日前調來吳淞）及其他附屬部隊而已。至於第五團於幾日前調赴大場歸師部直接指揮，連同第六團加入中央地區作戰，其撤退情形未詳。

三月二日拂曉，部隊到了嘉定，即奉兪師長命令指定我的任務如下：——由嘉定城東門至北門，及北門城外至朱涇村之線佔領陣地，構築工事，繼續抵抗。

於是，我即下達命令如下：——

㈠敵有向我軍追擊模樣。八十七師在婁塘、朱家橋至太倉之線；八十八師在東門右側，沿南門至馬陸鎮之線；佔領陣地。

㈡本旅（缺五六兩團）以協同友軍拒止敵人固守嘉定之目的，決於東門沿北門城基至朱涇村之線佔領陣地。

㈢各部之配備如下：——

(1)鍾團應派兵一連附重機兩挺，在登橋鎮佔領前進陣地，掩護主力佈防；其餘由東門沿北門城基，至朱涇村佔領陣地，構築强固工事；惟北門城外至朱涇村，至少須以一營兵力配備之；左翼應與婁塘鎮八十八師連絡。

(2)張團之第三營及各義勇軍集結於東門城內爲預備隊，並須協同鍾團構築工事。

(3)八十七師之高射砲二連歸還建制，八十八師之一連在城內佔領陣地，擔任防空。

(4)米糧應準備十天量。

(5)通訊網如另低，（略）限即日完成。

(6)余在嘉定城內旅部。

前令下達後未幾，敵機九架即來轟炸，結果，除城內炸場商店及民房一、二處外，只有汽車站十餘部汽車被炸成殘骸，人馬幸無死傷。

我們撤退，敵並無積極追擊，只有飛機在上空偵察而已。故我們各部隊均能安全到達指定地點，從容集結佈防。到了三日始發現敵追擊部隊：沿鐵路線爲第九師團的南翔支隊，進至南翔附近爲止；由瀏河派出第十一師的追擊支隊，企圖截斷我軍退路的，也只進至嘉定與太倉間之某村而止。

十九路軍撤退後，曾發表通電如次：——

「中央黨部，國民政府均鑒；各報館，各友軍，全國各民衆均鑒：我軍抵抗暴日，苦戰月餘，以敵軍械之犀利，運輸之敏捷，賴我民衆援助，士兵忠勇，肉搏奮鬭，傷亡枕籍，猶能屢挫敵鋒。日人猝增援兵兩師，而我以運輸困難，後援不繼。自廿一日起，我軍日有重大死傷，以致傾全力於正面戰線，而日人以一師之衆，自瀏河登陸，我無兵抽調，側背均受危險，不得已於三月一日夜，全軍撤退至第二防線，從事抵禦。本軍決本彈盡卒盡之旨，不與暴日共戴一天。浴血陳詞，尚祉亮察。蔣光鼐，蔡廷楷，戴戟，張治中暨全體將士叩冬。」

淞滬血戰，前後共戰了三十三天，如果長江口能加以封鎖，則瀏河之被佔，是可以避免的；瀏河不失，則此役再激戰三十三天，還是不必撤退哩：可惜的就是統帥部不能把握戰機，採取積極的攻勢；同時，又因佈防不週密，致援敵以可乘之機；結果，仍不免於功敗垂成！

三月三日，敵政府對國聯宣稱，牠的目的已達，戰爭停止了；四日國聯也決議：「中日滬戰，仍由英、美、法、意四國駐華公使調解。」延至廿四日，我敵兩方代表，及四國公使再在上海開停戰會議，一直爭提至五月五日，停戰協定始簽字。協定簽字後，敵軍大部撤退返國；而我軍也於五月七日下令復員，十日開始由戰線向後方移動。六十師分駐於蘇州至崑山；六十一師駐鎮江至南京；七十八師分駐於無錫、常州之間。第五軍的八十七師駐南京，八十八師調駐漢口，其獨立旅駐松江嘉興。其他配屬之砲兵、工兵等，各歸還建制。

這一場轟轟烈烈的民族戰爭，於此暫告結束。然而，中日間的血債，仍未解除，我想：更爲劇烈的總結算，尚在後頭呢！經過了這次十九路軍和第五軍的抵抗，證明了日軍雖强，我軍雖弱，如有決心奮鬭，是可以一戰，戰而可以致勝的！那麼，日本又何足怕，我軍又何必自卑呢？

（全文完）

「淞滬戰役」十九路軍與日軍之概況

十九路軍全體官佐題名

十九路軍
淞滬抗日軍總指揮……蔣光鼐
淞滬警備司令……戴　戟

▲十九路軍司令部軍官姓名

軍長兼右冀指揮官……蔡廷楷
參謀長……黃　强
參謀處長……趙一肩
副官處長……吳　典
經理處長……葉少泉
副處長……黃和春

▲六十師軍官姓名

師長……沈光漢
副師長兼參謀長……李盛宗
參謀處長……陳心棻
副官處長……梁維綱
軍械處長……吳揚善
軍需處長……沈鎮源
軍醫處長……馬覺凡
軍法處長……陳　權
工兵營長……袁汝剛
特務營長……梁得標
一百十九旅長……劉占雄
參謀主任……劉應時
第一團長……黃茂權
第二團長……劉漢忠
第三團長……黃　廷
一百二十旅長……鄧志才
參謀主任……黃紹淹
第四團長……楊昌璜
第五團長……梁佐勳
第六團長……華兆東

第一團
第一營長……陳正倫
第二營長……譚　忠
第三營長……張展鸞

第二團
第一營長……陳　生

第二營長……谷香圃
第三營長……陳次彬

第三團

第一營長……李　畏
第二營長……劉斡廷
第三營長……周剛如

第四團

第一營長……梁　宏
第二營長……關國安
第三營長……鄒　融

第五團

第一營長……廖水雲
第二營長……湯毅生

第三營長……梁鏡泉

第六團

第一營長……李友尚
第二營長……
第三營長……劉　光

▲六十一師軍官姓名

師長……毛維壽
副師長……張　炎
參謀長……趙錦雯
參謀處長……王　衡
副官處長……馮策全
軍械處長……馬良驥

十九路軍軍長蔡廷楷

軍需處長……余蔭蓀
軍醫處長……李懋振
軍法處長……王貽鍔
砲兵營長……馮紹甫
特務營長……丘清英
一二一旅長……張　勵
參謀主任……温少渠
第一團長……梁世驥
第一營長……朱炎暉
第二營長……王寶書
第三營長……古　煌
第二團長……田與璋
第一營長……周　克

第二營長……吳永山
第三營長……施堯章
第三團長……廖起榮
第一營長……劉樹福
第二營長……劉松生
第三營長……戴尉文
一二二旅長……張　炎
參謀主任……鄧　鄂
第四團長……謝鼎新
第一營長……丘世芬
第二營長……邱昌朝
第三營長……吳康楠
第五團長……黃　鎮

十九路軍總指揮蔣光鼐

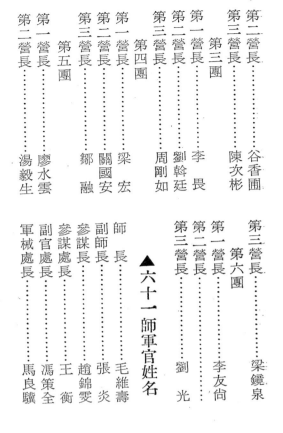

淞滬警備司令戴戟

第一營長……羅立夫
第二營長……陳茂光
第三營長……吳國焜
第六團長……鄭爲楫
第一營長……黃鎮中
第二營長……孫蘭泉
第三營長……李榮熙
教導團長……鄒敏夫
第一營長……彭孟濟
第二營長……唐愷
第三營長……李洪鈞

▲七十八師軍官姓名

師長……區壽年
副師長兼吳淞要塞司令……譚啓秀
參謀長……李擴
參謀處長……王有德
副官處長……朱朝亨
軍械處長……王大文
軍需處長……黃裳元
軍醫處長……郭建民
軍法處長……劉宏道
特務營長……鄭星槎
一五五旅長……黃固
參謀主任……林少棠
一五六旅長……翁照垣
參謀主任……丘國珍
第一團長……雲應霖
第二團長……謝琼生
第三團長……楊富强
第四團長……鍾經瑞
第五團長……丁榮嵩
第六團長……張君光

第一團
第一營長……雲昌材
第二營長……羅鋆
第三營長……蘇守峯

第二團
第一營長……林卓艘
第二營長……李金波
第三營長……黎冠雄

第三團
第一營長……蘇營河
第二營長……李炎燊
第三營長……馮岳

第四團
第一營長……邱啓炘
第二營長……龔耀新
第三營長……梁文

第五團
第一營長……熊彪
第二營長……黃康
第三營長……陳德才

第六團
第一營長……利長江
第二營長……吳康鎰
第三營長……吳履遜

淞滬警備司令部參謀長……張襄
獨立旅長(稅警團改編)莫雄

第五軍全體官佐題名

軍長兼左翼指揮官……張治中
參謀長……祝紹周

▲第八十七師

兼師長……張治中
副師長……王敬久
參謀長……徐培根
參謀處長……兼軍部……張鍔
副官處長……兼軍部……楊文璟
軍需處長……兼軍部……陳良
軍械處長……兼軍部……羅盛元
軍法處長……兼軍部……杜庭修

十九路軍六十一師師長毛維壽

十九路軍七十八師師長區壽年

第五軍八十八師師長俞濟時

軍醫處長……兼軍部……徐　雲
特務營營長……張在平
工兵營營長……王鳳鳴
通訊營營長……李名熙
一五九旅旅長……孫元良
副旅長……李　果
參謀主任……鍾　彬
五一七團團長……張世希
第一營營長……朱耀章
第二營營長……蔣公敏
第三營營長……顏　健
五一八團團長……石祖德
第一營營長……謝家珣
第二營營長……李志鵬
第三營營長……羅折東
二六一旅旅長……宋希濂
副旅長……劉保定

參謀主任……劉漫天
五二一團團長……劉安琪
第一營營長……唐　德
第二營營長……郟國選
第三營營長……王　化
五二二團團長……沈發藻
第一營營長……王作霖
第二營營長……張紹勛
第三營營長……胡家驥
獨立旅旅長……任誠仁
第一團團長……莫我若
第一營營長……張沼吳
第二營營長……胡　超
第三營營長……幸華鉄
第二團團長……傅正模
第一營營長……伍光宗
第二營營長……張士智

第三營營長……劉　英

▲第八十八師

師長……俞濟時
副師長……李延年
參謀長……宣鉄吾
參謀處長……馬君彥
副官處長……趙世榮
軍需處長……駱企青
軍醫處長……徐靜波
軍械處長……干　城
軍法處長……
工兵營營長……唐　循
特務營營長……樓　月
師衛生隊隊長……吳　梅
師通信連連長……周　良
二六二旅旅長……楊步飛

副旅長……陳普民
參謀主任……蕭冀勉
五二三團團長……馮聖法
團附……劉揚明
第一營營長……楊英介
第二營營長……林道貫
第三營營長……鄧　斅
五二四團團長……何凌霄
第一營營長……張子鴻
第二營營長……鄧圖南
第三營營長……周大翔
二六四旅旅長……錢倫體
副旅長兼五二八團團長……黃梅興
參謀主任……高致嵩
五二七團團長……施覺民
第一營營長……周嘉彬

第二營營長……………廖齡奇
第三營營長……………陳振新
五二八團團長…………黃梅興
第一營營長……………方引之
第二營營長……………朱赤
第三營營長……………闕淵

日本侵滬陸海空軍實力統計

陸軍金澤第九師團：

主管者：植田謙吉，人數約一萬六千二百名。

兵器：重機關槍一百六十挺，輕機關槍一千六百五十挺，曲射砲八百五十二門，步兵砲三千二百門，重砲二十三門，野砲山砲未詳，高射砲二十三門，坦克車十八架，爆擊機六十五架，偵察機十八架，裝甲自動機十四輛，，通信鴿八十隻，催淚彈二千發，煙幕彈藥二千五百加倫，毒瓦斯五千發分，照明彈七百四十發。

編製：步兵第六旅（旅長前原宏行）轄步兵第七第三五兩聯隊，步兵第十六旅（旅長小野年二四）轄步兵第十九聯隊第二十聯隊，騎兵第九聯隊，工兵第九聯隊，金澤野砲聯隊，金澤輜重大兵隊，立川飛行聯隊之一部，熊本重砲混成聯隊之一部，衛生隊。

擔任戰區：二月十二日至十八日之間，以一部（計三千名）增援閘北，主力在虹鎮引翔鎮一帶；二月二十一日至二十八日之間，擔任跑馬場江灣上海之線；二月二十九日以後，擔任南翔方面。

備考：該師團於二月十二日到上海：自經與我作戰，傷亡甚巨。

陸軍久留米混成旅團：（十二師團之一部）

主管者：下元熊彌，人數約三千五百九十名。

兵器：重機關槍二百二十挺，輕機關槍五百八十挺，曲射砲一百五十門，野砲三十八門，步兵砲七百八十門，山砲六十門，飛機四十五架。

編制：步兵第四十六聯隊及四十八聯隊，騎兵第十二聯隊之一部，戰車隊第一隊，輜重兵第十八大隊，獨立山砲兵第三聯隊，廣島工兵第五大隊，各務原飛行第一聯隊一部，久留米憲兵隊，千葉鐵路第一聯隊一部，久留米衛生隊。

擔任戰區：二月七日至十八日之間任吳淞方面；二月二十日至二月二十七日之間任吳淞廟行之線；三月二十八日以後擔任眞茹方面。

備考：該旅團於二月七日集中上海。

陸軍普通寺第十一師團：

主管者：松井石根，（據報敵調任前旅順要塞司令中將厚篤大郎爲十一師團長）人數約一萬三千名。

兵器：重機關槍一百九十二挺，輕機關槍七百六十八挺，步兵砲一百九十二門，曲射砲一百九十二門，山砲一百二十門。

編制：步兵第十旅轄第十二第二十二兩聯隊，騎兵第十

十九路軍六十師師長沈光漢

十九路軍七十八師副師長譚啓秀

一聯隊，工兵第十一大隊，輜重第十一大隊，山砲兵第十一聯隊，經理部，衛生隊。

擔任戰區：二月三十日該師團主力由楊林口西涇七丫口等處登陸擔任嘉定太倉之線；第四十四聯隊（附陸戰隊一部）擔任吳淞寶山之線。

備考：該師團於二月二十四日全部到滬。

陸軍宇都宮第十四師團：

主管者：未詳，人數約二萬名。

兵器：重機關槍一百九十二挺，輕機關槍七百六十八梃，步兵砲一百九十二門，曲射砲一百九十二門，野砲一百門。

編制：步兵第二十七旅轄第二、第五十九兩聯隊，步兵第二十八旅轄步兵第十五、第五十兩聯隊，騎兵第十八聯隊，騎機槍一中隊，野砲兵第二十聯隊，工兵第十四大隊，輜重兵第十四大隊。經理部，衛生隊。

擔任戰區：到滬時未及登陸，以便策應各方，並有待機向江陰鎮江間登陸之企圖；三月十日以後，因十一師團士兵在戰區水土不服，多患病，調該師團接換十一師團防務。

備考：該師團之先頭部隊，於二月二十九日到滬。

十九路軍第七十八師
第一五六旅旅長翁照垣

陸軍弘前第八師團：

人數約一萬餘名。據三月十一日下午六時軍部消息，該師團之一部已到滬，其確實到滬期待考。該師團係由東北調來，主力多為步砲兵，其他各部似未來滬。

陸軍第一師團之一部：

人數約二千名。於二月二十七日到滬，為日軍精銳。

上海市市長吳鐵城

陸軍第十師團：

到上海人數約三百餘人。

上海市市府秘書長俞鴻鈞

陸戰隊：

主管者：先鹽澤後植田。人數約五千。一說一月二十八日以後，該隊陸續增加至一萬二千人。自開戰迄二月六日之間，擔任閘北方面，以一部協助四十四聯隊擔任吳淞寶山之線。

海軍：

主管者：野村。戰艦三十

餘艘，航空母艦三艘，共載重戰鬬機一百二十三架，偵察機三十架。後又增加戰鬬機五架，輕爆機數架。

空軍：附屬於陸軍海軍內，據各方報告，統計約有陸機二百餘架。

以上統計，根據第五軍第八十七師二百五十九旅戰鬬報告。

淞滬戰役我軍官佐士兵傷亡失蹤統計

十九路軍

第六十師：官佐傷九二人、亡二九人；士兵傷二七五人、亡三五〇人。

第六十一師：官佐傷一九五人、亡四四人；士兵傷二八〇二人、亡七六四人、失蹤一三一人。

第七十八師：官佐傷一一四人、亡四六人；士兵傷一九六五人、亡一一七〇人。

補充第一團：官佐傷（未詳）、亡一人；士兵傷（未詳）、亡一八人。

第五軍

第八十七師：官佐傷九九人、亡二三人、失蹤一四人；士兵傷一二五八人，亡四五二人、失蹤二三五人。

第八十八師：官佐傷一四一人、亡五七人、失蹤一二人；士兵傷一五五七人、亡一〇三四人、失蹤三一八人。

軍校教導總隊：官佐傷二人、亡一人；士兵傷八二人、亡四七人、失蹤四六人。

憲兵一旅一團：士兵亡八人。

電雷大隊：亡二六人。

義勇軍第三隊：傷二人、亡一六人。

上列統計，參照十九路軍及第五軍報告及報紙記載編製，數額頗確切。

淞滬戰役我方戰區民衆傷亡失蹤統計

根據七月三十一日止，上海調查損失聯合辦事處之登記數額，計收到登記表共二萬五千餘份；全區戶數約一六〇四六九戶，約七成受災。至於民衆之死傷失蹤數之約計，略如下述：

死者：一一四七五人

傷者：四三一八人

失蹤：五四三二人

旅長翁照垣與參謀長丘國珍在戰壕內指揮作戰

淞滬戰役敵軍官佐士兵傷亡統計

據日本政府公佈：自一月二十八日至三月五日，上海戰役，日海陸軍官計死三百八十五人，傷二千〇二十八人，死傷合計二千四百十三人。內軍官死傷一百〇六人。陸軍較海軍死傷爲多；陸軍軍官佔死傷軍官全部六成，士兵佔全部之八成。另日僑死十七人，傷四十四人，失蹤四人。但外人認爲此數不確，因卽就該國之「日日新聞」所載，死傷數亦遠較此數爲多的。

淞滬戰役始末大事日誌

一月二十日：上海日本浪人焚燒引翔鄉三友實業社工廠。日本居留民在上海北四川路大暴動。

一月二十一日：日領事村井倉松訪吳鐵城市長，提出四項要求。

一月二十二日：日軍艦駛進黃浦江，形勢嚴重。

一月二十三日：日政府訓令上海領事向我方要求取消抗日運動。日艦續有到滬。

美國人蕭特義士之遺像

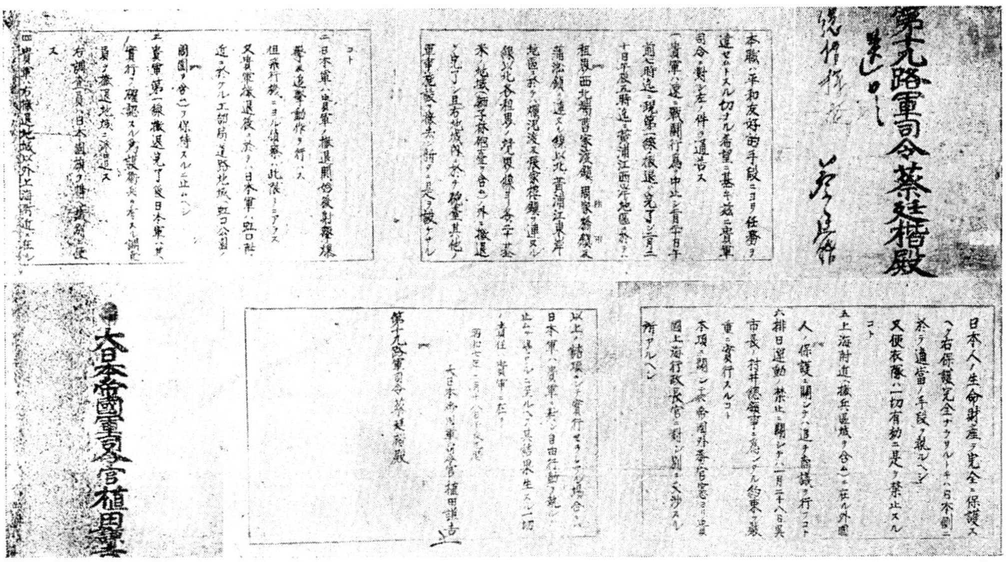

第十九路軍司令蔡廷楷殿

本職ハ平和友好的手段ニヨリ任務ヲ達セムトスル切ナル希望ニ基キ茲ニ貴軍司令ニ對シ左ノ件ヲ通告ス

日本人ノ生命財産ヲ完全ニ保護ス

大日本帝國軍司令官植田

日軍司令官植田謙吉致蔡廷楷軍長之哀的美敦書

一月二十四日：中央各委員會商外交問題；外長陳友仁提出辭職，赴上海。

一月二十五日：顏惠慶在國聯行政會發表宣言。孫科辭職。

一月二十六日：上海空氣極緊張。

一月二十七日：上海民國日報被迫停刊。市政府下令取消抗日會。日陸戰隊在浦東登岸。

一月二十八日：滬市府承認日本要求。日海軍陸戰隊啓釁，中日戰事爆發。中政會決議任羅文幹外長。

一月二十九日：日軍轟炸閘北，商務印書館全部被燬。十九路軍通電誓死抗日。外交部發表自衞宣言。國聯公開會議。

一月三十日：國府宣言遷都洛陽。蔣中正通電抗日。

一月三十一日：十九軍通電報告連日大勝。顏惠慶報告國聯今後當採有效自衞手段。

二月一日：南京下關日艦發砲示威。國府通電決自衞。

二月二日：京滬衞戍司令陳銘樞到滬視察防線。國聯行政會討論中日爭端。

二月三日：吳淞閘北同時劇戰。

二月四日：我軍大破日軍，吳淞閘北兩地敵人，狼狽奔竄，不能成軍。

二月五日：日新任第三艦隊司令野村由佐世保出發來滬指揮。

二月六日：日援軍四、五千名開到上海。

二月七日：日海陸空軍總攻吳淞。

二月八日：吳淞日軍潰退，閘北激戰。國聯發表上海領事調查團滬案報告書。

二月九日：日軍偷渡蘊藻濱失敗。英公使訪羅文幹討論滬變事。

二月十日：日艦砲轟吳淞要塞敗退；閘北我軍大敗日軍，陣線前進。

二月十一日：戰事比較靜寂，日機到處猛投炸彈。日援軍萬餘抵滬。英、法、美三國公使由京馳滬調停戰事。

二月十二日：停戰半日，救護難民。下午戰事又起，我軍大勝。國聯發表上海領事調查團第二次滬案報告書。

二月十三日：日軍又圖偷襲蘊藻濱，大戰終日，敵主力在曹家橋慘遭大敗。我軍各路大勝。

日陸戰隊拘捕華人 →

← 日陸戰隊屠殺華人

二月十四日：英、美、法、意四國公使進行和平運動。外交部照會英美公使抗議日軍藉租界作戰爭根據地。日軍新司令植田携大批援軍到滬。

二月十五日：日艦砲攻吳淞無效。

二月十六日：江灣大戰，吳淞續有戰事。

二月十七日：汪兆銘蔣中正聯名電請中央於三月一日召集二中全會。

二月十八日：日軍司令植田向十九路軍提出哀的美敦書，滬、日領事同時向市府提出同樣要求。

二月十九日：十九路軍及市府駁斥日方要求。外交部發表拒絕無理要求宣言。國聯定三月三日召集特別會議。

二月二十日：日軍以海陸空全力總攻擊。

二月二十二日：日軍總攻吳淞閘北無效，變更戰略，重心移至廟行江灣八字橋一帶，結果潰退，遭受巨大損失，狼狽不堪。

二月二十三日：江灣日軍被圍，傷亡無數。

二月二十四日：日軍反攻，又告失敗。

二月二十五日：日軍調集大砲，猛攻江灣、廟行全線陣地。

二月二十六日：繼續劇戰，日飛機大肆活動。

二月二十七日：日援軍到滬。

二月二十八日：日軍繼續砲攻，吳淞江灣戰事劇烈。

二月二十九日：日軍新司令白川到滬。又携來大批生力軍。國聯調查團抵東京。

三月一日：日軍以萬餘兵力襲瀏河、楊林口。

三月二日：我軍因援軍不繼，陣線搖動，自動撤退至第二防線。

三月三日：吳淞守軍安全撤退。十九路軍通電全國報告撤兵原因。

三月四日：國聯特會通過中、日實行停戰案。

三月五日：日援軍續到。

三月六日：我軍接受國聯議案停戰；日方仍進擊。

三月七日：南翔日軍積極佈防。日機轟炸京滬鐵路。

←日軍總司令白川大將乘軍艦而來，躺棺材而去

→重光公使留下了一隻腳回日本去

三月八日：日軍窺太倉，被擊退。

三月九日：日對國聯發表不撤兵聲明。

三月十日：日軍積極佈置戰事，太倉時有接觸。

三月十一日：國聯通過和平解決遠東爭端決議案。

三月十二日：前線日軍繼續增加。

三月十三日：日軍繼續增援。

三月十四日：國聯調查團抵滬。

三月十五日：汪兆銘赴前線慰勞防軍。國聯調查團訪吳鐵城市長暨顧維鈞。

三月十六日：調查團留滬預備進行和議。

三月十七日：滬人歡宴調查團。

三月十八日：日政府訓令日使重光葵提出停戰條件。國聯調查團調查滬案。

三月十九日：中、日代表討論停戰撤兵。

三月二十日：日軍增兵前線，無議和誠意。

三月二十一日：調查團視察戰區。

三月二十二日：停戰會議因我方訓令未到暫停。楊林口日軍挑釁。

三月二十三日：日軍在安亭黃渡間縱火屠殺。

三月二十四日：上海舉行停戰會議。

三月二十五日：日軍攻太倉，雙方接觸。停戰會議繼續召開。

三月二十六日：停戰會議續開。前線仍有小接觸。

三月二十七日：停戰會議暫停，調查團到京。

三月二十八日：日增兵瀏河。停戰會議繼續中。

三月二十九日：停戰會議通過停戰。

三月三十日：停戰會議續開。

三月三十一日：停戰會議續開，日對撤兵無誠意。

四月一日：國聯調查團赴漢口。

四月二日：日軍犯太倉，被擊退。

四月三日：前線步哨時有接觸。

四月四日：停戰會議仍無結果，楊林口到日艦十二艘。

四月五日：南翔日軍大增。滬市政府下通緝漢奸令。

四月六日：前線仍有小接觸，停戰會議中，日方堅持召集圓桌會議。

四月七日：停戰會議續開中。

四月八日：國難會議第一次大會。

四月九日：停戰會議討論日本撤兵問題。日機飛嘉興偵察。

四月十日：敵機數十架分飛南翔淞滬示威。

四月十一日：停戰會議停頓。

四月十二日：停戰會議停頓。國難會議閉幕。

四月十三日：郭泰祺正式通告日方，停戰會議暫延。

四月十四日：停戰會議小組會議亦展延。

四月二十八日：上海停戰會議重開。

四月廿九日：朝鮮志士尹奉吉在虹口公園炸斃日酋白川等人。

五月一日：外交部訓令郭泰祺簽停戰協定。

五月三日：郭泰祺因而被毆。

五月五日：滬停戰協定簽字。

五月六日：前線日軍開始撤退。

五月七日：中日雙方暨中立國組織共同委員會，辦理日軍撤退善後事宜。

五月九日：我方開始接收瀏河南翔嘉定。

五月十六日：我方接收閘北。停戰協定副本簽字。

五月十九日：我方接收江灣廟行。

五月二十日：監察院公開彈劾行政院長汪兆銘違法批准停戰協定案。

五月二十三日：我方接收眞茹暨閘北鐵路北區。

五月二十四日：我方接收楊行獅子林，京滬鐵路恢復通車。

五月二十五日：我方接收吳淞寶山。

五月二十八日：蘇州舉行抗日殉難將士追悼大會。

五月三十日：我方接收吳淞機場。

六月十七日：

我方接收淞滬鐵路以東區域。

六月十七日：我方接收日軍最後撤退之D區。

童軍殉難之四烈士

◁羅雲祥烈士▷

烈士羅雲祥

羅烈士十八歲初入旦華小學二年級。與他的兄長同校，十二歲，改入中法義學，現在的金榮公學。在那裏，他便加入了童子軍。在這幼童軍團內，他被推爲小隊長。因爲性喜野外生活，所以常常率隊到郊外去活動。

十三歲在中法學堂攻過半年法文。可是經濟的壓迫，又輟學。

因遷居外祖母家中，便鄰近了青年會的惠寒義學。每天去上二小時的補習課。不久便由他的父親送入晝錦里一家絲線店做學徒。

在學徒生活開始以前，他生命中的第一幕戀愛劇，曾如曇花的一現即滅。

十四歲的秋天，他已在晝錦里吳成昌絲線號內開始學徒生活。這時期內他由清晨起身後，至晚間收市止，一刻也沒有空閒的時間。他祇能利用業餘的時候，讀讀小報。有時高興的時候，作些小品文字投去，刊載出來，便快樂非常。

這樣的生活過了二年半，他這時覺得勞工是神聖的職業，比較他暗無天日的學徒生活，光明得多。適有他的父執管峻先生和趙邦鑅先生創辦大同書局，於是他述明了志趣，願做一個排字工人。學習了一年之後，不幸書局停辦。爲了是一個有志的青年，他得了趙邦鑅先生不少的青睞。於是把他介紹進上海童子軍協會做一個事務員。

協會不久停辦，趙邦鑅和管峻二位先生，始終維護着這朶風雨飄零的弱花，把他介紹進了昇發印刷所，使他得繼續他的神聖勞工的希望。

那年冬季，趙邦鑅先生加入了上海印書館，又把他帶過來，便可多加照顧。可是他命途多舛，上海印書館和他的緣分僅僅有半年工夫。在十八年的七月，因上海印書館的停業而進了東方印書館。

多方的飄流，未能消磨他的豪氣。反在技能上增了不少經練。此後他的團體生活便開始了。工會中他也是一個主要份子。爲了同人的利益，他曾幾次用犧牲的精神來奮鬥。因此而被拘於公安局。這也是他小史中應大書而特書的一頁。這時的末期，他是中國童子軍五十團的團員，他在去年的秋季，由父親介紹給良晨好友社做排字部主任。值一二八暴日驟攻閘北，他協同中國紅十字會担任戰地救護工作，爲第七組長，一月三十一日應難民家屬請求，赴北四川路底救護難民遇難，悲夫痛哉！

◁鮑正武烈士▷

烈士鮑正武

烈士浙之鄞縣人，年十八歲。幼好弄跳盪搏擊，終日不倦。稍長漸習靜，喜聆人談愛國俠義事。年十四，入中華高小學校，一變向時好動之性，沈默寡言笑，得暇則誦讀不輟。有所志以全力赴之，聞師述曾文正公作日記事即學作，寒暑不間，雖忙甚必勉爲之，數年如一日，至今日記盈篋。年十六高小卒業。是時其父病不能起床者二年矣，無以升學，因入秦康洋行學習圖樣，非所願也。然欲奮其一己之志力與環境鬥，以求所以自處之意，未嘗稍挫。攻讀益苦。午夜室中燈光，猶熒然可見。旋辭秦康洋行去，執贄於許嘯天先生之門。去年夏，上海市商會附設營業稅徵收處，乃入該處爲文書股股員，値市商會童子軍團部徵求第三屆團員，應考錄取，旋被選爲第三小隊隊長。未幾一二八日軍驟攻閘北，滬變猝發。經於三十日由紅十字會派赴戰區，奮身救護被難同胞，卒以殉，未克伸其志願於萬一，棄老母幼弟而長逝，痛哉。雖然爲國而殞，以視夢夢而生者何如乎，其果死也耶，其果不死也耶。

◁烈士毛徵祥▷

烈士毛徵祥

烈士他是江蘇上海人，現在纔十九歲。他自幼就表顯他幽默寡言堅毅勇敢的天性，尤酷嗜運動。七歲時肄業學生聯合會附屬小學，曾加入該校的幼童軍。這是很合他的性情的，所以他對於幼童軍的一切活動終很興奮地去參加。對於幼童軍的誓詞規律，更是恪守。所以該校的教師和同學，都很敬愛他。民國十四年他是輟學了。但他仍努力的求進他的學術。他除幫助他的長兄志祥先生學習牙科外，並於晚間到南京路商界聯合會補習英文國文，成績奇佳，對於牙科造詣尤深。去年九一八東北失陷後，刺激更深。每日輒對報唏噓。嘗憤然欲加入義勇軍，礙於環境，致不克如願。後見市商會童子軍團部召募第三屆團員廣告，始毅然加入。

他在三個月初級訓練的時候，每日準時到團，從未間斷。成績亦佳。他初級畢業，未及一週，正遇一二八滬戰發生。本團爲貫澈捍衛民族之宗旨計，決協同中國紅十字會担任戰地救護工作。他便毅然加入，誰知於第二日（一月三十一日）服務即遭死難，實非始料所及。

◁烈士應文達▷

烈士應文達

應烈士幼年肄業於市立和安小學校。他在十四歲的時候，高等小學畢業，成績的確是一班中的翹楚。他想再求上進，環境不許。於是不得不改就職業於亞細亞火油公司。但是他仍然想利用執業的餘閒求學，聽說景林中學，雖是夜館而具有日校的規模，就報名入了學。在十八歲的時候，他就畢業了。那時他用他的所學，在他的職業上，總算有餘。但他依舊在念着『學無止境，此後量自己進益，除奉老父甘旨外，有餘剩的仍當繼續求學』。

市商會童軍團在廿年十月招募第三屆團員，他就加入。於是文達就開始他的童子軍生活了。

一二八的下午七時團部緊急召集全體團員，討論到戰地去工作。會議場在本商會大禮堂。由化裝室北面的窗孔望出去，北站的火勢正燒紅了半個天。不斷的鎗砲聲，很尖銳的鑽進了我們耳鼓。團長就指着這個地的佈景，激昂地演講着日本帝國主義的兇暴。並徵求同志們簽名加入到戰地去做救護工作，實踐我們服務的宗旨。那時到會的個個都怒髮冲冠，摩拳擦掌的想去盡國民的一份天責。沒一個現着畏怯懸縮狀態。所以宣誓簽名者，一霎時就簽滿了一大張。文達自然也是熱烈的一個。在卅一號天曉，文達和三同志被派往虹口救護難民和傷兵。咳！怎曉得他這一去就永不回來了。

虹口公園轟然一聲

四月二十九日為日本天長節這天上海的日本軍人在虹口公園舉行慶祝會及閱兵禮，而韓義士尹奉吉的炸彈就在那幾個日本軍事要人訓話之頃，轟然爆發，台上的日本要人無一個幸免，白川與河端傷勢極重，結果是死。重光葵去了一腿，野村失了一目，植田少了一足，村井輕傷，尹奉吉即時被捕，生死未聞。

虹口公園天長節的閱兵式

The review of Japanese troops on the occasion of birthday of the Japanese emperor.

此為尹奉吉于出事前三日立于韓國旗下宣誓時攝影，其胸前有向韓國愛國團之宣誓文，上書「我誓以赤誠，以韓人愛國團之一員，圖恢復我祖國之獨立自由，大韓民國十四年四月二十六日宣誓文尹奉吉」等字

Yun Fung-chi, the Korean who threw the bomb on the platform where the leading Japanese diplomatic officials and military and naval officers were standing.

日軍總司令白川

General Shirakawa, commander of the Japanese forces.

白川大將在台上致詞

General Shirakawa bein at the Microphone.

駐上海總領事村井

Mr. Muria, Japanese Consul-general at Shanghai.

未炸前幾分鐘之檢閱台上的日本軍政要人

Officials on the platform before the outrage.

駐中國公使重光葵

Mr. Shigemitsu, Japanese Minister to China.

日居留民會會長河端

Dr. Kawabata, President of Japanese Resdents' Association.

日第九師團長植田

Lieut General Uyeda, commander of the Japanese 9th division.

日海軍司令野村

Admiral Nomura, commander of the Japanese naval forces.

抗日英雄翁照垣將軍傳

丘國珍

將軍姓翁，原名輝騰，字照垣（近以字行）。前清光緒十八年（公元一八九二）農曆壬辰年十月廿八日，生於廣東省、潮州府、惠來縣、葵潭鄉之一貧苦家庭。父打石，母耕耘，無兄弟，只一姊。家常饔飧不繼，每致流浪街頭；鶉衣百結，囚首垢面；故自幼失學。惟體格壯健，儀表魁梧；天資聰穎，意志軒昂；尤其秉性豪邁，行爲義俠；年甫十六，曾以抱不平力挫土霸，遠走他鄉。

時值中日戰爭，損兵折將，辱國喪權之後，列强迫處，風鶴頻驚；清政腐敗，國家阽危。有志之士，羣起革命，風聲所播，全國景從；慷慨悲歌，傳遍南北。將軍聞風鼓舞，決意參加；遂卽奮起救國，入伍從軍。旋以勇敢善戰，機智多謀，無論剿匪擒兇，衝鋒殺賊，均能身先士卒，屢建奇功。因此，遂由兵丁而升班長、排長。

民國六年（一九一七），護法之役，國父孫中山先生在廣州成立革命政府，委陳烱明爲粵軍總司令，率師援閩。時將軍所屬部隊，編入第一支隊，第三十八營；沿途作戰，迭出奇謀，以寡勝衆，直前勇往，疊克名城。司令官今總統蔣公，對將軍特爲賞識，獎勉時加，策勵極厚。尤其是營長馬作良中校，另眼相看，加意栽培；除授以統兵馭將，指揮作戰諸學術外，每天仍督飭其讀書寫字。將軍後來能赴日本留學者，馬營長培植之力實不尠也。嗣該部改編爲警備隊，師次閩南漳州，即以功升連長。

民國九年冬（一九二〇），粵軍回粵，部隊整編，將軍所部，擴編爲粵軍第二路（司令陳炯光），第二統（統領嚴勝）第四營而升任營長。

民國二十五年夏翁將軍由法國返粵桂參加六一運動時攝

次（十）年夏（一九二一），粵軍奉命西征援桂，將軍以一營之衆，縱橫於龍州百色之間，所向無敵；尤其是民十一年春，武鳴高峯坳一役，迎擊桂軍悍將韓彩鳳數萬壓境之衆，而卒將其擊潰，斬獲無數。其智勇、其戰功有如此者。

同年夏，粵省內鬨，變起蕭牆，禍生肘腋；援桂之師，奉命返粵，北江楓樹嶺之戰，將軍又以寡敵衆，挽回危局。

民十二年春（一九二三），粵軍撤出廣州，退守東江，將軍所部改編爲第一支隊，遂升任支隊司令。至民十四年春（一九二五），國軍東征，粵軍瓦解，將軍隨於次（十五）年秋（一九二六），東渡日本，進陸軍士官學校深造。在日本前後三年，學成歸國，本應重執師干，爲國効力；然鑑於空軍重要，乃於民十八年秋（一九二九）轉赴法國，進慕漢尼航空學校，研究航空，準備將來建立國防空軍。

某日，自駕練習機，在巴黎郊區上空飛行，練習駕駛術中，忽然機件失靈，撞斷電流粗線三條，墮落麥田，人皆以爲不能倖免；然而，結果，機毀而人竟無傷！

當時法京巴黎各報，均稱爲神跡。迨民二十年春（一九三一），畢業回國，正擬向政府獻策，組織國防空軍；乃因道經港粵，廣東省政府主席陳銘樞將軍，知將軍之英勇，力挽其任所屬保安第四團團長，集訓黃埔。

同年夏，粵省發生政變，陳主席突被國軍第八路總指揮陳濟棠驅逐離省，避居香港；將軍即在黃埔爲陳氏抱不平而奮起抵抗；激戰一晝夜，卒以兵寡勢孤，被圍失敗，將軍幾及於難，幸仗其機智而脫險逃生。

於是，即同陳氏赴京，晉謁最高統帥蔣總司令。荷蒙拔擢，派往杭州，接任警衛軍第八十八師之旅長。未幾，陳氏亦奉中央命，任爲江西剿共軍右翼軍總司令。適所部十九路軍擴編第七十八師（師長區壽年），將軍又奉調江西，任該師第一五六旅旅長，從事剿共工作。

是年九月十八日，日本寇軍，侵佔我東北瀋陽；當時守軍，全無抵抗，不數日而東北三省竟告淪陷。於是，全國民衆，泛起反日狂潮。時將軍正在江西吉安防次，聞報義憤塡膺，誓死抗戰！遂向陳總司令、蔣總指揮、蔡軍長等建議，向中央請纓，懇調十九路軍北上抗日！果承陳、蔣、蔡諸首長同意，即去電請纓，並承中央嘉許賜准，着先調京滬路警衛，以固京畿。同年冬，該軍各師到達京滬路沿線，而將軍之旅，則奉命防守上海閘北。

次（二十一）年（一九三二）、一月廿八晚，日本海軍陸戰隊司令鹽澤，果向我閘北進攻！將軍以守土有責，遂下令還擊抵抗，而轟動世界之淞滬戰爭遂告爆發矣！激戰六晝夜，敵不得逞，其增援部隊，據報有在我吳淞登陸之企圖；將軍又奉命率所部由閘北調往吳淞作戰矣。

吳淞爲敵軍兵艦進入上海必經之路，敵爲策安全計，曾以其海陸空三軍之全力分途進攻；蘊藻濱、紀家橋、寶山城諸役，來勢兇猛，戰鬪慘烈；然均被我軍擊退，終不能越我雷池一步。堅守至三月一日晚，因長江方面之敵，在瀏河登陸，我軍左側背遭受嚴重之威脅，始奉命全軍自動撤出，轉移陣地至嘉定，太倉之線防守。（註一）

是年夏，上海停戰協定簽訂，日軍撤退回國，十九路軍亦調閩剿共，將軍認爲抗日戰爭已告結束，任務勉算完成，繼續爲官，實無意義。遂於同年秋辭職，轉赴南洋羣島，組織航空協會，號召僑胞，協助政府，捐資建設空軍。不幸，該會竟被人破壞，宣告解體。於是，即於同年冬回香港。

時適東北日軍入關，侵我華北，將軍遂赴北平，投效張學良將軍，請纓抗戰。張嘉許之餘，即委爲東北軍第一一七師師長，在長城古北口及灤東一帶與日軍激戰匝月，斬獲無數。然卒以形勢所限，對外則孤軍奮鬪，衆寡懸殊，勢難全勝；對內則環境複雜，士氣低沉，事難久支；於是，除奉命回守平郊外，未幾，塘沽協定成立，戰爭停止，將軍又掛印封金，離職回港，另作救國良圖。

民二十二年夏（一九三三），正擬出國考察之始，特先赴福州向十九路軍蔣蔡等帥辭行。誰知江西共軍已攻陷閩北重鎭——建甌，有乘勢南下，進擾福州之陰謀；一時謠言鼎沸，人心浮動，紛紛遷徙，秩序大亂，殆有風聲鶴唳，草木皆兵之概。將軍適於此時抵步，即臨危受命，奉委爲福州城防司令，欲憑其勇敢善戰之威名，仗其固守吳淞之勇氣，以拒止共軍而保衛福州。果然，旌旗既竪，小醜聞風而遠遁；佈告乍出，妖氛潛息於無形；錦繡河山，安若磐石。

經此一役，遂延擱至同年冬，十九路軍發動所謂民主革命，竟又被拖下水，奉派爲閩南民軍司令，維持地方治安，擔任沿海警戒。結果，閩變潰敗，全軍盡墨，大局已變，愛莫能助，遂又回港，準備放洋。

民二十三年春（一九三四），揚帆出國，重上旅途，在歐洲之法、德、英、俄、意諸邦考察。

民二十五年夏（一九三六），承粵省陳濟棠，桂省李宗仁、白崇禧諸將軍電邀返國，參加兩廣六一運動，從事抗日救國壯舉；即受任爲抗日救國軍新編第一師師長，防守欽廉地區一帶海岸；又在北海與日本艦隊相持月餘。罔料抗日救國，又成泡影；所部奉命回桂，將軍又以任務結束，自請解散復員，返港潛修。其高瞻遠矚，淡泊爲懷，亦有如斯者矣。（註二）

民二十六年（一九三七）、七月七日，日軍攻我北平宛城之盧溝橋，引起全國焦土抗戰。將軍聞鼙興起，北上參戰。初則在第一戰區奉司令長官程潛將軍委爲前敵總指揮，進駐保定，指揮東北軍作戰；不意被敵機炸傷，勢頗危殆，迫得返港治療。次（廿七）年夏（一九三八）傷愈，又奉第七戰區司令長官余漢謀將軍，委爲東江游擊司令，在沿海一帶地區與日軍作游擊戰，斬獲無數。直至民三十四年秋（一九四五），日寇投降，抗戰勝利，始解甲歸田，在家鄉經營農礦，決計以經濟實業，救國濟民。

將軍雖爲職業軍人，赳赳武夫，長於統兵作戰，殺賊致果；然而，對於國家政治，社會福利，尤有超卓之主張。余常聞將軍曰：「吾國欲致長治久安，富强康樂，惟有三途：第一、政治民主化；第二、軍隊國家化；第三、經濟社會化。蓋自民國改元以來，軍閥割據，內戰頻仍，國家多難，人民痛苦，其原因即由於軍閥官僚，互相勾結，竊據神器，私蓄軍隊，爭權奪利，據地稱雄，置人民生活、社會福利於不顧所致耳！」其思想及見解如斯，亦極可敬佩矣！

將軍之家庭背景，原屬貧農，並非資產階級；特以從軍救國，剿匪綏靖，公忠體國，出人頭地，致遭人忌。民十六年（一九二七）、八月一日，共黨賀龍、葉挺等在江西南昌暴動，宣佈成立紅軍，公然叛國；嗣經國軍追剿，遂南竄廣東潮梅，與海陸豐之彭湃等會合，殺人放火，糜爛地方。惠來縣城及四鄉市鎮，悉被焚掠，幾夷平地。將軍家鄉之葵潭，亦難倖免。致其老母及妻兒等，全家被迫，逃難汕頭，依戚友圖存。時將軍正在日本求學中，聞訊雖悲痛欲絕，無奈赤手空拳，有心救援，亦苦無能爲力，深宵憤激，徒呼荷荷而已。

民三十八秋（一九四九），大陸變色，國府播遷，家鄉人民，失去安全之保障，將軍亦不得不挈眷走避海外，徐圖後計。誰知家鄉財物既被沒收淨盡，而八旬老母，仍遭鄉中共幹清算，數次吊打，九死一生，迫得露宿簷下，托砵沿門，尤其慘痛者，親戚不敢收容照顧，朋友未便協助維持；陌路相逢，溫言慰藉，固所不敢；甚至於見面相覷，亦恐引禍纏身，而低首側目，拂袖而過。零丁孤苦，淒絕無依，饑寒交迫，而竟至於死！（註三）嗚呼！慘酷之狀，罄竹難書。長子被迫成餓殍，媳婦懸樑以身亡。孫輩則被勞改失散，一去無踪；女婿之家，老少亦被苦鬪，流離失所，迄今生死不明。其餘宗族戚友，凡與將軍有一線關係者，皆難逃刧運。將軍對此，能不悽愴悲憤，恨不得手刃暴徒，親除妖孽？故常聞將軍慨嘆曰：「余年雖老，余力尚强，而余心猶未死；苟皇天假我以機會，自當振臂高呼，與彼殘暴惡魔拚個死活，以洗此血海深仇！昔漢將軍馬援曰：『大丈夫老當益壯，窮且益堅。』又曰：『男兒當死於沙場，以馬革裹屍還葬，焉能死於兒女子手中耶？』夫馬援八十，尚慷慨激昂如此；然則，余年尚未八十，（註四）焉能以老自餒，株守待斃，而不思買其餘勇，奮起圖强，爲國家除暴亂之災，替同胞解倒懸之苦耶？惜乎！惜乎！天不我與，時不我許，其奈之何！」

壯哉將軍！勇哉將軍！爾志爾懷，庶民望之；爾壽爾康，上蒼佑之！中華民國五十六年（一九六七），十一月廿九日，即農曆丁未年十月廿八日，乃將軍七六生朝之辰，余以金蘭之誼，謹書此以表之，並獻而爲之壽。時在香港九龍城宋王台畔。

註一：詳情請參看拙著「十九路軍興亡史」。

註二：經過情形亦參看該「興亡史」第十章餘波。

註三：當時已決奉母同出香港，但老人家因生活習慣，堅不允離家同行，致遭此變，痛哉！

註四：本文作於一九六七年冬，今始交「掌故雜誌」發表。

中華民國開國史話

史述

六十年前的辛亥十一月十三日，卽公曆一九一二年一月一日，是中華民國開國元旦，今年辛亥十一月十四日，已是中華民國開國六十年的紀念日，回憶開國時，孫中山先生被各省代表選爲中華民國第一任大總統，舉國人民爲之歡騰若狂，莫不認爲國家從此可致富强之域，人民有自由平等之幸福生活，但料不到內憂外患相繼纏擾六十年，以致人民受盡痛苦，今日七億同胞淪於更悲慘之境地，撫今追昔，眞不禁感慨系之。

清宣統三年辛亥八月十九日，卽公曆一九一一年十月十日，中山先生所領導的同盟會革命黨人起義武昌後，各省紛紛響應，中山先生卽由美國起程回國，經倫敦、巴黎與英、法朝野人士作外交罇俎之活動，以期國際間明瞭武昌起義之性質，以闢清廷誣革命軍爲義和團之再起，因是各國承認武昌革命軍爲與清廷之交戰團體，而嚴守局外中立，且英駐華公使朱爾典更倡和議出作調人，俾武昌革命軍不致爲優勢清軍所壓迫，均是中山先生英、法之行所收的效果。中山先生一行由歐洲取道香港至廣州，辛亥十一月初六日，卽公曆十二月二十五日至上海。

中山先生所標榜的民主共和政制，深爲全國人民所擁護，故在中山先生未回國前，已起義各省，爲求力量集中以對抗清廷起見，均感有組織中央政府之必要，如依民主政制普選人民代表，則緩難濟急，只有從權由原有各省民選的諮議局議員選舉代表，集議於首義之武昌，成立各省代表聯合會，製訂臨時中央政府組織大綱，迨農曆十月初七日，卽陽曆十一月二十八日，漢陽被清軍馮國璋攻陷，武昌在漢陽大砲射程內，無法繼續會議，適農曆十月十二日，卽陽曆十二月三日，南京爲蘇浙革命聯軍所攻克，代表等卽議決遷移南京集議，農曆十月二十四日，卽陽曆十二月十日，到達南京代表共計有十七省，卽湖北馬伯援、王正廷、楊時杰、居正、胡瑛；湖南譚人鳳、鄒代藩、廖名指；陝西張蔚林、馬步雲；江西林森、王有蘭、趙士北、俞應麓、湯漪；山西景耀月、李素、劉懋賞；雲南呂志伊、張一鵬、段宇清；江蘇袁希洛、陳陶怡；浙江湯爾和、屈映光、黃羣、陳時夏；安徽王竹懷、許冠光、趙斌；廣西馬君武、章勤士；廣東王寵惠、鄧憲甫；福建潘祖彝；四川蕭湘、周代本；奉天吳景濂；直隸谷鍾秀、張銘勛；河南李磐；山東謝鴻濤等四十二人，尙有甘肅、新疆、貴州等省雖已光復，但以地處偏遠，交通不便，所選代表未能及時到達，直隸、河南兩省均是清帝退位後始易幟，其蒞會代表是該省諮議局秘密選派者。自中山先生回國抵達上海後，各省代表卽於農曆十一月初十日，卽陽曆十二月二十九日，依照代表最初在武昌所訂中華民國臨時中央政府組織大綱選舉總統，依大綱規定每省只有一投票權，得票數三分之二以上者爲當選。十七省代表投票結果，中山先生得十六票，黃興得一票，孫中山先生當選爲中華民國第一任臨時大總統，這純是衆望所皈，眞正人心所向的神聖選舉，不但沒有後來北洋軍閥之賄買及共黨先行製造代表等假借民意現象；且當大會推派廣東代表王寵惠、浙江代表湯爾和赴上海向中山先生呈遞當選證書時，且因改農曆爲陽曆時，與部分代表意見不同，中山先生主張改用陽曆，以革新國人耳目，有以去就爭的堅決態度。王寵惠等只得回南京向大會報告中山先生堅決意志，大會即召集緊急會議，一致尊崇中山先生意見，於農曆十一月十二日，即陽曆一九一一年除夕，通過改用陽曆案。孫中山先生始於翌日上午十時乘滬寧鐵路局所備花車由上海赴南京，當中山先生由上海起程時，各界民衆及外人自動赴車站送行者，有如人山人海，當花車開動時，樂、砲齊鳴，歡聲雷動，且有自携禮砲燃放以表慶祝者。花車經過蘇州、常州、無錫、鎭江等車站時，在車站附近一帶歡迎民衆，鳴爆歡呼之聲，遠聞數里，有些父老且登車瞻仰中山先生丰采，中山先生均一一與之握手，各父老無不歡天喜地，高呼共和萬歲。下午五時花車抵達南京附城站，歡迎人龍長達數里。自上海至南京沿途一帶，民衆歡迎之盛況，得未曾有，且百分之百是自動自發而來，既不是任何人發動，更沒有警察及所謂街坊組織强迫，中山先生在歡迎人叢中出入，毫無警戒措施，人民觀其笑容，均有若慈父之感。中山先生下車後，改乘代表大會所備藍色綉花彩綢雙馬車，由騎馬樂隊奏凱歌前導，經下關、儀鳳門、鐘鼓樓至總統府，沿途商店、住戶，均懸燈掛彩，並站立門前恭迎，歡呼如雷，下午六時左右到達總統府，是日下午十時在總統府舉行就職典禮。其典禮秩序爲：一、奏軍樂；二、代表報告選舉結果；三、代表致頌詞並授印綬；四、總統受印後致誓詞；五、總統啓用印信後宣讀告國民書；六、陸海軍代表致頌詞；七、總統致答詞；八、奏樂禮成。

當典禮開始時，總統穿大禮服步至禮堂，參加典禮人員及代表等排立於禮堂中，由陸海軍代表徐紹楨任大禮官司儀，湖北代表王正廷報告選舉結果至中山先生得十六票當選時，掌聲達數分鐘之久，山西代表景耀月授總統印信並致詞曰：「惟漢曾孫失政，東胡內侵，淫虐猾夏，帝制自爲者垂三百年，我皇漢慈孫，呻吟深熱，慕法蘭西、美利堅人平等之制，用是羣謀羣策，仰視俯劃，思所以傾覆虐政，恢復人權，乃斷頭戡胸，羣起號召，流血建議，續法、美人共和之戰史。今三分天下，克有其二，用是建立民國，期成政府，揀選民主，推置總統。僉意能尊重共和，宣達民意，惟公賢；廓淸專制，鞏衞自由，惟公賢；光復禹域，克定河朔，舉漢、滿、蒙、回、藏羣倫，共覆於平等之政，亦惟公賢；用是投匭度情，徵壓紐之信，衆意所屬，羣謀僉同，既協衆符，歡欣擁戴。要知我國民久困鈐制，疾首蹙額，望民主若歲，今當公軒車涖任，蒼白扶杖，子女加額，焚香擁彗，感激涕零者何也？忭舞自由，敦重民權也。用是不吝付四百兆國民之太阿，寄二億里山河之大命，國民委托於公者，亦已重哉！繼自今惟公翼翼：毋違憲法，毋拂輿情，毋任威福，毋崇專斷毋呢非德，毋任非才，凡我共和國民，有不矢忠矢信，至誠愛戴，軒轅、金天，列祖列宗，七十二代之君，實聞斯言。代表等受國民委託之重，敢不盡意；謹致大總統璽綬，俾公發號施令，崇爲符信，欽念哉！」代表致頌詞畢，總統接受印璽並致誓詞曰：「傾覆滿洲專制政府，鞏固中華民國，圖謀民生幸福，國民之公意，文實遵之，以忠於國，爲衆服務，至專制政府既倒，國內無變亂，民國卓立於世界，爲列邦公認，文當解臨時大總統之職。謹以此自誓。」總統宣誓後，旋啓用印信，並宣讀告國民書曰：「中華民國締造之始，而文以不才，膺臨時大總統之任，夙夜戒懼，慮無以副國民之望，夫中國專制之毒，至二百餘年而滋甚，一旦以國民之力，踣而去之，起事不過數旬，光復已十餘行省，自有史以來，成功未有若是之速也。國民以爲於內無統一之機關，於外無對待之主體，建設之事，刻不容緩，於是以組織臨時政府之責相屬。以推功讓能之觀念而言，文所不敢任也，自服務盡責之觀念以言，則文所不敢辭也，用是勉從國民之後，能盡掃專制之流毒，確定共和，普利民生，以達革命之宗旨，完國民之志願，端在今日。敢披肝瀝膽，爲國民告：國家之本，在於人民，合漢、滿、蒙、回、藏諸族爲一國，如合漢、滿、蒙、回、藏諸地爲一人，是曰民族之統一。武漢首義，十數行省先後獨立，所謂獨立者，對於滿清爲脫離，對於各省爲聯合，蒙古、西藏，意亦同此，行動既一，決無歧趨，樞機成於中央，斯經緯周於四至，是曰領土之統一。血鐘一鳴，義旗四舉，擁甲帶戈之士，遍於十餘行省，雖編制或不一，號令或未齊，而目的所在，則無不同。由共同之目的，以爲共同之行動，整齊劃一，夫豈甚難？是曰軍權之統一。國家幅員遼濶，各省自有其風氣所宜，前者清廷强以中央集權之法行之，以遂其僞立憲之術，今者各省聯合，互謀自治，此後行政，期於中央政府與各省之關係，調濟得宜，大綱既挈，條目自舉，是曰內政之統之。滿清時，藉立憲之名，行歛財之實，雜捐苛細，民不聊生，此後國家經費，取給於民，必期合於理財學理，而尤在改良社會組織，使人民知有生之樂，是曰財政之統一。以上數者，爲行政之方針，持此進行，庶無大過！若夫革命主義，爲吾儕所倡言，萬國所同喩，前者雖屢起屢躓，外人無不鑒其用心，八月以來，義旗飈發，諸友邦對之，抱和平之望，持中立之態，而報紙及輿論，尤每表其同情，鄰誼之篤，良足深謝！臨時政府成立以後，當盡文明國應盡之義務，以期享文明國應享之權利，滿清時代辱國之舉措，及排外之心理，務一洗而去之，持平和主義，與我友邦益增親睦，使中國見重於國際社會，且將使世界漸趨於大同，循序以進，不爲倖獲，對外方針，實在於是。夫民國新建，外交內政，百緒繁重，文顧何人，而克勝此？然而臨時政府，革命時代之政府也，十餘年來以至今日，從事於革命者，皆以誠摯純潔之精神，戰勝其所遇之困難，卽使此後艱難遠勝於前日，而吾人惟保此革命之精神一往無阻，必使中華民國之基礎確立於大地，然後臨時政府之職務殆盡，而吾人始可告無罪於國民也。今以與我國民相見之日，披布腹心，惟我四萬萬同胞鑒之。」鈐印於宣言書上，另大會備有白絹四十二方，蓋印於白絹上，分送各代表爲紀念。然後發布命令二道：一、爲改用陽曆令，以黃曆紀元四千六百零九年十一月十三日爲中華民國元年元旦；二、以包羅漢、滿、蒙、回、藏五族之紅、黃、藍、白、黑五色爲國旗，原武昌起義時所用之鐵血十八團旗爲陸軍旗，青天白日旗爲海軍旗。禮成後已是午夜。

元旦後一日由雲南代表呂志伊、湖北代表居正、湖南代表宋敎仁提出修正中華民國中央政府組織大綱案，原大綱第一條臨時大總統下加添「副總統」三字，其文爲：「臨時大總統、副總統，由各省代表選擧之，代表投票權，每省以一票爲限。」組織大綱修正案通過後之次日，卽一月三日選擧副總統，黎元洪以十七票當選爲臨時副總統。選擧副總統後，卽通過大總統所提國務員名單爲：陸軍總長黃興、次長蔣作賓；海軍總長黃鍾英、次長湯薌銘；外交總長王寵惠、次長魏宸組；司法總長伍廷芳、次長呂志伊；財政總長陳錦濤、次長王鴻猷；內務總長程德全、次長居正；敎育總長蔡元培、次長景耀月、實業總長張謇、次長馬君武；交通總長湯壽潛、次長于右任。一月二十八日成立參議院，擧林森爲議長、王正廷爲副議長，參議院成立後，各省代表聯合會卽行取消。參議院於二月七日開始討論製訂中華民國臨時約法。

二月十二日清帝下詔退位，大總統於二月十五日率文武百官祭告明陵，以已光復漢族河山告慰先靈，並以勖勉國民共肩建國鉅艱。參議院經一月餘的集議研討，於三月十日始將中華民國臨時約法通過，約法頒佈後，原有中華民國臨時中央政府組織大綱，卽行廢止。約法共分七章五十六條，其第二章第六條，人民所享之自由權利爲：一、人民之身體，非依法律不得逮捕、拘禁、審問、處罰；二、人民之家宅，非依法律不得侵入或搜索；三、人民得保有財產及營業之自由；四、人民有言論著作刊行及集會結社之自由；五、人民有書信秘密之自由；六、人民有居住遷徙之自由；七、人民有信仰之自由等七項自由，和選擧及被選擧等民主共和國人民應具有之起碼權利。

曾特拳打梁龍記

旁觀者

十月二十七日星島日報頭條新聞的標題是：「聯大通過准中共入聯國——國府宣佈退出……容中共逐國府案獲大數票通過——」雖然「國府宣佈退出」一語是用頭號大字標出，但刺眼的卻是末句中較小的「逐」字，不僅刺眼，而又刺心！我相信有許多人都與我有同感，那種心情太複雜，不說為妙。我現在要說的是「逐」字使我想起另一宗「被逐」的往事。

民國三十八年（一九四九）九月二十六日星期一早上，中國駐捷克斯拉夫國大使館裏呈現了不尋常的場面。當一等秘書曾特、二等秘書虞和瑞、三等秘書舒舍予（並非作家老舍），職員曾東發、武承鼎、及其他僱員等等都陸續到齊了時，館內的一個工友便向大家報告消息：「昨天（星期日）早上十點，梁大使全家帶了幾件行李坐汽車走了。他們沒有說去甚麼地方，也不說甚麼時候回來，只囑咐我好好兒看守門戶，不要走開。」

在場的人聽了都神色驚愕，心知有異，面面相覷，呆住了。大家心裏都作同樣的想法；「糟了，沒料到他竟瞞着我們跑得那麼快！」為要明瞭梁大使是否真的不再回來，他們便到樓上樓下各處去察看一番，發現貴重的陳設品不在了，整套的銀質茶具和餐具，刀叉的數量是相當多的，都不見了。在他們的寢室裏，除傢具，舊書報及廢物外，衣物及用品都已搬運一空，並查得使館的汽車亦已賣出。這情形肯定了梁大使既棄職潛逃，又盜竊公物，當然是一去不回的了。

真相已明，遂使全館人心惶惶，但仍懷一線希望。他們決定了等到第二天才報告外交部，於是轉而研究梁急於出走的動機。

梁大使名龍，字雲從，廣東梅縣人。很可惜，他的詳細履歷我已記不清楚。他能說英、法、德三種外國語，似乎是留學美國的。第二次世界大戰前，他當過駐捷克公使，那時只設公使館。一九四一年太平洋戰事發生，國府在重慶，外交部派歐洲司司長劉師舜往加拿大為公使，而以梁龍接任司長。梁從未在部內任職，對部務是陌生的，且才識亦欠高明。

當時，曾特原任歐洲司第四科科長，主管有關英、法、德國以外的各小國的事務及一般僑務，工作相當繁忙。因梁龍太不在行，曾特遂被派兼任第一科科長，主管對英國聯邦

一九四七年一月八日中國駐捷克大使
梁龍呈遞國書後排左起第一人為曾特

及殖民地事宜，忙上加忙。他是一九三六年參加高等考試，獲得外交官領事官考試優等第一名而進入外交部。苦幹了八年，眼見同時任科長的同事們都早已出國，獨剩下他來擔任最繁重的工作，心裏納悶，不得不逕自向次長吳國楨請求調整。次年（一九四三）始獲委派往倫敦的捷克流亡政府裏服務。旋因奉命入中央訓練團受訓半年，故延至一九四四年冬貴陽軍事危急之時，纔離重慶前往倫敦。

一九四五年五月德國投降，捷克流亡政府即可重歸故國。曾特於七月底偕捷克外交部長馬沙力克乘專機飛往布拉格。他單人匹馬，以大使館一等秘書兼代辦之職，開辦館務，人地生疏，而唱的又是獨腳戲，確是歷盡艱辛。

一九四六年秋，國府換了外交部長，梁龍遂獲得駐捷克大使的職位。假如我沒有記錯，新部長就是王世杰。聽說在學生時代，梁對王很幫忙，故兩人是深交。王既居高位，提挈故人，自是人情之常。但官職豈是私人財物，可以胡亂贈送？任用私人而專用缺德庸懦的敗類，違反了為國選賢用能的原則，那眞是貽害國家不淺！王世杰之罪尙浮於梁龍。

梁龍於一九四七年一月初旬到捷京履新。有了大使，曾特就卸去了代辦的職責。這時候工作人員已不算少，連僱員共有七、八人。大使除了對外參加典禮，宴會及私人應酬之外，可說清閒自在之至。這位年近花甲的大使，館員們在背後都叫他「老蛇」，說是因他絕無凜然正氣與叱咤風雲的魄力，只有滿腹虛偽奸詐，眼光閃縮，與人談話時慣於斜視，不敢正眼多看人，彷彿怕人窺破心事似的，但待人接物卻圓滑異常，令人難以捉摸。他們說他蛇頭鼠眼那裏像龍？滑溜溜的四處鑽洞只像蛇。

當梁到任時，捷克國力正日漸恢復，欣欣向榮。可惜在一九四八年二月，共黨發動不流血政變，推翻了聯合政府，獨攬政權，人民遂再度趨窮困。這時為了館址問題，梁與捷克政府之間的惡感日深。至一九四九年我國情形日非，五月渡江之後，更形險惡，梁遂以渡假為名，有一段時期匿居溫泉。回到使館後，每逢周末，他夫婦倆及二子一女頻頻分批輪流出遊，每次帶幾件行李。九月二十二日星期四，電台廣播說中共已組織政府。這時梁當然料到捷克遲早會予以承認，而這大使也即將結束。

以常理來說，梁應著令館員趕辦未完的公務，一面進行清理一切，準備隨時奉命撤退。可是他竟極度慌張，趕在三天後的星期日早上，就一縷煙似的逃去無蹤。

他何以甘冒棄職潛逃的罪名，像被人追捕着似的急於出走？假如他等到接了捷方通知後才撤退，則照例所予期限總有一週或半個月，既可從容地下旗，又可安詳地歸國，更或回去不久又有機會外放。前程大好，何以他竟捨得放棄而且寧作逃犯？

當日，館員們共同研究後，獲得如下的結論：老蛇愛財兼愛命，錢越多越怕死，作惡多了也自然會畏罪潛逃。

一九四七年一月一日在捷克總統府宴會中會特與捷總統握手

以下是棄龍舞弊營私的事實。

梁到捷克是舊地重臨，是識途老馬，既有本地老朋友，也有稔熟的華僑。通過熟人的合作，在彼此互利的條件下，搞黑市貨幣兌換的路子就多的是。

捷克復國未久卽遭政變，財經方面仍欠健全與穩定。美金一元，官價僅兌五十克郎，黑市則可兌得一百二十五克郎，差額相當大。而梁的本領更大，竟能順利地幹這種違法的事。俗語說得好，「若要人不知，除非己莫爲。」以前曾特向捷克銀行兌換克郎都存有單據可查的。捷方當然知道梁大使在耍把戲，但既難覓證據，也碍於邦交，放過他就算了。不過，在某次宴請各國使領館人員的盛會裏，閒談時捷克某官員曾挖苦梁龍：「閣下眞是一位好大使，尤其善於理財，本領眞大！可是，假如所有的大使都像閣下一樣精明，我怕我們的國家早就破產了。」這件事也證明了捷克政府的確

曾特秘書與夫人（右第三人）

知道梁龍的一切作爲。

大使館的電訊費用是獨立的，實報實銷，這在梁眼裏又是一條好財路。曾特主管的一年零五個月裏，普通文件多用空郵寄出，遇到急須請示，或必須保密，或有值得一提的情報時才拍發密電。自梁到任後，發出密電就越來越多，既足表現他治事精勤，神通廣大，能獲如許秘密消息，勞苦功高，而又因此財源滾滾，眞是公私兩便，名利雙收。誰料到這又是一種把戲？可憐，只苦了那幾位秘書，頻頻爲譯電忙個不了，而且還得昧着良心。因爲分明是捷政府各部門寄來的各類議案、記錄、報告之類的印刷品。老蛇卻自己先用中文改寫爲事前探得的情報，再命令他們譯爲密碼電文，勞民傷財地拍回部裏去騙錢又騙人！

據幾位館員的估計，每月的電報費，連同由老蛇轉發的低級僱員：打字員、管家、工友、汽車司機、廚師等等的薪水（皆以捷幣支付，而以官價美元數額呈報，等到部裏如數發還時，再把它兌換黑市捷幣），便足以應付館內全部開銷而有餘。於是部裏按月發下的那筆經費就完全不須動用，安然盡入私囊了。

還有，梁最初知道自己當駐捷大使的任命快要發表時，卽致函曾特詢問館內情形。曾特一向坦白眞誠，絕不懷疑人家會欺詐詭騙。何況梁是他父親伯謂先生的朋友，是同鄉，是舊上司，又是未來上司，當然就不厭其詳地向梁報告。他把自己如何隻身來捷，先在旅館裏辦公，稍後租得一座花園洋房作臨時館址，僱用了職員與工友，數月後部裏陸續加派二等秘書、三等秘書、隨員等等前來，故館務僑務已大爲開展，但因經費太少，爲購置汽車及應用傢具，一年多以來，已由他陸續墊出數千美元，最近已彙齊一切發票收據向部裏呈報，申請早日撥款歸墊等等實情，都說得清清楚楚。同時他又建議說世伯到任後若嫌現有房屋狹小，要另覓館址及大事裝修以增加氣派，則最好先行申請撥發一筆購置費帶來，否則，難免像他要墊出自己大部薪水以應急需。他好意爲人打算，卻做夢也設想到會害了自己。

梁探悉詳情後，卽進行申請，獲得數萬美元購置費，同時積極向主管部門疏通，把原應撥還給曾特的那筆款項也弄到手，說是由他帶到捷克轉交。可是，他抵達捷京接收了一切，稍後並已覓得較敞寬的館址，把東西和汽車都搬去使用了，錢卻絕口不提。曾特仍在夢中，只奇怪部裏何以拖延半年仍未撥款歸還，忍不住便再去信催討，依舊消息杳然。

大使上任快一年了，種種卑汚貪婪手法，館員們都一一看在眼裏。凡有各地使領館人員路過來訪，老蛇夫婦都很客氣地盛意招待，若遇要員，則加送厚禮。部裏的同事也有在公函內附便條說收到他託人帶去的金手錶，特此致謝他的厚贈。可見他極盡巴結、籠絡、賄賂的能事，以便求人之時有人相助，縱使幫不成也不會破壞他。

曾特只是心地忠厚，並非愚蠢，看了各種迹象，已猜到這位好世伯在部裏施用了詭計，存心呑沒他墊出的購置費。人是有血性的，無論如何寬大，但每次看見老蛇舒服地坐進那輛美國名牌大汽車時，換是誰也會心裏有氣。但他自己沒有後台而對方卻有人撐腰，雖有這裏幾位深知底細的同事爲他憤慨，替他嘆不値，但愛莫能助，也是徒然。後來他終於決定雙管齊下，一面再向部裏詢問，同時又託一位舊同事親自去打聽，讓經手人知道這件事已經張揚起來，不能長此瞞騙下去。結果，查出了該款的確已交給梁龍帶來。但部裏是否直接函覆，我卻不知道。

這一回，曾特滿以爲有了把握可以向梁開口討債了。豈料梁竟然抵賴，硬說他帶來的錢全數是部裏發給他的購置費，與別人無關，亦未受託轉交任何財物！當時，一向嫉惡如仇的曾特，的確差點兒氣得胸膛爆炸。但想到如此不堪的老奸巨滑也竟被選作大使代表國家，若還以爲凡事都有理可講，那是做夢。縱使那位經手交款的人肯作證，而千里迢迢，他又有甚麼方法迫使老蛇把錢交出？數目雖不太大，卻是自己做開路先鋒時辛苦得來的薪水，白白的給了旣富且貴的老蛇，豈能甘心？如此恃勢欺人，詭騙竊取，比當衆搶刼更爲卑鄙下流，也實在萬分可恨！

他一時氣昏了，沒了主意，惟有找同事們商量，終於想出了一個簡單有效的辦法，便積極設法去借一枝手槍。某一天，趁有同事在場作證人，曾特突然掏出手槍，厲聲問老蛇究竟願意還錢還是想死，並說他這種無理的欺侮，實在令人再難忍受，只好跟他拚一下。

如所預料，老蛇位高祿厚錢又多，絕對捨不得死，果然當場嚇得面靑唇白，連忙顫抖着手寫了一張支票，如數淸還。然後，曾特遞給他看看那枝空槍，以免太傷感情，也讓他追悔一番。拖延了一年多的一宗錢債案，就此結束。事後，彼此繼續融洽相處，一如往日。當然，對這樣一位大使，館員們的心裏會多一點提防，少一點尊敬，那是難免的。

此外，我還聽說過梁龍曾尅扣一個職員的薪水，是不是武承鼎，我已想不起來，只知數目不大，事主不想鬧翻，只在背後埋怨。華僑中也有人吃過他的虧，但太瑣碎了，我當年沒有留心聽，故印象已模糊。

梁龍作惡多端，對不起許多人，當自己所憑藉的權勢與地位動搖時，怎能不大起恐慌？他怕臨走時捷克政府會乘機難爲他，怕館員們會揭發他的罪行，甚而歸附中共，引人來淸算他，也怕華僑來找他麻煩。怕怕怕！做賊心虛，疑慮重重，頭腦自然不能够冷靜淸醒，所以就像有鬼使，有神推，推他逃命似的，不顧任何後果而扔下前程與一切，只求保存自己的一家與財物，倉皇飛遁了！

一個正常而光明正大的人，是決不會如此糊塗，如此自私，如此不忠不義，如此驚惶失措，而出此下策的。

話得說回來，全館人員等到第二天（九月廿七日）中午，仍未見大使回來，曾特這才斷然發出一封急電，向外交部報告梁大使潛離捷境的實情，並請示以後的辦法。三十日接部裏的覆電，令虞和瑞代理館務，其餘各人調回部裏。於是由虞具文將梁大使離境，由他代理館務等情，通知捷克外交部。照規例，應由大使將離境日期及代理館務者姓名，在事前通知捷方才對。其實，在共產黨國內，密探滿佈，連使館人員的太太出外購物，都處處有人監視，何況大使的行踪！他們早已知道梁不辭而別，尚未回來。你想撒謊也撒不成。

十月二日再接部裏來電，這次卻又改令曾特爲代辦，主持館務。三天之內來了兩道不同的命令，眞使人既覺多餘，又感尷尬。幸而曾特出了個好主意。他認爲絕對不能再通知捷方更改名分，否則，難免引人懷疑中國大使館在鬧甚麼意見。他請虞照舊以代辦身份對外與捷方接洽事務，館內的一切他會竭力負責，無論情勢如何變遷，也決不會撇下同人而單獨行動。

十月三日，蘇聯承認中共政權的消息傳出後，捷外交部遂約見虞和瑞，告以捷克不久亦將與蘇聯看齊。到了第二天（四日），捷外交部再約虞去見面，正式通知他說捷克已承認中共政權，並限中華民國駐捷克大使館全部人員於四十八小時內離境。這個消息的確使人驚詫。

離境是意中事，但期限如此迫促就顯然是驅逐。這卻使大家氣憤而又手忙腳亂，館內一切設備不得不放棄，只能帶走檔案及文件。他們分頭趕辦離境及各種結算手續，五日晚七時乘火車往巴黎。走得太匆忙，許多事無法及時處理，故私人財物也着實損失不少，情形更是淩亂而緊張。

在羣情悲憤中，免不了有人埋怨老蛇，罵他是辱國的貪夫鄙夫懦夫。這也難怪。若不是因大使舞弊而又潛逃，喪失人格與尊嚴，玷辱國家，則館員們該不至於受這無情的驅逐，而走得如此狼狽的。

他們偕家眷共十餘人於七日晨到達巴黎，找妥旅館安頓行李之後，即往駐法大使館拜訪，也隨即獲悉老蛇住在巴黎，並且託人轉告曾、虞等，說梁請大家吃午飯。

當日午餐的地點是天下樂園還是珠江酒樓，我搞不淸了，只知道賓主約十五六人，圍坐一張長方大餐桌，各懷心事，氣氛並不輕鬆，只有太太們談着旅途瑣事，招呼各自的孩子吃東西。人多菜少，不久就所有碟底都朝天，老蛇叫侍者加了一盤香腸，卻是放在他自己一家面前，使多數人可望而不可卽。他邊吃邊提議擬電報稿向外交部報告，兼請求補發川資。幾個大男人只拌着菜汁吃白飯，默然沒有理會主人的話，眼光裏卻都氤氳着怒火。

老蛇吃飽了一放下筷子，就自管自取筆擬起稿來了。曾、虞等五人見了都堆上一臉的愕然，但仍不予理會，只以眼神互相召喚，於是調動座位聚在一角，商量如何對付。

稍後，曾特走過去看老蛇究竟寫些甚麼，卻看見他一開頭就圖賴，爲他自己推諉責任。這眞等於火上添油，氣得曾特七竅生煙，驀然伸手一把抓住老蛇的衣襟，把他拖離座位，連珠砲响似的破口大罵：「你這不要臉的東西，作惡多端，貪生怕死，挾帶私逃，丟盡了國家的體面，使我們受盡屈辱，害得我們眞慘！你卻還有臉來見人，今天又想當我們的大使了嗎？你是棄職潛逃的罪犯，你憑甚麼資格來管我們的事？你只認識錢，還想要旅費？你快滾吧！」他話沒說完便狠狠的一拳劈面打過去

圖中左起第三人爲曾夫人李素女士

，老蛇應聲倒地，跌了眼鏡，掉了一顆鈕扣，當他還爬在地下摸眼鏡時，曾太太生怕丈夫傷人鬧出大事，便衝上前去拉住他的胳膊，連聲說：「算了算了，別再打啦！」曾特餘怒未息，氣虎虎的連太太也罵上：「你不幫我打，還來攔住我，眞是豈有此理！豈有此理！」但是終於給她勸開了。

曾特這一次拳打梁龍，打得大快人心。現場一齊喝采。

事後，老蛇含恨，施其卑劣慣技，向董霖告了曾特一狀。我生平最不感興趣的是達官貴人的來歷與職銜。當年董霖是外交部次長還是甚麼大官，我已記不上來，總之是政府的要員。但老蛇潛逃是鐵的事實，不容歪曲的事。

十月十日國慶那天，報章上發表了梁龍受革職查辦的處分。同時我也聽說我國駐法國大使館館員發宣言歸附中共，主腦人物是孟鞠如，凌其翰等。

捷館人員倒是一個也沒有造反，雖然奉命歸國，但國內那有許多空缺來安置？明知有人等候了兩三年仍舊賦閒，大家便猶豫不前了。

曾東發較年青而未婚，決意去德國深造。處和瑞一家暫時旅居法國。武承鼎也是單身人，他的去向我記不得了，似乎只有舒舍予一家回台灣去。

曾特性格耿介，不屑吹拍逢迎，任事十數年來飽經艱苦，而這個大使館既由他開辦也由他結束，嘗盡了酸鹹，給烏煙瘴氣弄得頭昏腦脹，也許已把仕途視爲畏途，故自願到香港去當窮教員。館員們就此風流雲散，各奔前程。

推有老蛇洪福齊天，職雖然革了，卻未受調查受法辦，遂得從容溜到美國去長作寓公，坐擁多金，安然靠人庇護，養尊處優地過着閒適生活，何等逍遙！其實，在善惡不分，賞罰不明，官官相護之下，營私舞弊，瀆職辱國的敗類比比皆是，逍遙法外的又何止梁龍一人！

見微知著。當年捷館人員之被逐，與最近國府代表之被逐於聯合國，其成因是相同的。兩者的可恥程度，只是局部與整體之別，是五十步與百步之差而已。

一個人能自立方能自主，能富能强，能具有清明正直，頂天立地的尊嚴時，誰敢欺侮？誰敢來犯？想不到悠長的二十二年過去了，烏煙瘴氣未銷，照舊依人爲活？更想不到我這輩子竟然再度看見「被逐」的事實，眞覺悲憤羞慚，欲哭無淚。

我早就想把老蛇大使潛逃的往事寫下來，但自知技拙，怕寫得雜亂無章，詞不達意，故遲遲不敢動筆。這次卻是偶然遇見岳騫先生，他要我寫一點掌故，並指定要寫梁龍，既有一寫的需要，遂不辭獻醜，欣然從命，鼓勇一試，雜亂與否，在所不計。

曾特，字特生，畢業燕京大學後，考入清華大學研究院，同時兼讀燕大研究院，是我的老同學，來到香港後，又曾共事多年，故深知其爲人。

關於梁龍的事，若由他來寫，一定是既詳明確當，而又生動精采的，可惜他已於一九六〇年逝世，所以只好由我這旁觀者來代筆了。

當我僑居捷京的時候，與大使館的幾位館員及太太全都認識，且間有來往，所以上文所敍述的除了我親見的部份，其他便都是得自他們口中的第一手資料。幾位先生平日相處如兄弟，互相照應，公務上也合作得很愉快。他們都是品行端正，盡忠職守的好人，並非信口造謠之輩，所說的皆屬事實。不過，事隔二十餘年，我腦中的印象有些已經模糊，尤其是有關日期、地點、數目、對話及職位等等，更可能偶有不甚詳確之處，尚望讀者多多原諒，並惠予指正。

羅文幹逝世卅週年

筱臣

中國外交界有其卓越貢獻，一向爲國人所稱讚的羅文幹先生，他是在民國三十年十月，在樂昌因爲患了瘧疾，毒侵血液，不治逝世了，享年還不過六十。民國六十年，恰好是他逝世卅週年，謹述其嘉言懿行，以資紀念。

幹榦之辨

家叔劉師舜先生，亦係外交界耆宿，曾任外交部政務次長，以及加拿大等國大使，並著有「加拿大回憶錄」，已由傳記文學社出版。

他曾做過羅文幹先生的部屬，羅先生任外交部長的時候，禮賢下士，親到家叔南京寓所請他擔任歐美司長。由於羅先生的謙抑爲懷，家叔爲之欽遲無旣，備加佩仰！

據家叔在傳記文學上有關羅文幹二三事中說：「那天他到寒舍來訪問我所用的名片，上面印的是『羅文幹』三個字。其實羅部長的大名，最後一個字是『榦』而不是『幹』。雖然『幹』與『榦』通，我想有些人，爲的要認眞，恐怕非用『榦』字不可，羅部長在這種地方，倒不認眞。他的名片旣已印好了，雖然有一個字寫法有些不同，他也大度置之，還是照樣使用。」

家本富有

羅文幹，字鈞任，廣東番禺人，他的先世本是江西，如果依他的原籍來說，與着家叔還有同鄉雅誼。他生於一八八八年，家本富有，父親在安南經營草蓆生意，頗爲得法，對於兒子的教育也很關心。他從小在安南學了法文，父親又給他請了廣東有名的老翰林教授國學，所以他的中西文都有修養。

一九〇四年留學英國，入牛津大學的榮譽班讀法律，所謂「榮譽班」，在普通功課之外，學生們還得修習德文、拉丁文、羅馬文法及法制史四門特別的功課。四年畢業，他得了法學碩士。接着又進英國造就名律師的內寺院，肄習律務。一九〇九年回國，只差半年沒有畢業，也就沒有得到正式文憑。

宣統末年，他應留學生特科考試，考取進士。武漢起義，他回到廣東，在胡漢民任都督時代，當司法司長。南北統一後，他到北京任總檢察官。民五，袁氏發動帝制，他以檢察官的資格，檢舉他背叛共和的罪狀，雖然邏騎密佈，敵探環伺，他毫不畏避，強硬地提出彈劾。

因此，他不能在北平住下，南歸廣州。海珠會議，他曾會同徐勤、湯覺頓一般人竭力勸龍濟光反袁，沒有成功。湯覺頓殉難，徐勤走免，他因事不曾出席，保全了性命。然而爲這一運動，他自己化去的私財，就有一二十萬。

由於他家本富有，所以他一生居官，也極其清廉。家叔對他的囘憶，也曾說到：

「對我印象最深的一點，就是他的廉潔。我國歷史上偉大人物岳武穆曾經强調『文官不要錢，武官不怕死』的重要。我們中國傳統的思想，總以做官爲發財的階梯。羅部長原來生在一個富有的家庭；但是他家裏的錢財，不但沒有因爲他做了大官而更加增加，反而有人說他是做官做窮了的。」

護國之役

護國之役，共和再造，袁死黎繼，他因護國有功，到了北京，擔任法制編纂局副總裁。那時他對我國法典方面，化了不少心血，草成刑法稿件多種。

民六，巴黎和會時，他以考察司法名義赴歐，重入內寺院，讀完了學程，正式領得該院的律師證書。迄後囘國，一面編纂法制，一面掌教於北京大學及法官訓練所。民十，華盛頓會議開幕，他任中國代表團顧問，隨同去美。在會期內，他對山東問題主張强硬，不斷鞭策各代表，終於我們沒有作更多的讓步。

翌年囘國，任司法總長，九月，王寵惠組閣，改任財政總長。在財政總長任內，他因發行公債，把英籍稅務司愛格蘭免職，這是破天荒的，也可以見他的强硬無畏的精神。原來北洋政府時代，關稅不能自主，發行公債以關稅擔保，稅務司是外人，他無形中具有一種向背的力量。羅氏發行公債，與銀行界衝突，銀行界運動愛氏出面反對，他就毅然把他免職，親自對英公使藺浦生說，你不必出來干涉，否則有碍中英邦交。英使也便不作聲，而外人稅務司被我免職的，這還算第一回呢！

一度入獄

是年十一月，奧國借款案發生，衆議院議長吳景濂，說他擅訂合同，誣蔑他私受賄賂，赴總統府陳訴。黎元洪便傳諭警察廳把他傳送法庭，起初押於看守所，還受優待，只禁看法律書籍，寫讀仍能自由。到了十二年四月中，地檢處忽然把他移禁普通囚室，不准携帶筆墨，也不許家屬送飲食，門上釘上一塊木牌：「羅文幹僞造詐財犯」。獄中生活很苦。

後來經律師辯護法庭調查全案結果，證明他自己並無舞弊嫌疑，而是代人受過。七月中，就宣判無罪。但因原告不服，進行上訴，一直到十三年春，上訴撤消，纔被釋出。他在獄中曾寫過一本「獄中人語」，便是記載這一事件經過的眞相。

促成統一

民十五，國民革命軍北伐，先後底定珠江長江流域，奠都南京移師北指，一路勢如破竹。那時張作霖在關內自稱大元帥執政，他當北京政府的外交總長，革命軍已由徐州北上，進逼魯豫，日本軍閥出兵山東濟南，打算中途阻撓。他激於愛國的大義和信念，諍諫張作霖退兵關外，不作鷸蚌之爭，免讓漁翁的倭寇得利。張氏聽了他的話，就通電撤兵，國民革命軍得以渡河北進，和平到達北京，促成了全國一統。

張氏出關，中了日本人的陰謀，在皇姑屯被炸。他在那時唱了一齣「紀信替死」。原來日人炸張作霖後，對於他的死傷眞相，還是不明底細。對於張學良的舉止，也就特別注意。著名的間諜土肥原跑到灤州訪張學良，張氏故意表示鎭靜，不露聲色。土肥原走後，他就化裝士兵，雜在兵車裏混出關外，回到瀋陽。羅文幹卻假裝小張，堂堂坐了專車回瀋，一切佈置周妥，才把張作霖的死訊發表，連倭寇也弄得目瞪口呆，來不及對付了。

在遼寧時，他擔任東北邊防司令長官公署的參議，有三四個年頭，光景很潦倒。與顧維鈞、陳博生等一同過着清苦生活，有時候甚至家中不能舉火，也可見他的寒窘了。

再掌外交

二十一年一月，國民政府任命他為司法行政部長，「一二八」滬戰爆發，外交緊張，他又兼任外交部長，也就是家叔劉師舜追隨他的開始，他們在這個時候，才開始認識。當時他對倭折衝，及與國際周旋，局勢瞬息變化，他也十分煩苦。對於外交的決策，很費思考與苦心，往往辦公到深夜不得休息。

二十二年八月，奉命宣撫新疆，招人之忌，對他頗多為難。後得外人之助力，始得離新，取道蘇聯返國，之後，他就回故鄉去了。抗戰軍興，出任國防參議會參議員，及國民參政會參政員。他對抗戰，堅決主張抗戰到底。他的高瞻遠矚，一向為國人所折服。

哲人其萎

總之羅文幹的為人，觀察精細，做事勇敢，無論甚麼事，決定之後，便不顧一切做去，甚麼危難也擋不了的。如檢舉袁世凱，運動廣東陸海軍倒袁，罷免愛格蘭之類，獨往獨來，挺身就幹。以至「一二八」前後的秉政中樞，應付危難，履險如夷，任事公正無私，臨難不屈不撓，服官清廉，堅強無畏。

至於他之清廉，在家叔對他的回憶中，就在他擔任參政員的時候，還有兩件小事，值得大書特書。據家叔說：「在國民參政會時代，羅部長也曾充任參政員。在第一次開會時，今總統蔣公，對於資深望重的幾位參政員，曾命會計方面格外增發川資若干。當時管理出納的李捷才告訴我，羅部長對於加給的費用，分文未肯收受。

「其次，我在重慶的時候，羅部長曾到重慶開過兩次會。每次他都是事先打電報給我，命我到機場接他。兩次所住的旅社，都是最簡陋的。開會的時候，是在冬季，羅部長身穿棉袍，並以布棉馬褂代替外衣。每日晨間，他從參政會會址的轅門步行入內，入門以前，購買燒餅兩隻，且行且食，這就是他的早餐。以他這樣的一位人物，可以這樣的不恥惡衣惡食，眞是不可多得，政府的要人，我也看得不少，像他這樣節儉的人，恐怕是絕無僅有的了。」

就在這個時候，他除了當參政員，贊襄國政外，還在西南聯合大學擔任「中國法制史」功課，他注意本國歷史的演變，民族社會的背景，打算寫一部完整的「中國法制史」，可惜天不假年，就因為在旅途中，患了惡性瘧疾，竟爾不幸逝世，哲人其萎，這是令人為之惋惜不置的。至於他的亮節高風，則又令人倍興高山仰止之思呢！

來港聚首渡歲之約，已成永不來矣！

江一平海隅重逢記

胡憨珠

大約在客歲的清和時際吧，與相別三十多年的「大阿姊」虞澹涵女士，得以無比的欣喜與歡樂，重逢於海隅北角的「梅花邨」飯店裏。如所衆知這位大衆的「大阿姊」那是旅滬的寧波三北航業界前輩，且亦是當年上海社會聞人虞洽卿先生的長女公子，也是上海名律師兼任中華民國國府立法委員江一平先生的德配夫人。因爲我與虞洽老早已相識，且與他的後人順恩、順懋、順慰等諸公子，以及他的姪女婿洪雪帆與姪兒順章、順惠等都交成朋友。他們對澹涵女士皆敬呼爲大阿姊，於是，我也因利乘便的相隨跟進，亦以「大阿姊」敬呼之了。其實是她宅心的仁慈敦厚，賦性的亢爽豪邁，尤其她的待人接物，一秉的至誠和溫。是以凡得與之晉接親近的人們，無不會不感覺她有正像是一個大家姊對弟兄姊妹愛護的一片深情眞意。因此，她受人共同的愛戴和敬呼，就順理成章的成爲虞家「大衆的大阿姊」。

我與江一平論交成友，居間做介紹人的都是大阿姊，若計我們的締交年日，距今該已有半個世紀出零了。所遺憾的是在五十年交友的過程裏，只不過別離之日太多，會聚之時稀少而已。正是流光負我，情事棄人，思之重思之，能不憮然欲絕。原來我與江氏伉儷的暌違之初，還是遠在「八一三」中日事變，上海全民發生淞滬第二次對日抗戰之役的時期。那時我正於役時報館，濫竽充數於該報館外勤記者的同事淘裏，雖沒有若何的工作成績表現，但倒是夙興夜寐的日夕爲採訪戰事新聞而繁忙，奔跑歷亂，不遑寧處卻變成一個不認六親之人。及至戰火西移，上海淪成孤島以後，旋於斷熟的朋友們口中，得悉一平已携眷遠道，遄去大後方的重慶，共赴國難。總算八年對敵抗戰的苦難時日，全國不論前方與後方，以及淪陷區所有的舉國民衆。大家都在千苦萬難中掙扎過來獲留微命，這終該說是對日抗戰爭得最後的勝利。

國事的演變發展至此，往昔去大後方慨赴國難的全國各界層人士，高唱凱歌歸來，紛紛復員。自然，一平伉儷亦於此時像陶淵明的歸去來兮辭中所說：載欣載奔的回還上海，來做他們「舊巢認取燕歸來」的歸燕。但不過我則於此時期，卻重復進入了復版後的時事新報館任做內勤的編輯工作。只是在所謂「天亮前後」的年日期間，患着極嚴重的腸胃病，且曾在葛囉路的劍橋療養醫院，動過兩次開刀的療治手術。因此，一直以來，就被腸胃病一病牽纏，百醫失效，便也興意蕭然，情同野僧。誰知患上了這個頑疴不打緊，竟把我以往喜歡串門子，訪朋尋友的那種興趣意緒，完完全全被病魔纏綿磨折到蕩然無存的地步，甚至對所有從大後方歸來的一班朋友，也懶得出去訪尋。是以在「梅花邨」飯店見到虞家的大阿姊時，向她探詢她們伉儷在三十年來的別後情況之外，還遍及凡我所相識其他朋友的情狀。

總之，那天是我向大阿姊所探問的，與大阿姊所答覆我的在此一大篇水長流式的問答之詞，若論我們談的時代年日，那是從對日抗戰她們伉儷去重慶慨赴國難之日開始話起，直到大陸政權易手遠來海隅避秦爲止。若論我們談的人物事情，別的不說，單以有關連虞氏的家族方面爲言，那是從洽老一人開端話起，直到他的孫女婿陳憲謨爲止。原來陳憲謨是虞順恩的愛婿，他是上海商學院出身，後來成爲名會計師的就是。當民國十八年時事新報主編經濟版的戴靄廬，應張公權之招，去日本東京任當中國銀行的分行行長。繼戴之位的就是陳憲謨，所以他與我不但是時事新報館的同事而且還是幹做「愛美劇」（即話劇）戲劇運動的同志。只因他扮相既俊，演藝又佳，與洽老的孫女兒虞雲岫合演逖更司所著「威尼斯的商人」一劇。演出結果，成績美滿，非僅成爲戲劇協社的重要社員，還成爲虞家東床的袒腹嬌客。試想我與洽老家祖孫三代的交往友誼，爲是的廣泛繁多，因此，向大阿姊問這問那的問話話題，正如廣東人口語所謂「有得傾」了。

陳潔如原是座上常客

只不過當時聆聽大阿姊所告稱在大陸政權易手後的人與事，竟無一人，也無一事使人聽得有盪氣廻腸的快感。相反的只覺得聽了以後，只有那種衷心結轖，悒鬱難已的哀感，實因是「閒話舊人半爲鬼」了。幸而大阿姊所告的諸話之中，僅有一事卻令我聽得非常高興而欣慰。那是她說：「憨兄，一平就要來港作小住，爲期約一個月，藉得與久違了的港地一班親戚朋友，一傾別情離愫。至於何日成行，卻要看他體力的健康如何，能否抵抗高空旅途的辛勞而定。但等他一到這裏，我就打電話通知你，再定你同一平相會的時間就是啦。」所以那天是我離開「梅花邨」飯店時的心情所懷，感覺半是無比悱惻的哀傷，半是無限忻懽的喜悅。自然所哀傷的是對時代犧牲者，做了泉下人的那些朋友，例如虞順懋、陳憲謨等。所喜悅的是見到相別三十多年的大阿姊，是她精神矍鑠，身力强健，反而有勝於往昔的年日情形。何況同時還給我聽到一平兄將來港小住的那則好消息呢。

不知過了盼望一平來港的多少日子，在有一天的黃昏時候，突然接得大阿姊打來的電話。她對我說：「一平今天已經從台灣飛來香港了，你們兩人此刻就先在電話機上談談罷。」當舊日聽慣了一平那種和溫親切的語聲，從電話中傳遞過來，我於乍聽之下覺得還似舊時，毫不稍爲改異。不過此時，我內心的快樂高興

江一平與友人攝於風景區

，幾乎有要曲踊三百，巨躍三百之概，實在使我太興奮了。於是我們雙方卽相互於電話機上，便談說別後情形與眼前近況，不過我卻約略談了幾句話，就請他暫告結束我們的今夕之談。說句老實話，我實怕他在高空旅途上，過於辛勞，不敢也不願使他多說多話耗卻精神。所以我說：「一平兄，是你今天旅途勞頓，應該早點休息，保養精神，我們到見面時再作詳談吧！只要請你給我一個確定的日子與時刻，以便邉時趨訪，可以多談一些時光如何？」誰知他不作思考，就對我立卽囘說：「爲要我們早些見面，日子由我決定，那末準在明天吧。時間隨便，則歸你約說出來就是。」我卽忖想着曾聽見大阿姊說過：『一平在吃了中餐以後，必定要睡眠數小時，已成爲他近來日常的生活習慣』的那幾句話。因此，便對他道：「一平兄，知道是你要作午睡的，那我準於明天下午三點半鐘，踵門尊府如何？會不會嫌這時間尚早，擾了你的淸夢。」他卻連說：「不要緊，午睡與否，並不刻定的。」我和一平就作了這一個口頭協定。

當我邉時前往，門鈴甫撳，大阿姊已親自前來應門。她還隨應門聲囘頭告知一平說是我來了，果然，一平也應聲從寢室出來。料想他今天的午睡，定必爲我而放棄，這可見他們兩位對客如何一片誠意熱情的之深之摯。別離了三十多年的一平，料不想今天會重逢海隅，再圖把晤，實是件意想不到的事情。於是，相互着緊緊的握住雙手，幾有透爪穿掌之慨，這可以理解他此時舊日友誼情感的如何激越奔放了。在我昏花老眼的觀望中，審視他的面貌神態，除了略覺有一點點的峭瘦枯黃以外。那種瀟灑風度與跌宕舉止，一切的一切，還是舊時，感覺他別後風光所變只此而已。我們兩人就對坐在客廳裏的沙發椅上，促膝而談各人在三十年來所經歷的環境遭遇與生活情況，倒可說是無話不談，不過有一點是我們共同的靈感暗自相通之處，好像雙方訂了君子口頭協定一樣。就是謹守蘇髯公的莫談國事，且食蛤蜊那兩句誡言，但不過這是我純然替他着想，也是我過去半生幹做新聞記者一行的一點小經驗。因爲我知道對一位現任官員，橫問豎問的有關政治問題之事，壓迫得使他說老實話感不是，不說老實話亦感不是。

一平是現任中華民國國民政府的立法委員，我卻不能根據「客從長安來，應知長安事」的那兩句古人詩句，對他作橫問豎問長安的事呢。更何況我棄行退職，業已二十多年，不在其位，不謀其政，那我何必迫使他引起有無謂的爲難之感。是以索性絕口不談政治問題與國事近況，所以我們的談話時間雖多雖長，但見他說說笑笑的彌感興趣盎然。不過我們所作的這半日談卻把大阿姊累害得夠忙夠苦，因爲她親自入厨備置了一頓豐富異常的點心。那頓點心全部所有的食品，有鹹的、有甜的、有乾裝的、有湯和的，其式樣之多，滋味之美，正是到達難以說話形容的地步。當我們三人圍坐進食時，不免見景生情，就教我撩憶追想起五十餘年前在升順里吃食點心的前塵舊事。原來寶山路口的升順里那是虞洽老的物業，洽老愛女情深，就把門臨北火站界路一所五開間的最大巨宅撥給他大小姐居住。於是，大阿姊就天天備具了不少豐盛點心，專門招待務本、愛國兩女學的舊日同學，與蕭蛻闇（名書家）、謝公展（名畫家）等等文藝界的藝術師友。當年她家的點心之美，實是口碑載道，享譽甚盛的。相信現今旅居海隅，吃過她家點心的男女人士大有人在。可惜去歲的聖誕節後不久，在銅鑼灣百德大樓逝世成爲新聞名女人的陳潔如女士，她正是我所知道升順里點心座上的常客。陳女士與大阿姊是愛國女學的先後同學，不過大阿姊在家庭裏是個「大家姊」身份，對弟妹無不親切愛憐。但她在學校裏也像是個「老學長」的樣子，對於前後同學卻也以親姊妹相視，個個愛護備至的，對陳女士也不例外。

聖約翰學生時代生活

如所衆知江一平的出身學歷，都說是上海聖約翰大學，其實非也。他的大學學業總結的母校，卻爲復旦大學，他之所以離開畢業在望的聖約翰而轉入復旦，繼續未完成的學課。就是爲了當年上海的「五四運動」中，有關於聖約翰全校學生的罷課問題。一班愛國心熱的全校學生因與該校校長卜舫濟發生重大的枘鑿意見，同時也不堪忍受該校長所施無理的高壓政策。於是他就列入於「聖約翰憤怒的學生」行列之中，與一班愛國熱烈的教師和同學努力於脫離聖約翰，與另建光華大學的運動之事。這一個離校與興校的洶湧學潮，實使出賣中華民族利益，以求自私自肥的美國人卜舫濟，受到沉重打擊的教訓。因爲數十年來是他畢生心力所經營的聖約翰大學，幾乎有毀於一旦之勢。是以於不久之後，卜舫濟就以年老退休，以校長職位讓予他與廣東籍而業西醫的黃氏太太所生的兒子惠廉·巴脫（Williaa Pott）繼任。後又不久，遂由體育名家沈嗣良接任校長，若論沈氏雖爲聖約翰出身的老學長。但才德兼優的老同學，不知有多少，而沈氏竟獲卜舫濟的垂青擢任，確屬倖致異數之至。

現今要談江一平當年在聖約翰讀書時代，所過的學生生活情形，似乎有一談之價值。因爲相信在現代社會裏，與他相識成交的大多數人士，料必訂交結好的時代年日，盡在他讀書成名，事業成功的以後時期。可是不才所塗抹記述這篇悼思江一平兄的蕪文，因與他結識比較在年代上早了幾年，有關他的那些瑣屑事情，也可料定知道的人士不多。因此，我的蕪文所說的多爲有關他陳年宿古董的話，所記的也都是有關他微末不足道的事。現在要記述他學生時代的生活情形，趁此對上海梵皇渡的聖約翰大學這所爲舉世皆知的一所上海著名西洋文化的最高學府做個約略的介說。原來該校的主辦者是美國人卜舫濟，這個名字的字面看去，令人有好像是個中國人的觀感。其實他的英文全名，那是 F. H. Hauks Pott 而這「卜舫濟」只是專對中國人所使用的便利名字而已。因他若對外人所使用的名字則爲「赫羅·巴脫」，不管自己介說與被人稱謂，卻是一律的爲赫羅巴脫。大概他對於中國的舊字文化，起居飲食，以及生活衣着，似乎有相當愛好和傾向。此蓋於他初創聖約翰學校時代，所拍攝的一幀紀念照片中所見而忖測得之。那幀寫眞所留的影形，卜舫濟身穿長袍馬褂，頭戴瓜皮秋帽，脚着白襪黑鞋，手中所捏的卻是一枝吸旱菸的長竹煙管。只要瞧見照上人影，確實有些像三家村中坐蒙館的一位老學究模樣，所突出異殊之處，則爲他的高鼻深目。該照片中的創始學校全貌與背景，那係上海舊式的平屋三五間，竹籬四圍。屋傍植有垂柳數株，全校門前側面臨蘇州河的河流，舟楫往來如織，屋後則爲麥田菜畦的一片原野。

傳說中當年的卜舫濟到了蘇州河北岸的梵皇渡地方，覺得此間的環境清幽，風景宜人。便決定停居下來，倡辦學校，起初建造三五間高平房，作爲課室與寢舍。就因爲校址的僻遠，招生不易，就讀人少，卜舫濟除向華籍教友請求幫忙，廣爲吹噓介紹以外。以及分函各洋行的大班和買辦，力勸洋行中的高級職員遣送其子弟來校就讀，尤其對於教友子弟定有免費學額的優待辦法。爲使學校門庭的興旺熱鬧起見，於大學部外還兼辦附中一所，以便容易招收中學部學生。不過有一點最博取學生的家長好感，就是卜舫濟所定的校規極嚴，所訂的課程頗高。例如中學部所讀的英文書本，爲泰西五十軼事，與莎士比亞樂府等書籍，此外爲英國對殖民地教育所編印各種學術的教科書本，這在上海租界工部局所立的幾所工部局學堂也讀不到的。而所有任教的英文教師，都聘請了英美籍的男女老師，至於大學部的各種課程書本，其高深精奧，更當不在話下。但卜舫濟對於中文的課程並不輕視，與英文同樣尊重。只不過是他所定的中文課程，對中學部必須要讀四書五經。對大學部則爲左傳、國策、史記、文選等等中國的古典文學書籍，予以選讀。不管中學大學，概請中國的飽學名士，負譽文人擔任教師。試思卜舫濟所定的教育方針如此，怎能與中國新興「五四運動」的潮流，所能迎合接受呢，自然非要鬧成勢同冰炭不可。

聖約翰大學經數十年來，卜舫濟校長硜硜業業的勤勉經營，把這所西洋文化最高學府的園地，建造起渠渠華廈，與巍巍高樓，形成如雲陣的綿延，也似雁行的連翩。雖然，一般的說這批建築費和佈置費來自美國一班熱心對中國教育事業的人士，慷慨解囊，捐款資助，以砥於成。究其實質，一部份還得自學生家長們的口袋，因爲他們爲了子弟教育，勉力所輸納超額的學費和膳宿費，數不在少。原來聖約翰對學生們所收之學費與膳宿費，比之同等級的學校爲高貴。學費因有關於外籍老師所致高額的脩金關係，羊毛總要出在羊身上，不去說它。但對於膳宿費所收既極高貴，所供應的卻極低劣，殊非得事理之平。譬如所供宿的問題，祇有一張木架床與三塊床板，這也是情理當然之事，究竟這是學校的學生宿舍，不是仕宦的行台旅館。只是所供膳的問題，則校方對學生飯食的菲薄，與膳費所收的高貴，這未免賺得過多，非僅不合於理，簡直是近於虐待。該校的膳食定例爲午晚兩餐，每桌六人，所供應的是兩葷兩素一碗湯。今舉以肉爲例子，一碗紅燒肉只有薄如紙片的六塊，平鋪在青菜或蘿蔔上邊。不動筷覺得滿碗是肉，一動筷則蘿蔔青菜的醜相畢現，學生們竟然餐餐要捱下箸無餚可夾之苦。所以富貴有錢人家每餐要送餚菜到聖約翰的膳堂中去，供給其子弟受用。據說一平在聖約翰讀書時期，所過學生時代的生活享受，卻極盡其舒服適意之至。其他不必說，單獨對於每餐下飯之菜餚，不但天天無缺，而且樣樣味好。他是個賦性慷慨之人，一切嘉餚，概供同好，博得共桌同學的皆大歡喜。此外，又聽得人說，有些家長不忍其子弟睏臥三塊板的木架床上，每夜挨受肉疼骨痛的苦楚。所以特別送來新出品美麗的「席夢思」床墊，以便鋪襯床板，藉安睡夢。不過此種珍愛子弟的家長，雖有不多，全宿舍只有三四隻「席夢思」，一平卻是其中之一。這樣話說起來，他在聖約翰所渡學生時代的生活，對膳宿兩問題的痛苦威脅，並未經捱受過。

樊克令處任當總翻譯

在民國八年上海「五四運動」的學潮中，江一平雖是聖約學生會中的學生代表人之一，同時，也是推動全校聖約翰的同學反出校門，脫離學籍，另建光華大學運動的中堅份子。不過於短促時期裏另起爐灶，對創建光華大學一事，可說茲事體大，仔肩甚重。幸而此事早已由當時上海幾位熱心教育的社會名流，接手過去，負責努力經營。例如滬西法華鎮的富紳王省三慨捐坐落大西路底的滬杭鐵路線之北，是他祖傳產業的土地數十畝，作爲建築光華大學校舍之用。又如曾任江蘇財政廳長，卸任後的寧波富紳張壽鏞，慨任光華大學的校長，並兼任建校籌備委會的主任委員等等。所以江一平偕同他同學們反出聖約翰大學的校門運動，與「五四」的學潮運動，這兩次運動歷史的史實演變至此都已成了過去的陳跡。可是他自己的出路問題，卻不能不作亟亟謀求的打算，而出路最重要的開導道路工具，就是一紙完成大學學課的畢業文憑。但他在聖約翰讀書，距離畢業學課，實是爲期甚近，爲途匪遙。而今爲了「五四運動」的學潮問題，與聖約翰的母校關係，雙方已鬧到告成斷絕。此時他眞像失去乳娘的一個孩子，不得不另覓餵乳的乳娘，以期長大成人。於是遂考入了復旦大學，繼續攻讀未完成的學課，朞年卒業，爭取得一紙復旦大學的畢業文憑。

一平既有一紙復旦大學畢業文憑在手，等於有了開闢道路工具的耒耜畚鍤在握一樣。於是四出尋找出路，就很快速而極順利的進入英籍著名大律師樊克令（Frankalin）的律師寫字間。這樊克令卻是英國人在上海公共租界中最有頭面的人物，原來他以懸牌執行律師業務以外，就是任擔公共租界工部局的總董。若論這工部局總董雖不是有若何薪給的一位官守，但若論其身份地位，權威勢力，卻令人有「了不起」之感的。因爲上海自淸代同治二年（一八六三年）英美兩租界合併爲公共租界以後，就有「工部局」的組織產生，成爲界內唯一的最高行政機關。按照工部局的組織系統，高據其上任擔督導工部局各項行政之責的，卽爲「

工部局董事會」。而以董事會中首席董事（俗稱工部局總董）的權力爲最高最大，樊克令就是當時這個權力的掌握人。便也因此帶給他繁忙的律師業務，不過他有定例，即是非中外大案件不接，公費所定數額亦較高。

一平進入樊克令的律師寫字間，實因他風度的英俊挺秀，瀟灑温藉，談吐的口才辯給，條理清明，最最佔有便利與便宜的一點，即爲他英文的語言文學，都有極高深的修養。是以極獲得樊克令對他特別的賞識和寵信，竟然破格違例的畀予總翻譯職權。一時成爲全寫字間從業人員中後來居上的人物，這也是導致他決定跨入律師一行業務的擇業心念。只因聖約翰與復旦兩大學，向無法學系的設置，但要任律師則又非要有畢業法學的一紙文憑不可。他爲了現任的職業與未來的學業兩問題，於是，便考入東吳夜大學的法律系，攻讀法學。及領到律師執照以後，再經向領事團申請出庭會審公廨的職權，與惠爾斯的英語考試等必要手續。就驀然脫穎而出，成爲一位出色當行的律師，但起初還是代表樊克令出庭，此爲民國十年的事。

至於江一平的參加律師公會，則在民國十六年。因爲是年法學前輩張一鵬負責組織上海律師公會，及組織完成，受人擁戴，就被公選爲會長。不過此時的一平早已成爲名律師，也成爲紅律師，自然衝張一鵬前輩面子，更非入會不可。在此數年的時日過程裏，有時我爲了重要社會新聞的案件續審，趕赴這個由會審公廨所改變的臨時法院去作傍聽。總會在法庭裏，碰見一平爲本案或他案的法定代理人，出庭辯護。聽他滔滔而語侃侃而談地作着雄辯，其聲調的引人，言詞的動聽，難怪他成爲在法庭上戰無不勝的律師。也可看見他退出法庭時褪下法衣，拾在手上，或搭在手臂間，緩步徐行，覺得他那種身段架子，正是美妙好看之極。我常向他戲喻之爲看武生宗師楊小樓老板在台上搬演「盜御馬」的天霸拜山一場戲，他所表演黃天霸脫去身上那件綉花褶子的身段功架。其瀟灑漂亮處，與老兄此刻所見的神情，眞是令人看得有異曲同工之感云云，於是爲之相與拊掌。

杜月笙介紹辦案爲啥

在全盛時代的江一平，雖然，他的業務興旺，案件纍接，賺得了不少公費。但因他賦性豪邁，手面奇寬，交友廣濶，開支浩大。是以他的公費一邊收入，一邊支出，往往會造成收支不平衡的情形局面。對於金錢最大的漏卮，就是他喜歡賭錢，而所賭錢最最喜愛的賭博品種，即爲上海人口語中的「鬭挖花」。如所衆知賭類分有「文賭」與「武賭」的兩類，而賭的品種則名目繁多，不勝枚舉。約而言之，大概武賭的代表作，那是賭「牌九」和「搖攤」，文賭的領導品，即係賭「麻將」和「挖花」。依照當年租界警務處對禁賭所定的章則，凡界內居民若有武賭發現，認爲是一種違禁的行爲。則與賭之人概在被拘捕受懲罰之列，若爲文賭則否，此爲租界所定特殊的禁賭法例。知要租界當局對武賭之所以禁，對文賭之所以縱，其成因在於一則輸贏快速，一則緩慢，一則是受有限度的局囿，一則是無限度的約束。

一般人說：搓麻將遠不及鬭挖花的有趣味，有刺激、更有巨大的誘惑力。所以人們一經學會鬭挖花，再也不想搓麻將了，只此可知其吸引力量的强烈。因爲鬭挖花這個賭種是有「一牌立大」的希望和倖致，蓋實寄幸運於搖缸中的兩隻骰子上。如果「獎牌」講定得多的話，這明獎、暗獎、正牌獎、副牌獎等等的獎額所定，使人有難勝記數之感。尤其是若經搖缸骰子搖中了和牌的宕度，一張卑不足道的牌張，頓成爲極度的高貴品。這副牌的和出，眞會教人快樂到心神奮發，興趣激越的程度，相信買馬票中頭獎，亦不過爾爾。一平的不幸，竟學會了鬭挖花，而且染上了深度的鬭挖花癮，大有如患有煙霞癖的癮君子之概。他鬭挖花的場地就在華格臬路的杜月笙公館裏，而杜公館的賭額所定輸贏進出，數字非常鉅大。但他對賭的技巧又是不大高明，自然每賭必輸，可是他有不怕輸的大無畏精神。賭到越輸的鬭志越强，每大出庭辦案的公事終了，總是抱着三光主義以赴杜公館，這所謂三光主義就是（一）袋裏所貯的賭本錢輸光。（二）是天際東方已透露了曦微曙光。（三）是與賭挖花搭子之人亦皆溜光。到了三光情形出現，逼得他無可奈何的只有坐上汽車裏打渴睏，任由他汽車夫車送歸家去了。

因爲杜公館中一班與他共賭之人，都對他的賭品、賭德、賭相，發生有良善美好的感情和印象。尤其對他不大高明的賭技，更屬歡迎之極，是以幾個靠賭過活的頭等賭棍，都會揑在杜公館裏恭候江一平的大駕光臨。只有杜月笙一人對他正是深情一片，厚義萬端，極知道他是個珍愛面子，不甘示弱的硬漢子。怕他輸光了袋裏的賭本錢，等到賭完結算輸贏賬時，因摸不出錢付淸輸賬而會感到難以爲情。因此，杜月笙每夜關於他的輸賬，不論多少，總歸代爲墊付淸楚，必使他對其他與賭之人，決不拖欠分文，定要給他輸不怕的一方豪賭之名的金字招牌，確保庇護得光彩燦爛，輝煌眩目，使杜公館中的人們無不對他朋友江一平大律師的一份敬愛之心。不過賭債積墊到一個相當的鉅大數目，他便自動想法子替他介紹一件大案事交由他經辦。對這筆公費收入，就作歸還墊款，做個少補多還的淸楚揭算。以後讓一平可以再賭再輸再墊，眞正的做到了「親兄弟，明算賬」的那句俗諺。但不過杜月笙實是個了不起的現代人傑，他所介紹一平所經辦的大案子，公費所收，總必做到歸還他的墊款而有餘。於是他就把墊款淸單和多餘錢款，遞交了給他。還含笑着說：「一平，這些餘款是你拿去，香香手罷。」雙方於授受之間，大家打個哈哈，同時，還做一個會心的微笑。

所以當時有些人相互竊竊而語着說：「杜月笙總把比較重大案子，要介紹給江一平律師經辦。這爲點啥？」如果有我在旁，聽見其語的話，必定代爲作解釋着說：「你們說爲點啥？杜先生要把重大案子拉給江一平律師經辦。據我所知道的卻爲了兩個問題，第一個問題他是爲了要收囘代江律師所輸去的那些墊款。大概所以這筆律師公費數額與他的墊款數額，定必兩邊相處差不多了。其次的第二個問題，則是他爲了確保自身的面子關係，非把案子介紹給江律師經辦不可。因爲他認爲一平辦案子的紀錄上邊，所看見的只有勝利的記述，沒有失敗的着錄。」

杜氏本人他是喜歡着面子的人，與其介紹給沒有打贏官司把握的律師，敎他如何不介紹給戰無不勝的江一平律師呢？但不過一平確也是上海律師淘中的一個傑出人才，儘管他的鬬挖花天天鬬到大天白亮。對於所經辦案子的訴狀或辯訴狀，可能都沒有經過目視細看。但他會泰然到堂出庭，照樣進行辯護，據理力爭，原來他有一個不二法門，就是入庭坐在律師席中，噤不出聲，靜聽對方代表律師的聲述。他只要在聲述言詞中的不合理幾點錯處扼住不放，後即起立，據理進撲反擊，自然最後勝利屬於他的了。

臨別所訂約期成夢話

因我對一平兄可笑可樂的瑣屑事情，知道得不能說多，亦不能算少。所以這次我們海隅重逢，大家閒話着三、五十年前的前塵舊事，實在彌覺有趣，萬分高興。當他在留港期間，還幾度招飲市樓，無一次不是盡歡始散。記得有一次他對我說，這次來港，見到許多相違年日頗久的一班老朋友，於心感到無限快樂。可惜的是這次所申請居留日期，祇有短短一個月，現在將屆期滿，勢非歸去不可。不過我已決定來歲定要多申請幾個月的居留期，與兄等歡渡年關以後，方始言歸。因爲舊時渡歲的歡樂舊夢，得以重溫一番。曾向他問歸程定於何日，他只是說還有幾天居留，到了起程有日，自會打電話通知你。大有「君問歸期未有期」的那種黯然銷魂的神情，隱約其面。誰知兩天以後，與沈葦窗兄在飯店相遇，他告訴我說一平已經乘飛機歸去了。此刻我在機場送他成行囘來，他要我代爲你說明，怕你親去送行，所以不對你說明行期的。

憶李麥麥（下）

鄭學稼

當我到東京時，「日本資本主義性質」的論戰將近尾聲。由於對「中國社會史論戰」的興趣，和對「封建制度」做深入的研究，我讀「講座派」和「勞農派」的著作和論文。我明白：所有參戰者，都熟悉馬列主義的文獻，思想水準也高過中國社會史論戰者。我對當日最出風頭之山田盛太郎的「日本資本主義分析」和平野義太郎的「日本資本主義的機構」愈讀愈糊塗；尤其是山田的「日本資本主義之軍事的半農奴制的型制」，說明他是平庸的教條主義者。在東京，我只覺得山田們的理論不高明，卻不能一針見血地駁斥它。等讀到李建芳的「日本明治維新運動」，我才明白「講座」和「勞農」兩派的根本錯誤，在於不了解近代民族國家形成之「由上而下型」，以為「由下而上型」（產生馬克思主義的條件）是唯一的型式。以後二十年間，我為着證明李建芳的歷史倒退論是否正確，曾詳細地研究英、美、法、德、意、日、俄各民族國家的歷史。研究的後果，是接受他的論點，並加以發揮（拙作「中共興亡史」第一卷第一章和附錄一，曾發表一部分的意見）。自抗戰軍興到一九四九年冬，我間斷地寫了二百多萬字「日本史」，由古代到甲午戰爭前夜，證明日本歷史確有倒退運動，分析它的發展和說明中日兩國到抗戰前曾有四次戰爭。我有這結論：日本民族統一國土或結束倒退運動，必然向外侵略。侵略的對象，是朝鮮半島。侵略的成功與否，決定於兩個條件：第一、韓國的統一和分裂；第二、中國當時是強盛，中衰或正在倒退運動中。如果韓國分裂，統一的日本，就能侵入，但強盛的中國，卻救援被侵略者，並打敗日寇（如第一次中日戰爭，唐軍殲滅日寇於白江）；中衰的中國，則阻止日寇北進，並迫他們退走（如第三次中日戰爭，明軍迫豐臣秀吉軍退出朝鮮半島）；正陷於倒退運動中的中國，則讓日本達到侵略韓國的目的（如甲午戰爭，即第四次中日戰爭）。日本佔領朝鮮半島，必然北進侵略中國，並建立偽滿洲國。但是中國亦在此時，結束倒退運動，統一全國，並為阻止侵略，而展開第五次中日戰爭。這戰爭的範圍比以前大。日本的「昭和維新」，不似明治維新充當亞洲主人，而是國土第一次被美軍佔領和寫下人類歷史上第一次記錄接受「以德報怨」和「無條件投降」。上面的史實，我稱為「日本歷史發展的規律」。由於亞洲和國際局勢的變更，這規律也許變形。當筆者執筆草本文時，日本確已復興，並有兩個路途：第一、它有一九〇四年的有利條件，以日美同盟代替日英同盟。第二、由於尼克遜的聲明，它與蘇聯同盟。這兩條路的歷史目的，卻是企圖復活「東亞共榮圈」；但太遲了！因為中華民族已經結束了倒退運動。如果中日兩國難免第六次戰爭，除非中國分裂，筆者敢預言：那是最後一次戰爭，中華民族必收穫「以德報怨」的歷史之果。

西安事變結束後，我介紹李建芳和復旦大學法學院院長孫寒冰先生會談。他以孫先生之助，入該大學教書，脫離了賣文的生活。應補充說一句：當西安事變發生時，他認為中共破壞統一，有很大的歷史罪惡，大家應發表反對的宣言。由於事變喜劇地結束，大家卻注目於下一步，即日本帝國主義加速侵略中國。

抗戰軍興，我隨恩師何浩若教授赴開封，沒有和李麥麥通信。到上海失守，他同復大至江西。因該校決遷重慶，他先到漢口，並寫信給我。一九三八年一月三日，我因公由汴赴漢，翌日會見他。我的「日記」戴：「他的住處之簡陋，出我意料之外。那不是住宅，只是有蓋的亭子。」他詳述離滬經過，並提議往見陳獨秀。他說：「我曾和陳會談。陳的思想和我們一樣。」我跟他過江，到陳宅，陳稱病不見。他敏感地說：「內中必有原因，近聞陳和共黨有所談判，或因此故，不敢和我倆會見。」這推測，後由羅漢的公開信證實。離陳宅不久，即有警報，忙避蛇山附近大宅簷下，聽到高射炮聲。他說：「近年來，我對歷史有這意見：世界史的發展，歐洲為一單位，亞洲為一單位。前者的領導權，正在奪爭中，後者的領導權，則屬戰後的中國。」

一月二十六日，接李麥麥夫人王民先信，說他病倒宜昌，需款，即電滙，並促他扶病入川。他到渝數月，我也於七月初抵渝，知他住北碚黃梅鎮。九月八日，我乘船赴北碚，因江水大，船至土沱停駛。我改乘滑竿，至白廟子天黑，住小客棧。此地為產煤區，客棧簡陋連吃飯地方都不易找到，臭蟲又多，一夜未睡。九日早再乘滑竿冒雨至黃梅鎮，住李麥麥家。他住的地方，叫做顏二姐房子，後來我家也住在隔壁。他有兩個孩子，一個是王民先生的，另一個是沈韻琴生的。他告我：由俄返國後，和房東女兒即沈韻琴相愛，她父親要他和她舉行結婚儀式，他反對。到她生了孩子後，他携孩子與她分離。他懺悔似地責自己為何不答應她的父親的條件！也許為着失母，他特別愛憐那孩子。事實上，那孩子十分聰明和可愛。十日，江水稍退，他陪我赴北碚，再往北溫泉，住他喜歡的數帆樓。利用這機會，我倆暢談一切，由天下大事到學問上各問題。我自和他認識起，從沒有這樣長談過。我「日記」寫：「半年來，麥麥的學問，進步得可驚，甚感自己的落後。」十二日，他導我遊縉雲寺。寺居山巔，俯視嘉陵江，風景頗佳。十三日，他刻一石硯送我，上題「靜心養性」。十四日，我別他返渝。

一九三九年一月十二日，他為姪兒在竹山被土劣陷獄事來渝，又有談話的機會。在論國共問題時，他有這意見：「CP與中央的政見，並無根本上的差異，且有共同的目的，即打退日本帝國主義。因此，歷史有一天迫CP再讓步。目前之枝節上的分歧，在於這一點：CP不自覺地代表小資產階級。主要的，應為中蘇合作。合作的前提，是蘇聯不以少數民族問題為藉口，奪取中國邊境，並保證CP沒有反統一的企圖。如此前提解決，則一切論爭便又簡化。」我曾如此答道：「你的意見，言之成理，但斯大林主義者不會有你的想法。」日後事實證明，當毛共有奪取政權實力時，不聽斯大林的話，揮軍過江。

五月三日日機大炸重慶，又不斷空襲十六日我離渝赴北溫泉，先宿木屋，後住花好樓。除了到復旦大學上課，讀書譯書過日，常會見李麥麥。六月二十六日，他到北溫泉，留宿。他說將寫一本書，討論中國和世界的文化關係。我的「日記」記他的話。他說：「有此特點：歐洲文化自移往地中海後，隨工業發達，西歐成為世界的統治者、開發者，有各種征服的企圖，而中國適於此久長時期內，做內部統一和混合血統的工作。到今日，歐洲忙於內部的統一，而中國如能驅走日寇，得到獨立與自由，則有偉大的前途。她由於資源豐富，非消耗殆盡之歐洲所可比，將為一大器晚成者。」他又說：如後日西歐對俄戰爭，已得到自由和發展的我國，應攻俄，完成大陸的霸權；此為歷史和人口增加的要求。」

某日，他到北溫泉，我倆躺在數帆樓附近茶館的椅子上雜談。他說：戰爭工具日新月異，可能這次戰爭中，由於某一大發明，使一方參謀部自動宣佈投降。他相信，以後的戰爭，是兩國參謀部的戰爭，無需血戰，就決定勝負。日本無條件投降證明他的預見。

有一次，我倆在同地方談到文學。他深惡郭沫若型的小說。他認為：那不是文學，只是政治的聲明書或宣言。我說：辛克萊在「拜金的藝術」中說：「宣傳就是藝術。」他說：不。藝術是藝術，宣傳是宣傳。就俄共而言，在斯大林派上台前，共黨對於文藝，是取輔導的立場。托洛茨基的「文學與革命」中的「同路人」是當列寧生時文藝政策的話證。他又說：政治一伸入文學，文學就不是文學。我說：那麼，你的意思是說：有政治理論的人，或精通馬克思主義的人，就不能當文學家。他說：我的意思，恰是如此。我問他：曹禺的「雷雨」是一部名作，共產黨人說：劇中人魯大海，是共產黨成功的象徵，你的意見？他答：一個文藝批評家可以如此說。當然，他所說的「文藝批評家」，是指馬克思主義的文藝批評家。我又問他：那麼曹禺是否完全沒有政治理論呢？他肯定說：在寫「雷雨」時是沒有的。一個成名的文學家，由一隅窺見芸芸衆生。對他們形形色色的生活，只有一隅的深入觀察。因爲觀察的那麼深入，所以感動觀衆。他不是先有政治理論，而後找覓人物或鑄造人物充當代表。曹禺如有和我們一樣的政治理論，他不僅寫不出「雷雨」，而且寫不出「日出」。我們住上海那麼久，知道有「金八」，我們卻不能寫「日出」。

他喜歡福樓拜，不只一次對我說「馬丹波華利」是了不得的作品。正因爲他喜愛福樓拜，他也喜讀李健吾的「福樓拜評傳」，在「論中國共產黨」中所引動人的關於「浪子」的一段話，就出自那「評傳」，不是直接引自巴爾扎克的「人間喜劇」。此外，他常讀莎士比亞、尼采、柏拉圖等著作。

十二月，妻由滬來渝，我們和李麥麥隣居。雖然我兼職政治部，和他談話機會比以前多了。我在他的書架上見到他在滬的著作「中國古代政治哲學批判」，儘管它是用馬克思主義觀點而寫的，表示他對舊學甚有根底。他曾爲這本書對我說這些話：「我讀馬克思主義，並沒有錯，因爲那是歐洲之一思想主流。至於我相信馬克思主義，那只是嬰兒時代的鞋子。如果我現在重寫先秦的思想，可能有些不同的論點。」他還說：「一個知識分子，如不懂各個民族有自己的特性，那不算做眞知。」聽了他的話，我相當地感動。自大學二年級起，我就未曾讀中國書。我不是討厭「線裝書」，而是沒有時間讀。開始是忙於應付自然科學，畢業後專讀經濟學和馬克思著作，可以說，我眞是「全盤西化」。「社會史論戰」引起我研究中國歷史的興趣，卻轉而研究日本！但是，在研究日本史中，我知道了中國文化的偉大。復旦大學由上海運渝一大批圖書，我有機會讀到商務各影印的「四庫全書」。於是，我開始讀先秦的著作，並抱有這目的：寫一部中國經濟史及其學說。我曾寫兩篇論文：墨子的思想和管子的經濟學說，後來我研究「春秋三傳」，發現「四庫」中這類著作，有的是抄來抄去的。我曾和李麥麥談這件事：整理國故，該先整理「四庫」，也就是把同類書找出一本最好的，其餘摘要，給研究者節省了時間。他說：這本是該做的事，可是包辦這工作的人，就不想幹他們所應幹的。後來，我想到中國書籍太多，人壽幾何，就放棄我的研究計劃。

不久，李麥麥回竹山，滿足倚閭十九年之久老母的希望。這次旅行，依他後日的口述，恰像「阿麗思奇遊記」中的主人公走入奇妙的境界。他由奉節坐滑竿，穿過萬鳥飛鳴與異獸跳躍的叢林，越過清泉潺潺的小溪。數百里無住宿處，要裹糧而行。鄉居數月，他返渝，到磁器口四川教育學院教書。在這學校他認識張道藩先生，因此兼在中央政治學校教「中國近世史」。該校派速記員爲他記錄，經他修改後鉛印。這演講錄記後不好，但留着他的觀點。

大概一九四〇年間，或在他到中央政治學校教書前，李麥麥加入國民黨。由他來信，張道藩先生常和他會談，並接受他對中國歷史的一些觀點。他曾函勸我也加入國民黨。他的信，沒有留下來，一九四一年三月十五日「日記」所抄香港好友長信，是專討論這問題。該信如此說：

「兄來示言及入黨事，弟初接信，捧

讀後，頗覺震動一下。……弟對建芳兄此項意見，按卽贊成，可說不能說出一句反對的話。建芳兄所云，不能不包含至理。弟亦時常感覺到吾人對於時代，應有所盡責。吾人均是有『眞知灼見』的主張，但吾人並無所作爲。客觀有許多迫切任務，吾人反置之不顧，這是何等的一件事？但是，建芳兄意見，弟以爲定有更深的意義。弟對這個意義，亦有最大的同情。弟三年來思想和研究的發展，深切地感覺到：在人世間，並無所謂最高標準的道德一回事。這種道德，只是存在於抽象中，和理論中。凡是具有最高道德的人，不免和全社會脫離關係，而過完全孤獨的生活。至於全部人類歷史，只是一個殘酷而無情的過程，它是以剝削、磨折和壓迫大多數人類爲前提的。在這種過程中，要想實現自由和平等，不能不成爲理想和幻想。理想就是理想，永遠不是實際。卽是最科學的馬克思社會主義，也在自然的定命前，化爲百分之百的幻想。

「弟說出上面的話，意思卽是說，世間並無一定的理想和理論，可以支配我們，並且一個偉大的人，或一個抱有偉大的理想的人，往往因爲理想和實際之難以相容，有時竟願放棄理想，而從事實際。這種辦法，寧是有更大理由。我們只要將歷史加以考察，便能承認這層。在弟以爲，只要一個人的行動，能够符合人類生命創造力及一般歷史的發展，便是對的，實在的。我們的觀念現在完全不同了，我們不爲任何已成的理論所束縛，我們要如飛鳥一樣，海濶天空地去思索和行動，我們要注意『活生生的』和眞實的事件與實際，指示我們的行動。弟以爲這種呼聲，是完全合理的。

「由以上所說，可以表明弟不反對加入國民黨的意思了。並且一個歷史的任務，是在各種各樣複雜的情形下進行的。現在，國民黨正在創造一個獨立的民族；並且，現在國民黨和全民族有密切的關係，將來民族生活的變化，也一定會影響國民黨內部的變化。現在並無其他能和歷史任務相合的政黨。

「以上是弟沒有反對加入國民黨的理由。並且弟還有希望，希望有如佛家投身罪惡，以挽救罪惡，如尼采的超人之下降，以超度人類。弟深信建芳等兄此項意思，是出於最純潔的動機，並且經過理智的考察。弟對建芳兄此種決定，是採完全尊重的態度，兄如作此決定，弟亦是如此。

「不過，弟還有另一種理由，弟認爲亦是值得考慮的。卽國民黨是一個在朝黨，吾人加入之後，吾人精神和思想，還能够自由伸展嗎？我們還能自由探討眞理嗎？吾人精神是否要和最受壓迫的階級相固結，才能透視一切呢？加入之後，是否會妨碍這一點呢？弟以爲現時代給與吾人最大之好處，便是使吾人比任何時代更能够在定命的自然之承認，和人類永存之自由進展觀念間，予以適當的認識。黑格爾晚年雖和在朝派妥協，但是自由之觀念和熱情，並未消滅；反之，更强烈地存在着。弟以爲吾人時代與黑格爾時代，或有一點是不相同的，便是工人階級之存在。弟雖以爲社會主義制度是不能實現的，但是工人階級政黨之存在，卻完全是可能的。

「弟很知道，將理想主義建立在理智主義之上，並且完全理解理想和實際之難以兩全處。弟現在雖然對於人類創造力及其進步的前途，完全沒有悲觀的成份，但是，吾人愈研究，被迫更多地承認客觀的自然的定命時，也不免有若干悲痛之感。歌德說的『人生實樹是長綠，一切理論是灰色』，是一句永遠新鮮和確當的話。但是，在弟看來，它又可說是一切時代中一切天才者，理想主義者悲切的呼聲。」

這封寫於三十年前的信，可能含

有當日李麥麥的一些觀點。譬如：國民黨正在完成它的歷史任務，和中國未來有德國社會民主黨或政黨的出現。它所說人類的殘酷，卽靠壓迫和榨取大多數人而進步，研究經濟史的我，早就知道。我以爲知識分子之可貴，在於使人類社會採取減輕那榨取、消除那壓迫。最後，這封信指出人世間並無『最高標準的道德』，和有追求它的性格者，不免與社會脫離關係；我不敢苟同。人不能爲怕孤立，不朝人類進步指針卽『最高道德』所示的方向走去。我有這見解：人有很多欲望，不僅追求滿足，而且要每一欲望的最大滿足。欲達到此目的，必須無所不爲。反之，如果你減少欲望，和不求每個欲望的最大滿足，並把追求滿足的野心轉到做學問，那你就可以朝『最高道德』的標準所指示的方向前進。我由這見解，遠離政治，不加入任何政黨；不必說，我有很多不配幹政治的缺點了。

那是否說：勸我加入國民黨的李麥麥，就追求他的很多欲望的滿足呢？不是的。他一生布衣，我從未見過他穿西裝，或維持一個教授體面的衣服。他不飲酒，三餐只求一飽。他住的地方簡陋，甚至於還住不算房子的房子。似他這樣的人，加入國民黨的最大目的，是要以他的才學助國民黨完成「抗戰建國」的歷史任務。他不僅自己加入，還勸友人加入，更常勸他的學生們加入三青團。他死得早，沒有留下他加入國民黨後的結論。

李麥麥崇拜黑格爾。他住處壁上常釘老醜黑格爾的小相片。前引我的友人長信說黑氏晚年與在朝派妥協，仍保有自由的觀念和熱情，難道他之加入國民黨也像黑格爾之效忠普魯士政府？這對比不合理。不必說李麥麥不是黑格爾，而國民黨也不是霍亨索倫王室。霍亨索倫家當日謀臣如雲，猛將如雨，只缺少充當國民精神指針的思想。因此，它以黑格爾的學說爲官學，因爲他的歷史哲學有利於德意志民族。爲推廣那官學，它任命黑氏爲柏林大學校長。信奉三民主義的國民黨，不需要別家思想，正因如此，它的教育部長常不是洪博德之類的人物。對普魯士統一德國史那麼深入地研究的李麥麥，當然知道這一點。

一九四一年夏，李麥麥又回復旦大學教書。他的肺病復發，身體很壞。他住在東楊鎭。我爲避空襲，搬到距東楊鎭數里的井潭。我上課時，要經過他住處，他卻沒有長談的體力和興趣。實際上，這鎭上住着陳望道、靳以、胡風等人，流傳着很多可以談論的事。他爲着生活，必須上課，而且上大班的課。最後他聲音沙啞，倒在床上。他似乎變了一個人，甚麼希望都沒有，只要回老家——竹山。有一次，他流淚對我說：「我要死，也要死在家裏，我要見我的老媽媽一面。」同學爲他奔走求醫，又爲他籌措醫藥費，一九四二年度畢業同學會，爲酬答他過去的教導，曾鳩資送他。

七月十六日下午五時，復大同學張繼欽，突奔來我的住處說：「李建芳先生於今日午後四時左右逝世。」這似晴天霹靂。前天，我曾遣女傭人送信給他，並送自種番茄數斤，她回說李先生病況無礙。我卽同張同學赴東楊鎭，六時抵達，林一新兄等在附近茶館等我。我進入他的房子，他兩眼睜大，眼中有淚，身蓋舊衫。同學們告我：「他早上有一次叫女傭開門，赤足奔出，口呼有鬼，因無力支持，又回臥床，卽不起。」又說：「早晨，他告女傭：『我今天下午會死，要她赴校叫負責人來，我身上有錢，你不要偷。』」到校工來，他說：『你不要走，我不久就會死。你對我家裏人說，我死後，我的女人要和老母同住。這是我的遺囑。』不久，又說：『我要寫字』。校工拿紙來不及，他在靠臥處牆上寫『皮肚大××』後兩字看不清楚，字大如小碗。

治喪會同人向鎭紳王爾昌先生要塊墓地，那是他生平打獵的地方，又是他曾住過房子的後山。墓由同學監工，十七日下葬，男女同學八十多人，校方當局和他的友人們，都送到墓地。葬畢，一位教授說下面的話：

「李先生的死，是由五四經一九二五至一九二七年，許多同樣死者的一例。他繼承那時期知識分子的傳統，不以一己生活爲意。他在困苦中著述。他的「中國古代哲學批判」，就在一面吐血一面寫作中產生。

「但他卻有和常人不同的一點。他不僅知道過去歷史演變的原因，他還知道後一時代的運動。這運動，就是民族統一運動。他不僅知道它，而且爲它作理論的解釋。我以爲：唯一的解釋者就是他，也只是他。

「他爲着思想的發揮，穿過着困苦的生活。如果他願意屈就，他不會有如此的結局。這就是他的偉大。這一偉大，值得我們學習的。

「他的說明統一運動的著作，由於這運動已成爲事實，『被人忘卻』。黑格爾說：『當人們爲時代的現實所迷時，忘記了內心的動作』，就是它的說明。爲着這原因，當我第一次見他時，他說：『我不再寫作了。我的寫作，有何用處呢？我此後要拋棄書和筆，回家去，過着鄉居的生活。』但無情的上帝，連這樣的小欲望，也不讓他滿足。……」

那天，我沒有說話。

李麥麥逝世後，我整理他的遺稿，有很多感慨。十九日的「日記」如此寫：「中國讀書人，難有好結果。只有一人例外，他就是孔子。」後來，我把他的遺作：(1)德國統一運動，(2)意大利民族統一運動，(3)美洲獨立與南北戰爭，(4)尼德蘭獨立革命，和已發表的「日本明治維新運動」，合編爲「各國民族統一運動史論」，並寫「李建芳先生之生平及思想」代序。這本書，除了「德國統一運動」和「日本明治維新運動」，都不是全稿。一九四五年四月初，它由重慶大道出版社出版，並預支稿費一萬元，由湖北省銀行滙竹山王民先收。

寫到這裏，恰是李麥麥逝世三十周年。語云：「三十年爲一世」。這一世，事物變化太多太大，似與他生前的估計完全相反！誰能說：死者可悲，生者快樂呢？

關於國父

三月十二日是國父逝世紀念日，也是國定植樹節，這日子的正確性是無容置疑的。至於國父的誕辰紀念日，情形可就不同了，至少有兩種不同的說法。雖然，現在人人皆知國曆十一月十二日是國父誕辰紀念日，其實，這天究竟是不是國父的生日，仍尚有問題的，值得我們提出討論、考證。

根據部審中學標準教科書，高中國文第二冊第一課「黃花岡烈士事略序」的作者生平的記載：孫先生……生於同治五年（西元一八六六）陰曆十月十六日（現以陽曆十一月十二日爲國父誕辰紀念日）……又根據中央黨史史料編纂委員會所編的——「國父全集」（由中央文物供應社出版）第六集末後附錄的國父年表記載：國父是生在清同治五年丙寅（公元一八六六年）十月初六日（西曆十一月十二日）……不過，在後面還加了一句按語，即國父手書自傳（筆者按：係指民國紀元前十五年，應英國劍橋大學教授翟爾斯氏之請所作，文見——「國父全集」第六集第二零九頁）其生日爲是年「華曆十月十六日。」

上述兩項不同說法，都是出自極具權威的書籍，不可等閒視之。很顯然的，高中國文教科書所記十月十六日生，是根據國父手書的自傳而來，至於——「國父全集」附錄的國父年表，雖未抹煞國父手書自傳資料，但所記十月初六日生，便不知所據爲何？但我們可以相信，絕對不致於出自編纂委員諸公的杜撰揑造，必有所本，只是未加說明而已。然而，在陰曆十月十六日與十月初六日兩者之間，必有一是一非，一正一誤，究竟孰是孰非？孰正孰誤？我們身爲國父信徒，對一代聖哲的誕辰，實有稽考而更正之責任與義務，尤其不容有兩種以上的說法。

的生日

温德文

假如筆者記憶不錯，黨國元老黃季陸先生，曾在國父百年誕辰時，發表鴻文，談論有關國父的生日。大意是說：達成公在國父出生後，曾隨俗請算命先生排八字，卜算之後，算命先生在卦紙上批着：「此子性命不凡，大富大貴，將有九五之尊。」所以國父小時又名帝象，即由此而來。到了童年，有一天，達成公帶國父到祖宗祠堂的神主牌前，要國父叩頭發誓，在其有生之年，不得將自己出生時辰向外人透露，以免招致殺身之禍。國父當然答應了。故國父的生日，一向不爲外人所知，原因在此。

關於目前大家所熟知的國父誕辰紀念日——國曆十一月十二日的由來，據黃季陸先生在文中所說：那是在民國十三年的十一月十二日，國父的家人在廣州寓所，準備了兩桌酒席，並邀請了幾位身負重任的高級幹部同志參加宴會，席間大家打聽之下，原來那天（陰曆十月十六日）是國父生日，從此大家便以十一月十二日爲國父誕辰。果眞如此，姑無論前述國父生日孰正孰誤，最低限度，說是國父生日在陽曆十一月十二日，其正確性是值得懷疑的。以筆者臆斷，國父當時所過的是「土」生日，而不是「洋」生日。翌年國父作古，我們未加考究，一直把十一月十二日視爲國父誕辰紀念日，相沿至今。對黃季陸先生上述的說法，筆者曾查證大衆書局出版的「萬年曆」，民國十三年的陽曆十一月十二日，的確是陰曆的十月十六日。證諸國父手書自傳，乃民國十三年國父家人爲其設宴暖壽的事實，國父眞正的生日，應是陰曆十月十六日，而不是十月初六日。但現在我們每年依例在國曆十一月十二日放假紀念國父誕辰，那恐怕就有問題了，有待我們詳加考證，因爲民國紀元前四十六年的陰曆十月十六日，總不可能就是陽曆的十一月十二日，筆者本欲再在「萬年曆」上求證，可惜該書的記載，僅追溯到民前二十年而已，未克償願，誠屬憾事。

又倘使以國曆十一月十二日爲國父誕辰的由來，一如上述，則「國父全集」附錄的「國父年表」所記十月初六日爲國父誕辰的依據，本諸先入爲主的錯誤觀念，恕筆者再次的妄加臆斷，很可能是追溯到民前四十六年的陽曆十一月十二而換算得來的，若不幸而言中，那無異是削足而適履，不足取也，而國父的眞正「洋」生日，便該是陽曆的十一月二十二日了，是否如此？最好請由中央黨史史料編纂委員會依據事實，公開說明其以陰曆十月初六日爲國父誕辰之所據爲何？（編者按：據同治五年中西曆對照，十月十六日應爲西曆十一月二十二日，作者估計正確。）以期對全體國人及子孫萬世有所交代，而以免混淆。

筆者始終認爲：我們國人一向墨守成規，過分保守，缺少求眞、求實精神，如黃花岡八十六烈士，仍習稱七十二烈士，又黃花岡之役，明明是在陰曆三月二十九日（合陽曆爲四月二十七日），如今竟以陽曆行之，即其一例。現在我們既發現國父生日確有差誤，宜本着道德的勇氣，加以稽考更正之，若知而不改，將錯就錯，實在愧對我們國父，亦愧對我們子孫！不錯！以十一月十二日爲國父誕辰紀念日，行之多年，一如三二九、七十二烈士然，已深植民心，印象深刻，但若由政府明令更改，並非不可，且有先例可資效尤，如萬世師表孔子的誕辰，在民國十八年始由國民政府公佈以八月二十七日爲孔子誕辰紀念日，後來有人提出質疑，又於民國四十一年，由教育、內政兩部，邀請曆數及考據專家，研究結果，認爲孔子誕辰，換算陽曆應爲九月二十八日，經呈奉總統明令公佈，自此九月二十八日即爲「孔子誕辰紀念日」及「教師節」。

既有前例可援，我們對更正國父生日，實不必有所顧忌而遲疑，況且國父哲嗣孫科院長，及跟隨國父奔走革命的黨國元老，尚多健在，事實眞象如何？可直接稽詢，行之容易，我們又何樂而不爲？難道又要等到二三千年後，再由我們的子孫援經據典稽考更正不可？

陳顒菴先生的生平及其讀嶺南人詩絕句（下）

余少颿

明代詩人簡介

黎貞、字彥晦、新會人。洪武以明經薦辟、至京、不赴部考試，出郭而歸。署爲邑訓導亦不就。退隱釣臺，自號陶陶生、晚號秫波。後坐事謫戍遼東，十三年赦還、卒、有秫波集。師有絕句三首，今錄其一：

止心淸有冰壺鑑。落筆渾無斧鑿痕。
我讀遼陽千字律。芊綿如訴欲歸魂。

陳獻章、字公甫、號石齋、新會人。正統舉人，兩上春官不第、聞吳與弼講學臨川，往從之遊。道通而歸，名聲蔚起。因築春陽臺靜坐其中，暇與弟子講禮習射。時學士錢溥謫順德，雅重之，勸之北上，復遊太學。已而歷事吏部成化南歸，遂有終焉之志。四方來學日衆，乃築小廬山書室以待學者。復以左布政彭韶，巡撫朱英疏薦力趨就道，不得已至京師，應赴吏部考試，會病不果，以終養乞歸。授翰林檢討，家居談道。弘治卒，萬歷間詔從祀孔廟，謚曰文恭，有白沙集，師有絕句五首，略。

丘濬、字仲深、號瓊臺，瓊山人。正統鄉試第一、景泰進士，授編修，歷官至太子保，禮戶尙書，武英殿大學士，卒謚文莊。著述甚富，有大學衍義補，瓊臺會錄，世史正綱，家禮儀節，朱子學的等書，志在羽翼聖經。師有絕句四首，略。

湛若水、字元明、增城人。治弘以書魁東省，登弘治乙丑進士，選庶吉士，授編修。歷侍講遷南祭酒，進禮部侍郎，累遷南京吏禮兵三部尙書致仕。居天關講學，卒年九十五。贈太子少保，謚文簡，著有甘泉集。通志云「若水從陳獻章遊，嘗屛居一室潛心理學，超然遠到。後見莊定山論學，亟見獎許。祭酒章懋亦奇之。王守仁在吏部時相與講明正學。修撰呂枬輩皆往來辨論，一時稱爲甘泉先生。前後開講席，來學者每示以澄心見性，設教以隨處體認天理爲宗，後從遊至三千餘人。所著述有甘泉問辨、心性書、遵道錄、古小學、四書測、五經測，等書。師有絕句三首，略。

晚明時代，士大夫們痛國家淪亡，異族入主中原，忠義奮發，共挽危亡，圖謀恢復。其中可歌可泣的行動，眞可以驚天地動鬼神的。詩人學者們便有區大相、韓上桂、陳子壯、黎遂球、伍瑞隆、郭之奇、梁朝鍾、鄺露、張家玉、陳邦彥、王邦畿、鳴雷父子、薛始亨起蛟兄弟、何準道鞏道兄弟、張穆、方國驊、高儼等。又神童蘇福，靑衣李英、其詩風均有可述，師讀之每人詠絕句一首或至四首，爲篇幅所限，一概從略。

嶺南三大家和北田五子

昔王蒲衣嘗選屈大均、陳恭尹、梁佩蘭、三家詩行世，數百年來，風靡南北，玆分述如下：

屈大均、本名紹隆、番禺人。隆武時補諸生，從陳邦彥遊。邦彥殉節，棄諸生，禮函是爲僧，名今種，字一靈。後返儒服，更名字翁山，介子、華夫、皆其別號。吳三桂以蓄髮復衣冠號召天下，大均奔走楚粵間，既知其有僭竊志，遂辭歸。吳興祚督粵，欲疏薦之，以著書未竟辭。蓋自弱冠後出入儒釋，歷遊荊楚吳越燕齊秦晉數萬里，所至通人鉅儒，交相傾倒，故聲華遍海內。然性至孝，遠遊念母輒歸省，母年九十餘卒。踰三年，大均亦卒，年六十七。所著有九歌草堂集，寅卯軍中集，道援堂集。後彙爲文外詩外各十七卷，附騷屑詞二卷。又著有易外、廣東新語、四朝成仁錄等書。所纂集有廣東文集、廣東文選、文集佚、文選存。師絕句云：

　　儒素緇藍託意深。詩人氣骨自森森。
　　從來燕趙稱豪傑。舍卻沙亭何處尋。
　　太白高絃偶一彈。畫疆如此亦酸寒。
　　橐駝猛虎眞唐在。朱十何爲被眼謾。
　　今古才人孰後先。所爭浩氣在當前。
　　梅村芝麓凌雲筆。荏弱隨風總可憐。
　　九世深讐雖可復。千年正統未能存。
　　詩亡義有春秋在。可讀先生宋武篇。

　　陳恭尹、字元孝、順德人。邦彥子、以邮廕授錦衣衛指揮僉事，嘗上疏條陳時事，旋假歸。桂王奔雲南，恭尹與何絳出崖門渡銅鼓洋至昭潭。會清兵三路進剿，滇黔路絕，乃泛洞庭自漢口南還。康熙間以嫌疑下獄，百日始得解決。晚寓廣州，居小禺山間，與當道往還酬唱，忠義之氣，時時流露，志固未降，身亦未爲辱也。自稱獨漉子，亦號羅浮布衣，著有獨漉堂詩文集。師讀其詩：

　　美人遲暮滯湘潭。黃鶴樓頭詩興酣。
　　惘惘中流東北去。不堪回首又江南。
　　局天畫地獄中吟。圭角磨礱飲恨深。
　　未許筆端留爪跡。苦辛常倍病人喑。
　　品高終遜一靈師。朱十詩評已有辭。
　　獨是飛行能絕迹。讓他唱歎入心脾。
　　論詩獨發古人藏。情性言詞有擔當。
　　不朽文章如日月。圜絃終弗變尋常。

（獨漉荅梁藥亭論詩書語最精當）

　　梁佩蘭、字芝五、號藥亭、又號鬱洲，南海人。領順治丁酉解首，一時稱名元。及成進士，年已將六十，入詞館，館中推爲館長。不一年乞假歸，歸途經齊魯吳越，與舊遊握手，酒盞詩簡，放浪湖山以自適。里中當道，節鉞重臣，往往造廬以請。其詩若文，濱海異域亦爭購片紙零縑以爲重。經十五年詔促詞臣赴館

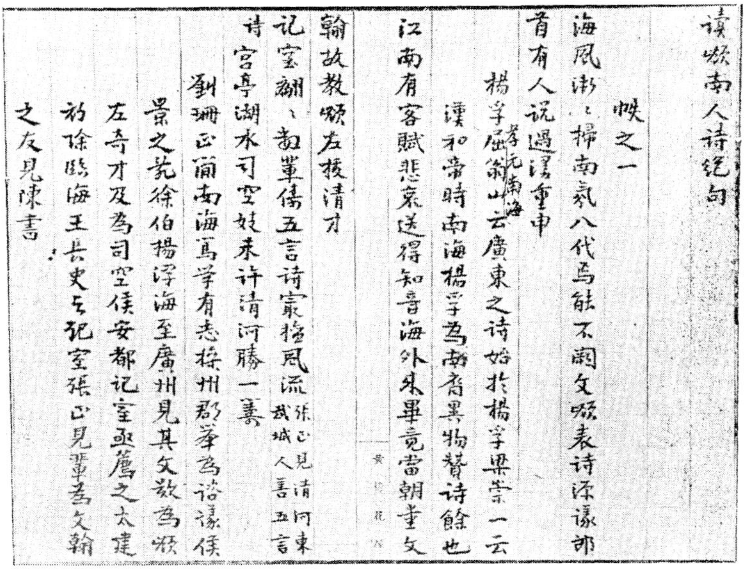
讀嶺南人詩絕句
帙之一
海風渺渺掃南氛八代爲能不斁文嶺表詩添張謝
首有人說過還重申
楊孚（孝元南海）翁山云廣東之詩始於楊孚梁崇一云
漢和帝時南海楊孚爲南裔異物贊詩餘也
江南有客賦悲哀送得知音海外來畢竟當朝重文
翰故教嶺左接清才
記室翩翩勤筆傳五言詩家擅風流（張正見清河東武城人善五言）
詩
宮亭湖水司空妓未許清河勝一籌
劉珊正簡南海篤學有志梓州郡舉爲諮議侯
景之亂徐伯楊浮海至廣州見其文敬爲嶺
左奇才及爲司空侯安都記室亟薦之太建
初除臨海王長史兼記室張正見單爲文翰
之友見陳書

陳顒菴先生著述手稿

就職，乃復入都。值散館試滿，書非其所能，同時以不入等放讁者十數人，所願應投課自請。藥亭曰吾雅不欲留此，吾而留，十五年前不歸矣。流連輦下，選酒徵歌，有延而匿之別業，不令見他客以矜其所獨得。而藥亭逾年歸里，歲餘而歿。集曰六瑩琴名也。師讀詩云：

珂馬丁當紫閣瑰。阿誰眞意護淸才。
此鄉亦有窮愁藥。龍眼荔枝花艷開。

淸風孤往在歌行。力併韓蘇晚境生。
藥草南榮天趣合。不因孤憤闢輸贏。

五字秋絃絃上尋。天風吹浪動人襟。
鄉評先有蒲衣子。道是成連海上琴。

千秋尙論有低昂。夢鯉山房句恰當。
若道齊名陳屈去。尙如璈管配伊涼。

北田五子之一，何絳，字不偕，號孟門，順德布衣。好讀書，淹貫羣籍，遭世變，遂入羅浮西樵山中不復出；日與逸士雅人賦詩贈答，而與屈陳梁三家尤善。已乃出梅關，走金陵，遊燕薊齊魯趙魏秦楚以縱耳目之奇，而洩其胸中壘塊。晚歸鄉里，隱跡北田，與陶窳，梁槤，陳恭尹，及兄衡稱北田五子，有不去廬稿。又皇明紀略，未見。

梁槤、字器甫、亦號寒塘居士，鐵船道人、順德人。工書畫，畫學雲林，稱寒塘派。與陳何等結社北田，槤先歿，稿不存。

陶窳、字苦子、號握山、南海布衣。東西遷徙，轗軻以卒。跡刪和尙嘗援入空門，未果。詩功最深，凌譽釗謂近柳州、有慨獨齋詩稿。

其他二子陳恭尹已前述，何衡詩未見，師於何梁陶三子均有絕句詳紀，從略。

程可則、字周量、號湟溱、別名尙多，南海人。初與薛劍公屈翁山同受業於陳巖野之門。巖野殉節，薛屈分途，周量獨身陷城圍中，與尊人匪凡並爲縶縲，不得已而取世資以自免。壬辰登進士第一、後卒以磨勘題理黜不得第。周量乃歸南海，傍西樵之麓，誅茅以居。久之仕爲內閣秘書院誥敕撰文中書舍人，與陳說巖、汪鈍翁、王西樵、阮亭唱和都門。轉樞曹分校北闈，奉使山左右，累官職方郎，出守桂林，月餘而三藩亂作，竟以憂卒於全州，年僅五十。有遙集樓草、萍花草、海日堂集。師絕句云：

蕭條夜雨不勝思。無力東風綰別離。
張緒飄零身世感。孝升詞與阮亭詩。

不才見棄逢明主。此是襄陽得意詩。
自問如何非賈誼。沾襟流涕亦當時。

程家自有蘭亭帖。品擬南施北宋間。
掃盡齊梁金粉去。載將初盛鼎彝還。

孤士難爲天下魁。知音枉自識驚才。
一生滄海登樓氣。祇合重圍付劫灰。

乾隆四子、嘉慶七子

清初詩人甚衆，歸善姚子莊、海陽陳衍虞、東莞尹源進，固足以提挈騷壇。尙有續南園五子許遂、郭捷祥、梁文冠、鄺白池、汪始山。惠門八子陳世和、蘇珥、羅天尺、勞孝輿、陳海六、吳世忠、吳秋、何夢瑤。均有名於時，不能盡述。

溫謙山說「二樵與張藥房、黃虛舟、呂石帆、世稱嶺南四子。其始品題於蜀中李南澗，數十年來，咸無異議。」現爲標明時代，改稱乾隆四子。

黎簡、字簡民、號二樵、順德人。乾隆拔貢，有五百四峯堂詩鈔。二樵詩風，彪炳一代，師搜集諸家評語，加以論斷，篇幅甚詳，現只錄絕句四首：

不出其鄉黎二樵。（近人論粵詩有此句）
似譽似毀太無聊。須知河嶽江湖客。
界限森嚴見未消。
昌黎勁骨涪翁面。蘿薜森森現浣花。
歸理靜中禪榻夢。鬢絲新見是南華。
秋氣誰先先與雲。鋼鋒爲筆筆千鈞。
神思力量縱橫際。膠漆天人未易分。
風雅升沈一代愁。蕭條冷月望羅浮。
屈陳一百餘年後。應有樵夫在上頭。

張錦芳、字藥房、順德人。乾隆進士，官翰林院編修，著有逃虛閣集，南雪軒詩論。師曾徵引馮魚山、陳觀樓、凌藥洲評語，現只錄絕句：

妙筆通神屋漏痕。湘雲鬟鬢月斜昏。
此中滋味淸人骨。含併詩魂入畫魂。
（藥房善畫）
夜雨寫愁絃未絕。西堂增夢句能神。
友于軾轍眞千古。詩到連牀語苦辛。
（藥房弟玉洲亦能詩）
雪消春水流殘白。風暖湖山入舊青。
（藥房句）
彈指華嚴猶盛日。帶經堂後耐人聽。
對君不敢匿疵瑕。究讓樵夫老到家。
黎後黃前詩品定。蘇門風力此爲涯。

黃丹書、字虛舟、順德人。乾隆舉人，官開平訓導，有鳴雪齋詩鈔。虛舟雅不欲與顯者交，嘗曰貧與富交則損名，賤與貴交則損節。歸里築聽雨樓隱居養親，詩書畫稱三絕。師詠之云：

鐵鉤鎖法元和柳。書畫由來共一師。
一絕藝通三絕藝。無聲詩即有聲詩。
紛紛俗論有低昂。廬後王前未肯當。
戲牧猪奴吾所好。出門一笑詠滄浪。
凡指誰知癢處爬。無窮煩惱忍跌跏。
詩心長到高寒地。寫出巢居閣上花。

呂堅字介卿、號石帆、番禺貢生。詩集曰遲删，蓋石帆性兀岸自異，少所許可。豪飲高談，家貧甚而胸次落落無所介。顏蹭蹬不遇，抑塞磊落，發之於詩，而幽艷陸離，奇情鬱勃，略與二樵同。集中唱酬最多，二樵固新響軋軋，惟石帆乃足稱勁敵。師有絕句三首：

食蛤屠龍世所驚。鏤毫擘嶽事難成。
狂生狂病非非想。獨有山樵諒此情。
一篙勁渡橫江風。花箭將軍開硬弓。
忽爾柔思萬尋丈。月輪分半乞蟾宮。
吟侶皆稱書畫强。人處獨唱傲風霜。
豈知辣手能文者。善節商聲歌短長。

題師說：「嘉慶間張雲巢（名靑選順德人）、謝澧浦（名蘭生南海人）、伍東坪（名秉鏞南海人）、張墨池（名如芝順德人）趙平垣、顏鯿堂、及雨亭（名時普南海人）、彪炳騷壇，時稱七子。甲戌珠江勝會，爲旬日之遊，繪珠江舊雨圖，各題詩以識之。」特錄於此，以誌詩風之盛，至七子行誼及師絕句，文長暫闕。而名進士宋湘吳榮光尤以詩鳴云。

其時尚有程鄉三友，卽顏崇衡、李光昭、徐靑。順德温氏合三人詩刻之，均見於師讀詩絕句中。又師讀嘉應廖紀秋喬詩，說「秋喬曾就學於學海堂，以海花梅影詩爲時所稱，有梅州三秋之目，三秋者楊秋衡（名炳南），李秋雨（名光昭），及秋喬也。」因附記之。

乾嘉年間，尚有一事足以紀錄傳世的，就是梁善長輯的廣東詩粹，於乾隆十二年刻成。温汝能輯的粵東詩海，於嘉慶十五年刻成。劉彬華輯的嶺南羣雅，於嘉慶十八年刻成，這三部巨著成爲廣東最偉大的文獻。

道光七子詩壇與七子集

張維屏、字子樹、號南山、番禺人。道光進士，南康府知府，兩任學海堂學長。少負詩名，嘗與同邑林伯桐、黃喬松、段佩蘭、香山黃培芳，陽春譚敬昭，南海孔繼勳，築雲泉仙館於白雲山麓，據蒲澗濂泉之勝，訂州伊秉綬題曰七子詩壇，爲之銘記。及告歸，復於花埭西築聽松園，榜其堂曰松心，著書其中。所著有松心文集詩集，國朝詩人徵略，談藝錄，花甲閒談。師有絕句三首詠之：

談藝從容一代操。頗於文獻著微勞。
書家（謂譚組安）告我臨池便。
榲語琳瑯檢一遭。
水當入口千條合。詩可呈天一字眞。
此日海涯頗岑寂。四家而降有斯人。
風廊水樹一枝簫。月到楊州廿四橋。
定得漁洋思舊作。紅牙紫玉夜相邀。

林伯桐、字桐君、號月亭、番禺人。嘉慶舉人、德慶州學正，學海堂學長，有月亭詩鈔，他著尙多，總名曰修本堂稿。師絕句云：

何事長沙三歎息。民生勞力與修名。
雜詩數首淵淵韻。卽是人間座右銘。
秋樹亭前秋客悲。幽情寧獨義山詩。
故人顏色南屛夢。風露森森落月時。

黃喬松、字鑑仙、號蒼崖、番禺貢生。候選雲南鹽課提舉司提舉，有鯨碧樓，嶽雲堂詩鈔。師有絕句二首：

風騷心跡遍風塵。詩入蒼崖手便珍。
須識人窮微特貴。美名薺菜孟嘗君。
心聲我法迭相商。此技尤推五字强。
私淑半生謀適可。精鈔一帙道援堂。

段佩蘭、字紉秋、番禺諸生。性情蕭曠，家僅中人產，而能出二千金在白雲山麓建雲泉山館。阮雲臺督粵，常減騶從携書卷至，坐讀竟日。翁覃溪有雲泉詩石刻留題，故師絕句及之：

淸湍修竹靜開軒。當日儀徵有屐痕。
泉石自然饒勝境。翁伊題詠至今存。
泛棹漁磯眼界寬。白雲浩蕩水瀰漫。
好從平遠紓襟抱。是比登高寓目難。

黃培芳、字子實、號香石、香山人。嘉慶副貢，官陵水教諭，肇慶訓導，學海堂學長。有嶺海樓詩文集，香石詩話。生平有志窮經用世之學，於近代通儒尤服膺陽明亭林。著書五十餘種，年逾古稀，猶日孜孜手一編不輟。於詩則肆力於諸大家名家，腳踏實地，力追古人。師讀其詩云：

正宗才力究如何。刻鵠寧輸畫狗多。
巧舌瀾翻眞是薄。平心立論未嘗苛。
儒與詩交得合難。質文相輔最相關。
三家五子琴聲寂。嗣響中音續續彈。
觀瀑幽人心骨冷。拈花天女笑無言。
這般詩境從何得。五百三峯粵嶽尊。

譚敬昭、字子晉、號康侯、陽春人。嘉慶進士，官吏部主事，有聽雲樓詩草。番禺黃蒼崖刻三子集，謂南山以精華勝，香石以淸眞勝，康侯以超妙勝。師絕句：

大匠工錘規矩先。天工咫尺自然然。
論詩能進神明境。知得君身骨是仙。
水尾潮來人賣魚。畫樓楊柳畫船書。
珠江未及西湖好。也學元人唱竹枝。
曾見蒼崖論短長。南中太白許相當。
北行如此爭秋色。想又心香注草堂。
幾時覺得詩尋我。萬象天聲是我師。

難易工夫離合事。一生甘苦自家知。

孔繼勳、字開文、號熾庭，南海人。道光進士、授編修，少受詩於黃香石，有濠上觀魚軒集。師絕句云：

一枝岷脈吞雲夢。五折湘流入洞庭。
（熾庭登祝融絕頂作）
詩重有聲常在此。不同隱約上丹青。

與七子詩壇同時的，有順德黃丹書之子玉衡、字伯璣、號小舟，嘉慶進士，由翰林授浙江道監察御史，有侃直聲，以庚辰歸粵，歿於信州途次。生平與鎮洋盛子履交厚。身後子履輯其安心竟齋詩集，與譚康侯、張南山、黃香石、林辛山（名聯桂）、吳秋航（名梯）、黃香鐵（名釗）、詩合刻之，名粵東七子云。

道光之際，詩人淩揚藻編印嶺海詩鈔、黃子高輯粵詩蒐逸、吳炳南、梁九圖合編嶺表詩傳、伍崇曜纂楚庭耆舊遺詩，風雅之盛，師皆有詩表彰，未能一一盡錄。

晚清詩人

陳澧、字蘭甫、番禺人。道光舉人，五品卿銜，爲學海堂學長，菊坡精舍山長，學者稱東塾先生，著述甚多，遺詩僅二卷。

晚學禺山創一枝。溝通漢宋絕支離。
多能尚及餘閒事。幅箑傳鈔東塾詩。
人有深懷愛清夜。天將明月笑新詩。（東塾句）
眞堪比美黃才伯。絕妙春宵大醉辭。

譚瑩、字玉笙、南海人。道光舉人，化州訓導，學海堂學長，工駢體文。南海伍氏所刻嶺南遺書，楚庭耆舊遺詩，粵雅堂叢書，皆其手校，跋尾詩話皆其手筆，生平精力略盡於此，有樂志堂詩文集。

風詩典雅略波瀾。持較駢儷季孟間。
審定叢書及詩話。是渠歸宿九疑山。
檢得畫墁三四律。晚晴（徐東海）果
得領中珠。
世情推勘皆癥結。坐月支琴總自如。
老輩風流似草芟。問誰能峙玉山銜。
彬彬樂志堂前客。如不及軒（陳起榮）
思不凡。

汪瑔、字芙生、號穀菴、番禺人。生平博極羣籍，尤工詩詞，精漢隸書。著有隨山館詩文詞，無聞子，松煙小錄。居幕府二十餘年，沈機應變，大吏多倚重之。

朝臺故址督師祠。粵秀觀霞萬象奇。
如此宏編難悉數。何曾一句女郎詩。
須識隨山善倚聲。粉雲絲雨亦恆情。
柔懷偶託風詩裏。忍俊尊前芒角生。
羊質輕象以虎皮。躁攀韓杜昔人嗤。
我懷若谷辭逾退。更是先生守道碑。

葉衍蘭、字蘭臺、號南雪、番禺人。咸豐進士，選庶吉士，累擢郎中。少時以詠鴛鴦得名，尤擅塡詞。晚年主講越華書院，提倡風雅。手書李賀詩、心經、返生香、秦淮八艷圖詠付匠刻之，爲世所寶。著有海雲閣詩，秋夢菴詞。

裊裊襟靈獨暢時。墨閒筆靜偶爲詩。
長蘆繼作誰家事。片片孤鱗可預期。
瑤琴白雪扇桃花。萬綠陰中點絳霞。
賦罷鴛鴦誰屬和。清奇尚有古梅丫。
不着一塵仍好潔。已空萬象未償癡。
珠江月冷銀塘暖。詩不如詞秋夢欹。

李文田、字仲約、號若農、順德人。咸豐一甲第三名進士，授編修，歷官至禮部侍郎，屢任督學典試，才彥多出其門。學問淹貫，名重海內，而不欲以文學見稱。上疏言事，切中時弊。生平著作甚豐，優工書法，所著已刊行者多種，餘稿藏於家者亦不少。年六十三卒，諡文誠。

左臨虎北右飛狐。故壘崇關古霸圖。
兵燹殘餘樵牧地。詩囊分載不模糊。
貞珉百字土痕新。詩句嵷森典隱嶙。
可惜異軍方突起。未能風尚到荊榛。

黃遵憲、字公度、嘉應人。光緒舉人，歷官湖南鹽法道，署按察使，簡任日本公使，尋罷歸。學識通敏，究心時事。嘗采日本風土政俗及其變法始末為日本國志，有人境廬詩草。

定菴濡染從何說。晞髮觀摩亦偶然。
左列濤箋右端硯。古人何事任拘牽。
松陰寰海盡工夫。併力方成人境廬。
想像平生知已語。我詩亦許霸才無。
碎割河山感憤詩。刀光簾影事離奇。
倘教添入詩箋注。史筆鮮明如列眉。
國土華胥睡味酣。憂虞海色入詩談。
星槎一任天風蕩。吟事消閒江以南。

道咸同光四朝，詩人衆多，難以舉列，其中狂狷分途，升沈異態，例如簡朝亮的舊學發微：

廣大儒門賅九流。何妨餘事亦千秋。
扢揚士氣歸風雅。一帙明詩不贅疣。
（師絕句三首錄一）

梁鼎芬的扢揚風雅：

海西倦讀醒殘鐘。揖讓歐王夢已通。
扶得寢微風力起。清才晚季幾難逢。
（三首錄一）

康有為的維新自命：

風動海潮龍聽法。雲愁島峙烏驚逋。
升沈成敗繞毫素。哀咽人天解得無。
（三首錄一）

曾習經的灌園終老：

歷卷誰傳薄命詞。吾生寧似后山癡。
攜詩歸去臨流讀。回首風塵幸未遲。
（三首錄一）

此外汪兆銓之「悠悠天地一微塵」，汪兆鏞之「風雨棕窗劬楮墨」，（皆師句）陶邵學之湛深經學，江逢辰之文詞瑰麗，朱啓連之狷介自持，張采珊之編纂詞徵，潘飛聲之三續詞選，蘇若瑚之書學答問，有文有質，並不是獨以詩見長的。

民國詩人

丘逢甲、字仙根、號仲閼，原籍蕉嶺，生長臺灣。光緒進士，簽分某部主事，不就，歸臺任書院山長。甲午戰敗，割臺議起，仙根首倡自立為民主國，擁巡撫唐景崧為總統，自願居副。日軍攻之急，苦守援絕，景崧遁。仙根亦內渡，因粵復籍。民國成立，任廣東教育委員，元年卒，僅四十九歲。有嶺雲海日樓詩，門人鄒魯刻之。

海色天痕百感新。客家後起數詩人。
憂時未肯居人後。詩跡崟嵜可一論。
隻字具存眞血性。孤燈齊現古鬚眉。
干將未現騰宵氣。祇有詩心託芷離。

朱執信、原名大符、番禺人。日本留學，畢業法政，回國任廣州法政專門學校教席，志在掩護革命工作。黃花崗之役參與籌劃。恆撰述革命理論，散見各報章雜誌。民國九年，粵督莫榮新叛逆，奉命聲討，死於虎門。年僅三十六歲，後人輯其文集行世，順德劉紀文復影印其自書詩眞蹟，遍求同志補錄遺稿，堪稱詳贍。

茫茫天下一冰棱。小發文光亦斗星。
咳唾偶然落珠玉。照人肝膽獨晶瑩。

藝壇餘事一身兼。家法從來重謹嚴。
猶是乃翁冰雪操。不教游放近蘇髯。

半世驚濤駭浪身。千金一墨等微塵。
漢書八首吟成後。僅憶深藏有故人。

王風霸氣湧批評。人盡思君死太輕。
天秀摧殘事猶小。南邊從此失長城。

徐紹楨、字固卿、番禺人。開國時主持南京反正有功，後任廣東省長，內政部長，國府委員，晚年致力著述，已印成者有學壽堂叢書。

格調因時有變遷。不當流轉論前賢。
請君一讀靈洲錄。斷得家風有後先。

青眼高歌此何世。當筵詞筆已崯崎。
黃塵匹馬南來日。沈陸幽愁知己知。

陳少白、原名夔石、新會人。早歲從事革命，性恬淡，不自言功，隱居不仕。

英雄潦倒壯心悲。異國相逢解笑眉。
一副琵琶七言律。風塵祇合贈宮崎。
（少白有贈宮崎寅藏詩）

長城萬里崎東南。遊到幽奇意興酣。
門戶竟無今可歎。迷離舊事又前談。

歲時入獄今生願。何必成功致力身。
事佛攘夷行我法。詩中要領說來眞。

尤列、字令季、號少紈，順德人。少從梁杭雪讀，博通經史。繼習賈南洋，鑑於士流懦弱，不足以舉大事，乃組中和堂結納工人與海外亡命綠林之雄，自居領袖以統率之。與陳少白、楊鶴齡、隨國父孫中山先生致力革命，當時有四大寇之稱。

誓將肝膽答共和。（少紈句）句敵屠龍十萬戈。
篳路歌謠驅韃虜。長留浩氣貫山河。

廖仲愷、原名恩煦、惠陽人。少年留學日本，隨國父革命，歷任廣東省長，大元帥府財政部長，中央軍官學校成立於黃埔，任黨代表，賦性剛毅，勇於負責。十四年八月二十日遇刺死，年四十八歲。有雙清詞草。

芳草自繞悲隱客。（仲愷贈別一章句芳草自饒人自隱）黃金無地作重樓。
柄柄風雨留佳句。南北頻年迄未休。

闔興畫獅畫虎外。客懷小令小詩中。
當年曾與清酬者。二十四番花信風。
（曾與陳昭常酬唱）

不願無詩篋衍空。有詩無暇苦求工。
晚來一段崢嶸意。欲盡詩心恨未窮。

古應芬、字湘芹、番禺人。善理軍儲，有裨革命，歷任廣東財政廳長，國府財政部長，文官長，爲人剛直，古所謂正色立朝者，庶幾近之。有雙梧桐館吟草。

無意虛名濁世呶。花飛草長動推敲。
蕭蕭衣袂平蕪雪。詩步雍容驚素交。

南北風霜上鬢絲。詩心含淚最幽微。
春陰寒燠渾無定。早有江樓羈客知。

關心紅紫盡成塵。觀世深沈命句新。
識得老翁眞肺腑。芳菲時節恐無人。

尋山舊約阻風霜。吟事商量迄未嘗。
忍淚編成詩小帙。廿年來事重神傷。

胡漢民、原名衍鴻、字展堂、又有青山延園別號、番禺人。光緒壬寅舉於鄉，旋棄去，赴日本遊學，參加同盟會，致力革命。民國成立，任廣東都督兼民政長，曾代國父行大元帥職權。南京建都任立法院院長，制定六法。西南開府，以國事憂勞卒於廣州，年五十八歲。有不匱室詩詞鈔。

一浴湯山萬慮徵。韓王讀後最崚嶒。
事功縱有千秋論。詩裏光芒掩未曾。

冥漠追尋文字外。頗難讀者定瑜瑕。
探微如諜何人語。傾倒同光老作家。
從來直養古人難。何物浩然天地間。
大句卽從眞氣出。三陵而下有青山。
造化精奇未蘊藏。二千餘載此靈光。
下喬入谷傷心事。三歎師言誡勿忘。

汪兆銘、字季新、號精衞、番禺人。有隻照樓詩詞集。

子釜予薪語未欺。歲寒風雨恨相離。
何來鶴病鷗盟語。刻句傷懷枉自悲。
看山惟愛最高峰。楓葉斜陽上晚紅。
祇是將殘興一慨。未妨讖語在玄中。
卅載聲名海內魁。小詩一出値低徊。
同儕卻讓韓王步。未失清新俊逸才。
□婉憂傷落木吟。令人囘憶樹成陰。
掃留一掬仍殘葉。能否多情顯素心。

黃節、字晦聞、順德人。少遊同邑簡岸先生之門，通貫大體，冠其儕。學既就，値清廷失政，遂走上海，與鄧實等組國學保存會，刊行國粹學報，以辨華夷之義。民國後任廣東高等學堂監督，北京大學教授，廣東教育廳長兼通志館長。著詩學，及漢魏樂府風箋、魏武帝魏文帝詩注、曹子建詩注、謝康樂詩注、鮑參軍詩注、阮步兵詠懷詩注、讀書三札記等，其詩草曰蒹葭樓詩，現在流行者乃第三版。

讀君吟祭后山詩。換骨玄功頗自期。
勿誤枯寒同面目。支持晚世楚風悲。
閒愁佛鬱一詩開。必有千頭萬緒來。
負手花前欄欲盡。嫌他九曲未紆迴。
陸離塵世一驚心。寒雨淒風以力任。
士行文章有商搉。題詩難得最知音。

師自注云「胡展堂題蒹葭樓詩：風節重文章。國維徵士類。南北仕隱間。略知所取棄。又云慷慨僅存詩。我聞罪世意。卻聘晚迴車。攘夷早樹幟。」

梁啓超、字卓如、新會人。曾爲司法總長，有飲冰室集。

魂裏山川夢鼓鼙。波瀾翻變好尋詩。
人生力命同迴薄。冠蓋權宜未足奇。
詩不沈酣暢以文。巧伸曲就不虞貧。
預知文與詩同□。不重才多重理眞。

吳道鎔、字玉臣、號澹菴、番禺人。光緒進士，官編修，國變隱居，有明史樂府，所任編選廣東文徵，稿成未刋。

茫茫文獻鄉園淚。後死誰當著作才。
樂府連環前代事。尙疑游戲見淸裁。

何藻翔、字翽高、號鄒崖逋客、順德人。曾輯嶺南詩存，以詩體分類，多附己詩，又著藏語一卷。

差獻唐風三十章。自鳴風力抗餘杭。（羅隱）
君爲羅隱吾韓渥。語出焦山有一梁。（謂節菴）

張學華、字漢三、號闇齋、番禺人。光緒進士，鼎革後杜門著述，爲家乘十卷、補遺二卷、文貞公年譜一卷，自著闇齋稿三卷，嘗輯明代遺民行誼，系以絕句，曰采薇百詠。

木棉絮飛花信風。憔悴春光喜一逢。
玉鑾詞人（黎六禾）曾有句。
老梅淸絕如詩翁。
平居無限滄桑感。稠疊短章歌采薇。
苦菜從來活寒士。殺人伎倆古猶稀。
文酒流連離亂後。談詩恨不十年歡。
闇齋一卷挑燈讀。想像須眉秋夢殘。

陳伯陶、字象華、號子礪、東莞人。光緒進士，授編修，直南書房，出爲江寧提學使，母老乞歸。記聞賅洽，下筆洋洋灑灑，千言立就。夙志用世，能洞審中外時局而究悉其利病。晚遘國變，遯迹九龍，就其地闢瓜廬，號九龍眞逸，著書以終，所著十餘種刊行。

連塍野色翻禾黍。帶雨山光護蕨薇。
垂老禪心在文史。遺民錄是慧燈輝。
家在羅浮月一村。隱居尚近海潮掀。
滄桑最是詞人幸。唱歎必無庸史喧。

江孔殷、字霞公、南海人。光緒進士，所居曰雙桐館，百二小蘭齋，具園林之勝，歿於亂中，遺稿散佚。

昔日禪林鐘鼓微。南樓柳色泛春菲。
詞人不累滄桑感。花月簾臺鶯亂飛。
街陌芳名名士收。黃（璞）譚（湘）爭得幾分秋。
枕邊偶見巾箱本。卻是煙露萬古樓。

麥孟華、字孺博、號蛻菴、順德人，光緒舉人，有蛻菴詩詞集。

祇餘肝膽尚輪囷。（孺博答梁任公句）
著述空山未厭貧。風雨鷄鳴詩味早。
怕逢庾信爲沾巾。

潘博，字弱海、南海人。有弱菴詩詞集，朱彊村曾刻蛻菴弱菴詩爲粵兩生集。

曾爲彊村賦歸鶴。英姿玉立不凡庸。
夕陽正照離離草。可是淒吟續變風。
依依杖履夢窗詞。莊語三分入小詩。
不忘西山換秋色。雨中黃葉敗荷衣。

熊英字皭然、茂名人。有詩曰水鑑樓稿，其自定本也。所作不下千篇，而自定稿僅存一百數十，其自律精嚴如此。師云「皭然與予有師弟之誼，其望予尤厚，愛予尤深，故稿中贈予之詩獨多。予則以爲篇篇皆可傳之作。」

風義平生重友師。幽居慚愧鬢如絲。
我儕甘苦何能諱。（借青山句）
水讓冰寒古有辭。
不展修蛾一笑眉。蒼然正字困窮時。
尚須自我裁風格。腴淡停勻絕代姿。
絕藝常因獨行欽。菊英秋落歲寒禁。
半生護落論甘苦。閉戶何嘗無謂吟。
鄉樓一角小山河。旗鼓中原待枕戈。
水繪風流詩事老。江南唱罷也愁多。
（疚翁句陽春已被高州和便唱江南也後塵）

民國詩人不僅較之前代絕沒有遜色，且風騷的流播，更遠勝前代，在師的遺作中，講及革命的詩人如陳樹人，有戰塵集專愛集。李蟠有小容安堂詩稿。孫璞有顧齋戰時草和革命詩話。廖平子有淹留、天風兩集，陳公博有寒風集。其餘謝英伯、馬駿聲、林雲陔、何克夫、周之貞、王斧、李炳輝、梁彥明等作品，皆文辭淵茂、雅奏元音。至於詩詞兼工的則有陳洵、黎國廉、易熹、陳之鼐、俞安鳳、譚長年。能畫的有伍德彝、宋彥成、潘達薇、姚禮修、潘龢、張逸。能書的有羅敦曧、桂坫、王蘧、蘇寶盉。新進少年則有李滄萍、李洸、王澍、蘇封許。好像大庾嶺的老梅叢桂、飄香天外；也如珠海的珊瑚玳瑁，蘊采流光，讀者欲窺全豹，請觀師遺作。

師遺作三十餘萬字，編成十八帙，一至十四帙紀男性，十五帙紀女性，十六帙紀僧人，十七帙紀道士，十八帙補遺。本文所述，只限一至十四帙男性作品，其餘女性和僧道，擬另撰專文。以師著述的詳贍，而用短篇來概括，罣漏當然不免。我以爲發揚文獻，責在後人，讀者倘能糾正謬誤，闡發幽光，使「掌故」成爲「實錄」，亦七十年代的光榮啊！至於歷代詩人的行誼，是從諸家著錄鈔來，以全眞貌，文體不純，又是我萬分抱歉的。

中山圖書公司

香港九龍彌敦道五六五號四五陸大厦八樓四座
CHUNG SHAN BOOK CO.
P. O. Box No. 6207
KOWLOON, HONG KONG
TEL. K-849354

（綫裝本）　　　　（各界選購均有折扣）

書號	書名	册數	出版年	編著或出版者	板本	紙質	定價（港幣）
A 1	曾文正公、胡文忠公手札	12	民22	張瑞芝	鈎刻	白紙	360.00
A 2	清咸同間名賢手蹟	8	民19	張之洞等	柯版	白紙	300.00
A 3	道咸同光名人手札	8	民13	林則如等	柯版	史紙	260.00
A 4	名賢手札	4	光10	胡林翼等	摹刻	史紙	360.00
A 5	袁忠節公手札(致勞尙書論義和團等政事函)	2	民29	袁　昶	柯版	史紙	75.00
A 6	于文襄手札（與紀昀等論四庫全書）	1	民22	于敏中	柯版	史紙	50.00
A 7	翁松禪墨蹟	10	民22	翁同龢	柯版	白紙	196.00
A 8	劉石菴公家書眞蹟	2	民10	劉　墉	柯版	白紙	120.00
A 9	呂晚邨墨蹟（坿張謇序文墨蹟）	1	民 6	呂留良	柯版	白紙	150.00
A10	惜抱軒手札（家書文啓）	4	民25	姚　鼐	柯版	史紙	160.00
A11	歸莊手寫詩稿眞蹟（四色套印）	2	1959	歸　莊	影印	仿宣	80.00
A12	譚延闓詩稿墨蹟（紀年紀事）	3	民18	譚延闓	影印	史紙	150.00
A13	松坡軍中遺墨（論軍政時事函電）	2	民15	梁啓超編	柯版	白紙	150.00
A14	黃克强先生書翰墨蹟	1	民40	羅家倫編	影印	白紙	36.00
A15	章太炎先生家書手蹟	1	1961	章炳麟	影印	史紙	100.00
A16	康南海七十壽辰上光緒帝謝奏墨寶	1	民 9	康有爲	柯版	白紙	60.00
A17	梁任公詩稿手蹟（戊戌政變紀事詩）	1	1957	梁啓超	影印	白紙	80.00
A18	趙撝叔手札（論書畫金石文字）	2	民 2	趙之謙	柯版	白紙	145.00
A19	國父孫中山先生墨蹟	2	民42	羅家倫編	影印	白紙	40.00
A20	開國名人墨蹟（陳少白宋教仁等50人遺墨）	2	民42	羅家倫編	影印	白紙	40.00

（本版新印本）　　綫裝書，大都孤本，欲購從速。新印本，精選精印，歡迎選購。

S 1	三十年論叢　1904—1933	文史哲財經法政等專論十六篇	顧頡剛等著	94.00
S 2	七十年論叢　1864—1933	粵港重要史事論著十三篇	盧諤生等著	108.00
S 3	中國社會文化	社會文化社會本質及古代社會鈎沉	楊祥蔭譯著	35.00
S 4	中國之秘密結社	是中國的幫會史	古研氏編著	35.00
S 5	壬戌政變記	奉直戰爭與黎元洪復職事	張梓生撰著	35.00
S 6	帝制運動始末記	寫袁世凱籌謀稱帝秘史	高勞撰著	35.00
S 7	考古學論集	考證漢唐元明及敦煌藝術文物	羅振玉等撰	35.00
S 8	歷代兵書概論		陸達節撰	30.00
S 9	中國兵學現存書目		陸達節撰	35.00
S10	歷代醫學書目		丁福保撰	18.00
S11	中國國民黨歷次全國代表大會之經過及其使命		睦雲章著	118.00
S12	楚傖文存	散文札記小說政論小品等五大類	葉楚傖著	47.00
S13	桂系據粵之由來及其經過	記民十年前桂系軍政人物在粵事蹟	李培生著	57.00
S14	馮平山自編年譜稿本	附馮氏事畧及七十壽之序暨像贊與出版序跋	馮平山著	60.00
S15	吳榮光自訂年譜		吳榮光著	35.00
S16	吳榮光巡撫判案紀實	吳氏生平兩大姦案審判始末眞相	何雅選著	22.80
S17	殘水滸	是別具卓見的七十回水滸之續集	程善之著	18.00
S18	滿宮殘照記	溥儀一人一家一生一國秘辛紀實	秦翰才著	18.00
S19	作家膩事	記各黨各派男女作家70人風流韻事	千秋出版社	18.00
S20	詩學討論集	劉大爲、吳芳吉、郭沫若、胡懷琛論新舊詩	胡懷琛編	18.00

馮玉祥將軍傳【五】

簡又文

第五章 第十六混成旅

（卅三歲至卅六歲，一九一四——一九一七）

馮將軍後來所統率之國民軍、西北軍、國民革命軍第二集團軍、及中華民國陸軍第二方面軍等，其根苗固生長於京衛軍左翼第一團，而其基礎實樹於第十六混成旅。蓋其日後訓練大軍數十萬人，一切軍紀與精神均與十六混成旅同，而全軍將領亦大都由此產出者。不特此也，即其後來之所以名馳全世，博得「中國基督將軍」、「中國的克林威爾」（英軍鐵軍統帥 Cromwell）、及「中國的傑克遜」（美總統 Jackson 夙有「石牆」Stone Wall）之稱）等稱號者，皆以十六混成旅為出發點。且其生平之革命事業、在此時期亦有輝煌的成就，大足傳世，殆為其一生最重要的一個時期，故不得不加以特殊的注意與翔盡的紀述。

于役陝北陝南

民國三年（一九一四）秋，馮氏既奉令改編所部為第十六混成旅，即着手編制，以蔣鴻遇為參謀長。蔣、河北省人，保定軍官協和第一期學生，習騎兵科，曾在雲南當騎兵營長。「為人機警幹練，足智多謀，韜略尤遠在當時一般人以上」（見「我的生活」頁二一一）。馮氏極器重之。當時所有的實力共有步兵兩團、砲兵一營、騎兵一營、機關槍一連，每營三百餘人。全旅兵力五、六千人。軍械共有步槍千餘支、山砲十八門、機關槍則僅六架而已。

馮氏以欲建成勁旅，必須先從訓練下級幹部入手，這眞是下層基本工作。他就目兵中選拔能識字的優秀分子百餘人，編成模範連，以副官長李鳴鐘為連長，劉郁芬、蔣鴻遇等為教官，授以學、術兩科。訓練月餘，成績已著。未幾，即與十五旅在咸陽野外練習戰鬪，一舉而佔優勝。

是年冬，馮氏奉令率部赴陝北榆林一帶勘查鴉片。出發後至第三日，忽奉督軍陸建章命兼程回省，蓋以四川督軍胡景伊所部有一旅譁變，而陝南空虛，故調馮氏移防漢中，實行乘機伸展勢力於南部也。奉令後，他即於十一月出發，分全旅為二梯團，陸續南下，進駐沔陽、褒城。過鳳縣時，題留侯祠一長聯刻石，文曰：

豪傑今安在，看青山不老，紫柏長芳，想那志士名臣，千載猶留憑弔所。

神仙古來稀，設黃石重逢，赤松再遇，得此洞天福地，一生
願作消遙遊。

（見李著頁一二）

在防次，他仍繼續其講習武術、訓練體育之事，雖在疾風暴雨、冰天雪地之中未嘗一日間斷。同時，保護治安，防範土匪，有功於地方甚大焉。他更在軍中提倡「學術比賽會」、「運動會」等，使全軍益發致力於戰術、戰學、及體育。日後，其大軍體育成績超優，兵、官體力强健、精神活潑，皆濫觴於此。

其時，袁世凱竊國謀稱帝，羣小慫恿，進行益力。馮氏在軍中得接段芝貴發下「孫文小史」、「黃興小史」，詆譭兩位開國元勳的小冊，皆羌無事實者。他讀之怒極，破唇大罵。即日召集全體官長士兵講話，痛斥袁賊稱帝與預謀者之非。此其擁護民國之初次表示也。

川北立功

四川督軍胡景伊自兵變後，屢次請援於北京。袁世凱乘機欲攫四川爲己之地盤，遂於四年二月改派心腹大將陳宧爲督軍。陳率中央第四混成旅伍祥禎部，沿長江西上入川。袁並令馮氏之第十六混成旅開駐川北。時，陸建章方倚馮氏爲股肱，頗不欲其離開陝南重鎭，但又格於袁氏命令，不得已乃令其率第一團入川，餘仍暫駐陝南。其入川之隊伍，分駐緜州一帶。此民國四年（一九一五）夏間事也。張之江於此時復來入伍，任上尉參謀。

時，川省土匪蠭起。秋間，陳宧下令全省清鄉。馮氏擔任第五區，卽嘉陵道屬（保寗、順慶、綏定三府）。會哥老會首何鼎臣投誠，他卽用爲嚮導，因得擒護積匪鄭老大、陳肇祥等，悉置諸法，並槍決青幫首領、著名土豪劣紳賴桂三。地方復得安寧。連勦數月，成績全省第一，陳嘉獎之，賞金五萬元。又有巨匪張振武者，盤據老林場，久爲地方大患，聞馮軍至，卽遠颺。馮氏執其父，要其交出賊子。振武聞之，立自首。馮氏義其所爲，並釋父子二人，而振武不去，並言：「馮公是我再生父母，以後我必有以報答他」。後來在敍府一役，振武果奮不顧身，衝鋒上前，竟至陣亡。

討袁之役

方馮氏勦匪於順慶間，袁賊果然實行竊國稱帝之消息傳至，並錫封馮氏男爵爲餌。他聞而愈憤。因卽集合全體官長士兵剴切訓話，大意說：「凡我軍人，不知拚了多少頭顱，灑了多少熱血，始爭得共和政體，今乃爲袁賊所篡竊。如果共和不適於中國，又何須推翻滿清而以暴易暴？而且諸先烈爲民國犧牲，今骨肉未寒而竟背棄，又有何面目以對之？」言時，淚隨聲下，官兵莫不感動，義憤塡胸。全體誓言反對。他既得大衆同情，胸有成竹，轉對官兵撫慰，謂反對帝制，決定要幹的，但自己所部只有一旅，兵力太單，不能造次，乃勸衆人忍耐，俟機而動。未幾，某鉅公領銜發出擁戴袁氏爲帝之電，令全國師旅長將官一致列名。陝督以此事徵馮之意，馮則答以加入川方；及川督問他，又答以加入陝西。兩邊搪塞過，卒之，這一條背叛民國的大逆名單竟無「馮玉祥」的名字在末後。這時，馮已決心討袁，密謀進行了。

四年（一九一五）十二月十二日，袁賊果下令稱帝，改元「洪憲」。於是蔡鍔、唐繼堯、李烈鈞等卽於廿五日在雲南舉義。五年一月，組織「護國軍」，公推唐爲都督，分三路出兵討袁。蔡鍔任第一路總司令，攻川。李烈鈞任第二路、入粵。唐兼第三路分攻湘桂。護國軍興，袁賊震懼，立調兵遣將以迎敵，派曹錕爲總司令，率張敬堯等帶大兵南下禦蔡。陳宧派伍祥禎的第四混成旅守敍府，而馮氏之第十六旅則調守瀘州。命令一發而馮氏擁護民國的機會隨來了。（按：是時，曹錕部下有旅長吳佩孚，統步兵六營，而馮氏是時已任混成旅長，有兵十營，官階、地位、

部衆與資格都在吳上，未嘗在吳部下。）

時，蔡公分第一路兵力爲三個梯團，第一梯團由劉雲峯率領，經老鴉灘進攻敍府。蔡公則自領二、三梯團由永寧進攻，以斷長江交通。另派挺進隊由黃毓成率領，經綦江東向窺夔府。戰事爆發，劉雲峯先攻破敍府，伍祥禎旅全部潰敗，瀘州危甚。陳宧乃急令馮氏率部兼程前進赴援。抵瀘後，陳委其爲防瀘總司令兼反攻敍府總司令。馮氏駐瀘後，一面安民，一面責成劉某收編伍旅之殘部。同時則密謀應付當前環境之方法。此爲民國五年一月間事也。

護國之役，馮氏本極贊成，此時至瀘，以爲報國時機已至。適聞劉雲峯爲其參謀長蔣鴻遇之同學，乃囑蔣暗電劉，謀局部議和，合作討袁。不意劉方乘戰勝餘威目空一切，竟提出繳械爲講和之條件。時，陳宧又急令反攻，剋日規復敍府。馮氏不得已倉卒應戰，先打了一個敗仗，退守自流井。隨而叫集所部，告以計劃，謂滇軍討袁，實所贊成，此次出戰，大違初意；但是不戰則違令，謀和而滇方又不納；若見敵後退，又大損本軍名譽。至於繳械講和，簡直是「投降」，更與他的名譽有關，尤其不成問題了。

因爲他一生倔强剛介性成；他的字典中有「革命」——或可稱「倒戈」、「成功」或「失敗」，然而永無「投降」字樣。七十年的生活，如是如是，一一可考。處於當時的形勢之下，進退維谷，應付困難，莫此爲甚。卒之，定下良謀，奮勇迎戰，先打一個勝仗，再與滇軍謀和合作。策劃既定，大舉出戰，果然於三月一日克復敍府。馮氏入城後，恢復秩序，安撫百姓。時滇軍留下傷兵及官眷數百人，見馮軍入城則大懼。馮氏派員調查，一一撫慰，逐家分贈大米。傷兵則爲醫治，癒後各發十元，或廿元，分遣回籍。此舉人皆嘖嘖稱道，且有感激涕零者。

下敍府後，馮氏即集合全旅軍官講話。歷陳往年灤州革命之事，並明指袁世凱稱帝背叛民國之罪。此時彼斷不能反對革命而攻滇軍。言罷大哭，當下，全體軍官表示服從（劉著頁一八）。由是加緊與滇軍議和。會滇軍既戰敗，以馮氏不可屈，則亦悔以前拒和之非，傾向妥協。四月中旬，劉雲峯派其參謀等到敍接洽。馮氏復派蔣鴻遇往見劉，卒搆成先行停戰、共同護國之局部的和局。爲根本解決計，馮氏復派張之江往謁蔡公。磋商數次，合作辦法卒告成功。是時，鹿鍾麟已由張之江介紹入伍，任少校副官，隨張奔走。（據劉著，張、鹿二人均爲馮氏前在二十鎮的老部下。後投伍祥禎旅，至是同留在馮部。）議和成功，鹿亦與有力焉。

據張歸後報告，蔡公在軍中辛勞過甚，形容憔悴，聲音喑啞，蓋以兵數千而力拒張敬堯等虎狼之師；孤軍撑持數月之久，且大敗之，其勞苦功高可想見了。（按：蔡公於倒袁之役成功後，旋即逝世，其病根實潛伏於此時也。）

勸陳倒袁

和議既成，馮氏乃電達陳宧，慨陳順逆之理，力勸其宣布討袁。當時，陳以環境複雜，曹琨（有第三師）、張敬堯（有第七師）等尚擁重兵於川境，而重慶鎮守使周駿（有川軍第一師）又爲袁之心腹；加以在省之有力者，或主戰、或主和、或主獨立，意見紛歧，莫衷一是。陳手上無可靠的基本隊伍，不能決，乃急電馮氏回省解決大計。馮氏得電，即將敍府防務交回蔡公派隊接收，自己率全旅北上。在途中已奉陳令改編十六混成旅爲護國軍第五師。馮氏任師長，委張之江爲第三團團長，鹿鍾麟爲營長。至五月中旬，回抵成都。

既晤陳宧，馮氏屢向其痛陳是非利害，責以大義，苦勸其宣布獨立，藉以解決川局而促袁下野。同時，張之江亦四出運動，約同士紳人等向陳要求宣佈獨立。復有日本士官畢業之劉一清（杏村、爲後當馮軍參謀長劉驥之兄，與馮氏友善，久已互商倒袁事）夙與陳交好，亦極力勸其獨立，並多方運動各軍討袁，因與馮氏深相結納。如是，內外合力，造成一個很濃厚的、很有力的反袁氣氛與局面於成都。陳宧再也不能狐疑不決了。

其時，粵、湘、浙等省已相繼獨立響應護國軍，而江蘇督軍馮國璋亦邀集未獨立之各省代表會議於南京，表示反袁。袁不得已，請副總統黎元洪及徐世昌、段祺瑞等出面調和，擬先行停戰，再商善後。全國政局如此，陳遂依馮氏之堅請，毅然決然於五月廿二日通電宣布獨立。袁本以陳爲心腹，託以川省重寄，及其獨立電至，一生事業與野心完全絕望。閱電後大受打擊，登時昏迷，患病日劇，至六月六日身死。陳氏舉動關繫之大可以想見，而居中主持最力以武力爲陳後盾者則馮將軍也。

離川回陜

袁未死之先，甚怒陳之叛己，下令遞陳職而以周駿繼任，並令周由重慶進攻成都。周果動員前進。陳卽備戰，惟可靠之隊伍只有馮部，餘皆作壁上觀。馮氏一方嚴陣備戰，一方發表宣言，及致函周駿勸其覺悟。迨袁死後，周聞而氣奪，派員向馮道歉。陳亦允交代，乃與馮部離川。臨退時，馮氏出一布告，謂此次退兵，非因兵力不足與周旋而畏縮退避，但因不欲同類相殘而致糜爛地方，故委曲求全也。

初，馮氏離陜入川時，奉陸督命留一團仍駐漢中，及與陳宧離川，中途卽分手，馮氏自率部回陜。乃自行取消護國軍第五師名義而恢復第十六混成旅編制。沿途跋涉，運輸尤難，夫役不願北行。他至要自己親抬砲彈一箱以爲衆倡。其餘軍械，均須官與兵自抬。馮氏與陳分道而自回防率部回陜。至梓潼時，聞滇軍抵成都而見拒於周駿。他乃去電請周勿與滇軍爲敵，須將全省讓出，否則必出全力反攻云。周卒從之。足見馮對護國軍克盡全始全終之義了。倒袁之役，爲馮氏第二宗革命事業。

駐紮廊房

六月下旬，馮氏率部抵漢中。其時，陜局已變。先於五月初，陳樹藩、郭堅等揭護國之幟，進據西安。陸建章於同月下旬倉皇離職，僅以身免。陳繼其督陜。馮部所留在漢中之一團，亦被迫散駐他處。馮氏回後，始陸續歸入本軍序列。同年秋間，他奉令離陜。乃率部由漢水經襄陽、樊城等邑，至漢口乘火車北上。

以後，馮部在河北廊房駐紮。這是第十六混成旅休養生息、補充訓練的時期和機會。是時，到旅投効者有劉驥、李炘及從前授馮氏古文之鄧長耀。劉任上尉參謀，鄧則爲軍醫長。馮氏在斯地，置義瑩卅畝，安葬兩次攻敍陣亡之官兵，復在東街建「昭忠祠」一所，設員守護，每歲派人致祭。其陣亡及受傷之官兵，皆按名支以撫卹金。殘廢者仍予以名義而給餉。其家人老幼均爲之負教養之責。同時，在北京開辦「軍官子弟學校」一所，以造益後生。軍隊內部則亦有新的生活，其尤著者有「新劇團」之組織，官長等多有粉墨登場、現身說法者。此舉不特於枯槁冷酷之軍隊生活中增添不少樂趣，而於士兵精神教育更多所補助焉。此外，另組織「士兵俱樂部」，其中設備有音樂、遊戲、及書報雜誌等，以增加士兵興味及知識。蘇俄紅軍及國民革命軍俱注重「軍中俱樂部」之設，爲政治工作之重要事，而遠在數十年前馮氏已施行於其軍中，所謂「得風氣之先」者，非歟？又設「販賣部」，平時以團爲單位，行軍時則以營爲單位。舉凡士兵日用所需品，均可在此購買，既能節省金錢，又可維持紀律，法至善也。如獲有利潤，卽以爲買物犒賞之用。

至軍事訓練，此時尤爲嚴格，因自在敍府作戰之後馮氏受了兩種感觸。其一，戰勝之後將漸惰而兵漸驕，軍紀及精神有廢弛及渙散之趨向，這都是一個軍團墮落的先兆。其次，則屢與滇軍接觸，雖獲勝仗而兩相比較，自覺成績還比不上人家。因此他加盜訓練和整頓全軍。老弱兵官大加淘汰而另募新兵補充之。是時，奪獲敵人及增加之大砲已至廿四門，於是擴充砲兵營爲團，以宋子揚爲團長。又以戰時機關槍不敷用，乃以手槍五支編爲一組，共若干組，成手槍隊，用爲機槍補助器。隊有二百人，皆拔自軍中技術精優者，每人手槍、馬槍、大刀各一，臨陣時分別使用。後來收效甚宏。在以後歷次戰爭中，敵人聞馮軍「大刀隊」之名，無不震慄，此卽最初之一隊也。其餘種種體育及軍事實地練習亦極加意注重。駐廊房未久，軍容一新，實力增加，已成爲勁旅矣。

橫被免職

正在努力練兵之際，忽然意外霹靂一聲，馮氏被段祺瑞免職他調。事緣六年春，段爲國務總理兼陸軍總長，傅良佐、徐樹錚、二人爲次長。馮在京甚不滿於官僚種種舊作風，於酬酢往還等陋習尤不喜爲之，加以平素語言率直，性格落落與人難合，居恒痛罵政府之不良，與官吏之貪劣，因此大遭人忌。一次，更因傅辦事不公面諫之。於是一般嫉之者，乘機紛紛進讒於段。及陳宧歸自四川，又告段以昔之獨立，非其本意，皆馮之所爲。是時，袁世凱旣死，段自然成爲北洋軍閥的領袖，乃以爲馮不忠於北洋團體，對其愈不喜歡。因此，傅乘機屢次表示欲裁馮部兵額。其時適甘肅督軍張廣建請調兵一混成旅入甘。陸軍部卽以第三師一團另抽調馮旅一團前往。馮氏以甘、直相距太遠，於訓練上大感不便，因以全部同往爲請，並以前時分駐陝、川、之困難經驗面告傅良佐。傅答以見段再議，而陰則譖之，後有利己者亦乘機進構陷之言。傅矯段命先免其職，繼則段以爲太甚，因下令調馮氏爲直省南路巡防統領，駐正定，十六旅遺缺以楊桂堂升充。

馮氏奉令惟謹，卽準備南下。惟全體官兵聞而大嘩，電呈府、院、請收回成命、段不肯。軍官等復集合營長以上諸員，赴京設法留之。段派員前往解釋，並向官兵講話，全體匍匐其前，要求轉達挽留，哭聲震地（見李著頁二二）。馮氏雖決服從命令，而部下堅不放走，寧全體解散。軍心憤激，無法解決，於是京中謠言大起，謂廊房兵變。陸軍部調兵威嚇，亦歸無效，頓成僵局。幸得陸建章挺身出任調人，曉喩諸軍官，謂如今顧全中央威信，服從命令，則馮氏將有北歸之日。衆意始不再堅持。陸氏於是偕馮氏南下。全體送行，多有泣下者。衆人牽馮衣挽留，至裂其馬褂，每人存一小塊以爲紀念，足見馮氏得部下愛戴之深，其練兵特色充分表現矣。此爲六年（一九一七）春間事。

第十六混成旅自馮氏去後，繼任者楊桂堂，柔弱無能，於訓練及紀律多廢弛；官佐染惡嗜好者漸多，亦不能禁。馮氏舊部，當時有主張請其回任，否則呈請解散者，又有主張沉着觀變以待時機者。衆議紛歧，而皆出於愛領袖、愛團體之眞心也。方十六旅軍心徬惶之際，馮氏在正定眼見統領巡防營，腐敗不堪，毫無希望，欲積極整頓，又格於情勢，不能舉動。於是抑鬱無聊特甚，常至天台山休養。其時，歐戰方酣，日本乘勢侵略，國事蜩螗，危機四伏，憂時愛國的馮玉祥當時無權無勢，何能有所表示？惟有韜光養晦，靜待機會之宣召而已。

廢帝復辟

未幾，機會果來了，也是與中華民國之大厄運俱來的。這就是六年夏間張勳等擁宣統廢帝復辟一事。先是，是年春間，國務總理段祺瑞主張對德宣戰，而總統黎元洪則不贊成，蓋段無非假借參戰題目而實行擴充私人勢力而已。及參戰議案被國會否決，段以爲黎所授意，乃運動各省督軍聯名請黎解散國會。黎知爲段所發動，乃於五月廿三日下令免段職。各督軍大譁，皖、豫等省竟宣布獨立，並舉張勳帶兵北上，此卽所謂「督軍團造反」是也。黎懼，召張入京，請其調解，無異「引狼入室」。張遂於六月十四日偕清遺老李經義入京，帶兵約七千人與俱。張本遜清提督，在民國曾任長江巡閱使。是時，兵力有八十營，駐徐州。其人頑固無識，矢忠於清，全軍辮髮長垂不剪，故人呼為「辮子軍」。居恒與保皇黨首領康有為等勾結，又曾在徐州開秘密會議，運動復辟。當時督軍團及政府中袞袞諸公亦多有贊成者，甚至段祺瑞亦有贊成之嫌（見溥儀自述）。叛國隱患，潛伏久矣。及府、院、衝突，張、康等以為有機可乘，入京後卽積極進行復辟。竟於六年七月一日，先得廢帝溥儀旨肯，由「太傅」徐世昌、「師傅」陳寶深及康有為、張勳等，擁溥儀復為皇帝，迫黎元洪退位，去民國五色旗而易以遜清龍旗。改民國紀元為「宣統九年」，而張勳則自為「北洋大臣直隸總督」，且大頒爵賞，種種怪劇疊出現於京中。一時翎頂復現，而各省一般帝制遺孽紛紛進表稱臣。中華民國國祚不幸中斷矣。

黎元洪原為辛亥革命首義元勳，後任副總統，其時任大總統。其人雖庸碌無才，不勝大任，獨是先則拒絕袁賊「武義親王」之封，是時又不受廢帝一等公爵。經其親家梁鼎芬親來苦勸亦不從，抱大總統印逃避東交民巷荷蘭使館暫避，（見溥儀自述）其始終忠於民國，保存晚節，不廢前功，有足多者。

消滅「辮子軍」

馮氏再起東山、率師討逆之經過，頗為曲折，而所成之功實為其對於民國革命事業之一大偉蹟，不可不詳為紀述。初，馮氏既脫離其一手訓練之十六旅，繼任旅長之楊桂堂不得軍心，不滿意的精神已瀰佈軍中。及復辟禍作，楊與張勳素有淵源。張北上過廊房時，楊且率兵一團至站歡迎，大有附逆之趨勢。迨率到張令改掛龍旗之際，十六旅軍官要請楊表示態度。楊則模稜其詞，官兵咸憤。顧是時段祺瑞誓師討逆之舉尚未發動，及各方態度亦無所聞。而全旅軍官如邱斌、張之江、鹿鍾麟、蔣鴻熙、朴鳴鄹、劉郁芬、宋哲元、張維璽、佟麟閣、孫良誠、劉汝明、韓復榘、石友三等，以事出非常，時機已迫，亟謀對付計劃。卽開會公決反對復辟，乃公推薛篤弼密赴天台山請馮氏復出主持軍事，以挽民國危局，全軍準備待命。是故，十六旅於打倒復辟之役，其始實自動的與獨立的舉動也。適楊桂堂於此時入京有所圖謀，因此全旅始終未掛龍旗，俾得在歷史上保全純潔紀錄而未留汚蹟。（據劉著頁二六，被推赴天津謁馮氏之代表為孫良誠與劉汝明二人，但未見之他籍，或係馮到津後再派去迎駕者，未能確定。如係事實，二人當在薛篤弼之後。）

在馮氏那方面，當其一聞復辟之事發生，不勝憤懣，其心理與十六旅同人不約而同。因卽發函交史心田往見舊部同人，邀約剋日興師討逆，並準備親往天津遊說各方同時大舉。其發動此舉為自動的與獨立的，亦與十六旅同人不謀而合。尤為湊巧者，則十六旅所派來之代表薛篤弼，與馮方所派去之史心田，不期而相遇於中途。薛既讀馮氏函，詢知其行跡，卽赴豐台尋訪。抵車站時，適馮氏亦經由北京西直門乘火車逕赴天津活動，至是與薛相遇於站上。兩人共在車上密議，商定辦法。薛卽在廊房下車，返旅部傳達馮氏意見，先將官佐家眷送回原籍、並分發子彈與全體官兵，積極備戰，以待後命。張之江則奉命到津商定計劃。

馮氏既抵天津，立與陸建章、張紹曾、二人會商。（按：據陸建章言，復辟之舉，全由段祺瑞陰謀釀成，先召張勳來，再興兵把他打出去，段本人方可復職握權云。）及段芝貴聞馮氏至，得張介紹，亦來接洽。馮氏於是與衆人商定討逆計劃。徒以自己僅為混成旅長，職位卑微，實力有限，不足以號召全國及掌握全局，乃竭誠推段祺瑞為總司令，奉以指揮全部的兵權。謀定，他一面令張之江先返廊房與邱斌等依計行事，一面派人典質京寓，得五千金，用以分發全旅官佐士兵薪餉，並囑人人加緊備戰。

各事籌備已妥，馮氏卽於七月六日，率先傳檄天下，通電討逆。文曰：

頃奉段公芝泉電，熱誠愛國，義憤堪欽。伏思奸人竊國，覆我共和，擅棄約法，突行復辟。亂民賊子，人人得誅。本軍辛亥創義於灤州，上年建議於川省。誓以鐵血，擁護民國。滄海可枯，初心不改。爰舉義旗，以淸妖孽。我大總統現已受制於逆賊，失去發號施令之自由。本軍特擁段公爲討賊總司令，誓師討賊，奠我民國。海內英豪，盍興乎來？（見李著頁二四）

次日，段祺瑞在馬廠誓師，以「討逆總司令」名義號召及通電全國，並任命馮氏爲第十六混成旅旅長。同日，十六旅旅部接張勳電令進攻段軍。參謀長邱斌得電，即集合各軍官，告以準備發動討賊。時，旅長楊桂堂在京受張勳命回旅主持。途間，聞全旅備戰迎馮，即逃往天津。是夕，旅部復接張勳電謂即派夏統領率兵南下至廊房協助十六旅進攻。旅部軍官知張勳所派兵蓋爲解決本旅計也，即開緊急會議，先發制人。各軍官連夜統率所部在廊房北五里構成防禦陣地。張之江則率騎兵破壞廊房北八里之橋樑鐵道，以斷張逆南北之聯絡線。同夜，全軍急電請馮氏回旅主持一切。夏軍於夜間一時許抵萬莊，聞廊房十六旅已備戰，乃停軍不敢前進。

七日晨，馮氏在天津接旅部急電數通，請其速回。時，段雖誓師就職，及通電討賊，但仍未發兵。至是，知情勢緊急，即派傅良佐見馮氏，促其速往率兵北上，並誠懇道歉，請釋前嫌。馮氏知時機已至，即乘車北上。八日晨，抵廊房。全體官兵見老長官及時回來復職，歡欣鼓舞，士氣百倍。旋而段芝貴之第八師亦開到一混成旅。馮氏與其商定，鐵路以西由八師擔任，以東則由十六旅擔任。部署既定，即於九日日間向萬莊進攻。十日晨，協同李長泰部，夾攻豐台。時，各方聞風響應，起兵討逆者，有蔡成勳、張錦元，陳光遠等部。馮軍節節勝利，直逼北京。

張勳逆謀，內外原有多人附和，無奈剛愎自用，一手把持，大失衆望，頓成孤立，勢必失敗。（如溥儀自述謂徐世昌原欲自任「議政王」，而張勳只予以「弼德院院長」空銜，故不爲助。）其「辮子軍」一部駐城外天壇，一部駐城內東華門張私宅，禁衛軍一團則守景山及皇城。「討逆軍」乃分兵以蔡成勛、張錫元、兩部攻東華門。馮軍與段芝貴第八師之一部及陳光遠之十二師攻天壇。部署既定，先提出取消帝制，恢復民國，自動退出，及解散全部等條件。張逆不答。十二日晨，「討逆軍」即開始總攻擊。

十二日、馮氏率全旅由豐台出發。黎明宋哲元部奮勇搬梯攀城，首先攻入右安門（劉著頁一七七），抵先農壇，繞攻天壇之北。先用炮火壓迫，掩護部隊前進。九時，十二師及第八師之一部登永定門城垣，向天壇俯擊。同時，前門以內亦激戰甚烈。十一時，天壇之敵受馮軍砲火及步兵之猛擊，不克支持，乃請降。總司令部即派員往繳械解散。午後一時，城內槍聲亦停。張勳見大勢已去，乘汽車逃入東交民巷荷蘭使館。其殘部盡被包圍繳械，住宅亦被焚。禁衛軍一團全被解散。三時，全城肅清，而中華民國又得復活了。

成功之後

討逆既全勝，馮氏率部開駐豐台。當時張勳在逃，未受顯戮，清室尚存，禍根猶在，但執政者肉食無謀，不爲拔本清源之計，而有調停之議。馮氏聞而憤甚，通電反對，主張除惡務盡，根本解決。而尤令其切齒痛恨者，則優待清室之條件是也。當民國初年此項條件成立時，他已極端反對，不惜奔走呼號以冀取消，奈當時人微言輕，當局不納。至是遂於七月十四日發出嚴厲的通電提議四項；㈠取消民國優待清室條件；四百萬兩經費，停止繳付；㈡取消宣統名義，永不准再以帝號名稱號召滿蒙，即貶溥儀爲平民；㈢所有宮殿、朝房、及京內外清室各公地、府園、盡歸國家公共之用；㈣懲辦此次叛逆之諸元兇以遏奸邪之復萌」。義正辭嚴，天下震動，愛國志士，羣焉和之。惜當時當局固是亡清遺老或且曾躬與復辟逆謀，後又爲看風轉舵者。段之討逆，亦不過爲恢復個人地位計，兼藉以一洩前此被黜之憤恚而已，故對於馮氏之徹底主張，終不接納，反而電告謂復辟與張勳無關，勸其「勿爲已甚」。細味其言，因果可尋。未幾，張勳有電致段云：「已獲巨罪，人慶大勳，恨當世無直道；民國少公刑」。隱約之間，亦可見其於上了段之大當後，憤慨至極之情了。

八月間，段對於馮氏之斤斤主張剷除帝制，且以「胡鬧多事」四字答之。直至十三年（一九二四）首都革命之後，馮始得實行此數項主張焉。

尚有一事足述者，打倒復辟既成功，各軍紛紛報銷軍費，每師六、七十萬元，每旅二、三十萬元不等，而馮氏則只開列一萬元。段亦爲之驚訝，即勾銷之，而另餽以二萬元，庶免令其他師旅之浮報者難堪也。馮氏亦不辭而收受之，用作購買手槍費，以成立「手槍隊」。其間，要以段個人所得爲至大，蓋於復職掌權之外，兼贏得「三造共和」之美名也。（謂前此主張清帝退位，反對袁氏稱帝、及此次打倒復辟事。）馮氏高功無賞，亦不計較。眞有「大樹將軍」之遺風焉。

其後，張作霖於民國九年（一九二〇）曾請起用張勳督皖。時，馮氏方駐軍漢口，立通電反對，其議乃寢。足見其擁護民國，反對帝制之徹底矣。

口碑傳世

打倒復辟，匡復民國，是爲馮玉祥之第三宗革命大事業。其在此役之功績如何，有國民黨要員張繼（溥泉）當時談話一則，殊堪視作定評。錄之於后：

前參議院議長張繼向『大陸報』記者披露討伐張勳一舉之眞相。據云：日人多稱段祺瑞爲共和軍之英雄，實則段在一星期前爲毫無援助之人物。彼時，段無一兵可供其指揮，困居天津，如無舵之舟。七月二日，方余出天津時，段遣范源濂、劉揆一來視余。與吳景濂二人，請余等在南方爲段代謀一事。段無顏親來。渠自知其時名譽不佳，且無兵權。迨張勳復辟，全局一變。段自己雖不知如何利用時機，但其謀士梁啓超，湯化龍，聞廊房旅長馮玉祥反對復辟之消息，勸段乘機而起。段由張紹曾介紹得晤馮旅長。馮遂以兵權授之。當日並未出師攻京，僅囑梁啓超代其擬稿通電全球謂已率兵討逆。段旋赴馬廠告李長泰，以廊房軍隊已聽指揮，尚需李部下一師贊助，共逐張勳。李本有反對張勳之言，未便拒絕。於是，三日之前尚爲孤立無援之段祺瑞，遂統率馮、李之師，而自稱討逆軍之總司令矣。然彼時段未與曹錕、陳光遠、段芝貴等接洽也。今日段將入京，居然因廊房一役而得英雄之稱，實則英雄乃馮玉祥也。（上載六年七月十二日上海「申報」轉譯上海英文「大陸報」。）

留法四載從未入學

周恩來評傳（五）

嚴靜文

周恩來出身於舊官僚世家，在南開受的是尊重個性的自由教育，他自幼即自憐長相漂亮，愛穿戴打扮，及長自負文才，嗜杯中物，錮習於「小資產階級」的生活；就他的性格來說，雖然有些陰柔，但是溫和冷靜；找不出狂熱、好鬭等共產黨人的氣質；這樣的一個人，居然走上共產主義者之路，多少使人感到有點詫異。

一九二〇年夏天，他以「勤工儉學」前往法國時，還响往托爾斯泰式的人道主義，對於蘇俄的階級革命且具反感；可是留法四年之後，回國時竟以中共的軍事負責人在廣州出現。這一事實說明，在法國四年實是他思想激變的關鍵。

陳延年巴黎販書報

吳稚暉和李石曾這兩位先生都是無政府主義者、民初中國文教界的兩顆巨星，且與國民黨淵源極深；他們於一九一九年所創辦的「勤工儉學」，原在爲國家培植人才，絕想不到竟成爲孵育共產黨人的溫床。

「勤工儉學」的辦法，未免太儉，只要有志留法，到中法教育會報名，交付二百元大洋的旅費，便可放洋去國。這些學生到了法國之後，得先覓工作，學習法文，然後才進學校。當時的法國，絕不能和今天的美國相比；就業機會既少，而一次大戰後，法國滿目瘡痍，法國工人本身的生活都相當悲慘，那有餘力照管中國的苦學生。因此這些「儉」學生，要想憑一個「勤」字來半工半讀，勢必比苦瓜還苦。許多學生在法國上岸之後，找不到工作，住在「華僑協社」的帳蓬裏，成了有知識的難民。他們不但肚子飢餓，精神也飢餓。

一九一九年秋天，第一批「勤工儉學」的學生到達法國時，中國共產黨才開始醞釀，還沒有成立；不過陳獨秀正急激的朝這個方向走。他的兩個兒子陳延年、陳喬年也隨第一批「勤工儉學」到了法國。他兩人和四川來的學生趙世炎等，在巴黎開了一間小型的書報社，販賣自國內寄來的書報，陳獨秀主辦的「新青年」、「政治評論」等刊物，當然在推銷之列。於是這個書報社遂成爲留法學生滙集的一個中心。一九二〇年以後隨着陳獨秀、李大釗在國內建黨活動的進展，陳延年等在法國的活也已日趨具體。

查考中共建黨的歷史，一九二〇年春，第三國際代表維丁斯基到上海晤陳獨秀，五月陳獨秀等在上海建立籌建中共的小組，同年九月北京、武漢、長沙各地紛紛成立小組，並建立社會主義青年團。同年夏秋之際，陳延年等便也在巴黎建立了「社會主義青年團」。

周恩來工學兩無成就

周恩來一九二〇年五月在天津出獄，其後不久即到了法國。

周恩來初到法國，既不「勤」也不能「儉」，因此「工」和「學」兩無成就。他和湖南來的李立三，同被介紹到雷諾鐵工廠（Renault Factory）去做雜工，這個在舞台善演女角的漂亮小伙子，現在用來搬運鐵礦及鋼材，那眞是細材粗用，累得他嗚呼哀哉，只幹了三個星期，就辭工不幹了。事後對人說：「這簡直不是人的生活。」但是身體健壯的李立三卻滿不在乎，因此使他甚爲佩服。這兩個人也從此成了好朋友。李立三後來被逐回國，在上海從事職工會的工作，大概就緣於他這段工人生活的經驗。一九二八年中共第二任總書記瞿秋白在廣州暴動失敗後下台，李立三和周恩來繼起領導中共黨中央，二人相處如魚得水；及至李立三的盲動主義垮台，周恩來奉命清算立三路線，始終感到手軟，遲疑不決，也多因與李有不同尋常的交情。

周恩來比起一般「勤工儉學」的人多了一個條件，他臨離開天津時，獲得「益世報」聘任爲駐歐通訊記者，每月多少有些收入，所以他敢於辭掉「非人生活」的鐵工廠雜工。大概他鑒於在日本的經驗，留學不成，空手回國，太不成話，因爲不懂法文，在法國入學困難；由於懂些英文，就跑到英國去找機會，結果也沒成功，再回到巴黎。

毛周皆受蔡和森影響

古云：「前事不忘，後事之師」；這兩句話的本義，是不要重蹈覆轍；可是在這裏的意思，則完全是重蹈覆轍。和在日本的情況一樣，周恩來入學不成之後，政治興趣日趨濃厚，因此回到巴黎不久，便經李立三的介紹和蔡和森、李富春、李立三、蔡暢等這羣思想激烈的湖南人搞在一起。一九二〇年十月，他被吸收參加了由蕭瑜（旭東）、蔡和森、毛澤東所建立的新民學會。當時在法國的新民學會由蕭、蔡二人負責，在北京由毛澤東（不久即回湖南）負責，何叔衡則在長沙負責。在這裏要談一下蔡和森的重要性。他不但導引毛澤東加速走上共產主義，同時也是周恩來走向共產主義的帶路人。據蕭旭東說，他在一九一九年春天抵法之前，蔡和森已經確定了共產主義的信仰。到法國第二天，蕭、蔡二人一會面即爲了「新民學會」的路線問題展開激辯。

「一九一九年春天，蔡和森抵法，一有機會他就發表談話，總告訴同胞，共產主義是好事情。……他告訴我說：『我寫了一封長信給潤之（毛澤東之字），說俄人一定要遣人到中國，在華組織秘密共產黨。我認爲我們應該效法俄國的榜樣，而且應馬上進行，我們已無時間事先研究所有的細節了。……」當蕭旭東問他，中國爲甚麼一定要跟俄國走呢？

「他頑固不化。滿腔怒火，聲勢洶洶，『因爲俄國是共產主義之父！』他說：『我們必須以俄爲師。首先是因爲它實行起來直截了當。其次，如果中國發生革命，便可依靠俄援；秘密或公開的供給我們金錢和武器。在地理上，俄國和中國注定是盟友，兩國間的運輸也方便。一句話，如果中國共產革命，革命成功，就必須無條件跟從俄國……。」

他並且堅決的對蕭說：「我已經寫信給潤之，告訴他我的想法，我肯定他會同意的。」

蔡和森這種魯莽和狂熱，實是初期中共黨人的典型。蔡本人的文字極富煽動力，而他的愛人向警予，狂熱單純一如蔡和森，而又多才多藝；因此這一對靑年戀人，遂成爲當時巴黎在中國學生和工人中間宣傳共產主義的基點。周恩來到巴黎不久，即被他們吸收加入了「新民學會」，接着又參加了蔡和森、趙世炎、陳延年等所建立的社會主義青年團。

留法分子搶先建黨

早期的中共人物，大致說來有三條來路。一是在本土發展出來的，如毛澤東、董必武、李先念等人；二是由蘇俄培養出來的（與到蘇聯受短期訓練的人如劉伯承、葉劍英等不同），即所謂國際派如王明、張聞天等人；三是在法國吸收和組織起來的，如周恩來、蔡和森、陳毅、聶榮臻、李立三等人。這三部分人當中，今天國際派已被消滅得七七八八，只餘另兩部分人在繼續活躍。

留法出身的分子雖然沒有形成留法派，但是卻一直在領導層中佔很大的比重，迄今勢不稍衰。欲知其故，必須了解當時中共在法國的活動。

一九二一年中共建黨時，日本小組僅有四個黨員，卻派出周佛海爲代表參加一屆大會，而在法國因未及時建立黨小組，逐未派代表參加。致人多誤解，中共在法國的力量遠不如日本，其實當時陳延年等領導的「社會主義青年團」已有會員一百餘人，實力大過日本二十幾倍；爲中共建黨之前，最大的一個單位。即建黨時全國黨員也不過五十多人。在法國的共產主義者如此之多，前已言及，皆拜「勤功儉學」之賜。

由於人數如此衆盛，所以他們早在一九二一年二月，便在巴黎有建立「少年中國共產黨」（Young Chinese Communist Party）之舉。後來照陳獨秀的意見改爲「中國共產主義青年團」。一九二二年七月，則正式改爲中國共產黨旅歐總部。此舉說明，留法分子的積極，對建黨已迫不及待。但是他們竟未能於同年七月派代表參加中共建黨大會，則是一件值得研究的事情。

一九二一年中共的誕生，是由於第三國際的扶植，在法中共分子的建立組織也由於第三國際的扶植。因此當時在法的中共組織，實受中共及第三國際雙線領導。在上海的中共中央不但經常選送靑年到莫斯科去接受訓練，在法組織也進行同樣的工作。例如陳延年、趙世炎、朱德等都是經法國巡往蘇聯的，周恩來一九二四年秋回國之際，也曾先到莫斯科接受短期訓練。從這一點來看，留法分子與留俄分子在彩色和氣味上非常接近。因此一九二七年當土著領袖陳獨秀一倒，中共領導權即落入留法派及留俄派手中，這兩派人密切合作，直到一九四五年七全大會，才被以槍桿爲後盾的毛澤東一派所徹底瓦解。

周恩來到法國時間較遲，他到巴黎時，陳延年、趙世炎等所籌建的「社會主義青年團」即已密鑼緊鼓，準備成立了。因此他到法不久即加入了青年團。但是他一參加之後，立刻即成爲活躍分子。這因爲他在南開的教育，英文程度較同儕爲高，派到巴黎的第三國際代表，依靠他的英文通譯來與陳延年等接觸。於是周恩來便成爲僅次於陳延年、趙世炎的第三號人物，早於周一年抵達巴黎的蔡和森等，皆瞠乎其後。

自憐其貌拍照贈友

使周恩來在留法左派分子中脫穎而出的，還有一個因素，那是他在五四運動中，領導羣衆鬬爭的經驗。現在換上了「階級鬬爭」的新名號，照舊的施展出來。五四運動的鬬爭對象是北洋政府，在巴黎的鬬爭對象除了北洋政府的大使館之外，則是主張國家主義，極端反共的青年黨。

前面已經說過，這些「勤工儉學」的學生，多半做苦工，在飢餓線上掙扎，他們那有閒暇和金錢來從事鬬爭活動呢？原來及時得到了俄援盧布。

巴黎的俄援似比上海的俄援到得還要早。上海的俄援大約在一九二一年春開始的，而巴黎的俄援，在一九二〇年秋冬之際就已經開始了。據目擊其情況的李幼椿先生「學鈍室回憶錄」載稱：「事隔兩月，華僑協社帳幕中夜睡地舖日啃麵包的住客，便有十餘人移住於巴黎拉丁區的學生旅館中，上小館吃餐，坐公園看書，與我們儉學生的生活不相同了。——這非每月至少有三百法郎者莫辦。我曾問管理華僑協社的秘書劉大悲，是不是他的住客有了減少？他認爲很奇怪！有三十幾位偸偸搬走，並未通知他；而且華法教育會並未爲介紹工作；也未轉有國內任何種滙票予他們，他們何以能毅然離開協社帳幕，一去不返；並且臨走之時，都在早晚，鬼鬼祟祟的怕他知道！」

得到俄援之後，周恩來的生活穩定了，並大爲改善，工作和行動也就活潑起來。經常在咖啡館裏出現，吸收同志，接洽工作，成爲一個忙人。

不過，這個期間他的思想仍不够紅，「小資產階級」的生活意識依然十分濃厚。這可以從一件小事反映出來。

有一次他去照像館拍了一張照片，大概照得很漂亮，照像館的老闆認爲是傑作，把它放大、洗印成爲彩色照片，陳列在橱窗裏。周恩來喜不自勝，用那張照片印製了許多明信片，分寄給各處的朋友。在京都讀書的南開舊雨韓大個也接到一張。在信中對韓某說道：「巴黎美麗。很多朋友，要看的東西很多。你能不能來？」

用自己照片印製明信片，要相當多的錢，窮學生沒有這個閒錢；卽使有錢，一般人也不一定有這種興趣。唯有對自己的相貌自憐自負如周恩來者，才有這種興趣。這雖然也是人性之常，無可厚非，不過自命爲階級革命者，要把舊社會打得「落花流水」的共產黨人來看，就太過不成話了。

鬭爭從砸會館開始

周恩來在巴黎領導的鬭爭，是從砸留法學生會館開始的。

前淸光緖末年，中國留歐學生漸多，滿淸政府除在公使館中設置留學生監督、負責管理之外，還撥經費爲留學生設立一課餘聚會聯誼的地方，在巴黎卽有中國留法學生會館，由公使館派人管理。民國以後，因經費短絀，缺乏管理人員，遂令老留學生自行管理。

這些老留學生，多是家中富有子弟，留學而不讀書，在巴黎一住數年，吃喝玩樂，忘國忘家。會館遂成爲這些老油條的聚賭嫖妓之所。後來的留學生，認爲是罪惡淵藪，有損國體，很少涉足。周恩來認爲這是鬭爭的好目標，遂拿它作爲展開鬭爭的第一砲。

一九二一年一月，一天他們糾集二十多人，蜂擁打入會館，將正在打麻將的幾個老學棍痛打一頓，趕了出去；並且在大門外貼了一張大封條：「不怕死的便再進來！」

牛刀小試，第一砲打响了，接着便接二連三的搞起來。

第二次鬭爭，在同年二月間進行。目標是北洋政府財政部長朱啓綸及中國公使陳籙。

同年二月北洋政府正與法國談判一項借款，派財政部長朱啓綸到巴黎交涉，在法國的「勤工儉學」學生，正感到工學兩難，於是周恩來、陳延年等乘機煽動學生舉行示威，並於二月二十七日（一說二十八日）包圍大使館。

據蔡暢的回憶：「引起這次『二八示威』的原因是這樣的：當我們到了巴黎之後不久，我們便在無政府主義者的『中法教育協會』的控制之下。有些學生是無政府主義者，這協會對待無政府主義者的學生，比對待別的學生要好得多。在我們出國之前，我們曾得到保證，我們不惟有工作的權利，而且有求學的權利，但有許多人到法之後，都沒有讀書的權利，爲着生活，他們必須不斷作工，因此，我們要求使館幫我們解決這個問題。……提出了如下的口號：『爭取讀書權利』，『爭取吃飯的權利』，『爭取自由思想的權利』。這示威運動是周恩來、陳延年、趙世炎（他後來成了中國共產黨中央委員會的委員，一九二七年被殺）和我的哥哥（按：蔡和森）領導的。」

蔡暢這段話雖未可盡信（尤其關於示威運動，她說是在一九二二年二月二十八日，較他人說法遲了一年），但是倒也反映當時某些實際情況，周恩來當時確已是中共在法集團的主要領導人，而且領導「二月示威」。

「二月示威」的高潮是包圍公使館，但由於北洋政府駐法公使陳籙事前有了準備，往通巴黎警察當局派員保護，當他接見示威者，瀕臨被「揪鬭」時，戒備的法警就揮舞警棍驅散示威者。

從一九四六到一九四九中共稱兵作亂期間，在北平、上海、廣州各大城市發動左派青年掀起騷動時，所喊的「反飢餓」、「反迫害」等口號，原來跟一九二一年二月周恩來等在巴黎所喊的「爭取吃飯權」、「爭取讀書權」前後如出一轍。周恩來等實是首創者。

由於陳籙在接見周恩來等人時，曾推脫責任：勤工儉學學生來到法國，是李石曾、吳稚暉所辦「中法教育協會」搞的，吃飯讀書問題，應找他們解決。因此，示威者在公使館被驅散後，又呼嘯而至巴黎的中法教育協會。在那裏他們所提出的要求，也未得要領，不過藉着這次示威的風頭火勢，他們建立了兩個外圍組織，一是「勤工儉學學生會」，二是「工學互助團」。當時到法國工儉學生已達二千人，而參戰留法的華工有數萬人，這兩個外圍組織，使他們擴大了接觸羣衆的媒介，而且顯明的確定了接近工人的方向。從那以後他們就積極擴展力量，準備另一次更大的鬭爭。

小型「十月革命」

當時在巴黎的共產分子，正患嚴重的左傾幼稚病。除反北洋政府之外還有雙反：一反無政府主義，二反國家主義。這與列寧一九二〇年七月在第三國際第二次代表大會上所提出的「關於民族和殖民地問題」政治報告，要求後進國家的共產黨派，必須聯合「資產階級」、「小資產階級」共同反抗「帝國主義」的大方針不同。

「二月示威」之後，一部分學生得到了津貼，因爲「中法教育協會」負責人吳稚暉從廣東的陳烱明募得一筆專款，在里昂籌建中法大學，所以救濟先自廣東學生開始，一部分無政府主義者學生似也得到了救濟，因爲吳和李石曾都是無政府主義的倡導者。於是周恩來等繼續煽動困於工而不能學的學生鬧事，鬭爭的矛頭則指向了吳稚暉。

當時在里昂的中法大學，暫借的一所舊兵營只能收容三百人，而在法國的工儉學生達兩千之衆，實際上也是粥少僧多，但是以爭爲理、以鬭爲業的共產黨人可管不了這許多。他們以種種方法打擊吳稚暉和中法學會，指責他們歧視非無政府主義者的學生。他所用的戰術之一，是將公寓和飯館的帳單寄往公使館和中法教育協會去討帳。當然這種胡鬧不會產生任何正面結果，於是在同年秋，他們發動了一次進軍里昂的暴動，他們自稱爲小型的「十月革命」。這是周恩來留法期間所領導的最大一次鬭爭，結果卻一敗塗地。

這次的「進軍里昂」，據蔡暢說有一千人參加，但據靑年黨領袖，當時在巴黎的李璜在回憶錄中說僅有一百三十餘人。不過因攻打里昂中法大學宿舍被捕的學生確有一百三十多人，實際參加者可能多於此數，但是是否有一千人則不得而知。周恩來是這次進軍的主要領導人，並負責起草聲明文件，但領導第一批羣衆前往里昂的則是蔡和森、趙世炎諸人；周恩來等則坐鎮巴黎，並集合第二批學生，正準備啓程赴里昂時，因接到消息，蔡和森等一百餘人被捕，乃中止前往，隨卽與吳稚暉等展開談判。

當第一批羣衆在里昂鬧事時，吳稚暉出頭解釋，遭左派學生毆打。自此吳氏卽成爲鐵硬的反共者。一九二七年四月，全力協助當時北伐軍總司令蔣介石氏實行淸黨反共的，正是這位吳老先生和他的兩位摯友也是中法教育協會創辦人，蔡元培和李石曾兩位先生。

「進軍里昂」一敗塗地

在里昂被捕的一百多學生，被法國軍警軟禁於中法大學宿舍內；這些學生就乘勢要求學校當局收容。吳稚暉事實上無法答應，因爲當時工儉學生已有兩千人，如收容這一百三十人，其他的學生必蜂湧而至。因此吳稚暉定出甄別辦法，要實行一次法文考試，合格者方得留下，法文程度不够，無法去里昂大學聽課（當時里昂大學與中法大學合作），左派學生當然不答應。所說的談判，就指在這個問題上的討價還價。在這個期間，在幕後出謀劃策的是周恩來，出面交涉的則是趙世炎和王若飛。雙方僵持了一個多月，問題迄不能解決，法國政府迫於輿論沸騰，徵得公使陳籙及吳稚暉同意，乃決定將這批「將革命進行到底」（一九四八年毛澤東撰「人民日報」社論標題）的死硬分子强行遣送回國。可是十月底，當點名起解時，發現僅有一百零四人，有三十幾個人偷着溜走了。溜走的人物當中包括大名鼎鼎的日後的中共十大元帥之一的聶榮臻等。被遣送回國的則有蔡和森、陳毅、向警予、李立三、李維漢等三十餘人。

法國政府這一措施，是出乎周恩來意料之外的，結果半數核心分子都被遣走了，經此打擊在法國的活動幾一蹶不振。不過建黨方數月的中共，得到這一大批生力軍參加，組織頓呈活氣；在思想上對毛澤東、周恩來具有重要影響的蔡和森，於一九二二年七月中共的二全大會中當選中央委員，並出任宣傳部長；與總書記陳獨秀，組織部長張國燾並列爲三巨頭。留法派之得勢自此開始。

任何的政治失敗，都容易引起內部的紛爭。領導第一批羣衆「進軍里昂」的趙世炎，因爲未及料法國軍警的包圍逮捕，損兵折將；而蔡和森等被遣送返國時，他竟未能與被遣送者同甘苦共患難，利用在辦交涉期間與中國公使館領事李駿的私人關係，而免被遣送，留了下來。因此回到巴黎之後，遭受周恩來等的批判而垂頭喪氣。趙世炎向曾琦吐訴經過，得曾氏安慰：「世炎感動，爲之淚下」。

周恩來入黨的經過

一九二二年六月在西湖舉行的二全大會，決定將巴黎的由陳延年、趙世炎等建立的組織改建爲中共旅歐總部，下設旅法支部、旅德支部、旅比支部。

這一改變似與蔡和森等人被遣回國，與陳獨秀等合流有重大關係。前已言及，一九二一年七月中共在上海建黨時，在法國的共產主義分子所建的「社會主義青年團」，是當時中國及日本各地，人數最多的一個單位，竟沒有派代表參加建黨大會。照理推求留法分子在建黨之後仍非黨員，事隔一年留法組織改建爲中共旅歐總部，則全部（或核心分子）自然成爲黨員。周恩來已應在此時成爲黨員。據有的中共官方記載，一九二〇年五月，當上海由陳獨秀、北京由李大釗發起組織共黨小組時；「接着於湖南由毛澤東、何叔衡；湖北由董必武、陳潭秋；法國由周恩來、李立三、羅邁、李富春、王若飛等，建立了黨的小組。」

這一記載顯然不實。因爲周恩來同年五月中旬剛在天津出獄，他在七、八月間才去到法國，怎會五月在巴黎參加建立共黨小組呢？而周恩來之趨向共產主義，是在一九二〇年十月，經蔡和森介紹參加「新民學會」之後。因此周恩來的入黨經過，實在是値得研究的一個問題。據筆者推測，他入黨的時間，當在一九二〇年之冬或一九二一年之春。他所加入的黨，當是陳延年、蔡和森所在巴黎獨自建立的「少年中國共產黨」，這是由第三國際直接支持的一個組織。

同年七月間，他們所以未派代表參加七月在上海舉行的中共的建黨大會，大概因爲這個「少共」是先立的組織，與新建的中共之間，組織關係仍待磋商和調整。一九二一年十一月，蔡和森等被逐返國，與陳獨秀等始商定合併辦法，因此一九二二年六月二全大會始作了正式決定。否則蔡和森返國不久，留法的組織早應與中共合併，無須等待半年之後。

繼陳延年爲最高領導人

旅歐總部成立時，負責的領導人物計有陳延年、周恩來、趙世炎、王若飛、任卓宣（葉青，後成爲國民黨的宣傳家），尹寬（後來隨陳獨秀一齊脫黨）等。依照當時他們的活動情況看，陳延年是總負責人，周恩來負責組織，趙世炎、任卓宣負責宣傳，王若飛負責工運。

此時的周恩來一面負責指導青年團的工作，同時負責籌建旅德、旅比等支部工作。他除了忙這些組織工作外，還經常在「旅歐總部」的機關刊物「少年報」上，以伍豪的筆名發表文章。

「少年報」是一份供中共黨員及外圍分子閱讀的內部刊物。旨在宣傳共產主義，强調中國革命是世界革命的一部分，全世界的共黨必須服從第三國際的指揮等等。刊物由陳延年編輯，趙世炎負責印刷，其後由後來法的鄧小平負責印刷，鄧的鋼版字寫得整齊漂亮，印得也精美，因此得到「油印博士」的綽號。

周恩來曾將「少年報」寄給很多朋友，在日本的韓大個也收到兩期，但是韓回信表示，兩人思想如水火之不相容，周恩來就不再寄給他了。

一九二三年「少年報」改版爲「赤光」半月刊，由於陳延年、趙世炎奉命赴莫斯科受訓，然後返國工作；周恩來便成爲中共在法國工作的最高領導人，直到他一九二四年被調返國爲止。

在這個期間，應特別說明者有兩件事，一是周恩來在德國、比利時建立支部及活動情況，二是中共與青年黨的鬭爭。

阿瑟・聶負責比國支部

中共旅德支部，一九二二年八月建立。據知當時留德中國學生甚少，中共黨員更少，中共所以設旅德支部之主要目的，因爲德國是從法國去蘇俄的必經之地。中共在法國所吸收的黨員，一律要由柏林轉運莫斯科接受訓練。周恩來在柏林長租了一間房，做爲來往居停之所。他護送赴莫斯科的同志到柏林，在柏林移交給第三國際的工作人員，護送赴蘇。當然除了轉運人員之外也有若干組織活動，例如朱德便是在柏林經周恩來吸收入黨的。

周恩來在德國的一段情史，據李幼椿氏的記載，推定卽是周恩來行轅房東女兒的戀愛。前章「戀愛與婚姻」中所提的古諾・周，可能卽是周與房東女兒的結晶品。

旅比支部的組織則遠較旅德支部爲大。因爲比國沙勒瓦（Charleoi）城有一所勞動大學，乃專爲工人建立，專收工人子弟，不收學費，清貧者並酌給津貼。聶榮臻卽在該校化學工程系工讀，當時人稱阿瑟聶（Arthur·Gnai）。聶亦爲旅比支部的負責人。此外在該校讀書的還有李合林、劉伯堅、謝澤沅、梁銘荃等。一九二五年聶榮臻被調回國工作，則由何長工（文革前中共地質部副部長）負責。

留法中共組織，與青年黨的鬭爭，始於「赤光」半月刊與青年黨的「先聲」雜誌之論戰，繼而演成「白刀子進去紅刀子出來」的流血鬭爭，一個被疑爲青年黨的中國工人，曾於一九二四年五月被殺，屍體抛入塞納河中。青年黨人購槍自衛，王建陌竟因手槍失火喪生。可見當時兩派鬭爭之激烈。

共產黨的理論建立在階級仇恨的基礎上，其組織採取鐵的紀律有如軍隊，如是的理論和組織，必然要以鬭爭行動來延續其生命。任何個人一參加進去便被捲入鬭爭的風暴，而身不由已一去不返。周恩來的出身和氣質，本不適合幹共產黨，但是在法國經過四年的薰染，遂竟變成一個相當「紅」的共產黨員。

一九二五年六月，他奉命返國到廣州參加國民革命。因爲早在一九二四年一月，國共已經正式合作。他走後「油印博士」鄧小平接替了他的工作。他和其他的留法分子返國時一樣，照例先去莫斯科接受紅色訓練。

因此他六月離開法國，八月才抵達廣州。

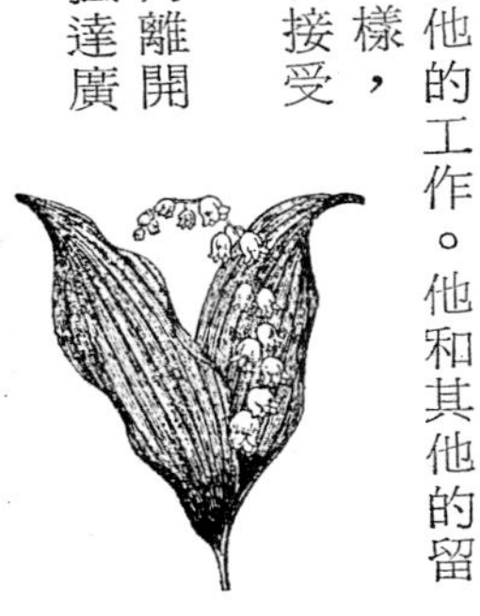

容閎—留

容閎

世上，要是事事能著人先鞭、永保第一，先覺說的話，委實是一椿痛快淋漓的事！在近代史上，容閎似永保有此項紀錄，其顯著的行徑是：第一位放洋的留學生；第一位畢業於耶魯大學的中國學生；回國後，經營籌劃，第一位辦購機器、創江南機器製造局；第一位志願軍投效於美軍作戰的中國戰士（南北戰爭）；第一位設立兵工學校、國家銀行、及第一位倡議派遣留學生兼親自護送的監督，尚有其他列舉不盡的第一，此無他，蓋當時風氣未開，列强環伺虎視，國人猶在酣睡中，容閎以第一位接受西式教育的學者，登高一呼，立起發聵振聾的作用，縱欲求其不永佔第一，於勢也殆不可能。

容閎於一八二八年，誕生於廣東澳門西南的彼多羅島的南屏鎮，上有兄姐各一，下有一幼弟，他排行第三，七歲時，入英傳教士瑪麗遜所設的學校攻西文，在一年級時，因教會學校校規較嚴，乃慫恿同學六人共同逃學，中途，爲校方的快艇所截回，是晚，七位「逃犯」巡行全校一週，晚課時，課堂中設一長桌，七人硬被排列於桌上一小時，容閎立中間，左右同窗各三人，每人頭戴尖頂紙帽，胸前各懸掛一方塊牌匾，上書「逃徒」兩字，文明的懲罰，比「體罰」更難受萬倍，使他羞愧無地，於是立志向學。

一八四〇年夏秋之交，正鴉片戰爭激烈之際，他的父親突告逝世，身後蕭條，家無擔石，大兄早從事於漁撈，但不足以瞻養，容閎只得輟學，往來於鄉鎮之間，販賣糖菓，博取蠅頭小利，以補貼家用，如是生涯，僅五閱月，糖菓業停製，遂告失業。

一日，跟乃姐於田壟間幫人耘草，姐與鄉人閑聊，盛誇其弟能說「紅毛語」，鄉農們均不置信，一老農夫道：

「我一生從未聽過洋話，要是小弟弟能說，我將一捆稻作爲獎品，重到準挑它不動。」

既有巨利在前誘惑，容閎乃把英文的二十六字母從頭到尾唸了一遍，鄉農非常驚訝，立以稻穗數捆相贈，果然重到姐弟倆挑它不動；容氏年十二歲，他自己稱，這是立於深且沒脛的稻田中的第一次演說，代價已超過聖經中盧斯（Rush）六斛收穫的一倍。

一八四六年，主持瑪麗遜學校達七年之久的美人勃朗將返國，行前宣佈，願携三五位舊生，同赴新大陸，志願者起立，容閎應聲而起，然後回家向乃母稟明情況，母氏頗不樂意，後來終算勉强答應；翌年一月四日，我國的第一批留學生：除容閎外，其他兩人，一爲黃勝、一爲黃寬共同乘亭特利思號（Huntress）自黃埔解纜，過好望角，直航聖希倫那島（此島因囚禁拿破崙而聞名於世），容閎等於該島的約翰斯坦登陸，並至浪奧特憑弔此一代大英雄，適墳前有一柳，行人等乃各折一枝，容氏所携的一枝，殖於美洲阿朋學校，今已蔚爲茂樹，垂條萬縷了！

一行人等，經過了九十八天的海上顛簸，安抵紐約，時該市僅有二十五萬人口，與時下的千萬人口相比，膨脹之速簡直不敢想像，在百餘年間。

容閎先生在勃朗家住一週，後入孟松學校肄業，時只有預備學校，並無高中，而所謂「預備者」，即預備進入大學之謂

學生的聖人

李寓

也。學校距離住所約半英里，每日往還三次，雖天寒地凍，亦必徒步，如此長期步行運動的效果是：胃口大健、食量兼人。當時生活簡易，一週僅一元二角五分，即可支付一切。

三位留學生中，黃勝於一八四八年因病歸國；翌年，容閎與黃寬同期畢業於預備學校，旋黃寬轉入蘇格蘭愛丁堡大學習醫，他年學成，即名聞遐邇，爲亞洲的第一名西醫。容閎因校方要求其在畢業後，回國充任傳道師，但容氏有堅定的認識：「一家雖貧，自由固所有，他日竟學，無論何業，將擇其最有益於中國者爲之」，故決不作事先的低頭允諾，後喬治亞州薩伐亞婦女會願意資助，遂入耶魯大學，至一八五四年畢業，他自稱「以中國人而畢業於第一等之大學校，實自予始」，乃是實在話。

是年冬十一月，取道東還，經過一百五十四日的航行，終於學成歸國。

他離開了祖國十年，差不多連祖國的語言均淡忘了！當歸舟將近香港時，有領港人上船，船長因他係中國人，即要他轉詢領港附近是否有暗礁及沙灘，他竟茫然此兩字在中國語中當作何說法，幸領港者尚諳英語，當代爲闡說；他强調：「這位領港，是回國後的第一位教授」，而船長則訕笑他連本國語言都不曉得，使他感到萬分難過，以後決心學好本國語言。

歸家時，因一時無本國服裝，只得仍穿着西服，時嘴上已蓄有小髭了！一見慈母，即具述別後情況：

「阿媽！我已經在美國畢業於最有名的大學，現在得到學士學位，跟我國的秀才（？）差不多，你看這就是我的畢業文憑。」

「畢案文憑與學位，幾個錢一斤？」對於文憑與學位一無所知的鄉下女流，從實際的價值上估計。

「這不是幾個錢可以估計得了的！它的效用比金錢大，阿媽，你現在是數萬萬人中第一個留學生的母親，以後我會賺大洋錢來孝養你。」

作母親的至是才微微地有笑容，徐徐的道：「你怎麼先留起鬍鬚來呢？你哥哥尚且無鬚，還是先去剃掉吧！」

「是！」他奉命唯謹地遵行，作母親的感到很快慰，因兒子雖飽受歐風美雨的浸潤，卻並沒有喪失我國固有的「服從美德」。

僑居海外有年、本國語言已逐漸消失的留學生、乃先行補習粵語及國文，僅半載，即完全恢復。那時，他住在咸蝦欄，地近刑場，兩廣總督葉名琛，假名太平軍將暴動，屠殺無辜人民達七萬五千人，刑場四周二千碼以內、空氣惡濁如毒霧，纍纍陳屍，積血滙爲汚池，他稱：「雖昔尼羅的殘暴、法國大革命時代的慘劇，殺人亦無如是之多，罪魁禍首，惟葉名琛一人實尸其咎。」正義的呼聲，形於筆墨。

本國言語既復通後，即行謀生，初至香港任高等審判廳譯員，因遭英人的嫉妬，憤而去上海，任海關翻譯，月俸七十五兩，後方明白國人均無資格出任「總稅務司」，先生極憤慨自己與其人受同等教育，且身爲中國人爲本國服務，而不能享受同等的權利，憤而自動辭職，雖對方願增資至二百兩，也不顧而去。

一日，容閎行經四川路，見有若干西人在前面，各手提一紙燈，高舉過於頭頂，晃蕩不定，行路則左傾右斜，且行且歌、且狂呼鬼叫，路人皆四散奔避，他仍無所恐懼地前行，孰料該洋人中，一人先搶去他的僕從的手燈，一人則舉腳踢先生，因俱醉態，故暫不與計較，過後，他問其同行者，居然是歐里加船的大副，先生乃作一函報告其船長，信中强調：

「凡美人至中國，尤當自知其所處地位的尊貴，善自保惜，不宜有强暴行爲，以自喪其名譽，而傷中國人之感情。」此事後以和解、道歉了結。

又一回，他在拍賣行中看拍賣，一蘇格蘭人用無數小球繫在他的辮子上——此時，從俗的他又蓄髮留辮了——，他要求該英人解去，不但未被接受。反舉拳擊其頰，容閎忍無可忍，一拳反擊正中其面，唇鼻立破，英洋鬼子未料到這一手，立出雙手緊抓其兩腕，他正想舉足踢其要害處，適公司老板出來，竭力解散，其時即有洋人助陣：「要打鬭嗎？」

「否！我是自衛，他先打我，打傷我的面部，他根本是個無賴。」容閎聲色俱厲地予以駁正，並使大家聽到。

事後先生感慨於治外法權的被奪，所以國人才會受淩於外族，因之喟歎地道：「無論何人，有敢侵犯我權利者，必有膽力起而自衞。」以誡國人。

後來，他受西商的委託，代爲採購茶絲，於是乃有內地之行，自蘇州至丹陽，他描摹着：「兩傍之田，皆已荒蕪，草長盈尺，滿目蒿萊，絕不見有稻秧麥穗，旅行過此者，設不知其眞象，必且以是歸咎於太平軍之殘暴，殊不知官軍（淸兵）之殘暴，實無以異於太平軍，以予沿途所見，太平軍之對於人民，皆甚和平，又能竭力保護，收拾人心，其有焚掠肆虐者，治以極嚴之軍法。」是爲先生所經歷目擊，絕非虛妄誇誕的實在話。

在丹陽，他碰到太平天國的天官秦日綱，因以得晤早歲在香港認識的干王洪仁玕——洪秀全之弟，當即言七事：

一、依正當之軍事制度，組織一良好軍隊。

二、設立武備學校，以養成多數有學識軍官。

三、建設海軍學校。

四、建設良好政府，聘用富有經驗之人才，爲各部行政顧問。

五、創立銀行制度，及釐訂度量衡標準。

六、頒定各級學校教育制度，以耶蘇教聖經列爲主課。

七、設立各種實業學校。

數日後，玕王以「義字四等爵位」相贈，這是違背着他的爲國爲民作事、不顧服官的原則的，乃予以璧還。

一八六三年，淸軍第一砲艦統帶（艦長）張世貴秉承曾國藩之意，突函召他至安慶拜見曾總督，正猶豫不決間，適李善蘭（名數學家）亦以書來，九月，謁曾國藩於軍中，是爲容氏獻身於祖國，爲民服務的起點。

曾氏詢以當世之務，容閎力陳創辦機器廠，曾喜，畀以全權，乃就上海高昌廟覓址建築，是爲江南機器製造局的創始。隨後，他親至馬薩諸薩州非支波克城與樸得南公司訂約，期以半年東運。當是時，美南北內戰正酣，氏因曾入美籍，故赴華盛頓投效美政府，遭婉謝，他自問對「第二祖國」之責任心至是已盡了。

歸國後，力勸曾國藩設一兵工學校，授以機器工程的理論與實驗，既作育人材也開工業報國的先河，曾喜，立推行。

其後，得晤丁日昌，條陳教育計劃四章：

一、中國宜組織一合資汽船公司，公司須爲純粹之華股，不許外國人爲股東，經理職員亦然。

二、政府宜選穎秀青年，送之出洋留學，以爲國家儲蓄人材。

三、政府設法開採礦產以盡地利，礦產既經開採，則必兼謀運輸之便利。

四、宜禁止敎會干涉人民訴訟，以防外力之侵入。

該案由丁氏齎京，將交與相國文祥（滿人）相機實行，適發生天津教案（一八七〇年），淸廷命曾國藩、丁日昌、毛昶熙調停，容氏被任爲譯員，周旋其間，頗多贊劃，教案既了，派留學生一事已有眉目，遂復規劃四事：

一、派送出洋學生之額數。

二、設立預備學校。

三、籌定此項留學經費。

四、酌定出洋留學年限。

當即酌設監督二人（先生及陳蘭彬）、漢文教習二人（葉緒東、容雲甫）、翻譯一人（曾蘭生）。

爲甚麽要以陳蘭彬擔任此職，蓋陳爲翰林出身，任刑部主事二十餘年；容氏時方力主維新，與淸廷的冥頑扞格不合，故須假借陳氏的資望以抵制淸廷的反動力，亦可說是用心良苦，思慮周詳的措施。

當時議定的留學章程，定額為一百廿人，分四批，每批卅人，按年分送出洋，年齡定為十二至十五歲，須家世清白，有殷實保證，體質健康為合格，出洋前，其父兄須簽訂志願其子弟留學十五年的同意書，如有疾病死亡或意外災害，政府皆不負責，至於經費、服裝，概由政府供給。

一八七二年，第一批公費留學生三十人東渡赴美，先生加以接應，安置於「春田」，而「中國留學事務所」則選定於哈特福特的克林街，係自建三層洋樓，可容監督、教員及學生七十五人同居，內特建一大課堂，專供教授漢文之用。

當最後一批公費生於一八七五年抵美，情況已起了激烈的變化。陳蘭彬擢升為駐美公使，葉緒東為參贊，曾翻譯員他去，新監督區岳良，新翻譯鄺其照上任了，區氏無甚作為，翌年返國，第三任監督吳子登到任，此君性情既怪僻，頭腦又頑固，總認為留學外洋，係「離經叛道」之舉，不時報告清廷，謂留學生在外，效尤美人，讀書少而游戲多，或入星期學校，或入宗教團體，絕無敬師之禮，如令久居外國，必失愛國之心，他日縱令學成回國，非特無益於國家，亦且有害於社會，欲為中國國家謀幸福計，當從速解散「留學事務所」云。

腐化顢頇的清廷，即以此徵詢公使陳蘭彬的意見，而不復問及創始人的意見為何如？冥頑與吳監督如出一轍的陳氏，乃力主召回，一八八一年，一百二十名留學生，遂悽然返國，力主溝通中美文化的容氏心血，乃悉付東流。

後李鴻章在天津問他何以不阻止留學生的半途返國？容閎反問他為甚麼不加以函示，俾有陳述意見的機會，李聞言，遽怒形於色，道：「我已知此事的戎首為誰了！」意即指吳子登的短視孟浪，自此之後，吳的官運一蹶不振。

容閎於任留學生監督後，為替國家購買新式軍械而返國，又奉命赴秘魯，調查「販賣華工」一事，僅三閱月，即得知華工的慘狀，附有眞相二十四幀，工人背部均被烙受笞，傷痕斑斑，證實華工的工場，簡直係牲畜場，不宜復允華工東去。自此後，華工出洋，著為禁令，「猪仔之禍」，始不如前此的悲慘。

一八九四年，中日甲午之戰起，容閎以曲在彼方，日本欺人太甚，基於愛國不容後人，乃獻二策，託友人蔡錫勇轉達於張之洞：

第一策：勸中國速向英倫商借一千五百萬元，以購已成鐵甲（艦）三四艘，雇用外兵五千人，由太平洋襲抄日本之後，使之首尾不能相顧，則日本在朝鮮之兵力，以必分而弱，中國乃可乘此暇隙，急練新軍，海陸並進，以敵日本。

第二策：與第一策同時並行，以抵押向歐西任一强國，借款四萬萬美金，以為全國海陸軍繼續戰爭之軍費。

張之洞即電其自美返國，會談有時，只因張與李鴻章政見不合，遂作罷論。

容閎至此，也感悟清廷已腐化得不可收拾了；在京時，乃參加康梁的變法維新，不幸，戊戌政變失敗（一八九八年），被即流亡至上海，組一「中國强學會」，被推為第一任會長，旋以租界非樂土，遷至香港。

越二年，將赴美，道過台灣，總督兒玉子爵，係日俄戰爭時大山大將的參謀長，盛情招待先生，寒暄過後，即出一中文舊報紙問他：

「這個條陳，到底是誰獻的劃策？」

「是我所獻的！」容閎以右手拍胸，不加思索的坦認，一種敢作敢為，威武不屈的精神形於形色之間。

兒玉總督及其僚幕，軍官等莫不深為敬佩。

容閎復侃侃的道：

「假使將來還有這類不幸的事件發生，當仍舊抱定『我愛我祖國，絕不落人後』的宗旨，提出更美好、更完善的意見給我政府，以與敵人相對抗。」

沈毅雄豪，純摯誠坦，熱烈愛國，是為「第一位留學生」的好榜樣。

一九七一年，寫於留學生一百週年紀念

張勳復辟始末（五）

矢原愉安

這是一篇非常到家的官場馬屁文章，也是張勳對他和袁之間，關係密切到如何程度的自供。

等到「帝制」已經成了公開頌贊的對象的時候，他馬上又揣度袁的心理，及時地發表一個通電，以老牌「帝制信徒」的資格，來替袁的「洪憲活動」助陣道：

「辛亥革命驟改共和，勳期期以為不可。惟仰體我大總統因時制宜，息事寧人之至意，亦不得不勉為贊同。」

就連袁世凱要正式登基稱帝的時候，他也許為了洞悉局勢，知道袁大總統一變成袁大皇帝，就非垮不可。或是為了久藏心底的「罪惡感」，在這種新的客觀形勢下，發展到了一個無可控制的地步。甚至於是在替袁着想，不希望他趕盡殺絕，明目張膽地成為王莽董卓，受盡人們的唾罵。再加上他手下擁有兩省地盤，五萬精兵，絕不必愁「袁大總統」會炒他的魷魚。所以，才忽然以遺老的口吻，發出了一個很有孤臣孽子氣色的電報道：

「大總統將為應天順人之舉，勳受數十年知遇之恩，自當効令馳驅。惟處置清室，應預為籌議。……

「此後宣統帝及諸太妃如何保全，宗廟如何遷讓，陵寢如何守護，皇室財產及經費如何規定，……宣示海內外，使天下萬世曉然於大總統之對清室，無異於舜禹之對唐虞……則有清列后在天之靈爽，與隆裕遜位之初心，實憑鑒之。……」

袁是個何等乖覺的人，有了張勳手下這五萬槍桿子出來，替宣統皇帝說好話，他自然要搶着做好人。所以，既不再逼玉璽，也不再要「儀仗」，更沒有把「幼主」貶為「懿德親王」，逐出紫禁城，流放到頤和園中去。而且還由大總統的「政事堂」出名，給張勳一對覆電，信誓旦旦地保證道：

「奉大總統諭：優待條件不可更改。將來決定國體，……其

張　勳

先朝舊臣，均免稱臣。

該使所見遠大，極爲可嘉！

後來，隨着雲南起義，各省紛紛獨立，袁世凱已經陷入了四面楚歌的絕境的時候，張勳雖然擁有一大塊地盤和幾萬槍桿子，但他卻依舊沒有背叛袁，而且表現得比袁的「股肱之臣」馮國璋，更要忠誠堅定得多。——這位身爲「北洋三傑中之狗」的馮上將軍，是第一個婉轉通電向袁「逼宮」的將領。形勢發展得越惡劣，他對老上司袁世凱的打擊，也就來得越乾脆。

張勳卻不是這樣，就連在四川將軍陳宧獨立前不久，他還和馮國璋聯名提出了一個：「時局解決方案八條」道：

一、遵照清室賦予「組織共和政府全權」原旨，承認項城仍居大總統之地位。
二、愼選議員，重開國會。
三、懲辦奸人。
四、各省軍隊須按全國軍隊，依次編定番號，并采取徵兵制。
五、明定憲法。憲法未定前，仍遵守民國元年臨時約法。
六、民國四年冬以前之各省將軍，巡按使照舊供職。
七、川湘前敵各軍，一律撤回。
八、大赦黨人。

從頭到尾，沒有一個字，提到復辟；也沒有一個地方，不是在替袁打圓場。

過了不久，張勳又和倪嗣冲、馮國璋，聯名發起了所謂「南京會議」，邀請了十七個還沒有獨立的省份，派遣代表參加。商討和戰問題。結果是「無結果而散」，但是，在會上堅決主張維持袁的大總統地位的人，除掉袁的夾袋人物倪嗣冲以外，只有一個代表張勳出席的萬繩栻而已。

當年，清廷的退位問題，成爲解決大局關鍵的時候，張勳曾經兩次帶頭通電，慷慨陳詞，一定要宣統「俯順民情，自動讓國」。現在，當全國的反袁巨浪萬丈奔騰，一致要求那位曾爲洪憲皇帝的袁大總統，退位讓賢的一刹那，這位「定武上將軍」卻又挺身而出，獨自發表了一個通電，表示他用槍桿子替袁撐腰到底的決心道：

「退位問題，關係存亡，……如果國本輕搖，必淪胥俱盡。……推誠相告，必不見聽，即以兵戎！……用此通電佈告：願我同胞，其相砌礪，設有非此旨者，即以公敵視之可也。……」

但是袁世凱一死，張勳的態度，馬上就來了個一八〇度的大轉彎。——首先是和他的隣居馮國璋，爲了爭徐州的地盤，鬧得相持不下。按理說：他的官銜是「安徽督軍」兼「長江巡閱使」，無論如何，都不應當把大本營放在江蘇的徐州。而且把江蘇的好地方，霸占了一半。然而，他卻擺出了一副「老子死也不搬，有本事就來打打」的架子，弄得馮國璋只好裝着要「一怒掛冠而去」；北京政府也只好裝聾作啞，由他去爲所欲爲。

而張勳也就從此不必再抑制自己心底的「罪惡感」，可以公開地，乾脆地，以「前清孤忠」自命，正式地站出來搞復辟活動了。

日本在中國的復辟活動中，是「催生」呢？還是「催命」？

民國初期——從袁世凱當政，到他的身後，日本的對華政策，曾經有過大幅度的搖擺。因此，在前清遺老的復辟活動中，日本所扮演過的角色，也是前後完全不同的。在前一半中，她扮的是「催生婆」；而在後一半中，卻變成了個「掘墓人」。

那時，先後和日本直接間接有過香火緣的復辟份子，簡直多如過江之鯽。而比較重要，和眞正得到過重視的人卻只有肅親王善耆、升允、張勳、羅振玉、鄭孝胥、小恭王溥偉這一批人。

徐世昌在大過其「民國總統」的官癮以前，也曾經對日本害過一陣「單思病」，想藉這個「外援」，來使自己成爲復辟後的攝政王和「國丈」。但卻因爲對局勢和客觀條件的估計，完全錯誤，所以碰了日本一個大釘子。

在那時的復辟份子當中，張勳是眞正有幾萬槍桿，兩省地盤，一套完整「班底」的人。因此，日本有一個時期，的確對他的期望特別大，而且也的確給過他許多精神上的支持。

張勳第一次直接和日本打交道，是在一九一三年九月初旬，替袁世凱打下了南京的時候。

這一仗，他因爲「戰功卓著」，從「江北鎭使」，一下子就身爲許多人都在想的「江蘇都督」。他手下的「辮子兵」，也在得意之餘，搶殺姦燒，無所不爲，弄得南京城裏天昏地暗，鬼哭神嚎。只有那些見機躲到外國教堂裏去的人，才能僥倖逃出這一場浩劫。

誰知這些丘八老爺們，在燒殺得高興的時候，哪裏還來得及分別誰是中國人？誰是日本人？所以就有三個日本僑民，也被他們乘興殺掉了。

日本政府，馬上集中了大批軍艦，開到南京下關，退下炮衣，擺出「不惜一戰」的架子；一定要袁世凱馬上把張勳「撤職嚴懲」。

後來，費了許多的疏通，才改成：「由張督着上將制服，親往日本領署道歉」。而且還要由張的「辮子軍」，派一團人當代表，到日本領署門前去「舉槍致敬」。

更使張勳感到難堪的是：日本領事船津，居然在他正式謝過罪以後，還在大庭廣衆之間，向他笑嘻嘻地問道：

> 張都督既然是民國「勳一位」的上將，爲甚麼還留着辮子不剪呢？

由此可見，那時的張勳，還沒有被日本選爲爭取的對象；而且還在政治生活上，受到了日本很大的打擊。

但是，不久之後，日本在多方面支持倒袁和復辟活動的政策下，對張勳有了完全不同的估價。——黑龍會裏的重要人物佃信夫，甚至於得到了當時日本首相寺內正毅的支持，跑到張勳的身邊，去當張勳復辟的幕後軍師。

根據佃信夫的調查。當時的各省督軍，大都號稱擁有兩萬人馬，而實際上卻要打個對折。只有這位張辮帥，一心一意地擴充實力，居然不折不扣地有五萬人槍，並且都是被公認爲很能打的部隊。

因此，寺內首相也看中了他，向佃信夫親自表示：

> 「如果强有力的人物堅決實行復辟，也是和我們理想相符的。」

然而，張勳自己卻還沒有忘懷：日本在他的政治生活上給予過的打擊。所以反應得很不積極。惹得佃信夫不能不向他很老實地攤牌道：

> 如以敵視日本的態度進行復辟，是非常錯誤的。必須事事接受日本的誘導和扶持，復辟方能成功！

而張的答覆卻是：

> 本人並無向日本求援之意。……將來發動復辟之時，勢將與段難免一戰……若在宣統皇帝身邊發生危險之時，日本公使館如能予以接引，並力加保護……。願煩盡力者，僅此而已。

從此以後，張對日本的態度，也有了相當大的修正。而且還採納了佃信夫的建議，請升允做自己的代表，把「督軍團徐州會議」上有關復辟的「誓約」，送到日本去給寺內首相參考。當時，寺內也表現得非常肯定，向來人表示：

> 本人……當命駐北京日本公使注意保護宣統帝的安全：……。復辟，日本沒有理由加以反對，請勿顧慮，儘可按計劃行事……。如有何需要援助之處，盡可提出。

這是日本和張勳關係上的黃金時代。張辮帥那一批人，在得意之餘，大概還根本沒有來得及向日本提出任何具體的要求，局勢就忽然起了很大的變化，使日本很快地從復辟活動的「催生婆」，搖身一變而爲「掘墓人」。

那時，日本在華北和東三省，還另外搞了一套復辟活動。一方面支持肅親王善耆的宗社黨，組織了一千五百人的「勤王軍」，而且還把蒙古的馬賊巴布札布手下一千五百人，改編爲復辟陣營的「蒙古軍」。給他們配備了大量的槍枝和野炮。另一方面又由日本的天津守備隊副司令土井市之進大佐，指揮三十幾名日本退役軍官，八十幾名浪人，潛伏各地，積極從事響應復辟的準備工作。

袁世凱是一九一六年六月五日死的。七個星期之後，日本對中國的復辟活動，就開始正式地拆起台來了。在軍部參謀次長田中義一，打給關東軍參謀長西川虎次郎的電報中，就公開地指出：

> 根據目前形勢的發展，在滿蒙地區發動新的騷亂，不僅沒有必要，而且將爲我國對華善後政策，帶來很多不利。因此，決定迅速解散滿洲「舉事團」。……如有人以鐵路附屬地作爲舉事的策源地，當然決不應該容許。

而且還馬上用「給資遣散」和「撤退移防」的方法，正式解散了「勤王軍」和「蒙古軍」。參加「舉事團」的日本人員，也都下旗歸國。

日本的當權派，把東北和華北的復辟活動，快刀斬亂蔴地加以窒息之後，又對南方的升允和張勳這一批人，大施其壓力。——在袁世凱死後第二天，日本的海軍無線電台，還在義務地替升允報導消息；日本也還在向鄭孝胥表示：如果升允可以策動馮國璋和張懷芝興兵復辟，日本願意把「鹽政餘款二千萬」，送給復辟陣營，做爲軍餉。

但是，日本的對華政策一變之後，原來對升允聲淚俱下，連稱「需要援助之處，盡可提出」，「不必客氣」的寺內首相，連見一下專誠到東京去和他談商復辟的升允，也騰不出一點時間來了。日本的陸軍大臣外島健一，也親自出面，向日本駐青島部隊司令官大谷訓令道：

> 在此時發動復辟，造成混亂，不但對中國不利，即對宗社黨的前途亦頗不利。……
>
> 無論在任何情況之下，都應力勸升允，發動復辟，目下尚非其時。

弄得正在密鑼緊鼓，大唱復辟高調的張勳，如入五里霧中。代表黑龍會到徐州來「策反」的佃信夫，也徬徨不知所措。直到三星期以後，才由黑龍會的另一個重要人物長島隆二，轉達了寺內首相的一些意見：表示「陸軍當局」的決定，並沒有事前取得他的同意。然而他也認爲：

> 發動復辟，實恐萬難奏效。一旦失敗，吾人不獨爲中國之前途憂，亦且爲有關人員之安危懼。……切不可意氣用事，以遺他日之悔。

佃信夫是個堅決擁護復辟的黑龍會員，所以他非常肯定地向張勳表示：

> 此次挫折，完全是由於日本陸軍當局目光短淺，一味信賴段祺瑞所造成的結果……。日本陸軍，外務兩當局都想援助段祺瑞內閣……，爲了先發制人，所以暗中發出了這道訓令……。

佃信夫去的這種見解，也不是全無根據的。因爲：

第一，日本的參謀次長田中義一，不久就親自到徐州來拜訪了張勳，一口咬定「時機尚早，希愼重考慮」。

第二，當時的日本公使林權助也堅決認爲：「復辟絕不可行，若要盲目行動，一定失敗。……即使日本並未給予任何支持，只要反對黨得知他們事前曾與日本取得聯系，也要指責日本胡作非爲。……張勳一派的活動，即使我們要制止，也是制止不住的。……日本必須明確說明，現在絕對不能同意他們的計劃。」

昆明大觀樓記遊

田雨

昆明四季皆春，氣候絕佳，這是人所盡知。昆明市四郊的山水景物，如詩如畫，美麗至極，幾如人間仙境。凡是去昆明的人，無一不遊昆明的古蹟名勝爲快，徜徉其中，尋幽探勝，樂也何及。

大觀樓在昆明的名勝古蹟之中，聲譽甚噪，地處昆明西郊，距市區約十華里，佔地廣袤，足供竟日遊。去時有水旱兩路，這兩條道路各具風采，一是姹紫嫣紅，一是綠水悠悠，途中風光，已能賞心悅目，夠人遊目騁懷的了。

由水路去大觀樓，更饒情趣，出離市郊，在一條河邊的碼頭上，攏了許多船隻，大小不一，形如梭，形如舢舨，形如一葉遍舟。有的上邊搭架着遮日臥篷，這是專爲載客去大觀樓用的，那時船資一隻小板（折銀元五角），操船的男子較少，多爲船孃。在這些船孃中有許多是苗族少女，她們跣足短褲花裙，一雙明亮的大眼睛，特別嫵媚，殷殷攬客，以閃閃光亮的大眼睛，盈盈的望着你，狀至姣嬈。

外省人初抵昆明都有一新耳目之感，馬路上見到熙來攘往的人們，所着服裝，五光十色，花花綠綠，色澤繽紛，絢爛艷麗。初時不免奇怪，稍久，卽瞭然昆明人的服裝何以會有這許多的色彩和款式：

雲南一省有十餘種以上的苗族，各有其言語服式和服色，昆明駐有很多越南僑民，子女的服裝薄如蟬翼，風一吹動，翩翩飛洒。而且，取色更是鮮艷奪目，遠遠望去，步履款擺，衣袂輕飄，裙裾隨風搖曳，美如翻花蝴蝶。

初到昆明的人，一時間很難辨認出各種苗族的類別，除非先要記牢她們的服裝顏色，再慢慢辨認，這並非良策，她們是常把衣服換了。

雖然辨認不出她們的族別，她們的身材長得也抵不過漢人女子那麼亭亭玉立，情態楚楚。但這些年輕苗女，別有風韻，另有風格。很奇怪的，我對這些年青少女，有一個共同感覺，她們個個人的眼睛生得特別美麗，明如秋水，瑩瑩生波。睹此，我暗讚古人爲甚麼把女子的兩隻眼睛形容爲「秋波」，眞想得妙極肖極，尤其是再加上這些苗女她們的睫毛又生得黑黑長長，更增加了眼睛的嫵媚。

這些苗女如此的明媚惹眼，俏麗生姿，前往遊玩大觀樓者，變成「智者所見略同」了，個個率先搶僱苗女船孃，沿途以飽眼福。遇到頂愛喜歡看她們的人，兩隻眼對她猛看盯得緊，鍥而不捨。看得這搖槳少女兩頰緋紅，十分嬌羞，咬着櫻唇抬不起頭來，這種情態，美麗極了。

這是遊玩大觀樓沿途風光中之風光，

大觀樓前三石塔

情趣橫生，意味盎然。

棄舟登岸，進了大觀樓大門，心中還淘淘然，目中所視與心中所想還拉不成一片，心神幌幌，癡癡幻想。直等走過了一大段路，眼前突然現出榴紅似火，繁花遍地；耳中風鳴，木葉蕭蕭，這才如夢初醒，眼前霍然換了一副景色。

路邊小溪迴繞，潺流淙淙，腳下曲徑縱橫，這裏有幾處廟宇迴廊，隱隱傳着木魚鐘磬之聲。

昆明大觀樓

行過小橋水樹，穿過花叢，沿着腳邊一條道路，轉出茂林，眼前又是一番景象：曲泓迴繞，池水湛綠，重樓飛閣，亭台處處。一叢叢，一簇簇，花樹相間，錯落有致。

微風過處，樹影婆娑，綠林叢中露出紅樓一角，這景色是美極了，四週也靜極了。此處只有風聲鳥鳴，響着人間天籟，藍天白雲，襯着綠草如茵，繁花朵朵，幽香襲人，和風陣陣，四週寂然，置身於此，幾似逸塵絕俗，遠離人間。

前面遠處，高大的古柏叢中，一座瓊樓危閣，隱約可見。經過一溪流水，繞過前面那片松林，高聳巍峨的大觀樓赫然而立。但見碧瓦丹柱，簷牙高啄，龍脊獸頭，鐵馬叮噹，兩邊懸掛着那長長黑底金字對聯，遠望金光閃閃，映目生輝，是滇中名士，布衣孫髯翁所撰，原文是：

五百里滇池，奔來眼底。披襟岸幘，喜茫茫空闊無邊！看東驤神駿，西翥靈儀，北走蜿蜒，南翔縞素。高人韻士，何妨選勝登臨，趁蟹嶼螺洲，梳裹就風鬟霧鬢。更蘋天葦地，點綴些翠羽丹霞。莫辜負四圍香稻，萬頃晴沙，九夏芙蓉，三春楊柳。

數千年往事，注到心頭。把酒凌虛，歎滾滾英雄安在？想漢習樓船，唐標鐵柱，宋揮玉斧，元跨革囊。偉烈豐功，費盡移山心力，儘珠簾畫棟，捲不住暮雨朝雲。便斷碣殘碑，都付與蒼煙落照！只贏得幾杵疏鐘，半江漁火，兩行秋雁，一枕清霜！

過了幾十年，阮元督滇，他以「對仗工穩」做出發點，把原文裁量修改爲：

五百里滇池，奔來眼底，憑欄向遠，喜茫茫波浪無邊，看東驤金馬、西翥碧鷄、北倚盤龍、南馴寶象。高人韻士，惜拋流水光陰，趁蟹嶼螺洲，襯將起蒼崖翠壁，更蘋天葦地，早收回薄霧殘霞，莫辜負四圍香稻，萬頃鷗沙，九月芙蓉，三春楊柳。

數千年往事，注在心頭，把酒凌虛，歎滾滾英雄誰在？想漢習樓船，唐標鐵柱，宋揮玉斧，元跨革囊。爨長蒙西，費盡移山心力，儘珠簾畫棟，捲不及暮雨朝雲，便蘚碣苔碑，都付與蒼煙落照，只贏得幾杵疏鐘，半江漁火，兩行鴻雁，一片滄桑。

阮氏的改作，掛出來代替孫作之後，給昆明人士增加不少風雅的評笑，其中有些更幽默的，做了一首打油詩：

韭菜蘿葡葱，阮煙哥不通，塗改大觀聯，笑煞孫髯翁！

由於滇中人士，不願意阮氏的改作，所以這首打油詩竟傳誦一時，連里巷小兒，也當俚歌的唱起來，漸漸傳到阮氏的耳朶裏，他派了不少的親信，輪流在懸掛對聯的附近，採聽來遊的文人學士的評論，結果果然很是不妙。因而又悄悄的把舊聯仍舊替回了新聯。

上聯所用的幾個史典，比較僻一點，現在也記在下面：

(1)漢習樓船：漢武帝元狩二年，遣王然于十餘輩，求身毒國，爲昆明所阻，還報，乃在長安西鑿昆明池，習水戰，元封二年兵臨滇，滇王舉國降。

(2)唐標鐵柱：唐天寶後，南詔蒙氏，屢起邊患，亘百餘年，後舉兵平之，遂作伏波銅柱於永昌。

(3)宋揮玉斧：宋太祖鑒唐禍，以玉斧向與圖劃大渡河爲界，曰：「此外非我所有也。」

(4)元跨革囊：元既入據中原，揮兵南向，以革囊渡金沙江以入滇。革囊卽渡江之浮艇。

這座大觀樓確是建造得金壁輝煌，氣勢雄威，樓前如茵的草地上，一池荷花，菡萏半放。池邊石凳涼亭，翠竹環繞，四圍的松林中，古剎梵宇，寺廟錯落，暮鼓晨鐘，香煙繚繞。其間山石林泉，綠水悠悠，伴以松濤鳥鳴，更盡自然之妙。

登上大觀樓，迴首四顧，遠山近樹，盡收眼底，古柏連雲，江山如畫，於此遠眺滇池，帆影點點，萬頃無波。廣大的綠野上，金馬碧鷄兩山遙峙，林石如黛。此時，佇立在這大觀樓上，只覺胸懷舒朗，心清如洗。眼前田連阡陌，天地悠悠，藍天白雲下，無限江山。如今想起來，眞有「別時容易見時難」之感！

謙廬隨筆

四

矢原謙吉遺著

宋哲元「多愁善病」

余與宋明軒之往還，實出於鄭、常之推薦。蓋宋之爲將，不過梁山泊金槍手徐寧，雙鞭呼延灼之流，僅恃其頗具規模之大刀隊，潮湧拚命而已。即或使之爲帥，亦難在盧俊義、李應諸員外人物之上。故當其與日方折衝時，全乏外交手段。事急時，其大將秦德純市長，輒效劉玄德故事，當衆掩面痛哭，使日方嗒然而去，問題唯有懸而不決。宋本人則避見日方，除「返籍掃墓」，「赴保出巡」以外，最常用之藉口，厥爲「虛火上升，耳鳴不已」八字。

久而久之，日方且譏之爲：「多愁善病之宋委員長」。於是，其常、鄭二智囊遂建議：倩余爲之診療，而以余之處方箋出示日方。

診查後，余以其血壓果有失調之象，投以藥物數事。不久後，林叔言告余曰：「凡此名貴藥物，宋皆棄置之，未嘗一沾唇也。」

宋既風雲際會，乃遣人返山東樂陵，遷葬其父。一時，權貴專程前往執紼者，途爲之塞，路局竟加開專車數列，以應急需。凡與葬致奠，或饋以奠儀者，宋均答贈以自江西景德鎭「御窰」訂製之飯碗一對。此碗瓷薄如紙，白潤可喜，上鐫「孝恩不匱」四字，且有年月與山東樂陵某某堂之字樣。

熱心官場者，多以得此一碗爲榮，甚至有出高價求購者。管翼賢告余曰：且有三四流之官僚，携此碗以赴宴席者，藉以傲示羣倫，自高身份，誠可哂矣。

遷葬之日，余亦遣僕致送花圈輓詞，得碗一對。余遂交廚房用之。一日，蕭仙閣來，逡巡室中片刻，訝然曰：

那些人眞不會辦事。連紀念碗都沒有送到大夫府上來。簡直是替明軒得罪朋友！

余笑謝之曰：「已拜領一對久矣，惟我之辦公桌與藥櫃，均滿坑滿谷，故未能置之於此室，使人人能見之也。」

而蕭猶喃喃，連呼「辦得不對，得罪朋友」不已。當晚，即有專差執蕭之名片，送十二碗至。余雖厚給其僕，並致短簡以謝，而雅不欲以此碗供宴客之用。余非利祿之徒，奈何以利祿之徒視我？我既不需此碗以光門楣，何必視若拱璧如蕭所望乎？乃自留其一，以爲紀念，而以其餘分贈診所職工與家中僕役。每日家中僕役用餐時，舉座八九人皆用此碗。倘有四五流之官場人物見此，勢必爲余「暴殄天物」所驚倒氣倒矣。

矢原大夫是非分明

邇後，中日關係日惡，余之處境亦愈難。日本領事館中有人以余孤身異國，毫無眷屬，常慮余爲華人朋友及僱傭所包圍，對時局看法不與當道相同。乃常諷以「安全爲上，遷地爲良」。居留民會中亦有人以余未將餘暇，大部份用爲與日僑交往，或在日本倶樂部中盤桓之用，而頗以爲異。

至於身份不明之官方人物，時時投余以懷疑之眼光者，更不乏人矣。余日處於此複雜之環境中，實深以爲苦。惟一生事業，均在斯土，而彼邦友人待我不薄，何能遽然捨去，從頭另起爐灶乎？

最奇者，當時駐屯軍高級官員及其家屬，均對余醫術之信任，較對軍醫爲堅，故泰半均倩余爲之療疾，即遇調職，亦必諄諄介之於後來者。此輩雖奉行弱肉强食之政治，態度亦多傲岸，而心地則遠不如他界人士之彎曲難測。

余雖屢爲此輩以「婦人之仁」，「庸碌無天下志」之評見譏，而以余家，世代爲武士之故，無人擅以「不安份子」視余，且每於官場酬應間，爲余片言解紛。故以懷疑眼光歧視余者，亦惟有適可而止而已。

而此時亦常有華籍青年學生，以診疾爲名，於候診時，與余之職工攀談，勸其勿爲日人工作。余之藥劑師與傳達，即職是之故，自動引去。而未幾更有施廚子之事。

長川谷豁達詼諧

施廚，名德全，嘗在名菜館「明湖春」中執炊事。以耿介不容於人，有人輾轉荐之於余。其烹飪之術，果爲余夙來所不常見者，乃以高於「明湖春」之薪給聘之。

施君先世，爲「大刀王五」之左右。故施於守正不阿之外，尤以忠義爲重。所到之處，正氣隨之。余家男女傭工凡九人，資格皆較施爲老，而人人憚之敬之。月明之夜，常見施集傭人於月下，暢談「大刀王五」與八國聯軍事蹟，余亦聽之。

時有長谷川教授者來華渡假，訪余道故。教授爲余留德時之學長，人極開明，政見上亦未能從俗，故在日頗爲鬱鬱，不得當道之喜。來此後亦形落落寡歡，惟與余偕遊萬壽山、八大處、三海，且遊且談，極爲歡洽。行前，余簡邀來舍，爲之餞別。施廚忽入詢曰：

此長谷川君，係貴賓乎？

余未假思索曰然，並囑其酒饌必力求豐美。施廚諾諾而退。

是晚，同宴者尚有余友管翼賢，李遽廬，名醫方石珊、孔伯華等六七人。菜極鮮美可口，長谷川夫婦嗜之如命，所食尤多。

夜半，余於夢中突感不適，吐瀉交加，幾不能支。翌日，頭昏腦脹，身軟如棉，亦未能送別長谷川於車站矣。遂倩一傭人前往。移時回報：去遲一步，晨車已開出矣。

是日，余未進滴米，惟昏睡而已。黃昏突接長谷川電話，聲亦孱弱，告余以夜來不適，吐瀉交加，延醫急診，始少濟，而疲弱如死，不克成行矣。

余疑竇大起，立召施廚子。女傭告余曰：

施廚言，其家突有人重病，亟須省視。三日後當返此銷假也。

從此，施廚即杳若黃鶴，余雖頗疑其有下毒之嫌，惟以雅不欲爲別有用心者所利用，故意張大其事，造成緊張之新藉口。亦不欲揚諸報端，一行醫者居然中毒如是之易。是故余乃隱而不言，亦未倩人去其家中追究。

一週後，長川谷夫婦康復就道，余餞之於「擷英番菜館」，笑談其事。長谷川固極豁達之人，深然余言，且作詼諧語曰：

以日本軍部當道目前迫害中國之烈，身爲愛國華人者，不下毒於日人之食物中，下毒於何人之食物中乎？

事過既久，余曾戲詢管翼賢曰：在座之華人，既亦吐瀉不止，何乃無人報警？或來向余訴苦乎？管笑曰：

君非華人，不識華人思路。打狗須看主面。一與尊廚爲難，即掃盡君之體面，有負君之交情矣！

余由是於華人傳統之處世哲學，益增敬佩。遂亦採華人方策，遣僕分贈當時與宴者厚禮各一份，而未明言爲「賠罪」之用也。

呂咸爲食家大師

半年後，呂著靑自江西歸，友人邀宴之於豐澤園，余亦在座。呂名咸，爲江西之「蘇維埃區」消滅後，第一任民政廳長，直接受蔣介石、楊永泰之指揮，故「聖眷」頗隆。呂遊宦古都多年，爲一有名之「食家大師」，各大菜館均憚之如虎，蓋其酬應極繁，三餐幾全在菜館中。何菜最佳？何厨最能？何料最美？呂均如掌上觀紋。絕不容絲毫苟且。尤可畏者，呂常謂：

如欲食好菜，受好招待，客氣無用，非入座卽罵，罵不絕口不可。食畢可略讚一語，則聞者已受寵若驚矣。

故當時大宴會中，談笑風聲間，時有詬罵厨侍之聲者，則必有呂在座無疑。而一般喜食好菜，受好招待之主人，亦視呂爲「好」之保證，每宴非邀呂來「罵陣」不可。

是夜，呂意興甚豪。宴罵連讚二三，並謂侍者曰：

速倩厨師來見我。我未北來經年矣。此必爲一後起之秀也！

厨既入室，鞠躬如儀，余乃大驚，蓋此非他人，卽棄余而去之施德全也。施亦面無人色。而呂則誤作解人，尙和顏顧施曰：

我雖以罵見稱，亦非見厨必罵者，何必惶慄乃爾？

席既散，余驅車歸，才出胡同口，司機卽停車，回顧余曰：

施厨欲見故主，有下情上陳。

言未畢，施已開門入坐司機旁，告我曰：

我以視日兵之眼光，視大夫，我負大夫深矣，我本粗人，未識日人中亦有好劣良善之分。遂乃受欺於劣者，而報復於善者，有負大刀王五之義多矣！

前者，余以長谷川君爲海軍中之侵華將領也。遂決意示以薄懲。苟非大夫在座同食，則藥量必數倍於此，座客入土久矣！

事後，讀小實報有「長谷川教授離此」之短訊一則，我始知已鑄大錯，實有負大夫矣！

余溫言慰之，復告以長谷川臨行之言。施半信半疑，驚喜交併。臨行告余曰：

我已知大夫爲義氣中人，故敢以義氣相勉相慰。我在西郊海甸有藝徒與技徒數十人，泰半均黯技擊。一朝中日有事，大夫身陷重圍，可來我處。我當以全家大小之頸血，保大夫無恙也。

翌日，余倩司機贈以禮物，並囑其安心治事，往日之意外，無外人知，亦不足介懷也。自是，余每至豐澤園，或爲主，或爲賓，每宴必有名貴之一肴，自天而降，滿座驚喜。侍者輒微笑曰：

施厨子敬老主人的菜。

余亦厚酬其家，相處甚歡。施之長孫彌月時，施忽携其妻、兒、媳、孫，蒞余診所曰：

長孫無名，大夫蓋助我乎？

余遜謝，宴其全家於「厚德福」，並贈其長孫數事。施復堅請命名，余乃贈以「悌」字，而告施曰：

悌者兄弟之愛也。中日本爲兄弟，當本閱牆禦侮之義，闡揚兄弟情誼，則後代有福矣。願令孫以此自勉。

事後，余偶述其始末於張季鸞之前，張默然久之曰：

余固知君不然於日本軍人之政策，故敢直言無隱。倘一日所有日本軍人，與華人交往時，均如君然。則華人危矣！

華人雖以忠孝節義爲重，而忠孝不能兩全時，輒移孝作忠。而於忠義必須有所抉擇時，又多懷「君知我報君，友知我報友」之念，移忠作義矣。是故，欲移其忠，但以恩遇之，以義感之，則事多諧矣。

「反日丹」乘機暢銷

柳條溝事件後，日本少壯派軍人，力主擴張主義，動輒以用武爲雄，遂在華多行不義，而失盡「人緣」矣。中文報刊之普遍以「倭奴」，「倭寇」，冠諸日人，亦自此濫觴。肆間之「避瘟散」，向爲抗暑之用，行銷極廣。此時有仿製者，命名爲「抗日散」，竟因之大銷特銷，且遠在原藥之上。馬占山嫩江揭竿之後，抵制日貨之風大盛，「陰丹士林布」因商標繪有太陽，遂無人過問。偶有購者，亦必爲他人詬爲漢奸，遂致捨而就他。是時，雖「仁丹」亦被拒。有高麗人金某，極狡譎善賈，素營此物，貨倉中堆積如山，而問津者渺無一人。居然異想天開，假其華友史貴元之名，印製「反日丹」之標簽無數，漏夜改裝，於報端大肆宣傳曰：「愛國者請用國貨，効力保證與「仇貨」無異。一般格於抵制怒潮，不敢問津「仇貨」者，方苦於無仁丹之代用品者，爭購若狂。金某與其友遂利市百倍。未幾，華北之少壯派軍人，以「反日運動氾濫」爲辭，向華北當局强烈抗議，附件中且列舉證據與「激烈反日份子」各數十，而其中居然亦有史貴元之名在焉，蓋以其爲製造「反日丹」之廠主也。

是時，日本特務機關，已在華人心目中，向有「天眼通」，「順風耳」之喻，而竟至荒唐若是，誠可開人一噱。

不久，復有人挾嫌誘之，揭其眞相於日本特務機關前，聞者大恚，以其「戲弄皇軍，營私利己」也。

未旋踵，金某與史貴元卽雙雙失踪於天津。囚繫半載後，史始慶生還，已骨立矣。其罪名則仍爲「激烈反日份子」，自始至終，未確悉所囚何處也。金之遭遇則更遜一籌，已於就逮後押解回境，生死難卜。史歸來後，曾來余處就醫，述其經過，涕淚橫流，蓋刑餘之身，百般俱廢也。復央余爲之查詢金某下落，蓋自二人同時失踪後，金妻旋卽席捲而去。一說伊已遁跡他鄉，一說伊已與駐屯軍一憲兵軍曹鳩居天津。余素鄙華人中如史貴元者，而「狗仗人勢」之高麗敗類如此金某者，所行所爲，較少壯派軍人尤爲惡劣，更足令人痛心。避之惟恐不遠，遑論專誠探訪？乃峻拒之。最奇者，數年後，史某居然東山再起，與余重逢於商會會長冷家驥宴會之上，名片上赫然有冀察政務委員會某機關「視察」之字樣，余閱之駭然，唯有咨嗟而已。

庸醫害人不淺

另一高麗敗類，假日人之名，行禍華殃隣之實者，爲一尹某，懸壺於天津梨棧，向以「墮胎」「壯陽」等旁門左道爲業。有南方紈袴子弟陳少伊者，學無所成，而妻家特富，遣之東渡學醫，未得其門而入。邂逅尹某於東京，遂由尹之介，入一護士補習班，數月速成。旋卽偕返華北，由陳之岳家斥資開設「少伊醫院」於燕京，候診室內復懸有所謂「東京赤阪醫學會」會長之「推薦書」，以及「學會奬狀」，細審其簽名，則皆莫須有之教授也，而尹某之名亦附於其後。

陳自開業後，以「留日醫學博士」號召，來醫者頗多，而笑話百出。病人苦之，屢有訴之於首善醫院方石珊處者。方與余夙稔，一日笑語余曰：

余非留日者，而向謂日本醫學精進。何竟有醫學博士如陳少伊者濫竽其間？

旋告余：陳之患，非在診斷處方，卽注射小技，亦難稱嫻熟。雖其「醫院」中設備週全，滿目琳瑯，而病人須打針時，竟有連刺二三次，始能刺入正確部位者！如此醫生，不殺人誤事者幾希。

方君頗悉陳尹二人內幕，盡以告余。余心殊悵悵，蓋華人知尹某爲高麗人者極少，咸以其爲「日醫」也。未幾，余與山本醫生邂逅於正金大樓，偶感慨言之，山本大憤，謂余曰：

余必有以示此二倭！

二三日後，山本果糾集天津日醫數人，詣尹門質問：所謂「赤阪醫學會」之「推薦書」與獎狀，果有何據？更向尹詢查：自開業以來，所業何事？是時，余亦應邀在場。

尹訥訥以對，不能成句，衆日醫遂縷述其劣蹟，請以顧全日醫榮譽爲念，自動遁跡。否則卽當公訴之於領事館矣。天津日醫更屢聞尹某常以麻醉藥令打胎者昏迷，乘勢凌辱，事後，受害者既失身，復須付以多金，故人人恨之刺骨，而又不敢揚言，致失體面。尹某所爲，誠屬禽獸不如，值此風雲險惡之際，自更增華人仇日情緒。山本君爲人温文爾雅，而性情剛直，嫉惡如仇，向尹正色曰：

請以醫生之名譽，病人之性命，以及閣下之人格爲念。卽日停診，於一週內摒擋一切，悄然逸去，顧全雙方體面。

否則，推有於七日後，於日租界公園內與閣下決鬪。閣下不來，余亦將來此，手刄閣下，然後切腹以謝！

尹某大恐，立允於週內離去。衆日醫復囑其轉致陳少伊，苟欲繼續開業，請卽除去門前「留日醫學博士」字樣。否則，在場諸人甚願口試此「醫學博士」一番。尹唯唯。

不一週，尹已悄然遁去，「少伊醫院」亦已停業。管翼賢聞其事，笑謂余曰：「此爲日人近年來首次所爲有益之事！」時，管固以反日之言論，深爲其讀者所愛戴也。

馮玉祥獨厚段雨村

不久，復有西北軍元老段雨村誤於高麗醫生之手。段名其澍，爲西北軍中少數出身正統軍事學校者之一，與馮玉祥發生關係亦極早，曾任其總參議有年，在一般高級將領前甚有威信，人咸以待劉驥，王瑚之禮待之。

據余所知：段在馮前之地位極其特殊，一言以蔽之：馮對之頗示敬重，禮遇遠在待劉郁芬、李鳴鐘、張之江、鹿鍾麟等之上，惟從未給以部隊，亦未委以實權。終其生，段只一高級幕僚耳。

馮對西北軍中人，向有一不成文之慣例，卽禮遇文人，而嚴待軍人；但又重用軍人，而閒置文人。段雖出身軍人，而馮獨以待文人之禮待之，絕未對其叱咤喝令，而始終亦未對之眞正重用。反之，當馮在北洋軍中初建系統時，段之地位已高而尊，宋哲元、韓復榘、吉鴻昌、孫連仲者，均或爲排長，或爲列兵。而不數年間，均飛黃騰達，各統大兵，昔日爲馮所尊崇之段其澍，雖仍尊崇如昨，而始終未獲機緣獨當一面，或總領師干。所可慰者：馮對韓宋孫吉之輩，呼來揮去，猶馬弁之不如。彼輩之位愈高，而馮對之辱挫亦愈甚。辱挫後面不改色，口無怨言者，立有升官之望。據聞：馮嘗沾沾自喜，獨得李合肥當年用人之法門。在李門下者，不爲李以「賊娘兒」詬之者，無升遷之望也。

是故馮於王瑚、薛篤弼、何其鞏，余心清，黃少谷之流，禮貌遠在待高級將領之上，而王之地位尤極特殊。人云：馮以作僞爲能爲樂，故以師事王，蓋王之作僞功夫，爐火純青，馮所自嘆不如者也。馮以爲苟能學盡王處世爲人之術，則君臨天下，四海歸心之期，指日可待。

對薛之態度，則介於客卿與「部下」之間，喝斥之時，與禮遇之厚，不相伯仲。

而於何、黃、余之輩，則純以部下視之，發號施令，如對牛馬。然仍遠優於對高級將領。後者被罰立正，罰「兩腿半分彎」，罰「跑步若干圈」者，幾如家常便飯。有時且「罰跪」，「罰自打嘴吧」，甚至於「打軍棍」也。

段雨村則始終未蒙如此待遇，故在軍中目爲異數。相傳段曾力諫馮發動中原大戰，馮雖大不悅，亦未怒形於色，僅在段前，忽以細故，罰打一隨從副官軍棍四十耳。段聞絃歌而知雅意，遂絕口不諫矣。

馮敗後，段卽寄居燕京，不再返其安徽原籍。僅以西北軍耆老之資格，由宋哲元月致炭敬若干耳。

馮向不准其部下公開蓄妾，段則獨爲例外。中原大戰前，已擁有妻妾三人，而名之曰：「家鄉段太太」、「北方段太太」、「南方段太太」。後二者及其子段春霖（春字或有誤），皆爲余之病人也。

奉馮命劉陳聯婚

時，西北軍中另一耆老陳某，陳爲淸代拔貢，向在軍中爲馮講解孔孟之道，頗爲馮所尊重，居然准其留辮，以示「敬老尊賢」。陳爲福建人，其子陳琢如、號璞章，留學日本士官。歸來後卽任馮之高級幕僚。馮敗後，幼陳亦居燕京，任冀察政務委員會高級顧問之職。

幼陳之次女，極富美名，余亦常見之，風姿綽約，有古美人風，果絕世之選也。余聞人言：徐永昌、潘復、袁良、何其鞏等，皆曾先後爲其子求親，而卒以年齡不當，或派系不同，而成罷論。後由幼陳作主，嫁與劉驥之子劉玉人。劉固西北軍元老，而其子則弱不禁風，畏母如虎，殊不足以克紹箕裘。幼陳何以女妻之，頗爲其戚友所不解，而獨得馮之贊許，曾自南京寄贈禮物若干，丘八詩一首，祝其早早生男，他日馳騁疆場，「趕走日本鬼子」。人謂：馮對劉陳聯姻之欣欣色喜，蓋以爲西北軍之老人，仍以團結一體爲重，他日馮之東山再起，或可有望也。

劉陳結褵之日，段雨村被聘爲「證婚人」，宋哲元以次各西北軍昔日魁首，均一一親臨致賀，余亦躬逢其盛，得識劉驥其人。以余匆促中之印象而言：劉之外貌，旣瘦且庸，頗似京戲中演「末」之角色，予人以玉堂春中紅袍陪審者之感覺，言談舉止，亦頗乏精明果斷之象。何以馮用之爲總參謀長？亦一奇事也。

宋母大壽豪門之宴

後不久，宋又在故都爲其母舉行「七十慶典」，余躬逢其盛，其豪華奢侈，實爲數十年來所罕見者。

以余所知：此一慶典，旣有委員會總管其事，復有籌備委員會，大事鋪張於先。

委員中，復分爲若干處：由蕭振瀛任總招待，張振鷺任司儀，潘復任提調，林叔言任賞金，常筱川任收禮，鄭道儒任總務，雷嗣尚任文書，潘毓桂任警衞，張璧任飮食監督，李顯堂任堂會聯絡，門致中、秦德純、過之翰分任前院，後院，傍院「總理」，陳璞章任登記，陳繼淹任交通，李鳴鐘任軍界，陳中孚任外賓，管翼賢任報界，冷家驥任商界，蕭劉輔瀛任女賓，王××任耆老。……此爲余記憶中組織之大概，其規模之大，可見一斑。蓋每一處之下，均有辦事長與辦事員若干人。所有職員均配有壽字徽章，下加紅綢條，書明其職務與姓名。工人與警衞，亦配有他色之壽字徽章，下加紅條。

舉行「堂會」三日，全國京劇名角，均一一應聘登場，花園中雖滿佈椅凳，而觀者如雲，仍有滿坑滿谷之患。後竟採取戲票制度，有賀客僅得一日之戲票者，亦有得二日或三日戲票者。

飮食則爲「流水席」，三院內，到處密佈「八仙桌」，八人坐齊，立卽開席，於一桌食後，猶覺未飽，可立入他席。飮饌極豐。

貴賓則在東西花廳內聚宴，所食更爲豐美。所有菜單，逐日早晚更換，故賀客中擧家大小，來此坐食者比比皆是。管翼賢告余曰：有與宋家素乏淵源者，亦日携壽聯一副，偕全家登門拜壽，禮畢後坐食至晚，次日復携壽聯一副再來。是故，宋府壽聯之多，壽幛之多，幾如山積。

壽堂中，壽字幅，高大過人。案上巨燭亦粗於臂。正中且懸有林森與蔣介石所題之匾。林之下款爲署名；蔣之下款則自稱爲「侄」。日方人物中，贈壽屏，壽詞者頗不少，對仗工整，筆劃不勾，未悉爲何人所捉刀者也。

有呂咸者，專程自滬北來祝壽，語余曰：此一慶典之盛，足可與當年杜月笙建立家祠之擧，相提並論。爲求其有過之而無不及，董其事者曾自滬網羅杜門中二三人，爲其顧問，用心亦可謂良苦矣。

月蘿館隨筆（三）

恬園

鬼趣聞法難

一九五五年左右，倓虛法師送我一部『諦閑大師講錄』共十厚冊，附帶寄了一部『影塵回憶錄』，這部『影塵回憶錄』是倓虛法師口述他自己平生參學經過，歷盡不少風霜，卒底於成，弘法利生，圓滿大願；寫得很契機，文詞很生動通俗，義理隨人程度可深可淺，是一部能起作用的佛教弘法的書籍。後來，蔣維喬（竹莊，武進人）曾向我談到，倓虛法師和他很熟，脫稿後還請他鑒定看過。這一本書確是一弘法的槓桿，不可多得之作。

我看了那部書之後，使我至今不能忘記的和很使我感動的一點，是：敍述到當初諦閑老法師的種種盛德感人的地方。其中有一個插曲，即：關聖帝君臨壇護諦公老人的法一段故事。先從城隍臨壇，求諦公老人授三皈談起。當時諦公問城隍說：『你既已知道來求皈依我，鬼趣衆生很多很苦，你何不趁你此刻有這陰司的權位，勸告和號召他們都皈依三寶，豈不很好嗎？你如能這樣做，功德是很大的。』那城隍說：『我也曾經這樣想過來啊，可是不容易。』接着便說，要皈依三寶，學佛修行，到正是趁陽間作人時好做，若是死了入了鬼道，他們一個一個都是多麼地灰色的，簡直是焦炭、木渣一樣，甚麼都不知道了，好像木頭瓦塊一般物質，靈性已經遮蔽着了，只曉得饑餓要吃。原書有人借去看，已不在手邊，原文是怎樣的，是記不得了。大意記得是這樣的吧。重複說，城隍神的意思是說，他們——那許許多多的鬼，已經甚麼都不知道了。只是物質，物理上力學的動，其實就是被業力所完全支配了，這樣沒有靈性似的，還說得上聞法嗎？你向他們說，他們不懂，還不知道你在說些甚麼哩！這樣怪可憐的衆生實在太多了。言下，很歎息，人間一般陽世衆生，趁靈性尚未遮蔽不及時皈依三寶，上求解脫，得到生命的意義——佛法的實益，實在是太可惜了！

這一段話，使我看了，直至現在幾年了，我腦子裏還映着沒有忘記。實在使人有些警惕。警惕甚麼呢？警惕的是那古德的話：『此身不向今生度，更向何生度此身！』

後來，我又看到一本書：『吹萬樓日記節抄』（丁丑年正月至戊寅年九月止），這是金山高吹萬著的。因爲他心愛的么女韻芬死了，心中悲慟，試用碟仙扶乩法召她談話，後來居然很靈，每晚必到，甚麼都談；有許多人事，都是實人實事，不但知道而且我們還有認得的人。其中曾由這女兒告訴陰間的情況，鬼趣衆生很難說到學佛修行的，已經成了無知無識的物質了，並且再三說趁在人身未失前念佛修行太合算、太好了。這些話也差不多可以與上說的城隍的話是差不多的。一樣使我感覺到這一口氣未斷以前，只有佛法才關係到自己的性命了！

人生可怕的「是一個字——愚，這一個愚字在佛法上包括『無明』，根本的無明，生死根子在此。所以，世親菩薩在寫俱舍論時就談到這個，記得普光記還加下解釋，說，無明有體，故不叫明無，而叫無明。相反，打破無明，便是智慧解脫，便是佔在靈性的一邊。人生的可貴在此。人活着，它的意義在此。

所以，當代世界最新型的哲學，都主張『心物統一』的理論，其餘一切機械的和樸素的幼稚的理論，都成了過去的東西了。（唯識論倒有些能包括心、物二者的特徵，比如見分指心的一面，相分指物的一面；這是佛教最精彩的理論體系，今後且有新的內容的。）

威爾杜倫(Will Durant)著『哲學的宮邸』(The Mansion of Philosophy)强調『心物二者根本是一』（中文譯本『哲學概論』，詹文滸譯，上海開明書店民國二十年發行。詳見第三篇第三章『物質生命與心靈』——七七頁至一二五頁——第四章『人是一架機器嗎』——一二七頁至一六四頁——），恰可在此作一個有力的囘答。

在世界大哲學家中最反對外在物觀的人是很多的。比較最激烈而有趣的是，歐洲大哲柏格森和柏格特託．克洛采這兩位巨人。威爾杜倫在他另一本名著『古今大哲學家之生活與思想』一書內引兩氏駁那些可笑的話，非常詳細、圓滿、而且美妙的。開明書店民國二十八年八月初版，第七三九至七七零頁敍述柏格森和洛采二氏的學說理論，值得仔細研究，便打開眼睛了。

因此，我們很可以聯想到的，假使一個人失了他們的心性的話，那麼，他將入於甚麼樣的一個境界，眞是可憐到不可思議的地步了吧！

要不是那樣的，那麼，難道像影塵囘憶錄上所說的城隍神向諦公老法師談話，與及吹萬樓日記上所說的那位著者的亡女向他作的報告，鬼趣衆生，一個一個如同木、石一樣，還有意義嗎？所以佛經上說過，衆生能在這生死大海之中聞到一點佛法，如同盲龜得木，是非常不容易的。再如聞法了不及時修持，實在更太可惜了！

因此，我一想起以上那兩本書的話，便覺得不知要怎樣發心精進辦道才是哩！人，誰不死？轉眼之間，都要死，死了前途茫茫，黃泉渺渺，多麼悽慘！爲甚麼不在未死以前抓一點安慰的東西？

同時，使我知道人生可貴的地方在哪里。韓昌黎給他的兒子的詩——符讀書城南——內有兩句：『君子之可貴，在腹有詩書。』雖然說得不免籠統了一點，因他在寫詩，不能不這樣。其意思也就是說貴在理性方面的修養，這里所說的詩書是指中國周、孔——也即孔、孟文化（禮樂乃至八德之類的文教）的陶冶，不是泛指後人所謂的詩書乃至一點科技知識。

這方面，到是威爾杜倫講得具體和透徹。他在他的名著『哲學的宮邸』——即上舉的中文譯本『哲學概論』第六篇第十章第六段說：

『人的行爲，爲何爲「人」？其唯一理由，就因有教育存在着。我們初生時，極不像人，卻可笑的，與醜的動物一樣；我們能變成人，因有人性，加在我們身上。……』（四零一頁）。

又說：

『須知人類的文明，並非物質的東西』（四零二頁）。

好了，威氏這兩段簡單的話，在此很夠我們在深思和體驗了。

觀世音菩薩顯像救度

記得我五十一歲的那一年，據看相的人說，認爲是我的厄年，活不過去。穹窿山寧邦寺眞修苦行的僧寶峻泉和尚留我和兩個女兒在山避暑，我占了一張觀音籤，說有厄，但可化，不久在陰曆的八月二十八日，陽曆是九月三十號夜半開始體驗到史無前例的圜土奇厄與及腐舊、錯綜、可笑的世道人心的因果關係，我們學佛的人只會作宿業好了。可是那一場大夢很難做，不死者幾希；我的生活與健康，一切從此復元。

第二天早晨，天還沒有亮，正坐着默念觀世音菩薩聖號，清清楚楚，毫不昏沉眼花，看見突然間一個中年女人，圓面黑黃色，中等身材，頭髮略捲，好像電燙過的，穿白色短袖的布旗袍，上面罩一件淺的綠黃色黑斑花紋的背心，有扣帶的黑布平鞋，白短襪，形色非常匆忙，好像不知經歷過了多少萬里風霜，從遠方應急來的。從我對面氣洶洶地闖了進來，像貌偉大而莊嚴，態度大方。一臉的怒氣，彷彿她有好大的本領，能夠擔當大事的樣子，走起路來，脚步很重，又快。剎那之間，到我面前，一步跺到我的左肩上，蹈上我的頭頂，脚踏的響聲還聽得清清楚楚地。立刻，我覺得頂門壓力很重，大約她一下子便化光而散了……。

這一下，豈不是怪事嗎？我想：『這是甚麼人呀』？想來想去，想了半天，也想不出。快到中午了，忽想起我曾經在市樓供的是一幅石拓印的千手聖像，這個像貌和她很相似。以前，我曾經持不空羂索觀世音菩薩咒，沒有像，用黃紙朱書不空羂索聖號貼在小佛龕的頂上，後來才把上面說的千手聖像，裝了玻匣掛在這字的上面。

照不空羂索經上說：『菩薩披鹿皮覆左肩上』，這是表示大乘菩薩行願，愛衆生如一子的意思。凡畫鹿皮的都是用黃色黑斑紋（後考大日如來經第一卷說，菩薩『中年女人狀』）。你想，她是誰？還不很明顯嗎？我知道有一點希望了。一天到晚，一晚到亮，我在幹甚麼？你的智慧也想得到了吧？我念得來眞是如同刑場上，小孩子臨刑叫媽媽一樣的懇切了。

還有一天下午，看見滿屋都是接引佛像，足踏蓮花，金光燦爛，走來走去地，同我遶行着。

我一心念觀世音菩薩，不覺過了六個月之久。有一天，我心中默禱，因爲二月十五日菩薩的聖誕節將到了，如果可以有出去的希望，我就得個雙數，否則單數，叫旁一人爲我報數，他報了一個雙數。恰好在觀世音菩薩聖誕節前決定，了解清楚，過了十天，沒有事，平平安安出去。

後來還有些波折漣漪，如：罪及妻孥、人爲的生活斷絕等等劇幕，盡仗觀世音菩薩慈航渡過，說來太冗長了，留待以後時節因緣再另寫。

此後的話，便是『心地秖堪佛作證，明朝人事問青山』了。（這是我送繼室典衣到杭州進香天竺的律詩四首末一首末後兩句。丹徒蔡濟最愛最末一句，把那一句精刻一個印送我留紀念。）

編餘漫筆

編者

本期出版適值一二八淞滬抗戰四十週年，自從甲午戰爭以來中國飽受日本欺凌，軍人養成一種恐日心理，九一八之變，東北軍不戰失瀋陽，戰而失山海關，雖然馬占山嫩江之戰曾殲日寇，畢竟是出其不意，眞正兵對兵，將對將與日本人對陣，血戰三十日，打成平手，要以一二八淞滬之戰始，自一二八戰役之後，中國軍人始恢復自信，日本人是可以打敗的，以後的七七抗戰及八一三滬戰再起，未嘗不是受了一二八戰役的影響，由於這一戰關係到中華民族的生死存亡，因此，在四十年後的今天，仍有一談的價値。本刊爲此特請當年淞滬抗日名將翁照垣將軍親撰「一二八淞滬血戰史」，對當時戰役全盤經過，作詳盡敍述，翁將軍年已八十，雄心壯志仍不減四十年前，矍鑠是翁，深願還有機會再顯身手也。

丘國珍將軍撰翁照垣將軍傳，也是一篇重要史料，丘氏曾任翁將軍任旅長時參謀主任，屢共艱危，寫來倍感親切。

其他有關一二八戰役史料，本刊努力搜集，尚稱完備，其中十九路軍與第五軍官佐題名錄，到營長皆備，其中相信有些人也許在香港，回首前塵，眞如一夢。圖片也頗爲完整，有各將領眞像，有各次戰役地圖，有日軍屠殺中國人的照片，有殉難童子軍的像片、事略。更重要的是朝鮮志士尹奉吉四月二十九日在虹口公園一枚炸彈，把侵滬日寇羣酋一網打盡，此君是自有人類歷史以來最成功的一位刺客，從圖片可以看出全部過程，因此事發生在四月份，編者將在第七期自撰尹奉吉炸斃敵酋經過一文發表，以紀念此偉大的刺客，成功的烈士。

在一二八戰役中還有兩位重要人物，一是美人蕭特激於義憤，自駕飛機助戰，被日機擊落，壯烈成仁。一是汽車司機胡阿毛，被日軍抓去運軍火，竟將日本一車軍火連同押車日兵全部開進黃浦江。這兩件悲壯史實，可以看出當年敵愾同仇，原不分中外，更不論朝野了。

此外，重要文章有「曾特拏打梁龍記」，是千眞萬確第一手資料，作者當時供職駐捷大使館，目睹此事。編者與曾特先生有五年共事之雅，深悉其爲人，剛毅木訥，勁氣內斂，故能在緊要關頭，發出浩然之氣，曾先生逝世後，編者撰文追悼，曾提起此事，指曾先生這一拳，代表了天地正氣，但語焉不詳，今得旁觀者先生作詳盡敍述，保存近代史上一重大史料，更得曾夫人名作家李素女士惠借照片，尤爲感謝。

本刊出版已四期，深蒙讀者愛護，多方嘉勉，編者自當更加努力以副厚望。但有一事必須說明者，本刊出版旨在保存現代史料，故所徵稿以親見親聞爲主，過去四期所發表者均可覆按，因此，根據史料之研究文章，屬於史學範圍，與本刊旨趣不合，請勿惠寄。先此說明，以免有負雅意，倘能就親見親聞落筆，不論事情大小，文字長短，上至朝野大事，下到里巷瑣聞，均所歡迎。

下期有兩篇精釆文章，特此奉告，一爲「陳璧君獄中生活」，由用五先生執筆，有汪精衞夫人陳璧君在上海獄中寄用五先生之手稿，均屬第一手史料，陳璧君爲人如何，歷史自有公論，但其人在現代史確實要佔一席位，因此，本刊很樂意發表這篇文章。

另一篇是有關謝冰心女士的文章，由其高足李素女士執筆，李素女士在燕京大學讀書時不但受業於冰心女士，而且得其關照尤多，目前師弟天南地北不能聚首，李女士撰此文自有無限隱痛，其人其文均足傳世。

本刊仍有許多缺點，亟待改進，讀者諸公由於愛之切，自應督之嚴，但大家要是知道這本刊物是個人「一腳踢」，每一件事皆要親力親爲，而編者又另有工作，只能以業餘時間爲本刊作事，所以不免有錯，也許各位就可以諒解了。

掌故雜誌社紀念

壯志未酧三尺劍
匡時無補一虛名

翁照垣

掌故

月刊

6

野史·佚聞·人物·風土·

一九七二年二月十日出版

掌故月刊 第六期 目錄

每月逢十日出版

掌故 第六期

一九七二年二月十日出版

每冊定價港幣二元正
全年訂費港幣二十元 美金五元

出版兼發行者：**掌故月刊社**
地址：九龍亞皆老街六號B
電話：K八四四六七三

THE JOURNAL OF HISTORICAL RECORDS
6-B, Argyle Street, Mongkok, Kowlcon, Hong Kong.

督印人：**鄧少卿**
總編輯：**岳騫**
印刷者：**華生印刷所** 汕頭街十二號
總代理：**吳興記書報社** 香港租庇利街十一號二樓 電話：H四五〇五六一 H四五〇七六六

星馬代理：**遠東文化事業有限公司** 新加坡厦門街十九號 檳城峇田仔街一七一號
泰國代理：**集成圖書公司** 曼谷耀華力路二三三號
越南代理：**聯興書報社** 越南堤岸新行街二十二號

其他地區代理：
澳門：可大文具店
亞庇：利民公司
千里達：中華公司
菲律賓：華安書局
倫敦：東寶公司
芝加哥：杏林春
波士頓：中西公司
三藩市：新生圖書公司
三藩市：益智圖書公司
加拿大：香港商店
漢城：汎亞書籍公社
寮國：永珍圖書公司
斗湖：光明書店
菲律賓：玲瓏書局
紐約：友聯圖書公司
紐約：友方圖書公司
洛杉磯：永安堂
檀香山：大元公司
三藩市：文化商店
加拿大：新國華公司

慈禧太后將釣魚台賞給盛宣懷

編者

前言

中華民國六十年國慶，我隨同香港中國筆會代表團返台北慶祝，十月二十二日晚上，一位政府大員邀請在台北市民族路一間西餐館子便餐，主賓共計十人，主人四位、陪客三人、客人三人，三位客人中兩男一女，除我之外，另外一男一女皆來自美國，男士主人稱為楊教授，女士是徐代表。

席間不知怎麼話題轉到釣魚台問題上去，徐代表突然說道：「釣魚台是慈禧皇太后賞給我先祖的。」此言一出，別人怎樣表情我未看得清楚，但是我卻大吃一驚，因為在我記憶中似乎沒有此事，當時就請問她：「令祖父何人？」徐代表說道：「先祖是盛宣懷。」說到這裏她頓了一頓又趕快補充一句：「我是出繼到徐府的。」

這一說就比較可信了，但是我仍然有點懷疑，說了一句：「這件事似為任何公私記載所未載。」她看出我有點不相信，奮然說道：「我住得很近，我拿來大家看看。」說過離席而去，約摸有三十分鐘，拿來了這四項文件。

我們傳觀之後，均感到無限興奮，因為這道慈禧太后詔旨發於光緒十九年，是在琉球亡國後十四年，甲午戰爭前一年，割台灣之前二年，假使釣魚台眞屬於琉球，慈禧太后怎會在琉球為日本吞併十四年之後，又將琉球屬島賞與盛宣懷，即此一條已鐵案如山，證明釣魚台島是屬於中國的台灣省了。當時徐女士還說出她個人在美國大力活動美國朝野，支持收回釣魚台島的經過，益發令人起敬，當時我就想向她索取文件副本，因次日即返港，未果。

皇太后

常寺正卿盛宣懷所進藥丸甚有效驗

據奏原料藥材采自臺灣海外釣魚臺小島靈藥

產於海上功效殊乎中土知悉該卿家世設藥局

施診給藥救濟貧病殊堪嘉許即將該釣魚臺黃

尾嶼赤嶼三小島賞給盛宣懷為產業供采藥之

用其深體

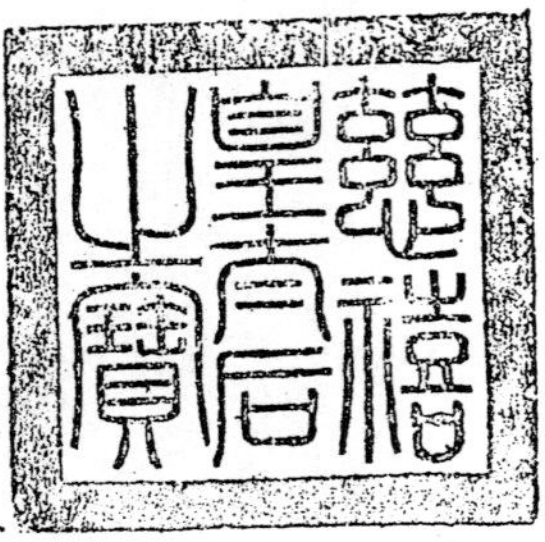

皇太后及

皇上仁德普被之至意欽此

光緒十九年十月

一
毓真吾兒知悉余體素多病此次得與汝濶別後
重臨為之一快王國汝當選國民大會代表弥慰老
懷儒兒台醫無恙平安歸來更為大幸吾家
由盛而衰余所目擊者漢冶萍公司恢復無望深
覺愧對祖宗亦無以見諒於諸子也日本八幡公
司昔年汝祖父多予扶植戰後不知作何狀矣
汝此次往日追憶舊事順道往謁其老社長代余
致候
汝姊弟能在台置產余所樂聞固台灣與吾
盛氏淵源甚深邵友濂姻丈為台灣巡撫汝姑
及姊均嫁其子孫五姑母嫁於台北林氏亦由邵丈

二

作媒今五姑女已適台汝宜常往問安
台灣外海有三小島曰釣魚台黃尾嶼赤嶼皆無
人荒島見於出使琉球使者趙文楷介山公之記述
趙公為李相文忠公之太岳丈清末對日外交皆由
李相主持汝曾祖旭人公為李相同年汝祖
杏蓀公為李相入室弟子久參幕府自日本併
吞琉球後趙氏李氏均大量刊印介山公之摺
上存稿旭人公亦廣為蒐集台灣地理刊於皇
朝經世文續編中此三小島雖係荒島然盛產
藥草當年吾家全盛時在烟台滬常三處
設有廣仁堂施診給藥遠近知名

三

[illegible]

猶在家中是吾家物也家中并有圖說影寄汝

望汝能設法前往一看但如有危險則不可往

余病已深非藥物所能治念汝遠離未必能再

見留此信即當遺囑

全家哀矣諸兒女中惟汝最能幹練希能恢

我舊業勉之

澤匡 示

三十六年 十二月五日

飯真吾見知之〃八日東來票正憲吾家之設有

廣仁堂始於汝　高祖惺予公至今將近二百年

之歷史原為施診給藥留養孤嫠附設樓留

所老人堂寄櫬兩舍義葬田地等無不齊備其

間曾中斷於洪楊之亂〃平後恢復於汝曾祖旭人

公當時只限於常蘇滬三地迨汝　祖耆蓀公於光

緒四年出任天津河間兵備道值地方旱災慘

重乃於光緒五年奏設廣仁堂於天津辦理

醫藥棺埋及附設戒煙局聲譽卓著光緒

十二年　耆蓀公調授山東登萊青兵備道

二

羅東海關監督又於烟台分設廣仁堂於是廣仁
堂乃遍於南北 李相文忠公嘉 杏蓀公之好義
秉機特達於
皇太后及 皇上此雖出於 李相恩師之培植亦海
祖目光遠大辦事練達之所致也古人謂陰德如耳
鳴只有自己知道吾家辦廣仁堂遍及南北耗資甚鉅且
上達 九重並對外從不宣揚惜名即所以惜福也
杏蓀公辦賑務名滿天下晚年復創辦紅十字會出任
第一任會長光緒末年東渡日本考察工業並治病當出
任日本同仁會名譽贊助員其會長係伯爵大隈重信亦会

三

之宗旨為改良中國之醫藥汝從伯春頤公嘗刊行本草
便讀有 旭人公及從伯祖 柏蓀公之序文為醫界所
重並列入日本醫藥叢書
清太醫院隸屬於太常寺 杏蓀公以廣仁堂之關係蒙
太后恩賞太常寺正銜太常寺正為太常之屬官其時
杏蓀公本職已為頭品頂戴直隸津海關道兼津海
關監督出使大臣官階遠高於太常寺正矣此為
杏蓀公之軼事 汝當宜知之

澤臣示 卅七年十月廿二日

釣魚台地理圖說

釣魚台黃尾嶼赤嶼三小島位於台灣基隆外海孤懸海中向無居民為台灣北部漁民棲息之地雖歸我家亦僅採藥而未加經營清末我家曾就趙介山公之副使李鼎元公之使琉球錄派人步測有圖稿藏於愚齋圖書館中民國十六年忽認盛氏產業為逆產上海租界外之財產全遭查封後雖獲啓封經理人員愚已散盡矣愚齋圖書館存稿存書余已全部捐贈國立交通大學即 先父手創之南洋公學也此圖亦為存件之一

澤臣盛恩頤註

後語

本年元月中旬，我又到台北去，行時就將索取此一文件副本，列為重要任務，結果總算如願以償取到了。

元月二十二日晚上，在一個半官方宴會上，聽到外交部司長錢復先生之報告釣魚台全部經過，錢司長是一位年青的外交官，對釣魚台史事之熟，無人可比，前後報告約一小時，手無片紙隻字，其記憶力尤其驚人。但是錢司長的報告獨獨漏了這一項文件。當錢司長報告之後，我即詢問錢司長是否看到這項文件，錢司長答覆看到了。但是，卻有幾個疑點，使他不敢作為依據，重大疑點有二：第一、光緒十九年慈禧太后已歸政，不應直接下詔賞給盛宣懷小島。第二、根據清會典，無太常寺正卿官職。因此不能作爲根據。

我當時就提醒錢司長，以政府立場而言，自應愼重，提出證據一定要有力，若被日本人指出是假時，就變成笑談。但以上所舉兩項疑點，有進一步研究必要。

一、關於慈禧歸政之後不能直接下詔問題，是就正常人而言，慈禧是一個不正常的人，權力慾特重，隨時都想表現權勢。當時又因爲其本身害有風濕病，經盛宣懷進藥醫癒，問起製藥經過，知道原料採自台灣附近兩小島。當時提筆下詔將兩無人居住小島賞與盛家爲採藥之用，亦平常之至。二、關於清會典無太常寺正卿一事，當係慈禧筆誤，臣下不敢修改，只有照謄，或者不是筆誤，而是口述錯誤，秉筆者亦只得照書，此等事頗多先例，隨便舉一事，曹雪芹曾祖原名爾玉，其兄名爾正，但皇帝誤將兩字合一，呼爲曹璽，從此曹爾玉就變成了曹璽。

此外還可以提出兩點反證。

一、凡是僞造的史料一定似眞，不會在顯而易見處發生錯誤。二、盛家提出此一問題時，在民國三十五六年，當時任何人也不會想到以後會發生釣魚台島領土糾紛問題，盛家當時只希望向台灣省政府收回兩島主權作採藥之用，並無他意，決不致僞造文件。當然這只是個人粗淺看法，是否有點理由，還希望當代史學家能根據本刊影印文件就此問題發抒高見。

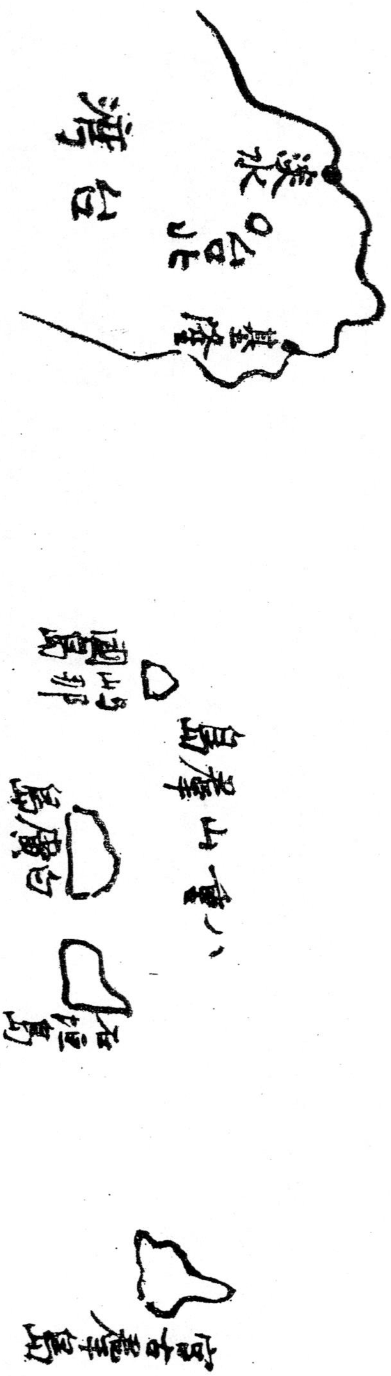

中山圖書公司

香港九龍彌敦道五六五號四五陸大厦八樓四座

CHUNG SHAN BOOK CO.

P. O. Box No. 6207

KOWLOON, HONG KONG

TEL. K-849354

經銷 港台出版 書報雜誌 兼營 古籍書畫 冷門罕本

（綫裝本）　　　　（各界選購均有折扣）

書號	書名	冊數	出版年	編著或出版者	板本	紙質	定價（港幣）
A 1	曾文正公、胡文忠公手札	12	民22	張瑞芝	鈎刻	白紙	360.00
A 2	清咸同間名賢手蹟	8	民19	張之洞等	柯版	白紙	300.00
A 3	道咸同光名人手札	8	民13	林則如等	柯版	史紙	260.00
A 4	名賢手札	4	光10	胡林翼等	摹刻	史紙	360.00
A 5	袁忠節公手札(致勞尙書論義和團等政事函)	2	民29	袁　昶	柯版	史紙	75.00
A 6	于文襄手札（與紀昀等論四庫全書）	1	民22	于敏中	柯版	史紙	50.00
A 7	翁松禪墨蹟	10	民22	翁同龢	柯版	白紙	196.00
A 8	劉石菴公家書眞蹟	2	民10	劉　墉	柯版	白紙	120.00
A 9	呂晚邨墨蹟（坿張謇序文墨蹟）	1	民6	呂留良	柯版	白紙	150.00
A10	惜抱軒手札（家書文啓）	4	民25	姚　鼐	柯版	史紙	160.00
A11	歸莊手寫詩稿眞蹟（四色套印）	2	1959	歸　莊	影印	仿宣	80.00
A12	譚延闓詩稿墨蹟（紀年紀事）	3	民18	譚延闓	影印	史紙	150.00
A13	松坡軍中遺墨（論軍政時事函電）	2	民15	梁啓超編	柯版	白紙	150.00
A14	黃克强先生書翰墨蹟	1	民40	羅家倫編	影印	白紙	36.00
A15	章太炎先生家書手蹟	1	1961	章炳麟	影印	史紙	100.00
A16	康南海七十壽辰上光緒帝謝奏墨寶	1	民9	康有爲	柯版	白紙	60.00
A17	梁任公詩稿手蹟（戊戌政變紀事詩）	1	1957	梁啓超	影印	白紙	80.00
A18	趙撝叔手札（論書畫金石文字）	2	民2	趙之謙	柯版	白紙	145.00
A19	國父孫中山先生墨蹟	2	民42	羅家倫編	影印	白紙	40.00
A20	開國名人墨蹟（陳少白宋教仁等50人遺墨）	2	民42	羅家倫編	影印	白紙	40.00

（本版新印本）　　綫裝書，大都孤本，欲購從速。新印本，精選精印，歡迎選購。

S 1	三十年論叢　1904—1933	文史哲財經法政等專論十六篇	顧頡剛等著	94.00
S 2	七十年論叢　1864—1933	粵港重要史事論著十三篇	盧諤生等著	108.00
S 3	中國社會文化	社會文化社會本質及古代社會鈎沉	楊祥蔭譯著	35.00
S 4	中國之秘密結社	是中國的幫會史	古研氏編著	35.00
S 5	壬戌政變記	奉直戰爭與黎元洪復職事	張梓生撰著	35.00
S 6	帝制運動始末記	寫袁世凱籌謀稱帝秘史	高勞撰著	35.00
S 7	考古學論集	考證漢唐元明及敦煌藝術文物	羅振玉等撰	35.00
S 8	歷代兵書概論		陸達節撰	30.00
S 9	中國兵學現存書目		陸達節撰	35.00
S10	歷代醫學書目		丁福保撰	18.00
S11	中國國民黨歷次全國代表大會之經過及其使命		睦雲章著	118.00
S12	楚傖文存	散文札記小說政論小品等五大類	葉楚傖著	47.00
S13	桂系據粵之由來及其經過	記民十年前桂系軍政人物在粵事蹟	李培生著	57.00
S14	馮平山自編年譜稿本	附馮氏事畧及七十壽之序暨像贊與出版序跋	馮平山著	60.00
S15	吳榮光自訂年譜		吳榮光著	35.00
S16	吳榮光巡撫判案紀實	吳氏生平兩大姦案審判始末眞相	何雅選著	22.80
S17	殘水滸	是別具卓見的七十回水滸之續集	程善之著	18.00
S18	滿宮殘照記	溥儀一人一家一生一國秘辛紀實	秦翰才著	18.00
S19	作家膩事	記各黨各派男女作家70人風流韻事	千秋出版社	18.00
S20	詩學討論集	劉大爲、吳芳吉、郭沫若、胡懷琛論新舊詩	胡懷琛編	18.00

由陳毅之死說到

三十年前「新四軍事件」【一】

岳騫

民國三十年（一九四一）元月四日，由中共黨員領導之「新編第四軍」軍部及直屬部隊九千多人，在安徽南部涇縣、太平縣之間的茂林爲第三戰區上官雲相部隊包圍殲滅，軍長葉挺被俘，副軍長項英陣亡，此爲有名之「皖南事變」，一名「新四軍事件」，其眞象究竟如何，至今難明，甚矣哉治史之難也。在葉、項等敗亡後繼起領導新四軍之陳毅，最近又在北平病故，時間爲元月八日，恰爲皖南事變三十一周年，本文旨在將此事經過，就所知者敍述，深願有當時參與其事的讀者，能予以補充。

蘇區殘餘

說到新四軍，就要從江西蘇區說起，一九三四年十月，江西蘇區共軍在幾次大會戰失敗之後，眼見有被國軍圍殲之虞，決計突圍西竄，另覓根據地（當時共軍並未決定去陝北），留下一批人在江西蘇區堅持鬭爭，繼續發展。所留下部隊共計三萬七千人，正式番號有廿四師與卅七師，由中共中央政治局書記項英，參謀長龔楚，政治部主任陳毅，政治保衛局局長譚震林負責領導。

在共黨領導人的想法，共軍主力一旦突圍西竄，國軍主力也一定跟踪追擊，江西壓力自可減輕，留守江西共軍仍有機會生存發展，但事實完全相反，國軍追擊部隊由薛岳指揮者約佔精銳部隊四成，其餘六成仍留在江西由陳誠指揮進剿殘餘共軍，在這樣巨大壓力下，共軍就難以支持了。

據「剿共戰史」記述：

「自民國二十三年十月中旬，我軍於贛南地區第五次圍剿獲得全面勝利，朱毛共軍主力突圍西竄後，其殘留於雩都、會昌、瑞金、石城間之共軍第二十四師及各補充師、各獨立團、游擊隊等共約二萬餘人，由項英指揮，企圖一面牽制我軍西進，同時苟延其贛南老巢覆亡之時日。

「當時共軍依其盤踞區域，共分四個地區：石城、瑞金線以東者，稱爲閩贛軍區；會昌、雩都以南者，稱爲贛南軍區；雩都、會昌、瑞金間者，爲中央軍區；寧都、興國以北者，爲江西軍區。」

國軍對於這些軍區及共軍殘部，採取分區清剿的辦法。一九三四年十二月，首先清剿江西軍區游擊隊：

十二月二十六日，國軍在蔭水（招攜之南）附近擊潰共黨獨立第一、第二兩團；二十七日，在黃沙（招攜東南）附近擊潰共軍樂安獨立營；二十八日，於冶村（廣昌、甘竹之間）附近擊潰共軍南廣獨立團及游擊隊，先後俘獲游擊隊長謝伯庭以下官兵二百餘人，槍百餘枝。

國軍另一部於十二月二十五日，在上、下陽磔（頭陂之西）附近，擊潰共軍獨立團；同時於秤田（寧都之北）附近，擊潰共軍永豐、南抗區政府及游擊隊，俘獲人槍各四十餘；二十六日，在王家田（寧都西北）擊潰龍岡、黃陂等游擊隊，俘獲隊員三十名，獲槍二十餘枝；二十七日在烏傑（寧都之西）附近擊潰共軍博生獨立營，俘兵五十名，獲槍二十餘枝，復跟踪窮追，三十日追至龍華山（寧都西北）將該營包圍，全部繳械，計俘獲營長以下官兵二百餘人，槍百餘枝。

一九三五年一月十五日，國軍在陳坊（龍岡之東）附近擊破共軍江西軍區指揮部及永龍游擊隊、獨立第二團等千餘人；十六日晚，復派部隊襲擊上溪游擊隊，消滅共軍三百餘人。一月二十五日，在山嶺（沙溪東南）附近擊潰洛口游擊隊；二十六日，擊破共軍獨立第三團，二十八日將該團悉數繳械，先後俘獲團長鄧林生以下四百餘名，獲槍一百八十餘枝。

一月二十六日，國軍另一部在大金竹、中村（沙溪之東）一帶，圍殲共軍江西軍區直屬部隊及中共江西省蘇維埃，計俘獲中共中央政府執行委員兼江西政治保衛分局長婁夢俠等首要六名，官兵四百餘名，槍二百餘枝。

同日，國軍另一師於草鞋溝（沙溪東南）一帶，擊破共軍獨立團、游擊隊及江西軍區後方辦事處等，計俘獲江西軍區後方辦事處主任陶響以下官兵二百餘名，槍約二百枝。二十七日，於小佈（龍岡之東）附近山中，擊斃共軍江西軍區司令員李賜凡（按：李於二蘇大會時，被選為中共中央候補執行委員）並俘獲共軍官兵四十餘名，獲槍三十餘枝。

三月中旬，國軍展開搜剿，將共軍公萬泰獨立營及良材、富田等游擊隊人槍千餘大部撲滅，共軍獨立第十三團及興國獨立營等連同中共中執委謝名仁、團長陳世昭以下五百餘人全部成擒。

至此，共黨江西軍區殘部除政委兼省委書記曾山漏網外（按：曾山在江西蘇區失敗後，個人化裝逃滬，在滬曾任碼頭工人與人力車伕，待與共黨取得聯絡後，始赴莫斯科）其餘全被消滅。

共黨「中央軍區」直屬部隊紅二十四師，於一九三五年二月中旬，向南逃竄，與贛南軍區配合，活動於粵贛邊區，國軍乃向南追剿，於三月七日至十三日，在高挑、獅子寨（筠門嶺西北）一帶，殲滅紅二十四師之第七十團與獨立第七團各一部及會昌獨立營等股，當場擊斃中央軍區政治部主任賀昌等首要，俘獲官兵一千四百餘人，步槍六百五十七枝，重機槍五挺，輕機槍七挺，手提機槍六枝，駁壳槍十一枝。

國軍另一部於三月上旬，在南山（會昌之西，小溪之南）附近擊破共軍雩都、贛南等獨立營及游擊隊，俘獲官兵三百餘名，步槍七十五枝，輕重機槍四挺。

至三月底止，被國軍撲滅之「中央」、「贛南」兩軍區共軍，除擊斃者不計外，共俘獲官兵五千八百餘名，步槍手槍二千四百餘枝，輕重機槍四十挺，手提機槍二十四枝，無線電機一架，除共黨首要項英、陳毅、梁柏台等化裝逃匿外，其餘擒斬殆盡。

三月間，國軍另一部在瑞金、雩都間進行搜剿，共軍瑞金、水西等獨立營及各游擊隊，先後在高陂、小密（瑞金、雩都之間）一帶被撲滅，並尋獲共軍醫院、兵工廠、造幣廠、圖書館等機關，擊斃共軍中央衛生總管理局長朱非紫，俘獲醫院院長以下人員三千三百餘名，槍三百餘枝。另在岡面墟（雩都之東、小密之北）附近，掘獲共軍兵工廠埋藏之步槍身八千枝，輕重機槍二百餘挺，砲身十餘門，利刀七百餘把；龍山附近掘獲造幣用鎔銀機、軋皮機、扎壞機、印花機各一部，追擊砲三十餘門，追擊砲座一百二十四具；高陂附近搜獲共軍中央圖書館藏書三十餘箱，及銅錫塊彈壳等二百餘擔。

至一九三五年三月底止，留守贛南之共軍及各軍區部隊，除項英、陳毅等少數人員外，幾爲國軍完全消滅，所謂「中央蘇區」及隣近各蘇區亦隨之土崩瓦解。

新四軍殘部匿居深山

項英、陳毅率部南竄後，所部終被國軍消滅，贛南軍區部隊亦同被擊潰，賀昌（中央軍區政治部主任）、阮嘯仙（贛南省委書記，贛南軍區政委）、劉伯堅（贛南軍區政治部主任）、蔡會文（贛南軍區司令員）等先後被擊斃，龔楚（贛南軍區參謀長）脫離共黨，最後僅存項英、陳毅、陳丕顯等十餘人，竄至粵贛邊之五嶺油山匿居逃命。

閩西南蘇區，亦因共軍主力西竄而逐漸瓦解，一九三五年三月，撤消福建省委、省蘇維埃和軍區，合併成立閩西南軍政委員會，張鼎丞任主席，譚震林任軍事部長，鄧子恢任財政部長兼民運部長，郭義任黨務部長。但因國軍隨後亦加强清剿，獨立團與游擊隊被擊潰，殘存若干地方游擊組乃入山潛伏。

湘鄂贛邊區，殘存的紅軍被消滅，師長高詠生被擊斃，至一九三四年十二月，省委書記兼軍區政委陳壽昌（按：陳原任共黨福建省委書記，後調湘鄂贛邊任省委書記）亦於湖北、江西交界之老虎洞被擊斃，所剩涂振坤、傅秋濤、鍾期光、譚啓龍、黃耀南、李輝等少數人員，乃分散入山逃匿。

湘贛邊區，自紅六軍團由任弼時、蕭克率領西竄後，即在國軍清剿下逐漸崩潰，軍區司令員彭輝名被擊斃，省委書記陳洪時率部向國軍投誠，僅殘存工作人員及警衛共四十餘人，以譚余保爲首成立所謂軍政委員會及臨時省委，繼續在深山大嶺中逃竄和游擊。

至於閩東、閩北、皖浙贛邊區，由於共軍北上先遣隊全部被國軍殲滅，所有蘇區、游擊區同時解體，同樣亦僅殘存若干共幹在山區逃命藏匿，據「中國紅軍發展小史」記載，在閩北有黃道（按：一九三九年病死於江西鉛山）、曾鏡冰，閩東有葉飛，浙江有劉英（按：劉後被捕處死）、粟裕等人在山中潛伏。

這些共黨幹部在深山潛伏時，情形是非常狼狽的，據湘贛的譚余保說：「在這些場合中，一兩天吃不上飯是經常的事，有時停下來吃點炒米、豆子充飢，敵人搜索隊伍又跟着到了。部隊在連續的轉移戰鬪中，傷病減員、逃走、叛變、失卻聯繫，損失嚴重。……至一九三五年三月，我們到達攸（縣）蓮（花）萍（鄉）邊界時，留在省委的就只有自己的警衛和各個機關的工作同志，總共不到五十人。各地武裝和黨組織，都不瞭解情況，無法聯繫。我們經常駐在山上，用茅草樹皮搭成棚子，落雨時就打傘蹲著，飯也吃不上，白天我們不敢燒火，怕暴露目標，晚上才能進行活動，派人下山去籌辦糧食。」

另據「中國紅軍發展小史」描述當時深山潛伏的情形說：「紅軍在三年游擊戰爭中，許多武裝戰士幹部，很多是三年中都不脫綁腿，不脫衣服睡覺的，甚至鞋子都沒有脫。到處都是國民黨的『圍剿』軍隊，紅軍每天每夜都要移動，要吃一頓飯是很困難的，剛洗好米，打起火來，又要翻幾個山頭，有時敵人在後面跟蹤直追十幾日，脫離不開。

「那時候講話，不能大聲一點，非常親密，總像講情話。不能咳嗽，白天煮飯要冒煙，不能煮；走路不能有腳印，有了要弄掉，草都非常愛惜，不能踏平；走路有大路不走，要走小路。有時候從山頂一直滾到山腳下，有時跌在坑裏找不到。糧食完全沒有，春天吃春筍，秋天吃香菇，夏天吃楊梅。」

這種生活，不僅譚余保一股爲然，項英陳毅情況亦復相同，所遭受危險尤有過之。

（未完）

我心目中的冰心老師

李素

「有緣千里能相會」，這句含有禪味的老話既玄秘，又奧妙。人世間究竟有沒有「緣」的存在？你既不能肯定，又不敢否定，只覺得似無還有吧？縱然是「相逢何必曾相識」，而那一霎的相逢，也該算是緣了。

一九二九年秋，我考進了北平燕京大學，上課還不到兩星期，校方分別舉行國文及英文兩項甄別試，讓新生自由參加，如果成績及格，便可免讀該科的一年級必修課程。我想，若能省下八個或十六個學分用來選修別的學科，豈非在時間及學業上都佔盡便宜？我入世不深，性帶狂妄，膽大心粗臉皮厚，遂逕自去報名碰碰運氣，兩項都參加，因為對國文科考試，我原自以為十拿九穩的。

我依時赴考，上午考完了英文，自覺結果不很滿意。「天有不測風雲」，下午考國文時，眞是活見鬼，全是乾巴巴的枯燥乏味的題目，諸如列舉數十本名著的作者與書名，及劃分朝代等等，都是最使我反胃的東西。我眉頭一皺，連帶的覺得作文題目也是無可發揮的，加上天氣悶熱，午膳又吃得太飽，頭腦昏沉只想睡。不考也罷，本小姐還是回宿舍去休息的好。鬼使神推似的，我心裏一横，微笑着繳上白卷，以滿不在乎的神態，在衆目睽睽下昂然地步出試場。

次日，我看見榜上有名，一邊慶幸能升讀二年級英文，一邊就更懊悔考國文時不該鬧情緒，無端跟自己作對。假如我肯耐心地先作文，後答題目，心平氣和地幹下去，也很可能成功的。

可是，塞翁失馬，卻正是緣的起點，而且後福也從此源源而來。

我既交了白卷，當然只好安分地修習一年級的國文，而我恰巧被編入謝婉瑩（筆名冰心）老師的那一組裏。

冰心師是當時文運亨通，光芒四射的女作家，女詩人。她的新詩集「繁星」及「春水」，固然是受了印度詩人太戈爾的影响，但以「繁星」來說，惟其是以哲理入詩而仍能寫得如此俊逸婉妙，清麗自然，就更屬難能。她的小說「超人」發表時，曾引起廣大讀者的注意，雖然後來有人說她的人物都太理想化了，欠缺眞實感，但想到她那時候還不到二十歲，而且環境優裕，從未嘗過艱苦憂傷，人生經驗尚淺，也就覺得不足深怪了。至於她的散文集「寄小讀者」，更為千萬青少年讀者所深愛。這本如詩如畫的妙文裏，那異國情調，少女襟懷，鄉夢客愁，親情友愛，都像出谷清泉，流瀉得那麼酣暢自然，加上文字精煉清麗，意象美妙，更覺多采多姿。怪不得自一九二六年出版後，只過了九年就發行到二十一版。自有新文藝書籍以來，如此暢銷的書，確是罕見。

當我讀冰心師的作品時，覺得她對母愛的熱烈頌揚，非常眞摯動人，使我既妒且羨；有時因為觸痛了我的創傷，卻使我生反感，甚而怪她歌頌得過火。但無論如何，我是深深的喜愛和敬佩她那份清中帶秀的意味與神韻，那新舊交融，典雅流利的文筆，那瀟灑自然的飄逸情調。我一踏進燕大就有機會跟這位大名鼎鼎的老師學習，滿心高興，那還用說？

其實這位老師一點兒不老，在三十歲以下，二十五歲以上，正是錦綉年華呢。聽說在一年前她剛和社會學系教授吳文藻博士結婚，可惜我來遲了一步，否則，也許能看看他們舉行的是那一種婚禮。因爲我又聽說在不久之前，註冊主任梅貽寶先生（抗戰時期燕大遷往成都，他任代理校長，現在香港任中大新亞學院校長），與倪逢吉女士舉行舊式婚禮時，新娘穿戴着鳳冠霞帔，坐着大紅花轎，鼓樂喧天，帝帝吶吶的環繞校園遊行一周，出會似的哄動四隣，盛況空前。這一場熱鬧又沒有趕上，只怪我眼福太淺。

正如僱主喜歡談工人的勤惰，媳婦愛說婆婆的是非，教師走在一起也習慣批評學生的優劣，而學生則更淘氣，除談論老師的學識及教授法外，最感興趣的是傳說他們的私生活及羅曼斯，這都是今古同然的常情吧？

對於結婚不久的冰心師的戀愛史，學生們當然仍有濃厚的興趣分頭探聽，互相述說。我趕不上親見，全靠耳聞，所以只略知大概。

據說因爲她才華超卓，又是成名最早的女作家，所以很多人追求她。除了近水樓台的燕大師生多人，還有從清華大學追過牆來的也不少，羅家倫是其中之一。他是江西人，是新潮社的主幹人物，著作散見「新潮」，曾任清華大學校長，寫過信向冰心師求婚，但遭她拒絕了，原因不詳。

另一位是吳文藻，畢業清華大學時考取了庚子賠款的官費赴美留學。他出國時，適逢冰心師也畢業燕大，前往美國衛爾斯里大學深造。巧得很，還有文壇健將之一的福建龍溪許地山（筆名落華生）也同時出國，三人一起乘船赴美。兩位男士都是追求者，但冰心師不喜歡許氏那股濃重的名士氣，所以只當他是個朋友。吳氏則在留美期間，一直繼續窮追，不辭跋涉，風雨無阻，有定期地從紐約前往波士頓拜訪她。至誠可以格天，也許她是被這一片純眞的關切與虔誠所感動，而奠下了最深厚的情誼吧？冰心師在一九二六年夏拿了碩士學位後，便回母校當教授。吳博士何時回國，我可不清楚。

啊，我看過一幀很風趣的照片（刋在某一年的燕大年刋上），一男一女並排走着，倩影成雙，但中間卻竟然隔開三四呎的空位，故意保持相當距離似的。他們不並肩，不携手，當然不算「拍拖」啦。仔細一看，卻正是冰心師與吳博士，這種道貌岸然的新式散步，的確逗得每個看照片的人都哈哈大笑。這大概是他們未結婚前的一霎生活，不知是那一個俏皮鬼學生從背後偷攝下來的。照片旁邊附有幾句說明，可惜我只記得一句：「吳博士寫得一手好字」。這張照片連帶的表現了燕大的民主自由之風，偶然開開玩笑，無傷大雅，而且反映着師生之間一如家人，和諧相處，樂也融融。

還有，同學們告訴我：名重一時的詩人徐志摩（浙江人，主編過晨報副刋，詩刋，劇刋，新月等等），也追求過冰心老師。在常情上，以他橫溢的才氣，瀟洒出衆的儀表，原該最有成功的希望的，但她眼光獨異，也許覺得有不妥之處吧，終於放棄這位氣質與愛好都與她相近的詩人。

在以上幾位較顯著的追求者中，儘管吳博士是最終的勝利者，但最大方最洒脫的是許地山教授。在冰心師結婚之後，他照樣常作吳家的座上客，始終是一個忠誠的好朋友。

每逢提及老師的戀愛史，同學們總是說得口沫橫飛，議論紛紛。大家在揣測冰心師之所以不嫁給同行的詩人文士，卻偏選上了一位社會學博士，大概是爲了文人總多少帶點兒浪漫氣質，感情豐富而多變，難免見異思遷。而師公那副尊容卻是方方正正，規規矩矩，一望便知是誠實可靠的忠厚君子，加上殷勤體貼，脾氣又好，的確是個標準丈夫。他們以後的美滿家庭生活，證明了她的選擇是明智的。不是麼？那位風度翩翩的詩人徐志摩，不幸於一九三一年八月因飛機失事而與世長辭了。假如當年中選的是他，那眞是不堪設想！此中是否也有緣在？

我第一次見到冰心師時，覺得她身材嬌小，恬淡端莊，渾身表現着大家風範；容貌、聲音、言談、舉止，及一副坦誠的神色，都吐露着內在的溫柔、靈慧、純潔與善良。她不是塗脂抹粉的少奶奶，而是淡雅嫻靜的名門閨秀。她說得一口純粹的北京話，字正腔圓，淸脆而又和婉，好聽極了。

她的「關於女人」一書，最初是以筆名男士刊行的。其中有一篇是她以男士的身份及口吻，列出擇偶的二十幾個條件：愛文學、不化裝、不穿洋服、好客、擇客、有潔癖、怕香花、喜雅淡、不提從前、喜旅行、愛海、愛山居、喜京戲、喜看美人、每逢大事有靜氣、不掛裸體照或明星照片、喜微火及燭光、喜微醉、愛吃大蒜、喜音樂、愛生物。據我看，她是化裝爲男士而夫子自道，因爲說的正是冰心師本人的性格。

性格本由天賦，也有多少與環境有關，她愛歌頌母愛和海，是有來由的。現在略提一下她的背景。我不是寫傳記，不必管她的出生年份是一九〇〇年還是一九〇三年。她生於福建福州，父親歷任海軍要職，官至海軍部次長，全家居於山東煙台，自幼與青山碧海爲隣，聽慣了風聲濤聲號聲，在母親及大自然的溫暖壯闊的懷抱裏生長。她四歲時由母親教她認字，後來轉由舅父教她，七歲就能讀多種如「三國志演義」、「塊肉餘生記」之類的舊小說及翻譯的文學名著。辛亥革命時她隨父母回故鄉，由一位表舅父教她讀書，讀了更多舊小說及各種新文學雜誌，也讀四書、唐詩之類。她十一歲時舉家遷居北京，十二歲考入貝滿女子中學，畢業後升學協和女子大學。這間大學於一九一八年，與北京匯文大學及通州協和大學聯合起來，便組成了燕京大學。就在大學時期，冰心師開始寫小說，也開始用「冰心」爲筆名，把一篇「兩個家庭」投寄給她表哥劉放園編的晨報副刊發表。後來她留美時期所寫的「寄小讀者」，也是在這個副刊上陸續刊出的。有這個關係，是最初寫作上的一種便利。

至於我最初認識冰心師，當然是在課室裏，一年級的國文科是用姚鼐的「古文辭類纂」作課本的。我們自己先預習課文，上課時由冰心師隨時叫幾個人依次誦讀及解釋，聽到有錯誤時她才加以改正，或者遇到她有話要說的某些段落，她就闡釋一番。我們就這樣循序學習，平平無奇，因爲深知老師是百分之百的好好先生，預料她準會筆下留情，成績及格是不成問題的，所以得偷懶時且偸懶，輕易就混過了半年。現在想起來都感到慚愧。

儘管如此，我仍是獲益最多者之一。因爲我覺得上課時情形如何都沒多大關係，最主要的是教師本身的影响力與人格的感召力。使我衷誠尊敬和欽仰的是冰心師的爲人。

她不喜歡打扮，經常是衣履樸素，淡雅端正，淸氣盎然，像水仙，像幽蘭。她說話時很常帶點兒輕鬆的笑聲，使人解除一切拘束，簡直忘了她是一位老師。她的態度是那麼自然，那麼隨便，上課時如此，在家，在任何場合亦如此。因她不故作緊張或殷勤，所以別人也不覺得自己是作客。能使人自適其適，這才眞正是「賓至如歸」。

因此，她的家——吳家，就頻頻作文人雅集的最佳場所。她寫過一篇「我們太太的客廳」，內容便是描述這種集會的熱鬧情形，並提到當大家談詩論文談得興高采烈時，師公往往只是個局外的旁觀者，苦無插嘴的機會，難免透着一臉的尷尬相。可見冰心師的作品常常流露一片純眞。她深信丈夫有此雅量，所以逗着來開開玩笑。

吳家住在學校南門外的燕南園裏。每家住一座小洋房，許多座聚在一起像個村子，全部是有家眷的敎師們的宿舍，環境幽靜，柳綠花紅，是很理想的住宅區。就在吳家，或偶然碰上那種雅集時，我有機會見到好幾位名作家。本校教授有朱自清、鄭振鐸、周作人、許地山、熊佛西諸位先生，校外的有老舍（舒舍予）、巴金（李芾甘）、沈從文、梁宗岱、沉櫻女士等等。最特別的是巴金，每逢照相他總不肯參加，躲得老遠的。是否以潛龍自居，故作神秘，那可不得而知了。

我是個缺乏口才，不善交游，沉默自卑的窮學生，平日在班上絕無神采飛揚，議論風發的炫耀與表現，卻只是個睜大眼睛的傾聽者。既沒有甚麼理由，就只能說是緣了，我竟蒙冰心師關注，有時候會叫我上她家裏去以便問長問短，也讓我見見世面，兼極力鼓勵我學習寫作，甚而認眞的「另眼相看」，把我幼稚的習作交給她的朋友們在刊物上發表。此舉不單增强了我對作文的興趣與信心，並且對我以後的幾年裏在學業及經濟上都大有幫助。因爲後來我修習頡剛老師及西諦（鄭振鐸）老師的課程時，他們也沿用她的辦法，對我優予扶掖。

有一天，冰心師不知憑甚麼靈感，突然問我大學畢業後是否還想深造。讀書原是我這窮女孩子最大的樂事，但我只能說明我不敢作這種奢望，因能否讀完大學尚大成問題；不過，只要眞有機會，我不辭讀到老死。她於是認眞勸我讀完一年級時，立即由英文學系轉入國文學系，同時仍可副修英文，因爲燕大研究院未設英文課程，故必須及早轉系。她說美國哈佛大學與燕大合辦的學術機構，稱爲哈佛燕京學社，每年設置八個獎學金名額，每名五百元，全國各大學畢業生均可申請。被錄取後便成爲燕大研究院學生，兼是哈佛燕京學社研究員。我想，一元大洋可買一百二十個鷄蛋，五百元除了供學膳宿費之外，還足够養活幾口人呢。遂不禁見獵心喜，決意遵命。其實，機會尚如此遙遠，希望又如此渺茫，我不自量力，暗懷野心去追求一個美好的幻夢，豈非狂妄之至？但我深信冰心師的善意指導是絕對高明而正確的，所以心雄膽壯地接受了。

最可惜的是，第二學期開始時，冰心師因病請假休養，大一的國文改由錢穆教授擔任。賓四老師精研國學，又是一位淵博多才，著作等身的好老師，他採用舊式教授法，最高興講書，往往莊諧雜作，精采百出，時有妙語，逗得同學們哄堂大笑。

我讀完一個學期，期考成績很不壞。包貴思教授（Miss Grace Boynton）是我的英文科老師，她說我有資格申請美國女青年會的獎學金，每年二百五十元，是指定獎給燕大品學優良的淸貧女生的。我正爲下學年的費用發愁，當然立即依手續向校方申請，僥倖馬到功成。

太幸運了，有獎學金，有稿費，另外替同學補習及爲學校做一點抄寫的工作，便湊足了書籍及零雜費用，我高枕無憂地讀完了二年級。但世上偏有自尋煩惱的人，而我正是其中之一。現在節述我十多年前所寫的「燕京回憶」：

學年結束時，我收到女部主任來信，叫我寫自傳並說明將來的計劃，貼上一張相片，由她寄給美國女青年會，若該會認爲滿意，便繼續獎贈。我是敏感而又倔强的人，認爲獎學金是榮譽獎品，應是除品學外，別無條件，因爲這並非施主對求助者的一種施捨。要問我的出身與將來兼替我看相，我認爲是受了侮辱。要我訴身世等於觸着我的痛處，本小姐儘管窮，偏不願向外國人乞憐。我氣虎虎的斷然抗命，並聲明若要寫自傳我就放棄那筆獎學金。

兩天後，包老師叫我去見她，對我解釋那只是申請獎學金的例行手續，別無含義，勸我不要誤會。我雖然語氣轉爲柔和，卻仍堅持原來的主張。她知道我任性又偏執，便不再提，只說冰心師也很想見我，最好明天下午去一趟。事後，我細想一下，自覺也有錯處，但又不願追悔。

第二天我去見冰心師，出乎意外，她全不怪我，也不勸我，只說她身體已漸康復，接着就說她留美時也病過一場，入醫院住了很久。有一位美國朋友借給她一筆療養費，聲明不在乎歸還與否，若將來有力量想還時再說。最近她打算還債了，那位美國朋友卻回信叫她全權支配那筆錢，用作獎學金。然後她鄭重地說：「我已決定獎給國文系成績最佳的學生，每年二百五十元，連續兩年。我向註冊處查過了，恰巧就是你！」我一聽之下，高興得說不出話來。稍停，她又說：「若是交給國文系轉發，就要費一番手續。還是由我本人直接交給你的好，反正我們都不在乎人家知不知道。每次該繳費時我就會交給你。希望你安心讀下去，一直到畢業。」

我頻頻點頭，想不出該說甚麼，眼睛裏已淚光瑩然，最後才說出一句最簡單的話：「謝老師待我太好了，我永遠感激，謝謝您！」

在人生經驗增加了的現在，回想當時，自覺器量太小，太敏感，太倔强而流於不近人情。「小不忍則亂大謀」，我沒有因此吃苦（照理是活該吃苦的），反而更順遂，眞是吉星高照，遇到意外的幸運。

更意外的是：竟有如此仁善的老師們，不單不加訓斥，反而出力維護一個貧苦學生的自尊心，成全她的傲骨！而這副傲骨（不是驕傲，而是想做到「富貴不能淫，貧賤不能移，威武不能屈」的傲）就一直支持到現在。雖然是智識分子，又是被捷克的共產政府限於四十八小時內離境而驅逐出來的，也未嘗因具備接受救濟的資格，而去塡表申請，乞求救濟。十年來留在苦難的同胞羣中，一同捱苦，一同工作，也認爲是樂事呢。

以上幾段都是舊話，此時此刻我重述舊事，只是用來證明冰心師是如何的熱情、慈藹、細心、周到、愛護青年人，兼能非常聰明地作如此妥善的安排，使我心安理得地欣然接受她的厚贈。

於是我順利地讀完大學。在申請入研究院時，又因一向受冰心、頡剛、西諦諸位師長的提攜，遂得積存一束已發表的所謂「作品」，使我在呈交的四年成績表及畢業論文之外，具有更優良的條件，獲得哈佛燕京社的獎學金，連續了三年。飮水思源，我之所以能受到高等教育，實以冰心師的功德最爲深厚。這是我畢生感念不忘的。

抗日戰爭時期，冰心師舉家入川，她到昆明的西南聯大（北大、清華、南開三校聯合組成的）任教職。記不淸是一九四〇還是四一年，他們轉往重慶，因爲蔣宋美齡女士是新生活運動促進總會婦女指導委員會的指導長，特地請她去當文化事業組組長，主編「婦女新運月刊」及周刊等等。師公則任國民參政會參政員，兼任三民主義青年團幹事。那時候我也在重慶，她就把我帶進去當一個股長，助理或編或寫的雜事。但後來她似乎因地點太遠而辭職，並推薦一位燕大畢業，新從美國研究戲劇回來的李曼瑰女士接任。

一九四四年冬我由重慶前往歐洲居住，至一九五〇年夏才回抵香港。直到現在我都沒有機會再見到冰心師，只偶然從師友處打聽得一點零星簡略的消息：一九四五年抗戰勝利後，她與師公都回北平燕大當教授。翌年，政府委派吳博士爲駐日代表團第四組組長，她隨同前往日本，在那一段期間裏她曾在東京帝國大學授課。

大陸易手後，大約在一九五一年，他們離開日本回北平去。冰心師路過香港時，爲某種原因，能與她會面的人很少，只有黃憲儒教授、黃中孚及譚紉就學長共三位，而後者卻是陪伴她遊覽、購物等等的最熱誠的接待者。

原來，紉就姊是吳博士的得意高足。她的冰心師母眞是慧眼識英雌，對丈夫的這個女弟子格外關懷，另眼相看，久不久就寫條子署名「師母」，招她到家裏談談。她的畢業論文是「離婚問題研究」，師母一定是大爲欣賞，故徵得她同意後，就介紹給女青年會出版部付印，使她既獲得鼓勵與信心，又賺得六十大元的稿費。紉就姊說當年她並非教徒，對女青年會也沒有印象，但由於與師母的緣，導致她結下這段緣中緣，從此她對該會發生了興趣。

紉就姊的其他事業我不大淸楚，在香港這二十餘年裏，我只約略知道她全神貫注地爲女青年會服務，爲社會謀福利，爲青年教育及各種活動任勞任怨，竭盡忠誠，曾任該會總幹事及其他要職，常因公往歐美及海外各地出席各種會議，或策劃募捐等等，忙碌異常。有一段短時期，她兼任新亞書院英文科講師，恰巧就是小兒曾省的老師。她以熱心、才能、智慧、勤勞，獲致卓著的功績，成爲香港婦女界領袖之一，因而獲得英女皇頒贈勳銜，榮任太平紳士。她當然是「志不在此」，所以在這花甲之年仍繼續爲社會福利而努力奔走，不懈不息，她更曾任燕大香港校友會會長，今年又被選爲副會長。她不單是出色的領袖幹才，而且寫得一手精簡清麗的好文章。我想她的師尊師母一定是因有她這樣的學生，而引以自豪，並感到滿懷欣慰的。

也因此，使我覺得師長的一言一行，對學生都可能是一個因或一個緣，是一種動力，一種媒介。因與緣在當時雖無形迹可尋，即或有，也只像撒下一些比芝蔴還小的種子，但等時候到了，可能長出一棵棵果實纍纍的大樹；又可能像有線的電流，或無線的電波，通到某地方的遠處，卻會發出動人心魄的聲、光、或熱力，達致無限的妙用，無窮的效果。一脈親切的關懷，一次明智的指導，一番及時的扶持，都是因，是緣，是「幼吾幼以及人之幼」，是發自一股比母愛更爲偉大無私的仁愛。

我現在明白冰心師爲甚麼在作品裏，那麼熱烈地歌頌母愛和海。母愛是她的靈魂，大海是她的胸襟，她把母愛推而廣之，故所發出的，比她所身受的更爲深厚久遠。她在各地教過許多年書，也寫過不少作品，我深信她到處都撒下了一些種子，只是長出的樹我無從多見吧了。

總之，在我心目中，冰心師是一位良師，既有高度的智慧與才華，又具熱情與誠懇，心地光明良善，思想純潔高超，性情溫柔寬厚，對學生如對子姪，悉心栽培，對朋友眞誠而親切。當她開懷談笑時，你會更覺得她天眞無邪，溫藹可親，如同郁郁春風。

當然，見仁見智，各有不同的觀點。有些人說她很自負，說她靜如止水，冷若冰霜，那是沒有眞正認識她的爲人，只憑一霎的印象而輕下評語，是不公道的。我認爲冰心師的熱情正像一層薄灰掩蓋下的熾炭，含蓄而不淺露，因爲不冒出火焰來引人注目，便被人誤認爲一盆冷灰吧了。

最後，我應該報告一點由紉就姊處得來的消息。吳家共有兒女四人，長子名宗生，女兒是吳平、吳冰、吳青三位。全家回到大陸後就在北平住下來。冰心師曾出國去訪問印度，也回去探望過她的故鄉，並曾遊覽江浙等省。

紉就姊在這十多年裏曾三度回大陸旅遊及探親，每次都去拜訪過她的師尊師母。第一次是師母約她在某飯店見面及晚膳。第二次是她到西直門外的一間民族學院裏，找到他們兩位老人家。最後一次是在一九六四年，她前往燕大舊址與他們會面。吳老師總是離不了教書的，師母則忙着一些與文化有關的工作。他們的身體和精神都很健康，生活也過得不錯。不知是那一年，紉就姊還收到師母迢迢的從北平託人帶來的兩盒蜜棗呢。

一九七一年秋，楊慶堃學長到大陸旅遊時，曾去拜候吳博士夫婦，看見他們工作如常，生活安定，身體平安。這是最近的消息。至於冰心師的作品，除了上文提及的幾種，尚有「往事」、「南歸」、「關於女人」、「冰心遊記」等等，閱讀的人很多，評論的人也不少，我這個當學生的，不便饒舌了。

寫到這裏，不禁歉疚慚惶，百感相煎，自覺一事無成，此生虛度，深負冰心師的栽培與期望。大恩未能直接圖報，惟有拚此殘年餘力，以點滴墨瀋，間接使她的德澤長流而已。天南地北，拜候無從，遙望古城，謹此虔祝冰心師闔府康甯，精神健旺，如松柏之長春。

筆者以模糊的記憶追述四十年前的往事，錯誤百出是所難免的，尤其是年份，一時難以查核，敬請讀者寬諒！

陳璧君的牢獄生涯

五用

陳璧君於民國卅四年（一九四五），日本投降之後不久，在廣州被拘，旋解南京，囚寧海路某號。卅五年，判處無期徒刑，移禁於蘇州獅子口第一監獄。過了四年，大陸變色，再移禁於上海提籃橋監獄，直至四十八年（一九五九）六月十七日，病死獄中，約年六十八歲。牢獄生涯，前後共達十四年之久，幾佔其一生歲月五分之一，亦可哀矣。

葬在太平洋碧波中

璧君死時，兒女親戚沒有一人留在上海；死後約一月，旅港親戚某君纔到上海把骨灰領囘；親友聞訊，齊集九龍尖沙咀她兒女私寓中，舉行一項簡單悼念儀式，參加的四五十人；當日下午，便由她的兒女和少數親友，帶着骨灰罈子，乘坐一艘小汽艇，緩緩駛往港島南面，赤柱海域，把骨灰逐一撒入太平洋的浩浩碧波中。國民黨的前輩人物，吳稚暉病逝台北，遺囑把骨灰撒落金門馬祖間的海裏；璧君當爲舉行這種葬禮的第二人，時爲四十八年七月下旬。

汪精衛於卅三年（一九四四）十一月十日，病死日本，歸葬於南京中山門外吳王墳附近；卅四年底或卅五年初，墓穴深夜爲人炸開，屍體亦失所在；據可靠傳說，屍體實已投入揚子江波濤中；若然，則汪氏夫妻亦可謂死則同穴了。

璧君一生，滄桑歷盡，生命多采多姿，固曾煊赫一時，生前與孫（中山）孔（祥熙）廖（仲愷）三夫人齊名；然而璧君最早死，收場又悽楚寂寞至此，亦命也夫！

讀書寫字甚勤

璧君的牢獄生涯，可分爲三個階段去敍述：卅五年至卅七年上半年，約兩年半的時間爲第一階段；卅七年下半年至移禁上海，中間約一年半或兩年，爲第二階段；移禁上海以後直至病死，共約九年或十年，是爲第三階段。

第一階段——筆者從重慶囘到南京，第一次聽到璧君獄中情形的消息，是卅六年（一九四七）初，當時她的大女兒經蘇州囘來，告訴我璧君獄中頗好，每日讀書寫字非常用功，惟大便下血，尚未痊癒，又帶囘璧君手抄「唐宋詩絕句」一冊，字體工整秀勁，足證所說不虛。

以後，筆者曾到蘇州探視璧君兩三次，每一次都和她的女兒媳婦及我的太太，或者加上其他朋友同行。第一次探視，係卅六年三月間，有來自上海的朋友某君參加；到獅子口約在下午二時左右。璧君有她個人的囚室，又在典獄長辦公室附近有一所接見訪客的房子；面積雖不很大，倒也窗明几淨，陳設簡樸，光線空氣都頗好，好像學校裏的宿舍一般。這一天，璧君適患感冒，怕風不敢出來；我們便直到女獄室裏和她相見。她看見多年老朋友，遠道而來，十分高興，滔滔不絕，談了兩小時多的話；態度非常激昂，有時揮手頓足，雜以哭泣，以增加語勢，她對於過去的事，始終沒有一句後悔的話，而且極力辯說，她對廣東有貢獻，對國家亦有功勞，現在政府對她的判罪是很不公道的；我們對她除了安慰之外，也就無話可說了。我們談話的時候，獄吏便不在傍，也不限制我們的時間。因爲要趕着即日回到南京，前後逗留不過三小時左右，便握手作別。

我探視璧君之後，約一星期，又到南京老虎橋監獄，探視六個朋友，他們都是同一案情而判罪較輕的。卻只能在獄中的辦公室見面，談話限一小時；最後，我眼看着獄吏把他們帶走，逐一納入陰濕的斗大牢房中，閉門加鎖，就好像屠夫把狗隻關閉在籠子裏一樣。當時，我心裏有說不出的酸苦，幾個朋友亦無不人人黯然傷神。若和見璧君的情形作比較，眞是不可以同日語，璧君所受的待遇實在是寬大得多，幸運得多了。

手鈔雙照樓詩詞稿

過了一個月，四月中旬，我接到璧君獄中第一次來信；五月下旬，又有第二次來信；兩次來信都充滿牢騷偏激的說話，以後我還要把內容說一說。

同年七月初，第二次探視璧君；這一次是從上海動身的，同行的有她的女兒。上午，我們便到了獅子口；大家在她專用的會客室裏見面，和上一次不同。而且還在那裏吃了一頓頗爲講究的午膳。當時螃蟹已經上市，許多年後，我太太還記得璧君吃蟹，弄得滿臉蟹黃的樣子。吃完了飯，又談了不少話，下午三時，我們分手乘火車回南京。

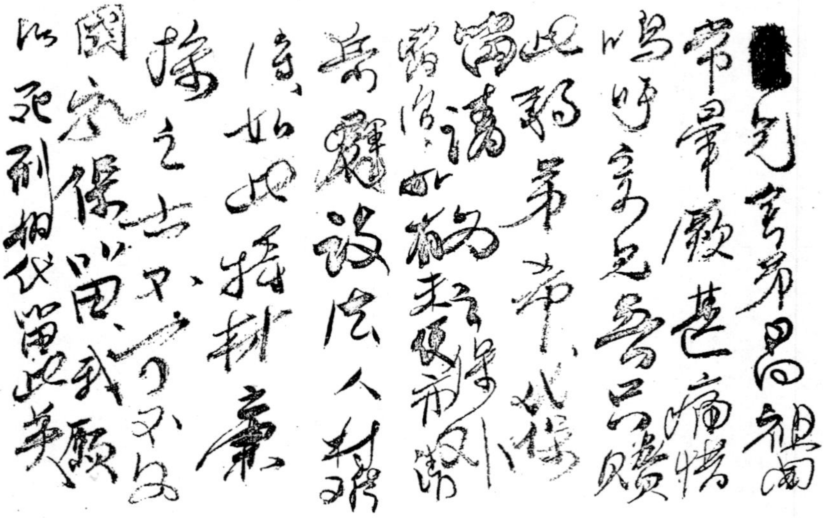

陳璧君在上海獄中寄給用五之手稿（一）

這一次見面，還有其他獄中難友在座，是璧君請來的。其中給我印象較深的是詞人龍沐勛榆生，（以後我將較爲詳細的說到他。）大家雖說些感慨的話，不過璧君已經不像上次那樣，大發牢騷了。她平心靜氣，討論問題；說她身體不好，時常大便下血。看她精神，還不算壞；沒有頹喪，也不悲觀；說話聲音響亮，時帶歡笑；前額雖頹得很高，兩眼依然有神；好像自信能夠渡過幽囚，而重護自由。後來病死獄中，似乎是她沒有想到的。

這一次，大家談的，除了希望早得自由外，也兼及大局時事，璧君又詳述她日常生活情形。她說，每日眠食讀書外，又撥出一定時間，鈔錄她丈夫精衛先生的雙照樓詩詞稿；她已許下一個私願，要鈔成幾部分贈親友，作爲羈囚生活的紀念；並且要我們代她在南京買紙和筆墨，後來我們給她買了寄去。這一部手鈔詩詞後來是否如數完成，不得而知；不過，璧君確實托人帶來一部送給了我；這是一件很可寶貴的贈品，以後我將再為敘述。

願以死刑代弟

現在要說到璧君兩次獄中來信的內容了；第一次來信，寫於四月十六日，第二次寫於五月廿七日，相隔不過一個多月；兩信字跡均甚草率，倉卒寫成，用的是粗劣紙片，執筆時的匆遽可想而知。第一信談的是她弟弟的事，第二信談的是難友的待遇和她個人的健康；先將原文錄之如下：

第一次函

「×兄：舍弟昌祖，聞常暈厥，甚痛惜。嗚呼，×兄，吾只賸此弱弟，希代保留，請為之保外醫治；如有未便，亦請岳軍設法，人材難得；如此特材，廉操之士，不可不為國家保留。我願以死刑相代，留此英材；不必如此煮鶴焚琴，太過浪費。如有人收取保證金，可代刑，我決不願；我生於耿介，亦死於耿介；且謀財害命之事，我決不令其如意也。此上叩大安，四月十六日姊」（按，昌祖是怎樣的人見後）

不出罰金不出醫藥費

第二次函

「×兄：此間高院換了梁仁傑，典獄長亦換人，我等又有麻煩了。請兄設法對新院長及新典獄長打打招呼，以前大家之待遇不要改變；同人身體今年已感催傷，大赦遲遲，恐已不及待；況又主管換人耶！我雙膝邇日浮腫，尿有蛋白，心臟亦有些不勻，可嘆也。此上叩候大安，五月廿七（簽名）。」簽名之後，又添註「不必令李知道」六字。

李指當時的副總統李宗仁，大概璧君不屑於求他，故有此添註。又此信之後另附一紙，並不簽名，原文如左：

「我不願保外醫治，故未請此處吳醫官診，此等病的藥，我可自醫。如不應死，則自可不死；否則要花費，仍是死路一條。且我㈠不出罰金，㈡不出醫院費，留為三孫學費。」（按，當時璧君已有三女孫，故最後一句云云。）

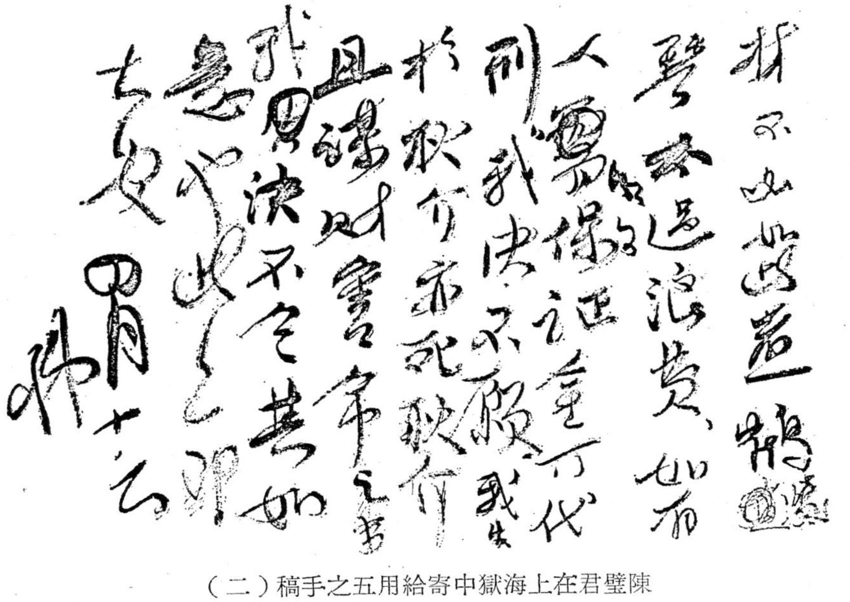

陳璧君在上海獄中寄給用五之手稿（二）

對自己的未來抱有信心

兩次來函都提到「保證金」或「罰金」的話，當時獄中必有此傳聞，不過外間並未聽到；再證之後來事實，似不足信。該案刑期有定的，不論京滬或蘇州，多在卅七八兩年，先後獲得釋放，（昌祖也於卅八年一月間出獄；）終身監禁的例外。又外間傳說，璧君至好於卅八年三四月間，中共將到上海之前，會斂金前往蘇州，希望於局面紛擾中，買通關節，救璧君出獄；結果失望而歸；從這兩件事實看，所謂「罰金」或「保證金」的說法，恐係謠傳，否則璧君應有機會獲得自由，不至再移禁於上海了。

璧君函裏說，寧願以死代弟，卻不肯出錢贖弟；又說，寧冒性命危險，也不肯出醫藥費，這一種口氣，彷彿儒林外史中的嚴監生，臨死還要伸出兩隻指頭，要兒子把兩根燈芯減爲一條。不過，她要把錢留作「三孫學費」，又似乎不應和嚴監生相提並論。

總之，這一個階段裏，璧君的獄中言論，儘管牢騷滿腹，憤憤不平，她的精神還是健全的，思想也很有條理，態度尙稱鎮定，對於自己的未來還抱有信心，否則不會說犧牲自己去救弱弟，要留金錢教育孫子的話了。

注射針藥變成瘋婆子

第二階段——然而到了卅七年（一九四八）下半年以後，璧君的精神便漸陷於崩潰的境地，好勝倔强的性格也逐漸消失了。七月間，璧君的家人從蘇州回到南京，告訴我一個難以令人相信的消息，但卻是千眞萬確的事實。他說，璧君在獄中，因射注一種安定神經的針藥，現已成癖，每日注射多至二三十針，每日耗費多至數億元，（這是當時的法幣價值，若折合銀圓，約爲四五十元）；如果針藥一時不繼，毒癖發作，痛苦呻吟，和吸食白面嗎啡的人無異。其時，璧君的兒子已經假釋出獄，召開家庭會議，討論如何救援璧君脫離苦海，有主張苦勸的，有主張强迫的，莫衷一是；做兒女的，强迫於心不忍，苦諫未必有効；更爲困難的，便是在黑幕重重的牢獄裏，强迫能否實行，實行又能否有効，亦屬一大疑問，結果還是一籌莫展。

過了一個月，八月中旬，璧君的兒子和媳婦又到蘇州去苦勸璧君，依然沒結果。璧君的第二個女兒甚至想用激將法，寫了一封情詞懇切的信送去；其中有云：若果不速下決心，戒除毒癖，試問有何面目去見地下的丈夫？璧君讀完了信，非但不知覺悟，竟聲言和女兒脫離母女關係；可見此時的璧君已全失理智，無可救藥了。她的女兒也就於數日後，隻身赴美，做洋尼姑去。

是年九月底，大女兒夫婦兩人，再到蘇州，希望盡最後的努力；回到南京後，很傷心的對我說；母親憔悴非常，而且語無倫次，木木然沒有一些感情表現，見面即伸手要錢，說要還債，問是甚麼債，卻說不出來；和半年前比較，已經完全判若兩人了；毒癖似已到了第三期，恐怕要變成一個瘋婆子，糊裏糊塗的死在獄中了。說完之後，悲傷不已，大家相對無言。

毒癖不應由個人負責

現在，我們不禁要問，璧君本是一個高級知識分子，頗有理智，而又倔强好勝的好人，爲甚麼入獄之後，經過了約莫兩年時間，竟變成了這樣不顧羞耻，不負責任的瘋婆子了呢？我想這不應該全由璧君個人負責，監獄管理的不善，以及時局變化的影響，都是很有關係的。大家都知道，監獄裏有些獄吏串通長期監禁的老犯，對新來犯人，施行引誘或威逼手段，以期達到漁利、敲搾、或剝削的目的，乃屬最普通而常見的現象；引誘囚犯，服食毒品或注射毒針，即其一端；坐牢的人，因爲心情苦悶，缺乏正常娛樂，或抱病在身，必然容易上當。璧君本有便血的毛病，又牢騷滿腹，爲了治病和逃避精神的痛苦，注射針藥這個陷阱，便自然而然的失足墮入了。這是監牢行政方面要負責任的。

說到時局變化的影響，卅七年後，中共在北方聲勢日大，國民黨內部又自陷分裂；通貨膨脹，經濟破產，人心惶惶，岌岌不可終日；中共席捲全國已經成了不能避免的形勢，璧君一生反共，中共來了，難免重重侮辱，這是她最爲着急的。卅七年下半年，獅子口獄中的難友，詞人龍榆生又已釋放出獄，璧君獄中，頓然少了一個日常可以談談的朋友，不免覺得更為寂寞。跟着，她的兒子和同一案情的其他許多親友陷在獄中的，也陸續獲得了自由，這本是璧君應該高興的事，然而他們出獄後，為了逃避共禍，都紛紛設法離開南京和上海；從此能夠去探訪她的人也愈來愈少，使她更覺孤獨難堪。到了年底，又有重要囚徒一律要移禁上海的消息，又增加璧君的徬徨痛苦。我相信這些因素都是使璧君在有意無意之間染上毒癖，愈陷愈深，不能自拔的客觀事實；環境如此，又怎怪得璧君的失足呢！她的兒女未能了解到這些關係，故不論是好言相勸，抑或犯顏強諫，都是不能發生甚麼効果的。

可哀的結局

第三階段——這是璧君由蘇州移禁於上海，直至病死獄中，共九年或十年的悠長歲月。在這一段時間裏，璧君的兒孫親戚和其他許多逃避共禍的人士一樣，很快便到了海隅或其他海外地方做難民去了。上海和整個大陸一樣，罩在密不通風的鐵幕裏，從此有關璧君的獄中生活以及健康狀況，便十分隔絕，很難知道了。移禁以後，沒有了家屬的金錢接濟，璧君的毒癖能否因此而自然戒絕，健康能否因此而得好處，固然不得而知；最後她能否免於成為一個瘋婆子，糊裏糊塗的死去，也就無從懸揣了。結局如此，寧不可哀！

正楷繕寫校勘正確

現在我要談到璧君手鈔的「雙照樓詩詞稿」了：雙照樓為汪精衛的書齋名，取自杜甫「月夜」最後「雙照淚痕乾」一句，和廖仲愷的「雙淸樓」齊名，彼此均含有夫妻恩愛的意義。

我收到璧君手鈔的「雙照樓詩詞稿」，分裝四大冊，用毛邊紙寫成；每冊封面均用藍色厚紙，上有張廣生題的「雙照樓詩詞稿」隸書白紙題簽。（按：張廣生未悉是何人，大概也是獅子口獄中難友）

第一冊，為小休集上卷，有汪氏自序，共收各體詩八十首，（最早一首為汪氏十四歲作，其餘七十九首，作於民國前二年——民國九年）。

第二冊，為小休集下卷，共收各體詩五十三首，（成於民十——民十九），詞十八闋（成於民前二年——民十二年）；最後為曾仲鳴跋。

第三冊，為掃葉集，共收各體詩七十九首，多未記年月，有汪氏自序，僅四十二字。

第四冊，前為續掃葉集，後為「未刋稿」；續掃葉集共收各體詩卅六首，均多未記年月，（末一首，成於民卅年）；詞十八闋，（末一闋亦成於民卅年）。「未刋稿」共收各體詩卅首，詞兩闋，均多未記年月；其中年月可考的，詩最後成於癸未中秋，詞最後成於癸未重九，（均民卅二年）。

第四冊最後一頁，尙有如下文字：

「丁亥春書贈

××先生　陳璧君記於吳門獅子口獄中」

接着又有一行小紅字原文如下：

「丁亥夏日，校讀冰如先生手寫本，忍寒居士記於吳門獅子口獄中」。

丁亥為民國卅六年（一九四七），也是璧君手鈔「唐宋詩絕句」的時候；這時候璧君在獄中讀書寫字興趣最濃，生活最有規律。忍寒居士卽前文所提及的龍沐勛榆生，冰如為璧君字。

手鈔本全部約四萬多字，均係正楷繕寫，一筆不苟；又不分正文附註，大小一律，約與報紙二號字等。鈔本原未斷句，亦間有譌漏，均經忍寒居士詳為校正，紅筆標出，並加句讀，可稱精確無誤，相得益彰。

具有史料考訂價值

小休掃葉兩集，原係汪氏生前自行校訂，並已印行問世；「未刊稿」成於民卅至卅二兩三年間，爲汪氏最後作品，未列入兩集之內；璧君鈔錄時尚未刊行，故題爲「未刊稿」。璧君死後，汪氏後人將璧君手鈔本，全部在港付印，合成一本，凡九十六頁，名爲「雙照樓詩詞稿」；僅易「未刊稿」爲「卅年以後作」，又將第四冊末頁「丁亥春」以後文字刪去，卷首加插汪氏手稿影印兩幀，其餘悉仍其舊；裝訂亦頗精美。刋本聞僅印千餘冊，只贈親友，坊間並未發售；現亦已成廣陵散了。

這本集子雖屬文藝性質，但其中足爲現代史料考訂的亦頗不少，例如精衞獄中諸作，以及對璧君展堂與其他黨人酬贈詩詞，均不無參考價值；卅年以後的作品，尤足反映汪氏最後幾年的政治環境和心理狀態，故不厭絮絮述之如此。

璧君似亦能詩

璧君雖不以書家名，但對於鈔錄似有偏好；她在鈔錄這本集子的同時，又鈔錄「唐宋詩絕句」一冊，前文已經說過；其實遠在民國以前，她已經很喜歡做這種工作的了。掃葉集，辛已七古一首，詩題原文如下：

「冰如手書陽明先生答聶文蔚書，及余所作述懷詩，合爲長卷，繫之以詞，因題其後，時爲中華民國卅年四月廿四日，距同讀傳習錄時已三十三年，距作述懷詩時已三十二年矣」

從這一首詩的題目時間推算，璧君鈔錄答聶文蔚書及述懷詩當在民國前四年（一九〇八）。

璧君似亦能詩，掃葉集「代家書」七絕一首，原句云：

「病起扶笻陟彼崗，果然日月得相望，寄聲不用遙相憶，數雁天涯自一行。」

自註「末句用冰如舊句」。又小休集詞「念奴嬌」一闋，有註云：「借冰如泛舟長江中流賦此，」又云：「此詞經冰如推敲再三，然後定稿，附記於此。」璧君能詩，似可無疑，惜遺稿未見，不知汪氏後人亦有保存的沒有？

理想生活的變化

璧君一生對精衞的影響甚大，人所共知，集中詩詞與璧君有直接關係的亦特多；我們細讀這些吟咏，便不難看出他們夫妻間與衆不同的關係來。

讀上述「念奴嬌」詞，即可了解他們夫婦間最早的理想生活是怎樣的了；這一闋詞成於民國元年（一九一二），離開他們結婚的時間未久，其中有句云：

「……野蔌同甘，山泉分汲，蓑袂平生願……」

這時候，他們希望的是共過淡樸的鄉村生活，純然是詩人浪漫思想的表現，沒有把權力地位的觀念羼雜其間，不是十分明白的嗎？

大體上，集中吟咏，民二十以前，凡與璧君有關的，多屬離別相思，家常閑話，或描寫景物之作；二十年以後，撫事傷時，誓同甘苦，共葆丹心這一類句子纔漸漸多起來。

民廿五（一九三六），「結婚紀念日賦示冰如」有句云：

「……志決但期能共死，情深聊復信來生，頭顱似舊元非望，恩意如新不可名，好語相酬惟努力，人間憂患正縱橫。」

又同年一月，「病瘉示冰如」亦有句云：

「……共命人世間，不辭憂患重，百孔千瘡餘，一笑報己豐，憂在己不力，豈在憂時窮，棲棲百年內，耿耿兩心同。」

這時候，汪氏已有了十多年的實際政治活動經驗；又經過廣州出走，武漢崩潰，寧漢合作與擴大會議的失敗，憂患縱橫，時窮命蹇；夫妻之間，正須相濡以沫，互相鼓勵，以期重新振作起來。這兩首詩便是黨人志士的口吻，慷慨悲歌，再沒有以前的詩人浪漫氣息了。

未敢相逢期一笑

民廿七（一九三八）十二月十八，汪氏夫婦秘密離開重慶，跟着發表豔電，主張和平；自是以後，他的處境日益困難，夫妻間的吟哦，亦進而爲悲涼悽楚，嗚咽欲絕了。

民卅（一九四一）四月廿四日，題冰如手書長卷，有句云：

「……多君黽勉證同心，撫事傷時殆不任，縱橫憂患今方始，敢說操危慮亦深。」

又「冰如以盧子樞所畫長卷見贈，因題其後」，亦有句云：

「……蟄居不出戶，自詭因鞅掌，屋樑風雨夕，白首空自仰，孟光有深意，把卷邀共賞。……」

同年八月二日，至廣州留七日別去，作三絕寄冰如，又有句云：

「……山川重秀非無策，共葆丹心不使灰。」

「年年地北與天南，憂患人間已熟諳，未敢相逢期一笑，且將共苦當同甘。」

蟄居不出，白首自仰，這是何等悽涼景象！和平運動正在密鑼緊鼓的時候，發號施令的主腦竟在百忙中離開首都飛到廣州去，和老伴盤桓幾天，博取相逢的一笑，這又是何等的孤寂難堪！精衞需要璧君的精神激勵，愈來愈見迫切，我們從這幾首詩便看得十分清楚了。

後前不同的三孟光

上詩第二首，精衞把璧君看作孟光，也是很有意思，應該談談的。

早在民國五年（一九一六），精衞旅行法國，在鴉爾加松海濱作了一首五古，便有「清遊不可負，哦詩慚孟光，」的句子，這因爲璧君在他之前已經到過那裏，故云。上詩提到孟光已經是第二次了；到了卅二年（一九四三），「癸未中秋示冰如」一詩裏，又第三次提到孟光，原句云：

「……月兮月兮，我生與你長相從，有影必共光必同……悲歡離合無重數，喜爾清光總如故，屹然照此白髮翁，鐵骨冰心不相忤，……不辭痛飲醉顏酡，卻顧恐被孟光呵！」

在這一首詩裏，他把卅多年的老伴侶看成同光共影，鐵骨冰心，永遠相從的月亮；又第三次把她看作孟光。不過，第一次提到的孟光，只是文學欣賞的伴侶；第二次的孟光變成了患難相隨的夫妻；第三次的孟光竟成了個人行動的監護人了！不然的話，爲甚麼多飲兩杯也怕老婆嚕囌呢？這樣的孟光難道還是舉案齊眉的孟光了嗎？於是乎，精衞靈魂裏的璧君，也就由可愛而變爲可敬，更由可敬而變爲可畏了！而他的自信力也似乎由此而逐漸消失，以至無餘，亦可悲也矣！

獨行踽踽最堪悲

精衞在他最後幾年的和平運動期間，詩歌吟咏所表現的，精神上似有兩大創痛，一是孤立無助的寂寞感，又一是貪污盛行的威脅感；試看以下的詩詞：

民廿九（一九四〇），「虞美人」詞有句云，

「秋來彫盡青山色，我亦添頭白，獨行踽踽已堪悲，況是天荆地棘欲何歸！」

地棘天荆，踽踽獨行，這是何等可怕的孤立啊！

同年十一月，邁塘陂一詞的表現，更爲悽苦，原註云，「廿

九年十一月一日，晚飯時，家人忽以杯酒相屬，始知爲五年前余爲賊所斫不死而設，因賦此詞，」中有如下數句：

「……鐙前雙鬢非故，艱難留得餘生在，纔識餘生更苦，休重溯。算刻骨傷痕，未是傷心處。酒闌爾汝，問搔首長吁，支頤默坐，家國竟何補！……君試數，有多少故人，血作江流去，中庭踽踽……」

又卅年「題畫」七絕又云：

「負山於背重千鈞，足趾沾泥衣着塵，跋涉艱難君莫嘆，獨行踽踽又何人！」

「獨行踽踽」的悲嘆，廿九年以後，集中屢見不一，這顯露了他在政治活動上，缺乏志同道合，忠貞不二的同志，駢肩作戰；這是比刻骨傷痕更爲悲傷的創痛；也就是他搔首長吁，支頤默坐，覺得於家國無補的最大原因了。

千古殉財如一轍

集中有關貪污風氣可怕的吟哦，也是民卅年以後纔顯得嚴重的。在此以前，民十五（一九二六）的「雜詩」雖有相類的作品，卻只是消滅貪污的理論原則，沒有感受威脅的可言，原詩有句云：

「處事期以勇，持身期以廉，責已既已周，責人斯無嫌，水清無大魚，此言誠詹詹，污瀦蚊蚋聚，暗陬蛇蝎潛，哀哉市寬大，徒以便羣僉。」

這首詩是精衛在廣州做國民政府主席的時候作的，雖不是無病呻吟，但他只泛論消滅貪污的原則，主張嚴刑峻法，並未感到貪污的可怕。民卅（一九四一）以後，和平運動時期，他便爲貪污風氣所困惱，覺得痛苦萬分了。試看「卅年以後作」，「讀史」七絕：

「窃油燈鼠貪無止，飽血帷蚊重不飛，千古殉財如一轍，燃臍還羨董公肥。」

貪污之可恨，與可怕，不是都情見乎詞了嗎？卅二年（一九四三）的「雜詩」再有句說道：

「非儉不能仁，非廉不能明，政事亦如此，感慨淚縱橫。」

這時候，和平運動日見式微，貪污之風自必更爲猖獗；可恨可怕之餘，已是病入膏肓，無可挽救，痛哭流涕之外，尚有甚麼方法可想呢！

能禁幾度興亡？

說到這裏，我們又不禁要問，在這憂患縱橫的日子裏，精衛心目中可敬可畏的現代孟光又到那裏去了？古代孟光爲人稱道美德，是夫妻安貧守道，相敬如賓；現代孟光雖不必効古孟光「椎髻布衣，操作而前」，但至少也要做到對丈夫顯示有影必同光必共，不論悲歡離合，淸光始終如故的實際行動；這不僅以減輕丈夫孤立寂寞的痛苦，也可以增加他政事活動和消滅貪污的勇氣；然而事實上，璧君這幾年逗留廣州的日子多，追隨丈夫的時日少，（也許這是她後來自詡對廣東有功勞的原因，）於是乎精衛便不得不有「年年地北天南」，「未敢相逢期一笑」的悲嘆了。

獨行踽踽，貪污盛行，和平運動，快成泡影，於是集中最後的，也是最傷心的「朝中措」一闋，也就不得不出現了，試錄原文如下：

「城樓百尺倚空蒼，雁背正低翔；滿地蕭蕭落葉，黃花留住斜陽。闌干拍徧，心頭塊壘，眼底風光，爲問靑山綠水，能禁幾度興亡！」自註：（重九登北極閣，讀元遺山詞，至故國江山如畫，醉來忘卻興亡，悲不絕於心，亦作一首。」

這一闋哀怨的亡國之音，成了和平運動的輓歌，也成了精衛自己的輓歌。

我不知道璧君讀到這一闋詞，和以上精衛痛恨貪污，自傷孤立的吟咏，作何感想。後來她獄中來書，自謂生於耿介，死於耿介，一不出罰金，二不出醫藥費，置死生於度外，激昂悲壯，甚爲難得，可惜決心已經下得太遲，於事無補，現代孟光也就難以和古代孟光媲美了。

附　錄

(一) 關於龍沐勛的話

龍沐勛字榆生，又自號龍七或忍寒居士，江西萍鄉人，與清末詞人文廷式爲同鄉，曾在中山大學當過教授。我於卅六年（一九四七）第一次和他見面，是蘇州獅子口獄中。卅七年春天，他獲釋出獄，回到南京，住慈悲社某號，又見過幾次面。

掃葉集裏有「爲榆生題吳湖帆畫竹冊」七絕一首，又「爲易水送別圖題長句」的序言裏亦提到榆生的名字，集中最末一首五律即爲「辛巳除夕寄榆生」，原詩如後：

「梅花如故人，間歲輒一來，來時披素心，雪月同皚皚，水仙性狷潔，亦傍南枝開，忍寒故相待，豈意春風迴。」

精衛對榆生的傾倒，交情不同泛泛，此詩可以見之。

榆生回到南京後，貧病交困，十分狼狽；我曾經陪他去看過居覺生院長及其他朋友，也曾有過同情的援手。那年五月十日，他給我寄來一封信，並附以手寫贈詞一闋；信及贈詞寫得過份謙揚，我實不敢當；贈詞書法極美，富書卷味，我把它裝裱起來，掛在寓所裏，如對故人。可惜我卅八年四月離開南京後，便和榆生隔絕，至今消息渺然。他的信和贈詞有關文壇掌故的地方不少，特錄之如左，

榆生來函：

「××先生道長左右，奉七日還示，深感濟拔之盛情，使賤軀能獲較長時間安心療養，他日稍轉頑健以圖報効國家皆先生及謝公之賜也，（註一）。頃每日打針服藥，略有進步，暇日寫定拙作「忍寒詞」二卷，將寄門人戴君代印；繼此當從事「近代名家詞選」之纂輯，以繼「唐宋名家詞選」之後，交開明書局印行。十年前雙照樓主出國養病，即以此事相屬，憂患餘生，亦思早了此願也。今晨漫賦俚詞一闋，以酬高義，隨函付上，乞公有以指正之。往在中山大學有贈尊鄉孔君憲銓詞云「情知撥亂扶傾器，定在三湘五嶺間，」稍見弟對尊鄉人士之景仰，他日有緣，當圖重効馳驅也。臨桂王況二公亦近代詞壇之傑出者，與敝鄉文廷式並有志於世（註二），故末語及之。匆書陳謝，即頌儷福，弟勛拜啓，五月十日。謝公處便乞代致拳拳爲感。弟作新體歌詞，如今廣播中日常聞及之『玫瑰三願』，以龍七署名，附書一笑。」

榆生贈詞：

「瓣香低首，數三湘五嶺，眼中豪俠，高義如君能幾個！看取盈懷芳潔，躍馬東歸，驚塵北顧，此意那堪說，情殷念舊，令人肝膽長熱。應記秋盡江南，傲霜枝瘦，珠淚還承睫。此是詞心悽斷處，和以流泉幽咽。派衍江西，宗開臨桂，精爽如相接，揚鞭慷慨，餘生痴望猶切。（百字令）

戊子初夏賦贈　　忍寒居士龍七書於金陵」

××先生哂政

（註一）謝公指近在台北逝世之謝冠生先生。

（註二）王況二公，指王半塘及況夔笙，皆晚近粵西詞家。文廷式清末詞人與榆生同鄉，有雲起軒詞鈔。

(二) 關於陳昌祖的話

璧君函中說的「舍弟昌祖」和璧君係同父異母弟，留學德國，習航空技術；他是朱執信的女婿；當時亦判徒刑，囚南京老虎橋獄中，年約四十上下，身體素弱，暈厥當係事實。卅八年一月亦已獲釋出獄，出獄後，回到香港，攜帶妻子前往泰國謀生，有一時期，困苦不堪。現在英倫隨兒子閑居，已是六十過外的老人了。

（民國六十年十二月底脫稿）

編者按：榆生詞人已於一九六七年病逝上海。

我在蘇聯見到李德全

蘇客

已故馮玉祥將軍的遺孀，曾在中共政權紅過一時的李德全，是中國近代政壇上極活躍和極左傾的女性之一，見過她的人當然不少，但是能於馮玉祥所謂焚斃後，在蘇聯見到她兩次的人，則筆者可能是至今絕無僅有的了。

一九四七年初至一九四九年初，筆者先是奉派爲中國駐蘇聯大使館武官署或武官處的上尉語文（俄語）軍官——由抗戰時重慶軍事委員會軍令部第二廳第二處第五科（蘇聯科），轉到勝利後還都南京國防部第二廳第五處（蘇聯處）十九科少校參謀，按例外派時降低一級——後且晉升爲虛有其名，幷沒有提高待遇的上尉副武官。

筆者攝於蘇聯列寧格勒大彼得紀念像前

過去中國駐蘇聯大使館武官署或武官處，位於蘇京莫斯科的東北部份第一市民街第五號一幢三層樓的頂樓上，二樓是西歐盧森堡駐蘇聯公使館，樓下是莫斯科市民銀行。一九四八年八月的某一天，正當我們一邊在吃蘇聯式的早餐（烤麵包塗牛油即西方的多士和鮮奶），同時在看報的時候，忽然見到「眞理報」第一版右邊有一個很簡單的報導說：「中國元帥馮玉祥，在到達黑海的蘇聯輪船上（按馮和李德全偕同兒女等由美國乘蘇輪，擬經蘇聯返中國大陸中共佔領區），因坐在前排看電影，銀幕起火，以致被燒死。」此事自然引起我們很大的注意，但是在史太林統治之下，蘇聯官員旣絕對保守秘密，而蘇聯人民更不敢與外國人接觸，因此苦於無法探聽。

八月的夜間，在莫斯科是幷不冷的，因爲最早也要到九月底才下雪。有時閒着無事，不是到公園，就是去看戲。在這兩方面，距離武官署或武官處最近的，是隔幾條街步行可達的紅軍中央俱樂部公園和紅軍中央戲院，都在公社廣場。但是前者的範圍甚少，難與高爾基、史太林等公園比擬；後者雖然規模宏偉，設備新穎，票價亦很廉宜，可是上演的都是希特勒、墨索里尼、東條英機，或者十月革命等宣傳話劇，以致觀衆寥寥無幾，戲院門可羅雀，所以雖然近在咫尺，然而很少去光顧它們。其次離開我們較近的是花蔭道十三號莫斯科國立馬戲院，武官署或武官處所在的第一市民街在莫斯科環城馬路的外側，馬戲院所在的花蔭道則在距離我們不遠的莫斯科環城馬路的內側。

在香港、東南亞乃至筆者遊歷過的西歐各國，馬戲團都是用活動的帳幕，以便到各地輪流演出，但是在蘇聯則同普通戲院一樣是固定的，戲院的屋頂同馬戲團的帳幕一樣是圓形的，原因是可使烏克蘭、高加索以及中亞細亞各共和國的馬戲團，到莫斯科或它們之間交換演出。由於能常常更換節目，所以是我們喜歡常去的一個地方。

大概在看到馮玉祥死訊不到一個星期的一天晚上，筆者與幾位同事去看馬戲，忽然發現李德全亦在看馬戲，陪着她的有女兒，一位戴眼鏡的不知是女婿還是秘書，此外一位酷似老馮的青年，當然是她的兒子。他們坐在進門的右邊，我們坐在左邊，大家距離做馬戲的圓沙圈，只有兩三排坐位，可以看得很清楚，李德全戴着一副金邊眼鏡，神態自然，毫無悲傷之意。這就不能不令人懷疑馮玉祥的被焚斃說法，像他這樣全家在輪船上，決不會一個人單獨去看電影，反之由美國到蘇聯，在長途海上枯燥的生活情況之下，按理應全家都去看的，就算他坐在前面，以及銀幕眞箇起火，其妻子兒女爲何見死不救？這顯然是一種陰謀，因爲馮若回到中國大陸，其影响之大，決非其他投共將領可以比擬，所以不如將他預先搞死，其死法在筆者看來，可能被蘇聯特務人員故意搞死的成分居多數。

可嘆的是向以陰險狡猾著稱的史太林及蘇聯特務，不說馮玉祥在大西洋或地中海的途中，而要說在進入黑海以後燒死，豈非自願承擔責任；當然，這比在西伯利亞搞死老馮，無論對蘇聯與中共來說，都要好得多。

據說馮玉祥研究基督教聖經及宗教理論，亦極有心得，而他與李德全的結合，可能因爲後者家裏三代都是基督教徒，她本人更是有名的北平貝滿女中和協和女子大學畢業。但是馮玉祥的左傾思想，乃至無意中爲共黨服務，也可說完全受李德全的影响。

一九二五年李德全二十九歲與馮玉祥結婚後，隨馮赴十月革命後的蘇俄，以及被蘇俄赤化後的外蒙等地考察，不能不說有她暗中鼓勵的成分在內。

其次筆者數年前看到蘇聯「亞非人民」雜誌有一篇關於國民黨在廣州淸黨或淸共的史料，謂當時第三國際的代表，實際上是蘇俄派來赤化中國的頭目鮑羅庭，從廣州到武漢參加寧漢分裂時的汪精衛政府，後來汪歸順中央，鮑羅庭就經西北返回蘇俄，顯然是得到了馮玉祥的庇護，或者是李德全的幫助。

北伐成功以後，馮玉祥聯絡閻錫山反抗中央，以致民國十八九年有隴海路的討伐閻馮之役，如果不幸馮的野心計劃得逞，則華北、西北、內蒙等地，在李德全從中策動之下，很可能跟着外蒙，嘗試共產主義的幻想，而遭到赤化。好在馮以善變、倒戈將軍著稱，有其師必有其徒，部將紛紛抗命，聲勢一落千丈，從此成爲無兵

莫斯科蘇聯國立馬戲院

將軍。

但是李德全在抗日戰爭時期，她在重慶領導婦女慰勞總會和中蘇文化協會婦女委員會的工作，說明那時她同中共及蘇聯的關係已很密切；抗戰勝利後，任「婦女聯誼會」主席，組織中國兒童福利事業協進會，積極推動托兒所工作，在中共暗中支持下，非常活躍；後來人所共知，她跟隨馮玉祥，藉赴美考察水利，在美國爲中共宣傳，且多方活動，出席美國婦女團體主辦之「國際婦女會議」。以上事實可以證明，一九四八年馮之想回大陸共區，是受李德全的鼓勵、牽線和擺佈。

一九四九年初，筆者與同事賀某，奉到調回的命令，當即通過大使館，向蘇聯外交部辦理離境手續。在選擇路線方面，由於我已走過北歐各國，——原因是莫斯科雖然有專門供應各國使館的外交商店，以免與市民一起到各大百貨公司去排長龍，爭着買東西，但是不僅價錢昂貴，而且品質低劣，所以一九四七年底至一九四八年初，筆者曾奉命由莫斯科乘蘇聯民航機，經列寧格勒至芬蘭首都赫爾辛基過夜，第二天改乘瑞典飛機到其首都斯德哥爾摩，購買武官署或武官處辦公用的各種文具，以及招待來賓用的煙酒糖果等，由於剛好遇到聖誕及新年等假期，公司商店關門停止營業，感到閒着無事，天氣又冷，於是決心由斯德哥爾摩乘火車，經過丹麥，於由北至南穿過西德，到山國瑞士首都伯爾尼，作長途火車旅行，渡過該等假期，回到瑞典購妥各物以後，則因行李太多，改乘輪船、火車循原來路線返回莫斯科。——所以這次趁着調回的機會，決定從蘇聯經波蘭、東德、東西柏林到西歐，藉以看看東歐國家的情形，同行賀君對此建議亦甚表贊同，不久就獲得蘇聯外交部的批准。

蘇聯列寧格勒「阿斯多利亞」旅館

可是因爲國內的國共內戰局勢，經過徐蚌會戰以後，隨着國軍的一蹶不振，國府始則遷廣州，繼又搬重慶，共軍且於該年四月渡江陷南京，在這樣兵慌馬亂的情況之下，我們只好焦急地等待路費，遲遲未能啓程。

好在住在武官署或武官處，大家合伙吃飯，比較節省，自己掏腰包出四個月飯錢以後，政府終於在一九四九年五月初，給我們滙來了路費。然而三個月的簽證已經過了期，又須將護照送回去重簽，疑神疑鬼以爲我們有甚麼作用的蘇聯外交部，就不肯再給我們過東歐，一定要我們經列寧格勒出境。於是我們就匆匆離開莫斯科，乘火車到列寧格勒，下榻於吉爾村三十九號的「阿斯多利亞」旅館，想不到在那裏又遇到李德全。

一九四八年馮玉祥死後，我們後來得到的消息是，他的兒子到列寧格勒讀書，所以不讓他在莫斯科，可能是爲了防止洩漏秘密。據外界報導，同年秋冬之間，由中共駐莫斯科人員護送李德全經西伯利亞返國，正式投共。惟以上兩種說法，均未提及其女兒和那位女婿或秘書，當然以伴隨李德全返大陸共區的成分居多數。又外界未提及李德全，於一九四九年的春夏之交，曾去蘇聯，可能是由於專程去看她的兒子，故連中共亦不予公開報導；但是可以肯定地說，決不會與該年十月一日中共建立政權，以及她本人要求獲得蘇聯支持等，毫無關係。

這個「阿斯多利亞」旅館，正面進門就是大廳，左手是出售各種書籍的書攤，筆者與賀某同住二樓一間房，不需要費時搭電梯，一天下午三四點鐘左右，陽光普照，兩人想到附近看看列寧格勒的風景，下了右手後面的樓梯，走到大堂之際，突然遇到了李德全，這時的她更是面露笑容，幾乎要開口同我們說話，她的目的當然是想替中共對我們進行統戰，在蘇聯特務幫助之下，我們的身份她是不會不知道的，不過不等待她開口，我們就很快出了旅館的大門，走向右邊關着門的一個大教堂前的廣場，原因是在共黨統治之下，人民毫無自由，以及生活如牛馬等情形，在蘇聯看得太多了。

我們在列寧格勒大約休息了三四天，就乘蘇聯在二次大戰時奪自芬蘭，改名爲「白島號」的客貨輪，在波羅的海僅經過瑞典首都斯德哥爾摩港，停岸休息一晝夜，得以會晤中國駐瑞典大使館武官署或武官處的朋友之外，就經德國北部的基爾運河，進北海直達英國倫敦。

回顧二十餘年以來，在莫斯科一起看馬戲的武官署或武官處的幾位同事，早已星散，不知去向；至於一起奉調離任的賀君，亦早被××大學目前一位當時得令的教授，二十餘年前以香港大公報記者的身份，將他統戰返大陸，所以可以說，在馮死後能見過李德全兩次的，僅筆者一人而已。人所共知，馮在中國現代史上有其不可磨滅的重要性；而李德全一九四九年九月出席中共首屆政治協商會議後，十月任中共蘇聯友好協會總會理事兼副總幹事及幹事會聯絡部副主任，十一月任中共政務院文化教育委員會委員、政務院衛生部部長，以及中共紅十字會會長等，可說紅極一時，並且經過中共歷次大整肅清算運動之後，仍能保持以上重要職位。李德全的顯貴，無疑地與馮的不明不白之死有密切關係，茲特記之，以供作治中國現代史的學者參攷之用。

軍統局內幕（上）

鄭修元

緒言

戴笠將軍慟於民三十五年三月十七日下午一時，在南京近郊岱山上空飛機失事而殉難，流光如駛，忽忽于茲已將二十六載，其在生前對於黨國暨 領袖之忠貞，對于國家民族之重大貢獻，社會人士，大都祇悉其爲一英勇强幹而又略有神秘性之特殊人物，而對其人之立身行事以及有關其所領導之組織與工作概略情況，定屬所知有限。

本刊以此屬稿于筆者，慨憶筆者于民二十二年冬間，蒙父執胡靖安先生之推介，辱蒙戴先生錄用，以迄三十五年春間逝世，爲時十三載，除民廿七年夏間奉派潛赴淪陷後之滬濱，從事對敵僞鬬爭工作，迄至翌年底奉命返渝，在滬工作時間，共計一年有半，另于民卅年夏間赴中央軍校高等教育班第八期受訓爲時差及一年外，其餘十多年的時間，我所擔任之內勤職務，幾乎均在戴先生左右。親炙較久，聞見較多，謹將所知所見，據實錄之以爲本刊之補白。

戴將軍之家世

戴將軍諱笠，別號雨農。譜名春風。一名徵蘭。世居浙江省江山縣仙霞鄉之龍井。高祖諱日明，由龍井遷居同邑之保安。祖父順旺公，務農爲生，克己行善，爲鄉里所欽敬。封翁冠英先生，淸庠生。令堂藍太夫人系出名門。將軍——係遜淸光緒廿三年(歲次丁酉，公元一八九七)。農曆四月二十七日酉時，誕生于江山縣保安村本宅。越二年胞弟雲林出世。不幸在將軍年方六歲時（民前十年）乃父冠英公因病謝世。翌年奉太夫人命，入私塾就讀。十歲初學作文，在「問立志」一題內，其警語曰：「希聖，希賢，希豪傑」。幼年有此偉抱，長大後果不平凡。民前五年，轉入仙霞國民小學肄業。越四年後之秋季，升入江山縣立文溪高等小學。關于戴將軍就讀文溪高小的傑出表現，有現任立法委員姜紹謨先生（姜先生亦曾肄業文溪，惟班次較低，當戴將軍將屆畢業時，姜先生才爲一年級新生。）知之甚稔。其所舉述於同儕者，大要如左：

「戴先生在文溪高小的名字，叫戴徵蘭。以後進黃埔軍校時，才改爲戴笠，字雨農。他的天資特別高，很會寫文章。是文溪高小的高材生，每次考試，都是名列第一。他經過兩任校長，楊文洵先生和周邦英先生都很器重他。認爲他有出息，很有前途，不過，戴先生有點像漢高祖和韓信少年時代的作風，非常慷慨，不拘小節，好交朋友，好打抱不平。他常常邀請同學們郊遊，逛廟會，不論一塊兒有多少同學，吃了東西，總是由他請客會帳。

「事實上，他也沒有太多的錢，花費多了，祇好欠帳，帳越欠越多，我們還替他發愁，他卻一點也不着急。等他有錢還了欠賬，我們才爲他鬆了一口氣，文溪比戴先生年紀大、力氣大的同學很多，可是那些人多少有點怕他，不敢惹他。因爲他具有一種鎮懾別人的威儀，祇要他看你一眼，你就自然而然地敬畏他。他又有領導羣衆的才能，再加上功課成績優良，常考第一名。很自然的成了學生領袖。大多數的同學，都很敬愛他。但也有少數幾位同學，對于他好請客，愛花錢，老是欠帳，以及好管閒事等等，很不以為然，可是當面不敢批評，卻在背地裏常說他的壞話。

「例如民國二年夏天，戴先生在文溪高小畢業。他很講儀表，既居第一名，在參加畢業典禮時，就應當穿得整齊點。那時候剛盛行用吊襪帶，剛好我有一副。被他借去，恰為同寢室的同學所見，他們認為借東西給戴先生，一定有去無還。我當時表示，一副吊襪帶值不了多少錢，同學借用一下，還不還，有甚麼關係呢？畢業典禮竣事，戴先生不知因事何往，那幾位同學便面有得色地對我說：「我們說得不錯吧？你看戴徵蘭怕人家向他討帳，已經溜得連影子都不見了。你的吊襪帶，還不報銷啦！」想不到，當我回到寢室的時候，吊襪帶已經擺在我的床舖上面，當時我非常高興！立刻持示那幾位同學，並且把吊襪帶，在他們眼前搖晃幾下，「你們看一看，這是甚麼東西？戴徵蘭同學，並不是祇借不還的人，你們對他的看法，完全錯誤，以後，應該修正一下！」

戴將軍于卒業江山文溪高小之後，當即考入浙江省立一中，兩年後的一個秋天，遵太夫人命，與江山縣鳳林鄉名門閨秀毛秀叢女士結為夫婦。時將軍年甫及冠，有感于國事蜩螗，及深受班超投筆從戎故事之影響，乃棄文就武，投效浙軍第一師潘國綱部充當學兵。民國六年毛秀叢夫人獲產麟兒，取名藏宣。民國十三年間，以故里萑苻不靖，乃返回桑梓，創辦保安鄉自衛團，自任團長，祇以經費無着，艱苦備嘗。但其勇于任事，志切護鄉之精神，卻為故里父老所備致讚佩。

軍統局長戴笠將軍

戴將軍之萱堂藍太夫人，是一位極其仁厚慈祥的老人。筆者初識她老人家時，是民國二十四年八月間，我在軍事委員會特務處上海特別區任助理書記時，于八月十一日晚上，接到在南京雞鵝巷五十三號戴先生辦公處所擔任會計及事務總管之張冠夫先生用長途電話，傳達戴先生命令，調我赴京工作。第二天襆被入京，便奉派在雞鵝巷甲室（戴先生個人辦公處所之代名詞）服務。其時太夫人已由戴先生迎京奉養。每頓開飯兩桌，我和其他同事一桌，按時開飯。太夫人則為了等候公忙的戴先生，開飯時間常常延後多時，她老人家每於看見我們先開的一桌，風捲殘雲地喫得菜餚將罄之時，總會親自跑去厨房，將原係預留給她和戴先生家人等進用的菜餚，添給我們果腹。其愛後輩，視執事人員像家人子弟一樣，戴先生平日對待部屬學生，視同家人愛護逾恒者，其承受太夫人之仁慈感召，極其影響。由於戴將軍公事太忙，除每日晨昏定省之外，沒有較多時間可以陪侍慈幃。她老人家，常乘我們稍為空閒的時間，到我們辦公室裏聊天。對待僕役，又極為寬和，一點沒有老太太的架子。全公舘上上下下，沒有一個人不敬愛她老人家的。

抗戰軍興不久，局本部轉徙後方，太夫人亦率偕家人，遄返故里江山縣保安舊第居住。民卅四年一月間，筆者時任職軍統局第三處處長，奉戴將軍派任東南考察團團長，團員六人爲王維一（副團長）、周關錩、葉世棪、吳鴻源、盧傑卿、翟湧泉等六位同志（除葉世棪外，餘人現均在台灣）任務爲視察東南各省（贛閩浙皖）境內之局屬公秘單位以及中美合作所各訓練班，忠義救國軍所屬部隊。並代表戴先生予以慰勞，道經閩浙贛邊境之仙霞嶺，我們考察團一行七人，專程前往保安，向太夫人竭候起居，八載濶別，一旦重拜慈顏，獲見老人家矍鑠如昔甚爲欣慶，而太夫人獲悉我們爲戴先生遠自重慶派來，又詢知戴先生安健如恒，老懷彌慰。並渥承她老人家暨合府殷勤接待，眞有賓至如歸之感。小住兩宿，全團首途東行，繼續進行考察任務。自玆以後，再也未見到這位慈祥愷悌之戴太夫人了，幸虧當日曾請得她老人家之首肯，由本團全體同人奉侍太夫人合第共攝一影，藉誌鴻爪。（因該照片有欠清晰，不克製版，現由筆者珍存留念。）

當戴先生于民國卅五年三一七在南京上空失事殉職之後，家人以太夫人年逾七旬，恐難承受此一噩耗之打擊，未曾以此不幸消息，上禀高堂，每逢太夫人詢問行踪，家人輒告以遠去美國考察，非近期所能返國，一直延至民國三十七年冬間太夫人因病逝世，仍然不知道這一悲慘的事實，她老人家生前日盼愛兒歸來，望穿秋水，魂夢爲勞，「可憐靈谷寺前塚，猶是高堂夢裏人。」她老人家那兒知道戴先生的忠骸，卻早已長埋于首都中山陵傍呢？

戴將軍胞弟雲林，早年曾任甘肅省某縣縣長。獨子藏宣，曾在鄉間創辦學校，頗顯才華。惜在卅八年夏大陸淪陷時不及逃亡，不幸均爲共黨殺害，差幸媳孫等，不久由鄉間抵台，現在安居台灣，有一孫兒因學業優異，已獲出國深造，忠良有後，堪慰戴故將軍在天之靈。

入黃埔軍校之經過

民十五年秋間，戴將軍在廣州考入黃埔軍校第六期受訓。和他在受訓前同住一個客棧的兩位要好同學。一是陝西籍的王孔安先生（王先生別號敬宣，現任國大代表，由於與戴將軍同窗交好，以後也參加了戴將軍領導的情報機構，迭任內外勤要職，來台後著有「壯行三萬里」及「長壽論」兩本大著，享譽甚隆。）另一是徐亮先生（徐號爲彬，家籍江蘇無錫，曾任軍委會特務處書記長，大陸淪陷時，在人民動員委員會負責主持會務。由於足疾不良於行，未及撤退台灣。）他們三位在黃埔受訓時，艱苦與共，交稱莫逆。後此在情報工作上，爲戴將軍分憂分勞，不遺餘力。據王先生憶述當年進入黃埔軍校前的一些有趣往事，特錄之如次：

「三十年前的一個秋天，在廣州長堤路上，倍增了一羣外江佬型的青年，匆匆過海到黃埔島上去，又匆匆地從黃埔島上趕回市內來。

「我也是這一羣青年中之一。我本來是在成都大學教書，因不滿當時軍閥之所爲，才跑到廣東來革命。這一羣青年中，可說都是同一志願，雖然來處不同，而嚮往革命志切報國的偉大抱負，卻毫無二

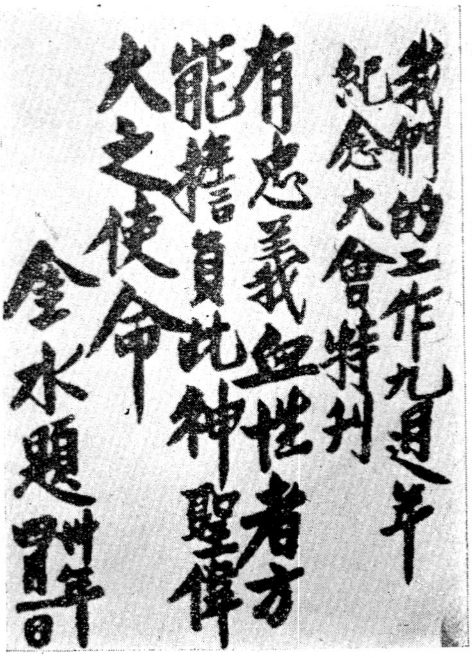
我們的工作九週年
紀念大會特刊
有忠義血性者方
能擔負此神聖偉
大之使命
金水題

軍統局九周年特刊戴笠之題詞

致。

「我到廣州，住在長堤海珠公園附近的廣泰來旅館。因一個偶然的機會，認識到戴先生。我初次對他印象，是濃眉大眼，方口隆準。說話斬釘截鐵，動作精明幹練。後來我們慢慢地熟悉起來，另外還認識了徐亮、王辛盤、阮兆南等。空閒的時候，我們常在一起吃喝玩樂。

「有一次，我們聚在一起聊天時，不知誰的話頭，引到了『盍各言爾志』方面去。後來戴先生叫我批評他，我就順口溜出來說：『老兄可稱為不顧小節，而恥大名不能顯於天下的野心家。』他笑了，笑中的表情，好像有一種自況的意味。

「從他的多次談話中，知道他曾經在經濟上幫助過人，在社會上，常替人打抱不平。在事業上，多方鼓勵人家提高奮鬭的志趣。他眞不是一個平凡的人。他的一舉一動，一言一行，都有些不同凡響，也很容易給人一種深刻的印象。我對他認識較深，他很像是一位能屈能伸，能弱能强，不藏怒焉，不宿怨焉的豪傑。而他治事，又是一位夙夜匪懈，劍及履及，事思敬、疑思問的偉人。

「一天上午，我們同去天字碼頭前面入伍生部去看榜，幸而我們全被取錄。欣慶之餘，我們相約到山東小館去早點。酒酣耳熱之際，有人提議去遊白雲山、黃花崗、大新公司等處，全體一致贊同。但戴先生最後補充意見說：『遊玩總要痛快，更要有興趣，錢要花得少，樂要樂個夠。譬如說：三個人吃一桌，要比六個人一桌花的錢平均起來要比較多，而且菜的樣式又比較少。又譬如兩個人雇一隻遊艇，不如十個人雇三隻遊艇花的錢少，而且好玩得多。』大家也覺得他的話很有道理。並且主張率性組織一個遊覽團，痛快地玩上一天。他的話還沒說完，隣桌幾位青年，隨聲附和願意參加。這些人也是由外江來考黃埔的，大概他們也都榜上有名，所以興緻很高。戴先生提議推舉一位總幹事，大家一致推他，他謙謝不掉，只好慨然擔承。

參加此一遊覽團的共十一人，籍貫為蘇、浙、、鄂、川、陝、湘、豫七省，又推三位幹事，分別擔任會計、總務、導遊諸事。他又提議每人付出大洋一元，總管總用，多退少補。內中有兩位沒帶錢，一位只有一塊毫仔，要退出來，戴先生等卽表示，代他們墊付。其豪邁之概，令人驚佩。

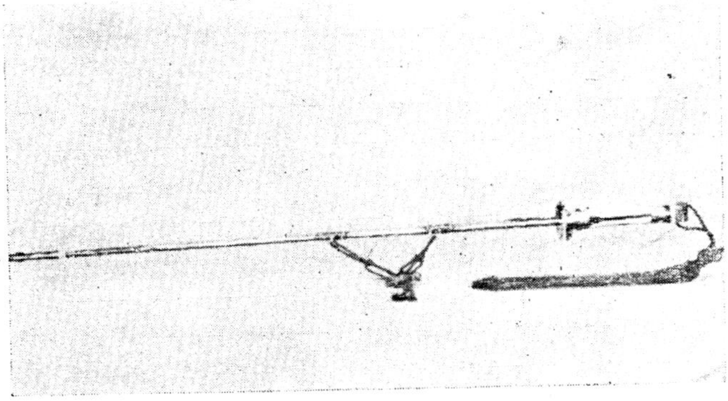

軍統局同人獻給戴笠之七星古劍

「我們上午十時出發，先到黃花崗、展謁七十二烈士墓，不禁肅然起敬。繼登白雲山，同遊海珠公園。徜徉於沙基一帶。又轉赴大新公司看熱鬧。再乘遊艇觀覽羊城市景。晚間在惠愛東路一家上海館子用餐。可說已盡一日之興。這一次集體生活，點心糖果茶煙，都是整購平分。晚間進餐，連菜餚都是由戴先生照著南北口味安排的。都覺得十分可口，喫起來像風捲殘雲，點滴不剩。最後結帳時，每個人還花不到一塊大洋，的確錢花得少，而吃喝玩樂非常痛快。大家才佩服戴先生眞有辦法。從此以後，戴先生在許多考入黃埔的外江佬青年中，成了一位中心人物。

「後來入伍，雖然原來常同道遊玩的十幾個，都分散地編入各隊，但日子一久，幾乎全第一團的同學，都知道有一位很能幹的戴笠同學。後來團黨部舉行代表大會時，戴先生竟被選為團黨委，不為無因。」

關於戴將軍投考黃埔前的情況，徐亮先生也有過一段動人的描述。(按：徐亮先生原來別號文彬。)

在民十九年初，劉文島氏出任漢口特別市長不久，戴將軍曾向劉氏推介兩位要好的朋友，進入市府工作，一位擔任第三科科長的是趙龍文先生。(趙先生在大陸曾先後出任浙江省警官學校校長、蘭州市長、胡宗南總部秘書長等要職。來台後，任職中央警官學校校長多年，惜已于民五十七年五月十五日因病謝世。)一位便是徐亮先生，不知怎麼搞的，市府發下派令的時候，將徐文彬寫成徐爲彬。徐先生以後將錯就錯，便用爲彬兩字，作爲他的別號了。徐先生對于戴先生當時的狀況描述如次：

「吾國文人，描寫氣概不凡的人，每有瞻視非常之語。我于民國十五年夏間，在廣州國民政府內總司令部特別黨部第九分部當幹事，住司後街宏信學旅第二進房內。常見一位身穿白夏布長衫，頭戴麥草帽，腳穿白皮鞋的人，在我房門口走去。他的行止顧盼，頗有瞻視非常之概。時時引起我的注意。有一天傍晚，這位瞻視非常的陌生人，竟走進我房裏來了。我們互通姓名，原來他便是此後二十年中排除萬難爲國家轟轟烈烈出生入死備著殊勳的戴雨農先生。他坐定之後，滔滔不絕地向我作他的自我介紹。

「他是浙閩贛三省交界的江山縣保安鄉仙霞鄉人。他在中學沒有畢業，便在浙軍模範團爲學兵。盧永祥失敗後，他流落寧波，生活極爲狼狽。他的老太太，親赴寧波，將他接回家中，要他在鄉間安分度日。他是一個志在四方的亟圖有所作爲的青年，怎肯蟄居鄉里？他默察當前局勢，私心認爲只有到廣東去投考黃埔軍校，才是光明之路。

「他下定決心，在某一天清晨前往江山縣城，在自己家中開的店舖裏，借取到一百塊大洋，備作赴粵的川資。事被他夫人察覺，最初極力阻止，要他遵照母命，安居家園。經不住戴先生爲他夫人詳細解說國家局勢，不能不出外求取報國之道。株守田園，吃口閒飯，有甚麼意思？他夫人終被他言詞感動，冒下來日必被太夫人責備的危險，偷偷地替丈夫摒擋行裝，助其悄悄出走，終於到了廣東，也如願地進入了黃埔軍校。

「此外他又告訴我在當模範團學兵的種種經過，以及杭州寧波蘭谿等地的風光，更有很多我聞所未聞的新鮮故事，我們的交情，便更加密切起來。每天傍晚，我從特別黨部下班回來之後，便和戴先生長談不休，往往時至午夜，便去門口買些臘味飯或荷葉飯，用以果腹。有時沒有多少錢，兩人相偕步行去財廳前粥攤上去吃粥。這樣的生活，過了將近兩個月，有一天他勸我辭去工作，和他一道去考黃埔，僥倖我們兩人都考取了。同在廣州東郊燕塘，接受入伍生訓練。」

民國十五年十月七日，戴先生考取黃埔軍校第六期騎兵科爲入伍生，旋被編入一團三營七連，並當選爲該連連黨部執行委員。其時中國共產黨藉國共合作之便，滲入黃埔軍校之各級黨部，分化把持、挑撥離間，國民黨籍同學，橫遭壓迫，至爲不安。國民革命軍總司令兼校長 蔣公遂派黃埔二期同學胡靖安、陳超等回粵連絡同學，戴先生與胡靖安先生相識，互以反共相期許。

情報工作之發軔

國民革命軍自民十五年秋由廣州出師北伐，分路挺進，義師所至，一路勢如破竹，爲時不過八九閱月，相繼克復湘鄂贛閩浙皖蘇等省。民十六年四月九日，國民政府奠都金陵。蔣總司令有鑒於未來在北方平原作戰，有成立騎兵部隊之必要。乃電飭黃埔軍校校本部，就第六期入伍生中選拔學生三百名，成立騎兵營，指派沈振亞爲營長。戴先生被選入營，隸屬第一連。得便密察營內共黨籍同學之動態，課餘時間，常請假往來于廣州沙河間，詳密偵查共黨在該地之活動。是年四月十五日，中央成立清黨委員會，宣佈共產黨爲非法組織，各地開始清黨。騎兵營同學中二十餘名共產黨徒，均因先生事先詳盡之調查而被一網肅清。旋卽當選爲該營營黨部執行委員。

黃埔軍校二期同學胡靖安，時任國民革命軍　蔣總司令之侍從副官，負責護衞蔣總司令之安全，需將各地軍政要情，彙報總司令參考。因稔戴先生在騎兵營之優異表現，遂邀先生參與蒐集軍政情報之工作，斯卽戴先生參加情報工作之始。

胡靖安先生，係筆者之父執，筆者幸列戴先生之帡幪，卽荷胡先生之介紹。胡先生初名茂全，籍隸江西靖安。其地距離我的故里德安縣城，僅六十公里。約在民國十年間，胡先生經人介紹，進入筆者祖父昌賜公所經營之長發布肆，充當學徒。（此事胡先生發跡之後，亦從不諱言，且常向好友津津樂道及之。）胡先生身材不高，天庭飽滿，兩目烱烱有神。書法很好，擅長畫馬。不過脾氣很大，動輒和人吵架。在我們店中，不及一年，便轉到斜對面一家李永發南貨店幫傭。也沒有做幾個月，便赴南昌，初在府學前一家醫園服務。民十三年始赴廣州，嗣卽考入黃埔軍校第二期受訓。約在民十六年夏秋之間，胡先生榮歸故里，曾專誠轉道至德安縣城，探望先祖父母。信宿卽返靖安故鄉，省視其太夫人。不久返京後，得諸道路傳言，已奉　蔣總司令遣派其赴德國研習軍事。

海天萬里，音問久疏。

迨民廿一年秋間，我當選爲中國國民黨江西省德安縣黨部執行委員。某日，蔣委員長經九江乘南潯鐵路專車前往南昌行營，主持剿共軍事。道經德邑，在車中接見了我們地方首長五人。一位是縣長羅運甓，一位是商會會長陳九星，縣黨部三位委員，除我外，另兩位是常委吳光升，執委邱達紀。委員長向我們垂詢地方治安情形及黨務概況。大約歷時一刻鐘左右。我們向委員長行禮告別下車後，專車繼續南駛。這是我生平第一次晉謁　蔣委員長。他的容貌慈祥，態度親切，給予我們無限的感奮和榮幸。

翌日南京南昌兩地的各報，刋出了蔣委員長在專車上接見我們的新聞，恰爲時已經由德返國卜居南京之胡靖安先生（其時他任職軍事委員會高級參謀。）所閱及，當時便寄給一封由德安縣黨部轉我的一封信。那時我家中和胡先生失去聯絡已有五年之久。得到他這封來信，稟告重幃。合家都非常高興，我馬上回信與他聯繫。翌年（民廿二年）春間，他于返回靖安時，又特地轉到德安，探望我的家長。住了三四天，還應了縣長羅運甓的邀宴。不久，鄂皖贛三省黨務，改絃更張，各縣黨部將改組爲黨務整理委員會。整理委員每縣一人。我因此放棄黨務工作崗位，于是年仲夏，襆被入都。求胡先生爲我另覓棲枝，下榻于南京竺橋桃源新邨三十四號胡先生家中。嗣于十一月中旬蒙介荐于戴先生，奉派在杭州特訓班內，主持書記室內的文書工作。我在胡公館候差期間，常見到戴先生前來胡宅訪晤胡先生，但無機會接教。後此抗戰期間，戴先生亦曾挽懇胡先生代爲主持過息烽訓練班的班務，民卅八年夏初，胡先生在上海，聞有撤遷厦門之擬議，不知因何原委，未及成行。廿餘年來，音問未通，安危莫卜。以其出身黃埔二期，又曾侍從　委員長左右有年，且爲當年反共最堅決之幹部同志，想來必難免於共黨之仇視與殘害。每念舊誼厚德，輒不勝凄戚之感。

民十六年八月十五日，　蔣總司令爲促成寧漢團結，辭去本兼各職，返回奉化，祭掃先人廬墓。旋卽東渡扶桑。此一期間，時局動盪，羣情惶慮。關係黨國前途，至爲深鉅。戴先生一面繼續蒐集軍政情報，密陳　蔣公。一面秘密聯絡黃埔同學現任團長以上者十二人，電懇　蔣公返國復職。翌年一月四日，　蔣公應舉國喁喁之望，命駕返京，復任國民革命軍總司令，繼續領導師干，指揮北伐軍事。是時北洋軍閥張作霖、孫傳芳、張宗昌等，勾結英日帝國主義，尙圖負嵎頑抗。如何迅予敉平，以減少人民因戰禍而遭受之損害，實有賴于詳確情報之獲致，始能知己知彼，百戰百勝。因而於總司令部內，設立一聯絡組，而戴先生奉任派爲聯絡參謀，負責主持其事。當經結合忠貞精幹之黃埔軍校同學十人，共同從事此項神聖而偉大之革命任務。

一顆頭顱十萬元

民國十八年秋冬之交，北方軍閥和南方政客，正醞釀又一次相當規模的內戰，背叛國民政府。於是平漢鐵路沿線各地，驟然緊張起來！戴先生是時，負有爲政府採取有關叛軍方面之情報責任，爲了達成任務，不能不冒險犯難地出入於平漢路沿線各大城市。

在這年七月二十八日下午，他忽然以江漢清化名，出現于平漢線上重鎭的信陽街頭，該地北接許昌洛陽，南鄰武勝關，爲平漢交通要道，形勢險要，向爲兵家所必爭。故當時叛方大軍雲集，警戒森嚴。而與軍事有密切關係之行間、反間等項工作，更爲雙方情報人員全力以赴者。因此，地下的緊張情勢，較諸外表上之兵戈警戒巡察更爲嚴緊不置。

當時的軍事形勢，叛方軍隊，據有開封、鄭州以及平漢、隴海兩鐵道之重要城市，叛將唐生智總部，即據駐信陽。閻總部駐于開封，馮總部虎踞鄭州。戴先生爲部署情報工作，經常出入上述各地，從不顧又一己之安危。

狡兔三窟，戴先生在信陽亦有三處住所，一個是剪道巷李宅。一個在火車站泰安客棧。另一處在東街一家糧食行。這三處也常有便衣或武裝軍警光顧。

在那時候的我軍方情報工作，尙無正式組織，戴先生祇是由他個人以黃埔學生的身份，上承校長兼總司令　蔣公之指導鼓勵，在軍事方面擔任蒐集情報，聯結忠貞同學，進行對敵行間的工作或相機策動叛軍投向中央，一方面，也在各重要地區，爭取社會關係，俾資運用協助。有一李姓同志，係信陽當地士紳，出身世家，深富革命思想，且有正義感。不滿于當時叛國軍閥之所爲。惜本身僅任一小學校長，不易獲得爲國盡力的機會，在一個偶然的機會裏，認識了戴先生，言語投機，便結爲知己。此後戴先生察其所好，常以手錶、鋼筆、網球拍、棋具等相餽贈，並常去讌遊，情感日深。嗣且因爲李之介紹，先後結識漯河王君、駐馬店劉君、許昌尙君。諸如此類之社會關係，有時對于在當地之工作，可以獲得協助與掩護。在七月底間的一天上午十時，戴先生與李君在預先約定的地點晤面時，李君忽然面現驚惶之態，當時他們兩人的對話如下：

李：「這兩天風聲很緊！你知道嗎？現在外間風傳軍方懸賞緝捕一個姓江的人，據說是南京方面派來的人。我昨晚去泰安棧看你時，適逢軍警督察處巡查隊，正在查店。瞥見一個便衣軍官模樣的人，取出一張半身四寸照片，持示店中掌櫃的，並附耳密語片刻，我從側面偸偸地瞄看一下，那張照片，很像是你的面貌。急得我到處找你。」

戴：「有這回事嗎？」（在態度上仍然鎭靜。）

李：「這不是假的。我看，你還是躱避一下子的好。」

戴：「眞有其事，避一下？談何容易？」

李：「難道束手待逮嗎？」

戴：「不，讓我考慮一下。」

李：「時間急促，恐怕來不及！」

戴：「既然來不及，急也無用。你的意思怎樣？」

李：「我的意思是，你早點離開信陽，趁今晚十點南下的火車走。」

戴：「唔！」

李：「趕快準備走呀！」

戴：「你想的太天眞了。既然人家重賞緝捕我，難道在車站上、在火車廂內，會沒有嚴密的稽查人員嗎，尤其是對于南下的旅客。」

李：「啊！這，我可沒有想到。」

戴：「最近你府上有沒有不相干的人來過嗎？例如警察裝扮的人，來查過戶口沒有。」

李：「沒有。」

戴：「今晚我去府上住宿如何？」

李：「當然可以。」

（事實上，戴先生那天晚上並沒有去李宅借宿，我們事後的猜測，可能是㈠他與李君相交時間不久，不敢寄予絕對的信任。㈡恐怕萬一在李宅被敵軍捕去，將連累李君受害。㈢也許基于爾後行動上的便利，改在他處較方便。）

戴先生當晚，係化裝學生身份，身着西裝褲，外穿長衫。竟投宿于緊鄰唐總部特務營及軍警督察處之東街佛照樓旅社。

唐生智總部特務營營長兼軍警督察處處長周偉龍，湖南湘鄉人，黃埔軍校四期，戴先生每至一工作地區，因友及友，由同學而認識同學，邀約宴飲，社交廣濶。亦因此而早已與周熟識，但交往不多，談不上有甚麼交情。至周之于唐，亦僅止湘省大同鄉而已，別無淵源。平時言行，隱約之間，很有點像三國演義中的關雲長，身在曹營而心繫漢室。戴先生于住入佛照樓後，于該旅社內所運用之一同志口中，證實李君所告警的情形，確屬實在。經過終宵之深思熟慮，乃決定出以背城借一之策略，以期死裏逃生。

翌晨，戴先生以「東方白」（筆者按：東方白另有其人，籍歸江蘇，軍校六期出身，以後亦曾參加軍統局之組織。）之名片，獨身逕詣特務營，訪晤周營長偉龍。見面之下，周甚表驚訝！何以改用「東方白」的名片？

戴先生當卽表示：

一則慮有不便，一則確係東方白同學託我帶名片問候你。（東方白亦與周偉龍有交誼）

周當語戴先生：

「這兩天的事，你一定是知道的。你來找我，不僅增加我幫助同學的困難，反而逼令我要做出對不住朋友的事。（指將對戴先生須予拘捕而言。）一邊說話，一邊沉下臉來！

戴先生聽周此言，很從容地答覆他：

「我，倒是爲幫助朋友而來的，我知道我是走不了的，與其被別人誤會侮辱，不如將我這顆頭顱送給同學，以成功名！」周當時疑慮沉默不語！

戴先生又繼續說下去：

「最近風傳，軍部懸重賞緝拿南京派來的一位秘密工作人員，我既非姓江，又不是甚麼秘密工作人員，誰都知道，我在軍事雜誌社（此爲黃埔軍校同學會的對外掩護之名稱。）服務，無非是調查同學生活狀況，與聯絡同學關係而已。我自不畏懼，但在這個兵荒馬亂時代，人家要誤認我作爲他求功領賞的工具，誰能爲我挺身來相辨證呢？我思之再三，與其被人誤認受辱，不如投送老兄（指周。）以換取功賞。」

周聞此言後，很激動地，倏地從坐位上站起來，凝目呆望着戴先生約半分鐘左右，才慢吞吞地說：

「老兄還是早點離開這裏的好。」

戴先生說：

「我既到你這裏來，是下了最大的決心的。我若離開此處，仍然逃避不了偵緝人員的誤認。縱然僥倖逃脫，以後老兄的故縱嫌疑，可就大了。凡是累陷朋友的事，我戴某人平生所不屑爲。」

周營長此際又再度沉吟不語，在他表情上看出，似乎在爲其個人的利害打算而稍事躊躇。

戴先生接着又說：

「人各有心，人也各有立場。一個革命者，早置生死于度外，所求者，祇爲一理想耳。就私言，在臨死之前，也不能不爲個人打算一下。今日之事，義與利，很明白。利與害，也很淸楚。請不要以爲我是黃埔同學，多所顧慮。雖然有人說過，革命的成敗，就是黃埔同學的成敗。這祇不過一句話而已，眞正的榮辱禍福，仍然操在你我自己手中啊！」

周此時仍然猶豫不決，在室內來回走着。不久才向戴先生說：

「你還是早點離開此地的好，請不要顧慮我，我不會犯故縱你的嫌疑的。況且你又不是眞姓名，你來我這裏，又無人知道。」

戴先生依然不接受周的提議，並向其道出：

「事情並不這樣簡單，我的像貌、口

晉、來歷、住旅社與拜訪你的登記，都非同一姓名。且我住的旅館，就在你警部隔壁。我來時，好像已有人注意我。你兼職的軍警督察處，又係一綜合機構，所有內外勤，均非你自己的人，誰肯爲你保守秘密？我恐怕我一離開這裏，馬上就有人懷疑到你身上。那不是我害了你嗎？」至此，周便反問了戴先生一句：

「那麼！你的意見？」

戴先生答覆說：

「我看，你還是把送我到總部去領賞罷！」

周說：

「你看我是這種人嗎？」

戴先生說：

「你固然肝膽照人，我很敬佩。可是勢逼此處。……」

周說：

「這樣好了。我親自送你上火車。快！趕十二點鐘的一班火車。」周一面看手錶，一面束皮帶。戴先生仍沉靜地坐着不動，周見狀便問道：

「怎麼？難道不相信我嗎？」

戴說：

「並不是我不信任你。你的義舉，我很感激！可是在方法上，恐怕不十分妥善。我縱然僥倖離開。但你的禍害，可能便接踵而來。況我亦無可離開之理。你想想看！你的手下，絕不會每個人都是你的心腹，軍警督察處的稽查人員，顧名思義，當然是軍警憲的聯合組織。他們經常在信陽至鷄公山一段火車上巡查，我的照片，他們每個人口袋裏都有一張，在車站上或許碍於你處長的情面，在火車上仍很容易被人識破。況且人人爲着十萬塊的賞金，處長的情面，恐怕比不上鈔票重要。」

周在略一思考之下，也覺得戴先生的顧慮，確有道理。當時就說：

「那麼！請教你的辦法？」

戴說：

「要安全離開，我想利用兩個原則，安排一下。一個原則是孫子兵法上的「出其不意，攻其無備。」另一個原則是勞倫斯基說的：「絕對的秘密，建築在絕對的公開上面。」今天下午兩點四十五分，有開去北方的火車。如買赴鄭州的車票，事前無人懷疑。而是時北上的火車，更無巡邏人員。雖有憲警隨車，但查察並不認眞。爲策萬全，請你在宴陽樓（該樓平日生涯鼎盛，顧客多爲政學兩界人物。）約幾個人吃飯，最好有一二女客參加，表示你爲我這位來自北平的朋友餞別。並不妨多飲幾杯。餐後，你親自送我到車站，在候車時，你要頻頻向我攀談，藉避稽查人員之注目。等我上了火車，我就有辦法掩護我自己。或許當晚便可由鄭州經隴海路到達徐州，而轉乘津浦路車南下。我唯一擔心的，倒是你的安危。按常情判斷，我走後不久，很可能有人懷疑到你身上。你如愛護革命，珍重前途，最好你也於今晚，最遲不過明日，借故離開此地，越快越好。遲則恐將變生肘腋。你離開這裏之後，可到南京鷄鵝巷五十三號來找我。（筆者按，南京鷄鵝巷五十三號，爲戴故將軍在京居住及辦公處所，也可算是他的發祥地。在下章「南京最有名的三條巷子——鷄鵝巷、四條巷、曹都巷。」一文內將作詳盡有趣的描述。）我們共同爲革命而奮鬭！

戴先生幸獲脫險之後，不久，周君終受戴先生偉大而英勇之感召，毅然棄暗投明，離去唐部，轉入戴先生組織，爲國效力。

迨民國十九年秋間，周君任漢口警察第八署署長時。每道及前事，對戴先生的忠義、機智、勇敢、豪邁，嚮崇無已。於是引起不少知識青年，對戴先生備受响往之忱。且多願投其麾下，參加此項革命工作，爲國家民族而盡力奮鬭。（未完）

長沙歷次會戰的勝敗

胡養之

指揮進攻長沙之日軍「支那派遣軍」司令西尾壽造

在抗日戰爭中的長沙第三次大捷，發生於民國三十年的農曆十二月杪，至民三十一年的新正始結束；亦即公元一九四二年一月至二月間。到現在已是整整三十一個年頭了。筆者大約在三次會戰之前幾個月，擔任第九戰區砲兵指揮部參謀處參謀；到第四次會戰時則調任砲兵部隊，便直接與敵人作戰了。因此，對於長沙第三、第四兩次會戰的一勝一敗，大致上還有深刻印象，但事隔三十餘年後，全憑記憶則難免掛一漏萬，務請同文和讀者們不吝指正。

關於長沙的第一、二、三、四次會戰，不論在兵力部署方面或國際觀感上，其重要性僅次於南京會戰及台兒莊大捷。就時間上言，自民國二十七年（一九三八）秋武漢失守後，日軍逼近了湘境而導致長沙大火；迄民國三十三年（一九四四）夏間的第四次會戰，雙方先後對峙達六年之久。就形勢上言，湖南與湖北、江西等省，可說唇齒相依；而對於兩廣以及雲、貴、川諸省，湖南亦為其咽喉所在。自古以來，凡是以東北對西南，必先爭取湖南，始能成為席捲之勢；以西南對東北，亦必奪得湖南，才能開北出之路。日軍為了奪取長沙，而企圖打通粵漢、湘桂兩線，俾便征服西南的緣故，因之，敵人不惜犧牲，一而再，再而三地傾力以赴，並從贛、鄂各地分頭進犯，以圖一逞。

第一、二次為試探攻擊

然則我軍為甚麼在第一、二、三次會戰中都能克敵致果，惟有第四次會戰則宣告慘敗呢？箇中情形固不足為外人道，但其勝敗之中卻大有客觀的條件和主觀的因素。筆者以親臨戰地的所見所聞，試作檢討如下：

我雖然沒有直接參加第一、二次會戰，但經常從九戰區砲兵指揮官王若卿口中，談及那兩次會戰的經過甚詳。按：王若卿為河北省保定人，畢業於保定軍校第八期砲兵科，與陳誠、史文桂、邵伯昌等為同期同學。他在抗戰之前，曾任獨立砲兵第四旅少將旅長，以南京會戰失利，該旅乃遭整編，王若卿於民國二十七年因陳誠的關係而出任了九戰區砲兵指揮官。所以，他對第一、二次會戰的敵我形勢，都非常了解，雖然他所敍述的多屬砲兵方面。

同時，我在砲兵指揮部參謀處的檔案中，也曾發現大部份作戰的秘密資料。那些資料是從前方部隊擄獲敵人的情報，轉呈到長官部各參謀處作戰課做參考的。這些資料的內容顯示：敵人第一次對長沙發動攻勢，原是一種試探性質。而日軍的主力部隊，還部署在咸寧、蒲圻及岳陽等地；亦即是說敵人當不敢作孤軍深入的一舉攻略。甚至於第二次對長沙發動攻勢的敵人主力部隊，也只有三個聯隊越過了新牆河後，使用兩個聯隊抵達長沙近郊時，已告筋疲力盡；加以補給線太長，後勤不繼；而負責掩護運輸的另一聯隊，又遭我軍截擊，因之，敵人不能作持久戰，對長沙只進行騷擾而已。

好在當時我軍的士氣異常旺盛，以逸待勞，以靜制動。故於第一、二兩次的會戰，長沙所遭受敵機轟炸的損失，實重於敵人砲火的摧毀。實際上，由長沙至湘北的公路、橋樑，均為我方所破壞。

第十軍誓與長沙共存亡

經過以上的兩次戰役之後，顯然敵人對於長沙城內、市郊的防禦工事，乃至於湘北方面的守軍實力及其戰鬬部署情況，大致都已經探悉清楚了。於是，敵人準備集中兵力從而發動了認為有把握的第三次攻勢。其實，第三次會戰，敵人進攻的兵力愈多，損失愈大；而我軍的戰果亦更豐。其主要原因是我方守軍，全部具有「與長沙共存亡」的決心。當時誓守長沙的城防部隊，除了李玉堂的第十軍全部精銳外，尚有外圍的第四軍和第一百軍，於必要時亦隨即馳援。第十軍共有三個師及一個砲兵營、工兵營、通訊營、輜重團，合共約三萬一千人。茲將各主管略述如次：

軍長李玉堂，山東人，黃埔一期畢業生，歷任連、營、團、旅、師長、副軍長等職；擔任長沙城防司令後兼長沙警備司令。第三次長沙大捷後，升任二十七集團軍副總司令。

第三師師長周慶祥，號雲亭，山東夏津人。黃埔軍校第四期畢業後，即分發到第三師為少尉見習官，從此而排、連、營、團、旅長，以至中將師長，前後近二十年，始終未嘗脫離第三師的建制。因此，與該師官兵的關係甚深；加以仗義疎財，頗得部下的愛戴，故在第二次會戰，成績斐然。

第十預備師師長方先覺，字子珊，江蘇蕭縣人，黃埔軍校第三期畢業生。身材魁梧，沉默寡言。民國二十一年在營長任內時，抗日古北口；二十七年任團長，參加淞滬之役；鏖戰九江時，其腿部負傷。民三十年調駐湘西沅陵，始歸第十軍建制。三次長沙會戰後，即繼李玉堂升任第十軍軍長。

第一九〇師師長容有略，字天碩，廣東中山人，黃埔軍校第一期畢業，與國父孫中山先生有姻婭之親。在第十軍中除李玉堂外，他的資歷最老；當「一二九」淞滬抗日戰爭時，他已擔任第十九路軍參謀處長，代蔣光鼐運籌闢劃；抗戰爆發，則贊襄蔣伯陵戎幕；其後調升一九〇師師長，成為長沙守軍主力。

該軍誓死防守長沙的決心，可以說為另一因素所促成。由於三次會戰的前幾個星期，重慶軍政部就有命令給九戰區長官部，飭即更換第十軍軍長李玉堂；並且已經派了一位新軍長（姓名因未發表而不詳），前來長沙準備接任該軍軍長職位。不料正要交接的前十餘天，卻已發現了新牆河方面的敵人蠢蠢欲動！因此，司令長官薛岳認為：大戰臨頭，實不宜陣前易帥；於是，一方面電請重慶當局暫時收回成命，將新來接任的軍長留在長官部；一方面則要求李玉堂繼續擔任第十軍軍長並坦白對他表示：如果第十軍打了勝仗，不僅不撤換李玉堂，而且都有升遷機會。這樣一來，無形中提高了全軍官兵的士氣。蓋當時的軍長李玉堂已經寫下遺囑，當衆宣佈：「假如他陣亡或被調遣，則由該軍戰績最優良的師長升充。」同時，各師長乃至團、營長，也都分別寫下類似的遺囑，舉行過誓師大會，上下一致地堅決要求與長沙共存亡，以是，誓死決心換取了那次會戰的勝利。

城防砲兵的強大火力

此外，在城防砲兵的空前强大火力之下，也具有大部份決定的勝利因素。單由砲兵指揮部直接指揮作戰的砲兵部隊，計有：山砲第一團（團長李××，保定軍校八期畢業），十五公分口徑榴彈砲第十團（團長彭孟緝，軍校五期畢業），十五公分口徑重迫擊砲第二團（團長谷×，學歷不詳）。間接指揮作戰的又有：第十軍、第四軍、第一百軍的直屬砲兵營，及配屬各獨立師、團的砲兵營或連等，共計輕重砲種約在一百八十門至二百門之間；而單獨保衛長沙的城防砲兵，約有一百二十門左右。

在這一百多門大砲中所選擇的陣地，則是以砲種的性能為轉移的。如第一團的「卜福斯」山砲，因為可以分解的關係，不獨行動便利，更可由騾馬馱着進入山地作戰。故此山砲陣地，一直置於交通欠佳的城郊東南部的黃土嶺及包公廟一帶。城北和城東則有第十軍砲兵營（營長張作祥），更北又有第四軍砲兵營（營長董浩）。至於第十軍砲兵營的榴彈砲，和第二團的重迫砲，由於行動不便而射程較遠的緣故，就始終固定於西南隔江的岳麓山周圍，作為確保城池的骨幹。蓋自第二次長沙會戰以後，砲指部即有計劃地進行其精密測量，由該部參謀處負責領導各砲兵團、營的觀測員，以岳麓山巔之「愛晚亭」為測量的總基點。這裏的視界非常廣濶，可以使用測遠機望見東、南、北三面二十公里以外；並把長沙市區城南的妙高峯、天星閣，北面的湘雅醫院、火車站以及東南面的黃土嶺、包公廟等地為測量支點。經過六個月的時間，先後分別測出二百個標高；再用方格網法（為俄式射擊法），繪成精密地圖，確定了每個砲兵陣地的射界和諸元（方向、距離、高低），隨時可以對目標發射。

唯其如此，故在日軍發動第三次進攻長沙之前，城防砲兵的作戰部署早已完成，嚴陣以待。民國三十年農曆除夕之前約十天光景，當日軍主力越過新牆河進入長沙東北面的時候，置於第一線的城防砲兵則集中火力有如萬弩齊發；而且命中的公算可達百分之四十五以上。換言之，每百發砲彈中便有四十五發命中目標，令到敵人的砲兵部隊無法安然覓得陣地，甚至敵人的重機關槍也很難築成掩體工事；尤其進入黑夜後，砲兵更加速射擊，構成了火網，使長沙上空的火光有如白晝呢。

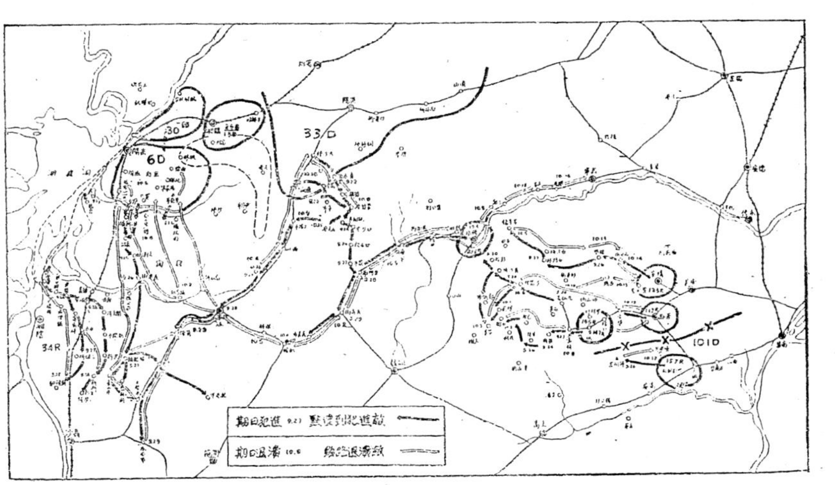

第一次長沙大會戰日軍進攻與退却形勢圖

我們知道日本鬼子是富有冒險精神的，當它們每次進攻一個重要據點時，首先是使用空軍進行猛烈的轟炸，然後派遣其機動迅速的騎兵部隊展開其閃電式的襲擊；接着便是主力部隊的進攻。同時，日軍對於戰術方面也多半善用「中央突破」的速戰速決。因此，它對長沙所連續發動的三次攻勢，都是採用同一戰術——中央突破。當城防砲兵企圖以强大火力阻止敵人主力部隊前進時，而敵人一個騎兵大隊則偷偷地繞道侵入了長沙北郊的湘雅醫院，並分別衝到小吳門、火車站及南門口各地，進行擾亂戰；另一個加强聯隊則繞過包公廟，在其空軍的掩護下而直搏黃土嶺，隨即進入陳家弄、小林子冲，與妙高峯、白沙井、天星閣，及東面的韭菜園附近地區的守軍，展開了激烈的巷戰，致使南門、小吳門及北門三方面，均被敵人打破幾個缺口。這時敵人的陸軍與騎兵已取得聯合行動，幾使長沙陷於千鈞一髮的危險！說也奇怪，平時射擊最不準確的重迫砲，那天卻發揮了空前罕見的威力。原來敵人的騎兵司令部就設在湘雅醫院，而所有騎兵高級幹部也都集合在那裏會商如何佔領長沙的計劃？當時設在岳麓山的砲指部觀測所發現這一目標後，立即下令重迫砲第一營直接瞄準湘雅醫院，集火射擊，先後約有二十發砲彈命中目標，不單是醫院的大部份建築已被破壞；正在院內開會的敵人將領和縛在附近地區的馬匹，也至少有三分之二同歸於盡！加以小吳門、南門口及黃土嶺一帶的敵人，也遭受到榴彈砲的猛烈火力所制壓，挫折了敵人的攻勢，於是減輕了敵人對守城部隊的威脅，使第十軍轉危為安。

三次大捷的幾個因素

就軍事上言，長沙原為一個易守難攻的城市。古名湘州，亦稱潭州，五代時馬殷據此稱楚；清長沙府治，後為湖南省會。東南面的妙高峯、黃土嶺，均為最優良的防守據點；尤其「天星閣」更為全城最高的碉堡，亦即長沙古城東南角的著名城樓。清咸豐二年八月，當太平軍由廣西竄湖南圍攻長沙的時候，天星閣曾是太平軍攻擊的主要目標；而當時滿清守將鄧紹良、瞿騰龍等也置大砲於天星閣之上，先後對峙八十天之久。據說太平軍的「西王」蕭朝貴，曾誤以天星閣為城門，因而揮軍冒進，結果不惟不能攻克，連他自己也死於這閣樓之下！所以，太平軍於長沙一役大為挫敗！

同樣的，當日軍在三次會戰時，一個支隊攻入長沙南門口之後，立即遭受天星閣和妙高峯等守軍堡壘的強大火力所夾擊，而進退維谷。至敵人撤退時，我方守軍步砲聯合乘勝追擊，致令敵人傷亡甚衆！在近二十天的敵我攻守搏鬭之下，因我軍以逸待勞，損失不大；而敵人先後傷亡約在三千五百至五千人之間。其後清掃戰場，將敵人的遺屍檢拾，集中埋葬於黃土嶺，稱為「萬人塚」。不過，話分兩頭，日軍之所以未能得逞，並不是純粹敗於軍事，而有其他種種因素之所使然。其中最主要的不外乎：

（一）日軍竊據了我國的上海、南京、武漢以後，就已感到頓挫。而南下深入的孤軍，不特不能佔領面，甚至不能控制任何一線；因此，敵人的孤軍深入後，在我敵後部隊如別働軍，地方游擊的不斷襲擊破壞下，軍需補給發生困難，而經不起長期消耗戰。

（二）敵人對於長沙先後所發動的三次攻勢，都採取同樣的「中央突破」戰術，而我方守軍也使用同樣的「鉗形」戰術以迎擊，使敵人犯了自陷袋形的冒險錯誤，故徒遭犧牲而不能得逞。

還有一個人為因素是，自第二次長沙會戰後，薛岳的威望已開始上升，他在陳辭修將軍的推荐下，早就晉為二級上將；且六、九兩戰區關係密切，頗具地利人和之效。這位悍將，當時年僅四十六歲，原籍廣東樂昌，保定軍校畢業，卻一直為中央嫡系。早年加入同盟會，追隨朱執信從事革命。其後又隨鄧仲元援閩討粵，大元帥府設在廣州時，他便擔任元帥府警衛團營長。當陳炯明叛變，他又隨蔣中正東征，任國民革命軍第十四師副師長；北伐時任第一師副師長兼第一團團長，旋升師長、副軍長從而與陳誠有了深厚的交誼。

其實，薛岳在北伐時期的官階高過陳誠。當時陳誠由砲兵營長、團長而步兵旅長，一帆風順，獨步青雲成為蔣先生的心腹人物。北伐完成後，薛岳因一度離開了軍旅而落於陳誠之後。剿共期間，陳誠任總指揮，薛岳始東山復出，初任軍長、副總指揮；旋而升為前敵總指揮，率軍追剿由贛北竄的共軍，越贛、湘、粵、桂、黔、滇、川、康等省，凡二萬餘里。故於民二十五年兼滇、黔綏靖公署副主任，民二十六年一度兼貴州主席。抗戰軍興，薛岳初任第三預備軍副司令長官，第三戰區十九集團軍總司令，前敵總司令，轉戰東戰場；旋兼第一戰區第一兵團司令，調北戰場，幾擒日將土肥原於河南之蘭封。不久再調任第九戰區第一兵團總司令，挫敵於江西萬家嶺。民二十七年因陳誠調任第六戰區長官兼湖北省主席後，薛岳便代理九戰區長官，集軍政大權於一身。民廿八年經陳誠保舉而眞除九戰區司令長官，因以岳爲名；且治軍頗嚴。他在九戰區對軍隊以嚴爲尙，有「薛老虎」渾號。每當指揮作戰時，常以電話、地圖、拔蘭地酒三者爲伴，造成了長沙的三次大捷。

對行政方面，則以「生、養、教、衞、管、用」六者爲大綱；以「安、便、足」爲目的。但他主湘時的政績甚差，故當時湘人有：「擁護薛長官，打倒薛主席」的口號，記得一次在重慶舉行中全大會時，湘人賀耀祖（後來投共）曾率領一部份旅渝湘籍軍政大員，專在大會門前散發傳單，攻擊薛岳，指摘薛岳有割據的軍閥思想，並列舉如下證據：㈠將長沙那條著名的「黃興路」改爲「伯陵路」，顯然有意抹煞革命元勛黃興的功績，取而代之。㈡長沙當時流行一種短桶皮鞋，也稱之爲「伯陵式馬鞋」，封建觀念特別濃厚。㈢薛岳身爲湖南軍政長官，而其高級官員全爲清一色的廣東人，如長官部的參謀長吳逸志，省府秘書長李揚敬，壟斷一切；把「唯楚有才」的湘人，則置諸不重要的地位。

第四次會戰的慘敗原因

儘管湖南那些老頑固對薛岳不加諒解，但中央認爲薛岳鎭守長沙有功，大敵當前，軍事第一，勝利第一，不能驟聽一些閑言，而陣前易帥。所以，最高當局不惟置之不理；且曾特派那位最跋扈的湖南蠻人唐生智（孟瀟），代表蔣委員長赴長沙宣慰；而薛伯陵也是一個强硬漢，加上第二、三次長沙大捷的戰功；使全戰區的部隊士氣由旺盛而變成驕傲，所謂「驕兵必敗」，這可能是促成第四次會戰失敗的主要原因之一。

另一方面，由於民三十三年（一九四四）春夏之交，美軍在太平洋節節反攻，着着勝利，日本海空軍損失甚重，海上交通被打得寸寸截斷，運輸聯絡，極爲困難。因之，日人遂計劃開拓中國大陸交通，以與南洋各地日軍保持連繫。彼時日本派遣侵華的陸軍，猶能掌握主動，故於同年三月杪，我軍委會與美軍情報，都指出日軍由北而南，調集兵力似有發動攻勢的模樣。

大約在同年五月中旬，日軍果然以十個師團進攻湖南。它特調用了關東軍參戰；並且鑒於過去三次長沙會戰的失敗教訓，便改變了原有的戰略戰術——放棄其中央突破和孤軍深入的老路，從而修正爲廣泛的東西兩翼包抄。它先集中七個師團於西起湘西，東迄贛北的第一線，由左翼首先發動，突破通城的九宮山防線，逕趨平江；而右翼一部，則在營田强行登陸，一部犯我濱湖南縣、安江、進迫沅江、益陽；正面則擬强渡新牆河，飮馬汨羅江，分三路進兵。但長沙方面的守軍，並不怎樣恐懼。

六月一日，湘北之敵强渡新牆河之後，挾破竹之勢，首先竊據了左翼平江；六日竄抵瀆市，撈刀河、沅江之線，續犯蘆林潭，陷湘陰，開闢了湘江水上交通，維持其後方補給聯絡線。再從左右兩翼分別進犯古港、益陽，而保持其正面的「鉗形」攻勢。我軍亦以各個擊破爲目的，集中有力兵團於兩翼轉採攻勢。敵復集結兵力向我五十八軍魯道源部攻擊於瀏陽文家市，並圖南竄萍鄉、攸縣；以致我一八三師師長余建勛受重傷於文家市，而督戰官張天舉，亦告殉職。敵人這種攻勢，顯已改採了迂迴戰術，正如孫武子的作戰篇所說：「用兵之道，實者虛之，虛者實之」。

實際上，六月五日，長沙的第四次保衞大戰已正式展開。日軍一方面由粵南新會北犯，目的在牽制我第七戰區余漢謀所部不得抽兵北上馳援；另方面則由益陽西進，側擊長沙。六月八日我委員長蔣公親電長沙守軍及黨政青年團全體團員：「各就崗位，各盡職責，爭取勝利！」但以敵軍四次重來，志在必得。正面之敵越過撈刀河，繞出長沙之後，南攻株州；另一路由霞凝港橫過湘江，西攻岳麓山。並以快速的騎兵部隊，分兩路進犯，其目的在擾亂我砲兵陣地。一隊沿江西岸的靖港迂迴到岳麓山；一隊則由湘潭方面北進夾擊岳麓山。致使這裏的砲兵指揮系統如觀測所和通訊站，幾全被突襲搗毁殆盡；而近七十門重砲的陣地也多半遭到破壞，使之對東北面進攻長沙的敵人失去了制壓作用；加以敵機的不斷空襲，使我岳麓山的砲兵陣地宣告瓦解。守城的主力部隊第四軍，其作戰計劃是：以陳侃的第九十師守岳麓山；陳偉光的一〇二師守郴梨市及東北郊；林賢察的五十九師則固守長沙核心陣地。可是敵人的戰術既採迂迴，自然是包抄到我後方，而正面進攻長沙之敵則爲「佯攻」。換句話說，日軍首先搗亂我城防砲兵的陣地，使守軍的步砲不能配合作戰而陷於混亂狀態。事實上，至六月十七日黃昏，長沙的黃土嶺、紅山頭兩地已發生激戰，而岳麓山旋亦告急，陳侃連電乞援！四軍軍長張德能，以岳麓山居高臨下，有高屋建瓴之勢，如萬一不守，則長沙難保；同時，長官部參謀長趙子立亦命令張軍長以確保岳麓山爲原則。於是臨時抽調五十九師兩個團渡江至西岸增援，其餘一團及一〇二師仍固守陣地不動。但怕死的張德能，在增援部隊登船之前，則先自溜走了。正是一着之錯，滿盤皆輸。江干士兵見軍長渡江，竟誤以爲撤退，一時大起恐慌，爭先恐後，搶渡紛紛，頓時造成人仰馬翻！城內守軍聽到江畔人聲鼎沸，亦以爲敵人渡江，乃不戰而亂，潰不成軍。岳麓山既無援可增，長沙城亦只經數小時的巷戰而失。時筆者正在岳麓山陣地，大砲全部丟光，所有道路也全被敵人封鎖，許多同袍有的陣亡，有的被俘，情景之慘非筆墨所能形容！我爲了不甘被俘去灌水或受辱而死，乃率領三十多名老兵，使用手槍和手提機槍，冒着敵人火網猛衝；甚至帽子也被子彈射落了，卻沒有射中我的要害，終於脫離危險，死裏逃生！

張德能處死薛岳擅離

至六月十八日，長沙和岳麓山全部陷敵，第四軍軍長張德能率殘部突圍永豐，最高當局赫然震怒，立即下令將張德能撤職扣押，解至重慶，交軍法會審，由何成濬任審判長，判處死刑！並交憲兵第十八團團長姚應龍，一星期後在土橋頭執行槍決。

其實嚴格地說起來，這種對敵人估計錯誤的責任，凡九戰區自司令長官以次各級將領都應該擔負一部份。他們那種輕敵的心理，總覺得第一、二、三次會戰時，敵人均採正面攻擊，每次都被我軍所擊敗，以爲敵人第四次來攻，也可能會採用原有戰術的，因之，他們仍然大膽地捧着幾年前的老曆書。殊不知第三次會戰到第四次會戰的時間，前後相隔將近兩年另六個月，天下事那有一成不變的道理？正因爲時間的長久，防軍官兵的警惕已日益疏懈了；尤其在人事上的更動極大，以及上下不能衷誠合作，在在造成敵人得逞的機會。茲試舉例分析如下：（一）第九戰區長官部在第二、三次會戰時的參謀爲吳逸志，他是廣東人，不但與薛岳爲同鄉，且對於許多廣東部隊的指揮上也比較方便。這位愛出風頭的參謀長，後來因爲涉及某種嫌疑，而遭重慶方面撤職查辦。繼任的參謀長趙子立，卻是河南人；而守城部隊第四軍軍長張德能，則屬廣東籍，爲鐵軍老人，資歷甚深。他只聽命於薛長官，卻瞧不起趙子立。當四次保衛戰展開時，薛岳以兼湘省主席的身份已後退至郴州；戰區指揮權則交參謀長負責。據筆者所知，趙子立在岳麓山指揮部，爲了張德能不聽指揮而曾被激至痛哭流涕！故戰區指揮部迅速撤離了岳麓山，以致羣龍無首。

（二）砲兵方面也發生類似的現象，在三次會戰時，幾位砲兵團長都與指揮官王若卿水乳交融，衷誠合作。但到四次會戰之前，王若卿被任命爲砲三旅旅長，仍兼九戰區指揮官，而其轄下的主力山砲第一團新任團長鍾××，則爲廣東人，彼此會發生歧見，勢成火炭。新成立的砲兵二十團團長黃志聖，由重慶派來，也與王的意見不合；且毫無作戰經驗。而王的基本部隊砲十八團，又只有一部份駐在長沙；令到整個砲兵的指揮系統爲之大亂！

總之，長沙第四次會戰的失敗，與其說是敵人的攻勢之銳，毋寧說是守軍的派系龐雜，矛盾重重。加以薛長官撤退太早，士氣隨之崩潰。在長沙尚未淪陷之前，城內守軍官兵則大事搶掠金舖、銀號及錢莊了！使城內未戰先亂，大失人心，軍風紀之壞已至如此！夫復何言！

「長毛狀元」王韜

莊練

王韜是第一個來香港辦報的上海佬，曾創辦循環日報，距今恰好一百年，其人其事不可不記，因關乎香港掌故也。

清代末年的民間傳說中，有一個膾炙人口的傳奇人物——「長毛狀元」王韜。所謂「長毛」，原是人們加於太平軍的惡諡。王韜中過太平天國的狀元，其人想必一定非常特別。但若根據民國以來多數史家的研究考證，王韜這個人，卓犖不羣誠然有之，若要說他曾經做過太平天國的狀元，則未免屬於耳食之談。稱王韜爲太平天國的狀元，民國以來文字記載亦頗有之。如逸經雜誌三十三期王振國所撰的「長毛狀元王韜」，文學雜誌二卷六期中國文學研究專號所載的「長毛狀元王韜考證」，都沿襲了舊時的傳說，直以「長毛狀元」爲王韜的名銜。此外如羅惇曧撰「太平天國戰紀」，陳少白撰「興中會革命史」，亦都襲用此名。專家學者的研究考證雖然力闢此說，但是，學術性的文章畢竟不是社會大衆有機會普遍閱讀的，流傳於民間的，仍然是「長毛狀元」的大名。筆者以此名爲題，亦無非因爲這名字已經是大家所比較熟悉的，在觀念上比較易於瞭解，並非要以此來確定王韜確實是「長毛狀元」，如此而已。

王韜是江蘇省蘇州府的長洲縣人，生於淸宣宗道光八年。初名利賓，後改名瀚，再改名韜，字仲弢，號懶今，一號天南遯叟。十八歲爲縣學生員，曾應鄉試不第。旋赴上海，在英人所設的墨海書院充任編輯。時值洪揚事起，蘇州爲太平軍所攻陷。王韜在這段時間內往來蘇滬，頗傳有「通賊」之說。清廷降旨查拿，王韜無法在上海立足，因此遁往香港。並曾赴歐洲遊歷。同治十二年，在香港創辦循環日報，風行一時。光緒十一年由港回滬，自此即在上海擔任申報館的編纂主任，又掌教格致書院，以迄於終。生平著述甚富，思想新穎，識見卓越，遠非時人所能及。黃遵憲人境廬詩草曾有詩詠云：「走徧環球西復東，蒓鱸歸隱臥吳淞。可憐一副傷時淚，灑盡吞花臥酒中。」空有學識才略而不能見遇於明時，這是自古以來豪傑才智之士的悲哀。黃遵憲的詩，充份寫出了王韜空具滿腹才學而抑鬱困窮的不幸生平，其遭際十分值得同情。以如此才士而稱之爲「長毛狀元」，一若其畢生所長，只在會中「長毛」狀元，已是非常滑稽可笑；若就其生平事蹟考之，更可知此「長毛狀元」四字，對他的諷刺實在太大了。揭而明之，亦所以發揚潛德幽光，爲此一代才士表白其生平行誼也。

太平軍攻陷南京，乃是咸豐三年二月間的事。其時距太平天國的建號，亦已有三年。既定都金陵，又將金陵改稱爲天京，太平天國即於此年開始在天京開科取士。自太平天國三年至十二年，科舉每年舉行。至十三年以後，始改爲三年舉行一次。

其在太平天國十二年以前所取錄的歷科狀元姓名，淸人沈懋良所撰的「江南春夢菴筆記」中俱有紀錄可查。即太平天國三年癸丑科爲朱世傑，四年甲寅科爲喬彥才，五年乙卯科葉春元，六年丙辰科劉盛培，七年丁巳科范樸園，八年戊午科沈掄元，九年己未科吳鎭坤，十年庚申科汪順祥，十一年辛酉科陸培英，十二年壬戌科徐首長，其間並無王韜或王瀚之名。太平天國十二年壬戌，卽清穆宗同治元年。這一年，王韜已因被清廷指爲「通賊」而遁往香港，自此以後，當然更不可能應太平天國之科擧考試而得中爲狀元的了。由這些資料的記載，可知王韜曾中太平天國狀元之說，實爲無稽之談。至於他何以被人指稱爲「長毛狀元」，據今人的考證，殆卽由「通賊」一事而來。

清人陳其元所撰的庸閒齋筆記，曾有如下一段記載說：

「同治元年春二月，上海中外諸軍，攻克粵賊七堡逆壘，獲蘇州諸生王畹上僞忠王書，具陳攻取上海之策。薛覲堂中丞閱之大驚，疏聞於朝，江南北大爲警備。幸賊不從其計，卒以無事。至四月後，李爵相督師來滬，以上海爲關中，戰勝攻取，遂奏廓清之功。然當畹獻策之時，使賊稍聽其謀，上海一有失事，則後來爵相無駐節之所，餉源斷絕，不知又多若干經營矣。賊平後，畹遁入咪唎嘡墨海書院以死，不嬰顯戮，三吳人有遺恨焉。然畹先時，亦嘗謁吳曉帆觀察陳書，當事者不置意，遂往從賊。此亦張元之流亞也。」

張元，乃是北宋初年以漢人叛入西夏，然後又敎導西夏入犯中國的漢奸式人物。元昊尊寵張元，至奉爲謀主，可見張元才學之一斑。陳其元以王畹與張元相比，亦可知其所獻策略之不同凡響。陳其元的這條記載，後來被收入進步書局出版的「太平天國軼聞」內，末段復加按語云：「按王畹改名韜，字紫詮。其上書忠王一事，滬人多能言。」據此云云，則清廷於同治元年因通賊嫌疑而降旨查拿的王畹，卽是王韜了。王畹上書太平天國獻進取上海之策，其原件後來在故宮中發現，全文長達三千四百字，署名作「蘇福省儒士黃畹」，並非庸閒齋筆記所說的「王畹」。黃王非同姓，王韜姓「王」而黃畹姓「黃」，怎可以黃畹爲王畹，又指王畹卽是王韜呢？近代史家，爲此事頗曾費了一番考證，證明所謂「蘇福省儒士黃畹」也者，確實卽是後來的王韜。其所持理，計有如下各點：

第一、是太平天國的法令規定，凡屬「皇」、「王」、「上」、「帝」、「天」諸字，均爲禁諱之字，人民不得觸犯。凡姓王之人，一律改寫爲「㞷」，或直接改爲「汪」、「黃」。王韜因上書太平天國之故，而必須由姓王改爲姓黃，正合當時事實。

第二，王韜初名利賓，他在自撰的「弢園老民自傳」中說：「初名利賓，旋易名瀚，字懶今。」但胡適之先生卻曾在「峴新青衿錄」道光廿五年取錄榜中查得王韜初名王利賓時，曾有一字，名曰「蘭卿」。又北平圖書館所藏王韜手稿，其中亦有自署曰「王瀚蘭君」。蘭卿與蘭君，乃一名之異寫；至於改蘭卿爲懶今，更是王韜之故佈疑陣，旨在掩飾其舊名耳。故宮所藏黃畹上太平天國原禀，上鈐印章，曰：「蘇福省黃畹蘭卿印信」。既然黃畹卽是王畹，而王畹又與王利賓及王瀚同一表字蘭卿，當然可以知道此王畹卽是從前的王利賓及王瀚，後來又改名爲王韜的了。

第三，王韜於同治元年遯居香港之後，至翌年，曾有一信致其妻兄楊引傳，中云：「懶叟遯粵一歲有餘，雖值境未亨，而處心漸豫，每思咎戾之由，痛自檢責，刻肌刻骨。」此書雖未說明他因何咎戾而致必須遠避香港，但在他到香港以後第四年所寫給楊引傳的另一封信中，卻已明明說出「韜一端不謹，萬事瓦裂」。王韜所撰的「弢園老民自傳」中，並沒有甚麼可稱爲「一端不謹」之事，然則此所謂「一端不謹，萬事瓦裂」也者，分明卽是他上書太平天國之事無疑。

自上述三點之外，史學家更曾從他咸豐十一年間由滬旋蘇之原因，及王畹上太平天國書所用文字與王韜所慣用之文字甚多相似等等的情形，列擧出第四第五點理由，來證明此王畹實卽王韜的另一名字，這裏可以不必再加轉引。其中最有力的一條，莫如錢蕚孫所撰的黃公度(遵憲)年譜中，曾經說到，「王韜所以亡命海外，據公度言，韜某次由長江上游乘船赴滬，與人縱談太平天國與淸軍之得失，謂太平軍如能與洋人通約，買其槍砲，擧軍北伐，大事必成。會有太平軍某王與韜同艙者，聞而奇之，堅約韜同赴江寧。韜以情殷勢迫，不能峻卻，乃爲草一條陳上之忠王。李鴻章於破蘇州後得此條陳，深惡之，下令：『如獲韜，就地正法，』韜遂逃走香港。」這一條記事中明白著錄了王韜曾有上書太平天國之事，而黃遵憲又是得之於王韜的親口自述，當然非常可信。再加上前面所舉的三條證據，我們當可確信，向太平天國獻陳取上海之策的王畹，其實卽是王韜的另一名。由於獻書取禍之故，他方於亡命香港之後改名爲王韜。王韜改名之後字曰「紫詮」，一作「紫荃」，「荃」爲香草，與蘭字意義相近。而「滋蘭九畹」更有現成的出典可尋。這又間接可以證明王韜之自名黃畹，原是由他的表字含義演化而來的。

王韜上給太平天國的條陳，中間究竟有些甚麼內容，足令「薛覲堂中丞閱之大驚」及李鴻章深惡其人呢？據太平天國軼聞一書所說，以爲王畹曾於條陳內提出主張，「要令（洋人）不得以軍裝火藥資中國（指淸方）」，「於海道刼掠華商」，以及在進攻上海時可以「遇人斫殺」，由於這些主張「皆非正當軍隊之所爲，宜乎忠王之不見聽也。」

果如所說，則王韜所上的條陳，其實沒有甚麼高明的策略，滿淸的江南江北又何必大爲警備，深恐太平天國或者果眞採納其言，將使淸方無所措其手足呢？很顯然地，如「太平天國軼聞」之類稗官野史所引述的王韜條陳內容，實在只是一些道聽途說，滑稽荒唐之至，無論是說者與聽者，都沒有看到王韜所上條陳的原件。現在此一原件旣然還保存於故宮博物院，我們大可以根據原件的文字，看看王韜究竟對太平天國上了些甚麼樣取上海之策，以致令滿淸官方如此惶懼不安。

綜觀王韜上太平天國條陳所獻取上海之策，其要點有四，卽是：「明告而嚴討之，陽舍而陰攻之，徐以圖之，緩以困之。」所謂「明告而嚴討之」，卽是利用外交關係移文英法二國領事，曉以戰釁之不可輕開，商業之當保重。二國相爭，第三者理應嚴守中立，何可偏袒淸方？倘洋人肯將淸軍逐出上海，則太平軍卽可不煩一兵，不折一矢，而坐收其功。倘洋人不聽勸告，必欲以上海供淸人爲根據地，卽當用「陽舍而陰攻之」之法。其法乃在表面上表示畏懾洋人，不敢與爭，而於暗中潛遣太平軍人化裝爲商賈居民，佯作事平而由四郊遷回上海居住之狀，陸續進入洋涇濱一帶賃屋潛住，密約日期，內外同時大舉。至期，「我之大衆，貪夜疾趨，刻期大集，內應之人，四面縱火，聲東擊西。」待其懈而擊之，無不勝者。如以上二策皆失敗，則尙可行後二策。

一策爲由瀏河口進兵崇明，遞次及於海門、如皐、通州、泰縣等處，逐漸蠶食鎭江之四周。鎭江之形勢旣孤，其地必垂手可得。鎭江旣得，長江下游之航道卽爲太平軍所控制，一方面旣可廣設關隘，收洋稅以充軍餉，一方面亦可逐漸進取安慶黃州，控制九江漢口，全面淸除長江流域之淸人勢力，則洋人雖欲不和，亦不可得。是爲「徐以圖之」之策。

至於「緩以困之」，其策最爲狠毒。其方法爲以兵力逐漸占領上海四周之奉賢、南滙、川沙、金山、松江、寶山、吳淞等地，絕上海之手足，斷上海之門戶。上海雖爲商埠，百物皆賴四鄉供應，吳淞尤爲入口要地。倘手足被翦除，則食糧以至百物的供應來源皆告斷絕；門戶被阻，則出入亦告阻斷。相持數月，內奸必生，「强者亂而弱者死，洋人必勢不能禁；環馬場旁甍棟相接者，必付之一炬。洋人雖曰能守，亦必舍之去矣。」此四策皆能針對當時之實際情勢，實足以制上海於死命。以之進圖上海，勢在中取。宜乎淸人聞之而震駭也。

除了上開四策之外，王韜的條陳中尙有三事，亦爲進取上海之前所當預先籌及者。一曰「結援」，謂上海游民衆多，且喜滋事，太平軍若圍攻上海，則彼等生機將絕，若先糾結之以爲內應，必可爲助。一曰「散衆」，謂上海洋人商店中粵人最多，可散布謠言，云粵人盡爲太平軍之內應，使洋人疑而自防，粵人危而不安，內變生而衆勢解，攻城之役，必易爲力。一曰「儲貨」。上海貨物，素賴南北洋商舶，一旦困阻，商舶勢將失業。法當由太平軍出示，令商船暫至瀏河白茆停泊，輕稅招徠，一以維持商貨往來，一以渙散上海市面。洋人得利既微，必願講和，以解困阻，此尤爲圍困上海之妙著。凡此云云，「太平天國軼聞」一書中俱未涉及，述之可見王韜策略之高明與見解之遠到。

由王韜上給太平天國的條陳內容看來，王韜不但長於謀略，而且對當前的軍事及政治情勢亦有深刻的了解。當太平天國的忠王李秀成奉命進攻上海，並不顧及英法兩國將以武力實行干涉的警告。而由英法兩國的武力干涉，卒使太平軍在進攻上海之後，將本來的革命戰爭變成了革命軍對外國之戰。太平軍軍力雖衆，其戰法與軍器，均遠不如外人。激戰數月，死傷慘重，仍不能達到攻克上海之目的，反而驅使英法兩國更與清政府結納，並以武力支援清軍來剿平太平天國，所得的後果實在非常惡劣。王韜不主張盲目對英法開戰，又提出四策三事爲圍困上海，迫使外人求和的戰略原則，充分可見他的認識正確，見解高明。按，黃遵憲的人境廬詩草引其友人吳瀚濤詩，曾許王韜爲「落落寰中兩霸才」。上海縣續志亦說，王韜幼有神童之譽，「因帖括困人，棄而就上海墨海書院編輯事」。可見王韜的才智確屬不凡。

以如此卓絕的才智，既不能從科舉考試中得到飛黃騰達的機會，不得已折向太平天國，雖然他所獻陳的取上海之策極其高明，亦仍不爲太平天國當局所見信，反而因此被清廷降旨查拿，致必需遠遁香港，以苟全性命，王韜的遭遇如此，確實也很困窮可憐的了。從前曾有人批評他因「恃才傲物，急於自見」而落得如此下場，殊不足以爲王韜的定論。由王韜的生平行事看，古往今來，正不知有多少才智豪傑之士因懷才不遇而坎坷終生，王韜只不過這些不幸才士中之一人。其因中懷憤激而行爲偏激，態度不遜，都是惡劣環境所有激而然，豈可因此而爲王韜之罪狀。

再看王韜所生存的時代，外則列强侵迫，中國的國際地位日見淩夷；內則舉國如醉如夢，對於這空前的世變茫無所知，全然不知急起直追，以求自立於天地之間。王韜在這種情況之下大聲疾呼以發抒其心中憤懣，正是他强烈的愛國心有所激而使然，又豈可將他振聾發聵的愛國呼聲與偏激份子的惡意指摘等量齊觀呢？清代末年，我國知識分子中出現了好些先知先覺的領導人物，遠之如康梁，近之如　國父孫中山先生。……由於他們的大聲疾呼，我們的國家社會方能逐漸由睡夢中覺醒，由自强維新而逐漸走向革命。王韜的生存時代較康梁猶早，我們若留心他的著作，當不難發現，他在當時的知識份子當中，應當屬於最早的覺醒者之一，很有資格被稱爲披荆斬棘的思想先驅。只是他的命運遠爲不濟，不但在當時未能喚醒知識份子的睡夢，百年以來，甚至連他的這一番努力也少人知曉，說起來實在太可惜了。

在清朝的道光及咸豐年間，由於西方勢力之東侵，中國先後因對外戰爭失敗而喪失了甚多的權利。到了同治初年，太平天國的革命運動及捻回之亂先後被湘淮軍削平之後，國內秩序漸次安定，曾國藩、左宗棠、李鴻章等一班中興名臣眼看洋人所用的洋槍大炮犀利無比，就以爲中國如要雪恥圖强，非師法洋人的堅船利炮不能爲功。在他們的領導之下，一連串以自强爲目的的革新措施便先後開始創辦起來了。其內容包括建立江南製造局以專製新式武器及洋槍洋炮，開設福建造船廠以從事製造輪船，設立同文館以培養翻譯人才，及派遣留學生出國學習製造技術，購買外國的兵艦大炮建設海陸軍等。這段故事，在歷史上稱爲「同光新政」。同光新政，看起來頗有一番燦爛輝煌的新氣象，很多的知識份子以爲只要循着這種方式繼續發展，不難在幾年內成爲軍事强國，重振昔日大清帝國的雄風，然而王韜所持的看法不同。他在光緒廿三年曾經刻印過一部「弢園文錄外編」，收錄甚多他在香港主持循環日報時期發表的時論。由這些評騭時政，並提出他自己政治主張的論文中，可以看出他對中國的自强維新之道，是有着如何卓越高明的見解。

弢園文錄外編卷二「洋務」篇云：「嗚呼！今日之所謂時務急務者，孰有過於洋務者哉？四十年來，事變百出，設施多謬，有心人蒿目時艱，輒爲扼腕太息。夫國家之一舉一動所以多左者，由於未能熟悉泰西之情而與之往來交際也。中外語言文字，迥然各別，彼處則設有翻譯官員及教中之神父牧師，效華言，識漢字，留心於我國之政治，於我之俗尙土風、山川形勢、物產民情，悉皆勒之成書，以教其國中之民。而向時中國之能操泰西言語，能識英人文字者，當軸者輒深惡而痛嫉，中國文士亦鄙之而不屑與交。而其人亦類多赤貧無賴，淺見寡識，於泰西之政事得失、制度沿革。毫不關心。卽有一二從其游者，類皆役於飢寒，仰其鼻息，鮮有遠慮，足備顧問。蓋上旣輕之，則下亦不知自奮也。因是於其性情日益隔閡，於其國政民情，終茫然罔有所知。通商十餘年來，無能洞悉其情狀，深明其技能，抉其所短而師其所長。詢以海外輿圖，則以爲非我所當知……

「……或以爲洋務一端，自有主者，非我所能越俎。一旦交涉事起，局促無據，或且動援成例，以爲裁制，此事之所以多決裂也。如是則謂中國之無人才也可。西人凡遇政事，無論鉅細，悉載日報。欲知洋務，先將所載各條一一譯出，日積月累，自然漸知其深，而彼無遁情。國家亦當於各口岸設立譯館，凡有士子及候補人員願肄習英文者，聽入館中，以備他日之用。果其所造精深，則會譯西國有用之書。西國於機器格致輿圖象緯槍炮舟車，皆著有專書，以爲專門名家之學。苟識其字通其理，無不可譯。如此則悉其性情，明其技巧，而心思材力之所至，何不可探其秘篇哉？將見不十年而其效可覩已。此皆余二十七八年前之所言也。時在咸豐初元，國家方諱言洋務，若於官場言及之，必以爲其人非喪心病狂必不至是，以是雖有其說而不敢質之於人。不謂不及十年而其局大變也，今則幾於人人皆知洋務矣。……」

王韜於咸豐初年便主張設立譯館及培養翻譯人才，翻譯西書西報，以求瞭解歐西各國之政治人情，作爲辦理洋務之準則，其時間要比曾左李諸人之剏辦新政至少要早上十年。據王韜在上引文字所追述的往事，在咸豐初年時，風氣閉塞，人皆不知有所謂洋務，卽有人知洋務之當講求，亦不敢在官場中倡言之，以免被人目爲喪心病狂。至十年以後，則時局大變矣。至二十七八年以後，則「幾於人人皆知洋務矣」。由咸豐初元下推二十七八年，其時間應在光緒五、六年間。但卽使是在光緒五六年間，「幾於人人皆知洋務矣」，而當時人所知道的「洋務」，其內容又如何呢？「洋務」篇續說：「今則幾於人人皆知洋務矣。凡屬洋務人員，例可獲優缺，擢高官，而每爲上游所器重，側席諮求。其在同僚中，亦以識洋務爲榮，囂囂然自鳴得意。於是鑽營奔競，幾以洋務爲終南捷徑。其能識英國文字者。俯視一切，無不自命爲治國之能員，救時之良相，一若中國事事無足當意者。噫嘻，是何一變至是也！特我謂今之自謂能明洋務者，亦尙未極其曉暢也。今日者，不過相安於無事耳。求無不遂，請無不行，以謹凛之形，觀驕盈之色。其所稱建製船舶，鑄造槍炮，開設機器，倡興礦務，一切富國强兵之本，當必以此爲樞紐。不知此特舖張揚厲語耳，求其實效，僅得二三，蓋治國之要不繫於是也。……」

當時人之所謂自强，其範圍不出造船鑄炮，開工廠，辦礦業，及送子弟出國留學，以我們現在的觀點看來，其所見當然非常幼稚淺薄，然而當時又能有幾人知道這種看法是十分膚淺的呢？在這舉世滔滔中惟有王韜的見識卓爾不凡。他不但不以時下的「洋務」爲是，且能以犀利的眼光指出其中的膚淺與錯誤。

他說：「洋務之要，首在借法自强，非由練兵士、整邊防、講火器，製舟艦以竭其長，終不能與泰西諸國並駕而齊驅。顧此其外焉者也，所謂末也，至內焉者仍當由我中國之政治，所謂本也。兩者並行，固已綱舉而目張。而無如今所謂末者，徒襲其皮毛，所謂本者，絕未見其有所整頓。故昔時患在不變，而今時又患在徒變。……」他以爲言變法自强而徒知造船鑄炮譯書留學，不過是襲外國之皮毛，若不從根本着手，永不能達到富國强兵之目的。從同光中興的往事看，王韜的話，確實極具遠見。卽在今日，他主張從本與末兩方面講求變法自强，以爲非此不足以言根本之功，仍然是不易之論。王韜所說從政治上謀求革新以爲變法自强的根本，其具體內容是甚麼呢？由弢園文錄外編所收的政論文字看來，其範圍甚爲廣泛，其所提意見亦甚爲具體明白。今歸納爲三點，約略介紹於後，以見其大概。

第一，是主張廢八股文取士之法：弢園文錄外編「原才」篇說：「天下非無人才，患在取才之法未善，用才之志不專。又患在上之人不能灼知眞才，其所謂忠者不忠，其所謂賢者不賢，而於是天下之賢才隱矣。……士有懷才不遇而不能見用於世者，往往慨慷悲歌，牢騷抑鬱，促其天年，而致殞其生。楚屈原之懷石自沉，賈長沙之賦鵩自悼，皆是也。嗚呼，此非國家之咎歟？今國家取士，三年而登之賢書，升之大廷，稱之曰進士，重之曰翰林，以爲天下之人才在是矣。不知所試者時文耳，非內聖外王之學也，非治國經世之道也，非强兵富民之略也，率天下之人才而出於無用者，正坐此耳。乃累數百年而不悟，若以爲天下之人才非此莫由進身，其謬亦甚矣。」

又「原士」篇：「夫今之所謂士者，皆有士之名而無士之實者也，其實民而已矣，安得竊名爲士哉？今國家之於士也，取之太多，簡之太驟，人人皆可爲士。數年間，一邑之稱士者已至數十百人，按其中皆貿然無知者居多，由是士習日壞，士風不振，遂爲人之所輕，因而嘆天下之無士。嗚呼，豈通論哉！爲今計者，當廢時文而以實學，略如漢家取士之法，於考試之外則行鄉舉里選，尚行而不尚才，則士皆以氣節自奮矣。」

時文卽是八股文，亦稱帖括試藝。淸代以八股文取士，其流弊所及，足以蔽錮人心，銷亡人才。其一般的情形是：「所習非所用，所用非所長。間以錢穀不知，問以兵刑不知。出門茫然，一舉步卽不識南北東西之向背。」

所以王韜說：「今日之徒能時文而囂然自足者，皆不得謂之士，此皆民之實而竊士之名者也。況乎今日之士，卽異日之官，巍然身爲民上者也。時文中果有治民之譜歟？乳臭之子，朝登科第，而夕握印綬矣。不必試而後用也，而烏得不病國而殃民？故時文不廢，天下不治。」

王韜以爲取士不當用八股文考試之法，但如八股果廢，又當以何法取士呢？他所主張的辦法，乃是考試與學校並重。他在「變法自强」篇中提出以十科取士，一曰經學，二曰史學，三曰掌故之學，四曰詞章之學，五曰輿圖，六曰格致，七曰天算，八曰律例，九曰辯論時事，十曰直言極諫，「不論何途以進，皆得取之爲士，試之以官。」此十科人才，另設學校以敎育培植。「其一曰文學，卽經史掌故詞章之學也。經學俾知古聖緒言，先儒訓詁，以立其基；史學俾明於百代之存亡得失，以充其識；掌故則知古今之繁變，政事之紛更，制度之沿革；詞章以紀事華國而已；此四者，總不外乎文也。其二曰藝學，卽輿圖格致天算律例也。輿圖能識地理之險易，山川之阨塞？格致能知造物制器之微奧，光學化學，悉所包涵；天算爲機器之權輿；律例爲服官出使之必需，小之定案決獄，大之應對四方，折衝樽俎；此四者總不外乎藝也。辨論時事，直言極諫，此二者以覘其作吏之斷裁，立朝之風節而已。」看他所提的主張，很有點像是今日的考試與敎育兩者並用的人才登進之法；而他所區劃的文藝兩科，前者儼然是今日的大學文學院，後者則理學院與法學院也。

第二，是練兵用西法：弢園文錄外編「治中」篇說：「曩所謂變法者，在剏設局廠，鑄槍砲，造舟艦，遣發幼童出洋，肄習西國語言文字器藝學術而已。不知此數者非不可行，而行之無當徒襲其皮毛。旣有槍砲，則當求施放之巧；旣有舟艦，則當求駕駛之能。而槍砲之命中及遠，舟艦之鞏堅神速，新法迭出，精益求精，此則尙未能也，所知者不過向日成規而已。」造艦製械，其目的本在效法歐人之船堅砲利。然而造艦則不講駕駛之技術，製砲則不重施放之訓練，以如此的方式來從事造艦製砲，究竟能有甚麼作用可言？但在事實上，當時的軍隊裝備及訓練，還有更出乎意想之外的情形呢！王韜在同書的洋務篇中說：「夫槍砲在乎燃放，舟艦在乎駕駛。今營兵悉以長矛籐牌爲從事，武科悉以弓石刀區優劣，定去取，是則陸兵未知西法也。今水師仍以拖船及中國各式小艦，徒事虛糜，無濟實用，材質既薄，風浪難勝，猝至洪濤巨浸中，已不能自主，況乎其臨陣戰鬪。縱橫轟擊，以出於必勝哉？是則水師未嘗知西法也。」

學習西法造艦製砲而並不同時革新水陸兩軍的裝備與訓練，則縱有堅船利砲，又如何能達到强兵衞國之目的？所以他在「變法自强」篇中說：「陸營必廢弓矛，水師必廢艇船，而一以槍炮爲先，輪船爲尚，然後兵可强也。其爲兵，曰步兵騎兵；其爲隊，曰槍隊炮隊。平日練之無不精，臨時用之自無不準，而後命中及遠，足以攻堅而蹈瑕。水師則首在乎駕駛，必其能衝涉波濤，稔悉颱颶，測量風雲沙線，足寄以衆人之命，乃可充其任也。」以上所述，爲水陸兩軍的訓練方法。至於軍事人才的選拔，科舉考試方面，「宜廢弓刀石而改爲槍炮。其上者則曰有智略，能曉悉韜鈐，深明地理，應敵之機，制敵之命；其次曰勇略，能折衝禦侮，斬將搴旗；其次曰製器，造防守工具，明堵禦之宜，其建築炮台，製造機器，悉統諸此。」學校教官方面，則當設立武科備院及繁術院，「以教武科營弁，使之各成其材。」其重實學而不尙虛名的原則，略如以考試及學校兩方面登進文士之法。

第三，是革新政治：王韜說：「夫西法者，治之具而非即以爲治者也。使徒恃西人之舟堅炮利、器巧算精，而不師其上下一心，嚴尙簡便之處，則猶未可。」在咸豐同治之間，中國的士大夫們總以爲只要學歐人的造船製炮之法，便足以與歐人相抗衡；從未有人注意到中國之所以不敵外人，除了武器不如之外，舉凡思想之閉塞，政治之窳敗、人民之貧窮、產業之落後，皆是造成我國積弱的原因。而四者之中，爲政一項，尤爲主要。王韜非常讚賞歐西的君主立憲政治，以爲此制深得中國三代之遺意，很值得效法，故其心目中頗欲以此爲革新中國政治之藍圖。

他在「重民」篇中說：「泰西之立國有三，一曰君主國，一曰民主立國，一曰君民共主之國。……一人主治於上，而百執事萬姓奔走於下，令出而必行，言出而莫違，此君主也。國家有事，下之議院，衆以爲可行則行，不可則止，統領但總其大成而已，此民主也。朝廷有兵刑禮樂諸大政，必集衆於上下議院，君可而民否不能行，必君民意見相同而後可頒之於遠近，此君民共主也。論者謂：君爲主則必堯舜之君在上而後可久安長治；民爲主則法制多紛更，心志難專一，究其極不無流弊；惟君民共治，上下相通，民隱得以上達，君惠亦得以下逮，都俞吁咈，猶有中國三代以上之遺意焉。三代以上，君與民近而世治。三代以下，君與民日遠，而治道遂不古。若至於尊君卑臣，則自秦制始。於是堂簾高深，輿情隔閡，民之視君，如仰天然。九閽之遠，誰得而叩之，雖疾痛慘怛不得而知也，雖哀號呼籲不得而聞也……。

「……災歉頻仍，賑施詔下，或蠲免租稅，或撥帑撫恤，官府徒視爲具文，吏胥又從而侵蝕，其得以實惠均沾者，十不逮一，天高聽遠，果孰得而告之？即使一二臺諫，風聞言事，而各省督撫，或循情袒庇，迴護模棱，卒至含糊了事而已。君既端拱於朝，尊無二上，而趨承之百執事出而莅民，亦無不尊，輒自以爲朝廷之命官，爾曹當遵命承教，一或不遵，即可置之死地。爾其奈我何？惟知耗民財，殫民力，敲骨吸髓，無所不至，囊橐既飽，飛颺而去，其能實心爲民者無有也。夫設官本以治民，今則徒以殃民。不知立官以衞民，徒知剝民以奉官，其能心乎爲民，而使之各得其所，各順其情者，千百中或一二而已。嗚呼！彼不知民雖至卑而不可犯也，民雖至愚而不可誣也。善爲治者，貴在求民之隱。達民之情，民以爲不便者不必行，民以爲不可者不必强，察其痌瘝而煦其疾痛，民之於官，有如子弟之於父兄，則境無不治矣。……書有之曰：『民惟邦本，本固邦寧』。苟得君主於上而民主於下，上則下之交固，君臣之分親矣。內可以無亂，外可以無侮，而國本有若苞桑磐石焉。由此而擴充之，富强之效亦無不基於此矣。……

照王韜的看法，國家之治亂繫於政治之良窳，苟能實行軍民合治的政體，使政治得到革新，君民之間交固而情親，自不難由此而進圖富國强兵之效。但欲圖富强，仍當興利除弊，以期鞏固國基，厚植國力。關於這方面的意見，他在「除弊」及「興利」兩篇中又均有具體的辦法。

弢園文錄外編「除弊」篇說：「曩余嘗論中國所宜變者有四，曰取士也，曰練兵也，曰弼教也，曰明刑也。然則此四者之外，遂無所事乎？而不知所當因革者尚多也。一曰清仕途。今日服官筮仕者，科目、捐納、保舉，三途並進，雜矣濫矣，必當痛加沙汰，嚴爲甄別，不必論聲華、尙文字，惟以材幹品諸爲衡量而已。……一曰裁冗員。其有閒員末秩，備位枝策，無益於民事，徒足以耗國家度支者。無論文武悉從而汰之。……一曰安置旗民。……一曰廢河工。……一曰捐妄費。從來奢侈起於逸樂，節儉生於憂患，而欲崇節儉，必自君躬始。每歲織造中，有可減者減之，有可罷者罷之，不必輒循常例。宮中所需，宜有定數。……一曰撤釐金。釐務之設，原以軍需孔亟，不得已而爲權宜之計。今事平之後，久而不撤，且若視之以爲利藪。數十里之地，關卡林立，釐廠稅廠，征榷煩苛，商民交病，行旅怨咨，亦非所以爲政體也。……諸弊既除，百利乃興，」其興利諸法，具詳於「興利」篇中。

弢園文錄外編「興利」篇：「中國地大物博，於四大洲中最富强，特當軸者不能自握其利權，自濬利其藪，而亟爲之興利焉耳。迂拘之士，動謂朝廷宜閉言利之門而不尙理財之說，中國自古以來，重農而輕商，貴穀而賤金，農爲本富而商末富，如行泰西之法，是舍本而務末也。況乎中國所産足以供中國之用，又何

香港的沉

一九四一年的十二月八日，日本軍閥發動太平洋戰爭，進攻香港，（詳情請閱掌故第四期香港淪陷三十周年紀念專號），在十二月廿五日那天，本港淪陷，經過了三年零八個月的長夜漫漫的黑暗日子，終於重見光明，一九四五年八月十四日日軍宣佈投降，而本港又恢復正常。日軍進攻香港，只經過十餘日即告結束，停戰後，日本成立軍政府，發行軍票，港幣大跌，物價高漲，有很多居民，都紛紛離港，有些回中國內地，有些走避澳門，澳門是屬於葡萄牙政府所管轄，由於日本僑民在巴西算是世界最多的一個地方，而巴西人民多屬葡萄牙血統，日本人惟恐進攻澳門，會影響到巴西的日僑，故此，澳門雖無重兵，日本人也不侵犯。因此，在澳門居住，就比在港好得多。日本侵佔本港期間，民政統治，腐敗不堪，縱容賭博色情，限制糧食配給，商店十九關門，各處擺滿地攤，任何洋貨，均成珍品，可謂民不聊生，如坐針氈。

日軍自一九三七年七月七日在我國發動盧溝橋事件開始，直至一九四一年十二月八日發動太平洋戰爭，他們的軍閥野心勃勃，以爲可以征服世界，可是戰爭是可惡的，殘酷的，任何人都不喜歡的，而且好戰的終歸失敗，果然，日本軍閥終於在一九四五年八月十四日宣佈無條件投降。早在八月六日美國在廣島投下了世界上第一顆原子彈之後，日本已感到非常驚慌，八月九日蘇聯又宣佈對日宣戰，而第二顆原子彈又在長崎投下，日本區區島國，怎經得起這樣的破壞，因此，他們自知如此下去，不敗才怪，萬一自己的國土玉石俱焚，豈不是難以補償，所以就決定接納中英美三國提出的「菠茨坦宣言」，宣佈無條件投降，日本天皇裕仁所下的詔書曾由電台廣播，內容是：「朕鑒於世界情形與帝國之現狀，欲以非常措施收拾時局，玆告爾等忠良臣民曰：朕命帝國政府通知中英美蘇四國，接受其共同宣言，共謀帝國之康寧，偕萬邦共榮之樂，此爲皇祖宗之遺範，爲朕之拳拳無惜者。曩昔，向英美兩國宣戰，亦爲期望帝國之自存與東亞之安定；排斥他國主權，侵佔領土，固非朕之志也。然交戰已歷四載，朕之海陸戰士勇

假外求，而有俟乎出洋貿易也哉？嗚呼！卽其所言農事以觀，彼亦何嘗辨土宜、辨種植、闢曠地、興水利、深溝洫、洩水潦、備旱乾，督農肄力於南畝，而爲之經營而指授也哉？徒知丈田徵賦，催科取租，縱悍吏以殃民，爲農之虎狼而已。徒有其名而無其實，又復大言而不慚，此眞今日士子之通病也。如是，天下何日而治？蓋富强卽治之本也。倉廩實而知禮節，衣食足而知榮辱，民既能自謀其生以優游於盛世，自然可靜而不可動。故舍富强而言治民，是不知爲政者也。」這一段話，殆卽是在解釋他前此所說，「夫西法者，治之具而非卽以爲治者也」一段話的意義所在。既然富强卽是爲治之本，則欲言革新政治，自當由興利及除弊二方同時入手。

除弊之事，前文已言之，興利當以何者爲要？王韜說：「利之最先者曰開礦，而其大者有三：一曰掘鐵之利，一曰掘煤之利，一曰開五金之利。次曰織絍之利。此外則一曰造船之利，一曰興築輪車鐵路之利。……」開發煤鐵礦乃是發展機器工業的基本，造輪船與築鐵路以便利貨運，更是繁榮地方及發展工商業的先決條件。當時的人主張效法西洋造艦鑄炮及製造機器，從不起應先從培植製造業的根本入手，王韜的見解，較之時人，可說是高明得太多。而所謂「夫西法者，治之具而非卽以爲治者也」，更能一語道破當時人的最大錯誤觀點，迥非時人所能及。就憑王韜這種高瞻遠矚的識力與見解，便可知王韜在當時的中國知識份子當中，實爲數一數二的人物。只可惜他雖然具備如此高卓的才學與見識，他所發表的言論，也只能像上給太平天國的取上海策一樣地被人視作泛常。這眞是所謂「天才的悲哀」了。

從前謝興堯作「王韜上書太平天國事考」，於文末批評王韜

往事

盧幹之

戰，朕之百僚有司精勵，朕之一億庶衆奉公，各盡最善，惟戰局未必好轉，世界大勢亦不利於我，加之敵使用殘虐炸彈，頻頻殘傷無辜，慘害所及，誠不可測，若繼續交戰，不但我民族終告滅亡，卽人類文明亦必被毀，如斯，朕何以對億兆赤子，對皇祖宗之神靈？是故朕命帝國政府接受共同宣言。」所謂共同宣言，卽菠茨坦宣言，要求日本無條件投降的宣言。據說，一九四五年八月十四日上午八時五十分，日本首相鈴木入宮，將閣議結果呈奏天皇，歷一小時，天皇遂於十時四十五分召開御前會議，全體閣員及樞密院大臣平沼，參謀總長梅津，海軍參謀長豐田均出席，分別報告並陳述意見。天皇聽了之後，宣稱：「朕念上對祖宗，下對臣民，責任至重，不能不忍所難忍，爲所應爲，此蓋熟考國際情勢及本國處境而後決定者也。卿等意見或有不能盡同，然盟國覆牒對天皇主權既不否認，吾人不妨接受之，對自身成敗生死，非所計及，然令國變爲焦土，百姓全遭戰死，則非朕所忍坐視者也。」

日本投降的消息，本港居民於是日下午五時在廣播中聽到，那新聞每小時廣播一次，廣播員是女性，她首先宣佈日本天皇陛下接受盟軍投降的詔書，接着是本港日軍當局的安民佈告，大意是說一切等待盟軍的接收命令，叫市民安居樂業不可妄動，每次廣播的時間約十分鐘，那時，每一個日軍都一反常態，低下頭，不說話，到了八月十六日日本無條件投降消息全面公佈，市面上引起很大的反應，如米價狂跌，日本總督宣佈停止執行强制歸鄉法，宵短宵禁時間等等。八月三十日負責接收本港之夏愨海軍少將，指令本港日軍派代表赴港外擔竿島三里處之指定地點，商洽接收事宜，當英艦隊駛入本港時，全港炮竹齊鳴，被俘在集中營之輔政司詹遜護釋，卽設立港府臨時辦事處，進行接收事宜，由日軍正式舉行投降儀式，那時本港居民約六十多萬人。之後，回鄉的人，紛紛回港，經之營之，日趨進展，現在的香港，已成爲世界著名的商埠，居民達四百餘萬了。

之爲人，曾經說過這樣的話：

「綜觀畹之行事。其爲人也，乃一才智之士，而無氣節者流。雖曾上書太平軍，又與其將領往來，而不能深入，後復欲自效於清，意志無常。及得罪，爲清吏所逐，又不甘終老極鄉，更眷懷故里，乃不得已，遍上書於當國以申訴，藉口於著述以鳴寃。後卒如願，返居淞滬，日惟談風美月，詠草評花，深自韜晦，不敢復作政論矣。然則畹著述雖多，辨飾雖力，而皆在太平天國既滅之後，其目的固在洗刷往事，藉復名譽，再旋鄉土。吾人安可不考察其先後，讀其文而遂信其事哉？」

此論之主要目的，在指出王韜著作中雖有很多「剿賊方略」之類的文章，其目的不過在飾其過去之通賊事蹟，不可信。但若以王韜「乃一方智之士，而無氣節者流」，其論點亦有欠妥之處。因爲太平天國的革命運動，本質中實帶有驅除異族、光復中華的民族革命思想在內。王韜身爲漢人，因懷才不遇而思投效太平軍，以求建立其個人的功業，豈可以此卽斥之爲「無氣節」？果如所云，則當太平天國的革命運動洶湧澎湃之時，惟有那些效忠於清，致力壓制此一民族革命的漢人，方纔有資格被稱爲是「有氣節」的了？至於他後來之「不甘終老極鄉，更眷懷故里」，乃竭力從事文著作，以求「洗刷往事，藉復名譽，再旋鄉土」，亦不足爲王韜之病。因爲此時太平天國的革命運動業已完全爲清人所消滅，民族革命事業已不可再爲，而中國此時方暴露在西方帝國主義的侵略矛頭之下，疆土日蹙，利權日喪，大有岌岌乎不可終日之勢。王韜本於他熱愛國家民族的立場發爲政論性的文章大聲疾呼，以求喚醒全國上下的注意，縱使果有希望藉此恢復名譽之心，亦只能視爲其心可嘉而其志可哀，不應再加以過分的苛責了。狐死首丘，仁人之所憫惻。王韜一生懷才不遇，落拓困窮，至其垂老之年，無復再有任何奢想，惟望死能歸葬於故鄉，對於此一最低限度的願望，我們如果再要加以「無氣節」的惡評，實在也於心不忍的了。所以，謝興堯的論述雖很扼要中肯，對於他的評斷，總覺得不忍贊同。

弢園尺牘中有一封「上合肥相國書」，對於他眷懷故土的心情表現得很明白，引敍一段如下：

「天南遯跡，局促一隅，中間作泰西汗漫之遊，歲月不居，在外已十有九年。……潛形匿跡，永爲待罪之人，負屈含寃，未蒙湔雪，又何敢輕叩戟門，妄塵淸聽？雖一字亦不敢以上陳，懼瀆也。今者，韜垂垂老矣，但得頭白還山，復上先人邱壟，卽時殞歿，亦罔所憾。……」

此書作於光緒六年，時王韜五十三歲。五十盛年，正人生事業鼎盛之時，然而王韜的心情如此悽愴蕭索，充份可知他長時間的流亡放逐生涯，對他精神上的打擊實在太大。爲了希望能「生還故里」，除了多方上書申訴之外，另一個辦法，卽是謝興堯所指出的，竭力在文字著作上顯露他的才華，以求博得朝中顯要的同情，以爲湔洗開脫之地。他在政論文字中大聲呼籲變法圖强，並詳細提出他對變法圖强方面的具體辦法，已見前引外，關於他對於世界情勢的觀察與分析，可由他所撰的「普法戰紀代序」一文中見其大概，亦略引如下：

「國家之興，雖曰天命，豈非人事哉？是不徒在土宇之廣，甲兵之强，士民之衆也，在乎得人而已。……普之於法。其始大小强弱迥不相侔。普中歐洲而立國，西有法而東有俄，皆强鄰也。曩者爲法所制，幾於一步不可復西。一旦發奮爲雄，摧陷剔攘，飈馳電掃，鴻功駿烈，前無往古，後無來今，嗚呼，豈不偉哉！然而普在此時，地不加廣，民不加衆，徒以區區義憤，聯絡南北日耳曼諸邦，同心倂力，西向以與法爭。兵鋒既交，所至輒捷，幾於戰無不勝，攻無不取，於是普强法弱，遂爲歐洲大局之所關。而揆其所以致此者，則由乎有俾思麥以爲之相，世子郡王以爲之將，毛奇以爲之謀主，……嗚呼！謂非得人之效哉？是故有國家者得人則興，失人則亡，得人則弱可以爲强，小可以爲大，振興之機，捷於影響。否則以普觀之，僅抵中國粤東二三省耳，至於生商殷繁，則又遠不能及也，而卒能盟長歐洲，高執牛耳，則人爲之也。……」

「向者持論嘗如此，今觀於王君紫詮廣文所著普法戰紀而益信，王君之能，實獲我心也。王君之爲此書也，載筆於庚午八月，而斷手於辛未六月，網羅宏富，有非見聞所及。序述戰事，纖悉靡遺，若觀楚漢鉅鹿之鬪，聲情畢見，而尤於近日歐洲形勢，瞭如指掌。其書雖未付手民，而鈔本流傳，南北殆徧。湘鄉曾文正公稱之爲未易才，合肥相國許以識議閎遠，目之爲佳士，豐順丁中丞則謂具有史筆，能兼才識學三長者，當今名公偉人，皆譽之不容口，則此書之足傳於後也。可知矣。噫，王君向固嘗有志於富强之術矣，其論以爲莫如師其所長，特此說二十餘年而不變，觀其弢園文錄中與周弢甫徵君書，言及練兵製造槍炮肄習語言文字，今當事者皆一一行之，而考王君所言時，固在咸豐初元也，可不謂灼然有先見哉？王君旅寄香港，一星將終，雖伏處菰蘆，流離僻遠，而忠君愛國之念未嘗一刻忘，恆思所以報國家。嘗曰：『熟刺外事，宣揚國威，此羈臣之職也。』然則王君此書，非其濫觴也哉？……特余意更有進者。夫天下大矣，人才夥矣，軼羣之材，殊尤之姿，世當不乏其人耳，特恐其護落於荒煙瘴雨之鄉，偃蹇於僻壤遐陬之外，而物色之者有未至也。……閩粵之人，帆檣往來，負販於東南洋者凡數百萬，類皆于其地購田園，長子孫。……所至生聚既盛，其間豈無爲之魁爲之傑者，有若虬髯故事。前者朝廷兩遣使臣乘槎遠出，此後豈無奉命絕域，立功徼外，如班定遠傅介子其人者？嗚呼！此蓋天之特欲興我中國，故使東西之交由漸而合也。中國之興，沛然天下莫之能禦，普之强云乎哉！因序普法戰紀縱論之如此，有心人當不河漢斯言。」

據說，當時頒此一命令之人，即是李鴻章。光緒五年王韜遊日本，得與黃遵憲訂交，稱至好。在那一年，曾國藩早已逝世，王韜已失去可以援手的人，其能够爲王韜施解網之仁的朝中顯要，舍李鴻章之外再無其人。幸好黃遵憲在此時設法爲王韜緩頰，而李鴻章亦有憐才之意，允不再究前事，於是，多年以來迫使王韜亡命遯跡的「通賊」案，方得無形化解。解鈴還是繫鈴人，李鴻章的開恩，得力於黃遵憲說情，而黃遵憲的交情，又只不過是日本之遊時的偶然邂逅。王韜的機遇誠然不錯，而黃遵憲之能以國士相許，又盡力爲之設法脫罪的情誼，實在可感。王韜在「弢園老民自傳」中說：「老民久居粵東，意鬱鬱不歡。恆思歸耕故鄉，卜居於莫釐鄧尉之間，築三椽之屋，拓五畝之園，藏書數萬卷，買田一二頃，徜徉誦讀其中，優游卒歲，以沒吾齒。顧是願卒未能願，豈非天耶？」王韜的生還故國之願，自經李鴻章之網開一面，總算可以如願以償了。光緒八年，王韜五十五歲。這一年，他由香港回上港。秋間，復回香港。他的通緝案，大概在這一年已告無事。至光緒十一年，王韜五十八歲。這一年，他乃放棄在香港的報業工作，正式離港返滬，在上海定居下來。追溯他之因「通賊」事發而亡命海外，已整整有二十四年。

王韜回國以後，活到光緒二十三年才死，享壽七十歲。他當年亡命香港時，雖然極想「歸耕故鄉，卜居於莫釐鄧尉之間，築三椽之屋，拓五畝之園，藏書數萬卷，買田一二頃，徜徉誦讀其中，優游卒歲，以沒吾齒。」然而他在回國之後，卻並未回到他的故鄉去做隱士，反倒是在軟紅十丈的黃浦灘頭，做起窗下談鬼，海上品花的「名士」來了。他晚年所撰的瀛壖雜志，淞濱瑣話、淞隱漫錄等書，大多是這一類的著作。淞隱漫錄一書，前面有他自己所作的一篇序言，很可以看出他寫作這類文字的心情。引敍一段如下：

「不佞少抱用世之志，素不喜浮夸，蹈迂謬，一惟實事求是。憤帖括之無用，年未弱冠，即棄而弗爲。見世之所稱爲儒者，非虛憍狂放，即拘墟固陋，自帖括之外一無所知，而反囂然自以爲足，及出而涉世，則忮刻險狠，陰賊乖戾，心胸深阻，有如城府，求所謂曠朗坦白者，千百中不得一二。嗚呼！不佞於是乎窮矣。又見夫世之擁高牙、建大纛，意氣發揚，位置自高，幾若斯世無足與之頡頏者；及一旦臨利害，遇事變，茫然無所措其手足，甚至身敗名裂，貽笑後世。蓋今之時，爲勢利齷齪諂諛便僻之世界也，固已久矣，毋怪乎余以直遂徑行窮，以坦率處世窮，以肝膽交友窮，以激越論事窮。困極則思通，鬱極則思奮，終於不遇，則惟有入山必深，入林必密而已。誠壹哀痛憔悴婉篤芬芳悱惻之懷，一寓之於書而已。……

「……求之於中國而不得，則求之於遐陬絕嶠，異域荒裔；求之於並世之人而不得，則上溯之亘古以前，下絕之千載以後；求之於同類同體之人而不得，則求之於鬼狐仙佛草木鳥獸。昔者屈原窮於左徒，則寄其哀思於美人香草；莊周窮於漆園吏，則以荒唐之詞鳴；東方曼倩窮於滑稽，則十州洞冥諸記出焉。余向有遯窟讕言，則以窮而遯於天南而作也。今也倦遊知返，小住春申浦上。小築三椽，聊度圖籍，燕巢鷦寄，藉蔽風雨，窮而將死，豈復有心於游戲之言哉？尊聞閣主人屢請示所作，將以付之剞劂氏，於是酒闌茗罷，爐畔燈唇，輒復伸紙命筆，追憶三十年來所見所聞，可驚可愕之事，聊記一二。或觸前塵，或發舊恨，墨瀋淋漓，時與淚痕狼籍相間，每脫藁，即令小胥繕寫別紙。尊聞閣主人見之，輒拍案叫絕。延善於丹青者，即書中意繪成圖幅，出以問世，而名之曰淞隱漫錄。嗚呼！余自此去天南之遯窟，住淞北之寄序，將或訪岡西之故園而尋墻東之舊隱，伏而不去，肆志林泉，請以斯書之命爲息壤矣。世之見余此書者，即作信陵君醇酒婦人觀可也。」

由這一篇序文中可以知道，王韜在回到上海以後，所以要借鬼狐神佛之類的內容來寫他的新聊齋故事，無非是要借此發抒他心中的塊壘，聊當信陵君之醇酒婦人，並非他的思想眞有一百八十度的大轉變，忽然從極爲開明的前進人物一變而腐敗落後的頑固份子。這實在是因爲他在經過

中山先生與

朝野名流維新領袖　中山先生手創三民主義，領導國民革命，啓發亞洲民族獨立自主潮流，開展世界大同和平曙光。他的高瞻遠矚，眞知灼見，曾使當代日本朝野名流，維新領袖，衷心敬佩而廣爲延譽。已逝之日本進步黨領袖犬養毅、自由黨領袖板垣退之助、大儒德富猪一郎、民主先驅中江篤介，以至志士宮崎寅藏、尾崎行雄等人，都曾在中山奔走革命僑寓日本期間，或爲密友，或供馳驅，對於中山先生的革命大業，形成莫大的助力，是爲中日國民外交史上的一頁佳話。丁酉（一八九七），中山先生倫敦蒙難脫險後一年，自英倫經加拿大赴日。就在這一年的夏天，名滿扶桑，慷慨仗義，矢志爲尊崇天皇日本、倡行自由民權及大亞洲主義而奮鬬不輟的日本浪人志士首領頭山滿，經由犬養毅的介紹，結識了他心儀已久的　孫中山先生。他們一見如故，抵掌暢談天下大勢，興亞方針，從此頭山滿決定了他宏揚東方文化，復興亞洲民族的職志。

矢死支持中國革命　頭山滿，原名頭山乙次郎，號立雲，乙卯（一八五五）生於日本九州福岡縣，體格魄偉；相貌堂堂。他事母至孝，又是行俠仗義，膽識俱壯的一位義士。曾在古川、瀧田兩學塾讀書，精通漢學。二十歲後在九州和北海道開礦，得了錢便濟助貧苦。分饗友好。他先創立玄洋社，結納輕生死，重然諾，志同道合的忠君愛國份子。丙子（一八七六）曾因政治主張不同於當道，被捕繫獄三年。己丑（一八八九）十月，日本志士來島恆喜因憤於外相大隈重信簽訂屈辱條約，施以狙擊，頭山滿也以涉嫌唆使二度被捕，不久獲釋，使他的大名不脛而走，成爲日本全國家喻戶曉的愛國人物。所以，頭山滿在結識　中山先生以前，仍然是一位狹義的國家主義者，嗣後他即在辛丑（一九〇一）組織黑龍會，糾合志士內田良平，葛田能久池田弘等人。戊申（一九〇八）他再邀集三浦梧樓，古島一雄等組成浪人會，揭櫫「宏揚東方文化，復興亞洲民族」的口號，對於　國父所從事的中國革命大業，支持不

頭山滿

張公懋

遺餘力。

天皇召宴一個介布衣 辛亥（一九一一）起義成功，中華民國創立，孫中山先生自美國返抵國門，頭山滿和犬養毅聞訊，曾親赴上海，參與盛大歡迎行列。民國二年（一九一三）中山先生發動二次革命，號召全民討袁，旋因同志步驟不一，致爲袁世凱所乘，軍事失敗，中山先生自上海再赴日本。當時日本首相山本權兵衞、外相牧野伸顯正與袁世凱相勾結，因而下令拒絕 國父入境，命神戶憲警婉拒中山登陸。事爲犬養毅所知，大爲憤慨，他正約古島一雄會商，如何勸促當局，改變態度？詎料頭山滿，爲日本政府此舉勃然大怒，他衝進犬養毅的客室，憤然說道：

「我久欲覓一死所，今天算是被我得到了！」

犬養毅大吃一驚，連忙問他爲甚要說這話？頭山滿便回答他說：

「神戶憲警膽敢阻止 孫先生入境，我這就去跟他們拼命！」

犬養毅深知頭山滿向來言必信，行必果。他婉言排解，竭力勸阻，請頭山滿放棄他盡起玄洋社志士，不惜與神戶憲警一戰的計劃。但是頭山滿仍然派遣古島一雄等人赴神戶迎迓 中山先生，並且叮嚀他說：「必須捨命爲之，後果由我負責！」

他命古島一雄萬一迎孫失敗，應即蹈海自殺，以報知己而求正義之伸張。不過犬養毅卻私下允諾古島，他一定設法說服日本當局。果然，當他將頭山滿的堅定果決態度知會日本首相山本權兵衞後，旋即發出急電，通知業已抵達神戶的古島，告訴他說：「山本業已諒解，希轉告孫先生。」

於是古島與萱野長知登舟恭迎中山先生，先抵神戶松方別墅，然後再去東京。那一次 中山先生抵日，就在頭山滿的庽所下榻。頭山滿對中山敬仰之誠，不啻以一死報之，更博得中日人士的稱譽。民國十三年他曾破天荒的以布衣身份，入宮陪宴，自此他蔚爲日本一代物望了。

日本黑龍會首腦頭山滿

了二十餘年的放逐生涯以後，深知國內的環境全然不同於香港，即使政治上與社會上黑暗重重，亦決不能容他放言高論。無已，自只好借寫作此類文字與品花捧妓以麻醉自己，如此而已。「老驥伏櫪，志在千里；烈士暮年，壯心未已。」對於王韜的晚年生活，我們大致可以作如是觀。他一生所發的危言讜論，在今日看來，也許卑之無甚高論。但是我們不可忘記，他所出生的時代，比嚴復要早二十五年，比康有爲要早三十年，比梁啓超要早四十五年。光緒二十三年康有爲上書變法，那一年王韜已經得病將死。康梁所提的變法主張，事實上都已經王韜在三十餘年之前提出過。康梁變法，響應與同情的人都很多，那是因爲當時的風氣已經逐漸開通了，很多有頭腦的知識份子都覺悟到中國非變法不足以圖存了，所以康梁在後來得享大名，成了維新派的領袖。但王韜在當時雖然屢次大聲疾呼地呼籲變法圖强，然而處在民智閉塞的時代裏，言者諄諄，聽者藐藐，他縱有滿腔的熱血與滿腹的經綸，最後仍然只能韜光養晦，藉品花捧妓及寫寫光怪陸離的新聊齋故事自娛。當時人不能瞭解他，甚至還要加他一個「長毛狀元」的外號。顧名思義，所謂「長毛狀元」，很有點作亂與造反的意味在內。如此人才而得如此之名，豈但是王韜的悲哀，也是時代的悲哀呢！

（完）

孫仲瑛的革命詩話（一）

恆齋

革命詩話者何非以新名詞入詩稱詩界革命之謂也。革命黨人多能詩，一篇出手，人爭傳誦，若不匱室（胡漢民），雙淸館（廖仲愷），黃梅花屋（陳融），大符（朱執信），隋齋（胡毅生），諸集勿論矣。他如片鱗寸羽，流露眞性，俊逸奇雄，恰如其分。不特誦其詩如見其人，且軼事流傳，實足爲革命黨史生色。嘗謂黨人之詩，辛亥以前，志呑胡虜，心雄萬夫，其爲氣也，慷慨激昂，不可一世。癸甲而後，則牢騷抑鬱，悲憤塡膺，閒託諸香草美人，游仙紀夢，其爲體也，哀感頑艷，長歌以見志，登臨以舒嘯。然而靡靡之聲，亡國之音，故宮禾黍，落葉秋詞，黨人無與焉。至謂宋詩柔漫，終召厓門之變，明詩萎靡，卒致煤山之禍。方今民族崩析，迫於眉睫，而革命黨人，不任其咎。予弱冠與黨人游，年二十隸同盟會籍，多識革命先進賢達，且好爲詩，得黨人詩豪邁可喜者，輒記於册。因而海內同志，郵筒寄贈，或見之報章者，所積益多。然自壯而老，南北奔馳，雖時有作輟，而事未遺忘。顧東鱗西爪，或有詩而失題，或詠物以寓意，苟非志同道合，無由知其旨趣，久欲輯而存之，稍加詮釋，以示諸後。乃旅食依人，碌碌未果。去夏臥病無俚，復以友人督促，發奮爲之。翻閱舊記，參以囘憶，謹就知聞，略爲詮次，若言杜撰，則吾豈敢。

以上是孫仲瑛先生遺稿——革命詩話的卷頭語。先生是廣東中山縣人，民元廿八年前十一月初二日生。原名璞，號顧齋，又號完璞道人。少從邑人黃紀香孝廉遊，才學出衆。中山縣是革命的策源地，同鄉中有一位無政府主義的先驅者劉思復與先生爲莫逆交，更有一位英俊少年李憐菴亦以氣類相投。三人結合，傳播革命思想，多次爲政府所密緝，紀元前一年，風聲更緊了，因之亡命安南，由夏紹魯介紹，李根源主盟，便參加了同盟會。可惜入黨後初期的革命行動，已失去紀錄，無從訪問了。民國五年由滇返粵，圖謀討龍濟光，事機不密，竟被督軍府捕押下獄，囚禁數月，幸得同志營救，才脫虎口。我的篋中曾鈔存先生獄中吟二首：

死歸生寄尋常事。誰是維摩不壞身。
事到艱難偏說佛。物猶如此況爲人。
當年豪傑皆歸漢。今日侏儒賦美新。
憫亂悲天了無益。未聞蹈海有波臣。

從詩中詞句看來，其忠義憤慨，視死如生，概可想見了。先生出獄後，隨李烈鈞再度入滇，適蔡鍔創辦講武堂，聘先生爲教官。及雲南起義，奉命代理民政司長兼昆明縣長，惠政及民，眞是有口皆碑了。 國父開府廣東，被派在總統府辦事，克展幹才。此後隨黨行動，絕不爲個人打算，常奔走南北各省，都爲當局所倚重。抗倭戰起，負責港澳黨支部宣傳，團結僑胞，喚醒國魂，最爲中央黨部秘書長吳鐵城所稱贊。香港陷敵，先生脫險赴韶關，曾印行顧齋戰時草一卷，騷壇吟侶，每以杜工部的北征來比擬他。其後任全省稅局局長，增加稅收，有助於廣東建設。及至風雲變色，即隱居九龍山中，一度佐林靄民爲星島日報撰述，少年豪氣，猶活現紙上。先生生平嗜好吟詠，喜接賓客，與潘達微交情尤篤。以民國四十二年即公元一九五三年八月六日壽終，時年七十。先生長子甄陶，克繼父志，少隨其師鄒魯革命，歷任黨政要職，現在美國主辦少年中國日報。次子甄沛隨侍，先生歿後，曾將顧齋戰時草及其他零稿求世執某爲作序文，以備刋布，輾轉間失落，至爲可惜。今檢蠹篋得先生的革命詩話多則，特爲文介紹，並轉錄如下：

李烈鈞

武寧李協和將軍烈鈞，秉資文武，雄略過人，帷幄運籌，不廢吟詠。孫總理開府粵京，將軍隨長參謀本部，軍書之暇，輒召文士雅集大沙頭崇雅樓，丕振元音，佳章盈篋。其促客小啓云：歲聿云暮，北風凜然，杜子美下筆有神，賈閬仙祭詩成軸。每瞻高躅，輒致欽遲。鈞羽書少間，韻語試賡。際茲獻歲發春，偶爾巡檐覓句。愧江郎之才盡，盻韓公之推敲云云。

孫仲瑛先生遺像

予昔從將軍治文書，偶聞佳什，以爲得未曾有，如重九白雲山登高云：我有匡廬登不得。卻從何處近青天。亡省之痛，觸處傷懷，仍不失詩人溫柔敦厚之旨，一唱三歎，憂深思遠，其有唐人之遺風歟。後有別馮煥章七絕一首云：並力中原志未伸。抗懷天地一酸辛。匡廬歸去東山遠。五老峯巔望故人。又過吳門赴李印泉宴七絕云：吳門風景柳毿毿。況有名賢聚此間。便欲移家到江國。春來放棹看青山。將軍詩信筆吟成，且絕不留稿，此皆由楊咽冰先生告予者。李懷霜掌珠江日報筆政，向將軍索詩，將軍大笑搖手曰：不成不成。繼又謂予曰：此乃你輩擅長之事，我本武人，何敢言詩。

譚延闓

茶陵譚延闓組菴先生，老成碩望，黨國元勳，書名滿天下，初不知其工於詩也。年前客白門，先生從姪仲輝鈔示先生七律一章，題爲書扇漫題出示絜齋並寄邠齋云：別後懸知鬢雪侵。閉門惟見屋廬深。久聞護草多新樹。更喜桐枝近結陰。畫餅舊嘲名士氣。脂車今見故人心。年來我亦成匏落。便擬弭弦且自禁。先生贈予楷書七言楹帖：一代文章高白社。六朝裙屐訪青山。書法魯公，得其神髓，下筆謹嚴，實追南園而駕松禪。先生題贈，作書多爲行草，楷書實所僅見。胡展堂嘗題先生所書詩冊並祝生日云：文采風流是我師。翁錢應悔未能詩。似從長慶參坡老。竟以平原傲米痴。虎臥龍跳非易事。春松秋菊可同時。蒼生不病君無病。爲祝南山無盡期。展堂對朋輩文藝少所許可，而獨於先生傾倒備至。觀其詩則二人交情之篤，期許之殷，亦於此而盡見。說者謂先生不死，黨國大老斷不至如後來衝擊之甚，湯山游賞之地，何至如斯之慘淡無光耶。人之云亡，邦國殄瘁，是天不欲中國早躋治平之域也，對此遺墨，追思曩昔，不知予涕之淫淫也。

廖仲愷

廖仲愷先生工倚聲，所見雙淸館詞，幽深幼眇，刻意研鍊，已得詞家正法眼藏，而詩則罕見。年前遼西友人以先生和吳祿貞春懷一首見寄，格調幽腴，追踪溫李，足見詩學之深也。予愛其丰神骨格，實比晚唐，百讀不厭。詩云：託根情願作菩提。風轉崇蘭過隔溪。眉譜乍描青石黛。歌聲愁離白銅鞮。營巢已誤啣泥燕。珍寶難忘退角犀。舊日羅襦珠已繫。空餘明月待人携。

朱執信

朱執信先生淵源家學，早負文名，然其詩典雅質樸，有非尋常作家所能及者，如中秋日痛陳無恙（卽陳景華）云：論定應難是蓋棺。政聲未起骨先寒。知機脫悟朱丹轂。聽吏曾探赤白丸。事去李陵依衞律。途窮張耳負成安。他年作傳連張趙。不待鴻文已不刊。按陳景華別號無恙，龍濟光入粤，中秋夜誘而殺之。景華民元掌廣州警政，時光復伊始，民軍充斥，萑苻遍地，人不能安其居。景華執行警政，察奸擿伏，不遺餘力，厲行戶籍法，生死冊，禁少尼幼婢，除莠民，禁絕苞苴，行之數月，宵人歛迹，夜不閉戶。惟市民習於苟簡，難與圖始，怨聲四起，人歌孰殺。執信先生司省計政，力贊其成，惜景華不能相機脫禍，致身死敵手，爲先生所慨痛。政聲未起骨先寒，蓋惜其才之未盡，而骨已先寒，先生痛極而言之，誠景華畢生之知己也。

先生詩之典雅，而屬對之工，尤非淺薄者所能幾及，如廣州海幢寺歲除日作云：僧容桑下過三宿。身在兵中已十年。又抱蜀不知千載遠。放淮翻覺五雞先。又只憾貯胸無二酉。不妨相腹缺三壬。又眞成窶藪妨容穴。未信窮愁合著書。又五律感懷：剩有愁堪說。難言願已酬。星辰空北極。河漢忽西流。世態餘千變。吾生足百憂。相憐有明月。侵夜到樓頭。又馬角雖非誑。蛾眉詎入時。空言松鬱鬱。又見草離離。日避鷄蟲鬧。寧辭麋鹿羣。心期擬終踐。先誓嶺頭雲。又斷句如五言觀物云：巷談會狗曲。物變劇牛哀。烏竟瞻誰止。蟲仍出怪哉。（原註出太平廣記）沐猴冠已久。腐鼠璞何殊。讀先生詩，其以身許國淡於名利，而抱負堅定，如聞其謦欬，詩肖其人，斯言益信矣。

趙聲

八百健兒齊踴躍。自慚不是岳家軍。此江左趙伯先將軍聲統新軍駐粤邊時句也。其革命思想，已露之言表。將軍蓄志反正，拔滿旗，易漢幟，不圖郭人漳反汗背約，被迫而來港。又適逢三月廿九之失，憤恨交集，嘔血而逝。將軍有贈吳樾烈士四截句，慷慨激昂，發揚壯志，早已傳播人口。詩云：淮南自古多英傑。山水而今尙有靈。想見塵襟一瀟灑。晚風吹雨太行青。雙擎白眼看天下。偶遇知音一放歌。酒後發揮豪氣盡。笑聲如帶哭聲多。一腔熱血千行淚。慷慨淋漓爲我言。大好頭顱拚一擲。長空追攫國民魂。臨行握手莫咨嗟。小別千年亦刹那。再見未知何處是。茫茫血海怒翻花。吳樾携炸彈入燕京，抱必死之志，而將軍亦以死期之，短詩四章，不減易水悲歌也。

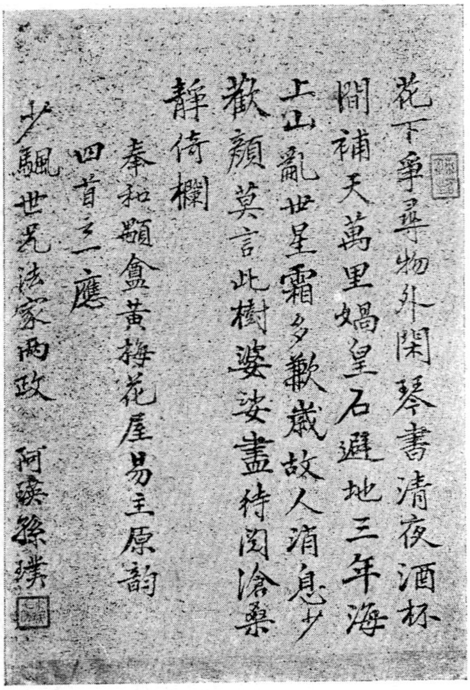

花下爭尋物外閑琴書清夜酒杯
閒補天萬里媧皇石避地三年海
上山亂世星霜多歎歲故人消息少
歡顏莫言此樹婆娑盡待閱滄桑
靜倚欄
奉和題盦黃梅花屋易主原韵
四首之一應
少颿世兄法家兩政 阿瑛孫璞

孫仲瑛先生遺墨

林文

黃花崗七十二烈士，多大學高材生，聞有精書法工吟詠者，只史家以末技不傳為可惜耳。閩侯林烈士文，字廣塵，號時爽，故雲南巡撫林鶴年之孫也。家學淵源，湛深經史，擅書法，規模顏柳，而險勁過之。為詩不專一家，而其眷懷故國，矢志光復，則以王船山夫之為近。年二十一，東渡留學，初入成城學校習軍事，繼轉大學法學院，研國際公法。少負大志，嘗自鐫小章曰「進為諸葛退淵明」。人以其雙目不凡，呼為「獅子眼林大將軍」。因自號獅眼兒。辛亥三月廿九日隨同黃興進攻廣州清總督署，烈士持號筒吹衝鋒號先進，諸烈士繼之，守者皆遁。乃與黃興朱執信李文楷嚴驥君等親入內室搜索，時張鳴岐已逃，無一要員，乃置火種而出。及東轅門，清提兵已集，烈士曉以種族大義，欲招撫李準先鋒隊。忽槍聲突發，烈士被彈中腦陣亡。烈士生平所為詩，輒焚其稿，存者極鮮，僅得數章如下：南歸過台灣感懷七律二首，其一云：秦國河山百二重。而今無地覓堯封。孤臣血淚斜陽冷。上將旌旗碧海空。人事何關哀樂盡。野花依舊寂寥紅。魚龍漫衍悲殘夜。只此傷心萬古同。其二云：撼地西風萬戶悲。翻江狂雨暮來時。疏燈黯淡思城郭。一棹倉皇怨別離。入夜浮雲猶蔽月。未秋寒葉忍辭枝。艱難欲盡新亭淚。來日思量未可期。又五言留東雜感云：落葉聞歸雁。江聲起暮鴉。秋風千萬戶。不見漢人家。故國河山遠。秋風鼓角殘。登臨悲壯歲。涕淚向人難。別後愁多少。羣山簇古邱。獨行數歸雁。到處總悠悠。故國歸何日。蒼生總百憂。與君同作客。能飲一杯否。僕本傷心者。登山夕照斜。何堪更回首。墮作自由花。

李炳輝

南洋黨人三月廿九日力戰而死者有李炳輝烈士，廣東肇慶人也，又名祖奎，別號路得，少以孝稱，隨人至南洋大霹靂，就教會學校肄業，遂為基督信徒。既而眷懷祖國，矢志革命，加入同盟會。於是昔以宣傳教理惟恐不及者，至是乃盡易以宣傳黨義，人益奇之。辛亥春，本黨開秘密會議於南洋英屬庇能，決議大舉進佔廣州，總理手定進攻計劃，以軍法部勒諸同志，徵調八百人為選鋒。南洋黨人踴躍以從，烈士遂爭先參加選鋒隊，隨至香港。其母聞其歸，以書促之，且謂爾生日誕辰在邇，宜即歸敍家庭歡。烈士以覆書恐有洩漏，乃寄詩一章上母云：回頭二十年前事。此日呱呱墮地時。只愧劬勞恩未報。定知報國勝烏私。嗚呼，此書尚未到家，而烈士已身殉國矣。烈士忠於國而孝於親，求之今世士大夫，實不多覯，「定知報國勝烏私」，非忠孝蓄於中而發諸外，其能若是乎。縱以詩論，不愧作者之林，即此一絕，已足千古，詩之可傳，豈在多哉。

黃興

黃克强先生工詩，世多知之，其詞之佳，則知者甚罕。予日記錄有其舊作蝶戀花一闋云：畫舫天風吹客去。一段新秋。不誦新詞句。聞道高樓人獨住。感懷定有登臨賦。　昨夜晚涼添幾許。夢醒燈殘。猶是思君語。不道珠江行役苦。只憂博浪椎難鑄。似是三月廿九之際所作者。至詩之佳，予最愛其三十九歲初度作云：三九年知四十非。大風歌罷不如歸。驚人事業隨流水。愛我園林想落暉。入夜魚龍仍寂寂。故山猿鶴正依依。蒼茫獨立無端感。時有晨風振我衣。他如和譚石屏能爭漢士為先着。此復神州第一功。又題湖北國民日報元旦云：伏臘敢忘周正朔。輿尸猶念漢軍人。均辛亥後詩也。

民國三年，距離現在已經五十七年，但是我一回想那一夜的景象，那空洞的院落，那花陰，那月色，那踈踈的窗櫺，映出那一個髦髮時妝的鬼影時，便如在目前。她是一個鬼？到底還是一個人？是虛無？是眞實？至今我還是在懷疑。事情是這樣發生的。

一個親眼得

一

民國三年，我父親代理鎭海縣知事，我們都住縣公署，而那時還是叫衙門。有一天，縣署後面起火，鎭海沒有正式的消防隊，那火，立時延燒到房，我們全家搬出縣署，連夜在花園弄租借民房。那是一所故家院落，房屋相當進深寬大，我們只租了一座花廳，便是一排五間三進。前後是假山湖石，和玲瓏的花木。我父親、母親帶着我妹妹小翠弟弟叔寶，住第一進，那時我妹妹才十二歲。我年紀雖不算大，膽子卻大，我歡喜第二進天井，有一個葡萄架，葡萄也大，正當着窗櫺，垂着結實，上面還有松鼠，竄來竄去。這一進雖也是一排五間，房東卻留下左邊二間堆什物，當中串堂空着，只讓右邊兩間給我住。我母親怕我膽小，便把一個在鎭海僱用的女傭人，住在我隔壁的一間。她已經三十多歲，人很誠實，我們依着寧波的風俗叫她丁家姆。她住右邊貼牆的一間，而我則住靠中堂的一間，這時候我已經寫文章，在上海投稿。我便在臥房裏擺了書桌，桌子緊靠西窗，正在葡萄架綠蔭之下。床是老式的，寧波式雕花的梨花木床，掛着印花白夏布的帳子，靠床有兩隻古老紅木單靠椅，中間嵌着一隻紅木四方茶几。臨睡前，丁家姆照例進來，替我趕蚊子，放下花夏布的帳子。將美孚油燈移到靠窗的寫字枱子上，我因爲膽大，歡喜黑頭裏睡，有了燈反而睡不着；但不知何故？自從搬到花園弄以來，總是有點怯，反反覆覆，不能安枕，便央丁家姆，只把美孚燈滅點，而不要全滅。那一種黃黃的火油燈光，暈罩了全室，隔着夏布帳子望出去，卻有點不調和，因此我們往往捱在母親的房裏聊天到渴睡得很了，回房去睡。

二

我從來沒有向左邊關鎖着的空房張望過，當中一間也少走，因爲我的房，有落地窗開向天井，可以自由出入，不必走串堂，反而繞路。丁家姆燒飯洗衣，則要走串堂，因爲第三進的一排五間，才是我們的廚房和柴房。

我們住的，正是花園弄的大花園，從大門進來，要走過很長的甬道，兩邊院落很多，由房東分租給其他的租戶，而洗衣的井，則在甬道盡頭一片較廣的海石板天井裏，因此我們進出，必要走那井邊過。井邊聚着各租戶的洗衣的，燒飯的，亦有自己下廚房的少奶奶和小姐。她們看見我走過，必聚目遙送，接着嘰嘰喳喳起了談論。那時我年輕，自傲，看見人指目我，便走得更快，從不留意他們說些甚麼。

三

有一次，忽然聽見了一句：「這個小巒可惜。」

小巒是寧波人普通稱孩子的土語，他們竟拿來做我的代名詞，我覺得有糾正的必要，便立定了。我說：

「阿姆，你們在說我嗎？」

一個中年的便接嘴說：「沒有的，沒有，少爺——不過你們是怎麼會住到這所屋裏來的，而且……」

「空屋？而且？」我用問句的口氣。

她們立刻互相使個顏色，停着不說了。我一路走出大門，一路想，她們說話有些蹊蹺。空屋，這五間三進的大花園，在我們夜遭回祿，匆匆搬入的當兒，我們確是急不擇屋，在鎭海，人人都說花園弄有一座兇屋，難道我們竟住進了兇屋裏來了

見的鬼故事

雪安

嗎？

不過，我也不怕，我不相信世界上是有鬼的。如果眞有鬼，我也眞想見見，而且更想和他談談，他們到底是住在那裏？怎麼樣生活？我一路想着，腳下卻不自主地去找我一個最相熟的鎭海朋友。

我的朋友聽了，卻縱聲大笑：「你也相信世界上眞的有兇宅嗎？花園弄這間屋子，在洪楊時代確會打過「長毛館子」，很少有人敢去住。令尊老伯大毫不考慮地住了進去，我們正在欽佩，他眞是中華民國頭腦最新的唯一開明的縣知事，親自作則破除迷信。你，你倒，你倒……」他指着我又縱聲大笑起來了。

我內心慚愧得很，我眞不是一個有爲的青年，怎麼也能相信兇宅？我訕訕地回到了花園弄，母親領着弟妹吃夜飯了。父親照例在縣公署辦完公事要起更後才回來。我幾次想把我井邊所聽着的，我朋友所說的告訴我母親；但是我沒有說。

四

妹妹雖只有十二歲，她已能幫着父親抄寫小說，寄到上海去投稿，弟弟正在認方字。美孚油燈的黃，照着我母親，我感覺到她的高貴，我不敢說這種滑稽之談，褻瀆了母親的聖潔，又恐駭了我的妹妹弟弟。這一天，我提早回我的時間，想寫作，一篇杜撰的外國故事，題名：「塔語斜陽」，是說「一個回教的公主，被他父親關在古塔的高樓，她盼望着斜陽的盡處，有一個騎馬的勇士來救。」這是民初時代的一種流行小說體裁，也是我年青時的幼稚心理，（但是好來塢的宮闈神話，至今還保留在這一個水準）我寫得津津有味，直到精神十二分疲倦時，我才上床去睡，一枕黑甜，睡得極熟。

一忽醒來，忽覺月亮照得滿地慘白，美孚油燈不知何時熄滅了，葡萄樹的黑影子，隔着窗子，慢慢在動。花夏布的帳子，本來眼花的，月亮一白，一黑，愈覺魅魑地，滿帳子花紋變了人物，或竟是影。再一看時，卻正有一個女子的背影，靠着寫字枱，向外望月。我初疑惑是丁家姆在我房裏，她這時候爲甚麼還沒有走出呢？我一叠聲的叫：「丁家姆……丁家姆……」但是她沒答應我，好像沒聽見。我陡然地好像有一勺冷水，直從背後澆進十萬八千毛孔，颼颼地直站起來，我下意識地大叫了一聲：「喂」。那個靠窗的女子，倏地沒了。我意識到她是一個鬼，月亮還是慘白，葡萄樹影還在搖曳，一個微細而帶着歎息的聲音，起在窗外，它「妙」了一聲，跟着便是一個黑影竄過去了。

我不由地笑起來，窗外原來是隻貓，可能剛才那個女子的影子，就是它。而我被夏布帳隔花了眼，加上日間井邊那股氣氛，境由心造，疑心便生出了暗鬼。

這一思索，自然得了解答，便覺身心泰然，不一刻功夫，呼呼入睡，再次醒來，已是日高三丈。丁家姆已在後廊下掃地，母親拿着一管黃楊梳子，正替我妹妹小翠打辮，他們都笑我今天起得晏，我也訕訕地說不出我昨夜的所以然。

我從外面回來，已是暮色蒼茫，花園弄一條永巷，黑暗得陰氣森森，蝙蝠從黑暗裏撲出來，打着我的頭，井邊的聚談會已經散了，只有個姥姥，我們叫她金嬸的還在淘米，我不由駐足，想在她身上找一點故事新聞，以證實作晚所遇見的，是幻？是眞？金嬸也望着我，看看左右無人，便幽幽地張着癟嘴說：「陳少爺，你們還要住下去麼？住到幾時才搬回衙門去呀？」我說：「說不定！」

「哦！」她說：「不過，我想你們還是早些搬，不然，你們會得……」她說到這裏，聲音更幽了。她說：「會遭到不幸的！」

我立刻覺應到昨晚的幻覺，我說：「甚麼不幸啊！」

「會見鬼！」她說。

我立時覺得有一勺冷水，向我背上澆來，我要澈底了解昨夜的事，我要從這姥姥口裏知道這一件事的眞實性，我和姥姥在井邊坐下來了。她一家人口只她一個，飯燒不燒，沒關係，她卻歡喜嘴碎，我們在朦朧暮色裏，聽着蝙蝠颼颼的飛過，夾着她幽幽談話，她述說了以下的一樁可怕的故事。

五

「這是長毛時代的故事了——這座花園的主人姓汪，是向榮向大人的參將，跟向大人在外打仗，長毛卻陷了鎮海，汪參將的老幼全家都跳在這口井裏殉難了。獨有一位小姐，被一個長毛救起，他們就共同生活，佔據了這所大宅子，他們非常恩愛，他們從井裏撈起了全家屍體，運到祖墳上葬了。這位小姐還替那小長毛生了一個兒子，他們還替姓汪的保全了這所房子，可是人事的變遷是無常的，不久，長毛失敗了。

「寧波鎮海克復了，汪參將回來了，小長毛當然是死了。汪小姐卻抱着外孫去見外公，一見面哭得淚人兒一般。汪參將大怒，說她有玷家聲，敗辱門庭，她爲甚麼不隨着家人死在井裏？一口氣，將她母子活生生地釘在那口畫箱裏，那口畫箱至今就在你們住的花廳第二進，左雙間裏，即是永遠鎖着的。汪參將在世時仗着他的功名和威嚴鎮壓，還沒有甚麼，轉到他姪兒手裏，鬼就出現了。

「鬼的意思，自己被父親釘死，是咎有應得，參將沒有兒子，卻白白地被姪兒得了繼承權，即是她和小長毛所掙扎下來的財產，所以她要出現。你不信，那畫箱至今，還鎖着她母子的骨殖，而沒有人敢去動一動！」

姥姥像講故事一樣地，說過了這一場寃獄，拍拍手就走了，她一點沒有表情，原來她們已背熟得成了一個譜兒，在這花園裏住的人都會說，只是我們新來晚到的人不知。由於我們是官的緣故，他（她）們都不敢來說，連丁家姆也許知道得很詳而不肯說，不敢說，我訕訕地趁着暮色，回到上房，母親正等我吃晚飯呢。我說：「有點兒頭痛，吃不下。」我就回到第二進去睡。西下的殘陽，一抹地照在五間一帶的大玻璃窗上，我不由自主地走向那左雙間，我想窺探一下裏面的究竟，這間鬼屋，到底是甚麼樣兒。斜陽從塵封的玻璃格子反射進去很烈，我找了一塊破玻璃隙，果然看見了裏面，即是兩間統的空房，堆着許多塵封的雜物，雜物當中，果然有一隻畫箱，朱漆的，長長的，已經黯澹得分不出紅黑，它眞像一口棺材。右壁邊靠着一隻扶梯，可以走到樓上去，我想像那個樓，也許是汪小姐生前的粧樓與臥室，我不由對這位不幸的小姐發生了同情心，她的結局，很像我在寫而未完的稿的「塔語斜陽」裏的公主。我倒消失了恐佈，我回到我的屋子，拈起筆來，叫丁家姆送進一隻美孚油燈，我想把她的一段歷史，融入我的「塔語斜陽」裏去，母親卻隔着院子在說：「丁家姆，你叫少爺不要再寫字了，他在頭痛。」我聽得母愛的慈音，我便吹熄了美孚燈睡了。

六

從這次起，我走出天井來，總向左室塵封的玻璃窗望望，我的小說也寫成了，寄到上海去發表了。日子過得很快，已經是第二個月的十五，我睡在夏布帳裏，一覺醒來，月亮又是照得滿地慘白，美孚油燈不知何時熄滅，葡萄樹的黑影影子竟移近到我的床前，我陡然看見靠近我的床前的紅木椅子上坐着一個婦人，我看見她白色的上衣，藕藥色的褶子，紅菱的小腳，我立刻大叫一聲，將頭蒙入被中，全身都抖動了！丁家姆在隔壁房裏聽見我的慘叫，立刻到了我的房裏，父親，母親，都驚起來了。

他們携着燈，都來圍着我，父親說：「琪兒，琪兒，你怎麼了？」我和發寒病一樣，只急出幾個字來：「爸爸，快搬場，搬回衙門去。」

我們搬回縣署，我便寒熱交作，囈語似的把這件遇鬼的事報告我父親，父親撫着我額角說：「琪兒，你相信有鬼嗎？」

「不相信，但是我看見鬼。」我說。

「這是你心理的矛盾。我再問你，你

相信這具畫箱裏，經過這樣遠的年代，而還存着陳死人的骨殖嗎？」父親說。

我愕了愕說：「我不知道。」

我父親笑起來了，他說：「那就好辦了，你快些病好，我們可以請汪紳同到那裏把畫箱打開着看，如果裏面是有屍骨存在，你的鬼是證實了，如果是空的，你的兩次遇鬼，只是一個心理上的幻影。你要知道藍印花的白夏布帳子是很容易發生幻象的，你今年十七歲，還是孩子，孩子就更容易上這樣一個大當。古人的杯弓蛇影，就是這樣發生的，你說是不是？」

七

父親這樣解釋，我的病霍然好了八九分，過了一天，汪紳請我們吃午飯，酒就擺在我住的葡萄架下的西軒，左邊兩間也打開了，五間統敞，朱紅漆的畫箱，塵封的雜物，依然原樣，一動也不動。我更發現了許多蛛網和螞蟻糞，但我在陰黯裏卻發現了有幾個被貓兒鼠兒擾亂的足跡。汪紳的年齡和我父親差不多，舉酒勸得很殷勤，他對我父親說：「世界上的謠言，是信不得的，我現可以告訴你，我雖是先伯父的繼承人，但我的先伯父卻沒有子女，這兩間房是我先伯父的上房，我為紀念我先伯父的遺澤，所以永遠封着沒有動，現在雜物的位置，還是他老人在世時的原樣，而這畫箱裏的東西，卻是先伯父最心愛的一箱古畫。我是生意人，不通文墨，不通古董，所以便一直把它鎖着。民國以來，我們家道稍稍中落，我才把我的大宅子，分組的租出去，先人的巨構，到我手裏成了大雜院，是很慚愧的。自從此間住戶一多，就起了兇宅的謠言，我也有所聞，但他們都避着我才談的，我也無法向他們去糾正。後來就聽說這間房子常有響動的。難得陳縣長來借這個房子，我想正好借藉縣長的開明，來破除這些謠言的迷信，不料令郎也見鬼。如今我們可以把畫箱打開來看一看，是古董，還是古尸，這就可解決了。」

這時院外天井裏，探頭探腦的擠滿了人，隔着花籬，和騎着牆頭看熱鬧的都簇簇私語，睜大了眼睛，期待古屍的發現。兩個長工，走過去，很容易的把畫箱打開了，原來竟沒有鎖，裏面空空的，那裏有古屍？連古畫也沒有，只有幾幅已經破壞霉爛的申報紙，倒還存在着。

全宅子裏看熱鬧的人都起了鬨鬨的議論，汪紳也愕住了，我父親卻很自然的站起來了，他用演說的方式，對着大眾：

「眾位父老，」他說：「這事很容易明白，這箱子裏既不是古屍，也沒有古畫，可見一切的謠言，都是虛無飄渺的，我的兒子小蝶（說時他按一按我的肩）他只是寫小說，寫迷了，境由心造，才發生這一幻狀，現在證明，不但小蝶的見鬼是幻想，連汪紳士說的一箱古畫也是幻想，則諸位高鄰所聽到的，一切的故事當然也是幻想了。

「這幾間大屋子空着，實在是可惜，我想要求汪紳士來做一所平民習藝小學，讓鄰近的子弟們，既讀書，又習藝，習藝的成品便可以賣來做學校的經費，諸位高鄰，以為如何？」

在一陣熱烈的聲浪下，解釋了這一座兇宅之謎，後來父親告訴小港李鴻翔先生，鴻翔欣然捐出一筆款子，就在花園弄六號辦了一所平民習藝小學，並延了我前次去請教的那位鎮海朋友做校長。

後來，這位朋友告訴我，經過他的確實調查，汪家確有一位小姐，死在長毛時代，但釘死畫箱謠言的是大花園變了大雜院之後才起的，那些不肖的住戶想借着鬼故事的恐怖來掩護，偷這所塵封房子裏的東西，畫箱裏的畫當然就是這樣不翼而飛的。你們搬了進去，礙了他們的手腳，所以增造恐佈，好把你們亟早鬨出去，而繼續他們鬼計的行竊，說不定那兩次的鬼的出現，就是丁家姆所扮做的！

「但是……兩次，都是在一霎眼間，那鬼不見了，而丁家姆就從外面進來，她的化身那裏有這樣快？」我反詰他。

「但是……但是……但是……」他眨了好久的鬼霎眼，但是他沒有把這一問題解答出來。

厚教教主李宗吾

何平

中國四川省曾經出了一個有名的「厚黑大師」——李宗吾。他的那套驚世駭俗的「面厚心黑」哲學，固然曾風行一時，而有關他的奇傳怪行，也是極爲膾炙人口的，現在就來稍爲談談他的滑稽突梯的行徑。

李宗吾，是四川富順縣自流井地方的人，本來一向是從事神聖的教育工作，而且曾有一個時期，似乎還擔任了成都市的教育局長。然而，可能是因爲看得官場之間的虛僞陰險事情太多了，憤世嫉俗之心一發展下來，竟創出了一種極爲乖戾的學說，就是「厚黑學」。

所謂「厚黑學」，便是「面厚心黑」的哲學，據李宗吾自己說，這是他的偉大發明，不但是哲學，而且是宗教，所以他又自封爲「厚黑教主」，其著作除了「厚黑學」之外，還有甚麼「厚黑經」，「厚黑傳習錄」，（光是「厚黑學」，就有三大本）把這本巨著，稱之爲「聖經」。而且不惜自己掏腰包，拿來印成巨帙，到處派送。當時四川省的主席是劉湘，在他的巨著完成後，他也送了好幾本給劉，並且勸他皈依，說是只要你能參悟出此中眞昧，便不難做到大總統，甚至與袁世凱一樣稱帝。

劉湘接到了他這封怪函，不但沒有接受他的美意，而且勃然大怒，將他的公職也革掉了。

李宗吾被革職之後，不但沒有懊悔，而且非常歡喜，認爲自古行道之人，總不免受到困辱，這小小的挫折不算甚麼一囘事，正好以無官之身，到處宣揚厚黑之教，於是便囘到家中，特別製了一領「道袍」，乃是一件圓領的土布大衫，外加一頂破舊的草帽，另外便是一個滿裝教義的旅行袋，外加一根竹杖，便到處瞎跑，去宣揚他的厚黑教去了。

這位大師的所謂厚黑學，主要之點，便是教人處世接物，必須完全以詭詐出之，雖然做人一定要面厚心黑，但卻不可表露出來，必須在上面「塗上多少仁義道德」，只能「厚」與「黑」乃是相生相成的成功之道，只能「厚」而不能「黑」固然不可，只能「黑」而不知「厚」亦不可，總而言之，統而言之，只有大家都做小人，然後才能大家都知所趨吉避凶，於是世界上所設陷阱佈局，也就無所施出伎倆，到頭反可使國家趨於大治。這就是李宗吾所以提倡「厚黑」的用意。奇怪的是，儘管他的這套哲學「宗教」並不能感動顯貴，卻也居然有不少青年認爲此乃不易之理，紛紛投效而成爲他的弟子。

而李宗吾的這些弟子，在奉教之時，也的確可說是得其心傳，着實在他們老師面前表現了一手。

原來李宗吾在傳授弟子之時，本身經濟情況就不太好，家裏僅餘的一點錢也給他拿來印送「厚黑經」印光了。然而，他的一些高足比他還要窮，常常飢寒交迫，雖然能厚能黑而無所用，於是腦筋竟然動到了自己的這個窮老師的頭上。

當他率領弟子講學時，衆弟子之中，有一個刁鑽古怪，很羨慕他身上所穿的一件狗皮襖，便要設法把他騙了過來。眉頭一皺，連夜大翻書本，將歷史上許多有關於面厚心黑的「名言」都錄了下來，集成一本「厚黑名句」，拿來在第二天早上獻予宗師。李宗吾看了，自然爲之大喜，認爲孺子可教，再看他的弟子時，只見他瑟縮堆成一團，似是不勝其寒，忙問他是怎麼一囘事。他的弟子便囁嚅道，最近爲了趕這本書，手頭缺乏資料，便把自己的棉襖賣了，拿來賣書，所以無衣可穿。

想不到李宗吾這個以面厚心黑之說倡於世人，卻是個情性中人，一聽之下，大爲感動，立刻便把自己的皮襖脫了下來，披在他弟子的身上，說是當作獎學紀念品。而自己因爲沒了這件襖子，竟因天寒而病了一場。

病好之後，他又出現了一件極盡幽默之舉，原來李宗吾本來還有一個別號，叫做「獨尊」。這個別號充滿了自大狂，意思就是與佛祖出世時所叫的口號一樣：「天上地下，唯吾獨尊」。但這一病痊癒，他卻把「獨尊」改爲「蜀酋」，別人問他這是甚麼意思。他便說：「我從前有件狗皮襖子，現在沒有了，等如獨字沒了犬旁，還有一事，汝等不知，原來我發覺我的弟子，人人都比我長得高，最矮的也比我高一寸，所以，我這個至尊，實在應該去寸，這就只剩了一個酋字，乃名曰蜀酋矣。」

聽到的人，無不爲之大笑，他卻是毫不在意，依舊我行我素，大肆推行他的「厚黑學」，說是：「西洋鏡一經拆穿，則牛渚燃犀，百怪畢露，受厚黑之犧牲者必少。而實行厚黑者，將無便宜可佔。」這樣一來，便可以天下太平，不再有勾心鬬角之事。又因爲他讀書甚多，（此人對老莊極有研究）曾寫過許多專講老子的著作。在厚黑學中引經據典，列舉古代的厚臉黑心之行，甚至大膽到把孔子爲魯卿，七日而誅少正卯這件事，也當作是孔子的「厚黑傑作」，因此得罪了不少人，認爲他太過狂悖，對他排擠更是不遺餘力，於是他也就更加倒霉，而他卻認爲這是「自作孽」，因爲他把世間許多虛僞都揭穿了。

這個「蜀酋」正在大傳其厚黑學，並且廣收厚黑門徒之時，也正是中國抗戰，國都而遷重慶的時候，對於他的這種不爲時尚之論，自然有許多自命衞道之士大側其目，便通過地方當局，加以壓力，禁止他再從事公開活動，如此一來我們這個厚黑大師，便只好韜光養晦，躲回自流井老家中，以著作自娛了。

其時，適值復旦大學（遷在重慶北碚）的一名教授張默生，正從事撰寫一部「異行傳」，專門搜羅怪人，將他們的事蹟刋諸梨棗，聽說四川地方這一個厚黑宗主，自然不肯放過，便恭恭敬敬的寫了一封信到自流井去，將本意說明，要他老人家提供一些生平自認爲最得意的事，作爲寫作資料。

信寄出之後，卻如石沉大海，居然一字不覆，張默生仍然不以爲意，而以爲可能是寄失了，於是又續寫了好幾封信，而且一封比一封寫得更加謙虛，統通用掛號信寄出。可是，同樣的一些訊息沒有。張默生無奈，最後用一張白紙，畫了一幅速寫像，寫着自己跪候塵埃，而把李宗吾寫成一個天神，高高在上，旁邊註以數行小字：「懇請宗吾大師早賜佳音，弟子張默生百拜」。

這封信寄出之後，沒有多久，果然有回信來了。這一封信，是裝在一個大紙袋裏，信外面還寫着：「李某平生最得意事，付與張默生弟」。

張默生看了，大喜過望，認爲其中一定是極爲豐富的資料，趕緊拆了開來，不料這一拆，竟然教他掩鼻不迭，原來裏面都是張默生所寄出的信，而每一封信上面，都揩滿了大便，穢跡斑斑，臭不可當。

這一下子，可教張默生楞了，若是換了旁人，少不得將李宗吾臭罵一頓，但張的涵養極好，將這一疊「臭信」往毛坑一扔，又寫一信，且附以他本人用毛筆恭楷抄寫的「厚黑經」一大帙，再寄與李宗吾，以示虔敬，目的還在索取他的資料。又在信後附上一首打油詩：

「說你怪，你眞怪，屎紙拒人千里外，這番功夫不算小，手抄經典送上來，如承供生恩禮遇，足够半年厠上快。半年之後逢假，定當再版送上來！」

意思就是說，你老兄雖然如此對我不客氣，我可一點不惱，還親筆恭抄老兄的大作，以供你作厠紙之用，如果認爲不够，半年後我假期有空！還是給你再抄一遍送來，看看你感動不感動。

經過這一場滑稽的交手之後，李宗吾對於張默生的請求，似乎仍是無動意中，只是在他所寄來的打油詩之後批了幾個字，說是：「龜兒子，知道了」。又把它寄回，不過這一次未拿來揩屎，對張來說，已經算是非常客氣的了。

張默生接到了退回信，仍不灰心，忽然靈機一觸，在復旦的校刊上，以「厚黑學」爲題，大大評論了好幾期，大意說是，所謂臉厚心黑之說，只是憤世嫉俗之論，創此論者，實在一點不厚，半點不黑，而眞正臉厚心黑的人，卻是永遠不會談到這種「學理」。所以「厚黑學」之創，實在是儆世明燈，並不能以邪端異說視之，而且應該有一定的學術地位云云。

這幾篇東西發表之後，張默生特別把它剪了下來寄給李宗吾，說也奇怪，這個厚黑大師竟被張默生一語破的，深深把張識爲知己，開始回他的信，暢暢快快的與他討論各方面的問題，其學識的淵博，論點的中肯，以及一副誠摯之情，都可證明他實在一如張之所說，只是一個「倡爲厚黑而其實不厚不黑」之人。

後來，他到了北碚，也前往拜訪張默生，兩人一見如故，李竟然在張家住了足足兩個月，兩人閒着無事時，便到茶館中去擺龍門陣，一杯沱茶，口沫橫飛，在這期間，張默生曾經替他安排了一個「家庭式」的演講會，將一批弟子邀到家中，請他講的「唯心力作」，當他說到社會上形形式式的光怪陸離現象時，把整個社會的所謂名流要人，譏嘲得不亦樂乎，認爲這些人在死後，都是沒有資格上天堂的。當時，有一個學生打趣着問他：「李大師，那末你呢？」李宗吾從容不迫地說：「我也是要進地獄，不過這是我自己的選擇」。問的人覺得奇怪，再請教是何道理。他說：「因爲在地獄裏，朋友比較多，不愁寂寞」。聽者不覺閧然大笑。也可見他玩世思想的一斑。

在這段時期，據說復旦大學中，有一個女學生垂青於他，給他寫了一封情意纏綿的信，可是，對於女色，他卻似乎一點不厚，反而臉皮薄得很，趕忙回了一封信，備述自己受寵若驚之情，最後卻補充了一句：「吾老矣，無能爲也」。貪夜抓起行李袋而逃。回到成都之後不久，他就因病而死，臨死之時，吩咐家人務必在他的墓碑上刻上「厚黑大宗師李宗吾之黑骨」十一個字，然而，他的家人沒有照辦，大概這也是他一生之中，最後的拂逆了。

「永樂大

四庫全書爲我國創下光輝燦爛的一頁，直到目前，我們還是可以憑杖着這份龐大遺產，向世界任何國家民族揚眉吐氣。乾隆時所以能夠完成這樣偉大而驚人的鉅製，當然是靠多方面的因素配合，但直接促成四庫全書的開館纂修，應該是從校理永樂大典開始。

永樂大典論數量，是僅次於四庫全書的一種，但它卻是一部類書，編集的方法是「用韻統字，用字繫事。」它的內容，是「無厭浩繁」。它的卷帙，前人所記各有不同，據姚廣孝進永樂大典表文所載，永樂大典凡二萬二千八百七十七卷，另有凡例目錄六十卷，繕成一萬一千九百九十五冊；繆荃孫則稱爲一萬二千冊。

永樂大典開始纂修，是在永樂元年，相傳明成祖發動了靖難之變，篡奪了建文皇帝的大位，誅戮了無數的文武忠臣，當時普天之下，憤怒不平之氣，一時不能消除，成祖就倡行了一種文人學者最有興趣的工作：纂修一部大書，以籠絡人心，讓天下讀書人將仇視自己的目光，轉向文字堆中。但是否如此，尚難置信，不過永樂大典，對文學上的貢獻，確是有崇高的價值。

永樂大典成祖御製序說：「命文學之臣，纂修四庫之書，及購募天下遺籍，上自古初，迄於當世，旁搜博採，彙聚義分，著爲奧典，……包括宇宙之廣大，統會古今之異同，巨細精粗。粲然明備……」

就以上摘錄成祖的序文，就可以看出，永樂大典的內容是多麼繁富。因爲它是用「韻以統字，字以繫事」的方法編集，不免將所有古書「割裂得支離破碎。乾隆時詔諭軍機大臣，對永樂大典，已有所指摘，乾隆諭旨說：「……茲檢閱原書卷首序文，其言採掇蒐羅，頗稱浩博，謂足津逮四庫，及覈之書中別部區函，編韻分字，意在貪多務得，不出類書窠臼，是以蹖駁乖離，於體例未能允協。即如所用韻次，不依唐宋舊韻，推以洪武正音為斷，已覺凌雜不倫，況經訓為羣籍根源，乃因各韻轇轕，於易先列蒙卦，於詩先列大東，於周禮先列冬官。且採用各字，不論易書詩禮春秋之序；前後錯互，甚至載入六書篆隸眞草字樣，摭拾米芾趙孟頫字格，描頭畫角，支離無謂。至儒書之外，闌入釋典道經，於古柱下史專掌藏書，守先待後之義尤為鑿枘不合。」由此可知永樂大典編纂的體例既然不好，內容也支離駁雜。不過它裏面有許多古籍，在清初已經失傳，乾隆時纂修四庫全書，就在它裏面輯出了逸書四百多種，其著名的如薛居正的五代史，續資治通鑑長編，宋朝事實，諸蕃志，及建炎以來繫年要錄等，在學術上都有極大的貢獻。

永樂大典的內容包括了經、史、子、集百家之書，以至天文地理，陰陽、醫卜、僧道、技藝之言，無所不有，從永樂元年七月解縉等一百四十多人奉敕纂修，次年十一月初完成，成祖賜名為「文獻大成」；後來因為內容不够詳贍完備，又命姚廣孝、劉季箎和解縉會同再次監修，並加派王景、王達、胡儼、楊溥、陳濟等五人為總裁，鄒輯、王褒、梁潛、吳溥、李貫、楊覯、曾柴、朱紘、王洪、蔣驥、潘畿、王稱、蘇伯厚、張伯穎、梁用行、楊相、尹昌隆、高得揚、葉砥、晏璧等二十人為

典」滄桑

周行

副總裁，參與其事者共有二千一百餘人。至永樂六年冬告成，改名「永樂大典」。書的尺度，每冊高一尺六寸，寬九寸五分，以粗黃色絹褙成硬面，包背裝，書葉用宣紙朱絲界欄，每葉八行，每行大字十五、小字三十，句讀用朱筆圈點，書名或用朱書，或用墨書不等，看起來很笨重，繕寫繪圖倒很工整悅目。前年在中央圖書館看到由國外運回一批被外人盜刼的書籍中，有永樂大典數冊，每冊都有幾處錯字，足見當時核對的工夫不够審愼。

永樂大典告成之後，就貯藏在當時北京的文樓。嘉靖四十一年禁中失火，幸而及時搶救，未被波及，明世宗鑒於這部大典的珍貴重要，特選程道南等一百餘人，重寫正副兩套，由張居正等負責校理，至隆慶元年完成，將原本運到南京貯藏，新寫的正本貯藏文淵閣，副本貯藏在皇史宬，計劃用心，可算週到完善。

此後國家多事，明朝的臣，已無暇顧及這堆笨重的大書，到明亡之時，南京所藏的原本，先行被燬。清順治時，將文淵閣的正本移到乾清宮，這時已缺失二千四四二十二卷，皇史宬的副本移到翰林院，乾隆詔修四庫全書時，曾大加利用，及至嘉慶年間乾清宮大火，這部正本，也同遭回祿，僅餘藏在皇史宬裏的一部副本了。

光諸年間，重行檢點，預備要移存翰林院，但這時剩下的已不及五千冊。庚子義和拳亂之後，八國聯軍攻入北京，多處文物，遭到外國野蠻焚刼的暴行之後，圓明園文源閣的四庫全書全燬，翰林院裏的永樂大典，也只剩下三百多冊了。及至民國以來移到教育部圖書館保管時，這部大書只賸下六十冊了。根據各方面的調查，永樂大典散在國內外以及私人收藏的，仍有數百冊，其中被外國人偸盜刼奪或騙購者，如美國國會圖書館、大學，英國大英博物院與牛津大學，以及德國、法國、日本各公私藏書機構，都收藏着我們這份「文化遺產」

永樂大典在明朝時並不被學術界人士重視，因為它是分韻湊集，龐雜混淆，漫無統系的一部類書，然而宋元以來的秘籍佚文，往往藉它流傳下來，乾隆修四庫全書時，命館臣在裏面探索蒐輯，館臣們開始時，都對這枯躁的工作感覺乏味，又不得不就其容易的部份，加以整理。經過一個時期，大家公認已經沒有遺漏，但周永年獨表反對，他以為永樂大典仍有甚多的逸書，還可以輯出，於是大家公推他獨任其事。周永年一個人花費了三四年工夫，從九千多冊笨重的大冊子中，又輯出珍貴的逸書十餘種，都是世所未見的孤本，著錄於四庫全書之中。因此，對這部大書的失散，使我們痛心，它雖是一部「類書」，但它是我國文化的寶藏。

「烤羊全席」與「洗汗澡」

蔡雷

我國土地廣大，人口衆多，因此各地民族的風俗習慣，亦自然不盡相同；尤其是在文化落後、交通不便的邊遠地區，迄仍保持着一切傳統的奇風異俗，假使一個外來的旅行人，偶而身臨其境，爲着要「隨俗」，往往會在無可奈何的情況下，鬧出許多笑話，吃盡許多苦頭，筆者在西北服務期間，就曾有過一次可憐亦復可笑的慘痛經驗。

民國三十六年初，筆者隨軍由甘肅的武威移防到酒泉，在部隊到達新駐地的第三天，師部爲了要進一步加强該地的防禦工事，特同高台縣元山鄉的「大山村」訂購了一批木材，因爲山林間的設備簡陋，道路崎嶇，用工人搬運，費用太高，想用汽車搬運，又恐山路無法通行，於是師部便派我和李寅副官先入山區作一番實地勘查，因此；我有了一次「大山村」之遊，並和當地的「番人」接觸的機會，在我整個西北遊歷過程之中，的確留下了難忘的一頁。

大山村，只不過是甘肅省高台縣元山鄉祁連山的一個鄉村而已，因附近山區有一個不算太小的原始森林，盛產木材，因而不斷會有來往客商，在此盤桓，將一個面積不過千畝，人口不及百戶的山村，點綴得有聲有色。

這兒的居民，在山下大部份仍是漢族，也有少數回族和維吾爾人，至於山上住的則是經常以伐木爲生的土著們，人皆統稱之爲「番人」，其服飾言語，都類似藏族，一切生活習慣，保持着遊牧民族的傳統作風，他們有魁梧結實的體格，有刻苦耐勞的精神，有誠實爽朗的個性，更有一套適應山林生活的獨特本領，由於貿易關係，和山下居民們有着深厚的友誼，並不爲習俗和語言的不同而有任何隔閡，但是據說一直沒有和其他民族通婚的記錄。

我因爲此行的任務和番胞打交道，爲了圓滿達成任務，同時；此爲了旅途方便，我們特地邀請了一位精通番胞語言而且經常與番胞有往來的杜先生，和高台縣政府一位主管山區政務的徐科長同行。這兩位先生一個是具有山區對外貿易代表性的人物，一個是主管衙門的高級官員，有他們親自陪同，對我們自然幫助很多，但此由於這位主管科長的大駕光臨，給我們帶來麻煩不少。

那天上午八時，我們一行四人，分乘兩輛卡車從酒泉出發，於中午到達高台縣，在縣政府招待所吃過午飯，再沿山丹河間向西南前進約五十公里以後，就逐漸進入丘陵地帶，荒潞無際的戈壁灘，逐漸在我們的車後消失，巍峨峻峭的祁連山也就一步一步的逼近我們，偶然一行駝隊，或是三五羊羣，自車旁掠過，從牠們蹣跚的步伐中，我們可以體會到離村莊不遠。果然，很快的我們就到了進山的第一站——元山鄉。

我們在鄉公所安排下，由兩三個工人陪同，改乘騎馬，上山向林區進發。一路羊腸小道，蜿蜒於懸崖峭壁之間，有幾處山谷，必須騎馬躍過，如飛如騰，驚險萬分，但經常往來的番胞們無論騎馬或步行，都如履平地，甚至於有不滿十歲的兒童，也照樣趕着馱木料的騾馬，來往上下，毫不在乎，據聞番胞對於騾，都有特殊訓練，他們騎在那沒有轡鞍的馬背上，可以睡覺，可以射擊，必要時兩腿夾緊馬背，可以將身體倒掛在馬的腹部，從馬肚子底下開槍作戰，男人如此，女人和小孩子也能照樣表演，我雖不會親眼得見，但看他們在山道上所表現的那種蠻不在乎的神情，已是令人欽佩不已了。

由「元山鄉」到「大山村」雖然途程不算太遠（約六十公里），但須翻越好幾個山頭，既吃力又費時，因此直到下午六時左右，才算平安抵達；同行的杜先生，就將我們安置在山上番人頭目的住所，也是山區政治、經濟、文化的精神中心。

這座房屋好像古堡，充份表現塞上風光；它的週圍佔地面積，約在千坪左右，四面是土磚砌成既高且厚的圍牆，每個牆角上都有一座碉樓前後兩道院門，是用高大的原木製成，他們稱之爲「柵子」，門上掛一串銅鈴，隨着大門的啓開，發出瑯瑯的聲音，這種裝置，除了防盜和門鈴的雙重作用之外，似乎更有誇耀聲勢的意義存在。

屋主人（番胞頭目）年齡不過六十左右，身材高大，兩目炯炯有光，表現出十足的風塵豪氣，也流露着他的智慧才華。他雖不是政府明令委派的官長，也未經任何選舉手續，但從番胞們對他的態度和禮貌上看起來，不難想像他是一位深孚衆望而且有無上權威的首領。

他事先知道我們的行程，所以，一淸早就到半山處等候我們，態度誠懇又謙和，給人的印象極佳。徐科長更以主管官員的身份，當面給他很多誇獎，他也就格外高興，更把我們奉之爲上賓。

晚上七時也就是我們進入這位首領「官邸」不到兩個鐘點的時候，他宣佈已爲我們準備了「烤羊全席」請大家入坐。這在番胞的禮儀之中，是一種最隆重的招待，但對於我個人不啻是一次苦刑。

在一間約莫有兩百尺大小的屋子裏，賓主們席地而坐，將一隻倒掛在鐵架上的整羊，團團地圍在中間，下面是木材燃燒的熊熊烈火，把羊肉烤得吱吱作響，同時，一陣陣羶腥的羊肉味，夾雜着燒焦了木柴味，還有各種說不出名堂的作料味，加上濃煙薰在羊皮襖上發出來的怪味，雖然盛筵未開，已令人胃口倒足。

再看看每個人的面前，放着一個木製方形而沒有蓋的盒子，內分四格，盛滿着芥末、棉椒、乳油、鹽巴之類調味的東西，姑不論其品味如何，就憑那個木盒子表面的骯髒勁兒，就會讓你作三日嘔，要把這些東西，放進嘴裏，那有這種勇氣？此外；和調味盒放在一起的，還有一副「哈薩刀」，這種刀類似「匕首」，有單獨一把刀的，也有大小不同幾把刀合成一副的，用木頭或馬皮做成的袋子插在身邊，是「哈薩克」人吃東西所必需的主要工具，所以謂爲「哈薩刀」，要吃烤羊肉，沒有它倒也無法下手。

在未入席以前，杜先生曾經提示我們，一定要聽從主人的安排，他要你坐在那裏的你就欣然坐下，千萬不要客氣，否則會弄巧成拙，誤會你是不給他面子，影響他的尊嚴。這番提示，在當時確是非常重要，我們當然遵照辦理，順利入座。不過；還有另一件事情，他不曾事先安排妥當，向每一位客人非常恭敬地獻上一碗「乳酪」，他們稱之爲「奶茶」，是用馬乳和杏仁煮成的，馬乳極酸，杏仁極苦，二者混在一起，眞是無法形容其味之怪；這碗苦水，象徵着女主人的光榮，也可以代表客人對女主人的讚美，因此，除非事先聲明，她可以改用其他食品代替以外，沒有任何理由能不將這碗苦水一飲而下，當然，更不能在衆目睽睽之下，做出痛苦的表情。

當我從女主人的手中，接過這碗「奶茶」的時候，我已經體會到這是一個痛苦的難關，因爲我從沒有吃過馬奶，更不愛吃杏仁，但是杜先生已在暗示我，必須勉力而爲，我只好摒着氣將它一口喝下，幾乎連它酸苦的味道都沒有辨別出來，但腸胃依然不能合作，一陣翻騰，差一點傾囊而出，我立刻咬緊牙關，拼命的向下吞嚥，一方面偸偸地抓了一把鹽巴放進嘴裏、結果總算勉强把將要反胃東西壓下去，當時我無法看到我自己的表情，但可以想像到那尷尬面孔，一定非常難看而可笑。

吃完「奶茶」女主人將各人面前的茶碗一一收回以後，再走到烤羊的旁邊，用刀將羊頭後方靠近脊樑處的一塊肥肉，連皮割下來，油淋淋熱噴噴地送到「主客」的面前，幸而她所選擇的「主客」是徐科長而不是我，否則；我不知道這第二關如何渡過，因爲，這又是女主人的恩賜，禮貌上非吃不可。

在男主人的鼓掌狂笑聲中，女主人結束了禮儀上的表演，賓客們也自動地走向烤羊，分而食之，直到杯盤狼籍爲止。

杜先生和這位番胞頭目以及他的家人都很熟悉，因此，他在這兒有「半客半主」的身份，我們也就一切以他爲中心，完全接受他的領導和安排，想不到這位老兄在一頓豐富的晚餐席上，喝得酩酊大醉提前就寢，剩下我們三個人，在煤油燈下聊天到九時左右。

當我們將要向主人說「晚安」的時候，徐科長說主人已爲我們準備好「洗汗澡」，我很奇怪，認爲像那麼冷的天氣，根本沒有洗澡的必要，但是；所謂「洗汗澡」，在我是一個新鮮而陌生的名詞，爲了要「入境問俗」，也爲了好奇，我沒有表示反對，也沒有表示懷疑，結果；第一名在主人嚮導之下，進入走廊另一端的洗澡間，他們似乎稱之爲「悶子」，究竟是兩個甚麼字我沒有問清楚。

在這間除門以外沒有任何通風設備的矮房子裏，僅有的裝置，是一座高出地面不到一公尺可以拾級而上的灶台，台上固定着一個長方形半人高的木造浴箱，箱子裏是一層有空格的木板，木板下面就是燒水的鍋，這些設備，叫人一望而知所謂「洗汗澡」實際上和蒸包子饅頭的原理，沒有甚麼兩樣。

主人送我到浴室門口，照料浴室的工友，將我帶進浴室，因爲他早已把浴箱的蓋子拿開，讓水蒸氣像濃霧似的佈滿了全屋，所以室內的溫度很高，雖然脫去了全部衣服也毫無寒意。我在那位工友的指導之下，先坐進浴箱，由他用兩塊帶有缺口的木板，從我兩肩左右合併將浴箱蓋好，

張作霖與

（一）

無論他當年的政治立場如何，作爲一個「亡國之君」來加以衡量，宣統皇帝溥儀，總還應當算是個不甘醉生夢死，而頗有志於勾踐和光武的「末路王孫」。

至於他的目的是否正確？手段是否光明？尤其是在張勳復辟以後的一些作爲，都可以留待倫理學家和政論家們，去加以鑑定。這裏要介紹的，只是一些片斷的史料和論證，來探求他和當時政壇上風雲人物的微妙關係。

據溥儀自己說：

「我……拉攏過一切我想拉攏的軍閥。他們都給過我或多或少的幻想。吳佩孚曾上書向我稱臣，張作霖向我磕過頭，段祺瑞主動地請我和他見過面。其中給過我幻想最大的，也是我拉攏最力，爲時最長的則是奉系將領們。」

溥儀之所以特別看中了奉系，大概不外乎下面幾個原因：

一、「奉系」是滿清老祖宗的發祥地。

二、奉系的老底子，是當年的「舊軍」，清末民初以來，在傳統上是傾向於忠君念舊的。

三、奉系的兵多，地盤也大，在全國有舉足輕重的地位。

四、參加張勳復辟的武人中，只有奉系的馮德麟，湯玉麟之流，至終沒有生變。

在奉系將領中，首先被他拉攏的，不消說的，當然是爲首的張作霖。

那時，小朝廷還有一大批「皇產莊園」——那就是奉天的鹽灘、魚池、菓園、三陵莊地、官山林地、內務府莊地；吉林和黑龍江的貢品產地、楧櫻林，鷂棚地，礦產——。不時地要賣一部份來貼補開支。爲了答謝奉軍代

溥儀的恩怨

天涯客

售這批地產的好意，就由溥儀派了一位三品大員唐銘盛，帶了一對乾隆款的瓷瓶，一幅「御製題詠董邦達淡月寒林圖」，去送給張作霖。

張也派了奉軍的副總司令張景惠，專程到紫禁城來答謝。於是，溥儀又特賜張景惠「紫禁城騎馬」，以示優遇。

從此以後，小朝廷裏就對張作霖和奉軍，給予無限的希望。

馬賊出身的張作霖，是不是眞的會對帝制有興趣？對清室有興趣？當然是一個很難解答的問題。

但是，在辛亥革命時，他卻的確以「舊軍統」統領的資格，用毛巾包着的香煙罐，來代替炸彈，嚇退了當時主張起義的「新軍」領袖藍天蔚，替「心懷清室」的趙爾巽，幫了一個大忙。

在袁世凱偷偷摸摸，醞釀帝制的時候，他又痛哭流涕地打過一個電報，說些甚麼「此生夫復何求？惟一能令他『死而瞑目』的，就是那位袁聖主，能順天應人，速登大寶」。

據野史的記載說：他在看見了國民黨的領袖人物之後，也曾經講過：「我張作霖是捧人的。今天能捧他們，明天就能捧你。除掉共產黨以外，我們甚麼都好商量！」

由此可見：他似乎又是一個非常傾向於「挾天子以令諸侯」的人物，無論這個天子，是愛新覺羅也好，高舉三民主義也好；只要能夠「挾之以令諸侯」，張作霖就心甘情願捧你上台。當然囉，誰夠「天子」的資格，在他的心中，也自有分寸。所以，他雖然忽而願捧這個；忽而願捧那個，卻始終不會像吳佩孚一樣，捧過像曹錕那樣的「阿斗」出來。

基本上，張作霖還是一個「黃天霸」型的「英雄好漢」。吃公家飯，出賣朋友，但卻還不肯忘情於「孝義忠信」。那時的清廷，失國不算太久。而政情的擾攘，民生的不安定，戰禍的頻仍，都日勝一日，很可能使一般人都有「今不如昔」的感覺。再加上東北本是清廷的「發祥地」，感情上自然更濃厚一層。——爲了使他在東北的統治立於不敗之地，借個小娃娃溥儀來「以令諸侯」，倒不是完全沒有好處的。

這一點，似乎很多人都看得相當清楚。於是就在溥儀和張作霖的「蜜月」，剛

於是我就像犯人帶刑枷似地將頭部以下的身體，密閉在浴箱裏，讓蒸氣薰沐着全身，由溫暖而燥熱，由燥熱而汗流浹背，一刻鐘左右，他取去我兩肩的夾板，讓我坐在浴箱旁邊的地上，用力替我擦去週身的汗，也同時擦去了身上的骯髒，倒是名符其實的「汗澡」。身體好或是洗慣了這種澡的人，可以在裏面逗留很長的時間，也可以三番兩次的擦過再蒸，蒸過再擦，但是，在那密不通風的小屋裏，熱氣騰騰，天昏地暗，一種腥臭無比的汗味，實在叫人忍不住要想作嘔。事後儘管徐科長一股勁兒的向我介紹說這種洗澡的方法不僅可以恢復疲勞，而且可以增加禦寒的力量，但我已經飽嘗滋味，我相信，如果在那間屋子裏，再讓我逗留十分鐘，我一定會嘔吐、發昏，甚至於窒息。

不知是爲旅途勞頓，還是「洗汗澡」的功勞，這一夜我們都睡得很好。第二天清晨六點鐘起床，吃過了主人安排的早餐後，我們一行在這位番胞首領的親自護送之下，循原路返回元山鄉，沿途他向我們介紹了很多山區的情況，更非常慷慨地答應我全力協助解決木材採送的一切困難，儘管我們只是口頭協議，並無任何合約爲憑，但事後檢討，他所答應我的諾言，都絲毫不爽，完全兌現，其守信的程度，現在都叫我懷念不已，但想到那次旅行所吃的苦頭，卻也叫我「心有餘悸」永遠難忘。

才渡了兩個多月的時候，北京的英文「導報」上，就刊載了這樣一則消息道：

在瀋陽的各階層人士中間，尤其是張作霖將軍部下中間盛傳一種謠言，說將在北京恢復滿淸帝制……。這次帝制將由張將軍發動……前將軍張勳也將起重要作用……。

這消息是在一九一九年十二月二十七日登出來的。過了八個月，張作霖乘着直皖之戰的機會，揮兵入關，在北京設立了「奉天司令部」，南苑、西苑、北京城內、廊房、天津，駐紮了兩個師和三個混成旅的奉軍精銳，兵力要比張勳復辟時的「辮子軍」大到七倍以上。

當張作霖來到北京的時候，最惹人注意的是：他索性下榻在「兒女親家」張勳的家裏，而且還在隨員中帶來了一大批人所共知的「復辟份子」，其中最著名的就是金梁、商衍瀛和袁金鎧。而這位商大翰林，當時還在北京公開大發議論道：

「人心思舊，毫無疑問，上次復辟，佈置失當……。」

言下之意，大有這次絕不會重蹈覆轍之概。這當然就無怪乎那時的報紙，會紛紛預言「復辟」的將到來了。

（二）

這些蛛絲馬跡，都說明了當時一般人對「復辟」的推測，幷不完全是空穴來風。

但是，爲甚麼這場「復辟」，又居然會胎死腹中了呢？

根據目前搜集得到的史料來加以判斷，對這次流產應當直接負責的人，不是別人，而正是溥儀自己。——這也許就是他在「自傳」中，對這一段交代得非常含糊的緣故。

那時，無論是小朝廷中的人物，奉系中的復辟份子，以及一般靜觀時變的人，大概都根據張勳復辟的經驗，把「入宮覲見」這回事，看做是決定「復辟」與否的關鍵。

觀乎張作霖的終於不顧嫌疑和謠言，「入宮覲見」，就可見他直到那時爲止，幷不是對復辟完全沒有甚麼興趣的。

據溥儀自己的回憶：

張作霖進北京之後，小朝廷派了內務府大臣紹英親往迎接。……一度聽說張作霖要進宮請安，內務府大臣爲了準備賜品，特意到醇王府聚議一番。結果決定，在預定的一般品目之外，加上一把古刀。

我記得張作霖沒有來，又回奉天去了。

關於這一段過程，如果不是溥儀自己記錯了，就是由於內疚感的作祟，而故意這樣說了來自欺欺人的。事實上，張作霖不但進宮覲見過他；而且也就是因爲「覲見」得不歡而散，才使張作霖打銷了替他復辟的計劃。中間的經過，是這樣的：

張作霖果穿藍袍馬褂，欣然進宮，此人城府甚深，進宮必有所爲。

時，淸室人員分爲兩派，文官派主張用籠絡手段，抬舉作霖，可得其効力；另有一派，對於作霖出身，甚瞧不起，指爲當代悍帥，應以威儀折服之。當年張勳就範，即因陛見之時，全用老套，使彼惕服，不敢衡視。蓋人心無不戀舊者。

此時溥儀年僅十六，究無成人之修養，而作霖對於淸廷繁文縟節又根本不懂，亦不諳外交使節三鞠躬禮，既見溥儀，倉皇一鞠躬，舉目四矚。溥儀大不韙之，心想「當代悍帥」一點不錯，山林之雄，誠不堪造就耳。溥儀開頭以教訓之口吻，謂作霖曰：「盛京是祖宗發祥之地，又是陵寢所在，你要特別小心，不可疏忽。」

作霖唯唯……寥寥數語而退，卻似聽訓而來。……事後溥儀說：「張作霖賊頭賊腦，東張西望，有失臣下體統。」因此，作霖逢人便罵：「溥儀乳臭小兒，擺甚麼臭架子，俺姓張的不受這一套。」從此復辟之謠頓息。

在另外一個記載上，也這樣說：

民國九年直皖戰爭以後，張作霖的奉軍勢力得以伸展到關內。張作霖到北京也進宮覲見溥儀。這時北方謠傳張也要要復辟的把戲，幸而由於溥儀（時年已十五六歲）大模大樣的倨傲態度，使張作霖大爲不滿，此議遂息。

也許就是因爲二人一見之後，復辟之謠頓息，溥儀在心理上，無論是對復辟份子，對局外人，甚至於對自己，都一直覺得難爲情。所以索性一口咬定：他和張作霖，只是五年後才在天津見過一面。

那時，常常參與「御前機密大事」的「帝師」莊士敦，卻對這「復辟之謠頓息」，提出來了另外一種解釋。他說：

王公大臣及內廷當差的人，在民國九年之時，對張作霖是當作皇室保鑣看待……但到了民國十二年，他們的這種信心粉碎了……大都相信不久的將來，吳佩孚將是中國的主人翁。……張作霖聽到這個消息，當然很不高興。……民國十二年吳佩孚生日，小朝廷的內務府派專人携帶遜帝頒賞的壽禮，到洛陽祝賀。

他并且又說：

張作霖在一九二二年以前，是有復辟傾向的嫌疑的。他有意捧遜帝上台，而在幕後操縱。但自一九二三年下半年以後，他對紫禁城的態度起變化了。……

其實，在他這些話裡，很顯然地有幾個漏洞：

（甲）張作霖第一次帶奉軍到北京，是在一九二〇年的八月四日，離京時是在同年的九月四日。復辟之謠，并不是遲到三年之後才息的。

（乙）一九二一年四月廿五日，張作霖和曹錕、王占元、靳雲鵬在天津開「北方四巨頭會議」。由於張力保辮帥張勳爲巡閱使，他的隨員中依舊有大批的「復辟份子」存在。於是，「復辟」之謠又熾，但張卻公開通電予以否認。

這件事，又是在吳佩孚過生日的兩年前發生的。

（丙）據溥儀在自傳中說：「小朝廷拉攏吳佩孚的工作，是在曹錕賄選後才開始的」。那應當是一九二二年，比「復辟之謠頓息」的時候，又遲了二年。

莊士敦是溥儀當時最信任的「近臣」之一，張作霖入宮覲見時和溥儀鬧得不歡而散的事，他自然不會不知道。在張被炸死在皇姑屯之後，這件事反正已經成了死無對證，爲要保持自己「天子學生的英明無瑕」，才找了個藉口出來，替他洗刷一番。——這種做法，其實倒也是人之常情吧？

根據搜集到的史料，來綜合地加以判斷：在「天子不能輕易認錯」（尤其不能向馬賊出身的一介村夫認錯）的金科玉律下，小朝廷明知得罪了張作霖，卻也只好「由他去罷」而已，而不便再去主動地爭取他「回心轉意」。

請他來出頭復辟的希望，既已經漸漸地消失，小朝廷也只好另選賢能——吳佩孚大概就是在這種情勢下，才被復辟份子們看中的。吳那時雖然已經打垮了皖系，開府洛陽；但是在職位上卻依舊只不過是一個「直魯豫巡閱副使兼第三師長，能够指揮的部隊，一共有七個師和五個混成旅。而張作霖身爲東三省巡閱使兼蒙疆經略使，手中控制五個師、二十五個混成旅和三個騎兵旅，地盤既大，聲勢也喧赫得多。覩乎吳佩孚居然對溥儀自稱「臣」，而溥儀對張作霖卻只敢自稱「予」，就可見吳張二人在他當時心目中份量的不同了。

（三）

看來，張作霖雖然由於對溥儀的第一個印象不佳，而失掉了當「新張勳」的興趣。但是，由於他本身所具有的老派江湖氣質，也由於東三省的特殊歷史條件，使關外總覺得和「愛新覺羅」到底是一家人。如果把溥儀弄到東北去替他做金字招牌，可能會對他的「家長式統治」，更加有利一些。因此，他和小朝廷的關係，雖然在一九二二年以後，顯然地進入低潮；而他卻依舊對溥儀的「移宮東北」很感興趣。

溥儀是一九二二年十一月「大婚」的。徐世昌和黎元洪各送了兩萬元「禮金」，張勳和香港的一位「遺老」陳伯陶（廣東東莞人，光緒進士），各送了一萬塊大洋。張作霖名義上只送了一萬元，但是奉天、黑龍江、吉林三省督軍又各送了一萬元。實際上恐怕都是他一個人掏腰包。所以，他眞正送的禮，可能是四萬塊大洋，比任何賀客都要多。

一九二三年的二月二十五日，溥儀曾經企圖在「御弟」溥傑的協助下，偸偸地逃出紫禁城。據他在「自傳」中透露：逃的動機，只不過是想「出洋留學」。帝師莊士敦還大賣力氣，替他接洽好了荷蘭公使館，做爲藏身之所。荷蘭公使歐登科也在電話中答應溥儀，使館可以派一輛汽車到紫禁城的神武門前來等候。以後到英國去的一切手續和費用，也完全可以由他負責。

結果，棋慢一着，還沒有動身就被他的生父醇親王堵回去。

但是，這件事情，在帝師莊士敦的口中，卻完全變了另一個樣子。他說：

「我會見某公使……他說：三日前溥傑到公使館找他，說遜帝已下了決心秘密離開紫禁城，派溥傑來見他，請他幫忙完成遜帝的計劃……設法使遜帝搭火車往天津。

某公使問溥傑，他本人或遜帝曾否和我商量這回事，溥傑回答不會，因爲相信我不會同意此舉的。溥傑又說：「另有一個王公，也是同謀的人，遜帝一旦到了天津，便住在這個王公在英租界的房子。……」

某公使對我說……他不會採取護送遜帝出宮的行動。他所做的只是當遜帝到達他的公使館之時，他以主人的身份接待他。

這位某公使，當然就是那時北京公使團首席公使歐登科。

據莊士敦說，他在和歐登科會過面的第二天，還特別寫了一封信去，表示態度道：

昨晚閣下對我所說的那件事……太過孟浪。……一旦實行……對於我們所愛護的那個人必有不幸的後果。有此原因，不消說，我自然不能插手其中……英國公使館和英國政府也一定强烈反對。

接着莊士敦又在回憶錄中寫道：

第二天上午我往某使館……據說就在約定好了遜帝應到達公使館的時間之後（依照行事計劃，溥傑是用他的馬車把遜帝送到使館的），遜帝本人忽然打電話給某公使，他說，事情有些不妙，請他派一輛汽車到某一個宮門載他往使館。某公使對此一舉拒絕了。……他只能在使館內接待他，伴他一起前往天津，其它概不與聞。

溥儀和莊士敦的說法，雖然完全矛盾，但卻有一點相同之處。那就是：他們都沒有談到那眞正在幕後牽線的人。——這人就是那位「某王公」，也就是溥儀的七叔載濤。而眞正的後台老板，則是遠在奉天的張作霖。

在那一年五月二十四日出版的「京津時報」上，就露骨地指出過：

這件事情是從奉天的張作霖搞出來的……這個大野心家是否進行復辟，尙爲一問題。……我們只能說在此未來的革命中，張作霖和張勳都牽涉在內。這個消息是記者從中國官廳方面很不容易才獲到的。

因此，莊士敦才敢在他的回憶錄中，理直氣壯地說道：

某王公很可能將遜帝完全托付給張作霖，請張保鏢。因爲張作霖和某王公一向是很有交情的……

原來這一密謀裏有一重要節目，是要遜帝到東三省。復辟領袖張勳將在天津歡迎他的聖駕來臨，在天津負起「護駕」之責……前往奉天省會瀋陽附近的北陵，向他的祖宗致祭……告知他已經結婚了。……張勳護衛遜帝到了瀋陽後，當然把他的護駕責任移交給當地的實際統治者。……

這一密謀的主要計劃人，并非別人，而是東三省那個有實力的軍閥張作霖。和張作霖密切合作導演這一幕戲的是張鬍帥的兒女親家張辮帥。……在張作霖方面，他認爲這個計劃不管成功抑失敗，絕對不能拖他入漩渦。他裝作局外人的樣子。……而最好的口實無如「大婚」後，遜帝親往北陵謁墓，禱告祖宗了。

這位「帝師」的這段「內幕談」，大致是可以相信的。因爲在一年半以後，溥儀頒給張作霖的一封詔書中，也明明白白地承認：他要想先往「盛京，恭謁陵寢」。

馮玉祥在直奉戰爭中演出的倒戈和逼宮，使得流亡到醇王府去的小朝廷，自然而然地又想起來了那位富有江湖氣的張作霖。——原因也很簡單：因爲「環顧宇內」，當時能使馮玉祥賣賬的人，大概就只賸下了這位張鬍帥。

據鄭孝胥日記中的記載，在醇王府中，溥儀曾經向來到了北京的張作霖，下了一道「御詔」，由鄭孝胥起草，羅振玉謄淸。詔曰：

奉軍入京，人心大定……昨聞莊士敦述及厚意，備悉一切。予數年以來，困守宮中，囿於聞見，乘此時會，擬爲出洋之行，惟籌備尙需時日，日內欲擇暫駐之所……俟料理粗定，先往盛京，恭謁陵寢。事竣之日，再謀遊學海外，以補不足。所有詳情，已囑莊士敦面述。

而「帝師」莊士敦當然也不辱使命，把溥儀和張作霖之間的裂縫，彌補了起來。據他在回憶中無意地透露的幾句：

遜帝……帶我進去一個私室裏……談了很久，所談的話，我不必在此記述。……下午六點鐘……我駕車到西城張作霖的私邸……在談話中，房門是關着的，甚至平常遞茶的侍役也不許進內。

接着他又說：

遜帝給我一張簽名照片，送給張作霖。此外又一隻鑲滿黃鑽石的戒指……我把遜帝的禮物，交給張作霖，他拿過照片，凝神望着好一會，然後又看着那隻鑽戒。他將戒指交給我，只收了照片。

於是，張作霖就大罵馮玉祥……他希望能够幫助遜帝恢復原狀。不過，他卻不想使國人懷疑他有復辟之意。他透露一個計劃，打算恢復優待條件，但卻要做得很利落，不使國人有絲毫懷疑是東三省所支持的。關於這個計劃，我不能在這裏詳細說明。

在上面所引證的幾個文件中，又可以找到一些當日張作霖入宮，溥儀慢待了他，弄得雙方不歡而散的旁證。

（甲）是在「詔書」中，溥儀談到「數年以來」；自謙是「困守宮中，囿於聞見」，又聲明要「先往盛京，恭謁陵寢。」——這就是證明溥儀在幾年前和張作霖在宮中見過一次面，否則就要說「二十年以來」或是「十餘年以來」了。

（乙）「囿於聞見」雖然是句很普通的客氣話，但出諸「御口」，而且是對一個草莽出身的「粗人」，那就等於是在下「罪已詔」了。如果溥儀自問沒有得罪過張，又何必心虛若是，滿口歉然呢？

（丙）「往盛京」，是張對小朝廷的建議，而對外卻三緘其口。如今溥儀自己公開地提出來，一方面是表示、洗心革面，從善如流。另一方面是移樽就教，幾年前雖然掃過你一次面子，如今卻還你一個大面子！

如果在溥儀和張作霖之間，眞的毫無芥蒂的話，溥儀以小皇帝之尊，又何必要在這些小地方，處處表示讓步？

而張作霖也表現得很明顯：他「不想使國人懷疑他有復辟之志」，意思也就是：上次擔上了復辟的嫌疑，反被你掃了面子。這樣的，我如今是再也不會上當的！

據溥儀在「自傳」中說：

莊士敦……向我轉達了張作霖的關懷。……又做了表示，歡迎我到東北去住。

我想先到東北住一下也好。我到了東北，就隨時可以出洋了。

由此可見，那時溥對張的態度雖然已經大大地好轉，而張對溥卻依舊只保留着有限度的興趣——希望他到東北去替自己當作裝飾品。

如果不是因爲馮玉祥的部隊忽然有異動的風聲，嚇得小朝廷上氣不接下氣地逃入了日本公使館，溥儀大概早已在土肥原來接他之前，就已經隨着張作霖到東北去過「皇帝癮」了。

（四）

這一次，張作霖是在一九二四年的十一月二十四日到北京的。他和馮玉祥的矛盾，馬上就演變到白熱化。——馮一面假惺惺地通電「辭職出洋」，一面和他的搭擋孫岳和胡景翼商量，想乘張氏父子在北京的時候，擒而殺之。馮的死黨鹿鍾麟，也已經下命令，叫他手下的兩個警衛旅，隨時準備出動。

在這種風聲鶴唳之下，小朝廷的人一致認爲，張作霖只憑着郭松齡守北城和黃寺的一個團；張學良守私邸的一個營，已經是「自身難保」，那裏還有再來替溥儀當保鏢的力量？所以，馬上三十六着，走爲上計，先把小皇帝送進了日本公使館。

也許是爲了面子關係，張作霖曾經大發雷霆，把前幾天替他彌補了溥張之間裂縫的莊士敦，叫去當衆臭罵了一頓，口口聲聲地說：

「我一天在北京，他那裏會有危險？」

誰知在溥儀進了日本使館的兩天之後，「這位張大帥自己，也匆匆地帶着全部人馬，在拂曉前離開了北京城。——這才沒有被馮玉祥一口吃掉。

這以後的一段時期，溥儀和張作霖之間，雖然看來似乎斷了聯系，而實際上，張卻依舊沒有放鬆過讓溥儀「移宮關外」的想法。所以，在小朝廷搬到了天津去的四個月之後，他就派自己的親信閻澤溥，送了十萬塊大洋的「進奉」。而且還請溥儀「駕臨」他的「行館」。

這件事，使得溥儀在「復辟之謠頓息」以後，頭一次感到一定程度的滿意，所以在他的自傳中，也描述得非常詳細。大略如下：

花園門口有個奇怪的儀仗隊——穿灰衣的大兵，手持古代的刀槍劍戟和現代的步槍。從大門外一直排到大門裏。……

迎面來了一個身材矮小，便裝打扮，留着小八字鬍的人，我立刻認出這是張作霖。我遲疑着不知應用甚麼儀式對待他……出乎意外的是，他毫不遲疑地走到我面前，跪在磚地上就向我磕了一個頭，同時問：「皇上好？」「上將軍好？」我就使勁扶起他……心裏很高興，而且多少有點感激他剛才那個舉動，這把我從「降貴紆尊」中感到的不自在消除了。當然，我更高興的是，這個舉足輕重的人物看來是并不忘舊的。……

他一張嘴先痛罵馮玉祥「逼宮」，說馮玉祥那是爲了要拿宮中的寶物……而他不但把奉天的宮殿保護得很好，而且這次把北京的一套四庫全書也弄了去，一體保護。

他帶着見怪的口氣說，我不該在他帶兵到了北京之後，還向日本使館裏跑，而他是有足夠力量保護我們。他問我出來之後的生活，問我缺甚麼東西，儘管告訴他。

我說，張上將軍對我的掛念，我完全知道，當時因爲馮玉祥軍隊還在，實是不得已才進了日本使館的。我又進一步說，奉天的宗廟陵寢和宮殿，我早已知道都保護得很好，張上將軍的心意，我是明白的。

「皇上要是樂意，到咱奉天去，住在宮殿裏，有我在，怎麼都行。」

「張上將軍眞是太好了」。……

「以後缺甚麼，就給我來信。」

我缺的甚麼？缺的是一個寶座，可是這天晚上我無法把它明說出來……。

我們談話時，沒有人在場……他臨送我上車時，大聲地對我說：「要是日本小鬼欺侮了你，你就告訴我，我會治他們！」

這次會面，由於雙方都有過五年前不歡而散的經驗，所以相互禮讓甚謙，在話題上也盡量找對方高興的東西說。不但整個氣氛非常愉快和諧，雙方也都有了更深一層的了解和感情。——然而，卻幷沒有立刻就出現甚麼和溥儀的政治生命有關的後果。理由其實也相當簡單：

（一）張作霖正在摩拳擦掌，準備和馮玉祥，孫傳芳大幹一通。一時既不能把溥儀眞正地「派用場」，全部精神又都要集中在卽將到來的大戰上。

（二）溥儀進了日本使館以後，非僅「還宮復興」的要求，再也提不出來。就連「恢復優待條件」，也變成了難上加難。張作霖只是想利用一下溥儀，卻幷沒有替他「火中取粟」的意思。他一時能夠做而且願意做的事，也就只賸下了請溥儀「移宮東北」這一條路而已。

（三）奉軍當時志在中原，四面樹敵。這時來替溥儀出頭撐腰，只不過多替敵人添一個更好的口實而已，而對奉軍的地位是毫無裨益的。

（四）從前小朝廷需要奉軍來保鏢，現在已經找到了一個更大的保鏢——日本。甚至於獲得了多於張作霖所能保證的安全。所以，站出來替溥儀當黃天霸的事，也完全沒有必要了。

因此，「小朝廷」在這時的張作霖眼中，已經成了一步「閑棋」。不過，還沒有到根本不聞不問的階段。

最奇怪的是，當奉軍和吳佩孚重新携手的時候，曾經一度想把民元的國務總理唐紹儀，推出來做他們的政揆候選人。而這位「候選人」，當時曾經向英國的路透社記者，發表過一個談話，主張應當對「小朝廷」有適當的安置。他說：

當日滿洲的征服者入關之後，帶來了滿洲這塊土地，像是它的妝奩一樣，和中國合併在一起了。

後來中國人民推翻滿清皇朝，但滿洲似乎仍然是滿洲人合法的遺產，因此，遜帝宣統應該被邀准回到滿洲恢復他的統治主權。

這段談話，在一九二五年十月二十六日出版的「字林西報」上也轉載過。

張作霖既是唐的後台老板，「東北」又是張的本錢；而唐居然能向外國記者發出這種驚人之論，眞使人有點摸不着頭腦，到底這是他個人的意見呢？張作霖授意的呢？還是得到了張同意的一種個人建議呢？

但是，不管怎麼樣，這個提議也和小朝廷對張作霖的熱烈期望一樣，後來都無聲無息地無疾而終了。

對於「張鬍帥」本人來說，他對溥儀終於失掉了興趣，是完全可以理解的。在皇姑屯被炸死以前的他，實際上已經成了北京政府的「最高元首」，不必再費手費腳地找一個「天子」來「以令諸侯」。這時如果還和「小朝廷」纏個不清，簡直就等於替自己添了一個贅瘤。

溥儀對張的這一套做法，以及張個人的作風，大概始終不能釋然。所以，他雖然曾在自傳中承認過：

「除了張勳之外，張作霖是對於淸朝最有感情的。」

但他在張作霖死後，卻一無表示，和他對張勳的待遇，簡直有天壤之別。甚至於在自己成了「滿洲國皇帝」，定鼎東北之後，也沒有對還停厝在瀋陽一家寺院裏的張作霖遺柩，加以過問。直到一九三七年五月的時候，才由日本的「駐滿大使」兼關東軍司令官植田大將，出頭來替張舉行葬儀，把他埋在錦州的石山站，張老太太的墓園旁邊。

馮玉祥將軍傳【六】

簡又文

第六章　蟬聯旅長八年長

（卅六歲至四十歲，一九一七——一九二一）

浦口停兵

自民國六年（一九一七）秋打倒復辟之後，馮氏復統率第十六混成旅回駐廊房。此時，段祺瑞之親戚私人，如傅良佐、徐樹錚、吳光新等，皆有陞賞，且有裂土封疆者，惟功首馮玉祥則仍舊一旅長耳。平情而論，段於自己有需要時，則利用他人効死力；成功後則陰忌其勢力之擴大而惟一本私心、逞私見、懷私怨、信任宵小，賞罰不明，即此一事可見其爲人，亦可以明彼終不能成大事之故了。馮氏此時態度，彷如他的遠祖「大樹將軍」，不伎不求，安之若素，惟注全力於軍隊之嚴格訓練，有暇則督率官兵，築墻鑿井。是時、最大的工作爲運用軍人自己的工力、自築營房百餘間，及開闢打靶場以便隨時實習二事。在此期有兩重要人員投入旅部，一是張自忠，任學兵營的見習官，一是劉驥（字菊村、陸軍大學畢業）任上尉參謀，以後均成爲極得力的幹部。（劉著頁二七）

時，段擁馮國璋爲總統，而自行回任國務總理，依舊把持軍政。馮段協議，以贛督軍李純調任蘇督補馮遺缺，以陳光遠任贛督，王占元任鄂督，皆馮嫡系也。段則以傅良佐爲湘督，大違南方國民黨以湘人治湘之主張，已種下南北紛爭之禍根矣。未幾，段更倒行逆施，廢棄約法，國會由是中斷。於是，國會議員聯翩南下，在廣州開「非常會議」，組織軍政府。 國父孫中山先生被推舉爲「大元帥」。高揭「護法」旗幟，分兵三路北伐，同時進攻湘、贛、閩、三省，義正詞嚴，兵力雄厚。西南各省如滇、黔、粵、桂、及湘南，均先後宣布獨立，紛紛響應。當時馮國璋爲自固其總統地位計，主張與南方妥協聯合，而段則早發武力統一之夢，非用兵力征服全國不可。馮雖反對內戰，力主和平，而莫奈其何。段遂厲行其窮兵黷武政策，而天下愈多事矣。

閩督李厚基，以南軍勢力日張，自忖非敵，電京請援。段是時又用得着馮旅長了，即令其率師援閩。馮氏素表同情於南方革命運動，奈隸屬北洋系統之下，自己兵力單薄，不能輕舉妄動，以冒全軍覆沒之險。此次奉令南下，心持異議，而不敢露骨反抗，亦惟有如以前之辦法，沉毅忍耐，培養實力，以待時機而已。

馮氏既奉命南下，以勞師遠征，兵力不敷爲辭，請成立一補充團。旋得許可，乃派員赴河南歸德一帶招募新兵三千人。六年十一月下旬，親率全部由京漢鐵路轉隴海、津浦、兩路南下。軍次河南新鄉，遇湘督傅良佐，乃知長沙、岳州、已失，入湘之北軍多已撤回，傅蓋敗逃之將也。十二月初旬，馮氏駐軍浦口。時，補充團新兵已至，乃以李鳴鐘任團長，即在浦口訓練。李厚基已派員前來招待，並備海船數艘歡迎馮全軍入閩。馮氏成竹在胸，不願與護法義軍作戰，決發動主張和平。因藉口軍隊乘輪船航海，易受攻擊，實有危險，不如從旱路經浙入閩，遂停兵不行。蘇督李純、秉承馮國璋意旨，准其留駐浦口，並予以給養。蓋是時，段祺瑞之皖系與馮國璋之直系已露裂痕。馮玉祥將軍雖籍安徽，惟因屢受段之皖系之疑忌與排擠，故漸與直系比較接近，對南方主和之議亦衷誠贊同。因此之故，馮國璋便曲意維護，亦所以拉攏及培植直系勢力也。是時，馮旅之參謀長邱斌，因附和皖系，主張援閩攻粵，與馮氏意見相左，拂袖而去，且通電攻之。這是馮氏部屬中之頭一個背叛他的。（劉著頁二九）

武衛軍三營隊官之馮玉祥（光緒三十年，廿三歲）

在浦口時，有一趣事發生，充分表示馮氏之性格。一日，南京的最高級長官大宴馮氏。文武貴官紛紛赴筵。一時，逸興遄飛，主人家請衆客飛條子，各叫兩個歌妓來侑酒，但馮氏不肯。主人勸道：「您來到南方大城裏，不該潔身自好，像聖人一般。來吧！改轉主意活潑一下吧！如果您沒有相熟的姑娘，讓我來介紹兩個。」未幾，兩個花枝搖曳的粉頭果然姍姍來了，坐在馮氏身邊。當下，他敢怒而不敢言，登時站起來，離席走了。回到寓所，抱頭大哭了幾天，自說：「國家的上層領導人物，尚且放蕩至此，中國還有甚麼希望呢？」

過一會兒，他也設宴，遍請部下全體軍官赴筵。席間，他對衆人說：「我們也當及時行樂，好像他們的軍官一樣。他們赴宴都有歌妓侑酒，我們也來叫叫條子，每人一個吧。」他們都熟諗長官的脾氣，聞言人人瞠目相視，莫名其妙。馮氏再說：「我已經替你們出了條子了；每人一個，每個一元，他們快來了。」少頃，大門洞開，有一羣衣衫襤褸的乞丐蜂擁進來，或男或女，或老或幼，或盲或跛，都是預先派人在街上招集而來的。他當下站起來鄭重的說：「這些就是我們所叫的條子了。請每位給他們一元，他們都是我們的叔伯、兄弟、諸姑姊妹，我們應當照顧照顧吧。」各軍官遵從，每人掏出一元。乞丐散去之後，他再演說，細述自己前次赴宴之經驗，乃勸勉衆人應潔身持正，預備爲國家之領袖云云。（按：以上故事是後來在張家口國民軍總司令部內「基督教協進會」當總幹事的陳崇桂牧師親口告訴著者的。）（又按：六年十一月，段辭去國務總理職。但未幾即復出主持赴歐參戰軍事，段芝貴得任陸軍總長。兵權仍在段祺瑞手。見薛著頁六九——七二。）——編者按：此處有誤，段祺瑞辭職後，由王士珍繼任，自兼陸長，段芝貴任陸長，實在民國七年三月段祺瑞再起組閣時。

武穴主和

迨湖南長、岳易幟，南方革命軍節節勝利，武漢頓形緊張。七年（一九一八）一月，段調兵遣將，大舉南下，冀挽頹局。曹錕爲兩湖宣撫使兼攻湘總司令，有兵力數師。贛督陳光遠亦爲攻岳總司令，由贛直攻長沙，添調皖、魯軍歸其指揮。又借用奉軍四混成旅，駐京漢道上。奉軍之入關，此其禍端也。湘鄂形勢既特別危急，段更改調馮氏混成旅西向，由荊州、沙市攻津市、澧縣，以拊長沙之背。

馮氏於二月間奉到軍令，目擊戰禍爆發，大不利於南方革命事業，而是時海內騷然，外人且有倡共管之說者，深知此次內戰不特毫無意義而且足致國家於危亡。前此終止入閩，至是亦自始立意不攻湘。志既決，率部乘輪溯江西上，相機而實現其和平主張。不幸有一書記官楊某、反對開戰，而又未明馮旨，在浦口氣憤投江而死，亦烈士也。

十六混成旅全部抵湘北之武穴，登岸後，即停兵不進。於二月十四日馮氏通電主和。電文激烈異常。開首即謂「內部爭鬬，於今三年，而最無意識無情理者，莫過於此次之戰爭。」繼則歷數外患、內憂、財政、軍事、國家種種險象，實不堪再戰。乃痛詆當局者「蔽於感情，激於意氣，視同胞為仇讎，以國家為孤注，言念及此，可為痛心。民國主體，在於人民，民心背向，所宜審察。置民意於不顧，快少數之私忿，成敗得失不難立辨」。而其主和之尤大理由則以「總統為一國之元首，軍人以服從為天職，使元首而果主戰，敢不惟命是從。然元首（馮國璋）始終以和平為心，早為中外所共知。討伐之令，出自脅迫，有耳共聞，無可掩飾，此玉祥所以不敢冒昧服從，以誤元首而誤國家也。」末了，詞更激昂：「如以國家為可憐也，則請迅速罷兵，以全和局；如以國家為不足惜也，則請先殺玉祥以謝天下」云云。電文披露，全國悚然。（全文見李著頁廿八——廿九）

然而此電之主和，猶只以國家民意及總統和平之心為理由，對於南方護法織組尚未敢表示若何態度。至十八日，馮氏又發一電與府、院，同時並電江蘇督軍李純請為其聲援以期收效。其致府、院之電文比前電更為激烈，且對於南方表示露骨的同情，有言曰：「此次之戰爭，人以護法為口實，我以北派為號召，名義之間，已不若人，況乎民意機關，已歸烏有」。又曰：「士氣盛衰，關繫成敗。北洋軍隊、訓練有年，辛亥、壬子諸役，何以能戰勝南方？此次何以迭為南軍所敗？師直為壯曲為老，不已昭然可見乎？」再則曰：「現岳州北軍，既已退出，所未解決者，只為國會一問題。玉祥迫於愛國之熱誠，實不敢冒昧言戰，以誤將來，惟望國會早開，民氣早申，罷兵修好，時局早定。如仍有不以國家為前提，而以破壞為能事者，竊欲為國前驅，萬死不辭」云云。（同上頁二九——三一）

京衛軍左翼第一團團長之馮玉祥
（民國二年，卅二歲）

此次護法之役，馮氏格於形勢，雖未脫離北洋系統而積極參加，而此一電文已明白宣布贊成護法運動，其主張復開國會尤為顯著。實為南軍極有效力之宣傳品。而且痛斥主戰者理直辭嚴，不啻對彼主動解散國會、毀棄約法、調兵作戰之反革命禍首段祺瑞下哀的美敦書。段接兩電後，怒與懼並發，即調集大軍數萬人四面包圍馮旅，旋下令免其旅長職，而交曹錕查辦。其最滑稽者則令委最忠於馮氏之團長張之江代其職。張自然不肯接任，而且立刻四出運動有力者為之緩頰。

免職留任

馮氏雖被免職，而處之坦然，每日督飭操練如故，且命鹿鍾麟督隊剿除武穴附近之土匪。但其團結一體的部下及深受其賜的武穴商民，聞其行將去職，連電政府請收回成命。部下電文尤爲激烈，謂如不肯收回成命則「請將我九千五百五十三人一律槍斃，以謝天下」云云。

奉命查辦的曹錕，乘機賣個人情，兼欲吸收馮部爲己有，乃復電政府爲其緩頰，請准其留任、戴罪立功，以贖前愆，並歸其節制。蓋北洋軍閥當時直、皖兩系分裂，曹錕欲乘時擴充私人勢力也。而段政府則以有事南方，深恐內部分化，勢力縮小，或至崩潰，亦趁此下台，允曹錕之所求。馮部之與曹錕有直接關繫，蓋自此始。然此僅就一時權宜的編制上而言，馮始終不是直系嫡系人物或曹錕部下明甚。

其實，馮氏自受了民族主義與愛國精神的洗禮之後，所練之兵與所建之軍，皆自許爲國家的與國民的武力，絕未自覺是屬那一系的。所以一向大凡自認爲有利於國於民者則不憚生死以負焉。由彰彰的史蹟證明：皖系需要他助力時便拉攏他（尤其因他是皖人），事後便棄之如遺了；直系需要他發展時也拉攏他，事後又排斥他，壓迫他了；甚至奉系需要他救援時，又何嘗不拉攏他？但事後更要攻擊他消滅他哩。正因他一向態度超越，不務名利，孤立獨行，無派無系，所以時時遭妒忌，受排擠，捱打捱罵，無時或已。這一次，初與直系發生關繫，蘭因絮果，不久自白。如今先行敍述如上，以明背景。

第十六混成旅旅長之馮玉祥全家
（民國七年，卅七歲）

是年（一九一八）暮春，北洋政府特派陸建章南下疏通，仍催馮軍渡江進攻。馮氏亦不因戚串私誼而賣面子，只虛與委蛇。一日，在乘馬巡視各營時，佯作失愼墜地，受了重傷，不能行動。全旅自然不能開拔了。陸不得要領，乃悵悵北返（劉著頁二九——三十）。馮氏以勢力究仍薄弱，此次突然主和，露骨表示，一擊不中，仍得安然生存，保存實力，已屬萬幸。今後計惟有更加沉着應變，養精蓄銳，以等待時機而已。蓋其深心覺悟，雖有革命愛國之熱忱和主張，然欲圖大事，必先度德量力，若無計劃無實力而只圖快一時之意氣，輕舉妄動，鮮有不枉作犧牲而無補於大局者。自武穴主和一事得了此大教訓之後，以後他的舉動及表示，愈爲謹愼週密及穩健，務操必勝，不敢再露鋒鋩，輕于一擲，以枉費健兒寶血矣。

駐防常德

七年三月下旬，段氏再起，任國務總理。未幾，曹錕、張敬堯、吳佩孚復進攻湖南。曹氏令馮部任右翼進迫常德。馮氏以和平既已絕望，又受各方軍隊之壓迫，且自己實力不足以爲和平主張之後盾，而況與南方革命軍相隔太遠，無能聯絡，卽欲參加護法戰線而不可得，眞是沒可奈何的時候。不得已卒於四月間拔隊西上。時，第十六混成旅駐武穴已兩閱月，開拔之日，以保護地方、維持治安不遺餘力，故與人民感情極洽。商民爲馮氏立去思碑以留紀念。大軍進行毫無抵抗，安抵石首公安，沿途勦除土匪不少。獨有曾尚武率數百人投誠。馮氏收編爲先鋒營。全軍休息十餘日，繼續由津市、澧縣前進。時，吳佩孚已率第三師攻下岳陽、長沙。湘西鎮守使田應詔軍陷於孤立，亦撤出常德。馮氏遂於六月廿二日進駐是城。（六月十五日，段政府嘉其功，則又開復其旅長職，並任爲湘西鎮守使。徐樹錚擅殺陸建章於天津。未幾日，馮氏卽奉新命，殆因段欲藉此緩和其憤恨情感也。說者謂陸死後仍助馮氏云，信然。此爲馮氏日後殺徐之遠因。）

馮氏自武穴主和失敗後，志仍未改，及鎭守常德，仍乘機進行。當湘省旣爲北軍復佔，南北均充滿和平空氣。他主張益力，以償素志，乃極力運動各方。其成績則有七年（一九一八）七月間會同北方將領會銜主和之馬（廿一日）、哿（廿日）、兩電。又有十月間會同南北將領主和之江（三日）、支（四日）、兩電。中間數月，國內和議，因國際協約會議而告停頓。至翌年（一九一九）三月三日，馮氏又重提舊事，單獨致南方唐紹儀、胡漢民等一電，主張和平，並勸勉胡等各代表有「務望貫徹始終，勉思相忍爲國之義，徐就九仞一簣之功。國之大命，實所賴之」等語。同月十九日，馮再發通電，痛陳時局，促開和議，足見其本人確能貫澈始終了。

強硬的外交方法

馮氏既任湘西鎭守使，駐節常德。「地盤」雖小，而已有一小機會以發展其愛國愛民之抱負了。當其入駐是城之初，卽對外國人起交涉而第一次嶄然露出鋒鋩頭角。他主張對外人必須「講理」，以後悉本此原則以處理外交事件。當時，人民久受軍隊之騷擾及壓迫，以爲北軍素强悍不守紀律，深恐馮軍依樣葫蘆，大事搶刼，多有購得日本國旗高懸門外以資自衞者。馮氏至，以爲有辱國體，乃嚴罰之，並與日本領事名高橋是新者交涉，請其取締日商之售賣日旗。未幾，日軍艦「隅田」號藉口保護日僑，開抵常德，馮氏又與交涉，不許其水兵登陸，只准其泊常德對岸。該艦艦長居然張貼布告於日商門前有「仰爾軍民人等」一語。馮氏以中國內地，何能任外人亂出佈告？卽勒令撕去，自行擔負保護日僑之責。其保護辦法，至爲週到而巧妙。他在每家日商門前，派出兩名「大刀隊」站立駐守。中國人望而生畏，無敢進去買物者。而日人出入亦大感不便，生意完全停頓，門可羅雀，尋而出門採購食品亦不得，咸大窘，卒須由高橋要求不要格外「保護」。馮氏乃一笑而罷。另有滋事日兵數人，被綑送司令部，後經高橋及艦長數次道歉請求，始放囘。日人知馮氏嚴正不屈，其心愛國，當時表面上甚爲敬重，虛與周旋，而實則此時之舉動已大中其忌。自此，日政府對於馮氏常側目而視矣。

又有信天主教之所謂「教民」某，欺凌同胞，兼因犯法涉訟敗訴，懼刑逃入教堂。意大利神父庇藏之，屢傳不到。知縣薛篤弼無法可施。馮氏聞而親往處置，手捧鎭守使大印對神父說：「你們膽敢包庇犯人，使我國國法不得伸張，我這顆印也沒用了，索性送給你辦吧。」語畢卽在教堂前，大聲疾呼，對市民力數神父之不是。人民愈聚愈多，聲勢洶洶，喝打喝殺，大有釀成風潮之勢。神父怕了，忙出來賠罪，允將犯人送出，請馮氏停止公開聲討，其事乃寢。

新政嘉猷

在地方上，馮氏留下不少有利於社會人民的政績。常德素稱富庶之區，娼寮林立。他一到任，卽禁之。社會頓成淸潔化。該處人民生活，習慣奢華，以其提倡儉德，風氣驟變，奢華者亦趨樸素，行路無衣絲綢者。城內商業，票號甚多，每濫發紙票，引起金融紊亂，時起恐慌。他嚴行取締，防止投機，發票之風稍戢，此其造益於人民者。當時川、滇、鴉片私運至常德者每年數百萬兩，吸戶日多。馮氏乃派員嚴查，數日之間沒收煙土卅餘萬兩，悉付一炬，火焰至三日夜始熄。又以其地人民吸煙及打嗎啡針者多，乃嚴禁之。並設「戒煙所」，請醫生主持，入所戒絕者三四百人。該處公私學校數十，辦學者大都藉以漁利。他實行積極改良，或則解散，或則合併改組。在其整頓監督之下，教育氣象，煥然一新。此外，他又令部屬提倡衞生，淸除街道，自推土車，以身作則。一個臭穢的城，倏忽成爲乾淨土矣。八年（一九一九）五月七日，日本廿一條事件發生，馮氏召開國耻大會，學生遊行示威。一時，人民愛國心爲之激發。其他工作，如修橋、造路、築堤治水等皆令兵官爲之，造益人民地方甚大，口碑載道。凡此均爲馮氏第一次小試其政治手段之成績。當時地方人民感戴實深，而其聲譽亦由是鵲起矣。在這期間有門致中、魏書香、任右民、鄧哲熙、張吉墉等前來投効，後皆成爲幹部重要人員。

馮氏之招兵，一向是派員前赴各地設立機關徵募二三千人不等。但以後除亟須大量補充兵額外，則改用新方法，不是在一處同時招募，卻由下級軍官之隨時請假回鄉者，各在原籍招收十人、八人、或三五十人回部，是爲「回家帶兵」之新方法。新兵到部，則統歸「新兵營」集中訓練，另派幹部主持其事。訓練畢則分撥各團補充兵額。這方法自有特效，如免除新兵地方性之感覺，兼使其與招致前來之軍官發生私人恩誼，團結一氣（劉著頁二八、三六）。這也許是由曾國藩招募湘軍、側重私人情誼之方法得來的。

加緊練兵

在常德駐防期間——共有二年——馮氏對於軍隊之訓練尤爲嚴緊。除每日操練定有常規外，每星期必閱兵兩次，自官長以至兵伕無不一一親自縝密地檢閱一過。爲養成幹部人才計，於八年（一九一九）一月開設「教導隊」，以鹿鍾麟爲大隊長。內分軍官、軍士二班，以三個月爲一期，每期學生百五十人，畢業回營練習，分別擢升。又組織「官佐體操團」以鍛鍊官長體魄，而養成其吃苦耐勞之精神。因感於前時在川作戰、兵官每日行軍百餘里卽疲憊不堪，此時遂提倡各部比賽行軍，規定行程一百廿里，以八小時爲限。此舉於後來迅捷的行軍大有利益。他又設「讀書講解會」，令官長、兵伕、一律求學，除普通知識及戰學外，兼授英、日文字。馮氏自己於此時求學尤爲努力，立志學英文，每日指定兩小時爲讀書時間。到時，關上大門，不辦公，不見客，門外懸一木牌，上書「馮玉祥死了。」不准外人進去。課畢，乃啓門除牌言「馮玉祥復活了」。其苦心孤詣如此，故以後於粗淺英文，還可以說幾句及略聽得懂也。

對於軍官子弟及婦女之教育，馮氏亦特別注意。八年七月，設「培德」女校一所，專請長老會教士秦氏夫婦主辦，以教育官佐家眷。又就地設官佐子弟小學校一所，其仍在北京開辦之軍官子弟小學校則擴充之，增設中學班。凡學生上學，食宿學費，均用記賬辦法，每月由父兄之餉項扣除，故各軍官，無論轉戰到那裏，其子弟均無失學者，法至善也。

馮軍種種設施之另一特色而惹起全世界之注意者，爲「軍人工廠」之創設。先籌捐一萬二千元爲開辦基金，挑選士兵分班入廠，先習織襪、縫紉二科，後續辦印刷、肥皂、木工等科。每班二百餘人，後增至四百人，以三個月爲畢業期。輪班學習，預期三年，全軍上下，均習一藝。開辦數月，卽大有成績，居然供給全軍九千餘人之線襪了。其他出品，亦有可觀。此外又組織「軍官佐工業團」，以提倡實業，內分木工、鐵工、織襪、毛巾、照像、繪圖等六科。馮氏自習鐵工以爲倡，每日必作工二小時。團員工作成績，分類陳列於會客廳作裝飾品，以代骨董、字畫，此其特異之處也。中國軍人之實行兵工政策，實以馮氏爲嚆矢。

「基督將軍」

「基督將軍」之譽，是世界人士在這時期所給予馮氏的。這與他的皈信基督教及在軍中努力宣傳此新信仰有關。考馮氏宗教信仰，幼時隨父禮佛像、拜邪神、及溺於種種傳統迷信，而對於基督教非常厭惡。於光緒廿六年（一九〇〇）十九歲時，在保定曾當街詰駁外國教士，兼曾去教會搗亂，又曾槍擊外國教堂。如果他當時沒有入伍當兵，則必定附從迷信愚民加入「義和團」無疑（據「自傳」）。及其親眼看見女教士莫女士被兵民殺害，壯烈殉道，始大受感動，對基督教得新印象，厭惡之心漸去。此其後來皈依新教之種籽也。（以上見上文第二章）

至光緒卅一年（一九〇五），馮氏在北京因患瘡疾，得崇文門教會醫院中英醫生三人爲之治癒。及聞他們「不要謝我們，請你謝謝上帝」之言，則深覺奇異。後於光緒三十三年（一九〇七）在奉天新民府，又得聞傳道者從中國儒家哲學直講到耶穌教義，以發揮「在新民」的題目，深入淺出，有得於心。至民國二年（一九一三）在北京任禁衛軍團長時，曾到崇文門教堂聽美國青年協會的穆德博士（John R. Mott）講道，對所發揮博愛利他的道理，得深刻的印象。從此便常到教會聽道，研究聖經，對基督教興味，日深一日。據其自述：「當時社會腐敗，無異前清。每一念及，輒爲心痛。然於軍務餘暇，時赴崇文門內美以美會聽講，習聞耶穌博愛救人之旨，與軍人獻身救國之義一一脗合。又見會中教友，皆不准婦女纏足，不准吸食鴉片，不准飲酒嫖賭，而其他男女孩童，又無不讀書識字。種種善舉，私心慨慕。竊念吾國人民，果能如此，實足以改良社會，富强國家。而以之約束軍心，使不至牽於外物，汎濫無歸，尤於馭兵之道別開法門。昔曾文正嘗言『取人之長，以濟己短』。吾於是信仰之心，油然而生。然迥非如迷信者之邀福求榮也。」（上見「自傳」稿本第四章「思想之變遷」之四。「我的生活」第廿六章頁二六七所載略同，惟聽講時期繫於民國元年，駐防地點在平則門舊火藥庫。）

這時，他加入「查經班」，常到劉芳牧師家裏研究聖經。接着就在美以美會由劉牧師爲施洗禮，於是正式成爲基督教徒。然而他之認眞研究聖經及努力傳播基督教於軍中，乃在常德駐防之時，這亦是他對基督教最熱心的時期。他前在北京聽道時已感覺「耶穌爲了傳播他廣大的愛，竟被敵人釘在十字架上，這是偉大的死；他一天到晚專和些下層的人，如木匠、漁戶、稅吏在一起，因而被人輕視，我又覺得正合我這窮小子的味兒」（見「我的生活」頁三六七）。研究聖經又有心得，深信耶穌所教愛人如己，捨己救人，與儒家己飢己溺之仁道符合無間。而且對於耶穌教人勿懼只殺身體而不能殺靈魂者之要道，亦異常感動。乃認爲「這些都是軍隊中精神教育的極好資料。若將基督教教義在軍隊中加以深入的宣傳，必受絕大效益。」（見「我的生活」頁三六九）

於是，一個系統的傳教計劃開始。每逢星期日，請牧師向全體官兵宣講教義。又組織一個輪旋講演會向士兵佈道。又特設「基督教青年會」於軍中。凡查經、祈禱、歌頌、講道、主日崇拜等宗教生活，均極力提倡。部下信教受洗禮者，日多一日，而博愛、犧牲、團結、服務、種種宗教精神與效力，亦漸普遍於全軍焉。軍中傳教士有來自中國各處者，其來自外國者亦不少。外人來後，必報告於外國，亦有撰文著書爲其宣揚者，蓋咸以爲此是中國之創舉與新希望也。一時，「基督將軍」（Christian General）之號突然騰播世界，而「模範軍隊」之名譽亦隨而鵲起矣。同時，本國基督徒如余日章（青年協會總幹事）、聶其杰（雲臺，實業家）、徐謙（季龍）、王正廷（儒堂）等均來軍中講道，與馮氏訂交。徐、王二人爲國民黨巨子，後爲馮氏與　國父孫中山先生發生聯系之媒介。

馮氏自稱爲「一個科學的基督教徒，毫無迷信觀念」（「我的生活」頁三六八）。在消極上這有幾分是對的。但從積極上追溯他信教的動機與分析他的宗教生活，他不是一個迷信超自然主義和神秘主義的基督徒，也不是一個斤斤於形而上學而偏信神學教條的基督徒，而實際上是一個倫理主義的、注重道德生活的基督徒。他信教的動機是爲救民、爲改良社會的。他所得諸聖經之眞諦是耶穌之崇高的道德遺訓與精神要義。他的宗教生活與行爲是仁愛、犧牲、爲人服務與維護正義的。他所傳播的基督教也是這樣道德化的。著者認識他多年，聽其言，觀其行，記憶未泯，敢作此證。

皖直內戰

吳佩孚既佔長沙，復進佔衡山、衡陽。北京政府遂欲乘機盪平西南，乃命曹錕爲「川粵湘贛四省經略使」，吳爲「援粵副司令」。而吳此時卻別有野心，不特不進兵而且密與湘軍趙恒惕聯絡以自重。其後且與南方桂系及「政學系」通款。此兩系操縱「聯合會議」，以爲對北京政府議和之機構，並倡改組「軍政府」，藉以排擠孫大元帥，而便私圖。 國父以救國大計不能實行，乃於五月四日向非常國會辭職赴港，而伊等改組軍政府之議乃成。南方軍政遂由岑春煊、陸榮廷、章士釗、李根源等兩系人物所把持。而吳佩孚之與伊等勾結，亦非發軔於革命意識，不過趁此時機和緩南軍，使一己得注全力以對付北方段祺瑞之皖系而已。

時，北方政局愈趨混亂，而危機四伏，蓋北洋軍閥分化爲直、皖、二系。直系之大總統馮國璋則有曹錕、李純、吳佩孚、齊燮元等爲羽翼。皖系之總理段氏則擁有張懷芝、倪嗣冲、張敬堯、徐樹錚、盧永祥等勢力。當直系曹、吳等攻佔岳陽後，段急於擴充地盤，任其嫡系張敬堯爲湖南督軍。吳深恨之，日謀倒皖。既而段壓迫馮國璋，改選總統而捧出徐世昌爲傀儡，皖系遂繼續把持政權。及五四運動起，吳乘機同情於學生，借題攻擊皖系政府媚外，遂急於緩和南軍而倒戈北上，掃除皖系。九年（一九二○）三月，時機成熟，乃自行率師北歸。湘軍等亦乘機北攻，節節勝利。六月，張敬堯棄長沙遁去，趙恒惕遂主湘政。（吳受國民黨六十萬元乃去，見「我的生活」頁三八七及薛著頁九八）

馮氏是時名義上雖受曹節制，而與吳等之行動並非一致，亦無聯絡密約，蓋其所統率者非直系或皖系之私人軍隊，而自以爲是國家國民的武力，於各派系間超然獨立者也。然而吳既退，張又逃，彼之一旅人孤立於常德，同時各部湘軍均有進窺湘西統一全湘之趨勢，馮軍之地位益危險。於是馮氏決率軍北返。時，駐常德已二年了。其初，譚延闓派代表謁馮氏請參加南方革命軍，馮氏婉拒，據云北方軍隊不宜於南方也。（見薛著頁九八）

方田應詔、胡瑛等之退出沅陵也，胡之母親留在常德。馮氏既至，厚待之，保護備至。胡甚感激。其後，馮氏邀胡至常德一晤，胡亦惠然蒞止。馮氏邀與閱操，充分表示十六混成旅之精神、紀律、及戰鬪力，胡大驚異而佩服不已。歸後，極力宣傳馮軍之不可侮。故馮軍是時之退兵，湘軍均不敢追擊。趙恒惕亦敬重其人，堅留不得，乃送以開拔費十萬元，亦婉卻焉。

七月六日，馮氏下令全部撤防退兵。二小時內，全旅二百餘里防線集中完畢，神速亦可異也。全軍冒雨出發。時，全城人民對其感情甚好，「攀轅」莫及，致送開拔費卅萬。冒雨至車站送行者萬餘人。

時，吳佩孚已節節佈防於京漢線。部署既畢，卽由曹錕、張作霖、李純通電宣布西北籌邊使徐樹錚（小徐）六大罪狀。徐世昌懾於直系之威，下令免徐職。皖系段氏亟謀對抗，改組「邊防軍」爲「定國軍」，聯合聲討曹吳。張作霖是時亦派兵入京助直系。徐世昌則首鼠兩端，居中播弄，冀坐收漁人之利。七月十四日大戰開始——卽所謂「皖直之戰」是。結果，直系勝利，北方政局入於直、奉兩系之手。

轉駐信陽

當戰事發生時，馮軍方在北返途間。七月下旬，抵武昌附近，而鄂督王占元不許登岸。時正盛暑，船少人多，患病者衆，極爲不便。交涉數日，王始指定諶家磯爲馮部暫駐之地。八月一日，全軍開抵諶家磯，駐造紙廠。天氣大熱，地窄人稠，死病者數百名。於種種不便利中，馮氏每日仍率部操練如常也。

在此時駐鄂期間，他於如常訓練部兵之外，仍時刻不忘自我修養。其自定每日時間表如下：晨六時起床，祈禱，讀聖經；七時，自省；八時，檢閱官佐與士兵；八時卅分，早膳，隨辦公事；十時卅分，接見賓客；午膳後，習字；下午二時，辦公；三時卅分，讀道德書籍；五至七時，運動體育；晚膳後，學英文及寫日記；九時卅分，祈禱，就寢（轉錄自薛著頁九九腳註）。生活紀律，可見一斑。

在諶家磯駐兵三個月，此中有兩件事可以特別記述的。其一，則建造本質可以移動的「軍人青年會」，所以紀念美國敎士羅感恩醫生。先是，羅在常德入軍中爲一劉姓者診病。劉，固馮夫人之叔也。此來係要求馮氏爲陸建章復仇。馮氏不應，乃大起爭執。詎料劉卽大發神經病，開槍打死羅醫生。馮氏奮身上前奪其手槍，亦被一彈傷肩，幸不久卽痊癒。而羅醫生之死，後經查明係屬誤殺，其事乃寢。馮氏送贈萬元與其妻作賠償費，堅辭不受。羅子方在美大學唸書，馮氏滙此款去爲其學費，則原單付回，謂「家雖貧，但可以工資謀學費，不能以父之生命換金錢」云。馮氏益爲佩服，乃以此款建造木舍五楹以紀念羅醫生。此木屋，後隨軍移動，爲軍人講道、游藝之所。其後歷在北京南苑，直迄南口退兵時始被毀焉。

其次，則爲馮氏與　國父接近一事。當馮氏駐常德時，與徐謙等國民黨巨子已有來往。馮氏因得讀孫先生之著作，至爲景仰，以爲非此不足以救中國。及開赴湘北時，乃致函孫先生，略謂「中國已瀕於危境，眞正救中國者只有先生一人，百折不回，再接再厲，無論如何失敗，而我行我素，始終如一。此種精神，凡謀國者當爲之感奮。現下雖阨於環境，但精神上之結合固已有日矣」云云。旋接徐謙復函言中山先生接讀來信，深爲欣慰，系念情殷，擬派其個人及鈕永建（惕生）二人到漢慰問官兵，並面談一切云云。馮氏卽專函歡迎，並囑任右民另具私函速駕。徐、鈕卽行來漢，與馮氏相會於營中。每日於講演「基督救國主義」中帶有宣傳革命作用，蓋二人均爲基督徒，而徐則揭櫫「基督救國主義」深得馮氏贊同者。　國父派其二人爲聯絡使、可謂知人善任，而此二人以後與馮氏關繫亦日深一日矣。彼等又告以　國父非常器重其爲人，以爲「北方革命事業非馮莫屬」云。蓋其人格及治軍成績是時已斐聲全國。　國父眼光深遠，尤能識人，故以此期許。後來馮氏因早得其感召實行首都革命，歡迎其北上，再後又積極參加國民革命而促成北伐之功。則馮氏亦可謂無負　國父矣。

九年（一九二〇）十一月，馮氏復率部由諶家磯移駐河南信陽。時，豫督爲趙倜，貪劣特甚。全省財政均由其親信把持，中飽而外，全入趙氏私囊，故積資產至數千萬。馮部餉項因之全無辦法，不獨官佐無薪餉，卽官兵每日菜錢亦無着落，日惟和鹽水下飯。馮氏又不肯就地籌款，以重百姓之擔負。然萬餘人之生活如何維持？他於無人處輒偸自飲泣，常淘汰兵伕以求撙節，亦無以支持。軍官佐等至須典當衣服，爲挖肉補瘡計，終不能持久。他束手無策只得親赴保定一次以籌餉，亦毫無結果。於絕望中，他決意辭職。但經部下函電及誠懇挽留，始回旅部，與全體共同吃苦。其求款電文有「可以與兵官了解而捱飢，但不能令軍馬明白而不踢」之語。在最苦之時，他甚至欲將全部開駐鐵路軌上，任火車輾斃，猶勝於餓死也。此時正在新年之前，各家紛來催債而無法應付，故出此短見。適有火車由漢口運大洋廿萬北上繳呈交通部者。他偵知之，乃急不擇食，將車扣留。隨電京請罪，謂自知犯法，請卽處分；一人犯法，勝於全體官兵犯法搶刼之爲愈云云。北廷復電，允撥款十萬元。馮氏乃令准火車開行。迨張作霖聞其事，卽電京請嚴懲馮氏，蓋藉以報復於八年間反對其力保起用張勳之私怨也。吳佩孚則爲馮辯護，反唇罵張，謂其昔曾扣留政府軍械車，罪殆浮於馮云。其事遂寢。

時，直系保派曹錕等欲去豫督趙倜，在保定開會，擬定由趙部師長程愼在彰德首先動兵討之，而以馮部爲助。馮氏因上次扣留火車事受張作霖攻擊而得吳佩孚之緩，勉從之。派張之江赴保與會。歸則攻趙部寶德全於確山。寶素勾結土匪，多行不義，爲患地方人民。至是，一戰而敗，損失槍械，全部且潰散。直系洛之吳佩孚以勢力未充，不敢大舉，又以不滿於保派，反指程愼爲叛亂，令其第三師一部與趙傑（倜弟）夾攻之。程不敵，自戕。於是，馮攻趙部之行動，受人責備，非常尷尬，但又不能宣布內幕，眞似「啞吧吃黃蓮，苦處自己知」而已。自是不能安居於豫。後來，一有機會，吳即令其入陝，其遠因殆種於此也。

馮氏當餉源斷絕、全部窮窘之際，又以助吳討趙事忽爾中變而受人責備，積愁生病，遂退居於山坡草廬中，稍事休養。正在愁病交迫之下，忽得一極大安慰；即是：收得徐謙自廣東來函，備言　國父對彼非常注念。乃振奮精神，親筆揮函，派任右民滥程南下，敬候孫先生起居，並聯絡一切。任抵粵時，　國父已被「非常國會」選舉爲大總統，乃晉謁於粵秀樓（即鎭海樓）。國父將革命計劃詳示一切，並特別指出陝西地勢之重要，將來須於此建立革命基地，擴而大之，則革命大業可告成功云云。及任北返，則馮氏適已率部赴潼關入陝。其行程竟與　國父之指導不謀而合，可謂巧矣。其後，馮氏果以甘、陝兩省爲根據地，卒以打倒北方軍閥，完成　國父革命北伐之大業，蓋其早得自其示意而成竹在胸也。（以上本章並參考蔣鴻遇：「國民軍二十年奮鬪史」三集第三章，石印本「非賣品」。）

（本章插圖採自薛著，謹致謝）（本章完，下期續刊第七章）

閒話財神

張漢雄

在我國過年繁複的禮節中，歲尾除夕有所謂「貼財神」，年初一到十五之間，又有拜財神、接財神、送財神、偷財神等花樣。此一源遠流長的習俗，雖不入近代宗教理論的範疇，但對我中華文化的演進卻是有很大關連的。

財神名稱的出現，見於「三教搜神大全」。據說財神姓趙名公明，是道家所供奉的神，稱爲「趙元帥」，他係軍人出身。趙爲終南山人，自秦時避亂山中，精修至道，功德圓滿後被玉皇封爲「正一玄壇元帥」，職掌除瘟、翦瘧、保病、禳災，以及買賣求財，訴訟申抑。他的畫像多是黑盔黑甲，左手持元寶，右手持鋼鞭，身跨黑虎，尊容面如鍋底，怒目瞪眼，望之令人生畏。另則出於「封神榜」一書：趙公明得道峨嵋山，應通天教主之邀，下山助陣，被姜子牙用草人作法，拜了廿一天，用桃箭將他射死了。後來姜子牙封神，趙便被封爲「玄壇元帥」，成了財神。他手下有四位管出納的大將，一爲新正粉墨登場，頭戴笑面具，手持「天官賜福」的利市仙官姚少司；二爲招財使者陳九公；三爲招寶天尊蕭昇；四爲納珍天尊曹寶，許多人誤會他們是和合二仙，其實應該稱爲「散財童子」。

相傳歷史上財神有四位，一是范蠡化名陶朱公的。范氏曾於春秋戰國時代，助越王勾踐滅吳，功成身退，偕美人西施，避居齊國，因治田產發了大財，把田產分散給貧民，所以被民間奉爲財神；二是東嶽大帝黃飛虎；三是軍人出身的趙公明；四是懷有聚寶盆的沈萬三（又名萬山）。沈萬三籍隸江蘇蘇州，據說他早年做過傭工、船伕、漁民，窮而好施，誠以待人。遇奇人張三豐，授煉鐵成金之術，遂富甲天下，凡遇貧患，莫不廣爲賙濟，未死之前，已被民間尊爲財神。

另一說法，財神有文財神、武財神、五路財神之分。文財神是增福財神財帛星君，武財神是紅面長髯的關公關聖帝君，正財神是趙公明，偏財神是五路財神。

國民黨的大紅人

周恩來評傳（六）

嚴靜文

關於周恩來自巴黎回國的日期，手頭的兩部周恩來傳記——許芥昱的「周恩來傳」及李天民的「周恩來」，都說是一九二四年年末。其實要早得多，最遲也不會遲過七月。何以見得呢？

據故中國青年黨領袖曾慕韓的旅歐日記載稱：「六月七日會偕張子柱、梁志尹赴巴黎開各團體職員會議……。旋與共產黨代表周恩來、任卓宣，國民黨代表習文德、李富春（按：彼時李富春尚以國民黨代表出面，亦趣事也）及該黨黨員張星翰（即張廣生）等會議新黨聯絡辦法，訂立規約十條，共以打倒軍閥，抵抗列強爲宗旨，彼此不得互相攻擊……。」

這實是國共兩黨與青年黨在巴黎鬪爭的休戰協定。據李幼椿先生「學鈍室回憶錄」稱，他事後曾問張星翰，周恩來等爲甚麼會有此一舉，張氏答以周恩來等中共大批留法黨員奉令回國參加工作，緩和鬪爭是爲了「便於抽身」。李氏又說：「果然，在七月初，周恩來與任卓宣、徐特立等均已離開巴黎；而據楊合川同志報告，『比昂古』的中共組織幹部及工友也有十餘人離開了。這一來，證明周恩來在撤退巴黎的大批人馬，經由莫斯科受短期訓練後回國。」

可知周恩來該年七月初已離開了巴黎，動身可能在六月初旬。但路經莫斯科，要受短期訓練，躭擱多久，則不得而知。據一九二四年十一月十九日上海出版的「嚮導」周報（中共機關刊物之一）第九十二期載有周恩來（用伍豪筆名）「最近二月廣州政象之概況」，副題是「一九二四年十月卅日廣州通訊」一文，得知周恩來十月以前已抵廣州。查該文內容對當時廣州形勢、國民黨的內幕均有詳細報導，如果沒有兩三個月的觀察揣摩，便寫不出來。可知周恩來至遲在八月前已返抵廣州。實際上更早，因據吳相湘著「民國百人傳」之「賀衷寒與軍中政治訓練」一文所載，「自民國十三年七月軍校之『革命軍事研究會』成立，周、賀接觸機會甚多。」說明周恩來七月已在黃埔。

滲透黃埔篡奪軍權

一九二四年一月國民黨召開第一次全國代表大會，確定聯俄容共，中共分子始正式參加國民黨的工作。而當時中共黨員不過千人，因此黨員多擔任重要職務。自法國回來的黨員，尤受重用。趙世炎任北京區委書記，陳延年任廣東區委書記，蔡和森任宣傳部長，周恩來則任廣東區委軍事部長。在國民黨的職務則是黃埔軍校政治部副主任，由於政治部主任戴季陶長居上海，周遂代行主任，後來並眞除爲主任。

從中共黨內系統看，周恩來的地位遠較蔡和森諸人爲低，但是從工作的性質看，他的工作比任何人都重要和艱鉅。這因爲當時的黃埔軍校是革命武力的搖籃，在國共兩黨的鬬爭中，如掌握黃埔軍校學生，便可控制革命實力，將來便可取得國民革命的果實。周恩來所負的任務，是秘密纂奪軍權。這是他日後長期掌握中共軍權的原因。

當時中共的領導人之一的張國燾，他在一九二五年初到廣州時，在囘憶錄中曾有兩段重要的記載。

①是記載設在廣州文德路廣東區委辦公處的情況：「這個辦公處雖不算寬大，但來往的人是川流不息的；並且常有幾個會議在裏面同時舉行。當時廣州市的中共黨員約三百人；他們自然要經常到這裏來接受訓令……。

「中共廣東區委還設有農民運動委員會和軍事部，爲中共中央尚未設置的單位。農民運動委員會由澎湃、羅綺園、阮嘯仙等人負責，軍事部由周恩來、聶榮臻等人負責。赤腳的農民和斜掛着皮帶的軍人也常在辦公處出現。」

②是記載蘇俄及中共對黃埔軍校的看法：「當時任中共廣東區委軍事部長的周恩來卻鼓吹廣東軍事應採『黃埔中心主義』。當時他隨着蔣介石將軍在潮汕一帶工作。也曾跑囘廣州一趟來會我，表示對黃埔的前途極抱樂觀。他和鮑羅廷相處無間，爲鮑羅廷所獎掖……。」

前一段話說明，中共的建軍工作是由廣東區委開始的，並非由中央開始的；周恩來所擔任的廣東區委軍事部長，是當時中共全黨唯一的軍事機關；據此可知，周恩來實是中共軍隊最初的締造者。從一九二四到一九三五這十一年裏，周恩來一直是中共的最高軍事權威。

目前中共宣傳共軍是毛澤東親自締造的，顯然是謊話。毛澤東脫下長衫，初次接觸軍事工作是在一九二七年九月，他所領導的兩湖秋收暴動，只是周恩來指揮下（周當時已是中共中央軍事部長）軍事行動的一部分。

包辦黃埔政治工作

周恩來一囘國，即被中共委派在黃埔軍校工作，有幾點值得注意的因素。

第一、廣東區委書記陳延年是周恩來在法國時的老搭擋。他到廣州工作，在人事上有輕車熟路之宜。

第二、黃埔軍校於一九二四年六月十六日開學，周恩來於六月奉命囘國；顯而易見的，他之囘國，是共產國際佈置在黃埔軍校工作重要的一環。

第三、當時蘇俄援助中國革命，既採「黃埔中心主義」，必然重視參加黃埔工作的中共人員，在前一章「留法四年，從未入學」一文中，筆者已經說過，當中共在歐洲的工作，莫斯科的扶植在先，與中共的合併在後；而周恩來是歐洲中共分子與莫斯科聯絡的樞軸。周恩來之被派往黃埔，與莫斯科對他的賞識和信任是分不開的。

第四、據王柏齡氏（黃埔軍校教授部主任）遺著「黃埔軍校開創之囘憶」（載台北出版傳記文學十六卷）記載，軍校的編制有六部：「上三部是政治、教授、訓練；下三部是管理、軍需、軍醫。」政治居六部之首，是軍校教育的靈魂。軍校開辦時計三十四位官長，四位蘇俄顧問」。可見蘇俄如何的重視黃埔軍校，又如何的重視政治教育。

可是，政治教育實質上竟完全由中共分子包辦。這因爲政治部主任戴季陶，因反對聯俄容共（雖然曾是中共建黨的贊助人）不肯前來廣州就職，權責遂完全落入副主任周恩來之手。試看他手下主要的政治工作人員，惲代英、聶榮臻、蕭楚女、高語罕、熊雄等，淸一色是中共黨員。國民黨員汪精衞、胡漢民、邵元冲雖亦擔任政治課程，但是因不住校內，不能充分發揮影響力。

當時蔣介石將軍雖然是校長，但是與

校長職權互相表裏的黨代表則是對蘇俄和中共至信不疑的廖仲凱。因此人事的安排處處予中共方便。試看「上三部」的人事名單：

政治部主任：戴季陶，副主任：周恩來；

教授部主任：王柏齡，副主任：葉劍英；

訓練部主任：李濟琛，副主任：鄧演達，總教官何應欽；

學生總隊長：沈存中（下轄四隊，第二隊隊長茅延禎，第三隊隊長金佛莊全是共產黨員）。

最主要的政治部完全由中共控制，教授部副主任葉劍英爲共產黨員，王柏齡後因兼任師長，實際工作亦落入葉劍英之手。訓練部是純軍事技術的訓練不甚重要，李濟琛亦因兼任師長，無暇問事，而副主任鄧演達則爲共產主義的同情者；最常接近學生的學生總隊，四隊長中共分子佔其二，也平分春色。

周恩來是最早的國際派

蘇俄及中共對黃埔軍校的企圖非常明顯；盡一切努力以思想和政治滲透來掌握多數黃埔學生。因爲掌握多數學生卽可控制黃埔，控制黃埔卽可控制革命武力，控制革命武力卽可控制國民革命，革命一旦成功便可控制中國。

對上述的策略，似乎是莫斯科獨得之秘，當時中共中央似尚未得與聞。第一、中共中央尚無軍事部設立，在中央負責的張國燾，感到新鮮；第二、許多跡象顯示軍事部長周恩來似向鮑羅廷直接負責，事實詳後。

如推論不錯，則周恩來可能是最早的國際派了。其後在國際派當權時期，周恩來的權勢有增無減，與國際派水乳交融，大概都因爲他在莫斯科的檔案中，有特殊的紀錄。

關於周恩來直接向鮑羅廷負責的跡象，有左列幾點：

①第一張國燾一九二五年一月初到廣州的印象，是周恩來與鮑羅廷「相處無間」，可是廣東區委書記陳延年卻與鮑羅廷相當隔膜，對鮑嘖有煩言。中共中央對鮑的獨斷專行更是不滿。

②當一九二五年十二月，黃埔軍校右派學生爲對抗左派「青年軍人聯合會」成立「孫文主義學會」，決定舉行示威遊行時，負責指導學生政治活動的周恩來制止無效，鮑羅廷立卽出頭向當時負最高責任的汪精衞施壓力。

③一九二六年三月二十日，中山艦事件發生之後，在鮑羅廷出席的廣東區委會議上，正式討論到三·二〇事件的問題，鮑羅廷莫須有的把責任完全推到「中共中央的領導偏差」上去。「當時在黃埔任重要職務的周恩來是難於諉卸責任的；他在會議上噤若寒蟬；現在有了鮑羅廷這種金蟬脫殼的解釋，似是滿身輕鬆了。」

從上述跡象可知，激起蔣氏對中共及蘇俄採取嚴峻行動的原因，鮑羅廷與周恩來有某種默契的了解。鮑羅廷庇護周恩來實是庇護他自己，因爲周恩來執行的實是他的政策——篡奪黃埔、篡奪軍權以篡奪國民革命——並非中共中央及廣東區委的政策。這樣說來，周恩來實是最早的國際派，陳紹禹、張聞天等人都瞠乎其後。正因爲如此，在其後瞿秋白、陳紹禹、秦邦憲、張聞天等國際派巨頭當權時代，周恩來與他們都合作無間，他們對周也都信任不疑，可能都因爲周恩來早自留法時代已帶有濃厚的國際派彩色有關。

化名撰文批判國民黨

周恩來一九二四年八月抵廣州，一九二六年七月國民革命軍北伐時北上，在廣州住了僅兩年時間；這是他生平最重要的時代，除了三·二〇事件的打擊，也是他最得意的時代。

一九二五年周恩來年方二十七歲，正與鄧穎超新婚蜜月，已身兼六要職。除了中共廣東區委執行委員及軍事部長不算，他是黃埔軍校政治部主任，國民革命軍第一軍政治部主任，第一師黨代表，二次東征之後，更兼任東江特別行政區督辦。因此經常穿梭往來於潮汕、廣州、黃埔之間。特在廣州西濠酒店及汕頭的淇園酒店闢室作行館，風頭之健，一時無兩。

他之出任東江特區督辦一職，尤惹人注意。因爲東江地區久爲孫中山的死敵陳烱明盤據，經兩次東征始告底定，是新建的黨軍流血拼命打下來的地盤，當時國民黨人才雲集廣東，而周恩來兼職如此之多，這個職務仍需要他來擔任，可知他不但是共產國際的紅人，中共廣東區委的突出人物，並且深得國民黨當局的信任。似乎對他的共產黨員的身份已喪失了警覺。從這可知他的滲透本領和政治手腕。

當周恩來成爲國民革命軍的大紅人之際，他內心的想法，可以從他在中共機關刊物「嚮導」上所發表的文章見之。他以伍豪爲筆名，所寫「最近二月廣州政象之概況」一文，對當時的廣東政府極冷嘲熱諷、分化挑撥之能事；在結論中說道：

「我們從上述的廣東政治現象中，很明顯地看出：國民黨右派是永不革命的，是永遠希望和軍閥帝國主義勾結的，而革命的只有左派，只有工農學生羣衆。

「假使國民黨要使他的宣言完全實施起來，中派分子必須打破他們妥協的心理，斷然離開不革命的右派，聽中山指揮與革命的左派聯成一氣，實行國民革命。……因此我們希望明達而革命的國民黨人都要認定國民黨當前急務是『肅淸內部』，界限便是革命與不革命。」

當時中共所指的右派是胡漢民、汪精衛（後來跟隨中共走之後又被封爲左派了），中派是蔣介石、左派是廖仲凱。其實這完全是分化技倆，當時中山仍在，胡、汪、蔣、廖等完全在中山領導下工作，只因所任工作不同，胡氏主持廣東政府，不得不與軍閥和帝國主義打交道。因爲革命武力還沒有成長，不能不忍辱負重，周恩來侮指爲右派云云全是胡說。

他在「中山北上後之廣東」一文中，話說得更爲放肆。他竟指孫科、李烈鈞「北上獵官」、向北方軍閥乞憐，竟有這樣的話：

「故孫科李烈鈞相伴回粤希圖另闢途徑，張繼雖因段祺瑞的冷落而氣憤憤地回滬，但其餘的恐怕還是『不到黃河不死心』呢！」

又說：「一些右派分子紛紛北上獵官了，剩下的右派在廣東作如何舉動呢？他們乘着中山北上無人監督的機會，羣起攘奪廣東的權利地位，其中最活躍的要算代大元帥職權，留守廣東的代帥兼省長的胡漢民了……。」文中並挑撥孫科是胡漢民「寃家」，並且以矯揉的口氣挑撥道：「我們於此要問問有革命傾向的中派和國民革命領袖的中山先生：你們究竟看看這些右派分子在爲國民黨工作啊，還是爲了他們自己？」

稱中山爲國民革命的領袖，指中山之子孫科爲北上獵官的右派；張繼是北方人又是國民黨北京執行部的負責人，他常往來北京上海之間，有時代中山辦外交，竟被誣爲向段祺瑞乞官。從這兩篇文字，充分看出周恩來的險詐和陰毒，他簡直是國民革命軍的定時炸彈，從這也充分暴露當時國共兩黨的合作的眞相。一九二七年的反目分裂就一點也不足怪了。

國共分裂始於黃埔

國民黨的聯俄容共政策，雖然在一開始即不斷遭受黨內的反對，但是皆未能動搖國共合作的基礎。諸如馮自由、謝英伯、劉成禺等雖掀起黨潮，但旋即被逐離粵；戴季陶、蔣介石等的諫諍亦歸無效；其後監察委員張繼、鄧澤如等對中共所提彈劾案也被擱置；即使一九二四年九月，居正、覃振、田桐、石瑛等，國民黨過半數執監委員發起西山會議，糾彈共黨，另立中央，也未發生決定性的效果；徒造成國民黨自身的分裂，聯俄容共依然如故。

國共正式分裂雖在一九二七年四月，但是裂痕早在一九二五年初顯露，那就是共黨的「青年軍人聯合會」與「孫文主義學會」在黃埔軍校的對抗。

前面已經說明，蘇俄顧問鮑羅廷和周恩來所唱「黃埔中心主義」，目的在篡奪軍權、控制國民革命。鮑羅廷是這一圖謀的舵手，周恩來則是執行者。他們努力集中兩個目標：一是包辦國民革命軍的政治工作，二是爭取和赤化軍事幹部。

關於第一項目標，黃埔軍校的政治工作完全落入周恩來領導的中共分子之手，已如前述；在軍隊方面，當時國民黨的基本部隊僅有六軍，廣西的第七軍和湖南的第八軍，都是後來收編的。試看六軍的政工負責人：第一軍政治部主任周恩來，第二軍政治部主任李富春，第三軍政治部主任朱克靖，第四軍政治部主任羅漢，第六軍政治部主任林祖涵，海軍政治部主任李之龍，全是共產黨人，僅編制最小（僅兩師）戰鬬力最差的第五軍（軍長爲綠林出身的李福林），政治部主任李朗如算是國民黨員。同時軍以下單位的政治工作亦多由共產黨人擔任，例如一九二五年十月二次東征時，國民革命軍第一軍之九名團政治部主任，八名是共產黨員。

莫斯科這種通過控制政治工作來控制軍隊的作法，不但對廣州的革命軍如此，對在北方的馮玉祥部也是如此。周恩來留法時期手下大將劉伯堅和鄧小平即在馮部任政治部主任和副主任。

關於第二項目標，周恩來除了秘密的在第四軍內部建立了一個清一色由共產黨員所控制的獨立團（由葉挺任團長，北伐軍至武漢時擴編爲第二十四師，由周士第繼任獨立團長。）之外，並廣泛的向各軍滲透，拉攏青年軍人入黨，爲了便於進行這些活動，乃有「青年軍人聯合會」的建立。

一九二四年秋天，蔣校長挑選十名優秀學生組成一「革命軍事研究會」，由這個研究會訓練三十名學生，準備派往北方軍隊工作。周恩來遂利用這個機會建立一個掩護滲透的外圍組織，在國民革命軍及黃埔學生中吸收左傾分子，從而篡奪軍權。周恩來在幕後指揮，出面主持其事的是黃埔一期的優異生蔣先雲（湖南衡陽人），他是軍事研究班的負責人。在一九二五年一月二十五日，鮑羅廷倡議成立的「青年軍人社」，即是這個組織的前身，後來二月一日正式成立時，始定名爲青年軍人聯合會。

這個「青年軍人聯合會」的活動，當然也要執行鮑羅廷的對國民黨策略：「團結左派，爭取中派，打擊右派」。因此引起黃埔學生和幹部的反感。賀衷寒、陳誠、繆斌等乃起而組織「孫文主義學會」與之對抗。

周恩來夜勸賀衷寒

賀衷寒尤其是關鍵人物。他與共產黨員蔣先雲、李之龍同是黃埔一期的優異生，一九二四年十一月畢業，他與李之龍同被派在黃埔軍校廣州分校政治部任秘書，蔣先雲則任校本部校長辦公室的秘書。

賀衷寒與繆斌等何以動議成立孫文主義學會，因爲他們無意間發現了蔣先雲等發出的一紙傳閱文件，攻擊黃埔軍校裏國民黨藉的幹部和學生，上面並列有傳閱者的名單。引起他們的警惕，遂決定建立「中山學說研究會」。

他們此舉很快得到蔣校長及黨代表的批准，蔣氏並捐大洋一百元做爲經費，黨代表廖仲凱也予同意，並建議把會名改爲「孫文主義學會」。從這件事可知廖仲凱雖然堅決主張聯俄容共，但並未背叛國民黨和孫中山。

學會開始籌備，由繆斌起草緣起文件，賀衷寒起草會章。公開徵求發起人。周恩來等知道之後，感到這是對「青年軍人聯合會」的威脅，乃再重施孫悟空鑽猪八戒腹中搞鬼之計。他們以共產黨員參加國民黨，成爲黨中之黨；現在他們企圖以「青年軍人聯合會」會員參加「孫文主義學會」，再成爲會中之會。因此簽名參加學會的發起人，共黨分子竟佔大多數，這一情勢迫使賀、繆等不得不暫停進行，並積極爭取非共軍官和同學參加。恰趕上第一次東征，黃埔卒業的軍官及在校同學，皆隨軍來到東江。

同年四月賀衷寒亦調前線任砲兵第一營黨代表。某夜周恩來訪邀賀衷寒談話，委婉勸賀參加「青年軍人聯合會」，不必另行組織「孫文主義學會」，以免造成壁壘，妨礙聯俄政策；並說：「你才從俄國回來（按：賀曾於一九二一年九月到一九二二年春訪問蘇俄），你和蘇聯的革命領導人談過話，知道他們是我們的友人。列强這麼多，有誰來援助我們的軍火呢？……：你很了解我們必須聯俄。此外再沒有救國之道。」

賀衷寒乃反口問周，為甚麼蘇俄大使加拉罕食言取消將中東鐵路歸還中國，並且與東北的軍閥締結不利中國的條約呢？周恩來答以這是蘇俄援助廣東政府以前的事情，中國革命接近成功時，蘇俄一定會廢棄這些條約的。極巧言善辯之能事。

談了兩個多小時，燈花搖曳，夜色闌姍；賀衷寒最後說道：

「可是，這是校長（按：指蔣氏）批准的事情。即使我今後不出頭，很多黃埔同學也會成立這個團體。」

周恩來長嘆一口氣，起身告辭，臨行握着賀的手還說：

「你和我以及所有的眞的革命者，都會為保持革命陣營的統一而奮鬭，不要發生有害這個理想的事情才好。」

在打入策略被識破之後，周恩來使用懷柔的說服，說服無効，便開始採取破壞行動了。

圓滑手腕數解困扼

一九二五年五月，「孫文主義學會」籌備會議，終於在梅縣的一所古廟中揭幕了。賀衷寒為防制被破壞，對共黨分子發起人的通知，故意延遲發出，使他們不能及時到會。

惜因事機不密，「青年軍人聯合會」負責人之一的李之龍（當時為第二砲兵營黨代表，也在前線）竟聞訊先到。氣勢洶洶，責罵主席謬斌，違反黨的聯俄容共政策，為「反革命」，要求立刻散會，否則出席的人要負破壞黨規的責任……並擬搶奪會議文件，將之携走以破壞會議，遭衆人阻擋正相持不下，周恩來竟也如時趕到，制止李之龍，並斥其退出會場；周恩來以長官的身份，聽取賀衷寒等對李之龍的申訴之後，委言勸告會議延期舉行，並答應調查處分李之龍。事後將李之龍調回廣州。

李周二人一扮黑臉一扮白臉，合演的一場鬧帳活劇，終於阻延了「孫文主義學會」的成立。周恩來在這一齣戲中，可謂唱做俱佳，爐火純青。

「孫文主義學會」的分子，吃了啞巴虧，自然不甘心，他們終於抓到了報復的機會。

一九二五年十月革軍命二次東征，他們得到周恩來的秘書（時周任前敵總司令部政治部主任）兼第一師政治部主任李公俠寫給中共華南局的一封機密函件，內稱：「……我周圍的人都不是黨員，和他們同室而居（包括師長和參謀長），在政治部雖有辦公室，但也有部外的人；……在軍官當中，何（應欽）師長因為承認政治活動的價值，他不會成為障碍。我可以秘密活動，可有擴展思想的好機會。」

抓到這個證據之後，他們便將李公俠綁起來，連同那封函件，一齊送到東征軍蔣總司令那裏去，要求加以懲處。周恩來聞訊立刻趕到，侃侃而談為李公俠辯護，並說，共產黨人可能太熱心了。但是一切都為了革命；當此敵人環伺，海軍不穩之際，絕不可以自相殘殺；並且自動表示，如果有人堅持反對，「青年軍人聯合會」可以解散。

蔣氏接受周的意見，將李公俠調職；並將兩派人員一齊叫到司令部，訓示他們忘記過去的紛爭，命令他們互相敬禮，言歸於好。

周恩來為了彌縫裂痕，穩定反共軍人的情緒，特別請邵力子來對他們講話。邵力子這個隱藏的共產黨人，當時竟說道：「我以前也幹過共產黨。可是，我並沒有非出席不可的會議，也不需要交黨費。仍好好的活到現在。因為共產黨並沒有清算我。」這番不負責任的話把大家逗笑了。一場風波就此成爲過去。

但是，兩派的鬬爭並未過去。只是經此打擊，周恩來對於阻撓「孫文主義學會」一時感到棘手；於是一九二五年十一月二日「孫文主義學會潮州分會」總算成立了。但是總會的成立還要經一番艱苦的鬬爭。

使出殺手鐧——鮑羅廷

一九二五年十二月，二次東征的部隊回到廣州。賀衷寒、王柏齡、潘佑强、惠東昇等九人成立「孫文主義學會」籌備委員會，並在東山魚廬設立了辦公處；籌備成立大會和擴大徵求支持者。他們並決定在十二月廿九日在廣州舉行一次大遊行。他們得到新的黨代表汪精衛（原黨代表廖仲凱業於同年八月二十日被刺而死）的贊助，並撥三千元爲籌備費。

鑒於「孫文主義學會」勢在必成，周恩來此時已感力盡技窮，乃使出最後一着，將情況報告蘇俄顧問鮑羅廷。鮑遂出面對汪大施壓力，指責「孫文主義學會」傾向西山會議派，如果汪不及時制止，他將離開中國（含義是蘇俄停止軍事援助）。弄得汪精衛十分尷尬。無奈只好偕同該會四名代表陳誠、賀衷寒、黃珍吾、潘佑强，於二十八日去見鮑羅廷，直接說明該會的宗旨；當然鮑羅廷無法公開反對學習孫文主義，而面對這些青年軍人，他也不敢像對汪精衛那樣橫蠻放肆（從很多記載了解，鮑對汪特別的橫暴）；竟完全換了一副面孔，聽了他們四人的解釋以後，忽然轉怒爲笑，並且熱烈表示他也將參加成立大會。

孫文主義學會，自一九二五年初倡議籌建，遭受周恩來等無數的破壞和阻撓，終於在一九二五年十二月二十九日正式成立。成立大會由賀衷寒任主席，在廣州大學內舉行，會後遊行示威，參加的軍人、學生、工人及各界羣衆達數萬人，極一時之盛。廣東是國民革命的根據地，黃埔軍校是國民黨辦的軍校；但是信仰三民主義的國民黨軍人，要成立一個孫文主義協會，竟遭遇這麼多的波折，籌備經年始能建立，實在發人深省。使人不禁懷疑，當日廣東，究竟是誰家的天下！

從上述情形可知，「孫文主義學會」之成立，實具有深刻、重大的歷史意義。在這之前，孫中山的三民主義，在他手創的黃埔軍校之內，竟被冷淡和擱置；「孫文主義學會」的成立，使中山遺教恢復了領導地位，使國民革命從馬列主義的雲霧中重見天日。

「青年軍人聯合會」阻撓、破壞無効，「孫文主義學會」成立之後，這兩個軍人團體遂不斷發生磨擦和鬬爭，震撼着國共合作的基礎。

一九二六年二月，蔣氏曾召集兩會負責人，加以調停，亦終無効。蓋因這是共產黨篡奪軍權與國民黨自保軍權的殊死鬬爭。蘇俄如放棄這一鬬爭，則援助中國革命對他們的政策而言卽等於全盤失敗；而國民黨則亦決不甘心被赤化。因此，當時的國民黨領導當局，縱然切知，如無蘇俄的軍事援助，「革命等於空談」（譚延闓語），極力想緩和這一對立，無奈已勢成水火。因此其後僅一個月，遂有三・二〇中山艦事件之爆發，國共合作關係幾告決裂。從歷史眼光看，中山艦事件，實乃「青年軍人聯合會」與「孫文主義學會」鬬爭的延長。試看中山艦事件的主角，李之龍等爲「青年軍人聯合會」的負責人，而王柏齡、惠東昇等則爲「孫文主義學會」的負責人，卽可瞭然。

忍人之所不能忍

一九二六年三月二十日，廣州的中山艦事件，詳細經過迄今仍是個謎。因爲人言人殊，莫衷一是。在這裏筆者要談的非中山艦事件本身，而是周恩來在此事件中所扮的角色和他的演技。

中山艦是當時廣東政府海軍裏最大的一隻軍艦，經常作爲黃埔軍校蔣校長的座艦。當時海軍局代局長爲中共黨員，「青年軍人聯合會」執行委員的李之龍。

該艦原泊在省城碼頭，十八日夜擅自神秘的駛往黃埔，李之龍打電話問蔣氏何時去黃埔？已引起蔣氏懷疑。及知蔣氏暫不去黃埔，該艦十九日下午又駛回省城，但是裝足煤斤，一直升火待發，終夜不息；蔣氏判斷該艦有異謀，遂於二十日清以廣州衛戍司令名義頒戒嚴令，逮捕李之龍，派兵佔領軍艦，收繳共黨工人糾察隊的槍械，解除所有蘇俄顧問衛隊的武裝，並將第一軍裏所有共黨政治工作人員五十餘人拘禁。周恩來是廣東區委的軍事部長，黃埔軍校政治部主任，第一軍政治部主任，是經常直接與蔣氏保持接觸，地位最高的中共黨員，而所有被捕及被拘者，無論從共黨工作系統還是國民黨的工作系統看，都是受他領導的人。因此中山艦事件，對中共及蘇俄固然是重大打擊，對周恩來個人的打擊尤爲嚴重。這恐怕是周恩來入世以來最大的困厄。

當時周恩來，既要營救被捕的同志，要向上海的中共中央報告和解釋，要應付廣東區委同志的責難，要應付蘇俄顧問團的詢問，又要與國民黨保持既有的關係。如果換了別人，可能一蹶不振。可是這個陰柔冷靜，圓滑機敏的二十九歲青年，則不慌不忙，耐心的清理這亂如蔴的兇險局面。首先他摸清了蘇俄顧問團的意向，堅決避免與國民黨決裂，於是他在四月三日陪同蘇俄顧問數人（時鮑羅廷不在廣州）訪問蔣氏，緩和了嚴重的局勢。接着他不憚其煩的說服那些放言向國民黨進攻的廣東區委同志，包括毛澤東在內，不要輕舉妄動。因爲中共還沒有建立自己的武力，無法控制和領導革命。

四月十一日蔣氏下令免除周恩來第一軍政治部主任的職務，其後又免除他東江特區督辦的職務。

周依然面不改色，照常去晉見蔣氏，接洽事情。蔣氏乃令周恩來成立一個政治訓練班，訓練那些從第一軍被免職的中共政工人員，並令周恩來爲主任。周奉命維謹，妥爲照辦。

據張國燾回憶說：「當時周恩來的地位是很尷尬的，他被免除了黃埔政治部主任的職務，聲望大受損失；但仍要在黃埔工作，日與蔣氏周旋，而且他的中共同志們對他也多所責難；認爲三月二十日事變的造成，他要負相當責任。但這種處境，使他第一次歷練了他的忍耐力，也表現了他的處事手腕。對於已往的一切，他從不加解釋和答辯；他根據我們的決定，若無其事的在黃埔實施訓練，並處處表示尊重蔣氏的意見。」

如果換一個人，多半不肯再在黃埔工作下去了，可是周恩來不怕難堪，他能忍人之所不能忍，終於替中共保存了滲透國民革命的成就，貫徹了蘇俄和第三國際的政策。在周恩來軟磨硬的斡旋之下，中山艦事件的首犯李之龍被釋放了，經他負責訓練的中共政工幹部，也恢復了自由參加工作。

當一九二六年七月（與中山艦事件發生相距僅三個多月），國民革命軍在廣州誓師北伐時，中山艦事件造成的國共的裂痕，已經彌縫得差不多了。但是周恩來自己並沒有再回到第一軍裏任職，而轉移到更重要的工作崗位去了。

張勳復辟始末（六）

矢原愉安

由此可見：當時的日本陸軍和外交方面的主持人，都和首相對復辟的態度，有很大的距離。實際上支持復辟的有効手段，完全掌握在他們的手裏。他們不肯動手，甚至於只願意幫倒忙，就使得光桿的首相也好，眞正熱中於復辟的佃信夫也好，都變得無能爲力了。所以，寺內首相雖然在佃信夫的面前，對黎元洪的邀請張勳入京收拾時局，面露喜色地表示：

「張勳北上之後，北京當然會立卽歸於張的勢力範圍。況且張還存有十三省督軍的誓約，只要他指揮得宜，一切都會順利進展。……如果這樣，當然很好。」[19]

事實上，卻對此後的復辟活動，完全聽任陸軍和外交方面當權派的安排。所以，遠在張勳眞正起事以前，段祺瑞一派人物，早已由林權助公使，通過曹汝霖，很明白地告訴他們：

「余以公使資格代表答覆：……日本政府絕不贊成張勳的復辟。」[20]

林權助的這一番正式忠告，當然在政治上完全孤立了張勳，非但決心使用一切手段搞垮黎元洪的段祺瑞，打定主意不和張合作；而且也把著名的復辟份子徐世昌，嚇得對復辟噤若寒蟬。

在這以前不久，徐世昌還和張勳商量妥當：派陸宗輿用創辦「中日銀行」的名義，到東京去打聽「復辟的行情」，而且還帶了四個由徐世昌自擬的復辟條件。據當時的記載，它們是：

㈠擁戴宣統復辟。

㈡設輔政王一員，代皇帝執掌政權，以曾官大學士軍機大臣，資格最高之漢人充之。

㈢輔政王由皇帝勅任，十年一任，但得聯任。

㈣皇后由漢大臣之女兒聘充。

另有與某國協商條件，如某國政府肯出力援助，復辟事成後，願以兵工廠合辦，及軍隊警察一部份之管理權爲酬報。[21]

這些莫名其妙的條件，非僅在日本大碰其壁，弄得陸宗輿連

張勳

寺內首相見不到，只被「內相」打了一通官腔道：

「此係中國內政。它國何得干涉？」[22]

就連張勳也因此而大發雷霆，向陸說道：

「似此條件，只為成全徐某一人功名富貴，於清室有何利害？

「若論地位資格，輔政王一席，我亦有份，何獨徐某？」

陸不敢置詞，臨行時，索回條件底稿。張云：

「此稿須留在我衙門內存案，不能還君。」[23]

甚至於那些最無權無勇，以「書生」身份來搞復辟的人們，也因而對徐非常不滿，而且公開表示道：

「徐氏何人，乃敢以四款妄事要求，可謂發憚之至。幸而不成。成則好題被人做壞，不足取信天下，以後更難措手矣。」[24]

由於日本態度的突變，徐世昌在碰過釘子以後的銷沉；也連帶使得那些一向對日本抱有幻想，而且保持着密切聯系的復辟份子們，紛紛對日本冷淡起來。例如，一向和日本親近的鄭孝胥，根據他自己的記載，在袁世凱當權的最後一年，還和日本方面的人物接頭過三十三「人次」；而在復辟的那一年，卻只有十八人次，比從前幾乎減少了一半。[25]

這些復辟份子們，在傷心之餘，就拉上了當時急於在中國找人來和段祺瑞唱對台戲的德國。

日本既然決心支持主張參加歐戰的段祺瑞，放棄了所有的復辟派。於是就索性一不做二不休地大幹起來，在段下台以前不久，還借給他一次「秘密借款」一億日元，條件是：

㈠中國的「參戰軍」，要聘日本軍官來加以訓練。

㈡中國的軍火工業，要聘日本專家來協辦。[26]

復辟的悲劇，正式在北京上演以後，段祺瑞雖然早就等着這個機會「捲土重來」，卻苦於「無權，無兵、無錢」。——自動跑出來幫忙的，當然又是日本。首先就是替他解決了軍餉的問題，有了這筆錢，段才有資格去運動李長泰、曹錕、馮玉祥和陳光遠這些部隊，來擁護他這個眞正光桿的「討逆軍總司令」。

這筆錢，是由直隸財政廳裏，悄悄地拿出來了一百萬元票面的開灤股票，派曹汝霖經手，向北京的日本三菱公司，不折不扣地抵借來的。據曹自己說：

至三菱公司，與經理秋山是昱君說明來意。他猜到這筆錢之用途，即允照額面抵借百萬元。我很高興感謝，遂與秋山簽定借約，取了支票……交與合肥，甚為滿意。[27]

但是，根據辛丑條約，京津間鐵道線上，是不准中國軍隊隨意運輸調動的。出面來替段祺瑞解決這個問題的，當然又是日本。由日本公使林權助，以公使團首席公使的資格，向各國公使建議：

「在討逆期間，對於討逆軍的運輸調動，不加限制」。[28]

為了策劃討逆軍的軍事行動，日本還派了一位富有經驗的武官青木中將，率領幕僚人員，到段的大本營去「參贊戎機」。[29]

日本駐天津總領事松平恒雄，也代表日本政府，來向段的討逆軍打氣道：

「此次……出師討逆復辟，義正理順。天津領事團一致擁護。……我特來表示敬佩，並祝成功。」[30]

就連本來和段鬧得勢不兩立的黎元洪，日本也看在他堅決反對復辟的份上，歡迎他到北京的日本公使館去避難。一面由使館武官齋藤少將加以招待，一面還正式宣佈把使館內的營房，全部借給「黎大總統」做為「居所之用」。[31]

甚至於連「辮子軍」的最後一些抵抗，也是由日本替段祺瑞用「銀彈」軟化下來的。據林權助公使的回憶是：

段祺瑞派其部下某軍官，到北京找日本公使館的武官，秘密傳達了段的如下意圖：「請轉煩林公使，立即代籌八萬圓。……借款是為了撥發給張勳部隊。如果是這樣，便可避免巷戰。……」

我馬上通知正金銀行的小田切……「我以全權公使的資格，代表日本政府，命令正金銀行，現在即刻拿出八萬元交給公使使用。」……原封不動地交給了段祺瑞，……二小時左右，戰火就停熄了。㉜

在另一方面，日本當然還沒有完全放棄它一向「分門下賭注，只盼一家贏」的辦法；對段祺瑞討逆軍的敵人，也在必要時，拚命地大賣其交情。

首先是替宣統皇帝做「義務保鏢」。在「討逆軍」派飛機去轟炸紫禁城，炸傷了一個轎夫，炸死了一頭牛和炸垮了一座小池塘以後，據宣統自己的回憶是：

局面就完全變了。磕頭的不來了。上諭沒有了影子。大多數的議政大臣，沒有了影子，紛紛東逃西散，最後只賸下了王士珍和陳寶琛。㉝

宣統的「帝師」，在復辟後被封爲外務部尚書的梁鼎芬，連忙星夜去托人找日本公使，叫飛機不要再來炸故宮，而也馬上就得了回信道：

「承囑之事，已有林公使函知陳師長注意，（此信託由江統領轉交），飛機不可再來攻矣。」㉞

奇怪的是：林權助只是一個日本公使。而陳光遠卻是「討逆軍」的第十二師長，居然服從一個外國外交官的命令，馬上取銷了轟炸紫禁城的計劃。「討逆軍」的後台究竟是誰？明眼人當然一目了然。

除掉在宣統皇帝的面前，大做其好人之外，日本並沒有完全放棄它中途遺棄了的張勳。──在段祺瑞的討逆軍懸賞十萬元，來「緝拿逆賊張勳正身」的時候，代表日政府來向段勞過軍的日本駐天津總領事松平恆雄，忽然又跑來向段傳達林權助公使的意見，請他網開一面，讓張辮帥：

「自行取銷復辟，仍回徐州。」㉟

這時，段祺瑞度量局勢對他自己，已經非常有利，重握政權完全不成問題。所以，居然一口回絕了林公使的建議。不過，日本也顯然並沒有因而對他所有芥蒂。否則，就絕不會在幾天之後，還命令日本的正金銀行，替他用「銀彈」來軟化「辮子軍」的抵抗了。

綜觀全局，當時的日本當權派，在助長中國政壇上興風作浪，偷龍轉鳳的功夫上，的確得到了春秋戰國「縱橫家」的眞傳，比對中國有興趣的任何「列强」，都要成功得多。它能利用當時的特殊環境，把中國視爲自己的禁臠，而且一躍而成爲「協約國」在亞洲的盟主，中國北洋軍閥們的「太上皇」，這樣看來，也並不是偶然的。

參考書目索引

(1)「北洋軍閥統治時期史話」；(2)「六君子傳」；(3)黑龍會編「東亞先覺志士紀」；(4)仝上；(5)仝上；(6)仝上；(7)仝上；(8)「西原龜三秘密意見書」；(9)西川虎次郎「滿蒙舉事團解散報告」；(10)西原龜三「滿蒙地區蒙古軍及宗社黨與日本人及日本軍的關係」；(11)大正五年八月一日，田中致西川密電；(12)鄭孝胥丙丁日記；(13)仝上；(14)大正六年三月二十六日，大島健一致大谷電令；(15)大正六年五月五日，長島隆二致佃信夫密函；(16)黑龍會編「東亞先覺志士紀」；(17)仝上；(18)林權助「七十年談往」；(19)黑龍會編「東亞先覺志士紀」；(20)曹汝霖「一生之回憶」；(21)孫毓筠「復辟陰謀紀實」；(22)仝上；(23)仝上；(24)胡思敬「退廬牋牘」；(25)鄭孝胥「丙丁日記」；(26)一九一七年五月十八日，北京英文京報；(27)曹汝霖「一生之回憶」；(28)「北洋軍閥統治時期史話」；(29)仝上；(30)曹汝霖「一生之回憶」；(31)一九一七年七月三日，駐華日本公使館「通報」；(32)林權助「七十年談往」；(33)溥儀「我的前半生」；(34)一九一七年七月七日，含澤致梁鼎芬書；(35)一九一七年七月九日，天津中華通訊社電。

（待續）

太平簫鼓萬家春

—中原地區過年盛況

范月樵

過年，是兒童的彩夢；胼胝經年的農民們的假期；也是一般中國人每年一度狂歡高潮。到處酬神祭祖、串親拜年，充滿着濃郁的人情味。人們藉此明禮習儀，敦親睦鄰，保留古老道德，竟義深長！乃五千年優良傳統文化的重要一環。但是，雖同爲黃帝子孫，而全國各地風俗卻並不盡同：譬如大江以北、運河之東、黃海以西、范公隄內，一片遼寬沃土，稱爲淮海平原。這一帶農村，百萬人家，就有他們自己的特殊春節習慣：樸素、古拙、淳厚。

筆者是喝運河水長大的。棲遲天涯越久，懷鄉之心愈切！際此臘鼓頻催，暮冬峭冷，歲尾年頭旅愁倍增，特寫桑梓年俗，聊慰鄉思，兼饗讀者：

一、插芝蔴稭：故鄉住宅，多半爲土牆、茅屋、紙窗、泥地，逢年卅晚，家家戶戶，將一把冬青及芝蔴稭插在大門口的屋簷上。這一習慣的由來，據父老相傳：因爲明太祖朱元璋出身寒微，曾在皇覺寺爲僧。元末，佐郭子興舉兵濠州，戰無不勝，郭很器重他，將義女馬小姐嫁他爲妻，就是後來的皇后馬氏娘娘。他先後討滅了陳友諒、張士誠，歷時十五年，代元而有天下，建都應天，即位南京。登基以後，常微服出巡尋求民隱。某晚，他又穿着便衣出城私訪，無意中走到一處農莊，這時，屋子裏正有人在講話：「孩子，爲人總要刻苦耐勞……」窗裏傳出訓誡兒女的婦人的聲音：「做事情有甚麼可恥的呢，朱洪武當年還掃過地，馬氏娘娘也放過猪羊，如今，一個做了皇帝，一個當了皇后啦！所以我說做人要肯吃苦才能出人頭地啊！……」這一番話，碰巧被窗外的朱元璋聽到耳裏，大爲震怒！認爲這女人在揭他的瘡疤，當下決定捉拿這婦人問罪。但那時街坊尚無門牌號碼，一時無法尋找；於是路旁田地裏隨手拔了一束芝蔴稭和冬青枝，插在這人家屋簷口，作爲識別暗記，以便明天派差官來抓捕。朱元璋回到宮庭，將這次出巡經過說了一遍，馬氏娘娘聽了着實可憐那位訓子的母親，覺得她並無惡意，想救她一命，靈機一動，當夜暗中派人把那一帶前後左右所有民家簷口統通插上冬青芝蔴稭。第二天早晨，皇帝派出去抓人的差官一看，只見挨家逐戶如此，根本無從下手，回來據實覆命，最後皇上只好不了了之。因此，打那時起，三百餘年來民間爲紀念馬皇后偉大的愛民慈心，每逢過年，都在各家屋簷插芝蔴稭，流傳到現在。蘊含消災免禍之意。

二、打稻囤子：咱們中國的鄉下人長年過着簡單樸素的生活，舉目回顧，除了樹木，就是荒涼的水溝。實在闃寂、平凡，可是一到歲尾年頭，他們也絞盡腦筋想美化一下環境、打稻囤子，便寓有吉祥與美化雙關作用。忙年花樣繁多，在各事齊備以後，最晚一個節目即是打稻囤子。方法乾淨俐落：在小而新的蒲包裏裝進洋（石）灰，在那蒲包口繫一條可手提的長繩，手向下一丟，撲通一聲，那黃黑色的泥土地面立即印了一朵圓形白花——圖案，象徵這一家滿倉滿屋堆積着稻穀，取個一年豐收的好口彩。屋裏屋外人行道、河岸、橋上、處處都印了漂亮的白花。大人小孩走在上面，頓時境界改觀，彷彿步入一嶄新天地。有些人家連牆壁都是一朵朵美麗白花，悅人心目。我們由衷感謝打稻囤的最初發明者，他該算一位具有藝術天才的無名畫家哩！

三、籌辦年貨、酬神祭祖：故鄉一入冬季，富庶大戶就着手忙釀醋、製酒、織布、縫衣；醃肉、灌腸、風鷄、鹹魚……成串掛在院子裏，晒得油滴滴的。臘香四溢。當戶外北風怒號，河水結成尺把厚的堅冰，這時，男女老幼都穿着棉袍、棉鞋、戴上皮帽，頸子上環着圍巾。雖外貌看來感到臃腫好笑，但禦寒設備，卻非此不可。再者鄉村交通蔽塞。商店零落，諸如香燭紙馬醬油鹽，老祖父的皮絲煙，婆婆包頭用的勒子，媳婦的面霜，小孫女紮辮子的紅絨線，祀先的錫箔、冥幣，敬神的「黃元」。鞭炮，擺桌盒上供用的紅棗、蜜餞薹、糖果、瓜子等，一古腦兒都要上街去買。因此，年關時每天傍晚，遠望河隄那些黑壓壓移動緩慢的人影，肩上着沉甸甸擔子，那全是辦年貨遲歸的鄉人。

卽使家無恒產的升斗小民，也能靠雙手檢柴，拾穗，或打(作)工，攢一點錢來撐過年場面，絕不肯露半點寒傖相，讓人低估其身價，就新年穿衣來說：他們也自有一套克難的法寶：「舊衣想洗更新鮮、無油豆腐八面煎」，縱使窮人家，到新年時，衣服也穿得乾乾淨淨的。他們的辦法很妙，爲了節省洗滌每不花錢買肥皂，只用草灰濾水除垢，所洗出來的衣服被單，卻也非常清潔，摸在手裏舒適，看在眼裏雅觀，這樣安貧守份的氣質，實在令人敬佩，每一村內必有一座土地廟，到了農曆新年時，廟內必香煙繚繞，紅燭高燒，土地公土地婆案前排列着猪頭、鷄蛋、酒杯、湯圓子碗，遠近農夫，携籃來敬香跪拜的絡繹不絕。從這裏可以看出，中國農民的氣質純樸與所懷「飲水思源」報恩天性，他們這樣做無非虔誠地感謝一年來神的保佑五穀才能豐收，因此每年春節時，充滿了温馨，北國的深冬，也不再寂寞了。

除夕中午，備素饈一桌，作爲向祖先的年終祭。並對曾經相識而死後無子嗣的亡魂饗以酒菜，且在門外焚化紙（錢）包——寫上姓名，以免爭執。讓那些孤魂野鬼也分享祭祀。這種澤及枯骨的義行，閃耀着永恒的愛之光輝！最使我難忘。

「送灶」的日子分類：「軍（籍）三」（廿三日），「民（家）四」（廿四日）。姓趙的則一律在廿五。那個晚上，在灶王爺像前擺了一隻盛着黃荳、莢艸、灑鹽的米盤子，盤子上放一匹紙摺的馬（象徵灶王上天的坐騎），供一盌冒烈氣的糯米飯，飯上嵌着紅棗、老栗、白果。由戶長叩首，另奉麥芽糖（想粘住灶神的嘴），祈求祂「上天言好事，下界保平安！」

那些中、老年夫婦而膝下猶虛的，多喜歡「認乾兒子」「乾女兒」，作興在這一天邀他（她）們來「吃灶飯」。這使兩家的精神都有了寄托。這關係，竟是一輩子的。那份親切之情和他們所表示的患難相共疾病相扶持的至誠，實在令人羨慕感動。同時，有了這樣的「義親」也消除了多少老年人的孤寂給社會注入一股和煦的活力與生機，難怪這風氣一直流傳不衰。

四、各項點心：我國一般鄉村，都沒有餐館茶樓，因此，過年所要的點心，每家都預備得相當豐富。最普遍的是用糯米製的「粉團」這份點心，做法是先以糯米麵搓成大圓子，外邊滾一層米粒，然後加以蒸熟。除了臨時吃用外，尙可放在臘水缸內久藏不壞；除了蒸熟以外，炒米的享用，也值得一述的，這項點心的做法，是先將糯米摻黑砂拌炒，然後放入大口罎裏密封，隔年仍脆。卽鄭板橋家書裏所寫的：「冬天，鄉人來先泡一大碗『炒米』，此暖老温貧之恩物也」。無論何時，家中如有客來，只須開水或米湯一泡，就算一道點心了，嗜甜食的約加白糖、猪油，若有鷄湯洒點鹽更妙，的是美味可口。至於年糕呢，那更是與衆不同了，淮海平原一帶的年糕是小方塊，不像台灣的大如面盆，也不同香港的年糕那樣圓形。製法是將潔白的米粉加水調勻的傾入木模（一板六十四塊，模底刻着「富」、「貴」、「福」、「祿」……等吉祥字眼，偶然也用紅粉做兩板紅糕），置沸水鍋中蒸卅分鐘後卽可。如果能蒸熟卽吃，那更是芬香撲鼻，晒乾後，待吃時浸涼水便可，則無論油煎或湯煮均甚可口。至於「年燒餅」做法更簡單，只須將糯米粉拌水，揉壓作長條狀，再一一切斷搓圓軋扁，貼入已生火的乾鍋內，俟半邊微黃卽予翻轉，若其中心鼓起，以手指彈之如有響聲，那就熟了，做這一點心——火候最要緊，太大則易焦，火小又不易熟，考究的餅內夾餡，有桂花脂油的，芝蔴紅糖的，和葱白火腿的，敬神的餅狀大如碗口，由下而上堆成金字塔型，頂端爲一隻元寶，普通吃用的，約茶盅口大，圓子搓好後，則用濕毛巾覆蓋，以防風吹破裂……

以麥麵製的有：「饅頭」、「花椒卷」、「菜包」、「肉包」、「水餃」（俗稱『不吃水餃，凍掉耳朶』！可見當地氣候嚴寒的程度）。還有「凍豆腐」，其做法是在前一天黃昏，把磨好的豆腐放在戶外寬條凳上，澆澆冷水，臨睡前，再潑一次，翌晨起床一瞧，已成一塊塊青石。太陽一曬，冰化了，豆腐遂變成細孔麻布般，下鍋收水後，拿來紅燒猪肉，是出色名菜。這時，人們寧願吃凍豆腐而不願食肉；因肉汁與肥油已全被海棉似的凍豆腐吸收進去，故滋味絕佳。過年幾天，大人孩子吃膩了葷腥，對這道菜尤其偏愛，：：這樣日日忙，一直忙到除夕，每天屋頂炊煙嬝嬝廚房熱氣騰騰，連貓狗都養得胖嘟嘟的。諺云：「廿三打發灶神上天、廿四掃屋子、廿五磨豆腐、廿六蒸饅頭、廿七殺鷄，廿八宰鴨、廿九打酒、三十趕露水集，初一拜年作揖！」這個舊曆年的日程表，安排得恰到好處，有條不紊。從這可知我們先民的智慧，和他們所流傳下來的善良習俗。

五、賞賜跑年：在「年景」的數量上，中上人家，每年的預備了三石（百斤）糧食，作為家人和款待拜年戚友之需，另留一份給「跑年」的。從元旦微明到年初五（財神日子）天黑，每日，都有成千的貧窮人來拜年，到貴府上高聲叫：「恭喜爹爹奶奶發財！」於是身為家長或主婦的，伸手就給一大棒蒸熟的糕餅。一直到太陽落山，千門萬戶跑一趟，她（他）們一家老小足够維持個把月無虞凍餒了。那眞是一個溫暖的社會、快樂的人間！每屆隆冬，那些重裘皮靴，暖閣圍爐，爆栗煮酒的朱門，自動施粥捨飯、贈寒衣、送棉被、放冬賑。較之現在一般裏的善男信女經勸募後才肯解囊，那更顯得有風度了。門神、春聯與封錢：淮海一帶的風俗，除夕前，家家門窗都貼上了紅紙，莊稼人大門作興貼五彩石印的年畫——門神，那畫是威武的將軍朝官式，畫面配有爵鹿、蝠蟢、寶馬、瓶鞍，（有人乾脆寫「神荼、鬱壘，衛我們庭」八個字代替。）有人說那是唐代秦叔寶、尉遲敬德的畫相。總之是請門神為他們驅鬼禦凶。

春聯與封門錢，在送灶以前，有人專門携着紙捆到村莊來兜售。所謂「門封錢」是用二十四裁的玫瑰約或橘紅紙，以小刀剪戳成鏤空花格，中嵌各種圖案及吉慶字眼，講究的另在封錢上再貼金字從大門頭起，二道（重）門、堂屋、兩廂、房門、後門、客廳、書齋，有門皆貼，迎風招展，喜氣洋洋。佛龕前則用對開或全紙的，名叫「河洛」——上面印有「八仙過海」或「天官賜福」的畫圖，遠望像垂流蘇的幃幕。至於春聯的紙張，則視經濟能力而定等差：富裕者購沸金的「朱箋」，濃墨寫上黑字，貼妥了，再抹一層熟桐油，可保長年，雖風吹雨打亦不褪色，其次，普通人家買紙質稍厚的「桃丹」，卽使再不濟的「苦哈哈」，也會弄張紅單光紙寫副對子貼一貼。聯句，完全看各家底身份與職業而下筆的，例如姓范的寫：「同仁世澤，文正家聲」凡是貼「九居世澤，百忍家聲」的，人們一看便知這家人姓張，也有通用的「國恩家慶，人壽年豐」等。

門上橫條一概寫「姜太公在此百無禁忌」或「尙父在此百無禁忌」連門框也有對子，譬如：「世間幾百年舊家，無非積德；天下第一件好事，還是讀書。」「向陽門第春常在，積善人家慶有餘。」「風聲雨聲讀書聲，聲聲入耳；家事國事天下事，事事關心。」……這些格言式的春聯都含有勸人為善之意，堪稱社會教育的活教材。有懷古式的，像「堯天舜日，禹甸文風」。有趣味性的，如：「龍肝鳳心少，鷄頭鴨爪多」（廚門用的）；有哲理的，像：「身安茅屋穩，性定菜根香」；有詩意的，如：「細雨魚兒出，微風燕子斜」、「綠樹村邊合，青山郭外斜」、「拂花春早起，愛月夜眠遲」（廊柱聯句），有自嘲的；「兩間東倒西歪屋，幾個南腔北調人」（私塾館聯），更有抒情的，如：「咦，誰家放炮？哦，他們過年！」有的值得咀嚼，有的耐人尋味，殊堪一讀。

編餘漫筆

編者

本期最重要的一篇文章是有關清朝慈禧太后將釣魚台列島中的赤尾嶼與彭佳嶼賞給盛宣懷的事，編者已在卷首加以說明，並將所有文件影印，此一新發現資料，必然會將釣魚台爭回，對於國大代表徐逸女士的愛國赤忱，尤其可佩。本刊編輯宗旨，即在搜求當代史料，以供他年修史者參考，出版五期，雖未能全部達到理想，但每期均有一二篇第一手史料發表，由於友朋的愛護，有價值史料發現愈來愈多，有關釣魚台史料是其犖犖大者，此外也有幾篇有史料價值之作品。

第一篇要介紹的是用五先生寫「陳璧君的牢獄生涯」一文，陳璧君為人如何，姑且不論，但其在政治上所起作用，實在超過了同一時期的另外三位夫人宋慶齡、宋靄齡及何香凝。陳璧君被捕後，世人皆知其受審判時倔强不屈，出語傷人，但從未有人知道最後數年竟染毒癖，馴至神智不清，亦太慘矣，由此篇可否定一項傳說，即在大陸變色後，宋慶齡與何香凝曾至監獄探視，擬將其保釋，為陳璧君所拒，揆之其晚年情況，當無此事。

李素女士記述謝冰心女士，以生花妙筆，記至善之人，師弟情深可風末世，冰心女士自為必傳之人，李素女士之文亦為必傳之文，可謂相得益彰，本刊能發表此類文字，本身亦增光不少。

蘇客先生所記述的李德全，雖屬一鱗半爪，亦頗有史料價值。關於馮玉祥在黑海被燒死一事，世人皆感懷疑，但也找不到證據。看了蘇客此文，李德全竟在莫斯科看戲，毫無戚容，已大為可疑。

據編者記憶，馮玉祥死後，中共報紙曾予以抨擊，但馮玉祥骨灰運回後，則隆重安葬，李德全又出任衞生部部長，數年後又得加入中共，其衞生部長擔任至一九六六年文革前始解職，自中共政權成立後，擔任部長最久者，傳作義之外首推李德全，是中共待李德全實不薄，則當初又何必惡[illegible]攻擊馮玉祥，或者是為了敷衍蘇聯，兼洗脫自身與馮玉祥之關係。由此可以推想馮玉祥是被蘇聯謀害，蘇聯之謀害馮玉祥，可能與中共有關也。

以上三位女性，皆是當代有名人物，但三人不論個性，學養，一生經歷完全不同，將三人並列，亦頗足發人深省也。

軍統局內幕，是一篇眞正的內幕性文章，自從軍統局成立以來，由於其組織過於神秘，不但外人不知其底細，即使一般軍統人員，對於軍統局內情知道亦不多，本文作者當年掌管機要，為核心人物，故能對全局通盤了解，雖然事隔多年，仍然完整無缺記述下來，保存一份重要史料，最是難得。

三次長沙會戰，為抗戰期間重大戰役，作者身歷其境，所記載全部眞實，尤其難得者，揭露出當時軍紀的敗壞，此則以前談長沙會戰者所未言。

軍隊靈魂為紀律，如果紀律不强，必不能作戰，長沙會戰所以經過三次大捷後仍不免失守者其故在此，歷史作用在鑑往知來，因此，本刊發掘近代史料力求眞實，像此等事更應當報導眞象，正不必諱疾忌醫也。

本刊連載的幾個長篇，愈寫愈精采，愈受到讀者的歡迎，本期謙廬隨筆與月蘿館隨筆兩篇續稿[illegible]到，暫停一期，下期當續刊出，祈讀者原諒。

下期在三月出版，適逢日本在我國東北製造的滿洲國成立四十周年，五十歲以下的讀者可能連滿洲國這個名[illegible]也未聽過，但它確實在我們東北四省，遼、吉、黑、熱存在了十四年，中國以後許多災禍也都由此而起，因此，下期將蒐集所有滿洲國史料，出一專號。

本期出版後即逢農曆新年，謹向作者、讀者及協助本刊出版的排字、印刷、裝訂的工友們賀年，祝大家愉快，萬事如意。

珍惜金色年華　湘濤出版社　迎上金色年代

金色年代

一本你、我、他都要看的好雜誌

有你所喜愛的作家

三蘇　俊人　湘濤　萬風
趙聰　依達　張紉詩　鐵軍
岳騫　劉以鬯　張別古　魯風
戎馬書生　馮嘉　雨萍　戴安娜
上官大夫　孟君　辛楓　焦贊
無牌教師　翠瑩　捕蛇者　杜麗
馬森亮　黃思騁　林寂　王司馬
宋逸民　易金　何田田　謝玲玲
林眞　陳非　雷夢娜　羅小雅
方睥　王恩　王祿松　藍海文

有你所喜愛的文章

每月五日出版・售價港幣一元八角

香港德輔道中一五一號 環球大厦五〇一室 湘濤出版社出版發行 電話：H四五六四二六

西彥曰血重於水

頭山先生正

東古訓唇齒相依

孫文

掌故（一）

數位重製・印刷　秀威資訊科技股份有限公司
https://www.showwe.com.tw
114 台北市內湖區瑞光路 76 巷 65 號 1 樓
電話：+886-2-2796-3638
傳真：+886-2-2796-1377
劃　撥　帳　號　19563868　戶名：秀威資訊科技股份有限公司
讀者服務信箱：service@showwe.com.tw
網　路　訂　購　秀威網路書店：http://store.showwe.tw
國家網路書店：http://www.govbooks.com.tw

2020 年 7 月
全套精裝印製工本費：新台幣 35,000 元（全套十二冊不分售）

Printed in Taiwan　ISBN:9789863268130 CIP:856.9

本期刊僅收精裝印製工本費，僅供學術研究參考使用

ISBN 978-986-326-813-0
9 789863 268130 35000